中西医结合执业医师资格
实践技能考试应试指南

中医师资格考试专家组　编写

中国中医药出版社

·北　京·

图书在版编目（CIP）数据

中西医结合执业医师资格实践技能考试应试指南/中医师
资格考试专家组编写 . —北京：中国中医药出版社，2009.4（2010.1 重印）
ISBN 978 - 7 - 80231 - 597 - 6

Ⅰ. 中…　Ⅱ. 中…　Ⅲ. 中西医结合 - 医师 - 资格考核 -
自学参考资料　Ⅳ. R2 - 031

中国版本图书馆 CIP 数据核字（2009）第 021869 号

中 国 中 医 药 出 版 社 出 版
北京市朝阳区北三环东路 28 号易亨大厦 16 层
邮政编码　100013
传真　010 64405750
北京市顺义兴华印刷有限公司印刷
各地新华书店经销

*

开本　787×1092　1/16　印张　31.75　字数　784 千字
2009 年 4 月第 1 版　　2010 年 1 月第 3 次印刷
书　号　ISBN 978 - 7 - 80231 - 597 - 6

*

定价　78.00 元（附光盘 1 张）
网址　www.cptcm.com
如有印装质量问题请与本社出版部调换
版权专有　侵权必究
社长热线　010 64405720
读者服务部电话　010 64065415　010 84042153
书店网址　csln.net/qksd/

编写说明

为了贯彻落实《中华人民共和国执业医师法》，根据卫生部制定的《医师资格考试暂行办法》的有关规定，卫生部医师资格考试委员会和国家中医药管理局中医师资格认证中心对2006年《中医、中西医结合医师资格实践技能考试大纲》进行了修订，并更名为《医师资格考试大纲（中医类别中医、中西医结合实践技能考试部分）》（2009年版）。

实践技能考试考查的是考生对基本知识的掌握和基本技能的临床应用，因此，在掌握基本知识的同时加强基本技能的训练必不可少。这种技能的训练又是医疗实践的客观要求，也是使实践技能操作向科学化、规范化、标准化发展的重要手段。

为了更好地帮助考生复习，国家中医药管理局中医师资格认证中心与中国中医药出版社组织相关专家编写了中医类别中医执业医师、执业助理医师资格（具有规定学历及师承和确有专长）和中西医结合执业医师、执业助理医师资格实践技能考试应试指南。实践技能考试应试指南完全按照《医师资格考试大纲（中医类别中医、中西医结合实践技能考试部分）》（2009年版）要求的知识点编写。参与编写的专家在学术上有较高的造诣，同时他们掌握医师资格考试规律，知道怎么考，这表现在两个方面：一是能把握考试的重点，知道"考什么"，二是"会出题"，因此，中医类别中医执业医师、执业助理医师资格（具有规定学历及师承和确有专长）和中西医结合执业医师、执业助理医师资格实践技能考试应试指南对考生顺利通过考试具有较大的实用性，真正起到"指南"作用。

实践技能考试与医学综合笔试部分有较大的区别，其强调技能操作，且考试方式也不同。为了让考生对实践技能考试有更清晰的了解，每一种实践技能考试应试指南后附有该类别考试的样题。

中国中医药出版社

2009年2月

目　　录

第一章 中医诊断方法

第一节 问诊

医生询问病人，了解病情时必须注意：①环境要安静适宜；②一般应直接询问患者本人，若意识不清者或小儿可询问陪诊者；③态度要严肃和蔼，可适当提示，但不能暗示患者；④不用医学术语询问，以使患者能听懂，准确回答问题。

问诊内容包括：一般情况、主诉、现病史、既往史、个人生活史和家族史。其中主诉与现病史尤为重要。主诉即主症及其持续时间，一般只有一两个症状，是疾病的主要矛盾所在。现病史包括起病情况、病变诊治过程和现在症状，是问诊的主要内容。以下均围绕现在症状进行重点询问。

一、问寒热

问寒热，应询问寒热新久、轻重程度、持续时间长短及其是否同时出现，寒热出现有无时间规律或局部特点，发热与体温的关系及其兼症等情况。

临床上常见的寒热症状有恶寒发热、但寒不热、但热不寒、寒热往来四种类型。

1. 恶寒发热 指患者恶寒与发热同时出现，是外感表证的特征性症状。

（1）恶寒重发热轻 可简称为恶寒发热，是风寒表证的特征。兼见头痛、鼻塞、喷嚏、鼻流清涕等。

（2）发热重恶寒轻 可简称为发热恶寒，是风热表证的特征。兼见头痛、鼻塞、鼻流浊涕、口微渴、咽喉肿痛等。

（3）发热恶风 有轻微发热、遇风觉冷、避风可缓的症状，是伤风表证的特征。兼见鼻塞、全身酸痛、微有汗出等。

2. 但寒不热

（1）新病恶寒 见于风寒表证初期。若同时兼有四肢不温、脘腹冷痛、吐泻、咳喘痰鸣，则为表里实寒证。

（2）久病畏寒 主要见于里虚寒证。兼见面色㿠白、肢冷以及其他脾、肾阳虚症状等。

3. 但热不寒

（1）壮热 又称高热或大热。指高热（体温39℃以上）持续不退，属里实热证。兼见面赤、口渴、大汗出等。

（2）微热 又称低热。体温在38℃以下，或仅有自觉发热症状。常见于某些内伤杂病。

气虚发热：常因劳累加剧，兼见疲乏少气、自汗等。

血虚发热：常见于产后等失血过多者。兼见头晕、面色淡白或面色萎黄等。

阴虚发热：长期低热，午后或夜间低热。兼见五心烦热、盗汗颧红等。

（3）潮热 按时发热，或按时热甚及按时热退。

日晡潮热：每于午后3～5时（申时）高热，又称阳明潮热，属阳明腑实证。兼见腹胀腹痛、大便秘结等。

阴虚潮热：长期低热，午后或夜间低热。兼见五心烦热、盗汗颧红等。

温病热入营分则以夜间发热为甚，称身热夜甚。

4．寒热往来

（1）寒热往来无定时　见于少阳病，为半表半里证。恶寒与发热交替出现，无时间规律。兼见胸胁苦满、口苦、咽干、不思饮食等。

（2）寒热往来有定时　见于疟疾。恶寒战栗与高热交替发作，有时间规律，定时而发。兼见剧烈头痛、多汗、口渴等。

二、问汗

病理性汗出，与病邪的性质及正气亏损程度密不可分。询问时应了解汗出的时间、多少、汗出部位及其主要兼症，从而判断病邪性质及机体的阴阳盛衰。

1．表证汗出　一般伤风表证与风热表证可有轻微汗出，风寒表证者多无汗。

2．里证汗出

（1）自汗　指醒时常自汗出，活动时汗出加剧，多见于气虚证或阳虚证。兼见相应的气虚或阳虚症状。

（2）盗汗　指睡时汗出，醒则汗止，多见于阴虚证。兼见其他阴虚症状。

若患者自汗与盗汗并见，则为气阴两虚或阴阳两虚。

（3）亡阳、亡阴之汗　又称绝汗。在病情危重时出现大汗淋漓的情况。

亡阳之汗：汗冷淋漓如水。兼见面色苍白、四肢厥冷、脉微欲绝等。

亡阴之汗：汗热而黏如油。兼见肢身尚温、躁扰烦渴、脉细疾数等。

（4）战汗　指病人先恶寒战栗，继而汗出，是温病或伤寒邪正剧烈斗争的表现。若汗出热退，脉静身凉，为邪去正复，疾病向愈；汗后烦躁不安，脉急疾者，为邪气未退，正气已衰，病情恶化。

3．局部汗出

（1）头汗　指仅见头部或头颈部汗出量多。

头部热汗：上焦热盛，见于温病气分证肺热壅盛。兼见身热、烦躁、咳喘、面赤、口渴。

头部热汗而黏：中焦湿热，见于湿热蕴脾证。兼见身热不扬，脘腹胀满，纳呆呕恶。

头部冷汗如水：虚阳上越，属亡阳证范畴。兼见肢冷、脉微等。

正常人情绪高度紧张，或进食辛辣、热食、饮酒等，亦可见头汗。

（2）半身汗出　身体一侧，或上、下半身汗出。汗出见于健侧，多见于痿病、中风或截瘫患者。

（3）手足心汗出　汗出量多者，可为阳明燥热、阴经郁热、脾虚运化失常所致。若手足心微有汗出，多为生理现象。

三、问疼痛

疼痛是临床上最常见的症状，有虚实之分。属实者为"不通则痛"，属虚者多为"不荣则痛"。应详细询问疼痛的性质、部位、程度、时间。

1. 问疼痛性质

（1）胀痛 胸、胁、脘、腹部胀痛，且常兼有走窜不定的特点，属气滞。若头目胀痛者，为肝火上炎或肝阳上亢。

（2）刺痛 痛如针刺，固定不移，属瘀血阻滞。可见于胸、胁、脘、腹、四肢、头颅。

（3）绞痛 痛如绞割，在诸种疼痛中程度最为严重，属有形实邪阻闭气机，如胆结石之胆绞痛，或寒邪阻滞气机，寒凝心脉之真心痛。

（4）冷痛 疼痛有冷感且喜暖，常见于腰脊、四肢关节。属实者为寒邪阻滞经络脏腑，属虚者为阳虚脏腑经脉失养。

（5）重痛 疼痛兼有沉重感，常见于头、腰、四肢部位，如"头重如裹"，属湿邪困阻气机。

（6）酸痛 疼痛兼有酸软感。属实者为湿邪困阻肌肉关节，属虚者为肾虚腰府失养之腰部酸痛。

（7）隐痛 亦称绵绵作痛。疼痛虽不剧烈，但绵绵不休，属典型的"因虚致痛"。多因阳气精血亏虚，脏腑经脉失养。常见于胸、腹、头部。

上述诸种性质的疼痛，属实者多起病急、病程短，属虚者多起病缓、病程长。

2. 问疼痛部位 通过问疼痛部位，可以掌握病变所在脏腑经络，再结合疼痛的性质、程度、时间规律以及相兼症状，做出全面准确的辨证。

（1）头痛 根据头痛部位，可以确定病变所属经脉。前额连及眉棱骨痛，为阳明经头痛。后头痛连项，为太阳经头痛。头两侧连及太阳穴痛，为少阳经头痛。颠顶头痛，为厥阴经头痛。

（2）胸痛 胸居上焦，内藏心肺，故胸痛多与心肺病变有关。左胸心前区憋闷疼痛，时痛时止，为痰、瘀、寒邪阻滞心脉，见于胸痹。胸痛剧烈，兼见面色青灰，手足清冷，为心脉急骤闭塞，见于真心痛。胸痛，兼见颧赤盗汗，午后潮热，为肺阴亏虚，见于肺痨病。胸痛，兼见咳喘气粗，壮热面赤，为热邪壅盛，见于肺热病证。胸痛，兼见壮热，咳吐腥臭脓血痰，为痰热阻肺，见于肺痈病。

（3）胃脘痛 胃痛剧烈，起病急，病程短，进食后疼痛加剧，属实证，为寒、热、气滞、食积所致。胃脘隐痛，绵绵不休，病程较长，进食后缓解，属虚证，为胃阴虚或胃阳虚所致。胃脘疼痛无规律，痛无休止，明显消瘦，应考虑胃癌的可能性。胃脘、腹部剧痛暴作，出现压痛及反跳痛，多因腹部脏器穿孔所致。

（4）腰痛 腰部经常酸软而痛，多因肾虚所致。腰部冷痛沉重，阴雨天加重，多因寒湿所致。腰部刺痛，或痛连下肢，多因瘀血阻络或腰椎病变所致。腰部突然剧痛，向少腹部放射，伴血尿，多因结石阻滞所致。

（5）四肢关节痛 四肢关节游走性疼痛，为风邪侵袭筋骨关节。四肢关节冷痛，固定不移，属寒邪浸淫关节。四肢关节肌肉酸痛重着，为湿邪浸淫肌肉关节。

四、问耳目

肾开窍于耳，手足少阳经脉分布于耳；肝开窍于目，五脏六腑之精气皆上注于目。问耳目不仅能了解其局部病变，还可以了解肝、胆、肾、三焦等脏腑病变情况。

1. 问耳 突发耳鸣，声大如雷，以手掩耳尤甚，或新起耳暴聋者，属实证，多因肝胆火盛、肝阳上亢、痰火壅结、气血瘀阻所致。渐起耳鸣，声细如蝉，以手掩耳可减，或耳渐失聪者，属虚证，多由肾精亏虚、脾气亏虚，或肝阴、肝血亏虚所致。

2. 问目

（1）目眩　即眼花。患者自觉视物旋转，如坐舟船。因肝阳上亢、肝火上炎、肝阳化风及痰湿上蒙清窍所致者，属实证。因气血亏虚、阴精不足所致者，属虚证。

（2）目痛　目剧痛难忍，面红目赤，为肝火上炎。目赤肿痛，羞明多眵，为风热上扰。目微痛微赤，时而干涩，为阴虚火旺。

五、问睡眠

1. 失眠　主要由于阴阳平衡失调，阳不入阴，神不守舍所致。失眠多梦，兼见头晕眼花、面色淡白，为心血亏虚，心神失养。失眠多梦，兼见心悸心烦、潮热盗汗，为阴虚火旺，心神受扰。失眠多梦，兼见惊悸不宁、胆怯易惊，为胆郁失宣，痰热内扰心神。

2. 嗜睡　亦称多寐、多睡眠。多因阴阳平衡失调，阳虚阴盛或痰湿内盛所致。困倦嗜睡，神识蒙眬，兼见精神疲惫、肢冷脉微，为心肾阳虚，神失温养。困倦嗜睡，兼见头目昏沉、胸脘痞闷，为痰湿困脾，清阳不升。饭后困倦嗜睡，兼见纳呆腹胀、少气懒言，为脾失健运，脑失所养。嗜睡与昏睡、昏迷不同，后者难以唤醒，强行唤醒而仍神志模糊，甚至呼之不醒。

六、问饮食口味

1. 口渴与饮水　口渴与饮水异常，反映机体内津液的盈亏和输布情况以及证候的寒热虚实。

（1）口不渴饮　提示津液未伤。见于寒证、湿证以及无明显燥热的病证。

（2）口渴欲饮　口渴咽干，鼻唇干燥，为燥邪伤津。大渴喜冷饮，兼见大热、大汗出，为里热炽盛，津液大伤。口渴多饮，兼见多尿、消瘦，为消渴病。渴不多饮，兼见身热不扬、心中烦闷，为湿热病证。渴不多饮，兼见身热夜甚、心烦不寐，为温病营分证。渴喜热饮而饮量不多，或水入即吐，为痰饮内停。口干，但欲漱水不欲咽，兼见面色黧黑、肌肤甲错，为瘀血证。

2. 食欲与食量　询问患者的食欲与食量情况，对了解脾胃功能的强弱有重要意义。

（1）食欲减退　久病食欲减退，兼见面色萎黄、食后腹胀，为脾胃虚弱，运化无力。纳呆食少，兼见脘闷腹胀、头身困重，为湿邪困脾，运化障碍。纳呆食少甚则厌食，兼见脘腹胀满、嗳腐吞酸，为食滞胃脘，腐熟不及。

（2）厌食　指厌恶食物，甚至恶闻食臭的症状。厌食油腻，兼见脘闷呕恶、便溏不爽、肢体困重，为湿热蕴脾，运化障碍。厌食油腻，兼见胁肋灼热胀痛、口苦泛恶，为肝胆湿热，肝失疏泄，脾失健运。

（3）消谷善饥　亦称多食易饥。消谷善饥，兼见多饮多尿、形体消瘦，为消渴病。消谷善饥，兼见大便溏泻，为胃强脾弱。

3. 口味　口味异常可因感受外邪、饮食所伤及七情失调等因素导致脏腑失和，引起脏气上溢于口使然。

（1）口淡　患者味觉减退，口中乏味。多见于脾胃虚弱、寒湿中阻及寒邪犯胃。

（2）口甜　患者口中有甜味。是因湿热蕴脾，与谷气相搏，上蒸于口。

（3）口黏腻　患者口中黏腻不爽。多见于痰热内盛、湿热中阻及寒湿困脾。

（4）口酸　患者口中有酸味，或泛酸，甚至有酸腐气味。多见于伤食、肝胃蕴热。

（5）口苦　患者口中有苦味。多见于心火上炎或肝胆热盛。

（6）口涩　患者口有涩味，如食生柿子状。为燥热伤津，或脏腑热盛，气火上逆。

（7）口咸　患者口中有咸味，多见于肾病以及寒水上犯。

七、问二便

询问大小便的情况，不仅可以直接了解消化功能和水液的盈亏与代谢情况，也是判断疾病寒热虚实的重要依据。

问二便应注意询问二便的排便次数、性状、颜色、气味、时间、便量以及排便时的感觉和兼有症状，为整体辨证提供重要依据。

1. 大便异常

（1）便次异常

1）便秘：大便数日一行，燥结难下。大便秘结，兼见脐腹胀满、高热口渴，为热结大肠，腑气不通。大便秘结，燥如羊屎，数日一行，兼见口干舌燥，为肠燥津亏，传道失职。大便秘结，兼见腹胀，胃脘、腹部冷痛，为寒凝胃肠，腑气不通。

2）泄泻：大便一日数行，粪质稀薄，甚至呈现水样大便。泄泻，大便稀薄，兼见纳差腹胀、乏力神疲，为脾虚水湿不运，下注肠道。泄泻，腹痛便溏，兼见口腻纳呆、脘腹胀满，为寒湿困脾，水湿下渗大肠。久泻、久痢，或五更泄泻，兼见畏寒肢凉，腰膝、下腹冷痛，为脾肾阳虚，水谷失于温运腐熟。泄泻，便溏不爽，或腹痛欲便，泻后痛减，为肝郁脾虚，气滞湿阻。

（2）便质异常

完谷不化：即大便中含有未消化食物，新起者属食滞胃肠，久病者属脾虚、肾虚。

溏结不调：即大便时干时稀，为肝郁脾虚，气滞湿阻。

大便先干后稀：为脾气虚弱，运化失司。

大便脓血：见于痢疾或肠癌，为湿热疫毒交阻肠道，肠络受阻。

便血：首先需分清远血与近血。远血，便血色暗红紫黑，或大便黑如柏油，见于胃脘部位病变的出血。近血，便血鲜红，或血附大便表面或滴出，见于直肠、肛门部位病变的出血。

（3）排便感异常

肛门灼热：为大肠湿热，热迫直肠。

里急后重：为湿热痢疾，湿热内阻，肠道气滞。

排便不爽：泻下黄糜而黏滞不爽，为湿热蕴结大肠，传道不利。

腹痛欲便而排出不爽：为肝郁脾虚，肠道气滞。

腹泻不爽，大便酸腐臭秽：为食积化腐，肠道气机不畅。

（4）大便失禁　大便失控，滑出不禁，甚至便出而不自知。常因久病正虚、年老体衰、脾虚气陷以及脊柱损伤所致。

2. 小便异常

（1）尿次异常 新病小便频数，并见尿急、尿痛、小便短赤，为湿热蕴结膀胱，见于淋病类疾病。久病小便频数，色清量多，夜间尿多，为肾阳虚或肾气不固，膀胱失约。

（2）尿量异常

尿量增多：尿次、尿量皆明显超过正常量、次。小便清长量多，为肾阳虚，不能蒸化水液，水津直下膀胱。多尿、多饮，形体消瘦，为消渴病。

尿量减少：尿次、尿量皆明显少于正常量次。尿量减少，兼见口燥咽干，为热盛、腹泻、汗吐伤津，化源不足。尿量减少，兼见畏寒肢冷、心悸、浮肿，为心肾阳虚，水液内停。

（3）排尿感异常

尿道涩痛：兼见尿频、尿急、小便短赤，为湿热蕴结膀胱；兼见排尿困难，或有血尿，为结石或瘀血阻滞尿路。

余溺不尽：兼见乏力神疲、腰膝酸软，为肾阳亏虚，肾气不固。

小便失禁：小便不能控制而自行溢出。多因肾气亏虚，下元不固，膀胱失约，或因腰脊受损，气机失常所致。若神昏中小便失禁，多因邪陷心包，心神失其主宰作用。

遗尿：成人或小儿在睡眠中不自主地排尿。多因禀赋不足、肾气亏虚或脾虚气陷及膀胱虚寒所致。

八、问经带

1. 月经 问月经主要询问月经的周期，行经的天数，月经的色、量、质以及有无闭经或经行腹痛等情况。

（1）经期异常

月经先期：连续两个月经周期出现月经提前 7 天以上的病变。月经先期，兼见神疲乏力、食少、便溏，为脾不统血，冲任不固。月经先期，经色深红，为热扰冲任，血海不宁。

月经后期：月经周期延后 7 天以上，甚至 3 ~ 5 个月一行的病变。月经后期，月经量少、色淡，兼见面色淡白、唇爪淡白，为营血亏虚，血海不能按时蓄溢。月经后期，经色紫暗，兼见胁肋少腹胀痛，为气滞血瘀，冲任不畅。

月经先后无定期：月经周期时或提前，时或延后 7 天以上，连续 3 个月经周期以上的病变，亦称月经愆期。月经愆期，兼见胁肋、少腹胀痛、情志抑郁，为肝郁气滞，气机逆乱。月经愆期，兼见乏力纳差、腰膝酸软，为脾肾虚损，冲任失调。

（2）经量异常

月经过多：月经量较常量明显增多的病变。月经过多，经色深红，兼面赤、心烦，为血热内扰，迫血妄行。月经过多，兼见少气乏力，为气虚，冲任不固，经血失约。月经过多，经色紫暗或有血块，为瘀血阻滞冲任，血不归经。

月经过少：月经量较常量明显减少，甚至点滴即净的病变。月经过少，经色淡，兼见面、唇、爪甲色淡白，为营血亏虚，血海不盈。月经过少，经色紫暗，兼见小腹冷痛，为寒凝血瘀，血行不畅。

2. 带下 问带下，应注意询问带下量的多少，色、质和气味等情况。

（1）白带 带下色白量多，质稀而无臭味，为脾肾阳虚，寒湿下注。

（2）黄带 带下色黄，质黏稠而臭秽，为湿热下注或湿毒蕴结。

（3）赤白带 白带中混有血液，赤白杂见，为肝经郁热，或湿毒蕴结。绝经之后，仍见赤白带淋漓不断，可能是由癌瘤引起。

第二节 望诊

医师运用望诊方法诊察时必须注意：①在充足的天然光线下进行；②诊察时要充分暴露受检部位；③要熟悉各部位组织与内在脏腑经络的联系；④要注意将望诊与其他诊法密切结合，四诊合参，进行综合判断。

一、望神

神是指机体脏腑组织功能活动和精神意识状态的综合。望神是通过观察人体生命活动的整体表现来判断病情的方法，具体反映于人体的目光、面色、表情、神识、言语、体态等方面。望诊的重点在于观察两目。

1. 得神 表现为神志清楚，两目精彩，呼吸平稳，语言清晰，面色荣润，肌肉不削，动作自如，反应灵敏。提示正气充足，精气充盛，为健康或病轻。

2. 少神 表现为精神不振，两目乏神，面色少华，肌肉松软，倦怠乏力，少气懒言，动作迟缓。提示正气不足，精气轻度损伤，机体功能较弱，轻病或体质虚弱。

3. 失神 表现为精神萎靡，面色无华，两目晦暗，呼吸气微或喘促，语言错乱，形体羸瘦，动作艰难，反应迟钝。提示精亏神衰，多见于久病重病之人。

4. 假神 表现为久病重病之人，突然出现某些神气暂时"好转"的虚假表现。例如本已失神，突然神识似清，目光转亮，言语不休，欲进饮食，面色转佳。提示精气极衰，正气将脱，阴不敛阳，虚阳外越，阴阳离决，属病危的表现。

5. 神乱

（1）焦虑恐惧 时时恐惧，焦虑不安，属虚证，如脏躁病。

（2）狂躁不安 狂躁妄言，打人骂詈，属阳证，如狂病等。

（3）淡漠痴呆 淡漠痴呆，哭笑无常，属阴证，如癫病等。

（4）猝然昏倒 突然昏倒，口吐涎沫，四肢抽搐，醒后如常人，属痫病。

二、望色

望色是通过观察病人全身皮肤（主要是面部皮肤）的颜色和光泽的变化来诊察病情的方法。由于面部的血脉丰盛，为脏腑气血之所荣，加之面部皮肤薄嫩而外露，其色泽变化易于观察，故将面部作为望色的主要部位。

（一）常色与病色

1. 常色 即正常的面色。我国人正常面色是红黄隐隐，明润含蓄。常色的特点是明润、含蓄。明润，即面部皮肤光明润泽，是有神气的表现；含蓄，即面色含于肤内而不特别显露，是精气内含而不外泄的表现。常色有主色与客色之别。

（1）主色 是人生来就有的基本面色，属个体素质，其面色、肤色一生基本不变。因禀赋所致，亦有偏赤、白、青、黄、黑的差异。

（2）客色 随季节、气候等的不同而微有相应的正常变化的肤色。如面色春季稍青，夏季稍赤，长夏稍黄，秋季稍白，冬季稍黑；天热面色稍赤，天寒面色稍白。

2. 病色　人体在疾病状态时面部显示的色泽为病色。

（1）善色　病人面色虽有异常，但仍光明润泽。说明虽病而脏腑精气未衰，胃气尚能上荣于面，属新病、轻病、阳证，易于治疗，预后较好。

（2）恶色　病人面色异常，而且枯槁晦暗。说明脏腑精气已衰，胃气不能上荣于面，属久病、重病、阴证，不易治疗，预后较差。

（二）五色主病

1. 赤色　主热证。满面通红，主实热证。两颧潮红，主虚热证。久病重病面色苍白，却时而泛红如妆，属戴阳证。

2. 白色　主虚证、寒证、失血。面色淡白无华，主血虚证或失血证。面色㿠白，主阳虚证。面色㿠白虚浮，主阳虚水泛证。面色苍白，主亡阳、气血暴脱或阴寒内盛。

3. 黄色　主脾虚、湿证。面色萎黄，主脾胃气虚。面黄虚浮，主脾虚水泛。面目俱黄，主黄疸病。其中色黄鲜明如橘者，属湿热阳黄；色黄晦暗如熏者，属寒湿阴黄。

4. 青色　主寒证、疼痛、气滞、血瘀、惊风。色淡青或青黑，主寒盛、痛剧。面色与口唇青紫，主心气、心阳虚衰，血行瘀阻。面色青黄，主肝郁脾虚。小儿眉间、鼻柱、唇周发青，主惊风。

5. 黑色　主肾虚、寒证、水饮、血瘀、剧痛。面黑暗淡，主肾阳虚。面黑干焦，主肾阴虚。眼眶周围发黑，主肾虚水饮或寒湿带下。面色黧黑，肌肤甲错，主血瘀日久，肌肤失荣。

三、望形态

（一）望形体

1. 形体的强弱

（1）体强　骨骼粗大，胸廓宽厚，肌肉充实，皮肤润泽，筋强力壮等。说明体魄强壮，内脏坚实，气血旺盛，抗病力强，不易生病，有病易治，预后较好。

（2）体弱　骨骼细小，胸廓狭窄，肌肉瘦削，皮肤枯槁，筋弱无力等。说明体质虚衰，内脏脆弱，气血不足，抗病力弱，容易患病，有病难治，预后较差。

2. 形体的胖瘦

（1）肥胖　头圆形，颈短粗，肩宽平，胸厚短圆，大腹便便，身体偏矮胖，身体姿势多后仰。肥胖者多痰多湿。

（2）消瘦　头长形，颈细长，肩狭窄，胸狭平坦，腹部瘦瘪，身体偏瘦长，身体姿势多前倾。消瘦者多有虚火。

（二）望姿态

1. 动静姿态　其要点是动者、强者、仰者、伸者多属阳证、热证、实证；静者、弱者、俯者、屈者多属阴证、寒证、虚证。

行时动摇不定，主肝风内动。行走时突然以手护心，主真心痛。坐而仰首，气喘息粗，主痰涎壅盛。坐而喜俯，少气懒言，主肺虚或肾不纳气。坐而不得卧，卧则气逆，主水气凌心。坐则昏眩，不耐久坐，主肝风内动，或气血俱虚。卧常向里，喜静懒动，身重难转，主寒证、虚证、阴证。卧常向外，躁动不安，身轻能转，主热证、实证、阳证。仰卧伸足，掀去衣被，主实热证。蜷卧缩足，喜加衣被，主虚寒证。咳逆倚息不得卧，主内有伏饮。站立不稳，并见眩晕，主肝风内动。不耐久站，常欲支撑，主多属气血虚衰。

2. 异常动作 唇睑指趾颤动，主动风先兆，或气血不足。项强抽搐，角弓反张，主肝风内动。猝然昏仆，半身不遂，主中风病。猝倒神昏，口吐涎沫，四肢抽搐，醒后如常，主痫病。恶寒战栗，主疟疾发作，或伤寒战汗。肢体软弱，行动不便，主痿病。关节拘挛，屈伸不利，主痹病。

四、望头面

（一）望头部

1. 小儿囟门 前囟呈菱形，在出生后 12～18 个月时闭合。囟门突起，即囟填，主温病火邪上攻，或胸髓有病，或颅内水停。囟门凹陷，即囟陷，主吐泻伤津、气血不足和先天精亏、脑髓失充。囟门迟闭，即解颅，因肾气不足、发育不良所致，常见于佝偻病。

2. 头形改变 小儿头颅增大，智力低下者，见于先天不足，肾精亏损，水液停聚于脑。小儿头颅狭小，智力低下者，见于肾精不足，颅骨发育不良。小儿头顶平坦，颅呈方形，主肾精不足或脾胃虚弱，见于佝偻病。头摇不能自主，为肝风内动之兆，或气血虚衰，脑神失养。

3. 头发异常 发黄干枯，稀疏易落，见于精血不足。片状脱发，头皮光亮，即斑秃，为血虚受风。青壮年发疏易落，见于肾虚或血热化燥。青年白发，见于肾虚或劳神伤血。小儿发疏黄软，生长迟缓，见于肾精亏损。小儿发结如穗，枯黄无泽，见疳积病。

（二）望面部

面肿，见于水肿病，由肺失宣降，或脾肾阳衰，或水气凌心所致。腮肿，见于痄腮病（外感温毒之邪），或发颐病（阳明热毒上攻）。口眼㖞斜，见于风邪中络，或为中风病风痰阻络。惊恐貌，见于小儿惊风、狂犬病或瘿气。苦笑貌，见于新生儿脐风、破伤风。

五、望五官

（一）望目

望目是望神的重点，可帮助了解脏腑精气的盛衰。五轮学说：瞳人属肾，称为"水轮"；黑睛属肝，称为"风轮"；两眦属心，称为"血轮"；白睛属肺，称为"气轮"；眼睑属脾，称为"肉轮"。

目赤肿痛，见于实热证。白睛发黄，见于黄疸病。目眦淡白，见于血虚、失血。目胞晦暗，多属肾虚。目胞浮肿，见于水肿病。眼窝凹陷，见于伤津耗液或气血不足。眼球突出，见于肺胀或瘿病。瞳孔散大，见于肾精耗竭，属病危。瞪目直视，见于脏腑精气将绝，属病危。戴眼反折，见于太阳经绝证，属病危。横目斜视，见于肝风内动。昏睡露睛，见于脾胃虚衰，胞睑失养。

（二）望耳

耳轮淡白，主气血亏虚。耳轮红肿，见于肝胆湿热或热毒上攻。耳轮干枯焦黑，主肾精亏虚，为病重。小儿耳背有红络，为麻疹先兆。耳郭瘦小而薄，主肾气不足。耳轮干枯萎缩，主肾精耗竭，属病危。耳内流脓水，见于脓耳，多由肝胆湿热熏蒸所致。

（三）望鼻

鼻色红黄明润，多属胃气充足。鼻端微黄明润，多属胃气未伤或胃气来复。鼻端色白，见于气血亏虚，或失血病人。鼻端色赤，主肺脾蕴热。鼻端色青，见于阴寒腹痛。鼻红肿生疮，多属胃热或血热。鼻端生红粉刺，见于酒齄鼻，肺胃蕴热所致。鼻翼扇动，见于肺热或哮喘病。鼻流清涕，见于外感风寒。鼻流浊涕，见于外感风热。鼻流脓涕气腥臭，见于鼻渊。

（四）望口与唇

唇色淡白，见于血虚或失血。唇色深红，见于热盛或热极。口唇青紫，见于血瘀证。口唇青黑，见于寒盛、痛极。口唇干裂，见于津液耗伤。口唇糜烂，见于脾胃积热。口角流涎，多属脾虚湿盛或中风口歪。小儿口腔、舌上满布白斑，见于鹅口疮，因湿热秽浊上蒸于口所致。口噤，可见于痉病、惊风、破伤风等。口㖞，见于中风病人。

（五）望齿与龈

牙齿干燥，主胃阴已伤。齿燥如石，多属阳明热盛，津液大伤。牙齿燥如枯骨，主肾阴枯竭，精不上荣。齿疏松动，齿根外露，见于肾虚或虚火上炎。牙关紧闭，见于风痰阻络或热极动风。睡中龂齿，见于胃热或虫积。齿龈淡白，见于血虚或失血。龈肿疼痛，见于胃火亢盛。齿缝出血，即齿衄，为胃火上炎，或脾虚失摄，或虚火上炎。齿龈溃烂，甚则唇腐齿落，多属牙疳，因疫疠积毒上攻。

（六）望咽喉

咽部深红肿痛，多属肺胃热毒壅盛。咽部嫩红不痛，多属肾亏虚火上炎。咽部肿势高突，红晕紧束，多属脓已成。咽部肿势散漫，色淡无界，多属未成脓。咽部喉核肿痛，黄白脓点易拭，多见于乳蛾，为肺胃火毒熏蒸。咽部灰白假膜，难拭而易复生，多见于白喉，是外感疫邪所致。

六、望躯体

（一）望颈项

颈前结喉处有肿块突起，随吞咽上下移动，为瘿瘤，与肝郁痰凝或地方水土有关。颈侧颌下肿块如豆，累累如串珠，为瘰疬，由肺肾阴虚或风火时毒所致。项部拘紧强硬，即项强，多因风寒侵袭太阳经脉或温病火邪上攻。颈项软弱无力，即项软，见于佝偻病或脏腑精气衰竭。颈脉搏动怒张，见于肝阳上亢、血虚重证、心血瘀阻、水气凌心等病。

（二）望胸胁

胸廓扁平，即扁平胸，见于肺肾阴虚或气阴两虚病人。胸廓膨隆，即桶状胸，多为久病咳喘，肺气不宣。胸骨下部明显前突，即鸡胸，因肾气不充、骨骼异常所致。两侧胸廓不对称，见于肺痿、悬饮、气胸等病人。肋如串珠，见于肾气不足，发育不良的佝偻病。乳房肿溃，见于肝气不舒，胃热壅滞，或外感邪毒。呼吸急促，胸部起伏显著，见于实热证。呼吸微弱，胸廓起伏不显，见于虚寒证。

（三）望腹部

腹部膨隆，多见于鼓胀、水肿、积聚病人。腹部凹陷，多属脾胃虚弱，气血不足，或见于吐泻太过、津液大伤的病人。腹壁青筋暴露，见于鼓胀病的重证。

（四）望腰背部

脊柱过度后弯，即龟背，多由肾气亏虚，发育异常，或脊椎疾患所致。脊背后弯，反折如弓，即角弓反张，见于肝风内动、破伤风等。腰部疼痛，转侧不利，即腰部拘急，多因寒湿内侵，或跌仆闪挫所致。腰部水疱，带状簇生，累累如珠，即缠腰火丹，为风热壅结或湿热浸淫所致。

七、望四肢

（一）形态异常

肌肉萎缩，多因气血亏虚或经络闭阻，肢体失养所致。四肢肿胀，见于水肿病。膝部肿大，见于热痹或鹤膝风。下肢畸形（"X"形或"O"形腿），多属肾气不充，发育不良。指关节呈梭状畸形，多由风湿久蕴，筋脉拘挛所致。指（趾）末节膨大如杵，即杵状指，由心肺气虚、血瘀湿阻而成。

（二）动态异常

肢体萎缩，痿废不用，即痿病，因精津亏虚或湿热浸淫，筋脉失养所致。一侧肢体痿废不用，即半身不遂，见于中风病人，因风痰阻络所致。双下肢痿废不用，即截瘫，由腰脊外伤或瘀血阻络所致。四肢抽搐，见于肝风内动，筋脉拘急。手足拘急，多因寒邪凝滞或气血亏虚，筋脉失养所致。手足颤动，多为血虚筋脉失养或动风之兆。手足蠕动，多为脾胃气虚，筋脉失养，或阴虚动风。循衣摸床，撮空理线，为病重失神之象。

八、望二阴

（一）望前阴

阴肿而无痒痛，见于水肿病。阴肿因小肠坠入阴囊，多为疝气。阴囊或阴户红肿热痛，多属肝经湿热下注。阴户有物突出如梨状即阴挺，由脾虚气陷或产后劳伤所致。睾丸过小，或触不到，多属先天发育异常，或痄腮后遗症。

（二）望后阴

肛门红肿，刺痛流脓，多为肛痈，多因湿热下注或外感邪毒而发。肛门裂伤，疼痛流血，多为肛裂，常因血热肠燥，便时撑伤。肛门内外肿块如峙，多为痔疮，多由肠中湿热蕴结，血脉瘀滞所致。肛门瘘管，外流脓水多为肛瘘，因肛门部生痈肿或痔疮溃后久不敛口所致。直肠组织自肛门脱出，即脱肛，多由脾虚中气下陷所致。

九、望皮肤

（一）色泽形态

皮肤发赤，边缘清楚，热如火灼，见于丹毒。面目肌肤俱黄，多为黄疸。其色黄鲜明如橘者为阳黄，为湿热蕴结而发；色黄晦暗如烟熏者属阴黄，为寒湿郁阻所致。皮肤干枯，多属津液已伤，或营血亏虚。皮肤枯糙如鳞，即肌肤甲错，属血瘀日久，肌肤失养所致。周身肌肤肿胀，见于水肿病。其头面先肿，继及全身者，多属阳水；下肢先肿，继及全身者，多属阴水。

（二）皮肤病证

色红或紫，点大成片，平铺皮肤，抚不碍手，压不退色，为斑。色红或紫，点小如粟，高出皮肤，抚之碍手，压之退色，为疹。白色疱疹，晶莹如粟，擦破流水，发于颈胸，四肢偶见，面部不发，为白痦，见于湿温病。粉红斑丘疹或椭圆小水疱，顶满晶莹，浆稀易破，分批出现，大小不等，见于水痘，因外感时邪，内蕴湿热所致。口角唇边成簇水疱，灼热疼痛，多为热气疮，多因外感风热或肺胃蕴热而发。周身皮肤出现红斑，湿润糜烂，见于湿疹，多因湿热蕴结，复感风邪，郁于肌肤而发。

十、望排出物

（一）痰涎

痰白清稀，多为寒痰，因寒邪伤阳，津聚为痰。痰黄而稠，多为热痰，因邪热犯肺，煎津为痰。痰黏难咯，多为燥痰，因燥邪犯肺，耗伤肺津，或肺阴津亏，清肃失职。痰滑易咯，多为湿痰，因脾失健运，湿聚为痰。咯血鲜红，因火热灼伤肺络所致。脓痰腥臭，见于肺痈，因热毒蕴肺，肉腐成脓所致。清涎量多，多为脾胃虚寒。时吐黏涎，多为脾胃湿热。小儿流涎，涎渍颐下，即滞颐，多因脾虚不能摄津，或胃热虫积。

（二）鼻涕

鼻流清涕，见于外感风寒。鼻流浊涕，见于外感风热。稠涕腥臭，多为鼻渊，因湿热蕴阻所致。

（三）呕吐物

呕吐物清稀无臭，多属胃阳亏虚，或寒邪犯胃。呕吐物秽浊酸臭，多属邪热犯胃，蒸化胃中腐浊。呕吐不消化食物，多属伤食，因暴饮暴食，损伤脾胃所致。呕吐清水痰涎，多属水饮停胃，胃失和降所致。吐血鲜红或紫暗，多因胃有积热，或肝火犯胃，或胃腑血瘀所致。

（四）大便

大便清稀水样，多为外感寒湿，或饮食生冷。大便黄褐如糜，多为大肠湿热，或暑湿伤肠。大便完谷不化，多为脾胃虚寒，或脾肾阳虚。便如黏冻，夹有脓血，见于痢疾，为湿热蕴结大肠，传道失职所致。大便燥结，干如羊屎，为热盛伤津，或大肠液亏，也见于噎膈病人。大便带血，血色鲜红，为近血，因肠风下血，或痔疮、肛裂出血等。大便带血，血色暗红，为远血，因内伤劳倦、肝胃瘀滞所致。

（五）小便

小便清长多见于虚寒证。小便短黄多见于实热证。尿中带血，多为尿血、血淋，因热伤血络，或脾肾不固，或湿热蕴结膀胱所致。尿有沙石，为石淋。

十一、望小儿指纹

（一）正常小儿指纹

隐现于食指掌侧前缘，掌指横纹附近，色浅红略紫，粗细适中。

（二）病理小儿指纹

1. 指纹长短　指纹显于风关，主邪气入络，邪浅病轻。指纹达于气关，主邪气入经，邪深病重。指纹达于命关，主邪入脏腑，病情严重。指纹直达指端，病属凶险，预后不良，又称"透关射甲"。

2. 指纹颜色　指纹鲜红，主外感表证、寒证。指纹紫红，主里热证。指纹青色，主疼痛、惊风。指纹紫黑，主血络瘀闭，病属重危。指纹淡白，主脾虚、疳积。

3. 指纹形态 指纹浮而显露，主病邪在表，见于外感表证。指纹沉隐不显，主病邪在里，见于内伤里证。指纹淡细，主虚证。指纹浓粗，主实证。

十二、望舌

（一）正常舌象

1. 正常舌象的特征 舌色淡红鲜明，舌质滋润，舌体大小适中，柔软灵活，舌苔均匀，薄白而润，简称"淡红舌，薄白苔"，提示脏腑功能正常，气血津液充盈，胃气旺盛。

2. 舌象的生理变异

（1）年龄因素 儿童阴阳稚弱，舌质多淡嫩，舌苔少或剥。老人精气渐衰，舌色较暗红或带紫暗。

（2）体质禀赋因素 无病之舌，形色各有不同。先天性裂纹舌、齿痕舌、地图舌多见于禀赋不足，体质较弱者。

（3）性别 女性经期，舌质偏红，或有红刺，月经过后恢复正常。

（4）气候因素 自然环境的变化可引起舌象的相应变化。如夏月湿盛则苔较厚微黄，但不板滞。

（二）望舌质

1. 舌神 舌色鲜明，舌质滋润，舌体活动自如，为有神气；舌色晦暗，舌质枯涩，舌体活动不灵，为无神气。有神之舌，虽病也是善候，预后良好。无神之舌，多主病重恶候，预后较差。

2. 舌色

（1）淡红舌 舌质颜色淡红润泽，是气血调和之征。见于正常人，或外感初起。

（2）淡白舌 较正常舌色浅淡，主气血两虚、阳虚。舌淡瘦薄，主气血亏虚。舌淡胖嫩，主阳气衰微。

（3）红绛舌 较正常舌色红，其中鲜红色者为红舌，深红色者为绛舌，主热证。舌尖红赤，主心火上炎。舌边红赤，主肝胆热盛。舌色红绛而有苔，多见于外感热病热盛极期。舌色红绛而少苔，多见于热病后期阴液受损，或久病阴虚火旺。

（4）紫舌 舌呈均匀紫色，或局部现青紫斑点，主气血运行不畅。舌色淡紫而润，主阳虚阴盛。舌色紫暗或有瘀斑，主瘀血内阻。舌色紫红，苔少而干，主营血热盛。全舌青紫，表示瘀血较重。局部瘀斑，表示血瘀较轻。

3. 舌形

（1）老、嫩舌 舌体坚敛，纹理粗糙，为老舌；舌体娇嫩，纹理细腻，为嫩舌。舌质坚敛苍老，主实证。舌质浮胖娇嫩，主虚证。

（2）胖、瘦舌 舌体较正常大而厚为胖大舌，舌胖且有舌边齿痕为齿痕舌，舌肿大色红或紫为肿胀舌，舌体较正常舌瘦小为瘦薄舌。舌胖大淡白，边有齿痕，主脾肾阳虚。舌肿大色红，主里热。舌不胖有齿痕，舌质嫩，主气血两虚。舌肿胀色红绛，主心脾热盛，或素喜饮酒，复感湿热。舌体瘦薄淡白，主气血两虚。舌体瘦薄红绛，舌干少苔，主阴虚火旺。

（3）点、刺舌 蕈状乳头体积增大，数目增多，乳头充血者为点；蕈状乳头增大高突，形如芒刺，抚之棘手者为刺。点刺舌主脏腑热极或血分热盛。舌尖点刺，主心火亢盛。舌中点刺，主胃肠热盛。点刺鲜红，主血热。点刺绛紫，主热盛而气血壅滞。

（4）裂纹舌　舌面裂沟中无舌苔覆盖者为病理性裂纹舌。舌面沟裂中有舌苔覆盖者为先天性裂纹舌。舌色浅淡而有裂纹，为血虚之候。舌色红绛而有裂纹，主热盛伤津。舌淡白胖嫩，边有齿痕又兼见裂纹，属脾虚湿侵。

4. 舌态

（1）痿软舌　舌体软弱无力，不能随意伸缩回旋。舌痿软而红绛少苔多属邪热伤阴，或阴虚火旺。舌痿软而色白无华，主气血虚衰。

（2）强硬舌　舌体失柔，卷伸不利。舌强硬而舌红绛少津，见于热盛之证。舌体强硬而舌苔厚腻，主风痰阻络。舌强言謇，肢体麻木，见于中风先兆。

（3）歪斜舌　伸舌时舌体偏向一侧，为肝风夹痰或痰瘀阻络。

（4）颤动舌　舌体不自主地颤动，动摇不宁。舌淡白而颤动，见于血虚动风。舌绛紫而颤动，见于热甚动风。舌红少苔而颤动，见于阴虚动风。

（5）吐弄舌　舌伸出口外不能回缩为吐舌；伸舌即缩、动如蛇舐为弄舌。病情危重，时见吐舌，为心气已绝。高热神昏，并见弄舌，多为热甚动风的先兆。

（6）短缩舌　舌体卷短、紧缩，不能伸长。舌短缩，色淡紫而润，多见于寒凝筋脉，或气血虚衰。舌短缩，色红绛而干，多见于热病伤津。舌短而胖大，多见于风痰阻络。

（三）望舌苔

1. 苔质

（1）薄、厚苔　透过舌苔能隐约见到舌体的苔为薄苔（见底苔），不能透过舌苔见到舌体之苔为厚苔（不见底苔）。病初见薄苔，表示病位在表，病情轻浅。苔厚或中根部尤著，见于胃肠宿食，或痰浊停滞。舌苔由薄变厚，为邪气渐盛，病进之征。舌苔由厚渐化，为正气胜邪，病退之征。薄苔骤厚，为邪气极盛，迅速入里。厚苔骤退，为正不胜邪，或胃气暴绝。

（2）润、燥苔　舌苔干湿适中、不滑不燥为润苔；舌面水分过多、伸舌欲滴为滑苔。舌苔干燥无津，甚则干裂为燥苔；舌苔干燥无津，苔质粗糙为糙苔。润苔，主津液未伤。滑苔，主水湿内聚。燥苔，主津液已伤，或阳虚水津失布。舌苔由润变燥，表示热重津伤，或津失输布。舌苔由燥转润，表示热退津复，或饮邪始化。

（3）腻、腐苔　苔质细腻，致密成片，中厚边薄，紧贴舌面，刮之不脱，状若油腻覆盖舌面，为腻苔；苔质疏松，颗粒较大，边中皆厚，松铺舌面，刮之易去，状如豆腐渣堆积舌面，为腐苔。腐苔，主食积胃肠，或痰浊内蕴。腻苔，主湿浊、痰饮、食积。

（4）剥落苔　病程中舌苔全部或部分剥脱者为剥落苔，又有前剥苔、中剥苔、根剥苔、花剥苔、镜面舌之别。若生来就有剥苔，常在人字沟前，呈菱形，为先天性剥苔，因先天发育不良所致。剥落苔主胃气匮乏、胃阴枯涸或气血两虚。

（5）偏、全苔　舌苔遍布舌面为全苔，舌苔仅布于舌面之某部位为偏苔。病中见全苔，表示邪气散漫，痰湿中阻。舌苔偏某处，主舌所候脏腑邪气停聚。

（6）真、假苔　舌苔中厚边薄，紧贴舌面，苔底牢着，刮拭有苔者为真苔（有根苔）；舌苔四周洁净如截，无薄苔与舌质相连，似浮涂舌上者为假苔（无根苔）。病之初中期见真苔且厚表示邪气壅实，病较深重。久病见真苔，表示胃气尚存。新病现假苔，表示邪浊渐聚，病情尚轻。久病现假苔，表示胃气匮乏。

2. 苔色

（1）白苔　舌上薄薄分布一层白色舌苔，透过舌苔可以看到舌体，为薄白苔；苔色乳白或粉白，边尖稍薄，中根较厚，舌体被舌苔遮盖而不被透出，为厚白苔。薄白润苔，为正常舌苔，或表证初起，或里证病轻，或阳虚内寒。薄白干苔，见于风热表证。薄白滑苔，主外感寒湿，或脾虚湿停。白厚腻苔，主湿浊内困，或痰饮内停，或为食积。白厚干苔，见于热甚伤津。苔白如积粉，主秽浊湿邪热毒相结。

（2）黄苔　在薄白苔上出现均匀的浅黄色为淡黄苔（微黄苔），苔色黄而略深厚为深黄苔（正黄苔），正黄色中夹有灰褐色苔为焦黄苔（老黄苔）。舌苔由白转黄，表示邪已化热入里。薄黄苔，表示邪热未甚。黄白相兼苔，多见于表证入里、表里相兼阶段。苔黄而腻，见于湿热蕴结、痰饮化热。苔黄而燥，见于邪热伤津。黄黑相兼，见于燥结腑实。舌苔淡黄，润滑多津，见于阳虚痰饮聚久化热，或气血亏虚，感受湿热。

（3）灰黑苔　苔色呈浅黑色为灰苔，苔色呈深灰色为黑苔。白腻灰黑苔，主阳虚寒湿、痰饮内停。黄腻灰黑苔，见于湿热内蕴，日久不化。焦黑干燥苔，见于热极津伤之证。

（四）舌质舌苔综合分析

1. 舌苔或舌质单方面异常　依据异常舌质或舌苔分析其意义。

淡红舌兼干、厚、腻、滑、剥等苔质，或黄、灰、黑等苔色，表示正气尚未明显损伤。薄白苔兼舌质老嫩、舌体胖瘦或舌色红绛、淡白、青紫变化，表示病邪损及脏腑营血。

2. 舌质舌苔均异常，变化一致　提示病机相同，主病为两者意义的综合。舌质红，舌苔黄而干燥，见于实热证。舌质淡嫩，舌苔白润，见于虚寒证。舌质红绛而有裂纹，舌苔焦黄干燥，见于热极津伤。青紫舌，白腻苔，多属气血瘀阻，痰湿内阻。

3. 舌苔舌质均异常，变化不一　应对二者的病因病机及相互关系综合分析判断。如：淡白舌黄腻苔，多属脾胃虚寒而感受湿热。红绛舌白滑腻苔，多属外感热病，气分有湿，或素体阴虚火旺，复感寒湿致饮食积滞。

第三节　闻诊

闻诊是通过听声音和嗅气味来诊察疾病的方法。在听取病人的声音、语言、呼吸、咳嗽等情况时，要注意排除周围环境的噪音干扰。在嗅气味方面，要注意区分病体气味与病室气味。

一、听声音

（一）正常声音

1. 正常声音的特点　发声自然，声调和谐，柔和圆润，语言流畅，应答自如，言与意符。是宗气充沛、气机调畅的表现。

2. 正常声音的影响因素

（1）性别　男性多声低而浊，女性多声高而清。

（2）年龄　儿童声尖利而清脆，老年人多浑厚而低沉。

（3）禀赋　由于个体的差异，正常人的语言声音亦各有不同。

（4）情志　如喜时欢悦，怒时急厉，悲时悲惨，乐时舒畅，敬则严肃，爱则温柔等。

（二）病变声音

1. 发音

（1）声重 语声重浊，多属外感风寒，或湿浊阻滞。

（2）嘶哑 新病音哑或失音，多属外感风寒或风热之邪，肺失清肃，邪闭清窍。久病音哑或失音，多属阴虚火旺，肺肾精伤。妊娠音哑或失音，多属胎阻经脉，肾精不荣。

（3）鼻鼾 熟睡鼾声，无其他症状，多为慢性鼻病，或睡姿不当。昏睡不醒，鼾声不绝，见于高热神昏，或中风入脏。

（4）呻吟 新病呻吟，高亢有力，多属实证、剧痛。久病呻吟，低微无力，多属虚证，须结合姿态变化判断病痛部位。

（5）惊呼 小儿惊呼，多属惊风。成人惊呼，多属惊恐、剧痛，或精神失常。

2. 语言

（1）谵语 神识不清，语无伦次，声高有力，属热扰心神。

（2）郑声 神识不清，语言重复，语声低弱，属脏腑衰竭，心神散乱。

（3）独语 自言自语，喃喃不休，见人语止，属心气不足，或气郁痰结。

（4）错语 语言错乱，语后自知，多属心气不足，神失所养，或痰湿瘀血阻碍心窍。

（5）狂言 精神错乱，语无伦次，狂躁妄言，多属痰火扰神。

（6）言謇 语言謇涩、舌强并见，多属风痰阻络。

3. 呼吸

（1）喘 呼吸困难，短促急迫，鼻翼扇动，张口抬肩，不能平卧者为喘。发病急骤，气粗息涌，胸中胀满，多为实喘，属风寒袭肺或痰热壅肺。病势缓慢，喘声低微，短促难续，多为虚喘，属肺肾亏虚，气失摄纳。

（2）哮 呼吸急促似喘，喉间有哮鸣音为哮，多因宿痰内伏，复感外邪。一般喘不兼哮，但哮必兼喘。喘以气息急迫为主，哮以喉间哮鸣为主。

（3）短气 呼吸气急而短促，时而不相接续者为短气。短气兼形瘦神疲，声低息微，多因体衰气虚所致。短气兼呼吸声粗，胸部窒闷，多因痰饮、积滞、气滞、瘀阻所致。

（4）少气 呼吸微弱声低，气少不足以息。多因久病体虚，肺肾气虚。

4. 咳嗽 咳声重浊紧闷，多属寒痰停肺，肺失肃降。咳声轻清低微，多属肺气虚损，失于宣降。咳声不扬，痰稠而黄，多属热邪犯肺，肺津被灼。咳有痰声，痰多易咯，多属痰湿阻肺。干咳无痰，痰黏难咯，多属燥邪犯肺或阴虚肺燥。咳声短促，连续不断，咳后回声，反复发作，见于顿咳，因风邪与痰热搏结所致。咳如犬吠，伴有声嘶，吸气困难，见于白喉，因肺肾阴虚，火毒攻喉所致。

5. 呕吐 吐势徐缓，声音微弱，吐物清稀，多属虚寒证。吐势较猛，声音壮厉，吐物黏稠，多属实热证。进餐后吐泻，多属食物中毒、霍乱。朝食暮吐，或暮食朝吐，多属脾阳虚证。

6. 呃逆 呃声频作，高亢有力，多属实证、热证。呃声低沉，声低无力，多属虚证、寒证。新病呃逆，其声有力，多属寒邪或热邪客胃。久病呃逆，声低气怯，多为胃气衰败之危候。

7. 嗳气 嗳气酸腐，脘腹胀满，常见于宿食停滞。嗳声频作，嗳后胀减，与情志有关，多属肝气犯胃。嗳声低沉，无酸腐味，兼见纳差，多属胃虚气逆。嗳气频作，无酸腐味，兼见脘痛，多属寒邪客胃。

8. 太息 指情志抑郁、胸闷不畅时发出的长吁或短叹声的症状，是情志不遂、肝气郁结之象。

二、嗅气味

（一）病体气味

1. 口气 口臭，多见于口腔不洁、龋齿或消化不良。口中酸臭，多属胃肠积滞。口中臭秽，多属胃热。口气腐臭，见于内有溃腐脓疡之人。鼻出臭气，浊涕不止，见于鼻渊，多因热邪上熏或湿热蕴结所致。

2. 汗气 汗出腥膻，多因湿热久蕴，皮肤受熏，或汗后衣物不洁所致。汗气臭秽，见于瘟疫，或暑热炽盛。腋汗臊臭，多为湿热内蕴，见于狐臭病。

3. 痰、涕之气 浊痰脓血，腥臭异常，见于肺痈，为热毒炽盛所致。咯痰黄稠气腥，多属肺热壅盛。痰涎清稀，无特异气味，多属寒证。鼻流浊涕腥秽，见于鼻渊。

4. 二便之气 大便酸臭难闻，多属肠有郁热。大便溏泻微腥，多属脾胃虚寒。大便臭如败卵，多属宿食停滞。小便黄赤臊臭，多属膀胱湿热。尿甜并散发苹果样气味，见于消渴病。

5. 经、带、恶露之气 月经臭秽，多属热证。月经气腥，多属寒证。带下黄稠臭秽，多属湿热。带下白稀而腥，多属寒湿。带下奇臭，颜色异常，见于危重病证。产后恶露臭秽，多属湿热下注。

6. 呕吐物之气 清稀无臭，多属胃寒。气味酸臭秽浊，多属胃热。呕吐未消化食物，气味酸腐，多属食积。呕吐物无酸腐味，见于气滞。呕吐脓血而腥臭，见于内有溃疡之人。

（二）病室气味

病气充斥病室，表示病情重笃。病室臭气触人，见于瘟疫病。病室充有血腥气，见于失血证。病室散有腐臭气，见于溃腐疮疡。病室尸臭气，见于脏腑衰败。病室尿臊气，见于水肿病晚期。病室有烂苹果气味，见于消渴重症。

第四节 切诊

一、脉诊方法

（一）脉诊的部位

1. 寸口诊脉的部位和三部九候 寸口的位置在腕后高骨（桡骨茎突）内侧桡动脉所在部位，寸口又分寸、关、尺三部，即以桡骨茎突为标记，其内侧部位即为关，关前（腕端）为寸，关后（肘端）为尺，两手各有寸、关、尺三部，合而为六部脉。每部又分浮、中、沉三候。

2. 寸口分候脏腑 左寸候心，右寸候肺，并统括胸以上及头部的疾病；左关候肝胆，右关候脾胃，并统括膈以下至脐以上部位的疾病；两尺候肾，并统括脐以下至足部疾病。

（二）脉诊时间

1. 诊法常以平旦为宜 因为清晨尚未饮食及活动等，体内外环境都比较安静，气血经脉受到的干扰因素最少，故容易诊得病人的真实脉象。虽然临床实际中不可能都在平旦切脉，但诊脉时使病人处于平静的内外环境之中是可以达到的。

2. 环境宁静时诊脉　即诊脉之前先让病人休息片刻，使呼吸调匀，气血平静，同时诊室保持安静，以利于医生体会脉象。

3. 脉不少于"五十动"　现在临床上以每手不少于 1 分钟为宜，以有利于辨别脉象的节律变化、初诊和久按指感之不同，对临床辨证有一定的意义。

（三）诊脉体位

病人取坐位或正卧位，手臂放平与心脏近于同一水平，直腕，手心向上，并在腕关节垫上脉枕，以便于切脉。

（四）诊脉指法

1. 布指　医生和病人应侧向坐，以左手切按病人的右手脉，以右手按其左手。先用中指定关，接着用食指按关前的寸脉部位，无名指按关后的尺脉部位。三指呈弓形，指头平齐，以指尖与指腹交界处的指目按触脉体，因指目感觉较灵敏。布指疏密合适，要和病人的身长相适应，身高臂长者布指宜疏，身矮臂短者布指宜密。小儿寸口部位甚短，一般多用一指定关法诊脉，即用拇指统按寸、关、尺三部脉。

2. 运指

总按：三指平布，同时用大小相等的指力诊脉的方法。

单诊：分别用一指单按其中一部脉象，重点体会某一部脉象特征。

举法：医师的手指用较轻的力按在寸口脉搏动部位上，又叫浮取。

按法：医师的手指用力较重，甚至按到筋骨以体察脉象，又叫沉取。

寻法：医师的手指指力适中，用力不轻不重，按至肌肉并适当调节指力以体察脉象，又叫中取。

3. 调息　医生的呼吸要自然均匀，用自己一呼一吸的时间去计算病人脉搏的次数，此外，医生必须思想集中，全神贯注，仔细体会，才能识别指下的脉象。

（五）脉象要素

脉象要素是构成各种脉象的主要因素。传统的脉象要素包括脉象的位、数、形、势四个方面。位是指脉动部位的浅深，数主要指脉动的频率和节律，形是指脉体的形态，势是指脉搏的力量和趋势。通过反复操练，细心体察，可以对脉搏的部位、至数、形态和力量等方面形成一个比较完整的指感，才能比较准确地识别各种不同脉象。

二、脉诊内容与运用

（一）正常脉象

1. 意义　指正常人在生理条件下出现的脉象，亦称平脉。

2. 特点　脉位不浮不沉，沉取不绝。脉数：一息四五至，节律一致。脉形：三部有脉，不大不小。脉势：从容和缓，流利有力。其关键又在于"三部有脉，和缓有力"，因为它反映了正常脉象有胃、有神、有根的特征。

3. 常脉的生理变异

（1）季节　外界环境的变化时时影响着机体的生理活动，人体适应这种变化的生理性调节又可以反映在脉象上，故平人应四时而有春微弦、夏微洪、秋微浮、冬微沉的脉象变化。

（2）地理环境　地理环境也能影响脉象。南方地势低下，气候温热潮湿，人体肌腠疏松，故脉多细软或略数；北方地势高峻，空气干燥，气候偏寒，人体肌腠致密，故脉多沉实。

（3）性别 妇女脉象较男子濡弱而略快，妊娠期脉常见滑数而冲和。

（4）年龄 小儿脉象多小数，青年人脉象多平滑，老人脉象多弦硬。

（5）形体 身躯高大的人脉的显现部位较长；矮小的人脉的显现部位较短。瘦人肌肉薄，脉常浮；肥胖的人皮下脂肪厚，脉常沉。运动员脉多缓而有力。

（6）情志 喜则伤心而脉缓，怒则伤肝而脉急，惊则气乱而脉动无序，当情志恢复平静之后，脉象也恢复正常。

（7）劳逸 剧烈运动和远行之后脉多急疾；入睡之后脉多迟缓；脑力劳动之人脉多弱于体力劳动者。

（8）饮食 饭后、酒后脉多数而有力；饥饿时脉象稍缓而乏力。

（9）解剖 少数人脉不见于寸口，而从尺部斜向手背，称斜飞脉；若脉出现在寸口的背侧，称反关脉；还有出现于腕部其他位置的，都是生理变异的脉位，即桡动脉解剖位置的变异，不属病脉。

（二）病理脉象

1. 浮脉

（1）脉象特征 轻取即得，重按稍减不空；举之有余，按之不足。

（2）临床意义 主表证。亦见于虚阳外越证。

（3）脉义分析 邪盛而正气不虚，多见脉浮而有力。虚人外感或邪盛正虚，多见脉浮而无力。外感风寒，多见脉浮紧。外感风热，多见脉浮数。久病体虚，虚阳外越，多见脉浮无根，病情危重。形瘦脉浅，或夏秋阳浮，出现浮脉，不属病脉。

（4）相类脉

散脉：浮大无根，散漫似无，节律不齐，脉力不匀。为元气耗散，精气欲绝，病重。

芤脉：浮大中空，如按葱管，浮大而软，边实中空。常见于失血、伤阴之病。

2. 沉脉

（1）脉象特征 轻取不应，重按始得；举之不足，按之有余。

（2）临床意义 为里证的主脉。亦可见于常人。

（3）脉义分析 脉沉有力，见于里实证。脉沉无力，见于里虚证。形胖脉沉，或冬季气阳潜藏，脉象偏沉，不属病脉。两手六脉沉细，但无病候，为六阴脉，属于生理现象。

（4）相类脉

伏脉：脉位比沉脉更深，重按推筋着骨始应。见于邪闭、厥病和痛极的病人。

牢脉：沉取始得，实、大、弦、长。见于阴寒内盛、疝气、癥瘕之实证。

3. 迟脉

（1）脉象特征 脉来缓慢，一息脉动不足四至（少于60次/分）。

（2）临床意义 多主寒证。亦可见于邪热结聚的实热证。

（3）脉义分析 迟而有力，多主实寒证。迟而无力，多主虚寒证。迟而有力，伴腹满便秘、发热，见于阳明腑实证。久经锻炼之人，脉来迟而缓和。常人入睡后脉率见迟，属生理性迟脉。

（4）相类脉

缓脉：一息四至（每分钟60～70次）为平缓脉，是脉有胃气之象，见于健康人；脉势纵缓，缓怠无力为势缓脉，见于湿病、脾胃虚弱。

4. 数脉

（1）脉象特征　脉来急促，一息五至以上，不满七至（每分钟90～130次）。

（2）临床意义　多主热证，亦可见于里虚证。

（3）脉义分析　数而有力，多主实热证。数而无力，多主虚热证。浮大虚数，多主虚阳外浮。运动或情绪激动时脉率加速。小儿年龄越小脉率越快，为生理脉象。

（4）相类脉

疾脉：一息七至以上（每分钟140～160次）为疾脉。多见于阳极阴竭，元气欲脱之证。

5. 虚脉

（1）脉象特征　三部脉举之无力，按之空豁，应指松软，是一切无力脉的总称。

（2）临床意义　主虚证，多为气血两虚。

（3）脉义分析　迟而无力，主阳虚证。数而无力，主阴虚证。

（4）相类脉

弱脉：沉细无力而软，主阳气虚衰及气血俱衰，多见于久病虚弱之体。

微脉：极细极软，按之欲绝，若有若无，多为气血大虚，阳气衰微。久病脉微为正气将绝，新病脉微为阳气暴脱。

6. 实脉

（1）脉象特征　脉来充盛有力，应指满幅，举按皆然，为一切有力脉的总称。

（2）临床意义　主实证。

（3）脉义分析　实而浮数，主实热证。实而沉迟，主实寒证。久病见实脉，为孤阳外脱的先兆。实而和缓，见于健康人，表示气血充盛。两手六脉均实大而无病象者，为六阳脉。

7. 洪脉

（1）脉象特征　脉形宽大，充实有力，来盛去衰，浮大满指，呈汹涌之势。

（2）临床意义　主阳明气分热甚。

（3）脉义分析　脉洪有力，主邪热亢盛。夏令脉稍洪大，为夏令之平脉。

（4）相类脉

大脉：脉体宽大，但无脉来汹涌之势。三部脉皆大、从容和缓者为体魄健壮之征象；病中见脉大为病情加重。脉大而数实为邪实，脉大而无力为正虚。

8. 细脉

（1）脉象特征　脉细如线，应指明显，细直而软，按之不绝。

（2）临床意义　主气血两虚、湿病。

（3）脉义分析　脉细小而软，主营血亏虚。脉细而弦紧，主暴寒或疼痛。脉象细缓，主湿遏脉道。

9. 长脉

（1）脉象特征　脉动应指的范围超过寸、关、尺三部，脉体较长。

（2）临床意义　主阳证、实证、热证。

（3）脉义分析　长而洪数，主阳毒内蕴。长而洪大，主热深、癫狂。脉长而弦，主肝气上逆、气滞化火或肝火夹痰。长而柔和，为强壮之象。老人两尺脉长而滑实，多长寿。

10. 短脉

（1）脉象特征　脉动应指范围不足本位，只出现在关部，寸尺脉常不显。

（2）临床意义　主气病。

（3）脉义分析　短而有力，属气郁。短而无力，属气虚。

11. 滑脉

（1）脉象特征　往来流利，如珠走盘，应指圆滑。

（2）临床意义　主痰饮、食滞、实热等病证。滑脉亦是青壮年人的常脉、妇人的孕脉。

（3）脉义分析　脉滑而实，主痰饮、食滞。脉滑而数，多见于热入血分。滑而和缓，为常脉，多见于青壮年人。妇人脉滑而停经，应考虑妊娠。

（4）相类脉

动脉：多见于关部滑数有力。常见于惊恐、疼痛等症。

12. 涩脉

（1）脉象特征　形细行迟，往来艰涩，如轻刀刮竹，为不流利脉。

（2）临床意义　主伤精、血少、痰食内停、气滞血瘀等证。

（3）脉义分析　涩而有力，主实证。涩而无力，主虚证。

13. 弦脉

（1）脉象特征　端直以长，如按琴弦。

（2）临床意义　主肝胆病、诸痛症、痰饮等。亦见于老年健康者。

（3）脉义分析　脉弦而紧，多属阴寒为病。脉弦而数，多为阳热所伤。脉弦而滑，主痰饮内蓄。春令平人脉象微弦，多为春季平脉。健康中老年人脉象多弦硬，为精血衰减，生理性退化之征象。

（4）相类脉

紧脉：脉形紧急弹指，如按转索。多见于风寒实证、痛证和宿食内阻等。

革脉：浮而搏指，中空外坚，如按鼓皮。多见于亡血、失精、半产、漏下等病证。

14. 濡脉

（1）脉象特征　浮而细软，应指少力，轻取可得，重按不显，又称软脉。

（2）临床意义　主诸虚或湿困。

（3）脉义分析　久病精亏，脾虚血亏，阳虚卫表不固，阴虚不能敛阳，湿困阻遏阳气等，均可以出现濡脉。

15. 促脉

（1）脉象特征　脉来数而时有一止，止无定数。

（2）临床意义　主阳盛实热、气血痰食停滞，亦可见于脏气衰败。

（3）脉义分析　阳邪亢盛，实邪阻滞，见于脉促有力。脏气衰败，气血不顺，见于脉促无力。

16. 结脉

（1）脉象特征　脉来缓慢，时有中止，止无定数。

（2）临床意义　主阴盛气结，寒痰瘀血，亦可见于气血虚衰。

（3）脉义分析　阴盛气结，脉气阻滞，多见脉结有力。气血虚弱，脉气迟至，多见脉结无力。

17. 代脉

（1）脉象特征　脉来迟缓，时有一止，止有定数，良久复来。

（2）临床意义　见于脏气衰微、疼痛、惊恐、跌仆损伤。

（3）脉义分析　脉代无力，多属脏气衰微，气血虚衰。脉代有力，多属邪阻脉道，血行涩滞，常见于痹证疼痛、跌打损伤或七情过极等。

（三）常见病脉归类

表1-1　　　　　　　　　　　　　　常见病脉归类

脉类	共同特点	脉名	脉　　象	主　病
浮脉类	轻取即得	浮	举之有余，按之不足	表证
		洪	脉来浮大，充实有力，来盛去衰	热盛
		濡	浮而细软	虚、湿
		散	浮散无根，稍按则无	元气离散，脏气将绝
		芤	浮大中空，如按葱管	失血、伤阴
		革	浮而弦硬，中空外坚，如按鼓皮	亡血、失精、崩漏
沉脉类	重按始得	沉	轻取不应，重按始得	里证
		伏	脉位深沉，推筋着骨始得，甚则伏而不见	邪闭、厥证、痛极
		牢	脉形沉而实大弦长	阴寒内实、疝气、癥瘕
		弱	极软而沉细	气血不足
迟脉类	一息不足四至	迟	脉来迟慢，一息不足四至	寒证
		缓	一息四至，脉来缓怠	脾胃虚弱、湿证
		涩	往来艰涩不畅，如轻刀刮竹	气滞血瘀、精伤血少
		结	脉来缓而时一止，止无定数	阴盛气结、寒痰血瘀
数脉类	一息五至以上	数	脉来急促，一息五六至	热证
		促	脉来数而时一止，止无定数	阳盛实热、瘀滞、痰食停滞
		疾	脉来急疾，一息七八至	阳极阴竭、元气将脱
		动	脉短如豆，滑数有力	痛、惊
虚脉类	应指无力	虚	三部脉举之无力，按之空虚	气血两虚
		微	极细极软，似有似无	阴阳气血诸虚，阳气暴脱
		细	脉细如线，但应指明显	气血俱虚、诸虚劳损、湿病
		代	迟而中止，止有定数	脏气衰微、风证痛证、跌打损伤
		短	首尾俱短，不及三部	有力主气郁，无力主气损
实脉类	应指有力	实	三部脉举按均有力	实证
		滑	往来流利，如珠走盘，应指圆滑	痰饮、食滞、实热
		紧	脉来紧张，状如牵绳转索	寒、痛、宿食
		长	脉形长，首尾端直，超过本位	肝阳有余、阳盛内热
		弦	端直而长，如按琴弦	肝胆病、诸痛、痰饮

（四）脉象鉴别

1. 比类脉　比类脉是指脉象在位、数、形、势的某一方面相似之脉。

（1）脉位相似

1）脉位浅：脉位浅显，轻取即得，为浮脉。浮大中空，有边无中，为芤脉。浮而软小，为濡脉。浮大有力，为洪脉。浮弦中空，如按鼓皮，为革脉。浮而散乱，按之无力，为散脉。

2）脉位深：脉位深沉，重按始得，为沉脉。更深于沉，紧贴于骨，为伏脉。沉而弦长实大，为牢脉。沉而软小，为弱脉。

（2）脉数相似

1）脉率快：一息五六至，为数脉。一息七八至，为疾脉。滑数而短，为动脉。

2）脉率慢：一息三至，为迟脉。稍快于迟，一息四至，为缓脉。

3）律不齐：数而时止，止无定数，为促脉。缓而时止，止无定数，为结脉。缓而时止，止有定数，为代脉。往来艰涩，三五不匀，为涩脉。

（3）脉形相似

1）脉宽大：脉宽倍于常脉，为大脉。浮大有力，来盛去衰，为洪脉。浮大中空，如按葱管，为芤脉。

2）脉细小：脉细如线，应指显然，为细脉。极细而软，似有若无，为微脉。浮细而软，轻取乃得，为濡脉。沉细而软，重按乃得，为弱脉。

3）脉体长：脉动应指，超逾三部，为长脉。端直以长，如按琴弦，为弦脉。

4）脉体短：脉动应指，不及三部，为短脉。脉短滑数，为动脉。

5）脉紧张：应指紧急，端直以长，为弦脉。应指紧急，如按转索，为紧脉。应指紧急，如按鼓皮，为革脉。应指紧急，实大弦长，为牢脉。

6）脉弛缓：濡、弱、缓、微、散等脉，这些脉的特征是脉管弛缓无力。

7）脉流利：往来流利，如珠走盘，为滑脉。短而滑数，为动脉。

8）脉滞涩：往来艰涩，三五不匀，为涩脉。

（4）脉势相似

1）脉无力：脉来无力，为虚脉。浮而细软，为濡脉。沉而细软，为弱脉。极细极软，为微脉。

2）脉有力：脉来有力，为实脉。浮大有力，来盛去衰，为洪脉。

2. 对举脉 是指在位、数、形、势的某一方面完全相反的脉象。

（1）脉位对举 浮者轻浮于上，沉者重沉于下。

（2）脉数对举 迟者一息不达四至为寒，数者一息五至以上为热。

（3）脉形对举

滑涩：滑者血多气盛，故脉来流利圆滑；涩者血少气滞，故脉来艰涩不匀。

洪细：血热气壅，气随以溢，宽阔满指，冲涌有余，故脉体洪；血亏气少，血不充脉，气不运血，故脉体细小。

紧缓：紧为寒遏营血，脉道紧束而拘急，故如牵绳转索；缓为风伤卫气，肤表疏松而脉体舒缓，故脉势缓而行徐。

长短：长则气治，脉通三部，过于尺寸；短则气病，脉虽见于尺寸，但必不能满部。

（4）脉势对举

虚实：实为脉道充实有力，虚为脉道空豁无力。

微伏：微为阳气衰微，气血欲脱，故脉沉而极细；伏为邪气内伏，气机郁闭，故脉沉而按之有力。

（五）相兼脉

1. 相兼脉的含义　凡是由两种或两种以上的单因素脉同时出现而复合构成的脉象即称为"相兼脉"或"复合脉"。如浮数为二合脉，沉细数为三合脉，浮数滑实为四合脉。在诸多脉中有些脉本身就是由几种单因素脉合成的，如弱脉是由沉、细、虚三种因素合成，濡脉是由浮、细、虚三种因素合成；动脉由滑、数、短三种合成；牢脉由沉、实、大、弦、长五种合成。

2. 相兼脉形成的原理　疾病是一个复杂的过程，可以由多种致病因素相兼为病，在疾病过程中邪正斗争的形势会不断地发生变化，疾病的性质和病位亦可随疾病变化而改变，因此，病人的脉象经常是两种或两种以上相兼出现。实际上临床所见脉象基本上都是复合脉。因为脉之位、数、形、势等都只从一个侧面论脉，而诊脉时则必须从多方面进行综合考察。

3. 脉象相兼的原则　只要不是位、数、形、势等性质完全相反的脉，一般均可根据病情变化相兼组合出现，亦即对举不能相兼。

4. 脉象相兼的主病规律　相兼脉象的主病就是组成该相兼脉的各单因素脉象主病的综合。临床常见的相兼脉及其主病如下：

浮紧脉：主外感寒邪之表寒证，或风寒痹证疼痛。

浮缓脉：主风邪伤卫、营卫不和的太阳中风证。

浮数脉：主风热袭表的表热证。

浮滑脉：主表证夹痰，常见于素体多痰湿而又感受外邪者。

沉迟脉：主里寒证。

沉弦脉：主肝郁气滞或水饮内停。

沉涩脉：主血瘀，尤常见于阳虚而寒凝血瘀者。

沉缓脉：主脾肾阳虚、水湿停留诸证。

沉细数脉：主阴虚内热或血虚。

弦紧脉：主寒主痛，常见于寒滞肝脉或肝郁气滞、两胁作痛等病证。

弦数脉：主肝郁化火或肝胆湿热、肝阳上亢。

弦滑数脉：多见于肝火夹痰、肝胆湿热或肝阳上扰、痰火内蕴等证。

弦细脉：主肝肾阴虚或血虚肝郁，或肝郁脾虚等证。

滑数脉：主痰热、湿热或食积内热。

洪数脉：主气分热盛，多见于外感热病。

（六）脉诊的临床运用

由于脉象与主病的内在联系十分复杂，因此，在分析脉象所反映疾病的不同本质或辨别疾病所出现的不同脉象时要注意下列问题：

1. 脉象独异主病

（1）部位独异主病　临床诊脉中某种脉仅见于寸、关、尺六脉的某一部者，称为部位独异。例如左关脉独弦、右寸脉独弱之类。这些脉的主病多与该部所属脏腑有关。如左关脉弦为肝郁，右寸脉弱为肺虚，左尺脉沉是肾病等等，余以此类推。

（2）脏气独异主病　临床诊脉中，寸、关、尺六脉均见到反映某脏病变的脉象者，称为脏气独异。如六脉俱洪、六脉俱弦等。脏气之独异不能受部位的局限，如六脉俱见洪脉的是心的病脉，其他如肝的弦脉、肺的浮脉、脾的缓脉、肾的沉脉，可以类推。总之，五脏之中各有本脉，独见者病也。

2. 脉证顺逆与脉症从舍

（1）脉证顺逆的意义　脉证顺逆是指脉与证的相应与不相应，以判断病情的顺逆。一般而论，脉与证相一致的为顺，反之为逆。如暴病脉来浮、洪、数、实者为顺，反映正气充盛能够抗邪；久病脉来沉、微、细、弱者为顺，说明正虽不足而邪亦不盛。若新病脉见沉、细、微、弱，说明正气虚衰；久病脉见浮、洪、数、实，则表示正气衰而邪不退，均属逆证。

（2）脉症从舍的方法　脉与症有时有不相应者，故临床时当根据疾病的本质决定从舍，或舍脉从症，或舍症从脉。如自觉烦热而脉见微弱者，必属虚火；腹虽胀满，尚脉见微弱，则是脾胃虚弱之故；胸腹不灼而脉见洪大者，必非火邪；本无胀满疼痛而脉见弦强者，并非实证。脉有从舍，说明脉象只是疾病表现的一个方面，因而要四诊合参，全面了解，综合分析，从而推断疾病部位、性质和病情轻重等。

三、按诊的方法及运用技巧

（一）按诊的体位

1. 坐位　病人取坐位，医师可面对病人而坐或站立进行。用左手稍扶病体，右手触摸按压某一局部，多用于皮肤、手、足、腧穴的按诊。

2. 卧位　病人取卧位，全身放松，两腿自然伸直，两手臂放在身旁。医师站在病人右侧，用右手或双手对病人胸腹某些部位进行切按。可让病人屈起双膝，腹肌松弛，或做深呼吸，以便于切按。

（二）按诊的手法

1. 触法　是以手指或手掌轻轻接触病人局部皮肤，如额部、四肢及胸腹部的皮肤，以了解肌肤的凉热、润燥等情况。

2. 摸法　是以手指稍用力寻抚局部，如胸腹、腧穴、肿胀部位等，从而探明局部的感觉、疼痛以及肿物的形态、大小等情况。

3. 按法　是以重手按压或推寻局部，如胸、腹、肿物部位，以了解深部有无压痛或肿块，肿块的形态、质地、大小、活动程度、肿胀程度、性质等情况。

4. 叩法　是医师用手叩击病人身体某部，使之震动产生叩击音、波动感或震动感，以此来确定病变的性质和程度的一种检查方法。分直接叩击法和间接叩击法两种。

（1）直接叩击法　是医生用手指直接触击体表部位。如鼓胀病人，叩之如鼓者为气臌，叩之音浊者为水臌。

（2）间接叩击法　①拳掌叩击法：即医师用左手掌平贴在体表，右手握成空拳叩击左手背，边叩边询问患者叩击部位的感觉，有无局部疼痛，以推测病变部位和程度。②指指叩击法：即医生左手中指第二指关节紧贴病体被叩部位，以右手中指指端叩击左手中指，叩击时要灵活、短促，富有弹性。

（三）按诊注意事项

1. 光线要适当，侧面光线对按诊时某些变化的观察很有帮助。
2. 需根据疾病的不同部位选择适当的体位和方法。
3. 医师要举止稳重大方，态度严肃认真，手法轻巧柔和，避免突然暴力或冷手按诊。

4. 注意争取病人的主动配合，使病人能准确地反映病位的感觉。

5. 要边检查边注意观察病人的表情变化，以了解病痛所在的准确部位及程度。

四、按诊的内容

（一）按胸胁

1. 按虚里 虚里搏动微弱为不及，属宗气内虚。虚里动而应衣为太过，属宗气外泄。按之弹手，洪大而搏，或绝而不应者，为心气衰绝之候。虚里搏动数急而时有一止，属中气不守。搏动迟弱，或久病体虚而动数者，属心阳不足。

2. 按胸膺 前胸高起，叩之膨然，其音清者，见于肺胀、气胸。按之胸痛，叩之音实，见于饮停胸膈或痰热壅肺。胸部局部青紫肿胀而拒按者，见于胸部外伤。心之部位疼痛，见于心痛。　.

3. 按胁部 胁痛喜按，胁下按之空虚无力，属肝虚。胁下肿块，刺痛拒按，属血瘀。右胁下肿块，按之表面凹凸不平，见于肝癌。胁下痞块，按之硬者，属疟母。

（二）按脘腹

1. 按脘部 脘部痞满，按之较硬而疼痛，为实证，见于邪聚胃脘。脘部痞满，按之濡软而无痛，为虚证，见于胃腑虚弱。脘部按之有形而胀痛，辘辘有声，为胃中有水饮。

2. 按腹部

（1）腹部凉热　腹部按之肌肤冷凉而喜温，属寒证。腹部按之肌肤灼热而喜凉，属热证。腹痛喜按，属虚证。腹痛拒按，属实证。

（2）腹部胀满　腹部按之饱满，充实而有弹性，有压痛，为实满。腹部膨满，按之虚软而无弹性，无压痛，为虚满。腹部胀大如鼓，见于鼓胀。腹胀大如鼓，按之如囊裹水，为水臌。腹胀大如鼓，击之膨膨然，为气臌。腹大如鼓，按之柔软而无病痛，多见于肥胖。

（3）腹部肿块　肿块推之不移，痛有定处，为癥积，病属血分。肿块推之可移，聚散不定，为瘕聚，病属气分。左少腹痛，按之有块，多为肠中宿粪。右少腹痛而拒按，按之包块应手，多为肠痈。腹部肿块增大，属病深。腹部肿块形状不规则，表面不光滑，属病重。腹部肿块坚硬如石，属恶候。腹中结块聚散不定，或按之形如筋状，为虫积。

（三）按肌肤

1. 诊寒热 肌肤寒冷，体温偏低者，属阳气衰少。肌肤厥冷，大汗淋漓，脉微欲绝者，为亡阳。肌肤灼热，体温升高者，属阳热亢盛。肌肤尚温，汗出如油，脉疾无力者，为亡阴。身灼热而肢厥，为真热假寒证。外感病汗出热退身凉，为表邪已解。皮肤无汗而身灼热者，为热甚。身热初按热甚，久按热反转轻者，为热在表。身热初按热轻，久按其热反甚者，为热在里。皮肤不热，红肿不显者属阴证。皮肤灼热，红肿疼痛者属阳证。

2. 诊润燥滑涩 皮肤干燥者，尚未出汗。皮肤干瘪者，属津液不足。皮肤湿润者，身已出汗。肌肤滑润者，属气血充盛。肌肤枯涩者，属气血不足。新病皮肤滑润光泽，为气血未伤。久病肌肤枯涩少泽，为气血两伤。肌肤甲错者，为血虚失荣，或瘀血所致。

3. 诊疼痛 肌肤柔软，按之痛减者，属虚证。肌肤硬痛，按之痛甚者，属实证。轻按即痛者，为病在表浅。重按方痛者，为病在深部。

4. 诊肿胀 按之凹陷，不能即起者，为水肿。按之凹陷，举手即起者，为气肿。

5. 诊疮疡 肿硬不热者，属寒证。肿处烙手而压痛者，属热证。根盘平塌漫肿者，属虚证。根盘收束隆起者，属实证。患处坚硬，为无脓。边硬顶软，为成脓。

（四）按手足

手足俱冷者，属阳虚寒盛。手足俱热者，属阳盛热炽。热证见手足热者，为顺候。热证手足逆冷者，为逆候，是真热假寒证。手足背热甚于手足心者，属外感发热。手足心热甚于手足背者，属内伤发热。额上热甚于手心热者，属表热。手心热甚于额上热者，属里热。阳虚之证，四肢犹温，为阳气尚存，病重可治。阳虚之证，四肢厥冷，为阳气已竭，预后不良。

（五）按腧穴

诊断脏腑病变常用腧穴见下表：

表1－2　　　　　　　　　　脏腑病变按诊常用腧穴

脏腑病变	常用腧穴	脏腑病变	常用腧穴
肺病	中府、肺俞、太渊	大肠病	天枢、大肠俞
心病	巨阙、膻中、大陵	小肠病	关元
肝病	期门、肝俞、太冲	胆病	日月、胆俞
脾病	章门、太白、脾俞	胃病	胃俞、足三里
肾病	气海、太溪	膀胱病	中极

第二章 常用针灸穴位

1. 孔最（Kǒngzuì, LU 6）郄穴

【定位】尺泽穴与太渊穴连线上，腕横纹上 7 寸处。

【主治】①咯血、咳嗽、气喘、咽喉肿痛等肺系病证；②肘臂挛痛。

【操作】直刺 0.5~1 寸。

2. 列缺（Lièquē, LU 7）络穴；八脉交会穴（通于任脉）

【定位】桡骨茎突上方，腕横纹上 1.5 寸，当肱桡肌腱与拇长展肌腱之间。简便取穴法：两手虎口自然平直交叉，一手食指按在另一手桡骨茎突上，指尖下凹陷中是穴。

【主治】①咳嗽、气喘、咽喉肿痛等肺系病证；②头痛、齿痛、项强、口眼歪斜等头项部疾患。

【操作】向上斜刺 0.5~0.8 寸。

3. 少商（Shàoshāng, LU 11）井穴

【定位】拇指桡侧指甲根角旁 0.1 寸。

【主治】①咽喉肿痛、鼻衄、高热等肺系实热证；②昏迷、癫狂。

【操作】浅刺 0.1 寸，或点刺出血。

4. 合谷（Hégǔ, LI 4）原穴

【定位】在手背，第 1、2 掌骨间，当第 2 掌骨桡侧的中点处。简便取穴法：以一手的拇指指间关节横纹，放在另一手拇、食指之间的指蹼缘上，当拇指尖下是穴。

【主治】①头痛、目赤肿痛、齿痛、鼻衄、口眼歪斜、耳聋等头面五官诸疾；②发热恶寒等外感病证，热病无汗或多汗；③经闭、滞产等妇产科病证。

【操作】直刺 0.5~1 寸，针刺时手呈半握拳状。孕妇不宜针。

5. 曲池（Qūchí, LI 11）合穴

【定位】屈肘成直角，在肘横纹外侧端与肱骨外上髁连线中点。

【主治】①手臂痹痛、上肢不遂等上肢病证；②热病；③高血压；④癫狂；⑤腹痛、吐泻等肠胃病证；⑥咽喉肿痛、齿痛、目赤肿痛等五官热性病证；⑦瘾疹、湿疹、瘰疬等皮、外科疾患。

【操作】直刺 0.5~1 寸。

6. 肩髃（Jiānyú, LI 15）

【定位】肩峰端下缘，当肩峰与肱骨大结节之间，三角肌上部中央。臂外展或平举时，肩部出现两个凹陷，当肩峰前下方凹陷处。

【主治】①肩臂挛痛、上肢不遂等肩、上肢病证；②瘾疹。

【操作】直刺或向下斜刺 0.8~1.5 寸。肩周炎宜向肩关节直刺，上肢不遂宜向三角肌方向斜刺。

7. 迎香（Yíngxiāng, LI 20）

【定位】在鼻翼外缘中点旁开约 0.5 寸，当鼻唇沟中。

【主治】①鼻塞、鼽衄、口歪等局部病证；②胆道蛔虫症。

【操作】略向内上方斜刺或平刺0.3~0.5寸。

8. 地仓（Dìcāng，ST 4）

【定位】口角旁约0.4寸，上直对瞳孔。

【主治】口角歪斜、流涎、三叉神经痛等面局部病证。

【操作】斜刺或平刺0.5~0.8寸。可向颊车穴透刺。

9. 下关（Xiàguān，ST 7）

【定位】在耳屏前，下颌骨髁状突前方，当颧弓与下颌切迹所形成的凹陷中。合口有孔，张口即闭，宜闭口取穴。

【主治】①牙关不利、三叉神经痛、齿痛、口眼歪斜等面口病证；②耳聋、耳鸣、聤耳等耳疾。

【操作】直刺0.5~1寸。留针时不可做张口动作，以免折针。

10. 天枢（Tiānshū，ST 25）大肠募穴

【定位】脐中旁开2寸。

【主治】①腹痛、腹胀、便秘、腹泻、痢疾等胃肠病证；②月经不调、痛经等妇科疾患。

【操作】直刺1~1.5寸。《千金》：孕妇不可灸。

11. 足三里（Zúsānlǐ，ST 36）合穴；胃下合穴

【定位】犊鼻穴下3寸，胫骨前嵴外1横指处。

【主治】①胃痛、呕吐、噎膈、腹胀、腹泻、痢疾、便秘等胃肠病证；②下肢痿痹；③癫狂等神志病；④乳痈、肠痈等外科疾患；⑤虚劳诸证，为强壮保健要穴。

【操作】直刺1~2寸。强壮保健常用温灸法。

12. 条口（Tiáokǒu，ST 38）

【定位】上巨虚穴下2寸。

【主治】①下肢痿痹，转筋；②肩臂痛；③脘腹疼痛。

【操作】直刺1~1.5寸。

13. 丰隆（Fēnglóng，ST 40）络穴

【定位】外踝尖上8寸，条口穴外1寸，胫骨前嵴外2横指（中指）处。

【主治】①头痛，眩晕；②癫狂；③咳嗽痰多等痰饮病证；④下肢痿痹；⑤腹胀，便秘。

【操作】直刺1~1.5寸。

14. 公孙（Gōngsūn，SP 4）络穴；八脉交会穴（通于冲脉）

【定位】第1跖骨基底部的前下方，赤白肉际处。

【主治】①胃痛、呕吐、腹痛、腹泻、痢疾等脾胃肠腑病证；②心烦失眠、狂证等神志病证；③逆气里急、气上冲心（奔豚气）等冲脉病证。

【操作】直刺0.6~1.2寸。

15. 三阴交（Sānyīnjiāo，SP 6）

【定位】内踝尖上3寸，胫骨内侧面后缘。

【主治】①肠鸣腹胀、腹泻等脾胃虚弱诸证；②月经不调、带下、阴挺、不孕、滞产等妇产科病证；③遗精、阳痿、遗尿等生殖泌尿系统疾患；④心悸，失眠，高血压；⑤下肢痿痹；⑥阴虚诸证。

【操作】直刺1～1.5寸。孕妇禁针。

16. 地机（Dìjī, SP 8）郄穴

【定位】在内踝尖与阴陵泉穴的连线上，阴陵泉穴下3寸。

【主治】①痛经、崩漏、月经不调等妇科病证；②腹痛、腹泻等脾胃病证；③小便不利、水肿等脾不运化水湿病证。

【操作】直刺1～2寸。

17. 血海（Xuèhǎi, SP 10）

【定位】屈膝，在髌骨内上缘上2寸，当股四头肌内侧头的隆起处。简便取穴法：患者屈膝，医者以左手掌心按于患者右膝髌骨上缘，第2至5指向上伸直，拇指约呈45°斜置，拇指尖下是穴。对侧取法仿此。

【主治】①月经不调、痛经、经闭等妇科病证；②瘾疹、湿疹、丹毒等血热性皮肤病。

【操作】直刺1～1.5寸。

18. 神门（Shénmén, HT 7）输穴；原穴

【定位】腕横纹尺侧端，尺侧腕屈肌腱的桡侧凹陷处。

【主治】①心痛、心烦、惊悸、怔忡、健忘、失眠、痴呆、癫狂痫等心与神志病证；②高血压；③胸胁痛。

【操作】直刺0.3～0.5寸。

19. 天宗（Tiānzōng, SI 11）

【定位】肩胛骨冈下窝中央凹陷处，约当肩胛冈下缘与肩胛下角之间的上1/3折点处取穴。

【主治】①肩胛疼痛、肩背部损伤等局部病证；②气喘。

【操作】直刺或斜刺0.5～1寸。遇到阻力不可强行进针。

20. 听宫（Tīnggōng, SI 19）

【定位】耳屏前，下颌骨髁状突的后方，张口时呈凹陷处。

【主治】①耳鸣、耳聋、聤耳等耳疾；②齿痛。

【操作】张口，直刺1～1.5寸。留针时应保持一定的张口姿势。

21. 肺俞（Fèishū, BL 13）肺之背俞穴

【定位】第3胸椎棘突下，旁开1.5寸。

【主治】①咳嗽、气喘、咯血等肺疾；②骨蒸潮热、盗汗等阴虚病证。

【操作】斜刺0.5～0.8寸。

22. 膈俞（Géshū, BL 17）八会穴之血会

【定位】第7胸椎棘突下，旁开1.5寸。

【主治】①呕吐、呃逆、气喘、吐血等上逆之证；②贫血；③瘾疹，皮肤瘙痒；④潮热，盗汗。

【操作】斜刺0.5～0.8寸。

23. 胃俞（Wèishū, BL 21）胃之背俞穴

【定位】第12胸椎棘突下，旁开1.5寸。

【主治】胃脘痛、呕吐、腹胀、肠鸣等胃疾。

【操作】斜刺0.5~0.8寸。

24. 肾俞（Shènshū，BL 23）肾之背俞穴

【定位】第2腰椎棘突下，旁开1.5寸。

【主治】①头晕、耳鸣、耳聋、腰酸痛等肾虚病证；②遗尿、遗精、阳痿、早泄、不育等生殖泌尿系疾患；③月经不调、带下、不孕等妇科病证。

【操作】直刺0.5~1寸。

25. 委中（Wěizhōng，BL 40）合穴；膀胱下合穴

【定位】腘横纹中点，当股二头肌肌腱与半腱肌肌腱的中间。

【主治】①腰背痛、下肢痿痹等腰及下肢病证；②腹痛，急性吐泻；③小便不利，遗尿；④丹毒。

【操作】直刺1~1.5寸，或用三棱针点刺腘静脉出血。针刺不宜过快、过强、过深，以免损伤血管和神经。

26. 秩边（Zhìbiān，BL 54）

【定位】平第4骶后孔，骶正中嵴旁开3寸。

【主治】①腰骶痛、下肢痿痹等腰及下肢病证；②小便不利；③便秘，痔疾；④阴痛。

【操作】直刺1.5~2寸。

27. 承山（Chéngshān，BL 57）

【定位】腓肠肌两肌腹之间凹陷的顶端处，约在委中穴与昆仑穴之间中点。

【主治】①腰腿拘急、疼痛；②痔疾，便秘。

【操作】直刺1~2寸。不宜做过强的刺激，以免引起腓肠肌痉挛。

28. 昆仑（Kūnlún，BL 60）经穴

【定位】外踝尖与跟腱之间的凹陷处。

【主治】①后头痛、项强、腰骶疼痛、足踝肿痛等痛证；②癫痫；③滞产。

【操作】直刺0.5~0.8寸。孕妇禁用，经期慎用。

29. 至阴（Zhìyīn，BL 67）井穴

【定位】足小趾外侧趾甲根角旁0.1寸。

【主治】①胎位不正，滞产；②头痛，目痛；③鼻塞，鼻衄。

【操作】浅刺0.1寸。胎位不正用灸法。

30. 太溪（Tàixī，KI 3）输穴；原穴

【定位】内踝高点与跟腱后缘连线的中点凹陷处。

【主治】①头痛、目眩、失眠、健忘、遗精、阳痿等肾虚证；②咽喉肿痛、齿痛、耳鸣、耳聋等阴虚性五官病证；③咳嗽、气喘、咯血、胸痛等肺部疾患；④消渴，小便频数，便秘；⑤月经不调；⑥腰脊痛，下肢厥冷。

【操作】直刺0.5~0.8寸。

31. 照海（Zhàohǎi，KI 6）八脉交会穴（通于阴跷脉）

【定位】内踝高点正下缘凹陷处。

【主治】①失眠、癫痫等精神、神志疾患；②咽喉干痛、目赤肿痛等五官热性疾患；③月经不调、带下、阴挺等妇科病证；④小便频数，癃闭。

【操作】直刺 0.5 ~ 0.8 寸。

32. 内关（Nèiguān，PC 6）络穴；八脉交会穴（通于阴维脉）

【定位】腕横纹上 2 寸，掌长肌腱与桡侧腕屈肌腱之间。

【主治】①心痛、胸闷、心动过速或过缓等心疾；②胃痛、呕吐、呃逆等胃腑病证；③中风；④失眠、郁证、癫狂痫等神志病证；⑤眩晕症，如晕车、晕船、耳源性眩晕；⑥肘臂挛痛。

【操作】直刺 0.5 ~ 1 寸。

33. 大陵（Dàlíng，PC 7）输穴；原穴

【定位】腕横纹中央，掌长肌腱与桡侧腕屈肌腱之间。

【主治】①心痛，心悸，胸胁满痛；②胃痛、呕吐、口臭等胃腑病证；③喜笑悲恐、癫狂痫等神志疾患；④臂、手挛痛。

【操作】直刺 0.3 ~ 0.5 寸。

34. 外关（Wàiguān，SJ 5）络穴；八脉交会穴（通于阳维脉）

【定位】腕背横纹上 2 寸，尺骨与桡骨正中间。

【主治】①热病；②头痛、目赤肿痛、耳鸣、耳聋等头面五官病证；③瘰疬；④胁肋痛；⑤上肢痿痹不遂。

【操作】直刺 0.5 ~ 1 寸。

35. 支沟（Zhīgōu，SJ 6）经穴

【定位】腕背横纹上 3 寸，尺骨与桡骨正中间。

【主治】①便秘；②耳鸣，耳聋；③暴喑；④瘰疬，⑤胁肋疼痛；⑥热病。

【操作】直刺 0.5 ~ 1 寸。

36. 风池（Fēngchí，GB 20）

【定位】胸锁乳突肌与斜方肌上端之间的凹陷中，平风府穴。

【主治】①中风、癫痫、头痛、眩晕、耳鸣、耳聋等内风所致的病证；②感冒、鼻塞、衄血、目赤肿痛、口眼歪斜等外风所致的病证；③颈项强痛。

【操作】针尖微下，向鼻尖斜刺 0.8 ~ 1.2 寸，或平刺透风府穴。深部中间为延髓，必须严格掌握针刺的角度与深度。

37. 阳陵泉（Yánglíngquán，GB 34）合穴；胆下合穴；八会穴之筋会

【定位】腓骨小头前下方凹陷中。

【主治】①黄疸、胁痛、口苦、呕吐、吞酸等肝胆犯胃病证；②膝肿痛、下肢痿痹及麻木等下肢、膝关节疾患；③小儿惊风。

【操作】直刺 1 ~ 1.5 寸。

38. 悬钟（Xuánzhōng，GB 39）八会穴之髓会

【定位】外踝高点上 3 寸，腓骨前缘。

【主治】①痴呆、中风等髓海不足疾患；②颈项强痛，胸胁满痛，下肢痿痹。

【操作】直刺 0.5 ~ 0.8 寸。

39. 行间（Xíngjiān，LR 2）荥穴

【定位】足背，当第 1、2 趾间的趾蹼缘上方纹头处。

【主治】①中风、癫痫、头痛、目眩、目赤肿痛、青盲、口歪等肝经风热所致的头目病证；②月经不调、痛经、闭经、崩漏、带下等妇科经带病证；③阴中痛、疝气；④遗尿、癃闭、五淋等泌尿系病证；⑤胸胁满痛。

【操作】直刺 0.5～0.8 寸。

40. 太冲（Tàichōng，LR 3）输穴；原穴

【定位】足背，第 1、2 跖骨结合部之前凹陷中。

【主治】①中风、癫狂痫、小儿惊风、头痛、眩晕、耳鸣、目赤肿痛、口歪、咽痛等肝经风热病证；②月经不调、痛经、经闭、崩漏、带下等妇科经带病证；③黄疸、胁痛、腹胀、呕逆等肝胃病证；④癃闭，遗尿；⑤下肢痿痹，足跗肿痛。

【操作】直刺 0.5～0.8 寸。

41. 期门（Qīmén，LR 14）肝之募穴

【定位】乳头直下，第 6 肋间隙，前正中线旁开 4 寸。

【主治】①胸胁胀痛、呕吐、吞酸、呃逆、腹胀、腹泻等肝胃病证；②奔豚气；③乳痈。

【操作】斜刺或平刺 0.5～0.8 寸，不可深刺，以免伤及内脏。

42. 命门（Mìngmén，DU 4）

【定位】后正中线上，第 2 腰椎棘突下凹陷中。

【主治】①腰脊强痛，下肢痿痹；②月经不调、赤白带下、痛经、经闭、不孕等妇科病证；③遗精、阳痿、精冷不育、小便频数等男性肾阳不足性病证；④小腹冷痛，腹泻。

【操作】向上斜刺 0.5～1 寸。多用灸法。

43. 大椎（Dàzhuī，DU 14）

【定位】后正中线上，第 7 颈椎棘突下凹陷中。

【主治】①热病、疟疾、恶寒发热、咳嗽、气喘等外感病证；②骨蒸潮热；③癫狂痫证、小儿惊风等神志病证；④项强，脊痛；⑤风疹，痤疮。

【操作】向上斜刺 0.5～1 寸。

44. 百会（Bǎihuì，DU 20）

【定位】后发际正中直上 7 寸，或当头部正中线与两耳尖连线的交点处。

【主治】①痴呆、中风、失语、瘛疭、失眠、健忘、癫狂痫证、癔病等神志病证；②头风、头痛、眩晕、耳鸣等头面病证；④脱肛、阴挺、胃下垂、肾下垂等气失固摄而致的下陷性病证。

【操作】平刺 0.5～0.8 寸；升阳举陷可用灸法。

45. 水沟（Shuǐgōu，DU 26）

【定位】在人中沟的上 1/3 与下 2/3 交点处。

【主治】①昏迷、晕厥、中风、中暑、休克、呼吸衰竭等急危重症，为急救要穴之一；②癔病、癫狂痫证、急慢惊风等神志病证；③鼻塞、鼻衄、面肿、口歪、齿痛、牙关紧闭等面鼻口部病证；③闪挫腰痛。

【操作】向上斜刺 0.3～0.5 寸，强刺激；或指甲掐按。

46. 中极（Zhōngjí，RN 3）膀胱募穴

【定位】前正中线上，脐下 4 寸。

【主治】①遗尿、小便不利、癃闭等泌尿系病证；②遗精、阳痿、不育等男科病证；③月经不调、崩漏、阴挺、阴痒、不孕、产后恶露不尽、带下等妇科病证。

【操作】直刺 1~1.5 寸；孕妇慎用。

47. 关元（Guānyuán，RN 4）小肠募穴

【定位】前正中线上，脐下 3 寸。

【主治】①中风脱证、虚劳冷惫、羸瘦无力等元气虚损病证；②少腹疼痛，疝气；③腹泻、痢疾、脱肛、便血等肠腑病证；④五淋、尿血、尿闭、尿频等泌尿系病证；⑤遗精、阳痿、早泄、白浊等男科病证；⑥月经不调、痛经、经闭、崩漏、带下、阴挺、恶露不尽、胞衣不下等妇科病证。

【操作】直刺 1~1.5 寸；多用灸法。孕妇慎用。

48. 气海（Qìhǎi，RN 6）肓之原穴

【定位】前正中线上，脐下 1.5 寸。

【主治】①虚脱、形体羸瘦、脏气衰惫、乏力等气虚病证；②水谷不化、绕脐疼痛、腹泻、痢疾、便秘等肠腑病证；③小便不利，遗尿；④遗精，阳痿，疝气；⑤月经不调、痛经、经闭、崩漏、带下、阴挺、产后恶露不止、胞衣不下等妇科病证。

【操作】直刺 1~1.5 寸；多用灸法。孕妇慎用。

49. 神阙（Shénquè，RN 8）

【定位】脐窝中央。

【主治】①虚脱、中风脱证等元阳暴脱；②腹痛、腹胀、腹泻、痢疾、便秘、脱肛等肠腑病证；③水肿，小便不利。

【操作】一般不针，多用艾条灸或艾炷隔盐灸法。

50. 中脘（Zhōngwǎn，RN12）胃之募穴；八会穴之腑会

【定位】前正中线上，脐上 4 寸，或脐中与胸剑联合连线的中点处。

【主治】①胃痛、腹胀、纳呆、呕吐、吞酸、呃逆、小儿疳积等脾胃病证；②黄疸；②癫狂，脏躁。

【操作】直刺 1~1.5 寸。

51. 膻中（Dànzhōng，RN 17）心包募穴；八会穴之气会

【定位】前正中线上，平第 4 肋间隙；或两乳头连线与前正中线的交点处。

【主治】①咳嗽、气喘、胸闷、心痛、噎膈、呃逆等胸中气机不畅的病证；②产后乳少、乳痈、乳癖等胸乳病证。

【操作】平刺 0.3~0.5 寸。

52. 四神聪 Sìshéncōng（EX - HN1）

【定位】在头顶部，当百会前后左右各 1 寸，共 4 穴。

【主治】①头痛、眩晕、失眠、健忘、癫痫等神志病证；②目疾。

【操作】平刺 0.5~0.8 寸。

53. 夹脊 Jiájǐ（EX - B2）

【定位】在背腰部，当第 1 胸椎至第 5 腰椎棘突下两侧，后正中线旁开 0.5 寸，一侧 17 穴，左右共 34 穴。

【主治】适应范围较广，其中上胸部的穴位治疗心肺、上肢疾病；下胸部的穴位治疗胃肠疾病；腰部的穴位治疗腰腹及下肢疾病。

【操作】直刺 0.3~0.5 寸，或用梅花针叩刺。

第三章 针灸操作技术

第一节 毫针刺法

一、针刺前准备

（一）毫针的选择

在选择毫针时，应根据病人的性别、年龄、形体的肥瘦、体质的强弱、病情的虚实、病变部位的表里深浅和腧穴所在的部位，选择长短、粗细适宜的毫针。如男性、体壮、形肥、病变部位较深者，可选较粗、较长的毫针；反之，若女性、体弱、形瘦，且病变部位较浅者，就应选用较短、较细的毫针。至于根据腧穴所在具体部位进行选针时，一般是皮薄肉少之处和针刺较浅的腧穴，选针宜短而针身宜细；皮厚肉多而针刺宜深的腧穴，宜选用针身稍长、稍粗的毫针。临床上选择毫针应长于腧穴应至之深度，针身应有部分露在皮肤外。如应刺入 0.5 寸，可选用 1 寸的毫针；应刺入 1 寸时，可选用 1.5 ~ 2 寸的毫针。

（二）消毒

针刺前的消毒范围应包括：针具器械、医者的双手、病人的施术部位、治疗室内等。

1. 针具器械消毒 针具、器械的消毒方法很多，以高压蒸汽灭菌法为佳。

（1）高压蒸汽灭菌法 将毫针等针具用布包好，放在密闭的高压蒸汽锅内灭菌。一般在 98 ~ 147kPa 的压强，115℃ ~ 123℃ 的高温下，保持 30 分钟以上，可达到消毒灭菌的要求。

（2）药液浸泡消毒法 将针具放入 75% 酒精内浸泡 30 ~ 60 分钟，取出用无菌巾或消毒棉球擦干后使用。也可置于器械消毒液内浸泡，如"84"消毒液，可按规定浓度和时间进行浸泡消毒。直接和毫针接触的针盘、针管、针盒、镊子等，可用戊二醛溶液（保尔康）浸泡 10 ~ 20 分钟，达到消毒目的时才能使用。经过消毒的毫针，必须放在消毒过的针盘内，并用无菌巾或消毒纱布遮盖好。

（3）煮沸消毒法 将毫针等器具用纱布包扎后，放在盛有清水的消毒煮锅内，进行煮沸。一般在水沸后再煮 15 ~ 20 分钟，亦可达到消毒目的。但煮沸消毒法易造成锋利的金属器械之锋刃变钝，如在水中加入碳酸氢钠使成 2% 溶液，可以提高沸点至 120℃，从而降低沸水对器械的腐蚀作用。

2. 医者双手消毒 在针刺前，医者应先用肥皂水将手洗刷干净，待干再用 75% 酒精棉球擦拭后，方可持针操作。

3. 针刺部位消毒 在患者需要针刺的穴位皮肤上用 75% 酒精棉球擦拭消毒，或先用 2% 碘酊涂擦，稍干后，再用 75% 酒精棉球擦拭脱碘。擦拭时应从腧穴部位的中心点向外绕圈消毒。当穴位皮肤消毒后，切忌接触污物，保持洁净，防止重新污染。

4. 治疗室内的消毒 针灸治疗室内的消毒，包括治疗台上的床垫、枕巾、毛毯、垫席等物品，要按时换洗晾晒，如采用一人一用的消毒垫布、垫纸、枕巾则更好。治疗室也应定期消毒净化，应保持空气流通，环境卫生洁净。

（三）体位的选择

针刺时患者选择适宜的体位，对于腧穴的正确定位、针刺的施术操作、持久的留针以及防止晕针、滞针、弯针甚至折针等都有重要的意义。主要包括：

1. 仰卧位　适宜于取头、面、胸、腹部腧穴和上下肢部分腧穴。

2. 侧卧位　适宜于取身体侧面少阳经腧穴和上、下肢部分腧穴。

3. 俯卧位　适宜于头、项、脊背、腰骶部腧穴和下肢背侧及上肢部分腧穴。

4. 仰靠坐位　适宜于取前头、颜面和颈前等部位的腧穴。

5. 俯伏坐位　适宜于取后头和项、背部的腧穴。

6. 侧伏坐位　适宜于取头部的一侧、面颊及耳前后部位的腧穴。

二、进针法

在进行针刺操作时，一般应双手协同操作，紧密配合。临床上一般用右手持针操作，主要是拇、食、中指夹持针柄，其状如持笔，故右手称为"刺手"。左手爪切按压所刺部位或辅助针身，故称左手为"押手"。

刺手的作用是掌握针具，施行手法操作。进针时，运指力于针尖，而使针刺入皮肤；行针时，便于左右捻转、上下提插和弹震刮搓，以及出针时手法操作等。押手的作用主要是固定腧穴的位置，夹持针身，协助刺手进针，使针身有所依附，保持针身垂直，力达针尖，以利于进针，减少刺痛和协助调节、控制针感。具体的进针方法，临床常用有以下几种：

（一）单手进针法

多用于较短的毫针。用右手拇、食指持针，中指端紧靠穴位，指腹抵住针体中部，当拇、食指向下用力时，中指也随之屈曲，将针刺入，直至所需的深度。此法三指并用，尤适宜于双穴同时进针。此外，还有用拇、食指夹持针体，中指尖抵触穴位，拇、食所夹持的针沿中指尖端迅速刺入，不施捻转。针入穴位后，中指即离开所针之穴，此时拇、食、中指可随意配合，施行补泻。

（二）双手进针法

1. 指切进针法　又称爪切进针法，用左手拇指或食指端切按在腧穴位置上，右手持针，紧靠左手指甲面将针刺入腧穴。此法适宜于短针的进针。

2. 夹持进针法　或称骈指进针法，即用严格消毒的左手拇、食二指夹住针身下端，将针尖固定在所刺腧穴的皮肤表面位置，右手捻动针柄，将针刺入腧穴。此法适用于长针的进针。临床上也有采用插刺进针的，即单用右手拇、食二指夹持针身下端，使针尖露出 2～3分，对准腧穴的位置，将针迅速刺入腧穴，然后押手配合将针捻转刺入一定深度。

3. 舒张进针法　用左手食、中二指或拇、食二指将所刺腧穴部位的皮肤向两侧撑开，使皮肤绷紧，右手持针，使针从左手食、中二指或拇、食二指的中间刺入。此法主要用于皮肤松弛部位的腧穴。

4. 提捏进针法　用左手拇、食二指将所刺腧穴部位的皮肤提起，右手持针，从捏起的上端将针刺入，此法主要用于皮肉浅薄部位的腧穴，如印堂。以上各种进针方法在临床上应根据腧穴所在部位的解剖特点、针刺深浅和手法的要求灵活选用，以便于进针和减轻病人的疼痛。

（三）针管进针法

将针先插入用玻璃、塑料或金属制成的比针短 3 分左右的小针管内，放在穴位皮肤上，左手压紧针管，右手食指对准针柄一击，使针尖迅速刺入皮肤，然后将针管去掉，再将针刺入穴内。此法进针不痛，多用于儿童和惧针者。也有用安装弹簧的特制进针器进针者。

三、针刺的角度和深度

针刺的角度和深度，要根据施术腧穴所在的具体位置、病人体质、病情需要和针刺手法等实际情况灵活掌握。

（一）角度

针刺的角度是指进针时针身与皮肤表面所形成的夹角。它是根据腧穴所在的位置和医者针刺时所要达到的目的结合起来而确定的。一般分为以下 3 种角度：

1. 直刺 是针身与皮肤表面呈 90°垂直刺入。此法适用于人体大部分腧穴。

2. 斜刺 是针身与皮肤表面呈 45°左右倾斜刺入。此法适用于肌肉浅薄处或内有重要脏器，或不宜直刺、深刺的腧穴。

3. 平刺 即横刺、沿皮刺。是针身与皮肤表面呈 15°左右或沿皮以更小的角度刺入。此法适用于皮薄肉少部位的腧穴，如头部的腧穴等。

（二）深度

针刺的深度是指针身刺入人体内的深浅度数，每个腧穴的针刺深度，在腧穴各论中已有详述，在此仅从患者的体质、年龄、病情、部位等方面做一介绍。

1. 年龄 年老体弱，气血衰退，小儿娇嫩，稚阴稚阳，均不宜深刺；中青年身强体壮者，可适当深刺。

2. 体质 对形瘦体弱者，宜相应浅刺；形盛体强者，宜深刺。

3. 病情 阳证、新病宜浅刺；阴证、久病宜深刺。

4. 部位 头面、胸腹及皮薄肉少处的腧穴宜浅刺；四肢、臀、腹及肌肉丰厚处的腧穴宜深刺。

四、行针手法

（一）基本手法

1. 提插法 是将针刺入腧穴一定深度后，施以上提下插的操作手法。使针由浅层向下刺入深层的操作谓之插，从深层向上引退至浅层的操作谓之提，如此反复地做上下纵向运动就构成了提插法。

对于提插幅度的大小、层次的变化、频率的快慢和操作时间的长短，应根据患者的体质、病情、腧穴部位和针刺目的等灵活掌握。使用提插法时的指力一定要均匀一致，幅度不宜过大，一般以 3~5 分为宜，频率不宜过快，每分钟 60 次左右，保持针身垂直，不改变针刺角度、方向。通常认为，行针时提插的幅度大，频率快，刺激量就大；反之，提插的幅度小，频率慢，刺激量就小。

2. 捻转法 即将针刺入腧穴一定深度后，施向前向后捻转动作使针在腧穴内反复前后来回旋转的行针手法。捻转角度的大小、频率的快慢、时间的长短等，需根据患者的体质、病情、腧穴的部位、针刺目的等具体情况而定。使用捻转法时，指力要均匀，角度要适当，一般应掌握在180°左右，不能单向捻针，否则针身易被肌纤维等缠绕，引起局部疼痛和导致滞针而使出针困难。一般认为，捻转角度大，频率快，其刺激量就大；捻转角度小，频率慢，其刺激量则小。

（二）辅助手法

行针的辅助手法，是行针基本手法的补充，是以促使得气和加强针刺感应为目的的操作手法。临床常用的行针辅助手法有以下6种：

1. 循法　是医者用手指顺着经脉的循行径路，在腧穴的上下部轻柔地循按的方法。针刺不得气时，可以用循法催气。此法能推动气血，激发经气，促使针后易于得气。

2. 弹法　针刺后在留针过程中，以手指轻弹针尾或针柄，使针体微微振动的方法称为弹法，以加强针感，助气运行。

3. 刮法　毫针刺入一定深度后，经气未至，以拇指或食指的指腹抵住针尾，用拇指、食指或中指指甲，由下而上或由上而下频频刮动针柄的方法称为刮法。本法在针刺不得气时用之可激发经气，如已得气者可以加强针刺感应的传导和扩散。

4. 摇法　毫针刺入一定深度后，手持针柄，将针轻轻摇动的方法称摇法。其法有二：一是直立针身而摇，以加强得气的感应；二是卧倒针身而摇，使经气向一定方向传导。

5. 飞法　针后不得气者，用右手拇、食指执持针柄，细细捻搓数次，然后张开两指，一搓一放，反复数次，状如飞鸟展翅，故称飞法。本法的作用在于催气、行气，并使针刺感应增强。

6. 震颤法　针刺入一定深度后，右手持针柄，用小幅度、快频率的提插、捻转手法，使针身轻微震颤的方法称震颤法。本法可促使针下得气，增强针刺感应。

五、单式补泻手法

（一）基本补泻

1. 捻转补泻　针下得气后，捻转角度小，用力轻，频率慢，操作时间短，结合拇指向前、食指向后者为补法。捻转角度大，用力重，频率快，操作时间长，结合拇指向后、食指向前者为泻法。

2. 提插补泻　针下得气后，先浅后深，重插轻提，提插幅度小，频率慢，操作时间短，以下插用力为主者为补法；先深后浅，轻插重提，提插幅度大，频率快，操作时间长，以上提用力为主者为泻法。

（二）其他补泻

1. 疾徐补泻　又称徐疾补泻。进针时徐徐刺入，少捻转，疾速出针者为补法；进针时疾速刺入，多捻转，徐徐出针者为泻法。

2. 迎随补泻　进针时针尖随着经脉循行去的方向刺入为补法，针尖迎着经脉循行来的方向刺入为泻法。

3. 呼吸补泻　病人呼气时进针，吸气时出针为补法；吸气时进针，呼气时出针为泻法。

4. 开阖补泻　出针后迅速揉按针孔为补法；出针时摇大针孔而不按为泻法。

5. 平补平泻　进针得气后均匀地提插、捻转后即可出针。

六、留针与出针

（一）留针法

将针刺入腧穴并施行手法后，使针留置穴内称为留针。留针的目的是加强针刺的作用和便于继续行针施术。一般病证只要针下得气而施以适当的补泻手法后，即可出针或留针10～20分钟。但对一些特殊病证，如急性腹痛，破伤风，角弓反张，寒性、顽固性疼痛或痉挛性病证，即可适当延长留针时间，有时留针可达数小时，以便在留针过程中做间歇性行针，以增强、巩固疗效。在临床上留针与否或留针时间的长短，不可一概而论，应根据患者具体病情而定。

（二）出针法

又称起针、退针。在施行针刺手法或留针达到预定针刺目的和治疗要求后，即可出针。

出针的方法，一般是以左手拇、食指两指持消毒干棉球轻轻按压于针刺部位，右手持针做轻微的小幅度捻转，并随势将针缓慢提至皮下（不可单手用力过猛），静留片刻，然后出针。出针时，依补泻的不同要求，分别采取"疾出"或"徐出"以及"疾按针孔"或"摇大针孔"的方法出针。出针后，除特殊需要外，都要用消毒棉球轻压针孔片刻，以防出血或针孔疼痛。当针退出后，要仔细查看针孔是否出血，询问针刺部位有无不适感，检查核对针数有否遗漏，还应注意有无晕针延迟反应现象。

第二节 灸法操作

一、艾灸

（一）艾炷灸

艾炷灸是将纯净的艾绒放在平板上，用手搓捏成大小不等的圆锥形艾炷，置于施灸部位点燃而治病的方法。常用的艾炷或如麦粒，或如苍耳子，或如莲子，或如半截橄榄等。艾炷灸又分直接灸与间接灸两类。

1. 直接灸 是将大小适宜的艾炷，直接放在皮肤上施灸的方法。因把艾炷直接放在腧穴所在的皮肤表面点燃施灸，故又称为着肤灸、着肉灸。若施灸时需将皮肤烧伤化脓，愈后留有瘢痕者，称为瘢痕灸；若不使皮肤烧伤化脓，不留瘢痕者，称为无瘢痕灸。

（1）瘢痕灸 又名化脓灸。施灸时先将所灸腧穴部位涂以少量的大蒜汁，以增强黏附和刺激作用，然后将大小适宜的艾炷置于腧穴上，用火点燃艾炷施灸。每壮艾炷必须燃尽，除去灰烬后，方可继续易炷再灸，待规定壮数灸完为止。施灸时由于艾火烧灼皮肤，因此可产生剧痛，此时可用手在施灸腧穴周围轻轻拍打，借以缓解疼痛。在正常情况下，灸后1周左右，施灸部位化脓形成灸疮，5～6周左右，灸疮自行痊愈，结痂脱落后而留下瘢痕。因此，施灸前必须征求患者同意合作后方可使用本法。临床上常用于治疗哮喘、肺痨、瘰疬等慢性顽疾。

（2）无瘢痕灸 又称非化脓灸。施灸时先在所灸腧穴部位涂以少量的凡士林，以使艾炷便于黏附，然后将大小适宜的（约如苍耳子大）艾炷，置于腧穴上点燃施灸，当艾炷燃剩2/5或1/4而患者感到微有灼痛时，即可易炷再灸，待将规定壮数灸完为止。一般应灸至局部皮肤出现红晕而不起泡为度。因其皮肤无灼伤，故灸后不化脓，不留瘢痕。一般虚寒性疾患均可采用此法。

2. 间接灸 是指用药物或其他材料将艾炷与施灸腧穴部位的皮肤隔开进行施灸的方法，故又称隔物灸。间接灸所用间隔药物或材料很多，如以生姜间隔者，称隔姜灸；用食盐间隔者，称隔盐灸；以附子饼间隔者，称隔附子饼灸。

（1）隔姜灸 将鲜姜切成直径大约 2～3cm，厚约 0.2～0.3cm 的薄片，中间以针刺数孔，然后将姜片置于应灸的腧穴部位或患处，再将艾炷放在姜片上点燃施灸。当艾炷燃尽，再易炷施灸。灸完所规定的壮数，以使皮肤红润而不起泡为度。常用于因寒而致的呕吐、腹痛以及风寒痹痛等，有温胃止呕、散寒止痛的作用。

（2）隔蒜灸 用鲜大蒜头，切成厚约 0.2～0.3cm 的薄片，中间以针刺数孔（捣蒜如泥亦可），置于应灸腧穴或患处，然后将艾炷放在蒜片上，点燃施灸。待艾炷燃尽，易炷再灸，直至灸完规定的壮数。此法多用于治疗瘰疬、肺痨及初起的肿疡等病证，有清热解毒、杀虫等作用。

（3）隔盐灸 用干燥的食盐（以青盐为佳）填敷于脐部，或于盐上再置一薄姜片，上置大艾炷施灸。多用于治疗伤寒阴证或吐泻并作、中风脱证等，有回阳、救逆、固脱之力。但需连续施灸，不拘壮数，以期脉起、肢温、证候改善。

（4）隔附子饼灸 将附子研成粉末，用酒调和做成直径约 3cm，厚约 0.8cm 的附子饼，中间以针刺数孔，放在应灸腧穴或患处，上面再放艾炷施灸，直至灸完所规定壮数为止。多用于治疗命门火衰而致的阳痿、早泄或疮疡久溃不敛等，有温补肾阳等作用。

（二）艾条灸

艾条灸是将艾绒制作成艾条进行施灸。艾条的制作方法是：取纯净细软的艾绒24g，平铺在26cm长，20cm宽的细草纸上，将其卷成直径约1.5cm的圆柱形的艾卷，要求卷紧，外裹以质地柔软疏松而又坚韧的桑皮纸，用胶水或浆糊封口而成。也有在艾绒中掺入肉桂、干姜、丁香、独活、细辛、白芷、雄黄、苍术、没药、乳香、川椒各等分的细末6g，则成为药艾条。艾条灸可分为悬起灸和实按灸两种方式。

1. 悬起灸 施灸时将艾条悬放在距离穴位一定高度上进行熏烤，不使艾条点燃端直接接触皮肤，称为悬起灸。悬起灸根据实际操作方法不同，分为温和灸、雀啄灸和回旋灸。

（1）温和灸 施灸时将艾条的一端点燃，对准应灸的腧穴部位或患处，约距皮肤 2～3cm 左右，进行熏烤，使患者局部有温热感而无灼痛为宜，一般每处灸 10～15 分钟，至皮肤出现红晕为度。对于昏厥、局部知觉迟钝的患者，医者可将中、食二指分张，置于施灸部位的两侧，这样可以通过医者手指的感觉来测知患者局部的受热程度，以便随时调节施灸的距离和防止烫伤。

（2）雀啄灸 施灸时，将艾条点燃的一端与施灸部位的皮肤并不固定在一定距离，而是像鸟雀啄食一样，一上一下活动地施灸。

（3）回旋灸 施灸时，艾条点燃的一端与施灸部位的皮肤虽然保持一定的距离，但不固定，而是向左右方向移动或反复旋转地施灸。

以上诸法对一般应灸的病证均可采用，但温和灸多用于灸治慢性病，雀啄灸、回旋灸多用于灸治急性病。

2. 实按灸 将点燃的艾条隔布或隔绵纸数层实按在穴位上，使热气透入皮肉深部，火灭热减后重新点火按灸，称为实按灸。常用的实按灸有太乙针灸和雷火针灸。

（三）温针灸

是针刺与艾灸结合应用的一种方法，适用于既需要留针而又适宜用艾灸的病证。操作方法是：将针刺入腧穴，得气后并给予适当补泻手法而留针时，将纯净细软的艾绒捏在针尾上，或用艾条一段长约 2cm 左右，插在针柄上，点燃施灸。待艾绒或艾条烧完后除去灰烬，将针起出。此法是一种简便易行的针灸并用方法，值得推广。

（四）温灸器灸

温灸器又名灸疗器，是一种专门用于施灸的器具，用温灸器施灸的方法称温灸器灸。临床常用的有温灸盒和温灸筒。施灸时，将艾绒，或加掺药物，装入温灸器的小筒，点燃后，将温灸器之盖扣好，即可置于腧穴或应灸部位，进行熨灸，直到所灸部位的皮肤红润为度。有调和气血、温中散寒的作用，一般需要灸治者均可采用，对小儿、妇女及畏惧灸治者最为适宜。

二、其他灸法

1. 灯火灸 用灯心草一根，以麻油浸之，燃着后用快速动作对准穴位，猛一接触听到"叭"的一声迅速离开，如无爆之声可重复一次。具有疏风解表、行气化痰、清神止搐等作用，多用于治疗小儿痄腮、小儿脐风和胃痛、腹痛、痧胀等病证。

2. 天灸 又称药物灸、发泡灸，是用对皮肤有刺激性的药物，涂敷于穴位或患处，使局部充血、起泡，犹如灸疮，故名天灸。所用药物多是单味中药，也有用复方，其常用的有白芥子、蒜泥、斑蝥等。

三、灸法的注意事项

（一）施灸的先后顺序

临床上一般是先灸上部，后灸下部，先灸阳部，后灸阴部，壮数是先少而后多，艾炷是先小而后大。但在特殊情况下，则可酌情而施。如脱肛时，即可先灸长强以收肛，后灸百会以举陷，因此不可过于拘泥。

（二）施灸的补泻方法

《灵枢·背腧》说："以火补者，毋吹其火，须自灭也。以火泻者，疾吹其火，传其艾，须其火灭也。"《针灸大成·艾灸补泻》也记载："以火补者，毋吹其火，须待自灭，即按其穴。以火泻者，速吹其火，开其穴也。"这是古人对施灸补泻操作方法的具体载述。在临床上可根据患者的具体情况，结合腧穴性能，酌情运用。

（三）施灸的禁忌

1. 对实热证、阴虚发热者，一般不适宜灸疗。

2. 对颜面、五官和有大血管的部位以及关节活动部位，不宜采用瘢痕灸。

3. 孕妇的腹部和腰骶部也不宜施灸。

（四）灸后的处理

施灸后，局部皮肤出现微红灼热，属于正常现象，无需处理。如因施灸过量，时间过长，局部出现小水泡，只要注意不擦破，可任其自然吸收。如水泡较大，可用消毒的毫针刺破水泡，放出水液，或用注射针抽出水液，再涂以烫伤油等，并以纱布包敷。如用化脓灸者，在灸疮化脓期间，要注意适当休息，加强营养，保持局部清洁，并可用敷料保护灸疮，以防污染，待其自然愈合。如处理不当，灸疮脓液呈黄绿色或有渗血现象者，可用消炎药膏或玉红膏涂敷。

第三节　其他针法操作

一、三棱针法

用三棱针刺破人体的一定部位，放出少量血液，达到治疗疾病目的的方法，叫三棱针法。三棱针是一种用不锈钢制成，针长约 6cm 左右，针柄稍粗呈圆柱形，针身呈三棱状，尖端三面有刃，针尖锋利的针具。三棱针放血疗法具有通经活络、开窍泻热、消肿止痛等作用。其适应范围较为广泛，凡各种实证、热证、瘀血、疼痛等均可应用。较常用于某些急症和慢性病，如昏厥、高热、中暑、中风闭证、咽喉肿痛、目赤肿痛、顽癣、痈疖初起、扭挫伤、疳证、痔疮、顽痹、头痛、丹毒、指（趾）麻木等。三棱针的针刺方法一般分为点刺法、散刺法、刺络法、挑刺法4种。

1. 点刺法　针刺前，在预定针刺部位上下用左手拇食指向针刺处推按，使血液积聚于针刺部位，继之用2%碘酒棉球消毒，再用75%酒精棉球脱碘。针刺时左手拇、食、中三指捏紧被刺部位，右手持针，用拇、食两指捏住针柄，中指指腹紧靠针身下端，针尖露出 3～5mm，对准已消毒的部位，刺入 3～5mm 深，随即将针迅速退出，轻轻挤压针孔周围，使出血少许，然后用消毒干棉球按压针孔。点刺多用于指、趾末端的十宣、十二井穴和耳尖及头面部的攒竹、上星、太阳等穴。

2. 散刺法　又叫豹纹刺，是对病变局部周围进行点刺的一种方法。根据病变部位大小的不同，可刺 10～20 针以上，由病变外缘环形向中心点刺，以促使瘀血或水肿得以排除，达到祛瘀生新、通经活络的目的。此法多用于治疗局部瘀血、血肿或水肿、顽癣等。

3. 刺络法　先用带子或橡皮管，结扎在针刺部位上端（近心端），然后迅速消毒。针刺时左手拇指压在被针刺部位下端，右手持三棱针对准针刺部位的静脉，刺入脉中 2～3mm，立即将针退出，使其流出少量血液，出血停后，再用消毒干棉球按压针孔。当出血时，也可轻轻按压静脉上端，以助瘀血外出，毒邪得泻。此法多用于曲泽、委中等穴，治疗急性吐泻、中暑、发热等。

4. 挑刺法　用左手按压施术部位两侧，或捏起皮肤，使皮肤固定，右手持针迅速刺入皮肤 1～2mm，随即将针身倾斜挑破皮肤，使之出少量血液或少量黏液。也有再刺入5mm 左右深，将针身倾斜并使针尖轻轻挑起，挑断皮下部分纤维组织，然后出针，覆盖敷料。挑刺法常用于治疗肩周炎、胃痛、颈椎病、失眠、支气管哮喘、血管神经性头痛等。

二、皮肤针法

运用皮肤针叩刺人体一定部位或穴位，激发经络功能，调整脏腑气血，以达到防治疾病目的的方法，叫皮肤针法。

皮肤针的适应范围很广，临床各种病证均可应用，如近视、视神经萎缩、急性扁桃体炎、感冒、咳嗽、慢性肠胃病、便秘、头痛、失眠、腰痛、皮神经炎、斑秃、痛经等。

1. 叩刺部位　皮肤针的叩刺部位，一般可分循经叩刺、穴位叩刺、局部叩刺 3 种。

（1）循经叩刺　是指循着经脉进行叩刺的一种方法，常用于项背腰骶部的督脉和足太阳膀胱经。督脉为阳脉之海，能调节一身之阳气；五脏六腑之背俞穴，皆分布于膀胱经，故其治疗范围广泛；其次是四肢肘膝以下经络，因其分布着各经原穴、络穴、郄穴等，可治疗各相应脏腑经络的疾病。

（2）穴位叩刺　是指在穴位上进行叩刺的一种方法，主要是根据穴位的主治作用，选择适当的穴位予以叩刺治疗，临床常用的是各种特定穴、华佗夹脊穴、阿是穴等。

（3）局部叩刺　是指在患部进行叩刺的一种方法，如扭伤后局部的瘀肿疼痛及顽癣等，可在局部进行围刺或散刺。

2. 刺激强度与疗程　刺激的强度，是根据刺激的部位、患者的体质和病情的不同而决定的，一般分轻、中、重3种。

（1）轻刺　用力稍小，皮肤仅现潮红、充血为度。适用于头面部、老弱妇女患者，以及病属虚证、久病者。

（2）重刺　用力较大，以皮肤有明显潮红，并有微出血为度。适用于压痛点、背部、臀部、年轻体壮患者，以及病属实证、新病者。

（3）中刺　介于轻刺与重刺之间，以局部有较明显潮红，但不出血为度，适用于一般部位，以及一般患者。叩刺治疗，一般每日或隔日1次，10次为1疗程，疗程间可间隔3～5日。

3. 操作

（1）叩刺　针具和叩刺部位用75％酒精消毒后，以右手拇指、中指、无名指握住针柄，食指伸直按住针柄中段，针头对准皮肤叩击，运用腕部的弹力，使针尖叩刺皮肤后，立即弹起，如此反复叩击。叩击时针尖与皮肤必须垂直，弹刺要准确，强度要均匀，可根据病情选择不同的刺激部位或刺激强度。

（2）滚刺　是指用特制的滚刺筒，经75％酒精消毒后，手持筒柄，将针筒在皮肤上来回滚动，使刺激范围成为一狭长的面，或扩展成一片广泛的区域。

第四节　针灸异常情况的处理

一、晕针

晕针是在针刺过程中病人发生的晕厥现象，这是可以避免的，医者应该注意防止。

原因　患者体质虚弱，精神紧张，或疲劳、饥饿、大汗、大泻、大出血之后或体位不当，或医者在针刺时手法过重，而致针刺时或留针过程中发生此现象。

现象　患者突然出现精神疲倦，头晕目眩，面色苍白，恶心欲吐，多汗，心慌，四肢发冷，血压下降，脉象沉细，或神志昏迷，仆倒在地，唇甲青紫，二便失禁，脉微细欲绝。

处理　立即停止针刺，将针全部起出。使患者平卧，注意保暖，轻者仰卧片刻，给饮温开水或糖水后，即可恢复正常。重者在上述处理基础上，可刺人中、素髎、内关、足三里，灸百会、关元、气海等穴，即可恢复。若仍不省人事，呼吸细微，脉细弱者，可考虑配合其他治疗或采用急救措施。

预防　对于晕针应注重预防。如初次接受针刺治疗或精神过度紧张、身体虚弱者，应先作好解释，消除对针刺的顾虑，同时选择舒适持久的体位，最好采用卧位。选穴宜少，手法要轻。若饥饿、疲劳、大渴时，应令进食、休息、饮水后少时再予针刺。医者在针刺治疗过程中，要精神专一，随时注意观察病人的神色，询问病人的感觉。一旦有不适等晕针先兆，应及早采取处理措施，防患于未然。

二、滞针

滞针是指在行针时或留针后医者感觉针下涩滞，捻转、提插、出针均感困难而病人则感觉剧痛的现象。

原因　患者精神紧张，当针刺入腧穴后，病人局部肌肉强烈收缩；或行针手法不当，向单一方向捻针太过，以致肌肉组织缠绕针体而成滞针。若留针时间过长，有时也可出现滞针。

现象　针在体内，捻转不动，提插、出针均感困难，若勉强捻转、提插时，则病人痛不可忍。

处理　若病人精神紧张，局部肌肉过度收缩时，可稍延长留针时间，或于滞针腧穴附近进行循按或叩弹针柄，或在附近再刺一针，以宣散气血，而缓解肌肉的紧张。若行针不当，或单向捻针而致者，可向相反方向将针捻回，并用刮柄、弹柄法，使缠绕的肌纤维回释，即可消除滞针。

预防　对精神紧张者，应先做好解释工作，消除患者的顾虑。注意行针的操作手法和避免单向捻转，若用搓法时，应注意与提插法的配合，则可避免肌纤维缠绕针身而防止滞针的发生。

三、弯针

弯针是指进针时或将针刺入腧穴后，针身在体内形成弯曲。

原因　医生进针手法不熟练，用力过猛、过速，以致针尖碰到坚硬的组织器官，或病人在针刺或留针时移动体位，或因针柄受到某种外力压迫、碰击等，均可造成弯针。

现象　针柄改变了进针或刺入留针时的方向和角度，提插、捻转及出针均感困难，而患者感到疼痛。

处理　出现弯针后，即不得再行提插、捻转等手法。如针柄轻微弯曲，应慢慢将针起出。若弯曲角度过大时，应顺着弯曲方向将针起出。若由病人移动体位所致，应使患者慢慢恢复原来体位，局部肌肉放松后，再将针缓缓起出。切忌强行拔针，以免将针体折断，留在体内。

预防　医者进针手法要熟练，指力要均匀，并要避免进针过速、过猛。选择适当体位，在留针过程中，嘱患者不要随意更动体位。注意保护针刺部位。针柄不得受外物硬碰和压迫。

四、断针

断针又称折针，是指针体折断在人体内。若能术前做好针具的检修和施术时加以应有的注意，是可以避免的。

原因　针具质量欠佳，针身或针根有损伤剥蚀，进针前失于检查；针刺时将针身全部刺入腧穴，行针时强力提插、捻转，肌肉猛烈收缩；留针时患者随意变更体位，或弯针、滞针未能进行及时正确处理等，均可造成断针。

现象 行针时或出针后发现针身折断，其断端部分针身尚露于皮肤外，或断端全部没入皮肤之下。

处理 医者态度必须从容镇静，嘱患者切勿变更原有体位，以防断针向肌肉深部陷入。若残端部分针身显露于体外时，可用手指或镊子将针起出。若断端与皮肤相平或稍凹陷于体内者，可用左手拇、食二指垂直向下挤压针孔两旁，使断针暴露体外，右手持镊子将针取出。若断针完全深入皮下或肌肉深层时，应在 X 线下定位，手术取出。

预防 为了防止折针，应仔细地检查针具，对不符合质量要求的针具应剔出不用；避免过猛、过强地行针；在行针或留针时，应嘱患者不要随意更换体位。针刺时更不宜将针身全部刺入腧穴，应留部分针身在体外，以便于针根折断时取针。在进针、行针过程中，如发现弯针时，应立即出针，切不可强行刺入、行针。对于滞针等亦应及时正确地处理，不可强行硬拔。

五、血肿

血肿是指针刺部位出现皮下出血而引起的肿痛。

原因 针尖弯曲带钩，使皮肉受损，或刺伤血管所致。

现象 出针后，针刺部位肿胀疼痛，继则皮肤呈现青紫色。

处理 若微量的皮下出血而局部小块青紫时，一般不必处理，可以自行消退。若局部肿胀疼痛较剧，青紫面积大而且影响到活动功能时，可先作冷敷止血后，再做热敷或在局部轻轻揉按，以促使局部瘀血消散吸收。

预防 仔细检查针具，熟悉人体解剖部位，避开血管针刺，出针时立即用消毒干棉球按压针孔。

第五节 常见急症的针灸治疗

一、偏头痛

偏头痛以年轻的成年女性居多，疼痛程度多为中、重度。头痛多为一侧，常局限于额部、颞部和枕部，疼痛开始时为激烈的搏动性疼痛，后转为持续性钝痛。任何时间可发作，但以早晨起床时为多发，症状可持续数小时到数天。典型的偏头痛有先兆症状，如眼前闪烁暗点、视野缺损、单盲或同侧偏盲。发作时头痛部位可由头的一个部位到另一个部位，同时可放射至颈、肩部。

【治疗】

治法 疏泄肝胆，通经止痛。以足厥阴及手足少阳经穴为主。

取穴 太冲 足临泣 外关 丰隆 头维 风池 率谷 角孙

操作 当发作时要以远端穴为主，并先刺，行较强刺激的泻法。诸穴均用泻法。

二、落枕

是指急性单纯性颈项强痛，活动受限的一种病证，系颈部伤筋。轻者 4～5 日自愈，重者可延至数周不愈；如果频繁发作，常常是颈椎病的反映。西医学认为本病是各种原因导致颈部肌肉痉挛所致。

【辨证】

主症　颈项强痛，活动受限，头向患侧倾斜，项背牵拉痛，甚则向同侧肩部和上臂放射，颈项部压痛明显。本病属手三阳和足少阳经筋证；兼见恶风畏寒者，为风寒袭络；颈部扭伤者，为气血瘀滞。

【治疗】

1. 基本治疗

治法　舒筋通络，活血止痛。以局部阿是穴及手太阳、足少阳经穴为主。

主穴　外劳宫　阿是穴　肩井　后溪　悬钟

配穴　风寒袭络者，加风池、合谷；气血瘀滞者，加内关及局部阿是穴；肩痛者，加肩髎、外关；背痛者，加天宗。

操作　毫针泻法。先刺远端穴落枕、后溪、悬钟，持续捻转，嘱患者慢慢活动颈项，一般疼痛可立即缓解。再针局部的腧穴，可加艾灸或点刺出血。

方义　外劳宫是治疗本病的经验穴。手太阳、足少阳循行于颈项侧部，后溪、悬钟分属两经腧穴，与局部阿是穴合用，远近相配，可疏调颈项部经络气血，舒筋通络止痛。

2. 其他治疗

（1）拔罐法　在患侧项背部行闪罐法，应顺着肌肉走行进行拔罐。

（2）耳针法　选颈、颈椎、神门。毫针中等刺激，持续运针时嘱患者徐徐活动颈项部。

三、中风

是以突然晕倒、不省人事，伴口角歪斜、语言不利、半身不遂，或不经昏仆仅以口歪、半身不遂为临床主症的疾病。因发病急骤，症见多端，病情变化迅速，与风之善行数变特点相似，故名中风、卒中。本病发病率和死亡率较高，常留有后遗症。

西医学的急性脑血管病，如脑梗死、脑出血、脑栓塞、蛛网膜下腔出血等属本病范畴。

【辨证】

1. 中经络

主症　半身不遂，舌强语謇，口角歪斜。

兼见面红目赤，眩晕头痛，心烦易怒，口苦咽干，便秘尿黄，舌红或绛，苔黄或燥，脉弦有力，为肝阳暴亢；肢体麻木或手足拘急，头晕目眩，苔白腻或黄腻，脉弦滑，为风痰阻络；口黏痰多，腹胀便秘，舌红，苔黄腻或灰黑，脉弦滑大，为痰热腑实；肢体软弱，偏身麻木，手足肿胀，面色淡白，气短乏力，心悸自汗，舌暗，苔白腻，脉细涩，为气虚血瘀；肢体麻木，心烦失眠，眩晕耳鸣，手足拘挛或蠕动，舌红，苔少，脉细数，为阴虚风动。

2. 中脏腑

主症神志恍惚，迷蒙，嗜睡，或昏睡，甚者昏迷，半身不遂。

兼见神昏，牙关紧闭，口噤不开，肢体强痉，为闭证；面色苍白，瞳神散大，手撒口开，二便失禁，气息短促，多汗腹凉，脉散或微，为脱证。

【治疗】

1. 基本治疗

（1）中经络

治法　醒脑开窍，滋补肝肾，疏通经络。以手厥阴经、督脉及足太阴经穴为主。

主穴 内关 水沟 三阴交 极泉 尺泽 委中

配穴 肝阳暴亢者，加太冲、太溪；风痰阻络者，加丰隆、合谷；痰热腑实者，加曲池、内庭、丰隆；气虚血瘀者，加足三里、气海；阴虚风动者，加太溪、风池；口角歪斜者，加颊车、地仓；上肢不遂者，加肩髃、手三里、合谷；下肢不遂者，加环跳、阳陵泉、阴陵泉、风市；头晕者，加风池、完骨、天柱；足内翻者，加丘墟透照海；便秘者，加水道、归来、丰隆、支沟；复视者，加风池、天柱、睛明、球后；尿失禁、尿潴留者，加中极、曲骨、关元。

操作 内关用泻法；水沟用雀啄法，以眼球湿润为佳；刺三阴交时，沿胫骨内侧缘与皮肤成45°角，使针尖刺到三阴交穴，用提插补法；刺极泉时，在原穴位置下2寸心经上取穴，避开腋毛，直刺进针，用提插泻法，以患者上肢有麻胀和抽动感为度；尺泽、委中直刺，用提插泻法使肢体有抽动感。余穴按虚补实泻法操作。

方义 心主血，脉藏神，内关为心包经络穴，可调理心神，疏通气血。脑为元神之府，督脉入络脑，水沟为督脉穴，可醒脑开窍，调神导气。三阴交为足三阴经交会穴，可滋补肝肾。极泉、尺泽、委中，疏通肢体经络。

（2）中脏腑

治法 醒脑开窍，启闭固脱。以手厥阴经及督脉穴为主。

主穴 内关 水沟

配穴 闭证加十二井穴、太冲、合谷；脱证加关元、气海、神阙。

操作 内关、水沟操作同前。十二井穴用三棱针点刺出血；太冲、合谷用泻法，强刺激；关元、气海用大艾炷灸法，神阙用隔盐灸法，直至四肢转温为止。

方义 内关调心神，水沟醒脑开窍。十二井穴点刺出血，可接通十二经气，调和阴阳。配太冲、合谷，平肝息风。关元为任脉与足三阴经交会穴，灸之可扶助元阳。神阙为生命之根蒂，真气所系，配合气海可益气固本，回阳固脱。

2. 其他治疗

（1）头针法 选顶颞前斜线、顶旁1线及顶旁2线，毫针平刺入头皮下，快速捻转2～3分钟，每次留针30分钟，留针期间反复捻转2～3次。行针后鼓励患者活动肢体。

（2）电针法 在患侧上、下肢体各选两个穴位，针刺得气后留针，接通电针仪，以患者肌肉微颤为度，每次通电20分钟。

四、哮喘

哮喘是一种常见的反复发作性疾患。临床以呼吸急促，喉间哮鸣，甚则张口抬肩，不能平卧为主症。哮与喘同样会有呼吸急促的表现，但症状表现略有不同，"哮"是呼吸急促，喉间有哮鸣音；"喘"是呼吸困难，甚则张口抬肩。临床所见哮必兼喘，喘未必兼哮。两者每同时举发，其病因病机也大致相同，故合并叙述。本病一年四季均可发病，尤以寒冷季节和气候急剧变化时发病较多。男女老幼皆可罹患。

哮喘多见于西医学的支气管哮喘、慢性喘息性支气管炎、肺炎、肺气肿、心源性哮喘等。

【辨证】

1. 实证

主症　病程短，或当哮喘发作期，哮喘声高气粗，呼吸深长，呼出为快，体质较强，脉象有力。

兼见咳嗽喘息，咯痰稀薄，形寒无汗，头痛，口不渴，脉浮紧，苔白薄，为风寒外袭；咳喘，痰黏，咯痰不爽，胸中烦闷，咳引胸胁作痛，或见身热口渴，纳呆，便秘，脉滑数，苔黄腻，为痰热阻肺。

2. 虚证

主症　病程长，反复发作或当哮喘间歇期，哮喘声低气怯，气息短促，体质虚弱，脉象无力。

兼见喘促气短，喉中痰鸣，语言无力，吐痰稀薄，动则汗出，舌质淡或微红，脉细数，或软而无力，为肺气不足；气息短促，动则喘甚，汗出肢冷，舌淡，脉沉细，为久病肺虚及肾。

【治疗】

1. 基本治疗

（1）实证

治法　祛邪肃肺，化痰平喘。以手太阴经穴及相应背俞穴为主。

主穴　列缺　尺泽　膻中　肺俞　定喘

配穴　风寒者，加风门；风热者，加大椎、曲池；痰热者，加丰隆；喘甚者，加天突。

操作　毫针泻法。风寒者可合用灸法，定喘穴刺络拔罐。

方义　手太阴经列缺宣通肺气，祛邪外出。选其合穴尺泽，以肃肺化痰，降逆平喘。膻中乃气之会穴，可宽胸理气，舒展气机。取肺之背俞穴，以宣肺祛痰。定喘为平喘之效穴。

（2）虚证

治法　补益肺肾，止哮平喘。以相应背俞穴及手太阴、足少阴经穴为主。

主穴　肺俞　膏肓　肾俞　定喘　太渊　太溪　足三里

配穴　肺气虚者，加气海；肾气虚者，加阴谷、关元。

操作　定喘用刺络拔罐，余穴用毫针补法。可酌用灸法或拔火罐。

方义　肺俞、膏肓针灸并用，可补益肺气。补肾俞以纳肾气。肺经原穴太渊配肾经原穴太溪，可充肺肾真元之气。足三里调和胃气，以资生化之源，使水谷精微上归于肺，肺气充则自能卫外。定喘为平喘之效穴。

2. 其他治疗

耳针法　选平喘、下屏尖、肺、神门、皮质下。每次取 2～3 穴，捻转法用中、强刺激，适用于哮喘发作期。

五、呕吐

呕吐是临床常见病证，既可单独为患，亦可见于多种疾病。古代文献以有声有物谓之呕，有物无声谓之吐，有声无物谓之干呕。因两者常同时出现，故称呕吐。

呕吐可见于西医学的急慢性胃炎、胃扩张、贲门痉挛、幽门痉挛、胃神经官能症、胆囊炎、胰腺炎等。

【辨证】

1. 实证

主症　发病急，呕吐量多，吐出物多酸臭味，或伴寒热。

兼见呕吐清水或痰涎，食久乃吐，大便溏薄，头身疼痛，胸脘痞闷，喜暖畏寒，苔白，脉迟者，为寒邪客胃；食入即吐，呕吐酸苦热臭，大便燥结，口干而渴，喜寒恶热，苔黄，脉数者，为热邪内蕴；呕吐清水痰涎，脘闷纳差，头眩心悸，苔白腻，脉滑者，为痰饮内阻；呕吐多在食后精神受刺激时发作，吞酸，频频嗳气，平时多烦善怒，苔薄白，脉弦者，为肝气犯胃。

2. 虚证

主症　病程较长，发病较缓，时作时止，吐出物不多，腐臭味不甚。

兼见饮食稍有不慎，呕吐即易发作，时作时止，纳差便溏，面色白，倦怠乏力，舌淡苔薄，脉弱无力者，为脾胃虚寒。

【治疗】

1. 基本治疗

治法　和胃降逆，理气止呕。以手厥阴、足阳明经穴及相应募穴为主。

主穴　内关　足三里　中脘

配穴　寒吐者，加上脘、胃俞；热吐者，加合谷，并可用金津、玉液点刺出血；食滞者，加梁门、天枢；痰饮者，加膻中、丰隆；肝气犯胃者，加阳陵泉、太冲；脾胃虚寒者，加脾俞、胃俞；腹胀者，加天枢；肠鸣者，加脾俞、大肠俞；泛酸干呕者，加公孙。

操作　足三里用平补平泻法，内关、中脘用泻法。配穴按虚补实泻法操作；虚寒者，可加用艾灸。呕吐发作时，可在内关穴行强刺激并持续运针 1~3 分钟。

方义　内关为手厥阴经络穴，可宽胸利气，降逆止呕。足三里为足阳明经合穴，可疏理胃肠气机，通降胃气。中脘乃胃之募穴，可理气和胃止呕。

2. 其他治疗

（1）耳针法　选胃、贲门、食道、交感、神门、脾、肝。每次以 3~4 穴，毫针刺，中等刺激，亦可用揿针埋藏或王不留行籽贴压。

（2）穴位注射法　选穴参照基本治疗穴位，用维生素 B_1 或维生素 B_{12} 注射液，每穴注射 0.5~1ml，每日或隔日 1 次。

六、泄泻

泄泻亦称"腹泻"，是指排便次数增多，粪便稀薄，或泻出如水样。本病一年四季均可发生，但以夏秋两季多见。急性泄泻多见于西医学的急慢性肠炎、胃肠功能紊乱等。

【辨证】

主症　发病势急，病程短，大便次数显著增多，小便减少。

兼见大便清稀，水谷相混，肠鸣胀痛，口不渴，身寒喜温，舌淡，苔白滑，脉迟者，为感受寒湿之邪；便稀有黏液，肛门灼热，腹痛，口渴喜冷饮，小便短赤，舌红，苔黄腻，脉濡数者，为感受湿热之邪；腹痛肠鸣，大便恶臭，泻后痛减，伴有未消化的食物，嗳腐吞酸，不思饮食，舌苔垢浊或厚腻，脉滑者，为饮食停滞。

【治疗】

1. 基本治疗

治法　除湿导滞，通调腑气。以足阳明、足太阴经穴为主。

主穴　天枢 上巨虚 阴陵泉 水分

配穴　寒湿者，加神阙；湿热者，加内庭；食滞者，加中脘。

操作　毫针泻法。神阙用隔姜灸法。

方义　天枢为大肠募穴，可调理肠胃气机。上巨虚为大肠下合穴，可运化湿滞，取"合治内腑"之意。阴陵泉可健脾化湿。水分利小便而实大便。

2. 其他治疗

（1）穴位注射法　选天枢、上巨虚。用黄连素注射液，或用维生素 B_1、B_{12}注射液，每穴每次注射 0.5～1ml，每日或隔日 1 次。

（2）耳针法　选大肠、胃、脾、肝、肾、交感。每次以 3～4 穴，毫针刺，中等刺激。亦可用揿针埋藏或用王不留行籽贴压。

七、痛经

妇女在月经期前后或月经期中发生周期性小腹疼痛或痛引腰骶，甚至剧痛晕厥者，称为痛经。本病以青年妇女为多见。

西医学分为原发性与继发性痛经两类。

【辨证】

主症　经期或行经前后下腹部疼痛，历时数小时，有时甚至 2～3 天，疼痛剧烈时患者脸色发白，出冷汗，全身无力，四肢厥冷，或伴有恶心、呕吐、腹泻、尿频、头痛等症状。

兼见腹痛多在经前或经期疼痛剧烈，拒按，经色紫红或紫黑，有血块，下血块后疼痛缓解，属实证。经前伴有乳房胀痛，舌有瘀斑，脉细弦者，为气滞血瘀；腹痛有冷感，得温热疼痛可缓解，月经量少，色紫黑有块，苔白腻，脉沉紧者，为寒湿凝滞。

兼见腹痛多在经后，小腹绵绵作痛，少腹柔软喜按，月经色淡、量少，属虚证。面色苍白或萎黄，倦怠无力，头晕眼花，心悸，舌淡，舌体胖大边有齿痕，脉细弱者，为气血不足；腰膝酸软，夜寐不宁，头晕耳鸣，目糊，舌红苔少，脉细者，为肝肾不足。

【治疗】

1. 基本治疗

（1）实证

治法　行气散寒，通经止痛。以足太阴经及任脉穴为主。

主穴　三阴交　中极　次髎

配穴　寒凝者，加归来、地机；气滞者，加太冲；腹胀者，加天枢、气海；胁痛者，加阳陵泉、光明；胸闷者，加内关。

操作　毫针泻法，寒邪甚者可用艾灸。

方义　三阴交为足三阴经交会穴，可通经而止痛。中极为任脉穴位，可通调冲任之气，散寒行气。次髎为治疗痛经的经验穴。

（2）虚证

治法　调补气血，温养冲任。以足太阴、足阳明经穴为主。

主穴　三阴交　足三里　气海

配穴　气血亏虚者，加脾俞、胃俞；肝肾不足者，加太溪、肝俞、肾俞；头晕耳鸣者，加悬钟。

操作　毫针补法，可加用灸法。

方义　三阴交为肝脾肾三经之交会穴，可以健脾益气，调补肝肾。肝脾肾精血充盈，胞脉得养，冲任自调。足三里补益气血。气海为任脉穴，可暖下焦，温养冲任。

2. 其他治疗

（1）耳针法　选内生殖器、交感、皮质下、内分泌、神门、肝、肾、腹。每次选 2～4 穴，在所选的穴位处寻找敏感点，快速捻转数分钟，每日或隔日 1 次，每次留针 20～30 分钟。也可用埋针或埋丸法。

（2）皮内针法　选气海、阿是穴、地机、三阴交。消毒穴位后，取揿钉型或麦粒型皮内针刺入，外用胶布固定，埋入 2 天后取出。

（3）皮肤针法　选下腹部任脉、肾经、胃经、脾经，腰骶部督脉、膀胱经、夹脊穴。消毒后，腹部从肚脐向下叩刺到耻骨联合，腰骶部从腰椎到骶椎，先上后下，先中央后两旁，以所叩部位出现潮红为度，每次叩刺 10～15 分钟，以痛止、腹部舒适为度。

（4）穴位注射法　选中极、关元、次髎、关元俞。用 2% 普鲁卡因或当归注射液，每穴每次注入药液 2ml，隔日 1 次。

八、扭伤

【辨证】

主症　扭伤部位疼痛，关节活动不利或不能，继则出现肿胀，伤处肌肤发红或青紫。

兼见皮色发红，多为皮肉受伤，青色多为筋伤，紫色多为瘀血留滞；新伤疼痛肿胀，活动不利者，为气血阻滞；若陈伤每遇天气变化而反复发作者，为寒湿侵袭，瘀血阻络。

此外，更宜根据扭伤部位的经络所在，辨清扭伤属于何经。脊椎正中扭伤为伤在督脉，一侧或两侧腰部扭伤为伤在足太阳经。

【治疗】

1. 基本治疗

治法　祛瘀消肿，舒筋通络。以受伤局部腧穴为主。

主穴　腰部：阿是穴　肾俞　腰痛穴　委中

　　　踝部：阿是穴　申脉　丘墟　解溪

　　　膝部：阿是穴　膝眼　膝阳关　梁丘

　　　肩部：阿是穴　肩髃　肩髎　肩贞

　　　肘部：阿是穴　曲池　小海　天井

　　　腕部：阿是穴　阳溪　阳池　阳谷

　　　髋部：阿是穴　环跳　秩边　承扶

配穴　可根据受伤部位的经络所在，配合循经远取，如腰部正中扭伤，病在督脉，可远取人中、后溪；腰椎一侧或两侧（紧靠腰椎处）疼痛明显者，可取手三里或三间，因为手阳明经筋夹脊内。也可根据受伤部位的经络所在，在其上下循经邻近取穴，如膝内侧扭伤病在足太阴脾经者，除用阿是穴外，可在扭伤部位其上取血海、其下取阴陵泉，以疏通脾经气血。因为手足同名经脉气相通，故关节扭伤还可应用手足同名经取穴法，又称关节对应取穴法，治疗关节扭伤疗效甚捷。方法是踝关节与腕关节对应，膝关节与肘关节对应，髋关节与肩关节对应。例如踝关节外侧昆仑、申脉穴处扭伤，病在足太阳经，可在对侧腕关节手太阳经养老、阳谷穴处寻找有最明显压痛的穴位针之；再如膝关节内上侧扭伤，病在足太阴经，可在对侧肘关节手太阴经尺泽穴处寻找最明显压痛点针之。

操作　诸穴均针，用泻法；陈旧性损伤可用灸法。

方义　扭伤多为关节伤筋，属经筋病，"在筋守筋"，故治疗当以扭伤局部取穴为主，以疏通经络，散除局部的气血壅滞，使通则不痛。

2. 其他治疗

（1）耳针法　选取相应扭伤部位、神门，中强度刺激，或用王不留行籽贴压。

（2）刺络拔罐法　选取阿是穴，用皮肤针叩刺疼痛肿胀部，以微出血为度，加拔火罐。适用于新伤局部血肿明显者或陈伤瘀血久留，寒邪袭络等。

九、牙痛

牙痛是指牙齿因各种原因引起的疼痛而言，为口腔疾患中常见的症状之一，可见于西医学的龋齿、牙髓炎、根尖周围炎和牙本质过敏等。遇冷、热、酸、甜等刺激时牙痛发作或加重，属中医的"牙宣"、"骨槽风"范畴。

【辨证】

主症　牙齿疼痛。

牙痛甚烈，兼有口臭、口渴、便秘、脉洪等症，为阳明火邪；痛甚而龈肿，兼形寒身热，脉浮数等症者，为风火牙痛；隐隐作痛，时作时止，口不臭，脉细或齿浮动者，属肾虚牙痛。

【治疗】

1. 基本治疗

治法　祛风泻火，通络止痛。以手足阳明经穴为主。

主穴　合谷　颊车　下关

配穴　风火牙痛者，加外关、风池；胃火牙痛者，加内庭、二间；阴虚牙痛者，加太溪、行间。

操作　主穴用泻法，循经远取可左右交叉刺，合谷持续行针 1~3 分钟。配穴太溪用补法，行间用泻法，余穴均用泻法。

方义　合谷为远道取穴，可疏通阳明经络，并兼有祛风作用，可通络止痛，为治疗牙痛之要穴。颊车、下关为近部选穴，疏通足阳明经气血。

2. 其他治疗

耳针法　选上颌、下颌、神门、上屏尖、牙痛点。每次取 2~3 穴，毫针刺，强刺激，留针 20~30 分钟。

十、晕厥

晕厥是指骤起而短暂的意识和行动的丧失。其特征为突感眩晕、行动无力，迅速失去知觉而昏倒，数秒至数分钟后恢复清醒。

西医学的短暂性脑缺血发作可见晕厥症状。

【辨证】

主症　自觉头晕乏力，眼前发黑，泛泛欲吐，继则突然昏倒不省人事。

兼见素体虚弱，疲劳惊恐而致昏仆，面色苍白，四肢厥冷，气短，眼花，汗出，舌淡，脉细缓无力，为虚证；素体健壮，偶因外伤、恼怒等致突然昏仆，不省人事，呼吸急促，牙关紧闭，舌淡苔薄白，脉沉弦，为实证。

【治疗】

1. 基本治疗

治法　苏厥醒神。以督脉及手厥阴经穴为主。

主穴　水沟　中冲　涌泉　足三里

配穴　虚证者，加气海、关元、百会；实证者，加合谷、太冲。

操作　足三里用补法；水沟、中冲用泻法；涌泉用平补平泻法。配穴按虚补实泻法操作，气海、关元、百会用灸法。

方义　水沟属督脉穴，督脉入脑上颠，取之有开窍醒神之功。中冲为心包经井穴，能调阴阳经气之逆乱，为治疗昏厥之要穴。涌泉可激发肾经之气，最能醒神开窍，多用于昏厥之重证。足三里可补益气血，以滋养神窍。

2. 其他治疗

（1）耳针法　选神门、肾上腺、心、皮质下。毫针刺，强刺激。

（2）刺络法　选十二井穴、十宣、大椎。毫针刺后，大幅度捻转数次，出针后使其出血数滴，适用于实证。

十一、虚脱

虚脱是以面色苍白、神志淡漠，或昏迷、肢冷汗出、血压下降为特征的危重证候。

虚脱可见于西医学的休克。

【辨证】

主症　以面色苍白或紫绀，神志淡漠，反应迟钝或昏迷，或烦躁不安，尿量减少，张口自汗，肢冷肤凉，血压下降，脉微细或芤大无力。

兼见呼吸微弱，唇发紫，舌质胖，脉细无力，为亡阳；口渴，烦躁不安，唇舌干红，脉细数无力，为亡阴。若病情恶化可导致阴阳俱脱之危候。

【治疗】

1. 基本治疗

治法　回阳固脱，苏厥救逆。以督脉及手厥阴经穴为主。

主穴　素髎　水沟　内关

配穴　神志昏迷者，加中冲、涌泉；肢冷脉微者，加关元、神阙、百会。

操作　素髎、水沟用泻法；内关用补法。配穴中冲、涌泉用点刺法，关元、神阙、百会用灸法。

方义　素髎属督脉穴，有升阳救逆，开窍醒神之功，急刺可使血压回升。水沟为苏厥救逆之要穴。内关属心包经穴，可调补心气，助气血之运行以养神窍。三穴合用，回阳固脱。

2. 其他治疗

（1）耳针法　选肾上腺、皮质下、心。毫针刺，中等刺激强度。

（2）艾灸法　选百会、膻中、神阙、关元、气海。艾炷直接灸，每次选 2～3 穴，灸至脉复汗收为止。

十二、高热

高热是体温超过 39℃ 的急性症状，中医学所称的"壮热"、"实热"、"日晡潮热"等，均属于高热的范畴。

西医学的急性感染、急性传染病，以及中暑、风湿热、结核病、恶性肿瘤等病中可见高热。

【辨证】

主症　体温升高，超过 39℃。

兼见高热恶寒，咽干，头痛，咳嗽，舌红，苔黄，脉浮数，为风热表证；咳嗽，痰黄而稠，咽干，口渴，脉数，为肺热证；高热汗出，烦渴引饮，舌红，脉洪数，为热在气分；高热夜甚，斑疹隐隐，吐血便血或衄血，舌绛心烦，甚则出现神昏谵语，抽搐，为热入营血。

【治疗】

1. 基本治疗

治法　清泻热邪。以督脉、手太阴、手阳明经穴及井穴为主。

主穴　大椎　十二井　十宣　曲池　合谷

配穴　风热者，加鱼际、外关；肺热者，加尺泽；气分热盛者，加内庭；热入营血者，加内关、血海；抽搐者，加太冲；神昏者，加水沟、内关。

操作　毫针泻法。大椎刺络拔罐放血，十宣、井穴点刺出血。

方义　大椎属督脉，为诸阳之会，总督一身之阳。十二井、十宣穴皆在四末，为阴阳经交接之处，三穴点刺，具有明显的退热作用。合谷、曲池清泻肺热。

2. 其他治疗

（1）耳针法　选耳尖、耳背静脉、肾上腺、神门。耳尖、耳背静脉用三棱针点刺出血，余穴用毫针刺，强刺激。

（2）刮痧法　选脊柱两侧和背俞穴，用特制刮痧板或瓷汤匙蘸食油或清水，刮脊柱两侧和背俞穴，刮至皮肤红紫色为度。

十三、抽搐

抽搐是指四肢不随意地肌肉抽搐，或兼有颈项强直、角弓反张、口噤不开等。引起抽搐的原因很多，临床根据有无发热分为发热性抽搐和无发热性抽搐两类。

西医学的小儿惊厥、破伤风、癫痫、颅脑外伤和癔病等可出现抽搐。

【辨证】

主症　以四肢抽搐为特征，或有短时间的意识丧失，两目上翻或斜视，牙关紧闭，或口吐白沫，二便失禁，严重者伴有昏迷。

兼见表证，起病急骤，有汗或无汗，头痛神昏，为热极生风；壮热烦躁，昏迷痉厥，喉间痰鸣，牙关紧闭，为痰热化风；无发热，伴有手足抽搐，露睛，纳呆，脉细无力，为血虚生风。

【治疗】

1. 基本治疗

治法　醒脑开窍，息风止痉。以督脉及手足厥阴、手阳明经穴为主。

主穴　水沟　内关　合谷　太冲

配穴　发热者，加大椎、曲池；神昏者，加十宣、涌泉；痰盛者，加阴陵泉、丰隆；血虚者，加血海、足三里。

操作　毫针泻法。

方义　督脉入络脑，水沟为督脉要穴，可醒脑开窍，调神导气。心主血脉，内关为手厥阴心包经穴，可调理心气，活血通络，助水沟醒脑开窍。合谷、太冲相配，称为开四关，为熄风止痉之首选穴。根据急则治标的原则，先宜息风止痉，然后对因治疗。

2. 其他治疗

耳针法　选皮质下、肝、脾、缘中、耳中、心。每次选3~4穴，毫针刺，强刺激。

十四、内脏绞痛

内脏绞痛是泛指内脏不同部位出现的剧烈疼痛。现将几种临床常见的内脏急性痛证扼要叙述如下：

（一）心绞痛

是指因冠状动脉供血不足，心肌急剧地、暂时性缺血与缺氧所引起的以胸痛为突出表现的综合征。典型的心绞痛是突然发作的胸骨下部后方或心前区压榨性、闷胀性或窒息性疼痛，可放射到左肩、左上肢前内侧及无名指和小指。疼痛一般持续5~15分钟，很少超过15分钟，伴有面色苍白、表情焦虑、出汗和恐惧感。多因劳累、情绪激动、饱食、受寒等因素诱发。

【治疗】

1. 基本治疗

治法　通阳行气，活血止痛。以手厥阴、手少阴经穴为主。

主穴　内关　阴郄　膻中

配穴　气滞血瘀者，加血海、太冲。

操作　毫针泻法。

方义　内关为心包经络穴及八脉交会穴之一，可调理心气，活血通络，为治疗心绞痛的特效穴。阴郄为心经郄穴，可缓急止痛。膻中为心包之募穴，又为气之会穴，可疏调气机，治心胸疾患。

2. 其他治疗

耳针法　选心、小肠、交感、神门、内分泌。每次选3~5穴，毫针刺，中等刺激强度。

（二）胆绞痛

常见于急性胆囊炎、胆石症和胆道蛔虫症。

1. 急性胆囊炎、胆石症　急性胆囊炎系指细菌感染、高度浓缩的胆汁或反流入胆囊的胰液的化学刺激所致的急性炎症性疾病。主要表现为右上腹痛，呈持续性，并阵发性加剧，疼痛常放射至右肩胛区，伴有恶心、呕吐，右上腹胆囊区有明显压痛和肌紧张。部分患者可出现黄疸和高热，或摸到肿大的胆囊。胆石症是指胆道系统的任何部位发生结石的疾病，其临床表现决定于结石的部位、动态和并发症，主要为胆绞痛，其疼痛剧烈，恶心呕吐，并可有不同程度的黄疸和高热。胆绞痛发作一般时间短暂，也有延及数小时的。胆囊炎、胆石症可同时存在，相互影响。

（1）基本治疗

治法　疏肝利胆，行气止痛。以足少阳经穴及相应俞募穴为主。

主穴　胆囊穴　阳陵泉　胆俞　肝俞　日月　期门

配穴　呕吐者，加内关、足三里；黄疸者，加至阳；发热者，加曲池、大椎。

操作　毫针泻法。

方义　胆俞配日月，肝俞配期门为俞募配穴，每次用一组，选取右侧，以疏肝利胆而止痛。阳陵泉为足少阳之合穴，以利肝胆之腑。胆囊穴为治疗胆腑疾病的经验穴。

（2）其他治疗

耳针法　选肝、胰胆、交感、神门、耳迷根。急性发作时用毫针刺，强刺激，持续捻针；剧痛缓解后再行耳穴压丸法，两耳交替进行。

2. 胆道蛔虫症　是蛔虫钻进胆道所引起的一种急性病证。临床表现为上腹中部和右上腹突发的阵发性剧烈绞痛或剑突下"钻顶"样疼痛，可向肩胛区或右肩放射，伴有恶心、呕吐，有时吐出蛔虫，继发感染时有发热。疼痛时间数分钟到数小时，一日发作数次。间隔期疼痛可消失或很轻微。

（1）基本治疗

治法　解痉利胆，驱蛔止痛。以足少阳、手足阳明经穴为主。

主穴　胆囊穴　阳陵泉　迎香　四白　鸠尾　日月

配穴　呕吐者，加内关、足三里。

操作　毫针泻法。迎香透四白，鸠尾透日月。每次留针1~2小时。

方义　阳陵泉为足少阳之合穴，可利胆止痛。迎香透四白为治疗本病之经验穴。鸠尾透日月疏通局部气血。胆囊穴为治疗胆腑疾病的经验穴。诸穴共奏驱蛔止痛之功。

（2）其他治疗

耳针法　选胰胆、艇中、十二指肠、神门、耳迷根。先刺右侧，疼痛未止再刺左侧，强刺激；或以0.25%普鲁卡因在上述穴位注射，每穴0.3ml，每日1~2次。

（三）肾绞痛

多见于泌尿系结石症，结石可发生于泌尿系统的任何部位，但多源于肾脏。其临床表现为绞痛突然发生，疼痛多呈持续性或间歇性，并沿输尿管向髂窝、会阴、阴囊及大腿内侧放射，并出现血尿或脓尿，排尿困难或尿流中断，肾区可有叩击痛。

【治疗】

1. 基本治疗

治法　清利湿热，通淋止痛。以相应背俞穴及足太阴经穴为主。

主穴　肾俞　三焦俞　关元　阴陵泉　三阴交

配穴　血尿者，加血海、太冲；湿热重者，加委阳、合谷。

操作　毫针泻法。

方义　肾俞、三焦俞位于肾区，又为足太阳膀胱经穴，配关元疏利膀胱及局部气机。远取三阴交、阴陵泉以清利湿热，通淋止痛。

2. 其他治疗

耳针法　选肾、输尿管、交感、皮质下、三焦。毫针刺，强刺激。

第四章 拔罐技术

一、罐的吸附方法

罐的吸附方法是指排空罐内的空气，使之产生负压而吸附在拔罐部位的方法，常用的有以下几种方法。

1. 火吸法 火吸法是利用火在罐内燃烧时产生的热力排出罐内空气，形成负压，使罐吸附在皮肤上的方法，具体有以下几种：

（1）闪火法 用长纸条或用镊子夹酒精棉球一个，用火将纸条或酒精棉球点燃后，使火在罐内绕 1～3 圈后，将火退出，迅速将罐扣在应拔的部位，即可吸附在皮肤上。此法在罐内无火，比较安全，是最常用的吸拔方法。但需注意切勿将罐口烧热，以免烫伤皮肤。

（2）投火法 用易燃纸片或棉花，点燃后投入罐内，迅速将罐扣在应拔的部位，即可吸附在皮肤上。此法由于罐内有燃烧物质，容易落下烫伤皮肤，故适宜于侧面横拔。

（3）滴酒法 用 95% 酒精或白酒，滴入罐内 1～3 滴（切勿滴酒过多，以免拔罐时流出，烧伤皮肤），沿罐内壁摇匀，用火点燃后，迅速将罐扣在应拔的部位。

（4）贴棉法 用大小适宜的酒精棉花一块，贴在罐内壁的下 1/3 处，用火将酒精棉花点燃后，迅速扣在应拔的部位。此法需注意棉花浸酒精不宜过多，否则燃烧的酒精滴下时，容易烫伤皮肤。

以上拔罐法，除闪火法外，罐内均有火，故均应注意勿灼伤皮肤。

2. 抽气吸法 先将抽气罐的瓶底紧扣在穴位上，用注射器或抽气筒通过橡皮塞抽出罐内空气，使其产生负压，即能吸住。

二、拔罐方法

临床拔罐时，可根据不同的病情，选用不同的拔罐法。常用的拔罐法有以下几种：

1. 留罐法 又称坐罐法，即将罐吸附在体表后，使罐子吸拔留置于施术部位 10～15 分钟，然后将罐起下。此法是常用的一种方法，一般疾病均可应用，而且单罐、多罐皆可应用。

2. 走罐法 亦称推罐法，即拔罐时先在所拔部位的皮肤或罐口上，涂一层凡士林等润滑剂，再将罐拔住。然后，医者用右手握住罐子，向上、下或左、右需要拔的部位，往返推动，至所拔部位的皮肤红润、充血，甚或瘀血时，将罐起下。此法适宜于面积较大、肌肉丰厚部位，如脊背、腰臀、大腿等部位。

3. 闪罐法 即将罐拔住后，立即起下，如此反复多次地拔住起下，起下拔住，直至皮肤潮红、充血，或瘀血为度。多用于局部皮肤麻木、疼痛或功能减退等疾患，尤其适用于不宜留罐的患者，如小儿、年轻女性的面部。

4. 刺血拔罐法 又称刺络拔罐法，即在应拔部位的皮肤消毒后，用三棱针点刺出血或用皮肤针叩打后，再将火罐吸拔于点刺的部位，使之出血，以加强刺血治疗的作用。一般刺血后拔罐留置 10 ~ 15 分钟，多用于治疗丹毒、扭伤、乳痈等。

5. 留针拔罐法　简称针罐，即在针刺留针时，将罐拔在以针为中心的部位上，约 5 ~ 10 分钟，待皮肤红润、充血或瘀血时，将罐起下，然后将针起出。此法能起到针罐配合的作用。

三、起罐方法

起罐时，一般先用一手夹住火罐，另一手拇指或食指从罐口旁边按压一下，使气体进入罐内，即可将罐取下。若罐吸附过强时，切不可用力猛拔，以免擦伤皮肤。

四、拔罐出现皮肤灼伤的处理

用火罐时应注意勿灼伤或烫伤皮肤。若烫伤或留罐时间太长而皮肤起水泡时，小的无须处理，仅敷以消毒纱布，防止擦破即可；水泡较大时，用消毒针将水放出，涂以烫伤油等，或用消毒纱布包敷，以防感染。

第五章　推拿技术

一、𰾱法

【操作方法】

1. 侧𰾱法　用手背近小指侧着力于治疗部位，肘关节微屈，靠前臂的旋转及腕关节的屈伸，使产生的力持续地作用在治疗部位上。

2. 立𰾱法　用小指、无名指、中指背侧及其掌指关节着力于治疗部位，肘关节伸直，靠前臂的旋转及腕关节的屈伸，使产生的力持续地作用在治疗部位上。

【操作要点】

1. 侧𰾱法在操作时要求肘关节微屈；立𰾱法在操作时要求肘关节伸直。

2. 着力部位应似球形或瓶状。

3. 着力部位应吸附于治疗部位上，避免往返拖动。

4. 侧𰾱法的𰾱动幅度在 $120°$ 左右，即腕关节屈曲时，向外𰾱动 $80°$；腕关节伸直时向内𰾱动 $40°$。立𰾱法𰾱动幅度在 $60°$ 左右，即腕关节中立位至背伸 $60°$ 范围内进行操作。

5. 前臂的旋转及腕关节的屈伸要协调一致。

6. 往返持续用力。

二、一指禅推法

【操作方法】

1. 指端一指禅推法　以拇指指端着力于治疗部位，通过指间关节的屈伸和腕关节的摆动，使产生的力持续地作用在治疗部位上。在操作时要求沉肩、垂肘、悬腕、掌虚、指实、紧推、慢移。

2. 偏峰一指禅推法　以拇指的偏峰着力于治疗部位，通过指间关节的屈伸和腕关节的摆动，使产生的力持续地作用在治疗部位上。在操作时要求沉肩、垂肘、紧推、慢移。

3. 罗纹面一指禅推法　用拇指的罗纹面着力于治疗部位，其余四指附着于肢体的另一侧，通过指间关节的屈伸和腕关节的摆动，使产生的力持续地作用在治疗部位上。在操作时要求沉肩、垂肘、掌虚、指实、紧推、慢移。

4. 跪推法　以拇指指间关节的背侧着力于治疗部位，通过腕关节的摆动使产生的力持续地作用在治疗部位上。在操作时要求沉肩、垂肘、悬腕、掌虚、指实、紧推、慢移。

【操作要点】

1. 沉肩　肩关节放松，不要耸起，不要外展。

2. 垂肘　肘部自然下垂。

3. 悬腕　腕关节自然屈曲。

4. 掌虚　半握拳，拇指指间关节的掌侧与食指远节的桡侧轻轻接触。

5. 指实　着力部位要吸定在治疗部位上。

6. 紧推　是指摆动的频率略快，一般每分钟 140 次左右。

7. 慢移　是指从一个治疗点到另一个治疗点时应缓慢移动。

三、揉法

【操作方法】

1. 指揉法　用指端着力于治疗部位，做轻柔缓和的环旋活动。

2. 掌揉法　用掌着力于治疗部位，做轻柔缓和的环旋活动。

3. 鱼际揉法　用大鱼际或小鱼际着力于治疗部位，做轻柔缓和的环旋活动。

4. 掌根揉法　用掌根着力于治疗部位，做轻柔缓和的环旋活动。

5. 前臂揉法　用前臂的尺侧着力于治疗部位，做环旋揉动。

6. 肘揉法　用尺骨鹰嘴着力于治疗部位，做环旋揉动。

【操作要点】

1. 以肢体近端带动远端做小幅度的环旋揉动。

2. 着力部位要吸定于治疗部位，并带动深层组织。

3. 压力要均匀，动作要协调且有节律。

4. 揉动的幅度要适中，不宜过大或过小。

四、摩法

【操作方法】

1. 掌摩法　以掌置于腹部，做环形而有节律的抚摩，亦称摩腹。在摩腹时，常按如下顺序进行：胃脘部→上腹→脐→小腹→右下腹→右上腹→左上腹→左下腹。

2. 指摩法　以食指、中指、无名指、小指指腹附着在治疗部位上，做环形而有节律的抚摩。本法用于面部、胸部或某些穴位。

【操作要点】

1. 上肢及腕掌放松，轻放于治疗部位。

2. 前臂带动腕及着力部位做环旋活动。

3. 动作要缓和协调。

4. 用力宜轻不宜重，速度宜缓不宜急。

五、推法

【操作方法】

1. 掌推法　用掌着力于治疗部位上，进行单方向的直线推动。推动时应轻而不浮，重而不滞。本法多用于背部、胸腹部、季肋部、下肢部。

2. 指推法　用指着力于治疗部位上，进行单方向的直线推动。本法用于肌腱及腱鞘部位。

3. 肘推法　用肘着力于治疗部位上，进行单方向的直线推动。本法用于脊柱两侧。

4. 拇指分推法　以两手拇指的桡侧置于前额部位，自前额正中线向两旁分推。也可用于上胸部。

【操作要点】

1. 着力部位要紧贴皮肤，压力适中，做到轻而不浮，重而不滞。

2. 应参考经络走行方向及血液运行方向推动。

3. 速度要均匀。

4. 掌推法在操作时应手指在前，掌根在后。

六、按法

【操作方法】

1. 掌按法 以掌着力于治疗部位，垂直向下按压。本法多与其他手法结合应用，如与揉法结合应用称为按揉，与摩法结合应用称为按摩。

2. 指按法 以指着力于治疗部位，垂直向下按压。

【操作要点】

1. 操作时应逐渐用力。

2. 垂直向下用力。

七、拿法

【操作方法】

拇指与其余四指对合呈钳形，施以夹力，以掌指关节的屈伸运动所产生的力，捏拿治疗部位，即捏而提起称为拿。

【操作要点】

1. 前臂放松，手掌空虚。

2. 捏拿方向与肌腹垂直。

3. 动作要有连贯性。

4. 用力由轻到重，不可突然用力。

5. 以掌指关节运动为主捏拿肌腹，指间关节不动。

第六章　现代医学体格检查方法

第一节　基本检查法

一、视诊

视诊是医师用视觉来观察患者全身或局部表现的诊断方法。视诊的适用范围很广，既能观察到全身的一般状态，如发育、营养、意识状态、面容与表情、体位、步态等，又能观察到局部的体征，如皮肤、黏膜、毛发、五官、头颈、胸部、腹部、脊柱、四肢、肌肉、骨骼、关节等的外形。

二、触诊

1. 浅部触诊　用一手轻轻放在被检查部位，利用掌指关节和腕关节的协同配合，轻柔地进行滑动触摸。浅部触诊主要用于检查身体浅表部位的病变、关节、软组织，浅部的动脉、静脉、神经，阴囊和精索等。

2. 深部触诊　主要用于腹腔内病变和脏器的检查。嘱患者平卧，屈膝，张口平静呼吸，检查者用一手或两手重叠，由浅入深，逐渐加压以达深部。

（1）深部滑行触诊　医师以并拢的二、三、四指末端逐渐加压到腹腔的脏器或包块上，做上、下、左、右滑动触摸。滑动触诊主要适用于腹腔深部包块和脏器的检查。

（2）双手触诊　将左手置于被检查脏器或包块的后部，并将被检查部位推向右手方向，右手做深部滑行触诊。适用于肝、脾、肾、子宫和腹腔肿物的检查。

（3）深压触诊　以拇指或并拢的 2~3 个手指逐渐按压，探测腹部深在病变部位或确定腹腔压痛点，如阑尾压痛点、胆囊压痛点等。检查反跳痛时，在深压的基础上迅速将手抬起，并询问患者疼痛感觉是否加重或观察患者面部是否有痛苦表情。

（4）冲击触诊　又称浮沉触诊法。以并拢的手指取 70°~90° 角，置放于腹壁上相应的部位，先做 2~3 次较轻的适应性冲击动作，然后迅速有力地向下一按，在冲击时即会出现腹腔内脏器在指端浮沉的感觉。适用于大量腹水而肝脾难以触及时。

三、叩诊

（一）叩诊方法

根据叩诊部位不同，将患者置于适宜的体位，如叩诊胸部时取坐位或卧位，叩诊腹部时常取仰卧位。叩诊时还应嘱患者充分暴露被检查部位，肌肉放松，并注意比较对称部位音响的异同。

1. 间接叩诊法　叩诊时左手中指第 2 指节紧贴于叩诊部位，其余手指稍微抬起，勿与体表接触；右手各指自然弯曲，以右手中指指端叩击左手中指第 2 指骨的前端。叩击方向应与叩诊部位的体表垂直，主要以活动腕关节与指掌关节进行叩诊，避免肘关节及肩关节参加活动。叩击动作要灵活、短促，富有弹性。叩击后右手中指应立即抬起，以免影响音响的振幅与频率。在一个部位每次只需连续叩击 2~3 下，如印象不深，可再连续叩击 2~3 下，不间断地连续叩击反而不利于对叩诊音的分辨。叩击用力要均匀适中，使产生的音响一致。叩击力量的轻重，应根据不同的检查部位、病变组织的性质、范围大小、位置深浅等具体情况而定。

2. 直接叩诊法 用右手拇指以外的四指掌面直接拍击被检查部位，根据拍击的音响和指下的震动感来判断病变情况的方法，称为直接叩诊法。本法适用于胸部或腹部面积较广泛的病变，如胸膜粘连或增厚、气胸、大量胸水或腹水等。

（二）叩诊音

被叩击部位的组织或器官因致密度、弹性、含气量以及与体表间的距离不同，叩击时可产生不同的音响，即叩诊音。

1. 清音 清音是正常肺部的叩诊音，提示肺组织的弹性、含气量和致密度正常。

2. 浊音 在叩击被少量含气组织覆盖的实质脏器时产生。如叩击被肺的边缘所覆盖的心脏或肝脏部分，或病理状态下肺组织含气量减少（如肺炎）时所表现的叩诊音。

3. 鼓音 在叩击含有大量气体的空腔器官时出现。正常见于腹部及左下胸的胃泡区。病理情况下，见于肺空洞、气胸或气腹等。

4. 过清音 属于鼓音范畴的一种变音，介于鼓音与清音之间。过清音的出现提示肺组织含气量增多，弹性减弱，临床常见于肺气肿。

5. 实音 亦称重浊音或绝对浊音。生理情况下见于叩击不含气的实质脏器，如心脏、肝脏；病理状态下，见于大量胸腔积液或肺实变。

四、听诊

听诊注意事项：

1. 环境应安静，温度要适宜，光线应充足，检查者和患者的位置都要舒适，患者肌肉要放松。如遇寒冷天气，应先使听诊器体件暖和。

2. 选择体位要适当。一般多取坐位或卧位，有时需更换体位。

3. 被检查部位应充分暴露，切忌隔衣听诊。听诊时听诊器体件要紧贴听诊部位，避免缝隙或摩擦产生附加音。

五、嗅诊

常见异常气味的临床意义如下：

1. 痰液味 如嗅到血腥味，见于大咯血的患者；恶臭味，提示支气管扩张或肺脓肿。

2. 脓液味 恶臭味应考虑气性坏疽的可能。

3. 呕吐物味 胃内容物略带酸味，粪臭味见于肠梗阻，酒味见于饮酒和醉酒等，浓烈的酸味见于幽门梗阻或狭窄等。

4. 呼气味 浓烈的酒味见于酒后或醉酒，刺激性蒜味见于有机磷农药中毒，烂苹果味见于糖尿病酮症酸中毒，氨味见于尿毒症，腥臭味见于肝昏迷。

第二节   全身状态检查

一、体温

1. 口腔温度   正常值为 36.3℃~37.2℃。口测法温度虽较可靠，但对婴幼儿及意识障碍者则不宜使用。

2. 肛门温度   正常值为 36.5℃~37.7℃。肛门温度一般较口腔温度高 0.3℃~0.5℃。适用于小儿及神志不清的患者。

3. 腋下温度   正常值为 36℃~37℃。腋测法较安全、方便，不易发生交叉感染。

正常人 24 小时内体温略有波动，相差不超过 1℃。生理状态下，运动或进食后体温稍高，老年人体温略低，妇女在月经期前或妊娠期略高。

二、脉搏

脉搏的检查方法通常是以 3 个手指（食指、中指、无名指）的指端来触诊桡动脉的搏动。如桡动脉不能触及，也可触摸肱动脉、颞动脉和颈动脉等。

正常成人，在安静状态下脉率为 60~100 次/分。儿童较快，婴幼儿可达 130 次/分。病理状态下，发热、疼痛、贫血、甲状腺功能亢进症、心力衰竭、休克、心肌炎等，脉率增快；颅内高压、伤寒、病态窦房结综合征、房室传导阻滞，或服用强心苷、钙拮抗剂、β 受体阻滞剂等药时，脉率减慢。临床上除注意脉率增快或减慢之外，还应注意脉率与心率是否一致。心律失常时，如心房颤动、频发早搏等，脉率少于心率，这种现象称为脉搏短绌。

三、血压

（一）测量方法

现广泛应用的是袖带加压法。此法常用的血压计有汞柱式、弹簧式和电子血压计，以汞柱式为最常用。临床上通常采用间接方法在上臂肱动脉部位测取血压值。被检查者安静休息至少 5 分钟，在测量前 30 分钟内禁止吸烟和饮咖啡，排空膀胱。裸露右上臂，肘部置于与右心房同一水平（坐位平第 4 肋软骨，仰卧位平腋中线）。首次就诊者左、右臂的血压应同时测量，并予记录。让受检者脱下该侧衣袖，露出手臂并外展 45°，将袖带平展地缚于上臂，袖带下缘距肘窝横纹 2~3cm，松紧适宜。检查者先于肘窝处触知肱动脉搏动，再将听诊器体件置于肱动脉上，轻压听诊器体件。然后用橡皮球将空气打入袖带，待动脉音消失，再将汞柱升高 20~30mmHg（1mmHg=0.133kPa）后，开始缓慢（2~6mmHg/s）放气，心率较慢时放气速率也较慢，获取舒张压读数后快速放气至零。测压时双眼平视汞柱表面，根据听诊结果读出血压值。当听到第一个声音时所示的压力值是收缩压；继续放气，声音消失时血压计上所示的压力值是舒张压（个别声音不消失者，可采用变音值作为舒张压并加以注明）。正常人两上肢血压可有 5~10mmHg 的差别，下肢血压较上肢高 20~40mmHg，但在动脉穿刺或插管直接测量时则无显著差异。

（二）血压正常标准

我国现采用下述标准。

表 6 - 1	血压水平的定义和分类	
类　别	收缩压（mmHg）	舒张压（mmHg）
理想血压	<120	<80
正常高值	120～139	80～89
高血压		
1 级高血压（轻度）	140～159	90～99
2 级高血压（中度）	160～179	100～109
3 级高血压（重度）	≥180	≥110
单纯收缩期高血压	≥140	<90

（三）血压变异的临床意义

1. 高血压　未服抗高血压药情况下，收缩压≥140mmHg 和（或）舒张压≥90mmHg，即为高血压。如果只有收缩压达到高血压标准，则称为收缩期高血压。高血压绝大多数见于高血压病（亦称原发性高血压）；继发性高血压少见（约<5%），见于肾脏疾病、肾上腺皮质或髓质肿瘤、肢端肥大症、甲状腺功能亢进症、颅内高压、妊娠高血压综合征等所致的血压增高。

2. 低血压　血压低于 90/60mmHg 时，称为低血压。常见于休克、急性心肌梗死、心力衰竭、心包填塞、肾上腺皮质功能减退等，也可见于极度衰弱的患者。

3. 脉压增大和减小　脉压>40mmHg 称为脉压增大，见于主动脉瓣关闭不全、动脉导管未闭、动静脉瘘、高热、甲状腺功能亢进症、严重贫血、老年主动脉硬化等。脉压<30mmHg 称为脉压减小，见于主动脉瓣狭窄、心力衰竭、低血压休克、心包积液、缩窄性心包炎等。

四、发育与体型

发育的正常与否，通常以年龄与体格成长状态（身高、体重）、智力和性征（第一、第二性征）之间的关系来判断。发育正常时，年龄与体格、智力和性征的成长状态是相应的。

体型是身体各部发育的外观表现，包括骨骼、肌肉的成长与脂肪分布的状态等。临床上把正常人的体型分为匀称型、矮胖型、瘦长型 3 种。

临床上病态发育与内分泌的关系尤为密切。如在发育成熟前脑垂体前叶功能亢进时，体格异常高大，称为巨人症；反之，垂体功能减退时，体格异常矮小，称脑垂体性侏儒症。

五、营养状态

营养状态的好坏，一般可作为评定健康与疾病程度的标准之一。营养过度可以引起肥胖，营养不良则可引起消瘦。营养状态是根据皮肤、毛发、皮下脂肪、肌肉的发育情况来综合判断的。营养状态一般分为良好、不良和中等。

六、意识状态

意识是指中枢神经系统对体内、外刺激的应答力，包括觉醒状态及意识内容两个方面。清醒的意识表现为觉醒状态正常，有良好的定向力（包括对时间、空间、人物的判断力）；意识的内容正常，即精神活动正常（包括知觉、记忆、思维、推理、判断、情感等）。当颅脑及全身的严重疾病损伤了大脑皮质及上行性网状激活系统，则出现各种不同程度或不同类型的觉醒状态及意识内容的异常，临床上将其通称为意识障碍。

短暂的意识障碍如晕厥，是一种突发而短暂的意识丧失，不能维持站立而晕倒，常由大脑一过性广泛性供血不足所致。而临床上所说的意识障碍通常是指持续时间较长的意识障碍，一般可分为以下三类：

（一）意识水平下降的意识障碍

1. 嗜睡　是最轻的意识障碍，患者处于病理的睡眠状态，表现为持续性的睡眠。轻刺激如推动或呼唤患者，可被唤醒，醒后能回答简单的问题或做一些简单的活动，但反应迟钝。刺激停止后，又迅速入睡。

2. 昏睡　患者近乎不省人事，处于熟睡状态，不易唤醒。虽在强刺激下（如压迫眶上神经）可被唤醒，但不能回答问题或答非所问，而且很快又再入睡。

3. 昏迷　意识丧失，任何强大的刺激都不能唤醒，是最严重的意识障碍。按程度不同可分为：

（1）浅昏迷　意识大部分丧失，强刺激也不能唤醒，但对疼痛刺激有痛苦表情及躲避反应，角膜反射、瞳孔对光反射、吞咽反射、眼球运动等都存在。

（2）深昏迷　意识全部丧失，对疼痛等各种刺激均无反应，全身肌肉松弛，角膜反射、瞳孔对光反射、眼球运动均消失，可出现病理反射。

（二）伴意识内容改变的意识障碍

1. 意识模糊　是一种常见的轻度意识障碍，意识障碍程度较嗜睡重。具有简单的精神活动，但定向力有障碍，表现为对时间、空间、人物失去了正确的判断力。

2. 谵妄　是一种以兴奋性增高为主的急性高级神经中枢活动失调状态。表现为意识模糊，定向力障碍，伴错觉、幻觉、躁动不安、谵语。谵妄常见于急性感染的高热期，也可见于某些中毒（急性酒精中毒）、代谢障碍（肝性脑病）等。

（三）特殊类型的意识障碍

这一类意识障碍，又称醒状昏迷，都表现为"觉醒状态"存在，如双眼睁开，开闭自如，眼球无目的地运动，"觉醒－睡眠"周期保存或紊乱，而"意识内容"丧失，如知觉、语言、运动反应丧失。醒状昏迷大致可分为以下三种：

1. 去皮质综合征　"意识内容"丧失，言语刺激无任何意识反应。患者能无意识地睁眼、闭眼、眼球无目的地运动。各种生理反射存在，对疼痛刺激有痛苦表情及逃避反应，有不自主哭叫。常伴去皮质强直、病理反射及大小便失禁等。常见的病因有脑外伤、脑炎、脑出血、一氧化碳中毒、缺氧等严重疾病。

2. 无动性缄默症　表现缄默不语或偶可用单语小声答话，四肢不能运动，"意识内容"丧失。但病人双眼睁开，能注视周围的人，存在"睡眠－觉醒"周期。全身肌肉松弛，无病理反射。见于脑干上部或间脑的上行性网状激活系统损伤。

3. 持续性植物状态　即"植物人"，是由于严重的脑部损伤后缺乏脑的高级神经活动而长期存活的一种状况。无意识内容活动，但病人处于觉醒状态，眼睛睁开，眼球无目的地运动，不会说话，不能理解别人的言语，生理反射存在。其预后大多死于并发症，仅少数人可恢复。

七、面容与表情

1. 急性（热）病容　面色潮红，兴奋不安，口唇干燥，呼吸急促，表情痛苦，有时鼻翼扇动，口唇疱疹。常见于急性感染性疾病，如肺炎链球菌性肺炎、疟疾、流行性脑脊髓膜炎等。

2. 慢性病容　面容憔悴，面色晦暗或苍白无华，双目无神，表情淡漠等。多见于慢性消耗性疾病，如肝硬化、严重肺结核、恶性肿瘤等。

3. 甲状腺功能亢进面容　简称甲亢面容。眼裂增大，眼球突出，目光闪烁，呈惊恐貌，兴奋不安，烦躁易怒。见于甲状腺功能亢进症。

4. 黏液性水肿面容　面色苍白，睑厚面宽，颜面浮肿，目光呆滞，反应迟钝，眉毛、头发稀疏，舌色淡、胖大。见于甲状腺功能减退症。

5. 二尖瓣面容　面色晦暗，双颊紫红，口唇轻度发绀。见于风湿性心脏瓣膜病二尖瓣狭窄。

6. 伤寒面容　表情淡漠，反应迟钝，呈无欲状态。见于伤寒。

7. 苦笑面容　发作时牙关紧闭，面肌痉挛，呈苦笑状。见于破伤风。

8. 满月面容　面圆如满月，皮肤发红，常伴痤疮和小须。见于库欣综合征及长期应用肾上腺皮质激素的患者。

9. 肢端肥大症面容　头颅增大，脸面变长，下颌增大、向前突出，眉弓及两颧隆起，唇舌肥厚，耳鼻增大。见于肢端肥大症。

八、体位

1. 自动体位　患者活动自如，不受限制。见于轻病或疾病早期。

2. 被动体位　患者不能随意调整或变换体位，需别人帮助才能改变体位。见于极度衰弱或意识丧失的患者。

3. 强迫体位　患者为了减轻疾病所致的痛苦，被迫采取的某些特殊体位。常见有以下几种：

（1）强迫仰卧位　患者仰卧，双腿蜷曲，借以减轻腹部肌肉张力。见于急性腹膜炎等。

（2）强迫俯卧位　俯卧位可减轻脊背肌肉的紧张程度。常见于脊柱疾病。

（3）强迫侧卧位　患者侧卧于患侧，以减轻疼痛，且有利于健侧代偿呼吸。见于一侧胸膜炎及大量胸腔积液。

（4）强迫坐位　又称端坐呼吸。患者坐于床沿上，以两手置于膝盖上或扶持床边。见于心肺功能不全的患者。

（5）辗转体位　患者坐卧不安，辗转反侧。见于胆绞痛、肾绞痛、肠绞痛等。

（6）角弓反张位　患者颈及脊背肌肉强直，以致头向后仰，胸腹前凸，背过伸，躯干呈反弓形。见于破伤风及小儿脑膜炎。

九、步态

1. 痉挛性偏瘫步态　瘫痪侧上肢内收、旋前，指、肘、腕关节屈曲，无正常摆动；下肢伸直并外旋，举步时将患侧骨盆抬高以提起瘫痪侧下肢，然后以髋关节为中心，脚尖拖地，向外划半个圆圈跨前一步，故又称划圈样步态。多见于急性脑血管疾病的后遗症。

2. 剪刀步态　双下肢肌张力增高，尤以伸肌和内收肌张力明显增高，双下肢强直内收，交叉到对侧，形如剪刀。见于双侧锥体束损害及脑性瘫痪等。

3. 小脑性步态　小脑性共济失调患者行走时双腿分开较宽，呈阔基底步态。左右摇晃，常向侧方倾斜，走直线困难，状如醉汉。常见于多发性硬化、小脑肿瘤、脑卒中及某些遗传性小脑疾病。

4. 慌张步态　步行时头及躯干前倾，步距较小，起步动作慢，但行走后越走越快，有难以止步之势，向前追赶身体以防止失去重心。见于震颤麻痹。

5. 蹒跚步态　又称鸭步。走路时身体左右摇摆似鸭行。见于佝偻病、大骨节病、进行性肌营养不良或先天性双髋关节脱位等。

第三节　皮肤检查

一、皮肤弹性

皮肤弹性与年龄、营养状态、皮下脂肪及组织间隙所含液量有关。检查时，常取手背或前臂内侧部位，用拇指和食指将皮肤捏起，正常人于松手后皮肤皱褶迅速平复。弹性减弱时皱褶平复缓慢，见于长期消耗性疾病或严重脱水的患者。发热时血液循环加速，周围血管充盈，皮肤弹性可增加。

二、皮肤颜色

1. 发红　生理情况下见于饮酒、日晒、运动、情绪激动等。病理情况下见于发热性疾病、阿托品及一氧化碳中毒等。一氧化碳中毒患者的皮肤、黏膜呈樱桃红色。皮肤持久性发红可见于库欣综合征及真性红细胞增多症。

2. 苍白　皮肤黏膜苍白可由贫血、末梢毛细血管痉挛或充盈不足引起，常见于贫血、寒冷、休克、虚脱等。只有肢端苍白者，可能与肢体血管痉挛或阻塞有关，如雷诺病、血栓闭塞性脉管炎。

3. 黄染　皮肤黏膜呈不正常的黄色，称为黄染。皮肤黄染主要见于因胆红素浓度增高引起的黄疸。黄疸早期或轻微时见于巩膜及软腭黏膜，较明显时才见于皮肤。黄疸见于肝细胞损害、胆道阻塞或溶血性疾病。

过多食用胡萝卜、南瓜、橘子等，使胡萝卜素在血中的含量增加，可使皮肤黄染，但发黄的部位多在手掌、足底皮肤，一般不发生于巩膜和口腔黏膜。长期服用带有黄颜色的药物，如阿的平、呋喃类等也可使皮肤发黄，严重者可表现巩膜黄染，但这种巩膜黄染以角膜缘周围最明显，离角膜缘越远，黄染越浅，这是与黄疸鉴别的重要特征。

4. 发绀　发绀是皮肤黏膜呈青紫色，主要因单位容积血液中还原血红蛋白增多所致。发绀的常见部位为舌、唇、耳郭、面颊和指端。

5. 色素沉着　由于表皮基底层的黑色素增多，以致部分或全身皮肤色泽加深，称为色素沉着。全身性色素沉着多见于慢性肾上腺皮质功能减退，有时也见于肝硬化、肝癌晚期等。使用某些药物如砷剂、抗癌药等，可引起不同程度的皮肤色素沉着。妇女在妊娠期，面部、额部可发生棕褐色对称性色素斑片，称为妊娠斑。老年人全身或面部也可发生散在的斑片，称老年斑。

6. 色素脱失　色素脱失指皮肤色素局限性或全身性减少或缺失。见于白癜风、黏膜白斑、白化症等。

三、湿度与出汗

皮肤的湿度与汗腺分泌功能有关。病理情况下可有出汗增多，如风湿热、结核病、甲状腺功能亢进症、佝偻病、布氏杆菌病等。盗汗（夜间睡后出汗）见于肺结核活动期。冷汗（手脚皮肤发凉、大汗淋漓）见于休克与虚脱。无汗时皮肤异常干燥，见于维生素 A 缺乏症、黏液性水肿、硬皮病和脱水等。

四、皮疹

检查时应注意皮疹出现与消失的时间、发展顺序、分布部位、形状及大小、颜色、压之是否退色、平坦或隆起、有无瘙痒和脱屑等。常见皮疹如下：

1. 斑疹　只是局部皮肤发红，一般不高出皮肤。见于麻疹初起、斑疹伤寒、丹毒、风湿性多形性红斑等。

2. 玫瑰疹　是一种鲜红色的圆形斑疹，直径 2～3mm，由病灶周围的血管扩张所形成，压之退色，松开时又复现，多出现于胸腹部。对伤寒或副伤寒具有诊断意义。

3. 丘疹　直径小于 1cm，除局部颜色改变外还隆起于皮面，见于药物疹、麻疹、猩红热及湿疹等。

4. 斑丘疹　在丘疹周围合并皮肤发红的底盘，称为斑丘疹。见于风疹、猩红热、湿疹及药物疹等。

5. 荨麻疹　又称风团块，是由于皮肤、黏膜的小血管反应性扩张及渗透性增加而产生的一种局限性暂时性水肿。主要表现为边缘清楚的红色或苍白色的瘙痒性皮肤损害，出现得快，消退也快，消退后不留痕迹。见于各种异型蛋白性食物或药物过敏。

五、皮下出血

皮肤或黏膜下出血，出血面的直径小于 2mm 者，称为瘀点。小的出血点容易和小红色皮疹或小红痣相混淆，但皮疹压之退色，出血点压之不退色，小红痣加压虽不退色，但触诊时可稍高出平面，并且表面发亮。皮下出血直径在 3～5mm 者，称为紫癜；皮下出血直径超过 5mm 者，称为瘀斑；片状出血并伴有皮肤显著隆起者，称为血肿。皮肤黏膜出血常见于造血系统疾病、重症感染、某些血管损害的疾病以及某些毒物或药物中毒等。

六、蜘蛛痣

蜘蛛痣是皮肤小动脉末端分支性扩张所形成的血管痣，因形似蜘蛛而得名。蜘蛛痣出现部位多在上腔静脉分布区，如面、颈、手背、上臂、前胸和肩部等处，大小可由针头大到直径数厘米不等。检查时除观察其形态外，可用铅笔尖或火柴杆等压迫蜘蛛痣的中心，如周围辐射状的小血管随之消退，解除压迫后又复出现，则证明为蜘蛛痣。蜘蛛痣的发生一般认为与雌激素增多有关。肝功能障碍使体内雌激素灭活能力减退，常见于慢性肝炎、肝硬化时。健康妇女在妊娠期间、月经前或月经期偶尔也可出现蜘蛛痣。慢性肝病患者手掌大、小鱼际处常发红，加压后退色，称为肝掌。肝掌的发生机制与蜘蛛痣相同。

七、皮下结节

检查皮下结节时应注意大小、硬度、部位、活动度、有无压痛。位于关节附近或长骨骺端的圆形硬质小结，无压痛，多为风湿小结。位于皮下肌肉表层的豆状硬韧小结，可推动，无压痛，多为猪绦虫囊蚴结节。

八、水肿

皮下组织的细胞内及组织间隙液体积聚过多，称为水肿。手指按压后凹陷不能很快恢复者，称为凹陷性水肿。黏液性水肿及象皮肿（丝虫病所致）指压后无组织凹陷，称非凹陷性水肿。全身性水肿常见于肾炎和肾病、心力衰竭（尤其是右心衰竭）、失代偿期肝硬化和营养不良等；局限性水肿可见于局部炎症、外伤、过敏、血栓形成所致的毛细血管通透性增加，静脉或淋巴回流受阻。

九、皮下气肿

气体进入皮下组织，称为皮下气肿。皮下气肿时，外观肿胀如同水肿，指压可凹陷，但去掉压力后则迅速恢复原形。按压时引起气体在皮下组织内移动，有一种柔软带弹性的振动感，称为捻发感或握雪感。临床见于肺部外伤或肢体有产气杆菌感染等。

第四节　淋巴结检查

检查浅表淋巴结时，应按一定的顺序进行，依次为：耳前、耳后、乳突区、枕骨下区、颌下、颏下、颈后三角、颈前三角、锁骨上窝、腋窝、滑车上、腹股沟、腘窝等。检查时如发现有肿大的淋巴结，应记录其数目、大小、质地、移动度，表面是否光滑，有无红肿、压痛和波动，是否有疤痕、溃疡和瘘管等。

一、检查方法

检查某部淋巴结时，应使该部皮肤和肌肉松弛，以利于触摸。

检查左颌下淋巴结时，将左手置于被检查者头顶，使头微向左前倾斜，右手四指并拢，屈曲掌指及指间关节，沿下颌骨内缘向上滑动触摸。检查右侧时，两手换位，让被检查者向右前倾斜。

检查颈部淋巴结时，检查者站在被检查者背后，让患者的头向前倾，并稍向检查的一侧倾斜，然后用手指紧贴检查部位，由浅入深进行滑动触诊。

检查锁骨上窝淋巴结时，检查者面对患者（可取坐位或仰卧位），用右手检查患者的左锁骨上窝，用左手检查其右锁骨上窝。检查时将食指与中指屈曲并拢，在锁骨上窝进行触诊，并深入锁骨后深部。

检查腋窝淋巴结时，用手扶被检查者前臂稍外展，医师以右手检查左侧腋窝，以左手检查右侧腋窝，由浅入深，直达腋窝顶部。

检查滑车上淋巴结时，以左（右）手扶托被检查者左（右）前臂，以右（左）手在其肱骨上髁两横指许、肱二头肌内侧滑动触诊。

检查腹股沟淋巴结时，被检查者仰卧，检查者用手指在腹股沟平行处进行触诊。

二、浅表淋巴结肿大的临床意义

（一）局限性淋巴结肿大

1. 非特异性淋巴结炎 一般炎症所致的淋巴结肿大多有触痛，表面光滑，无粘连，质不硬。颌下淋巴结肿大常由口腔内炎症所致；颈部淋巴结肿大常由化脓性扁桃体炎、齿龈炎等急慢性炎症所致；上肢的炎症常引起腋窝淋巴结肿大；下肢炎症常引起腹股沟淋巴结肿大。

2. 淋巴结结核 肿大淋巴结常发生在颈部血管周围，多发性，质地较硬，大小不等，可互相粘连或与邻近组织、皮肤粘连，移动性稍差。如组织发生干酪性坏死，则可触到波动感。晚期破溃后形成瘘管，愈合后可形成疤痕。

3. 转移性淋巴结肿大 恶性肿瘤转移所致的淋巴结肿大，质硬或有橡皮样感，一般无压痛，表面光滑或有突起，与周围组织粘连而不易推动。左锁骨上窝淋巴结肿大，多为腹腔脏器癌肿（胃癌、肝癌、结肠癌等）转移；右锁骨上窝淋巴结肿大，多为胸腔脏器癌肿（肺癌、食管癌等）转移；鼻咽癌易转移到颈部淋巴结；乳腺癌常引起腋下淋巴结肿大。

（二）全身淋巴结肿大

常见于传染性单核细胞增多症、白血病、淋巴瘤等。

第五节 头部检查

一、头颅

1. 大小及形态

（1）小颅 同时伴有智力障碍见于痴呆症。

（2）方颅 见于小儿佝偻病、先天性梅毒。

（3）巨颅 见于脑积水。

此外，前囟隆起是颅内压增高的表现，见于脑膜炎、颅内出血等；前囟凹陷见于脱水和极度消瘦；前囟迟闭、过大，见于佝偻病、先天性甲状腺功能减退。

2. 头颅运动 头部活动受限，见于颈椎病；头部不随意颤动，见于震颤麻痹（帕金森病）；与颈动脉搏动节律一致的点头运动，见于严重主动脉瓣关闭不全。

3. 颜面 下颌增大前凸，两颧和眉弓高凸，口唇增厚，可见于肢端肥大症；两侧腮腺肿大致耳垂被托起，颜面增宽，见于流行性腮腺炎。

二、头部器官

（一）眼

1. 眼睑 检查时注意观察有无红肿、浮肿，睑缘有无内翻或外翻，睫毛排列是否整齐及生长方向，两侧眼睑是否对称，上睑提起及闭合功能是否正常。

（1）上睑下垂 双上眼睑下垂见于重症肌无力、先天性上眼睑下垂；单侧上眼睑下垂常见于能引起动眼神经麻痹的各种疾病，如脑炎、脑脓肿、蛛网膜下腔出血、白喉、外伤等。

（2）眼睑水肿 多见于肾炎、肝炎、贫血、营养不良、神经血管性水肿等。

（3）眼睑闭合不全　双侧眼睑闭合不全常见于甲状腺功能亢进症；单侧眼睑闭合不全常见于面神经麻痹。

2. 结膜　分为睑结膜、穹隆结膜和球结膜三部分。检查时应注意有无充血、水肿、乳头增生、结膜下出血、滤泡和异物等。

检查球结膜时，以拇指和食指将上、下眼睑分开，嘱病人向上、下、左、右各方向转动眼球。检查下眼睑结膜时，嘱被检查者向上看，拇指置于下眼睑的中部边缘，向下轻按压，暴露下眼睑及穹隆结膜。

检查上眼睑结膜时需翻转眼睑。翻转要领为：检查左眼时，嘱被检查者向下看，用右手食指（在上方）和拇指（在下方）捏住上睑的中部边缘并轻轻向前下方牵拉，食指轻压睑板上缘的同时，拇指向上捻转翻开上眼睑，暴露上睑结膜，然后用拇指固定上睑缘。检查右眼时用左手，方法同前。

结膜发红、水肿、血管充盈为充血，见于结膜炎、角膜炎、沙眼早期；结膜苍白见于贫血；结膜发黄见于黄疸；睑结膜有滤泡或乳头见于沙眼；结膜有散在出血点，见于亚急性感染性心内膜炎；结膜下片状出血，见于外伤及出血性疾病，亦可见于高血压、动脉硬化；球结膜透明而隆起为球结膜下水肿，见于脑水肿或输液过多。

3. 巩膜　患者有显性黄疸时，多先在巩膜出现均匀的黄染。应在自然光线下观察巩膜有无黄染。老年人内眦部的结膜下可有淡黄色脂肪积聚，但分布不均匀，常呈块状，可与之鉴别。仅在角膜周围出现黄染，见于血液中其他黄色色素增加，如胡萝卜素和阿的平等。

4. 角膜　检查角膜时用斜照光更易观察其透明度。检查时应注意角膜的透明度，有无白斑、云翳、溃疡、角膜软化和血管增生等。角膜边缘出现黄色或棕褐色环，环外缘清晰，内缘模糊，是铜代谢障碍的体征，称为凯-费环（角膜色素环），见于肝豆状核变性（Wilson病）。

5. 瞳孔　正常瞳孔直径 2~5mm，两侧等大等圆。检查瞳孔时，应注意其大小、形态、双侧是否相同、对光反射和调节反射是否正常。

（1）瞳孔大小　病理情况下，瞳孔缩小（<2mm）常见虹膜炎，有机磷农药中毒、毒蕈中毒、吗啡、氯丙嗪、毛果云香碱等药物影响；瞳孔扩大（>5mm）见于外伤、青光眼绝对期、视神经萎缩、完全失明、濒死状态、颈交感神经刺激和阿托品、可卡因等药物影响。

（2）瞳孔大小不等　双侧瞳孔大小不等，常见于脑外伤、脑肿瘤、脑疝及中枢神经梅毒等颅内病变。

（3）对光反射　用手电筒照射瞳孔，观察其前后的反应变化。正常人受照射光刺激后，双侧瞳孔立即缩小，移开照射光后双侧瞳孔随即复原。对光反射分为：①直接对光反射，即电筒光直接照射一侧瞳孔立即缩小，移开光线后瞳孔迅速复原；②间接对光反射，即用手隔开双眼，电筒光照射一侧瞳孔后，另一侧瞳孔也立即缩小，移开光线后瞳孔迅速复原。瞳孔对光反射迟钝或消失，见于昏迷病人。

（4）调节反射与聚合反射　嘱被检查者注视 1m 以外的目标（通常为检查者的食指尖），然后逐渐将目标移至距被检查者眼球约 10cm 处，这时观察双眼瞳孔变化情况。由看远逐渐变为看近，即由不调节状态到调节状态时，正常反应是双侧瞳孔逐渐缩小（调节反射）、双眼球向内聚合（聚合反射）。当动眼神经受损害时，调节和聚合（辐辏）反射消失。

6. 眼球　检查时注意眼球的外形和运动。

（1）眼球突出　双侧眼球突出见于甲状腺功能亢进症。单侧眼球突出，多见于局部炎症或眶内占位性病变，偶见于颅内病变。

（2）眼球凹陷　双侧眼球凹陷见于重度脱水，老年人由于眶内脂肪萎缩而有双侧眼球后退。单侧眼球凹陷见于 Honer 综合征和眶尖骨折。

（3）眼球运动　医师左手置于被检查者头顶并固定头部，使头部不能随眼转动，右手指尖（或棉签）放在被检查者眼前 30～40cm 处，嘱被检查者两眼随医师右手指尖移动方向运动。一般按被检查者的左侧、左上、左下、右侧、右上、右下共 6 个方向进行，注意眼球运动幅度、灵活性、持久性，两眼是否同步，并询问病人有无复视出现。眼球运动受动眼神经（Ⅲ）、滑车神经（Ⅳ）和展神经（Ⅵ）支配，这些神经麻痹时，会引起眼球运动障碍，并伴有复视。

嘱被检查者眼球随医师手指所示方向（水平或垂直）往返运动数次，观察是否出现一系列有规律的往返运动。双侧眼球出现一系列快速水平或垂直的往返运动，称为眼球震颤。运动方向以水平方向多见，垂直和旋转方向很少见。自发的眼球震颤见于耳源性眩晕及小脑疾患等。

（二）耳

1. 外耳

（1）耳郭　注意耳郭的外形、大小、位置和对称性，有无畸形、瘘管、结节等。耳郭上有触痛的小结，为尿酸盐沉积形成的痛风结节；耳郭红肿并有局部发热、疼痛，为局部感染；牵拉和触诊耳郭引起疼痛，提示炎症。

（2）外耳道　有黄色液体流出伴痒痛者为外耳道炎。外耳道有局限性红肿，触痛明显，牵拉耳郭或压迫耳屏时疼痛加剧，见于外耳道疖肿。外耳道有脓性分泌物、耳痛及全身症状，见于中耳炎。外耳道有血液或脑脊液流出，多为颅底骨折。

2. 乳突　化脓性中耳炎引流不畅时可蔓延到乳突而成乳突炎，表现为耳郭后皮肤红肿，乳突压痛，有时可形成瘘管或瘢痕，严重时可导致耳源性脑脓肿或脑膜炎。

（三）鼻

1. 鼻的外形　鼻梁部皮肤出现红色斑块，病损处高出皮面且向两侧面颊扩展为蝶形红斑，见于红斑狼疮；鼻部皮肤发红并有小脓疱或小丘疹，见于痤疮；鼻尖及鼻翼皮肤发红，并有毛细血管扩张、组织肥厚，见于酒糟鼻。

鼻梁塌陷而致鼻外形似马鞍状，称为鞍鼻，见于鼻骨骨折、鼻骨发育不全和先天性梅毒。鼻腔完全阻塞，鼻梁宽平如蛙状，为蛙状鼻，见于肥大鼻息肉患者。

2. 鼻窦　额窦、筛窦、上颌窦和蝶窦，统称鼻窦。鼻窦区压痛多为鼻窦炎。

检查额窦压痛时，一手扶住被检查者枕后，另一手拇指或食指置于眼眶上缘内侧，用力向后上方按压。检查上颌窦压痛时，双手拇指置于被检查者颧部，其余手指分别置于被检查者的两侧耳后，固定其头部，双拇指向后方按压。检查筛窦压痛时，双手扶住被检查者两侧耳后，双拇指分别置于鼻根部与眼内眦之间，向后方按压。蝶窦因解剖位置较深，不能在体表检查到压痛。

（四）口腔

1. 口唇　正常人的口唇红润而光泽。口唇苍白见于贫血、主动脉瓣关闭不全或虚脱。

唇色深红见于急性发热性疾病。口唇单纯疱疹常伴发于肺炎链球菌性肺炎、感冒、流行性脑脊髓膜炎、疟疾、使用某种药物后（如磺胺）等。口唇干燥并有皲裂，见于重度脱水患者。口角糜烂见于核黄素缺乏。口唇发绀见于：①先天性心血管疾病，如法洛四联症、先天性肺动静脉瘘；②慢性阻塞性肺气肿、肺动脉栓塞；③心力衰竭、休克及暴露在寒冷环境；④真性红细胞增多症。

2. 口腔黏膜　正常人的口腔黏膜光洁呈粉红色。出现蓝黑色的色素沉着多见于肾上腺皮质功能减退。在相当于第二磨牙处的颊黏膜出现直径约 1mm 的灰白色小点，外有红色晕圈，为麻疹黏膜斑，是麻疹的早期（发疹前 24～48 小时）特征。在黏膜下出现大小不等的出血点或瘀斑，见于各种出血性疾病或维生素 C 缺乏。口腔黏膜溃疡见于慢性复发性口疮，无痛性黏膜溃疡可见于系统性红斑狼疮。乳白色薄膜覆盖于口腔黏膜、口角等处，为鹅口疮（白色念珠菌感染），多见于体弱重症的病儿或老年患者，或长期使用广谱抗生素的患者。

3. 牙齿及牙龈　牙齿的所在部位可按以下方式表示：

$$右\quad\frac{\begin{array}{c}上\\8\,7\,6\,5\,4\,3\,2\,1\,\big|\,1\,2\,3\,4\,5\,6\,7\,8\end{array}}{\begin{array}{c}8\,7\,6\,5\,4\,3\,2\,1\,\big|\,1\,2\,3\,4\,5\,6\,7\,8\\下\end{array}}\quad左$$

其中：1 为中切牙，2 为侧切牙，3 为尖牙，4 为第一前磨牙，5 为第二前磨牙，6 为第一磨牙，7 为第二磨牙，8 为第三磨牙。

检查牙齿时，要注意有无龋齿、缺齿、义齿、残根，牙齿的颜色、形状。牙齿呈黄褐色，为斑釉牙，见于长期饮用含氟量高的水或服用四环素等药物后。切牙切缘凹陷呈月牙形伴牙间隙过宽，见于先天性梅毒。单纯性牙间隙过宽，见于肢端肥大症。

正常人的牙龈呈粉红色并与牙颈部紧密贴合。齿龈水肿及流脓（挤压牙龈容易查见），见于慢性牙周炎。牙龈萎缩，见于牙周病。牙龈出血可见于牙石、牙周炎、血液系统疾病及坏血病等。齿龈的游离缘出现灰黑色点线为铅线，见于慢性铅中毒。在铋、汞、砷中毒时，也可出现类似黑褐色点线状的色素沉着。

4. 舌

（1）草莓舌　见于猩红热或长期发热的患者。

（2）牛肉舌　见于糙皮病（烟酸缺乏）。

（3）镜面舌　见于恶性贫血（内因子缺乏）、缺铁性贫血或慢性萎缩性胃炎。

（4）运动异常　舌体不自主偏斜见于舌下神经麻痹；舌体震颤见于甲状腺功能亢进症。

（5）其他　舌色淡红见于营养不良或贫血；舌色深红见于急性感染性疾病；舌色紫红见于心、肺功能不全。

5. 咽部及扁桃体　检查方法：嘱被检查者头稍向后仰，口张大并拉长发"啊"声，医师用压舌板在舌的前 2/3 与后 1/3 交界处迅速下压舌体。此时软腭上抬，在照明下可见口咽组织。

咽部充血红肿，分泌物增多，多见于急性咽炎。咽部充血，表面粗糙，并有淋巴滤泡呈簇状增生，见于慢性咽炎。扁桃体红肿增大，可伴有黄白色分泌物或苔片状易剥离假膜，是扁桃体炎。扁桃体肿大分为三度：Ⅰ度肿大时扁桃体不超过咽腭弓；Ⅱ度肿大时扁桃体超过咽腭弓，介于Ⅰ度与Ⅲ度之间；Ⅲ度肿大时扁桃体达到或超过咽后壁中线。扁桃体充血红肿，并有不易剥离的假膜（强行剥离时出血），见于白喉。

（五）腮腺

腮腺位于耳屏、下颌角与颧弓所构成的三角区内。腮腺导管开口相当于上颌第二磨牙牙冠相对的颊黏膜上。腮腺肿大时可出现以耳垂为中心的隆起，并可触及包块。一侧或双侧腮腺肿大，触诊边缘不清，有轻压痛，腮腺导管口红肿，见于流行性腮腺炎。

第六节　颈部检查

一、颈部的血管

正常人安静坐位或立位时，颈外静脉塌陷，平躺时颈外静脉充盈，充盈水平仅限于锁骨上缘至下颌角距离的下 2/3 以内。在坐位或半卧位（上半身与水平面形成 45°）明显见到颈静脉充盈，称为颈静脉怒张。颈静脉怒张提示体循环静脉血回流受阻或上腔静脉压增高，常见于右心衰竭、缩窄性心包炎、心包积液及上腔静脉受压。

安静状态下出现明显的颈动脉搏动，提示心排血量增加或脉压增大的疾病，常见于发热、甲状腺功能亢进症、高血压、主动脉瓣关闭不全或严重贫血等。

二、甲状腺

（一）检查方法

嘱被检查者双手放于枕后，头向后仰，观察甲状腺的大小和对称性。嘱被检查者做吞咽动作，则可见甲状腺随吞咽动作向上移动，常可据此将颈前的其他包块与甲状腺病变相鉴别。除视诊观察甲状腺的轮廓外，还应触诊进一步明确甲状腺的大小、轮廓和性质。触诊方法一是从后面检查，医师站在被检查者身后，用双手触摸甲状腺；二是从前面触摸甲状腺。

甲状腺肿大分为三度：不能看出肿大但能触及者为 I 度；既可看出肿大又能触及，但在胸锁乳突肌以内区域者为 II 度；肿大超出胸锁乳突肌外缘者为 III 度。注意肿大甲状腺的大小、是否对称、硬度如何、有无压痛、是否光滑、有无结节、震颤和血管杂音。

（二）甲状腺肿大的临床意义

生理性甲状腺肿大见于女性青春期、妊娠或哺乳期，甲状腺轻度肿大，表面光滑，质地柔软。病理性甲状腺肿大常见的有以下几种：

1. 单纯性甲状腺肿　缺碘为主要原因。甲状腺呈对称性肿大，质地柔软，多为弥漫性，也可为结节性，常不伴有甲状腺功能亢进的表现。

2. 甲状腺功能亢进症　甲状腺可呈对称性或非对称性肿大，质地多柔软。可听到连续性血管杂音并触及震颤。

3. 甲状腺肿瘤　甲状腺癌肿常呈不对称性肿大，表面凹凸不平，呈结节性，质地坚硬而固定。甲状腺腺瘤呈圆形或椭圆形肿大，多为单发，也可多发，质地坚韧，无压痛。

4. 慢性淋巴细胞性甲状腺炎　多为对称性、弥漫性肿大，也可呈结节性肿大，与四周无粘连而边界清楚，表面光滑，质地坚韧而有弹性。

三、气管

正常人的气管位于颈前正中部。检查方法：让被检查者取坐位或仰卧位，头颈部保持自然正中位置。医师分别将右手的食指和无名指置于两侧胸锁关节上，中指在胸骨上切迹部位置于气管正中，观察中指是否在食指和无名指的中间。如中指与食指、无名指的距离不等，则表示有气管移位。也可将中指置于气管与两侧胸锁乳头肌之间的间隙内，根据两侧间隙是否相等来判断气管有无移位。

凡能引起纵隔移位的疾病均可导致气管移位。大量胸腔积液、气胸或纵隔肿瘤及单侧甲状腺肿大，可将气管推向健侧；肺不张、肺硬化、胸膜粘连等，可将气管拉向患侧。

第七节　胸壁及胸廓检查

一、胸部体表标志及分区

（一）骨骼标志

1. 胸骨角　胸骨角两侧与左、右第 2 肋软骨相连接，通常以此作为标记来计数前胸壁上的肋骨和肋间隙。气管分叉、第 4 胸椎下缘、上纵隔与下纵隔交界部，均位于胸骨角的水平。

2. 脊柱棘突　脊柱棘突是背部后正中线的标志。第 7 颈椎棘突最为突出，低头时更加明显，为背部颈、胸交界部的骨性标志，其下即为第 1 胸椎棘突。

3. 肩胛下角　肩胛骨最下端称为肩胛下角。被检查者取直立位，两手自然下垂时，肩胛下角平第 7 肋骨或第 7 肋间隙，或相当于第 8 胸椎水平。

4. 肋骨与肋软骨　12 对肋骨在背部与相应的胸椎连接，肋骨由后上方向前下方倾斜。

（二）胸部体表标志线

常用的胸部体表标志线有前正中线、锁骨中线（左、右）、腋前线（左、右）、腋后线（左、右）、腋中线（左、右）、肩胛线（左、右）、后正中线。

（三）胸部分区

胸部可分为以下几个区：腋窝（左、右）、胸骨上窝、锁骨上窝（左、右）、锁骨下窝（左、右）、肩胛上区（左、右）、肩胛区（左、右）、肩胛间区（左、右）、肩胛下区（左、右）。

二、胸廓、胸壁与乳房检查

（一）异常胸廓

1. 桶状胸　胸廓的前后径增大，以至与横径几乎相等，胸廓呈圆桶形。桶状胸常见于慢性阻塞性肺气肿及支气管哮喘发作时；亦可见于一部分老年人及矮胖体型的人。

2. 扁平胸　胸廓扁平，前后径常不到横径的一半。见于瘦长体型者，也可见于慢性消耗性疾病，如肺结核等。

3. 佝偻病胸　又称鸡胸，为佝偻病所致的胸部病变，多见于儿童。胸骨下部显著前凸，两侧肋骨凹陷，形似鸡胸而得名。有时肋骨与肋软骨交接处增厚隆起呈圆珠状，在胸骨两侧排列成串珠状，称为佝偻病串珠。前胸下部膈肌附着处，形成一水平状深沟，称肋膈沟。

4. 漏斗胸　胸骨下端剑突处内陷，称为漏斗胸。见于佝偻病等。

（二）胸壁

1. 胸壁静脉　正常胸壁无明显静脉可见。上腔静脉或下腔静脉回流受阻建立侧支循环时，胸壁静脉可充盈或曲张。上腔静脉受阻时，胸壁静脉的血流方向自上向下；下腔静脉受阻时，胸壁静脉的血流方向自下向上。

2. 皮下气肿　气体积于皮下时称皮下气肿。胸部皮下气肿是由肺、气管、胸膜受伤或病变所致，也偶见于产气杆菌感染或气胸穿刺引流时，严重胸部皮下气肿可向颈部、腹部或其他部位皮下蔓延。

3. 胸壁压痛　用手指轻压或轻叩胸壁，正常人无疼痛感觉。胸壁炎症、肿瘤浸润、肋软骨炎、肋间神经痛、带状疱疹、肋骨骨折等，可有局部压痛。骨髓异常增生时，常有胸骨压痛或叩击痛，见于白血病患者。

4. 肋间隙回缩或膨隆　吸气时回缩提示呼吸道阻塞。肋间隙膨隆见于胸腔大量积液、张力性气胸或严重肺气肿。

（三）乳房

1. 视诊　注意两侧乳房的大小、对称性、外表、乳头状态及有无溢液等。乳房外表发红、肿胀并伴疼痛、发热者，见于急性乳房炎。乳房皮肤表皮水肿隆起，毛囊及毛囊孔明显下陷，皮肤呈"橘皮样"，多为浅表淋巴管被乳癌堵塞后局部皮肤出现淋巴性水肿所致，"橘皮样"征也可见于炎症。乳房溃疡和瘘管见于乳房炎、结核或脓肿。单侧乳房表浅静脉扩张常是晚期乳癌或肉瘤的征象。妊娠、哺乳也可引起乳房表浅静脉扩张，但常是双侧性的。

乳头内陷如系自幼发生，为发育异常。近期发生的乳头内陷或位置偏移，可能为癌变。乳头有血性分泌物见于乳管内乳头状瘤、乳癌。

2. 触诊　被检查者采取坐位，先两臂下垂，然后双臂高举超过头部或双手叉腰再进行检查。先触诊检查健侧乳房，再检查患侧。检查者以并拢的手指掌面略施压力，以旋转或来回滑动的方式进行触诊，切忌用手指将乳房提起来触摸。按外上、外下、内下、内上、中央（乳头、乳晕）各区的顺序滑动触诊。然后检查淋巴引流部位：腋窝，锁骨上、下窝等处淋巴结。

如乳房变为较坚实而无弹性，提示皮下组织受肿瘤或炎症浸润。乳房压痛多系炎症所致。触及乳房包块时，应注意其部位、大小、外形、硬度、压痛及活动度。

急性乳房炎乳房红、肿、热、痛，常局限于一侧乳房的某一象限。触诊有明显压痛的硬块，患侧腋窝淋巴结肿大并有压痛。

乳房肿块见于乳癌、乳房纤维腺瘤、乳管内乳头状瘤、乳房肉瘤等。良性肿块一般较小，形状规则，表面光滑，边界清楚，质不硬，无粘连而活动度大。恶性肿瘤以乳癌最常见，多见于中年以上的妇女，肿块形状不规则，表面凹凸不平，边界不清，压痛不明显，质坚硬，早期恶性肿瘤可活动，但晚期可与皮肤及深部组织粘连而固定，易向腋窝等处淋巴结转移，尚可有"橘皮样"征、乳头内陷及血性分泌物。

第八节　肺和胸膜检查

一、视诊

（一）呼吸类型

以胸廓（肋间外肌）运动为主的呼吸，称为胸式呼吸；以腹部（膈肌）运动为主的呼吸，称为腹式呼吸。

一般来说，成年女性以胸式呼吸为主，儿童及成年男性以腹式呼吸为主。肺炎、重症肺结核、胸膜炎、肋骨骨折、肋间肌麻痹等胸部疾患时，因肋间肌运动受限可使胸式呼吸减弱而腹式呼吸增强。腹膜炎、腹水、巨大卵巢囊肿、肝脾极度肿大、胃肠胀气等腹部疾病及妊娠晚期，因膈肌向下运动受限可使腹式呼吸减弱而胸式呼吸增强。

（二）呼吸频率、深度及节律

成人呼吸频率为 16~20 次/分，呼吸与脉搏之比为 1:4。新生儿较快，可达 44 次/分。

1. 呼吸频率变化　成人呼吸频率超过 24 次/分，称为呼吸过速，见于剧烈体力活动、发热（体温每增高 1℃呼吸增加 4 次/分）、疼痛、贫血、甲状腺功能亢进症、呼吸功能障碍、心力衰竭、肺炎、胸膜炎、精神紧张等。成人呼吸频率低于 12 次/分，称为呼吸频率过缓，见于深睡、颅内高压、黏液性水肿、吗啡及巴比妥中毒等。

2. 呼吸深度变化　呼吸幅度加深是呼吸中枢受到强烈刺激所致。严重代谢性酸中毒时，病人可以出现节律匀齐，深而大的呼吸，称为库斯莫尔（Kussmaul）呼吸，又称酸中毒大呼吸，见于尿毒症、糖尿病酮症酸中毒等疾病。呼吸浅快可见于肺气肿、胸膜炎、胸腔积液、气胸、呼吸肌麻痹、大量腹水、肥胖、鼓肠、麻醉剂或镇静剂过量等。

3. 呼吸节律变化

（1）潮式呼吸　潮式呼吸多见于中枢神经系统疾病，如脑炎、脑膜炎、颅内压增高以及某些中毒，也见于心力衰竭、缺氧及某些脑干损伤。有些老年人在深睡时也可出现潮式呼吸。

（2）间停呼吸　又称比奥（Biot）呼吸。间停呼吸较潮式呼吸更严重，多发生于中枢神经系统疾病，如脑损伤、颅内高压、脑炎、脑膜炎等疾病，常为临终前的危急征象。

二、触诊

（一）触觉语颤

语颤增强常见于：①肺实变：见于肺炎链球菌性肺炎、肺梗死、肺结核、肺脓肿及肺癌等；②压迫性肺不张：见于胸腔积液上方受压而萎瘪的肺组织及受肿瘤压迫的肺组织；③较浅而大的肺空洞：见于肺结核、肺脓肿、肺肿瘤所致的空洞。

语颤减弱或消失主要见于：①肺泡内含气量增多：如肺气肿及支气管哮喘发作时；②支气管阻塞：如阻塞性肺不张、气管内分泌物增多；③胸壁距肺组织距离加大：如胸腔积液、气胸、胸膜高度增厚及粘连、胸壁水肿或高度肥厚、胸壁皮下气肿；④体质衰弱：因发音较弱而语颤减弱。大量胸腔积液、严重气胸时，语颤可消失。

（二）胸膜摩擦感

胸膜有炎症时，两层胸膜因有纤维蛋白沉着而变得粗糙，呼吸时壁层和脏层胸膜相互摩擦而产生震动引起胸膜摩擦感。触诊时，检查者用手掌轻贴胸壁，令病人反复做深呼吸，此时若有皮革相互摩擦的感觉，即为胸膜摩擦感。胸膜的任何部位均可出现胸膜摩擦感，但以腋中线第 5~7 肋间隙最易感觉到，胸膜摩擦感的临床意义同胸膜摩擦音。

三、叩诊

肺部叩诊采用间接叩诊法。先检查前胸部，再检查背部，自上而下，沿肋间隙逐一向下叩诊，两侧对称部位要对比叩诊。

（一）正常胸部叩诊音

正常肺部叩诊呈清音。在肺与肝或心交界的重叠区域，叩诊时为浊音，又称肝脏或心脏的相对浊音区。叩诊未被肺遮盖的心脏或肝脏时为实音，又称心脏或肝脏的绝对浊音区。前胸左下方为胃泡区，叩诊呈鼓音，其上界为左肺下缘，右界为肝脏，左界为脾脏，下界为肋弓。

（二）肺部定界叩诊

1. 肺下界 平静呼吸时，右肺下界在右侧锁骨中线、腋中线、肩胛线分别为第6、第8、第10肋骨。左肺下界除在左锁骨中线上变动较大（因有胃泡鼓音区）外，其余与右侧大致相同。

矮胖体型或妊娠时，肺下界可上移一肋；消瘦体型者，肺下界可下移一肋。卧位时肺下界可比直立时升高一肋。病理情况下，肺下界下移见于肺气肿；肺下界上移见于肺不张、肺萎缩、胸腔积液、气胸、胸膜增厚粘连，以及腹压增高所致的膈肌上抬如腹水、鼓肠、肝脾肿大、腹腔肿瘤、膈肌麻痹。胸腔积液和气胸时，肺下界上移而膈肌下移，气体位于两者之间。下叶肺实变、胸腔积液、胸膜增厚时，肺下界不易叩出。

2. 肺下界移动度 正常人，两侧肺下界移动度为6~8cm，若肺组织弹性减退、胸膜粘连或膈肌移动受限，则肺下界移动度减小，见于阻塞性肺气肿、胸腔积液、气胸、肺不张、胸膜粘连、肺炎及各种原因所致的腹压增高。当胸腔大量积液、积气或广泛胸膜增厚粘连时，肺下界移动度难以叩出。

（三）胸部病理性叩诊音

1. 浊音或实音 见于：①肺组织含气量减少或消失：如肺炎、肺结核、肺梗死、肺不张、肺水肿、肺硬化等；②肺内不含气的病变：如肺肿瘤、肺包囊虫病、未穿破的肺脓肿等；③胸膜腔病变：如胸腔积液、胸膜增厚粘连等；④胸壁疾病：如胸壁水肿、肿瘤等。

2. 鼓音 产生鼓音的原因是肺部有大的含气腔，见于气胸及直径大于3~4cm的浅表肺空洞，如空洞型肺结核、液化破溃了的肺脓肿或肺肿瘤。

3. 过清音 为介于鼓音和清音之间的音响，见于肺内含气量增加且肺泡弹性减退者，如肺气肿、支气管哮喘发作时。

四、听诊

（一）正常呼吸音

1. 支气管呼吸音 支气管呼吸音颇似将舌抬高后张口呼吸时所发出的"哈"音。支气管呼吸音音强调高，吸气时弱而短，呼气时强而长。正常人在喉部、锁骨上窝、背部第6颈椎至第2胸椎附近，均可听到支气管呼吸音。如在肺部其他部位听到支气管呼吸音则为病理现象。

2. 肺泡呼吸音 肺泡呼吸音的吸气较呼气音强，且音调更高，时限更长。正常人，除了上述支气管呼吸音的部位和下述的支气管肺泡呼吸音的部位外，其余肺部都可听到肺泡呼吸音。

3. 支气管肺泡呼吸音 亦称混合呼吸音，特点是吸气音和呼气音的强弱、音调、时限大致相等。正常人在胸骨角附近，肩胛间区的第3、4胸椎水平及右肺尖可以听到支气管肺泡呼吸音。

（二）病理性呼吸音

1. 病理性肺泡呼吸音 为肺脏发生病变时所引起的肺泡呼吸音减弱、增强或性质改变。

（1）肺泡呼吸音减弱或消失　可为双侧、单侧或局部的肺泡呼吸音减弱或消失，由进入肺泡内的空气量减少，气流速度减慢或声音传导障碍引起。常见于：①呼吸运动障碍：如全身衰弱、呼吸肌瘫痪、腹压过高、胸膜炎、肋骨骨折、肋间神经痛等；②呼吸道阻塞：如支气管炎、支气管哮喘、喉或大支气管肿瘤等；③肺顺应性降低：肺顺应性降低可使肺泡壁弹性减退，充气受限而使呼吸音减弱，如肺气肿、肺淤血、肺间质炎症等；④胸腔内肿物：如肺癌、肺囊肿等；⑤胸膜疾患：如胸腔积液、气胸、胸膜增厚及粘连等。

（2）肺泡呼吸音增强　与呼吸运动及通气功能增强，进入肺泡的空气流量增多，流速加快有关。双侧肺泡呼吸音增强见于运动、发热、甲状腺功能亢进症，因体内需氧量增加，使呼吸加深、加快；贫血、代谢性酸中毒时，可刺激呼吸中枢使呼吸深长，从而引起双侧肺泡呼吸音增强。肺脏或胸腔病变使一侧或一部分肺的呼吸功能减弱或丧失，则健侧或无病变部分的肺泡呼吸音可出现代偿性增强。

2. 病理性支气管呼吸音　在正常肺泡呼吸音分布的区域内听到支气管呼吸音，即为病理性支气管呼吸音，亦称管呼吸音。常由下列病变引起：

（1）肺组织实变　主要是炎症性肺实变，常见于大叶性肺炎实变期、肺结核（大块渗出性病变），也见于肺脓肿、肺肿瘤及肺梗死。

（2）肺内大空洞　当肺内大空洞与支气管相通，气流进入空洞产生漩涡振动或支气管呼吸音的音响在空腔内产生共鸣而增强，再加上空腔周围实变的肺组织有利于声波传导，因此，可以听到支气管呼吸音。常见于肺结核、肺脓肿、肺癌形成空洞时。

（3）压迫性肺不张　见于胸腔积液、肺部肿块等肺组织受压发生肺不张时。

3. 病理性支气管肺泡呼吸音　在正常肺泡呼吸音分布的区域内听到支气管肺泡呼吸音，称为病理性支气管肺泡呼吸音。常见于肺实变区小且与正常肺组织掺杂存在，或肺实变部位较深并被正常肺组织所遮盖。

（三）啰音

1. 干啰音　由气流通过狭窄的支气管时发生漩涡，或气流通过有黏稠分泌物的管腔时冲击黏稠分泌物引起的振动所致。

（1）听诊特点　①吸气和呼气时都可听到，但常在呼气时更加清楚，因为呼气时管腔更加狭窄；②性质多变且部位变换不定，如咳嗽后可以增多、减少、消失或出现，多为黏稠分泌物移动所致。干啰音可分为鼾音、哨笛音、哮鸣音。

（2）临床意义　干啰音是支气管有病变的表现。如两肺都出现干啰音，见于急慢性支气管炎、支气管哮喘、支气管肺炎、心源性哮喘等。局限性干啰音是由局部支气管狭窄所致，常见于支气管局部结核、肿瘤、异物或黏稠分泌物附着。局部而持久的干啰音见于肺癌早期或支气管内膜结核。

2. 湿啰音（水泡音）　是因为气道或空洞内有较稀薄的液体（渗出物、黏液、血液、漏出液、分泌液），呼吸时气流通过液体形成水泡并立即破裂时所产生的声音，很像用小管插入水中吹气时所产生的水泡破裂音，故也称水泡音。

（1）听诊特点　①吸气和呼气时都可听到，以吸气终末时多而清楚，因吸气时气流速度较快且较强，吸气末气泡大，容易破裂；②部位较恒定，性质不易改变。

（2）分类　按支气管口径大小可分为大、中、小湿啰音。

（3）临床意义　湿啰音是肺与支气管有病变的表现。湿啰音两肺散在性分布，常见于支气管炎、支气管肺炎、血行播散型肺结核、肺水肿；两肺底分布，多见于肺淤血、肺水肿及支气管肺炎；一侧或局限性分布，常见于肺炎、肺结核（多在肺上部）、支气管扩张症（多在肺下部）、肺脓肿、肺癌及肺出血等。

3. 捻发者 病理性捻发音见于肺炎早期、肺结核早期、肺淤血、纤维性肺泡炎等。

（四）听觉语音

听觉语音减弱见于过度衰弱、支气管阻塞、肺气肿、胸腔积液、气胸、胸膜增厚或水肿。听觉语音增强见于肺实变、肺空洞及压迫性肺不张。

听觉语音增强、响亮，且字音清楚，称为支气管语音，见于肺组织实变，此时常伴有触觉语颤增强、病理性支气管呼吸音等肺实变的体征，但以支气管语音出现最早。

（五）胸膜摩擦音

胸膜摩擦音在吸气和呼气时皆可听到，一般以吸气末或呼气开始时较为明显。屏住呼吸时胸膜摩擦音消失，可借此与心包摩擦音区别。深呼吸或在听诊器体件上加压时胸膜摩擦音常更清楚。胸膜摩擦音可发生于胸膜的任何部位，但最常见于脏层胸膜与壁层胸膜发生位置改变最大的部位——胸廓下侧沿腋中线处。

胸膜摩擦音是干性胸膜炎的重要体征。胸膜摩擦音见于：①胸膜炎症：如结核性胸膜炎、化脓性胸膜炎以及其他原因引起的胸膜炎症；②原发性或继发性胸膜肿瘤；③肺部病变累及胸膜：如肺炎、肺梗死等；④胸膜高度干燥：如严重脱水等；⑤其他：如尿毒症等。

五、常见呼吸系统病变的体征

表 6 - 2   肺与胸膜常见疾病的体征

	视诊		触诊		叩诊	听诊		
	胸廓	呼吸动度	气管位置	语颤		呼吸音	啰音	听觉语音
肺实变	对称	患侧减弱	居中	患侧增强	浊音或实音	支气管呼吸音	湿啰音	患侧增强
阻塞性肺气肿	桶状	减弱	居中	减弱	过清音	减弱，呼气延长	多无	减弱
气胸	患侧饱满	患侧减弱	推向健侧	患侧减弱	鼓音	减弱或消失	无	减弱或消失
胸腔积液	患侧饱满	患侧减弱	推向健侧	患侧减弱	实音或浊音	减弱或消失	无	减弱或消失

第九节 心脏、血管检查

一、心脏视诊

（一）心前区隆起

心前区隆起主要见于以下疾病：①某些先天性心脏病（如法洛四联症、肺动脉瓣狭窄等），在儿童时期患心脏病且心脏显著增大时，可致心前区隆起；②慢性风湿性心脏病伴右心室增大者；③伴大量渗液的儿童期心包炎。

（二）心尖搏动

1. 正常心尖搏动 一般位于第 5 肋间隙左锁骨中线内侧 0.5～1.0cm 处，搏动范围的直径为 2.0~2.5cm。一部分正常人可看不到心尖搏动（如胸壁较厚或为乳房遮盖）。

2. 心尖搏动的位置改变

（1）生理因素　①体位：如卧位时心脏偏于横位，心尖搏动可稍上移；左侧卧位时，心尖搏动可向左移；右侧卧位时可向右移。②体型：矮胖体型、小儿及妊娠，心脏常呈横位，心尖搏动可向上外方移位；瘦长体型者，心脏呈垂直位，心尖搏动可向下、向内移。

（2）病理因素　①心脏疾病：左心室增大时，心尖搏动向左下移位；右心室增大时，左室被推向左，心尖搏动向左移位。先天性右位心时，心尖搏动位于胸部右侧相应部位。②胸部疾病：凡能使纵隔及气管移位的胸部疾病，均可使心脏及心尖搏动移位。肺不张、粘连性胸膜炎时，由于纵隔向患侧移位，心尖搏动亦移向患侧；胸腔积液、气胸时，心尖搏动移向健侧。③腹部疾病：大量腹水、肠胀气、腹腔巨大肿瘤或妊娠等，使腹压增加而导致膈肌位置上升，心尖搏动位置向上外移位。

3. 心尖搏动强度及范围的改变

（1）生理性　胸壁厚或肋间隙窄者，心尖搏动弱且范围小；胸壁薄或肋间隙宽者，心尖搏动强且范围大。剧烈运动、精神紧张或情绪激动时，心尖搏动增强。

（2）病理性　甲状腺功能亢进症、重症贫血及发热等疾病，由于心排出量增多，心尖搏动增强。左心室肥大时，心尖搏动增强且范围较大。如心尖搏动强而有力，用手指触诊时，可使指端抬起片刻，称为抬举性心尖搏动，为左心室明显肥大的可靠体征。心包积液、左侧气胸或胸腔积液、肺气肿等情况下，心尖搏动减弱甚或消失。心肌炎时，除心尖搏动减弱外常伴心尖搏动弥散。大量心包积液时不仅心尖搏动减弱，且与心尖浊音界不一致，心尖搏动位于心浊音界内侧。

二、心脏触诊

（一）震颤

震颤是用手触及的一种微细的震动感，其感觉类似在猫的颈部或前胸部所触及的震动感，故又称为"猫喘"，是器质性心血管疾病的特征性体征之一。它是血液经狭窄的瓣膜口或异常通道流至较宽广的部位所产生的湍流或漩涡，使瓣膜、心室壁或血管壁产生振动，传至胸壁所致。震颤多见于某些先天性心脏病及心脏瓣膜狭窄。

表 6-3　　　　　　　　　　　心脏常见震颤的临床意义

时期	部位	临床意义
收缩期	胸骨右缘第 2 肋间	主动脉瓣狭窄
	胸骨左缘第 2 肋间	肺动脉瓣狭窄
	胸骨左缘第 3、4 肋间	室间隔缺损
舒张期	心尖部	二尖瓣狭窄
连续性	胸骨左缘第 2 肋间及其附近	动脉导管未闭

（二）心包摩擦感

心包发生炎症时，心包纤维性渗出沉着在心包脏层与壁层表面上，心脏搏动时两层粗糙的心包膜相互摩擦产生振动，传至胸壁，即心包摩擦感。心包摩擦感通常在胸骨左缘第 4 肋间最易触及，心包摩擦感在心脏收缩期和舒张期均可触及，但以收缩期明显。坐位稍前倾或深呼气末更易触及。触及心包摩擦感的部位，常能听到心包摩擦音。

三、心脏叩诊

（一）正常心脏浊音界

正常成人心脏左、右相对浊音界与前正中线的距离见下表。

表 6 – 4　　　　　　　　　　　　正常心脏相对浊音界

右（cm）	肋间隙	左（cm）
2 ~ 3	Ⅱ	2 ~ 3
2 ~ 3	Ⅲ	3.5 ~ 4.5
3 ~ 4	Ⅳ	5 ~ 6
	Ⅴ	7 ~ 9

（二）心脏浊音界的改变及其临床意义

1. 心脏本身病变

（1）左心室增大　心脏浊音界向左下扩大，心腰部相对内陷，使心脏浊音区呈靴形。见于主动脉病变及主动脉瓣关闭不全，故称为主动脉型心脏，又称为靴形心。亦可见于高血压性心脏病。

（2）右心室增大　显著右心室增大时，相对浊音界同时向左、右两侧扩大，但因心脏同时沿长轴顺钟向转位，故向左（而不是向左下）增大较为显著。常见于肺心病或单纯二尖瓣狭窄。

（3）左心房增大或合并肺动脉段扩大　可使心腰部饱满或膨出，心脏浊音区外形呈梨形，称为梨形心。因常见于二尖瓣狭窄，故亦称为二尖瓣型心脏。

（4）左、右心室增大　心界向两侧扩大，且左界向左下增大。见于全心功能不全，如扩张型心肌病、缺血性心肌病、弥漫性心肌炎等全心扩大时。

（5）心包积液　心浊音界向两侧扩大，且随体位改变而改变。坐位时心脏浊音界呈三角烧瓶形，卧位时心底部浊音界增宽，为心包积液的特征性体征。

2. 心外因素　心脏的邻近组织对心脏浊音界亦有明显影响。例如，大量胸腔积液、积气时，心浊音界向健侧移位，患侧心脏浊音界则可叩不清；胸膜增厚粘连和阻塞性肺不张则使心界移向患侧；肺气肿时，可使心脏浊音界变小或叩不清；肺实变、肺肿瘤或纵隔淋巴结肿大时，如与心脏浊音界连在一起，则真正的心脏浊音区亦无法叩出；腹腔大量积液或巨大肿瘤、妊娠后期等均可使膈肌上抬，心脏呈横位，致心界向左扩大。

此外，心脏的位置可因体位、体型、呼吸及脊柱或胸廓畸形等而变动，因而心脏浊音区亦可发生相应变化。

四、心脏听诊

（一）心脏瓣膜听诊区

1. 二尖瓣区　位于心尖搏动最强处，又称心尖区。一般情况下，位于第 5 肋间隙左锁骨中线内侧。

2. 主动脉瓣区　主动脉瓣有两个听诊区：①主动脉瓣区：位于胸骨右缘第 2 肋间隙，

主动脉瓣狭窄时的收缩期杂音在此区最响；②主动脉瓣第二听诊区：位于胸骨左缘第3、4肋间隙，主动脉瓣关闭不全时的舒张期杂音在此区最响。

3. 肺动脉瓣区 在胸骨左缘第2肋间隙。

4. 三尖瓣区 在胸骨体下端近剑突偏右或偏左处。

（二）听诊内容

1. 心率 每分钟心搏次数称为心率。正常成人心率为60~100次/分，心率异常可见以下几种情况：

（1）窦性心动过速 成人窦性心律的频率超过100次/分，或婴幼儿超过150次/分，称为窦性心动过速。生理情况下可见于健康人体力劳动、运动、兴奋或情绪激动时及进食后；病理情况下，常见于发热、贫血、甲状腺功能亢进症、休克、心肌炎、心功能不全和使用肾上腺素、阿托品等药物后。

（2）窦性心动过缓 成人窦性心律的频率低于60次/分（一般不低于40次/分），称为窦性心动过缓。可见于长期从事重体力劳动的健康人和久经锻炼的运动员；病理情况下，可见于颅内高压、阻塞性黄疸、甲状腺功能减退症、病态窦房结综合征、高血钾以及强心苷、奎尼丁或β受体阻滞剂等药物过量。

（3）阵发性心动过速 心率超过160次/分者，应考虑为阵发性心动过速。

（4）病态窦房结综合征 窦性心律低于40次/分者，应疑为病态窦房结综合征可能。

2. 心律 心脏跳动的节律，称为心律。正常人心律基本规则。常见的异常心律有以下几种：

（1）窦性心律不齐 常见于健康青年及儿童，表现为吸气时心率增快，呼气时心率减慢，屏住呼吸时心律变为整齐。

（2）期前收缩 提早发生的心脏搏动，称为期前收缩或过早搏动。根据异位起搏点的部位，可将早搏分为室性、房性和房室交界性三种。在一段时间内每个正常心搏后都有一个过早搏动，称为二联律；如每两个正常心搏后有一个过早搏动，或一个正常心搏后有一成对早搏，均称为三联律。

早搏可见于以下几种情况：①正常人情绪激动、过劳、酗酒、饮浓茶过多或大量吸烟等情况下；②各种心脏病、心脏手术、心导管检查等；③奎尼丁及强心苷等药物的毒性作用；④电解质紊乱（尤其是低血钾）；⑤自主神经功能失调。二联律、三联律则常见于各种心肌病变或强心苷中毒等。

（3）心房颤动 房颤的听诊特点是：①心律绝对不规则；②S_1强弱不等且无规律；③同时数心率和脉率时，心率快于脉率，称为脉搏短绌。心房颤动常见于二尖瓣狭窄、冠心病、甲状腺功能亢进症等，偶可见于无器质性心脏病者。

3. 心音

（1）正常心音 经心音图检查证实，正常心音有4个，按其在心动周期中出现的顺序，依次命名为第一心音（S_1）、第二心音（S_2）、第三心音（S_3）及第四心音（S_4）。通常听到的是S_1和S_2，在儿童和青少年中有时可听到S_3，一般听不到S_4。如听到S_4，多数属病理情况。

1）第一心音（S_1）：S_1出现标志心室收缩期的开始。S_1的产生机制主要是由心室收缩开始时二尖瓣、三尖瓣骤然关闭的振动所致。

2）第二心音（S_2）：S_2出现标志着心室舒张期的开始。S_2的产生主要是由心室舒张开始时，半月瓣（主、肺动脉瓣）突然关闭的振动所致。S_2 包括两个主要成分：主动脉瓣关闭在前，形成该音的主动脉瓣成分（A_2）；肺动脉瓣关闭在后，形成该音的肺动脉瓣成分（P_2）。正常青少年 P_2 较 A_2 强（$P_2 > A_2$）；中年人两者大致相等（$P_2 = A_2$）；老年人则相反（$P_2 < A_2$）。

表 6 - 5 第一、二心音的区别

区别点	第一心音	第二心音
声音特点	音强，调低，时限较长	音弱，调高，时限较短
最强部位	心尖部	心底部
与心尖搏动及颈动脉搏动的关系	与心尖搏动和颈动脉的向外搏动几乎同时出现	心尖搏动之后出现
与心动周期的关系	S_1 和 S_2 之间的间隔（收缩期）较短	S_2 到下一心动周期 S_1 的间隔（舒张期）较长

（2）心音的改变及其临床意义

1）心音强度的改变

两个心音同时改变：同时增强可见于胸壁较薄、劳动、情绪激动、甲状腺功能亢进症、发热、贫血等。两个心音同时减弱可见于肥胖、胸壁水肿、左侧胸腔积液、肺气肿、心包积液、缩窄性心包炎、甲状腺功能减退症、心肌炎、心肌病、心肌梗死、心功能不全及休克等。

第一心音改变：S_1 增强，见于发热、甲状腺功能亢进症、二尖瓣狭窄等。S_1 减弱主要由于心肌收缩力减弱，见于心肌炎、心肌病、心肌梗死等，二尖瓣关闭不全时 S_1 减弱。

第二心音改变

S_2 增强：①A_2 增强：听诊可闻及 A_2 亢进，明显亢进的 A_2 可呈金属调，见于高血压病、主动脉粥样硬化等疾病。②P_2 增强：肺动脉压升高，可有 P_2 亢进，见于原发性肺动脉高压症、二尖瓣狭窄、左心功能不全、左至右分流的先天性心脏病（如室间隔缺损、动脉导管未闭）、慢性肺源性心脏病等。

S_2 减弱：①A_2 减弱：见于低血压、主动脉瓣狭窄和关闭不全引起的主动脉内压力降低。②P_2 减弱：见于肺动脉瓣狭窄或关闭不全。

2）心音性质改变：心肌有严重病变时，心肌收缩力明显减弱，致使 S_1 失去其原有特征而与 S_2 相似，同时因心搏加速使舒张期明显缩短而收缩期与舒张期的时间几乎相等，此时听诊 S_1、S_2 酷似钟摆的"滴答"声，称为钟摆律。如钟摆律时心率超过 120 次/分，酷似胎儿心音，称为胎心律，提示病情严重。以上两者可见于大面积急性心肌梗死和重症心肌炎等。

3）心音分裂

第一心音分裂：当左、右心室收缩明显不同步时，可出现 S_1 分裂。在二、三尖瓣听诊区都可听到，但以胸骨左下缘较清楚。心室电活动延迟见于完全性右束支传导阻滞。机械活动延迟见于二尖瓣狭窄等。在生理情况下，偶见于儿童及青少年。

第二心音分裂：临床上较常见，由主、肺动脉瓣关闭明显不同步所致，在肺动脉瓣区听诊较明显。可见于青少年，尤以深吸气更明显。临床上最常见的 S_2 分裂，见于右室排血时间延长，肺动脉瓣关闭明显延迟（如完全性右束支传导阻滞、肺动脉瓣狭窄、二尖瓣狭窄等），或左心室射血时间缩短，主动脉关闭时间提前（如二尖瓣关闭不全、室间隔缺损等）时。

4. 额外心音　在正常心音之外听到的附加心音，均称为额外心音。重点介绍如下：

（1）奔马律　系在 S_2 后出现的响亮额外音，当心率快时与原有的 S_1、S_2 组成类似马奔跑时的蹄声，故称为奔马律。按额外心音出现的时间将奔马律分为舒张早期奔马律、舒张晚期奔马律及重叠型奔马律。

舒张早期奔马律：是最常见的奔马律，又称室性奔马律。左室舒张早期奔马律在心尖部或其内上方听到，呼气末最响，它的出现提示左室功能低下、心肌功能严重障碍。常见于：①严重心肌损害时心室壁张力明显减弱，如心肌梗死、心肌炎、冠心病及多种心脏病所致的左心衰竭；②进入心室的血流增多，血流速度增快，见于二尖瓣关闭不全、主动脉瓣关闭不全等。

舒张晚期奔马律：亦称房性奔马律。由左心病变引起者，病人左卧位心尖部最易听到，呼气末明显，见于高血压性心脏病、肥厚型心肌病、动脉瓣狭窄等阻力负荷过重引起心室肥厚的心脏病，以及心肌梗死、心肌炎所致的严重心肌损害。由右心病变引起者，在胸骨左下缘处最清楚，常见于肺动脉瓣狭窄、肺动脉高压、肺心病等。

（2）开瓣音　亦称二尖瓣开放拍击音，出现在 S_2 之后，听诊特点为音调高，历时短促而响亮，清脆，呈拍击样。见于二尖瓣狭窄时，左心房压力升高，心室舒张期血液自左心房迅速流入左心室时，弹性尚好的二尖瓣迅速开放后又突然受阻引起瓣叶振动所致的拍击样声音。二尖瓣开放拍击音一般在心尖部和胸骨左缘 3、4 肋间隙或两者之间较易听到。它的出现表示狭窄的二尖瓣尚具有一定弹性，为二尖瓣分离术适应证的参考条件之一。当瓣膜有严重钙化或纤维化，以及伴有二尖瓣关闭不全时，此音消失。

5. 心脏杂音

（1）产生机制　主要有：①血流加速；②瓣膜口、大血管通道狭窄；③瓣膜关闭不全；④异常通道；⑤心腔内漂浮物。

（2）心脏杂音的特性

1）最响部位：一般来说，在某瓣膜听诊区最响的杂音由该瓣膜的病变产生。例如，杂音在心尖部最响，提示病变在二尖瓣。

2）出现的时期：根据杂音出现的不同时期，可分为：①收缩期杂音，出现在 S_1 与 S_2 之间；②舒张期杂音，出现在 S_2 与下一心动周期之间；③连续性杂音，连续出现在收缩期及舒张期的杂音，并不为 S_2 所打断；④双期杂音，收缩期或舒张期均出现，但不连续。根据杂音在收缩期或舒张期出现的早晚可进一步分为早期、中期、晚期或全期杂音。例如，二尖瓣关闭不全的收缩期杂音可占整个收缩期，并可遮盖 S_1 甚至 S_2，称全收缩期杂音；二尖瓣狭窄的舒张期杂音常出现在舒张中晚期；动脉导管未闭时可出现连续性杂音。

临床上，舒张期杂音及连续性杂音均为病理性，收缩期杂音则有很多是功能性的。

3）杂音的性质：一般分为吹风样、隆隆样（或雷鸣样）、叹气样、机器声样及乐音样等。根据杂音的性质又分为粗糙、柔和。如心尖区粗糙的吹风样收缩期杂音，常提示二尖瓣关闭不全；心尖区舒张中晚期隆隆样杂音是二尖瓣狭窄的特征性杂音；心尖区柔而高调的吹风样杂音常为相对性二尖瓣关闭不全；主动脉瓣第二听诊区叹气样舒张期杂音，见于主动脉瓣关闭不全；胸骨左缘第 2 肋间及其附近机器声样连续性杂音，见于动脉导管未闭；乐音样杂音听诊时其音色如海鸥鸣或鸽鸣样，常见于感染性心内膜炎及梅毒性主动脉瓣关闭不全。

一般来说，器质性杂音常是粗糙的，而功能性杂音则较为柔和。

4）强度和形态：收缩期杂音的强度一般采用 Levine 六级分级法。

1级：杂音很弱，所占时间很短，初次听诊时往往不易发觉，须仔细听诊才能听到。

2级：较易听到的弱杂音，初听时即被发觉。

3级：中等响亮的杂音，不太注意听时也可听到。

4级：较响亮的杂音，常伴有震颤。

5级：很响亮的杂音，震耳，但听诊器离开胸壁则听不到，均伴有震颤。

6级：极响亮，听诊器稍离胸壁时亦可听到，有强烈的震颤。

杂音强度的表示法是"2/6级收缩期杂音"等。一般而言，3/6级和以上的收缩期杂音多为器质性的。但应注意，杂音的强度不一定与病变的严重程度成正比。

5）传导方向：杂音常沿着产生该杂音的血流方向传导。二尖瓣关闭不全的收缩期杂音在心尖部最响，并向左腋下及左肩胛下角处传导；主动脉瓣关闭不全的舒张期杂音在主动脉瓣第二听诊区最响，并向胸骨下端或心尖部传导；主动脉瓣狭窄的收缩期杂音以主动脉瓣区最响，可向上传至右侧胸骨上窝及颈部。

6）与体位的关系：体位改变可使某些杂音减弱或增强。例如，左侧卧位可使二尖瓣狭窄的舒张中晚期隆隆样杂音更明显；上半身前倾坐位可使主动脉瓣关闭不全的舒张期泼水样杂音更易于听到。

7）与呼吸的关系：深吸气时右心（三尖瓣、肺动脉瓣）的杂音增强；深呼气时左心（二尖瓣、主动脉瓣）的杂音增强。

8）与运动的关系：运动可使二尖瓣狭窄的舒张中晚期杂音增强。

（3）器质性与功能性杂音的鉴别　　收缩期杂音是临床最常见的杂音，可为功能性或器质性，以功能性多见，两者的鉴别具有重要意义。

表6-6　　　　　　　　　　　　　器质性与功能性收缩期杂音的鉴别

区别点	器质性	功能性
部位	任何瓣膜听诊区	肺动脉瓣区和（或）心尖部
持续时间	长，常占全收缩期，可遮盖 S_1	短，不遮盖 S_1
性质	吹风样，粗糙	吹风样，柔和
传导	较广而远	比较局限
强度	常在 3/6 级或以上	一般在 2/6 级或以下
心脏大小	有心房和（或）心室增大	正常

6. 心包摩擦音　见于结核性、化脓性等感染性心包炎和急性非特异性心包炎，也可见于风湿性病变、急性心肌梗死、尿毒症、心包原发或继发性肿瘤和系统性红斑狼疮等非感染性情况。心包摩擦音音质粗糙，音调高，与心搏一致，通常在胸骨左缘第3、4肋间隙处较易听到。心包摩擦音呈来回性，收缩期及舒张期均可听到，以收缩期较明显，且与呼吸无关。

五、血管检查

（一）视诊

1. 肝-颈静脉反流征　令患者半卧位，观察平静呼吸时的颈静脉充盈度，然后手掌以固定的压力按压病人腹部脐周部位，如见患者颈静脉充盈度增加，称为肝-颈静脉反流征阳性，亦称为腹-颈静脉反流征阳性，提示肝脏淤血，是右心功能不全的重要早期征象之一。肝-颈静脉反流征阳性亦可见于渗出性或缩窄性心包炎。

2. 毛细血管搏动征　用手指轻压病人指甲床末端，或以干净玻片轻压病人口唇黏膜，如见到红白交替的、与病人心搏一致的节律性微血管搏动现象，称为毛细血管搏动征阳性。主动脉瓣关闭不全时可见到这一现象，其他脉压增大的疾病，如重症贫血、甲状腺功能亢进症等，亦可出现毛细血管搏动现象。

（二）触诊

触诊脉搏时，一般均检查桡动脉，通常用食指、中指及无名指的指腹平放于桡动脉近手腕处，进行触诊。

1. 水冲脉　脉搏骤起骤降，急促而有力。常见于主动脉瓣关闭不全、发热、甲状腺功能亢进、严重贫血、动脉导管未闭等。检查时，将患者的上肢高举过头，则水冲脉更易触知。

2. 交替脉　为一种节律正常而强弱交替的脉搏。它的出现表示心肌受损，为左室衰竭的重要体征，见于高血压性心脏病、急性心肌梗死或主动脉瓣关闭不全等。

3. 重搏脉　正常脉波的降支上可见一切迹（代表主动脉瓣关闭），其后有一重搏波，此波一般不能触及。在某些病理情况下，此波增高而可以触及，即为重搏脉。重搏脉可见于伤寒或其他可引起周围血管松弛、周围阻力降低的疾病。

4. 奇脉　指吸气时脉搏明显减弱或消失的现象，又称为吸停脉。常见于心包积液和缩窄性心包炎时，是心包填塞的重要体征之一。

5. 无脉　即脉搏消失，见于严重休克及多发性大动脉炎。多发性大动脉炎使某一部位动脉闭塞而致相应部位脉搏消失（如上肢无脉症型、下肢无脉症型多发性大动脉炎）。此外，也可见于血栓闭塞性脉管炎，多发生于下肢动脉，可见一侧胫后或足背动脉的脉搏减弱或消失。主动脉缩窄时，下肢脉搏可较上肢明显减弱甚至触不到。

（三）听诊

1. 枪击音与杜氏双重杂音　主动脉瓣关闭不全时，将听诊器体件放在肱动脉或股动脉处，可听到"嗒——、嗒——"音，称为枪击音，这是由于脉压增大使脉波冲击动脉壁所致。如再稍加压力，则可听到收缩期与舒张期双重杂音，称为杜氏双重杂音。有时在甲状腺功能亢进症、高热、贫血的病人，亦可听到枪击音及杜氏双重杂音。

2. 其他血管杂音　①在甲状腺功能亢进症病人肿大的甲状腺上可听到病理性动脉杂音，此音常为连续性，但收缩期较强；②主动脉瘤时，在相应部位可听到收缩期杂音；③动-静脉瘘时，在病变部位可听到连续性杂音；④肾动脉狭窄时，可在腰背部及腹部听到收缩期杂音。

（四）周围血管征

周围血管征包括头部随脉搏呈节律性点头运动、颈动脉搏动明显、毛细血管搏动征、水冲脉、枪击音与杜氏双重杂音。它们都是由脉压增大所致，常见于主动脉瓣关闭不全、发热、贫血及甲状腺功能亢进症等。

六、常见循环系统病变体征

表 6-7 常见循环系统病变体征

病变	视诊	触诊	叩诊	听诊
二尖瓣狭窄	二尖瓣面容，心尖搏动略向左移	心尖搏动向左移，心尖部触及舒张期震颤	心浊音界早期稍向左，以后向右扩大，心腰部膨出，呈梨形	心尖部 S_1 亢进，较局限的递增型隆隆样舒张中晚期杂音，可伴开瓣音，P_2 亢进，肺动脉瓣区格-斯杂音
二尖瓣关闭不全	心尖搏动向左下移位	心尖搏动向左下移位，常呈抬举性	心浊音界向左下扩大	心尖部 S_1 减弱，心尖部有 3/6 级或以上较粗糙的吹风样全收缩期杂音，范围广泛，常向左腋下及左肩胛下角传导
主动脉瓣狭窄	心尖搏动向左下移位	心尖搏动向左下移位，呈抬举性，主动脉瓣区收缩期震颤	心浊音界向左下扩大	心尖部 S_1 减弱，A_2 减弱或消失，可听到高调、粗糙的递增-递减型收缩期杂音，向颈部传导
主动脉瓣关闭不全	颜面较苍白，颈动脉搏动明显，心尖搏动向左下移位且范围较广，可见点头运动及毛细血管搏动征	心尖搏动向左下移位并呈抬举性，有水冲脉	心浊音界向左下扩大，心腰明显呈靴形	心尖部 S_1 减弱，A_2 减弱或消失，主动脉瓣第二听诊区叹气样递减型舒张期杂音，可向心尖部传导，有动脉枪击音与杜氏双重杂音

第十节　腹部检查

一、腹部体表分区

九区法是用两条水平线和两条垂直线将腹部分成为九个区。上水平线为两侧肋弓下缘最低点的连线，下水平线为两侧髂前上棘连线。两条垂直线为通过左右髂前上棘至腹中线连线的中点所作的垂直线，自上而下将腹部分成九个区，是目前常用的腹部分区法。各区脏器的分布及各区命名如下。

1. 左上腹部（左季肋部）　胃、脾、结肠脾曲、胰尾、左肾上腺、左肾。

2. 左侧腹部（左腰部）　降结肠、空肠或回肠、左肾下部。

3. 左下腹部（左髂部）　乙状结肠、女性左侧卵巢及输卵管、男性左侧精索及淋巴结。

4. 上腹部　肝左叶、胃幽门端、十二指肠、胰头和胰体、大网膜、横结肠、腹主动脉。

5. 中腹部（脐部）　大网膜、下垂的胃或横结肠、十二指肠下部、空肠和回肠、输尿管、腹主动脉、肠系膜及淋巴结。

6. 下腹部　回肠、输尿管、乙状结肠、胀大的膀胱、增大的子宫。

7. 右上腹部（右季肋部）　肝右叶、胆囊、部分十二指肠、结肠肝曲、右肾上腺、右肾。

8. 右侧腹部（右腰部）　升结肠、空肠、部分十二指肠、右肾下部。

9. 右下腹部（右髂部）　盲肠、阑尾、回肠下端、淋巴结、女性右侧卵巢及输卵管、男性右侧精索。

二、视诊

（一）腹部外形

1. 腹部膨隆　生理情况见于肥胖、妊娠等；病理情况下由于病因不同又分为全腹膨隆和局部膨隆。

（1）全腹膨隆　①腹内积气：大量积气可致全腹膨隆，腹部呈球形。积气在胃肠道内者，可见于各种原因所致的肠梗阻或肠麻痹。积气在肠道外腹腔内者，称为气腹，见于胃肠穿孔或治疗性人工气腹。②腹腔积液：当腹腔内大量积液时，在仰卧位液体因重力作用下沉于腹腔两侧，使腹部外形呈宽而扁状，称为蛙腹。坐位时下腹部明显膨出。常见于肝硬化门脉高压症、右心衰竭、缩窄性心包炎、肾病综合征、结核性腹膜炎、腹膜转移癌等。③腹腔巨大肿块：以巨大卵巢囊肿最常见，腹部呈球形膨隆而以囊肿部位较明显。

（2）局部膨隆　局部腹膨隆常因炎性包块、胃肠胀气、脏器肿大、腹内肿瘤、腹壁肿瘤和疝等所致。左上腹膨隆见于脾肿大、巨结肠或结肠脾曲肿瘤。上腹部膨隆见于肝左叶肿大、胃扩张、胃癌、胰腺囊肿或肿瘤。右上腹膨隆见于肝肿大（淤血、脓肿、肿瘤）、胆囊肿大及结肠肝曲肿瘤。腰部膨出见于患侧大量肾盂积水或积脓、多囊肾、巨大肾上腺瘤。中腹部膨隆见于腹部炎性包块（如结核性腹膜炎引起的肠粘连）、脐疝等。左下腹部膨隆见于降结肠肿瘤、干结粪块（灌肠后消失）。下腹部膨隆多见于妊娠、子宫肌瘤所致的子宫增大、卵巢囊肿、尿潴留等，尿潴留时排尿或导尿后膨隆消失。右下腹部膨隆见于阑尾周围脓肿、回盲部结核或肿瘤、克罗恩病等。

2. 腹部凹陷　仰卧时前腹壁明显低于胸骨下端至耻骨联合的连线，称为腹部凹陷。全腹凹陷常见于严重脱水、明显消瘦及恶病质等。严重者全腹呈舟状，称为舟状腹，见于恶性肿瘤、结核、糖尿病、顽固性心衰、神经性厌食等慢性消耗性疾病的晚期。

（二）腹壁

1. 腹壁静脉　正常时腹壁静脉一般不显露。

门静脉阻塞有门脉高压形成侧支循环时，腹壁曲张的浅静脉以脐为中心向周围伸展，血流方向是从脐静脉经脐孔进入腹壁曲张的浅静脉流向四方。上腔静脉阻塞时，上腹壁或胸壁曲张的浅静脉，血流转向下方进入下腔静脉。下腔静脉阻塞时，脐以下的腹壁浅静脉血流方向转向上方进入上腔静脉。

2. 蠕动波　胃肠蠕动过程中呈现出波浪式运动，称为蠕动波。当胃肠道发生梗阻时，梗阻近端的胃或肠段饱满而隆起，可显出各自的轮廓，称胃型或肠型。幽门梗阻时，因胃的蠕动增强，可见到较大的胃蠕动波自左肋缘下向右缓慢推进，即为正蠕动波。有时还可见到自右向左运行的逆蠕动波。脐部出现肠蠕动波见于小肠梗阻。严重梗阻时，脐部可见横行排列呈多层梯形的肠型和较大肠蠕动波。结肠梗阻时，宽大的肠型多出现于腹壁周边，同时盲肠多胀大呈球形。

三、触诊

1. 腹壁紧张度　全腹壁紧张度增加常见于以下情况：①急性胃肠穿孔或实质脏器破裂所致急性弥漫性腹膜炎，因炎症刺激腹膜引起腹肌反射性痉挛，腹壁常有明显紧张，甚至强直硬如木板，称为板状强直；②结核性腹膜炎时，因炎症发展缓慢，对腹膜刺激不强，且有腹膜增厚，肠管和肠系膜粘连，故全腹紧张，触之犹如揉面的柔韧之感，不易压陷，称为面团感或揉面感，此征还见于癌性腹膜炎。

局部腹壁紧张见于该处脏器的炎症累及腹膜时，如急性胰腺炎出现上腹或左上腹壁紧张，急性胆囊炎可出现右上腹壁紧张，急性阑尾炎常出现右下腹壁紧张。

2. 压痛及反跳痛　触诊时，由浅入深进行按压，如发生疼痛，称为压痛。在检查到压痛后，手指稍停片刻，使压痛感趋于稳定，然后将手突然抬起，此时如患者感觉腹痛骤然加剧，并有痛苦表情，称为反跳痛。反跳痛的出现，提示炎症已累及腹膜壁层，当突然松手时腹膜被牵拉而引起疼痛。腹壁紧张，同时伴有压痛和反跳痛，称为腹膜刺激征，是急性腹膜炎的重要体征。压痛多由腹壁或腹腔内病变所致。如腹部触痛在抓捏腹壁或仰卧起坐时明显，多考虑较表浅的腹壁病变，否则多为腹腔内病变。腹腔内的病变常因脏器的炎症、结石、淤血、破裂、扭转、肿瘤等病变所致。压痛局限于某一部位时，称为压痛点。某些疾病常有位置较固定的压痛点，如：①阑尾点，又称麦氏（Mc Burney）点，位于右髂前上棘与脐连线外1/3与中1/3交界处，阑尾病变时此处有压痛；②胆囊点，位于右侧腹直肌外缘与肋弓交界处，胆囊病变时此处有明显压痛。

3. 腹内器官触诊

（1）肝脏触诊　正常成人的肝脏一般触不到，但腹壁松弛的瘦者于深吸气时可触及肝下缘，多在肋弓下1cm以内，剑突下如能触及肝左叶，多在3cm以内。2岁以下小儿的肝脏相对较大，易触及。正常肝脏质地柔软，表面光滑，无压痛和叩击痛。触及肝脏后，应详细描述以下几点。

1）大小：一般在平静呼吸时，测量右锁骨中线肋下缘至肝下缘垂直距离（以厘米计），并注明以叩诊法叩出的肝上界位置。同时应测量前正中线剑突下至肝下缘垂直距离。肝脏下移时，可触及肝下缘，但肝上界也相应下移，且肝上下径正常，见于腹壁松弛、内脏下垂、肺气肿、右侧大量胸腔积液等导致的膈肌下降。肝肿大时，肝上界正常或升高。病理性肝肿大可分为弥漫性和局限性。弥漫性肝肿大见于肝炎、脂肪肝、肝淤血早期、肝硬化、白血病、血吸虫病等；局限性肝肿大见于肝脓肿、肝囊肿（包括肝包虫病）、肝肿瘤等，并常能触及或看到局部膨隆。肝脏缩小见于急性和亚急性肝坏死、晚期肝硬化。

2）质地：肝脏质地一般分为三级：质软、质韧（中等硬度）和质硬。正常肝脏质地柔软；急性肝炎及脂肪肝时质地稍韧；慢性肝炎质韧；肝硬化质硬，肝癌质地最硬。肝脓肿或囊肿有积液时呈囊性感，大而浅者可能触到波动感。

3）表面形态及边缘：正常肝脏表面光滑，边缘整齐且厚薄一致。肝炎、脂肪肝、肝淤血表面光滑，边缘圆钝；肝硬化表面不光滑，呈结节状，边缘不整齐且较薄；肝癌、多囊肝表面不光滑，呈不均匀的粗大结节状，边缘厚薄也不一致；巨块型肝癌、肝脓肿及肝包虫病表面呈大块状隆起。

4）压痛：正常肝脏无压痛。当肝包膜有炎性反应或因肝肿大被绷紧时，则肝有压痛。急性肝炎、肝淤血时常有弥漫性轻度压痛；较表浅的肝脓肿有局限性剧烈的压痛。

（2）胆囊触诊　触诊法与肝脏触诊相同。正常胆囊不能触及。胆囊肿大时，在右肋下腹直肌外缘处可触及一梨形或卵圆形、张力较高、随呼吸而上下移动的肿块，其质地和压痛视病变性质而定。如急性胆囊炎胆囊肿大，呈囊性感，有明显压痛；壶腹周围癌等因胆总管阻塞所致胆囊肿大，呈囊性感而无压痛；胆囊结石或胆囊癌所致胆囊肿大，有实体感。胆囊触痛检查法：医师将左手掌平放于患者右肋下部，先以左手拇指指腹用适度压力钩压右肋下部胆囊点处，然后嘱患者缓慢深吸气。在深吸气时发炎的胆囊下移时碰到用力按压的拇指引起疼痛，患者因疼痛而突然屏气，为墨菲征（Murphy sign）阳性，又称胆囊触痛征，见于急性胆囊炎。当胰头癌压迫胆总管导致阻塞，出现黄疸进行性加深，胆囊显著肿大，但无压痛，称为库瓦西耶征（Courvoisier sign）阳性，又称无痛性胆囊增大征阳性。

（3）脾脏触诊　正常脾脏不能触及。内脏下垂、左侧大量胸腔积液或积气时，膈肌下降，使脾向下移而可触及。除此之外能触及脾脏，则提示脾肿大。脾脏轻度肿大而仰卧位不易触及时，可嘱患者改换右侧卧位，患者右下肢伸直，左下肢屈髋、屈膝，用双手触诊较易触及。触及脾脏后应注意其大小、质地、表面形态、有无压痛及摩擦感等。

临床上常将脾肿大分为三度：深吸气时脾脏在肋下不超过3cm者为轻度肿大；超过3cm但在脐水平线以上，为中度肿大；超过脐水平线或前正中线为高度肿大，又称巨脾。中度以上脾肿大时其右缘常可触及脾切迹，这一特征可与左肋下其他包块相区别。

脾肿大的测量方法如下：当轻度脾肿大时只作甲乙线（又称为第1线）测量，即左锁骨中线与左肋缘交点至脾下缘的垂直距离，以cm表示（下同）。脾脏明显肿大时，应加测甲丙线（第2线）和丁戊线（第3线）。甲丙线为左锁骨中线与左肋缘交点至最远脾尖之间的距离。丁戊线为脾右缘到前正中线的距离。如脾肿大向右未超过前正中线，测量脾右缘至前正中线的最短距离，以"－"表示；超过前正中线则测量脾右缘至前正中线的最大距离，以"＋"表示。

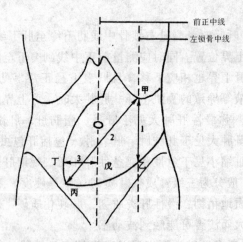

图6-1　脾肿大测量方法

轻度脾肿大常见于慢性肝炎、粟粒型肺结核、伤寒、感染性心内膜炎、败血症和急性疟疾等，一般质地较柔软；中度脾肿大见于肝硬化、慢性溶血性黄疸、慢性淋巴细胞性白血病、系统性红斑狼疮、疟疾后遗症及淋巴瘤等，一般质地较硬；高度脾肿大，表面光滑者见于慢性粒细胞性白血病、慢性疟疾和骨髓纤维化症等，表面不平而有结节者见于淋巴瘤等。脾囊肿时，表面有囊性肿物。脾脓肿、脾梗死和脾周围炎时，由于脾包膜常有纤维素性渗出物，并累及腹膜壁层，故可触到摩擦感且压痛明显。

（4）肾脏触诊　肾脏触诊常用双手触诊法。患者可取仰卧位或立位。仰卧触诊右肾时，嘱患者双腿屈曲并做较深的腹式呼吸。医师位于患者右侧，将左手掌放在其右后腰部向上托（触诊左肾时，左手绕过患者前方托住左后腰部），右手掌平放于被检侧季肋部，以微弯的手指指端放在肋弓下方，随患者呼气，右手逐渐深压向后腹壁，与在后腰部向上托起的左手试图接近，双手夹触肾。如未触及肾脏，应让患者深吸气，此时随吸气下移的肾脏可能滑入双手之间被触知。有时只能触及光滑、圆钝的肾下极。

触及肾脏时应注意其大小、形状、质地、表面状态、敏感性和移动度等。正常肾脏表面光滑而圆钝，质地结实而富有弹性，有浮沉感。正常人肾脏一般不能触及，身材瘦长者有时可触及右肾下极。肾脏代偿性增大、肾下垂及游走肾常被触及。肾脏肿大见于肾盂积水或积脓、肾肿瘤及多囊肾等。肾盂积水或积脓时，其质地柔软，富有弹性，有波动感；肾肿瘤则质地坚硬，表面凹凸不平；多囊肾时，不规则增大的肾脏有囊性感。

肾脏和尿路疾病，尤其是炎性疾病时，可在一些部位出现压痛点：①季肋点：在第10肋骨前端；②上输尿管点：在脐水平线上腹直肌外缘；③中输尿管点：在两侧髂前上棘水平腹直肌外缘；④肋脊点：在背部脊柱与第12肋所成的夹角顶点，又称肋脊角；⑤肋腰点：在第12肋与腰肌外缘的夹角顶点，又称肋腰点。季肋点压痛亦提示肾脏病变。输尿管有结石、化脓性或结核性炎症时，在上或中输尿管点出现压痛。肋脊点和肋腰点是肾脏一些炎症性疾病如肾盂肾炎、肾结核或肾脓肿等常出现压痛的部位。如炎症深隐于肾实质内，可无压痛而仅有叩击痛。

四、叩诊

（一）肝脏叩诊

均称型者正常肝上界在右锁骨中线上第5肋间，下界位于右季肋下缘。右锁骨中线上肝浊音区上下径之间的距离为9～11cm；在右腋中线上肝上界在第7肋间，下界相当于第10肋骨水平；在右肩胛线上，肝上界为第10肋间，下界不易叩出。瘦长型者肝上下界均可低一个肋间，矮胖型者则可高一个肋间。

病理情况下，肝浊音界向上移位见于右肺不张、右肺纤维化、气腹及鼓肠等；肝浊音界向下移位见于肺气肿、右侧张力性气胸等。肝浊音界扩大见于肝炎、肝脓肿、肝淤血、肝癌和多囊肝等；肝浊音界缩小见于急性肝坏死、晚期肝硬化和胃肠胀气等；肝浊音界消失代之以鼓音者，多因肝表面有气体覆盖所致，是急性胃肠穿孔的一个重要征象，亦可见于人工气腹等。

肝区叩击痛对肝炎、肝脓肿有一定的诊断意义。

（二）脾脏叩诊

脾浊音区宜采用轻叩法，在左腋中线自上而下进行叩诊。正常脾浊音区在该线上第9～11肋间，宽4～7cm，前方不超过腋前线。脾浊音区缩小或消失见于左侧气胸、胃扩张及鼓肠等；脾浊音区扩大见于脾肿大。

（三）膀胱叩诊

在耻骨联合上方进行叩诊。膀胱空虚时，因小肠位于耻骨上方遮盖膀胱，故叩诊呈鼓音，叩不出膀胱的轮廓。膀胱充盈时，耻骨上方叩出圆形浊音区。妊娠、卵巢囊肿或子宫肌瘤等，该区叩诊也呈浊音，应予鉴别。腹水时，耻骨上方叩诊可呈浊音区，但此区的弧形上缘凹向脐部，而膀胱胀大的浊音区弧形上缘凸向脐部。排尿或导尿后复查，如为浊音区转为鼓音，即为尿潴留而致的膀胱胀大。

（四）腹水的检查

当腹腔内有较多游离液体（在1000ml以上）时，如患者仰卧位，液体因重力作用多积聚于腹腔低处，含气的肠管漂浮其上，故叩诊腹中部呈鼓音，腹部两侧呈浊音；在患者侧卧位时，液体随之流动，叩诊上侧腹部转为鼓音，下侧腹部呈浊音。这种因体位不同而出现浊音区变动的现象，称移动性浊音。

五、听诊

（一）肠鸣音

肠蠕动时，肠管内气体和液体随之而流动，产生一种断断续续的咕噜声（或气过水声），称为肠鸣音或肠蠕动音。正常时肠鸣音每分钟4～5次，在脐部听得最清楚。当肠蠕动增强，但音调不特别高亢，肠鸣音超过每分钟10次时，称肠鸣音频繁，见于服泻药后、急性肠炎或胃肠道大出血等。如肠鸣音次数多，且呈响亮、高亢的金属音，称肠鸣音亢进，见于机械性肠梗阻。肠鸣音明显少于正常，或3～5分钟以上才听到一次，称肠鸣音减弱或稀少，见于老年性便秘、电解质紊乱（低血钾）及胃肠动力低下等。如持续听诊3～5分钟未闻及肠鸣音，称肠鸣音消失或静腹，见于急性腹膜炎或各种原因所致的麻痹性肠梗阻。

（二）振水音

患者仰卧，医师用耳凑近患者上腹部或将听诊器体件放于此处，然后用稍弯曲的手指以冲击触诊法连续迅速冲击患者上腹部，如听到胃内液体与气体相撞击的声音，称为振水音。也可用双手左右摇晃患者上腹部以闻及振水音。正常人餐后或饮入多量液体时，上腹部可出现振水音。但若在空腹或餐后6～8小时以上仍有此音，则提示胃内有液体潴留，见于胃扩张、幽门梗阻及胃液分泌过多等。

（三）血管杂音

正常腹部无血管杂音。血管杂音有动脉性杂音和静脉性杂音。动脉性杂音常位于中腹部或腹部一侧。如在上腹部的两侧出现收缩期血管杂音，常提示肾动脉狭窄。左叶肝癌压迫肝动脉或腹主动脉时，亦可在包块部位闻及吹风样血管杂音，中腹部收缩期血管杂音提示腹主动脉瘤或腹主动脉狭窄。静脉性杂音为连续性的嗡鸣音，无收缩期与舒张期性质。此音多于脐周或上腹部出现，尤其是在腹壁静脉显著曲张时，常提示肝硬化所致门静脉高压侧支循环的形成，压迫脾脏此嗡鸣音可增强。

第十一节　肛门、直肠检查

一、视诊

注意观察下列改变：肛门闭锁、肛门外伤与感染、肛裂、痔、肛门瘘和直肠脱垂。

二、触诊

对肛门或直肠的触诊称为肛门指诊或直肠指诊。有剧烈触痛见于肛裂与感染；触痛并有波动感见于肛门、直肠周围脓肿；触及柔软光滑而有弹性包块见于直肠息肉；触及质地坚硬、表面凹凸不平的包块应考虑直肠癌。指诊后指套带有黏液、脓液或血液，说明存在炎症并有组织破坏。必要时，取出物应做涂片镜检或细菌培养。

第十二节　脊柱与四肢检查

一、脊柱检查

（一）脊柱弯曲度

1. 检查法　检查时患者取直立位或坐位，先从侧面观察脊柱有无过度的前凸与后凸，再从后面观察脊柱有无侧弯，然后进一步用手指沿脊柱棘突以适当的压力从上向下划压，划压后的皮肤出现两条红色充血线，以此线为标准，观察脊柱有无侧弯。

2. 生理弯曲度　正常人直立时，从侧面观察有"S"状的4个生理弯曲，即颈段稍向前凸，胸段稍向后凸，腰段明显向前凸，骶段明显向后凸。从后面观察脊柱有无侧弯。

3. 病理性变形　常见有脊柱后凸、脊柱前凸和脊柱侧凸。

（二）脊柱活动度

正常人的脊柱有一定的活动度，但各部的活动范围明显不同，并存在较大个体差异。检查时注意有无病理性活动受限。

（三）脊柱压痛与叩击痛

1. 脊柱压痛　检查脊柱压痛时，患者取端坐位，身体稍向前倾，医师用右手拇指自上而下逐个按压脊椎棘突及椎旁肌肉，了解患者是否有压痛。

2. 脊柱叩击痛　脊柱叩击痛有两种检查法。①直接叩诊法：患者取坐位，医师用手指或叩诊锤直接叩击各个脊柱棘突，了解患者是否有叩击痛。多用于检查胸、腰段。②间接叩诊法：患者取坐位，医师将左手掌置于患者头顶部，右手半握拳，以小鱼际肌部位叩击左手背，了解患者的脊柱是否有疼痛。

二、四肢与关节检查

1. 匙状甲　匙状甲又称反甲，常见于缺铁性贫血，偶见于风湿热、甲癣等。

2. 杵状指（趾）　杵状指（趾）又称槌状指（趾）。常见于：①呼吸系统疾病：如支气管扩张、支气管肺癌、慢性肺脓肿、脓胸等。②某些心血管疾病：如发绀型先天性心脏病、亚急性感染性心内膜炎等。

3. 指关节变形　以梭形关节最常见，见于类风湿性关节炎。

4. 膝内翻、膝外翻　膝内翻称为"O"形腿，膝外翻称为"X"形腿。膝内翻或膝外翻见于佝偻病及大骨节病。

5. 膝关节变形

（1）关节炎　表现为两侧膝关节形态不对称，红、肿、热、痛，活动障碍，如风湿性关节炎活动期。

（2）关节积液 表现为关节明显肿胀，当膝关节屈曲90°时，髌骨两侧的凹陷消失，可有浮髌现象。浮髌试验阳性，见于各种原因引起的膝关节腔大量积液。如压下时髌骨与关节面的碰触感如同触及绒垫的柔软感，多见于结核性关节炎引起的膝关节积液。

6. 足内翻、足外翻 多见于先天畸形、脊髓灰质炎后遗症等。

7. 肢端肥大症 其特点为肢体末端异常粗大。见于青春期发育成熟后，腺垂体功能亢进，生长激素分泌过多引起的肢端肥大症。

第十三节 神经系统检查

一、运动功能检查

（一）随意运动

随意运动是受意识支配的动作，是大脑皮质通过锥体束由骨骼肌来完成，用肌力来衡量。肌力是指肢体随意运动时肌肉收缩的力量。

1. 检查法 以关节为中心检查肌群的伸、屈、内收、外展、旋前、旋后等。医师从相反方向测试患者对阻力的克服力量。肌力分为0～5级。0级：无肢体活动，也无肌肉收缩，为完全性瘫痪。1级：可见肌肉收缩，但无肢体活动。2级：肢体能在床面上做水平移动，但不能抬起。3级：肢体能抬离床面，但不能抵抗阻力。4级：能做抵抗阻力的动作，但较正常差。5级：正常肌力。

2. 临床意义 由运动神经元和周围神经病变造成的骨骼肌随意运动的障碍称为瘫痪。中枢性瘫痪病变在上运动神经元，周围性瘫痪病灶在下运动神经元。二者鉴别见下表：

表6-8 　　　　　　　　　中枢性瘫痪与周围性瘫痪的鉴别

鉴别点	中枢性瘫痪	周围性瘫痪
瘫痪分布	范围较广，偏瘫，单瘫，截瘫	范围较局限，以肌群为主
肌张力	增强	降低
肌萎缩	不明显	明显
腱反射	增强或亢进	减弱或消失
病理反射	阳性	阴性
肌束颤动	无	可有

（二）被动运动

被动运动是检查肌张力强弱的方法。肌张力是指静息状态下的肌肉紧张度。

1. 检查法 持患者完全放松的肢体以不同的速度和幅度对各个关节做被动运动，医师所感到的阻力的大小就是肌张力的强度。

2. 临床意义 正常时肌肉有一定的张力。

（1）张力过低或缺失 见于周围神经、脊髓灰质前角及小脑病变。

（2）张力过高 折刀样肌张力过高见于锥体束损害，铅管样肌张力过高见于锥体外系损害。

（三）不随意运动

不随意运动是随意肌不自主收缩所产生的一些无目的的异常动作，多数为锥体外系的损害。

1. 震颤 静止性震颤见于帕金森病；动作性震颤见于小脑病变；扑翼样震颤主要见于肝性脑病。也可见于尿毒症和肺性脑病。

2. 舞蹈症 是肢体及头面部的一种快速、不规则、无目的、粗大、不对称、不能随意控制的动作。多见于儿童脑风湿病变。

3. 手足搐搦 发作时手足肌肉呈紧张性痉挛，上肢表现为屈腕，掌指关节屈曲，指间关节伸直，拇指对掌。在下肢表现为跖趾关节跖屈，似芭蕾舞样足。见于低钙血症和碱中毒。

（四）共济运动

共济运动是指机体完成任一动作时所依赖的某组肌群协调一致的运动，这种协调主要靠小脑的功能，前庭神经、视神经、深感觉及锥体外系均参与作用。

1. 检查法 有指鼻试验、对指试验、轮替动作、跟－膝－胫试验等。

2. 临床意义 正常人动作协调、稳准，如动作笨拙和不协调时，称为共济失调。按病损部位分为小脑性、感觉性及前庭性共济失调（如梅尼埃病）。

二、神经反射检查

神经反射是通过反射弧来完成的。反射弧包括感受器、传入神经、中枢、传出神经及效应器五部分，并受高级中枢的控制。正常人可引出的反射称为生理反射，而正常人不能引出仅在某些神经系统疾病时出现的反射称为病理反射。

（一）浅反射

浅反射是刺激皮肤或黏膜引起的反射，健康人存在，属生理反射。

1. 角膜反射

（1）检查法 嘱患者眼睛注视内上方，医师用细棉絮轻触患者角膜外缘，正常时该侧眼睑迅速闭合，称为直接角膜反射，对侧眼睑也同时闭合称为间接角膜反射。

（2）临床意义 ①如直接角膜反射存在，间接角膜反射消失，为受刺激对侧的面神经瘫痪；②如直接角膜反射消失，间接角膜反射存在，为受刺激侧的面神经瘫痪；③若直接、间接角膜反射均消失为受刺激侧三叉神经病变，深昏迷患者角膜反射也消失。

2. 腹壁反射

（1）检查法 患者仰卧，两下肢稍屈曲，使腹壁放松，然后用叩诊锤柄部末端钝尖部迅速从外向内分别轻划两侧上、中、下腹部皮肤。正常人在受刺激部位出现腹肌收缩。

（2）临床意义 ①上腹壁或中腹壁或下腹壁反射减弱或消失分别见于同侧胸髓 7～8 节、9～10 节、11～12 节病损；②一侧上、中、下腹壁反射同时消失见于一侧锥体束病损；③双侧上、中、下腹壁反射均消失见于昏迷和急性腹膜炎患者。应注意，肥胖者、老年人、经产妇患者由于腹壁过松也可出现腹壁反射减弱或消失。

3. 提睾反射

（1）检查法 患者仰卧，双下肢伸直，用叩诊锤柄部末端钝尖部从下向上分别轻划两侧大腿内侧皮肤。健康人可出现同侧提睾肌收缩，睾丸上提。

（2）临床意义 ①双侧反射减弱或消失见于腰髓 1～2 节病损；②一侧反射减弱或消失见于锥体束损害。老年人腹股沟斜疝、阴囊水肿等也可影响提睾反射。

（二）深反射

深反射是刺激骨膜、肌腱，通过深部感受器引起的反射，又称腱反射。

1. 检查法

（1）肱二头肌反射　医师以左手托扶患者屈曲的肘部，将拇指置于肱二头肌肌腱上，右手用叩诊锤叩击左手拇指指甲，正常时出现肱二头肌收缩，前臂快速屈曲。反射中枢在颈髓 5~6 节。

（2）肱三头肌反射　患者半屈肘关节，上臂稍外展，医师左手托扶患者肘部，右手用叩诊锤直接叩击尺骨鹰嘴突上方的肱三头肌肌腱附着处，正常时肱三头肌收缩，出现前臂伸展。反射中枢为颈髓 7~8 节。

（3）桡骨骨膜反射　医师左手托扶患者腕部，并使腕关节自然下垂，用叩诊锤轻叩桡骨茎突，正常时肱桡肌收缩，出现屈肘和前臂旋前。反射中枢在颈髓 5~6 节。

（4）膝反射　坐位检查时，小腿完全松弛下垂，仰卧位检查时医师在其腘窝处托起下肢，使髋、膝关节屈曲，用叩诊锤叩击髌骨下方之股四头肌腱，正常时出现小腿伸展。反射中枢在腰髓 2~4 节。

（5）踝反射　患者仰卧，下肢外旋外展，髋、膝关节稍屈曲，医师左手将患者足部背屈成直角，右手用叩诊锤叩击跟腱，正常为腓肠肌收缩，出现足向跖面屈曲。反射中枢在骶髓 1~2 节。

2. 临床意义　①深反射减弱或消失多为器质性病变，是相应脊髓节段或所属脊神经的病变，常见于末梢神经炎、神经根炎、脊髓灰质炎、脑或脊髓休克状态等；②深反射亢进见于锥体束的病变，如急性脑血管病、急性脊髓炎休克期过后等。

（三）病理反射

1. 检查法

（1）巴宾斯基征（Babinski sign）　患者仰卧，髋、膝关节伸直，医师以手持患者踝部，用叩诊锤柄部末端的钝尖部在足底外侧从后向前快速轻划至小趾根部，再转向拇趾侧。正常出现足趾向跖面屈曲，称巴宾斯基征阴性。如出现拇趾背屈，其余四趾呈扇形分开，称巴宾斯基征阳性。

（2）奥本海姆征（Oppenheim sign）　医师用拇指和食指沿患者胫骨前缘用力由上而下滑压，阳性表现同巴宾斯基征。

（3）戈登征（Gordon sign）医师用手以适当的力量握腓肠肌，阳性表现同巴宾斯基征。

（4）查多克征（Chaddock sign）　医师用叩诊锤柄部末端钝尖部在患者外踝下方由后向前轻划至跖趾关节处止，阳性表现同巴宾斯基征。

（5）霍夫曼征（Hoffmann sign）　医师用左手托住患者的腕部，用右手食指和中指夹持患者中指，稍向上提，使腕部处于轻度过伸位，用拇指快速弹刮患者中指指甲，如引起其余四指轻度掌屈反应为阳性。

（6）肌阵挛　肌阵挛分为髌阵挛和踝阵挛。

1）髌阵挛：患者仰卧，下肢伸直，医师用拇指与食指掐住髌骨上缘，用力向下快速推动数次，保持一定的推力，阳性反应为股四头肌节律性收缩使髌骨上下运动。

2）踝阵挛：患者仰卧，医师用左手托住腘窝，使髋、膝关节稍屈曲，右手紧贴患者脚掌，用力使踝关节过伸，阳性表现为该足呈有节律性持续的屈伸。

2. 临床意义　以上几种体征临床意义相同，均为锥体束病变，其中巴宾斯基征意义最大，也较易引出。霍夫曼征多见于颈髓病变。1 岁半以内的婴儿由于神经系统发育未完善，也可出现这些反射，不属于病理性。

（四）脑膜刺激征

1. 检查法

（1）颈强直　患者去枕仰卧，下肢伸直，医师左手托其枕部做被动屈颈动作，正常时下颏可贴近前胸，如下颏不能贴近前胸且医师感到有抵抗感，患者感颈后疼痛时为阳性。

（2）凯尔尼格征（Kernig sign）　患者去枕仰卧，一腿伸直，医师将另一下肢先屈髋、屈膝成直角，然后抬小腿伸直其膝部，正常人膝关节可伸达 135°以上。如小于 135°时就出现抵抗，且伴有疼痛及屈肌痉挛时为阳性。以同样的方法再检查另一侧。

（3）布鲁津斯基征（Brudzinski sign）　患者去枕仰卧，双下肢自然伸直，医师左手托患者枕部，右手置于患者胸前，使颈部移动前屈，如两膝关节和髋关节反射性屈曲为阳性。以同样的方法检查另一侧。

2. 临床意义　脑膜刺激征见于各种脑膜炎、蛛网膜下腔出血、脑脊液压力增高等。颈强直也可见于颈椎病、颈部肌肉病变。凯尔尼格征也可见于坐骨神经痛、腰骶神经根炎等。

（五）拉塞格征

拉塞格征（Lasegue sign）是坐骨神经根受到刺激的表现。

1. 检查法　患者仰卧，两下肢伸直，医师一手压在一侧膝关节上，使下肢保持伸直，另一手将下肢抬起，正常可抬高 70°以上。如不到 30°即出现由上而下的放射性疼痛为阳性。以同样的方法再检查另一侧。

2. 临床意义　见于坐骨神经痛、腰椎间盘突出或腰骶神经根炎等。

第七章　现代医学常用临床操作技术

第一节　外科洗手

参加手术人员的手臂皮肤消毒方法很多，其主要步骤是先用肥皂水刷洗，然后使用化学消毒溶液浸泡手臂，可以清除皮肤表面的细菌，但不可能完全消灭位于皮肤深层如毛囊、皮脂腺等处的细菌。在手术过程中，这些细菌自然逐渐移到皮肤表面，故在手臂消毒后还应戴上消毒手套和穿手术衣，以防止细菌污染。常用洗手方法有以下几种：

1. 肥皂刷手法　先用肥皂及清水将手臂按普通洗手方法清洗一遍，再用消毒过的毛刷蘸肥皂水（或肥皂），顺序交替刷洗双手及手臂，范围从手指尖至肘上 10cm 处，特别注意甲缘、甲沟、指蹼、手掌侧等部位。每次洗刷 3 分钟后，手指向上，肘部屈曲朝下，使清水顺上而下冲净手臂上的肥皂水。如此反复刷洗 3 遍，共约 10 分钟。用无菌毛巾从手向肘部顺序拭干，然后将双手、前臂至肘上 6cm 处浸泡于 70% 酒精或 0.1% 新洁尔灭溶液中 5 分钟，浸泡时用泡手桶内的小毛巾反复轻轻擦拭手及前臂，最后屈肘将手举于胸前（以双手勿低于肘、勿高于肩为度），晾干。洗手消毒后，若手臂不慎碰触未经消毒的物品时，应重新洗手。

2. 氨水洗手法　用 2 个无菌面盆，各盛 40℃ 左右温开水 2000 ~ 4000ml，分别加入 10% 氨水 10 ~ 20ml，配制成 0.05% 氨水溶液。氨水必须临用前配制。先用肥皂洗手法刷洗手及前臂 2 ~ 3 分钟，清水冲净。然后浸泡在第一盆氨水中，用小毛巾自手指尖到肘上 10cm 处反复擦洗约 3 分钟，再在第二盆氨水中擦洗 3 分钟，勿再超过肘关节。为节约起见，如 3 人洗手，可用 4 盆氨水。第一人用过的第二盆氨水可作为第二人的第一盆用，余类推。用无菌毛巾从手到肘部依次拭干。双手和手臂浸泡于 70% 酒精或 0.1% 新洁尔灭溶液内 5 分钟拿出，晾干。

3. 紧急手术简易洗手法　当情况紧急，手术人员来不及做常规洗手消毒时，宜先用普通肥皂洗去手和前臂的污垢，继用 2.5% ~ 3% 碘酊涂擦双手及前臂，再用 70% 酒精拭净脱碘。戴无菌手套、穿手术衣后，再戴第二副无菌手套。

4. 聚烯吡酮碘手臂消毒法　聚烯吡酮碘是聚烯吡酮与碘的复合物，简称 PVP–I，为一种碘和表面活性剂的复合体，聚烯吡酮表面活性剂作为碘的载体和助溶剂，使碘易溶于水，逐渐释放出游离碘，能较长时间保持有效杀菌作用。先用含碘肥皂液擦洗手及前臂 15 ~ 30 秒钟，清水冲洗后拭干，再用 10% PVP–I（有效碘 1%）溶液擦双手及前臂 1 ~ 2 分钟，戴无菌手套。

5. 洗必泰手臂消毒法　先用普通肥皂洗手臂，清水冲净一遍。取无菌毛刷蘸 4% 洗必泰溶液，从指甲到肘部顺序刷洗 3 分钟，温水冲洗，用无菌小毛巾拭干。用手取 0.5% 洗必泰乙醇（90%）溶液 10ml，从手指涂到腕部，直至搓干为止，约需 2 分钟，然后再取 5ml 擦手指、揉进甲沟使其自然干燥，即可穿无菌手术衣、戴手套。洗必泰化学成分为双氯苯双胍乙烷，其 1.8%（W/V）浓度者俗称灭菌王。手臂皮肤消毒时，先用清水洗手及前臂，取

3～5ml灭菌王搓揉3分钟，无菌毛刷刷洗指甲，清水冲洗污沫，无菌巾拭干后再用少许灭菌王在手及前臂涂抹薄层，可持续灭菌4～6小时。

第二节 戴无菌手套

手术人员手臂消毒后即需穿戴无菌手术衣、手套。根据所用灭菌方法的不同，戴手套与穿手术衣的顺序也不同。目前医院多采用经高压蒸气灭菌的干手套，偶有用消毒液浸泡的湿手套。如用干手套，应先穿手术衣，后戴手套；如用湿手套，则应先戴手套，后穿手术衣。

尚未戴无菌手套的手只允许接触手套套口向外翻折的部分，不可碰到手套的外面；已戴一只手套的手，不可接触另一手套的内面和未戴手套的手。无菌手套有干、湿两种，以干手套最为常用。

1. 戴干手套法 先穿无菌手术衣，用手套袋内无菌滑石粉包轻轻敷擦双手，使之滑润，用右手自手套袋内捏住两只手套的翻折部提出手套，使两只手套拇指相对向。先用左手插入左手手套内，再将戴好手套的左手2～5指插入右手手套的翻折部内，让右手插入右手手套中，然后将手套翻折部翻回套压住手术衣袖口。用无菌盐水冲净手套外面的滑石粉。在手术开始前应将双手举于胸前，切勿任意下垂或高举。

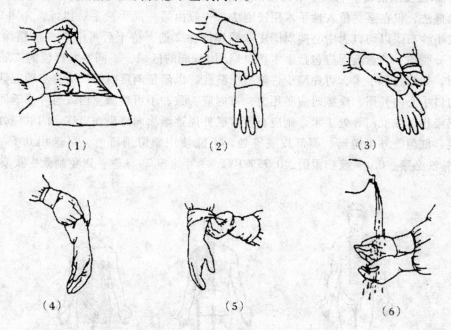

（1）   （2）   （3）

（4）   （5）   （6）

（1）右手捏住手套翻折部提取手套；（2）先将左手插入手套内；（3）将戴好手套的左手插入右手手套的翻折部内，将右手指插入手套内；（4）将手指完全伸进手套内；（5）将手套翻折部翻回盖住袖口；（6）冲洗手套外滑石粉

图7-1 戴干无菌手套步骤

2. 戴湿手套法 在灭菌手套内先盛放适量的无菌清水，使手套撑开，手易于伸入。选取适合自己手大小的手套，解开灌有清水手套套口的绳结。以左手拇指、食指及中指提住撑开套口，迅速将右手伸入右手手套内，使各指尖直达手套指部之顶端，然后将右手腕向上背伸，使手套中积水向腕下方流出。再用右手指插入左手套的翻折部，并提起，将左手同上法插入手套中，使水依右手方法从腕下部排出。戴好湿手套后再穿无菌手术衣。

手术人员做完一台手术，需继续做另一台手术时，可按下列步骤更换手套和手术衣：①洗净手套上的血渍、污物，先脱手术衣，后脱手套，注意双手皮肤不得接触手套外部及其他物品，以免受污染；②在流动清水下冲洗双手，用无菌毛巾拭干；③在70%酒精或0.1%新洁尔灭等消毒溶液中浸泡双手、前臂5分钟，待干；④再按上述方法重新穿无菌手术衣及戴手套；⑤若刚完成的是感染手术或手套有破损，则须重新洗手进行手臂消毒。

第三节　手术区消毒

1. 手术前皮肤准备　目的是尽可能消灭或减少切口处及其周围皮肤上的细菌。应重视一般的清洁卫生，如择期手术于术前1日洗澡或床上擦澡，更换清洁的衣裤。手术区皮肤的毛发应剃除，用温肥皂水擦洗干净，注意清除脐、腋、会阴等处的污垢。皮肤上若有较多油脂或胶布粘贴的残迹，可先用汽油或乙醚拭去。剃毛时慎勿损伤皮肤。对小儿的乳毛及细汗毛，可不必一律剃毛。不宜在手术室内剃毛。如为无菌手术，须用2.5%碘酊和70%酒精涂擦，或用0.1%新洁尔灭溶液消毒，再用无菌毛巾等包裹。对外伤需施行清创术者，则应在手术室内于麻醉下进行。

2. 手术区皮肤消毒　病人手术区皮肤消毒与手术人员的手臂消毒基本上相同，区别是一般用涂擦法，仅在某些植入性手术用浸泡法。一般由第一助手洗手后执行，先用2.5%碘酊棉球或小纱布团以切口为中心向周围皮肤顺序涂擦2遍，待干后再用70%酒精涂擦2~3遍，以充分脱碘。消毒范围应包括手术切口周围15cm的区域，不同手术部位的皮肤消毒范围见下图。如为腹部手术，可先滴少许碘酊于脐孔，以延长消毒时间。消毒步骤应该自上而下，自切口中心向外周，涂擦时应稍用力，方向应一致，不可遗漏空白或自外周返回中心部位。对感染伤口或肛门等处手术，则应自手术区外周逐渐涂向感染伤口或会阴肛门处。对婴儿、口腔、肛门、外生殖器、面部皮肤等处，不能使用碘酊消毒者，可选用0.1%新洁尔灭、0.1%洗必泰、0.1%硫柳汞酊、0.75%PVP-I等涂擦2~3遍，以免刺激皮肤或黏膜。

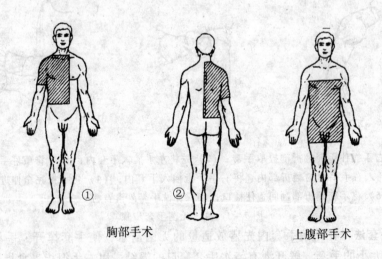

① ②
胸部手术　　　　　　　　　　　　　　　上腹部手术

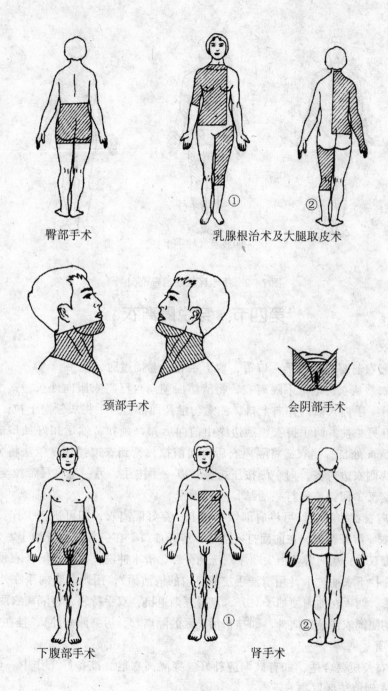

臀部手术　　　　　　乳腺根治术及大腿取皮术

颈部手术　　　　　　会阴部手术

下腹部手术　　　　　肾手术

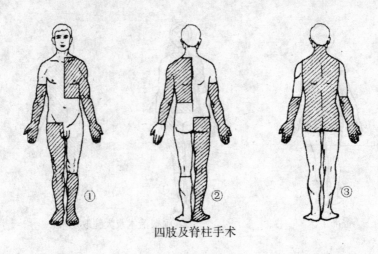

四肢及脊柱手术

图 7 - 2　手术区皮肤消毒范围

第四节　穿脱隔离衣

1. 穿隔离衣

（1）穿隔离衣前要戴好帽子、口罩，取下手表，卷袖过肘，洗手。

（2）手持衣领从衣钩上取下隔离衣，将清洁面朝向自己将衣服向外折，露出肩袖内口，一手持衣领，另一手伸入袖内并向上抖，注意勿触及面部。一手将衣领向上拉，使另一手露出来。依法穿好另一袖。两手持衣领顺边缘由前向后扣好领扣，然后扣好袖口或系上袖带。从腰部向下约5cm处自一侧衣缝将隔离衣后身向前拉，见到衣边捏住，依法将另一边捏住，两手在背后将两侧衣边对齐，向一侧按压折叠，以一手按住，另一手将腰带拉至背后压住折叠处，在背后交叉，回到前面打一活结，系好腰带。

（3）如隔离衣衣袖过长，可将肩部纽扣扣上。穿好隔离衣，即可进行工作。

2. 脱隔离衣　解开腰带，在前面打一活结，解开袖口，在肘部将部分袖子塞入工作服内，暴露前臂；消毒双手，从前臂至指尖顺序刷洗两分钟，清水冲洗，擦干，解开衣领；一手伸入另一侧袖口内，拉下衣袖过手（用清洁手拉袖口内的清洁面），用遮盖着的手在外面拉下另一衣袖；解开腰带，两手在袖内使袖子对齐，双臂逐渐退出，双手持领，将隔离衣两边对齐（如挂在半污染区的隔离衣清洁面向外，如挂在污染区的隔离衣，污染面向外），挂在钩上。

3. 注意事项

（1）隔离衣长短要合适，如有破洞应补好。穿隔离衣前，准备好工作中一切需用物品，避免穿了隔离衣到清洁区取物。

（2）穿隔离衣时，避免接触清洁物，系领子时，勿使衣袖触及面部、衣领及工作帽。穿着隔离衣，须将内面工作服完全遮盖。隔离衣内面及衣领为清洁区，穿脱时，要注意避免污染。

（3）穿隔离衣后，只限在规定区域内进行活动，不得进入清洁区。

（4）挂隔离衣时，不使衣袖露出或衣边污染面盖过清洁面。

（5）隔离衣应每天更换，如有潮湿或被污染时，应立即更换。

第五节 开放性创口的常用止血法

开放性损伤的伤口出血是因为伤处血管破裂或离断所致。急性出血量的多少直接关系到病人的生命安全。当出血量不足全身血量的20%（约1000ml）时，机体可通过代偿机制，如周围动脉的收缩以提高外周阻力，周围静脉收缩以增加回心血量，组织间液向血管内加速转移而增加血容量，来维持一定的血压和重要器官的组织灌流。若出血量达到全身血量的20%以上，机体失代偿则会出现低血容量性休克。如出血量超过全身血量的50%，即可导致死亡。因此，尽早控制创伤出血，及时补充血容量，对预防休克和挽救生命具有十分重要的意义。在现场急救时，首先要因地制宜采取可行的临时性止血措施，以控制出血，并应及早地进行彻底止血。

一、出血的分类

辨别不同受损血管的出血，有助于对出血的处理。

1. 动脉出血 随心脏的收缩呈间歇性喷射状，血色鲜红。动脉压力高，出血快，短时间内即会引起大量出血。肢体大动脉创伤可致血运障碍，产生肢体坏疽。

2. 静脉出血 呈持续涌出状，血色暗红。静脉压力低，出血速度较缓慢，但长时间不断地出血对生命也有危险。因肢体静脉数量多，一般静脉创伤对肢体血运影响不大。

3. 毛细血管出血 为渗出状，看不到明显出血点，血色多为鲜红。

二、急救止血法

依据出血的性质，采取相应的止血方法。

1. 包扎止血法 是最常用的临时止血方法，包括加压包扎和填塞止血法两种。

（1）加压包扎法 用急救包或厚敷料覆盖伤口，再用绷带加压包扎，包扎的力度要均匀，范围要大。需抬高患肢，避免静脉回流受阻而增加出血。此法能增加血管外压，促进自然止血过程，除大血管外，一般均能达到止血的目的。常用于四肢创伤出血的止血。亦可配合用中草药止血粉止血，如马勃末、地榆末、乌贼骨末、百草霜、血余炭、松树皮炭，或云南白药、三七粉等撒在伤口上，外用敷料加压包扎。

（2）填塞止血法 适用于腋窝、腹股沟及臀部等部位的出血。因上述部位血管位置较深，单纯加压包扎难以奏效，止血带又不易使用，故本法较为适宜。可用灭菌纱布或凡士林纱布，或用明胶海绵、纤维蛋白等填塞创腔，并加压包扎固定。伤后3~5天取出纱布，过早可发生再出血，过晚可引起感染。

2. 指压止血法 是最简捷的临时止血法，适用于动脉出血的止血。用手指或手掌压迫出血部位近心侧动脉干，以暂时控制出血。如头颈部大出血可在气管外侧与胸锁乳突肌中部前缘，将颈总动脉压向第5、6颈椎横突，可止住同侧面部的出血。但时间不宜过久，切忌同时压迫双侧颈总动脉；头顶及颞部出血可用拇指在同侧耳前将颞动脉压向颧弓上止血；颌部及颜面部出血可用拇指或食指在同侧下颌角前1.2cm处，将颌外动脉压向颌骨上止血；肩或上臂出血可在锁骨上窝胸锁乳突肌锁骨头外侧向第1肋压迫锁骨下动脉压迫止血；手、前臂和上臂下部的出血可在同侧上臂中部肱二头肌内侧沟处把肱动脉压向肱骨干上止血；下肢出血可在腹股沟韧带中点将股动脉压在股骨上止血。

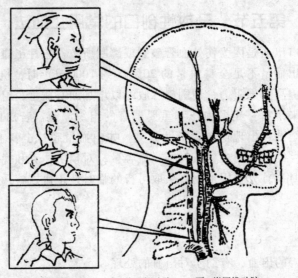

上：指压颞动脉　　中：指压颌动脉　　下：指压椎动脉

图 7-3　头颈部出血常用指压止血点

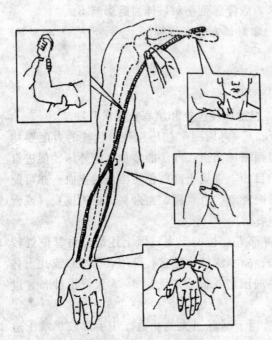

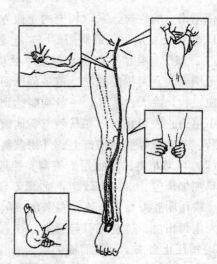

图 7-4　上肢出血常用指压止血点　　　　图 7-5　下肢出血常用指压止血点

　　采用指压止血法应熟悉四肢等动脉压迫的解剖部位。本止血法仅仅是四肢动脉出血的应急措施，由于四肢动脉有侧支循环，止血效果有限且不能持久，故使用本法后应在最短的时间内改用其他止血法。

　　3. 止血带止血法　适用于四肢创伤引起的动脉出血或其他止血方法未能奏效的出血。止血带可阻断肢体血液循环而达到有效的止血目的，但也可能由此而造成肢体坏疽的危险。

所以必须正确地使用止血带才能既发挥止血作用，又防止和减少其有害影响。常用止血带的种类和使用方法如下：

（1）弹性橡皮止血带　因体积小、可卷曲、便于携带，无论战时还是平时，现场急救中的应用最广，但因其施压面窄，且压力不易控制，易造成神经和局部软组织的损伤，使用时应加衬垫物。缠扎橡皮管止血带的方法是：以左手拇指、食指及中指夹持止血带的头端，右手拉紧止血带环绕肢体一周后压住头端，再环绕肢体一周，止血带的尾端置于左手食指与中指之间，由食指和中指将尾端从止血带的下面拉过，使之成一活结。若需放松止血带，将尾端拉出即可。

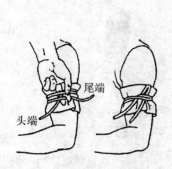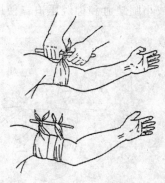

图7-6　橡皮带止血法　　图7-7　替代物绞带止血法

（2）就便替代物　在急救现场缺乏专用止血器材时，可就便取材，使用三角巾、绷带、手帕、宽布条等替代止血带，但不可用绳索或金属丝缠扎。用上述替代物止血时多采用绞紧止血法，方法是用替代物在伤口的近端环绕打结，在结内或结下穿一短棒，旋转此棒使"带"绞紧而达到止血的目的，然后将短棒固定在肢体上。

（3）充气止血带　这种止血带接触面施压广，可准确调整压力，可减少和避免局部组织和神经损伤。目前使用的充气止血带能对肱、股动脉直接加压，只需高于其收缩压6.67～10.66kPa（50～80mmHg）的充气压即可基本或完全控制出血。一般成人上肢应维持在40kPa（300mmHg），下肢53.33～66.66kPa（400～500mmHg）比较适宜。

止血带止血的注意事项：

①上止血带前须将伤肢抬高片刻，使静脉回流后上止血带。

②缚扎的部位应尽量靠近伤口上方，一般上肢在上臂的上1/3部位（应避免缚扎在中1/3，以防桡神经损伤），下肢在大腿的中、下1/3交界处。在肘或膝关节以下缚扎止血带无止血作用。

③止血带不能直接与皮肤接触，可利用衣服、三角巾、毛巾或其他布类作衬垫，但须平整，避免有皱折。

④要松紧适度。过紧会损伤组织，如神经损伤可引起麻痹，损伤血管则可引起血栓形成；过松则不能阻断动脉血通过，而静脉血的回流受阻，反使出血增加。

⑤缚扎止血带持续时间过久会引起肢体缺血性坏疽，因此，止血带缚扎的时间一般不超过1小时，如需延长缚扎时间，也应每隔1小时松开止血带1次以暂时恢复肢体远端血供1～2分钟。松开止血带之前可用手指压迫近侧动脉干或伤口局部加压控制出血，然后在一稍高平面上将止血带缚上。缚扎止血带总的时间应不超过4小时（冬天可适当延长），否则在松止血带后会引起类似挤压综合征的严重全身变化。

⑥如伤口过大或有大血管损伤，受伤者不能承受再出血，则不可冒生命危险轻易放松止血带。如肢体几乎断离或截肢已属不可避免，当然也就不必放松止血带。

⑦凡缚扎止血带即应作出标志，注明时间并做好转运的交接事宜，以免缚止血带时间过久造成肢体坏疽的不良后果。

⑧对缚扎止血带的伤员应优先考虑和尽快施行手术止血。在松止血带前应做好手术止血准备和进行输液输血。

4. 屈曲肢体加垫止血法　前臂和小腿出血，如无合并骨折或脱位，在肘窝或腘窝处放置棉垫卷或绷带卷，强曲肘关节或膝关节，借衬垫物压迫动脉，并用绷带或三角巾固定。该法可引起前臂或小腿缺血和神经压迫，使用时间不应超过 1 小时。

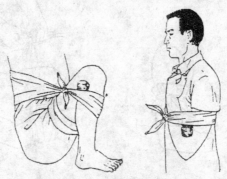

图 7－8　屈曲肢体加垫止血法

5. 钳夹止血法　病人送至手术室，在清创的同时用止血钳夹住出血血管的残端并加以结扎止血。钳夹止血法效果可靠，是一种彻底的止血方法。四肢重要血管创伤出血应争取做血管修补或吻合术，这样既可以止血又能保全肢体。

第六节　伤口换药

换药又称交换敷料，其目的是观察与清洁伤口，及时发现、处理伤口异常情况，清除伤口内异物、分泌物和坏死组织，减少毒素吸收，减少细菌繁殖，保持伤口尤其是深部伤口的引流通畅，促进伤口尽早愈合。应严格无菌技术操作，避免引起或加重创口感染。

1. 换药的指征

（1）手术后切口的常规检查。

（2）敷料松脱需要更换。

（3）伤口的渗血、渗液、引流液等浸湿敷料，或大小便及各种消化液污染伤口。

（4）需松动或拔出引流管。

（5）愈合伤口拆线等。

2. 换药前的准备　必须穿工作服，戴好帽子、口罩，洗净双手；必要时先看一次伤口，估计需要多少敷料和何种器械（剪刀、探针等）、药物，一次备妥。

3. 严格无菌操作技术　应先换清洁的伤口，如Ⅰ类切口或拆线等，再换感染伤口，并应每次洗手，以减少交叉感染机会。应准备 2 把无菌镊，其一夹持无菌棉球和敷料，另一夹持接触伤口的敷料、沾染伤口分泌物的敷料，不应再接触其他部位，须置于专用的弯盘或碗内。

一只盘内装有 75% 酒精棉球、消毒干纱布、无齿平镊，视部位的不同，还可准备如止血钳、剪刀等；另一只盘为置放污染敷料所用。尤其要注意的是：两只手所持的无齿镊一只可与伤口及所换敷料接触，另一只则始终只与无菌消毒盘接触，两只镊子互相交换换药材料。

4. 换药步骤

（1）先用手将伤口外层的敷料揭去，按无菌操作持镊，将覆盖在伤口上的内层敷料轻轻揭去，露出无菌伤口。如遇敷料与伤口因结痂粘连，则不可硬揭，以免造成伤口出血。应以等渗盐水棉球将结痂敷料浸湿，使敷料与伤口分离。用75%酒精（或碘伏）棉球先消毒切口部位，再由内向外在伤口周围消毒2次，消毒范围应大于敷料覆盖的范围；需要时拔除引流条，引流口分泌物用干棉球拭净；如为拔除引流管，需以凡士林纱条疏松填塞引流口（胸腔拔管、膀胱造瘘拔管则按专科要求填塞）。覆盖敷料后用胶布固定或包扎。

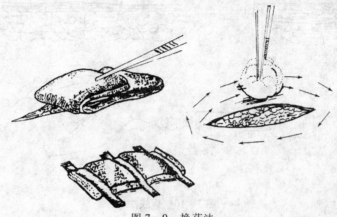

图7-9　换药法

（2）有创面者，如创面与里层敷料粘住，亦应用盐水湿润后再揭除，以免损伤肉芽组织和引起创面出血。要观察创面分泌物多少、色泽以及有无线头、异物及坏死组织、创面肉芽及创缘表皮生长情况等。先用盐水棉球拭净创面周围皮肤上的分泌物和消毒创面周围皮肤2~3次。再用盐水棉球蘸吸清除创口内的分泌物。脓液及坏死组织较多或较深的创面可用等渗盐水或其他消毒溶液如0.05%氯己定溶液、0.1%依沙吖啶（利凡诺）溶液等冲洗。创口内线头、异物、坏死组织应予清除。

（3）分泌物多的创面应选用等渗盐水或其他溶液的湿纱布引流和湿敷。绿脓杆菌感染可用1%醋酸溶液、2%苯氧乙醇液；有厌氧菌感染者用3%过氧化氢溶液冲洗等。

（4）经久不愈又较深的创口，应考虑伤腔内有异物（线头、坏死组织、死骨或清创时未予清除的残留物等）留存，可行扩创，彻底清除，充分引流。

（5）对肉芽生长健康、创面分泌物少的创面，应以凡士林（或生肌膏、九华膏）纱布覆盖创面或凡士林（或生肌膏、九华膏）纱布条引流创腔。肉芽组织水肿明显者，用高渗盐水纱布湿敷。高出周围皮肤或不健康的肉芽组织可用剪刀剪平，或先用硝酸银棒腐蚀，再用等渗盐水反复轻蘸后以凡士林覆盖，加盖敷料，常规固定包扎。

（6）对创缘皮肤已纤维化增厚，影响愈合的伤口时，要切（剪）除修剪创缘，以利于伤口愈合。

5. 拆线

在切口或创口初步愈合后，要及时将缝线拆除。要求是拆除缝线时为了避免皮下组织受到感染，不能将暴露在皮肤表面的那一段缝线再从皮下穿出。

（1）拆线时先依次用2.5%碘酊及75%酒精，或碘伏，或新洁尔灭棉球消毒缝线和切口以及周围皮肤。

（2）用镊子稍提起贴在皮肤上的线结，线剪紧贴线结下的皮肤将缝线一端剪断，断线自对侧抽出。

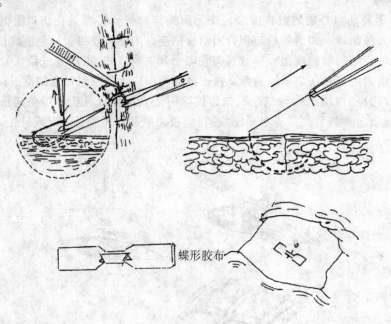

图 7 - 10　拆线法

（3）拆线完毕，再消毒皮肤，覆盖无菌纱布，胶布固定或包扎。如切口愈合欠佳，有部分哆开，宜用蝶形胶布将伤口拉拢。

第七节　脊椎骨折搬运

脊柱、脊髓损伤有时合并严重的颅脑损伤、胸部或腹部脏器损伤、四肢血管伤，危及伤员生命安全时应首先抢救。凡疑有脊柱骨折者，应使病人脊柱保持正常生理曲线，切忌使脊柱做过伸、过屈的搬运动作，应使脊柱在无旋转外力的情况下，三人用手同时平抬平放至木板上，人力不够时可用滚动法。对颈椎损伤的患者，要有专人扶托下颌和枕骨，沿纵轴略加牵引力，使颈部保持中立位，患者置木板上后用沙袋或折好的衣物放在头颈的两侧，防止头部转动，并保持呼吸道通畅。

第八节　长骨骨折简易固定

对骨关节损伤的病人，必须采取固定制动措施，以减轻疼痛，避免骨断端或骨折片损伤血管和神经等，并帮助防治休克。对较重的软组织损伤，也应将局部固定。

一、常用固定方法

1. 夹板　木制夹板以嫩柳木者为佳。具有比较理想的弹力和韧性，但缺乏塑形性能。因此，它不是固定关节的理想工具。固定骨折时，它通过直接压力和杠杆作用防止骨折移位和矫正骨折畸形。一般不需要固定骨折上下的关节即能起到固定骨折的目的。轻巧、经济、携带方便是这类夹板的优点。

2. 梯形铁丝夹板　这种夹板可随意塑形，对肢体各部位的骨折均可使用，包括胸椎、颈椎等。大腿和髂部可用数块夹板组合以增加强度，如大腿箱形铁丝夹板固定。

3. 充气夹板　一般由双层塑料或橡胶布加工成若干相通的气室，充气后夹板具有一定的强度，由于气室间留有一定的空隙，故不会影响血液回流。实验证明，充气夹板充气后对骨折断端具有反向牵引力，25.4cm 长的上肢充气夹板充气压 4kPa（30mmHg）时可产生4.98kg 的反向牵引力；38.1cm 长的下肢充气夹板在同样充气压力下，其反向牵引力达10.9kg。抗休克裤也是下肢和骨盆骨折的良好的外固定器材。

4. 就便材料　紧急情况下，树枝、木棍、枪支、硬纸板等均可作为临时固定的材料。此外，急救中如缺乏固定材料，可行自体固定法，即将受伤上肢缚在胸前作为固定，也可将受伤下肢固定于健侧。

二、外固定注意事项

1. 固定前应尽可能牵引伤肢和矫正畸形，然后将伤肢放到适当位置作固定。
2. 出血伤口应先包扎后固定，需上止血带者也是先上好止血带后再固定。
3. 固定范围一般应包括骨折处远和近的两个关节，既要牢靠不移，又不能过紧。
4. 使用梯形夹板或就便材料外固定时，应在病人肢体骨突起始部位加垫棉花或布类保护，以防压伤。
5. 用抗休克裤作外固定时，放气前应先做好抗休克的准备。

第九节　心肺复苏术

心脏骤停的临床过程一般分为四期：前驱期、终末期开始、心脏骤停和生物学死亡。

虽然心脏骤停的确切时刻无法预测，但许多患者在发生心脏骤停前有可能出现前驱症状，如心绞痛，胸闷、心悸加重，易于疲劳等。在心电监护下，如发现频发、多源、成对出现或 R 波落于 T 波的室早，短阵性室速，心室率低于每分钟 50 次，Q–T 间期显著延长等，可能是心脏骤停的先兆，但心脏骤停也可无前驱期表现。终末期内可出现心率明显改变，室性异位搏动与室性心动过速。在无心电监护下发现低心排血量状态，听诊有严重心律失常，长时间的心绞痛或急性心肌梗死的胸痛，急性呼吸困难，头晕，黑矇，眼球上窜，两眼凝视，突然抽搐等，均可能为其先兆及终末期开始的表现。

心脏骤停时，症状和体征依次出现：心音消失；大动脉搏动扪不到；血压测不出；因脑血流急剧减少而突然出现意识丧失（心脏骤停后 10 秒内）或伴短暂抽搐（心脏骤停后 15秒）；断续出现叹息样的无效呼吸动作，随后停止呼吸（心脏骤停 20~30 秒内）；皮肤苍白或明显发绀；昏迷多发生于心脏骤停 30 秒后；瞳孔散大，多在心脏骤停后 30~60 秒出现。

早期诊断心脏骤停最可靠的临床征象是出现意识突然丧失伴大动脉（如颈动脉和股动脉）搏动消失。一般主张：①用手拍喊患者以确定意识是否存在，同时判断有无呼吸；②触诊颈动脉了解有无搏动，若两者均消失，即可确定心脏骤停的诊断。其他征象出现的时间均较上述二项为晚，心音消失有助于诊断，但听心音常受到抢救时外界环境影响，若为证实心音消失而反复测血压或听诊，势必浪费宝贵时间，延误复苏进行。

一、建立人工有效循环

初期心肺复苏（CPR）包括畅通气道（airway）、人工呼吸（breathing）和人工胸外按压（circulation），简称为 ABC 三步，以达到建立人工有效循环，给患者基本生命支持的目的。

1. 畅通气道 首先使患者仰卧于坚固的平地或平板上，使头颈部与躯干保持在同一轴面上。假牙松动时也应取下，用手指清理口咽部，解开患者衣扣，松开裤带。如无颈部创伤，再将手置于患者前额部加压，使头后仰，另一手示、中两指放下颏骨处，向上抬颏（仰头抬颏法），使下颏角、耳垂与平地垂直。如有颈部创伤时用手指抬举后颈部或托起下颏，使头颈部过伸，舌离开咽喉部。

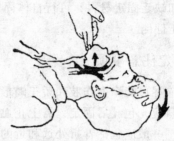

图 7 - 11 仰头抬颏法

2. 人工呼吸 开放气道后，立即检查患者有无自主呼吸，可将耳朵贴近患者口鼻，感觉和细听有无气流呼出的声音并观察胸部有无起伏，应除外"叹息样"无效呼吸。如患者自主呼吸已停止，则应迅速做人工呼吸。气管内插管是建立人工通气的最好方法。当时间或条件不允许时，口对口呼吸不失为一种快捷有效的通气方法。畅通气道后，将置于患者前额的左手拇指与食指捏住患者的鼻孔，操作者在深吸气后，用口唇把患者的口唇紧密全罩住后，缓慢吹气，每次吹气应持续 2 秒以上，待患者胸部扩张后放松鼻孔，让患者胸部及肺部自行回缩将气体排出。若患者牙关紧闭，口唇创伤，则可改为口对鼻呼吸，注意吹气时要捏紧患者口唇，而操作者口唇要密合于患者鼻孔的四周后吹气，其余操作同口对口呼吸。人工通气的频率为每分钟 10 ~ 12 次，但开始应先进行人工通气 2 ~ 5 次。气管切开的患者可采用口对套管呼吸。目前推荐使用有防护装置的通气，有益于防止疾病传播。三人 CPR 时，对意识丧失者还可用环状软骨压迫法：用力压迫患者环状软骨，向环状韧带压迫，使气管后坠向后压住食道开口，以减轻胃胀气、胃内容物反流和误吸。

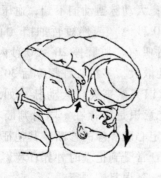
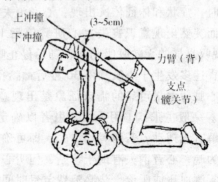

图 7 - 12 口对口人工呼吸　　　　图 7 - 13 胸外心脏按压

3. 胸外心脏按压 此法是建立人工循环的主要方法，研究证明，胸外按压时胸腔内压增大及直接挤压心脏，血液从心脏和大血管内被挤向胸腔外大血管和肺部而流动，此时，壁薄的腔静脉受压塌陷而不发生反流。停止胸部按压时，静脉血回流到心脏。有效的胸外按心排血量可达正常的 1/3 或 1/4。应尽量使按压次数达到每分钟 100 次以达到按压有效的目的，有益于脑和冠状动脉的灌注。

患者仰卧于硬的平面上，下肢稍抬高，以促进静脉回流，操作者宜跪在患者身旁或站在床旁的椅凳上。按压时，应把掌根长轴置于患者胸骨长轴上，掌根位于胸骨体上 2/3 与下 1/3 处（剑突上两横指上的胸骨正中部），另一手掌重叠其上，双手指背屈不接触胸壁。按压时关节伸直，用肩背部力量垂直向下按压，使胸骨下陷 3～5cm（成人），然后放松，放松时掌根不应离开胸壁。

胸外按压部位过高易损伤大血管，过低易损伤腹部脏器或引起胃内容物反流，偏移易引起肋骨骨折、气胸、血胸等，故应注意保持正确的操作方法。

胸外按压与人工呼吸应密切配合。单人 CPR 按压和通气比例为 15:2，双人 CPR 按压和通气比例为 5:1。目前有学者主张单人和双人 CPR 按压和通气的比例均为 15:2。并注意正在吹气时不宜按压心脏，也不宜过度按压腹部致胃内容物反流。

二、早期进行高级生命复苏

心跳骤停时的心律主要是心室颤动（VF）和室性心动过速（VT），最有效的治疗方法是早期电除颤。《国际心肺复苏和心血管急救指南 2000》中基本生命支持（BLS）包括 CPR 和早期电除颤。因为不进行除颤数分钟后心室颤动就可能转为心室停顿，如果在心脏骤停 6～10 分钟内行电除颤，许多成人可无神经系统损害，若同时进行 CPR，复苏成功率更高。而每延迟 1 分钟除颤，复苏成功率下降 7%～10%。

1. 心室颤动的处理 首选非同步直流电击除颤，可先用肾上腺素使细颤变为粗颤后再予电击除颤。既达到除颤效果，又尽量减少电流对心脏的损伤。目前多数除颤器使用的是单相波除颤，首次电击能量 200J，第二次 200～300J，第三次 360J。直流电除颤器一般将两个电极分别置于胸骨右缘第二肋间和心尖部左乳头外侧，使电极中心在腋中线上。发现室颤或无脉性室速应在数秒内给予非同步电除颤。此型复苏过程如下：①电击除颤，首次电击能量 200J，第二次 200～300J，第三次 360J；②VF 或 VT 持续复发者，继续 CPR，气管插管，开放静脉通道；③肾上腺素 1mg 静脉注射，可每隔 3～5 分钟重复，并可增加剂量；④电击除颤能量最大到 360J（可重复 1 次）；⑤VF 或 VT 持续或复发可药物治疗。如利多卡因 1～1.5mg/kg 静脉推注，3～5 分钟重复至最大负荷量 3mg/kg；溴苄胺 5mg/kg 静脉推注，5 分钟重复至 10mg/kg；或普鲁卡因胺 20mg/min，最大总量每天 17mg/kg；或胺碘酮 150～500mg 静脉推注；⑥每次用药后 30～60 秒后除颤，除颤能量不超过 360J。

2. 心脏（室）停顿的处理 心室停顿的处理可参照下列顺序进行。①有效心肺复苏，气管插管，建立静脉通路。②试以经静脉心内起搏。为争取时间也可先使用简便易行的经皮体外起搏或胸壁穿刺起搏。③肾上腺素 1mg（1:10000）静脉注射，每 3～5 分钟可重复。④阿托品 1mg 静脉注射，5 分钟后可重复 1 次，直到 3mg。无反应则用大剂量肾上腺素静脉滴注。

3. 无脉搏性电活动的处理 ①寻找可纠正的原因（如低血容量、药物过量、张力性气胸、心包填塞、大面积肺梗死）予以相应治疗；若为高血钾引起者，静脉注射 5% 碳酸氢钠 1mmol/kg。②有效心肺复苏，气管插管，建立静脉通路。③肾上腺素 1mg（1:10000）静脉注射，每 3～5min 可重复。④若有心动过缓，可经皮心内起搏，或阿托品 1mg 静脉注射（5

分钟后可重复 1 次），直至总量 0.04mg/kg。⑤如无效，可考虑肾上腺素大剂量给药。

后两种类型的心脏骤停预后很差，无指征进行体外除颤，但气道阻塞所继发的心动过缓或心室停搏，可及时用 Heimlich 手法（腹部冲击法），驱除气道异物，必要时予气管插管抽吸气道中阻塞的分泌物，心脏骤停可望恢复。

本期复苏有效时，患者自主心搏恢复并可扪及颈及股动脉搏动。若心电图显示有满意的心律，但扪不到脉搏，则应继续胸外按压和给药。终止心肺复苏的指征为：患者处于深度意识丧失状态，无自主呼吸，瞳孔扩大且固定，持续 30 分钟以上，连续心肺复苏 1 小时而心电图上无电活动者。有效心脏复苏：①患者皮肤色泽改善；②瞳孔回缩；③出现自主呼吸；④意识恢复。

4. 药物 初期心肺复苏的首选药物为肾上腺素。利多卡因、溴苄胺、普鲁卡因胺有利于维持心电的稳定，可酌情选用。胺碘酮适用于难治性 VT 和 VF。异丙肾上腺素仅适用于缓慢性心律失常。过去曾在心肺复苏中大剂量给予碳酸氢钠，现只有当电除颤复律和气管插管后酸中毒持续存在时，才有指征静脉使用碳酸氢钠，例如循环停止超过 2 分钟，或参照血气分析给予碳酸氢钠 1mmol/kg 静脉滴注。

应首选从上肢静脉、颈内静脉穿刺或锁骨下静脉插管建立的静脉通道给药。肾上腺素、阿托品和利多卡因还可经气管内给药。应尽量避免心内注射，只有上述给药途径尚未建立时才心内直接注射肾上腺素。

三、心脏搏动恢复后的处理

自主循环恢复后，多种致病因素可导致复苏后综合征的发生，如出现血流动力学的不稳定，无再灌注或再灌注损伤，多脏器缺氧造成的微循环障碍，继发性的脑、心、肾等重要脏器的损害等。因此复苏后的治疗目的应是完全地恢复局部器官和组织的灌注，特别是对大脑的灌注，并将患者送入监护病房，及时进行脑复苏，积极治疗原发病，避免心脏骤停的再度发生以及引起严重并发症和后遗症。

1. 维持有效循环 心脏复跳后可有低心排血量或休克，可选用多巴胺、多巴酚丁胺、去甲肾上腺素等药物治疗。经常规治疗，血流动力学仍不稳定者，应做血流动力学监测，并根据监测结果给予血管收缩药和（或）扩张药物治疗。若有心律失常，应分析原因，分别处理，如给予抗心律失常药物或进一步采用介入疗法及外科手术。治疗原发病或心律失常时，需注意某些抗心律失常药物可能会增加死亡率。心肌梗死合并左室功能不全和心律失常的患者，胺碘酮能减少心律失常的死亡率。

2. 维持有效呼吸 心跳恢复后患者可有不同程度的呼吸功能障碍，应继续使用机械通气和吸氧治疗。但应注意避免心脏骤停后的高通气量，高通气量可导致高气道压力，使脑静脉压和颅内压增高，脑缺血加重。此外保持呼吸道通畅是维持有效呼吸的前提，经常吸痰，排除喉头及气管内分泌物极为重要。当自主呼吸有效时，可逐渐减少辅助呼吸。若自主呼吸不出现，常提示严重脑缺氧。

3. 防治脑缺氧和脑水肿 脑复苏是心肺复苏能否最后成功的关键。

（1）维持脑灌注压 缺氧性脑损伤的严重程度与心脏骤停的时间密切相关。低氧血症和（或）高碳酸血症时大脑血流的自动调节功能丧失，脑血流状态由脑灌注压所决定。自主循环恢复后，可能因微血管功能不良，无复流现象而引起脑血流的减少，此时任何导致颅内压升高或平均动脉压减少的因素均减少脑灌注压，并将进一步减少脑血流量，故应保证适当的血压，使平均动脉压不低于 110mmHg。

（2）控制过度换气　将动脉血二氧化碳分压控制在 25～35mmHg，动脉血氧分压控制在 100mmHg，有利于脑循环自主调节功能恢复和降低颅内压。

（3）维持正常或偏低的体温　轻度低温（33℃～35℃）可降低颅内压和脑代谢，可能会有益于神经功能的恢复。过高的体温会加重脑损伤。如有高温应采取降温措施。但过低温度对心脏骤停复苏后的患者可以产生明显不良反应，如增加血液黏滞度，降低心排血量和增加感染的可能，因此，心脏骤停复苏后不宜诱导过低温。

（4）脱水　应在血压平稳后，尽早脱水治疗脑水肿。常选用 20% 甘露醇 1～2g/kg 快速静脉滴注，每天 2～4 次。也可依据脑水肿程度联合使用呋塞米、白蛋白或地塞米松。

（5）高压氧治疗　此疗法通过增加血氧含量及弥散力，起到提高脑内氧含量，改善脑缺氧，降低颅内压的作用，有条件可采用。

4. 维持水、电解质和酸碱平衡　必须记录水的出入量，严密观察电解质、动脉血气变化，并及时予以纠正。

5. 防治急性肾衰竭　心脏骤停时间较长或复苏后持续低血压，或用大剂量收缩血管药物后可并发急性肾衰竭。其防治关键在于尽量缩短复苏时间，维持有效肾灌注压。心脏复苏后应留置导尿管记录尿量。如心功能和血压正常而出现少尿（＜30ml/h），在排除血容量不足之后，可试用呋塞米 40～80mg 静脉注射，经注射呋塞米后无效则应按急性肾衰竭处理。

第十节　简易呼吸器的使用

便携式人工呼吸器是最简便的现场急救用具，由呼吸囊、单向活瓣和面罩三部分组成，操作十分简便。一手将面罩紧扣于患者口鼻部，另一手将呼吸囊握于掌中挤捏，将囊内气体吹入患者肺内；松开气囊呼出气体经活瓣排入大气，同时呼吸囊的自动膨起能自动从另一活瓣吸入新鲜空气。呼吸囊上还附供氧侧管，可与氧源连接以提高吸入气的氧浓度。呼吸器接口还可与气管导管或喉罩等相接。

第八章　常用辅助检查

第一节　血液的一般检查

一、血红蛋白测定和红细胞计数

（一）参考值

1. 血红蛋白　男：120～160g/L；女：110～150g/L；新生儿：100～190g/L。

2. 红细胞计数　男：（4.0～5.5）×10^{12}/L；女：（3.5～5.0）×10^{12}/L；新生儿：（6.0～7.0）×10^{12}/L。

（二）临床意义

血红蛋白与红细胞计数临床意义基本相同。但贫血时血红蛋白与红细胞的减少程度可不一致，如缺铁性贫血，血红蛋白的减少较红细胞为甚。

1. 红细胞和血红蛋白减少　单位容积循环血液中红细胞数、血红蛋白量低于参考值低限，通常称为贫血。临床上根据血红蛋白减低的程度将贫血分为四级。轻度：男性低于120g/L，女性低于110g/L 但高于90g/L；中度：60～90g/L；重度：30～60g/L；极重度：低于30g/L。

贫血可分为三类：①红细胞生成减少，见于造血原料不足（如缺铁性贫血、巨幼细胞贫血），造血功能障碍（如再生障碍性贫血、白血病等），慢性系统性疾病（慢性感染、恶性肿瘤、慢性肾病等）；②红细胞破坏过多，见于各种溶血性贫血；③失血，如各种失血性贫血。

2. 红细胞和血红蛋白增多

（1）相对性红细胞增多　是因血浆容量减少，使红细胞容量相对增加，血液浓缩所致。见于大量出汗、连续呕吐、反复腹泻、大面积烧伤等。

（2）绝对性红细胞增多　可分为继发性和原发性两类。①继发性：生理性增多见于新生儿、高山居民、登山运动员和重体力劳动者。病理性增多见于阻塞性肺气肿、肺源性心脏病、发绀型先天性心脏病。②原发性：真性红细胞增多症。

二、白细胞计数及白细胞分类计数

（一）参考值

1. 白细胞总数　成人：（4～10）×10^9/L；儿童：（5～12）×10^9/L；新生儿：（15～20）×10^9/L。

2. 分类计数　中性杆状核：0.01～0.05；中性分叶核：0.50～0.70；嗜酸性粒细胞：0.005～0.05；嗜碱性粒细胞：0～0.01；淋巴细胞：0.20～0.40；单核细胞：0.03～0.08。

（二）临床意义

白细胞数高于10×10^9/L 称白细胞增多，低于4×10^9/L 称白细胞减少。白细胞总数的增、减主要受中性粒细胞的影响。

1. 中性粒细胞

（1）中性粒细胞增多 反应性粒细胞增多是机体对各种病因刺激产生的应激反应，增多的粒细胞大多为成熟的分叶核粒细胞或较成熟的杆状核粒细胞。见于：①感染：化脓性感染为最常见的原因，如流行性脑脊髓膜炎、肺炎、阑尾炎等，还见于某些病毒感染、某些寄生虫感染；②严重组织损伤：如较大手术后、急性心肌梗死后较常见；③急性大出血、溶血：如脾破裂或宫外孕、急性溶血等；④其他：如中毒、类风湿性关节炎及应用某些药物如皮质激素等。

异常增生性粒细胞增多见于急、慢性粒细胞性白血病，骨髓增殖性疾病等。

（2）中性粒细胞减少 见于：①某些感染：病毒感染是常见的原因，如流行性感冒、麻疹、病毒性肝炎、水痘、风疹等，也见于伤寒、疟疾等；②某些血液病：如再生障碍性贫血、粒细胞缺乏症及恶性组织细胞病等；③药物及理化因素的作用：如氯霉素、抗肿瘤药物、抗结核药物、抗甲状腺药物、X线及放射性核素等；④自身免疫性疾患：如系统性红斑狼疮等；⑤脾功能亢进：如肝硬化、班替综合征等。

（3）中性粒细胞的核象变化 中性粒细胞的核象是指粒细胞的分叶状况，它反映粒细胞的成熟程度。

1）核左移：周围血中杆状核增多，并可出现晚幼粒、中幼粒及早幼粒等细胞，称为核左移。常见于各种病原体所致的感染、大出血、大面积烧伤、大手术、恶性肿瘤晚期等。

2）核右移：正常人血中的中性粒细胞以3叶者为主，若中性粒细胞分叶过多，大部分为4~5叶或更多，则称为核右移。核右移常伴白细胞总数减少，为骨髓造血功能减退或缺乏造血物质所致。常见于巨幼细胞贫血、恶性贫血，若在疾病进行期突然发现核右移，表示预后不良。

（4）中性粒细胞的中毒性改变 大小不均、中毒颗粒、空泡变性、核变性等可单独或同时出现。常见于各种严重感染、中毒、恶性肿瘤及大面积烧伤等。

2. 嗜酸性粒细胞

（1）嗜酸性粒细胞增多 见于：①变态反应性疾病：如支气管哮喘、药物过敏反应、热带嗜酸性粒细胞增多症以及某些皮肤病等；②寄生虫病；③某些血液病：如慢性粒细胞白血病、嗜酸性粒细胞白血病。

（2）嗜酸性粒细胞减少 见于伤寒、副伤寒、应激状态等。

3. 嗜碱性粒细胞 嗜碱性粒细胞增多可见于慢性粒细胞白血病等。其减少一般无临床意义。

4. 淋巴细胞

（1）淋巴细胞增多 见于：①感染性疾病：主要为病毒感染，如麻疹、风疹、水痘、流行性腮腺炎、传染性单核细胞增多症等，也可见于某些杆菌感染，如结核病、百日咳、布氏杆菌病；②某些血液病；③急性传染病的恢复期。

（2）淋巴细胞减少 主要见于应用皮质激素、烷化剂，接触放射线，免疫缺陷性疾病等。

5. 单核细胞 单核细胞增多见于：①生理性：婴幼儿；②某些感染：如感染性心内膜炎、活动性结核病、疟疾及急性感染的恢复期；③某些血液病：如单核细胞白血病。

三、红细胞沉降率测定

红细胞沉降率简称血沉，是指在一定条件下红细胞沉降的速度。

（一）参考值

成年男性：0～15mm/h；成年女性：0～20mm/h（魏氏法，Westergren）。

（二）临床意义

1. 生理性增快　妇女月经期、妊娠、老年人。

2. 病理性增快　见于：①各种炎症：如细菌性急性炎症、风湿热和结核病活动期；②损伤及坏死、心肌梗死等；③恶性肿瘤；④各种原因导致的高球蛋白血症：如多发性骨髓瘤、感染性心内膜炎、系统性红斑狼疮、肾炎、肝硬化等；⑤贫血。

第二节　肝脏病检查

一、蛋白质代谢检查

（一）血清总蛋白和白蛋白/球蛋白（A/G）比值测定

1. 参考值　血清总蛋白（双缩脲法）：60～80g/L。白蛋白（溴甲酚绿法）：40～55g/L。球蛋白：20～30g/L。A/G 比值：1.5:1～2.5:1。

2. 临床意义

（1）肝脏疾病　肝炎、肝硬化、肝癌等慢性肝病常出现白蛋白减少、球蛋白增加、A/G比值减低。A/G 比值倒置（A/G＜1）见于肝功能严重损害。

（2）肝外因素　①低蛋白血症：见于蛋白质摄入不足或消化不良；蛋白质丢失过多，如肾病综合征、大面积烧伤等；消耗增加，如恶性肿瘤、甲状腺功能亢进症、重症结核等。②高蛋白血症：是指血清总蛋白高于80g/L 或球蛋白高于35g/L，亦称高球蛋白血症。主要因球蛋白增加引起，尤其是 γ 球蛋白增高为主，见于肝硬化、恶性淋巴瘤、慢性炎症、自身免疫性疾病、浆细胞病等。

（二）血氨测定

1. 参考值　谷氨酸脱氢酶法：11～35μmol/L。

2. 临床意义

（1）升高　见于：①严重肝脏损害：如重型肝炎、肝硬化、肝癌等疾病，因肝脏处理氨的能力降低，导致血氨升高。或因门脉高压从肠道吸收的氨未经门脉入肝脏解毒而由侧支循环直接进入血液，导致血氨升高。血氨升高是诊断肝性脑病的依据之一。②肝外因素：如下消化道大出血时肠道内含氮物质剧增，产生大量氨，超过肝脏处理能力；休克、尿毒症时，尿素从肾脏排出障碍，血氨亦可升高。③生理性升高：见于高蛋白饮食或剧烈运动后。

（2）降低　见于低蛋白饮食、贫血等。

二、胆红素代谢检查

（一）血清结合胆红素（CB）与总胆红素（STB）定量试验

1. 参考值　总胆红素：3.4～17.1μmol/L。结合胆红素：0～6.8μmol/L。非结合胆红素：1.7～10.2μmol/L。

2. 临床意义

（1）反映黄疸的程度　血清总胆红素能准确反映黄疸的程度。总胆红素 17.1 ~ 34.2μmol/L，为隐性黄疸；34.2 ~ 171μmol/L 为轻度黄疸；171 ~ 342μmol/L 为中度黄疸；高于 342μmol/L 为高度黄疸。

（2）鉴别黄疸的类型　①总胆红素、非结合胆红素增高：见于溶血性黄疸，如溶血性贫血（蚕豆病、珠蛋白生成障碍性贫血）、新生儿黄疸等；②总胆红素、结合胆红素、非结合胆红素均增高：见于肝细胞性黄疸，如急性黄疸型肝炎、慢性肝炎、肝硬化等；③总胆红素、结合胆红素增高：见于阻塞性黄疸，如胆石症、肝癌、胰头癌等。

还可依照下列比值进行黄疸的鉴别：①结合胆红素/总胆红素 <20% 时，为溶血性黄疸；②结合胆红素/总胆红素 >35% 时，为阻塞性黄疸和肝细胞性黄疸。

（二）尿胆红素定性试验

1. 参考值　正常人尿中含微量胆红素（约为 3.4μmol/L），定性为阴性。

2. 临床意义　肝细胞性黄疸时，尿内胆红素中度增加；阻塞性黄疸时，尿内胆红素明显增加；溶血性黄疸时，血中非结合胆红素增加而结合胆红素不增加，但非结合胆红素不能通过肾小球滤过膜，故尿内胆红素定性试验为阴性。另外，碱中毒时胆红素分泌增加，尿中胆红素定性可阳性。

（三）尿胆原检查

1. 参考值　定性：阴性或弱阳性反应（阳性稀释度在 1∶20 以下）。定量：0.84 ~ 4.2μmol/24h 尿。

2. 临床意义

（1）尿胆原增高　见于：①溶血性黄疸时明显升高；②肝细胞性黄疸时，尿中尿胆原可增加；③其他如高热、心功能不全时，由于尿量减少，尿胆原的含量可相对增加；顽固性便秘时，从肠道排泄的粪胆原减少而自肠道回吸收的尿胆原增加，尿胆原的排出亦可增加。

（2）尿胆原减少　见于：①阻塞性黄疸时，尿胆原减少或缺如；②新生儿及长期应用广谱抗生素时，因肠道菌群受到抑制，使肠道内尿胆原产生减少。

三、肝脏病常用的血清酶检查

（一）血清氨基转移酶测定

1. 参考值　比色法（Karmen 法）：丙氨酸氨基转移酶（ALT）5 ~ 25 卡门单位，天门冬氨酸氨基转移酶（AST）8 ~ 28 卡门单位。

连续监测法（37℃）：ALT 10 ~ 40U/L，AST 10 ~ 40U/L；ALT/AST≤1。

2. 转氨酶升高的临床意义

（1）肝脏疾病　①急性病毒性肝炎时，ALT 与 AST 均显著升高，以 ALT 升高更加明显，是诊断病毒性肝炎的重要检测项目。急性重症肝炎 AST 明显升高，但在病情恶化时，黄疸进行性加深，酶活性反而降低，即出现"胆 - 酶分离"现象，提示肝细胞严重坏死，预后不良。②慢性病毒性肝炎时，转氨酶轻度上升或正常。③肝硬化时，转氨酶活性正常或降低。④肝内、外胆汁淤积，酒精性肝病、药物性肝炎、脂肪肝、肝癌等非病毒性肝病，转氨酶轻度升高或正常。

（2）心肌梗死　急性心肌梗死后 6 ~ 8 小时，AST 增高，与心肌坏死范围和程度有关，

4~5 天后恢复正常。

（二）γ-谷氨酰转移酶（γ-GT）

1. 参考值　γ-GT（硝基苯酚连续监测法，37℃）：<50U/L。

2. 临床意义　γ-GT 增高见于：①肝癌。②胆道阻塞。③肝脏疾病：急性肝炎 γ-GT 呈中等度升高；慢性肝炎、肝硬化的非活动期，γ-GT 活性正常，若 γ-GT 持续升高，提示病变活动或病情恶化；急慢性酒精性肝炎、药物性肝炎，γ-GT 可明显升高。

（三）乳酸脱氢酶（LDH）

1. 参考值　LDH 活性（连续监测法）：104~245U/L。

2. 临床意义　LDH 增高见于：①肝脏疾病：急性肝炎和中度慢性肝炎，肝癌尤其是转移性肝癌时 LDH 显著升高；②急性心肌梗死；③其他疾病：如溶血性疾病、恶性肿瘤、白血病等。

四、乙型肝炎病毒标志物检测

1. HBsAg 及抗-HBs 测定　HBsAg 具有抗原性，不具有传染性。HBsAg 是感染 HBV 的标志，见于 HBV 携带者或乙肝患者。抗-HBs 一般在发病后 3~6 个月才出现，是一种保护性抗体。抗-HBs 阳性，见于注射过乙型肝炎疫苗或曾感染过 HBV，目前 HBV 已被清除者，对 HBV 已有了免疫力。

2. 抗-HBc 测定　乙肝病毒核心抗原临床不作为常规检查项目，但可检测核心抗体。抗-HBc 不是中和抗体，而是反映肝细胞受到 HBV 侵害的可靠指标，主要有 IgM 和 IgG 两型。抗-HBc IgM 是机体感染 HBV 后出现最早的特异性抗体，滴度较高，但持续时间较短，病愈后 6~18 个月即可消失。抗-HBc IgM 阳性，是诊断急性乙肝和判断病毒复制的重要指标，并提示有强传染性。

抗-HBc IgG 在机体感染 HBV 后 1 个月左右开始升高，能反映抗-HBc 总抗体的情况。其阳性高滴度，表明患有乙型肝炎且 HBV 正在复制；抗-HBc IgG 阳性低滴度，则是 HBV 既往感染的指标，可在体内长期存在，有流行病学意义。

3. HBeAg 及抗-HBe 测定　HBeAg 阳性表示有 HBV 复制，传染性强。抗-HBe 多见于 HBeAg 转阴的病人，它意味着 HBV 大部分已被清除或抑制，是传染性降低的一种表现。抗-HBe 并非保护性抗体，它不能抑制 HBV 的增殖。

HBsAg、HBeAg 及抗-HBc 阳性俗称"大三阳"，提示 HBV 正在大量复制，有较强的传染性；HBsAg、抗-HBe 及抗-HBc 阳性俗称"小三阳"，提示 HBV 复制减少，传染性已降低。

第三节　肾功能检查

一、血清尿素氮（BUN）测定

1. 参考值　成人：3.2~7.1mmol/L；儿童：1.8~6.5mmol/L。

2. 临床意义　血清尿素氮可反映肾小球滤过功能，各种肾脏疾病都可以使 BUN 增高，而且常受肾外因素的影响。

（1）肾前性因素　①肾血流量不足：见于脱水、心功能不全、休克、水肿、腹水等。②体内蛋白质分解过盛：见于急性传染病、脓毒血症、上消化道出血、大面积烧伤、大手术后和甲状腺功能亢进症等。肾前性因素引起 BUN 增高时，其他肾功能指标多正常。

（2）肾脏疾病 如慢性肾炎、肾动脉硬化症、严重肾盂肾炎、肾结核和肾肿瘤的晚期均可出现 BUN 升高。对尿毒症的诊断及预后估计有重要意义。

（3）肾后性因素 尿路结石、前列腺肥大、泌尿生殖系统肿瘤等疾病，可引起尿路梗阻，造成肾小管内高压，肾小管内尿素逆扩散入血液，而使 BUN 升高。

二、血肌酐（Cr）测定

1. 参考值 全血肌酐：88 ~ 177μmol/L。血清或血浆肌酐：男性：53 ~ 106μmol/L；女性：44 ~ 97μmol/L。

2. 临床意义 在控制外源性肌酐摄入的情况下，血中 Cr 浓度取决于肾小球的滤过能力，故测定血中 Cr 浓度可反映肾小球的滤过功能，敏感性优于血尿素氮，是评价肾功能损害程度的重要指标。

三、血清尿酸（UA）测定

1. 参考值 男性 268 ~ 488μmol/L，女性 178 ~ 387μmol/L（磷钨酸盐法）。

2. 临床意义

（1）肾脏疾病 急性或慢性肾炎病人，血清尿酸浓度增高较尿素氮、肌酐等更为显著，出现也较早。肾结核、肾盂肾炎、肾盂积水等疾病的晚期，血尿酸浓度亦可增加。

（2）痛风 痛风是一组嘌呤代谢紊乱所致的疾病，临床特点为高尿酸血症及由此引起的痛风性关节炎、慢性间质性肾炎和尿酸性肾结石（当尿 pH 持续 < 6.0 时，即使血 UA 浓度不是很高，亦易形成结石）形成等。血清尿酸增高是诊断痛风的主要依据，浓度可高达 800 ~ 1500μmol/L。

（3）妊娠高血压综合征 高血压时血管痉挛，肾血流减少，尿酸排出减少，而使血尿酸浓度增高。此外，本病存在高乳酸血症，乳酸经肾排泄时可竞争性抑制近曲小管排泄尿酸。

（4）白血病和肿瘤 由于白血病细胞和其他恶性肿瘤的细胞增殖加快，核酸分解加强，使内源性尿酸增加。当病变累及肾脏引起尿酸排泄障碍时，血中尿酸升高更加明显。

（5）尿酸受肾外因素影响较大，如进食动物肝、肾、胰及贝类等富含嘌呤的食物时，可因外源性因素导致尿酸增高。此时，尿酸增高程度与肾功能损害程度并不平行，所以血清尿酸测定较少作为肾功能指标。

四、血 β_2 - 微球蛋白（β_2 - MG）测定

1. 参考值 正常人血中 β_2 - MG 为 0.8 ~ 2.4mg/L，平均约 1.5mg/L。

2. 临床意义 ①血 β_2 - MG 测定是反映肾小球滤过功能减退的一项敏感指标，当肾小球滤过功能下降时，血 β_2 - MG 水平即升高，且与年龄、性别、肌肉组织的多少等均无关。②当体内有炎症或肿瘤时，血 β_2 - MG 水平增高。③另外，当肾小管受损时，对 β_2 - MG 的重吸收减少，尿液中的 β_2 - MG 排出量增加。

第四节　常用生化检查

一、糖类检查

（一）血糖测定

1. 参考值　空腹血糖（葡萄糖氧化酶法）：血浆 $3.3\sim5.6$ mmol/L（$60\sim100$ mg/L）；血清 $3.9\sim6.1$ mmol/L（$70\sim110$ mg/L）。

2. 临床意义

（1）生理性变化　血糖升高见于餐后 $1\sim2$ 小时、高糖饮食、剧烈运动及情绪激动等，常为一过性；血糖降低见于饥饿、剧烈运动等。

（2）病理性变化

1）血糖升高：①糖尿病。②其他内分泌疾病：如甲状腺功能亢进症、嗜铬细胞瘤、肾上腺皮质功能亢进等。③应激性高血糖：如颅内高压、颅脑外伤、中枢神经系统感染、心肌梗死等。

2）血糖降低：如胰岛细胞瘤或腺癌、胰岛素注射过量等；缺乏抗胰岛素的激素，如生长激素、甲状腺激素、肾上腺皮质激素等。

（二）葡萄糖耐量试验（GTT）

1. 参考值　口服法：空腹血糖 <6.1 μmol/L。服糖后 $0.5\sim1$ 小时血糖上升达高峰，一般在 $7.8\sim9.0$ μmol/L，应 <11.1 μmol/L；服糖后 2 小时 $\leqslant7.8$ mmol/L；服糖后 3 小时后降至空腹水平。各次尿糖均为阴性。

2. 临床意义

（1）隐匿型糖尿病的病人，空腹血糖正常或稍高，口服葡萄糖后血糖急剧升高常超过 10 μmol/L，且高峰提前，3 小时不能降至空腹水平，呈糖耐量减低现象，尿糖阳性。

（2）甲状腺功能亢进症、嗜铬细胞瘤、垂体前叶功能亢进或肾上腺皮质功能亢进等病时，因体内升高血糖的激素水平含量增高，常显示糖耐量减低，尿糖亦为阳性。

（3）肝源性低血糖的病人，空腹血糖低于正常，服糖后血糖水平超过正常，2 小时后仍不能降至正常水平，尿糖阳性。

（4）胰岛 β 细胞瘤的病人，空腹血糖水平降低，服糖后血糖上升不明显，2 小时后仍处于低水平，显示糖耐量增高。

（5）功能性低血糖的病人，空腹血糖正常，服糖后血糖高峰亦正常，但服糖后 $2\sim3$ 小时左右出现低血糖反应。

（三）血清糖化血红蛋白（GHb）检测

1. 参考值　按 GHb 占 Hb 的百分比计算：电泳法：$5.6\%\sim7.5\%$。微柱法：$4.1\%\sim6.8\%$。GHbA$_1$：$8\%\sim10\%$。GHbA$_{1c}$：$3\%\sim6\%$。比色法：1.41 ± 0.11 nmol/L。

2. 临床意义

（1）糖尿病时，GHbA$_1$ 或 GHbA$_{1c}$ 值较正常升高 $2\sim3$ 倍，在控制糖尿病后 GHbA$_1$ 的下降要比血糖和尿糖晚 $3\sim4$ 周，故 GHb 的水平可作为糖尿病长期控制程度的监控指标。另外，HbA$_{1c}$ 增高时氧解离困难，易引起组织缺氧。

（2）GHb 对区别糖尿病性高血糖和应激性高血糖有价值。糖尿病性高血糖的 GHb 水平多增高，应激性高血糖则正常。

二、脂质和脂蛋白检查

（一）血清总胆固醇（TC）测定

1. 参考值 酶法：成人 $2.9 \sim 6.0$ mmol/L。

2. 临床意义

（1）TC 增高 TC 增高是冠心病的危险因素之一，高 TC 者动脉硬化、冠心病的发生率较高。TC 升高还见于甲状腺功能减退症、糖尿病、肾病综合征、胆总管阻塞、长期高脂饮食等。

（2）TC 降低 见于重症肝脏疾病如急性重型肝炎、肝硬化等。

（二）血清甘油三酯（TG）测定

1. 参考值 酶法：男性 $0.44 \sim 1.76$ mmol/L；女性 $0.39 \sim 1.49$ mmol/L。

2. 临床意义

（1）TG 增高 常见于冠心病、原发性高脂血症、动脉硬化症、肥胖症、阻塞性黄疸、糖尿病、肾病综合征等。

（2）TG 降低 见于甲状腺功能亢进症、肾上腺皮质功能减退或肝功能严重低下等。

（三）血清脂蛋白及载脂蛋白测定

1. 高密度脂蛋白－胆固醇（HDL－C）测定 HDL－C 具有抗动脉粥样硬化作用，与 TG 呈负相关，也与冠心病发病呈负相关。HDL－C 明显降低，多见于心脑血管病、糖尿病、肝炎、肝硬化等。

2. 低密度脂蛋白－胆固醇（LDL－C）测定 LDL－C 与冠心病发病呈正相关，LDL－C 升高是动脉粥样硬化的潜在危险因素。

3. 载脂蛋白 A_1（Apo－A_1）测定 血清 Apo－A_1 是诊断冠心病的敏感指标之一，其血清水平与冠心病发病率呈负相关，即血清 Apo－A_1 越低，冠心病发病率越高。

4. 载脂蛋白 B（Apo－B）测定 血清 Apo－B 水平与动脉粥样硬化、冠心病发病呈正相关，Apo－B 增高是冠心病的危险因素。

三、无机离子检查

（一）血清钾测定

1. 参考值 $3.5 \sim 5.1$ mmol/L。

2. 临床意义

（1）血清钾增高 见于：①肾脏排钾减少，如急、慢性肾功能不全及肾上腺皮质功能减退等。②摄入或注射大量钾盐，超过肾脏排钾能力。③严重溶血或组织损伤。④组织缺氧或代谢性酸中毒时大量细胞内的钾转移至细胞外。

（2）血清钾降低 见于：①钾盐摄入不足，如长期低钾饮食、禁食或厌食等。②钾丢失过多，如严重呕吐、腹泻或胃肠减压，应用排钾利尿剂及肾上腺皮质激素。

（二）血清钠测定

1. 参考值 $136 \sim 146$ mmol/L。

2. 临床意义

（1）血清钠增高 临床上较少见，可因过多地输入含钠盐的溶液、肾上腺皮质功能亢进、脑外伤或急性脑血管病等所致。

（2）血清钠降低　临床上较常见。见于：①胃肠道失钠：如幽门梗阻、呕吐、腹泻，胃肠道、胆道、胰腺手术后造瘘、引流等；②尿钠排出增多：见于严重肾盂肾炎、肾小管严重损害、肾上腺皮质功能不全、糖尿病及应用利尿剂治疗等。③皮肤失钠：如大量出汗、大面积烧伤及创伤等；④抗利尿激素过多：如肾病综合征、肝硬化腹水及右心衰竭等。

（三）血清氯化物测定

1. 参考值　98～106mmol/L。

2. 临床意义

（1）血清氯化物降低　低钠血症常伴低氯血症。但当大量损失胃液时，才以失氯为主而失钠很少；若大量丢失肠液时，则失钠甚多而失氯较少。低氯血症还见于大量出汗、长期应用利尿剂等引起氯离子丢失过多。

（2）血清氯化物增高　见于过量补充氯化钠、氯化钙、氯化铵溶液，高钠血症性脱水，肾功能不全、尿路梗阻或心力衰竭等所致的肾脏排氯减少。

第五节　酶学检查

一、淀粉酶（AMS）测定

1. 参考值　血清：800～1800U/L；尿液：1000～12000U/L。

2. 临床意义　急性胰腺炎血、尿淀粉酶明显升高有诊断意义。

二、心肌损伤常用酶检测

（一）AST、LDH检测

见肝脏病检查。

（二）血清肌酸激酶（CK）及其同工酶测定

临床意义：①急性心肌梗死（AMI）：发病后数小时即开始增高，是AMI早期诊断的敏感指标之一。②各种原因的骨骼肌病变与损伤，均可引起CK及其同工酶活性升高。

第六节　免疫学检查

一、血清免疫球蛋白测定

免疫球蛋白（Ig）是一组具有抗体活性的球蛋白。应用免疫电泳和超速离心分析，可将其分为IgA、IgG、IgM、IgD和IgE五类。

1. Ig减低　见于各类先天性和获得性体液免疫缺陷、联合免疫缺陷的病人及长期使用免疫抑制剂的患者。此时五种免疫球蛋白均有降低。

2. Ig增高

（1）单克隆性增高　表现为五种免疫球蛋白中仅有某一种免疫球蛋白增高而其他免疫球蛋白不增高或可降低，主要见于免疫增殖性疾病。如：①原发性巨球蛋白血症时，表现为IgM单独明显增高；②多发性骨髓瘤时可分别见到IgG、IgA、IgD、IgE增高，并据此分为IgG、IgA、IgD和IgE型多发性骨髓瘤；③过敏性皮炎、外源性哮喘及某些寄生虫感染可表现为IgE增高。

（2）**多克隆性增高** 表现为 IgG、IgA、IgM 均增高。常见于各种慢性感染、慢性肝病、肝癌、淋巴瘤以及系统性红斑狼疮、类风湿性关节炎等自身免疫性疾病。

二、血清补体的检查

（一）总补体溶血活性（CH_{50}）测定

临床意义：主要反映补体经典激活途径（$C_1 \sim C_9$）活化的程度。①CH_{50}增高：见于各种急性炎症、组织损伤和某些恶性肿瘤等；②CH_{50}减低：主要见于补体成分大量消耗，如血清病、链球菌感染后肾小球肾炎、系统性红斑狼疮、自身免疫性溶血性贫血、类风湿性关节炎及同种异体移植排斥反应等。

（二）血清 C_3 测定

临床意义：①C_3增高：C_3作为急性时相反应蛋白，在各种急性炎症、传染病早期、某些恶性肿瘤（以肝癌最明显）病人及排异反应时增高；②C_3减低：可作为肾脏病诊断与鉴别诊断依据，如急性肾炎、链球菌感染后肾炎、狼疮性肾炎血清 C_3 均减低。

三、抗链球菌溶血素"O"（ASO）测定

1. 参考值 乳胶凝集法（LAT）：ASO < 500U。

2. 临床意义 ASO 升高常见于 A 群溶血性链球菌感染及感染后免疫反应所致的疾病，如感染性心内膜炎及扁桃腺炎、风湿热、链球菌感染后急性肾小球肾炎等。

四、类风湿因子（RF）检查

1. 参考值 乳胶凝集试验正常人为阴性；血清稀释度 < 1 : 10。

2. 临床意义 未经治疗的类风湿性关节炎病人，RF 阳性率为 80%，且滴度常 > 1 : 160。临床上动态观察滴定度变化，可作为病变活动及药物治疗后疗效的评价。

系统性红斑狼疮、硬皮病、皮肌炎等风湿性疾病，及感染性疾病如传染性单核细胞增多症、感染性心内膜炎、结核病等，RF 也可阳性，但其滴度均较低。有 1% ~ 4% 的正常人可呈弱阳性反应，尤以 75 岁以上的老年人多见。

五、血清甲胎蛋白（AFP）测定

1. 原发性肝癌 AFP 是目前诊断原发性肝细胞癌最特异的标志物，但也有 10% ~ 30% 病人，AFP 不增高或增高不明显。

2. 病毒性肝炎、肝硬化 AFP 也可升高（常 < 200μg/L）。

3. 妊娠 妊娠 3 ~ 4 个月后，AFP 上升，7 ~ 8 个月达高峰（ < 400μg/L），分娩后约 3 周即恢复正常。孕妇血清中 AFP 异常升高，有可能为胎儿神经管畸形。

4. 其他 生殖腺胚胎性肿瘤、胃癌、胰腺癌等，血中 AFP 也可增加。

第七节 尿液检查

一、一般性状检查

(一) 尿量

1. 多尿 尿量超过 2500ml/24h 者称为多尿。病理性多尿见于糖尿病、尿崩症、有浓缩功能障碍的肾脏疾病及精神性多尿等。

2. 少尿或无尿 尿量少于 400ml/24h (或 17ml/h) 者称为少尿;尿量少于 100ml/24h 者,称为无尿或尿闭。见于:①肾前性:各种原因所致的肾血流量减少,如休克、脱水、心力衰竭及肾动脉栓塞等;②肾性:急性肾小球肾炎、慢性肾小球肾炎、急性肾衰竭少尿期及慢性肾衰竭终末期等;③肾后性:尿路梗阻如肿瘤、结石、尿道狭窄等。

(二) 颜色和透明度

1. 血尿 见于泌尿系统的炎症、结核、结石、肿瘤及出血性疾病等。

2. 血红蛋白尿 当血管内大量红细胞被破坏时,出现血红蛋白尿,其颜色呈浓茶色或酱油色,镜检无红细胞,但隐血试验可呈强阳性。可见于蚕豆病、阵发性睡眠性血红蛋白尿、血型不合的输血反应及恶性疟疾等。

3. 胆红素尿 见于肝细胞性黄疸及阻塞性黄疸。

4. 乳糜尿 乃因淋巴通道阻塞所致,常见于丝虫病,少数因结核、肿瘤引起。

5. 脓尿和菌尿 见于泌尿系统感染,如肾盂肾炎、膀胱炎。

(三) 气味

尿中出现烂苹果样气味,多为糖尿病酮症酸中毒。有机磷中毒时尿带蒜臭味。此外,有些药物和食物 (葱、蒜) 也可使尿液散发特殊气味。

(四) 酸碱反应

正常新鲜尿多呈弱酸性至中性反应,pH 5.0~7.0 (平均 6.0)。尿液酸碱反应受食物成分和代谢情况影响。尿液酸度增高见于多食肉类、蛋白质,代谢性酸中毒,痛风等;碱性尿见于多食蔬菜、服用碳酸氢钠类药物、代谢性碱中毒、呕吐等。

(五) 比重

尿比重的高低,主要取决于肾小管的浓缩稀释功能。正常人在普通膳食情况下,尿比重波动在 1.015~1.025。

尿比重病理性增高见于急性肾小球肾炎、糖尿病、蛋白尿、失水等;尿比重减低见于尿崩症、慢性肾小球肾炎、急性肾衰竭和肾小管间质疾病等;比重固定,常在 1.010 左右,称为等张尿,见于肾实质严重损害。

二、化学检查

(一) 尿蛋白

当尿液用常规定性方法检查蛋白呈阳性或定量检查超过 150mg/24h 者,称为蛋白尿。

1. 肾小球性蛋白尿 由于炎症等因素导致肾小球滤过膜受损以致孔径增大,或静电屏障作用减弱,血浆蛋白特别是白蛋白大量进入肾小囊,超过肾小管重吸收的能力所形成的蛋白尿,称为肾小球性蛋白尿。见于原发性肾小球疾病如急性肾小球肾炎、急进性肾小球肾炎、隐匿性肾小球肾炎、慢性肾小球肾炎、肾病综合征和某些继发性肾小球疾病如糖尿病肾病及系统性红斑狼疮肾病等。

根据肾小球滤过膜损伤程度及蛋白尿的组分又可分为：①选择性蛋白尿：肾小球滤过膜损害较轻时，以中分子白蛋白为主，有少量小分子量蛋白，尿中无大分子量蛋白（IgG、IgA、IgM、C_3），免疫球蛋白/白蛋白清除率 < 0.1，常见于微小病变型肾病。②非选择性蛋白尿：肾小球滤过膜损害严重时，尿内出现不同分子量的蛋白，尤其是 IgG、IgA、IgM、补体 C_3 等大分子量蛋白，免疫球蛋白/白蛋白清除率 > 0.5，见于各类原发、继发肾小球疾病。判断蛋白尿有无选择性对肾脏病的诊断、治疗及估计预后有一定意义。

2. 肾小管性蛋白尿 由于炎症或中毒使肾近曲小管受损而对低分子量蛋白质重吸收的功能减退所产生的蛋白尿，称为肾小管性蛋白尿。临床常见于肾盂肾炎、间质性肾炎、中毒性肾病（汞、镉、铋等重金属中毒及应用庆大霉素、卡那霉素、多黏菌素等引起）、肾移植术后及一些中草药如马兜铃、木通过量等。

3. 混合性蛋白尿 肾脏病变同时累及肾小球和肾小管而产生的蛋白尿，称为混合性蛋白尿。见于肾小球疾病后期（如慢性肾小球肾炎）累及肾小管，肾小管 - 间质疾病后期（如炎症、中毒）涉及肾小球，以及全身性疾病同时侵犯肾小球和肾小管（如糖尿病肾病、系统性红斑狼疮肾病等）。

4. 溢出性蛋白尿 肾脏滤过及重吸收的功能正常，但由于血液循环中出现大量低分子量蛋白质如免疫球蛋白轻链、游离血红蛋白或肌红蛋白等可经肾小球滤出，但肾小管不能将其全部重吸收，而随尿排出所致的蛋白尿，称为溢出性蛋白尿。临床可见于多发性骨髓瘤、巨球蛋白血症、大面积心肌梗死、严重骨骼肌创伤和急性血管内溶血等。

5. 组织性蛋白尿 在尿液形成过程中，肾小管代谢产生的和肾组织破坏分解的蛋白质及炎症、药物刺激分泌的蛋白质，称组织性蛋白尿。肾脏炎症、中毒时排出量增多。

6. 偶然性蛋白尿 又称假性蛋白尿，肾脏以下泌尿道疾病产生大量脓、血、黏液等混入尿中，或阴道分泌物掺入尿中，两者均可引起蛋白定性试验阳性。

（二）尿糖

正常人尿内可有微量葡萄糖，定性试验为阴性。当血糖升高超过肾糖阈或血糖正常而肾糖阈值降低时，尿糖定性检测呈阳性，称为糖尿。

1. 血糖增高性糖尿 血糖增高性糖尿最常见于糖尿病，也见于肢端肥大症、甲状腺功能亢进症、嗜铬细胞瘤、库欣综合征等。

2. 血糖正常性糖尿 由于肾小管对葡萄糖的重吸收功能减退，肾糖阈值降低所致的糖尿，又称肾性糖尿。见于慢性肾小球肾炎、肾病综合征、妊娠等。

3. 暂时性糖尿 见于：①生理性糖尿，如短时间内摄入大量糖后；②应激性糖尿，如精神刺激、颅脑外伤、急性脑血管疾病等。

4. 其他糖尿

5. 假性糖尿

三、显微镜检查

（一）细胞

1. 红细胞 正常尿液中一般无红细胞，或偶见个别红细胞。离心后的尿沉渣，若每个高倍视野均见到1~2个红细胞，即为异常表现。若每个高倍镜视野红细胞超过3个以上，尿外观无血色者，称为镜下血尿；尿内含血量较多，外观呈红色，称肉眼血尿。血尿常见于肾小球肾炎、急性膀胱炎、肾结核、肾结石、肾盂肾炎、狼疮性肾炎、紫癜性肾炎、血液病及肿瘤等。

2. 白细胞和脓细胞　正常尿中，离心沉淀法每个高倍视野白细胞可达0~5个，不离心尿不超过1个。若离心后每高倍镜视野超过5个白细胞或脓细胞，称镜下脓尿，多为泌尿系统感染，见于肾盂肾炎、膀胱炎、尿道炎及肾结核等。成年女性生殖系统有炎症，尿内常混入阴道分泌物，镜下除成团的脓细胞外，还可见到多量扁平上皮细胞，应与泌尿系统炎症相鉴别，需取中段尿复查。

3. 上皮细胞　由泌尿生殖道不同部位的上皮细胞脱落而来。

（二）管型

1. 透明管型　偶见于健康人；剧烈运动、高热、心功能不全时，可见少量；肾实质病变时，明显增多。

2. 细胞管型

（1）红细胞管型　几乎总同时有肾小球性血尿。主要见于肾小球疾病，如急进性肾小球肾炎、急性肾小球肾炎、慢性肾小球肾炎急性发作、狼疮性肾炎等。

（2）白细胞管型　常提示肾实质有活动性感染病变，主要见于肾盂肾炎、间质性肾炎等。

（3）肾小管上皮细胞管型　表示肾小管有病变，是肾小管上皮细胞脱落的指征。常见于急性肾小管坏死、肾病综合征、慢性肾小球肾炎晚期、高热、妊娠高血压综合征等。

3. 颗粒管型　颗粒管型见于慢性肾小球肾炎、肾盂肾炎或某些原因（药物中毒等）引起的肾小管损伤。

4. 脂肪管型　常见于肾病综合征、慢性肾小球肾炎急性发作、中毒性肾病。

5. 蜡样管型　尿液中出现蜡样管型，说明肾小管病变严重，预后较差。见于慢性肾小球肾炎晚期、慢性肾衰竭及肾淀粉样变性。

6. 肾衰竭管型　在急性肾衰竭早期，此管型大量出现；慢性肾衰竭时，如出现此管型提示预后不良。

（三）结晶体

尿中结晶体的形成，与该物质在尿中的溶解度、浓度、当时温度以及尿中的pH等有关。结晶体的发现一般临床意义较小。若经常出现于新鲜尿中并伴有较多红细胞时，应怀疑有泌尿系结石的可能。若在服用磺胺时尿中出现大量磺胺结晶体，应及时停药。

（四）病原体

用无菌操作取清洁中段尿，做尿液直接涂片镜检，或细菌定量培养，可查见大肠杆菌或葡萄球菌、结核杆菌、淋病球菌等。尿液直接涂片若平均每个油镜视野的细菌数多于1个，为尿菌阳性。细菌定量培养菌落计数$> 10^5/ml$为尿菌阳性。

第八节　粪便检查

一、一般性状检查

1. 量　当胃肠、胰腺有病变或其功能紊乱时，则粪便次数及粪量可增多，也可减少。

2. 颜色及性状 病理情况可见以下改变。

（1）水样或粥样稀便 见于各种感染性或非感染性腹泻，如急性胃肠炎、甲状腺功能亢进症等。

（2）米泔样便 呈白色淘米水样，含黏液片块，量大，见于霍乱病人。

（3）黏液脓样或黏液脓血便 常见于痢疾、溃疡性结肠炎、直肠癌等。在阿米巴痢疾时，以血为主，呈暗红色果酱样；细菌性痢疾则以黏液及脓为主。

（4）鲜血便 多见于肠道下段出血。痔疮出血滴落于粪便之后，肛裂出血则附于秘结粪便的表面。

（5）柏油样便 见于各种原因所致的上消化道出血。

（6）灰白色便 见于阻塞性黄疸。

（7）细条状便 由于直肠狭窄致粪便呈扁带状或细条状，多见于直肠癌。

（8）绿色粪便 乳儿粪便稀而带绿色或见有黄白色乳凝块均提示消化不良。

3. 寄生虫体 蛔虫、蛲虫、绦虫节片等较大虫体，肉眼即可分辨。

二、显微镜检查

1. 细胞

（1）白细胞 大量白细胞出现，见于急性细菌性痢疾、溃疡性结肠炎。过敏性结肠炎、肠道寄生虫时，可见较多的嗜酸性粒细胞。

（2）红细胞 肠道下段炎症或出血时可见，如痢疾、溃疡性结肠炎、结肠癌、痔疮出血、直肠息肉等。

（3）巨噬细胞（大吞噬细胞） 见于细菌性痢疾和溃疡性结肠炎。

2. 食物残渣 若镜下见较多的淀粉颗粒、脂肪小滴、肌肉纤维、植物细胞及植物纤维等提示消化不良。

3. 寄生虫 肠道寄生虫的诊断主要靠镜检查找虫卵、原虫滋养体及其包囊。如蛔虫、钩虫、蛲虫、绦虫、阿米巴滋养体等。

三、化学检查

主要是隐血试验。当胃肠道少量出血时，粪便外观不显血色，这类出血称为隐血。正常人粪便隐血试验为阴性。阳性常见于消化性溃疡的活动期、胃癌、钩虫病以及消化道炎症、出血性疾病等。消化性溃疡隐血试验呈间断阳性，消化道癌症呈持续性阳性，故本试验对消化道出血的诊断及消化道肿瘤的普查、初筛和监测均有重要意义。

服用铁剂，食用动物血或肝类、瘦肉以及大量绿叶蔬菜时，可出现假阳性。口腔出血或消化道出血被咽下后，可呈阳性反应，临床应注意。

四、细菌学检查

肠道致病菌的检查主要靠培养分离与鉴定，但有时也做直接涂片检查，如粗筛霍乱弧菌，可做粪便悬滴和涂片染色检查。怀疑肠结核时行耐酸染色后查找其分枝杆菌。粪便培养（普通培养、厌氧培养或结核培养）有助于确诊和菌种鉴定。

第九节　浆膜腔穿刺液检查

根据浆膜腔积液的形成原因及性质的不同，可分为漏出液和渗出液两类，二者鉴别要点见下表。

表 8 – 1　　　　　　　　　　漏出液与渗出液的鉴别要点

	漏出液	渗出液
原因	非炎症所致	炎症、肿瘤或物理、化学刺激
外观	淡黄，浆液性	不定，可为黄色、脓性、血性、乳糜性
透明度	透明或微浑	多浑浊
比重	＜1.018	＞1.018
凝固性	不自凝	能自凝
黏蛋白定性	阴性	阳性
蛋白质定量	25g/L 以下	30g/L 以上
葡萄糖定量	与血糖相近	常低于血糖水平
细胞计数	常 $< 100 \times 10^6/L$	常 $> 500 \times 10^6/L$
细胞分类	以淋巴、间皮细胞为主	不同病因，分别以中性粒细胞或淋巴细胞为主
细菌检查	阴性	可找到致病菌
细胞学检查	阴性	可找到肿瘤细胞

第十节　心电图检查

一、正常心电图

（一）心电轴测定的临床意义

1. 正常心电轴一般在 0°～90°之间。

2. 心电轴轻度或中度右偏（＋90°～＋120°），可见于正常婴儿、垂位心脏、肺气肿和轻度右室肥大。心电轴显著右偏（＋120°～＋180°）及重度右偏（＋180°～＋270°），可见于右心室肥大、左束支后分支传导阻滞。

3. 心电轴轻度或中度左偏（＋30°～－30°），可见于妊娠、肥胖、腹水、横位心和轻度左心室肥大。心电轴显著左偏（－30°～－90°），可见于左心室肥大、左束支前分支传导阻滞。

（二）心电图各部分的正常范围及其变化的主要意义

1. P 波

（1）形态　正常 P 波在多数导联呈钝圆形，可有轻微切迹，但双峰间距 ＜0.04 秒。

（2）方向　窦性 P 波在 aVR 导联倒置，在 Ⅰ、Ⅱ、aVF 和 $V_3 \sim V_6$ 导联直立，其余导联（Ⅲ、aVL、V_1、V_2）可以直立、低平、双向或倒置。若 P 波在 aVR 导联直立，Ⅱ、Ⅲ、

aVF 导联倒置，称为逆行 P 波，表示激动起源于房室交界区。

（3）时间 正常 P 波时间≤0.11 秒。P 波时间>0.11 秒，且切迹双峰间距≥0.04 秒，表示左心房肥大或心房内传导阻滞。

（4）电压 肢体导联 P 波电压<0.25mV，胸导联<0.20mV。P 波电压在肢导联≥0.25mV，胸导联≥0.20mV，提示右心房肥大。

2. P-R 间期 P-R 间期又称房室传导时间，代表从心房开始激动到心室激动开始的一段时间。成人心率在正常范围时，P-R 间期为 0.12~0.20 秒。

P-R 间期超过正常最高值，称为 P-R 间期延长，见于一度房室传导阻滞；P-R 间期<0.12 秒，称为 P-R 间期缩短，见于预激综合征或房室交界性心律。

3. QRS 波群

（1）时间 正常成人 QRS 波群时间为 0.06~0.10 秒，婴幼儿为 0.04~0.08 秒。QRS 波群时间延长，见于心室肥大、心室内传导阻滞及预激综合征。

（2）形态与电压

1）胸导联：正常胸导联 QRS 波群形态较恒定。V_1、V_2 导联多呈 rS 型，R/S<1，R_{V_1}<1.0mV，超过此值常提示右心室肥大。V_5、V_6 导联以 R 波为主，R/S>1，R_{V_5}<2.5mV，超过此值常提示左心室肥大。V_3、V_4 导联呈 RS 型，R/S 接近于 1，称为过渡区图形。正常成人胸导联自 V_1 至 V_5，R 波逐渐增大，而 S 波逐渐变小。若过渡区图形（RS 型）出现于 V_5、V_6 导联，且 R/S 比例仍向右递减，提示心脏沿长轴发生顺钟向转位，见于右心室肥大。若过渡区图形出现于 V_1、V_2 导联，且 R/S 比例仍向左递增，提示心脏沿长轴发生逆钟向转位，见于左心室肥大。

2）肢体导联：aVR 导联的 QRS 波群主波向下，可呈 Qr、rS、rSr′或 QS 型，R_{aVR}<0.5mV，超过此值常提示右心室肥大。aVL 和 aVF 导联 QRS 波群形态多变，可呈 qR、qRs 或 Rs 型，也可呈 rS 型，R_{aVL}<1.2mV，R_{aVF}<2.0mV，如超过此值，常提示左心室肥大。

4. Q 波 正常人除 aVR 导联可呈 Qr 外，其他导联 Q 波的振幅不得超过同导联 R 波的 1/4，时间不得超过 0.04 秒，而且无切迹。正常时，V_1、V_2 导联不应有 q 波，但可呈 QS 型，V_3 导联极少有 q 波，V_5、V_6 导联常可见正常范围内的 q 波。超过正常范围的 Q 波称为异常 Q 波，常见于心肌梗死。

5. S-T 段 正常 S-T 段多为一等电位线，有时可有轻度偏移。但在任何导联 S-T 段下移不应超过 0.05mV。S-T 段上抬在 V_1~V_3 导联不超过 0.3mV，其他导联均不超过 0.1mV。S-T 段下移超过正常范围是心肌损害的征象，也可见于低血钾、洋地黄作用、心室肥厚及室内传导阻滞等。S-T 段上抬超过正常范围且弓背向上，常见于急性心肌梗死，若为弓背向下则见于急性心包炎。S-T 段上抬亦可见于变异型心绞痛、室壁膨胀瘤。

6. T 波

（1）形态 正常的 T 波是一个不对称的宽大而光滑的波，其前支较长，后支较短。

（2）方向 正常情况下，T 波的方向与 QRS 波群的主波方向一致，即 aVR 导联倒置，Ⅰ、Ⅱ、V_4~V_6 导联直立，其余导联的 T 波可直立、双向或倒置。但若 V_1 导联 T 波直立，则 V_2、V_3 导联 T 波就不应倒置。

（3）电压 在以 R 波为主的导联中，T 波不应低于同导联 R 波的 1/10。在以 R 波为主的导联中，T 波低平、双向或倒置常见于心肌缺血、心肌损害、低血钾或洋地黄作用、心室肥厚及束支传导阻滞等。T 波轻度增高无临床重要性，若显著增高则见于急性心肌梗死早期与高血钾。

7. Q – T 间期　Q – T 间期代表心室除极与复极所需要的总时间。Q – T 间期的长短与心率的快慢有密切关系。心率越快，Q – T 间期越短，反之则越长。Q – T 间期延长有较重要的意义，常见于心肌缺血、心肌损害、心室肥大、心室内传导阻滞、低血钙、低血钾及胺碘酮、奎尼丁等药物影响。

8. U 波　U 波是 T 波后 0.02~0.04 秒时出现的一个振幅很小的波，其方向与 T 波方向一致，电压低于同导联的 T 波。明显 U 波升高见于血钾过低，也可见于服用奎尼丁、洋地黄、肾上腺素等药物之后。

二、心肌梗死与心肌缺血

（一）心肌梗死

1. 缺血型 T 波改变　一般称为"冠状 T 波"，两支对称的尖深倒置 T 波。

2. 损伤型 S – T 段移位　主要表现为面向损伤心肌的导联 S – T 段抬高，明显抬高时呈弓背向上甚至可形成单向曲线。

3. 坏死型 Q 波改变　坏死型的图形改变主要表现为面对梗死区的导联上 Q 波异常加深增宽（宽度 ≥0.04 秒，深度 ≥R/4），R 波振幅降低，甚至 R 波消失而呈 QS 型。

（二）心肌缺血

1. 心绞痛

（1）典型心绞痛　发作时可出现暂时性急性心肌缺血的表现：面对缺血区的导联上出现 S – T 段水平型或下垂型压低 ≥0.1mV，T 波倒置、低平或双向。

（2）变异型心绞痛　心电图特点为：S – T 段抬高，常伴 T 波高耸，对应导联则表现为 S – T 段压低。

2. 慢性冠状动脉供血不足

（1）S – T 段压低　除 aVR 导联外，其他导联的 S – T 段压低。

（2）T 波改变　主要表现为低平、双向或倒置。心内膜部分心肌缺血可出现高大 T 波；心外膜部分心肌缺血时出现对称性倒置 T 波，呈现"冠状 T 波"特点时诊断较有把握。

三、心律失常

（一）过早搏动

1. 室性过早搏动　①提早出现的 QRS – T 波群，其前无提早出现的异位 P′ 波；②QRS 波群形态宽大畸形，QRS 波群时间 ≥0.12 秒；③T 波方向与 QRS 波群主波方向相反；④有完全性代偿间歇，即室性早搏前、后的两个窦性 P 波的时距等于窦性 P – P 间距的两倍。

2. 房性过早搏动　①提早出现的房性 P′ 波，形态与窦性 P 波不同；②P′ – R 间期 ≥0.12 秒；③房性 P′ 波后有正常形态的 QRS 波群；④房性早搏后的代偿间歇不完全，即房早前后的两个窦性 P 波的时距小于窦性 P – P 间距的两倍。

3. 交界性过早搏动　①提早出现的 QRS 波群，形态基本正常。②提早出现的 QRS 波群之前或之后可有逆行 P′ 波，也可见不到逆行 P′ 波。若逆行 P′ 波在 QRS 波群之前，P′ – R 间期 <0.12 秒；若逆行 P′ 波在 QRS 波群之后，R – P′ 间期 <0.20 秒。③常有完全性代偿间歇。

（二）异位性心动过速

1. 阵发性室上性心动过速 ①相当于一系列连续很快的房性或交界性早搏（连续 3 次以上），其频率大多数为 150～250 次/分，节律一般绝对规则。②QRS 波群形态基本正常，其时间 <0.10 秒。③ST-T 可无变化，但发作时 S-T 段下移和 T 波倒置者亦不少见。④如能确定房性 P′波存在，且 P′-R 间期 ≥0.12 秒，则可称为房性心动过速；如为逆行 P′波，P′-R 间期 <0.12 秒或 R-P′间期 <0.20 秒，则可称为交界性心动过速；如不能明确区分，则统称为室上性心动过速。

2. 室性心动过速 ①相当于一系列连续很快的室性早搏（连续 3 次或 3 次以上），频率多在 150～200 次/分，R-R 大致相等，室律可略有不齐；②QRS 波群畸形、增宽，时间 ≥0.12 秒，T 波方向与 QRS 主波方向相反；③如能发现窦性 P 波，可见窦性 P 波的频率比 QRS 波群的频率明显缓慢，P 波与 QRS 波群之间无固定关系。

（三）心房颤动

1. P 波消失，代之以一系列大小不等、间距不均、形态各异的心房颤动波（f 波），其频率为 350～600 次/分。

2. R-R 间距绝对不匀齐，即心室率完全不规则。

3. QRS 波群形态一般与正常窦性者相同。

（四）心室颤动

心电图表现为：QRS-T 波群完全消失，代之以形状不一、大小不等、极不规则的心室颤动波，频率为 250～500 次/分。最初的颤动波常较粗大，以后逐渐变小，如抢救无效最终将变为等电位线，示心脏电活动停止。

（五）房室传导阻滞

1. 一度房室传导阻滞

（1）窦性 P 波之后均伴随有 QRS 波群。

（2）P-R 间期延长：P-R 间期 ≥0.21 秒（老年人 >0.22 秒）。

2. 二度房室传导阻滞

（1）二度 I 型 又称莫氏 I 型或文氏型。心电图表现为：①P 波规律地出现；②P-R 间期呈进行性延长（而 R-R 间距则进行性缩短），直至出现一次心室漏搏，其后 P-R 间期又恢复为最短，再逐渐延长，直至又出现心室漏搏。这种周而复始的现象，称为房室传导的文氏现象。房室传导比例常为 3:2、4:3、5:4 等。

（2）二度 II 型 又称莫氏 II 型。心电图表现为：P 波有规律地出现，发生心室漏搏之前和之后的所有下传搏动的 P-R 间期都恒定（正常范围或延长），QRS 波群成比例地脱漏，形态一般正常或增宽畸形。房室传导比例常为 2:1、3:2、4:3 等。

3. 三度房室传导阻滞

（1）P 波与 QRS 波群无固定关系，P-P 与 R-R 间距各有其固定的规律性。

（2）心房率 >心室率，即 P 波频率高于 QRS 波群频率。

（3）QRS 波群形态正常或宽大畸形。

第十一节　X线检查

一、正常胸部X线表现

1. 胸廓　正常胸部X线影像是胸腔组织器官及胸壁软组织、骨骼、心、肺、大血管、胸膜、膈肌等相互重叠的综合投影。

（1）胸壁软组织　①胸锁乳突肌和锁骨上皮肤皱褶；②胸大肌。

（2）骨骼　①肋骨：起于胸椎两侧，后段呈水平向外走行，前段自上向内下倾斜走行形成肋弓。肋骨前后端不在同一水平，一般第6肋骨前端相当于第10肋骨后端的高度。第1~10肋骨前端有肋软骨与胸骨相连，因软骨不显影，故X线片上肋骨前端状似游离。②肩胛骨。③锁骨。④胸骨。

（3）胸膜　衬于胸壁内面的胸膜，为壁层胸膜；包绕于肺表面者为脏层胸膜。其间为间隙，即胸膜腔。位于叶间裂的叶间胸膜经常可以看到，如斜裂胸膜和水平裂胸膜。

2. 肺

（1）肺野　是含有空气的肺在胸片上所显示的透明区域。通常将一侧肺野纵行分为三等份，称为内、中、外带。又分别在第2、4肋骨前端下缘画一水平线，将肺野分为上、中、下三野。

（2）肺门　正常肺门阴影主要由肺动脉、肺叶动脉、肺段动脉、伴行支气管以及与肺动脉重叠的肺静脉阴影构成。后前位上，肺门位于两肺中野内带第2~5前肋间处，左侧比右侧高1~2cm。

（3）肺纹理　由肺动脉、肺静脉及支气管形成，主要成分是肺动脉及其分支。肺纹理自肺门向外围延伸，随着血管的逐级分支而逐渐变细。肺纹理的改变受多种因素影响，密切结合临床进行分析，对多种心肺疾病的诊断有重要意义。

（4）肺叶、肺段和肺小叶　右肺有上、中、下三叶，左肺上有上、下两叶。各肺叶由叶间裂分隔。

（5）气管、支气管　气管起于环状软骨下缘，长11~13cm，宽1.5~2cm，在第5~6胸椎平面分为左、右主支气管。两侧主支气管逐渐分出叶、肺段、小支气管，经多次分支，最后与肺泡相连。终末细支气管以上的支气管仅有传输空气的作用，终末细支气管以下的呼吸细支气管、肺泡管和肺泡囊则兼有气体传输和气体交换两种作用。

（6）肺实质和肺间质　肺实质为肺部具有气体交换功能的含气间隙及结构。肺间质是肺的支架组织，分布于支气管、血管周围，肺泡间隔及脏层胸膜下。

3. 纵隔　位于胸骨之后，胸椎之前，介于两肺之间。其中包含心脏、大血管、气管、食管、主支气管、淋巴组织、胸腺、神经及脂肪等。纵隔的分区在判断纵隔病变的来源和性质上有重要意义。纵隔的分区方法有数种，简单的分法是以胸骨柄下缘到第4胸椎下缘的连线为界，将纵隔分为上下两部分，上纵隔又以气管的后缘为界，分为前、后纵隔。下纵隔以心包为界，划分为前、中、后三区。

4. 膈　是分隔胸腔和腹腔的一块扁肌，两侧呈圆顶状，内侧与心脏形成心膈角。右膈顶较左侧高1~2cm，一般位于第9、10后肋水平。呼吸时两膈上下对称运动，运动范围为1~3cm，深呼吸时可达3~6cm。膈的形态、位置及运动，可因膈的发育及胸膜腔的病变而改变。

二、阻塞性肺气肿

X线片上患侧肺体积膨大，透亮度增加，肺纹理较正常稀疏、纤细，胸廓前后径增大，肋间隙增宽，膈穹隆平坦，位置下降，呼吸活动减弱。

三、胸腔积液

多种疾病可累及胸膜产生胸腔积液，病因不同，液体的性质也可不同，可以是炎性渗出液，化脓性炎症则为脓液；肾脏疾病、心脏疾病导致充血性心衰或血浆蛋白过低，可发生漏出液；胸部外伤、肺或胸膜的恶性肿瘤可以发生血性积液；恶性肿瘤侵及胸导管及左锁骨下静脉，可产生乳糜性积液。

X线检查能明确积液的存在，但难以区别液体的性质。胸腔积液因胸膜粘连而局限在胸腔某一处时，称为包裹性积液，多发生在侧胸壁或后胸壁。包裹性积液局限在叶间裂时，称为叶间积液。

四、气胸

气体经胸壁的穿透伤或肺组织病变导致的胸膜破损，进入胸膜腔形成气胸。也可为自发性气胸，如严重的肺气肿、肺大泡破裂。大量气胸可将肺完全压缩在肺门区，呈均匀的软组织影。

五、风湿性心脏病

风湿性心脏病包括急性或亚急性心脏炎及慢性风湿性瓣膜病，以二尖瓣损害最为常见，其次为主动脉瓣和三尖瓣，肺动脉瓣损害最少见。

单纯二尖瓣狭窄的主要病理改变为瓣环瘢痕收缩，瓣叶增厚融合，有小赘生物以及腱索缩短和粘连，致使二尖瓣开放受限，造成瓣口狭窄。X线表现为心影增大呈二尖瓣型，左心房及右心室增大，左心耳部突出，肺动脉段突出，主动脉结及左心室变小，二尖瓣瓣膜偶见钙化。肺内肺静脉高压或伴有肺动脉高压表现。X线检出率较高。

六、长骨骨折

长骨骨折的基本X线表现是骨骼发生断裂，骨的连续性中断。骨骺分离也属于骨折。骨皮质的连续性中断，骨小梁断裂和歪曲，在骨断裂处可见到边缘光滑锐利的线状透亮阴影，称为骨折线。在中心X线通过骨折断面时，则骨折线显示清楚，否则显示不清，甚至不易发现。严重骨折骨骼常弯曲、变形。嵌入性或压缩性骨折骨小梁紊乱，甚至密度增高，而看不到骨折线。

根据骨折程度可分为完全性骨折和不完全性骨折。完全性骨折时骨折线贯穿骨骼全径，不完全性骨折时骨折线不贯穿全径。根据骨折线的形状和走行，可将骨折分为线形、星形、横形、斜形和螺旋形骨折。复杂的骨折又可按骨折线形状，分为T形、Y形骨折等。按骨片情况可分为撕脱性、嵌入性、青枝性和粉碎性骨折等。

第九章　常见疾病

第一节　急性上呼吸道感染

本病与中医学的"感冒"相类似，又称"伤风"、"冒风"、"冒寒"、"重伤风"。

【西医病因病理】

1. 病因及发病机制　急性上呼吸道感染的主要病原体为鼻病毒、流感病毒（甲、乙、丙）、副流感病毒、呼吸道合胞病毒、冠状病毒、腺病毒及柯萨奇病毒等。细菌感染可直接或继发于病毒感染之后发生，以溶血性链球菌为多见，其次为流感嗜血杆菌、肺炎链球菌和葡萄球菌等。发病与年龄、体质及环境密切相关，尤其是老幼体弱或有慢性呼吸道疾病者更易罹患。

2. 病理　一般表现为鼻腔及咽喉黏膜的充血、水肿、上皮细胞破坏及浆液性和黏液性的炎性渗出，伴有细菌性感染时可有中性粒细胞浸润，并有脓性分泌物。

【中医病因病机】

1. 卫外功能减弱，外邪乘虚而入　包括生活起居不当，寒温失调，如贪凉露宿，冒雨涉水等以致外邪侵袭而发病；过度劳累，耗伤体力，肌腠不密，易感外邪而发病；气候突变，六淫之邪肆虐，冷热失常，卫外之气未能及时应变而发病；素体虚弱，卫外不固，稍不慎即可感邪而发病。

2. 病邪犯肺，卫表不和　肺主皮毛，职司卫外，而卫气通于肺，卫气的强弱与肺的功能关系密切。外邪从口鼻、皮毛而入，肺卫首当其冲，感邪之后，很快出现卫表及上焦肺系症状。卫表被郁，邪正相争而见恶寒、发热、头痛、身痛、咽痛；肺气失宣而见鼻塞、流涕、咳嗽。

3. 病邪少有传变，病情轻重有别　病邪一般只犯肺卫，很少有传变，病程短而易愈。但亦有少数感邪深重，或老、幼、体弱，或原有某些慢性疾病者，病邪从表入里，传变迅速，可引起某些并发症或继发病。

综上所述，本病病位在肺卫，其病因病机主要是外邪乘虚而入，以致卫表被郁，肺失宣肃，一般病情轻浅。

【临床表现】

1. 普通感冒　潜伏期短，起病较急。临床表现差异很大，以局部症状为主。

（1）症状　早期有咽部干燥，继而出现鼻塞、低热、咳嗽、鼻流清涕，以后变稠，呈黄脓样。鼻塞约4~5天，如病变向下发展侵入喉部、气管、支气管，则可出现声嘶、咳嗽加剧，或有少量黏液痰，1~2周消失。全身症状短暂，可出现全身酸痛、头痛、乏力、食欲下降、腹胀、腹痛、便秘或腹泻等，部分患者可伴发单纯性疱疹。

（2）体征　鼻腔黏膜充血、水肿，有分泌物，偶有眼结膜充血，可有体温升高。

2. 病毒性咽炎和喉炎

（1）症状　急性病毒性咽炎见咽部发痒和灼热感，咽痛不明显，咳嗽少见。急性喉炎表现为声音嘶哑、讲话困难、咳嗽时疼痛，常有发热、咽痛或咳嗽。

（2）体征 喉部水肿、充血，局部淋巴结轻度肿大，有触痛，有时可闻及喉部喘息声。

3. 细菌性咽-扁桃体炎

（1）症状 起病急，咽痛明显，发热，畏寒，体温可达39℃以上。

（2）体征 咽部充血明显，扁桃体肿大、充血，表面有黄色点状渗出物，颌下淋巴结肿大、压痛。

4. 疱疹性咽峡炎 由柯萨奇病毒A引起，多见于儿童，成人偶见，夏季较易流行，起病急，病程约1周。

（1）症状 明显咽痛、发热。

（2）体征 咽部、软腭、悬雍垂和扁桃体上有灰白色小丘疹，以后形成疱疹和浅表溃疡，周围黏膜红晕。

5. 咽-结膜热

主要由腺病毒、柯萨奇病毒、埃可病毒等引起，起病急，一般4~6日即愈。

（1）症状 发热、咽痛、流泪、畏光。

（2）体征 咽部及结膜充血，可有颈淋巴结肿大，或有角膜炎。

急性上呼吸道感染主要并发症包括急性鼻窦炎、急性气管-支气管炎、肺炎，也可引起急性心肌炎、风湿热、急性肾小球肾炎。

【实验室及其他检查】

1. 血常规检查 白细胞计数一般正常或偏低，分类淋巴细胞比例相对增高。伴有细菌感染时，白细胞计数及中性粒细胞增高或核左移。

2. 病毒分离 收集病人的咽漱液、鼻洗液、咽拭子等标本接种于鸡胚羊膜腔内，可分离出病毒，有助于确诊。

3. 免疫荧光技术检测 取病人鼻洗液中的鼻黏膜上皮细胞涂片，或咽漱液接种于细胞培养管内，用免疫荧光技术检测，阳性者有助于早期诊断。

4. 血清学检查 取病人急性期与恢复期血清进行补体结合试验、中和试验和血凝抑制试验，如双份血清抗体效价递增4倍或4倍以上者有助于早期诊断。

【诊断与鉴别诊断】

1. 诊断要点 主要根据病史、临床症状及体征，结合周围血象并排除其他疾病如过敏性鼻炎，急性传染性疾病如麻疹、脑炎、流行性脑脊髓膜炎、脊髓灰质炎、伤寒等可作出临床诊断。病毒分离及免疫荧光技术对明确病因诊断有帮助。

2. 鉴别诊断

（1）过敏性鼻炎 主要表现为喷嚏频作，鼻涕多，呈清水样，鼻腔水肿、苍白，分泌物中有较多嗜酸性细胞。发作常与外界刺激有关，常伴有其他过敏性疾病，如荨麻疹等。

（2）急性传染病前驱期 麻疹、脊髓灰质炎、脑炎、流行性脑炎、伤寒、斑疹伤寒、白喉等，在患病初期可伴有上呼吸道症状，但有明确的流行病学史，并有其特定的症状特点。

（3）流行性感冒 流感的潜伏期很短，一般1~3天，常有明显的流行性。起病急骤，以全身中毒症状为主，出现畏寒、高热、头痛、头晕、全身酸痛、乏力等。呼吸道症状轻微或不明显，可有咽痛、流涕、流泪、咳嗽等。少数患者有食欲减退，伴有腹痛、腹胀及腹泻等消化道症状。病毒分离和血清学诊断可供鉴别。

【治疗】

1. 治疗思路　中医历代医家倡导防重于治，首先注意预防，应加强体育锻炼，提高机体的御寒能力，保持室内通风。其次发挥中医药治疗的特色和优势，辨证施治。针对外感六淫之邪不同，采用疏风散邪之法，以驱邪外出。对症状较重者可给予西药对症处理。

2. 西医治疗

（1）抗病毒治疗　目前尚无有效的特异性抗病毒药物，可试用下列药物：①金刚烷胺：口服 0.1g，每日 2 次，对甲型流感病毒有效；②吗啉双胍（ABOB）：口服 0.1～0.2g，每日 3 次，可能对甲、乙型流感病毒、副流感病毒、鼻病毒、呼吸道合胞病毒及腺病毒有效；③病毒唑：有比较广谱的抗病毒作用，每日 400～1000mg，分 3 次口服，或加入液体中静脉滴注；④干扰素：能抑制多种 DNA 病毒和 RNA 病毒，肌肉注射或滴鼻均可；⑤利福平：能选择性地抑制病毒 RNA 聚合酶，对流感病毒和腺病毒有一定疗效。

（2）对症治疗　发热、头痛、肢体酸痛者，可给予解热镇痛药，如复方阿司匹林片0.5～10g，每日 3 次；鼻塞流涕者，可用抗过敏药，如扑尔敏 4mg，每日 3 次，或用 1% 的麻黄素液滴鼻；咳嗽者，可给予镇咳药，如克咳敏 5～10mg，口服，每日 3 次，或氯化铵棕色合剂 10ml，口服，每日 3 次；声嘶、咽痛者，可做雾化吸入治疗，或口含华素片。

（3）抗感染治疗　如有继发细菌感染者，可选择抗菌药物治疗。经验用药常选：①头孢氨苄 0.25～0.5g，口服，每日 4 次；②罗红霉素 150mg，口服，每日 2 次；③阿莫西林0.5g，口服，每日 3～4 次。

3. 中医辨证论治

（1）风寒束表证

证候：恶寒重，发热轻，无汗，头痛，肢体酸痛，鼻塞声重，喷嚏，时流清涕，喉痒，咳嗽，口不渴或喜热饮；舌苔薄白而润，脉浮或浮紧。

治法：辛温解表。

代表方剂：荆防败毒散加减。

常用药物：荆芥　防风　人参　羌活　独活　前胡　柴胡　桔梗　枳壳　茯苓　川芎　麻黄　桂枝　甘草

（2）风热犯表证

证候：身热较著，微恶风寒，汗出不畅，头胀痛，目胀，鼻塞，流浊涕，口干而渴，咳嗽，痰黄黏稠，咽燥，或咽喉肿痛；舌苔薄白微黄，边尖红，脉浮数。

治法：辛凉解表。

代表方剂：银翘散或葱豉桔梗汤加减。

常用药物：金银花　连翘　桔梗　鲜葱白　薄荷　牛蒡子　竹叶　荆芥穗　豆豉　山栀　鲜芦根　桑叶　菊花　杏仁　贝母　瓜蒌皮　板蓝根　甘草

（3）暑湿伤表证

证候：身热、微恶风，汗少，肢体酸重或疼痛，头昏重胀痛，咳嗽痰黏，鼻流浊涕，心烦口渴，渴不多饮，口中黏腻，胸脘痞闷，泛恶，小便短赤；舌苔薄黄而腻，脉濡数。

治法：清暑祛湿解表。

代表方剂：新加香薷饮加减。

常用药物：香薷　金银花　鲜扁豆花　厚朴　连翘　黄连　山栀　藿香　佩兰　苍术　法半夏　陈皮

（4）气虚感冒证

证候：恶寒较甚，发热，无汗，身楚倦怠，气短懒言，反复易感，头痛鼻塞，咳嗽，咯痰无力；舌淡苔白，脉浮无力。

治法：益气解表。

代表方剂：参苏饮加减。

常用药物：人参　黄芪　白术　防风　紫苏叶　葛根　前胡　法半夏　茯苓　枳壳　橘红　桔梗　甘草　木香　生姜　大枣

（5）阴虚感冒证

证候：头痛身热，微恶风寒，无汗或微汗，头晕心烦，口渴咽干，手足心热，干咳少痰；舌红少苔，脉细数。

治法：滋阴解表。

代表方剂：加减葳蕤汤加减。

常用药物：葳蕤　葱白　桔梗　白薇　豆豉　薄荷　沙参　麦冬　牛蒡子　射干　炙甘草　大枣

【预防与调护】

1. 平时加强体育锻炼，适当进行室外活动，以增强体质，提高抗病能力。同时应注意防寒保暖，在气候冷热变化时，及时增减衣服，避免淋雨受凉及过度疲劳。在感冒流行季节，要建议患者少去公共场所活动，防止交叉感染。

2. 在治疗期间，应注意休息，密切观察。注意煎药及服药要求，治疗本病的中药宜轻煎，不可过煮，乘温热服，服后避风取汗，适当休息。

3. 在饮食方面，宜清淡，若饮食过饱，或多食肥甘厚腻，使中焦气机受阻，有碍肺气宣通，影响感冒的预后。

第二节　急性气管－支气管炎

中医学虽无急性气管－支气管炎这一病名，但根据其临床表现，本病与中医学的"暴咳"相类似，属中医学"肺咳"、"咳嗽"等范畴。

【西医病因病理】

1. 病因及发病机制　在过度疲劳、受凉等情况下，上呼吸道的防御机能减弱，病原微生物乘机侵入上呼吸道而发病。

（1）病毒性感染　如鼻病毒、副流感病毒、呼吸道合胞病毒、腺病毒等，首先引起上呼吸道炎症，向下蔓延引起气管－支气管炎。

（2）细菌感染　病毒感染抑制肺泡巨噬细胞的杀菌作用，所以细菌感染常在病毒感染的基础上发生，最常见的细菌为流感嗜血杆菌与肺炎球菌。

（3）理化因素　包括冷空气、粉尘、二氧化硫、氯气等，可以引起气管－支气管的无菌性炎症。

（4）其他因素　副鼻窦或扁桃体感染的分泌物吸入气管、支气管后可直接引起本病。对细菌蛋白或寒冷过敏，或者寄生虫如钩虫、蛔虫、肺吸虫的幼虫在肺内移行引起的过敏，也可引起急性气管－支气管炎。

2. 病理 主要表现为气管、支气管黏膜充血、水肿，偶有纤毛上皮细胞的损伤脱落、黏液腺肥大、分泌物增加，若细菌感染，分泌物可呈黏液脓性。黏膜下层水肿，伴有淋巴细胞和中性粒细胞浸润。病变严重者可蔓延至细支气管和肺泡，引起微血管坏死和出血。

【中医病因病机】

中医认为本病主要是外感所致，而脏腑功能失调，肺的卫外功能减弱是引发本病的重要辅因。风为六淫之首，其他外邪多随风邪侵袭人体，所以急性气管－支气管炎的发病常以风为先导，夹有寒、热、燥、湿等邪。

本病病变部位主要在肺，因肺主气，司呼吸，上连喉咙，开窍于鼻，外合皮毛，为五脏之华盖；又因肺为娇脏，不耐邪侵，肺卫受邪，使肺气壅遏不宣，清肃失司，气道不利，肺气上逆引起咳嗽。肺卫之邪若不能及时疏散外达，则可发生演变转化，如风寒久郁而化热，风热灼津而化燥，肺热蒸液而成痰。同时，如迁延失治，可伤损肺气，肺气虚更易反复感邪，以致慢性反复发作。

【类证鉴别】

本证在临床上需与肺胀、哮病相鉴别：肺胀多有咳、喘、哮等长期不愈的病史，咳嗽是肺胀的主要症状之一，在咳嗽的同时，伴有胸部膨满，喘逆上气，烦躁心慌，甚至面目紫暗，肢体浮肿等症，病情缠绵，经久难愈。哮病发病过程中也会兼见咳嗽，但以哮喘为其主要症状，主要表现为喉中哮鸣有声，呼吸气促困难，甚则喘息不能平卧，发作与缓解均迅速。

【临床表现】

1. 症状 起病初期常有上呼吸道感染症状，如鼻塞、喷嚏、咽痛、声音嘶哑等。继则咳嗽、咯痰，开始为刺激性咳嗽，咯少量黏痰，不易咯出，1～2天后痰量增加，痰由黏液转为黏液脓性，可伴有血丝。全身症状轻微，可有轻微畏寒、乏力、纳差及全身酸痛，多数症状在3～5天内消退，咳嗽有时可延长至数周，在受凉、吸入冷空气、早晚咳剧，可为阵发性。

2. 体征 早期胸部可无异常体征，随炎症的扩展，黏液分泌物在较大气管时，肺部可闻及粗的干啰音，咯痰后可减少或消失。分泌物稀薄，积留在小气管时，肺底可出现湿性啰音，伴有支气管痉挛时可听到哮鸣音。

3. 并发症 急性气管－支气管炎最常见的并发症是肺炎，尤其多见于婴幼儿及老年人。

【实验室及其他检查】

1. 血常规检查 病毒感染者，白细胞计数多正常，淋巴细胞比例增高。细菌感染时白细胞升高并伴有中性粒细胞比例增加。

2. X线检查 多无异常，个别病例可见肺纹理增多。

【诊断与鉴别诊断】

1. 诊断要点 根据病史和临床表现，结合血象和X线检查，可作出临床诊断。

（1）多有上呼吸道感染史，表现为咳嗽、咯痰等呼吸道症状。

（2）如为理化刺激引起，一般有明确接触史。

（3）听诊双肺呼吸音正常或发现粗的干性啰音，咳嗽后消失，两肺底可有散在干湿啰音。

（4）X线检查无明显变化。

2. 鉴别诊断

（1）流行性感冒　流感有流行病学史，急骤起病，高热和全身肌肉酸痛等全身中毒症状明显，病毒分离和补体结合试验可以确诊。

（2）其他呼吸系统疾患　如肺结核、肺脓肿、支原体肺炎、麻疹、百日咳和肺癌等，初发时常伴有急性气管－支气管炎症状，但均表现为各自的特点，可资鉴别。

【治疗】

1. 治疗思路　急性气管－支气管炎的治疗一般采用中西医结合的方法。中医治以宣肺化痰止咳为主，兼以疏散外邪。咳嗽较剧者可考虑使用西医止咳药物。

2. 西医治疗

（1）一般治疗　适当休息，注意保暖，多饮水。

（2）止咳　口服克咳敏 5～10mg，每日 3 次；干咳剧烈时可用可待因 15～30mg，每日 3 次。

（3）祛痰　痰量较多或咯痰质黏时需服用祛痰止咳剂，选用必嗽平 16mg，每日 3 次；盐酸氨溴索（沐舒坦）30mg，每日 3 次。

（4）平喘　伴有支气管痉挛，表现气急时，可用 β_2 受体激动剂，如博力康尼 2.5mg 或喘定 0.1～0.2g，每日 3 次。

（5）细菌感染　可选用适当抗生素，如大环内酯类、头孢类、喹诺酮类。

（6）超声雾化吸入治疗　此疗法可达到湿化气道、稀释痰液、局部抗炎的目的，对刺激性咳嗽效果较好。一般使用生理盐水 20ml 雾化吸入，如痰液黏稠亦可在生理盐水中加入 α－糜蛋白酶 5mg，以利于黏痰溶解及抗炎。并发细菌感染者，可用丁胺卡那霉素 0.2g 加入生理盐水 10～20ml 雾化吸入，每日 2～3 次。

3. 中医辨证论治

（1）风寒袭肺证

证候：咳嗽初起，声重气急，咽痒，痰稀色白，多伴有头痛鼻塞，流清涕，骨节酸痛，恶寒无汗等表证；舌苔薄白，脉浮或浮紧。

治法：疏风散寒，宣肺止咳。

代表方剂：三拗汤合止嗽散加减。

常用药物：麻黄　杏仁　甘草　紫菀　百部　荆芥　桔梗　陈皮　白前

（2）风热犯肺证

证候：咳嗽新起，咳声粗亢，或咳声嘎哑，痰稠或色黄，咯痰不爽，咳时汗出，多伴发热恶风，头痛口渴，鼻流黄涕，喉燥咽痛等表证；舌苔薄黄，脉浮数或浮滑。

治法：疏风清热，宣肺化痰。

代表方剂：桑菊饮加减。

常用药物：桑叶　菊花　薄荷　杏仁　桔梗　甘草　连翘　芦根　黄芩　石膏　知母

（3）燥热伤肺证

证候：咳嗽新起，咳声嘶哑，干咳无痰或痰少黏稠难出，或粘连成丝，或咳引胸痛；多伴有鼻燥咽干，恶风发热，头痛等表证；舌尖红，苔薄黄而干，脉浮数或小数。

治法：疏风润燥，清肺止咳。

代表方剂：桑杏汤加味。

常用药物：桑叶　豆豉　杏仁　象贝母　南沙参　梨皮　瓜蒌　麦冬　苇茎　桔梗　石膏　知母

（4）凉燥伤肺证

证候：咳嗽，痰少或无痰，咽干鼻燥，兼有头痛，发热，无汗；苔薄白而干，脉浮紧。

治法：轻宣凉燥，润肺止咳。

代表方剂：杏苏散加减。

常用药物：苏叶　杏仁　前胡　紫菀　款冬花　百部　荆芥　防风　甘草

【预防与调护】

1. 加强身体锻炼，增强抗病能力。

2. 注意气候变化，防寒保暖，避免感冒。若平素易于感冒者，可配合预防感冒的方法，如面部迎香穴按摩，晚间足三里艾灸。

3. 加强公共卫生管理，控制有害化学物质扩散，做好劳动保护，防止有害气体和粉尘的吸入。

第三节　慢性支气管炎

本病与中医学的"久咳"病相类似，归属于中医学"咳嗽"、"喘证"等范畴。

【西医病因病理】

1. 病因及发病机制　慢性支气管炎的病因较为复杂，往往是多种因素长期相互作用的结果。现就其有关致病因素归纳如下：

（1）遗传因素　从家庭普查结果来看，本病有一定的遗传倾向。另外免疫球蛋白 A（IgA）及丙种球蛋白缺乏，也是其病因之一。

（2）感染因素　呼吸道感染是慢性支气管炎发病与急性发作的重要原因，其中以病毒为多。

（3）吸烟　长期吸入有害气体或每日吸烟在 20 支以上者，其慢性支气管炎患病率比不吸烟者高两倍以上。

（4）气候因素　慢性支气管炎患者对气候的变化非常敏感，冬季冷空气刺激支气管，可使支气管黏液腺分泌增加，气道阻力增大，支气管柱状上皮纤毛运动减弱。

（5）理化因素　空气中的烟尘和二氧化硫超过 $1000\mu g/m^3$ 时，慢性支气管炎的急性发作显著增多。

（6）过敏因素　过敏因素与慢性支气管炎的发病也有一定关系。

（7）自主神经功能失调　动物实验证明，以毒扁豆碱和二异丙氧磷酸使副交感神经处于兴奋状态时，可见呼吸道中杯状细胞分泌亢进。

2. 病理　慢性支气管炎早期主要累及管径小于 2mm 的小气道，表现为不同程度的上皮细胞变性、坏死、增生、鳞状上皮化生，杯状细胞增生，黏膜及黏膜下层炎症细胞浸润，管壁黏膜水肿，分泌物增多，管壁有不同程度的炎性改变。

【中医病因病机】

中医学认为，慢性支气管炎的发生和发展，主要与外邪侵袭和内脏亏损有关，特别是与肺、脾、肾等脏腑的功能失调密切相关。

1. 外邪侵袭　六淫之邪侵袭肌表，或从口鼻而入，或从皮毛而侵，内合于肺，肺失肃降，肺气不宣，痰浊滋生，阻塞胸肺，可引起咳喘、咯痰。由于外邪性质的不同，临床又有寒、热的差异。

2. 肺脏虚弱　久咳伤肺，肺气不足，复因外邪侵袭，清肃失职而发病。肺气不足，气失所主，清肃无权，气不化津，积液成痰，痰湿阻肺，致使咳喘缠绵不愈。

3. 脾虚生痰　久病不愈，耗伤脾气，脾阳不足，脾失健运，水谷无以化生精微，聚湿生痰。痰浊上渍于肺，壅塞气道，肺失宣降，而致咳嗽痰多。

4. 肾气虚衰　肾主纳气，助肺以行其呼吸。肾气虚弱，吸入之气不能经肺下纳于肾，气失归藏，则肺气上逆而表现为咳嗽喘促，动则愈甚。久病不愈，必伤于阴，肾阴亏耗，津液不能上润肺金，或虚火上扰，灼伤肺阴，肺失滋润，而致咳喘。

总之，本病病因病机常因暴咳迁延未愈，邪恋伤肺，使肺脏虚弱，气阴耗伤，肺气不得宣降，故长期咳嗽、咯痰不愈，日久累及脾肾。病情多为虚实夹杂，正虚多以气虚为主或兼阴虚，痰饮停聚为实，或偏寒，或偏热，日久夹瘀。其病位在肺，涉及脾、肾。

【临床表现】

常有长期吸烟或经常吸入刺激性气体及反复上呼吸道感染病史。本病进展缓慢，症状逐渐加重，以长期反复发作为特点，每年累计发作时间都在 3 个月以上，并连续多年。

1. 症状

（1）咳嗽　早期咳声有力，白天多于夜间，病情发展，咳声变重浊，并痰量增多。继发肺气肿时，常伴气喘，咳嗽夜间多于白天，尤以临睡或清晨起床时更甚。

（2）咯痰　多数为白色黏液痰，清晨及夜间较多，在病情加重或合并感染时增多变稠或变黄。老年人咳嗽反射低下，痰不易咯出。

（3）喘息　见于喘息型患者，由支气管痉挛引起，感染及劳累后明显，合并肺气肿后喘息加重。

2. 体征　慢性支气管炎早期常无明显体征。有时在肺底部可闻及湿性和干性啰音，喘息性支气管炎在咳嗽或深吸气后可听到哮鸣音，发作时有广泛的湿啰音和哮鸣音。长期反复发作，可见肺气肿的体征。

3. 主要并发症

（1）阻塞性肺气肿　为慢性支气管炎最常见的并发症。终末细支气管狭窄阻塞，肺泡壁破裂，相互融合所致。症见气急，活动后加重，伴有肺气肿的体征，如桶状胸，肺部叩诊呈过清音，X 检查示肺野透亮度增加。

（2）支气管扩张症　慢性支气管炎反复发作，支气管黏膜充血、水肿，形成溃疡，管壁纤维增生，管腔变形、扩张或狭窄，扩张部分呈柱状改变，形成支气管扩张，症见咳嗽，痰多或咯血。

（3）支气管肺炎　慢性支气管炎蔓延至周围肺组织中导致感染，患者有寒战，发热，咳嗽增剧，痰量增加且呈脓性。白细胞总数及中性粒细胞增多，X 线检查两下肺野有沿支气管分布的斑点状或小片状阴影。

【实验室及其他检查】

1. 血常规检查　细菌感染时可出现白细胞总数和中性粒细胞增高。

2. 痰液检查　涂片可发现革兰阳性球菌或革兰阴性杆菌，痰培养可发现致病菌。

3. X 线检查　早期可无异常，随着病情发展，可见肺纹理增多、变粗、扭曲，呈网状或条索状阴影，向肺野周围延伸，以两肺中下野明显。

4. 肺功能检查　本病早期病变多在小气道，大气道通气功能尚在正常范围内，常规肺功能检查可无异常发现，但闭合气量检测可见增大，最大呼气流速－容量曲线图形异常，最大呼气中段流速（MMEF）降低。以后发展至气道狭窄或有阻塞时，出现阻塞性通气功能障碍，表现为第1秒用力呼气量（FEV_1）下降，合并肺气肿时，肺残气量明显增高，肺总量也增大。

【诊断与鉴别诊断】

1. 诊断

（1）诊断要点　临床上以咳嗽、咯痰为主要症状或伴有喘息，每年发病累计3个月，并连续2年或以上。除外具有咳嗽、咯痰、喘息症状的其他疾病，如支气管哮喘、支气管扩张、肺结核、尘肺、肺脓肿、心功能不全等。

（2）分型

单纯型：主要表现为咳嗽、咯痰两项症状。

喘息型：除咳嗽、咯痰外，尚具有喘息症状，并经常或多次出现哮鸣音。

（3）分期

急性发作期：指在1周内出现脓性或黏液脓性痰，痰量明显增加，或伴有发热等炎症表现，或在1周内"咳"、"痰"或"喘"等症状中任何一项明显加剧。

慢性迁延期：指有不同程度的"咳"、"痰"、"喘"症状迁延1个月以上者。

临床缓解期：指病情自然缓解或经治疗后症状基本消失，或偶有轻微咳嗽和少量痰液，保持两个月以上者。

2. 鉴别诊断

（1）支气管扩张　本病以慢性咳嗽、咯痰为主症，常表现为大量脓性痰或反复咯血，胸部X线检查见支气管管壁增厚，呈串珠状改变，或多发性蜂窝状影像，支气管碘油造影可以确诊。

（2）支气管哮喘　喘息型慢性支气管炎需与支气管哮喘鉴别。喘息型慢性支气管炎一般多见于中老年，咳嗽、咯痰症状较为突出，往往因咳嗽反复发作，迁延不愈而伴有喘息。支气管哮喘患者常有个人或家族过敏性病史，多数自幼得病，早期以哮喘症状为主，突发突止，应用解痉药症状可明显缓解，间歇期一般可无症状。支气管哮喘反复发作多年后并发慢性支气管炎，二者不易鉴别，应全面详细分析病史，以明确诊断。

（3）肺结核　活动性肺结核常伴有低热、乏力、盗汗、咯血等典型症状，老年性肺结核上述症状多不显著，易与慢性支气管炎相混淆，应特别引起注意。及时进行胸部X线检查、结核菌素试验和痰结核菌检查，可帮助诊断。

（4）肺癌　多数患者可有长期吸烟史，近期发生刺激性咳嗽或咳嗽性质改变，常痰中带血。胸部X线和CT检查可发现实质性影像，痰脱落细胞及纤维支气管镜活检，可以明确诊断。

（5）尘肺　尘肺患者多合并慢性支气管炎，症状难与慢性支气管炎鉴别，应根据粉尘接触史与X线胸片慎予鉴别。早期矽肺与煤矽肺的胸片也有肺纹理增多与网织阴影，鉴别要点是对小点状明影的仔细分析，矽结节密度深而边缘较清楚，有时需用放大摄片或随访复查加以鉴别。

（6）肺间质纤维化　以干咳为主症，气短并呈进行性加重。听诊双肺下后侧可闻爆裂音。血气分析显示，动脉血氧分压降低，而二氧化碳分压可不升高。胸部 X 线及 CT 示双肺磨玻璃状、网格状、蜂窝状改变。

【治疗】

1. 治疗思路 急性发作期主要选择有效抗菌药物治疗。在控制感染的同时，应配合应用祛痰、镇咳药物改善症状。缓解期可应用免疫制剂，提高机体抗病能力，减少发作。中医本着急则治其标，缓则治其本的原则，在急性发作期着意于祛痰宣肺，缓解期重在补益肺脾肾；慢性迁延期证属正虚邪恋，治宜止咳化痰，标本兼顾。

2. 西医治疗

（1）急性发作期

1）控制感染：抗生素使用原则为及时、有效，感染控制后即予停用，以免产生耐药和二重感染。在未获得明确病原诊断前，所用抗生素应覆盖主要致病菌。常用抗生素可选用 β - 内酰胺类、大环内酯类、喹诺酮类等，如阿莫西林 0.5g，口服，每日 3 ~ 4 次；罗红霉素 0.15g，口服，每日 2 次；左氧氟沙星 0.2g，口服，每日 2 次；感染严重者同类药品可静脉滴注，每日 2 次，疗程 5 ~ 7 天。

2）祛痰、镇咳：除刺激性干咳外，一般不宜单用镇咯药物，因痰不易咯出，反可加重病情。使用祛痰止咳剂，促进痰液引流，有利于感染的控制。常用的药物有：盐酸氨溴索（沐舒坦）30mg，口服，每日 2 次；必嗽平 16mg，口服，每日 2 ~ 3 次；氯化铵棕色合剂，10ml，口服，每日 2 ~ 3 次。若痰黏稠仍不易咯出时，可配以生理盐水，加入 α - 糜蛋白酶雾化吸入，以稀释气道分泌物。若剧烈干咳也可选用克咳敏 5 ~ 10mg，每日 3 次，口服。

3）解痉平喘：适用于喘息型患者急性发作，或合并肺气肿者，常用药物有：氨茶碱 0.1 ~ 0.2g，口服，每日 3 次；博力康尼 2.5mg，口服，每日 3 次。也可应用吸入型支气管扩张剂，如喘康速或溴化异丙托品。

（2）缓解期 主要是加强体质的锻炼，提高自身抗病能力，也可使用免疫调节剂。如卡介苗，每次 1 支，肌肉注射，每周 2 ~ 3 次，预防感冒对慢性支气管炎的急性发作有一定作用。

3. 中医辨证论治

（1）实证（多见于急性发作期）

1）风寒犯肺证

证候：咳喘气急，胸部胀闷，痰白量多，伴有恶寒或发热，无汗，口不渴；舌苔薄白而滑，脉浮紧。

治法：宣肺散寒，化痰止咳。

代表方剂：三拗汤加减。

常用药物：麻黄 杏仁 甘草 半夏 橘红 苏子

2）风热犯肺证

证候：咳嗽频剧，气粗或咳声嘶哑，痰黄黏稠难出，胸痛烦闷，兼有鼻流黄涕，身热汗出，口渴，便秘，尿黄；舌苔薄白或黄，脉浮或滑数。

治法：清热解表，止咳平喘。

代表方剂：麻杏石甘汤加减。

常用药物：麻黄 杏仁 石膏 甘草 黄芩 知母 鱼腥草 瓜蒌 贝母 海浮石

3）痰浊阻肺证

证候：咳嗽，咳声重浊，痰多色白而黏，胸满窒闷，纳呆，口黏不渴，甚或呕恶；舌苔厚腻色白，脉滑。

治法：燥湿化痰，降气止咳。

代表方剂：二陈汤合三子养亲汤加减。

常用药物：半夏　陈皮　茯苓　炙甘草　苏子　白芥子　莱菔子　苍术　厚朴　党参　白术

4）痰热郁肺证

证候：咳嗽，气息喘促，胸中烦闷胀痛，痰多色黄黏稠，咳吐不爽或痰中带血，渴喜冷饮，面红咽干，尿赤，便秘；苔黄腻，脉滑数。

治法：清热化痰，宣肺止咳。

代表方剂：桑白皮汤加减。

常用药物：桑白皮　半夏　苏子　杏仁　贝母　黄芩　黄连　大黄　山栀　海蛤壳　青黛　鱼腥草

5）寒饮伏肺证

证候：咳嗽喘逆不得卧，咳吐清稀白沫痰，量多，冷空气刺激加重，甚至面浮肢肿，常兼恶寒肢冷，微热，小便不利；舌苔白滑或白腻，脉弦紧。

治法：温肺化饮，散寒止咳。

代表方剂：小青龙汤加减。

常用药物：麻黄　桂枝　芍药　甘草　干姜　细辛　半夏　五味子　茯苓

（2）虚证（多见于缓解期及慢性迁延期）

1）肺气虚证

证候：咳嗽气短，痰涎清稀，反复易感，倦怠懒言，声低气怯，面色㿠白，自汗畏风；舌淡苔白，脉细弱。

治法：补肺益气，化痰止咳。

代表方剂：补肺汤加减。

常用药物：人参　黄芪　熟地　五味子　紫菀　桑白皮　白芥子　半夏　款冬花

2）肺脾气虚证

证候：咳嗽气短，倦怠乏力，咯痰量多易出，面色㿠白，食后腹胀，便溏或食后即便；苔薄白或薄白腻，质胖边有齿痕，脉细弱。

治法：补肺健脾，止咳化痰。

代表方剂：玉屏风散合六君子汤加减。

常用药物：黄芪　白术　防风　人参　炙甘草　茯苓　陈皮　制半夏　生姜　大枣

3）肺肾阴虚证

证候：咳喘气促，动则尤甚，痰黏量少难咯，伴口咽发干，潮热盗汗，面赤心烦，手足心热，腰酸耳鸣；舌红苔薄黄，脉细数。

治法：滋阴补肾，润肺止咳。

代表方剂：沙参麦冬汤合六味地黄丸加减。

常用药物：沙参　麦冬　玉竹　桑叶　甘草　天花粉　生扁豆　熟地　山药　茯苓　丹

皮　泽泻　山茱萸　川贝母　百部　紫菀　地骨皮　银柴胡　五味子

【预防与调护】

1. 加强身体耐寒锻炼，增强抗病能力，预防感冒和流感。

2. 戒除吸烟嗜好，减少室内空气中的灰尘和有害气体。

3. 忌食辛辣炙煿、肥腻之品，并减少食盐用量。

4. 腹式呼吸锻炼，有利于改善通气功能和增强体质。

5. 做好患者精神护理，使患者情绪开朗，心情舒畅，愉快乐观。

第四节　慢性肺源性心脏病

本病简称"肺心病"，可归属于中医"心悸"、"肺胀"、"喘证"、"水肿"等范畴。

【西医病因病理】

1. 病因及发病机制　根据基础病变发生部位，一般分为以下5类。

（1）支气管、肺部疾病　是慢性肺心病病因中最常见的一种，约占所有病因中的80%～90%。病变原发于支气管，引起气道阻塞，肺泡过度膨胀或破裂形成肺大泡者，称为慢性阻塞性肺疾病（COPD），如慢性支气管炎、阻塞性肺气肿、晚期支气管哮喘等。病变发生于肺实质或肺间质引起的肺泡弹性减退或肺泡扩张受限者，称为限制性肺病，如重症肺结核、弥漫性肺间质纤维化、矽肺、结核病和结缔组织病。以上疾病均可使肺血管阻力增高，形成肺动脉高压，导致肺心病。

（2）严重的胸廓畸形。

（3）神经－肌肉病变　较罕见。

（4）肺血管疾患。

（5）其他　有些患者呼吸中枢、胸廓和肺脏均正常，但由于某种原因使空气中氧含量降低，肺泡氧分压及动脉血氧分压降低。

此外，原发性或继发性肺泡通气不足，中枢性睡眠呼吸暂停综合征及先天性口咽畸形等亦可导致慢性肺心病。

2. 病理　肺心病的病理形态学改变应包括：①有原发于肺、支气管、胸廓和肺血管的基础病变；②肺动脉及右心室结构的改变。

其主要病理为支气管上皮出现杯状细胞化生与增生，分泌亢进；管壁全层有急、慢性炎症细胞浸润，黏膜下层及外膜处小血管充血、水肿；管壁平滑肌束肥大，弹力纤维少；黏膜因结缔组织增生、炎症细胞浸润或平滑肌肥厚而形成皱褶向管腔内突出，使管腔狭窄、形状不规则；管腔内有炎性渗出物或黏液形成的炎栓或黏液栓阻塞。或管壁增生的炎性肉芽组织使管腔完全闭锁，部分肺泡间隔断裂，肺泡腔融合形成肺气肿。

慢性阻塞性肺病常反复发作气管周围炎及肺炎，炎症可累及临近肺小动脉，使管壁增厚、狭窄或纤维化，肺细动脉I及Ⅲ型胶原增生。此外可有非特异性肺血管炎，肺血管内血栓形成。最后导致右心室肥大，室壁增厚，心腔扩大，肺动脉圆锥膨隆，心肌纤维肥大，间质水肿，灶性坏死，坏死灶为纤维组织所替代。部分患者可合并冠状动脉粥样硬化性心脏病。

【中医病因病机】

本病多因慢性咳喘反复发作，迁延不愈逐渐发展而成。发病缓慢，病程长，其病因有脏腑虚损和外感时邪两种。

1. 肺脾肾虚　多是由于肺系疾患反复发作，日久不愈，损伤肺气而致。肺气虚衰，子盗母气，病久由肺及脾，累及于肾，致使肺、脾、肾三脏俱虚，是本病发生的主要原因。

2. 外邪侵袭　肺主气，外合皮毛，肺气既伤，表虚卫阳不固，外邪更易乘虚入侵，以致反复发作，迁延不愈，是本病发生、发展的重要因素。

3. 痰瘀互结　肺系疾患日久不愈，正气虚衰，气虚则血运无力而瘀滞，气化无权而津液停滞，成痰成饮。痰瘀互结，阻滞肺络，累及于心，是贯穿本病的基本病理因素。

总之，本病病位在肺、脾、肾、心，属本虚标实之证。早期表现为肺脾肾三脏气虚，后期则心肾阳虚；外邪侵袭、热毒、痰浊、瘀血、水停为标。急性发作期以邪实为主，虚实错杂；缓解期以脏腑虚损为主。

【临床表现】

本病病程进展缓慢，临床上除原有肺、胸疾病的各种症状和体征外，主要是逐步出现的肺、心功能不全以及其他器官受累的征象，往往表现为急性发作期与缓解期的交替出现。可分为代偿与失代偿两个阶段。

1. 主要症状及体征

（1）代偿期　此期心功能代偿一般良好，肺功能处于部分代偿阶段，患者常有慢性咳嗽、咯痰和喘息，稍动即感心悸、气短、乏力和劳动耐受力下降，并有不同程度发绀等缺氧症状。体格检查可见明显肺气肿征，如桶状胸、肺部叩诊高清音、肝上界及肺下界下移、肺底活动度缩小、听诊普遍性呼吸音降低，常可听到干、湿啰音。右心室虽扩大，但常因肺气肿存在使心浊音界不易叩出。心音遥远，肺动脉瓣第二心音亢进，提示有肺动脉高压存在。三尖瓣可能听到收缩期杂音，剑突下可见心脏收缩期搏动，提示有右心室肥厚和扩大。因肺气肿胸腔内压升高，阻碍了腔静脉的回流，可出现颈静脉充盈，又因膈肌下降，肝下缘可在肋缘下触及，酷似右心功能不全的体征。但此时静脉压多无明显升高，肝脏并非淤血，前后径并不增大，且无压痛，可予鉴别。

（2）失代偿期　急性呼吸道感染为最常见的诱因。由于通气和换气功能进一步减退，故此期的主要表现为缺氧和二氧化碳潴留所引起的一系列症状。患者表现为呼吸衰竭，发绀明显，呼吸困难加重，严重者导致肺性脑病。或以右心衰竭为主，患者心悸、气短明显，发绀更甚，颈静脉怒张，肝肿大且有压痛，肝颈静脉回流征阳性，并出现腹水及下肢浮肿。心率增快或可出现心律失常，以期前收缩为常见。因右心扩大，三尖瓣相对性关闭不全，剑突下常可闻及收缩期反流性杂音，常占据整个收缩期，其特点是吸气时增强，轻者仅于吸气初闻及。随着右心室扩大，心脏呈顺钟向转位，三尖瓣区左移，杂音也逐渐向左移位，范围扩大，甚至出现由三尖瓣相对性狭窄引起的舒张期杂音。严重者在胸骨左缘三尖瓣区可出现舒张期奔马律。肺动脉瓣相对性关闭不全的舒张期反流性杂音较少闻及。少数患者可出现急性肺水肿或全心衰竭。当心衰控制后，心界可回缩，杂音可减弱或消失。

2. 主要并发症

（1）肺性脑病　主要由于高碳酸血症和低氧血症引起的脑水肿所致。早期表现为头痛，头晕，白天嗜睡，夜间失眠，严重者出现表情淡漠，神志恍惚，谵妄，抽搐，甚至昏迷。

（2）上消化道出血　是肺心病心肺功能衰竭晚期并发症之一，死亡率较高。其主要表现是无溃疡病症状，常有厌食、恶心、上腹闷胀疼痛，甚至在出血前无任何症状。出血时呕吐物多为咖啡色，且有柏油样便，大量出血可诱发贫血及休克。

（3）酸碱平衡失调及电解质紊乱　肺心病患者呼吸衰竭时由于缺氧和二氧化碳潴留，常并发酸碱平衡失调及电解质紊乱。呼吸性酸中毒一般是普遍存在，还可出现不同类型的酸碱失衡。如肺心病急性加重期，常因严重缺氧、肝肾功能衰竭和摄入不足等而出现呼吸性酸中毒合并代谢性酸中毒；或因利尿剂、皮质激素等药物的应用和严重呕吐或补碱过量等可发生呼吸性酸中毒合并代谢性碱中毒；或因机械通气不当，CO_2 排出过快，亦可引起呼吸性碱中毒。此外，晚期肺心病患者由于多脏器损害或多器官功能衰竭每可并发三重性酸碱失衡。

（4）休克　发病率一般在 45% 左右。常有感染中毒性、失血性和心源性休克，主要表现为血压降低、脉压减少、脉搏细数、烦躁不安、面色苍白、肢体湿冷、末梢发绀等综合体征。

（5）弥漫性血管内凝血（DIC）　是多种因素引起的综合征，是在某种致病因子作用下激活了血液的凝固因子，进入高凝状态，使毛细血管内的微小静脉内发生广泛的微血栓，产生一系列病理变化。主要表现为发病缓慢，出血倾向多见于注射部位的针孔、躯干、四肢、黏膜，亦可见上消化道出血、便血和尿血。

【实验室及其他检查】

1. 血液检查　红细胞计数和血红蛋白常增高，红细胞比容正常或偏高，全血黏度和血浆黏度常增高，红细胞电泳时间延长，血沉偏慢。可有肝肾功能异常。电解质可有改变。细胞免疫功能如玫瑰花环试验、外周血淋巴母细胞转化试验、植物血凝素皮肤试验阳性率一般低于正常。血清中 IgA、IgG 常增高，血清总补体（CH_{50}）、C_3、C_4 含量低于正常。

2. X 线检查　除肺、胸基础疾病的特征外，尚可有肺动脉高压征，如肺动脉段弧突出或其高度 $\geqslant 3mm$；右下肺动脉增宽，其横径 $\geqslant 15mm$；其横径与气管横径比值 $\geqslant 1.07$；右心室增大，心脏呈垂直位。心力衰竭时可见全心扩大，但在心力衰竭控制后，心脏可恢复原来大小。

3. 心电图检查　慢性肺心病的心电图阳性率约为 30% 左右，在 Ⅰ、Ⅱ 导联心电图上可呈现右房、右室增大的变化。右房增大表现为 P 波高尖。右室增大表现为电轴右偏，极度顺钟向转位时，$RV_1 + SV_5 \geqslant 1.05mV$。有时在 V_1、V_2 甚至延至 V_3，可出现酷似陈旧性心肌梗死图形的 QS 波，应注意鉴别。

4. 血液气体分析　代偿期可有低氧血症，$PaO_2 < 60mmHg$，或伴有 $PaCO_2 > 50mmHg$，提示呼吸衰竭。

5. 心向量图检查　主要表现为右心室肥大和（或）右心房增大，随右心室肥大的程度加重，QRS 方位由正常的左下前或后逐渐演变为向后，再向下，最后转向右前，但终末部仍在右后。QRS 环自逆钟向运行或"8"字形发展至重度时之顺钟向运行。P 环多狭窄，左侧面与前额面 P 环振幅增大，最大向量向前下、左或右。一般说来，右心房肥大越明显，则 P 环向量越向右。

6. 超声心动图检查　可显示右肺动脉内径增大，右心室流出道内径增宽（$\geqslant 30mm$），右心室内径增大（$\geqslant 20mm$），右心室前壁及室间隔厚度增加，搏动幅度增强，左、右心室内径比 <2。二维扇形超声心动图示肺总动脉舒张期内径明显增大。多普勒超声心动图中时现三尖瓣反流及右室收缩压增高。

7. 右心导管检查　经静脉送入漂浮导管至肺动脉，直接测定肺动脉和右心室压力，可作肺心病的早期诊断。

【诊断与鉴别诊断】

1. 诊断　肺心病患者一旦出现心肺功能衰竭，诊断一般不难。对早期患者的诊断有时尚难肯定，需结合病史、症状、体征和各项实验室检查进行全面分析后作出综合判断。下列各项可作为诊断参考：

（1）有慢性胸肺疾病史，或具有明显的肺气肿、肺纤维化体征。

（2）出现肺动脉高压和右室增厚的客观征象：如剑突下明显的收缩期搏动，或三尖瓣区收缩期杂音，肺动脉瓣第二心音亢进，胸骨左缘第 2～3 肋间收缩期抬举性的搏动。

（3）右心功能失代偿的表现，如肝肿大压痛，肝颈静脉回流征阳性，踝以上水肿伴颈静脉怒张。

（4）理化检查　参见各项实验室检查诊断标准。

2. 鉴别诊断

（1）冠心病　肺心病和冠心病都见于老年患者，均可发生心脏扩大、心律失常和心力衰竭，少数患者心电图上 I、aVL 或胸导联出现 Q 波，类似陈旧性心肌梗死。但肺心病无典型心绞痛或心肌梗死的临床表现，多有慢性支气管炎、哮喘、肺气肿等胸、肺疾病史，心电图中 ST－T 改变多不明显，且类似陈旧性心肌梗死的图形多发生于肺心病的急性发作期和明显右心衰竭时，随着病情的好转，这些图形可很快消失。

（2）风湿性心脏病　肺心病患者在三尖瓣区可闻及 I～Ⅱ级的吹风样收缩期杂音，有时可传到心尖部；有时出现肺动脉瓣关闭不全的吹风样舒张期杂音；加上右心室肥大、肺动脉高压等表现，易与风湿性心脏瓣膜病相混淆。一般通过详细询问有关慢性肺、胸疾病史，有肺气肿和右心室肥大的体征，结合 X 线片、心电图、心电向量图、超声心动图等表现以及动脉血氧饱和度显著降低、二氧化碳分压高于正常等，可资鉴别。

（3）原发性扩张型心肌病、缩窄性心包炎　前者心脏增大常呈球形，常伴心力衰竭、房室瓣膜相对关闭不全所致杂音。后者有心悸、气促、发绀、颈静脉怒张、肝肿大、腹水、浮肿及心电图低电压等，均需与肺心病相鉴别。一般通过病史、X 线片、心电图等不难鉴别。

（4）其他昏迷状态　肺心病肺性脑病昏迷需与肝性昏迷、尿毒症昏迷和少数脑部占位性病变和脑血管意外的昏迷相鉴别。这类昏迷一般都有其原发疾病的临床特点，不难鉴别。

【治疗】

1. 治疗思路　本病急性发作期以西医治疗为主，结合中医辨证施治，如清热化痰、活血化瘀、利水消肿等。缓解期以中医治疗为主，补益肺脾肾诸脏，预防感冒，以减少急性发作和住院次数。

2. 西医治疗

（1）急性期

1）控制呼吸道感染：及早进行抗感染治疗，有效控制呼吸道感染，是提高疗效和降低病死率的重要措施。

目前主张联合用药，根据痰培养和致病菌药敏试验结果选用。不能明确何种致病菌感染时可根据感染的环境及痰涂片革兰染色选用抗菌药物，应提倡对致病菌的覆盖。院外感染一般以革兰阳性菌为主，可首选大环内酯类、二代以上头孢菌素类和三代以上喹诺酮类，可口服或静脉滴注。院内感染一般为革兰阴性杆菌为主，首选三代头孢。可参照社区获得性肺炎和医院获得性肺炎相关治疗原则进行。如合并真菌感染，则给予抗真菌药。

2）改善呼吸功能，抢救呼吸衰竭：采取综合措施，包括缓解支气管痉挛、清除痰液、畅通呼吸道、持续低浓度（24%～35%）给氧、应用呼吸兴奋剂等。必要时施行气管切开、气管插管和机械呼吸器治疗等。

3）控制心力衰竭：轻度心力衰竭给予吸氧、改善呼吸功能、控制感染后症状即可减轻或消失。较重者加用利尿剂能更快地控制心衰。如果心衰控制不满意再考虑使用强心药物。此外，应采取卧床休息、控制钠盐摄入、控制补液等针对性措施。

利尿剂：肺心病心衰时应用利尿剂，一般以小量、联合、交替为使用原则。如常用：氢氯噻嗪（双氢克尿噻）25mg，口服，每日1～3次；氨苯蝶啶50mg，口服，每日1～3次；安体舒通20mg，口服，每日1～3次；水肿严重需快速消肿者，可用利尿酸钠25～50mg或速尿20～40mg加于50%葡萄糖溶液20ml中静脉推注，亦可口服。

正性肌力药：在呼吸道感染基本控制、呼吸功能改善后，心力衰竭症状仍较明显者，可用小量洋地黄药物。最好选用作用快、排泄快的制剂如西地兰或毒毛旋花子苷K。因为肺心病由于缺氧和感染对洋地黄药物的耐受性降低，有效量与中毒量很接近，容易出现各种心律失常等毒性反应，应引起注意。亦可选用地高辛0.125～0.25mg，口服，每日1次。

血管扩张剂：如酚妥拉明可扩张肺小动脉，降低肺嵌楔压和右心室舒张末期压，使肺血流阻力降低，周围静脉容量增高，减轻心脏前、后负荷，降低耗氧量，增加心肌收缩力。可用10～20mg加入5%葡萄糖250～500ml中静脉缓慢滴注，每日1次。此外，硝普钠、消心痛等均有一定疗效。另外，血管紧张素转换酶抑制剂（ACEI）如巯甲丙脯酸，每日12.5～25mg，口服，可改善心衰症状。因血管扩张剂非选择性扩肺动脉，可使血压下降，反射性产生心率加快、氧分压下降、二氧化碳分压升高等副作用，限制了它的应用。

4）控制心律失常：肺心病患者常出现心律失常，尤其在急性呼吸道感染或急性呼吸衰竭时，因缺氧、电解质紊乱而出现各种心律失常，以房性异位心律为常见。治疗上以积极控制呼吸道感染，改善呼吸功能，纠正缺氧和酸中毒为主，如有必要则根据心律失常类型选用抗心律失常药物。

5）应用肾上腺皮质激素：在有效控制感染的情况下，短期大剂量应用肾上腺皮质激素，对抢救早期呼吸衰竭和心力衰竭有一定作用。通常用氢化可的松100～300mg或甲泼尼龙20～40mg加于5%葡萄糖溶液250 ml中静脉滴注，每日1次。如有胃肠道出血，肾上腺皮质激素的使用应十分慎重。

6）营养支持疗法：肺心病患者因右心衰竭和高碳酸血症常导致胃肠道淤血、低氧血症，抗生素、茶碱对胃黏膜的刺激，又可导致胃肠功能紊乱和损伤。因此肺心病患者多有营养不良和呼吸肌疲劳，为了使呼吸衰竭能得到满意控制，营养支持疗法十分重要。一般可给予要素饮食，如各种维生素，静脉输注葡萄糖、复方氨基酸和白蛋白等。为避免过多摄入葡萄糖引起大量CO_2的产生，可静脉滴注乳化脂肪注射液，以补充足够的能量，促进患者迅速康复。

7）并发症的处理：应积极救治并发症，如酸碱平衡失调、电解质紊乱、消化道出血、休克、弥散性血管内凝血等。

（2）缓解期 积极治疗肺部原发病，防治引起急性发作的诱因，如呼吸道感染等。提高机体免疫力，如核酪注射液皮下或肌肉注射，每次2～4ml，每周2次，3～6个月为1疗程。另外还有免疫核糖核酸、胎盘脂多糖肌肉注射等；口服左旋咪唑亦可提高和调节免疫功能。

3. 中医辨证论治

（1）急性期

1）痰浊壅肺证

证候：咳嗽痰多，色白黏腻或呈泡沫样，短气喘息，稍劳即著，脘痞纳少，倦怠乏力；舌质偏淡，苔薄腻或浊腻，脉滑。

治法：健脾益肺，化痰降气。

代表方剂：苏子降气汤加减。

常用药物：苏子　橘皮　半夏　当归　前胡　厚朴　肉桂　茯苓　白术　党参　甘草　生姜

2）痰热郁肺证

证候：喘息气粗，烦躁，胸满，咳嗽，痰黄或白，黏稠难咯，或身热微恶寒，有汗不多，溲黄便干，口渴；舌红，舌苔黄或黄腻，边尖红，脉数或滑数。

治法：清肺化痰，降逆平喘。

代表方剂：越婢加半夏汤加减。

常用药物：麻黄　石膏　半夏　鱼腥草　瓜蒌　浙贝母　知母　芦根　生姜　大枣　甘草

3）痰蒙神窍证

证候：神志恍惚，谵语，烦躁不安，撮空理线，表情淡漠，嗜睡，昏迷，或肢体瞤动，抽搐，咳逆，喘促，咯痰不爽，苔白腻或淡黄腻；舌质暗红或淡紫，脉细滑数。

治法：涤痰开窍，息风止痉。

代表方剂：涤痰汤加减，另服安宫牛黄丸或至宝丹。

常用药物：制半夏　制南星　陈皮　枳实　茯苓　人参　石菖蒲　竹茹　钩藤　全蝎　羚羊角　甘草　生姜

4）阳虚水泛证

证候：面浮，下肢肿，甚则一身悉肿，腹部胀满有水，心悸，咳喘，咯痰清稀，脘痞，纳差，尿少，怕冷，面唇青紫；舌胖质暗，苔白滑，脉沉细。

治法：温肾健脾，化饮利水。

代表方剂：真武汤合五苓散加减。

常用药物：炮附子　白术　茯苓　芍药　生姜　桂枝　猪苓　泽泻　泽兰　红花　汉防己　葶苈子

（2）缓解期

1）肺肾气虚证

证候：呼吸浅短难续，声低气怯，甚则张口抬肩，倚息不能平卧，咳嗽，痰白清稀如沫，胸闷，心慌形寒，汗出；舌淡或暗紫，脉沉细微无力，或有结代。

治法：补肺纳肾，降气平喘。

代表方剂：补肺汤加减。

常用药物：人参　黄芪　熟地　五味子　紫菀　桑白皮　胡桃肉　沉香　肉桂　干姜

细辛

2）气虚血瘀证

证候：喘咳无力，气短难续，痰吐不爽，心悸，胸闷，口干，面色晦暗，唇甲发绀，神疲乏力；舌淡暗，脉细涩无力。

治法：益气活血，止咳化痰。

代表方剂：生脉散合血府逐瘀汤加减。

常用药物：人参　麦冬　五味子　当归　生地　桃仁　红花　枳壳　赤芍　柴胡　甘草　桔梗　川芎　牛膝　紫菀　款冬花　贝母

【预防与调护】

1. 积极预防和治疗各种肺、胸疾患，尤其重点防治感冒，以防感染，减少肺心病发病机会。

2. 改善环境，消除烟尘，提倡不吸烟，尤其要避免被动吸烟。

3. 加强锻炼，增强体质和抗病能力。

第五节　支气管哮喘

本病与中医的"哮病"相类似。

【西医病因病理】

1. 病因　哮喘的发病因素较复杂，现在还不十分清楚，大多认为与多基因遗传有关，同时受环境因素和遗传因素的双重影响。已经有研究表明存在与气道高反应性、IgE调节基因和特异性反应相关的基因，这些基因在哮喘的发病中起着重要的作用。另外，激发因素如吸入物、感染、食物、药物、剧烈运动、气候骤然变化、精神因素、接触工业染料、农药等也可诱发哮喘。

2. 发病机制　多数学者认为变态反应、气道炎症、气道高反应性及神经等因素相互作用与哮喘的发病密切相关。

3. 病理　哮喘疾病早期，很少有器质性改变。随着疾病的发展肉眼可见肺膨胀及肺气肿，肺柔软疏松有弹性，支气管和细支气管内有黏稠痰液及黏液栓。支气管壁增厚（各种细胞外基质成分在气道壁沉积增多是慢性哮喘气道壁增厚的原因之一），黏膜充血肿胀形成皱襞，黏液栓塞致局部肺不张。显微镜下见气道上皮下有嗜酸性粒细胞、中性粒细胞、淋巴细胞、肥大细胞、肺泡巨噬细胞浸润，支气管内分泌物潴留，气道黏膜下组织水肿，微血管扩张，通透性增加，纤毛上皮剥离，基底膜露出，杯状细胞增生等病理改变。支气管哮喘长期反复发作，致支气管平滑肌细胞增生肥厚，气道上皮细胞下纤维化，基底膜增厚，导致气道重构和周围肺组织对气道的支持作用消失。

【中医病因病机】

哮病的发生因宿痰内伏于肺，加之复感外邪、饮食、情志、劳倦等诱因，诱动内伏之宿痰，致痰阻气道，肺气上逆、气道挛急而发病。

1. 外邪侵袭　外感风寒或风热之邪，失于表散，外邪郁闭皮毛，阻塞肺气，气不布津，聚液生痰，致肺气上逆而发生哮喘。尚有某些体质禀赋特异者，吸入花粉、异味气体、烟尘等亦影响肺气的宣降，使津液凝聚、痰浊内蕴、气道狭窄而发哮喘。

2. 饮食不当　过食生冷，寒饮内停，或恣食酸咸肥甘，或嗜酒，积痰蒸热，或因进食鱼虾等，致脾失健运，内酿痰湿，上干于肺，壅阻肺气而致哮喘。

3. 肺肾亏虚　久病体虚或素禀体弱，肺气虚损，气不布津，痰饮内生，阻塞气道；或阴虚火盛，热蒸痰凝，痰热胶固，壅塞气道；或肾元不固，摄纳失常，则气不归元，均可致肺气上逆而发为哮喘。

哮病的病位在肺，而与脾、肾、肝、心密切相关。其病理性质属本虚标实。临床具有起病急骤、时发时止、反复发作的特点。哮病的病理因素以痰为主，痰的产生主要由于肺不布津，脾运失健，肾不主水，以致津液凝聚成痰，伏藏于肺，成为发病的潜在"宿根"，遇各种诱因而引发。

哮病反复发作，寒痰伤及脾肾之阳，痰热耗灼肺肾之阴，则可从实转虚，表现为肺、脾、肾等脏器的虚弱之候。肺虚气不化津，卫外不固，易受外邪的侵袭而诱发；脾虚运化失司，积湿生痰，上干于肺，影响肺气的升降；肾虚摄纳失常，则阳虚水泛为痰，或阴虚虚火灼津为痰，上干于肺，致肺气升降失司。严重者因肺不能主治节调理心血的运行，命门之火不能上济于心，致心阳同时受累，发生"喘脱"危候。

【临床表现】

1. 症状　支气管哮喘发作时，表现为发作性伴有哮鸣音的呼气性呼吸困难，或发作性胸闷和咳嗽。严重者被迫采取坐位，或端坐呼吸，干咳或咯大量白色泡沫痰，甚至出现发绀、汗出。咳嗽变异性哮喘则仅有咳嗽症状。临床症状可在数分钟内发作，经数小时或数天，经用支气管舒张剂治疗或自行缓解，有些患者缓解数小时后可再次发作。具有在夜间及凌晨发作或加重的特点。哮喘严重发作，持续24小时以上，经治疗不缓解者，称为"哮喘持续状态"，患者呼吸困难加重，发绀，大汗淋漓，面色苍白，四肢厥冷，因严重缺氧、二氧化碳潴留而致呼吸衰竭。

2. 体征　哮喘发作时胸部呈过度充气状态，双肺广泛哮鸣音，呼气音延长。轻度哮喘或哮喘发作严重时，肺部可无哮鸣音。哮喘发作严重时出现心率增快、奇脉、胸腹部反常运动和发绀。合并呼吸道感染时，肺部可听到湿啰音。非发作期体检可无阳性体征。

3. 并发症　发作时可并发气胸、纵隔气肿、肺不张；长期反复发作和感染可并发慢性支气管炎、肺气肿、支气管扩张、间质性肺炎、肺纤维化和肺源性心脏病。

【实验室及其他检查】

1. 血液检查　发作时可有嗜酸性粒细胞增高。如合并呼吸道感染时，可有白细胞总数及中性粒细胞增高。

2. 呼吸功能检查

（1）通气功能检测　哮喘发作时因气道阻塞致呼气流速的全部指标均明显下降，1秒钟用力呼气量（FEV_1）、1秒钟用力呼气量与肺活量比值（$FEV_1/FVC\%$）、最大呼气中期流速（MMEF）以及呼气峰值流速（PEF）等均减少。肺活量指标显示用力肺活量减少，残气量、功能残气量和肺总量增加，残气量与肺总量比值增大。

（2）支气管激发试验（BPT）　常用吸入激发剂如组织胺、乙酰甲胆碱，以测定气道反应性。吸入激发剂后其通气功能下降，气道阻力增加。激发实验只用于FEV_1在预计值的70%以上的患者。如FEV_1下降>20%（指在设定的激发剂量范围内），可诊断为激发实验阳性。

（3）支气管舒张试验（BDT）　常用吸入型的支气管舒张剂如特布他林、沙丁胺醇等，测定气道气流受限的可逆性。若 FEV_1 比用药前增加 > 15%，且绝对值 > 200ml，可诊断为支气管舒张试验阳性。

（4）PEF 及其变异率的测定 PEF 可反映气道功能的变化。哮喘发作时 PEF 下降。因哮喘常于夜间或凌晨发作或加重，使通气功能下降，故其通气功能具有时间节律变化的特点。若昼夜 PEF 变异率≥20%，符合气道气流受限可逆性改变的特点。

3. 痰液检查 可见较多嗜酸性粒细胞。

4. 动脉血气分析 哮喘发作严重时可有缺氧，动脉血氧分压（PaO_2）降低，因过度通气致二氧化碳分压（$PaCO_2$）下降，pH 上升而呈呼吸性碱中毒。哮喘持续状态，气道严重阻塞，不仅缺氧，PaO_2 下降，还可伴二氧化碳潴留，出现呼吸性酸中毒。如缺氧明显，可合并代谢性酸中毒。

5. 胸部 X 线检查 早期发作时可见两肺透亮度增加，缓解期多无明显异常，反复发作或并发呼吸道感染，可见肺纹理增加及炎性浸润阴影。应注意肺不张、气胸或纵隔气肿等并发症的存在。

6. 特异性变应原的检测

（1）特异性 IgE 的测定 变应性哮喘患者血清特异性 IgE 明显增高。

（2）皮肤变应原测试 根据病史和生活环境选择可疑的变应原进行测试，可通过皮肤点刺的方法进行。皮试阳性患者对该过敏原过敏。吸入变应原测试因具有一定的危险性，已较少应用。

【诊断与鉴别诊断】

1. 诊断标准 典型发作者诊断不困难，根据病史及以下临床症状、体征和肺功能检测可诊断。

（1）反复发作喘息、呼吸困难、胸闷或咳嗽，多与接触变应原、冷空气，物理、化学性刺激，病毒性上呼吸道感染，运动等有关。

（2）发作时在双肺可闻及散在或弥漫性以呼气相为主的哮鸣音，呼气相延长。

（3）上述症状可经治疗缓解或自行缓解。

（4）症状不典型者（如无明显喘息或体征）应至少具备以下一项试验阳性。

1）支气管激发试验或运动试验阳性；

2）支气管舒张试验阳性；

3）最大呼气流量（PEF）日内变异率或昼夜波动率≥20%。

（5）除外其他疾病所引起的喘息、胸闷和咳嗽。

2. 支气管哮喘的分期及病情严重程度分级 可将支气管哮喘分为急性发作期、慢性持续期和缓解期。

（1）急性发作期 指气促、胸闷、咳嗽等症状突然发生或加重，患者常有呼吸困难，以呼气流量降低为特征，常因接触变应原等刺激物或治疗不当所致，哮喘急性发作时病情轻重不一，病情加重可在数小时或数天内出现，偶尔可在数分钟内危及生命，故应对病情做出正确的评估，有利于及时有效的紧急治疗。哮喘急性发作时严重程度的评估，见表 9 - 1。

表 9 - 1　　　　　　　　　　　哮喘急性发作期分度的诊断标准

临床特点	轻度	中度	重度	危重
气短	步行、上楼时	稍事活动	休息时	
体位	可平卧	喜坐位	端坐呼吸	
讲话方式	连续成句	常有中断	单字	不能讲话
精神状态	可有焦虑/尚安静	时有焦虑或烦躁	常有焦虑、烦躁	嗜睡或意识模糊
出汗	无	有	大汗淋漓	
呼吸频率	轻度增加	增加	常 >30 次/分钟	
辅助呼吸肌活动及三凹征	常无	可有	常有	胸腹矛盾运动
哮鸣音	散在，呼吸末期	响亮、弥漫	响亮、弥漫	减弱乃至无
脉率	<100 次/分钟	100 ~ 120 次/分钟	>120 次/分钟	>120 次/分钟或脉率变慢或不规则
奇脉	无（<10mmHg）	可有（10 ~ 25mmHg）	常有（>25mmHg）	无
使用 β_2 肾上腺素受体激动剂后 PEF 占正常预计值或本人平素最高值%	>80%	60% ~ 80%	<60% 或 < 100L/min 或作用时间 <2 小时	
PaO_2（吸空气）	正常	60 ~ 80mmHg	<60mmHg	
$PaCO_2$	<45mmHg	≤45mmHg	>45mmHg	
SaO_2（吸空气）	>95%	91% ~ 95%	≤90	
pH	—	—	降低	降低

（2）非急性发作期病情的总评价　许多哮喘患者即使没有急性发作，但在相当长的时间内总是不同频度和（或）不同程度地出现症状（喘息、咳嗽、胸闷等），因此需要依据就诊前临床表现、肺功能以及为控制其症状所需用药对其病情进行总的估价，见表 9 - 2。

（3）缓解期　指经过治疗或未经过治疗症状、体征消失，肺功能恢复到急性发作前水平，并维持 4 周以上。

表 9 - 2　　　　　　　　　　　　　非急性发作期哮喘病情的估价

病情	临床特点	控制症状所需药物
间歇发作	间歇出现症状，＜每周 1 次短期发作（数小时～数天），夜间哮喘症状≤每月 2 次，发作期间无症状，肺功能正常，PEF 或 FEV_1≥80% 预计值，PEF 变异率＜20%	按需间歇使用快速缓解药：如吸入短效 β_2 激动剂治疗，用药强度取决于症状的严重程度，可考虑每日定量吸入糖皮质激素（≤500μg/d）
轻度	症状≥每周 1 次，但＜每天 1 次，发作可能影响活动和睡眠，夜间哮喘症状＞每月 2 次，PEF 或 FEV_1≥80% 计值，PEF 变异率 20%～30%	用一种长期预防药物：在用抗炎药物时可以加用一种长效支气管舒张剂（尤其用于控制夜间症状）
中度	每日有症状，发作影响活动和睡眠，夜间哮喘症状＞每周 1 次，PEF 或 FEV_1＞60%，＜80% 预计值，PEF 变异率＞30%	每日应用长期预防药物：如吸入糖皮质激素，每日吸入短效 β_2 肾上腺激动剂和（或）长效支气管舒张剂（尤其用于控制夜间症状）
严重	症状频繁发作，夜间哮喘频繁发作，严重影响睡眠，体力活动受限，PEF、FEV_1＜60% 预计值，PEF 变异率＞30%	每日用多种长期预防药物：大剂量吸入糖皮质激素，长效支气管舒张剂和（或）长期口服糖皮质激素

2. 鉴别诊断

（1）心源性哮喘　左心衰竭时可出现心源性哮喘，发作时症状与哮喘相似，但心源性哮喘多有高血压、冠状动脉粥样硬化性心脏病、风湿性心脏病和二尖瓣狭窄等病史和体征。常咯粉红色泡沫痰，左心扩大，心率增快，心尖部可闻及奔马律，双肺可闻及广泛哮鸣音及湿啰音。

（2）喘息型慢性支气管炎　患者有慢性咳嗽、喘息史，有加重期。有肺气肿体征，两肺可闻及湿啰音。

（3）变态反应性肺浸润　见于肺嗜酸性粒细胞增多性浸润、热带嗜酸性细胞增多症、外源性变态反应性肺泡炎等疾病，患者可出现哮喘症状，但症状较轻，常有发热，且多有寄生虫、原虫、花粉、化学药品、职业粉尘等接触史。

（4）支气管肺癌　肺癌压迫或伴发感染导致支气管阻塞时，可出现类似哮喘样发作，出现呼吸困难，肺部可闻及哮鸣音，但患者发病常无诱因，咳嗽可伴有血痰。肺部 X 线、肺 CT、痰查脱落细胞、纤维支气管镜或磁共振等检查有助于鉴别诊断。

【治疗】

1. 治疗思路　对发病有确切诱因，如有过敏原接触或其他非特异性刺激因素，应立即脱离过敏原的接触。急性发作期以西医治疗为主。部分中药可减少炎性介质对气道的浸润，拮抗炎性细胞释放的炎性介质。另外，中医药治疗在提高免疫力方面具有优势，缓解期应以中医治疗为主，通过补益肺肾，达到提高机体免疫力、预防和减少复发的效果。

2. 西医治疗

（1）脱离变应原　能找到引起哮喘发作的变应原或其他非特异性的刺激因素，应立即使患者脱离变应原的接触。

（2）药物治疗

1）支气管舒张剂：此类药物主要具有舒张支气管作用。

①β_2肾上腺受体激动剂（简称 β_2 受体激动剂）：β_2 受体激动剂主要通过激动呼吸道的 β_2 受体，激活腺苷酸环化酶，使细胞内的环磷腺苷（cAMP）含量增加，游离 Ca^{2+} 减少，使支气管平滑肌舒张，为哮喘急性发作的首选药。沙丁胺醇、特布他林、非诺特罗等，属短效 β_2 受体激动剂，作用时间为 4~6 小时。丙卡特罗、沙美特罗和福莫特罗等属长效 β_2 受体激动剂，作用时间为 12~24 小时。长效 β_2 受体激动剂尚具有一定的抗气道炎症，增强黏液－纤毛运输功能的作用，适用于夜间哮喘。长期应用 β_2 受体激动剂可导致患者 β_2 受体功能下调，气道反应性增高，会增加哮喘发作次数，因此不应长期应用。

②茶碱类：茶碱类药能抑制磷酸二酯酶，提高平滑肌细胞内的 cAMP 浓度，拮抗腺苷受体引起的支气管痉挛；刺激肾上腺分泌肾上腺素，增强呼吸肌的收缩；还具有气道纤毛清除功能、抗炎和免疫调节作用，是治疗哮喘的有效药物。茶碱与糖皮质激素合用具有协同作用。

③抗胆碱药物：异丙托溴铵可阻断气道平滑肌上 M 胆碱受体，抑制胆碱能神经对气道平滑肌的控制，使气道平滑肌松弛，气道扩张。与 β_2 受体激动剂联合吸入具有协同作用，尤其适用于夜间哮喘。选择性 M_1、M_2 受体拮抗剂如泰乌托品（噻托溴铵）作用更强，持续时间更长，不良反应更少。

2）抗炎药：此类药物主要治疗哮喘的气道炎症，亦称为抗炎药。

①糖皮质激素：具有抑制炎症细胞趋化，抑制细胞因子的生成，抑制炎性介质的释放，增强平滑肌细胞 β_2 受体的反应性，抑制组胺酸脱羧酶、减少组胺的形成，抑制支气管腺体中酸性黏多糖的合成，减少血浆素原激活剂的释放及弹性蛋白酶和胶原酶的分泌等作用，是目前治疗哮喘最有效的抗炎药。可分为吸入、口服和静脉用药。

吸入剂：吸入治疗是目前推荐长期抗炎治疗哮喘的最常用方法，包括倍氯米松（BDP）、氟地卡松和布地奈德等，轻症哮喘吸入量为每日 200~500μg，中度持续者 500~1000μg/d，重度持续者一般每日 >1000μg（不宜超过每日 2000μg，氟地卡松剂量宜减半）。吸入药物全身副作用少，少数可引起口腔念珠菌感染、呼吸道不适和声音嘶哑，吸药后应用清水漱口。长期使用较大剂量（每日 >1000μg）者，应注意预防全身不良反应，如骨质疏松、肾上腺皮质功能抑制等。为减少吸入大剂量糖皮质激素的副作用，可与长效 β_2 受体激动剂、控释茶碱或白三烯受体拮抗剂等联合用药。

口服剂：泼尼松、泼尼龙。用于吸入糖皮质激素无效或需要短期加强的患者，可大剂量短疗程（每日 30~40mg）。

静脉用药：重度至严重哮喘发作时应及早应用琥珀酸氢化可的松（每日 100~400mg），注射后 4~6 小时起作用，亦可用地塞米松（每日 10~30mg），甲泼尼龙（每日 80~160mg）起效时间更短（2~4 小时）。症状缓解后逐渐减量，然后改口服和吸入雾化剂维持。

②色甘酸钠：为非激素类吸入性抗炎药，作用机制还不完全了解，已知的作用是以剂量依赖形式抑制人类部分 IgE 介导的肥大细胞释放介质；对肺泡巨噬细胞、嗜酸性粒细胞、中

性粒细胞和单核细胞等炎症细胞具有细胞选择性和介质选择性抑制作用。色甘酸钠雾化吸入 3.5~7mg 或干粉吸入 20mg，每日 3~4 次，经 4~6 周治疗后无效者可停用。

③其他药物：白三烯拮抗剂扎鲁司特 20mg，每日 2 次，孟鲁司特 10mg，每日 1 次。白三烯抑制剂齐流通是目前治疗哮喘应用较为广泛的药物。酮替酚和新一代组胺 H_1 受体拮抗剂阿司米唑、曲尼司特、氯雷他定对轻症哮喘和季节性哮喘有一定的效果，也可以与 β_2 受体激动剂联合用药。

（3）急性发作期的治疗

1）轻度哮喘：吸入短效 β_2 肾上腺能受体激动剂，如特布他林，沙丁胺醇。可选用手控定量雾化（MDI）或干粉剂吸入（每日 200~500μg），显效快（5~10 分钟），因维持时间不长（约 4~6 小时），可间断吸入。效果不佳时，可选用 β_2 受体激动剂释控片（帮备，每日 10mg）或茶碱控释片（时尔平，每日 200mg），或雾化吸入异丙托溴胺。

2）中度哮喘：吸入 BDP 每日 500~1000μg，规则吸入 β_2 受体激动剂（沙丁胺醇或特布他林）或口服长效 β_2 受体激动剂。氨茶碱是目前治疗哮喘的有效药物，可用氨茶碱 0.25g 加入 10% 葡萄糖液中缓慢静脉滴注，也可用氨茶碱 0.5g 加入葡萄糖液 500ml 中静脉滴注；若仍不能缓解，可加用异丙托溴胺雾化吸入，加服白三烯拮抗剂（安可来），或口服糖皮质激素（泼尼松，每日 <60mg）。

3）重度至危重度哮喘

给氧：一般吸入氧浓度为 25%~40%，并应注意湿化，可用鼻导管或面罩吸氧，使其保持 $PaO_2 > 60mmHg$，$SaO_2 \geq 90\%$，监测血氧，注意预防氧中毒。

糖皮质激素：常用琥珀酸氢化可的松（每日 100~400mg 静脉滴注）、地塞米松（每日 10~30mg）或甲泼尼龙（每日 80~160mg，静脉注射）。病情好转（3~5 日）可改为口服泼尼松（每日 30~40mg）。吸入糖皮质激素二丙酸倍氯米松（BPD，每日 300mg），也可用超声雾化吸入地塞米松。

支气管扩张剂的应用：雾化吸入沙丁胺醇（0.5% 沙丁胺醇 1ml 用适量的生理盐水稀释）；皮下或肌肉注射沙丁胺醇 500μg/次（每次 8μg/kg 体重），可重复注射；静脉注射沙丁胺醇 250μg/次（每次 4μg/kg 体重）；氨茶碱静脉推注或静脉滴注（5mg/kg 体重）；溴化异丙托品雾化吸入：250~500μg 溴化异丙托品加入 2ml 生理盐水雾化吸入，每日 4~6 次。

维持水电解质平衡，纠正酸碱平衡，纠正呼吸衰竭。

抗生素的应用：并发感染者，选择有效抗生素，积极控制感染是治疗危重症哮喘的有效措施。

其他：及时处理严重气胸、并发气胸时，机械通气应在胸腔引流气体条件下进行。如病情恶化缺氧不能纠正时，应进行无创或有创机械通气。

（4）哮喘非急性发作期的治疗　根据哮喘非急性发作期的病情评价，并按病情不同程度选择适当的治疗方案。

1）间歇至轻度：按个体差异吸入 β_2 受体激动剂或口服 β_2 受体激动剂以控制症状。口服小剂量茶碱，也可定量吸入小剂量糖皮质激素（每日 ≤500μg）。

2）中度：按患者情况吸入 β_2 受体激动剂，疗效不佳时改用口服 β_2 受体激动剂控释片，口服小剂量控释茶碱，可口服白三烯拮抗剂，如孟鲁司特、扎鲁司特和 5-脂氧酶抑制剂等。亦可加用抗胆碱药，定量吸入糖皮质激素（每日 500~1000μg）。

3）重度：应规律吸入 β_2 受体激动剂或口服 β_2 受体激动剂及茶碱控释片，或 β_2 受体激动剂联用抗胆碱药或加用白三烯拮抗剂口服，吸入糖皮质激素量每日 >1000μg。若仍有症状，需规律口服泼尼松或泼尼龙，长期服用者，尽可能将剂量维持于每日 ≤10mg。

以上方案为基本原则，但必须个体化，联合运用，以最小量、最简单的联合，副作用最少，达到最佳控制症状为原则。

（5）免疫疗法　包括特异性和非特异性两种，前者又称脱敏疗法。脱敏疗法即采用特异性变应原（如花粉、螨、猫毛等）作定期反复皮下注射，剂量由低至高，以产生免疫耐受性，使患者脱敏。脱敏治疗可产生局部反应（皮肤红肿、瘙痒、皮疹等），全身反应包括荨麻疹、喉头水肿、支气管痉挛以致过敏性休克，因此，脱敏疗法应在具有抢救措施的医院进行。非特异性免疫疗法，如注射转移因子、卡介苗、疫苗等生物制品，以抑制变应原反应的过程，有一定的疗效。

3. 中医辨证论治

（1）发作期

1）寒哮证

证候：呼吸急促，喉中哮鸣有声，胸膈满闷如塞，咳不甚，咳吐不爽，痰稀薄色白，面色晦滞带青，口不渴或渴喜热饮，天冷或受寒易发，形寒畏冷，初起多兼恶寒发热、头痛等表证；舌苔白滑，脉弦紧或浮紧。

治法：温肺散寒，化痰平喘。

代表方剂：射干麻黄汤加减。

常用药物：射干　麻黄　细辛　紫菀　款冬花　半夏　五味子　葶苈子　杏仁　苏子　生姜　大枣

2）热哮证

证候：气粗息涌，咳呛阵作，喉中哮鸣，胸高胁胀，烦闷不安，汗出口渴喜饮，面赤口苦，咯痰色黄或色白，黏浊稠厚，咯吐不利，不恶寒；舌质红，苔黄腻，脉滑数或弦滑。

治法：清热宣肺，化痰定喘。

代表方剂：定喘汤加减。

常用药物：白果　麻黄　桑白皮　款冬花　半夏　杏仁　苏子　黄芩　石膏　葶苈子　地龙　射干　知母　鱼腥草　甘草

（2）缓解期

1）肺虚证

证候：喘促气短，语声低微，面色㿠白，自汗畏风，咯痰清稀色白，多因气候变化而诱发，发前喷嚏频作，鼻塞流清涕；舌淡苔白，脉细弱或虚大。

治法：补肺固卫。

代表方剂：玉屏风散加味。

常用药物：黄芪　白术　防风　白芍　桂枝　生姜

2）脾虚证

证候：倦怠无力，食少便溏，面色萎黄无华，痰多而黏，咳吐不爽，胸脘满闷，恶心纳呆，或食油腻易腹泻，每因饮食不当而诱发；舌质淡，苔白滑或腻，脉细弱。

治法：健脾化痰。

代表方剂：六君子汤加味。

常用药物：人参 炙甘草 茯苓 白术 陈皮 制半夏 苏子 白芥子 生姜 大枣

3）肾虚证

证候：平素息促气短，呼多吸少，动则为甚，形瘦神疲心悸，腰酸腿软，脑转耳鸣，劳累后哮喘易发；或面色苍白，畏寒肢冷，自汗，舌淡苔白，质胖嫩，脉沉细；或颧红，烦热，汗出黏手，舌红少苔，脉细数。

治法：补肾纳气。

代表方剂：金匮肾气丸或七味都气丸加减。

常用药物：桂枝 附子 熟地 山茱萸 山药 茯苓 丹皮 泽泻 五味子

【预防与调护】

1. 注意气候变化，适当进行散步、打太极拳等体育活动。

2. 了解哮喘的激发因素，避免接触一切过敏原，减少发作机会。

3. 防止过度疲劳和情志刺激，避免剧烈运动。

4. 熟悉哮喘发作先兆表现，学会哮喘发作时进行简单的紧急自我处理办法；了解常用平喘药物的作用、用量、用法、副作用；掌握发作时紧急自我处理方法及正确的吸入技术。根据病情，缓解期正确使用支气管舒张剂、抗炎剂。与医生共同制定出防止复发、保持长期稳定的方案。

5. 坚持服用扶正固本的中药，以提高机体免疫力、减少复发。

第六节 肺 炎

本病与中医的"肺热病"相类似，可归属于"咳嗽"、"喘证"、"肺炎喘嗽"等病证范畴。

【西医病因病理】

1. 病因及发病机制 引起肺炎的致病因素不同，其病因及发病机制也各有特点，现分述如下：

（1）细菌性肺炎

1）肺炎链球菌肺炎：根据肺炎链球菌荚膜多糖的抗原特性，现分为86个血清型，成人致病菌多属1~9型及12型，其中第3型毒力最强。

2）葡萄球菌肺炎：葡萄球菌有凝固酶阳性和阴性两种，前者如金黄色葡萄球菌（简称金葡菌），后者如表皮葡萄球菌。主要通过呼吸道感染引起肺炎，也可经血行播散感染。毒素与酶是其主要致病物质，具有溶血、坏死、杀伤白细胞及致血管痉挛的作用。金葡菌是化脓性感染的主要原因。

3）克雷白杆菌肺炎：克雷白杆菌属肠杆菌科克雷白菌属。根据荚膜抗原不同，可分为80多个血清型，引起肺炎者以1~6型最为多见。引起社区获得性肺炎，亦为医院获得性肺炎的病原体，常与吸入有关。口咽部、肠道、感染的泌尿道是该细菌最重要的贮存场所。

4）军团菌肺炎：军团菌存在于水及土壤中，多经空气传播，由呼吸道吸入而产生炎症反应，进入血液循环则可引起全身感染。中老年、慢性疾病、恶性肿瘤和接受免疫抑制剂治疗者易患病。

（2）病毒性肺炎 病毒性感染在呼吸道感染性疾病中比例较高，约占90%。包括腺病毒、呼吸道合胞病毒、流感病毒、副流感病毒、鼻病毒、冠状病毒、麻疹病毒、巨细胞病毒、单纯疱疹病毒等。这些病毒主要通过飞沫与直接接触传播。

（3）肺炎支原体肺炎　肺炎支原体大小介于细菌与病毒之间。感染以儿童及青年人居多，传染性不强，平均潜伏期2~4周，痊愈后带菌时间长。流行表现为间歇性发病，流行可持续数月至一两年。

（4）真菌性肺炎　生长在土壤中的真菌将孢子播散到空气中，可能被吸入肺部引起肺真菌感染。如曲菌、奴卡菌、隐球菌等。这些真菌都可能被吸入肺部引起肺真菌感染。当机体免疫力下降时，有些口腔寄生真菌可经呼吸道吸入引起肺部感染，如念珠菌、放线菌等。另外，颈部、膈下病灶中的真菌感染亦可直接蔓延，或循淋巴、血液系统到达肺部引起肺炎。

（5）肺炎衣原体肺炎　肺炎衣原体的宿主是人，可能通过呼吸道分泌物传播，也可通过污染物导致肺部感染。多发生于年老体弱、营养不良、免疫功能低下者，常在聚集场所的人群中流行。

（6）非感染性肺炎

1）放射性肺炎：放射线可损伤肺组织，其炎症程度与接受的放射线剂量关系密切，严重者可发展为肺广泛纤维化，甚至发生呼吸衰竭或急性呼吸窘迫综合征。

2）吸入性肺炎：主要为吸入胃内容物，由于胃酸的刺激，产生急性肺部炎症反应，肺组织损害程度与胃液中盐酸浓度、吸入量及分布范围有关。

2. 病理　由于引起肺炎的病因不同，所发生的病理变化也不尽相同。病原体到达下呼吸道，在其中生长繁殖，引起周围肺泡毛细血管充血、水肿，肺泡内纤维蛋白渗出及细胞浸润。

（1）细菌性肺炎

1）肺炎链球菌肺炎：多呈大叶性或肺段性分布。病理变化可分为四期：早期为充血期，表现为肺组织充血、扩张、水肿和浆液性渗出；继而为红色肝变期，肺泡内有大量中性粒细胞、吞噬细胞及红细胞的渗出；进而为灰色肝变期，大量白细胞纤维蛋白渗出；最后为消散期，纤维蛋白性渗出物溶解、吸收，肺泡重新充气。

2）葡萄球菌肺炎：常呈大叶性分布，肺组织可有肺叶或肺段化脓性炎症或多发性脓肿，炎症和脓肿消散后，可形成肺大泡或囊状气肿，气肿破溃可形成气胸或脓气胸。

3）克雷白杆菌肺炎：原发性克雷白杆菌肺炎常呈大叶分布，以右上叶多见，继发性者多呈小叶分布。

4）军团菌肺炎：主要侵犯肺泡和细支气管，发生化脓性支气管炎，也可形成融合性大叶实变。呈多灶性，渗出物中含有大量纤维蛋白，肺泡间隙炎性细胞渗出，以中性多核细胞与巨噬细胞为主，损伤肺泡，可致肺纤维化。

（2）病毒性肺炎　病毒侵入细支气管上皮引起细支气管炎，侵入肺间质、肺泡引起肺炎。多表现为间质性肺炎，肺泡间隔有大量单核细胞浸润，肺泡水肿，内含纤维蛋白。肺泡细胞和巨噬细胞内可见病毒包涵体，细支气管内有渗出物。病毒性肺炎多为局灶性或广泛弥漫性，偶成肺实变，病变吸收后可留有纤维化，甚至结节性钙化。

（3）支原体肺炎　肺部病变表现为细支气管炎、支气管肺炎或间质性肺炎，常累及呼吸道黏膜。肺泡壁与间隔有中性粒细胞、单核细胞及浆细胞浸润，支气管黏膜充血，上皮细胞肿胀，形成胞浆空泡，有坏死和脱落。胸腔可有纤维蛋白渗出和少量渗液，并可发生灶性肺不张。

（4）肺炎衣原体肺炎　基本病理变化是一种化脓性细支气管炎，继而发生支气管肺炎或间质性肺炎。

（5）真菌性肺炎　基本病理变化为凝固性坏死、细胞浸润和化脓。肺部可有过敏反应、化脓性炎症反应或形成慢性肉芽肿。

（6）非感染性肺炎

1）放射性肺炎：主要病理改变为肺血管特别是毛细血管损伤、充血、水肿及细胞浸润，淋巴管扩张和透明膜形成。

2）吸入性肺炎：吸入物刺激引起支气管痉挛，随后产生急性炎症反应和周围炎性物质浸润。引起肺泡上皮细胞破坏、变性，并累及毛细血管壁，使血管壁通透性增加，液体渗出，引起水肿及出血性肺炎。

【中医病因病机】

本病多由于劳倦过度，或寒温失调，起居不慎，卫外功能减弱，暴感外邪，病邪犯肺而发。

1. 风热犯肺　肺居上焦，为五脏华盖，上连咽喉，开窍于鼻，外合皮毛，而主卫表。风热之邪侵袭人体，从口鼻而入，首犯肺卫。邪犯肺卫，外而邪正相争，则发热、恶寒；内而肺失宣肃，则咳嗽、咯痰。

2. 痰热壅肺　病势不解，卫邪入里而达气分，或寒郁化热，或邪热郁肺，或素体热盛，热邪炽盛，灼津炼液成痰，痰热壅肺，肺气不清。

3. 热闭心神　失治误治，或正不胜邪，热毒炽盛，热扰心神，则烦躁不安；热闭心神，则神昏谵语，或昏愦不知。

4. 阴竭阳脱　如不及时救治，进一步发展则病势凶险，邪热闭阻于内，阳气不达，或邪热太盛，正气不支，或邪正剧争，正气溃败，骤然外脱，则阴津失其内守，阳气不能固托，终则阴阳不能维系，形成阴竭阳脱之危象。

总之，肺热病属外感病，病位在肺，与心、肝、肾关系密切。病分虚、实两类，以实者居多。外邪内侵，邪郁于肺，化热、生痰、酿毒，三者互结于肺，发为本病。

【临床表现】

1. 细菌性肺炎

（1）肺炎球菌肺炎

1）症状：社区获得性肺炎好发于冬季和初春，青壮年男性多见。医院获得性肺炎多发于体弱、慢性病、危重病者，长期使用糖皮质激素或其他免疫抑制剂治疗，以及接受侵入性检查、创伤性治疗者亦多见。常因受寒、醉酒、疲劳、精神刺激、病毒感染、全身麻醉而诱发，多有数日上呼吸道感染史或疖疮等皮肤感染史。

寒战、发热：起病急，寒战，高热，数小时内体温可达39℃以上，下午或傍晚达高峰，或呈稽留热，约持续1周。伴颜面潮红，口干，头痛，全身肌肉酸痛，疲乏。年老体弱者可无发热或发热不高。

胸痛：炎症波及胸膜可见患侧胸部刺痛，于咳嗽或深呼吸时加剧，患侧卧位则减轻。若炎症波及膈面胸膜，疼痛可放射至同侧下胸部、腹部或肩胛部，类似急腹症。

咳嗽、咯痰：咳嗽轻重不等，开始为干咳，继而咯少量白色泡沫痰，痰渐黏稠，或黄绿色，或痰带血丝，或全口血痰，血液往往和痰液混合，呈铁锈色，为肺炎球菌肺炎的典型症状。消散期为淡色稀薄痰，且量稍多。

呼吸困难：呼吸浅快，病情严重时影响气体交换，动脉血氧分压降低时可见发绀。

其他：可见胃纳锐减、恶心、呕吐、腹痛或腹泻等消化道症状。严重者在很短时间内就可出现周围循环衰竭、血压下降、急性呼吸窘迫综合征及感染中毒表现，称为休克型肺炎或中毒性肺炎。

2）体征：患者呈急性热性病容，口角或鼻周可出现单纯性疱疹，严重者可见气急、发绀。早期肺部无明显异常体征，仅有呼吸幅度减小、叩诊轻度浊音、听诊呼吸音减低和胸膜摩擦音。肺实变时叩诊呈浊音、听诊语颤增强和支气管呼吸音等典型体征。消散期可闻及湿啰音。病变累及胸膜时可有胸膜摩擦音。伴有胸腔积液时，叩诊呈实音，听诊呼吸音明显减弱，语颤亦减弱。重症患者可伴肠胀气，上腹部压痛。有败血症者，皮肤和黏膜可有出血点，巩膜黄染，累及脑膜时可出现颈抵抗。心率增快，有时心律不齐。

3）并发症：并发症较少见。当感染波及胸膜时可并发胸腔积液，量少，多可自行吸收，偶可发生脓胸。并发心肌炎时可出现早搏、阵发性心动过速或心房纤颤等心律失常表现。严重败血症或毒血症患者并发感染性休克，严重感染还可伴发弥散性血管内凝血、急性呼吸窘迫综合征和神志模糊、烦躁不安、嗜睡、谵妄、昏迷等神经系统症状。

（2）葡萄球菌肺炎

1）症状：常发生于糖尿病、血液病、艾滋病、肝病、营养不良等免疫功能受损的病人。院外感染起病较急，寒战、高热、胸痛、咳嗽、咯脓痰、痰带血丝或呈粉红色乳状，常有进行性呼吸困难，发绀。病情较肺炎链球菌肺炎更严重，常伴有明显的全身毒血症症状，危重者早期即可出现循环衰竭。院内感染起病稍缓慢，亦有高热、脓痰，老年人症状多不典型。经血行播散引起的金葡菌肺炎呼吸系统症状多不明显而以原发感染灶的表现及毒血症状为主，常没有呼吸系统症状。

2）体征：早期可无体征，病情发展可出现两肺散在湿啰音。病变较大或融合时可有肺实变体征。并发气胸或脓胸时可有相应体征。血源性葡萄球菌肺炎还可能伴发其他肺外病灶相应体征。

3）并发症：常可形成单个或多发性肺脓肿，穿破胸膜则导致气胸或脓胸。重者还伴发化脓性心包炎、脑膜炎等，也可经血行感染至神经系统、骨髓、关节、皮肤及肝、肾等处。

（3）克雷白杆菌肺炎

1）症状：年老体弱或慢性肺部疾病者容易继发，以上叶病变多见。起病突然，部分患者发病前有上呼吸道感染症状，寒战、高热、咳嗽、咯痰、呼吸困难、发绀，临床表现类似重症肺炎球菌肺炎。痰液常呈灰绿色或砖红色胶冻状，为此类肺炎的特征性改变，但临床并不多见。也有病人咯铁锈色痰或痰带血丝，或伴明显咯血，有些有恶心、呕吐等消化道症状，少数早期即发生虚脱。慢性患者少见，表现为咳嗽、咯痰，病情反复，病程久。

2）体征：急性病容，发热，多数病人体温波动于39℃上下，常有呼吸困难甚至发绀。可有典型的肺实变体征，有时仅表现为叩诊浊音、呼吸音减低和散在湿啰音。

3）并发症：可形成单个或多发性脓肿。病变累及胸膜和心包可引起渗出性或脓性积液，并能导致败血症，甚者全身衰竭、休克，病死率高。

（4）军团菌肺炎

1）症状：好发于秋季，多见于男性、年迈、体衰和抽烟者。慢性疾病、身体衰弱、恶性肿瘤和接受免疫抑制治疗者患此病的危险性很高。临床表现多样，轻者仅有全身不适、肌痛、头痛、多汗、倦怠、无力等流感样症状，可自愈。也有流感症状未消失前即出现高热，体温可达39℃以上，稽留热型，寒战。咳嗽，少量黏痰，或脓痰、血痰，部分患者有胸痛，呼吸困难。早期约半数患者以腹痛、呕吐、水样便等消化道症状为主，神经、精神症状亦较常见。

2）体征：急性病容，呼吸急促，重者发绀。体温上升与脉搏不成比例，心率相对徐缓。发病2~3天后，大部分病人肺内出现干湿啰音，有肺内实变体征，肝、脾及淋巴结可肿大。

3）并发症　病情发展可致呼吸衰竭、休克、弥散性血管内凝血、急性呼吸窘迫综合征或急性肾衰竭，早期多系统受累是本病的特点。

2. 病毒性肺炎

（1）症状　多发于病毒疾病流行季节。常在婴幼儿、老年人、免疫力差者人群中散发或暴发流行。临床症状较轻，但起病较急，初起见咽干、咽痛、鼻塞、流涕、发热、头痛及全身酸痛等上呼吸道感染症状，随即出现咳嗽，多为阵发性干咳，或有少量白色黏痰，伴胸痛、气喘、持续发热等。小儿或老年患者好发重症病毒性肺炎，表现为呼吸困难、发绀、嗜睡、精神萎靡等。由于引起病毒性肺炎的致病原不同，其临床表现和X线征象亦有不同。临床常见的7种病毒性肺炎列表如下（表9-3）：

表9-3　　　　　　　　　　　7种病毒性肺炎的临床、X线特征

	临床表现	X线特征
呼吸道合胞病毒肺炎	发病急，流行广，进展快，病情重。发热、咳嗽、喘憋或发作性喘憋加重为特征	肺门阴影扩大，肺纹理增粗，支气管周围小片状阴影，或有间质病变，肺气肿明显
腺病毒肺炎	起病急，热度高，热程长。嗜睡、萎靡等神经症状明显，且出现早。肺部实变体征可见	呈小点状、斑片状阴影，或融合病灶，或大片状阴影，可有肺不张或肺气肿
副流感病毒肺炎	起病较急，流行广，症状轻，热程短。痉挛性咳嗽，声音嘶哑，吸气性喘鸣，重者呼吸困难	肺部多呈小片状阴影，或见声门狭窄的特征像——"尖塔影"
流感病毒肺炎	起病急，传染性强，先有一般流感症状，尔后高热、咳嗽、少痰，或血痰	初起肺门周围炎症浸润，继而节段性均匀状阴影，晚期广泛片状或融合病灶
麻疹病毒肺炎	多在发疹期咳嗽加剧，高热不退，呼吸急促，发绀，三凹征	肺纹理粗，网状结节阴影，伴肺门淋巴结肿大和胸腔积液
水痘病毒肺炎	多在出疹后高热、咳嗽、血痰或咯血和胸痛	双肺弥漫性结节浸润或网状阴影，病灶可融合
巨细胞病毒肺炎	发热，关节肌肉疼痛，阵发性咳嗽和进行性呼吸困难、发绀	双肺弥漫性间质性或肺泡浸润，少数结节状阴影

（2）体征 一般病毒性肺炎肺部体征多不明显，或有病变部位浊音，呼吸音减弱，散在干湿性啰音。病情严重者有呼吸浅速，心率增快，肺部叩诊过清音，听诊喘鸣音，发绀，三凹征明显。肺部体征消失要警惕病情加重，防止发生休克。

（3）并发症 较少见，小儿、老年或重症感染，病情较重，甚至发生休克、心肺功能衰竭等并发症，也可发生急性呼吸窘迫综合征。

3. 肺炎支原体肺炎

（1）症状 常于秋季发病，儿童和青年人居多。多伴有咽炎、支气管炎等呼吸道感染，起病较缓，主要表现为咽干、咽痛、咳嗽、发热、纳差、乏力、肌痛等上呼吸道感染症状。发热无定型，持续 2～3 周，低热或高热，一般在 38℃ 左右，偶可达 39℃，可有畏寒，但无寒战。持久的阵发性刺激性呛咳为本病的突出症状，无痰或偶有少量黏痰或少量脓性痰，可有痰中带血丝。伴有恶心、呕吐等消化道症状，多有自限性。

（2）体征 咽部充血，耳鼓膜充血，有时颈淋巴结肿大，偶见斑丘疹、红斑，肺部一般无明显异常体征，呼吸音可减弱，偶可闻及干性或湿性啰音，有时全病程可无任何阳性体征。

（3）并发症 病情较轻，很少出现并发症。儿童可并发鼓膜炎或中耳炎，少数病例可出现胸腔积液。

4. 肺炎衣原体肺炎

（1）症状 起病隐袭，临床症状较轻或无症状，与肺炎支原体肺炎相似。多表现为咽痛、发热、寒战、头身疼痛，咳嗽以干咳为主，胸痛、不适和疲劳，病情恢复较慢，可持续数月。

（2）体征 阳性体征少或无，也可听到受累肺叶啰音，随病情加重肺部啰音可变得明显。

（3）并发症 肺炎衣原体感染时也可伴有其他肺外表现，如鼻窦炎、中耳炎、关节炎、脑炎、甲状腺炎等。

5. 真菌性肺炎

（1）肺放线菌病

1）症状：肺放线菌病多由口腔卫生不良或误吸含有放线菌颗粒的分泌物而发病。起病缓慢，早期可有低热或不规则发热，咳嗽较轻，黏液或脓性痰，有时带血，痰中有时可找到由菌丝缠结成的"硫黄颗粒"。并发脓毒血症时可见高热、剧咳、大量脓性痰，且痰带血丝或大量咯血，周身无力。累及胸膜可有剧烈胸痛，侵及胸壁可造成胸壁脓肿或瘘管，纵隔受累可出现呼吸或吞咽困难，其他邻近器官受侵袭时，可出现各种相应的症状。

2）体征：查体可见贫血、消瘦，偶有杵状指（趾）。也可有肺脓肿及胸腔积液体征。

3）并发症：波及胸膜可形成脓胸和胸壁瘘管，也可蔓延至心包、心脏、胸椎、肋骨、膈肌，形成膈下脓肿或肝脓肿。也可循血行播散至脑、心瓣膜等器官，甚至引起死亡。

（2）肺念珠菌病

1）症状：白色念珠菌主要存在于正常人的口腔、上呼吸道、阴道、肠黏膜上，一般不致病。当人体抵抗力下降、营养不良、长期应用抗生素或免疫抑制剂时，则在慢性肺系疾病基础上继发感染而发病。

临床上有支气管炎、肺炎两种类型。支气管炎型有类似慢性支气管炎症状，全身状况良好，一般无发热，阵发性刺激性咳嗽，咯多量似白色泡沫稀痰，口腔、咽部及支气管黏膜上被覆散在点状白膜。随病情进展，痰渐黏稠，伴喘憋、气短，夜间尤甚。肺炎型类似急性细菌性肺炎，临床表现较重，可有高热、畏寒、咳嗽、憋气、咯血、乏力、胸痛。典型者咯白色粥样痰，也可呈乳酪块状，痰液有酵母臭味或口腔及痰中有甜酒样芳香味为其特征性表现。

2）体征：支气管炎型除偶闻肺部啰音外，可无特殊体征。肺炎型可闻及湿啰音。

3）并发症：肺炎型可并发多发性脓肿，少数病例可有渗出性胸膜炎。

6. 非感染性肺炎

（1）放射性肺炎

1）症状：常见症状为刺激性干咳、气急和胸痛，呈进行性加重。伴感染时可有低热，体温一般在38℃左右。放射性物质损伤肋骨时可出现胸痛，严重者可因广泛肺纤维化而出现进行性呼吸困难、发绀，甚至呼吸衰竭。

2）体征：放射部位皮肤萎缩和硬结，出现色素沉着。继发感染时肺部可听到干、湿啰音和胸膜摩擦音。重症者可见端坐呼吸，发绀，呼吸音减低，亦可闻爆裂音。伴发肺源性心脏病时可出现右心衰竭的体征。

3）并发症：若病变时间长，反复呼吸道感染，可加重肺部病变，最后并发肺动脉高压和肺源性心脏病。

（2）吸入性肺炎

1）症状：多见于醉酒、麻醉、气管插管、气管切开及昏迷的病人，儿童每因误吸引起。患者常有吸入诱因史，初期有呛咳、气急，吸入后逐渐出现呼吸困难、发绀、咯淡红色浆液性泡沫状痰，并发细菌感染时咯大量脓性痰。如由气管食管瘘引起的吸入性肺炎，则每在进食后有痉挛性咳嗽、气急。昏迷病人无此表现。

2）体征：急性期双肺可听到较多湿啰音，伴哮鸣音，有时可见局限性肺实变体征。

3）并发症：病情严重者可发生呼吸窘迫综合征。

【实验室及其他检查】

1. 周围血象检查 大多数细菌性肺炎，血中白细胞总数可增高，以中性粒细胞增加为主，通常有核左移或细胞内出现毒性颗粒。年老体弱、酗酒、重症感染、免疫低下者的白细胞计数反而正常，但中性粒细胞百分比仍高。军团菌、葡萄球菌肺炎可有贫血表现。肺炎支原体感染时，周围血白细胞总数正常或稍高，细胞分类正常。血沉常增快，常伴轻度贫血、网织红细胞增多。病毒性肺炎白细胞计数可正常、稍高或偏低，淋巴细胞增多，血沉通常正常。合并细菌性感染时白细胞计数、中性粒细胞增多。真菌性肺炎可有中性粒细胞偏高。

2. 病原体检查

（1）痰涂片 在抗菌药物使用前方有临床意义。痰直接涂片做革兰染色及荚膜染色镜检，如发现典型的致病菌，基本可作出初步病原诊断。通过革兰染色还可鉴别阳性球菌和阴性杆菌。病毒性感染时，痰涂片以单核细胞为主，分泌细胞中可见有包涵体。军团菌肺炎痰检可见多核白细胞，普通染色及培养找不到嗜肺军团杆菌。真菌感染时痰涂片见有真菌孢子和菌丝。放线菌肺炎者的痰中可查到"硫黄颗粒"（将硫黄颗粒置于玻璃片上压平镜检，中心部为革兰阳性的菌丝，四周呈放射状排列，菌丝膨大呈棒状），是可靠的诊断依据。

（2）培养 可做痰、呼吸道分泌物及血培养，以鉴别和分离出致病菌株。有时需用特殊培养才能获得菌株，如厌氧菌、真菌、支原体、立克次体以及军团菌等。病毒性肺炎痰培养常无致病菌生长，需做病毒分离。

3. X线检查

（1）肺炎球菌肺炎　早期仅见肺纹理增粗或受累的肺段、肺叶稍模糊，随病情进展可见大片炎症浸润阴影或实变影，沿大叶、肺段或亚肺段分布，实变阴影中可见支气管充气征。肋膈角可有少量胸腔积液。消散期肺部炎性浸润逐渐吸收，可见散在的大小不一的片状阴影，继而变成索条状阴影，最后完全消散。如片块区域吸收较快，呈"假空洞"征。近年，由于抗生素的广泛应用，典型大叶实变少见，以肺段性病变多见。少数可见胸膜炎、气胸、脓胸等改变。老年患者因炎症消散较慢，容易吸收不完全而出现机化性肺炎。

（2）葡萄球菌肺炎　X线表现具有特征性，其一为肺段或肺叶实变，其内有空洞，或小叶状浸润中出现单个或多发的液气囊腔。另一特征为X线阴影的易变性，表现为某处炎性阴影消失而在另一部位出现新的病灶，或单一病灶融合成大片阴影。痊愈后肺部阴影几乎完全消散，少数遗留索条状或肺纹理增粗、增多等。

（3）克雷白杆菌肺炎　X线表现多种多样，肺大叶实变好发于右肺上叶、双肺下叶，有多发性蜂窝状肺脓肿形成、叶间裂弧形下坠等。

（4）军团菌肺炎　早期为单侧斑片状肺泡内浸润，继而有肺叶实变，可迅速发展至多肺叶段，下叶多见，单侧或双侧，可伴少量胸腔积液。病变吸收较慢，治疗有效时X线表现仍呈进展状态。严重者出现肺内空洞及肺脓肿。

（5）病毒性肺炎　X线检查可见肺纹理增多，小片状或广泛浸润，病情严重者可见双肺下叶弥漫性密度均匀的小结节状浸润影，边缘模糊，大叶实变及胸腔积液少见。病毒性肺炎X线征象根据其致病原不同而各有特点（各种病毒性肺炎X线特征见表9-3）。

（6）支原体肺炎　肺部多种形态的浸润影呈节段性分布，多见于肺下野，近肺门较深，逐渐向外带伸展。经3~4周病变基本可自行消散。

（7）真菌性肺炎　X线表现多种多样，除曲菌球外均缺少特征性。肺放线菌病X线可见双侧中、下肺内不规则的斑片影，继之出现结节状不规则致密阴影，其中有小透光区。肺念珠菌病支气管炎型X线仅见两肺中下野纹理增粗。肺炎型可见双肺中、下野纹理增重，条索影伴大小形状不等结节状影，亦可融合成大片炎影，边缘模糊，形态多变，可有游走现象，还可有多发性脓肿或形成空洞，少数病例伴胸膜改变。

（8）肺炎衣原体肺炎　X线表现以单侧下叶肺泡渗出为主，双侧病变可表现为间质性肺炎与肺泡渗出同时存在。相对症状、体征而言，X线表现异常明显。

（9）非感染性肺炎　放射性肺炎急性期在照射的肺叶上出现弥漫性模糊阴影，边缘模糊，类似支气管炎或肺水肿。病变的范围与胸廓表面照射范围一致。后期发展为纤维化，病变呈条索状或团块状收缩或局限性肺不张。纵隔胸膜和心包有大量粘连，纵隔向患侧移位，横膈升高，一侧胸廓收缩。吸入性肺炎X线检查见两肺散在不规则片状模糊影，右肺多见。发生肺水肿，表现为自肺门向肺叶扩散的大片状阴影，以两肺中内带明显。继发感染可出现有厚壁空洞的肺脓疡征象。

【诊断与鉴别诊断】

1. 诊断

（1）诊断要点　根据病史、症状和体征，结合X线检查和痰液、血液检查，不难作出明确诊断。病原菌检测是确诊各型肺炎的主要依据。

（2）分类

1）病原学分类：分为细菌性肺炎、非典型病原体肺炎、病毒性肺炎、真菌性肺炎、其他病原体所致肺炎。

2）解剖学分类：分为大叶性（肺泡性）肺炎、小叶性（支气管）肺炎、间质性肺炎。为了更有利于临床选用适当的抗菌药物治疗，现多按病因分类，主要有感染性和理化因素以及变态反应性肺炎。临床所见多为感染性肺炎，其中以细菌感染最为常见。感染性肺炎按获得方式又可分为社区获得性肺炎（院外肺炎）与医院内获得性肺炎。亦可将几种分类根据具体情况结合起来考虑。

2. 鉴别诊断　肺炎的鉴别诊断包括不同病原菌引起的肺炎之间的鉴别诊断和肺炎与其他肺部疾病的鉴别诊断。

（1）各型肺炎　各种病原菌引起肺炎的临床表现及其严重程度各不相同，X线及其他理化检查也具有各自的特征，临床上不难鉴别。革兰阳性球菌引起的肺炎多发生于青壮年，院外感染多见。革兰阴性杆菌引起的肺炎常发生于体弱、患慢性病及免疫缺陷患者，院内感染较多见，多起病急骤，症状较重。病毒、支原体等引起的肺炎，临床表现较轻，白细胞计数增高不显著。痰液病原体分离和血清免疫学试验有助于鉴别诊断。

（2）肺结核　急性肺结核肺炎临床表现与肺炎球菌肺炎相似，但肺结核有潮热、盗汗、消瘦、乏力等结核中毒症状，痰中可找到结核杆菌。X线见病灶多在肺尖或锁骨上下，密度不均匀，久不消散，可形成空洞和肺内播散。一般抗炎治疗无效。而肺炎球菌肺炎经抗感染药物治疗后，体温多能很快恢复正常，肺内炎症吸收较快。

（3）急性肺脓肿　早期临床表现与肺炎球菌肺炎相似。随病程进展，以咯出大量脓臭痰为特征。X线可见脓腔及液平，不难鉴别。

（4）肺癌　少数周围型肺癌的X线影像与肺炎相似，但肺癌通常无显著急性感染中毒症状，周围血中白细胞计数不高，若痰中发现癌细胞则可确诊。当肺癌伴发阻塞性肺炎时，经抗生素治疗炎症虽可消退，但肿瘤阴影反而明显，或可见肺门淋巴结肿大、肺不张。如某一肺段反复发生炎症且不易消散，要警惕肺癌的发生。X线体层、CT检查、纤维支气管镜、反复痰脱落细胞学检查等有辅助意义。

（5）其他　肺炎伴剧烈胸痛时，应与渗出性胸膜炎、肺血栓栓塞症相鉴别。肺血栓栓塞症常有静脉血栓形成的基础，发病前无上呼吸道感染史，咯血较多见，甚者晕厥，呼吸困难明显。相关的体征和X线影像有助诊断。另外，下叶肺炎可能出现腹部症状，应注意与急性胆囊炎、膈下脓肿、阑尾炎等相鉴别。

【治疗】

1. 治疗思路　西医认为针对病原菌选用有效抗生素治疗是肺炎治愈的关键。同时应根据病情对症支持治疗。

中医认为本病为人体正虚之时，感受外邪，邪袭肺卫，逆传心包，变生诸证。治疗基本上是按风温辨证。中医药在治疗病毒性肺炎和真菌性肺炎方面效果显著。对于轻症肺炎病原学诊断不清时，先以中医药治疗为主；一旦病原菌确定，应针对病原菌选用抗生素加强治疗。

2. 西医治疗

（1）一般治疗　注意休息，保持室内空气流通，注意隔离消毒，预防交叉感染。要保证病人有足够蛋白质、热量和维生素的摄入。鼓励饮水，轻症患者不需常规静脉输液。重症患者要积极治疗，监测神志、体温、呼吸、心率、血压及尿量等，防止可能发生的休克。

（2）病因治疗　尽早应用抗生素是治疗感染性肺炎的首选治疗手段。一经诊断、留取痰标本后，即应予抗生素治疗，不必等待细菌培养结果。疗程通常为5~7天，或在退热后3天停药或由静脉用药改为口服，维持数日。

1）细菌性肺炎

肺炎球菌肺炎：首选青霉素G。成年轻症患者，可用240万U/d，分3次肌肉注射。病情稍重可用240万~480万U/d，静滴，每6~8小时1次，疗程7~10天。重症及并发脑膜炎者，剂量可增至1000万~3000万U/d，分4次静脉滴注。滴注时每次量尽可能在1小时内滴完，以维持有效血浓度。对青霉素过敏者，可用大环内酯类，如红霉素或罗红霉素，亦可用喹诺酮类药物口服或静脉滴注。也可根据病情选用四环素类、磺胺类、氯霉素类、林可霉素类等。对耐药或重症患者可改用头孢噻肟钠、头孢唑啉钠、头孢拉定、头孢哌酮等头孢菌素类。对多重耐药菌株感染者可用万古霉素。

葡萄球菌肺炎：由于金黄色葡萄球菌对青霉素G耐药菌株的增多，现多选用耐青霉素酶的半合成青霉素或头孢菌素。常用药物有苯唑西林钠、氯唑西林、头孢噻吩、头孢唑啉、头孢呋辛等，如联合氨基糖苷类有更好疗效。严重病例或甲氧西林耐药菌株（MRSA）者可选用万古霉素、替考拉宁等。疗程不一定，金葡菌肺炎无并发症者，疗程至少10~14天，有空洞病灶和脓胸的治疗4~6周。

克雷白杆菌肺炎：常选二、三代头孢菌素类与氨基糖苷类联合用药，如头孢噻肟钠或头孢他啶联合妥布霉素或阿米卡星。但要注意耳肾毒性，亦可选用耳肾毒性小的奈替米星、依替米星等。疗程不少于2周，如发生空洞或脓胸，疗程延长用药至4~6周或更长。

军团菌肺炎：首选红霉素1~2g/d，分4次口服，重者每日2~4g静脉滴注，但要注意消化系统的副作用。亦可与利福平联合应用，以减少细菌耐药。也可选用副作用较小的罗红霉素、阿奇霉素等。喹诺酮类药物如环丙沙星、左氧氟沙星等也有一定作用，但氨基糖苷类及青霉素、头孢菌素类对本型肺炎基本无效。重者应积极治疗并发症。疗程7~14天，免疫功能低下者用药不少于3周，有并发症者治疗3~4周。

2）病毒性肺炎

利巴韦林（三氮唑核苷、病毒唑）：是一种鸟苷类似物，具有广谱抗病毒的功能。临床主要用于呼吸道合胞病毒、腺病毒、副流感病毒、流感病毒感染。

阿昔洛韦（无环鸟苷）：为一种化学合成的抗病毒药，广谱、强效、起效快。临床用于疱疹病毒、水痘病毒感染，对于免疫缺陷或应用免疫抑制剂者应尽早应用。

更昔洛韦：无环鸟苷类似物，主要用于巨细胞感染。

阿糖腺苷（阿糖腺嘌呤）：嘌呤核苷类化合物，抗病毒作用广泛。临床主要用于治疗免疫缺陷病人的疱疹病毒和水痘病毒感染。

奥司他韦：神经氨酸酶抑制剂，对甲、乙型流感病毒均有很好作用，很少发生耐药。

金刚烷胺（金刚胺）：是一种稳定的人工合成胺类药物，能阻止某些病毒进入人体细胞内，并有退热作用。用于流感病毒等感染。

临床还可选用碘去氧尿嘧、吗啉双胍等抗病毒药物，但对病毒性肺炎效果不肯定。一般认为不宜采用抗生素来预防继发性细菌感染，但在明确有继发性细菌感染时，应明确病原，尽量选择敏感抗生素，给予积极治疗。

3）肺炎支原体肺炎：本病具有自限性，多数患者不经治疗可自愈。病程早期可通过适当的抗生素治疗减轻症状、缩短病程。

大环内酯类：是治疗肺炎支原体感染的首选药物。如红霉素、螺旋霉素、麦迪霉素、白霉素等。其中以红霉素为首选，能够消除支原体肺炎的症状和体征，但对消除该微生物效果不理想，常用剂量为每日 2g，轻者分次口服治疗即可，重者需静脉给药，一般主张 1 疗程应不少于 2~3 周，停药过早易复发。红霉素对胃肠刺激较大，耐受性差，有时可引起血胆红素及转氨酶升高，肝损害者慎用或禁用。白霉素治疗本病效果亦好，副作用少，比较安全，但其抗微生物活性不如红霉素强。克拉仙、阿奇霉素等新一代大环内酯类药，口服易耐受，穿透组织能力强，半衰期长，治疗效果较佳。

其他：环丙沙星、氧氟沙星等喹诺酮类，半衰期长，抗菌谱广，对肺炎支原体肺炎有很好的治疗作用，可用于成人及大年龄儿童。青霉素及头孢菌素类抗生素无效，氨基糖苷类和磺胺类药物疗效尚不确定，有待研究证实。因肺炎支原体感染所需治疗时间较长，而氯霉素、林可霉素、氯林可霉素、万古霉素等抗生素存在较多毒副作用，故临床上较少应用。

4）肺炎衣原体肺炎：治疗与支原体肺炎相似。首选红霉素，简单而有效，临床耐药少见，每次 0.5g，每日 4 次，或用多西环素、克拉霉素。近年来，也有采用克林霉素和阿奇霉素治疗的报道。肺炎衣原体对喹诺酮类也敏感，亦可应用利福平。

5）真菌性肺炎：轻症患者通过消除诱因（如广谱抗生素、糖皮质激素、免疫抑制剂及体内留置导管），病情常能逐渐好转，病情严重者则应及时应用抗真菌药物。

氟康唑：广谱抗真菌药，对念珠菌、隐球菌、环孢子菌、组织胞浆菌引起的深部真菌感染有较好疗效。除有消化道不适外，不良反应较少。治疗剂量通常为每日 200mg，病情重者可用 400mg/日。

两性霉素 B：曾用于重症病例，但毒性反应大，治疗时间长，故并非为理想、安全的抗真菌药。首次宜从小剂量开始，每日 0.1mg/kg 溶于 5% 葡萄糖溶液中缓慢避光静滴，逐日增加 5~10mg，至每日 30~40mg（不超过 50mg），维持治疗 1~3 个月，总剂量不超过 2~3g。滴液中加适量肝素有助于防止血栓性静脉炎。主要不良反应为畏寒、发热、心慌、心律不齐及肝肾功能损害等。

6）非感染性肺炎

放射性肺炎：放射性肺炎一旦确诊，要立刻停止放射治疗。急性期可应用泼尼松口服，每日 40~60mg，症状消失逐渐减量，疗程 3~6 周。继发细菌性感染时应用抗生素，青霉素类是常用药物，或根据痰培养药物敏感试验的结果，选择合适的抗生素。

吸入性肺炎：治疗吸入性肺炎首要弄清并去除病因。继发感染时，要根据病原菌选择合适的抗生素。引起吸入性肺炎继发感染的细菌多为厌氧菌，故青霉素及克林菌素类疗效较佳。喹诺酮类、大环内酯类等亦可选用。

（3）对症支持疗法

1）咳嗽、咯痰：咳嗽剧烈时，可适当用止咳化痰药物，必要时可酌情给予小剂量可待因镇咳，但次数不宜过多。伴喘憋严重者可用异丙肾上腺素及 α-糜蛋白酶雾化吸入，亦可用舒喘灵口服或雾化吸入，或口服氨茶碱，重者还可静滴氢化可的松。肺炎咳嗽有痰者，一般祛痰剂即可达到减轻咳嗽的作用，而不用镇咳剂。咳嗽无痰，特别是因咳嗽引起呕吐或严重影响睡眠者可服用中枢性镇咳剂。

2）发热：尽量少服用阿司匹林或其他解热药，以免过度出汗、脱水及干扰真实热型，引起临床判断错误。高热不退者可用酒精擦浴，或服用阿司匹林、扑热息痛等解热镇痛药。鼓励患者多饮水，轻症患者不需常规静脉输液。确有失液者，如因发热使水分及盐类缺失较多，可适当输注糖盐水。

3）其他：剧烈胸痛者，可酌用少量镇痛药，如可待因。中等或重症患者（$PaO_2 <$ 60mmHg 或有发绀）应给氧。腹胀、鼓肠可用腹部热敷及肛管排气。若有明显麻痹性肠梗阻或胃扩张，应暂时禁食、禁饮、胃肠减压，直至恢复肠蠕动。烦躁不安、谵妄、失眠重者酌用地西泮（安定）5mg 或水合氯醛 1～1.5g 等镇静剂，禁用抑制呼吸的镇静药。

（4）感染性休克的治疗

1）控制感染：感染是休克的直接原因，只有有效地控制感染，才有可能逆转休克。根据病情不时清除感染病灶。要早期、足量、联合用药，最好按药物敏感试验结果选择抗生素。诊断明确者，可加大抗生素剂量或缩短给药时间。对病因不明的严重感染，首先选用广谱的强力抗菌药物，足量、联合用药，待病原菌明确以后再适当调整。

2）补充血容量：扩容治疗是抗休克的基本方法。一般先给右旋糖酐 40（低分子右旋糖酐）500～1000ml/d 和生理盐水、葡萄糖盐水等（1500～2000ml/d）以维持有效血容量。若心肾功能好，开始 1～2 小时内可输液 500～1000ml，可用 2 个静脉通道保证输液量。输液过程中应注意监测血压、脉搏、尿量及心功能变化，维持血压在 90/60mmHg 和适当尿量排出。对老年人、心脏病人应避免输液过量或输液过快引起心衰及肺水肿。

3）纠正酸中毒：休克时常伴有代谢性酸中毒，使心肌收缩力减弱，心输出量下降，毛细血管通透性增加而促使液体外渗，加重有效循环量的不足，同时降低机体对血管活性药物的效应，需要及时纠正。轻症常选用 5% 碳酸氢钠 100～250ml 静滴。对于限制钠盐的患者，可选用三羟甲基氨基甲烷。因休克时可发生乳酸血症及肝脏灌注减少，因此临床一般不选用乳酸钠。碱性药物不宜摄入过多，防止钠潴留和脑水肿。可根据血气分析调整碳酸氢钠的入量。

4）血管活性药物的应用：在输液的同时，加用诸如多巴胺、异丙肾上腺素、间羟胺（阿拉明）等血管活性药物，能够帮助恢复血压，使收缩压维持在 90～100mmHg，以保证重要器官的血液供应。血管活性药物必须在补充血容量的情况下应用，避免因小血管强烈收缩引起的组织灌流减少。在补充血容量的情况下，亦可应用血管扩张药，以改善微循环。若合并心、肾衰竭，酌情给予正性肌力药或利尿药。

5）糖皮质激素的应用：对病情危重、全身毒血症严重的患者，在强大的抗生素的支持下，可短期（3～5 天）静脉滴注氢化可的松 100～200mg 或地塞米松 5～10mg，以促使休克好转。

6）纠正水、电解质和酸碱紊乱：休克状态下患者容易出现钾、钠、氯紊乱以及酸、碱中毒，需要及时纠正。若血容量已补足而 24 小时尿量仍少于 400ml，尿比重小于 1.018 时，要注意是否合并急性肾衰竭。补液过多、过速或伴有中毒性心肌炎时易出现心功能不全，应及时减慢输液，酌用毒毛花苷 K 或毛花苷丙静脉注射。

（5）局部治疗　大多数细菌性肺炎经系统性治疗后基本可获得很好疗效，无需抗生素局部治疗。但对革兰阴性杆菌肺炎、坏死性肺炎，炎性分泌物阻塞引流不畅者，特别是慢性纤维化或空洞病变，全身给药局部难以达到有效浓度。或者药物毒性大，患者肝肾功能差，不能耐受全身给药者，则可用抗生素局部治疗，以提高局部药物浓度，减少全身副作用，控制炎症和感染。它包括气管吸入和局部灌注。

1）雾化吸入：将抗菌药物和液体混合，通过超声雾化器吸入雾化微粒，直接到达气管－支气管－肺泡，以控制炎症和感染。常用药物有青霉素 20 万 U 加生理盐水 30～50ml，每日2～3次；庆大霉素 4 万 U 加生理盐水 30～50ml，每日 2 次。也可针对病原菌采用敏感抗生素或中药制剂吸入治疗。

2）局部灌注：通常采用支气管肺泡灌洗术（BAL）治疗难治性肺炎、重症肺炎合并呼吸衰竭的患者。常用无菌生理盐水加入对气道无刺激的抗生素或皮质激素，每次 30～50ml，注入后再以 100～200mmHg 负压抽吸，重复数次，然后再次注入敏感抗生素，每周 2～3 次。亦可采用纤维支气管镜局部注入或经导管局部注入。

3. 中医辨证论治

（1）邪犯肺卫证

证候：发病初起，咳嗽咯痰不爽，痰色白或黏稠色黄，发热重，恶寒轻，无汗或少汗，口微渴，头痛，鼻塞，舌边尖红；苔薄白或微黄，脉浮数。

治法：疏风清热，宣肺止咳。

代表方剂：三拗汤或桑菊饮加减。

常用药物：麻黄　杏仁　甘草　桑叶　菊花　薄荷　桔梗　连翘　芦根　蔓荆子　黄芩　金银花　石膏　知母

（2）痰热壅肺证

证候：咳嗽，咯痰黄稠或铁锈色痰，呼吸气促，高热不退，胸膈痞满，按之疼痛，口渴烦躁，小便黄赤，大便干燥；舌红苔黄，脉洪数或滑数。

治法：清热化痰，宽胸止咳。

代表方剂：麻杏石甘汤合千金苇茎汤加减。

常用药物：麻黄　杏仁　石膏　甘草　苇茎　生薏仁　冬瓜子　桃仁　鱼腥草　瓜蒌　黄芩　郁金　白茅根　侧柏叶

（3）热闭心神证

证候：咳嗽气促，痰声辘辘，烦躁，神昏谵语，高热不退，甚则四肢厥冷；舌红绛，苔黄而干，脉细滑数。

治法：清热解毒，化痰开窍。

代表方剂：清营汤加减。

常用药物：水牛角　生地　玄参　竹叶心　麦冬　丹参　黄连　银花　连翘　可加服紫雪丹

（4）阴竭阳脱证

证候：高热骤降，大汗肢冷，颜面苍白，呼吸急迫，四肢厥冷，唇甲青紫，神志恍惚；舌淡青紫，脉微欲绝。

治法：益气养阴，回阳固脱。

代表方剂：生脉散合四逆汤加减。

常用药物：人参　麦冬　五味子　山茱萸　煅龙骨　煅牡蛎　附子　干姜　炙甘草

（5）正虚邪恋证

证候：干咳少痰，咳嗽声低，气短神疲，身热，手足心热，自汗或盗汗，心胸烦闷，口渴欲饮或虚烦不眠；舌红，苔薄黄，脉细数。

治法：益气养阴，润肺化痰。

代表方剂：竹叶石膏汤加减。

常用药物：竹叶　石膏　麦冬　人参　半夏　玄参　生地　地骨皮　甘草

【预防与调护】

1. 积极锻炼身体，提高机体免疫力，对于年老体弱和免疫机能低下者，可注射肺炎免疫疫苗。

2. 避免淋雨、受寒、疲劳、醉酒等诱发因素。

3. 流行季节可选用贯众、板蓝根、大青叶水煎服预防之。

第七节　肺结核

本病与中医之"肺痨"相类似，可归属于"劳瘵"、"急痨"、"劳嗽"等范畴。

【西医病因病理】

1. 病因及发病机制

（1）病原学　肺结核是由结核分枝杆菌引起的。人类结核病的主要致病菌为人型，牛型和非洲型极少，鼠型一般无致病性。普通染色不能着色，抗酸染色才可着色且不被盐酸酒精脱色，故称抗酸杆菌，这是与其他无抗酸性细菌相鉴别的方法之一。

（2）感染途径　肺结核主要通过呼吸道感染。排菌的肺结核患者是主要传染源。

（3）易感人群　很多因素能够影响结核菌感染的易感性。例如遗传因素、居住环境和条件、营养状况、家庭经济收入等。

2. 病理　结核病基本病理是炎性渗出、增生和干酪样坏死。

【中医病因病机】

中医学认为，肺痨的致病因素主要有两个方面：一为外因感染，"瘵虫"袭肺；一为内伤体虚，气血不足，阴精耗损。二者相互为因，"瘵虫"袭肺是发病不可缺少的外因；正虚是发病的基础，是引起发病的主要内因。

1. "瘵虫"袭肺　"瘵虫"经口鼻侵袭肺脏，也可因他脏痨病经血脉流注于肺引起瘵虫感染。瘵虫腐蚀肺叶，肺体受损，肺阴耗伤，肺失清肃而发生肺痨咳嗽。瘵虫致病最易伤阴动血：损伤肺中络脉，则发生咯血；阴虚火旺，灼津外泄，则出现潮热、盗汗。

2. 正气虚弱　若先天禀赋不强，后天嗜欲无节，或酒色过度，青年早婚，忧思劳倦；或大病久病失于调治；或麻疹、外感久咳、胎产之后耗伤气血津液；或生活贫困，饮食营养不足，正气先虚，抗病力弱等，终致"瘵虫"乘虚伤人。

由此可见，内外因素可以互为因果，但以正虚为发病关键。正气旺盛，感染后不一定发病；正气亏虚，则感染后易于致病。同时病情的轻重与内在正气的强弱有关。本病病变部位在肺，与脾肾两脏的关系最为密切，同时也可涉及心、肝。脾为肺之母，肺虚耗夺脾气以自养则脾亦虚；脾虚不能化水谷为精微上输以养肺，则肺亦虚，终致肺脾同病。肾为肺之子，肺虚肾失滋生之源，或肾虚相火灼金，上耗母气，则可致肺肾两虚。肺虚不能制肝，肾虚不能养肝，肝火偏旺，上逆侮肺。肺虚心火乘客，肾虚水不济火，病及于心。久延而病重者，可以演变发展至肺、脾、肾三脏同病，兼及心肝。

基本病理以阴虚为主，并可导致气阴两虚，甚则阴损及阳。一般来说，初起肺体受损，肺阴受耗，肺失滋润，表现肺阴亏损之候，继则肺肾同病，兼及心肝，而致阴虚火旺；或因肺脾同病，导致气阴两伤。后期肺脾肾三脏交亏，阴损及阳，可出现阴阳两虚的严重局面。

【临床表现】

1. 症状

（1）全身症状　慢性起病，初期仅感疲劳乏力，食欲不振，形体逐渐消瘦，病情进展，可出现发热、盗汗、颧红、形体明显消瘦等全身中毒症状。其中以发热最常见，多为长期午后潮热，即下午或傍晚开始升高，次日清晨降至正常，时间可持续数周。结核病灶播散或形成空洞时可出现高热。部分患者伴有失眠、心悸、烦躁、女性月经不调、闭经等。

（2）呼吸系统症状

1）咳嗽、咯痰：是肺结核患者最常见症状。干咳或带少量白色黏液痰。空洞形成时，痰量增多。继发细菌感染时，咳黄脓痰。支气管结核表现为刺激性干咳。

2）咯血：有不同程度咯血，通常为少量咯血或痰血，少数大咯血。

3）胸痛：肺组织结核时出现部位不定的胸部隐痛，当炎症累及壁层胸膜时，常有固定部位刺痛，随呼吸及咳嗽而加重。累及膈胸膜时，疼痛向颈部和肩部放散。合并结核性胸膜炎时，出现胸膜摩擦痛。

4）呼吸困难：慢性重症肺结核，常出现渐进性呼吸困难，甚至缺氧发绀。若并发气胸或大量胸腔积液，其呼吸困难尤为严重。

2. 体征　肺结核早期病灶小或位于肺组织深部时，多无异常体征。若病变范围较大且无空洞形成时，可有肺实变体征，如患侧肺部呼吸运动减弱，触诊语颤增强，叩诊呈浊音，听诊时呼吸音减低，或为支气管肺泡呼吸音。有空洞形成且引流通畅，位置表浅时，叩诊呈过清音，巨大空洞可听到带金属调的空瓮音。因肺结核好发于肺上叶尖后段及下叶背段，故锁骨上下、肩胛间区叩诊略浊，咳嗽后偶可闻及湿啰音，对诊断有参考意义。肺部病变发生广泛纤维化或胸膜粘连增厚时，患侧胸廓常呈下陷、肋间隙变窄、气管移位与叩浊，对侧可有代偿性肺气肿征。结核性胸膜炎时有胸腔积液体征。

3. 特殊表现

（1）结核性风湿症　原发型肺结核患者中，可出现以多发性关节炎、结节性红斑为主，类似风湿病经过的临床表现，此称为"结核性风湿症"，与结核变态反应引起的全身过敏反应有关。呈急性或慢性病程，女性多见，抗风湿治疗效果不佳，抗结核治疗有效。其他过敏反应还包括皮肤结节性红斑、类白塞病、滤泡性结膜角膜炎。

（2）无反应肺结核　亦称结核性败血症。可累及各个组织器官特别是单核－巨噬细胞系统，急性暴发性起病，病情凶险，表现为高热、食欲不振、腹痛、腹泻、腹部包块、腹水、黄疸、肝脾肿大、脑膜刺激征、肌力异常、神经系统病理反射等症状及相应体征。常缺乏呼吸道症状、体征和相应胸部 X 线表现。易误诊为败血症、白血病、结缔组织疾病等其他系统的疾病。

4. 并发症

（1）气胸　干酪性病灶破溃或肺结核继发阻塞性肺气肿常并发气胸，偶见血行播散型肺结核。

（2）支气管扩张　支气管结核、肺结核均可继发支气管扩张，主要位于上叶，可伴有轻度或严重的咯血。

（3）脓胸　主要见于肺结核合并气胸、结核性胸膜炎治疗不当或不及时者。

（4）慢性肺源性心脏病　肺结核治疗不当或治疗无效易反复而形成慢性病变，甚至一侧肺毁损，并发肺气肿、肺大泡，重者发展为慢性肺源性心脏病。

【实验室及其他检查】

1. 结核菌检查

（1）涂片法　痰中找到结核菌是确诊肺结核最主要的依据。痰涂片发现结核菌标志病灶开放，具有传染性。该项检查具有快速、简便、阳性率高、假阳性率低等优点。若排菌量多于 $10^{4～5}$ 条/ml 以上，则直接涂片法易呈阳性。本法操作简单，易于推广，但敏感性低。

（2）结核菌培养　为痰结核菌检查提供可靠结果，常作为结核病诊断的金标准。培养法敏感性高，且更为精确，除能了解结核菌有无生长繁殖能力外，且可做药物敏感试验与菌型鉴定，为治疗特别是复治提供参考。但所需时间长，一般为 2～6 周。

2. 影像学检查　典型 X 线改变有诊断价值，但很多其他肺部疾病都可引起相似的肺内病变，缺乏特异性，故不能仅凭 X 线检查明确肺结核诊断。肺结核 X 线表现多样、复杂，多发生在上叶尖后段或下叶间段，同一病灶中可以有多种影像同时存在，且以某一种病变为主。原发型肺结核典型特征有原发灶、淋巴管炎和肺门或纵隔肿大的淋巴结组成哑铃状病灶。急性血行播散型肺结核在胸片上呈现分布均匀、大小密度相近的粟粒状阴影。继发型肺结核的常见 X 线表现包括：①浸润性病灶，如云雾状，边缘模糊，密度相对较淡；②干酪性病灶，密度相对较高，且不均一；③空洞，即形成不同形状的透亮区；④纤维钙化的硬结病灶，如条索、结节状、斑点状病灶，边缘清晰，密度相对较高。胸部 CT 检查对于发现微小或隐蔽性结核病灶有帮助，而 MRI 在肺结核诊断中价值不大。

3. 结核菌素（简称结素）试验　结素试验是结核病综合诊断中常用手段之一，有助于判断有无结核菌感染。目前推荐使用的结素为纯蛋白衍生物（PPD），常用 0.1ml（5IU）在左前臂屈侧中上部 1/3 处做皮内注射，经 48～72 小时测量皮肤硬结直径，如 ≤4mm 为阴性，5～9mm 为弱阳性，10～19mm 为阳性反应，≥20mm 或虽 <20mm 但局部出现水疱和淋巴管炎为强阳性反应。呈强阳性反应，常表示为活动性结核病。结素试验阳性反应不一定代表现在患有结核病，仅表示曾有结核感染。由于我国城市成年居民曾患结核感染率较高，故用结素进行检查，一般阳性结果意义不大。而对婴幼儿的诊断价值较成人为大，因年龄越小，自然感染率越低。

结素试验阴性反应除表示没有结核菌感染外，还可能出现在以下情况中。如结核菌感染后，在变态反应产生之前，结素试验可呈阴性；应用免疫抑制药物，或营养不良、麻疹、百日咳等患者，结素反应可暂时消失；严重结核病及各种重危患者对结素无反应，或仅出现弱阳性。其他如淋巴细胞免疫系统缺陷（如白血病、淋巴瘤、结节病、艾滋病等）患者或年老体衰者的结素反应亦常为阴性，或弱阳性反应。

4. 其他检查　经纤维支气管镜对支气管或肺内病灶活组织行组织病理学检查，可提高肺结核的诊断敏感性和特异性，尤其适用于痰涂阴性等诊断困难患者。血常规检查通常无改变，严重者可有继发性贫血。急性血行播散型肺结核白细胞总数减低或出现类白血病反应。血沉增快常见于活动性肺结核，但无特异性。

另外，通过聚合酶链反应（PCR）技术、核酸探针检测特异性 DNA 片段、色谱技术检测结核硬脂酸和分枝菌酸等菌体特异成分，以及采用免疫学方法检测特异性抗原和抗体等检测方法的研究也取得了一些进展，为结核病的快速诊断提供更多、更好的检测手段。

【诊断与鉴别诊断】

1. 诊断

（1）诊断要点　虽然肺结核缺乏特征性的症状及体征，但大多婴幼儿和儿童患者均有可能与结核病人的密切接触史，且症状发展过程具有特殊性。因此肺结核接触史和临床表现对于肺结核诊断是必不可少的。具有以下几种情况时，应考虑有肺结核的可能，并需做进一步检查。

1）有与排菌肺结核患者密切接触史；

2）起病隐匿、病程迁延，或呼吸道感染抗炎治疗无效或效果不显著；

3）长期低热；

4）咯血或痰中带血；

5）肺部听诊锁骨上下及肩胛间区闻及湿啰音或局限性哮鸣音；

6）存在结核病好发危险因素，如糖尿病、硅沉着病、肾功能不全、胃大部切除、免疫抑制剂应用、HIV 感染或 AIDS，新出现呼吸道症状和胸部 X 线异常；

7）出现结节性红斑、疱疹性角膜炎、"风湿性"关节炎等过敏反应表现；

8）既往有淋巴结结核等肺外结核病史。

（2）诊断程序

1）可疑症状患者的筛选：约有 86% 活动性和 95% 痰涂片阳性肺结核患者出现肺结核可疑症状，需要考虑肺结核病的可能。这些主要可疑症状有：咳嗽持续 2 周以上，咯血、午后低热乏力、盗汗、月经不调或闭经，有肺结核接触史或肺外结核。

2）确诊肺结核：通过 X 线及其他系统检查，确定病变性质是否为结核性。如一时难以确定，可短期观察后复查。

3）有无活动性：确诊肺结核以后，应进一步明确有无活动性。

4）是否排菌：确定活动性后还要明确是否排菌，以确定传染源。

（3）肺结核分类　我国曾采用前苏联 1948 年的肺结核病"十大分类法"。1978 年广西柳州会议将之简化首次制定了我国肺结核的"五大类分类法"，即原发型肺结核（Ⅰ型）、血行播散型肺结核（Ⅱ型）、浸润型肺结核（Ⅲ型）、慢性纤维空洞型肺结核（Ⅳ型）、结核性胸膜炎（Ⅴ型）。1999 年我国又制定了结核病新的分类法，分为原发型肺结核、血行播散型肺结核、继发型肺结核（包括浸润性肺结核、空洞性肺结核、结核球、干酪样肺炎、纤维空洞性肺结核）、结核性胸膜炎、其他肺外结核、菌阴肺结核。

1）原发型肺结核：结核菌初次侵入机体即感染发病，为原发型肺结核，包括原发综合征及胸内淋巴结结核。多见于少年儿童，近来成年人原发型肺结核亦不少见。病灶好发于上叶下部、中叶或下叶上部，容易引起淋巴管炎。肺部原发病灶、引流淋巴管炎和肿大的肺门淋巴结组成典型的原发综合征，X 线表现为哑铃状病灶。

若 X 线胸片只有肺门淋巴结肿大，则为胸内淋巴结结核。肺门淋巴结结核可见肺门处边缘清晰而高密度的团块状阴影，或呈边缘不清的炎性浸润影。原发型肺结核一般很快吸收消退，或仅遗留淋巴结钙化，可自愈。少数患者由于变态反应强烈或免疫力低下等原因，原发病灶可扩大或坏死形成空洞或干酪性肺炎，或经淋巴、血液引起结核播散。

2）血行播散型肺结核：多由原发型肺结核随菌血症广泛播散到肺脏所致。

含急性血行播散型肺结核（急性粟粒型肺结核）及亚急性、慢性血行播散型肺结核。急性血行播散型肺结核多见于儿童和青少年，起病急，有高热等中毒症状，全身浅表淋巴结肿大，肝脾肿大，常伴发结核性脑膜炎。胸部 X 线显示肺内细小如粟粒状，直径约 2mm，等大、均匀分布于两肺的结节。亚急性及慢性血行播散型肺结核起病缓慢，症状较轻，常为间歇性低热、盗汗、乏力、轻度咳嗽等，部分患者无或仅有轻度中毒症状。胸部 X 线呈现大小不一，病灶新鲜、陈旧不等，分布不均匀的粟粒状结节阴影。

3）继发型肺结核：多为成年患者，起病缓慢，病程长，容易反复。早期以渗出性病变为主，随病情进展多发生干酪样坏死、液化、空洞形成和支气管播散；又可因病变周围纤维组织增生而使病变局限化和瘢痕形成。继发型肺结核含浸润性肺结核、纤维空洞性肺结核和干酪样肺炎等。

浸润性肺结核：早期往往无明显症状及体征，常由健康检查而发现。病灶多位于锁骨上下，X 线显示为片状、絮状阴影，边缘模糊。

空洞性肺结核：空洞形态不一，多为干酪渗出病变溶解而形成虫蚀样空洞。薄壁空洞居多，也可形成张力性空洞。

结核球：当大量结核菌进入肺部时，病灶坏死、液化、形成空洞。空洞引流不畅，凝成球形病灶，称"结核球"。其直径在 2～4cm 之间，多小于 3cm，80% 以上伴有卫星病灶。

干酪性肺炎：由于大量干酪样物质经支气管进入肺内而发生。X 线呈肺叶或肺段密度均匀的磨玻璃状阴影，或为小叶斑片状阴影，可出现播散病灶。

纤维空洞性肺结核：结核空洞长期不愈，壁增厚，病灶广泛纤维化而形成。X 线显示一侧或两侧单个或多个厚壁空洞，肺门被向上牵拉，肺纹理呈垂柳状阴影，纵隔牵向患侧。

4）结核性胸膜炎：肺部原发病灶后期，结核菌经淋巴管逆行到达胸膜，或胸膜下结核病灶直接蔓延至脏层与壁层胸膜引起。其他如肺门淋巴结结核或脊椎结核可直接累及附近胸膜引起结核性胸膜炎。包括结核性干性胸膜炎、结核性渗出性胸膜炎、结核性脓胸。常见单侧少至中等量积液，双侧者常提示为血行播散型肺结核所致。多见于青壮年，它的自然过程为胸液的渗出与吸收。胸部 X 线表现为不等量的胸腔积液，积液消失后留有胸膜肥厚、粘连渗出。

5）其他肺外结核：肺结核病灶中的结核杆菌还可随血液播散至全身其他脏器，如形成结核性脑膜炎或脑炎、骨结核、泌尿生殖系统结核等。

6）菌阴肺结核：3 次痰涂片及 1 次培养阴性的肺结核称为菌阴性肺结核。其诊断标准为：典型肺结核临床症状和胸部 X 线表现；抗结核治疗有效；临床可排除其他非结核性肺部疾患；PPD（5TU）强阳性，血清抗结核抗体阳性；痰结核菌 PCR 和探针检测呈阳性；肺外组织病理证实结核病变；BAL 液中检出抗酸分枝杆菌；支气管或肺部组织病理证实结核病变。具备前 6 项中 3 项或后两项中任何 1 项可确诊。

（4）病变部位及范围记述　肺结核病变范围按左、右侧，每侧按上、中、下肺叶记述。上肺野：第 2 前肋下缘内端水平以上；中肺野：上肺野以下，第 4 前肋下缘内端水平以上；下肺野：中肺野以下。

（5）痰菌检查记录格式　是确定是否传染和诊断、治疗评估的主要指标。以涂（＋）、涂（－）、培（＋）、培（－）书写。如患者无痰或未查痰时，则应注明无痰或未查。

（6）活动性及转归　综合患者的临床表现、肺部病变、痰菌等情况判定肺结核的活动性及转归。

1）进展期：新发现的活动性病变；病变较前增多、恶化；新出现空洞或空洞增大；痰菌阳转。凡具备上述一项者，即为进展期。

2）好转期：病变较前吸收好转；空洞缩小或闭合；痰菌减少或阴转。凡符合上述一项者，即为好转期。

3）稳定期：病变无活动性，空洞关闭，痰菌连续阴性（每月至少1次）达6个月以上。空洞者痰菌阴性连续1年以上。

（7）治疗史

1）初治：包括既往未用过抗结核药物治疗，或正进行标准化治疗用药未满疗程，或不规则用药时间少于1个月的新发病例。

2）复治：包括既往不规则应用抗结核药物1个月以上的新发病例、规范化治疗满疗程后痰菌复阳病例、初治失败病例及慢性排菌患者。

（8）记录程序 按病变范围及部位、分类类型、痰菌情况、化疗史程序书写。如：右中原发型肺结核，涂（－），初治；双上肺继发型肺结核，涂（＋），复治。如有必要，可在类型后加括弧详加说明，如血行播散型肺结核可注明急性或慢性；继发型肺结核可注明浸润性、干酪性肺炎等。其他如并发症、并发病、手术等可在化疗史后按顺序书写。

2. 鉴别诊断

（1）肺癌 肺癌多见于中老年嗜烟男性，常无明显毒性症状，多有刺激性咳嗽、痰中带血、胸痛及进行性消瘦。X线胸片示癌肿呈分叶状，病灶边缘常有切迹、毛刺。结合胸部CT扫描、痰结核菌、脱落细胞检查及通过纤维支气管镜检查及活检等，常能及时鉴别。肺癌与肺结核并存时需注意发现。

（2）肺炎 干酪样肺炎易被误诊为肺炎球菌肺炎。典型肺炎球菌肺炎起病急骤、高热、寒战、胸痛伴气急，咯铁锈色痰，X线征象病变常局限于一叶，抗生素治疗有效，干酪样肺炎则多有结核中毒症状，起病较慢，咯黄色黏液痰，X线征象病变多位于右上叶，可波及右上叶尖、后段，呈云絮状、密度不均，可出现虫蚀样空洞，抗结核治疗有效，痰中易找到结核菌。

（3）肺脓肿 肺脓肿空洞与肺结核空洞易混淆，需鉴别。肺脓肿起病较急，高热，大量脓痰，痰中无结核菌，但有多种其他细菌，血白细胞总数及嗜中性粒细胞增多，抗生素治疗有效。空洞多见于肺下叶，洞内常有液平面，周围有炎性浸润。而肺结核空洞则多发生在肺上叶，空洞壁较薄，洞内很少有液平面。此外，纤维空洞性肺结核合并感染时易与慢性肺脓肿混淆，但后者痰结核菌阴性。

（4）支气管扩张 支气管扩张有慢性咳嗽、咯痰及反复咯血史，但痰结核菌阴性，X线胸片多无异常发现，或仅见局部肺纹理增粗或卷发状阴影，CT有助确诊。

（5）慢性支气管炎 老年慢性支气管炎患者症状酷似继发型肺结核，需认真鉴别。慢性支气管炎常有慢性咳嗽、咯痰，有时少量咯血，反复发作，但无明显的全身症状。X线检查仅有肺纹理增粗和肺气肿征象。

（6）尘肺 二氧化矽、石棉、氧化铁以及某些有机物质的吸入，可使肺X线片出现浸润阴影，其中矽肺的聚合性团块中甚至出现空洞，与结核病相似。但上述疾病为职业性，有粉尘接触史，诊断不难。

（7）其他发热性疾病 肺结核常有不同类型的发热，临床上需要与其他发热性疾病相鉴别。

1）伤寒：有高热、血白细胞计数减少及肝脾大等临床表现，易与急性血行播散型肺结核混淆。但伤寒热型常呈稽留热，有相对缓脉、皮肤玫瑰疹，血清伤寒凝集试验阳性，血、粪便伤寒杆菌培养阳性。

2）败血症：起病急、寒战及弛张热型，白细胞及中性粒细胞增多，常有近期皮肤感染，疮疖挤压史或尿路、胆道等感染史，皮肤常见瘀点，病程中出现迁徙病灶或感染性休克，血或骨髓培养可发现致病菌。

3）白血病：急性血行播散型肺结核有发热、肝脾大，起病数周后出现特异性 X 线表现，偶见血象呈类白血病反应或单核细胞异常增多，需与白血病鉴别。后者多有明显出血倾向，骨髓涂片及动态 X 线胸片随访有助确立诊断。

4）其他：成人支气管淋巴结核常表现为发热及肺门淋巴结肿大，应与纵隔淋巴瘤、结节病等鉴别。结核病患者结核菌素试验阳性，抗结核治疗有效。而淋巴瘤发展迅速，常有肝脾及浅表淋巴结无痛性肿大，确诊常需依赖活检。结节病通常不发热，肺门淋巴结肿大多为双侧，结核菌素试验阴性，糖皮质激素治疗有效，活检可明确诊断。

【治疗】

1. 治疗思路 肺结核的治疗目的在于控制和消灭致病菌，使疾病最终获得痊愈。西医治疗以内科治疗为主，外科手术较少应用。实践证明，合理的化学药物疗法是治疗结核病的首要方法。合理化疗可使病灶全部灭菌、痊愈，传统的休息和营养疗法只能起辅助作用。中医认为本病发生主要在于痨虫袭肺，而正虚是发病的关键，故以"抗痨杀虫，补虚培元"为治疗原则。治疗大法根据"阴虚"的病理特点，以滋阴为主，同时兼顾气虚、阳虚。多年来中医在抗痨抗菌药物方面积累了一些经验，但进展缓慢，且疗效不如西药抗结核药物。而在补虚方面，中医则有独到之处。中西医结合治疗，在改善肺结核病人体质虚弱状态、提高机体免疫力、缩短疗程、降低复发率、促进痰菌阴转等方面有很大优势。

2. 西医治疗

（1）抗结核化学药物治疗（简称化疗） 化疗能够缩短传染期，降低死亡率、感染率及患病率。合理的化疗可使病灶全部灭菌，获得痊愈。

1）基本原则：化疗应该坚持早期、联合、适量、规律和全程使用敏感药物的原则。

早期：主要指早期治疗患者。对检出和确诊病人应立即给药治疗，以发挥药物的早期杀菌作用，促使病变吸收和减少传染性。

联合：是指根据病情及各种抗结核药特点，采取多种治疗药物，以增强协同作用及延缓耐药性的产生，确保疗效。

适量：根据不同病情及不同个体确定给药剂量。使治疗药物剂量既能达到有效的血药浓度，又不致因剂量过大而发生药物毒副作用，以及减轻耐药性。

规律：患者必须严格按照化疗方案规定的用药方法，有规律地坚持治疗，不可随意更改方案、无故随意停药或间断用药，以免产生耐药性。

全程：指患者必须按照方案所定的疗程坚持治满疗程，短程化疗通常为 6～9 个月。

2）常用药物

第一线化疗药物：

异烟肼（INH）：是最重要的治疗结核病的药物之一，具有杀菌作用强、价格低廉、副作用少、口服等优点。成人常用剂量为每日 300mg（或每日 4～8mg/kg），顿服；儿童每日 5～10mg/kg，每日不超过 300mg。急性血行播散型肺结核和结核性脑膜炎，剂量可以加倍。加大剂量时有可能并发周围神经炎，可口服维生素 B_6 预防。但大剂量维生素 B_6 可影响异烟肼的疗效，故使用一般剂量异烟肼时，无必要加用维生素。常规剂量很少发生不良反应，偶见周围神经炎、中枢神经系统中毒、肝脏损害等。

利福平（RFP）：常与异烟肼联合应用。成人每日1次，空腹口服450~600mg。儿童每日10~20mg/kg。本药不良反应轻微，除消化道不适、流感症候群外，偶有短暂性肝功能损害、皮疹及发热。由于利福平及其代谢物为橘红色，服药后大小便、眼泪等为橘红色，停药后很快恢复正常。

链霉素（SM）：为广谱氨基糖苷类抗生素，对结核菌有杀菌作用。成人每日肌肉注射0.75g，每周5次。间歇疗法为每周2~3次，每次肌肉注射0.75~1g。儿童、老人、妊娠妇女慎用。主要不良反应为第8对颅神经损害，表现为眩晕、耳鸣、耳聋，严重者应及时停药，听力障碍及肾功能严重减损者不宜使用。其他过敏反应有皮疹、剥脱性皮炎、药物热等，过敏性休克较少见。

吡嗪酰胺（PZA）：独特的杀菌作用，能杀灭酸性环境中的结核菌。仅需在初治开始2个月内使用。成人每日1.5g，分3次口服。儿童每日为30~40mg/kg。偶见高尿酸血症、关节痛、胃肠不适及肝损害等不良反应。

第二线化疗药物：

乙胺丁醇（EMB）：与其他抗结核药物联用时可延缓细菌对其他药物产生耐药性。剂量：15~25mg/kg，每日1次口服，8周后改为15mg/kg。不良反应甚少，偶有胃肠不适。剂量过大时可引起球后视神经炎、视力减退、视野缩小、中心盲点等，停药后多能恢复。

对氨基水杨酸（PAS）：常与链霉素、异烟肼或其他抗结核药联用，可延缓对其他药物发生耐药性。剂量：成人每日8~12g，分2~3次口服。不良反应有食欲减退、恶心、呕吐、腹泻等。饭后服用可减轻胃肠道反应，亦可每日12g加于5%~10%葡萄糖液500ml中避光静脉滴注，1个月后仍改为口服。

其他：如利福布丁、喹诺酮类药物、抗结核药物复合剂、新大环内酯类药物中的罗红霉素等都潜在具有抗结核活性，正逐步为人们所认识。

3）化疗方案：常被推荐的、证明有效的化疗方案如下：

①初治痰涂片阳性肺结核常用方案

2HRZ/4HR*

$2HRZ/4H_3R_3$**

2HRZE（S）/4HR

$6HRZE_3$***

$6HRZES_3$

2SHRE/7HR

2HRE/7HR

（*即2月强化期服用HRZ，4月持续服用HR；**即2月强化期服用HRZ，4月持续每周3次服用HR；***即6月全程每周3次的间歇治疗）

②初治菌阴肺结核

$1HRZ/3HR_3$

$1HRZ/3HR_2$

2SHR/2HR

$4H_3Z_3L_2$

③复治菌阳肺结核

2SHRZE/1HRZE/5HRE

2HRZE（S）/4HRE

2SHRZE/6HRE₃

（2）对症治疗

1）毒性症状：在有效抗结核治疗1~2周内多可消失，通常不必特殊处理。有高热等严重结核毒性症状，或结核性胸膜炎伴大量胸腔积液者，卧床休息及尽早使用抗结核药物，亦可在使用有效抗结核药物的同时，加用糖皮质激素（常用泼尼松，每日15~20mg，分3~4次口服），待毒性症状减轻后，泼尼松剂量递减，至6~8周停药。糖皮质激素无抑菌作用，而能抑制机体免疫力，单独使用时有可能促使结核病变扩散。因此，应在有效的抗结核治疗基础上慎用。

2）咯血：痰中带血或小量咯血，以对症治疗为主，常用止血药物有维生素K、土根散、卡巴克络（安络血）等。中等或大量咯血时应严格卧床休息，胸部放置冰袋，并配血备用。取侧卧位，轻轻将存留在气管内的积血咯出。垂体后叶素5~10U加于20~30ml生理盐水或10%葡萄糖液中，缓慢静脉注入（15~20分钟），然后以10~40U于5%葡萄糖液500ml中静脉点滴维持治疗。若咯血量过多，可酌情适量输血。

年老体衰、肺功能不全者，慎用强镇咳药，以免因抑制咳嗽反射及呼吸中枢，使血块不能排出而引起窒息。如发生咯血窒息应立即积极准备抢救。咯血窒息前症状包括胸闷、气憋、唇甲发绀、面色苍白、冷汗淋漓、烦躁不安。抢救措施中应特别注意保持呼吸道通畅，采取头低脚高的俯卧位，轻拍背部，迅速排出积血，并尽快挖出或吸出口、咽、喉、鼻部血块，必要时用硬质气管镜吸引、气管插管或气管切开，以解除呼吸道阻塞。

（3）手术治疗　外科手术已较少应用。主要针对大于3cm的结核球与肺癌难以鉴别时、复治的单侧纤维厚壁空洞、长期内科治疗未能使痰菌阴转者，或单侧的毁损肺伴支气管扩张、已丧失功能并有反复咯血或继发感染者。支气管黏膜活动性结核病变，而又不在切除范围之内者，或全身情况差，或有明显心、肺、肝、肾功能不全者属手术治疗禁忌证。

3. 中医辨证论治

（1）肺阴亏损证

证候：干咳，咳声短促，咯少量白黏痰，或痰中有血丝或血点，色鲜红，胸部隐隐闷痛，低热，午后手足心热，皮肤干灼，口咽干燥，少量盗汗；舌边尖红，无苔或少苔，脉细数。

治法：滋阴润肺。

代表方剂：月华丸加减。

常用药物：沙参　麦冬　天冬　生地　熟地　阿胶　山药　茯苓　桑叶　菊花　獭肝　百部　三七　川贝母　杏仁　白及　仙鹤草　银柴胡　地骨皮

（2）阴虚火旺证

证候：咳呛气急，痰少黏稠或吐少量黄痰，时时咯血，血色鲜红，午后潮热，五心烦热，骨蒸颧红，盗汗量多，心烦失眠，性急善怒，胁肋掣痛，男子梦遗失精，女子月经不调，形体日渐消瘦；舌红绛而干，苔黄或剥，脉细数。

治法：滋阴降火。

代表方剂：百合固金汤合秦艽鳖甲散加减。

常用药物：生地　熟地　麦冬　贝母　百合　当归　芍药　甘草　玄参　桔梗　秦艽　鳖甲　柴胡　地骨皮　青蒿　知母　乌梅　桑白皮　山栀　大黄炭

（3）气阴耗伤证

证候：咳嗽无力，气短声低，咯痰清稀色白量较多，偶或带血，或咯血，血色淡红，午后潮热，伴有畏风怕冷，自汗与盗汗并见，纳少神疲，便溏，面色㿠白；舌质光淡，边有齿印，苔薄，脉细弱而数。

治法：益气养阴。

代表方剂：保真汤加减。

常用药物：人参　黄芪　白术　茯苓　大枣　天冬　麦冬　生地　熟地　五味子　当归　芍药　莲须　地骨皮　柴胡　陈皮　生姜　黄柏　知母　甘草

（4）阴阳两虚证

证候：咳逆喘息少气，喘促气短，动则尤甚，咯痰色白，或夹血丝，血色暗淡，潮热，自汗，盗汗，声嘶或失音，面浮肢肿，心慌，唇紫肢冷，形寒或见五更泄泻，口舌生糜，大肉尽脱，男子滑精、阳痿，女子经少、经闭；舌质光淡隐紫少津，脉微细而数，或虚大无力。

治法：滋阴补阳。

代表方剂：补天大造丸加减。

常用药物：人参　白术　当归　黄芪　枣仁　远志　芍药　山药　茯苓　枸杞　熟地　紫河车　龟板　鹿角　胡桃肉　煨肉豆蔻　补骨脂

【预防与调护】

1. 消灭传染源　对本病应注意防重于治，及早发现病人，积极彻底治疗，控制传染源。

2. 保护易感人群　接种卡介苗是预防肺结核病最有效的办法。新生儿出生时即接种，每5年补种，直至15岁。

3. 切断传播途径　提出保健预防措施和药物消毒方法，患者要饮食适宜，不可饥饿，活动期病人戴口罩，不随地吐痰，避免大笑和情绪激昂的讲话；保持室内通风，空气清洁，紫外线照射消毒等；开展卫生宣传教育，多食富有营养之品，多户外活动，保持心情舒畅，锻炼身体，增强正气。

第八节　原发性支气管肺癌

中医学原无肺癌这一病名，现亦称"肺癌"，也可归属于"肺积"、"息贲"等病证范畴。

【西医病因病理】

1. 病因和发病机制　肺癌病因目前尚未明确，多数学者认为可能与机体内在因素和周围环境因素有关。

（1）吸烟　目前已经公认吸烟是肺癌发生的重要危险因素。

（2）空气污染

（3）职业危害　目前已被确认的致癌物质主要有石棉、砷、铬、镍、铍、煤焦油、煤烟、芥子气、异丙油、二氯甲醚等。

（4）电离辐射　大剂量电离辐射可引起肺癌。

（5）遗传因素　遗传因素与肺癌的关系密切。

（6）营养状况　食物中长期缺乏维生素A类、维甲类、β胡萝卜素和微量元素（锌、硒）等易发生肺癌。很多肺癌病人中有维生素E、B_2的缺乏。

（7）其他　肺结核、慢性支气管炎、间质性肺纤维化等疾病可能与肺癌的发生有一定关系。美国癌症学会还将肺结核列为肺癌发病因素之一。此外，免疫功能低下、内分泌功能失调等对肺癌的发生也有一定作用。

2. 病理

（1）解剖学分类

1）中央型肺癌：发生在段支气管至主支气管的癌肿称为中央型肺癌，约占 3/4，以鳞状上皮细胞癌和小细胞未分化癌较多见。

2）周围型肺癌：发生在段支气管以下的癌肿称为周围型肺癌，约占 1/4，以腺癌较多见。

（2）组织学分类

1）小细胞肺癌（SCLC）：又称小细胞未分化癌，恶性程度最高，约占原发性肺癌的 10%～15%。多发生于肺门附近的大支气管。电镜下见癌细胞形态多样，如淋巴样、燕麦样、梭形等，细胞无基膜，桥粒少或无。SCLC 对放疗和化疗较敏感。

2）非小细胞肺癌（NSCLC）

鳞癌：又称鳞状上皮细胞癌，包括梭形细胞癌。多见于老年吸烟男性，是肺癌中最常见的类型，约占原发性肺癌的 40%～50%。

腺癌：包括腺泡状、乳头状、细支气管 - 肺泡癌和实体瘤伴黏液形成。女性多见，与吸烟无密切关系。主要来自支气管腺体，早期即可侵犯血管和淋巴管引起肝、脑、骨等远处转移，更易累及胸膜出现胸腔积液。癌细胞为立方形或柱状，细胞较不规则，核仁明显，胞浆丰富，常含有黏液，在纤维基质支持下形成腺体状。

细支气管 - 肺泡癌：属于腺癌的一个亚型，其发病年龄较轻，与吸烟关系不大。癌细胞多为分化好的柱状细胞，沿终末细支气管和肺泡壁表面蔓延，不侵犯或破坏肺的结构，可能属一种异源性肿瘤。腺癌约占原发性肺癌的 25%。

大细胞癌：又称大细胞未分化癌，包括巨细胞癌和透明细胞癌。高度恶性的上皮肿瘤，多发生于周边肺实质。癌细胞大，分化差，形态多样，核大，核仁显著，胞浆丰富，有黏液形成。常见大片出血性坏死。大细胞癌较小细胞癌转移晚，手术切除机会较大。

鳞腺癌：具有明确的腺癌和鳞癌的组织结构，两种成分混杂在一起，或分别独立存在于同一个瘤体中。电镜观察下，鳞腺癌高达 49%，多数鳞癌可能属于鳞腺癌。

【中医病因病机】

中医学认为，肺癌的发生根本是正气虚损，邪毒入侵。与痰浊聚肺、情志失调、烟毒内蕴等密切相关。

1. 正气内虚　正气内虚，脏腑阴阳失调，则邪气踞之，积而成疾；或年老体衰，久患肺疾，肺气虚羸，卫外不固，易招邪侵；或劳倦过度，肺气虚弱，肺阴亏损；或他脏失调，累及肺脏，外邪乘虚而入，留滞不去，气机不畅，致气滞血瘀，久而成块。

2. 痰湿蕴肺　素体脾虚，水湿失运，聚湿生痰，留于肺脏；或饮食不节，损伤脾胃，水湿痰浊内聚，贮于肺络，肺气宣降失常，痰阻气滞，进而与外邪凝结，形成肿块。

3. 七情失调　忧思、恼怒、悲伤太过，脏腑功能失调，气机不得疏泄，津液不布成痰，血行不畅成瘀，终至气滞、痰凝、毒瘀互结于肺，形成肺积。

4. 烟毒内蕴　长期吸烟，热灼津液，阴液内耗，致肺阴不足，气随阴亏，加之烟毒之气内蕴，羁留肺窍，阻塞气道，而致痰湿瘀血凝结，形成肿块。

5. 邪毒侵肺　肺为娇脏，邪毒易侵，如工业废气、石棉、矿石粉尘、煤焦烟尘和放射性物质等，致使肺气失宣，郁滞不行，气不布津，聚液生痰或血瘀于内，毒聚、痰湿、血瘀、气郁交结于肺，日久成块。

总之，肺癌发生是由于正气虚弱，脏腑气血阴阳失调，导致邪毒内侵，肺失治节，宣降失司，气机不利，血行不畅，为痰为饮，瘀阻络脉，日久形成肺部积块。病变部位在肺，晚期可波及他脏。其发病以正虚为根本，因虚而致实，机体产生痰湿、瘀血、毒聚、气郁等病理改变，故本病是全身为虚、局部为实的疾病，虚以阴虚、气阴两虚多见，实则不外乎气滞、血瘀、痰凝、毒聚之病理变化。

【临床表现】

肺癌的临床表现与发生部位、类型、大小、有无转移及并发症等有关。有 5% ~ 15% 的患者于发现肺癌时无症状。主要症状有以下几方面：

1. 原发肿瘤引起的症状

（1）咳嗽、咯痰　为肺癌早期的常见症状。主要与肿瘤生长的部位、方式和速度有关。肿瘤生长在大气道时，容易引起支气管狭窄，可有刺激性呛咳，多为持续性、高调金属音，无痰或少许泡沫痰，继发感染时，痰量增多呈黏液性或脓性。细支气管 – 肺泡细胞癌时可有大量黏液痰。

（2）咯血　癌组织血管丰富，局部坏死组织常引起咯血。以中央型肺癌多见，多为痰中带血或间断血痰。如果破坏大血管则可发生大咯血。

（3）喘鸣　肿瘤阻塞支气管，可发生局限性喘鸣。

（4）胸闷、气急　肿瘤阻塞造成支气管狭窄，或压迫大气道，或转移至胸膜引起胸腔积液，或转移至心包出现心包积液，或有膈肌麻痹、上腔静脉阻塞以及肺部广泛受累时，均可发生胸闷、气急。

（5）体重下降　消瘦是肿瘤的常见症状之一。肿瘤晚期，由于毒素刺激和慢性消耗等原因，并有感染、疼痛所致的食欲减退，可表现为消瘦或恶病质。

（6）发热　肿瘤引起的继发性肺炎是导致患者出现发热症状最主要的原因。另外，还可因肿瘤组织坏死而引起发热。

2. 肿瘤局部扩展引起的症状

（1）胸痛　约有 30% 的肿瘤可因直接侵犯胸膜、肋骨和胸壁而引起胸痛。肿瘤位于胸膜附近时，有不规则的钝痛或隐痛，呼吸、咳嗽时疼痛加重。侵犯肋骨、脊柱时，可有压痛点，而与呼吸、咳嗽无关。

（2）呼吸困难　肿瘤压迫大气道而出现吸气性呼吸困难。

（3）咽下困难　由肿瘤侵犯或压迫食管而引起，尚可引起支气管 – 食管瘘，导致肺部感染。

（4）声音嘶哑　肿瘤直接压迫，或纵隔淋巴结肿大后压迫喉返神经（多见左侧），使声带麻痹，可发生声音嘶哑。

（5）上腔静脉压迫综合征　肿瘤或纵隔肿大淋巴结压迫上腔静脉时，上腔静脉回流受阻，产生头面部、颈部和上肢水肿，以及胸壁淤血和静脉曲张。严重者皮肤呈暗紫色，眼结膜充血，视力模糊，头晕头痛。

（6）霍纳（Horner）综合征　位于肺尖部的肺癌称肺上沟癌，可压迫颈部交感神经，引起病侧眼睑下垂、瞳孔缩小、眼球内陷，同侧额部与胸壁无汗或少汗，感觉异常。

（7）臂丛神经压迫征　可出现同侧自腋下向上肢内侧放射性、烧灼样疼痛，夜间尤甚。

3. 肿瘤远处转移引起的症状

（1）转移至淋巴结　锁骨上淋巴结转移最为常见。淋巴结增大、增多，固定而坚硬，多无痛感。

（2）转移至中枢神经系统　可有头痛、呕吐、眩晕、复视、共济失调、脑神经麻痹、一侧肢体无力甚至半身不遂等神经系统症状,甚则引起颅内高压。

(3) 转移至骨骼 表现为局部疼痛和压痛,尤其是转移至肋骨、脊柱骨和骨盆时。

(4) 转移至肝 可有厌食、肝区疼痛、肝大、黄疸和腹水等。

4. 肺癌的肺外表现 肺癌病人出现胸部以外其他脏器的症状和体征,而非肿瘤直接作用或转移引起,称之为肺癌的肺外表现,又称副癌综合征。

(1) 抗利尿激素分泌失调综合征 表现为嗜睡、易激动、定向障碍、癫痫样发作或昏迷。

(2) 异位促肾上腺皮质激素综合征 有不典型的库欣 (Cushing) 综合征表现,如色素沉着、水肿、肌萎缩、低钾血症、代谢性碱中毒、高血糖或高血压等。

(3) 分泌促性腺激素 可引起男性乳房异常发育,并伴有肥大性骨关节病。

(4) 神经肌肉综合征 最常见为多发性周围神经炎、重症肌无力和肌病、小脑变性等,多见于小细胞癌。

(5) 高钙血症 常见于鳞癌,表现为口渴和多尿,甚则有恶心、呕吐、便秘、嗜睡和昏迷等症状。

(6) 肥大性肺性骨关节病 表现为杵状指及肥大性骨关节病变,受累关节肿胀、压痛,长骨远端骨干的 X 线显示骨膜增厚、有新骨形成。

【实验室及其他检查】

1. 胸部 X 线检查 是发现肺癌的最基本方法。通过透视、正侧位胸片可发现块影或可疑病灶,配合体层扫描 (CT) 即可明确。

(1) 中央型肺癌 多为一侧肺门类圆形阴影,边缘毛糙,可有分叶或切迹。肿块与肺不张、阻塞性肺炎并存时,可呈现"S"型 X 线征象。也有肺癌本身与转移性肺门或纵隔淋巴结融合而成单侧不规则的肺门部肿块。局限性肺气肿、肺不张、阻塞性肺炎和继发性肺脓肿等则是支气管完全或部分阻塞而形成的间接征象。

(2) 周围型肺癌 早期常有局限性小斑片状阴影,也可呈结节状、球形 (直径 < 2cm)、网状阴影。肿块周边可有毛刺、切迹和分叶,可见偏心性癌性空洞,内壁不规则,凹凸不平,易与肺脓肿和肺结核空洞相混淆。

(3) 细支气管 – 肺泡癌 有结节型和弥漫型两种表现,后者似血行播散型肺结核,易于被误诊为浸润型或粟粒型肺结核、肺炎和间质性肺炎,应予鉴别。

2. 电子计算机体层扫描 (CT) 可发现普通 X 线难以发现的病变,还能辨认有无肺门和纵隔淋巴结肿大,以及有无侵犯邻近器官。

3. 磁共振 (MRI) 在明确肿瘤与大血管之间关系,以及分辨肺门淋巴结或血管阴影方面优于 CT,但它对肺门病灶分辨率不如 CT 高,也不容易发现较小的病灶。

4. 痰脱落细胞学检查 是诊断肺癌的重要方法之一。标本是否符合要求、病理医生的水平高低、肿瘤的类型以及送检标本的次数等因素决定该项检查的阳性率。

5. 纤维支气管镜检查 是诊断肺癌的主要方法,对确定病变性质、范围,明确手术指征与方式有一定帮助。

6. 病理学检查 在透视、胸部 CT 或 B 超引导下,采用细针经胸壁穿刺进行肺部病灶活检;经纵隔镜或胸腔镜活检;锁骨上肿大淋巴结和胸膜活检等。取得病变部位组织,进行病理学检查,对肺癌的诊断具有决定性意义。

7. 放射性核素扫描检查 利用肿瘤细胞摄取放射性核素的数量与正常组织之间的差异,对肿瘤进行定位、定性诊断。

8. 开胸手术探查　若经上述多项检查仍未能明确诊断，而又高度怀疑肺癌时，可考虑行开胸手术探查。

9. 其他　此外，还有癌标志物检测及基因诊断，后者有助于早期诊断肺癌。

【诊断与鉴别诊断】

1. 诊断　肺癌的治疗效果与预后取决于肺癌能否早期诊断及肺癌的恶性程度。

对于下列情况之一的人群（特别是 40 岁以上男性长期或重度吸烟者）应提高警惕，及时进行排癌检查。

（1）刺激性咳嗽 2~3 周而抗感染、镇咳治疗无效；

（2）原有慢性呼吸道疾病，近来咳嗽性质改变者；

（3）近 2~3 个月持续痰中带血而无其他原因可以解释者；

（4）同一部位、反复发作的肺炎；

（5）原因不明的肺脓肿，无毒性症状，无大量脓痰，无异物吸入史，且抗感染治疗疗效不佳者；

（6）原因不明的四肢关节疼痛及杵状指（趾）；

（7）X 线显示局限性肺气肿或段、叶性肺不张；

（8）肺部孤立性圆形病灶和单侧性肺门阴影增大者；

（9）原有肺结核病灶已稳定，而其他部位又出现新增大的病灶者；

（10）无中毒症状的、血性、进行性增多的胸腔积液者等。

一般根据病史、临床表现、体格检查和相关的辅助检查，80%~90% 的肺癌患者可确诊。必要的辅助检查中，发现肺癌的最常用检查是影像学，而确诊的必要手段则是细胞学、病理学检查。

2. 鉴别诊断

（1）肺结核

1）结核球：需与周围型肺癌相鉴别。结核球多见于年轻患者，可有反复血痰史，病灶多位于上叶后段和下叶背段的结核好发部位。边界清楚，边缘光滑无毛刺，偶见分叶，可有包膜，密度高，可有钙化点，周围有结核病灶。如有空洞形成，多为中心性薄壁空洞，洞壁规则，直径很少超过 3cm。

2）肺门淋巴结结核：易与中央型肺癌相混淆。肺门淋巴结结核多见于儿童或老年人，有结核中毒症状，结核菌素试验多呈强阳性，抗结核治疗有效。影像学检查有助于鉴别诊断。

3）急性粟粒型肺结核：应与弥漫性细支气管－肺泡癌相鉴别。粟粒型肺结核表现为病灶大小相等、分布均匀的粟粒样结节，常伴有全身中毒症状，抗结核治疗有效。而肺泡癌多为大小不等、分布不均的结节状播散病灶，一般无发热，可从痰中查找癌细胞。也可以做结核菌素试验加以鉴别。

（2）肺炎　肺癌阻塞性肺炎表现常与肺炎相似。肺炎起病急骤，先有寒战、高热等毒血症状，然后出现呼吸道症状，X 线为云絮影，不呈段叶分布，无支气管阻塞，少见肺不张，经抗感染治疗病灶吸收迅速而完全。而癌性阻塞性肺炎呈段或叶分布，常有肺不张，吸收缓慢，炎症吸收后可见块状影。可通过纤维支气管镜检查和痰脱落细胞学等检查加以鉴别。

（3）肺脓肿　应与癌性空洞继发感染相鉴别。原发性肺脓肿起病急，伴高热，咯大量脓痰，中毒症状明显，胸片上表现为薄壁空洞，内有液平，周围有炎症改变。癌性空洞常先有咳嗽、咯血等肿瘤症状，后出现咯脓痰、发热等继发感染症状。胸片可见癌肿块影有偏心空洞，壁厚，内壁凸凹不平。

（4）炎性假瘤 本病一般认为是肺部炎症吸收不全而遗留下的圆形病灶。多有呼吸道感染史，也可有痰中带血。X线呈单发圆形、椭圆形或哑铃形，轮廓不清，密度淡而均匀，边无分叶，有长毛样改变。

【治疗】

1. 治疗思路 肺癌的治疗目的在于延缓病情发展，减轻症状，减少并发症的发生，延长患者生存期，提高生存质量。目前提高癌症的治疗效果仍基于"三早"，即早期发现、早期诊断和早期治疗。西医治疗仍以放射治疗、化学治疗、外科手术治疗作为根治肺癌的主要手段。特别是早期病人，如无手术禁忌证者，都应采取手术治疗。随着化学药物治疗的应用和发展，开发了一些有效的药物和方案，提高了临床疗效。但化疗仍存在肿瘤细胞抗药性，对正常组织及器官引起损伤等副作用的问题，限制了它的应用。

中医认为，肺癌发生的根本在于正气虚弱，而与痰湿、瘀血、邪毒交阻于肺有关。早期多见气滞血瘀、痰湿毒蕴之实证，晚期则多见阴虚毒热、气阴两虚之虚证。总体看来仍以正虚为主。治疗以"扶正祛邪，标本兼治"为总的原则。早期邪实，治以化痰软坚、行气祛痰、利湿解毒等；晚期正虚，以扶正为主，并根据脏腑气血阴阳的偏盛偏衰恰当处理。总之，肺癌治疗过程中，始终要固护正气，扶正祛邪贯穿治疗始终。

中医药能够减轻患者的症状及放疗、化疗副作用，提高机体免疫力，有助于提高术后病人的远期疗效，改善肺癌患者的生存质量，并能延缓肿瘤发展、复发和转移，从而延长患者生存期，在治疗中占重要地位。

2. 西医治疗 国际上已制定了统一的肺癌分期。现将2002年国际抗癌协会重新修订的肺癌国际分期介绍如表9-4、9-5。

表9-4 肺癌的TNM分期标准

原发肿瘤（T）

T_X：原发肿瘤不能评价；或痰、支气管冲洗液找到瘤细胞但影像学或支气管镜没有可视肿瘤

T_0：没有原发肿瘤的证据

T_{is}：原位癌

T_1：肿瘤最大径≤3cm，周围为肺或脏层胸膜所包绕，镜下肿瘤没有累及叶支气管以上（没有累及主支气管）

T_2：肿瘤大小或范围符合以下任何一点：

①肿瘤最大径>3cm

②累及主支气管，但距隆突≥2cm

③累及脏层胸膜

④扩展到肺门的肺不张或阻塞性肺炎，但不累及全肺

T_3：任何大小的肿瘤已直接侵犯了下述结构之一者

①胸壁（包括上沟癌）、膈肌、纵隔、胸膜、心包

②肿瘤位于距隆突2cm以内的主支气管，但尚未累及隆突

③全肺的肺不张或阻塞性炎症

T_4：任何大小的肿瘤已直接侵犯了下述结构之一者：纵隔、心脏、大血管、气管、食管、椎体、隆突；恶性胸水或恶性心包积液；原发肿瘤同一叶内出现单个或多个的卫星结节

续表

区域淋巴结（N）

　　N_x：区域淋巴结不能评价

　　N_0：没有区域淋巴结转移

　　N_1：转移至同侧支气管周围淋巴结和（或）同侧肺门淋巴结，和原发肿瘤直接侵及肺内淋巴结

　　N_2：转移至同侧纵隔和（或）隆突下淋巴结

　　N_3：转移至对侧纵隔、对侧肺门淋巴结，同侧或对侧斜角肌或锁骨上淋巴结

远处转移（M）

　　M_x：远处转移不能评价

　　M_0：没有远处转移

　　M_1：有远处转移

表 9-5　　　　　　　　　　　　肺癌的临床分期标准

分期		TNM
隐性肺癌		$T_x N_0 M_0$
0 期		T_{is} 原位癌
Ⅰ期	ⅠA	$T_1 N_0 M_0$
	ⅠB	$T_2 N_0 M_0$
Ⅱ期	ⅡA	$T_1 N_1 M_0$
	ⅡB	$T_2 N_1 M_0$、$T_3 N_0 M_0$
Ⅲ期	ⅢA	$T_3 N_1 M_0$、$T_1 N_2 M_0$、$T_2 N_2 M_0$、$T_3 N_2 M_0$
	ⅢB	T_4 任何 N，M_0，任何 $TN_3 M_0$
Ⅳ期		任何 T 任何 NM_1

　　肺癌的治疗应根据患者的机体状况、肿瘤的病理类别、侵犯的部位和发展趋势以及分期，合理、有计划地选择治疗手段，以期最大限度地提高治愈率和患者的生活质量。根据肺癌的生物学特点及预后，其治疗原则有所不同。非小细胞癌早期患者以手术治疗为主，可切除的晚期（ⅢA）患者可采取新辅助化疗＋手术治疗±放疗；不可切除的局部晚期（ⅢB）患者可采取化疗与放疗联合治疗，远处转移的晚期患者以姑息治疗为主。小细胞肺癌以化疗为主，辅以手术治疗和（或）放疗。

　　（1）手术治疗　局限性肿瘤切除术与广泛切除者疗效相似，一般推荐肺叶切除术。肺段切除术和楔形切除等范围更小的手术主要用于外周性病变或肺功能差者。

　　对非小细胞肺癌Ⅰ期和Ⅱ期患者应行以治愈为目标的手术切除治疗。对以同侧纵隔淋巴结受累为特征的Ⅲ期患者行原发病灶及受累淋巴结手术切除治疗。对肺上沟癌尚无纵隔淋巴结或全身转移者行手术前放疗及整体手术切除。小细胞肺癌 90% 以上在就诊时已有胸内或远处转移。尚有潜在性血道、淋巴道转移。因此，国内主张化疗后手术，可提高患者 5 年生存率。

　　（2）化学药物治疗（简称化疗）　小细胞肺癌对于化疗非常敏感，很多化疗药物可提高小细胞肺癌的缓解率，如足叶乙苷（VP-16）、鬼臼噻吩苷（VM-26）、卡铂（CBP）、

顺铂（DDP）、长春地辛（VDS）、阿霉素（ADM）、环磷酰胺（CTX）及异环磷酰胺（IFO）等。一般诱导化疗以 2~3 个周期为宜，较大病灶经化疗后缩小，以利手术治疗及放疗。化疗获得缓解后，约 25%~50% 出现局部复发，因此，化疗缓解后局部治疗仍很重要。

非小细胞癌对化疗反应不敏感，主张对 NSCLC Ⅰ、Ⅱ期病人手术后进行化疗，以防术后局部复发或远处转移。ⅢA 期病人应于术前、术后进行全身化疗，ⅢB 期及Ⅳ期病人已不宜手术或放疗，可通过化疗延长生存期。

1) 国内对 SCLC 比较有效的化疗方案

EP 方案：VP-16 每日 100mg/m^2 第 1~3 天静脉滴注；DDP 每日 80mg/m^2，第 1 天静脉滴注。每 3 周为 1 周期。

CAV 方案：CTX 1000mg/m^2，第 1 天静脉注射；ADM 50mg/m^2，第 1 天静脉注射；VCR 2mg，第 1 天静脉注射。每 3 周为 1 周期。

VP-CP 方案：VP-16 120mg/m^2，第 1~3 天静脉注射；CBP 100mg/m^2，第 1~3 天静脉注射。每 4 周为 1 周期。

CAVP-16 方案：CTX 1000mg/m^2，第 1 天静脉注射；ADM 45mg/m^2，第 1 天静脉注射；VP-16 每日 50mg/m^2，第 1~5 天静脉注射。每 3 周为 1 周期。

NP 方案：NVB 长春瑞滨（去甲长春花碱）每日 25~30mg/m^2，第 1、8 天静脉注射；DDP 每日 40mg/m^2，第 1~3 天静脉注射。每 3 周为 1 周期。

2) 国内对 NSCLC 比较有效的化疗方案

CAP 方案：CTX 400mg/m^2，第 1 天静脉注射；ADM 40mg/m^2，第 1 天静脉注射；DDP 40mg/m^2，第 1 天静脉滴注。每 4 周为 1 疗程。

MVP 方案：MMC（丝裂霉素）6~8mg/m^2，第 1 天静脉注射；VDS 每日 3mg/m^2，第 1、8 天静脉注射；DDP 每日 50mg/m^2，第 3、4 天静脉滴注。每 3 周为 1 疗程。

EP 方案：VP-16 每日 100mg/m^2，第 1~3 天静脉滴注；DDP 每日 60mg/m^2，第 1 天静脉滴注。每 4 周为 1 疗程。

NP 方案：NVB 每日 25mg/m^2，第 1、8、15 天静脉注射；DDP 每日 80mg/m^2，第 1 天静脉滴注。每 4 周为 1 疗程。

TP 方案：TXL（紫杉醇）135mg/m^2，第 1 天静脉滴注；DDP 每日 75~80mg/m^2，第 1 天静脉滴注。每 3 周为 1 疗程。

ICE 方案：IFO 每日 1.2g/m^2，第 1~3 天静脉注射；CBP 300mg/m^2，第 1 天静脉滴注；VP-16 每日 80mg/m^2，第 1~3 天静脉注射。每 4 周为 1 疗程。

GC 方案：吉西他宾 1000mg/m^2，第 1、8、15 天静脉滴注；DDP 100mg/m^2，第 2 天静脉滴注。每 4 周为 1 疗程。

3) 放射治疗（简称放疗）：常规放疗适用于Ⅰ期病人年老体弱，有伴发病，已不宜手术或拒绝手术者。还常用于 N$_{1~2}$ 的手术病人，或手术切除边缘残存肿瘤细胞。术前放疗还能缩小病灶，以便全部切除肿瘤，减少复发。放射线对癌细胞有杀伤作用，可分为根治性和姑息性两种。

根治性治疗：适用于病灶局限、因解剖原因不便手术或不愿手术者，辅以化疗，还可提高疗效。

姑息性放疗：能够抑制肿瘤发展，延迟肿瘤扩散和缓解症状。对控制骨转移性疼痛、骨髓压迫、上腔静脉压迫综合征和支气管阻塞及脑转移引起的症状有肯定的疗效。

放疗对小细胞肺癌效果较好，其次为鳞癌和腺癌，其放射剂量以腺癌最大，小细胞癌最小。常用的放射线有 ^{60}钴 γ 线，电子束 β 线和中子加速器等。一般 40～70Gy 为宜，分 5～7 周照射。放疗时要精心制订方案，密切观察病情变化，控制照射剂量和疗程，以减少和防止白细胞减少、放射性肺炎、肺纤维化和食管炎等放射反应。禁用于全身状态差，严重心、肺、肝、肾功能不全者。重症阻塞性肺气肿患者，易并发放射性肺炎，应慎用。紫杉醇、卡铂和顺铂等药物还具有放射增敏的效果，可以在放疗的同时选择应用。

4）其他治疗方法：对于失去手术指征，全身化疗无效的晚期癌症患者，可通过支气管动脉灌注化疗（BAI）缓解症状，减轻病人痛苦。经纤维支气管镜介导，将抗癌药物直接注入肿瘤，还可进行腔内放疗、激光切除，以减轻肿瘤引起的气道阻塞和控制出血。

5）生物缓解调节剂（BRM）：近年来，免疫生物治疗已经成为肿瘤治疗的重要部分，如干扰素、白细胞介素 2（IL2）、肿瘤坏死因子（TNF）、集落刺激因子（CSF）等在治疗中能增加机体对化疗、放疗的耐受性，提高疗效。

3. 中医辨证论治

（1）气滞血瘀证

证候：咳嗽不畅，咯痰不爽，胸胁胀痛或刺痛，面青唇暗，大便秘结；舌质暗紫或有瘀斑，脉弦或涩。

治法：活血散瘀，行气化滞。

代表方剂：血府逐瘀汤加减。

常用药物：当归　生地　桃仁　红花　枳壳　赤芍　柴胡　甘草　桔梗　川芎　牛膝　夏枯草　山慈姑　贝母　黄药子

（2）痰湿毒蕴证

证候：咳嗽，痰多，气憋胸闷，或胸胁疼痛，纳差便溏，身热尿黄；舌质暗或有瘀斑，苔厚腻，脉滑数。

治法：祛湿化痰，清热解毒。

代表方剂：导痰汤加减。

常用药物：半夏　陈皮　枳实　茯苓　甘草　制南星　生姜　郁金　川芎　延胡索　白术　鸡内金

（3）阴虚毒热证

证候：咳嗽，无痰或少痰，或有痰中带血，甚则咯血不止，心烦，少寐，手足心热，或低热盗汗，或邪热炽盛，羁留不退，口渴，大便秘结；舌质红，苔薄黄，脉细数或数大。

治法：养阴清热，解毒散结。

代表方剂：沙参麦冬汤合五味消毒饮。

常用药物：沙参　麦冬　玉竹　桑叶　甘草　天花粉　生扁豆　金银花　野菊花　蒲公英　紫花地丁　紫背天葵　瓜蒌　麻仁

（4）气阴两虚证

证候：咳嗽无力，有痰或无痰，痰中带血，神疲乏力，时有心悸，汗出气短，口干，发热或午后潮热，手足心热，纳呆脘胀，便干或稀；舌质红苔薄，或舌质胖嫩有齿痕，脉细数无力。

治法：益气养阴，化痰散结。

代表方剂：沙参麦冬汤加减。

常用药物：沙参　麦冬　玉竹　桑叶　甘草　天花粉　生扁豆　归尾　赤芍　丹参

【预防与调护】

1. 减少或避免在生产和生活环境中含有致癌物质污染的空气和粉尘的吸入。

2. 宣传吸烟的危害，大力提倡戒烟，公共场所禁止吸烟。

3. 加强劳动保护，积极开展防癌宣传教育。

4. 对高危人群进行重点普查，早期发现、早期诊断和早期治疗肺癌病人。

5. 重视摄生，固护正气。注意饮食卫生，多食易于消化富于营养之品，忌食过热、煎炒、生冷、油腻以及服用矿石类药物。

6. 帮助患者树立战胜疾病的信心，发挥其主观能动性，积极配合治疗，以期控制病情发展。

第九节　心力衰竭

本病可归属于中医的"怔忡"、"惊悸"、"心悸"、"胸痹"、"水肿"等范畴。

一、急性心力衰竭

急性心力衰竭是指由于急性心脏病变引起心排血量显著、急骤降低，导致组织器官灌注不足和急性淤血的综合征。临床以急性左心衰较常见，主要表现为急性肺水肿，重者伴心源性休克。急性右心衰较少见，临床可发生于急性右室心肌梗死和大块肺栓塞等。

【病因和发病机制】

任何心脏解剖或功能的突发异常，使心排血量急剧降低，肺静脉压突然升高，均可发生急性左心衰。常见的病因有：

1. 急性弥漫性心肌损害　如急性心肌炎、广泛性前壁心肌梗死等。

2. 急起的机械性阻塞　如严重的瓣膜狭窄、左心室流出道梗阻、心房内球瓣样血栓或黏液瘤嵌顿二尖瓣口等。

3. 心脏容量负荷突然加重　急性心肌梗死或感染性心内膜炎引起的瓣膜穿孔、腱索断裂所致的急性瓣膜性反流、室间隔破裂穿孔或主动脉瘤破裂使心室容量负荷突然剧增，以及输液、输血过多或过快等。

4. 急剧的心脏后负荷增加　如高血压心脏病血压急剧升高，外伤、急性心肌梗死或感染性心内膜炎引起的瓣膜损害等。

5. 严重的心律失常　如快速性心房颤动、心室暂停、显著的心动过缓等。

主要的病理生理基础为心脏收缩力突然严重减弱，心排血量急剧减少，或左室瓣膜性急性反流，左室舒张末压迅速升高，肺静脉回流受阻，肺静脉压快速升高，肺毛细血管压随之升高，使血管内液体渗入到肺间质和肺泡内，形成急性肺水肿。

【临床表现】

根据心脏排血功能减退的速度、程度和持续时间的不同，以及心脏代偿功能的差别有下列4种表现：

1. 昏厥　心脏排血功能减退，心排血量减少引起脑部缺血，发生短暂的意识丧失，称为心源性昏厥。发作持续数秒时可有四肢抽搐、呼吸暂停、发绀等表现，称为阿-斯综合征，主要见于急性心排血量受阻或严重心律失常患者。

2. 休克　由于心排血功能低下导致心排血量不足而引起的休克，称为心源性休克。临床上除一般休克的表现外，多伴有心功能不全，肺小动脉楔压（PCWP）升高，颈静脉怒张等表现。

3. 急性肺水肿　突发严重呼吸困难，呼吸频率 30~40 次/分、强迫端坐位、面色灰白、发绀、大汗、烦躁、频繁咳嗽、咯粉红色泡沫样痰，极重者可因脑缺氧而神志模糊。急性肺水肿早期可因交感神经激活，血压一过性升高；随病情持续，血管反应减弱，血压下降。急性肺水肿如不能及时纠正，严重者可出现心源性休克。体征表现为心率增快，心尖区第一心音减弱，可有舒张早期奔马律，肺动脉瓣区第二心音亢进，两肺满布湿性啰音和哮鸣音。

4. 心脏骤停　为严重心功能不全的表现，临床表现为突然意识丧失、颈动脉搏动消失、瞳孔散大、发绀、抽搐、呼吸停止等。

【诊断与鉴别诊断】

根据典型症状与体征即可做出诊断。急性呼吸困难应与支气管哮喘鉴别，根据心脏病史，发作时强迫端坐位，两肺湿性啰音为主，甚至咯粉红色泡沫痰等作出鉴别。另外与肺水肿并存的心源性休克，常有急性肺水肿的特征，如静脉压和心室舒张末期压力升高，与其他原因引起的休克不同。

【治疗】

急性左心衰是急危重症，应积极迅速抢救，主要治疗急性肺水肿。

1. 治疗原则　①降低左房压和（或）左室充盈压。②增加左室心搏量。③减少循环血量。④减少肺泡内液体渗入，保证气体交换。

2. 具体措施

（1）患者取坐位，双腿下垂，以减少静脉回流。

（2）吸氧　立即用鼻管高流量给氧或面罩加压给氧，氧气可通过加入适量 50%~75% 酒精的湿化瓶或使用有机硅消泡剂，可使泡沫的表面张力降低而破裂，改善肺泡通气。

（3）吗啡　皮下或肌肉注射吗啡 5~10mg，不仅可以镇静，使呼吸深度减小，频率减慢，从而改善通气和换气及减少躁动给心脏带来的额外负担，还可迅速扩张外周静脉及小动脉，减轻心脏的前、后负荷。伴有神志障碍、慢性肺部疾病时禁用。

（4）快速利尿　静注呋塞米 20~40mg，通过利尿、扩张静脉作用，有利于肺水肿的缓解。

（5）血管扩张剂　能降低心室前、后负荷，从而缓解肺淤血。可用硝普钠、硝酸甘油或酚妥拉明静脉滴注。

1）硝普钠：扩张动、静脉，根据血压调整用量，维持收缩压在 100mmHg 左右；静注后 2~5 分钟起效，一般剂量为 12.5~25μg/min 滴注，维持量 50~100μg/min。因其含有氰化物，用药时间不宜连续超过 24 小时。

2）硝酸甘油：扩张小静脉，降低回心血量，使左心室舒张末压力和肺毛细血管压降低。本药的耐受量和有效量个体差异很大。先以 10μg/min 开始，每 10 分钟调整 1 次，每次增加 5~10μg，监测血压同前。

3）酚妥拉明：以扩张小动脉为主。降低心室后负荷静脉。用药以 0.1mg/min 开始，每 5~10 分钟调整 1 次，最大可至 1.5~2.0mg/min，监测血压同前。

（6）洋地黄类药物　西地兰最适于房颤伴快速心室率，并已有心室扩大伴左室收缩功能不全者。首剂 0.4~0.6mg 静注，2~4 小时后可酌情再给 0.2~0.4mg。

（7）氨茶碱　可扩张支气管并有正性肌力及扩血管、利尿作用。0.25g 稀释后静注，可继以每小时 0.5mg/kg 维持。12 小时后减至每小时 0.1mg/kg。

（8）静脉结扎法　用结扎法轮流结扎三肢，可减少静脉回心血量。结扎压力大小在收缩压和舒张压之间。

（9）其他　急性症状缓解后，应对诱因及基本病因进行治疗。

二、慢性心力衰竭

【西医病因病理】

1. 病因　心脏功能主要由心肌收缩力、前负荷（容量负荷）、后负荷（压力负荷）、心率四种因素决定，这些因素中任何一种因素异常影响到心脏的泵血功能，使心脏不能提供适当的组织血液灌注都可引起心力衰竭。

2. 诱发因素　①感染；②心律失常；③血容量增加；④过度体力劳累或情绪激动；⑤应用心肌抑制药物；⑥其他，如洋地黄类药物用量不足或过量、高热、严重贫血等。

3. 发病机理　当各种原因导致心脏的泵血功能下降时，循环功能的即刻、短暂调节有赖于神经激素系统的血流动力效应，而长期调节则是依靠心肌机械负荷诱发与神经激素系统介导的心室重塑。

【中医病因病机】

形成心力衰竭主要病因有外邪侵袭、过度劳倦或久病伤肺、情志失调、饮食不节等。

1. 外邪侵袭　外邪侵袭，郁于气道，导致肺气宣降不利，升降失常，肺气壅塞。心主血，肺主气，气血互根互用，肺气受损，致心气不足，鼓动无力，导致心衰。

2. 情志失调　忧思伤脾，使中阳失运，或郁怒伤肝，肝疏泄失常，均可致气滞或痰阻，升降失常，治节无力，血行不畅；或痰郁化热成火，煎熬血液，均可导致瘀血内生，血行失畅，心脉痹阻。

3. 饮食不节　饮食不当，损伤脾胃，运化失健，积湿成痰，痰湿上阻心肺，脉道不利，心气鼓动无力，发为本病。

4. 劳欲所伤　因年迈体虚或久病体虚，日久导致心阳不振，气血运行失畅，心脉因之瘀滞，心失营运；或各种疾病迁延日久，耗气伤津，残阳损阴，加之外感六淫、内伤情志、劳累过度、药物失宜等，耗损阴阳，致使阴阳并损，均可出现心衰。

本病以心阳虚衰为本，每因感受外邪、劳倦过度、情致所伤等诱发，病变脏腑以心为主，涉及肝、脾、肺、肾四脏，同时与气（阳）、血、水关系密切，为本虚标实之证。本病日久可致肾阳不足，难以上养心阳、脾阳，甚至出现阳气虚脱，阴阳不相维系，症见冷汗淋漓、面色灰白、口唇紫暗、神昏脉微等危重证候。

【心功能不全的程度判断】

1. NYHA 心功能分级　根据美国纽约心脏病学会（NYHA）1928 年提出的主要根据心脏病患者自觉的活动能力划分为四级。Ⅰ级：日常活动无心力衰竭症状。Ⅱ级：日常活动出现心力衰竭症状（呼吸困难、乏力）。Ⅲ级：低于日常活动出现心力衰竭症状。Ⅳ级：在休息时出现心力衰竭症状。心力衰竭患者的左心室射血分数与心功能分级症状并非完全一致。

2. 6 分钟步行试验　在特定的情况下，测量在 6 分钟内步行的距离。此方法安全、简便、易行，已逐渐在临床应用。

【临床表现】

临床上以左心衰竭较常见，多见于高血压性心脏病、冠心病、病毒性心肌炎、原发性扩张型心肌病和二尖瓣及主动脉瓣关闭不全等。单纯右心衰竭较少见，可见于肺心病、肺动脉瓣狭窄、房间隔缺损等。右心衰竭常继发于左心衰竭后的肺动脉高压，最后导致全心衰竭。

1. 左心衰竭　以肺淤血及心排血量降低至器官低灌注等临床表现为主。

（1）症状

1）呼吸困难

劳力性呼吸困难：是左心衰竭最早出现的症状，因运动使回心血量增加，肺淤血加重。

端坐呼吸：肺淤血达到一定程度时，患者卧位时呼吸困难加重，坐位时减轻。由于坐位时的重力作用，部分血液转移到下垂部位，可减轻肺淤血，且横膈下降可增加肺活量。

夜间阵发性呼吸困难：熟睡后突然憋醒，可伴呼吸急促，阵咳，咯泡沫样痰或呈哮喘状态，又称为"心源性哮喘"。轻者坐起数分钟即缓解。其发生与睡眠平卧回心血量增加、膈肌上升、肺活量减少、夜间迷走神经张力增加、支气管易痉挛而影响呼吸等有关。

2）咳嗽、咯痰、咯血：因肺泡和支气管黏膜淤血和/或支气管黏膜下扩张的血管破裂所致，痰常呈白色浆液性泡沫样，痰中可带血丝，也可由于肺血管和支气管血液循环之间形成侧支，引起血管破裂出现大咯血。

3）其他：心排血量减少，器官、组织灌注不足可引起乏力、疲倦、头昏、心慌症状。肾脏血流量明显减少，出现少尿症状；长期慢性的肾血流量减少可出现血尿素氮、肌酐升高并可有肾功能不全的相应症状。

（2）体征

1）肺部湿性啰音：多见于两肺底部，与体位变化有关。这是因肺毛细血管压增高，液体渗到肺泡所致。心源性哮喘时两肺可闻及哮鸣音，胸腔积液时有相应体征。

2）心脏体征：除原有心脏病体征外，慢性左心衰一般均有心脏扩大、心率加快、肺动脉瓣区第二心音亢进、心尖区可闻及舒张期奔马律和（或）收缩期杂音，可出现交替脉等。

2. 右心衰竭　以体循环静脉淤血的表现为主。

（1）症状　胃肠道、肝脏等内脏静脉淤血可有腹胀、食欲不振、恶心、呕吐、肝区胀痛、少尿等症状及呼吸困难。

（2）体征　除原有心脏病体征外，右心衰竭时若右心室显著扩大形成功能性三尖瓣关闭不全，可有收缩期杂音；体循环静脉淤血体征如颈静脉怒张和（或）肝颈静脉反流征阳性，下垂部位凹陷性水肿；胸水和/或腹水；肝肿大、有压痛，晚期可有黄疸、腹水等。

3. 全心衰竭　左、右心衰均存在，有肺淤血、心排血量降低致器官低灌注和体循环淤血的相关症状和体征。右心衰继发于左心衰时，因右心排血量减少，呼吸困难等肺淤血表现可有不同程度的减轻。

【实验室及其他检查】

1. X 线检查　可反映心影大小和外形。肺淤血时，肺门及上肺血管影增强；肺间质水肿时可见 Kerley B 线；肺动脉高压时，肺动脉影增宽，部分可见胸腔积液。肺泡性肺水肿时，肺门影呈蝴蝶状。

2. 心电图　可有左、右心室肥厚。V_1 导联 P 波终末电势（ptfV_1） $\leqslant -0.04$mm·s。

3. 超声心动图　提供心脏各心腔大小变化、心瓣膜结构，评估心脏的收缩、舒张功能。以射血分数（EF）评估左心室收缩功能，正常 EF 值 >50%，运动时至少增加 5%。以心动周期中舒张期心室充盈速度最大值（E 峰）与舒张晚期心室充盈速度最大值（A 峰）之比值评价左心室舒张功能，正常 E/A 值不小于 1.2。

4. 放射性核素检查　放射性核素心血池显影，可判断心室腔大小，心脏的收缩、舒张功能。

5. 血流动力学检查　采用漂浮导管经静脉直至肺小动脉，测定各部位的压力及血液含氧量，计算心脏指数（CI）及肺小动脉楔压（PCWP），直接反映左心功能，正常值为 CI 2.5～4.0L/（min·m²），PCWP 6～12mmHg。

【诊断与鉴别诊断】

1. 诊断　有明确器质性心脏病的诊断，结合症状、体征、实验室及其他检查可做出诊断。呼吸困难或颈静脉怒张、肝肿大、下垂性水肿分别为左心衰竭或右心衰竭临床诊断提供重要依据。

2. 鉴别诊断

（1）心源性哮喘与支气管哮喘的鉴别　心源性哮喘有心脏病史，多见于老年人，发作时强迫端坐位，两肺湿性啰音为主，可伴有干性啰音，甚至咯粉红色泡沫痰；而支气管哮喘多见于青少年，有过敏史，咯白色黏痰，肺部听诊以哮鸣音为主，支气管扩张剂有效。

（2）右心衰竭与心包积液、缩窄性心包炎、肝硬化等引起的水肿和腹水鉴别　心包积液、缩窄性心包炎可引起颈静脉充盈，静脉压增高，肝大，腹水，但心尖搏动弱，心音低，并有奇脉，超声心动图有助于鉴别。腹水也可由肝硬化引起，但肝硬化无颈静脉充盈和肝颈静脉回流征阳性。

【治疗】

1. 治疗思路　心力衰竭的治疗在过去 10 年中已有了非常重要的转变，从短期血流动力学/药理学措施转为长期的、修复性的策略。心力衰竭的治疗目标不仅仅是改善症状、提高生活质量，更重要的是改变衰竭心脏的生物学性质，针对心肌重塑的机制，防止或延缓心肌重塑的发展，从而降低心力衰竭的住院率和死亡率。近年研究显示从无症状性左心室功能不全到严重症状性心衰，每一个阶段的药物治疗均能提高成活率。中医治标以调其营血、祛邪为务，治本以益气温阳为主。中医药有一定的防止和延缓心肌重塑的作用，同时能减轻心力衰竭的症状，改善心血管的危险因素如高血脂、高血压、糖尿病、肥胖等。

2. 西医治疗

（1）一般治疗

1）去除或缓解基本病因：对患者导致心力衰竭的基本病因进行评估，如有原发性瓣膜病并发心力衰竭 NYHA 心功能 Ⅱ 级以上，主动脉瓣疾病伴晕厥、心绞痛的患者均应予手术修补或置换瓣膜；缺血性心肌病心力衰竭患者伴心绞痛，左室功能低下但证实尚有存活心肌的患者，经冠状动脉血管重建术可改善心功能；其他如甲状腺功能亢进的治疗，室壁瘤的手术矫正等均应注意。

2）去除诱发因素：控制感染，治疗心律失常特别是心房颤动并发快速心室律，纠正贫血、电解质紊乱，注意是否并发肺梗死等。

3）改善生活方式，干预心血管损害的危险因素：控制高血脂、高血压、糖尿病，戒烟、戒酒，肥胖患者减轻体重。饮食宜低盐、低脂，重度心力衰竭患者应限制每日出入水量，应每日称体重以早期发现液体潴留。应鼓励心力衰竭者做适当动态运动，以避免去适应状态。在呼吸道疾病流行或冬春季节，可给予流感、肺炎球菌疫苗等以预防感染。

4）密切观察病情演变及定期随访：了解对药物治疗的顺从性、药物的不良反应和患者的饮食等情况，及时发现病情恶化并采取措施。

（2）药物治疗

1）利尿剂：利尿剂通过抑制肾小管特定部位钠或氯的重吸收抑制心力衰竭时的钠潴留，减少静脉回心血量而减轻肺淤血，降低前负荷改善心功能。常用的利尿剂有作用于髓袢的袢利尿剂，如呋塞米；作用于远曲肾小管的噻嗪类，如氢氯噻嗪和氢氯噻酮；以及保钾利尿剂如螺内酯、氨苯蝶啶、阿米诺利，后二者不受醛固酮调节。

适应证：所有心力衰竭患者，有液体潴留的证据或既往有过液体潴留者。NYHA 心功能Ⅰ级患者一般不需应用利尿剂。利尿剂一般应与 ACEI 和 β 受体阻滞剂联合应用。故不将利尿剂作为单一治疗。

应用方法：通常从小剂量开始，如呋塞米每日 20mg，氢氯噻嗪每日 25mg，并逐渐增加剂量至尿量增加，以体重每日减轻 0.5～1.0kg 为宜。利尿剂应用的目的是控制心力衰竭的液体潴留，一旦病情控制（表现为肺部啰音消失，水肿消退，体重稳定），即以最小有效量长期维持，一般需长期使用。在利尿剂治疗的同时，应适当限制钠盐的摄入量。

不良作用：利尿剂可引起低钾、低镁血症而诱发心律失常。利尿剂的使用可激活内源性神经内分泌，特别是肾素－血管紧张素系统（RAS），短期增加电解质丢失的发生率和严重程度，长期激活会促进疾病的发展，除非患者同时接受神经内分泌拮抗剂治疗。过量应用利尿剂可降低血压和损害肾功能。必须充分认识到利尿剂在心力衰竭治疗中起关键作用，利尿剂是唯一能够最充分控制心力衰竭液体潴留的药物。合理使用利尿剂是其他治疗心力衰竭药物取得成功的关键因素之一。

2）血管紧张素转换酶抑制剂（ACEI）：ACEI 通过抑制循环和组织的 RAS，作用于激肽酶Ⅱ，抑制缓激肽的降解，提高缓激肽水平，有益于慢性心力衰竭的治疗，可以明显改善远期预后，降低死亡率。

适应证：所有左心室收缩功能不全（LVEF < 40%）患者，均可应用 ACE 抑制剂，除非有禁忌证或不能耐受；无症状的左室收缩功能不全（NYHA 心功能Ⅰ级）患者亦需使用，可预防或延缓患者发生心力衰竭；伴有体液潴留者应与利尿剂合用。不能用于抢救急性心力衰竭或难治性心力衰竭正在静脉用药者，只有长期治疗才有可能降低病死率。

应用方法：ACEI 应用的基本原则是从较小剂量开始，逐渐递增，直至达到目标剂量（表 9－6），一般每隔 3～7 天剂量倍增 1 次。剂量调整的快慢取决于每个患者的临床状况。有低血压史、低钠血症、糖尿病、氮质血症以及服用保钾利尿剂者，递增速度宜慢。因此，应尽量将剂量增加到目标剂量或最大耐受剂量，且需终生使用。ACEI 的良好治疗反应通常要到 1～2 个月或更长时间才显示出来，但即使症状改善并不明显，仍应长期维持治疗，以减少死亡或住院的危险性。ACEI 的撤除有可能导致临床状况恶化，应予避免。

表 9 – 6 常用 ACEI 的参考剂量

药物	起始剂量	目标剂量
卡托普利	6.25mg，每日 3 次	25～50mg，每日 3 次
依那普利	2.5mg，每日 1 次	10mg，每日 2 次
培哚普利	2mg，每日 1 次	4mg，每日 1 次
雷米普利	1.25～2.5mg，每日 1 次	2.5～5mg，每日 2 次
苯那普利	2.5mg，每日 1 次	5～10mg，每日 2 次
福辛普利	10mg，每日 1 次	20～40mg，每日 1 次
西拉普利	0.5mg，每日 1 次	1～2.5mg，每日 1 次
赖诺普利	2.5mg，每日 1 次	5～20mg，每日 1 次

注：参考欧洲心脏病学会心力衰竭指南

慎用或禁忌证：双侧肾动脉狭窄，血肌酐升高 [>225.2μmol/L（3mg/dl）]，高血钾症（ >5.5mmol/L），低血压（收缩压 <90mmHg）应慎用 ACEI；低血压患者需经其他处理，待血流动力学稳定后再决定是否应用 ACEI；对 ACEI 曾有致命性不良反应的患者，如曾有血管神经性水肿、无尿性肾衰竭或妊娠妇女绝对禁用 ACE 抑制剂。

不良反应：主要有低血压、肾功能恶化、钾潴留、咳嗽和血管性水肿。

3）洋地黄制剂：洋地黄的正性肌力作用通过抑制心力衰竭心肌细胞膜 Na^+/K^+ – ATP酶，使细胞内 Na^+ 水平升高，促进 $Na^+ – Ca^{2+}$ 交换，细胞内 Ca^{2+} 水平提高。此外，洋地黄通过抑制副交感传入神经的 Na^+/K^+ – ATP 酶和抑制肾脏的 Na^+/K^+ – ATP 酶，使肾脏分泌肾素减少，降低神经内分泌系统的活性起到治疗作用。目前常用药物有地高辛、洋地黄毒苷。

适应证：心力衰竭是其主要适应证，尤其适宜于心力衰竭伴有快速心室率的心房颤动患者；对甲亢、贫血性心脏病、维生素 B_1 缺乏性心脏病及心肌病、心肌炎所致心力衰竭疗效欠佳。

应用方法：多采用自开始即用固定维持量的给药方法，地高辛 0.125～0.25mg/d；对于70 岁以上或肾功能受损者，地高辛宜用小剂量（0.125mg）每日 1 次或隔日 1 次。

禁忌证：窦房阻滞、Ⅱ度或高度房室传导阻滞无永久起搏器保护的患者均不能应用地高辛。与能抑制窦房结或房室结功能的药物（如胺碘酮、β 受体阻滞剂）合用时，尽管患者常可耐受地高辛治疗，但须谨慎。肺心病导致心力衰竭常有低氧血症，应慎用。

不良反应：洋地黄制剂的主要不良反应包括：心律失常（期前收缩、折返性心律失常和传导阻滞，以室性期前收缩最常见）、胃肠道症状（厌食、恶心和呕吐）、神经精神症状（视觉异常、定向力障碍、昏睡及精神错乱）。这些不良反应常出现在血清地高辛浓度 >2.0ng/ml 时，特别在低血糖、低血镁、甲状腺功能低下时易发生。地高辛与奎尼丁、维拉帕米、普鲁卡因酰胺、胺碘酮、双异丙吡胺、普罗帕酮等合用时，可使血清地高辛浓度增加，从而增加洋地黄中毒的发生率，此时地高辛宜减量。

洋地黄中毒的处理：发生洋地黄中毒后应立即停药。轻者停药可以消失，快速性心律失常者如血钾低则可静脉补钾，钾不低者可用苯妥英钠，禁止电复律；缓慢性心律失常可用阿托品 0.5～1mg，皮下注射。

4）β 受体阻滞剂：β 受体阻滞剂通过抑制肾上腺素能系统的过度激活而抑制心肌重塑，

降低心力衰竭患者的死亡率、住院率。但由于 β 受体阻滞剂有负性肌力作用，在心力衰竭患者应十分慎重。

适应证：所有 NYHA 心功能 Ⅱ 级、Ⅲ 级患者病情稳定，LVEF < 40% 者，均必须应用 β 受体阻滞剂，除非有禁忌证或不能耐受。NYHA 心功能 Ⅳ 级患者，如病情已稳定，无液体潴留，体重恒定，且不需要静脉用药者，可考虑在严密监护下，由专科医师指导应用。

应用方法：需从极低剂量开始，如美托洛尔控释片 12.5mg，每日 1 次；比索洛尔 1.25mg，每日 1 次；卡维地洛 3.125mg，每日 2 次。患者能耐受前一剂量，可每隔 2 ~ 4 周将剂量加倍，如前一较低剂量出现不良反应，可延迟加量直至不良反应消失。起始治疗前和治疗期间患者必须体重恒定，且无明显液体潴留，β 受体阻滞剂的个体差异很大，因此治疗宜个体化，以达到最大耐受量。

制剂的选择：选择性 β_2 受体阻滞剂与非选择性 β_1 兼 α_1 受体阻滞剂同样可降低死亡率和住院率。如选择性 β_1 受体阻滞剂美托洛尔、比索洛尔和非选择性 β_1 兼 α_1 受体阻滞剂卡维地洛均可用于心力衰竭。

禁忌证：支气管痉挛性疾病、心动过缓（心率 < 60 次/分钟）、Ⅱ 度及以上房室传导阻滞（除非已安装起搏器）均不能应用。

β 受体阻滞剂对心力衰竭的症状改善常在治疗 2 ~ 3 个月后才出现，即使症状未能改善，仍能减少疾病进展的危险。β 受体阻滞剂是一负性肌力药，治疗初期对心功能有抑制作用，但长期治疗（> 3 个月）则改善心功能，LVEF 增加。因此，β 受体阻滞剂只适用于慢性心力衰竭的长期治疗，绝对不能作为"抢救"治疗应用于急性失代偿性心力衰竭。

5）其他药物

①非洋地黄类正性肌力药：主要有 β 受体激动剂和磷酸二酯酶抑制剂。

β 受体激动剂：适用于慢性心衰加重时，移植前的终末期心力衰竭，心脏手术后心肌抑制所致的急性心力衰竭，以及难治性心力衰竭。多考虑短期支持应用 3 ~ 5 天，长期应用增加死亡危险性。多巴胺是去甲肾上腺素的前体，宜用小剂量 2 ~ 5μg/（kg·min），此时多巴胺能充分发挥正性肌力作用，而血管收缩作用尚不明显。若大剂量 6 ~ 10μg/（kg·min）则可使外周血管明显收缩，增加后负荷，加重心力衰竭。多巴酚丁胺是多巴胺的衍生物，增加心率和收缩外周血管作用较弱，因而优于多巴胺，常用剂量多巴酚丁胺 2 ~ 5μg/（kg·min）。

磷酸二酯酶抑制剂：其作用机制是抑制磷酸二酯酶活性，使细胞内的环磷酸腺苷浓度升高，促进 Ca^{2+} 内流增加，心肌收缩力增强。磷酸二酯酶抑制剂仅限短期应用。临床应用的制剂有氨力农和米力农，两者均能改善心衰症状及血流动力学各参数，后者作用较前者强 10 ~ 20 倍。氨力农用量为负荷量 0.75mg/kg 稀释后缓慢静注，再以 5 ~ 10μg/（kg·min）静脉滴注，每日总量 100mg。米力农用量为 0.75mg/kg 稀释后静注，继以 0.5μg/（kg·min）静脉滴注 4 小时。

②血管紧张素 Ⅱ（AngⅡ）受体阻滞剂：如缬沙坦、氯沙坦治疗心力衰竭有效，但其效应是否相当于或是优于 ACEI 尚未定论。AngⅡ 受体阻滞剂可用于不能耐受 ACEI 不良反应的心力衰竭患者，如有咳嗽、血管性水肿时。AngⅡ 受体阻滞剂的副作用与 ACEI 相同，能引起低血压、高血钾及肾功能恶化。

（3）舒张性心力衰竭的治疗 舒张性心力衰竭多见于高血压和冠心病。可用钙通道阻滞剂、β 受体阻滞剂、ACEI 治疗。对肺淤血症状较明显者，可适量应用静脉扩张剂（硝酸盐制剂）或利尿剂降低前负荷；无收缩功能障碍者禁用正性肌力药物。

（4）顽固性心力衰竭的治疗　又称难治性心力衰竭。应积极寻找并纠正潜在的原因，如风湿活动、感染性心内膜炎、贫血、甲状腺功能亢进、电解质紊乱、洋地黄过量、反复发生的小面积的肺栓塞及其他疾病如肿瘤等。可调整心衰用药，联合应用强效利尿剂、血管扩张剂、正性肌力药物等。可考虑血液超滤，减少血容量。对不可逆心力衰竭者可考虑心脏移植。

3. 中医辨证论治

（1）心肺气虚证

证候：心悸，气短，肢倦乏力，动则加剧，神疲咳喘，面色苍白；舌淡或边有齿痕，脉沉细或虚数。

治法：补益心肺。

代表方剂：养心汤合补肺汤加减。

常用药物：黄芪　茯苓　茯神　当归　川芎　炙甘草　半夏曲　柏子仁　酸枣仁　远志　五味子　人参　肉桂　熟地　紫菀　桑白皮

（2）气阴亏虚证

证候：心悸，气短，疲乏，动则汗出，自汗或盗汗，头晕心烦，口干，面颧暗红；舌质红少苔，脉细数无力或结代。

治法：益气养阴。

代表方剂：生脉散加减。

常用药物：人参　麦冬　五味子　当归　白芍　白术　茯苓　甘草

（3）心肾阳虚证

证候：心悸，气短乏力，动则气喘，身寒肢冷，尿少浮肿，腹胀便溏，面颧暗红；舌质红少苔，脉细数无力或结代。

治法：温补心肾。

代表方剂：桂枝甘草龙骨牡蛎汤合金匮肾气丸加减。

常用药物：桂枝　炙甘草　煅龙骨　煅牡蛎　附子　熟地　山茱萸　山药　茯苓　丹皮　泽泻　人参　黄芪

（4）气虚血瘀证

证候：心悸气短，胸胁作痛，颈部青筋暴露，胁下痞块，下肢浮肿，面色灰青，唇青甲紫；舌质紫暗或有瘀点、瘀斑，脉涩或结代。

治法：益气活血。

代表方剂：人参养荣汤合桃红四物汤加减。

常用药物：人参　熟地　当归　白芍　白术　茯苓　炙甘草　黄芪　陈皮　五味子　桂心　炒远志　桃仁　红花　赤芍　川芎　郁金

（5）阳虚水泛证

证候：心悸气短或不得平卧，咳吐泡沫痰，面肢浮肿，畏寒肢冷，烦躁汗出，额面灰白，口唇青紫，尿少腹胀，或伴胸水、腹水；舌暗淡或暗红，舌苔白滑，脉细促或结代。

治法：温阳利水。

代表方剂：真武汤加减。

常用药物：炮附子　白术　茯苓　芍药　生姜　黄芪　北五加皮

（6）痰饮阻肺证

证候：心悸气急，咳嗽喘促，不能平卧，咯白痰或痰黄黏稠，胸脘痞闷，头晕目眩，尿少浮肿，或伴痰鸣，或发热口渴；舌苔白腻或黄腻，脉弦滑或滑数。

治法：泻肺化痰。

代表方剂：葶苈大枣泻肺汤加减。

常用药物：葶苈子　大枣　干姜　细辛　莱菔子　苏子

【预防与调护】

1. 避免诱因，积极治疗原发病。

2. 根据心力衰竭患者的病情制定运动训练计划，有规律的运动可以降低血压，减轻体重，改善运动耐量，降低过度激活的交感神经系统活性，避免过度劳累。

3. 应进食低热量、易消化的清淡食品，少食富含胆固醇的食品。根据病情限制钠盐的摄入。

第十节　心律失常

一、快速性心律失常

本病属中医"心悸"、"胸痹"等范畴。

【西医病因病理】

快速性心律失常可见于无器质性心脏病者，但心脏病患者发生率更高。室上性心动过速较多见于无器质性心脏病者。各种器质性心脏病、各种先天性心脏病和甲状腺功能亢进性心脏病等可致心房异常负荷或病变导致房性心动过速。

室上性心动过速的主要发生机理为折返，少数为自律性异常增高。室性心动过速时，折返环大多位于心室，束支折返极少见。

过早搏动是指起源于窦房结以外的异位起搏点过早发生的激动引起的心脏搏动，又称期前收缩或期外收缩，简称早搏，是临床上最常见的心律失常之一。早搏发生的机制为折返激动，触发活动，或异位起搏点的兴奋性增高，常可出现于某些生理情况，也可由许多心脏疾病所引起，如高血压、冠心病等。

室性心动过速绝大多数见于器质性心脏病患者。

房颤和房扑大多数患者有器质性心脏病基础，心瓣膜病、冠心病、高心病最为常见。甲状腺功能亢进、心肌病、肺心病亦可引起本病。偶见于无任何病因的健康人，发生可能与情绪激动或运动有关。

【中医病因病机】

1. 感受外邪　感受外邪，内舍于心，邪阻于脉，心血运行受阻；或风寒湿热等外邪，内侵于心，耗伤心气或心阴，心神失养，引起心悸之证。温病、疫证日久，邪毒灼伤营阴，心神失养，或邪毒传心扰神，亦可引起心悸。

2. 情志失调　恼怒伤肝，肝气郁滞，日久化火，气火扰心则心悸；气滞不解，久则血瘀，心脉瘀阻，亦可心悸；忧思伤脾，阴血亏耗，心失所养则心悸；大怒伤肝，大恐伤肾，怒则气逆，恐则精却，阴虚于下，火逆于上，亦可撼动心神而心悸。

3. 饮食不节　嗜食肥甘，饮酒过度，损伤脾胃，运化失司，湿聚成痰，日久痰浊阻滞心脉，或痰浊郁而化火，痰火上扰心神而发心悸；脾失健运，气血生化乏源，心失所养，而致心悸。

4. 劳欲过度　房劳过度，肾精亏耗，心失所养；劳伤心脾，心气受损，亦可诱发心悸。

5. 久病失养　水肿日久，水饮内停，继则水气凌心而心悸；咳喘日久，心肺气虚，诱发心悸；长期慢性失血致心血亏虚，心失所养而心悸。

本病病位在心，与肝胆、脾胃、肾、肺诸脏腑有关。病理性质主要有虚实两个方面。虚为气、血、阴、阳不足，使心失所养而心悸；实为气滞血瘀，痰浊水饮，痰火扰心所引起。

【临床表现】

多数室上性快速心律失常常突然发作并突然终止，呈阵发性。发作时限可由数秒、数分至数日、数周不等，少数慢性房性心动过速发作持续时间较长，有持续数年不终止者。发作可由情绪激动，疲劳或突然用力引起，但亦可能无明显诱因，发作时患者感心悸、胸闷、头晕、乏力、胸痛或紧压感。持续时间长、心室率快者，可发生血流动力学障碍，表现为面色苍白、四肢厥冷、血压降低，偶可晕厥；有的伴恶心呕吐、多尿等。原有器质性心脏病者可使病情加重，如患者原有冠心病、心肌缺血者，可加重心肌缺血诱发心绞痛，甚至心肌梗死；原有脑动脉硬化者，可加重脑缺血，引起一过性失语、偏瘫，甚至脑血栓形成或脑栓塞，心脏听诊，心律规则，心率多在 100～250 次/分，如同时伴有房室传导阻滞或心房颤动者，心室律可不规则。

【实验室及其他检查】

1. 心电图，24 小时动态心电图，运动平板心电图等。

2. 心脏彩超，心内电生理，食道调搏等。

3. 电解质，T_3，T_4，TSH。

4. 针对原发病的一些相关检查。

【诊断与鉴别诊断】

1. 诊断　各种快速性心律失常的诊断主要依据临床表现结合心电图诊断，各种心电图的特征如下。

（1）室上性心动过速　①心率快而规则，阵发性室上性心动过速心率多在 160～220 次/分，非阵发性室上性心动过速心率 70～130 次/分。②P 波形态与窦性不同，出现在 QRS 波群之后则为房室交界性心动过速；当心率过快时，P 波往往与前面的 T 波重叠，无法辨认，故统称为室上性心动过速。③QRS 波群形态通常为室上型，如伴有室内差异性传导、束支阻滞或预激症候群，则 QRS 波群可增宽、畸形。④ST 段与 T 波可无变化，但在发作中 ST 段与 T 波可以倒置，主要是由于频率过快而引起的相对性心肌供血不足。

（2）过早搏动

1）房性过早搏动：①提早出现的 P′波，形态与窦性 P 波不同；②P′R 间期 >0.12 秒；③QRS 波形态通常正常，亦可出现室内差异性传导而使 QRS 波增宽或未下传；④代偿间歇多不完全。

2）房室交界性过早搏动：①提前出现的 QRS 波而其前无相关 P 波，如有逆行 P 波，可出现在 QRS 波群之前（P′R ＜0.12 秒）、之中或之后（P′R ＜0.20 秒）；②QRS 波群形态可正常，也可因发生差异性传导而增宽；③代偿间歇多完全。

3）室性过早搏动：①QRS 波群提早出现，畸形、宽大或有切迹，波群时间达 0.12 秒；②T 波亦异常宽大，其方向与 QRS 主波方向相反；③代偿间歇完全。

（3）室性心动过速 ①3 个或以上的室早出现 QRS 波群畸形，时间多达到或超过 0.12 秒，T 波方向与 QRS 主波方向相反；②常没有 P 波，如有 P 波，则 P 波与 QRS 波群之间无固定关系，且 P 波频率比 QRS 波频率缓慢；③室性心动过速频率大多数为每分钟 150～220 次，室律可略有不齐；④偶可发生心室夺获或室性融合波。

（4）房颤 ①P 波消失，代之以一系列大小不等、形态不同、间隔不等的房颤波（简称为 f 波）。频率为 350～600 次/分，以 Ⅱ、Ⅲ、aVF，尤其是 V_1、V_2 导联中较显著；②QRS 波、T 波形态与室上性相同，但伴有室内差异传导时，QRS 可增宽畸形；③大多数病例，房颤心室率快而不规则，多在每分钟 160～180 次之间，经洋地黄、β 受体阻滞剂治疗后的心室率可减慢；④当心室率极快时，QRS 与其前面的 T 波可以非常接近，以至无法清楚地见到颤动波，此时诊断主要根据心室率完全不规则及 QRS 与 T 波形状的变异。

2. 鉴别诊断

（1）室上性心动过速与窦性心动过速鉴别 室上性心动过速多在 160 次/分以上，而窦性心动过速较少超过 160 次/分。室上性心动过速多突然发作与终止，绝大多数心律规则；而窦性心动过速皆为逐渐起止，且在短期内频率常波动。用兴奋迷走神经的方法，室上速可突然终止或无影响，而窦性心动过速则逐渐减慢。

（2）阵发性房性心动过速与阵发性房室交界性心动过速的鉴别 ①房室交界性心动过速时 P 波在 QRS 波群之前，P′－R 间期大于 0.12 秒者为房性心动过速。若逆行 P 波出现在 QRS 波群之前，且 P′－R 间期小于 0.12 秒者；或逆行 P 波出现在紧靠 QRS 波群为后者。②根据心动过速发作停止后或发作之前的过早搏动的种类来鉴别，因为心动过速与过早搏动多为同一类型。③对于那些心率极快而 T 波与 P 波重叠无法分辨者，只要 QRS 波群为室上性，统称为阵发性室上性心动过速。

（3）阵发性室性心动过速与伴有室内差异传导的阵发性室上性心动过速鉴别 ①阵发性室上性心动过速常见于无器质性心脏病的人，多有反复发作的既往史；而室性心动过速多见于严重器质性心脏病患者及洋地黄、奎尼丁中毒等。②阵发性室上性心动过速时心律整齐；而室性心动过速时心律可有轻度不齐。③阵发性室上性心动过速伴有室内差异性传导，其 QRS 波群多呈右束支传导阻滞图形；如 QRS 波群呈左束支传导阻滞图型或 V_1 的 QRS 波群呈 qR、RS 型或 QR 型者则多为阵发性室性心动过速。④如偶尔发生心室夺获或心室融合波，则利于阵发性室性心动过速的诊断。

（4）心房颤动时，室性早搏与室内差异性传导的鉴别 ①室内差异性传导的 QRS 波群多呈右束支传导阻滞形态。②凡前一个 R－R 间隔增长或后一个 R－R 间隔缩短至一定程度，出现 QRS 波群畸形者，多为室内差异传导；而室性早搏的后面可有一较长间歇。③既往心电图发现以前窦性心律时的室性早搏和现在的畸形 QRS 波群形态相似，则当前的 QRS 波群也可能是室性早搏。④心室率较慢的心房颤动中，若出现提前过早的畸形 QRS 波群，多为室性早搏。⑤若畸形的 QRS 波群与前面基本心律的 QRS 波群皆保持相等的间隔时，则室性早搏的可能性大；若畸形 QRS 波群本身的 R－R 间隔相等或呈倍数关系，提示为室性并行心律。

【治疗】

1. 治疗思路　快速性心律失常应积极寻找原发疾病和诱发因素，做出相应处理。其治疗包括终止急性发作治疗与预防复发治疗。目前临床上应用的抗心律失常药物已有 50 多种，长期服用均可出现不同程度的副作用，故而临床应用应严格掌握适应证。近年来，非药物治疗尤其是介入性导管消融治疗发展很快，使临床对快速性心律失常的治疗对策发生了革命性变化。有症状的房室反复性心动过速和房室结折返性心动过速将被导管消融所根治，不再需要抗心律失常药物。中医药抗心律失常有较长历史，虽然纠正心律失常疗效不如西药，但副作用少并能减轻患者症状，调整机体机能状态，减少或延缓心律失常的发生。

2. 西医治疗

（1）一般治疗　解除患者顾虑，适当活动，忌烟，少饮咖啡、浓茶，避免劳累。适当给予镇静剂、安眠药物有时也奏效。

（2）药物治疗

1）室上性心动过速：药物治疗室上性心律失常应包括终止急性发作和预防复发。终止急性发作多采用静脉用药，可选用：

普罗帕酮：1.0～1.5mg/kg 用葡萄糖液稀释后缓慢（>5 分钟）静脉滴注。无效者 20 分钟后可重复上述剂量，每日最大应用剂量 <350mg。禁用于有传导阻滞的患者，窦房结功能不良或有潜在窦房结功能受损者慎用或不用。

维拉帕米：推荐使用剂量为 5mg 静脉推注，注射速度 >10 分钟，无效于首剂后 30 分钟重复第 2 剂。由于有负性心率、负性肌力、负性传导作用，有窦房结功能不全、房室传导阻滞和心功能不全者慎用，禁忌与普罗帕酮等交替使用或与 β 受体阻滞剂联合应用。

三磷酸腺苷（ATP）或腺苷：三磷酸腺苷 5～20mg 静脉推注，一般应静脉途径快速（弹丸式）静脉注射；也可选用腺苷 6～12mg，2 秒内静注（腺苷半衰期为 6 秒）。大多数患者应用后有胸部压迫感、呼吸困难、面部潮红、头痛、窦性心动过缓、房室传导阻滞等副作用。病窦或窦房结功能不全者应慎用，对老年患者，特别是合并冠心病者亦应慎用，有过敏史者不宜使用。

β 受体阻滞剂：普萘洛尔开始剂量 2～5mg 静注，根据需要 20～30 分钟后可再推注 5mg。艾司洛尔为短效 β 受体阻滞剂，可用 2.5～5mg 静脉注射以迅速控制室率，对有低血压、心衰、哮喘者不宜应用 β 受体阻滞剂终止室上速。

洋地黄制剂：西地兰 0.4mg 静脉推注，对伴心功能不全者可作为首选。

其他药物：如胺碘酮、索他洛尔、乙吗噻嗪等亦可选用。绝大多数室上性心动过速见于正常心脏，若发作不频繁，对血流动力学影响小，不需长期使用预防心动过速复发的药物。对发作频繁者可口服 β 受体阻滞剂、胺碘酮等预防。

2）过早搏动

房性期前收缩：频繁发作伴明显症状的房性期前收缩，应适当治疗。对伴胆道、胃肠道及感染病灶，应积极治疗原发病，适当给予镇静剂。由心力衰竭引起的房性期前收缩，适量洋地黄可达治疗目的。用于抑制房性期前收缩的药物有 β 受体阻滞剂、维拉帕米、普罗帕酮以及胺碘酮等。

房室交界性过早搏动：通常不需治疗，但起源点较低或出现过早可能会诱发室性快速心律失常，应予控制。心力衰竭患者合并交界性期前收缩，洋地黄治疗有一定作用。此外 β

受体阻滞剂、Ⅰ类抗心律失常药及钙拮抗剂等也有一定疗效。

室性期前收缩：首先应对患者室性期前收缩的类型、症状及其原有心脏病变作全面的了解，然后决定是否给予治疗，采取何种方法治疗以及治疗的终点。无器质性心脏病亦无明显症状的室性期前收缩，不必使用抗心律失常药物治疗。无器质性心脏病，但室性期前收缩频发引起明显心悸症状影响工作及生活，可酌情选用美西律、普罗帕酮。心率偏快，血压偏高者可用 β 受体阻滞剂，如阿替洛尔或美托洛尔。急性心肌梗死发病早期出现频发室性期前收缩、室性期前收缩落在前一个心搏的 T 波上（R - on - T）、多源性室性期前收缩、成对或连续出现的室性期前收缩均应治疗，宜静脉使用利多卡因；利多卡因无效者，可用普鲁卡因酰胺或胺碘酮。室性期前收缩发生在其他急性暂时性心肌缺血，如变异性心绞痛，溶栓治疗后、经皮穿刺腔内冠状动脉成形术后的再灌注性心律失常，可静脉注射利多卡因或普鲁卡因胺。急性肺水肿或严重心力衰竭并发室性期前收缩，治疗应针对改善血流动力学障碍。慢性心脏病变如心肌梗死后或心肌病变患者并发室性期前收缩，特别是伴随左室射血分数明显下降时，心脏性猝死的危险性将显著增加，故需药物治疗。应用低剂量胺碘酮能有效减少心脏性猝死。β 受体阻滞剂虽对室性期前收缩疗效不显著，但能降低心肌梗死后猝死发生率。

3）室性心动过速：室速如无显著的血流动力学障碍，首先给予利多卡因 50～100mg 静脉注射，有效后以 1～4mg/min 的速度继续静脉滴注；静脉注射索他洛尔与普罗帕酮亦十分有效，无效时可选胺碘酮静脉注射。有血流动力学障碍，如患者已发生低血压、休克、心绞痛、充血性心力衰竭或脑血流灌注不足，应迅速施行直流电复律。

4）房颤

心房纤颤：若心室率 <160 次/分且血流动力学比较稳定，可用药物控制心室率，常用药物有洋地黄与异搏定。这两种药物对大多数房颤是适宜的，但应排除预激综合征与病窦综合征合并的房颤。预激综合征并发的旁路前传房颤，以静注心律平比较合适。

房颤的转复窦律治疗：能将房颤转复为窦律的药物有 Ia、Ic 和Ⅲ类。常用药物有奎尼丁、普罗帕酮和胺碘酮。奎尼丁先试用 0.1g，观察 2 小时，如无过敏反应，可每 2 小时 0.2g，共 5 次，日间服用。胺碘酮先 0.2g，8 小时 1 次，口服 7 天未能转复窦性心律时停药。转复为窦性心律后改为维持量（0.2g，每日 1 次）。转复过程中应每日查心电图，出现毒性反应时应停药。指征：①超声心动图检查心房内无血栓，左心房内径小于 50mm；②心功能Ⅱ级以下；③无风湿活动，无感染；④转复当日无低血钾，无酸中毒等；⑤风心病房颤少于半年，高血压病房颤或特发性房颤病程少于 1 年；⑥产妇生产后半年以上；⑦急性左心衰好转后 3 个月以上；⑧二尖瓣介入性治疗（外科换瓣或成形术，经皮导管球囊扩张术）后 3 个月以上；⑨窦性心律时无心绞痛，发生房颤后心绞痛加重者。

对不适合复律或几经复律难以维持窦性心律的慢性房颤者，采用抑制房室结传导的药物以控制心室率。常用药物为地高辛 0.125～0.25mg，如稍事活动心率增至 90～100 次/分，可加用 β 受体阻滞剂或钙拮抗剂，常可加倍他乐克 12.5mg，每日 2 次，或硫氮草酮 30mg，每日 3 次。

慢性房颤有较高的栓塞发生率，过去有栓塞史、严重瓣膜病、高血压病、糖尿病、左心房扩大（>55mm）、冠心病等均为发生栓塞的危险因素，应口服华法令抗凝，不适合用华法令者，可改用阿司匹林 100mg，每日 1 次。

（3）非药物治疗

1）心脏电复律：适应证主要有急性快速异位心律失常及持续性心房颤动或心房扑动两种。阵发性室性心动过速可引起明显血流动力学改变而影响循环功能，需积极处理。一般选用药物，如无效，就应尽早进行同步电复律。

心房颤动伴有下述情况，可行同步电复律：病程在 1 年以内；左房直径小于 50mm；心室率快、药物治疗无效；二尖瓣病变已矫治 6 周以上；甲状腺功能亢进已得到控制。

阵发性室上性心动过速包括房性心动过速、交界性心动过速，经药物治疗无效时可用同步电复律。

同步直流电复律禁忌证：洋地黄中毒引起的心律失常；室上性心律失常伴完全性房室传导阻滞；病态窦房结综合征中的快速性心律失常；电复律后使用药物无法维持窦性心律，房颤复发不能耐受药物维持者。

2）导管消融术：心导管消融治疗是通过心导管将电能、激光、冷冻或射频电流引入心脏内以消融特定部位的心肌细胞借以融断折返环路或消除病灶治疗心律失常的方法，主要用于治疗一些对药物治疗反应不佳的顽固性心律失常。射频消融创伤范围小，与周围正常组织界限分明，因而并发症较少，操作时无需麻醉，故更安全有效，已取代电击消融。近年来，射频消融临床应用得到了迅速发展。目前临床应用射频消融根治室上性心动过速的成功率达 95% 以上，根治特发性室速的成功率达 80% 以上。射频消融治疗的发展，使心律失常的介入治疗进入了一个全新的时代。

目前射频消融治疗心律失常的适应证有：有威胁病人生命的快速心律失常，如预激综合征、高危旁路并发心室率极快的心房颤动、特发性室速等；频繁发作的房性折返性心动过速或房室结折返性心动过速，药物治疗或预防无效，或药物治疗产生不可耐受的副作用；对药物不能控制心室率的快速房性心律失常，尤其是心脏逐渐增大或心力衰竭难以控制时。妊娠妇女禁忌射频消融。

3）外科治疗：外科治疗快速性心律失常的目的在于切除、隔置、离断参与心动过速生成、维持与传播的组织，保存或改善心脏功能。外科治疗心律失常由于创伤大、手术复杂、费用高昂，不可能常规地广泛应用于临床。特别是心脏介入性治疗迅速发展的今天，心律失常外科手术治疗的领域已逐渐被射频消融治疗所取代。但是，外科手术对于某些介入治疗难以奏效的病例，仍可作为一种最后的选择。对于一些本来需要心脏外科手术的心律失常患者，两种手术可以同时进行，如先天性心脏病伴难以消融治疗的右侧旁路，冠状动脉旁路移植术和矫正瓣膜关闭不全或狭窄的手术等。此外，有些外科手术方法，为介入治疗奠定了理论基础，如心房射频划线消融根治房颤的机理，就是根据心房迷宫手术发展而来。

3. 中医辨证论治

（1）心神不宁证

证候：心悸心慌，善惊易恐，坐卧不安，失眠多梦；舌苔薄白，脉象虚数或结代。

治法：镇惊定志，养心安神。

代表方剂：安神定志丸加减。

常用药物：人参　茯苓　茯神　菖蒲　姜远志　龙齿　酸枣仁　合欢皮　炙甘草

（2）气血不足证

证候：心悸短气、活动尤甚，眩晕乏力，面色无华；舌质淡，苔薄白，脉细弱。

治法：补血养心，益气安神。

代表方剂：归脾汤加减。

常用药物：白术 茯神 黄芪 龙眼肉 酸枣仁 人参 木香 甘草 当归 远志 生龙骨 生牡蛎 生姜 大枣

（3）阴虚火旺证

证候：心悸不宁，心烦少寐，头晕目眩，手足心热，耳鸣腰酸；舌质红，苔少，脉细数。

治法：滋阴清火，养心安神。

代表方剂：天王补心丹加减。

常用药物：人参 玄参 丹参 茯苓 五味子 远志 桔梗 当归 天冬 麦冬 柏子仁 酸枣仁 生地 朱砂 生龙骨 生牡蛎 珍珠粉

（4）气阴两虚证

证候：心悸短气，头晕乏力，胸痛胸闷，少气懒言，五心烦热，失眠多梦；舌质红，少苔，脉虚数。

治法：益气养阴，养心安神。

代表方剂：生脉散加减。

常用药物：人参 麦冬 五味子 生地 连翘 莲子心 首乌 枸杞 龟板

（5）痰火扰心证

证候：心悸时发时止，胸闷烦躁，失眠多梦，口干口苦，大便秘结，小便黄赤；舌苔黄腻，脉弦滑。

治法：清热化痰，宁心安神。

代表方剂：黄连温胆汤加减。

常用药物：半夏 陈皮 茯苓 甘草 枳实 竹茹 黄连 大黄 黄芩 山栀 全瓜蒌 大枣

（6）心脉瘀阻证

证候：心悸不安，胸闷不舒，心痛时作，或见唇甲青紫或有瘀斑；脉涩或结代。

治法：活血化瘀，理气通络。

代表方剂：桃仁红花煎加减。

常用药物：丹参 赤芍 桃仁 红花 香附 延胡索 青皮 当归 川芎 生地 乳香 没药

（7）心阳不振证

证候：心悸不安，胸闷气短，面色苍白，形寒肢冷；舌质淡白，脉虚弱或细数。

治法：温补心阳，安神定悸。

代表方剂：参附汤合桂枝甘草龙骨牡蛎汤加减。

常用药物：人参 熟附子 生姜 大枣 桂枝 炙甘草 煅龙骨 煅牡蛎 白术 茯苓 芍药

【预防与调护】

1. 是否需要给予患者长期药物预防，取决于发作频繁程度以及发作的严重性。近年导管消融技术已十分成熟，具有安全、迅速、有效且能治愈心动过速的优点，可优先考虑应用。

2. 治疗原发病，消除诱发因素，是减少本病发作的关键。

3. 注意劳逸结合，避免精神紧张和疲劳，生活要有规律，保持乐观情绪可减少发病。

4. 严禁烟酒，忌食辛辣、生冷、肥甘，饮食宜清淡，注意高蛋白饮食摄入，多食新鲜蔬菜、水果。

二、缓慢性心律失常

缓慢性心律失常属中医"心悸"、"眩晕"、"胸痹"、"厥证"等范畴。

【西医病因病理】

1. 病因

（1）缓慢性窦性心律失常　窦性心动过缓，可见于健康人，尤其是运动员及强体力劳动者。老年人，睡眠状态，迷走神经张力增高亦可出现窦性心动过缓。器质性心脏病如冠心病、心肌炎、心肌病、急性心肌梗死、甲状腺功能减退、血钾过高，应用洋地黄、β受体阻滞剂等药物均可引起缓慢性窦性心律失常。

（2）房室传导阻滞　常见病因有心肌炎、急性下壁及前壁心肌梗死、原因不明的希－浦系统纤维化、冠心病、高血钾、应用洋地黄以及缺氧等因素。

（3）病态窦房结综合征　见于冠心病、原发性心肌病、风湿性心脏病、高血压心脏病、心肌炎、先天性心脏病。

2. 病理　凡能引起窦房结起搏细胞舒张期除极化速度减慢，坡度变小，最大舒张期膜电位水平下移和阈电位水平上移的因素，都可引起窦性心动过缓。

【中医病因病机】

本病与饮食失宜，七情内伤，劳倦内伤，久病失养，药物影响有关。

1. 饮食失宜　饮食不节，饥饱失常，或过食肥甘厚味，饮酒过度，均可损伤脾胃，致脾失健运，气血生化之源不足，心脉失养。脾气虚弱运化功能减弱，津液不布，水湿不化聚而为痰，痰浊上扰心神则心神不宁，痹阻胸阳则心悸、胸闷。

2. 七情内伤　忧郁思虑，暗耗心血；或气机郁结，脉络瘀滞，气血运行不畅，心失所养。

3. 劳倦内伤　劳伤心脾，心气受损而心悸；疲劳过度，伤及肾阳，温煦无力，心阳疲乏而致心悸。

4. 久病失养　久病体虚，或失血过多，或思虑过度，劳伤心脾，渐至气血亏虚，心失所养而心悸；大病久病之后，阳气虚衰，不能温养心肺，故心悸不安；久病入络，心脉瘀阻，心神失养。

5. 感受外邪　风寒湿邪搏于血脉，内犯于心，以致心脉痹阻，营血运行不畅，引起心悸怔忡；温病、疫证日久，邪毒灼伤营阴，心神失养，引起心悸。

本病病位在心，病机特点是本虚标实，本虚是气、血、阴、阳亏虚，以气阳不足为多，标实是痰浊、瘀血、气滞、水饮。

【临床表现】

病人症状的有无和轻重取决于血流动力学的改变。窦性心动过缓如心率不低于50次/分，一般无症状。心室率<50次/分，患者可出现头晕、乏力。窦房传导阻滞、房室传导阻滞，部分患者可出现心悸、停搏感，严重者可出现胸闷、胸痛；阻滞次数多、间歇长者，可

有黑蒙、晕厥等严重症状。

房室传导阻滞的症状除受原有心脏疾病及心脏功能状态的影响外，还取决于阻滞的程度及部位。Ⅰ度房室传导阻滞病人多无自觉症状。Ⅱ度Ⅰ型房室传导阻滞偶可出现心悸、乏力；Ⅱ度Ⅱ型房室传导阻滞，如被阻滞的心房波所占比例较大时（如3：2传导），特别是高度房室传导阻滞时，可出现头晕、乏力、胸闷、气短、晕厥及心功能下降等症状；Ⅲ度房室传导阻滞的症状较明显，希氏束分叉以上部位的Ⅲ度房室传导阻滞由于逸搏点位置高，逸搏频率较快，而且心室除极顺序也正常，病人可出现乏力、活动时头晕等症状，但多不发生晕厥；发生于希氏束分叉以下的低位的Ⅲ度房室传导阻滞，病人可出现晕厥，甚至猝死。此外，房室传导阻滞易于发生急性肺水肿和心源性休克。

病窦综合征起病隐匿，病程较长，发展缓慢，可持续5～10年或更长。早期可无症状或间歇出现症状，临床表现不典型，诊断困难。当窦性心动过缓比较严重，或有窦性停搏时，则病人可有眩晕、记忆力减退、无力等症状，严重者发生晕厥、猝死。心脏听诊及心电图检查，发现心律的变化很大，出现窦性心动过缓、窦房传导阻滞、阵发性室上性心动过速、心房扑动、心房纤颤，上述心律交替出现，形成心动过缓－心动过速综合征。

【实验室及其他检查】

1. 心电图，24小时动态心电图，运动平板心电图。

2. 心脏彩超，心内电生理，食道调搏等。

3. T_3、T_4、TSH、电解质等。

4. 针对原发病的一些相关检查。

【诊断与鉴别诊断】

1. 诊断 各种缓慢性心律失常主要依据临床表现结合心电图诊断。其各自心电图特征如下：

（1）窦性心动过缓 ①窦性心律；②心率在40～60次/分；③常伴有窦性心律不齐，严重过缓时可产生逸搏。

（2）房室传导阻滞

1）Ⅰ度房室传导阻滞：窦性P波，每个P波后都有相应的QRS波群；P－R间期延长至0.20秒以上。

2）Ⅱ度房室传导阻滞

Ⅱ度Ⅰ型：又称莫氏Ⅰ型。P－R间期逐渐延长；R－R间隔相应逐渐缩短，直到P波后无QRS波群出现，如此周而复始。

Ⅱ度Ⅱ型：又称莫氏Ⅱ型。P－R间期固定（正常或延长）；P波突然不能下传而QRS波脱漏。

3）Ⅲ度房室传导阻滞：窦性P波，P－P间隔一般规则；P波与QRS波群无固定关系；心房速率快于心室率；心室心律由交界区或心室自主起搏点维持。

（3）病态窦房结综合征 ①持续、严重、有时是突发的窦性心动过缓；②发作时可见窦房阻滞或窦性停搏；③心动过缓与心动过速交替出现，心动过速可以是阵发性室上速，亦可以是阵发性房颤与房扑。

2. 鉴别诊断

（1）生理性窦性心动过缓与病态窦房结综合征 运动试验如心率达到90次/分以上者，

表示窦房结功能正常。如达不到 90 次／分，可做阿托品试验，如阿托品试验仍达不到 90 次／分，则进一步做食道调搏试验，如窦房结恢复时间大于 2.0 秒或窦房结传导时间大于 120 毫秒者，则为病态窦房结综合征。

（2）Ⅲ度房室传导阻滞与干扰性房室脱节　Ⅲ度房室传导阻滞心室率较心房率慢，且 P 波的不能下传可发生于心动周期的任何部位，P 与 QRS 波群无固定关系；干扰性房室脱节心室率较心房率略快，同时 P 波出现在紧靠 QRS 波群前后，房室脱节可出现心室夺获。

【治疗】

1. 治疗思路　缓慢性心律失常的治疗目的在于提高心室率，缓解症状。对有症状的缓慢性心律失常，不伴有快速性心律失常者可试用药物治疗。对严重缓慢性心律失常伴心脑供血不足症状，活动受限或曾有阿－斯综合征发作者，可应用永久性起搏器治疗。中医以益气温阳、活血化瘀为法对本病有较好疗效，能改善患者症状，且副作用少，对轻中度患者可作为首选。

2. 西医治疗

（1）一般治疗　针对病因治疗，如各种急性心肌炎、心脏直视手术损伤，可试用肾上腺糖皮质激素治疗。其他如解除迷走神经过高张力，停用有关药物，纠正酸中毒、电解质紊乱等。

（2）药物治疗

1）窦性心动过缓：如心率不低于 50 次／分，一般不需治疗。如心率低于每分钟 40 次，引起心绞痛、心功能不全或中枢神经系统功能障碍时，用阿托品 0.3mg，每日 2～4 次口服，必要时 0.5mg 肌肉注射或静脉滴注。

2）房室传导阻滞：Ⅰ度房室传导阻滞与Ⅱ度Ⅰ型房室传导阻滞心室率不太慢者，无需接受治疗。Ⅱ度Ⅱ型与Ⅲ度房室传导阻滞如心室率显著缓慢，伴有血流动力学障碍，甚至阿－斯综合征发作，应给予治疗。阿托品 0.5～2mg 静脉注射，适合于阻滞部位位于房室结的患者。异丙肾上腺素 1～4μg/min 静脉点滴适用于任何部位的房室传导阻滞，将心室率控制在 50～70 次／分。急性心肌梗死时应慎重。

3）病态窦房结综合征：对不伴有快速性心律失常的患者，可先试用阿托品、麻黄素或含服异丙肾上腺素以提高心率。

（3）人工心脏起搏　人工心脏起搏是用人力的脉冲电流刺激心脏，以带动心搏的治疗方法。主要用于治疗缓慢性心律失常，也用于快速性心律失常的治疗和诊断。

严重缓慢性心律失常，永久心脏起搏是唯一有效而可靠的治疗方法。安置指征为：①Ⅱ度Ⅱ型以上房室传导阻滞，伴有心动过缓引起的头晕，晕厥等症状；或充血性心力衰竭，或慢频率依赖性心肌缺血及心绞痛。②不论何种原因引起的间歇性心室率＜40 次／分，或 R-R 间期＞3 秒以上。③病窦综合征、快慢综合征伴有心力衰竭、晕厥或心绞痛症状者。④有窦房结功能不全或房室传导障碍，必须使用减慢心率的药物，为维持正常心率水平需安置起搏器。

临时起搏适应证：①疾病急性期须起搏治疗，以后心律失常有可能治愈。如急性心肌炎、急性下壁心肌梗死伴房室传导阻滞、电解质紊乱及药物中毒出现的缓慢性心律失常。②病情危重，需要安置永久性心脏起搏器前进行临时起搏过渡者。③某些手术过程中可能出现缓慢性心律失常或心脏停搏，需要心脏起搏支持保护，如心脏外科手术、心导管手术、PTCA 等。

3. 中医辨证论治

（1）心阳不足证

证候：心悸气短、动则加剧，或突然昏倒，汗出倦怠，面色苍白或形寒肢冷；舌淡苔白，脉虚弱或沉细而数。

治法：温补心阳，通脉定悸。

代表方剂：人参四逆汤合桂枝甘草龙骨牡蛎汤加减。

常用药物：人参　附子　干姜　炙甘草　桂枝　煅龙骨　煅牡蛎　黄芪

（2）心肾阳虚证

证候：心悸气短，动则加剧，面色苍白，形寒肢冷，腰膝酸软，小便清长，下肢浮肿；舌质淡胖，脉沉迟。

治法：温补心肾，温阳利水。

代表方剂：参附汤合真武汤加减。

常用药物：人参　附子　生姜　大枣　白术　茯苓　芍药　杜仲　菟丝子　肉桂　当归　鹿角胶

（3）气阴两虚证

证候：心悸气短，乏力，失眠多梦，自汗盗汗，五心烦热；舌质淡红少津，脉虚弱或结代。

治法：益气养阴，养心通脉。

代表方剂：炙甘草汤加减。

常用药物：炙甘草　人参　桂枝　生姜　阿胶　生地　麦冬　天冬　火麻仁　大枣

（4）痰浊阻滞证

证候：心悸气短，心胸痞闷胀满，痰多，食少腹胀，或有恶心；舌苔白腻或滑腻，脉弦滑。

治法：理气化痰，宁心通脉。

代表方剂：涤痰汤加减。

常用药物：制半夏　制南星　陈皮　枳实　茯苓　人参　石菖蒲　竹茹　甘草　生姜

（5）心脉痹阻证

证候：心悸，胸闷憋气，心痛时作，或形寒肢冷；舌质暗或瘀点，瘀斑，脉虚或结代。

治法：活血化瘀，理气通络。

代表方剂：血府逐瘀汤加减。

常用药物：当归　生地　桃仁　红花　枳壳　赤芍　柴胡　甘草　桔梗　川芎　牛膝　附子　桂枝

【预防与调护】

1. 积极防治原发病，及时控制，消除原发病因和诱因是预防的关键。

2. 病态窦房结综合征、完全性房室传导阻滞，如心室率＜40次/分，且血流动力学改变明显，出现心、脑等重要器官供血不足，应安置人工心脏起搏器，以防止心脑综合征和猝死的发生。

3. 慎用减慢心率和心脏传导的药物，对此类药物的应用要严格掌握适应证和剂量，避免过量和误用。对病态窦房结综合征，房室传导阻滞患者，禁用洋地黄制剂、β受体阻滞剂及明显减慢心率的其他抗心律失常药物。

4. 注意生活和情志调理，饮食有节，戒烟酒，起居有常，避免剧烈活动和强体力劳动，注意气候变化，避免上呼吸道感染。

第十一节 高血压病

高血压病与中医"风眩"相似，根据相关临床症状亦可归属于"眩晕"、"头痛"、"中风"等范畴。

【西医病因病理】

1. 病因及发病机制 高血压的病因目前认为是与各种因素有关，如遗传因素，多种后天因素包括血压调节机制失代偿，肾素－血管紧张素－醛固酮系统（RAAS）及精神神经系统调节失常，钠潴留，血管内皮功能受损，胰岛素抵抗及缺少运动、肥胖、吸烟、过量饮酒、低钙、低镁、低钾等。

2. 病理 高血压早期表现为心排出量增加和全身小动脉压力的增加，并无明显的病理学改变。随着病情的发展可引起全身小动脉病变。可以表现为小动脉玻璃样变，中膜平滑肌细胞增殖，管壁增厚，管腔狭窄。血管重建使高血压持续和发展，进而导致重要靶器官如心、脑、肾等缺血损伤。同时，高血压可促进动脉硬化的形成及发展，逐步累及中动脉和大动脉。

【中医病因病机】

1. 病因

（1）情志失调 过度恼怒，情志失调，肝气郁结，化火上逆，或伤肾阴，阴虚阳亢；长期忧思伤脾，脾失健运，化湿生痰，痰浊上扰，蒙蔽清窍。

（2）饮食所伤 饥饱无度，或过食肥甘，过量饮酒，损及脾胃，脾失健运，酿生痰湿，痰浊上扰，清窍受蒙，而致头晕。

（3）久病过劳 久病不愈，过度劳倦，房劳过度，伤及肾精，阴阳失于平衡，脏腑功能紊乱，髓窍失养而致头晕。

（4）先天禀赋异常 先天禀赋不足，体质虚弱，正气亏虚，体内阴阳失衡，或受体于父母，阴阳紊乱，导致本病。

在上述因素的作用下，机体脏腑、经络、气血功能紊乱，阴阳失去制约，清窍失聪，形成了以头晕、头痛等为主要表现的高血压病。

2. 病机

（1）肝阳上亢 肝为风木之脏，内寄相火，体阴而用阳，主升主动。肝主疏泄，依赖肾精充养，素体阳盛，肝阳偏亢，日久化火生风，风升阳动，上扰清窍，则发眩晕。长期忧郁恼怒，肝气郁结，气郁化火，肝阴暗耗，阴虚阳亢，风阳升动，上扰清窍，发为眩晕。

（2）痰湿中阻 脾主运化水谷，为生痰之源。若嗜酒肥甘，饥饱无常，或思虑劳倦，伤及于脾，脾失健运，水谷不化生精微，聚湿生痰，痰浊上扰，蒙蔽清窍，发而为眩。

（3）瘀血阻络 久病入络，随着病情的迁延不愈，日久殃及血分，血行不畅，瘀血内停，滞于脑窍，清窍失养，发为眩晕。

（4）肝肾阴虚 肝藏血，肾藏精，肝肾同源。肝阴不足可导致肾阴不足，肾水不足亦可引起肝阴亏乏。肝阳上亢日久，不但耗伤肝阴，亦可损及肾水。素体肾阴不足或纵欲伤精，肾水匮乏，水不涵木，阳亢于上，清窍被扰而作眩晕。

（5）肾阳虚衰 久病体虚，累及肾阳，肾阳受损或阴虚日久，阴损及阳，导致肾阳虚衰，髓海失于涵养，而见眩晕等。

综上所述，高血压一病，主要病因为情志失调、饮食不节、久病劳伤、先天禀赋不足等。主要病理环节为风、火、痰、瘀、虚，与肝、脾、肾等脏腑关系密切。病机性质为本虚标实，肝肾阴虚为本，肝阳上亢，痰浊内蕴为标。病机除了上述 5 个方面外，还有冲任失调、气阴两虚、心肾不交等，在临床中可参照辨证。

【类证鉴别】

本证需与中风、厥证相鉴别。中风多以猝然昏仆，不省人事，伴有口舌歪斜，半身不遂；或不经昏仆，仅以喎僻不遂为特征；眩晕无半身不遂，口舌歪斜等表现。厥证以突然昏仆，不省人事，或伴有四肢厥冷；而眩晕一般无昏迷不省人事的表现。

【临床表现】

1. 一般表现 高血压病起病隐袭，进展缓慢，早期可无症状。不少病人在体格检查时才发现血压升高。少数病人在出现心、脑、肾并发症时才发现血压升高。可有头晕、头痛、情绪易激动、颈项部板滞、注意力不集中等高血压的一般症状。早期在精神紧张、情绪激动、劳累时血压升高，休息后降至正常。随着病情进展，血压持续升高。体检时可有下列体征：主动脉瓣区第二心音亢进，主动脉瓣收缩期杂音。长期持续高血压可见心尖搏动向左下移位，心界向左下扩大等左心室肥大体征，还可闻及第四心音。

2. 并发症 血压持续升高，可有心、脑、肾等靶器官损害。

（1）心 血压持续升高致左心室肥厚、扩大形成高血压性心脏病，最终可导致充血性心力衰竭。部分高血压患者可并发冠状动脉粥样硬化，并可出现心绞痛、心肌梗死、心力衰竭及猝死。

（2）脑 长期高血压，由于小动脉微动脉瘤形成及脑动脉粥样硬化，可并发急性脑血管病，包括脑出血、短暂性脑缺血、脑血栓形成等。

（3）肾 高血压病有肾动脉硬化、肾硬化等肾脏病变。早期可无表现，病情发展可出现肾功能损害。

3. 高血压危重症

（1）恶性高血压 多见于中青年。发病急骤，血压显著升高，舒张压≥130mmHg，头痛、视力减退、视网膜出血、渗出和视神经乳头水肿。肾功能损害、心力衰竭或急性脑血管病而死亡。

（2）高血压危象 由于交感神经活动亢进，在高血压病程中可发生短暂收缩压急剧升高（可达 260mmHg），也可伴舒张压升高（120mmHg 以上）。同时出现剧烈头痛、心悸、气急、烦躁、恶心、呕吐、面色苍白或潮红、视力模糊等。控制血压后可迅速好转，但易复发。

（3）高血压脑病 多发生在重症高血压患者，多见严重头痛、呕吐、意识障碍，轻者仅有烦躁、意识模糊，或者一过性失明、失语、偏瘫等。严重者发生抽搐、昏迷。可能为血压升高，超过脑血管调节极限，脑血管波动性扩张，脑灌注过多，血管内液体渗入脑组织，引起脑水肿及颅内血压升高。

【实验室及其他检查】

1. 尿常规　早期正常，随着病程延长可见少量蛋白、红细胞、透明管型等，提示有肾功能损害。

2. 肾功能　早期肾功能指标可无异常，肾实质损害逐渐加重可见血肌酐、尿素氮和尿酸升高，内生肌酐清除率降低，浓缩及稀释功能减退。

3. 血脂　血清总胆固醇、甘油三酯及低密度脂蛋白增高，高密度脂蛋白降低。

4. 血糖、葡萄糖耐量试验及血浆胰岛素测定　部分病人有空腹血糖升高、餐后 2 小时血糖及血胰岛素增高。

5. 眼底检查　根据 Keith-Wagener 眼底分级法，大多数患者仅为Ⅰ、Ⅱ级变化，3 级高血压患者可有Ⅲ级眼底变化。

6. 胸廓 X 线检查　可见主动脉弓迂曲延长，升、降部可扩张，左心室肥大。左心衰竭时有肺淤血。

7. 心电图、超声心动图　心电图见左室肥大并劳损图形，超声心动图可见主动脉内径增大、左室肥大，亦可反映心功能异常。

8. 动态血压监测（ABPM）　可客观地反映 24 小时内实际血压水平，测量各时间段血压的平均值。ABPM 可以诊断"白大衣性高血压"；判断高血压的严重程度，了解其血压变异度和血压昼夜节律，严重高血压患者的昼夜节律可消失；指导和评价降压治疗；诊断发作性高血压或低血压。

【诊断与鉴别诊断】

1. 诊断

（1）必须以非药物状态下两次或两次以上非同日的血压测量值（每次不少于 3 次读数，取平均值）均符合高血压的诊断标准，并排除继发性高血压，则可诊断为高血压病。

（2）目前国内诊断标准采用 2004 年中国高血压联盟的诊断标准（见表 6-1）。

（3）高血压诊断　应包括心血管危险因素、靶器官损害与相关临床情况的评估。

2. 鉴别诊断

（1）肾实质病变

1）急性肾小球肾炎：起病急骤，发病前 1~3 周多有链球菌感染史，有发热、水肿、血尿等表现。尿常规检查可见蛋白、红细胞和管型，血压为一过性升高。青少年多见。

2）慢性肾小球肾炎：由急性肾小球肾炎转变而来，或无明显急性肾炎史，而有反复浮肿、明显贫血、血浆蛋白低、氮质血症，蛋白尿出现早而持久，血压持续升高。

（2）肾动脉狭窄　有类似恶性高血压的表现，药物治疗无效。一般可见舒张压中、重度升高，可在上腹部或背部肋脊角处闻及血管杂音。大剂量断层肾盂造影、放射性核素肾图及 B 超有助于诊断。肾动脉造影可明确诊断。

（3）嗜铬细胞瘤　可出现阵发性或持续性血压升高，阵发性血压升高时还可伴心动过速、出汗、头痛、面色苍白等症状，历时数分钟或数天，一般降压药无效，发作间隙血压正常。血压升高时测血或尿中儿茶酚胺及其代谢产物香草基杏仁酸（VMA）有助于诊断，超声、放射性核素及 CT、MRI 对肾脏部位检查可显示肿瘤部位而确诊。

（4）原发性醛固酮增多症　女性多见。以长期高血压伴顽固性低血钾为特征，可有多饮、多尿、肌无力、周期性麻痹等。血压多为轻、中度升高。实验室检查有低血钾、高血钠、代谢性碱中毒、血浆肾素活性降低。血尿醛固酮增多，尿钾增多。安体舒通试验阳性具有诊断价值。超声检查、放射性核素、CT、MRI 可确定肿瘤部位。

（5）库欣征　又称皮质醇增多症。患者除有高血压之外还有满月脸、水牛背、向心性肥胖、毛发增多、血糖升高等，诊断一般不难。24 小时尿中 17 - 羟类固醇、17 - 酮类固醇增多，地塞米松抑制试验或肾上腺素兴奋试验有助于诊断。颅内蝶鞍 X 线检查、肾上腺 CT 扫描及放射性碘化胆固醇肾上腺素扫描可定位诊断。

【治疗】

1. 治疗思路　高血压病一经确诊就必须给予长期不间断治疗。高血压病治疗的目标应是有效地使血压降至正常范围，以及防止靶器官损害，最大限度地减少心脑血管及肾脏并发症，降低病死率和病残率。

2. 西医治疗　高血压病的治疗，首先要全面评估病人是否存在危险因素，然后确定高血压的危险度，再给予治疗。心血管疾病危险因素包括：吸烟、高脂血症、糖尿病、年龄 > 60 岁的男性或绝经后的女性、心血管疾病家族史。

低度危险组：高血压 1 级，不存在上述危险因素，这类病人的治疗以改善生活方式的非药物治疗为主。半年后无效，再以药物治疗。

中度危险组：高血压 1 级伴 1 ~ 2 个危险因素或高血压 2 级不伴有或不超过 2 个危险因素，治疗除改善生活方式外，给予药物治疗。

高度危险组：高血压 1 ~ 2 级伴至少 3 个危险因素或靶器官损害或糖尿病者，以及 3 级高血压者，必须药物治疗。

极高危险组：高血压 3 级伴有 1 个以上危险因素或靶器官损害或相关临床疾病，或高血压 1 ~ 2 级伴有相关的临床疾病等，必须尽快给予强化治疗。

（1）非药物治疗　1 级高血压如无糖尿病、靶器官损害以此为主要治疗。其他各级高血压亦须注意非药物治疗。非药物治疗包括限制钠盐、合理膳食、控制体重、限制烟酒、适当运动、减轻工作压力、保持乐观心态和充足睡眠。

（2）药物治疗

1）利尿剂：利尿剂可使细胞外液容量降低，心排出量降低，并通过利钠作用使血压下降。用于轻、中度高血压，适用于老年人单纯性收缩压升高的高血压及心力衰竭伴高血压的治疗。

噻嗪类：氢氯噻嗪，每次 12.5 ~ 25mg，每日 1 ~ 2 次，口服；氯噻酮，每次 25 ~ 50mg，每日 1 次。此类药物易引起低血钾及血糖、血尿酸、血胆固醇增高，因此，糖尿病、高脂血症慎用，痛风患者禁用。

袢利尿剂：呋塞米，每次 20 ~ 40mg，每日 1 ~ 2 次。利尿作用强而迅速，可致低血钾、低血压。肾功能不全者忌用。

保钾利尿剂：安体舒通，每次 20mg，每日 2 次；氨苯蝶啶，每次 50mg，每天 1 ~ 2 次。本类药物可引起高血钾，不宜与血管紧张素转换酶抑制剂合用，肾功能不全者禁用。

此外，寿比山兼有利尿及钙拮抗作用，能有效降压而较少引起低血钾，它可从肾外（胆汁）排出，可用于肾衰竭患者，有保护心脏的作用。高脂血症及糖尿病患者慎用。常用剂量每次 2.5 ~ 5mg，每日 1 次。

2）β受体阻滞剂：通过肾素释放的抑制、神经递质释放的减少、心排出量降低等达到降低血压的目的。1、2级高血压患者比较适用，尤其是心率较快的中青年患者，或合并有心绞痛、心肌梗死的患者。常用制剂：美托洛尔（倍他乐克），每次 25～50mg，每日 2 次；阿替洛尔（氨酰心安），每次 50～100mg；阿罗洛尔（阿尔马尔），每次 10mg，每日 2 次；比索洛尔（康可），每次 5～10mg，每日 1 次；卡维地洛（兼有 α 受体阻滞作用），每次 12.5～25mg，每日 1 次。本类药物有抑制心肌收缩力、房室传导时间延长、心动过缓、支气管痉挛等副作用，可能有影响糖、脂肪代谢等不良反应，因此不宜用于支气管哮喘、病态窦房结综合征、房室传导阻滞、外周动脉疾病等。慎用于充血性心力衰竭，酌情用于糖尿病及高脂血症患者。不宜与维拉帕米合用。冠状动脉粥样硬化性心脏病患者用药后不宜突然停用，可诱发心绞痛，切忌突然停药，以免引起反跳。

　　3）钙离子拮抗剂（CCB）：能降低心肌收缩力，降压迅速，作用稳定，可用于中、重度高血压的治疗，适宜于单纯性收缩压增高的老年病员。主要有维拉帕米、地尔硫草和二氢吡啶类。前二者抑制心肌收缩及自律性和传导性，不宜应用于心力衰竭、窦房结功能低下、心脏传导阻滞患者。二氢吡啶类近年来发展迅速，对心肌收缩性、传导性及自律性的抑制少，应用较为普遍。常用药物有：硝苯地平，每次 5～10mg，每日 3 次；硝苯地平缓释片，每次 30～60mg，每日 1 次，或每次 10～20mg，每日 2 次；尼群地平，每次 10mg，每日 2 次；非洛地平，每次 2.5～10mg，每日 1 次；氨洛地平，每次 5～10mg，每日 1 次；乐息平，每次 4～6mg，每日 1 次。硝苯地平由于血管扩张、反射性交感神经兴奋，出现心率加快、充血、潮红、头痛、下肢浮肿等不良反应，尤以短效制剂明显，其交感激活作用对冠心病的预防不利，故不宜长期应用；而长效制剂不良反应明显减少，可长期应用。

　　4）血管紧张素转换酶抑制剂（ACEI）：通过抑制血管紧张素转换酶而使血管紧张素 Ⅱ（ATⅡ）生成减少，同时减慢缓激肽降解，增加前列腺素合成，调节或降低肾上腺素能活性，抑制醛固酮分泌而起降压作用。此外，还有助于恢复血管内皮细胞功能，使内皮舒张因子增加。除有较强的降压作用外，还能逆转心脏与血管的重构，改善其结构与功能。还能改善胰岛素抵抗，对糖、脂肪代谢等无不良反应。ACEI 可以用于各种类型、各种程度的高血压，对伴有心力衰竭、左心室肥大、心肌梗死后、糖耐量降低及糖尿病肾病等合并症尤为适宜。妊娠高血压、严重肾衰竭、高血钾者禁用。常用药物：卡托普利（巯甲丙脯酸），每次 12.5～50mg，每日 2～3 次；依那普利：每次 10～20mg，每日 2 次；贝那普利（洛汀新），每次 10～20mg，每日 1 次；培哚普利，每次 4～8mg，每日 1 次；赖诺普利，每次 10～20mg，每日 1 次；西拉普利，每次 2.5～5mg，每日 1 次。ACEI 常见的不良反应为干咳，停药后可消失，少数患者有皮疹及血管神经性水肿。

　　5）血管紧张素 Ⅱ 受体阻滞剂（ARB）：从受体水平阻断 ATⅡ 的收缩血管、水钠潴留及细胞增生等不良作用，使血管扩张，血压下降。同时还有保护肾功能、延缓肾病进展、逆转左心室肥厚、抗血管重构等作用，总体作用明显优于 ACEI。常用药物：氯沙坦，每次 25～100mg，每日 1 次；缬沙坦，每次 80mg，每日 1 次；伊贝沙坦，每次 150mg，每天 1 次。此类药物较少有不良反应。常见的不良反应有轻微头痛、头晕、水肿、干咳，偶有血钾升高。

　　6）α 受体阻滞剂：通过对抗去甲肾上腺素的血管收缩作用，扩张动脉和静脉而降压，降压效果确切，对血糖、血脂代谢无不良影响。此类药物适用于各种类型高血压和高血压合并心力衰竭、慢性肾损害、糖尿病、高脂血症、前列腺肥大等患者。α 受体阻滞剂最主要的不良反应是首剂低血压反应、体位性低血压及耐药性，最好住院时使用。常用药物：哌唑嗪，每次 0.5~2mg，每日 3 次；特拉唑嗪，每次 1~8mg，每日 1 次。α 受体阻滞剂可与上述各类药物合用，以加强疗效，减少副作用。

7）其他：复方罗布麻叶片、复降片、珍菊降压片等降压作用温和，价格低廉，仍在使用范围内。因有一定的不良反应，不宜长期使用。

（3）降压药物的合理应用

1）用药选择：合并心力衰竭者选用利尿剂、ACEI、α 受体阻滞剂，不宜选用 β 受体阻滞剂；轻、中度肾功能不全者用 ACEI；老年人收缩期高血压宜选用利尿剂、长效二氢吡啶类；糖尿病用 ACEI 和 α 受体阻滞剂，也可用 CCB；冠状动脉粥样硬化性心脏病、心肌梗死后患者选用 β 受体阻滞剂或 ACEI，稳定性心绞痛可用 CCB；高脂血症用 CCB、ACEI 和 α 受体阻滞剂，不宜用 β 受体阻滞剂及利尿剂；妊娠者用甲基多巴、β 受体阻滞剂、不宜用 ACEI、ARB；脑血管动脉硬化用 ACEI、CCB；中年舒张期高血压可用长效 CCB、ACEI 或 α 受体阻滞剂；合并支气管哮喘、抑郁症、糖尿病者不宜用 β 受体阻滞剂；痛风不宜用利尿剂；心脏传导阻滞者不宜用 β 受体阻滞剂及非二氢吡啶类 CCB。

2）降压目标及应用方法：高血压患者的治疗目标是降低血压至正常范围（140/90mmHg 以下）或理想水平（120/80mmHg），对于中青年患者（<60 岁）合并糖尿病或肾脏疾病患者降压目标为 130/80mmHg，老年患者的收缩压降至 150mmHg 以下。高血压病通常需终生治疗，治疗后血压满意控制，可以逐渐减少药物剂量但仍需维持治疗，不能突然停药，否则会使血压很快又升高，或发生停药综合征（血压迅速升高、心悸、烦躁、多汗、心动过速等），合并冠状动脉粥样硬化性心脏病者，可出现心绞痛发作或严重心律失常。

药物应从小剂量（最低剂量）开始，尽量减少不良反应。2~3 周后，血压未能控制者可增加剂量或换用其他药物。强调合理联合用药可减少药物剂量，减少不良反应而增强降压作用。常用的联合用药分类有：利尿剂加 β 受体阻滞剂；利尿剂加 ACEI 或 ARB；CCB（双氢吡啶类）加 β 受体阻滞剂；CCB（双氢吡啶类）加 ACEI；α 受体阻滞剂加 β 受体阻滞剂。尽量应用每日 1 次的长效制剂，24 小时有效。应用动态血压监测，使白天及夜间的血压均保持在较为理想的水平。

（4）高血压危重症的治疗

1）迅速降压：通过静脉用药迅速使血压降至 160/100mmHg 以下。①硝普钠 50~100mg 加入 5% 葡萄糖 500ml，避光静脉滴注。开始 10μg/min，密切观察血压，每 5~10 分钟可增加 5μg/min，直至血压得到满意控制后维持。②硝酸甘油 25mg 加入 5% 葡萄糖 500ml 中，以 5~10μg/min 静脉滴注，每 5~10 分钟可增加 5~10μg/min 至 20~50μg/min。③尼卡地平，静脉滴注从 0.25μg/（kg·min）开始，密切观察血压，逐步增加剂量，可用至 6μg/（kg·min）。④乌拉地尔 10~50mg，静脉注射，通常用 25mg，如血压无明显降低，可重复使用，然后予 50~100mg 于 100ml 液体内静脉维持。滴速为 0.4~2mg/min，根据血压调节。⑤硝苯地平 10~30mg 舌下含服；⑥拉贝洛尔，50mg 加入 5% 葡萄糖 40ml 中以 5mg/min 的速度静脉注射，15 分钟后无效者，可重复注射，3 次无效则停用。

2）降低颅内压：速尿 20~80mg，静脉注射。20% 甘露醇 250ml，30 分钟内静脉滴入，每 4~6 小时 1 次。

3）制止抽搐：安定 10~20mg 缓慢静脉注射。苯巴比妥 0.1~0.2mg 肌肉注射。10% 水合氯醛 10~15ml 保留灌肠。

3. 中医辨证论治

（1）肝阳上亢证

证候：头晕头痛，口干口苦，面红目赤，烦躁易怒，大便秘结，小便黄赤；舌质红苔薄黄，脉弦细有力。

治法：平肝潜阳。

代表方剂：天麻钩藤饮加减。

常用药物：天麻　钩藤　生石决明　川牛膝　桑寄生　杜仲　山栀　黄芩　益母草　朱茯神　夜交藤

（2）痰湿内盛证

证候：头晕头痛，头重如裹，困倦乏力，胸闷，腹胀痞满，少食多寐，呕吐痰涎，肢体沉重；舌胖苔腻，脉濡滑。

治法：祛痰降浊。

代表方剂：半夏白术天麻汤加减。

常用药物：半夏　白术　天麻　橘红　茯苓　甘草　生姜　大枣　砂仁　藿香

（3）瘀血内停证

证候：头痛经久不愈，固定不移，头晕阵作，偏身麻木，胸闷，时有心前区痛，口唇发绀；舌紫，脉弦细涩。

治法：活血化瘀。

代表方剂：血府逐瘀汤加减。

常用药物：当归　生地　桃仁　红花　枳壳　赤芍　柴胡　甘草　桔梗　川芎　牛膝

（4）肝肾阴虚证

证候：头晕耳鸣，目涩，咽干，五心烦热，盗汗，不寐多梦，腰膝酸软，大便干涩，小便热赤；脉细数或细弦，舌质红少苔。

治法：滋补肝肾，平潜肝阳。

代表方剂：杞菊地黄丸加减。

常用药物：枸杞子　菊花　熟地　山茱萸　山药　泽泻　丹皮　茯苓　火麻仁

（5）肾阳虚衰证

证候：头晕眼花，头痛耳鸣，形寒肢冷，心悸气短，腰膝酸软，遗精阳痿，夜尿频多，大便溏薄；脉沉弱，舌淡胖。

治法：温补肾阳。

代表方剂：济生肾气丸加减

常用药物：附子　五味子　山茱萸　山药　牡丹皮　鹿茸　熟地　肉桂　白茯苓　泽泻补骨脂　肉豆蔻　吴茱萸　生姜　大枣

【预防与调护】

高血压及其引起的心脑血管疾病列于目前疾病死亡原因的首位。因此必须及早发现、及时治疗、终生服药，尽量防止及逆转靶器官的损害，减少其严重后果。

根据不同的情况进行针对性预防。高血压的预防一般分为三级：一级预防是针对高危人群和整个人群，以社区为主，注重使高血压易感人群通过减轻体重、改善饮食结构、戒烟、限酒、增加体育活动等预防高血压病的发生；二级预防是针对高血压患者，包括一切预防内容，并采用简便、有效、安全、价廉的药物进行治疗；三级预防是针对高血压重症的抢救，预防其并发症的产生和死亡。

做好健康教育，保持健康的生活方式。注意劳逸结合，精神乐观，睡眠充足，保持大便通畅，多吃低热量、高营养的食物，少盐、少糖、少油。

第十二节 冠状动脉粥样硬化性心脏病

一、心绞痛

本病与中医学"胸痹"、"心痛"相类似，可归属于"卒心痛"、"厥心痛"等范畴。

【西医病因病理】

1. 病因和发病机制 任何原因引起冠状动脉供血与心肌需血之间发生矛盾，冠状动脉血流量不能满足心肌代谢的需要，引起心肌急剧的、暂时的缺血缺氧时，即可发生心绞痛。

2. 病理 心绞痛患者的病理解剖表明，至少有 1 支冠状动脉的主支管腔显著狭窄达横切面的 75% 以上。有侧支循环形成的患者，冠状动脉的主支有更严重的狭窄或阻塞时才会发生心绞痛。另外，冠状动脉造影发现约 15% 的心绞痛患者，其冠状动脉的主支并无明显病变，提示可能是冠状动脉痉挛、冠脉循环的小动脉病变、交感神经过度活动或心肌代谢异常等所致。

【中医病因病机】

本病的发生与寒邪内侵、饮食不节、情志失调、年老体衰等因素有关，多种因素交互为患，引起心脉失养、心脉不畅而发为本病。

1. 寒邪内侵 素体阳虚，胸阳不振，阴寒之邪乘虚侵袭，寒凝气滞，痹阻胸阳，发为胸痹。或气候突变，猝然遇冷，则寒凝心脉，心脉挛急而发病。

2. 饮食不节 过食肥甘厚味，或嗜食烟酒，以致脾胃损伤，运化失健，聚湿成痰，上犯心胸清旷之区，胸阳失展，气滞血瘀，心脉闭阻，而成胸痹。痰浊日久，痰瘀互阻，可形成胸痹心痛顽症。

3. 情志失调 郁怒伤肝，肝失疏泄，肝郁气滞，甚则气郁化火，灼津成痰。肝郁犯脾，脾土受抑，或忧思伤脾，可致气机升降受阻，运化失司，聚湿成痰。无论气滞、痰阻，均可使血行失畅，脉络壅滞，而致气滞血瘀，或痰瘀互阻，引起胸阳不运，心脉痹阻，不通则痛，发为本病。

4. 年迈体衰 本病多见于中老年人，年过半百，肾气渐衰。肾阳虚，不能上济心阳，则心气、心阳随之而虚，血脉失于温运；或肝肾阴虚，血脉失于濡养，均可致胸痹。年老五脏虚衰，在本虚的基础上又可形成标实，导致气滞、血瘀、痰阻、寒凝，而使胸阳失运，心脉阻滞，发生本病。

本病主要病机为心脉痹阻。病位在心，涉及肝、脾、肾等脏。病性总属本虚标实，虚为气虚、阴虚、阳虚而心脉失养，以心气虚为常见；实为寒凝、气滞、痰浊、血瘀痹阻心脉，而以血瘀为多见。若病情进一步发展，瘀血闭阻心脉，则心胸猝然大痛，痛不可自止，而发为真心痛；如心阳阻遏，心气不足，鼓动无力，可发为心动悸、脉结代；若心肾阳虚，水邪泛滥，可出现喘咳、水肿。

【临床表现】

1. 症状 典型的心绞痛具有以下 5 个特点：

（1）部位 主要在胸骨上段或中段之后，可波及心前区，有拳头和手掌大小，甚至横贯左前胸，界限不很清楚。常放射至左肩、左臂内侧及无名指和小指，或至颈、咽和下颌部。

（2）性质 是阵发性、突然发生的胸痛，常为压榨性、闷胀性或窒息性，也可有烧灼感，但不尖锐，非针刺或刀割样疼痛，偶伴濒死的恐惧感觉。发作时，患者往往被迫立即停止原来的活动，直至症状缓解。

（3）诱因 发作常由体力劳动或情绪激动所激发，饱食、寒冷、吸烟、心动过速、休克等亦可诱发。疼痛发生于劳动或激动的当时，而不是在一天劳累之后。典型的心绞痛常在相似的条件下发生，但有时同样的劳动强度只在早晨引起心绞痛，可能与晨间交感神经兴奋性增高和痛阈较低有关。

（4）持续时间 疼痛出现后常逐渐加重，然后在 3~5 分钟内逐渐消失，很少超过 15 分钟。可数天或数星期发作 1 次，亦可一日内多次发作。

（5）缓解方式 一般在停止诱发症状的活动后即可缓解，舌下含服硝酸甘油能在几分钟内缓解。

2. 体征 平时一般无异常体征。心绞痛发作时常见心率加快、血压升高、表情焦虑、皮肤冷或出汗，有时出现第四或第三心音奔马律。可有暂时性心尖部收缩期杂音、第二心音逆分裂或交替脉。

【实验室及其他检查】

1. 心电图 是发现心肌缺血、诊断心绞痛最常用的检查方法。

（1）心绞痛发作时心电图 对明确心绞痛诊断有较大帮助。大多数患者可出现典型的缺血性改变，即以 R 波为主的导联中，出现 ST 段压低 0.1mV（1mm）以上，有时出现 T 波倒置，发作缓解后恢复。平时有 T 波持续倒置的患者，发作时可变为直立，即所谓"假性正常化"。变异型心绞痛发作时可见相关导联 ST 段抬高，缓解后恢复。

（2）静息心电图 约半数心绞痛患者在正常范围，部分患者可有 ST 段下移及 T 波倒置，极少数可有陈旧性心肌梗死的改变，也可出现各种心律失常。

（3）心电图运动负荷试验 无发作时心电图和静息心电图无改变的患者可考虑做心电图运动负荷试验以激发心肌缺血性改变。通常使用分级踏板或蹬车运动。心电图改变主要以 ST 段水平型或下斜型压低 ≥0.1mV（J 点后 60~80ms）持续 2 分钟作为阳性标准。心肌梗死急性期、有不稳定型心绞痛、明显心力衰竭、严重心律失常或急性疾病者禁做运动试验。

（4）心电图连续监测 连续记录 24 小时心电图（动态心电图），可从中发现心电图 ST-T 改变和各种心律失常，出现时间可与患者的症状和活动状态相对照。心电图中显示缺血性 ST-T 改变而当时并无心绞痛者称为无痛性心肌缺血。

2. 放射性核素检查

（1）放射性核素心肌显像 心肌摄取 ^{201}Tl、^{99m}Tc 的量在一定条件下与冠状动脉血流成正比，静脉注射核素后，进行心肌显像，可见到可逆性的灌注缺损，提示相关心肌缺血，而心肌梗死则表现为缺损持续存在。运动负荷或者药物负荷试验（常用双嘧达莫、腺苷或多巴酚丁胺）有助于检出静息时无缺血表现的患者。

（2）放射性核素心腔造影　使心腔内血池显影，可测定左心室射血分数及显示室壁局部运动障碍。

（3）正电子发射断层心肌显像（PET）　利用发射正电子的核素示踪剂如^{18}F、^{11}C、^{13}N等进行心肌显像，具有更高的分辨率和探测效率，可准确定量评估心肌活力。

3. 冠状动脉造影　对冠心病具有确诊价值。可使左、右冠状动脉及其主要分支清楚地显影，可发现狭窄性病变的部位并估计其程度。一般认为，管腔直径狭窄 70% ～75% 以上会严重影响血供，50% ～70% 者也具有一定意义。冠状动脉造影的主要指征为：①可疑心绞痛而无创检查不能确诊者；②积极药物治疗时心绞痛仍较重，为明确动脉病变情况以考虑介入性治疗或旁路移植手术者；③中危、高危组的不稳定型心绞痛患者。冠状动脉造影未见异常而疑有冠状动脉痉挛的患者，可谨慎地进行麦角新碱试验。

4. 超声　超声心动图可探测到缺血区心室壁的运动异常，冠状动脉内超声显像可显示血管壁的粥样硬化病变。

【诊断与鉴别诊断】

1. 诊断

（1）诊断要点　根据典型的发作特点和体征，结合存在的冠心病危险因素，除外其他原因所致的心绞痛，一般即可确立诊断。发作时典型的心电图改变有助于诊断。发作不典型者，诊断要依靠观察硝酸甘油的疗效和发作时心电图的改变；如仍不能确诊，可多次复查心电图，或做心电图负荷试验以及动态心电图连续监测，如心电图出现阳性变化或负荷试验诱发心绞痛时亦可确诊。诊断有困难者可行放射性核素检查和选择性冠状动脉造影。

（2）分型

1）稳定型心绞痛：即稳定型劳力性心绞痛。心绞痛由体力活动、情绪激动或其他足以增加心肌耗氧量的情况所诱发，休息或舌下含服硝酸甘油可迅速缓解。心绞痛发作的性质在 1～3 个月内无改变，即疼痛发作频率大致相同，疼痛的部位、性质、诱因、程度、持续时间、缓解方式无明显改变。

2）不稳定型心绞痛：主要包含以下亚型：

初发劳力性心绞痛：病程在 2 个月内新发生的心绞痛（从无心绞痛或有心绞痛病史但在近半年内未发作过）。

恶化劳力性心绞痛：病情突然加重，表现为胸痛发作次数增加，持续时间延长，诱发心绞痛的活动阈值明显减低，按加拿大心脏病学会劳力性心绞痛分级加重 I 级以上并至少达到 III 级，硝酸甘油缓解症状的作用减弱，病程在 2 个月之内。

静息心绞痛：心绞痛发生在休息或安静状态，发作持续时间相对较长，含服硝酸甘油效果欠佳，病程在 1 个月内。

梗死后心绞痛：指急性心肌梗死发病 24 小时后至 1 个月内发生的心绞痛。

变异型心绞痛：休息或一般活动时发生的心绞痛，发作时心电图显示 ST 段暂时性抬高。

目前倾向于把稳定型劳力性心绞痛以外的缺血性胸痛统称为不稳定型心绞痛，包括冠状动脉成形术后心绞痛、冠状动脉旁路术后心绞痛等新近提出的心绞痛类型。

（3）心绞痛严重程度的分级　劳力性心绞痛根据加拿大心血管病学会分类分为 4 级。

I 级：一般体力活动（如步行和登楼）不受限，仅在强、快或长时间劳力时发生心绞痛。

II 级：一般体力活动轻度受限。快步、饭后、寒冷或刮风中、精神应激或醒后数小时内步行或登楼梯（步行两个街区以上、登楼梯一层以上）和爬山，均引起心绞痛。Ⅲ级：一般体力活动明显受限，步行 1～2 个街区，登楼一层引起心绞痛。Ⅳ级：一切体力活动都引起不适，静息时可发生心绞痛。

不稳定型心绞痛可分为低危组、中危组和高危组。低危组指新发的或是原有劳力性心绞痛恶化加重，发作时 ST 段下移 ≤0.1mV，持续时间 <20 分钟，心肌钙蛋白正常；中危组就诊前一个月内发作一次或数次（但 48 小时内未发），静息心绞痛及梗死后心绞痛，发作时 ST 段下移 >0.1mV，持续时间 <20 分钟，心肌钙蛋白正常或轻度升高；高危组就诊前 48 小时内反复发作，静息心绞痛 ST 段下移 >0.1mV，持续时间 >20 分钟，心肌钙蛋白升高。

2. 鉴别诊断

（1）急性心肌梗死　本病疼痛部位与心绞痛相仿，但性质更剧烈，持续时间可达数小时，常伴有休克、心律失常及心力衰竭，含服硝酸甘油多不能使之缓解。心电图中面向梗死部位的导联 ST 段抬高，并有病理性 Q 波。实验室检查示血清心肌酶、肌红蛋白、肌钙蛋白 I 或 T 等增高。

（2）其他疾病引起的心绞痛　严重的主动脉瓣狭窄或关闭不全、风湿性冠状动脉炎、梅毒性主动脉炎引起冠状动脉口狭窄或闭塞、肥厚型心肌病、X 综合征等病均可引起心绞痛，可根据其他临床表现进行鉴别。其中 X 综合征多见于女性，心电图负荷试验常阳性，但冠状动脉造影呈阴性且无冠状动脉痉挛，预后良好，被认为是冠状动脉系统毛细血管功能不良所致。

（3）心脏神经症　本病患者常主诉胸痛，但多为短暂（几秒钟）的刺痛或持久（几小时）的隐痛，常喜欢不时地深吸气或做叹息性呼吸。胸痛部位多在左胸乳房下心尖部附近，或经常变动。症状多在疲劳之后出现，而不在疲劳的当时，做轻度体力活动反觉舒适，有时可耐受较重的体力活动而不出现症状。含服硝酸甘油无效或在 10 多分钟后才缓解，常伴有心悸、疲乏及其他神经衰弱的症状。

（4）肋间神经痛　本病疼痛常累及 1～2 个肋间，但并不一定局限在前胸，为刺痛或灼痛，多为持续性而非发作性，咳嗽、用力呼吸和身体转动可使疼痛加剧，局部有压痛，手臂上举活动时局部有牵拉疼痛，故不难与心绞痛鉴别。

（5）不典型疼痛　还需与食管病变、膈疝、消化性溃疡、肠道疾病、颈椎病等相鉴别。

【治疗】

1. 治疗思路　心绞痛急性发作时，治疗目的是迅速改善冠状动脉血供和减轻心肌耗氧以缓解症状，并预防并发症的发生。以西医治疗为主，对于不稳定型心绞痛要实施监护，并予积极的抗栓治疗，符合适应证的患者应考虑采取介入或手术治疗。如属轻、中症患者可选用具有芳香温通、活血化瘀作用的速效中成药，在缓解症状、改善冠状动脉供血等方面疗效肯定。

2. 西医治疗

（1）一般治疗　参考动脉粥样硬化的一般防治。

急性发作时应立即休息，缓解后一般不需卧床休息，可进行适度活动，以不出现心绞痛症状为度。对不稳定型心绞痛以及疑为心肌梗死前兆的患者，应予以休息一段时间，并严密监测观察。

（2）预防并发症的治疗　主要是治疗动脉粥样硬化，以预防心肌梗死、心律失常、猝死等并发症。

1）降血脂：已经确定动脉粥样硬化的患者，应予积极的降血脂治疗，应达到的目标是 TC < 4.68mmol/L，TG < 1.70mmol/L，LDL - C < 2.60mmol/L。可依据血脂情况，选用他汀类、贝特类等降血脂药。

2）抗血小板药：小剂量的阿司匹林可以明显减少血管事件的发生率，无禁忌时应常规使用，50 ~ 100mg，每日 1 次。

（3）改善症状的治疗

1）发作时的治疗：若休息不能缓解者，可选用速效的硝酸酯制剂。这类药物除扩张冠状动脉，增加冠状循环的血流量外，还可以通过扩张周围血管，减低心脏前后负荷和心肌的需氧，从而缓解心绞痛。必要时可考虑合并用镇静药。

常用硝酸甘油 0.3 ~ 0.6mg，舌下含化，1 ~ 2 分钟即开始起作用，约半小时后作用消失。多数在 3 分钟内见效。见效延迟或完全无效时提示患者并非冠心病或为严重的冠心病，也可能所含的药物已失效。长期持续应用可产生耐药性而效力减低，但停用 10 小时以上即可恢复有效。亦可使用硝酸异山梨酯 5 ~ 10mg，舌下含化，2 ~ 5 分钟见效，作用维持 2 ~ 3 小时。新近还有硝酸甘油喷雾剂。

2）缓解期的治疗：使用作用较持久的抗心绞痛药物以防止心绞痛发作，可单独选用、交替应用或联合使用以下 3 类药物。

硝酸酯制剂：硝酸异山梨酯，每次 5 ~ 20mg，每日 3 次，口服，半小时起作用，持续 3 ~ 5 小时；缓释制剂药效可维持 12 小时，可用 20mg，每日 2 次。单硝酸异山梨酯为新型长效硝酸酯类药，每次 20 ~ 40mg，每日 2 次。另外还有长效硝酸甘油制剂和硝酸甘油贴剂。

β 受体阻滞剂：主要通过阻断 $β_1$ 受体，减慢心率，降低血压，减低心肌收缩力，减轻心肌耗氧量，从而缓解心绞痛。此外，还减低运动时血流动力的反应，使在同一运动量水平上心肌氧耗量减少；使非缺血区的小动脉缩小，从而使更多的血液通过扩张的侧支循环流入缺血区。副作用有心室射血时间延长和心脏容积增加，这虽可能使心肌缺血加重或引起心肌收缩力降低，但其减少心肌耗氧量的作用远超过副作用。常用普萘洛尔，每次 10mg，每日 3 ~ 4 次，逐步增加剂量；美托洛尔 25 ~ 50mg，每日 2 次；阿替洛尔 12.5 ~ 25mg，每日 2 次；比索洛尔 2.5 ~ 5mg，每日 1 次。或选用兼有 α 受体阻滞作用的卡维地洛 25mg，每日 2 次。本药与硝酸酯制剂有协同作用，合用时应从小剂量开始，以免引起体位性低血压等副作用。停用本药时应逐步减量，如突然停用有诱发心肌梗死的可能。严重心功能不全、支气管哮喘以及心动过缓者不宜使用。

钙通道阻滞剂：本类药物抑制钙离子进入细胞内，抑制心肌细胞兴奋 - 收缩耦联中钙离子的利用。因而抑制心肌收缩，减少心肌氧耗；扩张冠状动脉，解除冠状动脉痉挛，改善心内膜下心肌的供血；扩张周围血管，降低动脉压，减轻心脏负荷。常用维拉帕米 80mg，每日 3 次；硝苯地平（心痛定）10 ~ 20mg，每日 3 次，或其缓释制剂 20 ~ 40mg，每日 1 ~ 2 次；硝苯地平的同类制剂有尼群地平、非洛地平、氨氯地平等；地尔硫草（硫氮草酮）30 ~ 90mg，每日 3 次，或其缓释制剂 45 ~ 90mg，每日 2 次。治疗变异型心绞痛首选钙通道阻滞剂。本类药可与硝酸酯同服，其中硝苯地平尚可与 β 受体阻滞剂同服，但维拉帕米、地尔硫草与 β 受体阻滞剂合用时有过度抑制心脏的危险。停用本类药时也应逐渐减量，以免发生冠状动脉痉挛。

（4）介入治疗（PCI）　主要包括经皮穿刺冠状动脉腔内成形术（PTCA）和支架置入术。治疗适应证：①稳定型心绞痛经药物治疗后仍有症状，狭窄血管供应中到大面积处于危险中的存活心肌的患者；②有轻度心绞痛症状或无症状但心肌缺血的客观证据明确，狭窄病变显著，病变血管供应中到大面积存活心肌的患者；③介入治疗后心绞痛复发，管腔再狭窄的患者；④主动脉－冠状动脉旁路移植术后复发心绞痛的患者；⑤不稳定型心绞痛经积极药物治疗，病情未能稳定，心绞痛发作时心电图 ST 段压低大于 0.1mV，持续时间大于 20 分钟，或血肌钙蛋白升高的患者。PTCA 术后半年内再狭窄率约为 30%，应用支架置入术和药物涂层支架后，术后半年内再狭窄率下降至 15% 以下，术后患者的生活质量普遍提高，目前已经有证据表明可以改善预后。施行本手术如不成功需做紧急主动脉－冠状动脉旁路移植手术。

（5）外科手术治疗　主要是主动脉－冠状动脉旁路移植手术（CABG）。取患者自身的血管作为旁路移植材料，引主动脉的血流到有病变的冠状动脉段远端，改善病变部位心肌的血液供应。适应证：①左冠状动脉主干病变；②冠状动脉 3 支病变；③稳定型心绞痛对内科治疗反应不佳，影响工作和生活；④恶化型心绞痛；⑤变异型心绞痛冠状动脉有固定狭窄者；⑥急性冠状动脉功能不全；⑦梗死后心绞痛。患者冠状动脉狭窄的程度应在管腔阻塞 70% 以上、狭窄段的远端管腔要畅通和心室功能要好，此三点在考虑手术时应予注意。

术后多数患者心绞痛症状改善、生活质量提高，已有证据表明手术能改善高危患者的预后。但手术本身可并发心肌梗死，有 <5% 的手术死亡率，术后移植的血管可栓塞，因此应从严掌握手术的适应证。

（6）不稳定型心绞痛的处理　不稳定型心绞痛病情发展难以预料，患者就诊时应进行危险度分层。低危组患者可酌情短期留观或住院治疗，而中危或高危组的患者应住院治疗。

1）一般处理：急性期应卧床休息 1～3 天，吸氧，持续心电监测。烦躁不安、剧烈疼痛者可给予吗啡 5～10mg，皮下注射。如有必要应重复检测心肌坏死标记物。

2）抗血小板和抗凝药：积极抗栓治疗是本病重要的治疗措施，目的在于防止血栓形成，阻止病情向心肌梗死方向发展。抗血小板药物首选阿司匹林，急性期使用剂量应在每日 150～300mg 之间，3 天后改为小剂量 50～150mg 维持治疗。对阿司匹林过敏者，可选用噻氯匹定或氯吡格雷替代。抗凝药一般用于中危和高危组患者，可先静脉注射肝素 5000U，然后以每小时 1000U 静脉点滴维持，调整剂量使部分活化的凝血活酶时间（aPTT）延长至对照的 1.5～2 倍，连续使用 2～5 天，随后改为肝素 7500U 皮下注射，每 12 小时 1 次，使用 1～2 天。现在也可以直接采用低分子肝素而不需血凝监测。

3）缓解症状

硝酸酯类：本型心绞痛单次含化或喷雾吸入硝酸甘油往往不能缓解症状，一般建议每隔 3～5 分钟追加 1 次，共用 3 次。如仍不能控制疼痛，可用强镇痛剂，并立即用硝酸甘油或硝酸异山梨酯持续静脉滴注或微量泵输注，以 5μg/min 开始，每 3～5 分钟增加 10μg/min，直至症状缓解或出现血压下降。

β 受体阻滞剂：除有禁忌证如肺水肿、未稳定的左心衰竭、支气管哮喘、低血压、严重窦性心动过缓或 Ⅱ、Ⅲ 度房室传导阻滞者，应及早开始应用 β 受体阻滞剂，口服剂量应个体化。

钙通道阻滞剂：对于硝酸酯类静脉滴注疗效不佳或不能应用 β 受体阻滞剂者，可用硫氮草酮静脉滴注 1～5μg/（kg·min），常可控制发作。硝苯地平对缓解冠状动脉痉挛有独到的效果，为变异型心绞痛首选用药。对于严重的不稳定型心绞痛患者，常需三联用药以控制心绞痛发作。

4）介入和外科手术治疗：对于高危组患者，存在以下之一者应考虑紧急行介入治疗或CABG：虽经内科加强治疗，心绞痛仍反复发作；心绞痛发作时间明显延长超过1小时，药物治疗不能有效缓解上述缺血发作；心绞痛发作时伴有血流动力学不稳定，如出现低血压、急性左心功能不全或伴有严重心律失常等。除此之外的多数患者，介入治疗应在病情稳定至少48小时后进行。

不稳定型心绞痛经治疗病情稳定，出院后应继续强调抗凝及降脂治疗以促使斑块稳定。缓解期的进一步检查及长期治疗方案与稳定型心绞痛相同。

3. 中医辨证论治

（1）心血瘀阻证

证候：胸痛较剧，如刺如绞，痛有定处，入夜加重，伴有胸闷，日久不愈，或因暴怒而致心胸剧痛；舌质紫暗，或有瘀斑，舌下络脉青紫迂曲，脉弦涩或结代。

治法：活血化瘀，通脉止痛。

代表方剂：血府逐瘀汤加减。

常用药物：当归　生地　桃仁　红花　枳壳　赤芍　柴胡　甘草　桔梗　川芎　牛膝乳香　没药　丹参

（2）痰浊内阻证

证候：胸闷痛如窒，气短痰多，肢体沉重，形体肥胖，纳呆恶心；舌苔浊腻，脉滑。

治法：通阳泄浊，豁痰开痹。

代表方剂：瓜蒌薤白半夏汤合涤痰汤。

常用药物：瓜蒌　薤白　半夏　白酒　制南星　陈皮　枳实　茯苓　人参　石菖蒲　竹茹　甘草　生姜

（3）阴寒凝滞证

证候：猝然胸痛如绞，心痛彻背，背痛彻心，天冷易发，感寒痛甚，形寒，甚则四肢不温，冷汗自出，心悸短气；舌质淡红，苔白，脉沉细或沉紧。

治法：辛温通阳，开痹散寒。

代表方剂：枳实薤白桂枝汤合当归四逆汤加减。

常用药物：枳实　厚朴　薤白　桂枝　瓜蒌实　当归　芍药　细辛　炙甘草　大枣

（4）气虚血瘀证

证候：胸痛隐隐，时轻时重，遇劳则发，神疲乏力，气短懒言，心悸自汗；舌质淡暗，胖有齿痕，苔薄白，脉缓弱无力或结代。

治法：益气活血，通脉止痛。

代表方剂：补阳还五汤加减。

常用药物：当归尾　川芎　黄芪　桃仁　地龙　赤芍　红花

（5）气阴两虚证

证候：胸闷隐痛，时作时止，心悸气短，倦怠懒言，头晕目眩，心烦多梦，或手足心热；舌红少津，脉细弱无力或结代。

治法：益气养阴，活血通络。

代表方剂：生脉散合炙甘草汤加减。

常用药物：人参　麦冬　五味子　炙甘草　桂枝　生姜　阿胶　生地　麻仁　大枣

（6）心肾阴虚证

证候：胸闷痛或灼痛，心悸盗汗，虚烦不寐，腰膝酸软，头晕耳鸣；舌红少苔，脉沉细数。

治法：滋阴益肾，养心安神。

代表方剂：左归丸加减。

常用药物：熟地　山药　山茱萸　菟丝子　枸杞子　川牛膝　鹿角胶　龟板胶　麦冬　五味子　酸枣仁　夜交藤

（7）心肾阳虚证

证候：心悸而痛，胸闷气短，甚则胸痛彻背，心悸汗出，畏寒，肢冷，下肢浮肿，腰酸无力，面色苍白，唇甲淡白或青紫；舌淡白或紫暗，脉沉细或沉微欲绝。

治法：益气壮阳，温络止痛。

代表方剂：参附汤合右归丸加减。

常用药物：人参　附子　熟地　山药　山茱萸　枸杞子　杜仲　菟丝子　肉桂　当归　鹿角胶　生姜　大枣

【预防与调护】

预防可参见心肌梗死的预防。

调护应注意保证心情舒畅，循序渐进地进行适度运动，戒烟限酒，调节饮食，避免膏粱厚味。心绞痛发作时应保持情绪稳定，卧床休息。

二、心肌梗死

本病与中医学中的"真心痛"相类似，可归属于"胸痛"、"心痛"、"心悸"、"喘证"、"脱证"等范畴。

【病因和发病机制】

1. 病因和发病机制　绝大多数心肌梗死的病因是冠状动脉粥样硬化，其他少见原因有冠状动脉栓塞、冠状动脉口阻塞、冠状动脉炎症、冠状动脉夹层、冠状动脉先天畸形和心脏挫伤等。

冠状动脉粥样硬化可造成一支或多支血管管腔狭窄和心肌供血不足，若侧支循环未充分建立，一旦血供急剧减少或中断，使心肌严重而持久地急性缺血达 1 小时以上，即可发生心肌梗死。

2. 病理　绝大多数患者冠脉内均可见在粥样斑块的基础上有血栓形成使管腔闭塞，个别患者可无明显粥样硬化病变，推测与冠状动脉痉挛引起管腔闭塞有关。

【中医病因病机】

本病的病因与胸痹、心痛相似，与年老体衰、情志内伤、饮食不节、寒邪内侵等因素有关。年老肾虚，导致气血阴阳不足，心脉失养；或兼之饮食不节、情志内伤，可导致寒凝、气滞、瘀血、痰浊阻于心脉。在情绪激动、劳累过度、饱餐、寒冷刺激等诱因作用下，使心脉突然闭塞，气血运行中断则发为真心痛。

基本病机为心脉闭阻不通，心失所养。病位在心，且与肝、脾、肾相关。病性本虚标实，本虚是气虚、阳虚、阴虚，以心气虚为主；标实为寒凝、气滞、血瘀、痰阻，以血瘀为主。疼痛剧烈者，多以实证为主，疼痛不典型或疼痛缓解后则多以虚证为主。本病心脉闭阻不通较一般胸痹为重，本虚、标实均较之更加突出，病情凶险，易生他证。若气虚血少，心失所养，可出现心动悸、脉结代；若心肾阳虚，水饮内停，凌心射肺，可出现喘促不得平卧、水肿、心悸；若心气心阳耗损至极，可出现心阳暴脱、阴阳离决之危证。

【类证鉴别】

胸痛当与胃脘痛相鉴别。胸痛多因胸中气血不畅所致，痛在膈上；胃脘痛多因胃气郁滞，气血不畅所致，痛在膈下之胃脘，多伴有泛酸、嗳气、呃逆、嘈杂等胃部症状。

【临床表现】

1. 诱因和前驱症状 在寒冷天气，早晨 6 点至中午 12 点本病多发。饱餐、重体力活动、情绪过分激动、血压剧升或用力大便以及休克、脱水、出血、外科手术或严重心律失常等均可成为本病的诱因。近 2/3 患者在发病前数日有胸骨后或心前区疼痛、胸部不适、活动时心悸、憋气、上腹部疼痛、头晕、烦躁等前驱症状，其中以初发型心绞痛或恶化型心绞痛最为常见。在心肌梗死之后这些症状被认为是前驱症状，而在未明确发生急性心肌梗死之前则属于不稳定型心绞痛，如及时正确处理，并不一定都导致心肌梗死。

2. 症状

（1）**疼痛** 是最常见的起始症状。典型的疼痛部位和性质与心绞痛相似，但疼痛更剧烈，诱因多不明显，持续时间较长，多在 30 分钟以上，也可达数小时或更长，休息和含服硝酸甘油多不能缓解。患者常烦躁不安、出汗、恐惧，或有濒死感。老年人、糖尿病患者以及脱水、休克患者常无疼痛。少数患者以休克、急性心力衰竭、突然晕厥为始发症状。部分患者疼痛位于上腹部，或者放射至下颌、颈部、背部上方，易被误诊，应与相关疾病鉴别。

（2）**全身症状** 有发热和心动过速等。发热由坏死物质吸收所引起，一般在疼痛后 24～48 小时出现，体温一般在 38℃ 左右，持续约 1 周。

（3）**胃肠道症状** 常伴有恶心、呕吐、肠胀气和消化不良，特别是下后壁梗死者。重症者可发生呃逆。

（4）**心律失常** 见于 75%～95% 的患者，以发病 24 小时内最多见，可伴心悸、乏力、头晕、晕厥等症状。其中以室性心律失常居多，可出现室性早搏、室性心动过速、心室颤动或加速性心室自主心律。如出现频发的、成对的、多源的和 R－on－T 的室性期前收缩，或室性心动过速，常为心室颤动的先兆。室颤是急性心肌梗死早期主要的死因。室上性心律失常则较少，多发生在心力衰竭者中。缓慢型心律失常中以房室传导阻滞最为常见，束支传导阻滞和窦性心动过缓也较多见。

（5）**低血压和休克** 见于约 20%～30% 的患者。疼痛期的血压下降未必是休克。如疼痛缓解后收缩压仍低于 80mmHg，伴有烦躁不安、面色苍白、皮肤湿冷、大汗淋漓、脉细而快、少尿、精神迟钝，甚或昏迷者，则为休克表现。休克多在起病后数小时至 1 周内发生，主要是心源性，为心肌收缩力减弱、心排血量急剧下降所致，尚有血容量不足、严重心律失常、周围血管舒缩功能障碍和酸中毒等因素参与。

（6）**心力衰竭** 主要是急性左心衰竭，可在起病最初几天内发生，发生率约为 32%～48%。出现呼吸困难、咳嗽、发绀、烦躁等症状，严重者可出现肺水肿，随后可出现颈静脉怒张、肝大、水肿等右心衰竭表现。右心室心肌梗死者早期即可出现右心衰竭表现，伴血压下降。急性心肌梗死引起的心力衰竭按 Killip 分级法可分为 4 级：Ⅰ级，无心力衰竭的体征和症状；Ⅱ级，为轻、中度心力衰竭，肺部湿啰音小于 50% 肺野；Ⅲ级，是严重心力衰竭，有肺水肿，肺部湿啰音大于 50% 肺野；Ⅳ级，为心源性休克伴或不伴肺水肿。

3. 体征　梗死范围不大、无并发症者可无异常体征。部分患者可出现心脏浊音界轻度、中度增大，心尖区第一心音减弱，第四心音奔马律，心包摩擦音，心尖区粗糙的收缩期杂音或伴收缩中晚期喀嚓音，以及各种心律失常。

除极早期可有血压增高外，几乎所有患者都有血压降低。可出现心律失常、休克或心力衰竭相关的其他体征。

4. 并发症

（1）乳头肌功能不全或断裂　总发生率可高达 50%。二尖瓣乳头肌收缩功能障碍可产生二尖瓣脱垂并关闭不全，引起心力衰竭。乳头肌整体断裂极少见，多发生在二尖瓣后乳头肌，心力衰竭明显，可迅速发生肺水肿而死亡。

（2）心室壁瘤　主要见于左心室，发生率 5%~20%。可出现左侧心界扩大，收缩期杂音。心电图 ST 段持续抬高。X 线检查、超声心动图、放射性核素心脏血池显像以及左心室造影可见局部心缘突出，搏动减弱或有反常搏动。

（3）心肌梗死后综合征　发生率约 10%。于心肌梗死后数周至数月内出现，可反复发生，表现为心包炎、胸膜炎或肺炎，有发热、胸痛等症状，可能为机体对坏死物质的过敏反应。

（4）栓塞　发生率 1%~6%，见于起病后 1~2 周，左心室附壁血栓脱落者引起体循环动脉栓塞，下肢静脉血栓脱落所致者可产生肺动脉栓塞。

（5）心脏破裂　少见，常在起病 1 周内出现，多为心室游离壁破裂，造成心包积血引起急性心脏填塞而死亡。偶为心室间隔破裂造成穿孔，可引起心力衰竭和休克而在数日内死亡。

【实验室和其他检查】

1. 心电图　心肌梗死典型的心电图有特征性改变，呈动态演变过程，并有定位意义，有助于估计病情演变和预后。

（1）特征性改变　ST 段抬高性心肌梗死的心电图表现特点为：①宽而深的 Q 波（病理性 Q 波），一般指 Q 波时间大于 0.04 秒，深度大于同导联 R 波的 1/4，在面向心肌坏死区的导联上出现；②ST 段呈弓背向上型抬高，在面向坏死区周围心肌损伤区的导联上出现；③T 波倒置，在面向损伤区周围心肌缺血区的导联上出现。

在背向心肌梗死区的导联则出现相反的改变，即 R 波增高、ST 段压低和 T 波直立并增高。

非 ST 段抬高心肌梗死的心电图表现为无病理性 Q 波，有普遍性 ST 段压低 ≥0.1mV，但 aVR 导联（有时还有 V_1 导联）ST 段抬高，或有对称性 T 波倒置。有的也无 ST 段变化，仅有 T 波倒置。

（2）动态性改变　ST 段抬高性心肌梗死：

1）超急期：起病数小时内，可无异常或出现异常高大两肢不对称的 T 波。

2）急性期：数小时后，ST 段弓背向上型抬高，与直立的 T 波连接，形成单相曲线。数小时至两日内出现病理性 Q 波，同时 R 波减低，Q 波在 3～4 天内稳定不变。

3）亚急性期：ST 段抬高持续数日至两周左右，逐渐回到基线水平。T 波则变为平坦或逐渐倒置。Q 波留存。

4）慢性期：数周至数月后，T 波倒置呈两肢对称型，可永久存在，也可在数月至数年内逐渐恢复。多数患者 Q 波永久存在。若 ST 段持续抬高半年以上者，应考虑心室壁瘤。非 ST 段抬高心肌梗死先出现 ST 段改变，继而 T 波倒置加深呈对称型，但始终不出现 Q 波，ST 段和 T 波的改变持续数日或数周后恢复。

（3）定位　ST 段抬高性心肌梗死的定位和定范围可根据出现特征性改变的相关导联来判断（表 9-7）。

表 9-7　　　　　　　　　　　ST 段抬高性心肌梗死的心电图定位诊断

导联②	前间隔	局限前壁	前侧壁	广泛前壁	下壁①	下间壁	下侧壁	高侧壁	正后壁③
V_1	+			+		+			
V_2	+			+		+			
V_3	+	+		+		+			
V_4		+		+					
V_5		+	+	+				+	
V_6			+					+	
V_7			+					+	+
V_8							+	+	+
aVR									
aVL	±	+	±	-	-	-	-	+	
aVF	-	-	-		+	+	+	-	
I	±	±	±		-	-	-	+	
II	-	-			+	+	+	-	
III	-	-	-		+	+	+	-	

注：①即膈面。右心室心肌梗死不易从心电图得出诊断，但 CR_{4R} 或 V_{4R} 导联的 ST 段抬高，可作为下壁心肌梗死扩展到右心室的参考指标；②在 V_5、V_6、V_7 导联高 1～2 肋处可能有改变；③在 V_1、V_2、V_3 导联 R 波增高。同理，在前侧壁梗死时，V_1、V_2 导联 R 波也增高。

"＋"为正面改变，表示典型 ST 段上抬、Q 波及 T 波变化；"－"为负面改变，表示 QRS 主波向上，ST 段下降及与"＋"部位的 T 波方向相反的 T 波；"±"为可能有正面改变。

2. 放射性核素检查　静脉注射锝（^{99m}Tc）焦磷酸盐，因其可与坏死心肌细胞中的钙离子结合，可进行"热点"成像，有助于急性期的定位诊断。用 ^{201}Tl 或 ^{99m}Tc-MIBI 可进行"冷点"扫描，适用于慢性期陈旧性心肌梗死的诊断。用放射性核素心腔造影可观察心室壁的运动和左心室的射血分数，有助于判断心室功能、诊断室壁运动失调和心室壁瘤。用 PET 可观察心肌的代谢变化，判断存活心肌。

3. 超声心动图　有助于了解心室壁的运动和左心室功能，协助诊断室壁瘤和乳头肌功能失调等。

4. 血清心肌坏死标记物　常检测的标记物有肌红蛋白、肌钙蛋白 I（cTnI）或 T（cT-nT）、肌酸激酶同工酶（CK-MB）、肌酸激酶（CK）、天门冬酸氨基转移酶（AST）、乳酸脱氢酶（LDH）等，见表 9-8。这些标记物的测定各有优缺点，应综合评价。肌红蛋白出现最早，也十分敏感，持续时间短，若其水平再次升高可用于梗死延展或再梗死的判定，缺点是特异性不很强。cTnT 和 cTnI 特异性很高，但出现稍迟，若症状出现后 6 小时内测定为阴性者，6 小时后应再次复查；其另一缺点是持续时间长，对判断是否有新的再梗死不利。CK - MB 虽不如 cTnT、cTnI 敏感，但对早期（< 4 小时）心肌梗死的诊断有较重要的价值，其升高程度能较准确地反映梗死的范围，其高峰时间是否提前有助于判断溶栓是否再通。沿用多年的心肌酶测定包括 CK、AST 和 LDH，其特异性及敏感性均远不如前述标记物，但仍具有一定的参考价值。

表 9 - 8　　　　　　　　　　急性心肌梗死血清心肌标记物及其检测时间

标记物	开始升高时间（小时）	高峰时间（小时）	持续时间（天）
肌红蛋白	1 ~ 2	4 ~ 8	5 ~ 1.5
cTnI	2 ~ 4	11 ~ 24	5 ~ 10
cTnT	2 ~ 4	24 ~ 48	5 ~ 14
CK - MB	3 ~ 4	10 ~ 24	2 ~ 4
CK	6 ~ 10	12 ~ 24	3 ~ 4
AST	6 ~ 10	24 ~ 48	3 ~ 5
LDH	6 ~ 10	48 ~ 36	7 ~ 14

【诊断与鉴别诊断】

1. 诊断　诊断必须至少具备下列 3 条标准中的 2 条：①缺血性胸痛的临床病史；②心电图的动态演变；③血清心肌坏死标记物浓度的动态改变。

根据以上 3 条标准的典型表现，诊断本病并不困难。对老年患者，突然发生严重心律失常、休克、心力衰竭而原因未明，或突然发生较重而持久的胸闷或胸痛者，都应考虑本病的可能。宜先按急性心肌梗死来处理，并短期内进行心电图、血清心肌酶测定和肌钙蛋白测定并动态观察以确定诊断。对非 ST 段抬高的心肌梗死，血清肌钙蛋白测定的诊断价值更大。

2. 鉴别诊断

（1）心绞痛　心绞痛时胸痛的部位和性质与心肌梗死相似，但程度较轻，持续时间短，一般不超过 15 分钟，发作前常有诱因，休息和含服硝酸甘油能迅速缓解。发作时血压无明显下降，很少发生休克，也无明显的心力衰竭。静息心电图可无异常，发作时或运动试验出现暂时性 ST 段压低或抬高（变异型心绞痛）和 T 波改变，无病理性 Q 波。无心肌坏死标记物的明显升高。放射性核素检查心肌灌注缺损呈可逆性。选择性冠状动脉造影显示冠状动脉有狭窄病变，但未完全阻塞。

（2）急性心包炎　可有较剧烈而持久的心前区疼痛，但疼痛与发热同时出现，呼吸和咳嗽时加重。早期即有心包摩擦音，摩擦音和疼痛在心包腔出现渗液时均消失。心电图广泛导联均有 ST 段弓背向下型抬高，T 波倒置，无病理性 Q 波出现。

（3）急性肺动脉栓塞　可出现胸痛、咯血、呼吸困难和休克。有右心负荷急剧增加表现如发绀、肺动脉瓣区第二心音亢进、颈静脉充盈、肝大、下肢水肿等。心电图呈 $S_I Q_{III}$ 型，胸导联过渡区左移，右胸导联 T 波倒置等改变。核素肺灌注扫描、肺动脉造影可资鉴别。

（4）急腹症　急性胰腺炎、消化性溃疡穿孔、急性胆囊炎、胆石症等，均有上腹部疼痛，可伴有休克。仔细地询问病史和体格检查，以及心电图检查、心肌坏死标记物测定可协助鉴别。

（5）主动脉夹层 呈撕裂样剧痛，胸痛一开始即达到高峰，常放射到背、肋、腹、腰和下肢，两上肢的血压和脉搏可有明显差别，可有下肢暂时性瘫痪、偏瘫等表现，但无心肌坏死标记物升高。超声心动图检查、X线或磁共振显像有助于鉴别。

【治疗】

1. 治疗思路 本病是临床急危重症，治疗上要争分夺秒，尽早实施再灌注治疗（溶栓、介入和冠脉搭桥术等），复通梗死相关血管，能降低病死率，改善预后。急性期配合使用益气活血中药在防治心力衰竭、休克、心律失常等方面优于单纯西医治疗。急性期之后，西医在使用 ACEI 类防治心室重构，用他汀类降血脂和稳定斑块、防治血栓等方面有明确的证据支持；中医辨证论治在防治并发症、保护心功能、改善症状等方面有一定优势；中西医结合是最佳的治疗策略。近年中医药在防治介入后再狭窄、防治再灌注损伤等方面进行了积极探索，显示了一些良好的前景。

2. 西医治疗 对 ST 段抬高的心肌梗死，强调及早发现，及早住院，并加强住院前的就地处理。治疗原则是尽快恢复心肌的血液灌注（到达医院后 30 分钟内开始溶栓或 90 分钟内开始介入治疗），以挽救濒死的心肌、防止梗死扩大或缩小心肌缺血范围，保护和维持心脏功能，及时处理严重心律失常、泵衰竭和各种并发症，防止猝死，使患者渡过急性期，保持尽可能多的有功能心肌。

（1）一般治疗

1）监测：持续心电、血压和血氧饱和度监测，及时发现和处理心律失常、血流动力学异常和低氧血症。

2）卧床休息：对血流动力学稳定且无并发症的患者一般卧床休息 1~3 天，对病情不稳定及高危患者卧床时间应适当延长。

3）建立静脉通道：保持给药途径畅通。

4）镇痛：应迅速给予有效镇痛剂。可予吗啡 3mg 静脉注射，必要时每 5 分钟重复 1 次，总量不宜超过 15mg。

5）吸氧：初起即使无并发症，也应给予鼻导管吸氧。在严重左心衰竭、肺水肿和合并有机械并发症的患者，多伴有严重低氧血症，需面罩加压给氧或气管插管并机械通气。

6）硝酸甘油：只要无禁忌证，通常使用硝酸甘油静脉滴注 24~48 小时，然后改用口服硝酸酯制剂。具体用法和剂量参见药物治疗部分。

7）阿司匹林：所有患者只要无禁忌证，均应立即口服水溶性阿司匹林或嚼服肠溶阿司匹林 150~300mg。

8）纠正水、电解质及酸碱平衡失调。

9）饮食和通便：患者需禁食至胸痛消失，然后给予流质、半流质饮食，逐步过渡到普通饮食。所有患者均应使用缓泻剂，以防止便秘时排便用力导致心脏破裂或引起心律失常、心力衰竭。

（2）再灌注治疗 起病 3~6 小时内，最多在 12 小时内，使闭塞的冠状动脉再通，心肌得到再灌注，濒临坏死的心肌可能得以存活或使坏死范围缩小，对梗死后心肌重塑有利，可以改善预后，是一种积极的治疗措施。

1）溶栓疗法：如无条件施行介入治疗或因转送患者到可施行介入治疗的医院将会错过再灌注时机，无禁忌证时应立即（接诊患者后 30 分钟内）行本法治疗。

适应证：两个或两个以上相邻导联 ST 段抬高（胸导联≥0.2mV，肢导联≥0.1mV），或病史提示急性心肌梗死伴左束支传导阻滞，起病时间＜12 小时，患者年龄＜75 岁；ST 段显著抬高的心肌梗死患者年龄＞75 岁，经慎重权衡利弊仍可考虑；ST 段抬高的心肌梗死，发病时间已达 12～24 小时，但对于有进行性缺血性胸痛和广泛 ST 段抬高并经过选择的患者，仍可考虑。

禁忌证：既往发生过出血性脑卒中，1 年内发生过缺血性脑卒中或脑血管事件；颅内肿瘤；近期（2～4 周）有活动性内脏出血；可疑主动脉夹层；入院时严重且未控制的高血压（＞180/110mmHg）或慢性严重高血压病史；目前正在使用治疗剂量的抗凝药或已知有出血倾向；近期（2～4 周）创伤史，包括头部外伤、创伤性心肺复苏或较长时间（＞10 分钟）的心肺复苏；近期（＜3 周）外科大手术；近期（＜2 周）曾行不能压迫部位的大血管穿刺术；活动性消化性溃疡。前 4 点为禁忌证，其后为相对禁忌证。

溶栓药物的使用方法：尿激酶（UK）150 万 U 于 30 分钟内静脉滴注。链激酶（SK）或重组链激酶（rSK）150 万 U，在 1 小时内静脉滴注。曾使用链激酶（尤其 5 天～2 年内使用者）或对其过敏者，不能重复使用链激酶。重组组织型纤溶酶原激活剂（rt - PA）为选择性溶栓剂，再通率最高。国内使用剂量为 50mg，先以 8mg 静脉注射，另 42mg 在 90 分钟内静脉滴注。应配合使用肝素或低分子肝素。

溶栓是否再通应根据冠状动脉造影直接判断，或根据以下 4 点临床间接判断血栓溶解：心电图抬高的 ST 段于 2 小时内下降＞50%；胸痛在 2 小时内基本消失；2 小时内出现再灌注性心律失常；血清 CK - MB 峰值提前出现（14 小时内）。

2）介入治疗（PCI）：具备施行介入治疗条件的医院在患者抵达急诊室明确诊断之后，对需施行直接 PCI 者边给予常规治疗和做术前准备，边将患者送到心导管室。

直接 PTCA：适应证为：ST 段抬高和新出现左束支传导阻滞的心肌梗死；ST 段抬高的心肌梗死并发心源性休克；适合再灌注治疗而有溶栓治疗禁忌证者；无 ST 段抬高的心肌梗死，但梗死相关动脉严重狭窄，血流≤TIMI Ⅱ级。但应注意：急性期不宜对非梗死相关的动脉施行 PTCA；发病 12 小时以上或已接受溶栓治疗且已无心肌缺血证据者不宜施行 PTCA；要由有经验者施术，以避免延误时机。有心源性休克者宜先行主动脉内球囊反搏术，待血压稳定后再施术。

支架置入术：近年认为其效果优于直接 PTCA，可在施行直接 PTCA 的患者中考虑较广泛地应用。

补救性 PCI：溶栓治疗后仍有明显胸痛，ST 段抬高无显著回落，临床提示未再通者，应尽快进行急诊冠状动脉造影，若 TIMI 血流 0～Ⅱ级应立即行补救性 PCI，使梗死相关动脉再通。尤其对发病 12 小时内、广泛前壁心肌梗死、再次梗死及血流动力学不稳定的高危患者意义更大。

溶栓治疗再通者的 PCI：溶栓治疗成功的患者，如无缺血复发，应在 7～10 天后行择期冠状动脉造影，若病变适宜可行 PCI。

3）紧急 CABG：介入治疗失败或溶栓治疗无效，有手术指征者，宜争取 6～8 小时内施行 CABG。

（3）药物治疗

1）硝酸酯类：急性心肌梗死早期，通常给予硝酸甘油静脉滴注 24～48 小时。对伴有再发性心肌缺血、充血性心力衰竭或需处理的高血压者更为适宜。静脉滴注硝酸甘油从 10μg/min 开始，可每 5~10 分钟增加 5~10μg，直至达到有效治疗剂量，即症状控制、血压正常者动脉收缩压降低 10mmHg 或高血压患者动脉收缩压降低 30mmHg。最高剂量不超过 100μg/min。静脉用药后可使用口服制剂，如硝酸异山梨酯或 5－单硝山梨醇酯等继续治疗。硝酸酯类药的禁忌证有低血压（收缩压 <90mmHg）、严重心动过缓（<50 次/分）或心动过速（>100 次/分）。下壁伴右室梗死时，因更易出现低血压也应慎用。

2）抗血小板药：急性期，阿司匹林使用剂量应在 150~300mg/d，首次服用时应选择水溶性阿司匹林或肠溶阿司匹林嚼服，3 天后改为小剂量 50~150mg/d 维持。噻氯匹定，起始剂量为 250mg，每日 2 次，1~2 周后改为 250mg，每日 1 次维持。该药起效慢，不适合急需抗血小板治疗的临床情况，多用于对阿司匹林过敏或禁忌的患者或者与阿司匹林联合用于置入支架的患者。副作用有中性粒细胞及血小板减少。该类新型药物氯吡格雷，初始剂量 300mg，以后 75mg/d 维持。

3）抗凝药：肝素作为溶栓治疗的辅助治疗，随溶栓制剂不同用法亦有不同。rt－PA 溶栓因有再次血栓形成的可能，故需要充分抗凝治疗。溶栓前先用肝素 5000U 静脉注射，继以肝素每小时 1000U 持续静脉滴注共 48 小时，根据 aPTT 或 ACT 调整肝素剂量（保持其凝血时间延长至对照的 1.5~2.0 倍），以后改为皮下注射 7500U 每 12 小时 1 次，连用 2~3 天。尿激酶和链激酶溶栓期间不需要抗凝，可于溶栓后 6 小时开始测定 aPTT 或 ACT，待 aPTT 恢复到对照时间 2 倍以内时（约 70 秒）开始给予皮下肝素治疗。

4）β 受体阻滞剂和钙通道阻滞剂：在起病的早期，如无禁忌证应尽早使用美托洛尔、阿替洛尔或普萘洛尔等 β 受体阻滞剂，尤其是前壁心肌梗死伴有交感神经功能亢进者，可防止梗死范围的扩大，改善急、慢性期的预后，但应注意其对心脏收缩功能的抑制。钙通道阻滞剂中的地尔硫䓬可能有类似效果。

5）ACEI 类和血管紧张素 II 受体阻滞剂：有助于改善恢复期心室的重塑，降低心力衰竭的发生率，从而降低死亡率。无禁忌证时，在起病早期血压稳定情况下即可开始使用 ACEI，应从低剂量开始逐渐增加剂量。对于 4~6 周后无并发症和无左心室功能障碍者，可停服；若合并左心功能不全，特别是前壁心肌梗死者，治疗期应延长。如不能耐受 ACEI 者可选用血管紧张素 II 受体阻滞剂，如氯沙坦和缬沙坦等。

6）极化液疗法：氯化钾 1.5g，胰岛素 10U 加入 10% 葡萄糖液 500ml 中，静脉滴注，每日 1~2 次，7~14 天为一疗程。近年还有建议在上述溶液中再加入硫酸镁 5g。

（4）消除心律失常

1）发生心室颤动或持续多形室性心动过速时，尽快采用非同步直流电复律。持续性单形室性心动过速伴心绞痛、肺水肿、低血压者，或室性心动过速药物疗效不满意者也应及早用同步直流电复律。

2）持续性单形室性心动过速不伴前述情况者，首先给予药物治疗。频发室性早搏、成对室性早搏、非持续性室速，可严密观察或以利多卡因 50mg 静脉注射，需要时每 15~20 分钟可重复，最大负荷剂量 150mg，然后 2~4mg/min 静脉滴注维持，时间不宜超过 24 小时。室性心律失常反复发作者可用胺碘酮 150mg 于 10 分钟静脉注入，必要时可重复，然后以 0.5~1mg/min 静脉滴注维持。

3）对缓慢性心律失常可用阿托品 0.5~1mg 肌肉或静脉注射。

4）Ⅲ度、Ⅱ度Ⅱ型房室传导阻滞、双束支传导阻滞，以及Ⅱ度Ⅰ型房室传导阻滞、症状性窦性心动过缓经阿托品治疗无效者，宜安装临时心脏起搏器。

5）室上性快速性心律失常可用维拉帕米、地尔硫䓬、美托洛尔、洋地黄制剂、胺碘酮等，药物治疗不能控制时可考虑用同步直流电转复。

（5）治疗心力衰竭　主要是治疗急性左心衰竭：①利尿剂；②静脉滴注硝酸甘油，由10μg/min开始，逐渐加量，直到收缩压下降10%～15%，但不低于90mmHg；③尽早口服ACEI；④肺水肿合并严重高血压是静脉滴注硝普钠的最佳适应证，从10μg/min开始，根据血压调整剂量；⑤洋地黄制剂在发病24小时内应尽量避免使用，在合并快速心房颤动时，可用毛花苷丙（西地兰）或地高辛减慢心室率；⑥急性肺水肿伴严重低氧血症者可行人工机械通气。

（6）控制休克

1）升压药：在严重低血压时，应静脉滴注多巴胺5～15μg/（kg·min），一旦血压升至90mmHg以上，则可同时静脉滴注多巴酚丁胺3～10μg/（kg·min），以减少多巴胺用量。如血压不升，应加大多巴胺剂量。大剂量多巴胺无效时，也可静脉滴注去甲肾上腺素2～8μg/min。

2）主动脉内球囊反搏（IABP）：心源性休克药物治疗难以恢复时，在有条件的医院，于IABP支持下做选择性冠状动脉造影，随即施行PCI或CABG，可挽救一些患者的生命。

3）补充血容量：若为血容量不足引起的休克，中心静脉压和肺动脉楔压（PCWP）低者，可用右旋糖酐或5%～10%葡萄糖液静脉滴注。

4）其他：治疗休克的其他措施包括纠正酸中毒、避免脑缺血、保护肾功能，必要时应用洋地黄制剂等。

（7）恢复期的评价和处理　近年主张出院前做症状限制性运动负荷心电图、动态心电图、负荷超声显像和（或）放射性核素检查，进行心肌缺血、存活心肌、心功能评价，以及室性心律失常的检测和评价。如显示心肌缺血或心功能较差者，宜行冠状动脉造影检查，并根据病变情况考虑PCI或CABG等治疗。

（8）并发症的处理　并发栓塞时，用溶解血栓和（或）抗凝疗法。心室壁瘤如影响心功能或引起严重心律失常，宜手术切除或同时做CABG。心脏破裂和乳头肌功能严重失调都可考虑手术治疗。心肌梗死后综合征可用糖皮质激素或阿司匹林、吲哚美辛等治疗。

（9）右心室心肌梗死的处理　治疗措施与左心室梗死略有不同。右心室心肌梗死引起右心衰竭伴低血压而无左心衰竭的表现时，宜扩张血容量。在血流动力学监测下静脉滴注输液，直到低血压得到纠治或肺毛细血管压达15～18mmHg。如输液1～2L低血压未能纠正可用多巴酚丁胺。不宜用利尿药和硝酸酯类。伴有房室传导阻滞者可予以临时起搏。

（10）非ST段抬高心肌梗死的处理　非ST段抬高心肌梗死患者住院期间病死率较低，但再梗死率、心绞痛再发生率和远期病死率则较高。

首诊应进行危险性分层。低危险组，无并发症、血流动力学稳定、不伴有反复缺血发作；中危险组，伴有持续性胸痛或反复发作心绞痛，心电图无变化或ST段压低1mm上下；高危险组，并发心源性休克、肺水肿或持续低血压。治疗措施与ST段抬高性心肌梗死有所区别，此类患者不宜溶栓治疗，而应以积极抗凝、抗血小板治疗和PCI为主。低危险组患者可择期行冠状动脉造影和PCI，对于中、高危险组的患者紧急PCI应为首选，而高危险组患者合并心源性休克时应先插入 IABP，尽可能使血压稳定再行 PCI。其余治疗原则同上。

3. 中医辨证论治

（1）气滞血瘀证

证候：胸中痛甚，胸闷气促，烦躁易怒，心悸不宁，脘腹胀满，唇甲青暗；舌质紫暗或有瘀斑，脉沉弦涩或结代。

治法：活血化瘀，通络止痛。

代表方剂：血府逐瘀汤加减。

常用药物：当归　生地　桃仁　红花　枳壳　赤芍　柴胡　甘草　桔梗　川芎　牛膝　郁金　延胡索　降香

（2）寒凝心脉证

证候：胸痛彻背，心痛如绞，胸闷憋气，形寒畏冷，四肢不温，冷汗自出，心悸短气；舌质紫暗，苔薄白，脉沉细或沉紧。

治法：散寒宣痹，芳香温通。

代表方剂：当归四逆汤合苏合香丸加减。

常用药物：当归　桂枝　芍药　细辛　炙甘草　大枣　白术　青木香　水牛角　香附　朱砂　诃子　檀香　安息香　沉香　麝香　丁香　荜茇　苏合香油　薰陆香　冰片

（3）痰瘀互结证

证候：胸痛剧烈，如割如刺，胸闷如窒，气短痰多，心悸不宁，腹胀纳呆，恶心呕吐；舌苔浊腻，脉滑。

治法：豁痰活血，理气止痛。

代表方剂：瓜蒌薤白半夏汤合桃红四物汤加减。

常用药物：瓜蒌　薤白　半夏　白酒　桃仁　红花　当归　赤芍　熟地　川芎　生姜　厚朴　旋覆花

（4）气虚血瘀证

证候：胸闷心痛，动则加重，神疲乏力，气短懒言，心悸自汗，舌体胖大有齿痕；舌质暗淡，苔薄白，脉细弱无力或结代。

治法：益气活血，祛瘀止痛。

代表方剂：补阳还五汤加减。

常用药物：当归尾　川芎　黄芪　桃仁　地龙　赤芍　红花　党参　白术　茯苓

（5）气阴两虚证

证候：胸闷心痛，心悸不宁，气短乏力，心烦少寐，自汗盗汗，口干耳鸣，腰膝酸软；舌红，苔少或剥脱，脉细数或结代。

治法：益气滋阴，通脉止痛。

代表方剂：生脉散合左归饮加减。

常用药物：人参　麦冬　五味子　熟地　山茱萸　枸杞子　山药　茯苓　酸枣仁　柏子仁　甘草

（6）阳虚水泛证

证候：胸痛胸闷，喘促心悸，气短乏力，畏寒肢冷，腰部、下肢浮肿，面色苍白，唇甲淡白或青紫；舌淡胖或紫暗，苔水滑，脉沉细。

治法：温阳利水，通脉止痛。

代表方剂：真武汤合葶苈大枣泻肺汤加减。

常用药物：炮附子　白术　茯苓　芍药　生姜　葶苈子　桂枝　细辛　车前子　泽泻　大枣

（7）心阳欲脱证

证候：胸闷憋气，心痛频发，四肢厥逆，大汗淋漓，面色苍白，口唇发绀，手足青至节，虚烦不安，甚至神志淡漠或突然昏厥；舌质青紫，脉微欲绝。

治法：回阳救逆，益气固脱。

代表方剂：参附龙牡汤加减。

常用药物：人参　炮附子　龙骨　牡蛎　麦冬　五味子　丹参　三七　桂枝

【预防与调护】

已有冠心病及心肌梗死病史者应预防再次梗死及其他心血管事件，为冠心病二级预防。二级预防应全面综合考虑，为便于记忆可归纳为 A、B、C、D、E 5 个方面：

A. aspirin 阿司匹林，抗血小板聚集（或氯吡格雷，噻氯匹定）

　　Antianginals 抗心绞痛，硝酸类制剂

B. beta – blocker β 受体阻滞剂，预防心律失常，减轻心脏负荷等

　　blood pressure control 控制好血压

C. cholesterol lowing 控制血脂水平

　　cigarettes quiting 戒烟

D. diet control 控制饮食

　　diabetes treatment 治疗糖尿病

E. education 普及有关冠心病的教育，包括患者及家属

　　exercise 鼓励有计划的、适当的运动锻炼

急性期 1 周以内应卧床休息，并心电、血压监护；保持心情平静；开始一般应进流质食物，保持大便通畅；病情平稳后可引导患者循序渐进地进行运动；病后应戒烟酒，调节饮食，避免膏粱厚味。近年提倡急性心肌梗死恢复后，进行康复治疗，逐步做适当的体育锻炼。2～4 个月后，酌情恢复部分或轻工作，部分患者可恢复全天工作，但应避免过重体力劳动或精神过度紧张。

第十三节　胃炎

一、急性胃炎

本病与"胃瘅"相类似，可归属于中医的"胃痛"、"血证"、"呕吐"等范畴。

【西医病因病理】

引起急性胃炎的病因归纳起来主要有急性应激、化学性损伤和细菌感染几类，临床上以急性应激为最主要原因。

急性应激包括严重创伤、大手术、严重感染、大面积烧伤、脑血管意外、休克和过度紧张等，其所致损害主要是胃黏膜糜烂和出血。急性胃炎的病理学表现为胃黏膜固有层炎症，以中性粒细胞浸润为主。

【中医病因病机】

1. 饮食伤胃 饮食不节，暴饮暴食，宿食停滞，或寒温失宜，寒积胃腑，或偏食辛辣，湿热中阻，损伤脾胃；或饮食不洁之物，病邪从口而入，胃失和降所致。

2. 七情内伤 忧愁思虑太过，脾弱肝旺，或恼怒过度，肝气郁而化火，肝火横逆犯胃，胃失和降。

3. 寒邪犯胃 起居不慎，感受寒邪，或恣食生冷，损伤中阳，寒主收引，不通则痛。

总之，多种病因可引起本病，但以饮食伤胃、情志不畅为其主要发病原因。病位在胃腑，与肝脾有关。总由胃失和降，胃络受损所致。若胃热过盛，热迫血行，或瘀血阻滞，血不循经，而出现呕血之症，或脾胃虚寒，脾虚不能统血，而见便血之症。

【临床表现】

多数急性起病，症状轻重不一。主要表现为上腹饱胀、隐痛、食欲减退、恶心、呕吐、嗳气，重者可有呕血和黑便，细菌感染者常伴有腹泻。体征主要为上腹压痛。内镜检查可见胃黏膜弥漫性充血、水肿、渗出、出血和糜烂（腐蚀性胃炎急性期禁行内镜检查）。

【诊断与鉴别诊断】

依据病史、临床表现，诊断并不难，确诊有赖于内镜检查。

本病应注意与早期胆囊炎、胰腺炎相鉴别。

【治疗】

本病西医治疗原则是祛除病因，保护胃黏膜和对症处理。对严重疾病有可能引起胃黏膜损伤，在积极治疗原发病的同时，可预防性使用 H_2 受体拮抗剂或质子泵抑制剂或胃黏膜保护剂；以呕吐、恶心或腹痛为主者可对症使用胃复安、东莨菪碱；脱水者补充水和纠正电解质紊乱；细菌感染引起者可根据病情选用敏感的抗生素。

中医治疗可参照相应章节进行辨证施治。

【预防与调护】

注意饮食，避免食用刺激性或污染食物；调畅情志，减少不良因素的影响。

二、慢性胃炎

本病临床表现缺乏特异性，主要有上腹胀满、嘈杂、纳呆和上腹隐痛等症状。浅表性和萎缩性胃炎分别与"胃络痛"和"胃痞"相类似，可归属于中医学"胃痛"、"痞满"、"嘈杂"等范畴。

【西医病因病理】

1. 病因与发病机制 慢性胃炎发病原因尚未完全明确，一般认为与幽门螺杆菌（Hp）感染、理化因素和自身免疫有关。

2. 病理 在慢性胃炎的病理过程中，病变由黏膜表浅部向腺区发展，由灶性病变逐渐联合成片，最终腺体萎缩或破坏。其组织学改变不外乎炎症、萎缩和化生。

肠化生是指肠腺样腺体代替胃固有腺体，当胃底腺黏膜内出现幽门腺样结构时则称为假幽门腺化生，是胃底萎缩的标志。此外有异型增生，又称非典型增生，是指细胞在再生过程中过度增生和丧失正常的分化，在结构和功能上偏离正常轨道，形态上出现异型性和腺体结构的紊乱，是胃癌的癌前病变。

【中医病因病机】

中医认为慢性胃炎多由于机体的脾胃素虚，加之内外之邪乘袭所致，主要与饮食所伤、七情失和等有关。

1. 饮食所伤　饮食不节，食滞内生；或寒温失宜，损伤脾胃；或进食不洁之物，邪从口入；或偏食辛辣肥甘厚味，湿热内生，均可引起脾胃运化失职，胃失和降。

2. 情志内伤　长期焦虑、忧思等，情志不调，肝失疏泄，气机阻滞，脾失健运，胃失和降，导致肝胃不和或肝郁脾虚；或肝气郁久化火，致肝胃郁热。

3. 脾胃虚弱　素体脾胃不健，或久病累及脾胃，或误治滥用药物，损伤脾胃，致脾胃虚弱。脾气不足则运化无力，湿浊内生，阻遏气机；胃阴不足则濡养失职。

可见，多种原因均可致病，以饮食、情志所伤多见。本病初起多实，病在气分，久病以虚为主，或虚实相兼，寒热错杂，病在血分。病位在胃，与肝脾关系密切，其病机总为"不通则痛"或"不荣则痛"。

【临床表现】

本病临床表现缺乏特异性，且病状轻重与病变程度不一致。多数病人常无任何症状，部分病人表现为上腹胀满不适，隐痛，嗳气，反酸，食欲不佳等消化不良症状，一般无明显规律性，进食后加重。胃黏膜糜烂时出现消化道出血，可伴有消瘦、贫血等表现。临床体征多不明显，可有上腹部压痛。

【实验室及其他检查】

1. Hp 检查　见本章第十四节"消化性溃疡"。

2. 胃液分析　浅表性胃炎者胃酸分泌不受影响，基础分泌量与最大分泌量一般正常。B型萎缩性胃炎者胃酸正常或降低，A 型胃炎则降低，严重者无胃酸。

3. 血清学检查　A 型胃炎血清胃泌素水平明显升高，壁细胞抗体呈阳性，内因子抗体阳性率低于壁细胞抗体，如胃液中检测到内因子抗体对恶性贫血有很高的诊断价值；B 型胃炎胃泌素水平常降低。

4. 胃镜及组织学检查　是慢性胃炎诊断的最可靠方法。浅表性胃炎胃镜下表现为黏膜充血、色泽较红、边缘模糊，多为局限性，水肿与充血区共存，形成红白相间征象，黏膜粗糙不平，有出血点，可有小的糜烂。萎缩性胃炎则见黏膜失去正常颜色，呈淡红、灰色，呈弥散性，黏膜变薄，皱襞变细平坦，黏膜血管暴露，有上皮细胞增生或明显的肠化生。组织学检查浅表性胃炎以慢性炎症改变为主，萎缩性胃炎则在此基础上有不同程度的萎缩与化生。

【诊断与鉴别诊断】

1. 诊断　慢性胃炎的诊断主要依赖于胃镜和病理组织学检查。胃液分析和血清学检查有助于萎缩性胃炎的分型。

2. 鉴别诊断　本病主要与以下几种常见病鉴别：

（1）消化性溃疡　一般表现为发作性上腹疼痛，有周期性和节律性，多好发于秋冬和冬春之交。X 线钡餐造影可发现溃疡龛影或其间接征象。胃镜检查可见黏膜溃疡。

（2）慢性胆囊炎　表现反复发作右上腹隐痛，进食油脂食物常加重。B 超可见胆囊炎性改变，X 线静脉胆道造影时，胆囊显影淡薄或不显影。多合并胆囊结石，超声、影像学检查往往显示胆囊或胆管内有结石阴影。

（3）功能性消化不良　表现多样，可有上腹胀满、疼痛、食欲不佳等，胃镜检查无明显胃黏膜病变或轻度炎症，吞钡试验可见胃排空减慢。

（4）胃神经症 多见于年轻妇女，常伴有神经官能症的全身症状。上腹胀痛症状使用一般对症药物多不能缓解；予以心理治疗或服用镇静剂有时可获疗效。胃镜检查多无阳性发现。

【治疗】

1. 治疗思路 本病治疗原则包括两个方面：减轻或消除损伤因子，增强胃黏膜防御功能。中医治疗以理气和胃止痛为原则。慢性胃炎绝大多数存在 Hp 感染，在根治 Hp 上西药优于中医。但对慢性胃炎病理改变的影响，如延缓萎缩、阻止化生和改善临床症状上，中医有一定的优势。两者协同应用能提高疗效。

2. 西医治疗

（1）一般治疗 消除与发病有关的病因和不利因素。戒除烟酒和注意饮食，少吃刺激性食物，如酸辣食物、过多的调料、浓茶以及不易消化的食物等。

（2）减轻和消除损伤因子

1）Hp 治疗：根除 Hp 是治疗本病和防止复发的关键（详见"消化性溃疡"）。

2）制酸治疗：H_2 受体拮抗剂或质子抑制剂可使胃腔内 H^+ 浓度降低，减轻 H^+ 反弥散程度，有利于胃黏膜的修复。适用于有黏膜糜烂或以烧心、反酸为主要表现者，可选用西咪替丁、雷尼替丁、奥美拉唑等。

3）其他：存在胆汁反流者，可选用胃动力剂促进蠕动以减少肠液反流，如西沙必利；应用氢氧化铝凝胶吸附胆盐；如服用非甾体类消炎药则应停用，如病情必须使用可联合使用胃黏膜保护剂。

（3）增强胃黏膜防御 任何一种胃炎都与胃黏膜屏障破坏导致胃黏膜上皮损伤有关，因此增强胃黏膜保护对胃炎治疗也相当重要。胶体铋在酸性环境能形成铋盐，能和黏液组成凝结物覆盖在黏膜上，并能杀灭 Hp，是理想的黏膜保护剂。另外常用的药物还有硫糖铝、氢氧化铝凝胶等。

（4）对症处理 有上腹饱胀、食欲差等明显胃动力下降症状者，可服用促胃功能药物；精神症状明显者可使用镇静剂；有痉挛性腹痛者可用解痉剂，如普鲁苯辛、东莨菪碱等；有恶性贫血时可使用维生素 B_{12}、叶酸等。

3. 中医辨证论治

（1）肝胃不和证

证候：胃脘胀痛或痛窜两胁，每因情志不舒而病情加重，得嗳气或矢气后稍缓，嗳气频频，嘈杂泛酸；舌质淡红，苔薄白，脉弦。

治法：疏肝理气，和胃止痛。

代表方剂：柴胡疏肝散加减。

常用药物：陈皮 柴胡 枳壳 芍药 炙甘草 香附 川芎 延胡索 川楝子

（2）脾胃虚弱证

证候：胃脘隐痛，喜温喜按，食后胀满痞闷，纳呆，便溏，神疲乏力；舌质淡红，苔薄白，脉沉细。

治法：健脾益气，温中和胃。

代表方剂：四君子汤加减。

常用药物：党参 白术 黄芪 茯苓 甘草

（3）脾胃湿热证

证候：胃脘灼热胀痛，嘈杂，脘腹痞闷，口干口苦，渴不欲饮，身重肢倦，尿黄；舌质红，苔黄腻，脉滑。

治法：清利湿热，醒脾化浊。

代表方剂：三仁汤加减。

常用药物：杏仁　飞滑石　白通草　白蔻仁　竹叶　厚朴　生薏仁　半夏

（4）胃阴不足证

证候：胃脘隐隐作痛，嘈杂，口干咽燥，五心烦热，大便干结；舌红少津，脉细。

治法：养阴益胃，和中止痛。

代表方剂：益胃汤加减。

常用药物：沙参　麦冬　生地　玉竹　石斛　冰糖

（5）胃络瘀血证

证候：胃脘疼痛如针刺，痛有定处，拒按，入夜尤甚，或有便血；舌暗红或紫暗，脉弦涩。

治法：化瘀通络，和胃止痛。

代表方剂：失笑散合丹参饮加减。

常用药物：蒲黄　五灵脂　丹参　檀香　砂仁　延胡索　郁金　木香

【预防与调护】

努力避免或去除可能导致胃黏膜慢性炎症的不利因素，如有效地防治急性胃炎；饮食有规律，寒温得当，饥饱适度，少食辛辣刺激和过于粗糙食物，戒酒戒烟；调畅情志，保持愉快的心情，不要过分紧张和劳累。

第十四节　消化性溃疡

本病临床表现为节律性上腹痛，周期性发作，伴有吞酸、反酸等症，与中医学"胃疡"相类似，可归属于中医学"胃脘痛"、"反酸"等范畴。

【西医病因病理】

1. 病因与发病机制　消化性溃疡是多种病因所致疾病，尽管目前尚未完全明确，但总缘于胃、十二指肠黏膜损伤因子与其自身防御因素失去平衡。目前认为幽门螺杆菌感染是消化性溃疡的主要病因，非甾体类抗炎药是导致消化性溃疡的第二主因，消化性溃疡是胃酸/胃蛋白酶对黏膜消化和损伤的结果，消化性溃疡存在家族聚集现象，胃、十二指肠运动异常，长期精神紧张者易患消化性溃疡已是不争的事实。其他因素如吸烟不仅可影响溃疡愈合，促进溃疡复发，还可能促进溃疡的发生，胃溃疡和十二指肠溃疡在发病机制上有不同之处，前者以防御/修复因素减弱为主，后者主要是侵袭因素增强。

2. 病理　十二指肠溃疡多发生于十二指肠球部，前壁较常见，偶有发于球部以下者，称为球后溃疡；胃溃疡可发生于胃的任何部位，以胃角和胃窦小弯常见。溃疡一般为单发，也可多发，在胃或十二指肠发生2个或2个以上溃疡称为多发性溃疡。溃疡直径一般小于10mm，胃溃疡稍大于十二指肠溃疡，偶可见到>20mm的巨大溃疡。溃疡典型形状呈圆形或椭圆形，边缘光整，底部洁净，覆有灰白纤维渗出物。活动性溃疡周围黏膜常有水肿。溃疡损伤深浅不一，但均已累及黏膜肌层，深者甚至穿透浆膜层而引起穿孔，可见瘢痕形成和疤痕收缩而引起的局部畸形。显微镜下慢性溃疡基底部可分急性炎性渗出物、嗜酸性坏死层、肉芽组织和疤痕组织4层。

【中医病因病机】

中医学认为多种原因可导致本病，常与脾胃虚弱、饮食不节、情志所伤等相关。

1. 饮食所致 饥饱失常，脾胃受损，气机不畅；或恣食辛辣肥甘之品，喜酒嗜烟，湿热内生，中焦气机受阻；或贪食生冷，损伤中阳，气血运行涩滞，不通则痛。

2. 情志内伤 忧思恼怒，肝失疏泄，横逆犯胃，胃失和降，可致胃痛；另外，气郁久而化热，肝胃郁热，热灼而痛；气滞则血行不畅，胃络不通，瘀血内停亦可为痛。

3. 脾胃虚弱 素体脾胃虚弱，先天禀赋不足，或劳倦所伤，或久病累及，或失治误治皆可损伤脾胃。中阳不足则虚寒内生，温养失职；胃阴不足则濡养不能，皆不荣而痛。

本病多因虚而致病，起病缓慢，反复发作，多因饮食、情志、寒邪等诱发。初起在气，多为气滞；久病入血，可兼见血病。病变部位主要在胃，与肝脾关系密切，病性总属本虚标实，脾胃虚弱是其发病基础。郁热内蒸，迫血妄行，或中阳虚弱，气不摄血，血溢脉外，可变生呕血、便血；气滞血瘀，邪毒郁结于胃可演变为胃癌。

【临床表现】

多数消化性溃疡以上腹疼痛为主要表现，有以下特点：慢性反复发作，发作呈周期性，与缓解期相互交替，发作有季节性，多在冬春和秋冬之交发病；病程长，几年到几十年不等；上腹疼痛有节律性，多与进食有关。

1. 症状 本病临床表现不一，少数患者无任何症状，部分以出血、穿孔等并发症为首发症状。上腹疼痛为主要症状，可表现为钝痛、灼痛、胀痛、饥饿痛，一般能忍受，多位于中上腹，也可出现在胸骨剑突后，甚或放射至背部，能被制酸药或进食所缓解。节律性疼痛是消化性溃疡的特征之一，大多数十二指肠溃疡患者疼痛好发于两餐之间，持续不减直至下次进食后缓解，有午夜痛；胃溃疡不如十二指肠溃疡有规律，常在餐后1小时内发生疼痛。疼痛常持续数天或数月后缓解，继而又复发。可伴有烧心、反胃、反酸、嗳气、恶心等非特异性症状。

2. 体征 缺乏特异性体征。在溃疡活动期，多数有上腹部局限性压痛。

3. 并发症

（1）上消化道出血 是消化性溃疡最常见的并发症，约10%～20%消化性溃疡以出血为首发症状。

（2）穿孔 溃疡进一步发展穿透浆膜层即为穿孔，临床可分为急性、亚急性和慢性穿孔三类。

（3）幽门梗阻 主要为十二指肠溃疡引起，其次为球后溃疡，可分为功能性和器质性梗阻两类。

（4）癌变 少数胃溃疡发生癌变，十二指肠溃疡一般不发生。对长期慢性胃溃疡病史，年龄大于45岁，严格内科治疗效果不理想，大便隐血试验持续阳性者，要引起高度警惕。

【实验室及其他检查】

1. 幽门螺杆菌检查 Hp检查已成为消化性溃疡的常规项目，其方法可分为侵入性和非侵入性两类。常用的侵入性检测方法包括快速尿素酶试验、组织学检查、黏膜涂片染色和多聚酶链反应等，其中快速尿素酶试验操作简单，费用低，为首选方法。非侵入性检测主要用于科研，而13C或14C尿素呼气试验敏感且特异性高，无需胃镜检查，可用于根除治疗后复查的首选。

2. X线钡餐检查　气钡双重对比造影能很好显示胃黏膜情况。X线发现龛影是消化性溃疡的直接征象，是诊断的可靠依据，切线位观察时龛影突出于胃或十二指肠轮廓之外，周围有透亮带，黏膜皱襞向溃疡集中。局部压痛、痉挛性切迹、十二指肠球部激惹和畸形，是溃疡的间接征象。

3. 内镜检查　是消化性溃疡最直接的诊断方法。溃疡镜下所见通常呈圆形或椭圆形，边缘锐利，基底光滑，覆盖有灰白色膜，周围黏膜充血、水肿。根据镜下所见分为活动期、愈合期和瘢痕期。

（1）活动期　溃疡基底部有白色或黄白色厚苔，周边黏膜充血、水肿；或周边黏膜炎症消退，出现再生上皮所形成的红晕。

（2）愈合期　溃疡缩小变浅，苔变薄，红晕向溃疡围拢，黏膜皱襞向溃疡集中；或溃疡几乎为再生上皮覆盖。

（3）瘢痕期　溃疡基底部的白苔消失，出现红色瘢痕，最后变为白色瘢痕。

4. 胃液分析　诊断价值不大，主要用于胃泌素瘤的辅助诊断。

5. 血清胃泌素测定　有助于胃泌素瘤诊断，本病通常表现为胃泌素和胃酸水平升高。

【诊断与鉴别诊断】

1. 诊断

（1）诊断要点　①长期反复发生的周期性、节律性慢性上腹部疼痛，应用制酸药物可缓解；②上腹部可有局限深压痛；③X线钡餐造影见溃疡龛影；④内镜检查可见到活动期溃疡。具备上述条件即可确诊。

（2）特殊类型的消化性溃疡

1）无症状性溃疡：约15%～30%消化性溃疡患者无任何症状，一般因其他疾病做胃镜或X线钡餐造影或并发穿孔、出血时发现，多见于老年人。

2）老年性消化溃疡：近年来发病率有上升趋势，多表现为无症状性溃疡，或症状不典型，如食欲不振，贫血、体重减轻较突出。胃溃疡等于或多于十二指肠溃疡，溃疡多发生于胃体上部或小弯，以巨大溃疡多见，易并发大出血。

3）复合性溃疡：指胃和十二指肠同时发生的溃疡，约占消化性溃疡的5%，一般是十二指肠溃疡先于胃溃疡，易发生幽门梗阻。

4）幽门管溃疡：较少见。常伴胃酸过多，缺乏典型溃疡的周期性和节律性疼痛，餐后即出现剧烈疼痛，制酸剂疗效差，易出现呕吐或幽门梗阻，易穿孔或出血。

5）球后溃疡：球后溃疡多发于十二指肠乳头的近端。夜间疼痛和背部放射痛更为多见，内科治疗效果差，易并发出血。

2. 鉴别诊断

（1）胃癌　临床表现十分相似，一般而言胃癌多为持续疼痛，制酸药效果不佳，大便隐血试验持续阳性。X线、内镜和病理组织学检查对鉴别两者意义大。X线钡餐检查示胃癌龛影位于胃腔之内，边缘不整，龛影周围胃壁强直、呈结节状；胃镜下胃癌的溃疡通常形态不规则，基底凸凹不平，苔污秽，边缘呈结节状隆起，周围黏膜呈癌性浸润，皱襞中断。组织学检查可提供有力依据。一次活检阴性并不能排除胃癌的可能，应在不同部位、不同时间多次检查。

（2）胃泌素瘤 亦称 Zollinger – Ellison 综合征，是胰岛非 β 细胞瘤大量分泌胃泌素所致。其特点为多发性溃疡，不典型部位溃疡，具有难治性特点，易穿孔、出血，血清胃泌素常 >500pg/ml，超声、CT 等检查有助于病位诊断。

（3）功能性消化不良 临床表现餐后上腹饱胀、嗳气、反酸和食欲减退等，症状与溃疡有时相似。但本病多发于年轻女性，X 线和胃镜检查正常或只有轻度胃炎，胃排空试验可见胃蠕动下降。

（4）慢性胆囊炎和胆石症 疼痛位于右上腹，多在进食油腻后加重，并放射至背部，可伴发热、黄疸，莫菲征阳性。胆囊 B 超和逆行胆道造影有助于鉴别。

【治疗】

1. 治疗思路 消化性溃疡治疗目的在于消除病因，解除症状，愈合溃疡，防止复发和避免并发症。西医在清除 Hp、快速缓解症状方面具有明显的优势；中医认为本病活动期多以邪实为主，稳定期本虚兼有邪实，因此治疗上活动期宜偏于祛邪，稳定期宜扶正佐以祛邪，在预防溃疡复发、提高溃疡愈合质量等方面有较好的远期疗效。因此中西医结合治疗本病有协同作用。

2. 西医治疗

（1）一般治疗 生活有规律，工作要劳逸结合，避免过度劳累，精神放松，定时定量进餐，忌辛辣食物，戒烟，避免服用对胃肠黏膜有损害药物。

（2）根除幽门螺杆菌 自 Hp 发现以来，其在消化性溃疡中的作用日益受到重视，目前已对 Hp 相关性溃疡的处理达成共识。理想的 Hp 感染的治疗方案应该达到以下要求：①Hp 根除率高（>90%）；②副作用小（<5%）；③溃疡愈合迅速，症状消失快；④作用持久，不易复发，不产生耐药性；⑤治疗简单，疗程短，病人耐受性好。根据这个标准，现尚无单一药物能有效根除 Hp，多主张联合用药。目前推荐方案有三联疗法和四联疗法。三联疗法一般为质子泵抑制剂或铋剂，加上抗生素羟氨苄青霉素、克拉霉素、甲硝唑（或替硝唑）中的任两种。通常质子泵抑制剂剂量一般为奥美拉唑每日 40mg，兰索拉唑每日 60mg，次枸橼酸铋每日 480mg，克拉霉素每日 500～1000mg，羟氨苄青霉素每日 2000mg，甲硝唑每日 800mg，上述剂量分 2 次服，连服 7 天。四联疗法则为质子泵抑制剂与铋剂合用，再加上任两种抗生素。溃疡面积不很大时，单一抗 Hp 治疗 1～2 周就可使活动性溃疡有效愈合。若溃疡面积较大、抗 Hp 治疗结束时患者症状未缓解，或近期有出血等并发症史，应考虑在抗 Hp 治疗结束后继续用抗酸分泌剂治疗 2～4 周。由于 Hp 对甲硝唑耐药逐渐升高，呋喃唑酮抗 Hp 作用强，且不易产生耐药，可用其替代甲硝唑，常用量每日 200mg，分 2 次服。同时治疗中必须严格掌握 Hp 的根除指征，首次治疗时即应选择根除率高的一线方案，避免耐药菌株的产生。初治失败时，可用四联疗法，有条件者再次治疗前先做药敏试验，避免使用 Hp 耐药的抗生素。

（3）抗酸药物治疗 抗酸药物包括碱性抗酸药、H_2 受体拮抗剂、质子泵抑制剂，其中碱性抗酸药（如氢氧化铝），能直接中和胃酸，迅速缓解疼痛症状，尚有一定的黏膜保护作用，但因其一次服用剂量大，副作用大，多不单独应用。

1）H_2 受体拮抗剂：通过竞争性与 H_2 受体结合，使壁细胞内 cAMP 产生和胃酸分泌减少。常用有西咪替丁、雷尼替丁、法莫替丁等，其抑酸效能递增而副作用渐减，常用剂量分别为 400mg，每日 2 次；150mg，每日 2 次；20mg，每日 2 次。

2）质子泵抑制剂：胃壁细胞分泌胃酸可分为 3 个主要步骤：组织胺、胃泌素刺激壁细胞上的各自受体，使壁细胞在 cAMP 或钙离子的介导下，生成氢离子，然后存在于壁细胞内的 H^+/K^+ – ATP 酶再将 H^+ 从壁细胞内转移至胃腔分泌盐酸。质子泵抑制剂通过作用于壁细胞胃酸分泌终末步骤中的关键酶 H^+/K^+ – ATP 酶，使其不可逆地失活而抑制胃酸分泌，故其制酸作用强于 H_2 受体拮抗剂，且更持久。目前应用于临床有奥美拉唑、兰索拉唑、潘托拉唑等，常用剂量分别为 20mg、30mg、40mg，每日 1 次。短期服用无明显副作用。

（4）保护胃黏膜　常用胃黏膜保护剂有硫糖铝、胶体次枸橼酸铋和前列腺素类药物，其抗溃疡效能与 H_2 受体拮抗剂相当。

1）硫糖铝：在酸性胃液中能凝聚成糊状黏稠物，直接与溃疡面黏附，阻止胃酸、胃蛋白酶继续侵蚀创面，有利于上皮细胞再生，促进溃疡愈合。每日用量 2g。副作用主要为便秘。

2）胶体次枸橼酸铋：一方面具有与硫糖铝相似的直接保护作用，尚有较强抗 Hp 作用，很少有明显的不良反应。为防止铋在体内蓄积，不宜长期服用，疗程一般不超过 14 天，每日剂量 480mg。

3）前列腺类药物：目前主要是米索前列醇，能抑制胃酸分泌，促进胃黏膜细胞修复和再生，增加胃黏膜血液供应，从而对黏膜具有保护作用。每日剂量 800μg。腹泻是其主要副作用，因其能引起子宫收缩，孕妇忌用。

（5）非甾体类抗炎药相关溃疡的治疗　首先应暂停或减少非甾体类抗炎药的剂量，然后按上述方案治疗。若病情需要继续服用非甾体类抗炎药，尽可能选用对胃肠黏膜损害较少的药物，或合用质子泵抑制剂或米索前列醇，有较好防治效果。常规剂量的 H_2 受体拮抗剂对其预防效果则不理想。

（6）难治性溃疡的治疗　对于难治性溃疡，首先要明确原因，是 Hp 感染还是胃泌素瘤，或者是恶性溃疡，或用药不严格；然后对因治疗，或严格用药。对非 Hp、非甾体类抗炎药相关溃疡，多数应用质子泵抑制剂可治愈。

（7）消化性溃疡的维持治疗　由于消化性溃疡反复发作，病程较长，维持治疗相当重要。一种是半量维持治疗法，雷尼替丁 150mg，或法莫替丁 20mg，睡前 1 次服，服用 1～2 年或更长时间，适用于反复发作、症状明显或伴有并发症者。研究表明睡前 1 次服用与传统服法疗效相当。一种是间歇治疗法，在病人症状严重或内镜证明溃疡复发时，给予一疗程全剂量治疗。

（8）外科治疗　当出现下列情形之一时应考虑手术治疗：①大出血经内科紧急处理无效；②急性穿孔；③器质性幽门梗阻；④胃溃疡怀疑有癌变。

3. 中医辨证论治

（1）肝胃不和证

证候：胃脘胀痛，痛引两胁，情志不遂而诱发或加重，嗳气，泛酸，口苦；舌淡红，苔薄白，脉弦。

治法：疏肝理气，健脾和胃。

代表方剂：柴胡疏肝散合五磨饮子加减。

常用药物：陈皮　柴胡　枳壳　芍药　炙甘草　香附　川芎　乌药　沉香　槟榔　枳实

木香　延胡索　黄连　吴茱萸

（2）脾胃虚寒证

证候：胃痛隐隐，喜温喜按，畏寒肢冷，泛吐清水，腹胀便溏；舌淡胖边有齿痕，苔白，脉迟缓。

治法：温中散寒，健脾和胃。

代表方剂：黄芪建中汤加减。

常用药物：黄芪　桂枝　芍药　半夏　茯苓　炙甘草　饴糖　大枣　生姜

（3）胃阴不足证

证候：胃脘隐痛，似饥而不欲食，口干而不欲饮，纳差，干呕，手足心热，大便干；舌红少津少苔，脉细数。

治法：健脾养阴，益胃止痛。

代表方剂：一贯煎合芍药甘草汤加减。

常用药物：沙参　麦冬　当归　生地　枸杞子　川楝子　芍药　麻仁　柏子仁　甘草

（4）肝胃郁热证

证候：胃脘灼热疼痛，胸胁胀满，泛酸，口苦口干，烦躁易怒，大便秘结；舌红，苔黄，脉弦数。

治法：清胃泄热，疏肝理气。

代表方剂：化肝煎合左金丸加减。

常用药物：丹皮　栀子　白芍　青皮　陈皮　泽泻　土贝母　黄连　吴茱萸　郁金

（5）胃络瘀阻证

证候：胃痛如刺，痛处固定，肢冷，汗出，有呕血或黑便；舌质紫暗，或有瘀斑，脉涩。

治法：活血化瘀，通络和胃。

代表方剂：活络效灵丹合丹参饮加减。

常用药物：当归　丹参　乳香　没药　檀香　砂仁

【预防与调护】

注意精神与饮食调摄，避免情绪激动和过度劳累，保证足够的休息和睡眠，生活有规律，劳逸结合。少食烟熏、油炸、辛辣、酸甜、粗糙多渣食物。按时进餐，进食不可过急、过快，养成细嚼慢咽的良好习惯，以减少对胃黏膜的机械性刺激。不食过冷、过热、过咸的食物。坚持合理用药，巩固治疗。

第十五节　溃疡性结肠炎

溃疡性结肠炎（UC）与中医的"大瘕泻"相似，归属于"泄泻"、"肠风"等范畴。

【西医病因病理】

1. 病因及发病机制　目前大多数学者认为本病的发病既有自身免疫机制的参与，又有遗传因素作为背景，感染和精神因素是诱发因素。其发病机制可概括为环境因素作用于遗传易感者，在肠道菌群的参与下，启动了肠道免疫及非免疫系统，最终导致免疫反应和炎症过程。可能由于抗原的持续刺激或/和免疫调节紊乱，使这种免疫炎症反应表现为过度亢进和难于自限，最后导致组织损害。

2. 病理　病变主要累及结肠黏膜和黏膜下层。病变特点具有弥漫性、连续性。黏膜广泛充血、水肿、糜烂及出血，镜检可见黏膜及黏膜下层有淋巴细胞、浆细胞、嗜酸及中性粒细胞浸润。

本病病变反复发作，导致肉芽组织增生，黏膜可形成息肉状突起，称假性息肉。也可由于溃疡愈合后形成瘢痕，纤维组织增生，导致肠壁增厚，结肠变形缩短，肠腔狭窄。少数病例可以癌变。

【中医病因病机】

1. 饮食不节　饮食过量，停滞不化；或恣食膏粱厚味，辛辣肥腻，湿热内生，蕴结肠胃；或误食生冷不洁之物，导致脾胃损伤，运化失职，水谷精微不能转输吸收，停为湿滞，而引起泄泻。

2. 情志不调　肝失疏泄，脾气虚弱，或本有食滞，或湿阻，复因情志不畅，忧思恼怒，则气郁化火，致肝失条达，失于疏泄，横逆乘脾犯胃，脾胃不和，运化失常，而成泄泻。若患者情绪郁滞不解，虽无食滞或湿阻因素，亦可因遇大怒气伤或精神刺激，而发生泄泻。

3. 脾胃虚弱　饮食不节日久，或劳倦内伤，或久病缠绵不愈，均可导致脾胃虚弱。脾气不足，运化不健，乃致水反成湿，谷反成滞，湿滞不去，清浊不分，混杂而下，遂成泄泻。

4. 肾阳虚衰　年老体弱或久病之后，损伤肾阳，命门之火不足，则不能温煦脾土，运化失司，引起泄泻。

本病之发生常因先天禀赋不足，或素体脾胃虚弱，或饮食不节、情志失调、感受外邪等导致脾胃、脏腑功能失常，气机紊乱，湿热内蕴，气机不利，肠络受损，久而由脾及肾，气滞血瘀，寒热错杂。病初与脾胃肠有关，后期涉及肾。故本病是以脾胃虚弱为本，以湿热蕴结、瘀血阻滞、痰湿停滞为标的本虚标实病证。

【类证鉴别】

本病在临床上应与痢疾、霍乱相鉴别。痢疾以腹痛，里急后重，下痢赤白脓血为特征。暴痢起病突然，病程短，可伴有恶寒、发热；久痢起病缓慢，反复发作，迁延不愈。痢疾病位在肠。霍乱以猝然起病，上吐下泻，吐泻交作为特征，霍乱的发病特点是来势急骤，变化迅速，病情凶险，起病时常先突然腹痛，继则吐泻交作，所吐之物均为未消化的食物，气味酸腐热臭，所下之物多为黄色粪水，或如米泔水，伴有恶寒、发热，部分病人吐泻后，津液耗伤，出现消瘦、转筋；若吐泻剧烈者，则见面色苍白、目眶凹陷、汗出肢冷等津竭阳衰之危候。

【临床表现】

起病多数缓慢，少数急性起病。病程呈慢性经过，数年至十余年，常有反复发作或持续加重，偶有急性暴发性过程。精神刺激、劳累、饮食失调常为本病发病的诱因。

1. 症状　①腹泻，系炎症刺激使肠蠕动增加及肠腔内水、钠吸收障碍所致。腹泻的程度轻重不一，轻者每日 3～4 次，或腹泻与便秘交替出现。重者每日排便次数可多达 10～30 余次，粪质多呈糊状及稀水状，混有黏液、脓血。病变累及直肠则有里急后重。②腹痛，轻型及病变缓解期可无腹痛，一般呈轻度至中度腹痛，多局限左下腹及下腹部，亦可全腹痛。疼痛的性质常为痉挛性，有疼痛－便意－便后缓解的规律，常伴有腹胀。严重病例可有食欲不振、恶心及呕吐。

2. 体征 轻型患者左下腹有轻压痛，部分病人可触及痉挛或肠壁增厚的乙状结肠或降结肠。重型和暴发型者可有明显鼓肠、腹肌紧张、腹部压痛及反跳痛。急性期或急性发作期常有低度或中度发热，重者可有高热及心动过速。病程发展中可出现消瘦、衰弱、贫血、水与电解质平衡失调及营养不良等表现。同时，还可有关节、皮肤、眼、口及肝、胆等肠外表现。

3. 并发症 常有结节性红斑、关节炎、眼色素葡萄膜炎、口腔黏膜溃疡、慢性活动性肝炎、溶血性贫血等免疫状态异常之改变。并发症可有大出血、穿孔、中毒性巨结肠及癌变等。

【实验室检查及其他检查】

1. 血液检查 可有轻、中度贫血。重症患者白细胞计数增高及红细胞沉降率加速。严重者血清白蛋白及钠、钾、氯降低。缓解期如有血清 α_2 球蛋白增加，γ 球蛋白降低常是病情复发的先兆。

2. 粪便检查 活动期有黏液脓血便，反复检查包括常规、培养、孵化等均无特异病原体发现，如阿米巴包囊、血吸虫卵等。

3. 纤维结肠镜检查 是最有价值的诊断方法，通过结肠黏膜活检，可明确病变的性质。病变多从直肠开始，呈连续性、弥漫性分布，表现为：①黏膜血管纹理模糊、紊乱，黏膜充血、水肿、易脆、出血及脓性分泌物附着，亦常见黏膜粗糙，呈细颗粒状；②病变明显处可见弥漫性多发糜烂或溃疡；③慢性病变者可见结肠袋囊变浅、变钝或消失，假息肉及桥形黏膜等。

4. 钡剂灌肠检查 为重要的诊断方法。主要改变为：①黏膜粗乱和/或颗粒样改变；②肠管边缘呈锯齿状或毛刺样，肠壁有多发性小充盈缺损；③肠管短缩，袋囊消失呈铅管样。重型或暴发型病例一般不宜做本检查，以免加重病情或诱发中毒性巨结肠。

5. 黏膜组织学检查 有活动期和缓解期的不同表现。

（1）活动期 ①固有膜内有弥漫性、慢性炎症细胞及中性粒细胞、嗜酸性粒细胞浸润；②隐窝有急性炎症细胞浸润，尤其是上皮细胞间有中性粒细胞浸润及隐窝炎，甚至形成隐窝脓肿，可有脓肿溃入固有膜；③隐窝上皮增生，杯状细胞减少；④可见黏膜表层糜烂、溃疡形成和肉芽组织增生。

（2）缓解期 ①中性粒细胞消失，慢性炎症细胞减少；②隐窝大小、形态不规则，排列紊乱；③腺上皮与黏膜肌层间隙增大；④潘氏细胞化生。

6. 免疫学检查 IgG、IgM 可稍有增加，抗结肠黏膜抗体阳性，T 淋巴细胞与 B 淋巴细胞比率降低，血清总补体活性（CH_{50}）增高。

【诊断与鉴别诊断】

1. 诊断 具有持续或反复发作腹泻和黏液脓血便、腹痛、里急后重，伴有（或不伴）不同程度全身症状者，应考虑本病。

（1）根据临床表现、结肠镜检查 3 项中之任何一项和/或黏膜活检支持，可诊断本病。

（2）根据临床表现和钡剂灌肠检查 3 项中之任何一项，可诊断本病。

（3）临床表现不典型而有典型结肠镜或钡剂灌肠改变者，也可临床拟诊本病，并观察发作情况。

（4）临床上有典型症状或既往史，而目前结肠镜或钡剂灌肠检查并无典型改变者，应列为"疑诊"随访。

（5）初发病例、临床表现和结肠镜改变均不典型者，暂不诊断 UC，可随访 3～6 个月，观察发作情况。

按临床类型可分为慢性复发型、慢性持续型、暴发型和初发型。初发型指无既往史而首次发作；暴发型指症状严重伴全身中毒性症状，可伴中毒性巨结肠、肠穿孔、脓毒血症等并发症。除暴发型外，各型可相互转化。

按临床严重程度可分为轻度、中度和重度。轻度：患者腹泻每日 4 次以下，便血轻或无，无发热、脉搏加快或贫血，血沉正常；中度：介于轻度和重度之间；重度：腹泻每日 6 次以上，明显黏液血便，体温 >37.5℃，脉搏 >90 次/分，血红蛋白（Hb）<100g/L，血沉 >30mm/h。

按病情分期可分为活动期和缓解期。

一个完整的诊断应包括疾病的临床类型、严重程度、病变范围、病情分期及并发症。

2. 鉴别诊断

（1）慢性细菌性痢疾　常有急性菌痢病史，粪便及结肠镜检查取黏液脓性分泌物培养痢疾杆菌的阳性率较高，抗菌药物治疗有效。

（2）阿米巴肠炎　粪便检查可找到阿米巴滋养体或包囊。结肠镜检查溃疡较深，边缘潜行，溃疡间结肠黏膜正常，于溃疡处取活检或取渗出物镜检，可发现阿米巴的包囊或滋养体。抗阿米巴治疗有效。

（3）直肠结肠癌　发生于直肠之癌肿，多见于中年之后。肛门指检可触及包块，纤维结肠镜检、X 线钡剂灌肠检查对鉴别诊断有价值。

（4）克隆恩病　与溃疡性结肠炎同属炎症性肠病，为一种慢性肉芽肿性炎症，病变可累及胃肠道各部位，而以末段回肠及其邻近结肠为主，多呈节段性、非对称性分布；临床主要表现为腹痛、腹泻、瘘管、肛门病变和不同程度的全身症状。

（5）血吸虫病　有疫水接触史，肝肿大，粪便检查可发现血吸虫卵，孵化毛蚴阳性，结肠镜检查可见肠黏膜有黄色颗粒状结节，肠黏膜活检可发现血吸虫卵。

（6）肠激惹综合征　为结肠功能紊乱所致，常伴有神经官能症，粪便可有大量黏液，但无脓血，X 线钡剂灌肠及结肠镜检查无器质性病变。

【治疗】

1. 治疗思路　本病的治疗目的是控制急性发作，维持缓解，减少复发，防治并发症。中医辨证论治为主，结合局部给药，可明显提高疗效，能迅速控制症状。应掌握好分级、分期、分段治疗的原则，参考病程和过去治疗情况确定治疗方法、药物及疗程，尽早控制病情，防止复发。注意病并发症，以便估计预后、确定治疗终点及选择内、外科治疗方法。中西药合用能提高疗效，防止复发，减轻激素的副作用。

2. 西医治疗

（1）一般治疗　强调休息、饮食和营养。急性发作期和病情严重者应卧床休息；饮食宜清淡、易消化、富有营养，病情严重者应禁食。

（2）药物治疗

1）活动期十二指肠溃疡的处理：轻度十二指肠溃疡的处理：可选用柳氮磺胺吡啶（SASP）制剂，每日 3～4g，每日 3～4 次；或用相当剂量的 5－氨基水杨酸（5－ASA）制剂。病变分布于远段结肠者可酌用 SASP 栓剂 0.5～1g，每日 2 次；氢化可的松琥珀酸钠盐灌肠液 100～200mg，每晚 1 次保留灌肠。或用相当剂量的 5-ASA 制剂灌肠。

中度十二指肠溃疡的处理：可用上述剂量水杨酸类制剂治疗，反应不佳者适当加量或改服皮质类固醇激素，常用泼尼松 30～40mg/d，分次口服。

重度十二指肠溃疡的处理：重度十二指肠溃疡一般病变范围较广，病情发展变化较快，作出诊断后应及时处理，给药剂量要足，治疗方法如下：①如患者尚未用过口服类固醇激素，可口服泼尼龙 40～60mg/d，观察 7～10 天，亦可直接静脉给药；已使用类固醇激素者，应静脉滴注氢化可的松 300mg/d 或甲泼尼龙 48mg/d；未用过类固醇激素者亦可使用促肾上腺皮质激素（ACTH）120mg/d，静脉滴注。②肠外应用广谱抗生素控制肠道继发感染，如氨苄青霉素、硝基咪唑及喹诺酮类制剂。③应使患者卧床休息，适当输液，补充电解质，以防水电解质平衡紊乱。④便血量大、Hb<90g/L 和持续出血不止者应考虑输血。⑤营养不良、病情较重者可用要素饮食，病情严重者应予肠外营养。⑥静脉类固醇激素使用 7～10 天后无效者，可考虑环孢素每日 2～4mg/kg 静脉滴注；由于该药物的免疫抑制作用、肾脏毒性作用及其他副作用，应严格监测血药浓度。

2）缓解期十二指肠溃疡的处理：症状缓解后，应继续维持治疗。维持治疗的时间尚无定论，但至少应维持 1 年，近年来愈来愈多的学者主张长期维持。一般认为类固醇激素无维持治疗效果，在症状缓解后应逐渐减量，尽可能过渡到用 SASP 维持治疗。SASP 的维持治疗剂量一般为口服 1～3g/d，亦可用相当剂量的新型 5-ASA 类药物。6-巯基嘌呤（6-MP）或硫唑嘌呤等用于上述药物不能维持或对类固醇激素依赖者。

（3）手术治疗　绝对指征：大出血、穿孔、明确或高度怀疑癌肿及组织学检查发现重度异型增生或肿块性损害、轻中度异型增生。相对指征：重度 UC 伴中毒性巨结肠，静脉用药无效者；内科治疗后症状顽固、体能下降、对类固醇激素耐药或依赖者；UC 合并坏疽性脓皮病、溶血性贫血等肠外并发症者。

3. 中医辨证论治

（1）湿热内蕴证

证候：腹泻，脓血便，里急后重，腹痛灼热，发热，肛门灼热，溲赤；舌红苔黄腻，脉滑数或濡数。

治法：清热利湿。

代表方剂：白头翁汤加味。

常用药物：白头翁　秦皮　黄连　黄柏　马齿苋　败酱草　木香　槟榔　丹皮　地榆

（2）脾胃虚弱证

证候：大便时溏时泻，迁延反复，粪便带有黏液或脓血，食少，腹胀，肢体倦怠，神疲懒言；舌质淡胖或边有齿痕，苔薄白，脉细弱或濡缓。

治法：健脾渗湿。

代表方剂：参苓白术散加减。

常用药物：人参　白术　茯苓　甘草　山药　莲肉　扁豆　砂仁　薏苡仁　桔梗　陈皮法半夏

（3）脾肾阳虚证

证候：腹泻迁延日久，腹痛喜温喜按，腹胀，腰酸，膝软，食少，形寒肢冷，神疲懒言；舌质淡，或有齿痕，苔白润，脉沉细或尺弱。

治法：健脾温肾止泻。

代表方剂：四神丸加味。

常用药物：补骨脂　肉豆蔻　吴茱萸　五味子　人参　白术　附子　生姜　大枣

（4）肝郁脾虚证

证候：腹泻前有情绪紧张或抑郁恼怒等诱因，腹痛即泻，泻后痛减，食少，胸胁胀痛，嗳气，神疲懒言；舌质淡，苔白，脉弦或弦细。

治法：疏肝健脾。

代表方剂：痛泻要方加味。

常用药物：白术　白芍　防风　炒陈皮　柴胡　枳壳　香附

（5）阴血亏虚证

证候：大便秘结或少量脓血便，腹痛隐隐，午后发热，盗汗，五心烦热，头晕眼花，神疲懒言；舌红少苔，脉细数。

治法：滋阴养血，清热化湿。

代表方剂：驻车丸加减。

常用药物：黄连　阿胶　当归　干姜　玄参　麦冬　生地

（6）气滞血瘀证

证候：腹痛，腹泻，泻下不爽，便血色紫暗或黑，胸胁胀满，腹内包块，面色晦暗，肌肤甲错；舌紫或有瘀点，脉弦涩。

治法：化瘀通络。

代表方剂：膈下逐瘀汤加减。

常用药物：五灵脂　当归　川芎　桃仁　丹皮　赤芍　延胡索　甘草　香附　红花　枳壳　柴胡

【预防与调护】

1. 对长期反复发作或持续不稳定的病人，保持心情舒畅安静，起居有常，避免劳累，预防肠道感染，对防止复发或病情进一步发展有一定作用。

2. 注意饮食调理，对腹痛、腹泻者，宜食少渣、易消化、低脂肪、高蛋白饮食；对可疑不耐受的食物，如鱼、虾、蟹、鳖、牛奶、花生等应尽量避免食用；应忌食辣椒，忌食冰冻、生冷食品，戒除烟酒嗜好。

3. 轻症病人可在治疗的同时继续工作，重症和急性期患者则应床休息，以减轻肠蠕动和症状，减少体力消耗。

第十六节　胃癌

本病可归属于中医学"胃痛"、"反胃"、"积聚"等范畴。

【西医病因病理】

1. 病因和发病机制

（1）环境及饮食因素　不同国家与地区发病率的明显差别说明本病与环境因素有关，其中最主要的是饮食因素。

（2）幽门螺杆菌感染　大量流行病学资料提示幽门螺杆菌感染是胃癌发病的危险因素。

（3）遗传因素　某些家族中胃癌发病率较高。

（4）癌前期变化　所谓癌前期变化是指某些具有较强的恶变倾向的病变，这种病变如不予以处理，有可能发展为胃癌。

胃的癌前期状态：①慢性萎缩性胃炎；②恶性贫血；③胃息肉；④残胃炎；⑤良性胃溃疡；⑥巨大黏膜皱襞症。

胃的癌前期病变：①异形增生。②肠化生：有小肠型与大肠型两种。小肠型具有小肠黏膜的特征，分化较好。大肠型与大肠黏膜相似，又可分为 2 个亚型：Ⅱa 型，能分泌非硫酸化黏蛋白；Ⅱb 型能分泌硫酸化黏蛋白，此型与胃癌发生关系密切。

2. 病理

（1）早期胃癌　不论范围大小，早期病变仅限于黏膜及黏膜下层。早期胃癌中直径在 5～10mm 者称小胃癌，直径 <5mm 称微小胃癌。

（2）中晚期胃癌　也称进展期胃癌，癌性病变侵及肌层或全层，常有转移。有以下几种类型：①蕈伞型（或息肉样型）；②溃疡型；③溃疡浸润型；④弥漫浸润型。

【中医病因病机】

1. 饮食不节　如烟酒过度或恣食辛香燥热、熏制、腌制、油煎之品，或霉变、不洁的食物等，日久损伤脾胃，脾失健运，聚湿生痰，痰凝气阻血瘀，发为本病。

2. 情志失调　如忧思伤脾，聚湿生痰，或郁怒伤肝，肝气郁结，气滞血瘀，则痰瘀互结而致病。

3. 素体亏虚　如患胃痛、胃痞等病证，久治未愈，正气亏虚，痰瘀互结而致本病。或因年老体虚及其他疾病久治不愈，正气不足，脾胃虚弱，复因饮食不节、情志失调等因素，使痰瘀互结为患，致成本病。

本病发病一般较缓，病位在胃，与肝、脾、肾等脏关系密切。初期为痰气瘀滞互结为患，以标实为主；久则本虚标实，本虚以胃阴亏虚、脾胃虚寒和脾肾阳虚为主，标实为痰瘀互结。

【临床表现】

1. 症状　早期胃癌 70% 以上可无症状。根据发生机理可将晚期胃癌症状分为 4 个方面。

（1）因癌肿增殖而发生的能量消耗与代谢障碍，导致抵抗力低下、营养不良、维生素缺乏等，表现为乏力、食欲不振、恶心、消瘦、贫血、水肿、发热、便秘、皮肤干燥和毛发脱落等。

（2）胃癌溃烂而引起上腹部疼痛、消化道出血、穿孔等。胃癌疼痛常为咬啮性，与进食无明确关系或进食后加重。癌肿出血时表现为粪便隐血试验阳性、呕血或黑便，5% 患者出现大出血，甚至有因出血或胃癌穿孔等急腹症而首次就医者。

（3）胃癌的机械性作用引起的症状，如由于胃充盈不良而引起的饱胀感、沉重感，以及无味、厌食、疼痛、恶心、呕吐等。胃癌位于贲门附近可侵犯食管，引起打嗝、咽下困难，位于幽门附近可引起幽门梗阻。

（4）癌肿扩散转移引起的症状，如腹水、肝大、黄疸及肺、脑、心、前列腺、卵巢、骨髓等处的转移而引起相应症状。

2. 体征　早期胃癌可无任何体征，中晚期胃癌的体征中以上腹压痛最为常见。1/3 患者可扪及上腹部肿块，质坚而不规则，可有压痛。能否发现腹块，与癌肿的部位、大小及患者腹壁厚度有关。胃窦部癌可扪及腹块者较多。

其他体征多由胃癌晚期或转移而产生，如肿大、质坚、表面不规则的肝脏，黄疸，腹水，左锁骨上与左腋下淋巴结肿大；男性患者直肠指诊时于前列腺上部可扪及坚硬肿块；女性患者阴道检查时可扪及肿大的卵巢。其他少见的体征尚有皮肤、腹白线处结节，腹股沟淋巴结肿大。晚期可有发热，多呈恶病质。此外，胃癌的伴癌综合征包括血栓性静脉炎、黑棘病和皮肌炎，可有相应的体征。

3. 并发症

（1）出血　约5%患者可发生大出血，表现为呕血和（或）黑便，偶为首发症状。

（2）梗阻　多见于起源于幽门和贲门的胃癌。

（3）穿孔　比良性溃疡少见，多发生于幽门前区的溃疡型癌。

【实验室及其他检查】

1. 胃肠 X 线检查　为胃癌的主要检查方法，包括不同充盈度的投照以显示黏膜纹，如加压投照和双重对比等方法，尤其是气钡双重对比法，对于检出胃壁微小病变很有价值。

（1）早期胃癌的 X 线表现　在适当加压或双重对比下，隆起型常显示小的充盈缺损，表面多不光整，基部稍宽，附近黏膜增粗、紊乱。

浅表型：黏膜平坦，表面可见颗粒状增生或轻微盘状隆起。部分患者可见小片钡剂积聚，或于充盈相呈微小的突出，病变部位一般蠕动仍存在。

凹陷型：可见浅龛影，底部大多毛糙不齐，胃壁可较正常略僵，但蠕动及收缩仍存在。加压或双重对比时，可见凹陷区有钡剂积聚，影较淡，形态不规则，邻近的黏膜纹常呈杵状中断。

（2）中晚期胃癌的 X 线表现　蕈伞型为突出于胃腔内的充盈缺损，一般较大，轮廓不规则或呈分叶状，基底广阔，表面常因溃疡而在充盈缺损中有不规则龛影，充盈缺损周围的胃黏膜纹中断或消失，胃壁稍僵硬。

溃疡型：主要表现为龛影，溃疡口不规则，有指压迹征与环堤征，周围皱襞呈结节状增生，有时至环堤处突然中断。混合型者常见以溃疡为主，伴有增生、浸润性改变。

浸润型：局限性者表现为黏膜纹异常增粗或消失，局限性胃壁僵硬，胃腔固定狭窄，在同一位置不同时期摄片，胃壁可出现双重阴影，说明正常蠕动的胃壁和僵硬胃壁轮廓相重。广泛浸润型的黏膜皱襞平坦或消失，胃腔明显缩小，整个胃壁僵硬，无蠕动波可见。

2. 内镜检查　可直接观察胃内各部位，对胃癌尤其是早期胃癌的诊断价值很大。

（1）早期胃癌　隆起型主要表现为局部黏膜隆起，突向胃腔，有蒂或基宽，表面粗糙，有的呈乳头状或结节状，表面可有糜烂。表浅型表现为边界不整齐、界限不明显的局部黏膜粗糙，略为隆起或凹陷，表面颜色变淡或发红，可有糜烂。凹陷型有较为明显的溃疡，凹陷多超过黏膜层。上述各型可合并存在而形成混合型早期胃癌。

（2）中晚期胃癌　常具有胃癌典型表现，内镜诊断不难。

隆起型的病变直径较大，形态不规则，呈菜花或菊花状；表面明显粗糙凹凸不平，常有溃疡、出血。凹陷型病变常为肿块中的溃疡，形态多不规则，边缘模糊、陡直，基底粗糙，有异常小岛，有炎性渗出及坏死组织；病变边缘有不规则结节，有时四周黏膜发红、水肿、糜烂、皱襞中断或呈杵状，顶端可呈虫蚀状。

胃镜检查时可取病变部位组织及刷取细胞做病理检查，诊断的正确性更高。

3. 胃液检查　约半数胃癌患者胃酸缺乏，即在最大五肽胃泌素刺激后 pH 仍高于 0.5。但对胃癌的诊断意义不大，一般不列入常规检查。

4. 血清学检查 血清 CEA、CA19－9、CA125 等癌胚抗原及单克隆抗体的检测等对本病的诊断与预后有一定价值，但不列入常规检查。

【诊断与鉴别诊断】

1. 诊断要点 凡有下列情况者，应高度警惕，并及时进行胃肠钡餐 X 线检查、胃镜和活组织病理检查，以明确诊断：①40 岁以后开始出现中上腹不适或疼痛，无明显节律性并伴明显食欲不振和消瘦者；②胃溃疡患者，经严格内科治疗而症状仍无好转者；③慢性萎缩性胃炎伴有肠上皮化生及轻度不典型增生，经内科治疗无效者；④X 线检查显示胃息肉＞2cm 者；⑤中年以上患者，出现不明原因贫血、消瘦和粪便隐血持续阳性者。

2. 鉴别诊断 胃癌需与胃溃疡、胃内单纯性息肉、良性肿瘤、肉瘤、胃内慢性炎症相鉴别。有时尚需与胃皱襞肥厚、巨大皱襞症、胃黏膜脱垂症、幽门肌肥厚和严重胃底静脉曲张等相鉴别。鉴别诊断主要依靠 X 线钡餐造影、胃镜和活组织病理检查。

【治疗】

1. 治疗思路 胃癌的治疗原则是以手术切除为主要措施，早期胃癌规范手术治疗可以达到彻底治愈。在进展期胃癌的综合治疗中，内科治疗则占有重要地位。放射治疗、内镜下的局部治疗、胸腹水治疗、动脉导管介入化疗、生物免疫治疗、支持治疗以及中医药扶正疗法也是综合治疗的主要组成部分。中医药治疗主要在于减轻化疗的毒副作用，提高化疗的效果。

2. 西医治疗

（1）手术治疗 外科手术治疗是目前唯一有可能根治胃癌的手段，是治疗胃癌的主要手段。手术效果取决于胃癌的病期、癌侵袭深度和扩散范围。只要患者体质条件许可又无远处转移，皆应予以剖腹探查，力争切除。切除应力求根治，即使姑息性切除也应使残留癌组织越少越好。晚期胃癌有幽门梗阻而不能作姑息性切除者，可行短路手术，以解除梗阻症状。

（2）化学疗法 抗肿瘤药常用以辅助手术治疗，可在胃癌患者术前、术中及术后进行，晚期胃癌或其他原因不能手术者亦可做化疗，以抑制癌细胞的扩散和杀伤残存的癌细胞，从而提高手术效果。常用的化疗药物有：氟尿嘧啶（5－FU）、喃氟啶（FT－207）、丝裂霉素（MMC）、优福啶（Futraful）、阿霉素（ADM）、顺铂（DDP）。

凡未做根治性切除的患者或不能施行手术者，可试用联合化疗。胃肠道肿瘤对化疗的效应差，常用的几种方案见表 9－9。

表 9－9   常用化学治疗方案

方案	内容	疗程	有效率（%）
MF	MMC，6～8mg/m²，静脉滴注，每周 1 次 FT－207，200mg/m²，3 次/日，口服	6 周	35
FAM	5－FU 600mg/m²，静脉滴注，第 1、2、5、6 周 MMC，10mg/m²，静脉滴注，第 1 周 ADM，30mg/m²，静脉滴注，第 1、5 周	6 周	30
FAMeC	FAM 中 MMC 用 MeCCNU 替代，125 mg/m² 每日 1 次，口服	6 周	30
EAP	VP－16，120 mg/m²，静脉滴注，第 4、5、6 天 ADM，20mg/m²，静脉滴注，第 1、7 天 DDP，40mg/m²，静脉滴注，第 2、8 天	8 天 1 个月后重复 1 次	53

（3）内镜治疗　早期胃癌可采用内镜下高频电凝切除术，内镜下激光、微波或无水乙醇注射亦可应用，但其疗效不如手术治疗。

（4）其他治疗　使用细胞因子、基因制剂能提高机体免疫力，抑制肿瘤生长，是一种辅助治疗；高能量静脉营养能提高患者体质，有利于手术和化疗。

3. 中医辨证论治

（1）痰气交阻证

证候：胸膈或胃脘满闷作胀或痛，胃纳减退，厌食肉食，或有吞哽噎不顺，呕吐痰涎；苔白腻，脉弦滑。

治法：理气化痰，消食散结。

代表方剂：海藻玉壶汤加减。

常用药物：海藻　昆布　海带　半夏　陈皮　青皮　连翘　象贝母　当归　川芎　独活　甘草　柴胡　佛手　郁金　旋覆花　代赭石

（2）肝胃不和证

证候：胃脘痞满，时时作痛，串及两胁，嗳气频繁或进食发噎；舌质红，苔薄白或薄黄，脉弦。

治法：疏肝和胃，降逆止痛。

代表方剂：柴胡疏肝散加减。

常用药物：陈皮　柴胡　枳壳　芍药　炙甘草　香附　川芎

（3）脾胃虚寒证

证候：胃脘隐痛，绵绵不断，喜按喜暖，食生冷痛剧，进热食则舒，时呕清水，大便溏薄，或朝食暮吐，暮食朝吐，面色无华，神疲肢凉；舌淡而胖，有齿痕，苔白滑润，脉沉细或沉缓。

治法：温中散寒，健脾益气。

代表方剂：理中汤合四君子汤加减。

常用药物：人参　白术　干姜　茯苓　甘草

（4）胃热伤阴证

证候：胃脘嘈杂灼热，痞满吞酸，食后痛胀，口干喜冷饮，五心烦热，便结尿赤；舌质红绛，舌苔黄糙或剥苔、无苔，脉细数。

治法：清热和胃，养阴润燥。

代表方剂：玉女煎加减。

常用药物：石膏　熟地　麦冬　知母　牛膝　白花蛇舌草　金银花　蚤休

（5）瘀毒内阻证

证候：脘痛剧烈或向后背放射，痛处固定、拒按，上腹肿块，肌肤甲错，眼眶呈暗黑；舌质紫暗或瘀斑，舌下脉络紫胀，脉弦涩。

治法：理气活血，软坚消积。

代表方剂：膈下逐瘀汤加减。

常用药物：五灵脂　当归　川芎　桃仁　丹皮　京赤芍　延胡索　甘草　香附　红花　枳壳

（6）痰湿阻胃证

证候：脘膈痞闷，呕吐痰涎，进食发噎不利，口淡纳呆，大便时结时溏；舌体胖大有齿痕，苔白厚腻，脉滑。

治法：燥湿健脾，消痰和胃。

代表方剂：开郁二陈汤加减。

常用药物：半夏 陈皮 茯苓 甘草 苍术 青皮 香附 木香 槟榔 川芎 莪术

（7）气血两虚证

证候：神疲乏力，面色无华，少气懒言，动则气促、自汗，消瘦；舌苔薄白，舌质淡白，舌边有齿痕，脉沉细无力或虚大无力。

治法：益气养血，健脾和营。

代表方剂：八珍汤加减。

常用药物：人参 白术 茯苓 甘草 当归 芍药 川芎 熟地 生姜 大枣

【预防与调护】

由于病因未明，故尚缺乏有效的一级预防措施。但据流行病学调查，多吃新鲜蔬菜、水果，多吃肉类和多饮乳品，少进咸菜和腌腊食品，减少食盐摄入，食物用冰箱贮藏，有一定预防作用。每日进服维生素 C，可减少胃内亚硝胺的形成。积极根除幽门螺杆菌也是重要的可能预防胃癌发生的手段之一。

对于慢性萎缩性胃炎的患者，尤其是有肠化生和不典型增生者除给予积极治疗外，还应定期进行内镜随访检查，对中度不典型增生者经治疗而长期未好转，以及重度不典型增生者宜予预防性手术治疗。

第十七节 肝硬化

肝硬化与中医的"水臌"相类似，可归属于"单腹胀"、"鼓胀"等范畴。

【西医病因病理】

1. 病因及发病机制 引起肝硬化的病因很多，不同地区主因不同，在我国以病毒性肝炎所致的肝硬化为主，西方国家以慢性酒精中毒多见。

2. 病理 早期肝脏体积正常或稍大，晚期缩小，重量减轻（可降至 1000g 以下），质地变硬，包膜增厚，整个肝表面呈颗粒状或小结节状突起，直径多在 0.1～0.5cm 之间。肝脏一般呈黄褐色，如脂肪变性明显则呈黄色。切面满布与表面相同的圆形或椭圆形的结节，结节周围被增生的灰白色纤维组织包绕。

依据结节的形态，把肝硬化分为 4 种病理类型：①小结节性肝硬化；②大结节性肝硬化；③大小结节混合性肝硬化；④不完全分隔性肝硬化。

【中医病因病机】

本病的病因主要由于酒食不节、情志所伤、感染血吸虫，以及黄疸、积聚迁延日久所致，发病与肝脾肾三脏受损密切相关。

1. 酒食不节 嗜酒过度，或饮食不节，使脾胃受伤，运化失职，升降失司，酒湿浊气蕴结中焦，以致清浊相混，壅塞中焦，土壅木郁，肝失疏泄，气滞血瘀，水湿停聚而致腹部胀大。

2. 情志失调 肝为藏血之脏，性喜条达。情志抑郁，肝气郁结，气机不利，则血行不畅，以致肝之脉络为瘀血阻滞。同时，肝气郁结，横逆克脾，运化失职，以致气滞血瘀与水湿交结渐成本病。

3. 感染血吸虫 在血吸虫流行区，遭受血吸虫感染，又未能及时进行治疗，晚期内伤肝脾，肝为藏血之脏，主疏泄调达，伤肝则气滞血瘀；脾主运化、升清，伤脾则升降失常，水湿停聚，而见腹部胀大。

4. 他病转化 黄疸、积聚等病日久不愈转化而成。黄疸属湿邪致病，湿邪困脾，土壅木郁，肝脾受损，日久及肾，导致腹部胀大；积证日久，积块增大，影响气血的运行，气血瘀阻，水湿停聚不化成为本病。

总之，本病的病变脏腑在肝，与脾、肾密切相关，初起在肝脾，久则及肾。基本病机为肝脾肾三脏功能失调，气滞、血瘀、水停腹中，其特点为本虚标实，本病晚期水湿郁而化热蒙蔽心神，引动肝风，迫血妄行，出现神昏、痉厥、出血等危象。

【临床表现】

1. 代偿期 临床症状较轻，且缺乏特异性，可见倦怠乏力，食欲不振，厌食油腻，恶心呕吐，右上腹不适或隐痛、腹胀，轻微腹泻等症状。多呈间歇性，因劳累或伴发病而出现，休息或治疗后可缓解。其中以乏力和食欲减退出现较早且突出。体征多不明显，可有肝肿大及质地改变，部分有脾肿大、肝掌和蜘蛛痣。肝功能正常或有轻度异常。

2. 失代偿期 当肝损害持续加重，超过了肝脏的代偿能力时，便进入失代偿期，此期症状明显，主要为肝功能减退和门静脉高压症两大类临床表现，同时可有其他系统症状。

（1）肝功能减退的临床表现

1）全身症状：一般情况与营养状况较差，消瘦乏力，精神不振，严重者卧床不起，皮肤粗糙，面色灰暗、黝黑呈肝病面容，部分有不规则低热和黄疸。

2）消化道症状：常见食欲减退，厌食，勉强进食后上腹饱胀不适，恶心呕吐。对脂肪和蛋白质耐受性差，进食油腻易引起腹泻，严重时出现脂肪泻。上述症状的产生与胃肠道淤血、水肿、炎症，消化吸收障碍和肠道菌群失调有关。

3）出血倾向及贫血：由于肝功能减退合成凝血因子减少，脾功能亢进和毛细血管脆性增加等原因，患者轻者发生鼻出血、牙龈出血、月经过多、皮肤紫癜等，重者可出现胃肠道黏膜弥漫性出血、尿血、皮肤广泛出血等。2/3患者有轻到中度贫血，系营养缺乏、肠道吸收障碍、胃肠道出血和脾功能亢进等因素引起。

4）内分泌紊乱：肝功能减退时，对内分泌激素灭能作用减弱，产生各种内分泌代谢紊乱，主要有雌激素、醛固酮及抗利尿激素增多。雌激素增多时，通过负反馈机制抑制腺垂体分泌功能，从而影响垂体－性腺轴或垂体－肾上腺皮质轴的功能，导致雄性激素减少，肾上腺糖皮质激素有时亦减少。由于雄、雌激素平衡失调，男性患者常有性欲减退、睾丸萎缩、毛发脱落及乳房发育等；女性患者有月经不调、闭经、不孕等。在面、颈、上胸、背部、两肩及上肢等上腔静脉引流区域出现蜘蛛痣和毛细血管扩张；手掌大、小鱼际肌和指端腹侧部斑状发红称为肝掌。一般认为，蜘蛛痣及肝掌的出现与雌激素增多有关。当肝功能损害严重时，蜘蛛痣的数目可增多、增大，肝功能好转则可减少、缩小或消失。肾上腺糖皮质激素减少时，患者面部和其他暴露部位可见皮肤色素沉着。醛固酮增多使远端肾小管对钠重吸收增加，抗利尿激素增多使集合管对水分吸收增加，钠、水潴留使尿量减少和浮肿，对腹水的形成和加重起重要促进作用。由于肝糖原储备不足或对胰岛素分解代谢减弱，可致低血糖。

（2）门静脉高压症的临床表现 脾肿大、侧支循环的建立和开放、腹水是门静脉高压症的三大临床表现。尤其是侧支循环的建立和开放，对门静脉高压的诊断有特征性意义。

（3）肝脏体征　早期肝脏肿大，表面光滑，质地中等硬度；晚期缩小、坚硬，表面不平呈结节状，一般无压痛，但当肝细胞进行性坏死或炎症时可有压痛及叩击痛。

3. 并发症

（1）上消化道出血　是肝硬化最常见的并发症。

（2）肝性脑病　是肝硬化最严重的并发症，亦是最常见的死亡原因。

（3）感染　肝硬化失代偿期由于免疫功能低下，以及门体静脉间侧支循环的建立，增加了病原微生物进入人体的机会，故易并发细菌感染。

（4）原发性肝癌　肝硬化易并发肝癌，约 10% ~ 25% 的肝癌是在肝硬化基础上发生的。如肝硬化患者在积极治疗下病情仍迅速发展与恶化、肝脏进行性增大、腹水呈血性、持续肝区疼痛、出现不规则的发热等，有上述表现者应怀疑并发原发性肝癌，需做进一步的检查。

（5）肝肾综合征　肝硬化晚期合并顽固腹水时可发生肝肾综合征，其临床特征为自发性少尿或无尿、氮质血症、稀释性低钠血症和低尿钠。此时，肾脏无器质性病变，故亦称为功能性肾衰竭。此症若持续存在和发展，也可使肾脏发生实质性损害，致急性肾衰竭，预后较差。其发病与下列因素有关：因大量腹水时饮食减少、呕吐、泄泻，或利尿剂使用不当，使循环血容量减少，肾有效血容量不足，肾小球滤过率下降；肝功能衰竭时，肝脏对血液中有毒物质清除力减弱，加重了肾的损害。

（6）电解质和酸碱平衡紊乱

【实验室及其他检查】

1. 血常规　在代偿期多正常，失代偿期有不同程度的贫血。脾功能亢进时，白细胞及血小板计数均见减少，后者减少尤为明显。

2. 尿常规　代偿期一般无明显变化，失代偿期有时可有蛋白及管型和血尿。有黄疸时可出现胆红素，并有尿胆原增加。

3. 肝功能试验　肝功能很复杂，临床试验方法虽多，但仍难以全面反映全部功能状态。临床常用的每种试验，只能反映肝功能的某一个侧面，故应进行多个侧面试验并结合临床综合分析判断。

（1）血清酶学试验　①血清氨基转移酶：代偿期正常或轻度增高；失代偿期可有轻度或中度升高，一般以血清丙氨酸氨基转移酶（ALT）升高较显著。肝细胞广泛坏死时，天门冬氨酸氨基转移酶（AST）活力可高于 ALT，AST/ALT 比值升高。②腺苷脱氨酶（ADA）：失代偿期可升高，其阳性率明显高于转氨酶，在酒精中毒性肝硬化升高更明显。③胆碱酯酶（ChE）：失代偿期活力下降，若极度下降提示预后不良。④凝血酶原时间：肝功能代偿期多正常，失代偿期则有不同程度延长。

（2）胆红素代谢　失代偿期血清胆红素半数以上增高，有活动性肝炎或胆管阻塞时，直接胆红素可以增高。

（3）蛋白质代谢　肝功能受损时，血清白蛋白（A）合成减少而球蛋白（G）增加，白蛋白与球蛋白比值（A/G）降低或倒置。血清蛋白电泳显示白蛋白降低，α_1、α_2、β 球蛋白也有降低倾向，γ 球蛋白（$\gamma - G$）升高。

（4）脂肪代谢　肝功能代偿期，血中胆固醇多正常或偏低，失代偿期总胆固醇特别是胆固醇酯常低于正常。

（5）摄取、排泄功能试验　肝硬化失代偿期，靛氰氯（ICG）滞留率试验，滞留率增高；利多卡因试验，摄取率降低。

（6）肝纤维化血清学检测　血清Ⅲ前胶原肽（PⅢP）、透明质酸（HA）、层黏蛋白（LN）、Ⅳ型胶原浓度增高。此外，肝纤维化时脯氨酸羟化酶（PH）、单氨氧化酶（MAO）等亦可增高。

4. 腹水检查　腹水呈淡黄色漏出液，外观透明。如并发腹膜炎时，其透明度降低，比重增高一般 >1.018。利凡他试验阳性，白细胞数增多，常在 $500 \times 10^6/L$ 以上，其中多型核白细胞（PMN）计数大于 $250 \times 10^6/L$，腹水培养可有细菌生长。腹水呈血性应高度怀疑癌变，应做细胞学检查。

5. 免疫功能检查　细胞免疫检查约半数以上患者的 T 淋巴细胞数低于正常，T 细胞分化抗原测定 CD_3、CD_4、CD_8 降低。体液免疫显示血清免疫球蛋白 IgG、IgA、IgM 均可增高，通常与 γ-球蛋白的升高相平行。其增高机理系由于肠原性多种抗原物质吸收至肝后不能被降解，或通过侧支循环直接进入体循环，引起的免疫反应。部分患者还可出现非特异性自身抗体，如抗核抗体、平滑肌抗体、线粒体抗体和抗肝细胞特异性脂蛋白抗体等。病因为病毒性肝炎者，有关肝炎病毒标记呈阳性反应。

6. 影像学检查　①X 线检查：食管静脉曲张时，曲张静脉高出黏膜表层，导致钡剂在黏膜表层分布不均，呈现虫蚀状或蚯蚓状充盈缺损以及纵行黏膜皱襞增宽。胃底静脉曲张时，可见菊花样缺损。②CT 和 MRI 检查：早期肝肿大，晚期缩小，肝左、右叶比例失调，右叶萎缩，左叶代偿性增大，肝表面不规则，脾肿大、腹水等。③B 超检查：可显示肝大小、外形改变和脾肿大，门静脉高压时门静脉主干内径 $>13mm$，脾静脉内径 $>8mm$，有腹水时可在腹腔内见到液性暗区。④彩色多普勒：显示肝内血流动力学改变。⑤放射性核素肝脾扫描：可见肝摄取核素减少，呈现核素稀疏和分布不规则图像，脾核素浓集。

7. 内镜检查　纤维胃镜可直接观察食管及胃底静脉曲张的程度与范围，其准确率较 X线高。在并发上消化道出血时，急诊胃镜可查明出血部位，并进行治疗。腹腔镜检查可直接观察肝脏表面、色泽、边缘及脾脏情况，并可在直视下有选择性地穿刺活检，对鉴别肝硬化、慢性肝炎、原发性肝癌，以及明确肝硬化的病因都有重要意义。

8. 肝活组织检查　可见肝细胞变形坏死，纤维组织增生，假小叶形成。此检查不仅有确诊的价值，也可以了解肝硬化的组织学类型、肝细胞损害和结缔组织形成的程度，有助于决定治疗和判断预后，但需严格掌握指征。

【诊断和鉴别诊断】

1. 诊断

（1）肝硬化诊断依据　主要指征：①内镜或食道吞钡 X 线检查发现食管静脉曲张。②B超提示肝回声明显增强、不均、光点粗大；或肝表面欠光滑，凹凸不平或呈锯齿状；或门静脉内径 $>13mm$；或脾脏增大，脾静脉内径 $>8mm$。③腹水伴腹壁静脉怒张。④CT 显示肝外缘结节状隆起，肝裂扩大，尾叶/右叶比值 >0.05，脾大。⑤腹腔镜或肝穿刺活组织检查诊断为肝硬化。以上除⑤外，其他任何一项结合次要指征，可以确诊。

次要指征：①化验：一般肝功能异常（A/G 倒置、蛋白电泳 A 降低、γ-G 升高、血清胆红素升高、凝血酶原时间延长等），或 HA、PⅢP、MAO、ADA、LN 增高。②体征：肝病面容（脸色晦暗无华），可见多个蜘蛛痣，色暗，肝掌，黄疸，下肢水肿，肝脏质地偏硬，脾大，男性乳房发育。以上化验及体征所列，不必悉备。

（2）病因诊断依据

1）肝炎后肝硬化：需有 HBV（任何一项）或 HCV（任何一项）阳性，或有明确重症肝炎史。

2）酒精性肝硬化：需有长期大量嗜酒史（每天 80g，10 年以上）。

3）血吸虫性肝纤维化：需有慢性血吸虫史。

4）其他病因引起的肝硬化：需有相应的病史及诊断，如长期右心衰或下腔静脉阻塞、长期使用损肝药物、自身免疫性疾病、代谢障碍性疾病等。

对代偿期患者的诊断常不容易，因临床表现不明显，对怀疑者应定期追踪观察，必要时进行肝穿刺活组织病理检测才能确诊。

2. 鉴别诊断

（1）与其他原因引起的肝肿大鉴别　如慢性肝炎、原发性肝癌、血吸虫病、华支睾吸虫病、脂肪肝、肝囊肿、结缔组织病等。

（2）与其他原因引起的脾肿大鉴别　如慢性血吸虫病、慢性粒细胞白血病、何杰金淋巴瘤、黑热病等。

（3）与其他原因引起的腹水鉴别　如结核性腹膜炎、慢性肾小球肾炎、缩窄性心包炎、腹内肿瘤、卵巢癌等。

（4）与肝硬化并发症鉴别　上消化道出血应与消化性溃疡、糜烂性出血性胃炎、胃癌相鉴别；肝性脑病应与尿毒症、糖尿病酮症酸中毒等鉴别。

【治疗】

1. 治疗思路　到目前为止，肝硬化尚无有效的治疗方法。因此，重在积极预防和治疗慢性肝病，预防本病的发生。一旦发生应及时治疗，以保护肝细胞，改善肝功能，防止并发症，延长代偿期。中药可辨证论治，从整体调理。近些年来，用活血化瘀、扶正补虚的中药，能增强机体的免疫力，促进肝细胞再生，有效延缓肝纤维化进程。失代偿期，尤其是腹水较多者，采用西药利尿，间断补充白蛋白、氨基酸，同时加用中药可加速腹水的消退，继而用补气健脾、补肾利尿药，以防止腹水再发。

2. 西医治疗

（1）一般治疗

1）休息：肝功能代偿期病人可参加一般轻工作，避免过度劳累；失代偿期有肝功能异常和并发症者，则应卧床休息。

2）饮食：饮食以高热量、高蛋白和维生素丰富而易消化的软食为宜，禁酒。肝功能显著损害或有肝性脑病先兆时，应限制或禁止蛋白质的摄入；有腹水时应低盐或无盐饮食；避免进坚硬、粗糙的食物。

3）支持治疗：失代偿期多有恶心、呕吐、进食减少，宜静脉输入高渗葡萄糖，以补充机体必需的热量，输液中可加入维生素、胰岛素、氯化钾等。应特别注意维持水、电解质和酸碱平衡。病情重者酌情应用氨基酸、新鲜血液、白蛋白。

（2）药物治疗

1）维生素类：维生素 C 和维生素 B 族制剂，有去脂、促进核蛋白形成、促进细胞代谢、解毒及预防肝细胞坏死的作用。维生素 C 每次 0.2g，每日 3 次；复合维生素 B 每次 2 片，每日 3 次。若慢性营养不良者，可适当补充维生素 B_{12} 和叶酸。有凝血障碍者可注射维

生素 K_1。

2）增强抗肝脏毒性和促进肝细胞再生的药物：常用药如益肝灵（水飞蓟素片），每次 2 片，每日 3 次；肌苷每次 $200 \sim 400 \text{mg}$，每日 3 次等。

3）抗纤维化药物：如秋水仙碱每日 1mg，分 2 次服，每周服药 5 天。由于需长期服用，应注意消化道反应及粒细胞减少的副作用。

4）抗脂肝类药物：胆碱能去处肝内沉积的脂肪，可用复方胆碱每次 2 片，每日 3 次。或选用甲硫氨基酸、肌醇。

（3）腹水的治疗

1）限制钠水的摄入：一般给低盐或无盐饮食，每日摄入钠盐 $500 \sim 800 \text{mg}$（氯化钠 $1.2 \sim 2.0 \text{g}$）；进水量限制在每天 1000ml 左右，如有显著低钠血症时应限制在 500ml 以内。

2）利尿剂：目前主张联合用药、小量开始、逐渐加量、间歇给药。选醛固酮拮抗剂螺内酯（安体舒通）与呋塞米（速尿）联合应用，既能提高疗效，又可减少电解质紊乱。开始用螺内酯 100mg/d，数天后加呋塞米 40mg/d。如疗效不佳，可按 5：2 比例逐渐增加两种药的剂量，最大剂量螺内酯 400mg/d 和呋塞米 160mg/d。由于呋塞米排钾又排钠，故单独应用时应补充氯化钾。腹膜重吸收腹水的能力有限，若每日利尿量大于腹膜对腹水的最大吸收量时，可使细胞外液减少，导致有效血容量与肾血流量减低，可诱发肝肾综合征和肝性脑病。所以用利尿剂以体重每天下降不超过 0.5kg 为宜。

3）提高血浆胶体渗透压：每周定期、少量、多次静脉输注白蛋白、血浆或新鲜血液，提高血浆胶体渗透压，增加有效血容量，提高利尿药的疗效。

4）放腹水同时补充白蛋白：对于难治性腹水患者，可采用放腹水加输注白蛋白疗法。每周放腹水 3 次，每次 $4000 \sim 6000 \text{ml}$，同时静脉输注白蛋白 40g，至腹水消失。此法具有疗程短、并发症少的优点。

5）腹水浓缩回输：放出腹水 5000ml，通过超滤浓缩处理为 500ml，再静脉回输给患者。浓缩回输法适用于难治性腹水，特别是用于肝硬化腹水伴肾功能不全者。对于感染性腹水和癌性腹水不能再回输。

6）腹腔－颈静脉引流：采用装有单项阀门的硅胶管，一端固定在腹腔内，另一端插入颈内静脉，利用腹－胸腔压力差，将腹水引向上腔静脉。本法有腹水漏、肺水肿、DIC 等并发症。

7）外科手术治疗：对门静脉高压显著，肝功能代偿较好的病例，门－腔静脉吻合术或搭桥手术，能降低门静脉压力，纠正脾功能亢进。胸导管－颈内静脉吻合术，将淋巴液引流入颈内静脉，减少腹水的形成。

（4）并发症治疗

1）上消化道出血：包括一般治疗（休息、保持呼吸道通畅、出血期间禁食等）、补充血容量和止血。

2）肝性脑病：采取保护肝脏、保持水电解质平衡、减少氮的生成和吸收、纠正氨基酸代谢失调等综合措施。

3）肝肾综合征：在积极改善肝功能的前提下，可采取以下措施：早期预防和消除诱发肝肾衰竭的因素，如感染、出血、电解质紊乱、不适当的放腹水、强烈利尿等；避免使用损害肾脏的药物；严格控制输液量，量出为入，纠正水电解质和酸碱失衡；静脉输入右旋糖酐、白蛋白或浓缩腹水回输，提高有效循环血容量，改善肾血流，在此基础上应用利尿剂；使用血管活性药物，如八肽加压素、多巴胺等，能改善血流量、增加肾小球滤过率、降低肾小管阻力。

4）自发性腹膜炎：一旦诊断成立，应早期、联合、足量抗感染药物治疗。优先选用主要针对革兰阴性杆菌并兼顾革兰阳性球菌的抗感染药物，如氨苄西林、头孢噻肟钠、头孢他定、环丙沙星等，选择2~3种联合应用，待细菌培养结果调整抗感染药物。由于本病易复发，用药时间不少于2周。

3. 中医辨证论治

（1）气滞湿阻证

证候：腹大胀满，按之软而不坚，胁下胀痛，饮食减少，食后胀甚，得嗳气或矢气稍减，小便短少；舌苔薄白腻，脉弦。

治法：疏肝理气，健脾利湿。

代表方剂：柴胡疏肝散合胃苓汤加减。

常用药物：陈皮 柴胡 枳壳 芍药 炙甘草 香附 川芎 茯苓 苍术 陈皮 白术 肉桂 泽泻 猪苓 厚朴

（2）寒湿困脾证

证候：腹大胀满，按之如囊裹水，甚则颜面微浮，下肢浮肿，怯寒懒动，精神困倦，脘腹痞胀，得热则舒，食少便溏，小便短少；舌苔白滑或白腻，脉缓或沉迟。

治法：温中散寒，行气利水。

代表方剂：实脾饮加减。

常用药物：厚朴 白术 木瓜 木香 草果仁 大腹子 附子 白茯苓 干姜 猪苓 肉桂 泽泻 甘草

（3）湿热蕴脾证

证候：腹大坚满，脘腹撑急，烦热口苦，渴不欲饮，或有面目肌肤发黄，小便短黄，大便秘结或溏滞不爽；舌红，苔黄腻或灰黑，脉弦滑数。

治法：清热利湿，攻下逐水。

代表方剂：中满分消丸合茵陈蒿汤加减。

常用药物：厚朴 枳实 黄连 黄芩 知母 半夏 陈皮 茯苓 猪苓 泽泻 砂仁 干姜 姜黄 人参 白术 炙甘草 茵陈蒿 栀子 大黄

（4）肝脾血瘀证

证候：腹大胀满，脉络怒张，胁腹刺痛，面色晦暗黧黑，胁下痞块，面颈胸壁等处可见红点赤缕，手掌赤痕，口干不欲饮，或大便色黑；舌质紫暗，或有瘀斑，脉细涩。

治法：活血化瘀，化气行水。

代表方剂：调营饮加减。

常用药物：莪术 川芎 当归 延胡 赤芍 瞿麦 大黄 槟榔 陈皮 大腹皮 葶苈 赤茯苓 桑白皮 细辛 官桂 炙甘草 生姜 大枣 白芷

（5）脾肾阳虚证

证候：腹大胀满，形如蛙腹，朝宽暮急，神疲怯寒，面色苍黄或㿠白，脘闷纳呆，下肢浮肿，小便短少不利；舌淡胖，苔白滑，脉沉迟无力。

治法：温肾补脾，化气利水。

代表方剂：附子理中汤合五苓散加减。

常用药物：炮附子　人参　白术　炮姜　炙甘草　桂枝　茯苓　猪苓　泽泻　黄芪

（6）肝肾阴虚证

证候：腹大胀满，甚或青筋暴露，面色晦滞，口干舌燥，心烦失眠，牙龈出血，时或鼻衄，小便短少；舌红绛少津，少苔或无苔，脉弦细数。

治法：滋养肝肾，化气利水。

代表方剂：一贯煎合膈下逐瘀汤加减。

常用药物：沙参　麦冬　当归　生地　枸杞子　川楝子　五灵脂　川芎　桃仁　丹皮　赤芍　延胡索　甘草　香附　红花　枳壳

【预防与调护】

1. 肝硬化在我国最常见的病因是病毒性肝炎，故积极防治病毒性肝炎，尤其是慢性乙型肝炎，是防止肝硬化的关键。早期发现病毒性肝炎，积极给予治疗。加强饮食卫生，严格执行器械消毒常规，对易感人群注射 HBsAg 灭活疫苗。

2. 加强劳动保护，防止工、农业化学物品中毒，节制饮酒，防治血吸虫病，避免使用对肝脏损伤的药物。

3. 肝硬化病人以清淡、富有营养而易消化的饮食为宜，忌食粗糙、质硬及辛辣油腻的食品，严禁饮酒。

4. 保持心情愉快，避免情志激动。注意保暖，防止正虚邪袭，以免引起发热。用药要"少而精"，不要过多使用"保肝药"，以免加重肝脏的负担。

第十八节　急性胰腺炎

急性胰腺炎与中医的"胰瘅"相类似，可归属于"腹痛"、"脾心痛"等范畴。

【西医病因病理】

1. 病因及发病机制　大多与胆道疾患，大量饮酒和暴饮暴食，感染，胰管阻塞，外伤与手术等有关。

2. 病理

（1）急性水肿型　胰腺肿大，颜色苍白，质地坚实，病变累及部分或整个胰腺，胰腺周围有少量坏死。组织学检查可见间质充血、水肿和炎性细胞浸润，可见散在点状脂肪坏死，无明显胰实质坏死和出血。

（2）急性坏死型　胰腺肿大坚硬，可见灰白色或黄色斑块脂肪坏死灶，出血严重时胰腺呈棕黑色并有新鲜出血点。

【中医病因病机】

本病起病急骤，多由暴饮暴食，酗酒过度，或情志失调，蛔虫窜扰导致气机郁滞所致。

1. 情志内伤　抑郁恼怒，肝失疏泄条达，乘脾犯胃，肝脾不和，气机不利，脏腑经络气血郁滞而成本病。

2. 饮食不节　素体肠胃热盛，或恣食辛辣，或暴饮暴食，酗酒无度，肠胃积热，腑气通降不利，发为本病。

3. 肝胆湿热　素有肝胆疾患，湿热内蕴；或嗜食肥甘厚味，损伤脾胃，生湿蕴热，湿热熏蒸，肝胆疏泄不利；或结石阻滞胆道，肠胃失和而成本病。

此外，蛔虫上扰，窜入胆道，肝胆气逆亦可发为本病。

本病的病变以脾胃为主，与肝、胆关系密切。其病机为气滞、湿热、积热壅阻中焦，气机不利，不通则痛所致，以实证、热证为主。

【类证鉴别】

胃处腹中，与肠相连，腹痛常伴有胃痛的症状，胃痛亦时有腹痛的表现，常需鉴别。胃痛部位在心下胃脘之处，常伴有恶心、嗳气等胃病见症，腹痛部位在胃脘以下，上述症状在腹痛中较少见。此外许多内科疾病亦常兼有腹痛，如痢疾之腹痛，伴有里急后重、下痢赤白脓血；积聚之腹痛，以腹中包块为特征。而外科之腹痛多具有疼痛剧烈、痛有定处、压痛明显、拒按、腹肌紧张等特点。妇科腹痛多在小腹，与经、带、胎、产有关，如痛经、先兆流产、宫外孕、输卵管破裂等，应及时进行妇科检查，以明确诊断。

【临床表现】

急性胰腺炎由于病因、病理类型不同，临床表现轻重不一。

1. 症状

（1）腹痛 为主要表现和首发症状，多于暴饮暴食、酗酒后突然发生。腹痛多位于上腹中部，程度轻重不一，可为钝痛、刀割样痛、钻痛或绞痛，呈阵发性加剧，可向腰背部呈带状放射，取弯腰抱膝体位可减轻疼痛，进食可加剧。轻症胰腺炎腹痛3~5天可缓解，重症病情发展较快，腹部剧痛持续时间延长，当有腹膜炎时疼痛弥漫全腹。

（2）恶心、呕吐及腹胀 常于腹痛后不久发生，呕吐后腹痛不减轻，甚者可吐出胆汁，多伴有腹胀。

（3）发热 多为中度以上发热，一般3~5天恢复正常。若发热持续不退或逐日升高，提示重症胰腺炎或继发感染。

（4）其他 多有不同程度的脱水，呕吐频繁可有代谢性碱中毒。重症胰腺炎有明显脱水与代谢性酸中毒，伴血钾、血镁、血钙降低。由于有效血容量不足等原因，可出现休克。

2. 体征 轻症急性胰腺炎体征较轻，可有上腹部压痛，无肌紧张及反跳痛，压痛往往与腹痛程度不相称，有程度不同的腹胀。重症急性胰腺炎上腹压痛显著，出现腹膜炎时全腹压痛显著，并有肌紧张和反跳痛，并发脓肿时上腹部可扪及肿块。伴肠麻痹时有明显腹胀，肠鸣音减弱或消失。胰液及坏死组织液渗入腹壁皮下，胁腹皮肤可见呈暗灰蓝色斑（Crey-Turner征）或脐周皮肤青紫（Cullen征）。胰液渗入腹腔或经腹膜后途径进入胸导管时，可见胸水和腹水，胸水和腹水多呈血性。胰头炎症、水肿压迫胆总管可有暂时性阻塞性黄疸。

3. 并发症

（1）局部并发症 主要是胰腺脓肿和假性囊肿。前者因胰腺及胰周围坏死组织继发细菌感染而形成；后者因胰液和液化的坏死组织在胰腺内或周围包裹所致，多位于胰体尾部。

（2）全身并发症 重症胰腺炎起病数日后可出现严重并发症，如败血症、急性呼吸窘迫综合征、急性肾衰竭、心力衰竭、弥散性毛细血管内凝血、消化道出血及多器官功能衰竭等，后者是重症胰腺炎死亡的主因。

【实验室及其他检查】

1. 淀粉酶测定 血清淀粉酶起病后6~12小时开始升高，12~24小时达到高峰，一般持续3~5天后下降，超过500U（Somogy法）即有确诊价值。尿淀粉酶升高较晚，下降较慢，持续 1～2 周，超过 256U（Winslow 法）或 500U（Somogyi 法）提示本病。

2. 血常规　白细胞计数升高，严重者可有粒细胞核左移。

3. 血清脂肪酶测定　此酶升高较晚，发病后 48～72 小时开始升高，可持续 7～10 天，急性胰腺炎时常超过 1.5U（Cherry-Crandall），对就诊较晚的患者有诊断价值。

4. C 反应蛋白（CRP）　CRP 是组织损伤和炎症的非特异性标志物，有助于评估急性胰腺炎的严重程度，CRP >250mg/L 提示广泛的胰腺坏死。

5. 影像学检查　腹部 X 线平片可显示肠麻痹；B 超可显示胰腺肿大、脓肿或假性囊肿；CT 对胰腺炎的严重程度有较大价值。

6. 其他　可根据病情酌选其他的检查项目，如血钙降低，常提示病情严重；有胸水、腹水患者，胸、腹水中淀粉酶含量增高；血糖、血胆红素、心电图等都有价值。

【诊断与鉴别诊断】

1. 诊断　根据典型的临床表现和实验室检查，常可作出诊断。轻症胰腺炎患者有剧烈而持续的上腹部疼痛、恶心、呕吐、轻度发热、上腹压痛，但无肌紧张，同时有血清和（或）尿淀粉酶显著升高，排除其他急腹症者，即可以诊断。重症具备轻症胰腺炎的诊断标准，且具有局部并发症（胰腺坏死、假性囊肿、脓肿）和（或）器官衰竭。有以下表现者当拟诊为重症胰腺炎：①临床症状出现烦躁不安、四肢厥冷、皮肤呈斑点状等休克症状。②腹肌强直、腹膜刺激征、Crey-Turner 征或 Cullen 征。③实验室检查血钙显著下降至2mmol/L以下，血糖 >11.2mmol/L（无糖尿病），血尿淀粉酶突然下降。④腹腔诊断性穿刺有高淀粉酶活性腹水。

2. 鉴别诊断

（1）消化性溃疡急性穿孔　有长期溃疡病史，突然上腹剧痛，迅速扩散到全腹，腹肌紧张，肝浊音界消失，X 线透视可见膈下游离气体等。

（2）胆石症与胆囊炎　常有胆绞痛史，疼痛在右上腹，向右肩背放射，Murphy 征阳性。血、尿淀粉酶轻度升高，B 超和 X 线胆道造影可有胆结石、胆囊炎征象。

（3）急性肠梗阻　呈阵发性腹痛伴便秘，不排气，疼痛位于脐周及下腹部，肠鸣音亢进并可闻及气过水声。腹部 X 线可见液气平面。

（4）急性心肌梗死　有冠心病史，疼痛多位于胸骨后和心前区，也可位于上腹部，心电图有心肌梗死改变，血、尿淀粉酶正常，血清心肌酶升高。

【治疗】

1. 治疗思路　本病起病急骤，轻症患者经 3～5 天积极治疗多可治愈。重症患者病势凶险，若治之不当或抢救不及时，可危及生命，宜采取中西医结合救治。近些年来，中西医结合治疗本病，效果较好，即在西医抑制胰腺分泌、对症治疗、防治感染等法基础上，配合"通腑泻实"法，用大柴胡汤、清胰汤等方治疗，可缩短病程，提高疗效，明显优于单纯西医治疗。

2. 西医治疗

（1）监护　密切观察体温、呼吸、脉搏、血压和尿量，动态了解腹部情况，观察有无腹部压痛、反跳痛、肌紧张及腹水。注意检测血常规、血和尿淀粉酶、电解质及血气分析情况等。

（2）维持水电解质平衡及抗休克　因呕吐、禁食、胃肠减压等常导致血容量不足，应积极补充体液及电解质（钾、钠、钙、镁离子等），维持有效血容量。重症患者常有休克，还应补充血浆、白蛋白及全血。

（3）抑制胰腺分泌

1）禁食及胃肠道减压：轻症患者可短期禁食，不需胃肠减压，待腹痛消失后可给流质饮食，逐渐恢复正常饮食。病情重者，除禁食外，予以胃肠减压，以减少胃酸与食物刺激胰腺分泌，并减轻呕吐和腹胀。

2）生长抑素：能抑制各种原因引起的胰液和胰酶分泌，抑制胰酶合成，降低 Oddi 括约肌痉挛，减轻腹痛，减少局部并发症。常用奥曲肽 $100\mu g$，静脉注射以后每小时用 $250\mu g$ 静脉滴注，持续数天。

3）H_2 受体拮抗剂：能抑制胃酸分泌，从而减少对胰液分泌的刺激，并预防急性胃黏膜病变。可用西咪替丁每次 400mg，每日 2 次；亦可用雷尼替丁或法莫替丁等。

（4）解痉镇痛　抗胆碱能药物能减少胃酸与胰腺分泌，缓解平滑肌痉挛。常用阿托品或山莨菪碱肌肉注射。疼痛剧烈时可加用哌替啶。

（5）抗感染　非胆源性胰腺炎可不用抗生素。与胆道疾病有关者或重症者，应及时、合理使用抗生素。常用氧氟沙星、环丙沙星、克林霉素、亚安培南－西拉司丁钠、头孢菌素等，同时联合使用甲硝唑或替硝唑，防治厌氧菌感染。

（6）抑制胰酶活性　适用于胰腺炎的早期，如抑肽酶每天 20 万～50 万 U，分 2 次溶于葡萄糖液静脉滴注；加贝酯（FOY）开始每天 100～300mg 溶于 500～1500ml 葡萄糖盐水，以 2.5mg/（kg·h）速度静滴，2～3 天病情好转后，可逐渐减量。也可选用氟尿嘧啶等。

（7）并发症治疗　并发急性呼吸窘迫综合征者，除用肾上腺皮质激素、利尿剂外，使用呼气末正压人工呼吸器。有急性肾衰竭者，可做透析治疗。

（8）手术治疗　重症急性胰腺炎经内科治疗无效者，并发脓肿、假囊肿、弥漫性腹膜炎、肠麻痹者，黄疸加深需解除胆道或壶腹部梗阻者，疑有腹腔内脏穿孔、肠坏死者需进行手术治疗。

3. 中医辨证论治

（1）肝郁气滞证

证候：突然中上腹痛，痛引两胁，或向右肩背部放射，恶心呕吐，口干苦，大便不畅；舌淡红，苔薄白，脉弦细或紧。

治法：疏肝利胆，行气止痛。

代表方剂：小柴胡汤加减。

常用药物：柴胡　黄芩　半夏　人参　延胡索　川楝子　甘草　生姜　大枣

（2）肝胆湿热证

证候：上腹胀痛拒按，胁痛，或有发热，恶心呕吐，目黄身黄，小便短黄，大便不畅；舌红，苔薄黄或黄腻，脉弦数。

治法：清利肝胆湿热。

代表方剂：清胰汤合龙胆泻肝汤加减。

常用药物：柴胡　黄芩　胡黄连　木香　白芍　元胡　大黄　芒硝　龙胆草　泽泻　木通　车前子　当归　生地　栀子

（3）肠胃热结证

证候：全腹疼痛，痛而拒按，发热，口苦而干，脘腹胀满，大便秘结，小便短黄；舌质红，苔黄腻，脉沉实或滑数。

治法：通腑泄热，行气止痛。

代表方剂：大承气汤加减。

常用药物：大黄　枳实　厚朴　芒硝　金银花　连翘　山栀　蒲黄　五灵脂　延胡索

【预防与调护】

1. 积极防治胆道疾患如胆囊炎、胆石症、胆道蛔虫病等，避免酗酒及暴饮暴食。

2. 避免或慎用能诱发胰腺炎的药物如肾上腺皮质激素、噻嗪类利尿剂、硫唑嘌呤等，是防治本病的重要措施。

3. 病初要禁食，随病情好转改为流质食物，逐渐恢复普食。病重患者要卧床休息，保持心情舒畅，避免情志刺激。

第十九节　细菌性痢疾

细菌性痢疾是由志贺菌引起的肠道传染病，简称菌痢。主要病变为结肠黏膜呈现溃疡性炎症，常表现为发热、腹痛、腹泻、里急后重，伴脓血便，可伴有感染性休克或中毒性脑病。

中医在《内经》中早有记载，称本病为"肠澼"。唐代《千金方》称本病为"滞下"。宋代《济生方》首先提出"痢疾"病名。

【西医病机病理】

痢疾杆菌有较强的致病能力。该菌进入人体后是否发病与细菌数量、致病力和人体抵抗力密切相关。如机体免疫力低下且进入肠黏膜的细菌数量较多，细菌可在肠黏膜上皮细胞和固有层中繁殖并引起肠黏膜炎症反应和固有层小血管循环障碍，导致肠黏膜上皮细胞肿胀、变性和坏死，从而形成小而浅表的溃疡，病人出现腹痛、腹泻和脓血便，直肠受刺激出现里急后重。细菌内毒素可致病人出现全身中毒症状如发热等。如细菌产生大量的内毒素或患者为特异体质，可引起微循环障碍而表现为循环衰竭及（或）中毒性脑病。

菌痢的主要病变在结肠，以乙状结肠和直肠的病变最显著。急性期的变化为弥漫性的纤维蛋白渗出性炎症，肠黏膜表面有大量黏液、脓血性渗出物覆盖。慢性期则有肠黏膜水肿及肠壁增厚，溃疡可不断形成和修复，逐渐出现息肉样增生及疤痕形成，并可导致肠腔狭窄。中毒性菌痢结肠病变较轻，仅有充血水肿，很少有溃疡，然而其他脏器病变可较重，如大脑和脑干水肿，神经细胞变性和点状出血，肾小管上皮细胞变性坏死，亦可有肾上腺皮质出血和萎缩。

【中医病因病机】

中医认为，本病的病因为外感时邪或饮食不洁，湿热疫毒内蕴肠腑，湿蒸热郁，气滞血瘀，肠腐血败化为脓血，则见赤白下痢。如素体阳盛，加之湿热蕴蒸，易化为湿热痢；如疫毒陷入心营，引导肝风内动，病人可表现神昏谵语，反复惊抽，唇指青紫，四肢厥冷，脉微欲绝；如疫毒炽盛，内侵胃肠，燔灼气血，则称疫毒痢；如湿热疫毒不清，日久伤阴，则为阴虚痢；如脾阳素虚，寒湿内生，进服寒凉药物则湿从寒化，而成寒湿痢；若下痢日久，时发时止，谓之休息痢。

【临床表现】

潜伏期多数为数小时至 7 日。痢疾志贺菌感染临床表现一般较重，宋内志贺菌感染多数较轻，福氏志贺菌感染介于两者之间，但易转变为慢性。

1. 急性菌痢

（1）普通型（典型） 中医称为湿热痢。起病急，高热，可伴发冷寒战，相继出现腹痛、腹泻和里急后重，每日排便 10 次至数十次，量少，呈脓血便。初始可为稀便，以后迅速转为黏液脓血便。左下腹压痛及肠鸣音亢进。及时治疗多于 1 周左右恢复，少数病人可转为慢性。

（2）轻型（非典型） 全身毒血症状和肠道症状均较轻，表现为低热或不发热，腹痛不显著，腹泻每日少于 10 次，大便为稀便或稀水便，有少量黏液，常无脓血，里急后重感不明显。病程 3～7 日，亦可转为慢性。易被误诊为肠炎。

（3）中毒型 中医称为疫毒痢。多见于 2～7 岁体质较好的儿童。起病急骤，病势凶猛，体温可达 40℃ 以上，精神萎靡，嗜睡，昏迷及抽搐，面色青灰，四肢厥冷，可迅速发生循环及呼吸衰竭。发病初期常无肠道症状或较轻，病后 24 小时可出现腹泻及脓血便。按其临床表现不同可分为以下 3 型。

1）休克型（周围循环衰竭型）：表现为感染中毒性休克，由于微循环障碍，出现面色发青，皮肤发花，口唇发绀，四肢末梢发凉，血压下降甚至测不出，脉搏细数，尿量减少或无尿，常有程度不等的意识障碍。此型较为常见。

2）脑型（呼吸衰竭型）：以严重脑部症状为主，由于脑血管痉挛引起脑缺血、缺氧、脑水肿及颅内压升高，严重者可发生脑疝。表现为烦躁不安，嗜睡，惊厥，频繁呕吐，血压升高，昏迷，呼吸增快，呼吸节律不整以至呼吸停止，瞳孔忽大忽小，两侧不等，对光反应迟钝或消失。此型病死率很高。

3）混合型：具有以上两型的综合表现，为最凶险的类型，病死率极高。

2. 慢性菌痢 病程反复发作或迁延不愈达两个月以上者即称慢性菌痢。下列因素易使菌痢转为慢性：急性期治疗不及时或治疗不彻底或为耐药菌株感染；病人原有营养不良或免疫功能低下；福氏志贺菌感染；原有慢性胃肠疾病或寄生虫病等。

（1）慢性迁延型 主要表现为长期反复出现的腹痛、腹泻及黏液脓血便或腹泻与便秘交替现象，病人常伴有乏力、营养不良及贫血等。

（2）急性发作型 有慢性菌痢史，每因进生冷食物、劳累或受凉等诱因而引起急性发作，出现腹痛、腹泻及脓血便，但全身中毒症状多不明显。

（3）慢性隐匿型 1 年内有急性菌痢史，较长时间无明显腹痛、腹泻症状，但大便培养有痢疾杆菌，乙状结肠镜检查黏膜有炎症甚至溃疡等病变。

3. 并发症

（1）志贺菌败血症 是志贺菌感染的重要并发症，但比较少见。表现为持续高热、腹痛、腹泻，严重者可有脱水、意识障碍等。确诊需血培养。

（2）关节炎 急性期或恢复期偶发大关节的渗出性炎症，与变态反应有关。

（3）Reiter 综合征 表现为眼炎、尿道炎、关节炎，后者症状可长达数年。

【实验室检查】

1. 血象 急性期白细胞总数及中性粒细胞增高，慢性期可有贫血。

2. 粪便检查 粪便外观多为黏液脓血便，无粪质，量少。镜检有大量白细胞或脓细胞及红细胞，如发现巨噬细胞有助于诊断。粪便培养可检出痢疾杆菌。采用单克隆抗体检测福氏志贺菌抗原，或应用 PCR 技术和 DNA 探针杂交法检测痢疾杆菌的基因片段。

【诊断与鉴别诊断】

1. 诊断依据

（1）流行病学资料　夏秋季有进食不洁食物史或有与菌痢病人接触史。

（2）临床症状及体征　有发热、腹痛、脓血便及里急后重，左下腹压痛明显。中毒型起病急骤，伴意识障碍及循环或呼吸衰竭，而胃肠道症状早期表现不明显，应及时用直肠拭子或高渗冷盐水灌肠取便送检。病程超过两个月者诊为慢性菌痢。

（3）实验室检查　粪常规镜检可见脓细胞、红细胞，确诊有赖于粪培养有痢疾杆菌。

2. 鉴别诊断

（1）急性菌痢应与阿米巴痢疾相鉴别　阿米巴痢疾起病较缓，毒血症状常不明显，常无里急后重，腹泻次数少，粪质量多，典型者呈暗红色果酱样，有腥臭。粪检白细胞少，红细胞多，常有夏科－雷登结晶体，可找到溶组织阿米巴滋养体。乙状结肠镜可见散在深溃疡，周围有红晕。

（2）慢性菌痢应与结、直肠癌，慢性非特异性溃疡性结肠炎等相鉴别　结、直肠癌抗菌治疗无效，进行性消瘦，乏力，指肛或直肠镜、结肠镜检查有助诊断。慢性非特异性溃疡性结肠炎也可表现为慢性腹泻，但抗菌治疗无效，X 线钡灌肠可见结肠袋消失，呈铅管状改变。

（3）中毒型菌痢休克型应与其他原因的感染中毒性休克相鉴别　粪便检查有助鉴别。脑型应与流行性乙型脑炎鉴别，乙脑发病进展较缓，以意识障碍为主，极少见休克，脑脊液呈浆液性脑膜炎改变，且无粪便异常改变。

【治疗】

1. 治疗思路　急性期以抗菌治疗为主，慢性期除抗菌治疗外还应改善肠道功能，辅以中药治疗。中毒性菌痢应针对威胁生命的各种病理变化予以及时抢救。

2. 西医治疗

（1）急性菌痢

1）一般及对症治疗：消化道隔离至症状消失，粪便培养连续 2 次阴性。卧床休息，饮食以少渣易消化流食或半流食为宜。有失水者给予口服补液盐或生理盐水等。及时纠正电解质紊乱和酸中毒。高热者予以退热剂及物理降温，毒血症状明显者酌情应用小剂量肾上腺皮质激素，腹痛剧烈者可应用解痉剂如阿托品等。

2）病原治疗：应根据当地流行菌株或病人大便培养的药敏结果选择敏感的抗菌药物，疗程应大于 5 日以减少恢复期带菌。选择易被肠道吸收的口服药物，必要时加用肌肉注射或静脉注射药物。

喹诺酮类：有较强的杀菌作用，为成人菌痢首选的药物。诺氟沙星，0.2～0.4g/次，每日 4 次。环丙沙星，0.2g/次，每日 2 次。儿童、孕妇及哺乳期妇女不宜使用。

复方磺胺甲噁唑：每片含 SMZ 400mg，TMP 80mg，成人每次 2 片，每日 2 次，儿童酌减，疗程 1 周。对磺胺过敏、严重肝肾疾患及白细胞减少者忌用。

其他抗生素：上述药物疗效不佳可改用庆大霉素，成人每天 160mg，小儿每日 3～

5mg/kg，分两次肌注。

（2）慢性菌痢 应长期系统治疗，尽可能多次进行大便培养及细菌药敏试验。鼓励病人适当锻炼，生活规律，避免劳累与紧张，进食易消化少渣饮食，积极治疗其他伴存慢性疾病。

1）病原治疗：联合应用两种以上敏感的抗生素，至少2~3个疗程。

2）保留灌肠疗法：应用0.5%卡那霉素或0.3%黄连素或5%大蒜素液加0.25%普鲁卡因及氢化考的松灌肠，每次100~200ml，每天1次，连续10~14日为一疗程。

（3）中毒型菌痢 本型来势迅猛，应积极采取有针对性的综合措施予以抢救。

1）病原治疗：应用有效的抗菌药物静脉滴注，如环丙沙星0.2~0.4g静脉滴注，每日2次，或左氧氟沙星200mg，每日2次，或头孢噻肟每日4~6g，分2次静脉滴注。

2）高热和惊厥的治疗：高热易引起惊厥而加重脑缺氧和脑水肿，可给予亚冬眠疗法，以氯丙嗪与异丙嗪各1~2mg/kg肌注，使体温保持在37℃左右。反复惊厥者予以安定、水合氯醛等。

3）循环衰竭的处理：应积极扩充血容量，快速静脉滴入低分子右旋糖酐（儿童10~15ml/kg，成人500ml）及葡萄糖盐水，如有酸中毒予以5%碳酸氢钠。在扩充血容量的基础上，应用血管扩张药物如山莨菪碱解除血管痉挛，成人每次10~60mg，儿童每次1~2mg/kg，每5~15分钟一次，待面色红润、四肢变暖及血压回升后可停用。如血压仍不回升则用多巴胺、阿拉明、酚妥拉明等，可增加心肌收缩力，降低周围血管阻力，改善重要脏器的血液灌注。短期应用肾上腺皮质激素对病人多有裨益。有心力衰竭者加用西地兰。

4）呼吸衰竭的处理：应保持呼吸道通畅，吸氧，应用脱水剂控制脑水肿，给予20%甘露醇，每次1~2g/kg，快速静脉点滴，每6~8小时重复应用。必要时予以山梗菜碱、尼可刹米等呼吸兴奋剂。重症病人予以气管插管或气管切开应用人工呼吸机。

3. 中医辨证论治

（1）湿热痢

证候：身热，腹痛，里急后重，下痢赤白黏冻，肛门灼热；舌苔腻微黄，脉滑数。

治法：清热利湿，调气行血。

代表方剂：芍药汤加减。

常用药物：黄芩　赤芍　炙甘草　黄连　大黄　槟榔　当归　木香　肉桂

（2）疫毒痢

证候：发病急骤，寒战壮热，口渴，汗出喘息，头痛烦躁，甚则神昏抽搐，精神萎靡，面色青灰，四肢厥冷，伴有下痢脓血；舌质红绛，苔黄，脉滑数或沉伏。

治法：清热解毒，凉血理气。

代表方剂：白头翁汤加减。

常用药物：白头翁　秦皮　黄连　黄芩　黄柏　赤芍　丹皮

（3）寒湿痢

证候：腹痛，下痢赤白黏冻，白多赤少，状如鼻涕，里急后重，口淡无味；舌苔白，脉迟。

治法：散寒除湿，调气和血。

代表方剂：平胃散加减。

常用药物：苍术　厚朴　橘皮　甘草　藿香　生姜　大枣

（4）阴虚痢

证候：腹痛，下痢赤白脓血，色鲜红，质黏稠，里急后重，心烦口渴；舌质红绛少苔，或舌光乏津，脉细数。

治法：养阴清肠。

代表方剂：驻车丸加减。

常用药物：黄连　阿胶　当归　干姜　生地　白芍

（5）虚寒痢

证候：腹部隐痛，下痢稀薄白冻，甚或滑脱不禁，食少神疲，畏寒肢冷；舌淡苔薄，脉细弱。

治法：补虚温中，涩肠固脱。

代表方剂：真人养脏汤加减。

常用药物：当归　白术　诃子　藿香　肉豆蔻　木香　肉桂　炙甘草　厚朴

（6）休息痢

证候：下痢间歇发作，可因食生冷或劳倦诱发，发作时腹痛伴里急后重，下痢赤白脓血，不发时如常人，或有纳呆腹胀；舌苔腻，脉弦或濡。

治法：温中清肠，调气化滞。

代表方剂：四君子汤合香连丸加减。

常用药物：党参　白术　茯苓　炙甘草　黄连　木香　地榆

【预防】

应采取以切断传播途径为主的综合措施。

1. 管理传染源　早期发现病人及带菌者，及时隔离并彻底治疗至粪便培养阴性。从事饮食、托幼人员及自来水厂工人等应定期粪检，一旦发现问题应及时隔离。

2. 切断传播途径　搞好"三管一灭"（管好水、粪、饮食，消灭苍蝇），做到餐前便后洗手。

3. 保护易感人群　口服痢疾 $F_{2\alpha}$ 依链株和 T_{32} 菌苗，能刺激肠黏膜产生具保护作用的 IgA 抗体，保护率可达 80% 左右。国内采用生物技术合成福氏 2_α 和宋氏双价菌苗，口服安全，一次口服，可取得保护效果。

第二十节　病毒性肝炎

病毒性肝炎是由多种肝炎病毒引起的，以肝脏损害为主的一组全身性传染病。按病原学分类，目前已确定的有甲型肝炎、乙型肝炎、丙型肝炎、丁型肝炎、戊型肝炎，通过实验诊断排除上述类型肝炎者称为非甲～非戊型肝炎。最近发现的庚型肝炎病毒和输血传播病毒是否引起肝炎未有定论。甲型和戊型肝炎经粪－口途径传播，乙型、丙型、丁型肝炎主要经血液、体液等胃肠外途径传播。各型病毒性肝炎临床表现相似，以疲乏、食欲减退、厌油、肝大、肝功能异常为主，部分病例出现黄疸。甲型和戊型肝炎多表现为急性感染，乙型、丙型、丁型肝炎大多呈慢性感染，少数病例可发展为肝硬化或肝细胞癌。目前对病毒性肝炎尚缺乏特效治疗方法。甲型和乙型肝炎可通过疫苗预防。

中医对于病毒性肝炎的认识，散见于黄疸、胁痛、郁证、鼓胀及癥积等病证中。

【西医病因病理】

1. 发病机制

（1）甲型肝炎　甲型肝炎病毒（HAV）经口进入体内后，由肠道进入血流，引起短暂的病毒血症，约 1 周后进入肝细胞并在细胞内复制，2 周后由胆汁排出体外。HAV 在肝内复制的同时，亦进入血液循环引起低浓度的病毒血症。HAV 引起肝细胞损伤的机制尚未完全明了，目前认为在感染早期，由于 HAV 大量增殖，使肝细胞轻微破坏，随后细胞免疫起重要作用。在感染后期抗 HAV 产生后可能通过免疫复合物机制使肝细胞破坏。

（2）乙型肝炎　乙型肝炎的发病机制非常复杂，肝细胞病变主要取决于机体的免疫状况。免疫应答既可清除病毒，同时亦导致肝细胞损伤，甚至迫使病毒变异。乙型肝类病毒（HBV）侵入肝细胞的机制尚未完全明了，研究认为 HBV 进入肝细胞后即开始其复制过程，HBV DNA 进入细胞核形成共价闭合环状 DNA（cccDNA），以 cccDNA 为模板合成前基因组 mRNA，前基因组 mRNA 进入胞浆作为模板合成负链 DNA，再以负链 DNA 为模板合成正链 DNA，两者形成完整的 HBV DNA。肝细胞内 HBV 数量与细胞病变并无明显相关性，HBV 并不直接导致肝细胞病变，即使可直接损伤亦非重要。肝细胞病变主要由细胞免疫反应所致，免疫反应攻击的靶抗原主要是 HBcAg，效应细胞主要是特异性细胞毒性 T 淋巴细胞（CTL），人类白细胞抗原（HLA）有识别功能亦参与其中。机体免疫反应不同，导致临床表现各异。当机体处于免疫耐受状态，不发生免疫应答，多成为无症状携带者；当机体免疫功能正常时，多表现为急性肝炎经过，大部分病人可彻底清除病毒而痊愈；当机体免疫功能低下、不完全免疫耐受、自身免疫反应产生、HBV 基因突变逃避免疫清除等情况下，可导致慢性肝炎；当机体处于超敏反应，大量抗原－抗体复合物产生并激活补体系统以及在肿瘤坏死因子（TNF）、白细胞介素－1（IL-1）、内毒素等参与下，大片肝细胞坏死，发生重型肝炎。乙型肝炎慢性化的发生机制还未充分明了，但有证据表明，免疫耐受是关键因素之一。另外，慢性化可能与遗传因素有关。

（3）丙型肝炎　丙型肝炎病毒（HCV）进入体内之后，首先引起病毒血症。血浆中 HCV 浓度约为 $10^2 \sim 10^4 CID_{50}/ml$。病毒血症间断地出现于整个病程。由于缺乏适当的细胞培养体系，HCV 致病机制方面的研究受到一定限制。目前研究认为 HCV 致肝细胞损伤有下列因素的参与，其中免疫应答起更重要作用：①HCV 直接杀伤作用；②宿主免疫因素；③自身免疫；④细胞凋亡。HCV 感染后易慢性化，超过 50% 的 HCV 感染者转为慢性。慢性化的可能原因主要有：①HCV 的高度变异性；②HCV 对肝外细胞的泛嗜性；③HCV 免疫原性弱，机体对其免疫应答水平低下，甚至产生免疫耐受，造成病毒持续感染。

（4）丁型肝炎　丁型肝炎的发病机制还未完全阐明，目前认为，病毒本身及其表达产物对肝细胞有直接作用，但尚缺乏确切证据。另外，HDAg 的抗原性较强，有资料显示是特异性 CD_8 T 细胞攻击的靶抗原，因此，宿主免疫反应参与了肝细胞的损伤。

（5）戊型肝炎：戊型肝炎发病机制尚不清楚，可能与甲型肝炎相似。

2. 病理解剖

（1）基本病变　以肝损害为主，肝外器官可有一定损害。各型肝炎的基本病理改变表现为弥漫性的肝细胞变性、坏死，同时伴有不同程度的炎症细胞浸润，间质增生和肝细胞再生。

（2）各临床型肝炎的病理特点

急性病毒性肝炎：肝脏肿大，肝细胞气球样变和嗜酸性变，形成点、灶状坏死，汇管区炎症细胞浸润，坏死区肝细胞增生，网状支架和胆小管结构正常。

慢性病毒性肝炎：病理诊断主要按炎症活动度和纤维化程度进行分级（G）和分期（S）（表9－10）。

表9－10 　　　　　　　　　　　**慢性肝炎分级、分期标准**

炎症活动度（G）			纤维化程度（S）	
级	汇管区周围	小叶	期	纤维化程度
0	无炎症	无炎症	0	无
1	汇管区炎症	变性及少数点、灶状坏死	1	汇管区纤维化扩大，局限窦周及小叶内纤维化
2	轻度PN	变性，点、灶状坏死，嗜酸性小体	2	汇管区周围纤维化，纤维间隔形成，小叶结构保存
3	中度PN	变性，融合坏死，或见BN	3	纤维间隔伴小叶结构紊乱，无肝硬化
4	重度PN	BN范围广，多小叶坏死	4	早期肝硬化

注：PN：碎屑样坏死；BN：桥状坏死

病理诊断与临床分型的关系：①轻度慢性肝炎：炎症活动度（G）1～2级，纤维化程度（S）0～2期。表现为：肝细胞变性，点、灶状坏死，嗜酸性小体；汇管区有（无）炎症细胞浸润、扩大，可见轻度碎屑坏死；小叶结构完整。②中度慢性肝炎：炎症活动度（G）3级，纤维化程度（S）1～3期。表现为汇管区炎症明显，伴中度碎屑坏死；小叶内炎症重，伴桥状坏死；纤维间隔形成，小叶结构大部分保存。③重度慢性肝炎：炎症活动度（G）4级，纤维化程度（S）2～4期。表现为：汇管区炎症重或伴重度碎屑坏死；桥状坏死范围广泛，累及多个小叶；多数纤维间隔，致小叶结构紊乱，或形成早期肝硬化。

重型肝炎：①急性重型肝炎：发病初肝脏无明显缩小，约1周后肝细胞呈大块坏死或亚大块坏死或桥接坏死，坏死肝细胞占2/3以上，周围有中性粒细胞浸润，无纤维组织增生，亦无明显的肝细胞再生。肉眼观察肝体积明显缩小，由于坏死区充满大量红细胞而呈红色，残余肝组织因淤胆而呈黄绿色，故称之为红色或黄色肝萎缩。②亚急性重型肝炎：肝细胞呈亚大块坏死，坏死面积小于1/2。肝小叶周边可见肝细胞再生，形成再生结节，周围被增生胶原纤维包绕，伴小胆管增生，淤胆明显。肉眼观察肝脏表面见大小不等的小结节。③慢性重型肝炎：在慢性肝炎或肝硬化病变背景上出现亚大块或大块坏死，大部分病例尚可见桥接及碎屑状坏死。

肝炎肝硬化：①活动性肝硬化：肝硬化伴明显炎症，假小叶边界不清。②静止性肝硬化：肝硬化结节内炎症轻，假小叶边界清楚。

淤胆型肝炎：除有轻度急性肝炎变化外，还有毛细胆管内胆栓形成，肝细胞内胆色素滞留，肝细胞内出现小点状色素颗粒，严重者肝细胞呈腺管状排列，吞噬细胞肿胀并吞噬胆色素。汇管区水肿和小胆管扩张，中性粒细胞浸润。

慢性无症状携带者：携带者中肝组织正常者约占10%；轻微病变占11.5%～48.2%不等，又称为非特异性反应炎症，以肝细胞变性为主，伴轻微炎症细胞浸润。

3. 病理生理

（1）黄疸　黄疸以肝细胞性黄疸为主。由于胆小管壁上的肝细胞坏死，导致管壁破裂，胆汁反流入血窦。

（2）肝性脑病　肝性脑病产生因素是多方面的，主要有以下观点。

1）血氨及其他毒性物质的潴积：目前认为是肝性脑病产生的主要原因。大量肝细胞坏死时，肝脏解毒功能降低，肝硬化时门－腔静脉短路，均可引起血氨及其他有毒物质的潴积，使中枢神经系统中毒，从而导致肝性脑病。

2）支链氨基酸/芳香氨基酸比例失调：正常时支/芳比值为 3.0～3.5，肝性脑病时支/芳比值为 0.6～1.2。重型肝炎时表现为芳香氨基酸（苯丙氨酸、酪氨酸等）显著升高，而支链氨基酸（缬氨酸、亮氨酸、异亮氨酸等）正常或轻度减少；肝硬化时则表现为芳香氨基酸升高和支链氨基酸减少。

3）假性神经递质假说：某些胺类物质（如羟苯乙醇胺）由于肝功能衰竭不能被清除，通过血－脑脊液屏障，取代正常的神经递质，从而导致脑病。利尿引起的低钾和低钠血症、消化道大出血、高蛋白饮食、合并感染、使用镇静剂、大量放腹水等都可诱发肝性脑病发生。

（3）出血　肝细胞坏死使多种凝血因子合成减少，肝硬化脾功能亢进使血小板减少，重型肝炎时 DIC 导致凝血因子和血小板消耗等因素可引起出血。

（4）急性肾功能不全　急性肾功能不全又称肝肾综合征或功能性肾衰竭。在重型肝炎或肝硬化时，由于内毒素血症、肾血管收缩、肾缺血、前列腺素 E_2 减少、有效血容量下降等因素导致肾小球滤过率和肾血浆流量降低，从而引起急性肾功能不全。

（5）腹水　重型肝炎和肝硬化时，由于肾皮质缺血，肾素分泌增多，刺激肾上腺皮质分泌过多的醛固酮，导致钠潴留。利钠激素的减少也导致钠潴留。钠潴留是早期腹水产生的主要原因，而门脉高压、低蛋白血症和肝淋巴液生成增多则是后期腹水的主要原因。

【中医病因病机】

中医学认为，肝炎形成是由湿热疫毒隐伏，正气不能抗邪所致，其病变不仅涉及肝，且多乘胃、克脾、累肾。其病初期为肝气郁结，血行缓滞，气机受阻，脏腑功能失调，病变日久脾胃亦受损。然湿热瘀结，又使病深难解，亦可因肝脾功能失调，运化失职，呈现肝阴不足，肾阴亦亏，肾阴不足，肝阴亦虚。如此反复，气郁而湿滞，湿滞郁久化热，热郁而生痰，痰结而血不行。慢性肝炎后期，由于湿热血瘀相搏，气难行，血难生，病变日趋深化，肝脾功能日衰，从而影响到人体津液的正常输布，血流壅滞，络脉瘀阻，形成痞块，结于肋下，谓之肝脾肿大。且出现全身瘀血征象，如皮下瘀斑、肢体血缕、红掌、肌肤甲错、舌质紫暗、有瘀点、脉弦涩等。气血水相因，癥积鼓胀相继而成。慢性病毒性肝炎，多表示正气已衰而湿热未清，余邪未尽。

【临床表现】

病毒性肝炎按病原学分为甲型肝炎、乙型肝炎、丙型肝炎、丁型肝炎、戊型肝炎、非甲～非戊型肝炎（未定型）。按临床表现将病毒性肝炎分为急性肝炎（包括急性黄疸型肝炎和急性无黄疸型肝炎）、慢性肝炎（分为轻、中、重三度）、重型肝炎（有急性、亚急性、慢性三型）、淤胆型肝炎、肝炎肝硬化（静止型和活动型）。

1. 潜伏期　甲型肝炎 2～6 周，平均 4 周。乙型肝炎 1～6 月，平均 3 个月。丙型肝炎 2 周～6 月，平均 40 天。丁型肝炎未确定，可能与乙型肝炎相同。戊型肝炎 2～9 周，平均 6 周。

2. 临床经过

（1）急性肝炎　各型病毒均可引起。甲、戊型不转为慢性，成年急性乙型肝炎约10%转为慢性，丙型超过50%，丁型约70%转为慢性。

1）急性黄疸型肝炎：临床经过的阶段性较为明显，可分为三期，总病程2~4个月。

黄疸前期：甲、戊型肝炎起病较急，可有畏寒、发热，约80%患者有发热，体温在38℃~39℃之间，一般不超过3天。乙、丙、丁型肝炎起病相对较缓，仅少数有发热。此期主要症状有全身乏力、食欲减退、恶心、呕吐、厌油、腹胀、肝区痛、尿色加深等。肝功能改变主要为丙氨酸氨基转移酶（ALT）升高。本期持续1~21天，平均5~7天。

黄疸期：自觉症状好转，发热消退，尿黄加深，巩膜和皮肤出现黄疸，1~3周内黄疸达高峰。肝功能检查ALT和胆红素升高，尿胆红素阳性。本期持续2~6周。

恢复期：症状逐渐消失，黄疸消退，肝、脾回缩，肝功能逐渐恢复正常。本期持续2周至4个月，平均1个月。

2）急性无黄疸型肝炎：除无黄疸外，其他临床表现与黄疸型肝炎相似。无黄疸型肝炎起病较缓慢，症状较轻，主要表现为全身乏力，食欲下降，恶心，腹胀，肝区痛，肝大，有轻压痛及叩痛等。恢复较快，病程大多在3个月内。

急性丙型肝炎的临床表现一般较轻，多无明显症状或症状很轻，无黄疸型占2/3以上。多数病例无发热，血清ALT呈轻中度升高，即使是急性黄疸型病例，血清总胆红素一般不超过52μmol/L。

急性丁型肝炎可与HBV感染同时发生（同时感染）或继发于HBV感染者中（重叠感染），其临床表现部分取决于HBV感染状态。同时感染者HBV复制是短暂的，因此，丁型肝炎病毒（HDV）的复制受到影响，其临床表现与急性乙型肝炎相似，大多数表现为黄疸型，有时可见双峰型ALT升高，分别表示HBV和HDV感染，预后良好，极少数发展为重型肝炎。

戊型肝炎与甲型肝炎相似，但黄疸前期较长，平均10天，症状较重，自觉症状至黄疸出现后4~5天方可缓解，病程较长。HBV慢性感染者重叠戊型肝炎时病情较重，死亡率增高。一般认为戊型肝炎无慢性化过程，也无慢性携带状态。

（2）慢性肝炎　急性肝炎病程超过半年，或原有乙型、丙型、丁型肝炎或HBsAg携带史而因同一病原再次出现肝炎症状、体征及肝功能异常者。慢性肝炎仅见于乙、丙、丁三型肝炎。

轻度：病情较轻，可反复出现乏力，头晕，食欲减退，厌油，尿黄，肝区不适，睡眠不佳，肝稍大有轻触痛，可有轻度脾大。

中度：症状、体征、实验室检查居于轻度和重度之间。

重度：有明显或持续的肝炎症状，如乏力、纳差、腹胀、尿黄、便溏等，伴肝病面容、肝掌、蜘蛛痣、脾大，ALT和（或）天门冬氨酸氨基转移酶（AST）反复或持续升高，白蛋白降低或A/G比值异常，丙种球蛋白明显升高。凡A≤32g/L，TBil＞正常上限5倍，PTA60%~40%，CHE＜2500 U/L，四项中有一项者，可诊断为重度慢性肝炎（表9-11）。

表 9 - 11　　　　　　　　　　病毒性肝炎的实验室检查异常程度参考指标

项目	轻度	中度	重度
ALT 和/或 AST（IU/L）	≤正常 3 倍	>正常 3 倍	>正常 3 倍
胆红素（μmol/L）	≤正常 2 倍	正常 2～5 倍	>正常 5 倍
白蛋白（A）（g/L）	≥35	32～35	≤32
A/G	≥1.4	1.0～1.4	<1.0
电泳 γ 球蛋白（γEP）（%）*	≤21	21～26	≥26
凝血酶原活动度（PTA）（%）	>70	60～70	40～60
胆碱酯酶（CHE）（U/L）**	>5400	4500～5400	≤4500

*用电泳法测定血清 γ 球蛋白；**有条件开展 CHE 检测的单位，可参考本项指标。

（3）重型肝炎（肝衰竭）　是病毒性肝炎中最严重的一种类型，约占全部肝炎的 0.2%～0.5%，病死率高。所有肝炎病毒均可引起重型肝炎，甲型、丙型少见。重型肝炎发生的病因及诱因复杂，包括重叠感染（如乙型肝炎重叠戊型肝炎）、妊娠、HBV 前 C 区突变、过度疲劳、精神刺激、饮酒、应用肝损药物、合并细菌感染、有其他合并症（如甲状腺功能亢进、糖尿病）等。

1）急性重型肝炎：又称暴发型肝炎，发病多有诱因。以急性黄疸型肝炎起病，但病情发展迅猛，2 周内出现极度乏力，严重消化道症状，出现神经、精神症状，表现为嗜睡、性格改变、烦躁不安、昏迷等，体检可见扑翼样震颤及病理反射，肝性脑病在 Ⅱ 度以上（按四度划分），黄疸急剧加深，胆酶分离，肝浊音界进行性缩小，有出血倾向，PTA 小于 40%，血氨升高，出现中毒性鼓肠、肝臭、急性肾衰竭（肝肾综合征）。本型病死率高。病程不超过 3 周。

2）亚急性重型肝炎：又称亚急性肝坏死。以急性黄疸型肝炎起病，15 天至 24 周出现极度乏力、食欲缺乏、频繁呕吐、腹胀等中毒症状，黄疸进行性加深，胆红素每天上升 ≥ 17.1μmol/L 或大于正常值 10 倍，明显腹胀，肝性脑病Ⅱ度以上，有明显出血现象，凝血酶原时间显著延长，凝血酶原活动度小于 40%。本型病程较长，常超过 3 周，有的达数月。

3）慢性重型肝炎：临床表现同亚急性重型肝炎，但有如下发病基础：①慢性肝炎或肝硬化病史；②慢性 HBV 携带史；③无肝病史，无 HBsAg 携带史，但有慢性肝病体征（如肝掌、蜘蛛痣等）、影像学改变（如脾脏增厚等）及生化检测改变者（如 A/G 比值下降或倒置，丙种球蛋白升高）；④肝穿刺检查支持慢性肝炎；⑤慢性乙型或丙型肝炎，或慢性 HBsAg 携带者重叠甲型、戊型或其他肝炎病毒感染时要具体分析，应除外由甲型、戊型或其他肝炎病毒引起的急性或亚急性重型肝炎。

（4）淤胆型肝炎　是以肝内淤胆为主要表现的一种特殊临床类型，又称为毛细胆管炎型肝炎。急性淤胆型肝炎起病类似急性黄疸型肝炎，但自觉症状较轻。黄疸较深，持续 3 周以上，甚至持续数月或更长。有皮肤瘙痒，大便颜色变浅，肝大。肝功能检查血清胆红素明显升高，以直接胆红素为主，PTA >60%，γ - 谷氨酸转氨酶（γ - GT 或 GGT）、碱性磷酸酶（ALP 或 AKP）、总胆汁酸（TBA）、胆固醇（CHO）等升高。在慢性肝炎或肝硬化基础上发生上述表现者，为慢性淤胆型肝炎，其发生率较急性者多，预后较差。

（5）肝炎肝硬化　根据肝脏炎症情况分为活动性与静止性两型。①活动性肝硬化：有慢性肝炎活动的表现，ALT 升高，乏力及消化道症状明显，黄疸，白蛋白下降，伴有腹壁、食道静脉曲张，腹水，肝缩小，质地变硬，脾进行性增大，门静脉、脾静脉增宽等门脉高压征表现。②静止性肝硬化：无肝脏炎症活动的表现，症状轻或无特异性，可有上述体征。

根据肝组织病理及临床表现分为代偿性肝硬化和失代偿性肝硬化：①代偿性肝硬化，指早期肝硬化，属 Child – Pugh A 级。A > 35g/L，TBil > 35μmol/L，PTA > 60%。可有门脉高压征，但无腹水、肝性脑病或上消化道大出血。②失代偿性肝硬化，指中晚期肝硬化，属 Child – Pugh B、C 级。有明显肝功能异常及失代偿征象，如 A < 35g/L，A/G < 1.0，TBil > 35μmol/L，PTA < 60%。可有腹水、肝性脑病或门脉高压引起的食管、胃底静脉明显曲张或破裂出血。未达到肝硬化诊断标准，但肝纤维化表现较明显者，称肝炎肝纤维化。主要根据组织病理学作出诊断，B 超及血清学指标如透明质酸（HA）、Ⅲ型前胶原肽（PⅢP）、Ⅳ型胶原（C – Ⅳ）、层粘连蛋白（LN）等可供参考。

【实验室检查】

1. 血常规　急性肝炎初期白细胞总数正常或略高，一般不超过 $10 \times 10^9/L$，黄疸期白细胞总数正常或稍低，淋巴细胞相对增多，偶可见异型淋巴细胞。重型肝炎时白细胞可升高，红细胞下降，血红蛋白下降。肝炎肝硬化伴脾功能亢进者可有血小板、红细胞、白细胞减少的"三少现象"。

2. 尿常规　尿胆红素和尿胆原的检测是早期发现肝炎的简易有效方法，同时有助于黄疸的鉴别诊断。

3. 肝功能检查

（1）血清酶测定

1）丙氨酸转氨酶（ALT）：是目前临床上反映肝细胞功能的最常用指标。急性肝炎时 ALT 明显升高，AST/ALT 常小于 1。慢性肝炎和肝硬化时 ALT 轻度或中度升高或反复异常，AST/ALT 常大于 1，比值越高，则预后愈差。

2）天门冬氨酸转氨酶（AST）：肝病时血清 AST 升高，与肝病严重程度呈正相关。急性肝炎时如果 AST 持续高水平，有转为慢性肝炎的可能，心肌及其他脏器细胞受损时，AST 亦升高。

3）γ – 谷氨酰转肽酶（γ – GT）：肝炎和肝癌患者可显著升高，在胆管阻塞的情况下更明显，γ – GT 活性变化与肝脏病理改变有良好的一致性。

4）碱性磷酸酶（ALP 或 AKP）：ALP 测定主要用于肝病和骨病的临床诊断。当肝内或肝外胆汁排泄受阻时，肝组织表达的 ALP 不能排出体外而回流入血，导致血清 ALP 活性升高。

（2）血清蛋白　主要由白蛋白（A），α_1、α_2、β 及 γ 球蛋白组成。前 4 种主要由肝细胞合成，γ 球蛋白主要由浆细胞合成。在急性肝炎时，血清蛋白质和量可在正常范围内。慢性肝炎中度以上、肝硬化、重型肝炎时出现白蛋白下降，γ 球蛋白升高，白/球（A/G）下降甚至倒置。

（3）胆红素　急性或慢性黄疸型肝炎时血清胆红素升高，活动性肝硬化时亦可升高且消退缓慢，重型肝炎常超过 171μmol/L。一般情况下，肝损程度与胆红素含量呈正相关。直接胆红素在总胆红素中的比例尚可反映淤胆的程度。

（4）凝血酶原活动度（PTA）　PTA 高低与肝损程度成反比。< 40% 是诊断重型肝炎的重要依据，亦是判断重型肝炎预后的敏感指标。

（5）甲胎蛋白（AFP）　AFP 含量的检测是筛选和早期诊断肝细胞癌（HCC）的常规

方法。肝炎活动和肝细胞修复时 AFP 有不同程度的升高，应进行动态观察。急性重型肝炎 AFP 升高时，提示有肝细胞再生，为预后良好的标志。

（6）胆汁酸 血清中胆汁酸含量很低，当肝炎活动时胆汁酸升高，检测胆汁酸有助于鉴别胆汁淤积和高胆红素血症。

4. 病原学检查

（1）甲型肝炎

1）抗 HAV IgM：抗 HAV IgM 在发病后数天即可阳性，是早期诊断甲型肝炎最简便而可靠的血清学标志，在流行病学上是新近感染的证据。

2）抗 HAV IgG：出现稍晚，于 2～3 个月达到高峰，持续多年或终身。在急性后期和恢复期可有抗 HAV IgM 和抗 HAV IgG 同时阳性。

（2）乙型肝炎

1）HBsAg 与抗 HBs：HBsAg 在感染 HBV 两周后即可阳性。只要 HBsAg 阳性就可诊断 HBV 感染。HBsAg 阴性不能排除 HBV 感染。抗 HBs 为保护性抗体，阳性表示对 HBV 有免疫力，见于乙型肝炎恢复期、过去感染及乙肝疫苗接种后。HBV 感染后可出现 HBsAg 和抗 HBs 同时阴性，即所谓窗口期，此时 HBsAg 已消失，抗 HBs 仍未产生。HBsAg 和抗 HBs 同时阳性可出现在 HBV 感染恢复期，此时 HBsAg 未消失，抗 HBs 已产生；另一情形是 S 基因区发生变异，原型抗 HBs 不能将其清除，或抗 HBs 阳性者感染了免疫逃避株。

2）HBeAg 与抗 HBe：急性 HBV 感染时 HBeAg 的出现时间略晚于 HBsAg，在病程极期后消失。HBeAg 的存在表示病毒复制活跃且有较强的传染性。长期抗 HBe 阳性者并不代表病毒复制停止或无传染性，可能由于前 C 区基因或 C 基因启动子（CP）变异，导致不能形成 HBeAg 或合成 HBeAg 水平降低。

3）HBcAg 与抗 HBc：血清中 HBcAg 主要存在于 HBV 完整颗粒（Dane 颗粒）的核心，通常用二巯基乙醇及 NP－40 先裂解蛋白外壳，再进行检测。HBcAg 阳性表示 HBV 处于复制状态，有传染性。抗 HBc IgM 是 HBV 感染后较早出现的抗体，持续时间差异较大，多数在 6 个月内消失。高滴度的抗 HBc IgM 对诊断急性乙型肝炎或慢性乙型肝炎急性发作有帮助。抗 HBc IgG 在血清中可长期存在，高滴度的抗 HBc IgG 表示现症感染，常与 HBsAg 并存；低滴度的抗 HBc IgG 提示过去感染，常与抗 HBs 并存。单一抗 HBc IgG 阳性者可以是过去感染，因其可长期存在，亦可以是低水平感染，特别是高滴度者。

4）HBV DNA：是病毒复制和具有传染性的直接标志。检测 HBV DNA 目前已成为临床上最常用的手段，HBV DNA 定量对于判断病毒复制程度、传染性大小、抗病毒药物疗效等有重要意义。

（3）丙型肝炎

1）抗 HCV IgM 和抗 HCV IgG：HCV 抗体不是保护性抗体，是 HCV 感染的标志。抗 HCV IgM 阳性提示现症 HCV 感染，抗 HCV IgG 阳性提示现症感染或既往感染。

2）HCV RNA：HCV RNA 阳性是病毒感染和复制的直接标志。HCV RNA 尚可进行基因分型，基因分型在流行病学和抗病毒治疗等方面有一定意义。

（4）丁型肝炎

1）HDAg、抗 HD IgM 及抗 HD IgG：HDAg 阳性是诊断急性 HDV 感染的直接证据。抗 HD IgM 阳性是现症感染的标志。当感染处于 HDAg 和抗 HD IgG 之间的窗口期时，可仅有抗

HD IgM 阳性。高滴度抗 HD IgG 提示感染的持续存在，低滴度提示感染静止或终止。

2）HDV RNA：血清或肝组织中 HDV RNA 是诊断 HDV 感染最直接的依据。

（5）戊型肝炎

1）抗 HEV IgM 和抗 HEV IgG：抗 HEV IgM 阳性是近期 HEV 感染的标志。急性肝炎病人抗 HEV IgM 阳性，可诊断为戊型肝炎。抗 HEV IgG 在急性期滴度较高，恢复期则明显下降。

2）HEV RNA：采用 RT－PCR 法在粪便和血液标本中检测到 HEV RNA 可明确诊断。

5. 影像学检查　B 超有助于鉴别阻塞性黄疸、脂肪肝及肝内占位性病变，对肝硬化有较高的诊断价值。

6. 肝组织病理检查　肝组织病理检查是明确诊断、衡量炎症活动度、纤维化程度及评估疗效的金标准。还可在肝组织中原位检测病毒抗原或核酸，以助确定病毒复制状态。

【诊断与鉴别诊断】

1. 诊断要点

（1）流行病学资料

1）甲型肝炎：病前是否去过甲肝流行区，有无进食未煮熟海产品及饮用污染水史。多发生于冬春季，儿童多见。

2）乙型肝炎：患者是否有输血、不洁注射史，是否有与 HBV 感染者接触史，家庭成员有无 HBV 感染者，特别是婴儿母亲是否 HBsAg 阳性等有助于乙型肝炎的诊断。

3）丙型肝炎：有输血及血制品、静脉吸毒、血液透析、多个性伴侣、母亲为 HCV 感染等病史的肝炎患者应怀疑丙型肝炎。

4）丁型肝炎：同乙型肝炎，我国以西南部感染率较高。

5）戊型肝炎：基本同甲型肝炎，暴发以水传播为多见，多累及成年人。

（2）临床诊断

1）急性肝炎：起病较急，常有畏寒、发热、乏力、头痛、纳差、恶心、呕吐等急性感染或黄疸前期症状，肝大，质偏软，ALT 显著升高。黄疸型肝炎血清胆红素 $<17\mu mol/L$，尿胆红素阳性。黄疸型肝炎的黄疸前期、黄疸期、恢复期三期经过明显，病程 6 个月以内。

2）慢性肝炎：病程超过半年或发病日期不明确而有慢性肝炎症状、体征、实验室检查改变者。常有乏力、厌油、肝区不适等症状，可有肝病面容、肝掌、蜘蛛痣、胸前毛细血管扩张、肝大质偏硬、脾大等体征。

3）重型肝炎：主要表现有：极度疲乏；严重消化道症状如频繁呕吐、呕逆；黄疸迅速加深，出现胆酶分离现象；肝脏进行性缩小；出血倾向；PTA ＜40％；皮肤、黏膜出血；出现肝性脑病、肝肾综合征、腹水等严重并发症。急性黄疸型肝炎病情迅速恶化，2 周内出现Ⅱ度以上肝性脑病或其他重型肝炎表现者，为急性重型肝炎；15 天至 24 周出现上述表现者为亚急性重型肝炎；在慢性肝炎或肝硬化基础上出现的重型肝炎为慢性重型肝炎。

4）淤胆型肝炎：起病类似急性黄疸型肝炎，黄疸持续时间长，症状轻，有肝内梗阻的表现，注意排除其他原因引起的肝内外梗阻。

5）肝炎肝硬化：多有慢性肝炎病史。有乏力、腹胀、尿少、肝掌、蜘蛛痣、脾大、腹水、下肢水肿、胃底和食管下段静脉曲张、白蛋白下降、A/G 倒置等肝功能受损和门脉高压表现。

（3）病原学诊断

1）甲型肝炎：有急性肝炎临床表现，并具备下列任何一项均可确诊为甲型肝炎：抗HAV IgM 阳性；抗 HAV IgG 急性期阴性，恢复期阳性；粪便中检出 HAV 颗粒或抗原或 HAV RNA。

2）乙型肝炎：有以下任何一项阳性，可诊断为现症 HBV 感染：血清 HBsAg；血清HBV DNA；血清抗 HBc IgM；肝组织 HBcAg 和（或）HBsAg，或 HBV DNA。

3）丙型肝炎：抗 HCV 阳性或 HCV RNA 阳性，可诊断为丙型肝炎。无任何症状和体征，肝功能和肝组织学正常者为无症状 HCV 携带者。

4）丁型肝炎：具备急、慢性肝炎临床表现，有现症 HBV 感染，同时血清 HDAg 或抗HD IgM 或高滴度抗 HD IgG 或 HDV RNA 阳性，或肝内 HDAg 或 HDV RNA 阳性，可诊断为丁型肝炎。低滴度抗 HD IgG 有可能为过去感染。不具备临床表现，仅血清 HBsAg 和 HDV血清标记物阳性时，可诊断为无症状 HDV 携带者。

5）戊型肝炎：具备急性肝炎临床表现，同时血 HEV RNA 阳性，或粪便 HEV RNA 阳性或检出 HEV 颗粒，可确诊为戊型肝炎。抗 HEV IgG 高滴度，或由阴性转为阳性，或由低滴度到高滴度，或由高滴度到低滴度甚至阴转，均可诊断为 HEV 感染。抗 HEV IgM 阳性，可作为诊断参考，但需排除假阳性。

2. 鉴别诊断

（1）其他原因引起的黄疸

1）溶血性黄疸：常有药物或感染等诱因，表现为贫血、腰痛、发热、血红蛋白尿、网织红细胞升高，黄疸大多较轻，主要为间接胆红素升高。

2）肝外梗阻性黄疸：常见病因有胆囊炎、胆石症、胰头癌、壶腹周围癌、肝癌、胆管癌、阿米巴肝脓肿等。有原发病症状、体征，肝功能损害轻，以直接胆红素为主。影像学证实有肝内外胆管扩张。

（2）其他原因引起的肝炎

1）其他病毒所致的肝炎：如巨细胞病毒感染、传染性单核细胞增多症等。应根据原发病的临床特点和病原学、血清学检查结果进行鉴别。

2）感染中毒性肝炎：如肾病综合征、出血热、恙虫病、伤寒、钩端螺旋体病、阿米巴肝病、急性血吸虫病、华支睾吸虫病等。主要根据原发病的临床特点和实验室检查加以鉴别。

3）药物性肝损害：有使用肝损害药物的历史，停药后肝功能可逐渐恢复。肝炎病毒标志物阴性。

4）酒精性肝病：有长期大量饮酒的历史，肝炎病毒标志物阴性。

5）自身免疫性肝炎：主要有原发性胆汁性肝硬化（PBC）和自身免疫性慢性活动性肝炎（ACAH）。PBC 主要累及肝内胆管，ACAH 主要破坏肝细胞。诊断主要依靠自身抗体的检测。

6）脂肪肝及妊娠期急性脂肪肝：脂肪肝大多继发于肝炎后或身体肥胖者。血中甘油三酯多增高，B 超有较特异的表现。妊娠急性脂肪肝多以急性腹痛起病或并发急性胰腺炎，黄疸深，有严重低血糖及低蛋白血症，尿胆红素阴性。

【治疗】

1. 治疗思路　保证足够的休息、营养为主，辅以适当药物，避免饮酒、过劳和应用损害肝脏药物。

2. 治疗方法

（1）急性肝炎

1）一般治疗：饮食宜清淡易消化食物，适当补充维生素，蛋白质摄入争取达到每日1~1.5g/kg，热量不足者应静脉补充葡萄糖。

2）病原治疗：急性肝炎一般为自限性，多可完全康复，一般不采用抗病毒治疗。急性丙型肝炎则例外，早期应用抗病毒药可减少转慢率。可选用干扰素或长效干扰素，疗程至少26周，应同时加用利巴韦林治疗，剂量800~1000mg/d。

3）对症治疗：以药物对症及恢复肝功能为主，药物不宜太多，以免加重肝脏负担。具体参见慢性肝炎部分。

（2）慢性肝炎　根据病人具体情况采用综合性治疗方案，包括合理的休息和营养、心理平衡、改善和恢复肝功能、调节机体免疫、抗病毒、抗纤维化等治疗。

1）一般治疗

①适当休息：症状明显或病情较重者应卧床休息，卧床可增加肝脏血流量，有助于恢复。病情轻者以活动后不觉疲乏为度。

②合理饮食：适当的高蛋白、高热量、高维生素易消化食物有利肝脏修复，不必过分强调高营养，以防发生脂肪肝。避免饮酒。

③心理平衡：嘱病人要有正确的疾病观，对肝炎治疗应有耐心和信心。切勿乱投医，以免延误治疗。

2）病原治疗：目的是抑制病毒复制，减少传染性；改善肝功能；减轻肝组织病变；提高生活质量；减少或延缓肝硬化和HCC的发生。符合适应证者应尽可能进行抗病毒治疗。

①干扰素（IFN）：可用于慢性乙型肝炎和丙型肝炎抗病毒治疗，它主要通过诱导宿主产生细胞因子起作用，在多个环节抗病毒，包括阻止病毒进入细胞，降解病毒mRNA，抑制病毒蛋白转录，抑制病毒增强子活性，抑制病毒包装等。干扰素疗效与病例选择有明显关系，以下是有利于提高干扰素疗效的因素：肝炎处于活动期，ALT升高；病程短；女性；HBV DNA滴度低；HCV非1b基因型；组织病理有活动性炎症存在等。

IFN-α治疗慢性乙型肝炎：适应证：有HBV复制（HBeAg阳性及HBV DNA阳性）同时ALT异常者。有下列情况之一者不宜用IFN-α：a. 血清胆红素＞正常值上限2倍；b. 失代偿性肝硬化；c. 有自身免疫性疾病；d. 有重要器官病变（严重心、肾疾患，糖尿病，甲状腺功能亢进或低下以及神经精神异常等）。治疗方案（成年）：每次3~5MU，推荐剂量为每次5MU，每周3次，皮下或肌肉注射，疗程4~6个月，根据病情可延长至1年。不良反应：a. 类流感综合征，通常在注射后2~4小时发生，可给予解热镇痛剂等对症处理，不必停药。b. 骨髓抑制，表现为粒细胞及血小板计数减少，一般停药后可自行恢复。当白细胞计数＜3.0×10^9/L或中性粒细胞＜1.5×10^9/L，或血小板＜40×10^9/L时，应停药。血象恢复后可重新恢复治疗，但需密切观察。c. 神经精神症状，如焦虑、抑郁、兴奋、易怒、精神病。出现抑郁及精神症状应停药。d. 失眠、轻度皮疹、脱发，视情况可不停药。e. 诱发自身免疫性疾病，如甲状腺炎、血小板减少性紫癜、溶血性贫血、风湿性关节炎、1型糖尿病等，亦应停药。

IFN－α 治疗丙型肝炎：适应证：血清 HCV RNA 阳性，伴 ALT 升高者。联合利巴韦林可提高疗效。治疗方案：IFN－α 每次 3MU，3 次/周，或长效干扰素 1 次 180μg，1 次/周。疗程 4～6 个月，无效者停药；有效者可继续治疗至 12 个月。疗程结束后随访 6～12 个月。利巴韦林每天 0.8～1.2g，分 4 次口服，疗程 3～6 个月。用药期间少数病例可发生溶血性贫血。孕妇禁用，用药期间及治疗结束后至少 6 个月应避孕。

②拉米呋啶：是一种逆转录酶抑制剂，具有较强的抑制 HBV 复制的作用，可使 HBV DNA 水平下降或阴转，ALT 复常，改善肝组织病变。其作用机制是竞争性抑制 HBV DNA 聚合酶，参与到 HBV DNA 合成过程中阻止新链合成。拉米呋啶虽然可抑制病毒复制，但与其他抗病毒药一样，不能清除细胞核内共价闭合环状 DNA（cccDNA），停药后 cccDNA 又启动病毒复制循环。

适合治疗对象：慢性乙型肝炎患者，年龄大于 12 岁，ALT 高于正常，胆红素低于 50μmol/L，并有 HBV 活动性复制（HBeAg 阳性，HBV DNA 阳性；HBeAg 阴性，HBV DNA 阳性者），考虑有前 C 区变异情况也适于治疗。剂量为每日 100mg，顿服。疗程至少 1 年，然后根据疗效来决定继续服药或停药。

3）免疫调节：如胸腺肽或胸腺素、转移因子、特异性免疫核糖核酸等。胸腺肽，每日 100～160mg，静脉滴注，3 个月为一疗程。胸腺肽 $α_1$ 为合成肽，每次 16mg，皮下注射，每周 3 次，疗程 6 个月。

4）抗肝纤维化：主要有丹参、冬虫夏草、桃仁提取物、γ 干扰素等。丹参抗纤维化作用有较一致共识，研究显示其能提高肝胶原酶活性，抑制 Ⅰ、Ⅲ、Ⅳ 型胶原合成。γ 干扰素在体外试验中抗纤维化作用明显，有待更多临床病例证实。

5）对症治疗：①非特异性护肝药：维生素类（B 族、C 族）、还原型谷胱甘肽、肝泰乐、肌苷、氨基酸等；②降酶药：甘草提取物（甘草甜素、甘草酸苷等）、五味子类（联苯双脂等）、山豆根类（苦参碱等）、垂盆草、齐墩果酸等有降转氨酶作用；③退黄药物：丹参注射液、茵栀黄注射液、门冬氨酸钾镁、前列腺素 E_1、腺苷蛋氨酸、苯巴比妥、皮质激素等。应用皮质激素需慎重，肝内淤胆严重，症状较轻，其他退黄药物无效，无禁忌证时可选用。

（3）重型肝炎　原则是以支持和对症疗法为基础的综合性治疗，促进肝细胞再生，预防和治疗各种并发症。对于难以保守恢复的病例，有条件时可采用人工肝支持系统，争取行肝移植术。

1）一般支持疗法：患者应绝对卧床休息，实施重症监护，密切观察病情，防止院内感染。尽可能减少饮食中的蛋白质，以控制肠内氨的来源。进食不足者，可静脉滴注 10%～25% 葡萄糖注射液，每日热量 2000kcal 左右，液体量 1500～2000ml。补充足量维生素 B、C 及 K。输注新鲜血浆、白蛋白或免疫球蛋白以加强支持治疗。注意维持电解质及酸碱平衡。禁用对肝、肾有损害的药物。

2）促进肝细胞再生

肝细胞生长因子（HGF）：临床上应用的 HGF 主要来自动物（猪、牛等）的乳肝或胎肝，为小分子多肽类物质。静脉滴注 160～200mg/d，疗程一个月或更长，可能有一定疗效。

胰高血糖素－胰岛素（GI）疗法：胰高血糖素 1mg 和胰岛素 10U 加入 10% 葡萄糖注射

液 500ml，缓慢静脉滴注，1 次/天，疗程 14 天。其疗效尚有争议。滴注期间应观察有无呕吐、心悸、低血糖等不良反应，并及时处理。

3）并发症的防治

肝性脑病：低蛋白饮食；保持大便通畅，可口服乳果糖；口服诺氟沙星抑制肠道细菌等措施减少氨的产生和吸收。静脉用雅博司、乙酰谷酰胺、谷氨酸钠、精氨酸、门冬氨酸钾镁有一定的降血氨作用。纠正假性神经递质可用左旋多巴，左旋多巴在大脑转变为多巴胺后可取代羟苯乙醇胺等假性神经递质，从而促进苏醒。静脉滴注 0.2～0.6g/d。维持支链/芳香氨基酸平衡可用氨基酸制剂。出现脑水肿表现者可用 20% 甘露醇和呋塞米（速尿）快速滴注，必要时可两者合用，但需注意水电解质平衡。治疗肝性脑病的同时，应积极消除其诱因。

上消化道出血：预防出血可使用组胺 H_2 受体拮抗剂，如雷尼替丁、法莫替丁、西米替丁，有消化道溃疡者可用奥美拉唑；补充维生素 K、C；输注凝血酶原复合物、新鲜血液或血浆、浓缩血小板、纤维蛋白原等；降低门静脉压力，如应用心得安等。出血时可口服凝血酶或去甲肾上腺素或云南白药，应用垂体后叶素、立止血、生长抑素、安络血。必要时在内镜下直接止血（血管套扎、电凝止血、注射硬化剂等）。肝硬化门脉高压引起的出血还可采用手术治疗。出血抢救时应消除患者紧张情绪。出血是其他严重并发症常见诱因。

继发感染：重型肝炎患者极易合并感染，部分来自院内感染，因此必须加强护理，严格消毒隔离。感染多发生于胆道、腹膜、呼吸系、泌尿系等。一旦出现，应及早应用抗菌药物，根据细菌培养结果及临床经验选择抗生素。胆系及腹膜感染以革兰阴性杆菌多见，常选用头孢菌素类，或喹诺酮类。腹膜感染者尚可试用腹腔内注射抗生素。肺部感染怀疑革兰阳性球菌可选用去甲万古霉素。厌氧菌可用甲硝唑。严重感染可选用强效广谱抗生素如头孢拉啶、头孢曲松，或联合用药，但要警惕二重感染的发生。有真菌感染时，可选用氟康唑。

肝肾综合征：避免肾损药物，避免引起血容量降低的各种因素。目前对肝肾综合征尚无有效治疗方法，可试用多巴胺、立其丁、呋塞米等，大多不宜透析治疗。

4）人工肝支持系统：非生物型人工肝支持系统已应用于临床，主要作用是清除患者血中毒性物质及补充生物活性物质，治疗后可使血胆红素明显下降，凝血酶原活动度升高，但部分病例几天后又回复到原水平。非生物型人工肝支持系统对早期重型肝炎有较好疗效，对于晚期重型肝炎亦有助于争取时间让肝细胞再生或为肝移植作准备。由于肝细胞培养不易，生物型人工肝研究进展缓慢。近期有单位将分离的猪肝细胞应用于生物型人工肝，其效果及安全性有待评估。

5）肝移植：已在我国多家医疗单位开展，并已取得可喜的成效，为重型肝炎终末期患者带来希望。核苷类似物抗病毒药的应用，可明显降低移植肝的 HBV 再感染。肝移植是末期丙型肝炎患者的主要治疗手段，术后 5 年生存率可达 30%～40%。由于肝移植价格昂贵，获供肝困难，有排异反应，常继发感染（如巨细胞病毒）等，阻碍了其广泛应用。

（4）淤胆型肝炎　早期治疗同急性黄疸型肝炎，黄疸持续不退时，可加用泼尼松 40～60mg/d 口服，或静脉滴注地塞米松 10～20mg/d，2 周后如血清胆红素显著下降，则逐步减量。

（5）肝炎肝硬化　可参照慢性肝炎和重型肝炎的治疗，有脾功能亢进或门脉高压明显时可选用手术或介入治疗。

（6）慢性乙型和丙型肝炎病毒携带者　可照常工作，但应定期检查，随访观察，并动员其做肝穿刺活检，以便进一步确诊和做相应治疗。

3. 中医辨证论治

（1）急性黄疸型肝炎

1）阳黄证

证候：尿黄，身目俱黄，色泽鲜明，恶心，厌油，纳呆，口干苦，头身困重，胸脘痞满，乏力，大便干，小便黄赤；苔黄腻，脉弦滑数。

治法：清热解毒，利湿退黄。

代表方剂：茵陈蒿汤合甘露清毒丹加减。

常用药物：茵陈蒿　栀子　大黄　滑石　黄芩　石菖蒲　川贝母　木通　藿香　射干　连翘　薄荷　白蔻仁

2）阴黄证

证候：身目发黄，色泽晦暗，形寒肢冷，大便溏薄；舌质淡，舌体胖，苔白滑，脉沉缓无力。

治法：健脾和胃，温化寒湿。

代表方剂：茵陈术附汤加减。

常用药物：茵陈蒿　白术　附子　干姜　炙甘草　肉桂

（2）急性无黄疸型肝炎

1）湿阻脾胃证

证候：脘闷不饥，肢体困重，怠惰嗜卧，或见浮肿，口中黏腻，大便溏泄；苔腻，脉濡缓。

治法：清热利湿，健脾和胃。

代表方剂：茵陈五苓散加减。

常用药物：茵陈蒿　桂枝　茯苓　白术　泽泻　猪苓

2）肝郁气滞证

证候：胁肋胀痛，胸闷不舒，善太息，情志抑郁，不欲饮食，或口苦喜呕，头晕目眩，苔白滑。妇女月经不调，痛经，或经期乳房作胀。

治法：疏肝理气。

代表方剂：柴胡疏肝散加减。

常用药物：陈皮　柴胡　枳壳　白芍　炙甘草　香附　川芎

（3）慢性病毒性肝炎

1）湿热中阻证

证候：右胁胀痛，脘腹满闷，恶心厌油，身目黄或不黄，小便黄赤，大便黏滞臭秽；舌苔黄腻，脉弦滑数。

治法：清利湿热，凉血解毒。

代表方剂：茵陈蒿汤合甘露消毒丹加减。

常用药物：茵陈蒿　栀子　大黄　滑石　黄芩　石菖蒲　川贝母　木通　藿香　射干　连翘　薄荷　白蔻仁

2）肝郁脾虚证

证候：胁肋胀满，精神抑郁性急，面色萎黄，纳食减少，口淡乏味，脘腹痞胀，大便溏薄；舌淡苔白，脉沉弦。

治法：疏肝解郁，健脾和中。

代表方剂：逍遥散加减。

常用药物：柴胡 白术 白芍 当归 茯苓 生甘草 薄荷 煨姜

3）肝肾阴虚证

证候：头晕耳鸣，两目干涩，咽干，失眠多梦，五心烦热，腰膝酸软，女子经少经闭；舌红体瘦少津或有裂纹，脉细数。

治法：养血柔肝，滋阴补肾。

代表方剂：一贯煎加减。

常用药物：沙参 麦冬 当归 生地 何首乌 枸杞子 山萸肉 女贞子 旱莲草 桑椹子 鳖甲 川楝子

4）脾肾阳虚证

证候：畏寒喜暖，少腹腰膝冷痛，食少便溏，食谷不化，甚则滑泄失禁，下肢浮肿；舌质淡胖，脉沉无力或迟。

治法：健脾益气，温肾扶阳。

代表方剂：附子理中汤合五苓散或四君子汤合肾气丸加减。

常用药物：黄芪 党参 白术 茯苓 甘草 炮姜 附子 炙桂枝 山药 黄精 生地 山萸肉 枸杞子 菟丝子 肉苁蓉

5）瘀血阻络证

证候：面色晦暗或见赤缕红斑，肝脾肿大，质地较硬，或有蜘蛛痣、肝掌，女子行经腹痛，经水色暗有块；舌质暗紫或有瘀斑，脉沉细或细涩。

治法：活血化瘀，散结通络。

代表方剂：膈下逐瘀汤加减。

常用药物：当归 桃仁 红花 川芎 丹皮 赤芍 延胡索 八月札 丹参 鳖甲

（4）重型肝炎

1）毒热炽盛证

证候：病势凶险，高热烦渴，或渴不欲饮，胸腹胀满，黄疸迅速加深，烦躁不安，神昏谵语，皮肤瘀斑；舌红绛，苔黄腻，脉弦数。

治法：清热解毒，凉血救阴。

代表方剂：神犀丹加减。

常用药物：水牛角 生地 石菖蒲 板蓝根 豆豉 玄参 天花粉 紫草 金银花 连翘

2）脾肾阳虚，痰湿蒙闭症

证候：黄疸色不鲜，面色㿠白，神疲倦怠，口中黏腻，喉中有痰声，腰膝冷痛，腹胀尿少，便溏；舌淡胖，脉细小。

治法：健脾温肾，行气利水，化痰开窍。

代表方剂：茵陈四逆汤合菖蒲郁金汤加减。

常用药物：干姜 甘草 附子 茵陈 茯苓 白芍 白术 石菖蒲 郁金 藿香 瓜蒌

3）气阴两虚，脉络瘀阻证

证候：极度乏力，面色黧黑，黄疸晦暗，皮肤花纹瘀斑，两胁胀痛，尿少甚或无尿；舌质暗红或绛，苔少或薄白，脉弦细涩。

治法：益气救阴，活血化瘀。

代表方剂：生脉饮合桃红四物汤加减。

常用药物：人参 麦冬 五味子 玄参 桃仁 红花 当归 赤芍 生地 生甘草

【预防】

1. 控制传染源 肝炎患者和病毒携带者是本病的传染源，急性患者应隔离治疗至病毒消失，慢性患者和携带者可根据病毒复制指标评估传染性大小。复制活跃者尽可能予抗病毒治疗。凡现症感染者不能从事食品加工、饮食服务、托幼保育等工作。对献血员进行严格筛选，不合格者不得献血。

2. 切断传播途径

（1）甲型和戊型肝炎 搞好环境卫生和个人卫生，加强粪便、水源管理，做好食品卫生、食具消毒等工作，防止"病从口入"。

（2）乙、丙、丁型肝炎 加强托幼保育单位及其他服务行业的监督管理，严格执行餐具、食具消毒制度。加强血制品管理，每一个献血员和每一个单元血都要经过最敏感方法检测 HBsAg 和抗 HCV，有条件时应同时检测 HBV DNA 和 HCV RNA，阳性者不得献血，阳性血液不得使用。

3. 保护易感人群

（1）甲型肝炎 抗 HAV IgG 阴性者均可接种甲型肝炎减毒活疫苗以获得主动免疫，主要用于幼儿、学龄前儿童及其他高危人群。接种后免疫期至少 5 年。对近期有与甲型肝炎患者密切接触的易感者，可用人丙种球蛋白进行预防注射以获得被动免疫，时间越早越好，免疫期 2~3 个月。

（2）乙型肝炎

1）乙型肝炎疫苗：易感者均可接种，新生儿应进行普种，与 HBV 感染者密切接触者、医务工作者、同性恋者、药物依赖者等高危人群及从事托幼保育、食品加工、饮食服务等职业人群亦是主要的接种对象。现普遍采用的 0、1、6 月的接种程序经证实是有效的，每次注射 5~10μg（基因工程疫苗），高危人群可适量加大剂量，抗 HBs 阳转率可达 90% 以上。接种后随着时间的推移，部分人抗 HBs 水平会逐渐下降，如果少于 10mIU/ml 时，最好加强注射一次。HBV 慢性感染母亲的新生儿出生后立即注射一次，生后 1 个月和 6 个月时再分别注射一次，每次 10μg，采用此方案保护率亦可达 80% 以上；如果采用 30μg/次，并加用乙型肝炎免疫球蛋白（HBIG），即生后立即注射 HBIG 及乙肝疫苗，生后 1 个月和 6 个月时分别注射一次乙肝疫苗，保护率可达 95% 以上。如母亲为 HBsAg 和 HBeAg 双阳性的新生儿，采用此方案保护率亦可达 90% 以上。接种乙型肝炎疫苗是我国预防和控制乙型肝炎流行的最关键措施。

2）乙型肝炎免疫球蛋白（HBIG）：本法属于被动免疫。HBIG 从人血液中制备。目前国产 HBIG 为 100IU/支。主要用于新生儿及暴露于 HBV 的易感者，应及早注射，保护期约 3 个月，必要时可在此期限后重复注射。

目前对丙、丁、戊型肝炎尚缺乏特异性免疫预防措施。

第二十一节　急性肾小球肾炎

本病与中医学中的"皮水"相似。可归属于"水肿"、"尿血"等范畴。

【西医病因病理】

1. 病因及发病机制　急性肾炎病因以链球菌感染最为常见，绝大多数急性肾炎与 β-溶血性链球菌 A 组感染有关。偶尔见于其他细菌或病原微生物感染之后，如细菌（肺炎球菌、脑膜炎球菌、淋球菌、伤寒杆菌等）、病毒（水痘病毒、麻疹病毒、腮腺炎病毒、乙型肝炎病毒、巨细胞病毒等）、立克次体（斑疹伤寒）、螺旋体（梅毒）、支原体、真菌（组织胞浆菌）、原虫（疟疾）及寄生虫（旋毛虫、弓形虫）。少数患者可由预防接种、异体蛋白、内源性抗原（甲状腺球蛋白抗原、肿瘤蛋白抗原等）引起。

急性肾炎的发病机制系感染后的免疫反应。溶血性链球菌某种成分作为抗原，刺激 B 淋巴细胞产生相应的抗体（免疫球蛋白），结果是循环中或在原位形成抗原-抗体免疫复合物沉积于肾小球毛细血管壁上，激活补体，引起一系列炎症反应，损伤肾脏。其主要作用途径：①免疫复合物与补体结合，激活补体，释放炎症介质，引起肾小球正常结构的物理和免疫化学物质的变化；②炎症时，吞噬细胞释放溶菌酶和多肽酶，破坏肾小球结构的多肽成分；③纤维蛋白沉积于系膜区，刺激系膜细胞增生。多数病例为循环免疫复合物肾炎。

2. 病理　肾脏较正常增大约 2 倍，被膜下肾组织光滑。光镜下基本病理改变为弥漫性毛细血管祥及系膜区细胞增生（以内皮及系膜细胞增生为主）及白细胞（中性粒细胞、单核细胞、嗜酸性粒细胞等）浸润。病变程度变化极大。其中以急性增生性病变最为常见，以内皮及系膜细胞增生为主，并称之为毛细血管内增生性肾小球肾炎。此外，常伴有渗出性炎症。部分病人甚至以渗出性病变为主，主要是中性粒细胞，称之为"急性渗出性肾小球肾炎"。少数病人肾小球病变严重，出现坏死性炎症或出血性炎症。增生、渗出的程度在不同的病例中也存在很大的差别，轻者仅有部分系膜细胞增生，重者内皮细胞也增生，部分甚至出现毛细血管全部阻塞，更严重者形成新月体，肾小囊小新月体（毛细血管外增生）并不少见。有少数病例表现为系膜细胞和基质增生为主。个别亦有呈膜性肾病病变。电镜下早期可见电子致密物沉积及细胞增生、浸润。上皮下驼峰状电子沉积为本病的电镜特点。免疫荧光检查可见 IgG 及 C_3 呈粗颗粒状沉积于系膜区和毛细血管壁，其中 C_3 沉着强度大于 IgG。

【中医病因病机】

引起本病的主要原因为风邪外袭、水湿浸渍、湿毒浸淫等。风为百病之长，常与寒热合邪为病。冒雨涉水，坐卧湿地，或肌肤疮疡湿毒未消而内侵，波及内脏而发病。其发病则基于机体内在脾肾气虚，卫气不固，腠理不密，使风、寒、湿、热、疮疡毒邪得以内乘，内外互因，正邪交争，肺、脾、肾三脏功能失调而引发本病。

1. 风邪外袭，肺失通调　风邪外袭，内舍于肺，肺失宣降，通调失司，以致风遏水阻，风水相搏，流溢肌肤，发为水肿。

2. 热毒内归，湿热蕴结　肺主皮毛，脾主肌肉，肌肤湿热疮毒不能及时清除消透，内归于肺，则通调水道失职，内浸于脾，则运化水液失常，均可导致水液运行受阻，溢于肌肤而成水肿。或热毒内收，下焦热盛，灼伤肾络而为尿血。

3. 水湿浸渍，脾气受困　冒雨涉水，久居湿地，水湿内侵，脾为湿困，健运失常，水液内停，泛于肌肤。

4. 脏腑气亏，精微不固 先天禀赋薄弱，或后天失养，体弱多病，肺脾气亏，肾气不足，以致三焦气化无力，水失蒸腾，泛溢肌肤，而成水肿；气虚失摄，可致精微下泄及尿血。

本病初期以标实邪盛为主，以水肿为突出表现，病变主要在肺脾两脏，恢复期则虚实夹杂，病变主要在脾肾两脏，病久则正虚邪恋，水湿内聚，郁久化热，灼伤脉络，耗损肾阴。

【临床表现】

大多数患者有前驱感染史（潜伏期），常以呼吸道及皮肤感染为主。轻者可无临床表现，仅有抗链球菌溶血素"O"（ASO）滴度升高。其潜伏期依不同致病原长短不一，链球菌在呼吸道感染后多数是 1～2 周（平均 10 天左右）出现临床症状，皮肤感染者的潜伏期较长，常为 2～3 周。在链球菌感染过程中，可有一过性轻度蛋白尿及镜下血尿。

1. 症状

（1）血尿 常为起病的首发症状和患者的就诊原因，几乎所有的患者都有血尿。30%～40% 为肉眼血尿，呈洗肉水样、红茶色或酱油状，但无血凝块。严重血尿患者可有排尿困难及尿道不适感，但无典型的尿路刺激症状。

（2）少尿 患者初期常有少尿，可由少尿引起氮质血症，经 2 周后，随尿量增多，肾功能可恢复。少数病例由少尿发展成无尿，表明肾功能损伤严重，应警惕出现急性肾衰。

（3）全身症状 患者常表现为疲乏、腰痛、厌食、恶心、呕吐、头晕、嗜睡等。

2. 体征

（1）水肿 常为起病的早期症状，约 80% 以上的患者出现水肿。典型表现为晨起眼睑水肿或伴有下肢轻度可凹性水肿，严重的波及全身，甚至发生胸腹水及心包积液，急性肾炎水肿指压凹陷可不明显。大部分患者 2～4 周后自行消肿，少于 20% 的病例可出现肾病综合征。若水肿或肾病综合征持续发展，常提示预后不佳。

（2）高血压 见于 80% 左右的病例，多为轻中度高血压（130～140/90～100mmHg），其高血压与水肿的程度有关，利尿后血压逐渐恢复正常。少数患者出现严重高血压，甚至高血压脑病。若血压持续升高 2 周以上而无下降趋势者，表明肾脏病变较严重。

（3）眼底病变 较少见，多由高血压引起。轻者可见视网膜小动脉痉挛，重者见眼底出血和视神经盘水肿。

3. 合并症

（1）心力衰竭 由于容量负荷而引起充血性心力衰竭，多见于成年患者，可见气促、肺底湿啰音、肺水肿、肝肿大、心率快、奔马律等左右心衰的表现。

（2）脑病 儿童患者多见，表现为剧烈头痛、呕吐、嗜睡、神志不清、黑蒙，严重者有阵发性惊厥及昏迷。常因此而掩盖了急性肾炎本身表现，可与高血压同时存在。

（3）急性肾衰竭 是急性肾炎死亡的主要原因，表现为少尿，无尿和血肌酐、尿素氮升高，以及高血钾、代谢性酸中毒等尿毒症改变。

【实验室及其他检查】

1. 尿液检查 ①血尿：几乎全部患者都有肾小球源性血尿，约 30% 患者为肉眼血尿；②蛋白尿：常为轻、中度蛋白尿，24 小时蛋白定量 <3g，且多为非选择性的蛋白尿，少数患者（<20% 患者）可呈大量蛋白尿（24 小时蛋白定量 >3.5g）；③尿沉渣检查：可见多形性红细胞（占 80% 以上），每个高倍镜视野至少有 10 个以上红细胞，早期可见白细胞和肾小管上皮细胞稍增多，并可见颗粒管型和红细胞管型等。尿液改变较其他临床表现恢复得慢，常迁延数月。大多数儿童、约半数成人患者蛋白尿在 4~6 个月后消失，少数延至 1 年，而少数镜下血尿可延至 1~2 年。

2. 血液检查 ①大约一半病人血红蛋白及红细胞数降低，呈轻度贫血，但严重贫血者少见，利尿消肿后血红蛋白即恢复正常；②感染未愈时，白细胞总数及中性粒细胞常增高；③血沉增快，一般在 30~60mm/h。随着急性期缓解，血沉逐渐恢复正常。

3. 免疫学检查 起病初期血清补体 C_3 及总补体（CH_{50}）活性下降，8 周内逐渐恢复正常，此对诊断本病意义很大。在使用青霉素前，约 70%~80% 急性肾炎患者出现 ASO 阳性，于链球菌感染后 3 周滴度上升，3~5 周达高峰，以后逐渐下降，约 50% 患者在 6 个月内恢复正常。部分病例循环免疫复合物（CIC）及血清冷球蛋白可呈阳性。

4. 肾功能检查 患者起病早期可因肾小球滤过率下降、钠水潴留而尿量减少（常在 400~700ml/d），少数患者甚至少尿（<400ml/d）。肾功能呈一过性受损，患者血肌酐、尿素氮升高。表现为轻度氮质血症，多于 1~2 周后随着利尿后尿量渐增肾功能逐渐恢复正常。仅有少数患者可表现为急性肾衰竭，易与急进性肾小球肾炎相混淆。

5. 肾穿刺活检 毛细血管内增生性肾炎，以肾小球中内皮及系膜细胞增生为主，早期可有中性粒细胞和单核细胞的浸润。免疫病理检查可见 IgG 及 C_3 沉积于系膜区与毛细血管壁，电镜下可见上皮下驼峰状电子致密物沉积。

【诊断与鉴别诊断】

1. 诊断

（1）起病较急，病情轻重不一。

（2）一般有血尿（镜下及肉眼血尿）、蛋白尿，可有管型（如红细胞管型、颗粒管型等），常有高血压及水钠潴留症状（如水肿等），有时有短暂的氮质血症，B 超检查双肾无缩小。

（3）部分病例有急性链球菌或其他病原微生物的感染，多在感染后 1~4 周发病。

（4）大多数预后良好，一般在数月内痊愈。

2. 鉴别诊断

（1）急性感染发热性疾病 在急性感染发热时，部分患者可出现一过性蛋白尿或镜下血尿。但此种尿液变化多见于高热、感染的极期，热退后尿异常迅速消失，并且感染期蛋白尿不伴水肿、高血压等肾脏疾病的临床表现。

（2）全身系统性疾病肾受累 系统性红斑狼疮肾炎及过敏性紫癜肾炎等可出现急性肾炎综合征，但多伴有其他系统受累的表现，如皮肤病损、关节酸痛等，详细询问病史及相关检查可区别。

（3）系膜增生性肾小球肾炎（包括 IgA 肾病及非 IgA 系膜增生性肾小球肾炎） 部分患者有前驱症状，表现为急性肾炎综合征，但患者血清 C_3 一般正常，ASO 滴度不升高，病情无自愈倾向。IgA 肾病患者潜伏期短，常于感染后数小时至数天（3~5 天）内发生肉眼血尿，血尿可呈反复发作，部分患者血清 IgA 升高。

（4）系膜毛细血管性肾小球肾炎（膜性增生性肾小球肾炎） 可有前驱感染，表现为急性肾炎综合征，且常伴肾病综合征，病情持续进展无自愈倾向。50%~70% 患者有持续性低补体（血清 C_3 降低）血症，8 周内不能恢复正常。

（5）急进性肾小球肾炎 起病过程与急性肾炎相似，但除急性肾炎综合征外，多早期出现少尿、无尿，肾功能急剧恶化。重症急性肾炎呈现急性肾衰与该病相鉴别困难时，应及时借助肾活检以明确诊断。

【治疗】

1. 治疗思路 对本病早期有感染者，应积极抗感染治疗。对于水肿明显的病人，中、西药利尿可同时应用。对于有高血压的病人，可用西药降压。由于本病患者肾小球常有局部凝血的表现，因此西药常用抗血小板药；中药活血化瘀药应用较多。中医药在急性期以祛邪活血利水为主，恢复期重在扶正调治。

2. 西医治疗 本病为自限性疾病，不宜应用糖皮质激素及细胞毒药物，治疗以休息和对症治疗为主，主要环节为预防和治疗水、钠潴留，控制循环血容量，从而达到减轻症状（水肿、高血压），预防致死性合并症（心力衰竭、脑病、急性肾衰竭），以及防止各种加重肾脏病的因素。

（1）一般治疗

1）休息：急性起病后应卧床休息，一般为 3～6 个月。直至症状消失后，再逐步增加运动。密切随诊，1～2 周检查尿常规 1 次，共 6 个月，并注意保暖防湿，避免各种感染。

2）饮食：应经常保持低盐及富含维生素的饮食，适量地摄入蛋白。水肿及高血压者，应免盐或控制食盐在每日 2～3g，直至利尿开始。严重水肿且尿少者，应控制入水量。出现肾功能不全、氮质血症者，仅给予优质蛋白，并限制蛋白质入量。限制饮食中的钾入量。

（2）治疗感染灶 当病灶细菌培养为阳性时，应积极应用抗生素治疗。首选青霉素，80 万～120 万 U 肌肉注射，每日 2 次，连用 10～14 天（过敏者选用大环内酯类抗生素），必要时换用其他抗生素。对反复发作的慢性扁桃体炎，待病情稳定后（尿蛋白 < +，尿沉渣红细胞 < 10 个/HP），且扁桃体无急性炎症，可考虑扁桃体切除，手术前、后应用青霉素 2 周。

（3）对症治疗

1）利尿：经控制水、盐入量后，水肿仍明显者，加用利尿剂，常用噻嗪类利尿剂如氢氯噻嗪 25mg，口服，每日 3 次，或丁尿胺 1～2mg，口服，每日 2～3 次，也可选用髓袢利尿剂如呋塞米每日 20～60mg。必要时可应用各种解除血管痉挛的药物，如多巴胺，以达到利尿的目的。但汞利尿剂、渗透性利尿剂、贮钾性利尿剂不宜采用。

2）透析治疗：少数患者发生急性肾衰竭而有透析指征时，应及时给予透析治疗以帮助患者渡过急性期。由于本病有自愈倾向，肾功能大多可逐渐恢复，一般不需要长期透析。

3. 中医辨证论治

（1）急性期

1）风寒束肺，风水相搏证

证候：恶寒发热，且恶寒较重，咳嗽气短，面部浮肿，或有全身水肿，皮色光泽；舌质淡，苔薄白，脉浮紧或沉细。

治法：疏风散寒，宣肺行水。

代表方剂：麻黄汤合五苓散加减。

常用药物：麻黄 杏仁 桂枝 白术 茯苓 猪苓 泽泻 炙甘草

2）风热犯肺，水邪内停证

证候：发热而不恶寒，或热重寒轻，咽喉疼痛，口干口渴，头面浮肿，尿少色赤；舌质红，苔薄黄，脉浮数或细数。

治法：散风清热，宣肺行水。

代表方剂：越婢加术汤加减。

常用药物：麻黄　石膏　甘草　大枣　白术　浮萍　泽泻　茯苓　生姜

3）热毒内侵，湿热蕴结证

证候：皮肤疮毒未愈，或有的疮疡已结痂，面部或全身水肿，口干口苦，尿少色赤，甚则血尿；舌质红，苔薄黄或黄腻，脉滑数或细数。

治法：清热解毒，利湿消肿。

代表方剂：麻黄连翘赤小豆汤合五味消毒饮加减。

常用药物：麻黄　杏仁　生梓白皮　连翘　赤小豆　金银花　野菊花　蒲公英　紫花地丁　紫背天葵　甘草　生姜　大枣

4）脾肾亏虚，水气泛溢证

证候：下肢水肿，按之凹陷不起，身重，脘痞腹胀，胃纳欠佳，腰酸尿少，气短乏力；舌淡，苔白腻，脉濡缓。

治法：健脾渗湿，通阳利水。

代表方剂：五皮饮合五苓散加减。

常用药物：桑白皮　陈皮　生姜皮　大腹皮　茯苓皮　桂枝　白术　猪苓　茯苓　泽泻椒目　防己

5）肺肾不足，水湿停滞证

证候：疲倦乏力，下肢水肿，腰酸尿少，咽部暗红，或低热；舌偏红，苔少，脉细或细数。

治法：益气扶正，利水消肿。

代表方剂：防己黄芪汤加减。

常用药物：防己　黄芪　白术　牛膝　杜仲　山药　甘草　生姜　大枣

（2）恢复期

1）脾气虚弱证

证候：倦怠乏力，胃纳呆滞，面色萎黄；舌质淡红，苔白，脉细弱。

治法：健脾益气。

代表方剂：参苓白术散加减。

常用药物：人参　白术　茯苓　甘草　山药　莲肉　扁豆　砂仁　薏苡仁　桔梗　陈皮

2）肺肾气阴两虚证

证候：低热咽干，咳嗽痰少，神倦头晕，腰膝酸软，手足心热；舌尖红，苔薄少，脉细或细数。

治法：补肺肾，益气阴。

代表方剂：参芪地黄汤加减。

常用药物：党参　黄芪　熟地　泽泻　山药　丹皮　山萸肉　生地　麦冬　贝母　百合当归　白芍　玄参　桔梗

【预防与调护】

1. 预防　积极预防感冒，注意个人卫生，预防各种感染。

2. 调护 急性起病后应卧床休息，需要 2~3 周，直至肉眼血尿消失，水肿消退，高血压和氮质血症消除。饮食上应给予富含维生素的高热量饮食，急性期应限盐、水和蛋白质的摄入，以防止水钠潴留。在水盐的入量上，有水肿和高血压的患者应控制食盐在每日 2.0~3.0g。尿少者还应适量限水，水入量 = 尿量 +400ml，并给予优质蛋白。少尿和肾衰竭者还应限制钾的摄入。肾功能正常者控制蛋白质在每日 40~70g，因为过低的蛋白质摄入不利于肾脏的修复，过高则易促使肾脏硬化。

第二十二节 慢性肾小球肾炎

本病与中医学的"石水"相似，可归属于"水肿"、"虚劳"、"腰痛"、"尿血"等范畴。

【西医病因病理】

1. 病因及发病机制 急性链球菌感染后肾炎迁延不愈，病程超过 1 年以上者可转入慢性肾炎，但仅占 15%~20%。大部分慢性肾炎并非由急性肾炎迁延所致。其他细菌及病毒（如乙型肝炎病毒等）感染均可引起慢性肾炎。慢性肾炎不是一个独立的疾病，发病机制各不相同。大部分是免疫介导性疾病，可由循环中可溶性免疫复合物沉积于肾小球，或者由抗原（肾小球固有抗原或外来植入性抗原）与抗体在肾小球原位形成免疫复合物，而激活补体，引起组织损伤。也可以不通过免疫复合物，而由沉积于肾小球局部的细菌毒素、代谢产物等通过"旁路系统"激活补体，从而引起一系列炎症等反应而发生肾小球肾炎。

另外，非免疫介导的肾脏损害在慢性肾炎的发生与发展中亦可能起很重要的作用。包括：①肾小球病变可引起肾内动脉硬化，加重肾实质缺血性损害。②肾血流动力学代偿性改变引起的肾小球损害。③肾性高血压可引起肾小球结构及功能的改变。④肾小球系膜的超负荷状态可引起系膜区（基质及细胞）增殖，终至硬化。

2. 病理 慢性肾炎病理改变是双肾一致性的肾小球改变。由于病因、病程及发病机制不同，其病理改变也不同。常见的病理类型有系膜增生性肾小球肾炎（包括 IgA 和非 IgA 系膜增生性肾小球肾炎）、膜增生性肾小球肾炎、膜性肾病及局灶性节段性肾小球硬化。慢性肾炎进展至后期，上述不同病理类型改变均可转化为程度不等的肾小球硬化，相应肾单位的肾小管萎缩，肾间质纤维化。晚期肾体积缩小，肾皮质变薄，各病理类型均可转化为硬化性肾小球肾炎。

【中医病因病机】

慢性肾炎主因先天禀赋不足或劳倦太甚、饮食不节、情志不遂等引起肺、脾、肾虚损，气血阴阳不足所致。又常因外感风、寒、湿、热之邪而发病。

1. 禀赋不足，肾元亏虚 先天禀赋不足、后天失养、房劳过度、生育不节等均可导致肾气内伐，肾精亏耗。肾虚则封藏失职，精微下泄或气化失司，水液潴留，泛滥而成水肿。

2. 饮食劳倦，内伤脾胃 饮食不节，或思虑劳倦太过，日久伤及脾胃。脾失健运，水湿内停，泛溢肌肤而成水肿；脾虚不能升清，而致精微下泄；脾虚不能摄血，血溢脉外而成尿血；脾胃虚弱，气血化生不足，日久而成虚劳。

3. 情志不遂，气血不畅 情志不遂则肝失疏泄，气机失畅，日久引起血瘀水停。肝郁日久化热，耗气伤阴导致肝肾阴虚或气阴两虚。若阴虚生热，热伤络脉，或瘀血阻络，血不归经均可导致尿血。

4. 风邪外袭，肺失通调　风邪外袭（兼热或夹寒），内舍于肺，肺失宣降，水道不通，以致风遏水阻，风水相搏，泛溢肌肤发为水肿。

5. 水湿浸渍，脾气受困　久居湿地，冒雨涉水，或水中劳作，或嗜食生冷，均可引起水湿内浸，脾气受困，脾失健运，水湿泛滥而发为水肿。

6. 湿热内盛，三焦壅滞　水湿内停，日久化热，湿热壅遏三焦，三焦气化不利，膀胱气化失司，水道不通，水液潴留而成水肿；或因热甚迫血妄行而成尿血。

综上所述，本病病位在肾，其病理基础在于脏腑的虚损。常见有肺肾气虚、脾肾气虚、脾肾阳虚、肝肾阴虚和气阴两虚，但常因外感风、寒、湿、热之邪而发病。由此内外互因，以致气血运行失常，三焦水道受阻，继而形成瘀血、湿热、水湿、湿浊等内生之邪，其内生之邪（尤其是湿热和瘀血）又成为重要的致病因素，损及脏腑，如此虚虚实实形成恶性循环，使病情缠绵难愈。

【类证鉴别】

本证在临床上需与腰软、肾痹相鉴别。腰软是指腰部软弱无力，一般无腰部酸痛的感觉，多见于青少年兼见发育迟缓，而表现为头项软弱，手足瘫痪，甚则鸡胸龟背等。肾痹是指腰背强直弯曲，不能屈伸，行动困难而言，多由骨痹日久发展而成。而腰痛则以腰部疼痛为主。

【临床表现】

慢性肾炎多数起病隐匿，进展缓慢，病程较长。其临床表现呈多样性，但以蛋白尿、血尿、高血压、水肿为其基本临床表现，可有不同程度的肾功能减退。病情时轻时重、迁延难愈，渐进性发展为慢性肾衰竭。

1. 症状　早期患者可有疲倦乏力、腰部酸痛、食欲不振等，多数患者有水肿，一般不严重，有的患者无明显临床症状。

2. 体征

（1）水肿　在慢性肾炎的整个病程中，大多数患者有不同程度的水肿，轻者仅有面部、眼睑等组织松弛部位水肿，晨起比较明显，进而可发展至足踝、下肢，重者则全身水肿，甚至有胸（腹）水。尿量变化与水肿和肾功能情况有关，水肿期间尿量减少，部分肾功能明显减退，浓缩功能障碍者常有多尿或夜尿增多。

（2）高血压　血压可正常或轻度升高，但大多数慢性肾炎患者迟早会发生高血压，有些患者以高血压为首发症状，血压升高可呈持续性，亦可呈间歇性，以舒张压升高为特点。有的患者血压呈持续性中等以上程度升高。患者可有眼底出血、渗出，甚至视神经乳头水肿。持续高血压的程度与预后密切相关，易导致心、肾功能不全。

（3）贫血　慢性肾炎患者在水肿明显时，有轻度贫血，若肾功能损害，可呈中度以上贫血。

【实验室及其他检查】

1. 尿液检查　尿异常是慢性肾炎的基本标志。蛋白尿是诊断慢性肾炎的主要依据，尿蛋白一般在每日 1~3g，尿沉渣可见颗粒管型和透明管型。血尿一般较轻或完全没有，但在急性发作期，可出现镜下血尿甚至肉眼血尿。

2. 肾功能检查　慢性肾炎出现肾功能不全时，主要表现为肾小球滤过率（GFR）下降，肌酐清除率（Ccr）降低。由于肾脏代偿功能很强，当 Ccr 降至正常值的 50% 以下时，血清肌酐和尿素氮才会升高。也可继而出现肾小管功能不全，如尿浓缩功能减退等。

【诊断与鉴别诊断】

1. 诊断

（1）起病缓慢，病情迁延，临床表现可轻可重，或时轻时重。随着病情发展，可有肾功能减退、贫血、电解质紊乱等情况的出现。

（2）可有水肿、高血压、蛋白尿、血尿或管型尿等表现中的一种（如血尿或蛋白尿）或数种。临床表现多种多样，有时可伴有肾病综合征或重度高血压。

（3）病程中可有肾炎急性发作，常因感染（如呼吸道感染）诱发，发作时有类似急性肾炎的表现。有些可自动缓解，有些病例出现病情加重。

2. 鉴别诊断

（1）原发性高血压肾损害　原发性高血压继发性肾损害多见于中老年患者，高血压病在先，继而出现蛋白尿，且为微量至轻度蛋白尿，镜下可见少量红细胞及管型，肾小管功能损害（尿浓缩功能减退，夜尿增多）早于肾小球功能损害，常伴有高血压的心脑并发症。肾穿刺有助于鉴别。

（2）慢性肾盂肾炎　慢性肾盂肾炎多见于女性患者，常有反复尿路感染的病史，多次尿沉渣或尿细菌培养阳性，肾功能损害以肾小管为主，氮质血症进展缓慢，影像学检查可见双肾非对称性损害，呈肾间质性损害影像学征象。

（3）Alport 综合征（遗传性肾炎）　Alport 综合征常起病于青少年（多在 10 岁以前），患者有肾（血尿、轻至中度蛋白尿及进行性肾功能损害）、眼（球形晶状体等）、耳（神经性耳聋）异常，并有阳性家族史（多为性连锁显性遗传）。

（4）急性肾小球肾炎（感染后急性肾炎）　有前驱感染并以急性发作起病的慢性肾炎需与此病相鉴别。慢性肾炎急性发作多在短期内（数日）病情急骤恶化，血清 C_3 一般无动态变化，有助于与感染后急性肾炎相鉴别。此外，疾病的转归不同，慢性肾炎无自愈倾向。

（5）继发性肾病　狼疮性肾炎、紫癜性肾炎、糖尿病肾病等继发性肾病均可表现为水肿、蛋白尿等症状，与慢性肾炎表现类似。但继发性肾病通常均存在原发性疾病的临床特征及实验室检查，如狼疮性肾炎多见于女性，常有发热、关节痛、皮疹、抗核抗体阳性等；紫癜性肾炎常有皮肤紫癜、关节痛、腹痛等症状；糖尿病肾病则有长期糖尿病病史，血糖升高，肾脏组织病理检查有助于鉴别。

【治疗】

1. 治疗思路　慢性肾炎的治疗应以防止或延缓肾功能进行性减退、改善或缓解临床症状及防治严重并发症为主要目的，争取解除可逆性损害肾脏的因素，尚不以消除红细胞或轻微尿蛋白为目标。一般不主张应用激素和细胞毒药物。中医学认为脾肾亏虚是慢性肾炎的基本病机，而湿热内壅、瘀血阻滞又往往是疾病反复发作、缠绵难愈的主要因素，因此健脾补肾、清热利湿、活血化瘀是治疗本病的基本原则。

2. 西医治疗

（1）限制食物中蛋白及磷的摄入量　低蛋白及低磷饮食可减轻肾小球内高压、高灌注及高滤过状态，延缓肾小球硬化。对无肾功能减退者蛋白质的摄入量以 0.8g/（kg·d）为宜。肾功能不全氮质血症时蛋白质摄入量应限制在 0.5～0.8g/（kg·d），其中高生物效价的动物蛋白应占 1/3 或更多，如鸡蛋、牛奶、瘦肉等。在低蛋白饮食时，可适当增加碳水化合物含量，同时补充体内必需氨基酸的不足，防止负氮平衡。每克蛋白质食物中约含磷15mg，因此限制蛋白质入量亦达到限制磷入量 [<600 ~ 800mg/（kg·d）] 的目的。另外，对于高血压患者应限制盐的摄入量（<3g/d）。

（2）控制高血压　高血压是加速肾小球硬化、促进肾功能恶化的重要因素，积极控制高血压是防止或延缓肾功能恶化的关键。治疗原则：①力争把血压控制在理想水平，即蛋白尿≥1g/d，血压控制在125/75mmHg以下；蛋白尿<1g/d，血压控制可放宽到130/80mmHg以下。②选择具有延缓肾功能恶化、保护肾功能作用的降血压药物。有钠水潴留容量依赖性高血压患者可选用噻嗪类利尿药，如氢氯噻嗪12.5 ~ 50mg/d，1次或分次口服。对肾素依赖性高血压应首选ACEI，如苯那普利10 ~ 20mg，每日1次。或用血管紧张素Ⅱ受体拮抗剂（ARB），如氯沙坦50 ~ 100mg，每日1次。或缬沙坦80 ~ 160mg，每日1次。另外，还常用钙离子拮抗剂，如氨氯地平5 ~ 10 mg，每日1次，或硝苯地平控释片30 ~ 60 mg，每日1次。也可选用β受体阻断剂，如阿替洛尔12.5 ~ 25 mg，每日2次，或美托洛尔12.5 ~ 25 mg，每日2次。若高血压难以控制可以选用不同类型降压药联合应用。

近年来研究证实，ACEI在降低全身性高血压的同时，可降低肾小球内压，减少尿蛋白，减轻肾小球硬化，延缓肾衰竭，因此ACEI可作为慢性肾炎患者控制高血压的首选药物。但肾功能不全的患者在应用ACEI时应注意防止高血钾症，血肌酐>350μmol/L的非透析治疗患者不宜使用。少数患者应用此类药物有持续性干咳的不良反应。ARB的实验研究和已有的临床观察结果显示，它具有与ACEI相似的作用，但不引起持续性干咳。

（3）应用血小板解聚药　服用血小板解聚药，如大剂量双嘧达莫（300 ~ 400mg/d）、小剂量阿司匹林（50 ~ 100mg/d），对系膜毛细血管性肾小球肾炎有一定的降尿蛋白作用。

（4）糖皮质激素和细胞毒药物　此类药物一般不主张应用，当患者肾功能正常或仅轻度受损，肾脏体积正常，病理类型较轻（如轻度系膜增生性肾炎、早期膜性肾病等），尿蛋白较多，且无其他禁忌者可试用，如无效则应逐步撤去。

（5）避免对肾有害的因素　劳累、感染、妊娠和应用肾毒性药物（如氨基糖苷类抗生素等），均可能引起肾损伤，导致肾功能下降或进一步恶化，应尽量予以避免。

3. 中医辨证论治

（1）本证

1）脾肾气虚证

证候：腰脊酸痛，神疲乏力，或浮肿，纳呆或脘胀，大便溏薄，尿频或夜尿多；舌质淡，舌有齿痕，苔薄白，脉细。

治法：补气健脾益肾。

代表方剂：异功散加味。

常用药物：人参　茯苓　白术　杜仲　川断　菟丝子　炒扁豆　炒芡实　甘草　陈皮　生姜　大枣

2）肺肾气虚证

证候：颜面浮肿或肢体肿胀，疲倦乏力，少气懒言，自汗出，易感冒，腰脊酸痛，面色萎黄；舌淡，苔白润，脉细弱。

治法：补益肺肾。

代表方剂：玉屏风散合金匮肾气丸加减。

常用药物：黄芪　白术　防风　桂枝　附子　熟地　山茱萸　山药　茯苓　丹皮　泽泻

3）脾肾阳虚证

证候：全身浮肿，面色苍白，畏寒肢冷，腰脊冷痛，神疲，纳少，便溏，遗精，阳痿，早泄，或月经失调；舌嫩淡胖，有齿痕，脉沉细或沉迟无力。

治法：温补脾肾。

代表方剂：附子理中丸或济生肾气丸加减。

常用药物：附子　干姜　党参　白术　五味子　山茱萸　山药　牡丹皮　鹿茸　熟地黄　肉桂　白茯苓　泽泻　仙灵脾　补骨脂

4）肝肾阴虚证

证候：目睛干涩或视物模糊，头晕耳鸣，五心烦热或手足心热，口干咽燥，腰脊酸痛，遗精，或月经失调；舌红少苔，脉弦细或细数。

治法：滋养肝肾。

代表方剂：杞菊地黄丸加减。

常用药物：枸杞子　菊花　熟地黄　山茱萸　山药　泽泻　丹皮　茯苓

5）气阴两虚证

证候：面色无华，少气乏力，或易感冒，午后低热，或手足心热，腰酸痛，或见浮肿，口干咽燥或咽部暗红，咽痛；舌质红，少苔，脉细或弱。

治法：益气养阴。

代表方剂：参芪地黄汤加减。

常用药物：党参　黄芪　熟地　泽泻　山药　丹皮　山萸肉

（2）标证

1）水湿证

证候：颜面或肢体浮肿，舌苔白或白腻，脉缓或沉缓。

治法：利水消肿。

代表方剂：五苓散合五皮饮加减。

常用药物：桑白皮　陈皮　生姜皮　大腹皮　茯苓皮　桂枝　白术　茯苓　猪苓　泽泻

2）湿热证

证候：面浮肢肿，身热汗出，口干不欲饮，胸脘痞闷，腹部胀满，纳食不香，尿黄短少，便溏不爽；舌红，苔黄腻，脉滑数。

治法：清热利湿。

代表方剂：三仁汤加减。

常用药物：杏仁　飞滑石　白通草　白蔻仁　竹叶　厚朴　生薏仁　半夏　陈皮　茯苓　枳实　竹茹　黄连　大枣

3）血瘀证

证候：面色黧黑或晦暗，腰痛固定或呈刺痛，肌肤甲错，肢体麻木；舌色紫暗或有瘀斑，脉象细涩。

治法：活血化瘀。

代表方剂：血府逐瘀汤。

常用药物：当归　生地　桃仁　红花　枳壳　丹参　赤芍　泽兰　柴胡　甘草　桔梗

川芎　牛膝

4）湿浊证

证候：纳呆，恶心或呕吐，口中黏腻，脘胀或腹胀，身重困倦，浮肿尿少，精神萎靡；舌苔腻，脉沉细或沉缓。

治法：健脾化湿泄浊。

代表方剂：胃苓汤加减。

常用药物：甘草　茯苓　苍术　陈皮　白术　肉桂　泽泻　猪苓　厚朴　生姜

【预防与调护】

1. 预防　慢性肾炎病人抵抗力弱，极易感冒和发生交叉感染，故应注意避免劳累受凉，防止呼吸道感染。对有炎症病灶如牙周炎、咽喉炎、扁桃体炎、鼻炎、上呼吸道感染、皮肤疖肿等的患者，应积极治疗直至痊愈，以减少感染引起的免疫反应；同时慢性肾炎患者应避免肾毒性和易诱发肾功能损伤的药物，如磺胺类药、氨基糖苷类药、非类固醇类消炎药及部分含马兜铃酸的中草药。

2. 调护　慢性肾炎患者无明显症状，尿常规基本正常，应注意适当休息，可逐步增加活动。若有水肿、大量蛋白尿、血尿、血压升高者，应卧床休息，一般需休息2~3个月，直至症状消失。一般认为，慢性肾炎患者盐、水分和蛋白质的供给，应视情况而定。轻症病人，无明显水肿、高血压和肾功能不全者，不必限制饮食。对于有明显水肿、高血压及肾功能不全者则分别视其具体情况而有所限制。水肿和高血压者，应限制食盐，每日食盐限量以3~5g为宜，重度水肿者控制在1~2g，待水肿消退，盐量应逐渐增加，液体入量不宜过多，不超过1000~1500ml。慢性肾炎有大量蛋白尿及低蛋白血症时，如肾功能正常，应适当提高蛋白质入量，但不宜过多，以1.5g/（kg·d）为宜，如出现氮质血症时，应限制蛋白质摄入量，每日限制在40g左右。过分限制钠盐，易引起电解质紊乱，并降低肾血流量，加重肾功能减退。

第二十三节　肾病综合征

本病与中医学中的"肾水"相似。可归属于"水肿"、"腰痛"、"虚劳"等范畴。

【西医病因病理】

1. 病因　肾病综合征（NS）根据病因可分为原发性和继发性两大类，可由多种病理类型的肾小球疾病所引起。原发性NS的诊断主要依靠排除继发性NS。引起原发性NS的病理类型以微小病变型肾病、系膜增生性肾炎、膜性肾病、系膜毛细血管性肾炎及肾小球局灶节段性硬化5种临床病理类型最为常见。按照目前国内临床分型，原发性肾小球疾病中的急性肾炎、急进性肾炎、慢性肾炎等均可在疾病过程中出现NS。继发性NS的病因很多，常见有糖尿病肾病、肾淀粉样变性、系统性红斑狼疮肾炎、新生物（实体瘤、白血病及淋巴瘤）、药物及感染等。

2. 病理

（1）病理生理

1）蛋白尿：NS时蛋白尿产生的基本原因包括电荷屏障和孔径屏障的变化，特别是电荷屏障受损时，肾小球滤过膜对血浆蛋白（多以白蛋白为主）的通透性增加，致使原尿中白含量增多，当远超过近曲小管回吸收量时，形成大量蛋白尿。此外，还与肾小球的滤过率、肾素－血管紧张素系统的活性以及血浆蛋白的浓度等因素有关。

2）低蛋白血症：NS 时尿丢失大量蛋白，原尿中部分白蛋白在近曲小管上皮细胞中被分解（每日可达 10g），胃肠道水肿时，蛋白质的摄入及吸收能力下降，同时肝脏合成白蛋白的增加程度常不足以代偿尿蛋白的丢失而导致低蛋白血症。另外，血浆的某些免疫球蛋白（如 IgG）和补体成分、抗凝及纤溶因子、金属结合蛋白及内分泌素结合蛋白也可减少，致使血浆蛋白降低。

3）水肿：NS 时血浆蛋白浓度及胶体渗透压降低，血管内的水分和电解质进入组织间隙，导致了水肿的形成。

4）高脂血症：NS 患者血浆胆固醇、甘油三酯、低和极低密度脂蛋白浓度增加，其发生与肝脏合成脂蛋白增加及脂蛋白分解和利用减少有关。

（2）病理类型　本节主要介绍引起原发性 NS 常见的 5 种病理类型。

1）微小病变型肾病：光镜下观察肾小球基本正常，可见近曲小管上皮细胞脂肪变性。电镜下有广泛的肾小球脏层上皮细胞足突融合。这也是本病病理类型的特征性改变和主要的诊断依据。微小病变型肾病约占儿童原发性 NS 的 80% ~ 90%，占成人原发性 NS 的 20% ~ 25%。

2）系膜增生性肾小球肾炎：光镜下弥漫性肾小球系膜细胞增生及不同程度系膜基质增多，为本病的特征性改变。早期以系膜细胞增生为主，后期系膜基质增多。根据系膜增生的程度不同可分为轻、中、重度三种。据其免疫病理检查又可将本组疾病分为 IgA 肾病和非 IgA 系膜增生性肾小球肾炎。在系膜区前者以 IgA 沉积为主，后者以 IgG（我国多见）或 IgM 沉积为主，均常伴有 C_3 呈颗粒状沉积于系膜区，有时也同时沉积于肾小球毛细血管壁。电镜下系膜区可见电子致密物。该病理类型在我国发病率很高，在原发性 NS 中约占 30%。其中男性多于女性，好发于青少年。

3）系膜毛细血管性肾小球肾炎：光镜下可见肾小球系膜细胞和系膜基质弥漫重度增生，插入到肾小球基底膜和内皮细胞之间，使毛细血管袢呈现"双轨征"。免疫病理检查常见 IgG 和 C_3 呈颗粒状沉积于系膜区及毛细血管壁。电镜下系膜区和内皮下可见电子致密物沉积。该病理类型约占我国原发性 NS 的 10%。男性多于女性，好发于青少年。

4）膜性肾病：本病以肾小球基底膜上皮细胞下弥漫免疫复合物沉积伴基底膜弥漫性增厚为特点。光镜下早期基底膜无增厚，仅嗜复红小颗粒有规则地排列在基底膜上皮侧（Masson 染色）；进而基底膜逐渐增厚，随着病变进展可见到基底膜钉突样、网状或链状改变（嗜银染色）。免疫病理显示 IgG 和 C_3 呈颗粒状沿肾小球毛细血管壁沉积。电镜下早期可见基底膜上皮侧有排列整齐的电子致密物，常伴有广泛的足突融合。本病病理类型占我国原发性 NS 的 25% ~ 30%。男性多于女性，好发于中老年。

5）局灶性节段性肾小球硬化：光镜下可见病变呈局灶、节段性分布，主要表现为部分肾小球及肾小球毛细血管袢部分小叶硬化（系膜基质增多、毛细血管闭塞、球囊粘连等），相应的肾小管萎缩，肾间质纤维化。免疫病理显示 IgM 和 C_3 在局灶硬化损害处呈不规则、团块状、结节状沉积。电镜下肾小球上皮细胞足突广泛融合。本病病理类型约占我国原发性 NS 的 5% ~ 10%。好发于青少年男性。

【中医病因病机】

本病以水肿为特征，是全身气化功能障碍的一种表现，为多种病因综合作用的结果。多种因素作用于人体，分别导致脏腑功能失调，特别是导致肺失通调，脾失转输，肾失开合，终致膀胱气化无权，三焦水道失畅，水液停聚而成本病。日久可致湿热、瘀血兼夹为病。

1. 风邪外袭 风寒或风热之邪外袭肌表，内舍于肺，肺失宣降，水液不能敷布，以致风遏水阻，风水相搏，流溢肌肤而成本病。

2. 疮毒浸淫 肌肤因痈疡疮毒，未能清解消透，疮毒内归脾肺，脾失运化，肺失宣降，三焦水道失畅，水液溢于肌肤而成本病。

3. 水湿浸渍 久居湿地，冒雨涉水等致湿邪内侵，脾为湿困，运化失司，水湿不运，泛于肌肤而成本病。或长期居处寒湿，伤及元阳，以致肾失开合，气化失常，水湿停聚而成本病。

4. 饮食不当 饮食不洁（或不节），损伤脾胃，致运化失健，水湿壅盛而成本病。

5. 劳倦内伤 烦劳过度、纵欲等均能耗气伤精，累及脾肾，脾肾虚衰，则不能化气行水，致水湿内生而成本病。

6. 瘀血阻滞 久病入络导致瘀血内阻，水行不畅，水气停滞而成本病。

本病的发病机制，以肺脾肾三脏功能失调为中心，以阴阳气血不足特别是阳气不足为病变之本，以水湿、湿热及瘀血等邪实阻滞为病变之标，临床多表现为虚实夹杂之证。若脾肾虚损日重，损及肝、心、胃、肠、脑等则病情恶化。

【类证鉴别】

水肿在临床上需与鼓胀相鉴别。鼓胀是以腹部胀大、皮色苍黄、脉络暴露为主要临床表现的一类病证，四肢多不肿，反见瘦削，后期可伴见轻度肢体浮肿。而水肿则以头面或下肢先肿，继及全身，一般皮色不变，肿甚者可见腹大胀满，腹壁无青筋暴露。鼓胀是由于肝、脾、肾功能失调，导致气滞、血瘀、水聚腹中。水肿乃肺、脾、肾三脏功能失调，气化不利，而导致水液泛溢肌肤。

【临床表现】

原发性 NS 常无明显病史，部分病人有上呼吸道感染等病史；继发性 NS 常有明显的原发疾病史。临床常见"三高一低"经典的 NS 症状，但也有非经典的 NS 患者，仅有大量蛋白尿、低蛋白血症，而无明显水肿，常伴高血压。此类患者病情较重，预后较差。

1. 主要症状 水肿，纳差，乏力，肢节酸重，腰痛，甚至胸闷气喘、腹胀膨隆等。

2. 体征

（1）水肿 患者水肿常渐起，最初多见于踝部，呈凹陷性，晨起时眼睑、面部可见水肿。随着病情的发展，水肿发展至全身，可出现胸腔、腹腔、阴囊，甚至心包腔的大量积液。

（2）高血压 成年 NS 病人约 20% ~40% 有高血压，水肿明显者约半数有高血压。部分病人为容量依赖型，随水肿消退而血压恢复正常，肾素依赖型高血压主要与肾脏基础病变有关。

（3）低蛋白血症与营养不良 长期持续性大量蛋白尿导致血浆蛋白降低，白蛋白下降尤为明显。病人出现毛发稀疏干枯、皮肤苍白、肌肉萎缩等营养不良表现。

3. 并发症

（1）感染 与蛋白质营养不良、免疫功能紊乱及应用糖皮质激素治疗有关。常见的感染部位依次为呼吸道、泌尿道、皮肤。主要由链球菌、肺炎双球菌、嗜血杆菌、克雷白菌属等引起。

（2）血栓、栓塞性疾病 与血液浓缩（有效血容量减少）、高黏状态、抗凝和纤溶系统失衡，以及血小板功能亢进、应用利尿剂和糖皮质激素等有关。其中以肾静脉血栓最为常见，此外，肺血管血栓、栓塞，下肢静脉、下腔静脉、冠状血管血栓和脑血管血栓也不少见。

（3）急性肾衰竭 有效血容量不足而致肾血流量下降，诱发肾前性氮质血症，呈少尿、尿钠减少伴血容量不足的临床表现（四肢厥冷、体位性血压下降、脉压小、血液浓缩、血细胞比容上升），经扩容、利尿后可得到恢复。另有急性肾实质性肾衰竭，常见于 50 岁以上患者，表现为少尿甚或无尿，扩容利尿无效。

（4）脂肪代谢紊乱 高脂血症可促进血栓、栓塞并发症的发生，还将增加心血管系统并发症，并可促进肾小球硬化和肾小管－间质病变的发生，促进肾脏病变的慢性进展。

（5）蛋白质营养不良 长期低蛋白血症可以导致严重的负氮平衡和蛋白质－热量营养不良，主要表现在肌肉萎缩、儿童生长发育障碍；金属结合蛋白丢失可使微量元素缺乏、钙磷代谢障碍，内分泌素结合蛋白不足可诱发内分泌紊乱；药物结合蛋白减少可影响某些药物的药代动力学（使血浆游离药物浓度增加、排泄加速），影响药物疗效。

【实验室及其他检查】

1. 尿常规及 24 小时尿蛋白定量 尿蛋白定性多＋＋＋～＋＋＋＋，24 小时尿蛋白定量 >3.5g。

2. 血清蛋白测定 呈现低白蛋白血症（≤30g/L）。

3. 血脂测定 血清胆固醇、甘油三酯、低和极低密度脂蛋白浓度增加，高密度脂蛋白可以增加、正常或减少。

4. 尿蛋白聚丙烯胺凝胶电泳 微小病变型以中分子蛋白尿为主；滤过膜损害较严重的往往以高分子蛋白尿为主；混合性蛋白尿提示肾小球滤过膜损害较严重，并伴有肾小管－间质损害。

5. 肾功能测定 肾功能多数正常（肾前性氮质血症者例外）或肾小球滤过功能减退。

6. 肾 B 超、双肾 ECT 有助于本病的诊断。

7. 肾活检 是确定肾组织病理类型的唯一手段，可为治疗方案的选择和估计预后提供可靠的依据。

【诊断与鉴别诊断】

1. 诊断要点

（1）大量蛋白尿（>3.5g/d）。

（2）低蛋白血症（血浆白蛋白≤30g/L）。

（3）明显水肿。

（4）高脂血症。

其中（1）、（2）两项为诊断所必需。同时必须首先除外继发性病因和遗传性疾病才能诊断为原发性 NS，最好进行肾活检作出病理诊断，另外还要判定有无并发症。

2. 鉴别诊断 临床上确诊原发性 NS 时，需认真排除继发性 NS 的可能性之后，才能诊断为原发性者，故需注意两者的鉴别。常见的继发性 NS 有：

（1）系统性红斑狼疮性肾炎 好发于青、中年女性，伴有发热、皮疹及关节痛，尤其是面部蝶形红斑最具诊断价值。免疫学检查可检测出多种自身抗体，因此不难鉴别。

（2）过敏性紫癜性肾炎　好发于青少年，有典型的皮肤紫癜，可伴有关节痛、腹痛及黑便，多在皮疹出现后1~4周左右出现血尿和（或）蛋白尿，故不难鉴别。

（3）糖尿病肾病　多发生于糖尿病10年以上的病人，早期可发现尿微量白蛋白排出增加，以后逐渐发展成大量蛋白尿、NS。眼底检查可见微动脉瘤。

（4）肾淀粉样变性　好发于中老年，肾淀粉样变性是全身多器官受累的一部分，肾受累时体积增大，常呈NS，需肾活检确诊。

（5）乙型肝炎病毒相关性肾炎　应有乙型肝炎病毒抗原阳性，肾活检证实乙型肝炎病毒或其抗原沉积才能确诊。

【治疗】

1. 治疗思路　中西医结合治疗NS有一定的优势，最好能根据病理类型施治。治疗时不应仅以减少或消除尿蛋白为目的，还应重视保护肾功能，减缓肾功能恶化的趋势与程度，预防并发症的发生。在使用激素、细胞毒药物的初中期阶段，也应配合中医药分阶段辨证，中医药的治疗目的主要是减轻激素、细胞毒药物的副作用，保证激素、细胞毒药物的治疗疗程完成；在激素撤减阶段，或使用激素后仍然反复发作或激素无效、激素依赖的患者，中医药治疗应提升至主要位置。

2. 西医治疗

（1）一般治疗

1）休息：病人应以卧床休息为主，尤其是严重水肿、低蛋白血症者。卧床可增加肾血流量，有利于利尿并避免交叉感染，但长期卧床会增加肢体静脉血栓形成的可能，故应保持适当的床上及床旁活动。病情缓解后可适当起床活动。

2）饮食治疗：应给予正常量0.8~1.0g/（kg·d）的优质蛋白（富含必需氨基酸的动物蛋白）饮食，保证每日每千克体重126~147kJ（30~35kcal）的充分热量；脂肪的摄入，宜少进富含饱和脂肪酸（动物油脂）的饮食，多食富含多聚不饱和脂肪酸（如植物油、鱼油）及富含可溶性纤维（如燕麦、米糠及豆类）的饮食，减轻高脂血症；水肿时应低盐（每日<3g）饮食。

（2）对症治疗

1）利尿消肿：对NS患者利尿治疗的原则是不宜过快、过猛，以免造成有效血容量不足，加重血液高黏倾向，诱发血栓、栓塞并发症。常用药物有：a. 噻嗪类利尿剂，常用氢氯噻嗪25mg，每日3次口服。长期服用应防止低钾、低钠血症。b. 潴钾利尿剂，可与噻嗪类利尿剂合用，常用氨苯蝶啶（25mg，每日3次）或醛固酮拮抗剂螺内酯（20mg，每日3次）。长期服用需防止高钾血症，肾功能不全者慎用。c. 袢利尿剂，常用呋塞米（速尿）20~120mg/d，或布美他尼（丁尿胺）1~5mg/d，分次口服或静脉注射。在渗透性利尿剂治疗之后应用效果更好，谨防低钠血症及低钾、低氯血症性碱中毒的发生。d. 渗透性利尿剂，常应用不含钠的右旋糖酐40（低分子右旋糖酐）或淀粉代血浆（706代血浆），250~500ml静脉滴注，隔日1次。对少尿患者（尿量<400ml/d）慎用，可引起管型形成阻塞肾小管，并可诱发"渗透性肾病"导致急性肾衰。e. 提高血浆胶体渗透压，采用血浆或血浆白蛋白等静脉输注，如接着用呋塞米120mg加于葡萄糖溶液中缓慢静脉滴注，效果更佳。对严重低蛋白血症、高度浮肿而又少尿的患者和伴有心脏病的患者慎用。

2）减少尿蛋白：血管紧张素转换酶抑制剂（如卡托普利每次12.5~50mg，每日3

次）、血管紧张素Ⅱ受体拮抗剂（如氯沙坦 50~100mg，每日 1 次）、长效二氢吡啶类钙拮抗剂（如氨氯地平 5mg，每日 1 次）等，均可通过其有效的控制高血压而显示出不同程度的减少尿蛋白的作用。此外，血管紧张素转换酶抑制剂、血管紧张素Ⅱ受体拮抗剂可有不依赖于降低全身血压的减少尿蛋白作用。

（3）免疫调节治疗

1）糖皮质激素：使用原则和方案：a. 起始足量：常用药物为泼尼松每日 1mg/kg，口服 8 周，必要时可延长至 12 周。b. 缓慢减药：足量治疗后每 1~2 周减原用量的 10%，当减至每日 20mg 左右时症状易反复，应更加缓慢减量。c. 长期维持：最后以最小有效剂量（每日 10mg）作为维持量，再服半年至一年或更长。激素可采取全日量顿服或在维持用药期间两日量隔日 1 次顿服，以减轻激素的副作用。长期应用需加强监测，防止并及时处理感染、药物性糖尿病、骨质疏松等不良反应，少数病例发生股骨头无菌性缺血性坏死。

2）细胞毒药物：这类药物可用于"激素依赖型"或"激素抵抗型"的患者，协同激素治疗。若无激素禁忌，一般不作为首选或单独治疗用药。临床主要使用细胞毒药物：a. 环磷酰胺，应用剂量为每日每千克体重 2mg，分 1~2 次口服；或 200mg 加入生理盐水注射液 20ml 内，隔日静脉注射。累计量达 6~8g 后停药。b. 氮芥，此药多在睡前从静脉点滴的三通头中推注，注毕续滴 5% 葡萄糖 100~200ml 冲洗血管以防静脉炎。常由 1mg 开始，隔日注射 1 次，每次加量 1mg，至 5mg 后每周注射两次，累计量达每千克体重 1.5~2.0mg（约 80~100mg）后停药。

3）环孢素：因有肝、肾毒性，并可致高血压、高尿酸血症、多毛及牙龈增生等不良反应和停药后易复发等，限制其临床广泛使用，作为二线药物用于治疗激素及细胞毒药物无效的难治性 NS。常用量为每日每千克体重 5mg，分两次口服，服药期间需监测并维持其血药浓度值为 100~200ng/ml。服药 2~3 个月后缓慢减量，共服半年左右。

4）麦考酚吗乙酯（MMF）：广泛用于肾移植后排异反应，不良反应相对小。常用量每日 1.5~2g，分 1~2 次口服，共用 3~6 个月，减量维持半年。

应用激素和细胞毒药物应以增强疗效的同时最大限度地减少副作用为宜，综合考虑患者的年龄、肾小球病病理类型、肾功能损害和有否相对禁忌证等情况。

3. 中医辨证论治

（1）风水相搏证

证候：起始眼睑浮肿，继则四肢、全身亦肿，皮肤光泽，按之凹陷易恢复，伴发热、咽痛、咳嗽、小便不利等症；舌苔薄白，脉浮。

治法：疏风解表，宣肺利水。

代表方剂：越婢加术汤加减。

常用药物：麻黄　石膏　甘草　大枣　白术　生姜　茯苓　泽泻

（2）湿毒浸淫证

证候：眼睑浮肿，延及全身，身发疮疡，恶风发热，小便不利；舌质红，苔薄黄，脉浮数或滑数。

治法：宣肺解毒，利湿消肿。

代表方剂：麻黄连翘赤小豆汤合五味消毒饮。

常用药物：麻黄　杏仁　生梓白皮　连翘　赤小豆　金银花　野菊花　蒲公英　紫花地

丁　紫背天葵　甘草　生姜　大枣

（3）水湿浸渍证

证候：全身水肿，按之没指，伴有胸闷腹胀，身重困倦，纳呆，泛恶，小便短少；舌苔白腻，脉象濡缓。

治法：健脾化湿，通阳利水。

代表方剂：五皮饮合胃苓汤。

常用药物：桑白皮　陈皮　生姜皮　大腹皮　茯苓皮　甘草　苍术　白术　肉桂　泽泻　猪苓　厚朴

（4）湿热内蕴证

证候：浮肿明显，肌肤绷急，腹大胀满，胸闷烦热，口苦，口干，大便干结，小便短赤；舌红苔黄腻，脉沉数或濡数。

治法：清热利湿，利水消肿。

代表方剂：疏凿饮子加减。

常用药物：商陆　茯苓　椒目　木通　泽泻　赤小豆　大腹皮　槟榔　羌活　秦艽　生姜皮

（5）脾虚湿困证

证候：浮肿，按之凹陷不易恢复，腹胀纳少，面色萎黄，神疲乏力，尿少色清，大便或溏；舌质淡，苔白腻或白滑，脉沉缓或沉弱。

治法：温运脾阳，利水消肿。

代表方剂：实脾饮加减。

常用药物：厚朴　白术　木瓜　木香　草果仁　大腹子　附子　白茯苓　干姜　甘草

（6）肾阳衰微证

证候：面浮身肿，按之凹陷不起，心悸，气促，腰部冷痛酸重，小便量少或增多，形寒神疲，面色灰滞；舌质淡胖，苔白，脉沉细或沉迟无力。

治法：温肾助阳，化气行水。

代表方剂：济生肾气丸合真武汤。

常用药物：附子　五味子　山茱萸　山药　白术　牡丹皮　鹿茸　熟地　肉桂　白茯苓　泽泻　白芍　生姜

（7）肾阴亏虚证

证候：水肿反复发作，精神疲惫，腰酸遗精，口咽干燥，五心烦热；舌红，脉细弱。

治法：滋补肾阴，兼利水湿。

代表方剂：左归丸加味。

常用药物：熟地　山药　山茱萸　菟丝子　枸杞子　川牛膝　鹿角胶　龟板胶　泽泻　茯苓　冬葵子

【预防与调护】

NS 患者有明显水肿和高血压时需卧床休息，水肿基本消退、血压平稳后，可以适当地活动。病情基本缓解后，可适当增加活动量，以增强体质及抵抗力。但要避免过度劳累，以免加重病情或使病情反复。饮食以清淡易消化为宜，合理采用补益精血的食物。肿甚时应限制盐和水的进入。

第二十四节　尿路感染

本病与中医学的"热淋"、"劳淋"等相似，可归属于"淋证"、"腰痛"、"虚劳"等范畴。

【西医病因病理】

1. 病因及发病机制

（1）病因　任何致病菌侵入尿路都可引起尿路感染，其中由革兰阴性菌属引起的泌尿系感染约占75%，阳性菌属约占25%。革兰阴性菌属中以大肠杆菌最为常见，约占80%，其次是副大肠杆菌、变形杆菌、产气杆菌、产碱杆菌、绿脓杆菌等。大肠杆菌多见于初次尿路感染、无症状性菌尿和单纯性尿路感染。革兰阳性菌属中以葡萄球菌最为常见，亦可见于粪链球菌和肠球菌。尿路感染可由一种或多种细菌引起，偶可由真菌、病毒引起。

（2）易感因素　①尿路梗阻：各种原因引起的泌尿系道梗阻，如肾及输尿管结石、尿道狭窄、泌尿道肿瘤、前列腺肥大等均可引起尿液潴留，从而使细菌容易繁殖而发生感染。②尿路损伤：导尿、尿路器械检查等造成的机械性损伤，同时易将细菌带入尿路。③尿路畸形：肾发育不全，肾盂及输尿管畸形等，均易使局部组织对细菌抵抗力降低。④女性尿路解剖生理特点：女性尿道口与肛门接近，尿道直而宽，且长度较男性短，尿道括约肌作用较弱，故细菌易沿尿道口上行至膀胱；且女性在月经期或发生妇科疾病（阴道炎、宫颈炎等）时，阴道、尿道黏膜改变而利于致病菌侵入。⑤机体抵抗力下降：全身性疾病，如糖尿病、高血压病、慢性肾脏疾病、慢性腹泻、长期服用肾上腺皮质激素等使机体抵抗力下降，尿路感染的发病率较高。⑥遗传因素所致尿路黏膜局部抗尿路感染能力缺陷（如尿路上皮细胞菌毛受体的数目多），易发尿路感染。

（3）感染途径　①上行感染：为尿路感染的主要途径。绝大多数尿路感染由粪源性病原体上行经尿道、膀胱、输尿管、肾盂而到达肾脏髓质，累及单侧或双侧而发病。②血行感染：体内局部感染灶的细菌入血，通过血循环到达肾脏而引发感染，但并不多见。③淋巴道感染：考虑因右肾淋巴管与腹部、盆腔、升结肠的淋巴有沟通，这些部位有感染时，细菌从淋巴道感染肾脏，此种情况极为罕见。④直接感染：细菌从邻近器官的病灶直接入侵肾脏导致的感染，此情况亦极少见。

（4）机体抗病能力　并非细菌进入膀胱后都引起尿路感染，这是因为人体对细菌入侵尿路有一定的自卫能力：①当尿路通畅时，尿液可将绝大部分细菌冲走；②男性在排尿终末时排泄于后尿道的前列腺液对细菌有杀灭作用；③尿路黏膜可通过其分泌有机酸和IgG、IgA及吞噬细胞的作用，起到杀菌效果；④尿液 pH 值低，含有高浓度尿素及有机酸，尿过于低张或高张，都不利于细菌生长。

（5）细菌致病力　细菌进入膀胱后，是否发病，还与其致病力有关。细菌对尿路上皮细胞的吸附能力，决定了该菌引起尿路感染的致病力。如大肠杆菌，能引起症状性尿路感染的仅是其少数菌株，如 O、K 和 H 血清型菌株，它们具有特殊的致病力。

2. 病理　尿路感染的部位不同，病理解剖改变的差异很大。急性肾盂肾炎病变可为单侧或双侧，肾盂肾盏黏膜充血水肿，表面有脓性分泌物，黏膜下可散在细小的炎症病灶，严重者炎症可融合成小脓疡。镜下可见病灶内有肾小管上皮细胞肿胀、坏死、脱落，间质内有白细胞浸润和小脓肿形成；肾小球一般形态正常。下尿路感染没有发生解剖形态的变化，只有下尿路黏膜浅表的炎症、充血，可于短期内随菌尿的消失而消退。

【中医病因病机】

尿路感染主要与湿热毒邪蕴结膀胱及脏腑功能失调有关。外阴不洁，秽浊之邪人侵膀胱，酿生湿热；饮食不节，损伤脾胃，蕴湿生热；情志不遂，气郁化火或气滞血瘀；年老体弱、禀赋不足、房室失节及久淋不愈引起脾肾亏虚等，均可导致本病的发生。

1. 膀胱湿热　风寒湿邪外感，入里化热，下注膀胱；或过食肥甘辛辣厚味，脾胃健运失司，湿热内生，下注膀胱；或下阴不洁，秽浊之邪上犯膀胱；或病由他脏转入，如胃肠积热、肝胆郁热及心移热于小肠等均可传入膀胱，湿热蕴结膀胱，邪气壅塞，气化失司，水道不利，故发为淋证。热伤血络则见尿血，发为血淋。

2. 肝胆郁热　足厥阴肝经"环阴器，抵少腹"，若恼怒怫郁，肝失条达，气机郁结化火，疏泄不利，水道通调受阻，膀胱气化失司；或气郁化火，气火郁于下焦，均可引起小便滞涩，余沥不尽，发为淋证。

3. 脾肾亏虚，湿热屡犯　劳倦过度，房室不节，或久病体虚，年老体衰，或淋证日久失治，均可导致脾肾亏虚，正虚之后，复感微邪，即可发病，或遇劳即发，而成劳淋。

4. 肾阴不足，湿热留恋　湿热久稽，肾阴受损，膀胱气化不利，而呈虚实夹杂之肾虚膀胱湿热之候。

总之，本病以肾虚为本，膀胱湿热为标，且与肝脾密切相关，其病机以湿热蕴结下焦，导致膀胱气化不利为主。

【类证鉴别】

本证在临床上需与癃闭、尿血相鉴别。癃闭以排尿困难，小便量少甚至点滴全无为特征，其小便量少，排尿困难与淋证相似，但无尿痛，每日排尿量少于正常。淋证尿频且疼痛，每日排尿总量不减少。尿血和淋证都有小便出血，尿色红赤，甚至溺出纯血等，但淋证伴有小便疼痛且疼痛难忍，并有尿频、尿急等，尿血一般无疼痛或疼痛轻微，故一般以痛者为血淋，不痛者为尿血。

【临床表现】

1. 急性肾盂肾炎　本病可见于任何年龄，育龄期妇女最多见，起病急骤，主要有下列症状：

（1）一般症状　高热、寒战，体温多在38℃以上，热型多呈弛张热，亦可呈间歇热或稽留热，多伴头痛、周身酸痛、热退后大汗等全身症状。

（2）泌尿系统症状　患者多有腰酸痛或钝痛，少数还有剧烈的腹部阵发性绞痛，沿输尿管向膀胱方向放射。患者多有尿频、尿急、尿痛、排尿困难等膀胱刺激症状。体检时在上输尿管点（腹直肌外缘与脐平线交叉点）或肋腰点（腰大肌外缘与12肋交叉点）有压痛，肾区叩击痛。

（3）胃肠道症状　患者可出现食欲不振、恶心、呕吐等胃肠道症状，个别病人出现中上腹或全腹疼痛。

2. 膀胱炎　占尿路感染的60%，多见于中青年妇女，常于性生活后发生，亦可见于妇科手术、月经后和老年妇女。原发性膀胱炎罕见，多继发于尿道炎、阴道炎、子宫颈炎或前列腺炎。临床表现有尿痛，多于排尿时出现，排尿终末时较重，疼痛部位在会阴部或耻骨上区，伴有尿潴留时疼痛性质为持续性钝痛；尿频，多伴尿急，严重时类似尿失禁；尿混浊

（脓尿），排尿终末时可有少许血尿。此外，病人可有腰痛，但症状轻微，可有发热，体温多在38℃以下，慢性膀胱炎症状与急性者相同，但程度较轻。

3. 尿道炎　急性尿道炎时尿道外口红肿。男性急性尿道炎患者的主要症状是出现尿道分泌物，开始时为黏液性，逐渐变为脓性，分泌量也随之增加；女性患者，尿道分泌物少。患者自觉尿频、尿急、尿痛，可见脓尿，个别有血尿。耻骨上方及会阴部有钝痛感。尿三杯试验，第一杯可见血尿或脓尿。慢性尿道炎症状多不明显，有的无症状，或只在晨起后见少量浆性分泌物黏着尿道外口。

4. 并发症

（1）肾乳头坏死　本病为肾盂肾炎的严重并发症之一，多于严重的肾盂肾炎伴有糖尿病或尿路梗阻时发生，可并发革兰阴性杆菌败血症，或导致急性肾衰。其主要临床表现为高热、剧烈腰痛和血尿等，可有坏死组织脱落从尿中排出，发生肾绞痛。可于静脉肾盂造影时于肾乳头区见"坏死征"。

（2）肾周围脓肿　多因严重肾盂肾炎直接扩展而来，其致病菌多为革兰阴性杆菌，患者多有糖尿病、尿路结石等易感因素。除原有肾盂肾炎症状加剧外，多有明显的单侧腰痛，向健侧弯腰时疼痛加重。严重的肾盂肾炎，于治疗后病情仍加重者，应考虑本病的可能，可应用超声显像、X线腹部平片、CT等检查以帮助诊断。

【实验室及其他检查】

1. 尿常规检查　尿白细胞显著增加（≥5个/高倍视野），红细胞也可以增加，尿蛋白微量，<200mg/24h，如有较多蛋白尿则提示肾小球受累。

2. 尿细菌培养　清洁中段尿培养，菌落计数≥10.5/ml。

3. 尿涂片镜检细菌　观察10个视野，每个视野平均有1个以上细菌者为阳性，此时尿中含菌量常>10.5/ml。

4. 亚硝酸盐试验　此法诊断尿路感染的敏感性为70.4%，特异性为99.5%，是基于细菌要消耗尿中的硝酸盐产生亚硝酸盐的原理。临床常采用浸试纸条法，可作为尿路感染的筛选试验。

5. 12小时尿Addis计数　正常人12小时尿白细胞和上皮细胞计数不超过100万，红细胞不超过50万，若白细胞计数超过此值，有助于诊断。

6. 定位诊断的各种方法　血清抗体滴度测定、尿抗体包裹细菌检查、肾浓缩功能、尿酶排泄、闪光细胞、激素白细胞排泄率、静脉肾盂造影、膀胱冲洗后尿培养、输尿管导尿培养法等，可酌情用于上尿路感染和下尿路感染的鉴别诊断。

7. 血常规检查　急性肾盂肾炎患者，血中白细胞可出现轻中度增加，中性粒细胞增加或有核左移；红细胞沉淀率可加快。膀胱炎无上述现象。

8. 肾功能检查　急性肾盂肾炎时肾功能正常，偶有肾浓缩功能轻度障碍，治疗后可完全恢复。

9. 其他检查　可酌情选用X线检查、放射性核素肾图检查、超声波检查等，亦有助于本病的诊断。

【诊断与鉴别诊断】

1. 诊断

（1）泌尿系感染诊断标准

1) 正规清洁中段尿（要求尿停留在膀胱中 4～6 小时以上）细菌定量培养，菌落 $\geqslant$ $10^5/ml$。

2) 参考清洁离心中段尿沉渣白细胞数 $\geqslant 10$ 个/高倍视野，或有泌尿系感染症状者。

具备上述 1）、2）即可确诊。如无 2）则应再做尿菌计数复查，如仍 $\geqslant 10^5/ml$，且两次的细菌相同者，可以确诊。

3) 做膀胱穿刺尿培养，如细菌阳性（不论细菌数多少）也可确诊。

4) 做尿菌培养计数有困难者，可用治疗前清晨清洁中段尿（尿停留于膀胱 4～6 小时以上）离心尿沉渣革兰染色找细菌，如细菌 >1 个/油镜视野，结合临床尿路感染症状，亦可确诊。

5) 尿细菌数在 $10^4～10^5/ml$ 之间者，应复查，如仍为 $10^4～10^5/ml$，需要结合临床表现来诊断或做膀胱穿刺尿培养来确诊。

（2）上、下尿路感染的诊断　具备了上述泌尿系感染标准兼有下列情况者：

1) 尿抗体包裹细菌检查阳性者，多为肾盂肾炎，阴性者多为膀胱炎。

2) 膀胱灭菌后的尿标本细菌培养结果阳性者为肾盂肾炎，阴性者多为膀胱炎。

3) 参考临床症状，有发热（>38℃）或腰痛，肾区叩击痛或尿中有白细胞管型者，多为肾盂肾炎。

4) 经治疗后症状已消失，但又复发者多为肾盂肾炎（多在停药后 6 周内）；用单剂量抗菌药治疗无效或复发者多为肾盂肾炎。

5) 经治疗后仍留有肾功能不全表现，能排除其他原因所致者，或 X 线肾盂造影有异常改变者为肾盂肾炎。

（3）泌尿系感染复发的诊断　应具备下列两条：

1) 经治疗症状消失，尿菌阴转后在 6 周内症状再现。

2) 尿细菌数 $\geqslant 10^5/ml$，而菌种与上次相同（菌种相同而且为同一血清型，或者药敏谱相同者）。

（4）重新发生的泌尿系感染（再感染）　应具备下述两条：

1) 经治疗后症状消失，尿菌阴转后，症状再次出现（多在停药 6 周后）。

2) 尿菌落数 $\geqslant 10^5/ml$，但菌种（株）与上次不同者。

2. 鉴别诊断

（1）急性发热性疾病　伤寒、流感等容易与急性肾盂肾炎混淆。通过肾区压痛和叩击痛的症状以及尿常规和尿细菌学检查，多可鉴别。

（2）肾结核　少数尿路感染以血尿为主，容易误诊为肾结核，同时在肾结核基础上也可发生尿路感染。鉴别要点在于尿细菌学检查。若尿路感染经积极合理的抗菌治疗后，其症状及小便变化不能消除者，应考虑为结核。肾结核多并发生殖道结核或有其他器官结核病史，血尿多与尿路刺激征同时发生，而膀胱炎时，血尿为终末血尿且抗生素治疗有效。尿结核菌阳性或结核菌素试验和静脉肾盂造影等有助于诊断。

（3）肾小球肾炎　有时肾盂肾炎病例缺乏急性期感染史，尿蛋白排出量较多，甚至可有浮肿或肾病综合征的表现，此时要与肾小球肾炎相鉴别。一般而言，肾盂肾炎尿蛋白量 < 2g/d，若尿蛋白量 >3g/d 多为肾小球病变；此外，仔细询问病史，若病人有尿路刺激症状及间歇出现脓尿或菌尿史，小管功能受损先于小球功能受损等，也有助于肾盂肾炎的诊断。

肾活体组织检查也有助于确诊。

（4）慢性肾盂肾炎 泌尿系感染史在 1 年以上，经抗生素治疗效果不佳，多次尿细菌定量培养均阳性或频繁复发者，多为慢性肾盂肾炎；经治疗症状消失后，仍有肾小管功能（尿浓缩功能等）减退，能排除其他原因所致者，为慢性肾盂肾炎；X 线造影证实有肾盂肾盏变形，肾影不规则甚至缩小者为慢性肾盂肾炎。

（5）尿道综合征（尿频、排尿困难综合征） 尿道综合征患者有明显的排尿困难、尿频，但无发热等全身症状，血常规检查白细胞不增高，亦无真性细菌尿。本病可分为感染性尿道综合征和非感染性尿道综合征，其中感染性尿道综合征约占 3/4，是一种性病，患者多有不洁性交史，有白细胞尿；非感染性尿道综合征约占 1/4，无白细胞尿，病原体检查亦阴性，病因未明，可能与精神焦虑有关。

【治疗】

1. 治疗思路 尿路感染是一种常见病和多发病，西药治疗以抗菌消炎为主，同时注意给予足够的水分。中医认为尿路感染多属下焦湿热，实证居多，治宜清热解毒，利湿通淋；迁延日久或年老体弱，正气不足者还应兼以扶正祛邪。中西医综合治疗尿路感染有退热迅速、膀胱刺激症状消失早、尿常规阴转快的优点，比单用西药见效快，是比较理想的治疗方法。

2. 西医治疗

（1）一般治疗 患病后，宜休息 3～5 天，待症状消失后可恢复工作。宜流食或半流食，鼓励病人多饮水，勤排尿。

（2）碱化尿液 可减轻膀胱刺激征，同时增强某些抗生素的疗效。可用碳酸氢钠 1.0g，每日 3 次。

（3）抗菌治疗 尿路感染时，应选用肾毒性小且在肾脏及尿中浓度高的抗菌药物。一般首选对革兰阴性杆菌有效的抗生素，但应兼顾革兰阳性菌感染。

1）初发者可选用复方磺胺甲噁唑（SMZ－TMP）2 片，每日 2 次；或吡哌酸 0.5g，每日 3 次；或氟哌酸 200mg，每日 3 次；或氧氟沙星 0.2g，每日 2 次；或左氧氟沙星 0.2g，每日 2 次，7～14 天为一疗程。

2）如全身及泌尿道症状较重，可根据尿培养和药敏采用静脉给药。如大肠杆菌感染且肾功能正常者，可选用氨基糖苷类抗生素，如庆大霉素 8 万～12 万 U 肌注，每日 2 次，或 8 万～16 万 U 静脉滴注，每日 2 次；或丁胺卡那霉素 0.2g，肌注或静脉滴注，每日 2 次，对绿脓杆菌感染也有较好疗效。如肠球菌、变形杆菌感染可用青霉素 G、氨苄青霉素等。

3）如病人有寒战、高热、血白细胞显著增高、核左移等严重的全身感染中毒症状，甚至出现低血压、呼吸性碱中毒，疑为革兰阴性杆菌败血症者，多为急性重症肾盂肾炎，应联合使用两种或两种以上抗生素静脉滴注治疗。可选用三代头孢菌素类中的头孢曲松钠、头孢三嗪（菌必治）、头孢哌酮等，半合成广谱青霉素中的羧苄青霉素、氧哌嗪青霉素、硫咪唑青霉素等，加用一种氨基糖苷类抗生素。

3. 中医辨证论治

（1）膀胱湿热证

证候：小便频数，灼热刺痛，色黄赤，小腹拘急胀痛，或腰痛拒按，或见恶寒发热，或见口苦，大便秘结；舌质红，苔薄黄腻，脉滑数。

治法：清热利湿通淋。

代表方剂：八正散加减。

常用药物：木通　车前子　萹蓄　瞿麦　滑石　甘草梢　大黄　山栀　灯心　川楝子

（2）肝胆郁热证

证候：小便不畅，少腹胀满疼痛，小便灼热刺痛，有时可见血尿，烦躁易怒，口苦口黏，或寒热往来，胸胁苦满；舌质暗红，可见瘀点，脉弦或弦细。

治法：疏肝理气，清热通淋。

代表方剂：丹栀逍遥散合石韦散加减。

常用药物：丹皮　栀子　当归　白芍　柴胡　茯苓　白术　甘草　薄荷　生姜　石韦　冬葵子　瞿麦　滑石　车前子　川楝子

（3）脾肾亏虚，湿热屡犯证

证候：小便淋沥不已，时作时止，每于劳累后发作或加重，尿热，或有尿痛，面色无华，神疲乏力，少气懒言，腰膝酸软，食欲不振，口干不欲饮水；舌质淡，苔薄白，脉沉细。

治法：健脾补肾。

代表方剂：无比山药丸加减。

常用药物：山药　肉苁蓉　熟地　山茱萸　茯神　菟丝子　五味子　赤石脂　巴戟天　泽泻　杜仲　牛膝　白术　附子

（4）肾阴不足，湿热留恋证

证候：小便频数，滞涩疼痛，尿黄赤混浊，腰膝酸软，手足心热，头晕耳鸣，四肢乏力，口干口渴；舌质红少苔，脉细数。

治法：滋阴益肾，清热通淋。

代表方剂：知柏地黄丸加减。

常用药物：知母　黄柏　熟地　山茱萸　山药　茯苓　丹皮　泽泻　萹蓄　瞿麦　滑石

【预防与调护】

应注意休息，多饮水，多排尿，保证每日尿量在1500ml以上；饮食宜清淡，忌辛辣刺激饮食；女性患者应注意预防，保持会阴清洁，大便后手纸由前向后擦，避免污染，洗澡应以淋浴为主；性生活后注意排尿等等。

第二十五节　慢性肾衰竭

中医学原无慢性肾衰的病名，现亦称"慢性肾衰"，根据其临床表现可归属于中医学"癃闭"、"关格"、"溺毒"、"肾劳"等范畴。

【西医病因病理】

1. 病因　任何泌尿系统疾病能破坏肾的正常结构和功能者，均可引起肾衰。原发性肾病中，慢性肾小球肾炎最为常见，其次为肾小管间质性肾炎。

2. 发病机制

（1）慢性肾衰竭进行性恶化的机制　其机制尚未完全清楚。肾功能恶化与基础疾病的活动性相关。但基础疾病停止活动时，肾功能仍会继续不停地通过一个共同的途径减退。近年认为肾衰恶化速度与遗传有关，如血管紧张素转换酶基因与肾功能减退的速度有重要关系。

（2）尿毒症各种症状的发生机制　①与水、电解质、酸碱平衡失调有关；②与尿毒症毒素有关；③与肾的内分泌功能障碍有关，如肾衰时不能产生促红细胞生成素（EPO）、骨化三醇等，也可产生某些尿毒症症状。

【中医病因病机】

慢性肾衰竭虽由多种肾脏疾患转化而来，因其原发病的不同，病因病机也有差异，但总体来说，肾元虚衰、湿浊内蕴是其根本病机，感受外邪、饮食不当、劳倦过度、药毒伤肾常常是其诱发及加重因素。

1. 肾病日久　患者肾脏疾病日久，肾元亏虚，脾运失健，气化功能不足，开阖升降失司，则当升不升，当降不降，当藏不藏，当泄不泄，形成本虚标实之证。水液内停，泛溢肌肤而为肿，行于胸腹之间，而成胸水、腹水；肾失固摄，精微下泄，而成蛋白尿、血尿；湿蕴成浊，升降失司，浊阴不降，则见少尿、恶心、呕吐。其病之本为脾肾虚衰，水湿、湿浊是其主要病理因素。但久病入络，可从虚致瘀或从湿致瘀，而见水瘀互结，或络脉瘀阻。

2. 感受外邪　感受外邪，特别是风寒、风热之邪是该病的主要诱发及加重因素。感受外邪，肺卫失和，肺失通调，水道不利，水湿、湿浊壅盛，更易败伤脾肾之气，使正愈虚，邪愈实。

3. 饮食不当　饮食不洁（或不节），脾胃受损，运化失健，聚湿成浊，水湿壅盛，或湿蕴化热而成湿热。

4. 劳倦过度　烦劳过度可损伤心脾，而生育不节，房劳过度，肾精亏虚，肾气内伐。脾肾虚衰，则不能化气行水，升清降浊，水液内停，湿浊中阻，而成肾劳、关格之证。而肾精亏虚，肝木失养，阳亢风动，遂致肝风内扰。

总之，本病病位主要在肾，涉及肺、脾（胃）、肝等脏腑，其基本病机是本虚标实，本虚以肾元亏虚为主；标实为水气、湿浊、湿热、血瘀、肝风之证。

【类证鉴别】

本证在临床上需与淋证相鉴别。淋证以小便频数短涩，滴沥刺痛，欲出未尽为特征。其排尿困难和小便量少与癃闭相似，但癃闭无排尿疼痛，每日尿量少于正常，甚至无尿排出；而淋证尿频且疼痛，每日尿量不减少。

【临床表现】

1. 主要症状　早期往往无特异性临床症状，仅表现为基础疾病的症状。只有当病情发展到残余肾单位不能调节适应机体的最低要求时，才会逐渐出现肾衰的症状。症状无特异性，可出现腰部酸痛、倦怠、乏力、夜尿增多、少尿或无尿等。

2. 体征

（1）高血压　很常见，可为原有高血压的持续或恶化，也可在肾衰竭过程中发生，有些患者血压较高，且常规降压药效果欠佳。

（2）水肿或胸、腹水　患者可因水液代谢失调出现水肿，甚则可见胸、腹水。

（3）贫血　本病患者当血清肌酐超过 $300\mu mol/L$ 以上，常出现贫血表现，如面睑苍白，爪甲色白。

3. 并发症

（1）水、电解质、酸碱平衡失调　常有水、钠潴留，高钾血症，代谢性酸中毒，高磷血症，低钙血症等。

（2）各系统并发症　①心血管系统：患者可并发尿毒症性心肌炎、心肌病，也可因水液代谢失调出现心力衰竭。②血液系统：可出现肾性贫血，即由于各种因素造成肾脏促红细胞生成素产生不足，或尿毒症血浆中一些毒性物质干扰红细胞的生成和代谢而导致的贫血。此外还可发生出血倾向、白细胞异常等。③神经肌肉系统：出现疲乏、失眠、抑郁或兴奋、精神异常等症状。周围神经病变者表现为肢体麻木、疼痛，不安腿综合征等。④胃肠道：食欲不振、恶心、呕吐是常见症状。⑤皮肤症状：皮肤瘙痒是常见症状，可能与继发性甲旁亢有关。⑥肾性骨营养不良症（简称肾性骨病）：包括纤维囊性骨炎、肾性骨软化症、骨质疏松症和肾性骨硬化症，为慢性肾功能衰竭而伴随的代谢性肾病，常表现为骨痛和近端肌无力。⑦内分泌失调：感染时可发生肾上腺皮质功能不全，血浆肾素正常或升高，骨化三醇降低，促红细胞生成素降低，胰岛素、胰升糖素、甲状旁腺激素等肾衰时作用延长。性功能障碍。⑧感染：尿毒症患者易于并发严重感染，这与机体免疫功能低下、白细胞功能异常有关。免疫功能下降可能与尿毒症毒素、酸中毒、营养不良有关。以肺部感染为最常见。透析患者可发生动静脉瘘或腹膜入口感染、肝炎病毒感染。⑨代谢失调及其他：如体温过低、碳水化合物代谢异常、高尿酸血症、脂代谢异常等。

【实验室及其他检查】

1. 肾功能检查　血尿素氮（BUN）、血肌酐（Scr）上升，$Scr > 133\mu mol/L$，内生肌酐清除率（Ccr）$< 80ml/min$，二氧化碳结合力下降，血尿酸升高。

2. 尿常规检查　可出现蛋白尿、血尿、管型尿或低比重尿。

3. 血常规检查　常出现不同程度的贫血。

4. 电解质检查　常表现为高钾、高磷、低钙等。

5. B 超检查　多数可见双肾明显缩小、结构模糊。

【诊断与鉴别诊断】

慢性肾衰竭的诊断是 $Ccr < 80ml/min$，$Scr > 133\mu mol/L$，有慢性原发或继发性肾脏疾病病史。临床应注意慢性肾衰竭常隐匿起病，因肾脏具有很大的代偿能力，早期症状往往不易引起重视，就诊时已进入晚期。因此早期诊断以及病因诊断非常重要。关于慢性肾衰竭的肾功能损害程度，可分为：①肾贮备功能下降期：约相当于美国国家肾脏病基金会的“肾脏病生存质量指导”（K/DOQI）的第 2 期，肾小球滤过率（GFR）减少至正常的 50% ~80%，血肌酐正常，患者无症状；②氮质血症期：约相当于 K/DOQI 的第 3 期，是肾衰的早期，GFR 减少至正常的 25% ~50%，出现氮质血症，血肌酐高于正常，但小于 $450\mu mol/L$，可有轻度贫血、多尿和夜尿多；③肾衰竭期：约相当于 K/DOQI 的第 4 期，GFR 减少至正常的 10% ~25%，血肌酐显著升高（约为 $450 ~707\mu mol/L$），贫血较明显，夜尿增多以及水电解质失调，并可有轻度胃肠道、心血管和中枢神经系统症状；④尿毒症期：约相当于 K/DOQI 的第 5 期，是肾衰的晚期，GFR 减少至正常的 10% 以下，血肌酐大于 $707\mu mol/L$，肾衰的临床表现和血生化异常已十分显著。

慢性肾衰竭有时需与急性肾衰竭鉴别。如有无导致慢性肾衰竭的慢性肾脏疾病或可能影响到肾脏的全身疾病的病史，或有无导致急性肾衰竭的肾前性、肾性、肾后性的原发病因。如贫血、尿量增多、夜尿增多，常是慢性肾衰竭一个较明显的临床症状，而急性肾衰竭时常无此症状。慢性肾衰竭患者的 X 线腹部平片或 B 超检查可发现双肾缩小，或形态中皮髓分界不清，而急性肾衰竭时，肾脏大小常正常或稍增大。指甲肌酐可作进一步的区分，指甲肌酐的水平代表患者 2~3 个月前血中肌酐水平，若血肌酐与指甲肌酐同时升高，表明 2~3 个月前已有肾功能损害，偏向于慢性肾衰竭；如血肌酐升高而指甲肌酐正常则可能为急性肾衰竭。必要时可做肾活检。

确定为慢性肾衰竭后应尽快查出引起慢性肾衰竭的基础疾病。在肾衰早期，由于影像学检查和肾活检的危险性较小，故其基础疾病诊断较容易。晚期肾衰竭诊断则较难，但由于有些基础疾病仍有治疗价值，如狼疮性肾炎、肾结核、缺血性肾病等，所以基础病诊断仍很重要。

还有一些轻度慢性肾衰竭的病人，或肾功能随年龄自然减退的老年人，若遇到某些促使肾功能恶化的因素，则可能出现急性肾功能减退，表现为尿毒症的症状。促使肾功能恶化的因素有：①血容量不足：可见于急性大出血、大量脱水等情况，使肾小球滤过率下降，加重肾衰；②感染：常见肺部感染、尿路感染；③尿路梗阻：常见的是尿路结石、前列腺增生；④心力衰竭和严重心律失常；⑤肾毒性药物：如使用氨基糖苷类抗生素；⑥急性应激状态：如严重创伤、大手术后；⑦高血压：严重高血压或降压过快过剧；⑧高钙血症、高磷血症或转移性钙化等。这些因素如果及时祛除或治疗，肾功能则有不同程度恢复的可能。这种在慢性肾衰竭基础上重叠急性肾衰竭的情况应与晚期肾衰竭相鉴别。

【治疗】

1. 治疗思路 西药在病因治疗、控制血压、利尿、纠正电解质及酸碱平衡失调等方面具有较好的作用，特别应重视可逆因素的治疗，对晚期肾衰竭尿毒症患者则需选择透析治疗或肾移植术。而中药在延缓慢性肾衰竭病程进展等方面具有优势。病程早期一般中药汤剂治疗，中晚期可配合静滴中药和中药灌肠，以及药浴等中医综合治疗。

2. 西医治疗

（1）治疗基础疾病和使慢性肾衰竭恶化的因素 有些慢性肾衰在治疗基础疾病后具有可逆性。如狼疮性肾炎的尿毒症，若肾活检提示活动性指标较高者，则经治疗后肾功能会有所改善。此外，纠正某些使肾功能恶化的可逆因素，亦可使肾功能获得改善。如及时控制感染、积极控制血压、纠正电解质紊乱、治疗心力衰竭、停用肾毒性药物等。

（2）延缓慢性肾衰竭的发展

1）饮食治疗：在慢性肾衰竭早期开始饮食治疗，可以缓解慢性肾衰竭症状和延缓健存肾单位的破坏速度。给予低蛋白饮食应考虑个体化，注意营养指标检测，避免营养不良的发生。①限制蛋白饮食：蛋白质的摄入量宜根据 GFR 作适当调整，GFR 为 10~20ml/min 者，每日蛋白质限制在 0.6g/kg，GFR 大于 20ml/min 者，可加 5g。一般认为 GFR 降至 50ml/min 以下时，需进行蛋白质限制，其中 50%~60% 必须是富含必需氨基酸的蛋白质（即高生物价优质蛋白），如鸡蛋、鱼、瘦肉、牛奶等。因植物蛋白含非必需氨基酸较多，故富含植物蛋白的食物应少食，如花生及其制品等，可部分采用麦淀粉（澄面）作主食，以代替大米、面粉。在高热量的前提下，每天给予 0.6g/kg 的蛋白质，大多数患者可以满足机体的基本需要，而不至于发生蛋白质营养不良。血白蛋白、白蛋白前体、转铁蛋白的测定是简便的营养监测指标。②高热量摄入：高热量饮食可使低蛋白饮食的氮得到充分利用，减少体内蛋白质的分解消耗。热量每日至少需要 125.6kJ/kg（30kcal/kg），消瘦或肥胖者酌情加减。可多食入植物油和食糖，觉饥饿可食甜薯、芋头、马铃薯等。食物应富含 B 族维生素、维生素 C

和叶酸等。③其他：给予低磷饮食，每日不超过600mg。此外，除有水肿、高血压和少尿者要限制食盐，有尿少、水肿、心力衰竭者应严格控制进水量，尿量每日少于1000ml者除要限制钾的摄入外，其他一般不需特别限制。

2）必需氨基酸（EAA）的应用：如果GFR≤10ml/min时，患者因食欲差、蛋白质摄入少，会发生蛋白质营养不良，必须加用EAA或EAA及其α-酮酸混合制剂，才可使肾衰竭患者维持较好的营养状态。α-酮酸在体内与氨结合成相应的EAA，EAA在合成蛋白质过程中可以结合一部分尿素，故可减少血中尿素氮的水平。EAA的适应证是肾衰竭晚期患者，一般用量为每日0.1~0.2g/kg，分3次服用。

3）控制全身性高血压和（或）肾小球内高压力：全身性高血压不仅会促使肾小球硬化，而且能增加心血管并发症，故必须控制。首选血管紧张素Ⅱ抑制药，包括ACEI和ARB。肾小球内高压力亦会促使肾小球硬化，故虽无全身性高血压，亦宜使用ACEI或（及）ARB。因ACEI和ARB能扩张出球小动脉、入球小动脉，但扩张出球小动脉的作用强于入球小动脉，故能降低肾小球内高压力，此外，还能减少蛋白尿和抑制肾组织细胞炎症反应和硬化的过程，从而延缓肾功能减退。可选用依那普利10~20mg，每日1次，或氯沙坦50mg，每日1次。使用ARB愈早，时间愈长，效果愈明显。对于血肌酐>350μmol/L者，应否使用目前仍有争议。如使用，在治疗初期2个月内，每2周观察血肌酐水平，如较基础水平升高超过30%，应停药。钙通道拮抗剂控制肾小球内高压的作用不如ACEI与ARB，但除了有头痛、面部潮红、水肿等副作用外，降压作用亦较好，对肾功能无影响，常用的有硝苯地平（心痛定）、拜心同、氨氯地平（络活喜）、佩尔地平等，可考虑使用。其他药有可乐定、甲基多巴、美托洛尔（美多心安）等，可酌情联合应用。对于容量依赖性高血压，首先要限制水钠摄入，较大剂量呋塞米口服40~60mg/d，必要时静脉注射200~400mg。当利尿效果不理想时，及时透析超滤脱水至干体重。

（3）并发症的治疗

1）纠正水、电解质紊乱

维持水平衡：在慢性肾衰竭早期，病人可呈渗透性利尿，因多尿、夜尿多而出现脱水，因此可以放开水分的摄入。到终末期出现尿少，甚至尿闭，就应该严格限制水的摄入（含饮食中水分），即使已经开始透析治疗，透析的间歇日也应该适当限制水分摄入，每次透析体重的增长以2~3kg为宜，不能超过3kg。每日入水总量＝尿量＋无形失水（约500ml/日）＋其他丧失（含汗、大便、透析超滤脱水）。假如不遵守以上原则，摄入水过多，就表现为血压增高，甚至导致高容量性心力衰竭，危及生命。当然控制过严，造成脱水、低血压休克也不确当。

维持钾平衡：慢性肾衰竭早期因多尿常可低钾或正常。到终末期可有高血钾，因此应避免输库血。避免服含钾量高的中草药；若服用ACEI制剂，如卡托普利（开博通）、苯那普利（洛汀新）、西拉普利（抑平舒）等时，易诱发高血钾，需定期监测血钾的变化，以及充分透析。如果血钾>6.5mmol/L，出现心电图高钾表现，需紧急处理：10%葡萄糖酸钙20ml，稀释后缓慢静脉注射；5%碳酸氢钠100ml静脉滴注；25%~50%葡萄糖100~250ml加普通胰岛素（6g糖：1U胰岛素）静脉注射；急症透析（首选血液透析）。

纠正磷钙平衡失调和肾性骨病的治疗：若已出现高磷血症，则口服磷结合剂如碳酸钙或醋酸钙；并在饮食中减少磷的摄入。若已有血甲状旁腺激素（PTH）增高，就应口服活性维

生素 D_3（罗钙全）0.25μg/d 或 α - D_3（肝功能正常者）；若 2 ~ 4 周后 PTH 仍居高不降，可用冲击治疗，用罗钙全 3 ~ 5μg，每周 3 次。使用中注意观察有无引起高钙血症的副作用。假如 ECT 测得有肿大的甲状旁腺腺体，有异位钙化，对活性维生素 D_3 治疗无效，则可以用甲状旁腺全切除术或次全切除术。

2）代谢性酸中毒的治疗：轻度酸中毒时，可口服碳酸氢钠 1 ~ 2g，每日 3 次，若严重酸中毒，尤其伴深大呼吸或昏迷时（$HCO_3^- < 13.5mmol/L$），应静脉补碱；5% 碳酸氢钠 0.5ml/kg 可提高 1mmol/L HCO_3^-，一般纠正到 17.1mmol/L 便可。为预防因纠正酸中毒引起的低钙抽搐，需先给予 10% 葡萄糖酸钙 10ml 静脉注射。当合并高血压心力衰竭时，静注碳酸氢钠要严密观察，控制剂量。严重酸中毒可用透析治疗。

3）肾性心力衰竭的治疗：与一般心力衰竭处理不同，其特殊性有：①对利尿剂多数效差；②对洋地黄制剂效差，且易蓄积中毒，加重病情引起心律失常、传导阻滞。因此需慎用，必要时试用洋地黄毒苷 0.125mg 或毛花苷 C0.1 ~ 0.2mg 静脉注射；③高容量高血压性心力衰竭可用硝普钠、酚妥拉明静脉滴注；④对高容量性心力衰竭，应紧急透析超滤脱水；⑤对心力衰竭、有容量负荷，但又合并循环、呼吸功能不全者，以 CRRT、血滤脱水更合适。

4）肾性贫血的治疗

促红细胞生成素（EPO）：当 Hb < 60g/L，红细胞比容（HCT）< 30% 时，就应使用，剂量为 2000 ~ 3000U，皮下注射 2 ~ 3 次/周，用 4 ~ 8 周 HCT 升至 35% 时，减量维持，副作用有高血压、血黏度增高。

补充铁剂和叶酸：常需与 EPO 并用，如硫酸亚铁口服，右旋糖酐铁静注，注意观察铁代谢。

输血或红细胞：在严重贫血时，可小量输血，但需注意库血可导致高血钾，输血过多过快可增加容量负荷，诱发心力衰竭。

5）并发感染的处理：主要是抗生素的选择，禁用有肾毒性的药物，比如氨基糖苷类抗生素、一代和二代头孢霉素、二性霉素等。无肾毒性的药物有青霉素族、第三代头孢霉素如头孢三嗪（罗氏芬）、头孢哌酮（先锋必）等。

（4）替代治疗　透析疗法可替代肾的排泄功能，但不能代替内分泌和代谢功能，血液透析（简称血透）和腹膜透析（简称腹透）的疗效相近，但各有其优缺点，在临床应用上可互为补充。当血肌酐高于 707μmol/L，且患者开始出现尿毒症临床表现，经治疗不能缓解时，应做透析治疗。在此前应让患者作好思想准备，以及对血透、腹透或肾移植做出选择。通常应先做透析一个时期，才考虑肾移植。

1）血液透析：血透前数周，应预先做动静脉内瘘，位置一般在前臂，在长期做血透时，宜用针头穿刺做成血流通道。一般每周做血透 3 次，每次 4 ~ 6 小时。每次透析时间的长短，视透析膜性能及临床病情综合决定。在开始血液透析 6 周内，尿毒症症状逐渐好转，然而血肌酐和尿素氮不会下降到正常水平。贫血虽有好转，但依然存在。肾性骨病可能在透析后仍会有所发展。许多血透患者能过着比较正常的生活，如能坚持合理的透析，不少患者能存活 20 年以上。

2）腹膜透析：持续性不卧床腹膜透析疗法（CAPD）设备简单，操作易掌握，安全有效，可在家中自行操作，故采用者与年俱增。用一医用硅胶透析管永久地插植入腹腔内，透析液通过它输入腹腔，每次约 2L，6 小时交换 1 次，一天换 4 次透析液，每次花费时间约半小时，可在休息时做，不会影响工作。CAPD 是持续地进行透析，对尿毒症毒素持续地清除，不似血透那么波动，因而，患者也感觉比较舒服。CAPD 对尿毒症的疗效与血液透析相同，但在保存残存肾功能方面优于血透，对心血管系统的保护也较好。此外，CAPD 医疗费用也较血透低。CAPD 的装置和操作近年已有很大的改进，例如使用 Y 型或 O 型管道，腹膜炎等并发症已大为减少。很多 CAPD 患者到现在已存活超过 10 年，疗效相当满意。CAPD 特别适用于老人、有心血管并发症的患者、糖尿病患者、小儿患者或做动静脉内瘘有困难者。等待肾移植的患者也可做 CAPD。

3）肾移植：成功的肾移植会恢复正常的肾功能（包括内分泌和代谢功能），可使患者几乎完全康复。移植肾可由尸体或亲属供肾（由兄弟姐妹或父母供肾），亲属肾移植的效果较好。肾移植需长期使用免疫抑制剂，以防排斥反应，常用的药物为糖皮质激素、环孢素、硫唑嘌呤和（或）麦考酚吗乙酯（MMF）等。要在 ABO 血型配型和 HLA 配型合适的基础上，选择供肾者。近年肾移植的疗效改善了很多，特别是尸体肾，在应用环孢素后，移植肾的存活率有较大的提高。HLA 配型佳者，移植肾的存活时间较长。接受肾移植患者，第 1 年死亡率约为 5%。肾移植后要使用大量免疫抑制剂，因而并发感染者增加，恶性肿瘤的发病率也增加。

3. 中医辨证论治

（1）本虚证

1）脾肾气虚证

证候：倦怠乏力，气短懒言，纳呆腹胀，腰酸膝软，大便溏薄，口淡不渴；舌淡有齿痕，苔白或白腻，脉沉细。

治法：补气健脾益肾。

代表方剂：六君子汤加减。

常用药物：人参　炙甘草　茯苓　白术　陈皮　制半夏　仙灵脾　菟丝子　杜仲　桑寄生　生姜　大枣

2）脾肾阳虚证

证候：面色㿠白或黧黑晦暗，下肢浮肿，按之凹陷难复，神疲乏力，纳差便溏或五更泄泻，口黏淡不渴，腰膝酸痛或腰部冷痛，畏寒肢冷，夜尿频多清长；舌淡胖嫩，齿痕明显，脉沉弱。

治法：温补脾肾。

代表方剂：济生肾气丸加减。

常用药物：附子　五味子　山茱萸　山药　牡丹皮　鹿茸　熟地　肉桂　白茯苓　泽泻

3）气阴两虚证

证候：面色少华，神疲乏力，腰膝酸软，口干唇燥，饮水不多，或手足心热，大便干燥或稀，夜尿清长；舌淡有齿痕，脉沉细。

治法：益气养阴，健脾补肾。

代表方剂：参芪地黄汤加减。

常用药物：党参　黄芪　熟地　泽泻　山药　丹皮　山萸肉　干姜　炒白术　桂枝

4）肝肾阴虚证

证候：头晕头痛，耳鸣眼花，两目干涩或视物模糊，口干咽燥，渴而喜饮或饮水不多，腰膝酸软，大便易干，尿少色黄；舌淡红少津，苔薄白或少苔，脉弦或细弦。常伴血压升高。

治法：滋肾平肝。

代表方剂：杞菊地黄汤加减。

常用药物：枸杞子　菊花　熟地　山茱萸　山药　泽泻　丹皮　茯苓　钩藤　夏枯草

5）阴阳两虚证

证候：浑身乏力，畏寒肢冷，或手足心热，口干欲饮，腰膝酸软，或腰部酸痛，大便稀溏或五更泄泻，小便黄赤或清长；舌胖润有齿痕，舌苔白，脉沉细。全身虚弱症状明显。

治法：温扶元阳，补益真阴。

代表方剂：金匮肾气丸或全鹿丸加减。

常用药物：桂枝　附子　熟地　山茱萸　山药　茯苓　丹皮　泽泻　人参　白术　炙甘草　当归　黄芪　枸杞子　杜仲　牛膝　芡实　菟丝子　五味子　锁阳　肉苁蓉　补骨脂巴戟天　胡芦巴　续断　覆盆子　川椒

（2）标实证

1）湿浊证

证候：恶心呕吐，胸闷纳呆，或口淡黏腻，口有尿味。

治法：和中降逆，化湿泄浊。

代表方剂：小半夏加茯苓汤加减。

常用药物：半夏　生姜　茯苓

2）湿热证

证候：中焦湿郁化热常见口干口苦，甚则口臭，恶心频频，舌苔黄腻；下焦湿热可见小溲黄赤或溲解不畅，尿频、尿急、尿痛等。

治法：中焦湿热宜清化和中；下焦湿热宜清利湿热。

代表方剂：中焦湿热者以黄连温胆汤加减；下焦湿热以四妙丸加减。

常用药物：中焦湿热：半夏　陈皮　茯苓　甘草　枳实　竹茹　黄连　大枣
　　　　　　下焦湿热：苍术　黄柏　牛膝　薏苡仁

3）水气证

证候：面、肢浮肿或全身浮肿，甚则有胸水、腹水。

治法：利水消肿。

代表方剂：五皮饮或五苓散加减。

常用药物：桂枝　白术　桑白皮　陈皮　生姜皮　大腹皮　茯苓皮　猪苓　泽泻

4）血瘀证

证候：面色晦暗或黧黑或口唇紫暗，腰痛固定或肢体麻木；舌紫暗或有瘀点瘀斑，脉涩或细涩。

治法：活血化瘀。

代表方剂：桃红四物汤加减。

常用药物：桃仁　红花　当归　赤芍　熟地　川芎

5）肝风证

证候：头痛头晕，手足蠕动，筋惕肉瞤，抽搐痉厥；舌淡红，苔白或腻，或微黄，脉弦。

治法：镇肝息风。

代表方剂：天麻钩藤饮加减。

常用药物：天麻　钩藤　生石决明　川牛膝　桑寄生　杜仲　山栀　黄芩　益母草　朱茯神　夜交藤

以上本虚证与标实证根据患者具体情况而综合辨证论治。此外，有条件者各型均可服用冬虫夏草每日3～5g，研粉或另炖。

【预防与调护】

预防主要是及早发现肾脏病或可能累及肾脏的原发疾病，积极控制，以防发生慢性肾衰竭。对已出现慢性肾衰竭者，要积极控制诱发加重的可逆因素，治疗原发病，纠正高血压及水、电解质、酸碱平衡失调，以延缓肾衰竭进展。对尿毒症晚期患者，需防治高钾血症、心衰等严重尿毒症并发症。

生活上注意适当休息，避免劳累，防止感冒。宜优质低蛋白、低磷饮食。忌生冷辛辣、肥甘厚味、暴饮暴食，戒烟忌酒。对血钾偏高者注意避免水果、红枣等高钾食物，对严重水肿及合并心衰患者应减少盐的摄入。此外，应保持大便通畅，减少氮质潴留，以保持每日大便2～3次为宜，以利毒性物质排出。

第二十六节　缺铁性贫血

缺铁性贫血与中医"血劳"相似，可归属于"萎黄"、"黄胖"、"虚劳"等范畴。

【西医病因病理】

1. 病因　任何原因使铁的损耗超过体内所能供给的量时，即可引起缺铁性贫血。

（1）损失过多　慢性失血占缺铁原因的首位，是引起缺铁性贫血的主要原因。

（2）需铁量增加而摄入量不足　生长期婴幼儿、青少年和月经期、妊娠期或哺乳期妇女需铁量增加，一般食物中铁含量不能满足机体需要而缺铁；饮食中缺乏足够的铁或食物结构不合理，导致铁吸收和利用减低，亦可发生缺铁。

（3）铁的吸收不良　游离铁主要在十二指肠及小肠上1/4段黏膜吸收，吸收不良可导致缺铁性贫血。

2. 发病机制　缺铁使血红蛋白合成减少，引起低色素性贫血；由于含铁酶的活性降低，引起脂类、蛋白质及糖类在幼红细胞内合成障碍及成熟红细胞的内部缺陷，红细胞寿命缩短，易在脾内破坏；体内含铁酶类的缺乏，引起肌肉、脑、心、肝、肾脏等多脏器的活力降低，组织细胞内线粒体肿胀，临床上出现肌肉疲劳，神经、循环及消化系统等功能紊乱。

【中医病因病机】

中医学认为，本病的形成多由先天禀赋不足、饮食不节、长期失血、劳倦过度、妊娠失养、病久虚损、虫积等引起脾胃虚弱，血少气衰所致。

1. 饮食不节　暴饮暴食，或长期饥饿、少食节食等均可导致脾胃功能减退，影响水谷精微的吸收，化血无源，出现贫血。

2. 长期失血　呕血、便血、咯血、鼻衄治不及时，或崩漏，或产后失血，调护不当等慢性失血，均可导致血少气衰，出现贫血。

3. 久病体虚　长期慢性胃肠疾患，久治未愈，脾胃虚弱而生化乏源。或因房劳或烦劳过度，损及肾脏，精血同源，肾虚精亏，则无以化生血液而致血虚。

4. 虫积　各种寄生虫，如钩虫侵入人体，虫积日久，引起脾胃受损，同时又大量吸收人体精微，导致生化乏源，引起贫血。

可见，缺铁性贫血病位在脾胃，与肝、肾相关。脾胃虚弱，运化失常，虫积及失血导致气血生化不足，是本病发生的基本病机。本病多属虚证，但也有虚实夹杂之证。

【临床表现】

缺铁性贫血多数起病缓慢，常见于 4 个月以上婴儿、儿童及 20~50 岁生育期妇女，大多为经产妇。临床表现分为两类：一类为贫血本身的表现；另一类为组织中含铁酶类减少，引起细胞功能紊乱而产生的症状和体征。

1. 贫血本身的表现　贫血早期没有症状或症状轻微，一般症状主要有皮肤和黏膜苍白，疲乏无力，头晕耳鸣，眼花，记忆力减退，严重者可出现眩晕或晕厥，活动后心悸、气短，甚至心绞痛，心力衰竭。尚有恶心呕吐、食欲减退、腹胀、腹泻等消化道的症状。早期临床多为正细胞性正色素性轻度贫血，严重者多为小细胞低色素性贫血。

2. 组织缺铁症状　缺铁性贫血的有些症状不一定都是贫血本身所引起，而是组织中缺铁或含铁酶类减少引起细胞功能改变的表现。

（1）精神和行为改变　疲乏、烦躁和头痛在缺铁的妇女中较多见；缺铁可引起患儿发育迟缓和行为改变，如烦躁、易激惹、注意力不集中等。

（2）消化道黏膜病变　表现为口腔炎、舌炎、唇炎、胃酸分泌缺乏及萎缩性胃炎；常见食欲减退、腹胀、嗳气、便秘等。部分患者有异食癖，如嗜食泥土、石屑、生米、粉笔、冰块等怪癖。

（3）外胚叶组织病变　皮肤干燥，毛发干枯脱落，指甲缺乏光泽、脆薄易裂甚至反甲等。

【实验室及其他检查】

1. 血象　贫血轻时呈正细胞性正色素性贫血，贫血严重时呈典型小细胞低色素性贫血。男性血红蛋白（Hb）< 120g/L，女性 Hb < 100g/L，孕妇 Hb < 100g/L；红细胞平均体积（MCV）< 80fe，红细胞平均血红蛋白浓度（MCHC）< 30%，红细胞平均血红蛋白量（MCH）< 27pg。血片中可见红细胞大小不一，以体积小者多见，中心淡染区扩大。白细胞和血小板计数一般正常或轻度减少。网织红细胞计数大多正常，亦可减低或轻度升高。

2. 骨髓象　红细胞系增生活跃，幼红细胞比例增多，以中、晚幼红细胞增生为主。幼红细胞体积较小，核染色质致密，胞质较少，血红蛋白形成不良，边缘不整齐。粒细胞及巨核细胞多无显著改变。骨髓铁染色显示骨髓小粒可染铁消失，铁粒幼红细胞消失或减少（< 15%）。骨髓铁染色可反映体内铁贮存情况，是诊断缺铁较为敏感和可靠的方法。

3. 血清铁、总铁结合力及铁蛋白　缺铁性贫血时血清铁浓度常 < 8.9μmol/L（50μg/dl），总铁结合力 > 64.4μmol/L（360μg/dl），转铁蛋白饱和度 < 15%。血清铁蛋白和体内贮铁量相关性极好，贮铁下降是血清铁蛋白降低的唯一原因，故可作为贮铁缺乏的指标，血清铁蛋白也是反映缺铁较敏感的指标，可用于早期诊断和人群铁缺乏症的筛选。诊断单纯缺铁，一般认为血清铁蛋白 < 20μg/L 表示贮铁减少，< 12μg/L 为贮铁耗尽。血清铁蛋白 <

$14\mu g/L$ 可作为缺铁依据。

4. 红细胞内游离原卟啉（FEP）　　进入幼红细胞的铁在线粒体中与原卟啉结合形成血红素，由于铁的缺乏，血红素的合成减少，故缺铁性贫血时红细胞中游离原卟啉的浓度增高，$>0.9\mu mol/L$（$50\mu g/dl$）。

【诊断和鉴别诊断】

1. 诊断　　缺铁性贫血的诊断包括两个方面，确立是否系缺铁引起的贫血和明确引起缺铁的病因。典型病例诊断不难。诊断要点：

（1）小细胞低色素性贫血，男性 $Hb<120g/L$，女性 $Hb<110g/L$，孕妇 $Hb<100g/L$，$MCV<80fl$，$MCH<27pg$，$MCHC<30\%$。

（2）有明确的缺铁病因和临床表现。

（3）血清铁浓度常 $<8.9\mu mol/L$，总铁结合力 $>64.4\mu mol/L$。

（4）转铁蛋白饱和度 $<15\%$。

（5）血清铁蛋白 $<12\mu g/L$。

（6）骨髓铁染色显示骨髓小粒可染铁消失，铁粒幼红细胞 $<15\%$。

（7）红细胞内游离原卟啉（FEP）$>0.9\mu mol/L$。

（8）铁剂治疗有效。

符合第（1）条和第（2）~（8）条中任何两条以上者，可诊断为缺铁性贫血。

2. 鉴别诊断

（1）海洋性贫血　　有家族史，周围血片可见多量靶形红细胞，网织红细胞增高达5%以上；血清铁蛋白及骨髓可染铁均增多；血红蛋白电泳异常，HbF 及 HbA_2 均升高，而缺铁性贫血 HbF 正常，HbA_2 反而减少。

（2）慢性炎症性贫血　　多为正色素性小细胞性贫血，偶见低色素小细胞性贫血；血清铁和总铁结合力均可减低，但血清铁蛋白可正常或增多；骨髓幼粒细胞常有中毒性改变。

（3）铁粒幼细胞性贫血　　由于血红素在幼红细胞线粒体内的合成发生障碍而引起的铁失利用性贫血，较罕见，多见于中年和老年人；外周血片上可见双型性贫血表现（有的红细胞为正色素性，有的为低色素性）；血清铁增高，而总铁结合力降低，铁饱和度增高；骨髓铁染色可见典型的环状铁粒幼细胞。

【治疗】

1. 治疗思路　　缺铁性贫血治疗原则是根除病因，补足贮铁。用西药铁剂治疗有肯定的疗效，但副作用较多见，配合中药减轻或消除铁剂的副作用；对于不能服用铁剂的患者，中医可以健脾和胃、益气养血或温补脾肾为治法，酌加含铁较高的中药。

2. 西医治疗

（1）病因治疗　　病因治疗相当重要，因为缺铁性贫血是一个症候群，不能只顾补铁治疗，而忽略其基础疾病的治疗。如防治寄生虫病，驱除钩虫等；积极治疗慢性失血；积极治疗慢性胃肠疾病；改变偏食习惯；婴幼儿及时添加辅食；对生长期儿童、孕妇及哺乳期妇女宜给予含铁较多的食物。

（2）铁剂治疗

1）口服铁剂：是治疗缺铁性贫血的主要方法。

硫酸亚铁片：成人每次 0.3g，每日 3 次，儿童用成人量的一半，于进食或饭后服用。

硫酸亚铁是口服铁制剂中最常用的，疗效较好，安全，且价格低廉，但有胃肠道副作用。

力蜚能胶囊：每次150mg，每日2次。为多糖铁复合物，是进口的口服铁剂，其效果与硫酸亚铁片相当，无胃肠道副作用，但价格昂贵。

富马酸亚铁片：每次0.2g，每日3次。含铁量较高，奏效较快。

口服铁剂要先从小剂量开始，渐达足量。进餐时或饭后吞服，可减少恶心、呕吐、上腹部不适等胃肠道不良反应。口服铁剂有效者3~4天后网织红细胞开始升高，1周后血红蛋白开始上升，一般2个月可恢复正常。贫血纠正后仍需继续治疗3~6个月，以补充体内应有的贮存铁。

2）注射铁剂：适用于口服铁剂消化道反应严重，不能耐受者；口服铁剂不能奏效者；需要迅速纠正缺铁者等。

右旋糖酐铁：首次25~50mg，如观察1小时后无不良反应，可给足量治疗，以后每日100mg，深部肌肉注射。

山梨醇枸橼酸铁：每日用量不超过100mg，每日1次，直至总需量。

注射铁剂总量可按下列公式计算：

$$铁注射剂量（mg）＝［150－患者Hb（g/L）］×患者体重（kg）×0.33。$$

肌肉注射铁剂毒性反应较多，局部注射处皮肤可有铁污染而发黑，5%病人有全身反应，严重者可有过敏性休克。

（3）辅助治疗

1）输血或输入红细胞：缺铁性贫血一般不需输血，仅适用于严重病例，血红蛋白在30g/L以下，症状明显者。

2）加用维生素E：缺铁患者多伴有维生素E的缺乏，因此用铁剂疗效不显著者，可加用维生素E。

3）饮食调理：适当补充高蛋白及含铁丰富的饮食，促进康复。

3. 中医辨证论治

（1）脾胃虚弱证

证候：面色萎黄，口唇色淡，爪甲无泽，神疲乏力，食少便溏，恶心呕吐；舌质淡，苔薄腻，脉细弱。

治法：健脾和胃，益气养血。

代表方剂：香砂六君子汤合当归补血汤加减。

常用药物：黄芪　当归　木香　砂仁　陈皮　半夏　党参　白术　茯苓　山药　竹茹　生姜　甘草

（2）心脾两虚证

证候：面色苍白，倦怠乏力，头晕目眩，心悸失眠，少气懒言，食欲不振，毛发干脱，爪甲裂脆；舌淡胖，苔薄，脉濡细。

治法：益气补血，养心安神。

代表方剂：归脾汤或八珍汤加减。

常用药物：白术　茯神　黄芪　龙眼肉　酸枣仁　人参　芍药　川芎　熟地　木香　甘草　当归　远志　阿胶　何首乌　生姜　大枣

（3）脾肾阳虚证

证候：面色苍白，形寒肢冷，腰膝酸软，神倦耳鸣，唇甲淡白，或周身浮肿，甚则腹水，大便溏薄，小便清长，男子阳痿，女子经闭；舌质淡或有齿痕，脉沉细。

治法：温补脾肾。

代表方剂：八珍汤合无比山药丸加减。

常用药物：人参　白术　山药　茯苓　当归　白芍　川芎　熟地　肉苁蓉　山茱萸　茯神　菟丝子　五味子　赤石脂　巴戟天　泽泻　杜仲　牛膝　生姜　大枣　甘草

（4）虫积证

证候：面色萎黄少华，腹胀，善食易饥，恶心呕吐，或有便溏，嗜食生米、泥土、茶叶等，神疲肢软，气短头晕；舌质淡，苔白，脉虚弱。

治法：杀虫消积，补益气血。

代表方剂：化虫丸合八珍汤加减。

常用药物：鹤虱　槟榔　苦楝根皮　炒胡粉　枯矾　吴茱萸　使君子　人参　白术　茯苓　甘草　当归　白芍　川芎　熟地黄　生姜　大枣

【预防与调护】

1. 预防　防治寄生虫病，特别是钩虫病；孕妇、哺乳期妇女要额外补给适量的铁；及早根治各种慢性出血性疾病；对胃切除术后、妊娠期、早产儿及孪生儿等可预防性给予铁剂口服。

2. 调护　改变不良饮食习惯，不挑食，不偏食；注意饮食补益，进食富于营养而又易于消化的食物和含铁量高的食物，以保证气血化生。

第二十七节　再生障碍性贫血

再障与中医的"髓劳"相似，可归属于"虚劳"、"血虚"、"血证"等范畴。

【病因发病机制】

1. 病因　再障有先天性和后天性两种。先天性再障是常染色体遗传性疾病，最常见的是范科尼（Fanconi）贫血，伴有先天性畸形。后天性再障约半数以上原因不明，称为原发性再障；能查明原因者称为继发性再障。继发性再障的发病与药物因素、化学毒物、电离辐射、病毒感染、免疫等因素有关。

2. 发病机制

（1）造血干细胞减少或有缺陷　大量实验研究证实造血干细胞缺乏或有缺陷是再障的主要发病机理。

（2）骨髓造血微环境缺陷　造血微环境包括造血组织中支持造血的结构成分及影响造血的调节因素。若骨髓中无良好的造血微环境，造血干细胞就无法生存。

（3）免疫机制异常　免疫异常在再障发病中的作用日益受到重视，重型再障中40% ~ 50%由免疫异常引起，与免疫有关的细胞主要是T淋巴细胞等。

【中医病因病机】

中医认为再障的发生主要因先天不足，七情妄动，外感六淫，饮食不节，邪毒外侵，或大病久病之后，伤及脏腑气血，元气亏损，精血虚少，气血生化不足而致。

1. 先天不足，肾精亏虚　由于先天禀赋薄弱，肾精不足，精不化血。

2. 七情妄动，伤及五脏　思虑过度，伤及心脾；恼怒伤肝，惊恐伤肾；劳力过度，损耗机体正气；房室不节，肾精耗损；五脏受损，阴精气血亏虚，气血生化不足。

3. 饮食不节，伤及脾胃 饥饱失常，饮食不节，脾胃受损，气血生化无源，遂成髓劳。

4. 外感六淫，伤及肝脾肾 外邪侵袭机体，体虚之人则易直中三阴，损伤肝脾肾三脏，精血生化乏源，发为本病。

5. 邪毒外侵，入血伤髓 由于遭受邪毒侵害，或因药毒内攻，邪毒蕴郁，入血伤髓，发为髓劳。

6. 病久不愈，瘀血阻滞 大病久病，失于调理，久虚不复，致气血不畅，瘀血阻滞，新血不生，发为本病。

总之，本病多为虚证，也可见虚中夹实。阴阳虚损为本病的基本病机，病变部位在骨髓，发病脏腑为心、肝、脾、肾，肾为根本。强调脾肾两脏为虚损之关键。虚劳损及于肾，必影响多脏腑阴阳，涉及肝之阴血、脾之阳气，而致肝肾阴虚或脾肾阳虚。

【临床表现】

再障主要表现为贫血、感染和出血。贫血多呈进行性；出血以皮肤黏膜多见，严重者有内脏出血；容易感染，引起发热。可伴有头晕、乏力、心悸、气短、食欲减退、出虚汗、低热等。体检时均有贫血面容，眼结膜、甲床及黏膜苍白，皮肤可见出血点及紫癜。贫血重者，可有心率加快，心尖部收缩期吹风样杂音，一般无肝脾肿大。按病程经过分为急性与慢性两型。

1. 急性型再障（重型再障Ⅰ型） 起病急，进展迅速，常以出血和感染发热为首发主要表现。几乎所有病人均有出血倾向，皮肤黏膜广泛出血而严重，且不易控制，皮肤瘀点、瘀斑；60%以上有内脏出血，主要表现为消化道出血、血尿、女性月经过多、眼底出血和颅内出血。颅内出血是本病的主要死亡原因。感染及发热严重，病程中几乎均有发热，体温常在39℃以上，常见皮肤感染、肺部感染、口咽部感染等，严重的可导致败血症。感染的细菌以大肠杆菌、绿脓杆菌及金黄色葡萄球菌为主。感染是本病的另一死亡原因。贫血初期不明显，但呈进行性加重。

2. 慢性型再障 起病和进展缓慢，以贫血为首发和主要表现。若治疗得当，可能长期缓解以至痊愈。少数可有急性发作，使病情迅速加重，又称为重型再障Ⅱ型。出血较轻微，多限于皮肤黏膜，内脏出血较少见。可并发感染，但常以呼吸道为主，一般较轻，出现较晚，容易控制。

【实验室及其他检查】

1. 血象 多呈全血细胞减少，发病早期可一系或二系减少。贫血呈正细胞正色素型，急性型远较慢性型为重。急性型血红蛋白可低于 $20 \sim 30g/L$，网织红细胞 <1%，绝对值 < $15 \times 10^9/L$；白细胞数（$1.0 \sim 2.0$）$\times 10^9/L$，中性粒细胞绝对值 <$0.5 \times 10^9/L$，淋巴细胞 >60%；血小板常低于 $20 \times 10^9/L$。慢性型血红蛋白 $30 \sim 50g/L$，网织红细胞大于1%，但绝对值均低于正常；白细胞数（$2.0 \sim 3.0$）$\times 10^9/L$，中性粒细胞绝对值 <$1.0 \times 10^9/L$，淋巴细胞 50% ~60%；血小板（$20 \sim 50$）$\times 10^9/L$。

2. 骨髓象 一次骨髓检查只能反映当时穿刺部位的骨髓增生情况，因此有时必须做多次及多部位的骨髓穿刺检查。急性型呈多部位增生减低或重度减低，三系造血细胞明显减少；非造血细胞增多，尤其淋巴细胞增多。慢性型由于造血组织呈"向心性萎缩"及灶性增生，不同部位的骨髓象常不一致，穿入受侵部位造血细胞减少；穿入灶性增生部位则有核细胞增生活跃，但巨核细胞明显减少。骨髓涂片肉眼观察油滴增多，骨髓小粒镜检非造血细胞和脂肪细胞增多，一般在 60% 以上。

3. 骨髓活检　再障病人做骨髓穿刺不易获得骨髓成分，而骨髓活检对估计增生情况优于骨髓涂片，可提高诊断正确性。骨髓活检再障患者红骨髓显著减少，被脂肪组织所代替，并可见非造血细胞分布在间质中。急性再障几乎均变成脂肪髓，慢性再障在脂肪组织中可见造血灶。三系细胞均减少，巨核细胞多有变性。

【诊断与鉴别诊断】

1. 诊断

（1）诊断要点　根据 1987 年第四届全国再障学术会议修订的再障诊断标准进行诊断：

1）全血细胞减少，网织红细胞绝对值减少。

2）一般无脾肿大。

3）骨髓检查显示至少一部位增生减低或重度减低（如增生活跃，巨核细胞应明显减少），骨髓小粒成分中应见非造血细胞增多（有条件者应做骨髓活检等检查）。

4）能除外其他引起全血细胞减少的疾病，如阵发性睡眠性血红蛋白尿、骨髓增生异常综合征中的难治性贫血、急性造血功能停滞、骨髓纤维化、急性白血病、恶性组织细胞病等。

5）一般抗贫血药物治疗无效。

（2）再障分型标准　根据临床表现、血象、骨髓象可分为以下两型：

1）急性型再障（AAA）：亦称为重型再障 I 型（SAA－I）。

临床：发病急，贫血呈进行性加剧，常伴严重感染及内脏出血。

血象：除血红蛋白下降较快外，须具备下列三项之中两项：白细胞明显减少，中性粒细胞绝对值 $<0.5×10^9/L$；血小板 $<20×10^9/L$；网织红细胞 $<1\%$，绝对值 $<15×10^9/L$。

骨髓象：多部位增生减低，三系造血细胞明显减少，非造血细胞增多。如增生活跃须有巨核细胞增多。骨髓小粒中非造血细胞及脂肪细胞增多。

凡血象具备三项，或其中任何两项再加上骨髓象中两项之一者，均符合急性重型再障的诊断。

2）慢性型再障（CAA）

临床：发病慢，贫血、出血、感染均较轻。

血象：血红蛋白下降速度较慢，网织红细胞、白细胞、中性粒细胞、血小板数较急性再障为高。

骨髓象：三系或二系减少，至少一个部位增生不良，如增生良好，则红系中晚幼红细胞比率增多，巨核细胞明显减少；骨髓小粒中非造血细胞及脂肪细胞增多。

病程中病情恶化，临床、血象及骨髓象与急性再障相同，则称为重型再障 II 型（SAA－II）。

2. 鉴别诊断

（1）阵发性睡眠性血红蛋白尿（PNH）　本病可伴有全血细胞减少，但出血和感染较少见，脾脏可能肿大，溶血发作时出现黄疸及酱油色尿；网织红细胞高于正常，酸溶血试验（Ham 试验）、糖水试验及尿含铁血黄素试验均为阳性。再障与本病有时可同时存在或互相转化。

（2）骨髓增生异常综合征（MDS）　本病分为 5 型，常有慢性贫血，可有全血细胞减少，但本病骨髓增生活跃或明显活跃。血象和骨髓象三系中均可见到病态造血，表现为粒细胞系核分叶过多，核异常等；红细胞系核浆成熟分离，有核异常，呈多核、核破裂；巨核细胞系有小巨核细胞，分叶过多的巨核细胞和巨大血小板。

（3）低增生性白血病　本病多见于老年人，常有贫血、出血和发热，血象有全血细胞减少，骨髓增生减低，肝脾一般不肿大，血象中可有幼稚细胞，但骨髓象有原始或幼稚细胞增多，原始细胞的增多达到白血病诊断标准。

（4）其他疾病　如血小板减少性紫癜、粒细胞缺乏症、脾功能亢进等，经仔细检查及骨髓检查一般不难鉴别。

【治疗】

1. 治疗思路　西医治疗主要是促进骨髓造血功能的恢复，对急性或重型再障，应尽早使用免疫抑制剂及骨髓移植等，骨髓移植是根治再障的最佳方法；慢性再障以雄激素治疗为主，辅以免疫抑制剂及改善骨髓造血微环境药物。中医治疗慢性再障以滋肾阴、温肾阳或阴阳双补为主，兼顾健脾、活血化瘀；急性再障多以清热凉血解毒法施治。同时要加强支持疗法，感染应使用敏感抗生素；贫血及出血明显者应予成分输血。提倡中西医结合治疗以提高疗效，缩短病程。

2. 西医治疗

（1）一般治疗　防止患者与任何对骨髓造血有毒性的物质接触；禁用对骨髓有抑制作用的药物；注意休息，避免过劳；防止交叉感染，注意皮肤及口腔卫生。

（2）支持疗法

1）控制感染：加强护理，尽可能减少感染的机会，对于白细胞低的病人应注意室内消毒，甚至保护隔离。对于再障病人感染，处理的基本原则是及早应用强有力的抗生素治疗，并尽可能查明致病微生物。

2）止血：出血者一般可用酚磺乙胺、止血芳酸、维生素 K 等，对非胃肠道出血者可适当用糖皮质激素；严重出血尤其内脏出血者，可输入浓集血小板或新鲜全血，是控制出血的最有效办法。

3）输血：严重贫血血红蛋白 $<60g/L$ 患者，可输入浓集红细胞，尽量少用全血，避免滥用或多次输血。

（3）刺激骨髓造血功能的药物

1）雄激素：为治疗再障的首选药物。其作用机理是刺激肾脏产生更多的促红细胞生成素（EPO），并加强造血干细胞对 EPO 的反应性，促使造血干细胞的增殖和分化。因此，雄激素必须在有一定量残存的造血干细胞基础上，才能发挥作用，急性重型再障常无效，慢性再障有一定的疗效。常用药物有：丙酸睾丸酮：每次 $50\sim100mg$，每日 1 次，肌注；司坦唑（康力龙）：每次 $2\sim4mg$，每日 3 次，口服。这类药物起效慢，用药剂量要大，至少连续用药 $3\sim6$ 个月，才能判断疗效。药物副作用有：男性化，表现为痤疮、毛发增多、声音变粗、女性闭经、儿童骨骼成熟加速等；易出现肝功能损害。

2）造血生长因子：造血生长因子是基因制品，有促进血细胞生成的作用。如重组粒 - 单细胞集落刺激因子（rhGM - CSF）及重组人类粒细胞集落刺激因子（rhG - CSF）可使白细胞迅速上升，多用于白细胞低于 $1.0\times10^{9}/L$ 的易感染者，剂量为每日 $5\mu g/kg$。同时促红细胞生成素（EPO）、巨核细胞集落刺激因子（TPO）及白介素 - 3（IL - 3）等治疗再障均有一定疗效。

3）改善造血微环境药物：与雄激素联合应用，常用的有血管扩张剂和脊髓神经兴奋剂。

4）免疫调节剂：左旋咪唑治疗再障有效，其作用机理可能是增强辅助性 T 淋巴细胞功能，起到调节细胞免疫功能的作用。每次 50mg，每日 3 次，口服，连服 3 天，休息 4 天，疗程 3 个月以上。

（4）免疫抑制剂　免疫抑制剂主要用于急性再障，作用机理是再障病人免疫功能多有缺陷，应用免疫抑制剂可去除抑制性 T 淋巴细胞对骨髓造血的抑制；也可能是通过产生较多的造血调节因子促进造血干细胞增殖；此外对造血干细胞本身可能还有直接刺激作用等。

1）抗胸腺球蛋白（ATG）和抗淋巴细胞球蛋白（ALG）：ATG 和 ALG 分别是用人胸腺细胞和人胸导管淋巴细胞免疫兔、马、猪等获得的一种抗血清，主要为 IgG。用前先做皮试，阴性者方可用药。猪 ATG 或 ALG 每次 15～20mg/kg 加氢化可的松 100mg，溶于生理盐水或 5% 葡萄糖溶液 500ml 中缓慢静滴，每日 1 次，连用 5 天为一疗程，间隔 2～3 周后可重复应用。

2）环孢菌素 A（CSA）：每日 3～6mg/kg，分 2 次口服，连用 12 个月以上。副作用有肝毒性作用，如转氨酶升高；肾毒性作用，血清肌酐增高；高血压；神经系统症状如震颤、感觉异常、癫痫发作。

3）大剂量丙种球蛋白：有封闭免疫活性细胞和抗病毒作用。在病人反复严重感染不宜应用 ATG 及 CSA 时可考虑使用。每次 1g/kg，静脉滴注，每 4 周 1 次，连续 3～6 次。

（5）骨髓移植（BMT）　BMT 是治疗造血干细胞缺陷引起急性再障的最佳方法，且能达到根治的目的。骨髓移植分为：①自身骨髓移植；②同基因骨髓移植；③同种异基因骨髓移植。临床多应用人类白细胞相关抗原（HLA）配型相合的同种异基因骨髓移植治疗严重型再障，移植后长期无病存活率为 60%～80%。骨髓移植应严格选择适应证。移植失败和造成死亡的主要原因是移植物排斥、移植物抗宿主病（GVHD）、出血和感染。

（6）脐血输注　脐带血中含有较丰富的造血干细胞及多种造血刺激因子，还能调节机体的免疫功能，并含有较多的红细胞、白细胞及血小板等成分，故输脐带血可作为造血干细胞的来源代替骨髓移植。脐带血来源广泛，价格低廉，有较好应用前景。采脐血时注意防止感染，避免混入母血，输血前应做交叉配血。

3. 中医辨证论治

（1）肾阴虚证

证候：面色苍白，唇甲色淡，心悸乏力，颧红盗汗，手足心热，口渴思饮，腰膝酸软，出血明显，便结；舌质淡，舌苔薄，或舌红少苔，脉细数。

治法：滋阴补肾，益气养血。

代表方剂：左归丸合当归补血汤加减。

常用药物：熟地　山药　山茱萸　菟丝子　枸杞子　女贞子　旱莲草　川牛膝　鹿角胶　龟板胶　黄芪　当归

（2）肾阳亏虚证

证候：形寒肢冷，气短懒言，面色苍白，唇甲色淡，大便稀溏，面浮肢肿，出血不明显；舌体胖嫩，舌质淡，苔薄白，脉细无力。

治法：补肾助阳，益气养血。

代表方剂：右归丸合当归补血汤加减。

常用药物：熟地 山药 山茱萸 枸杞子 杜仲 菟丝子 附子 肉桂 当归 鹿角胶 黄芪 桂枝 车前子

（3）肾阴阳两虚证

证候：面色苍白，倦怠乏力，头晕心悸，手足心热，腰膝酸软，畏寒肢冷，齿鼻衄血或紫斑；舌质淡，苔白，脉细无力。

治法：滋阴助阳，益气补血。

代表方剂：左归丸、右归丸合当归补血汤加减。

常用药物：熟地 山药 山茱萸 菟丝子 枸杞子 杜仲 肉桂 附子 当归 川牛膝 鹿角胶 龟板胶 黄芪

（4）肾虚血瘀证

证候：心悸气短，周身乏力，面色晦暗，头晕耳鸣，腰膝酸软，皮肤紫斑，肌肤甲错，胁痛，出血不明显；舌质紫暗，有瘀点或瘀斑，脉细或涩。

治法：补肾活血。

代表方剂：六味地黄丸或金匮肾气丸合桃红四物汤加减。

常用药物：熟地 附子 山药 茯苓 丹皮 泽泻 山茱萸 桃仁 红花 当归 赤芍 川芎

（5）气血两虚证

证候：面白无华，唇淡，头晕心悸，气短乏力，动则加剧；舌淡，苔薄白，脉细弱。

治法：补益气血。

代表方剂：八珍汤加减。

常用药物：人参 白术 黄芪 山药 茯苓 甘草 当归 白芍 川芎 熟地 生姜 大枣

（6）热毒壅盛证

证候：壮热，口渴，咽痛，鼻衄、齿衄、皮下紫癜、瘀斑，心悸；舌红而干，苔黄，脉洪数。

治法：清热凉血，解毒养阴。

代表方剂：清瘟败毒饮加减。

常用药物：生石膏 生地 玄参 水牛角 黄连 栀子 桔梗 知母 连翘 甘草 丹皮 鲜竹叶

【预防与调护】

1. 预防

（1）对能影响造血系统的药物，要严格掌握适应证，尽量避免使用。必须使用这类药物时，要严密监测血象变化，及早发现问题。

（2）要加强防护措施，避免接触对造血系统有害的化学物质和放射性物品，相关人员要严格掌握操作规程，定期做健康检查。

（3）加强宣教，提高人群的自我保护意识，避免滥用家用化学溶剂、染发剂；保护环境，防止有害物质污染环境。

2. 调护 注意饮食卫生，饮食宜清淡，勿食辛辣食品；加强饮食营养，进食易消化、高蛋白、高维生素、低脂饮食。加强体育锻炼，增强机体抵抗力。防止感染，重型再障有条件者可住层流室或隔离病房。

第二十八节　特发性血小板减少性紫癜

本病属中医"血证"、"紫癜"、"紫斑"等范畴，部分严重病例并发脑出血者可归属"中风"范畴。

【西医病因病理】

1. 感染　细菌或病毒感染与特发性血小板减少性紫癜（ITP）发病有密切关系。

2. 免疫因素　感染不能直接导致 ITP 发病。免疫因素的参与可能是 ITP 发病的重要原因。

3. 肝脾的作用　外周血的血小板 1/3 滞留于脾。体外培养证实，脾是 ITP 患者血小板相关抗体（PAIg）的产生部位，与 PAIg 或免疫复合物（IC）结合之血小板，其表面性状发生改变，在通过脾时易在脾窦中被滞留，从而增加了血小板在脾的滞留时间及被单核－巨噬细胞系统吞噬、清除的可能性。肝在血小板的破坏中有与脾类似的作用。

4. 其他因素　鉴于 ITP 在女性多见，且多发于 40 岁以前，推测本病的发病可能与雌激素有关。

【中医病因病机】

本病病因多为外感热毒之邪内伤脏腑，气血阴阳失调，导致血不循经，溢于脉外。

1. 热盛迫血　外感风热燥邪，深入血分，伤及脉络；或阴阳失衡，阳气内盛，内热蕴生，热盛迫血；或阳气内盛，复感时邪；或饮食失调，蕴生内热；或七情所伤，情志郁结，气郁化火，火盛迫血。脉为血府，血行脉中，火热内盛，均可致血脉受火热熏灼，血热妄行而溢于脉外。

2. 阴虚火旺　久病或热毒之后，耗伤阴液；或忧思劳倦，暗耗心血，阴液耗损；或饮食不节，胃中积热伤阴，致胃阴不足；或恣情纵欲，耗损肾阴。阴液不足，虚火内炽，灼伤血脉，迫血妄行而发为紫癜病。同时紫癜病后期，出血日久，耗伤阴血，也可加重阴虚火旺之证，故使紫癜病迁延难愈。

3. 气不摄血　先天禀赋不足，后天调养失宜，肾气不足，脾气虚衰，气血匮乏；或因病久不复，精血亏损；或反复出血，气随血脱，致气虚不能统摄血液，血溢肌肤而为紫癜病。

4. 瘀血阻滞　久病入络，或离经之血不能排出体外，留积体内，蓄积成瘀血。瘀血阻滞，血行不畅，致血不循经，溢于脉外而为紫斑或便血、尿血、衄血等。

总之，紫癜病的病因病机有血热伤络、阴虚火旺、气不摄血及瘀血之不同。病位在血脉，与心、肝、脾、肾关系密切。病理性质有虚实之分，热盛迫血为实，阴虚火旺、气不摄血为虚。若病久不愈，导致瘀血阻滞者，则表现为虚实夹杂。

【临床表现】

1. 急性型　半数以上发生于儿童。80% 以上在发病前 1~2 周有上呼吸道感染史，特别是病毒感染史。起病急骤，部分患者可有畏寒、寒战、发热。全身皮肤出现瘀点、瘀斑，可有血疱及血肿形成。鼻出血、牙龈出血、口腔黏膜及舌出血常见，损伤及注射部位可渗血不止或形成大片瘀斑。当血小板低于 $20 \times 10^9/L$ 时，可有内脏出血，如呕血、黑便、咯血、血尿、阴道出血等。颅内出血可致意识障碍，是致死的主要原因。出血量过大或范围过于广泛者，可出现程度不等的贫血、血压降低甚至失血性休克。

2. 慢性型　主要见于青年和中年女性。起病隐匿，一般无前驱症状，多为皮肤、黏膜出血，如瘀点、瘀斑，外伤后出血不止等，鼻出血、牙龈出血亦常见。严重内脏出血较少见，月经过多常见，在部分患者可为唯一临床症状。部分患者病情可因感染等而骤然加重，出现广泛、严重内脏出血。长期月经过多后，可出现失血性贫血。部分病程超过半年者，可有轻度脾大。

【实验室检查】

1. 血小板　①急性型血小板多在 $20 \times 10^9/L$ 以下，慢性型常在 $50 \times 10^9/L$ 左右；②血小板平均体积偏大，易见大型血小板；③出血时间延长，血块收缩不良；④血小板功能一般正常。

2. 骨髓象　①急性型骨髓巨核细胞数量轻度增加或正常，慢性型骨髓巨核细胞显著增加；②巨核细胞发育成熟障碍，急性型者尤甚，表现为巨核细胞体积变小，胞浆内颗粒减少，幼稚巨核细胞增加；③有血小板形成的巨核细胞显著减少（<30%）。

3. PAIg 及血小板相关补体（ PAC_3 ）　80% 以上 ITP 患者 PAIg 及 PAC_3 阳性，主要抗体成分为 IgG，亦可为 IgM，偶有两种以上抗体同时出现。

4. 其他　90% 以上患者血小板生存时间明显缩短。可有程度不等的正常红细胞或小细胞低色素性贫血，少数可发现溶血证据（Evans 综合征）。

【诊断与鉴别诊断】

1. 诊断要点

（1）广泛出血累及皮肤、黏膜及内脏。

（2）多次检查血小板计数减少。

（3）脾不大或轻度大。

（4）骨髓巨核细胞增多或正常，有成熟障碍。

（5）具备下列五项中任何一项：①泼尼松治疗有效；②脾切除治疗有效；③PAIg 阳性；④ PAC_3 阳性；⑤血小板生存时间缩短。

2. 鉴别诊断　本病确诊需排除继发性血小板减少症，如再生障碍性贫血、白血病、系统性红斑狼疮、药物性免疫性血小板减少等。本病与过敏性紫癜不难鉴别。

【治疗】

1. 治疗思路　本病的治疗应考虑急性与慢性的区别，急性 ITP 有自愈倾向，主要是休息及防止出血，中医辨证则以血热等实证居多，治疗上以清为主。慢性 ITP 则可采用糖皮质激素等抑制免疫功能治疗为主，可减轻临床症状，多较难治愈。慢性 ITP 采用中医辨证论治有较好的疗效，以虚实夹杂为多，治疗宜攻补兼施。

2. 西医治疗

（1）一般治疗　出血严重者应注意休息。血小板低于 $20 \times 10^9/L$ 者，应严格卧床，避免外伤。注意止血药的应用及局部止血。

（2）糖皮质激素　是治疗本病的首选药物。近期有效率约为 80%。其作用机制：①减少 PAIg 生成及减轻抗原抗体反应；②抑制单核 - 巨噬细胞系统对血小板的破坏；③改善毛细血管通透性；④刺激骨髓造血及血小板向外周血的释放。常用泼尼松每日 30～60mg，分次或顿服，病情严重者用等效量地塞米松或甲泼尼龙静脉滴注，好转后改口服。待血小板升至正常或接近正常后，逐步减量（每周 5mg 递减），最后以每日 5～10mg 维持治疗，持续

3～6个月。

(3) 脾切除　是治疗本病的有效方法之一。适应证有：①正规糖皮质激素治疗3～6个月无效；②泼尼松维持量每日需大于30mg；③有糖皮质激素使用禁忌证；④^{51}Cr扫描脾区放射指数增高。禁忌证为：①年龄小于2岁；②妊娠期；③因其他疾病不能耐受手术。切脾治疗有效率为70%～90%，无效者对糖皮质激素的需要量亦可减少。近年有学者以脾动脉栓塞替代脾切除，亦有良效。

(4) 免疫抑制剂治疗　不宜首选。适应证为：①糖皮质激素或切脾疗效不佳者；②有使用糖皮质激素或切脾禁忌证者；③与糖皮质激素合用以提高疗效及减少糖皮质激素的用量。常用药物有：①长春新碱最为常用，除免疫抑制外，还可能有促进血小板生成及释放的作用。每次1mg，每周1次，静脉注射，4～6周为一疗程；②环磷酰胺每日50～100mg，口服，3～6周为一疗程，出现疗效后逐渐减量，维持4～6周，或每日400～600mg，静脉注射，每3～4周一次；③硫唑嘌呤每日100～200mg，口服，3～6周为一疗程，随后以每日25～50mg，维持8～12周，本药副作用小，相对安全；④环孢素，主要用于难治性ITP，每日250～500mg，口服，3～6周为一疗程，维持量每日50～100mg，可持续半年以上。

(5) 其他治疗　达那唑为合成雄性激素，每日300～600mg，口服，2～3个月为一疗程，与糖皮质激素有协同作用，作用机制与免疫调节及抗雌激素有关。氨肽素每日1g，分次口服，8周为一疗程，报道有效率可达40%。

(6) 急症处理　适用于：①血小板低于20×10^9/L者；②出血严重、广泛者；③疑有或已发生颅内出血者；④近期将实施手术或分娩者。常选用的方法有：①血小板悬液输注，可根据病情重复使用；②丙种球蛋白0.4g/kg，静脉滴入，4～5日为一疗程，1个月后可重复；③血浆置换，3～5日内连续3次以上，每次置换3000ml血浆，可有效清除患者血浆中的PAIg；④大剂量甲泼尼龙，每日1.0g，静脉注射，3～5日为一疗程，可通过抑制单核–巨噬细胞系统对血小板的破坏而发挥治疗作用。

3. 中医辨证论治

(1) 血热妄行证

证候：皮肤紫癜，色泽新鲜，起病急骤，紫斑以下肢最为多见，形状不一，大小不等，有的甚至互相融合成片，发热，口渴，便秘，尿黄，常伴有鼻衄、齿衄，或有腹痛，甚则尿血、便血；舌质红，苔薄黄，脉弦数或滑数。

治法：清热凉血。

代表方剂：犀角地黄汤加减。

常用药物：水牛角　生地　赤芍　丹皮　藕节　地榆　槐花

(2) 阴虚火旺证

证候：紫斑较多、颜色紫红、下肢尤甚，时发时止，头晕目眩，耳鸣，低热颧红，心烦盗汗，齿衄鼻衄，月经量多；舌红少津，脉细数。

治法：滋阴降火，清热止血。

代表方剂：茜根散或玉女煎加减。

常用药物：茜草根　黄芩　阿胶　侧柏叶　生地　麦冬　知母　紫草　甘草

(3) 气不摄血证

证候：斑色暗淡，多散在出现，时起时消，反复发作，过劳则加重，可伴神情倦怠，心悸，气短，头晕目眩，食欲不振，面色苍白或萎黄；舌质淡，苔白，脉弱。

治法：益气摄血，健脾养血。

代表方剂：归脾汤加减。

常用药物：白术　茯神　黄芪　龙眼肉　酸枣仁　人参　木香　甘草　当归　远志　生姜　大枣

（4）瘀血内阻证

证候：肌衄、斑色青紫，鼻衄、吐血、便血，血色紫暗，月经有血块，毛发枯黄无泽，面色黧黑，下睑色青；舌质紫暗或有瘀斑、瘀点，脉细涩或弦。

治法：活血化瘀止血。

代表方剂：桃红四物汤加减。

常用药物：桃仁　红花　当归　赤芍　熟地　川芎

【预防与调护】

预防病毒感染是防止复发和病情恶化的关键；慢性型患者应注意避免过劳和外感；尽量避免与过敏食物、药物接触，注意防止细菌和寄生虫等感染，慎用阿司匹林之类药物；急性发作或出血严重时，应绝对卧床休息。给予易消化食物，注意口腔和皮肤护理。

第二十九节　甲状腺功能亢进症

甲状腺功能亢进症（甲亢），是指各种原因导致甲状腺腺体本身合成、分泌过多甲状腺激素而引起的甲状腺毒症，其病因包括弥漫性毒性甲状腺肿（Graves病）、多结节性毒性甲状腺肿、甲状腺自主高功能腺瘤、碘致甲状腺功能亢进症、滤泡状甲状腺癌等多种类型。本病与中医学的"瘿气"相似，可归属于"瘿病"、"心悸"、"瘿瘤"等范畴。

【西医病因病理】

1. 病因及发病机制　Graves病（GD）的病因和发病机制尚未完全阐明。一般认为本病主要是在遗传的基础上，因精神刺激、感染等应激因素而诱发的器官特异性自身免疫疾病，可与1型糖尿病、慢性特发性肾上腺皮质功能减退症、恶性贫血、萎缩性胃炎、特发性血小板减少性紫癜、系统性红斑狼疮、类风湿关节炎、重症肌无力等自身免疫病伴发。

本病的特征之一，是患者的血清中存在针对甲状腺细胞促甲状腺激素（TSH）受体的特异性自身抗体，即TSH受体抗体（TRAb），又称为TSH结合抑制性免疫球蛋白（TBII）。TRAb与TSH受体结合，产生类似TSH的生物效应，即使甲状腺组织增生、合成和分泌过多的甲状腺激素。GD患者发生免疫系统功能异常的机制尚未清楚，目前认为可能与下列机制有关：①免疫耐受系统障碍：自反应T细胞未被清除而攻击甲状腺组织；②甲状腺细胞表面免疫相关性蛋白的异常表达，从而诱发和加重自身免疫；③由于遗传基因的缺陷，受某些因素的诱发，特异性抑制性T淋巴细胞功能降低，导致辅助性T淋巴细胞和B淋巴细胞功能增强，产生针对甲状腺的自身抗体。

2. 病理　甲状腺呈不同程度弥漫性肿大，血管丰富，充血扩张，腺外有包膜，表面光滑。滤泡上皮细胞增生，呈柱状，泡壁增生皱折呈乳头状突入滤泡腔内，滤泡腔内胶质减少。细胞核位于底部，有时有分裂相，胞内多囊泡，高尔基器肥大，内质网发育良好，有较多核糖体，线粒体数目增多。滤泡间组织中有弥漫性淋巴细胞浸润，甚至出现淋巴组织生发中心。浸润性突眼患者的球后组织中，含有较多黏多糖与透明质酸，加以淋巴细胞及浆细胞浸润。镜下示眼球肌纤维增粗，纹理模糊，脂肪增多，肌细胞内黏多糖亦增多，以致肌力大减。骨骼肌、心肌有类似情况，但较轻。胫前黏液性水肿，局部可见透明质酸沉积，肥大细胞、巨噬细胞、成纤维细胞浸润。部分患者可有骨质疏松。

【中医病因病机】

瘿气的发生，主要与情志失调及体质因素有关。由于素体阴虚等因素，加之忧思恼怒、精神创伤等，引起肝郁气滞，疏泄失常，气滞痰凝，壅于颈前，气郁化火，耗气伤阴所致。

1. 情志失调 由于长期忧思恼怒，致使肝郁气滞，疏泄失常，则津液失于输布而凝聚成痰，气滞痰凝，壅于颈前而形成瘿气，其消长常与情志变化有关。

2. 体质因素 妇女由于经、带、胎、产、乳等生理特点与肝经气血密切相关，如遇有情志不畅等因素，常可致气滞痰结，肝郁化火，故女性易患本病。素体阴虚者，在痰气郁滞时，则易于化火，火旺更伤阴，常使疾病缠绵难愈。

由此可见，瘿气形成的内因是体质因素，情志失调则是瘿气发病的主要诱因。基本病机为气滞痰凝，气郁化火，耗气伤阴。病位主要在颈前，而与肝、肾、心、胃等脏腑关系密切。本病初起多属实，以气滞痰凝，肝火旺盛为主；病久阴损气耗，多以虚为主，表现为气阴两虚之证。本病日久，可致气血运行不畅，血脉瘀滞。

【临床表现】

本病多起病缓慢，发病日期常不易确定，仅少数患者因精神创伤或严重感染等应激因素而急性起病。临床表现轻重不一，老年及儿童患者临床表现常不典型。典型的症状、体征主要有以下几个方面。

1. 高代谢综合征 怕热多汗，皮肤温暖湿润，尤以手掌、脸、颈、胸前、腋下等处较为明显。平时常有低热，危象时可有高热、心动过速、心悸、食欲亢进、大便次数增多、体重下降、疲乏无力。

2. 甲状腺肿 甲状腺一般呈弥漫性肿大，双侧对称，质地不等，可随吞咽运动上下移动。少数呈非对称性甲状腺肿，部分患者可有甲状腺结节。由于甲状腺血流增多，其左右叶上下极可有震颤并伴有血管杂音，此为本病的特征之一，诊断意义较大。

3. 眼征 GD 在眼部的临床表现可分为非浸润性突眼和浸润性突眼两种。

（1）非浸润性突眼 又称为良性突眼，占大多数，一般呈对称性。主要是由于交感神经兴奋，眼外肌群和提上睑肌张力增高所致，其改变主要为眼睑和眼外部的表现，球后组织变化不大。眼征有：①眼裂增宽，瞬目减少，凝视；②上眼睑挛缩，向下看时上眼睑不能随眼球向下转动；③看近物时眼球辐辏不良；④向上看时前额皮肤不能皱起。

（2）浸润性突眼 又称为内分泌性突眼或恶性突眼等，临床上较少见。主要是因为眼外肌和球后组织体积增加、淋巴细胞浸润所致。表现为眶内、眶周组织充血，眼睑水肿，畏光流泪，复视，视力减退，有异物感，眼球胀痛，眼球活动受限。眼球突出明显，突眼度多在 18mm 以上，两侧可不对称，有时仅一侧突眼。由于高度突眼，上下眼睑不能闭合，结膜及角膜经常暴露，引起充血、水肿、角膜溃疡，甚至角膜穿孔。少数患者由于眶内压增高而影响了视神经的血液供应，可引起视神经乳头水肿、视神经炎或球后视神经炎，甚至视神经萎缩，导致失明。

4. 精神神经系统 神经过敏，兴奋，易激动，烦躁多虑，失眠紧张，多言多动，思想不集中，有时有幻觉，甚而发生亚躁狂症。也有部分患者表现为寡言、抑郁。舌、手伸出时可有细震颤，腱反射活跃，反射时间缩短。

5. 心血管系统　心悸，胸闷，气促，稍活动后更加剧，严重者可导致甲亢性心脏病。心动过速，常为窦性，休息和睡眠时心率仍加快。心律失常以早搏最为常见，阵发性或持续性心房纤颤或心房扑动、房室传导阻滞等也可发生。心音常增强，心尖区第一心音亢进，可闻及收缩期杂音。心脏扩大和充血性心力衰竭则多见于久病的患者，尤其是心脏增加额外负荷时，如合并感染、应激等。收缩压上升，舒张压降低，脉压增大，有时可出现水冲脉与毛细血管搏动。

6. 消化系统　食欲亢进，易饥多食。肠蠕动增快，大便次数增多，甚至可出现慢性腹泻。由于 TH 的直接毒性作用，重者可导致肝脏肿大和肝功能损害等。

7. 血液和造血系统　周围血循环中白细胞总数可偏低，而淋巴细胞及单核细胞均相对增加，血小板寿命较短，有时可出现紫癜。

8. 肌肉骨骼系统　主要表现为肌肉软弱无力。不少患者伴有周期性麻痹，病变主要累及下肢，发作时血钾常降低，诱因常为激烈运动、注射胰岛素、高碳水化合物等，有自愈倾向。少数患者可出现甲亢性肌病，肌无力主要累及近心端的肩胛和骨盆带肌群。甲亢尚可伴重症肌无力，与 GD 同属自身免疫病。

9. 内分泌和生殖系统　早期患者的肾上腺皮质功能常增高，而久病和重症患者肾上腺皮质功能则相对减退。垂体分泌促肾上腺皮质激素（ACTH）增多，血浆皮质醇的浓度正常，但其清除率加快，说明其运转和利用增快。

两性生殖系统功能均减退，女性患者常见月经减少，周期延长，甚至闭经，但部分患者仍能受孕。男性患者则常出现阳痿，偶见乳房发育。

10. 皮肤及肢端表现小部分病　人有胫前黏液性水肿，典型者为对称性皮肤损害，多见于小腿胫前下段，有时也可见于足背和膝部。初起时病变部位皮肤变粗变厚，呈暗紫色，以后逐渐为结节状叠起，最后呈树皮状，可继发感染和伴有色素沉着。少数患者还可出现指端粗厚。

【实验室及其他检查】

1. 血清甲状腺激素的测定

（1）血清总甲状腺素（TT$_4$）　是判定甲状腺功能最基本的筛选指标。成人正常值：放射免疫法（RIA）：65～156nmol/L（5～12μg/dl）；免疫化学发光法（ICMA）：58.1～154.8nmol/L（4.5～11.9μg/dl）。其结果受甲状腺激素结合球蛋白（TBG）的量和蛋白与激素结合力的影响，在高甲状腺结合球蛋白（TBG）浓度和结合力正常的情况下，TT$_4$ 增高，提示患有甲亢。

（2）血清总三碘甲状腺原氨酸（TT$_3$）　是诊断甲亢较敏感的指标，并且是诊断 T$_3$ 型甲亢的特异性指标。成人正常值：RIA 法：1.8～2.9nmol/L（115～190ng/dl）；ICMA 法：0.7～2.1nmol/L（44.5～136.1μg/dl）。其结果也受 TBG 的影响，甲亢时 TT$_3$ 增高，且增高的幅度常大于 TT$_4$。

（3）血清游离甲状腺素（FT$_4$）　和游离三碘甲状腺原氨酸（FT$_3$）　FT$_4$、FT$_3$ 是血循环中甲状腺激素的活性成分，其测定结果不受 TBG 的影响，能直接且准确地反映甲状腺功能状态，敏感性和特异性明显优于 TT$_4$、TT$_3$。成人正常值：RIA 法：FT$_4$ 为 9～25pmol/L（0.7～1.9ng/dl），FT$_3$ 为 3～9pmol/L（0.19～0.58ng/dl）；ICMA 法：FT$_4$ 为 9～23.9pmol/L（0.7～1.8ng/dl），FT$_3$ 为 2.1～5.4pmol/L（0.14～0.35ng/dl）。

2. 血清 TSH 测定　甲亢时 TSH 较 T$_3$、T$_4$ 灵敏度高，是反映甲状腺功能最有价值的指标。RIA 法灵敏度有限，目前国内多采用高灵敏的 ICMA 法。成人正常值：RIA 法：0.8～4.5mU/L；ICMA 法：0.3～4.8mU/L。TSH 测定对亚临床型甲亢和亚临床型甲减的诊断及治疗监测均有重要意义。

3. 甲状腺摄^{131}I 率测定　正常值：3 小时为 5%～25%，24 小时为 20%～45%，高峰在24 小时出现。甲亢时甲状腺摄^{131}I 率增高，3 小时大于 25%，24 小时大于 45%，且高峰前移。此项检查诊断符合率高，但受含碘食物及多种药物等因素的影响。孕妇及哺乳期妇女禁用。

4. T$_3$ 抑制试验　当测甲状腺^{131}I 摄取率增高，但仍不能诊断为甲亢或单纯甲状腺肿时，可做此试验。方法为先测 1 次^{131}I 摄取率后，口服 T$_3$ 每次 20μg，每 8 小时 1 次，共服 6 天，第 7 天做第二次^{131}I 摄取率测定，对比前后结果。正常人和单纯性甲状腺肿患者的^{131}I 摄取率经外源性 T$_3$ 抑制后应当下降 50% 以上，甲亢患者则不能被抑制。但此法对老年人及有心脏病的患者不宜采用，以免诱发心律失常或心绞痛等。

5. 促甲状腺激素释放激素（TRH）兴奋试验　甲亢时由于血清 T$_3$、T$_4$ 水平升高，可通过负反馈作用，在垂体前叶阻断 TRH 对 TSH 分泌的刺激作用。静脉注射 TRH 400μg 后，若无反应，TSH 不增高则支持甲亢诊断。如有兴奋反应，TSH 升高者可排除本病。其意义类似 T$_3$ 抑制试验，但此方法简便、省时，且无服用 T$_3$ 后引起的副作用，也适用于老年人或合并心脏病患者。

6. 甲状腺抗体检查　未经治疗的 GD 患者血 TSAb 阳性检出率可达 80%～100%，有早期诊断意义，对随访疗效、判断能否停药及治疗后复发的可能性等有一定的指导意义。GD 患者甲状腺球蛋白抗体（TgAb）、甲状腺过氧化酶抗体（TPOAb）等测定均可呈阳性，但滴度不如桥本氏甲状腺炎高，如长期持续阳性且滴度较高提示有进展为自身免疫性甲减的可能。

7. 影像学检查　超声、CT、放射性核素检查有一定的诊断价值。

【诊断与鉴别诊断】

1. 诊断

（1）诊断要点　典型病例诊断不困难。有诊断意义的临床表现为怕热、多汗、易激动、易饥多食、消瘦、手颤、腹泻、心动过速及眼征、甲状腺肿大等。在甲状腺部位听到血管杂音和触到震颤，则更具有诊断意义。对一些轻症或临床表现不典型的病例，常需借助实验室检查，才能明确诊断。在确诊甲亢的基础上，排除其他原因所致的甲亢，结合患者眼征、弥漫性甲状腺肿、TSAb 阳性，即可诊断为 GD。

（2）特殊类型

1）甲状腺危象：是甲状腺毒症急性加重的一个综合征，发生原因可能与循环内 FT$_3$ 水平增高、心脏和神经系统的儿茶酚胺激素受体数目增加、敏感性增强有关。临床表现为原有的甲亢症状加重，包括高热（39℃以上）、心动过速（140～240 次/分）、心房颤动或心房扑动、烦躁不安、呼吸急促、大汗淋漓、厌食、恶心呕吐、腹泻等，严重者出现虚脱、休克、嗜睡、谵妄、昏迷，部分患者有心力衰竭、肺水肿，偶有黄疸。主要诱因包括感染、手术、放射碘治疗、创伤、严重的药物反应、心肌梗死等。

2）甲状腺功能亢进性心脏病：主要表现为心房颤动和心力衰竭。多发生在老年患者，部分老年患者以心房颤动为本病首发临床表现，而其他甲亢症状并不典型。长期患严重甲亢的青年患者也可以发生。

3）淡漠型甲状腺功能亢进症：多见于老年患者。起病隐匿，高代谢综合征、眼征和甲状腺肿均不明显。主要表现为明显消瘦、心悸、乏力、头晕、昏厥、神经质或神志淡漠、腹泻、厌食。可伴有心房颤动、震颤和肌病等体征，70% 患者无甲状腺肿大。临床上易被误诊，故老年人不明原因的突然消瘦、新发生心房颤动时应考虑本病。

4）三碘甲状腺原氨酸（T_3）型和甲状腺素（T_4）型甲状腺毒症：仅有血清 T_3 增高的甲状腺毒症称为 T_3 型甲状腺毒症，仅占甲亢病例的 5%。实验室检查发现血清 TT_3、FT_3 水平增高，但是 TT_4 和 FT_4 的水平正常，TSH 水平减低，^{131}I 摄取率增加，在碘缺乏地区和老年人群中常见。仅有血清 T_4 增高的甲状腺毒症称为 T_4 型甲状腺毒症，主要发生在碘致甲亢和伴全身性严重疾病的甲亢患者中。

5）亚临床甲状腺功能亢进症：在排除其他能够抑制 TSH 水平的疾病前提下，依赖实验室检查结果才能诊断，表现为血清 T_3、T_4 正常，TSH 减低。

6）妊娠期甲状腺功能亢进症：妊娠期由于 TBG 增高导致 TT_4、TT_3 增高，故妊娠期甲亢的诊断必须依赖 FT_4、FT_3、TSH 测定。妊娠期甲亢包括：①一过性妊娠呕吐甲状腺功能亢进症：绒毛膜促性腺激素（HCG）与 TSH 有相似或相同的结构，过量或变异的 HCG 刺激 TSH 受体，可致妊娠期甲状腺功能亢进症；②新生儿甲状腺功能亢进症：母体的 TRAb 可以透过胎盘刺激胎儿的甲状腺引起新生儿甲亢；③产后 GD：产后免疫抑制解除，易产生产后 GD；④产后甲状腺炎：甲状腺滤泡炎性破坏，TH 漏出，早期可有甲亢表现。

2. 鉴别诊断

（1）单纯性甲状腺肿　除甲状腺肿大外，无甲亢的症状和体征，虽然测甲状腺摄^{131}I 率有时可增高，但高峰不前移，且 T_3 抑制试验可被抑制。TRH 兴奋试验正常，血清 T_3、T_4 水平正常。

（2）神经官能症　神经官能症的患者由于自主神经调节紊乱，也可出现心悸、气短、易激动、手颤、乏力、多汗等症状，与甲亢患者临床表现相似，但无突眼，甲状腺不肿大，血清 T_3、T_4 水平及甲状腺摄^{131}I 率等检查结果正常。

（3）其他　部分不典型患者，常以心脏症状为主，如早搏、心房纤颤或充血性心力衰竭等，易被误诊为心脏疾病；以低热、多汗为主要表现者，需与结核病鉴别；老年甲亢的临床表现多不典型，常有淡漠、厌食等症，且消瘦明显，应与癌症相鉴别；甲亢伴有肌病时，应与家族性周期性麻痹和重症肌无力鉴别。

【治疗】

1. 治疗思路　由于本病的病因未完全阐明，因此尚无针对病因的治疗措施，目前对本病的治疗主要是控制高代谢症候群。西医的治疗方法主要有抗甲状腺药物治疗、放射性^{131}I 治疗和手术治疗三种。三种方法疗效均较显著，其中以抗甲状腺药物治疗最为简便和安全，应用最广，且一般不会引起永久性甲减，但疗程较长，停药后复发率高，仅有 40% ~60% 的治愈率，并存在继发性失效的可能。放射性^{131}I 治疗和手术属于损伤性治疗，治愈率较高，但有引发永久性甲减的可能。因此，应掌握不同疗法的适应证及禁忌证，选用适当的治疗方法。中医药疗法对本病治疗积累了丰富的经验，取得了良好的疗效。中药不仅可以减少西药治疗过程中出现的白细胞减少等副作用，而且还可以明显缓解症状，并无明显副作用。目前多采用不含碘的中药进行辨证施治。

2. 西医治疗

（1）一般治疗　患者应注意休息，解除精神压力，避免精神刺激和劳累过度。加强支持疗法，合理饮食，以补充足够的热量和营养物质，如糖、蛋白质和多种维生素等，纠正本病由于代谢增高而引起的过多消耗。忌食辛辣及含碘丰富的食物，少喝浓茶、咖啡。

（2）抗甲状腺药物治疗　目前抗甲状腺药物治疗分为硫脲类和咪唑类，药物有丙基硫氧嘧啶（PTU）、甲基硫氧嘧啶（MTU）、甲巯咪唑（他巴唑）、卡比马唑（甲亢平）。其作用机理主要为抑制甲状腺激素的合成，其中丙基硫氧嘧啶还有抑制 T_4 在周围组织中转化为 T_3 的作用。

适应证：①症状较轻，甲状腺轻度或中度肿大的患者；②20 岁以下的青少年、儿童、妊娠妇女、年老体弱患者或合并其他方面疾病不适宜手术者；③甲状腺次全切除术后复发，又不适宜 ^{131}I 治疗者；④手术前准备；⑤用作 ^{131}I 治疗术后的辅助治疗。

剂量及疗程：治疗时应根据病情轻重决定用药剂量，本病的疗程具有明显的个体差异，一般总疗程为 1.5 ～ 2 年或更长。①初治期：甲基或丙基硫氧嘧啶每日 300 ～ 450mg，他巴唑或甲亢平每日 30 ～ 40mg，分 2 ～ 3 次口服。初治期约需 1 ～ 3 个月。②减量期：患者临床症状显著改善，T_3、T_4 恢复正常时，可根据病情逐渐减少药量，一般每 2 ～ 4 周减量 1 次，甲基或丙基硫氧嘧啶每次减 50 ～ 100mg，他巴唑或甲亢平每次减 5 ～ 10mg，剂量递减不宜过快。减量期约需 3 ～ 4 个月，以免病情反复。③维持期：甲基或丙基硫氧嘧啶每日用量为 50 ～ 100mg，他巴唑或甲亢平每日 5 ～ 10mg，必要时还可在停药前将维持量减半。维持期约 1 ～ 1.5 年或更长，除非有较严重反应，一般不宜间断服药。治疗不规则或疗程不足均易复发。

药物副作用：①白细胞减少：严重时可出现粒细胞缺乏症，在使用甲基硫氧嘧啶治疗时最多见，而以丙基硫氧嘧啶最少见，多发生在用药后 2 ～ 3 个月期间，也可见于疗程中任何时间。因此，应在治疗前及治疗后每周复查白细胞总数。如白细胞低于 $30 \times 10^9/L$ 或中性粒细胞低于 $1.5 \times 10^9/L$ 应停药，同时给予升白细胞药物治疗，如利血生、鲨肝醇等，必要时可短期内加用泼尼松，每次 10mg，每日 3 次。②药疹：多病情较轻，一般予以抗组胺药物治疗，或改用其他抗甲状腺药物即可。极少数严重者可出现剥脱性皮炎，应立即停药抢救。③中毒性肝炎、胆汁淤积性黄疸、急性关节痛、味觉丧失等严重不良反应较罕见，如发生则需立即停药。

（3）辅助药物治疗

1）β 受体阻滞剂：能改善交感神经兴奋性增高的表现，如心悸、心动过速、精神紧张、多汗等，还能阻断外周组织 T_4 转化为 T_3。常用制剂为普萘洛尔（心得安）。由于抗甲状腺药物不能迅速地控制甲亢患者的症状，因此在初治期可联合使用心得安，每次 10 ～ 40mg，每日 3 次。此外，心得安还可用于甲亢危象的治疗及紧急甲状腺手术或 ^{131}I 治疗前的快速准备。对有支气管哮喘、充血性心力衰竭的患者禁用心得安，此时改用选择性 β_1 受体阻滞剂，如阿替洛尔、美托洛尔等。

2）碘化物：可抑制甲状腺激素的合成、释放，并能抑制 T_4 向 T_3 转换。但作用时间短暂，数周后即失效，且长期服用碘剂还可使甲亢症状加重，仅用于抢救甲亢危象和甲亢的手术治疗前准备等。

（4）放射性 ^{131}I 治疗　甲状腺具有高度选择性摄取 ^{131}I 的功能，^{131}I 释放出 β 射线，β 射线射程短，仅约 2mm，能破坏甲状腺滤泡上皮而减少甲状腺激素的分泌，达到治疗甲亢的目的。

适应证：①年龄在 25 岁以上，甲状腺肿及病情为中度的患者；②使用抗甲状腺药物治疗效果差或治疗后复发者；③对抗甲状腺药物过敏者；④有手术禁忌证或术后复发或不愿手术者。

禁忌证：①妊娠及哺乳期妇女；②年龄在 25 岁以下者；③有严重心、肝、肾功能不全者或活动性肺结核患者；④周围血中白细胞总数少于 3×10^9/L 或中性粒细胞低于 1.5×10^9/L 者。

治疗方法和剂量：治疗剂量的决定通常以甲状腺的重量和对 ^{131}I 的最高吸收率作为参考指标，一般主张每克甲状腺组织一次用 ^{131}I 3.0MBq（80μCi）。剂量确定后于空腹一次口服，如剂量过大（超过 740 MBq 或 20mCi）时，可分次给药，一般先给总剂量的 2/3，观察 6~8 周，再决定是否给予剩余的 1/3 量。

疗效及并发症：^{131}I 治疗约在服药后 3~4 周开始起效，症状逐渐减轻，甲状腺缩小，体重增加，总有效率多在 90% 以上，约 60% 的患者在 3~4 个月后可达到完全缓解，其余为部分缓解。使用 ^{131} 治疗的近期并发症，有一过性甲减、放射性甲状腺炎、局部疼痛等，通常能自行缓解或恢复，个别患者可诱发甲状腺危象；远期并发症主要为甲减。

（5）手术治疗　外科手术是治疗甲状腺功能亢进症的有效手段之一，手术的方式主要是甲状腺次全切除术。甲亢患者经手术治疗后，70% 以上的患者可获得痊愈，但手术也可引起一些并发症，且属不可逆性的破坏性治疗，应慎重选择。

适应证：①甲状腺肿大明显，压迫临近器官者；②甲状腺较大，抗甲状腺药物治疗无效，或停药后复发，或不能或不愿长期服药者；③结节性甲状腺肿伴甲亢；④胸骨后甲状腺肿伴甲亢。

禁忌证：①已做过甲状腺手术，局部粘连较明显者；②患有严重的浸润性突眼，术后有可能加重；③年老体弱或有其他严重的全身性疾病，如心、肝、肾功能不全等，不能耐受手术者；④妊娠早期（3 个月以前）及晚期（6 个月以后）。

术前准备：一般先用抗甲状腺药物控制病情，待心率降至 80~90 次/分以下，血清 T_3、T_4 浓度恢复正常，然后加服复方碘溶液，每日 3 次，开始时每次 3~5 滴，可减少伤口出血。手术并发症：①局部出血，可引起窒息，这是甲亢手术治疗较危急的并发症，应及时处理，必要时行气管切开；②甲亢危象；③喉返或喉上神经损伤，导致声音嘶哑；④永久性甲减；⑤甲状旁腺被损伤或被完全切除，导致暂时性或永久性甲状旁腺功能减退症；⑥突眼加重；⑦局部伤口感染。

（6）甲状腺危象的治疗　首先针对诱因治疗，如控制感染等。抑制甲状腺素的合成与释放，常首选丙基硫氧嘧啶 600mg 口服，以后每 6 小时给予 200mg，待症状缓解后逐步减至一般治疗量；还可联合使用碘剂，如复方碘剂 5 滴/次，每 8 小时 1 次；碘过敏者，改用碳酸锂。使用普奈洛尔 20~40mg，每 6~8 小时 1 次，以减轻交感神经兴奋症状和抑制 T_4 转化为 T_3。氢化可的松 50~100mg，加入 5%~10% 葡萄糖液中静滴，6~8 小时一次。予以物理降温，避免使用乙酰水杨酸类药物。

3. 中医辨证论治

（1）气滞痰凝证

证候：颈前肿胀，烦躁易怒，胸闷，两胁胀满，善太息，失眠，月经不调，腹胀便溏；

舌质淡红，舌苔白腻，脉弦或弦滑。

治法：疏肝理气，化痰散结。

代表方剂：逍遥散合二陈汤加减。

常用药物：柴胡　白术　白芍　半夏　陈皮　砂仁　薏苡仁　当归　茯苓　川楝子　全瓜蒌　薄荷　炙甘草

（2）肝火旺盛证

证候：颈前肿胀，眼突，烦躁易怒，易饥多食，手指颤抖，恶热多汗，面红烘热，心悸失眠，头晕目眩，口苦咽干，大便秘结，月经不调；舌质红，舌苔黄，脉弦数。

治法：清肝泻火，消瘿散结。

代表方剂：龙胆泻肝汤加减。

常用药物：龙胆草　泽泻　木通　车前子　当归　柴胡　生地　黄芩　栀子　石膏　知母　玉竹　菊花　钩藤　石决明　珍珠母

（3）阴虚火旺证

证候：颈前肿大，眼突，心悸汗多，手颤，易饥多食，消瘦，口干咽燥，五心烦热，急躁易怒，失眠多梦，月经不调；舌质红，舌苔少，脉细数。

治法：滋阴降火，消瘿散结。

代表方剂：天王补心丹加减。

常用药物：人参　玄参　丹参　茯苓　五味子　远志　桔梗　当归　天冬　麦冬　柏子仁　酸枣仁　生地黄　白芍　钩藤　白蒺藜

（4）气阴两虚证

证候：颈前肿大，眼突，心悸失眠，手颤，消瘦，神疲乏力，气短汗多，口干咽燥，手足心热，纳差，大便溏薄；舌质红或淡红，舌苔少，脉细或细数无力。

治法：益气养阴，消瘿散结。

代表方剂：生脉散加味。

常用药物：人参　黄芪　麦冬　五味子　白术　玄参　丹参　女贞子　浮小麦　龟板　地骨皮

【预防与调护】

保持心情舒畅，避免精神刺激。预防和积极控制各种感染。在行手术或[131]I治疗前应有效控制病情，以防病情加重。宜进食高热量及富含维生素的饮食，忌辛辣、香燥、烟酒等刺激之品。定期复查，坚持合理的治疗，避免不规则服药。

第三十节　糖尿病

糖尿病与中医学"消渴病"相类似，其并发症可归属于"虚劳"、"胸痹"、"中风"等范畴。

【西医病因病理】

1. 病因及发病机制　目前普遍认为糖尿病是复合病因所致的综合征，与遗传因素、环境因素、自身免疫、胰岛素拮抗激素等有关。生理状态下，胰岛素由胰岛 B 细胞合成和分泌，经血循环到达体内各组织器官的靶细胞，与特异性受体结合，引发细胞内物质代谢效应，在整个过程中任何一个环节发生异常均可导致糖尿病。

（1）1 型糖尿病　1 型糖尿病是以胰岛 B 细胞破坏、胰岛素分泌缺乏为特征的自身免疫性疾病。目前普遍认为，其病因与发病机制主要是病毒感染、化学物质作用于易感人群，导致由 T 淋巴细胞介导的胰岛 B 细胞自身免疫性损伤和凋亡。其发生发展可分为 6 个阶段：

第 1 期——遗传学易感性。

第 2 期——启动自身免疫反应。

第 3 期——免疫学异常。

第 4 期——进行性胰岛 B 细胞功能丧失。

第 5 期——临床糖尿病　此期患者有明显高血糖，出现糖尿病的部分或典型症状。

第 6 期——1 型糖尿病发病后数年。

（2）2 型糖尿病　2 型糖尿病有更强的遗传基础，并受到多种环境因素的影响，包括老龄化、不合理饮食及热量摄入、体力活动不足、肥胖以及现代社会不合理生活方式等。

（3）特殊类型糖尿病　不同的单基因缺陷导致胰岛 B 细胞功能缺陷等。

（4）妊娠期糖尿病（GDM）　由于个体素质及内外环境因素的影响，有些妊娠妇女可发生妊娠期糖尿病。

2. 病理

（1）胰岛的病理改变　以自身免疫性胰岛炎为主，1 型糖尿病患者的病理改变尤为明显，2 型糖尿病患者胰岛病理改变相对较轻，主要的病理改变有胰岛玻璃样变、胰腺纤维化、B 细胞空泡变性和脂肪变性。

（2）血管病变　包括微血管病变和大血管病变。

3. 病理生理　糖尿病的代谢紊乱主要由于胰岛素缺乏或生物作用障碍所引起。葡萄糖在肝、肌肉和脂肪组织的利用减少以及肝糖输出增多是发生高血糖的主要原因。由于胰岛素绝对或相对不足，周围组织摄取葡萄糖减少，脂肪组织大量动员分解，产生大量酮体。若超过机体对酮体的氧化利用能力时，大量酮体堆积形成酮症或发展为酮症酸中毒。蛋白质合成减少，分解代谢加速，导致负氮平衡。

【中医病因病机】

消渴病的病因比较复杂，禀赋不足、饮食失节、情志失调、劳欲过度或外感热邪等原因均可致阴虚燥热而发为消渴。

1. 禀赋不足　五脏六腑之精藏于肾，若禀赋不足，阴精亏虚，五脏失养，复因调摄失宜，终至精亏液竭而发病。

2. 饮食失节　长期过食肥甘，或醇酒厚味，酿成内热，热甚阴伤发为消渴。

3. 情志失调　长期精神紧张，五志过极，导致肝气郁结，郁而化火，上灼肺阴，中伤胃液，下竭肾精发为消渴。

4. 劳欲过度　素体阴虚之人，复因房室不节，恣情纵欲，损耗肾精，致使阴虚火旺，上蒸肺胃，发为消渴。

阴津亏损、燥热偏胜是消渴的基本病机，而以阴虚为本，燥热为标，两者互为因果，燥热愈甚则阴愈虚，阴愈虚则燥热愈甚。病变的脏腑着重在于肺、胃、肾，而以肾为关键。三者之中，虽可有所偏重，但往往又互相影响。肺主治节，为水之上源，如肺燥阴虚，津液失于输布，则胃失濡润，肾失滋源；胃热偏盛，则上灼肺津，下耗肾阴；肾阴不足，阴虚火旺，上炎肺胃，终至肺燥、胃热、肾虚三焦同病，多饮、多食、多尿三者并见。病情迁延日久，因燥热亢盛，伤津耗气，而致气阴两虚，或因阴损及阳，而致阴阳俱病。亦可因阴虚津亏，血液黏滞或气虚无力运血而致脉络瘀阻。另外，阴虚燥热，常变证百出：如肺失滋润，日久可并发肺痨；肝肾阴亏，精血不能上承于耳目，可并发白内障、雀盲、耳聋；燥热内结，营阴被灼，蕴毒成脓，可发为疮疖、痈疽；燥热内炽，炼液成痰，痰阻经络，蒙蔽心窍可致中风偏瘫；阴损及阳，脾肾阳虚，水湿内停，泛滥肌肤，可成水肿；若阴液极度耗损，可导致阴竭阳亡，而见昏迷、四肢厥冷、脉微欲绝的危象。

【临床表现】

糖尿病病程长，呈进行性发展，除1型糖尿病起病较急外，其他一般起病徐缓，病程漫长，早期轻症常无症状，但重症及有并发症者则症状明显且较典型。临床上可分为无症状期和症状期两个阶段。

1. 无症状期　部分患者在糖尿病前期、亚临床期、隐性期无明显症状，往往因体检或检查其他疾病时发现。1型患者有时因生长迟缓、体力虚弱、消瘦或有酮症而被发现。2型患者常因并发症如高血压、心血管病、肥胖症被发现，部分患者在围手术期发现糖尿病。

2. 症状期　典型表现为"三多一少"，即多尿、口渴多饮、多食、体重减轻。

3. 并发症

（1）急性并发症　①糖尿病酮症酸中毒（DKA）；②高渗性非酮症糖尿病昏迷；③低血糖反应及昏迷；④感染。

（2）慢性并发症　糖尿病的慢性并发症可遍及全身各重要器官，并与遗传易感性有关。

1）大血管病变：主要侵犯冠状动脉、脑动脉、外周动脉。

糖尿病性冠心病：是影响糖尿病患者预后生活质量的重要原因，其发病率是非糖尿病病人的2~3倍，50%的2型糖尿病患者死于冠心病。部分糖尿病患者心肌梗死的部位与冠状动脉狭窄的部位不一致，这被认为是糖尿病对自主神经损害造成冠状动脉痉挛的结果。

糖尿病性脑血管病：糖尿病性脑血管病中脑梗死居多，以多发性病灶和中、小脑梗死为特点，少数呈现短暂性脑缺血发作。脑出血较少见。

糖尿病下肢动脉硬化闭塞症：本病早期仅感下肢困倦、无力、感觉异常、麻木、膝以下发凉，继之出现间歇性跛行，静息痛，严重时发生下肢溃疡、坏疽。

2）微血管病变：主要有糖尿病肾病和视网膜病变等类型。

糖尿病肾病：是糖尿病的主要死亡原因，常见于病史10年以上患者。糖尿病肾病可分为5期。Ⅰ期：肾脏体积增大，肾小球滤过率升高，入球小动脉扩张，肾小球内压增加；Ⅱ期：肾小球毛细血管基底膜增厚，尿白蛋白排泄率（UAER）多在正常范围，或间歇性升高；Ⅲ期：早期肾病，出现微量白蛋白，UAER持续在20~200μg/min；Ⅳ期：临床肾病，尿蛋白逐渐增多，UAER>200μg/min，即尿白蛋白排出量>300mg/24h，可伴有高血压、水肿及肾功能不全；Ⅴ期：尿毒症，UAER减低，Scr、BUN升高，血压升高。

糖尿病性视网膜病变：早期一般无眼部自觉症状，病变发展可引起不同程度的视力障碍，一旦黄斑区受累，可出现中心视力下降，视野中央暗点，以及视物变形变色等症状。眼底可见微动脉瘤，静脉迂曲、扩张、闭锁，动脉硬化等征象。其后有视网膜出血、渗出以及视网膜脂血症和视网膜神经炎等改变，终可致盲。

3）神经病变：病变部位以周围神经最为常见，通常为对称性，下肢较上肢严重，病情进展缓慢。临床表现为肢端感觉异常，分布如袜子或手套状，伴麻木、针刺感、热灼、疼痛，后期可出现运动神经受累，肌力减弱甚至肌肉萎缩和瘫痪。自主神经病变也较常见，并可较早出现，影响胃肠、心血管、泌尿系统和性器官功能，临床表现为瞳孔改变、排汗异常、胃排空延迟、腹泻、便秘、体位性低血压、心动过速以及尿失禁、尿潴留、阳痿等。

4）糖尿病足：又称糖尿病性肢端坏疽，往往是下肢神经病变、血管病变和感染共同作用的结果，是糖尿病患者致残、死亡的主要原因之一。表现为下肢疼痛、感觉异常和间歇性跛行，皮肤溃疡、肢端坏疽等。

【实验室及其他检查】

1. 尿糖测定 尿糖阳性是诊断糖尿病的重要线索，但不能作为糖尿病的诊断依据。糖尿病并发肾小球硬化症时，肾小球滤过率降低，肾糖阈升高，此时虽血糖升高，而尿糖呈假阴性。每日 4 次尿糖定性和 24 小时尿糖定量检查，可作为判断疗效及调整降血糖药物剂量的参考。

2. 血葡萄糖（血糖）测定 血糖升高是诊断糖尿病的主要依据，目前多用葡萄糖氧化酶法测定。空腹静脉血糖正常范围为 3.9~6.0mmol/L（70~108mg/dl），血糖测定又是病情变化观察、疗效追踪的关键性指标。

3. 葡萄糖耐量试验 血糖高于正常范围而又未达到诊断糖尿病标准者，需进行口服葡萄糖耐量试验（OGTT）。OGTT 应清晨进行，禁食至少 10 小时。WHO 推荐成人口服 75g 葡萄糖，溶于 250~300ml 水中，5 分钟饮完，于服糖前及服糖后 0、5、1、2、3 小时分别抽取静脉血测血糖，同时收集尿标本查尿糖。儿童按每千克体重 1.75g 计算，总量不超过 75g。

4. 糖化血红蛋白和糖化血浆白蛋白测定 血红蛋白中 2 条 β 链 N 端的缬氨酸与葡萄糖非酶化结合形成糖化血红蛋白（GHbA$_1$），且为不可逆反应，其中以 GHbA$_{1c}$为主，能较稳定地反映采血前 2~3 个月内平均血糖控制水平。人血浆蛋白（主要为白蛋白）也可与葡萄糖发生非酶催化的糖基化反应而形成果糖胺（FA），其量与血糖浓度呈正相关，可反映糖尿病病人近 2~3 周内血糖总的水平，为糖尿病病情监测的指标，而且在糖尿病并发症的研究中也有重要地位，但一般不能作为诊断糖尿病的依据。正常人 GHbA$_1$ 约为 8%~10%，GHbA$_{1c}$约为 3%~6%；FA 为 1.7~2.8mmol/L。

5. 血浆胰岛素和 C 肽测定 血浆中的胰岛素测定主要用于了解胰岛 B 细胞功能、协助判断糖尿病分型和指导治疗，也可协助诊断胰岛素瘤，但不作为糖尿病的诊断依据。血浆胰岛素正常参考值：早晨空腹基础水平为 35~145pmol/L（5~20mU/L），餐后 30~60 分钟胰岛素水平上升至高峰，为基础值的 5~10 倍，3~4 小时恢复到基础水平。1 型糖尿病病人胰岛素分泌绝对减少，空腹及食后胰岛素值均明显低于正常，在进食后胰岛素分泌无增加（无峰值），2 型糖尿病病人胰岛素测定可以正常或呈高胰岛素血症结果（胰岛素抵抗所致）。C - 肽水平测定和血浆胰岛素测定意义相同。由于 C - 肽清除率慢，肝对 C - 肽摄取率低，周围血中 C - 肽/胰岛素比例常大于 5，且不受外源胰岛素影响，故能较准确反映胰岛 B 细胞功能，特别是糖尿病病人接受胰岛素治疗时更能精确判断细胞分泌胰岛素的能力。正常人基础血浆 C - 肽水平约为 400pmol/L，餐后 C - 肽水平则升高 5~6 倍。

6. 胰岛自身抗体测定 谷氨酸脱羧酶抗体（GAD - Ab）和/或胰岛细胞抗体（ICA）的检测阳性，对 1 型糖尿病的诊断有意义，上述两种抗体联合检测具有互补性，特别在成人迟发型自身免疫性糖尿病（LADA）或成人隐匿型自身免疫性糖尿病 GAD - Ab 有更大的诊断价值。1 型糖尿病者 GAD - Ab 阳性，但 ICA 可为阴性。

【诊断与鉴别诊断】

1. 诊断

（1）诊断依据　糖尿病的诊断目前以葡萄糖代谢紊乱作为诊断依据。1999年10月我国糖尿病学会决定采纳以下标准：症状＋随机血糖≥11.1mmol/L（200mg/dl），或空腹血浆葡萄糖（FPG）≥7.0 mmol/L（126mg/dl），或OGTT中2hPG≥11.1 mmol/L（200mg/dl）。症状不典型者，需另一天再次证实。不主张做第三次OGTT。随机是指一天当中的任意时间而不管上次进餐的时间。空腹的定义是至少8小时没有热量的摄入。以上均为静脉血浆葡萄糖值。糖尿病的诊断程序与其他内分泌疾病大致相同，首先是功能诊断，即糖尿病的确定；其次是糖尿病分型的确定，并对胰岛B细胞功能进行评估；然后是糖尿病并发症的诊断，并对相应器官的功能作出准确的评估。

（2）分型

1）1型糖尿病：B细胞破坏，导致胰岛素绝对缺乏。

2）2型糖尿病：胰岛素抵抗为主体的伴胰岛素相对性缺乏，或胰岛素分泌受损为主体伴胰岛素抵抗。

3）特殊类型：B细胞功能遗传性缺陷、胰岛素作用的基因异常、胰腺外分泌疾病、内分泌疾病、药物或化学因素所致糖尿病、感染、非常见的免疫介导糖尿病、其他可能与糖尿病相关的遗传性综合征。

4）妊娠期糖尿病（GDM）。

（3）分期　不论是1型、2型还是其他类型的糖尿病，其发生与发展均有一定规律性。一般将血糖高于正常但未达至糖尿病诊断标准的血糖异常状况，分为葡萄糖耐量障碍（IGT）和空腹葡萄糖受损（IFG）两种。

2. 鉴别诊断

（1）其他原因所致的尿糖阳性　如肾性糖尿、甲状腺功能亢进症、胃空肠吻合术后、弥漫性肝病及急性应激状态时。此外，大量维生素C、水杨酸盐、青霉素、丙磺舒也可引起尿糖假阳性反应，但血糖及OGTT正常。

（2）药物对糖耐量的影响　噻嗪类利尿药、呋塞米、糖皮质激素、口服避孕药、阿司匹林、吲哚美辛、三环类抗抑郁药等可抑制胰岛素释放或对抗胰岛素的作用，引起糖耐量降低，血糖升高，尿糖阳性。

（3）继发性糖尿病　胰腺炎、胰腺癌、肢端肥大症（或巨人症）、皮质醇增多症、嗜铬细胞瘤可分别引起继发性糖尿病或糖耐量异常。此外，长期服用大量肾上腺皮质激素可引起类固醇糖尿病。

【治疗】

1. 治疗思路　目前强调早期治疗、长期治疗、综合治疗、治疗措施个体化，加强糖尿病教育、饮食控制、体育锻炼。治疗的目标是控制高血糖，纠正代谢紊乱，促进胰岛B细胞功能恢复，防止或延缓并发症。西医对1型糖尿病以胰岛素替代治疗为主，2型糖尿病以口服降糖药治疗为主，必要时胰岛素治疗。中医辨证论治在糖尿病的治疗中能起到控制并发症、改善临床症状、提高生存质量的作用，部分中药能改善胰岛素抵抗，增加胰岛素分泌和组织对胰岛素的敏感性，中西药联合应用能提高疗效。

2. 西医治疗

（1）一般治疗

1）糖尿病教育：是重要的基本治疗措施之一。让患者了解糖尿病的基础知识、糖尿病的病因、影响病情的因素、病情控制的方法及特殊情况的处理，取得病人和家属的自觉配合，保证长期治疗方案的严格执行。

2）饮食治疗：是另一项重要的基础治疗措施，其目的是维持标准体重，纠正已发生的代谢紊乱，减轻胰岛负担，使胰岛组织获得恢复的机会，达到既保证血糖的控制又不降低病人生活质量和工作能力的标准。

总热量的制订：根据患者的标准体重、性别、年龄、劳动强度和工作性质而定。查表或用简易公式算出理想体重 ［标准体重（kg）＝身高（cm）－105］，计算每日所需总热量。成年人休息状态下每日每千克标准体重 105～125kJ（25～30kcal），轻体力劳动 125.5～146kJ（30～35 kcal），中度体力劳动 146～167kJ（35～40 kcal），重体力劳动 167kJ（40 kcal）以上。儿童、孕妇、乳母、营养不良和消瘦，以及伴有消耗性疾病者应酌情增加，肥胖者酌减，使病人体重恢复至标准体重的 ±5% 左右。

合理分配三大营养素：糖尿病病人每日饮食中三大营养素占全日总热量的比例为：碳水化合物含量约占饮食总热量的 50%～60%，蛋白质 15%，脂肪约 30%。饮食中蛋白质含量成人每日每千克理想体重 0.8～1.2g，儿童、孕妇、乳母、营养不良或伴有消耗性疾病者蛋白质宜增至 1.5～2.0g；伴有糖尿病肾病者应酌减。根据生活习惯、病情，可按每日三餐分配为 1/5、2/5、2/5 或 1/3、1/3、1/3；也可按 4 餐分为 1/7、2/7、2/7、2/7。此外，粗纤维的食品在人体小肠不被消化，能促进唾液及胃液的分泌，带来饱感，从而达到减食减重的目的；还能推迟糖及脂肪吸收，降低餐后 1 小时血糖高峰，有利于改善血糖、脂代谢，因此每日饮食中纤维素含量以不少于 40g 为宜。限制饮酒。

3）体育锻炼：应进行有规律的合适运动。应根据年龄、性别、体力、病情及有无并发症等有选择地进行，循序渐进，长期坚持。1 型糖尿病宜在餐后进行体育锻炼，运动量不宜过大，时间不宜过长。2 型糖尿病患者适当参加文娱活动、体育运动和体力劳动，有利于减轻体重，减轻胰岛负担，提高胰岛素敏感性。

4）自我监测血糖：是近 10 年来糖尿病患者管理方法的主要进展。应用便携式血糖计观察和记录血糖水平，每 2～3 月定期检查 $GHbA_{1c}$，了解糖尿病控制情况，指导药物调整。

（2）口服药治疗

1）磺脲类（SUs）：此类药物主要作用于胰岛 B 细胞表面的受体，促进胰岛素释放，还可通过改善胰岛素受体和（或）受体后缺陷，增强靶组织细胞对胰岛素的敏感性，产生胰外降血糖作用。近年研究发现其具有抑制血小板凝聚、减轻血液黏稠度的作用。适用于 2 型糖尿病经饮食及运动治疗后不能使病情获得良好控制的病人；近年也试与胰岛素联合应用治疗糖尿病。治疗应从小剂量开始，于餐前 30 分钟口服。老年人尽量用短、中效药物，以减少低血糖的发生。1 型糖尿病、2 型糖尿病合并严重感染、酮症酸中毒、高渗性昏迷、进行大手术、肝肾功能不全，以及合并妊娠的病人禁用。主要副作用是低血糖，特别是饮酒后，其他副作用有恶心、呕吐、消化不良、胆汁淤积性黄疸、肝功能损害、贫血、皮肤过敏反应等。

SUs 有很多，第一代有甲苯磺丁脲（D-860）、氯磺丙脲、氯磺丁脲等。第二代有格列本脲（优降糖）、格列吡嗪（美吡达）、格列齐特（达美康）、格列喹酮（糖适平）、格列美脲（亚莫利）等。目前没有证据表明某一种 SUs 比其他种类更优越，但其趋势是较多选用第二代药物。

磺脲类药物原发和继发失效的治疗：糖尿病患者过去从未用过磺脲类药物，应用足量的磺脲类药物 1 个月后未见明显的降糖效应，称为原发失效，发生率约为 20%～30%，其原因可能有缺乏饮食控制，严重的胰岛 B 细胞功能损害等。应在饮食控制基础上改用胰岛素或改用 α - 葡萄糖苷酶抑制剂治疗。若糖尿病患者服用磺脲类药物治疗初期能有效地控制血糖，但长期服用后疗效逐渐下降，血糖不能控制，每日应用最大量，疗程 3 个月，仍然无效，称为继发失效。其发生率约为 20%～30%，年增长率为 5%～10%。其发生与胰岛 B 细胞功能下降和外周组织的胰岛素抵抗密切相关。处理方法是加用胰岛素治疗或二甲双胍、α - 葡萄糖苷酶抑制剂或改用胰岛素治疗。

使用磺脲类药治疗时可能与其他药物发生相互作用。如水杨酸类、磺胺药、保泰松、氯霉素、利血平、β 受体阻滞剂等可通过减弱葡萄糖异生、降低磺脲与血浆蛋白结合、降低药物在肝脏的代谢和肾的排泄等机制，增强磺脲类药的降血糖效应；噻嗪类利尿剂、呋塞米、利尿酸、糖皮质激素等能抑制胰岛素释放，或拮抗胰岛素作用，或促进磺脲类药在肝脏降解等，降低磺脲类药的降血糖作用。

2）双胍类：作用机理尚未完全清楚，可能是增加周围组织对葡萄糖的利用，抑制葡萄糖从肠道吸收，增加肌肉内葡萄糖的无氧酵解，抑制糖原的异生，增加靶组织对胰岛素的敏感性。适用于 2 型糖尿病患者经饮食及运动治疗未能控制者，尤其是肥胖或超重患者的第一线药物。使用磺脲类药物控制不够理想者可加用双胍类，1 型患者使用胰岛素同时可合用双胍类。糖尿病并发酮症酸中毒、肝肾功能不全、低血容量性休克或心力衰竭等缺氧情况下及合并严重感染等应激状态时均应停用双胍类，以避免引起乳酸性酸中毒，也不宜于孕妇、哺乳期妇女和儿童。常用的有二甲双胍（降糖片），苯乙双胍（DBI，降糖灵）现少用。主要副作用为胃肠道反应和诱发乳酸性酸中毒。

3）α - 葡萄糖苷酶抑制剂（AGI）：其降糖机理为通过抑制 α - 葡萄糖苷酶的活性，减少多糖及双糖的分解，延缓小肠葡萄糖的吸收，从而起到降糖的作用，故此类药的特点是降低餐后血糖，可作为 2 型糖尿病的一线药物，尤适用于空腹血糖正常而餐后血糖高者。可与磺脲类、双胍类或胰岛素联合使用治疗 2 型糖尿病，与胰岛素联合使用治疗 1 型糖尿病。胃肠道功能障碍者、严重肝肾功能不全、儿童均不能应用。孕妇、哺乳妇女应用尚无详细资料，故应禁用。主要药物有拜糖平（阿卡波糖）、倍欣（伏格列波糖）。主要是消化道副作用，表现为腹胀、腹泻、肠鸣音亢进、排气增多，从小剂量开始用药可减轻其发生率。

4）噻唑烷二酮（TZD）：又称格列酮类药物，也称为胰岛素增敏剂。通过增强靶组织对胰岛素的敏感性，减低胰岛素抵抗而起作用。主要用于使用其他降糖药物疗效不佳的 2 型糖尿病，特别是有胰岛素抵抗的患者，可单独使用，或与 SUs、胰岛素联合应用。主要有曲格列酮（TRG）、罗格列酮（RSG）、盐酸吡格列酮（艾汀）。

5）非磺脲类胰岛素促泌剂：与磺脲类相似，不同之处是在 B 细胞上的结合部位不同，对营养不良的胰岛细胞不能刺激胰岛素释放。起效快，作用时间适当。主要用于控制餐后高血糖，可单独用于 2 型糖尿病，也可和双胍类和 α - 葡萄糖苷酶抑制剂、胰岛素等联合应用。常用的有瑞格列奈（诺和龙）。每次 0.5～4mg，餐前或进餐时服用，不超过 16mg。

（3）胰岛素治疗

1）适应证：1 型糖尿病替代治疗；糖尿病酮症酸中毒、高渗性昏迷和乳酸性酸中毒伴高血糖；2 型糖尿病口服降糖药治疗无效；妊娠期糖尿病；糖尿病合并严重并发症；全胰腺切除引起的继发性糖尿病；因伴发病需外科治疗的围手术期。

2）常用类型：根据胰岛素来源不同，可分为动物胰岛素、人胰岛素和人胰岛素类似物。根据胰岛素作用时间，可分为短（速）效胰岛素、中效胰岛素、长（慢）效胰岛素和预混胰岛素。

3）使用原则和方法：任何类型糖尿病的胰岛素治疗均应在一般治疗和饮食治疗的基础上进行，剂量及治疗方案应强调个体化，剂量的调整应以患者的血糖、尿糖检测结果和预定的控制目标为依据。效果不满意时可采用强化胰岛素治疗，但 2 岁以下幼儿、老年患者、已有晚期严重并发症者不宜采用强化胰岛素治疗。

1 型糖尿病所需胰岛素剂量平均为 35～40U/d，初剂量可按 20～25U/d 给予，治疗 2～3日后根据血糖监测结果再作调整。多数病人上述初剂量偏小，逐步加量，一般每 3～5 日调整 1 次，每次增减 2～4U，直至达到血糖控制目标为止。1 型糖尿病患者不能达到满意控制，需要强化胰岛素治疗。有以下几种方案供选择：①早餐前注射中效和速效胰岛素，晚餐前注射速效胰岛素，夜宵前注射中效胰岛素；②早、午、晚餐前注射速效胰岛素，夜宵前注射中效胰岛素；③早、午、晚餐前注射速效胰岛素，早餐前同时注射长效（ultralente 或PZI）胰岛素，或将长效胰岛素分两次于早、晚餐前注射，全日量不变。强化胰岛素治疗的另一种方法是持续皮下胰岛素输注（CSII，俗称胰岛素泵），胰岛素泵治疗能模拟自身胰岛素的生理性分泌，使血糖控制更理想。常用的有 CSII 泵和腹腔内植入型胰岛素输注泵。

2 型糖尿病患者，由于存在不同程度的胰岛素分泌缺陷和胰岛素抵抗，所需胰岛素剂量的个体差异更大，很难给出一个平均剂量值。治疗均需从小剂量开始，逐步增加。如与口服药联合治疗，白天服用磺脲类药（按原剂量或适度减量均可），睡前注射中效胰岛素，起始剂量一般为 8～12U。用单剂注射方案者，推荐起始剂量为 20U，老年或虚弱的病人初剂量应减至 10～15U，对于独居的老人则一律在早晨餐前给药，以避免夜间低血糖的发生。根据尿糖和血糖测定结果，每隔数天调整胰岛素剂量，每次增减以 2U 为宜，直至取得良好控制。如仅有午餐前尿糖强阳性，可用中效与速效胰岛素混合使用（一般按 70/30 比例）。如早晨空腹血糖下降不满意，可每天注射中效胰岛素两次，早餐前的胰岛素剂量约为全日量的2/3，晚餐前用全日用量的 1/3。也可将中效与速效胰岛素混合使用，早餐前大致按 2:1 比例，晚餐前大致按 2:1 或 1:1 比例。

4）注意事项：采用强化胰岛素治疗后，有时早晨空腹血糖仍然较高。可能的原因有：①夜间胰岛素作用不足；②"黎明现象"：即夜间血糖控制良好，也无低血糖发生，仅于黎明一段短时间出现高血糖，其机制可能为皮质醇、生长激素等胰岛素拮抗激素分泌增多所致；③Somogyi 现象：即在夜间曾有低血糖，在睡眠中未被察觉，但导致体内升血糖的激素分泌增加，继而发生低血糖后的反跳性高血糖。夜间多次（0、2、4、8 时）测定血糖，有助于鉴别早晨高血糖的原因。

采用强化胰岛素治疗后，部分 1 型糖尿病患者在一段时间内病情部分或完全缓解，胰岛素剂量减少或可以完全停用，称为糖尿病蜜月期。但缓解是暂时的，其持续时间自数周至数月不等，一般不超过 1 年。蜜月期发生的机制未完全明了，推测与患者残存胰岛功能自发性恢复有关。

5）胰岛素抗药性与不良反应：胰岛素制剂含有少量杂质，对人体有抗原性和致敏性，能使机体产生抗胰岛素抗体。极少数患者可表现为胰岛素抗药性，即在无酮症酸中毒也无拮抗胰岛素因素存在的情况下，每日胰岛素需要量超过 100U 或 200U。此时应改用人胰岛素制剂，或加大胰岛素剂量，并可考虑应用糖皮质激素及口服降糖药联合治疗，但需警惕低血糖的发生。

主要不良反应是低血糖反应，与剂量过大和（或）饮食失调有关，多见于 1 型糖尿病患者，尤其是接受强化胰岛素治疗者。其他不良反应有过敏反应，胰岛素性水肿，屈光不正，注射部位脂肪营养不良等。

（4）胰腺移植和胰岛细胞移植 多用于治疗 1 型糖尿病患者，单独胰腺移植可解除对胰岛素的依赖，改善生活质量。1 型糖尿病患者合并糖尿病肾病肾功能不全可进行胰肾联合移植，但只限于在技术精良、经验丰富的中心进行，而且长期免疫抑制剂治疗带来一定毒副作用。

（5）并发症的治疗

1）糖尿病酮症酸中毒

补液：是抢救 DKA 首要的、极其关键的措施。补液途径：开始静脉输注生理盐水或林格液，待血糖降至 14mmol/L 以下可改用 5% 葡萄糖，并用对抗量胰岛素；可同时进行胃肠道补液。补液量：第一个 24 小时总量约 4000～6000ml，严重脱水者可达 6000～8000ml；以后视脱水程度而定。补液速度：先快后慢，最初 2 小时内输入 1000～2000ml，以后根据血压、心率、每小时尿量、末梢循环情况以及必要时根据中心静脉压调整补液量及速度。

应用胰岛素：小剂量胰岛素疗法，每小时输注胰岛素 0.1U/kg，可使血中胰岛素浓度恒定在 100～200μU/ml，该浓度即可对酮体生成产生最大的抑制效应，并能有效地降低血糖。该方案简便、有效、安全，较少引起脑水肿、低血糖、低血钾。治疗初可加用普通胰岛素首次负荷量 10～20U。降糖的速度以每小时血糖下降幅度 3.9～6.1mmol/L（70～110mg/dl）为宜。

纠酸：随着胰岛素的应用，脂肪分解得到抑制，酮体形成减少，酸中毒得以缓解，故轻、中度酸中毒可不必纠酸；当 CO_2 结合力降至 4.5～6.7mmol/L（10%～15%）时，应予以纠酸，可用 5% 碳酸氢钠 100～125ml 直接推注或稀释成等渗溶液静脉滴注。

补钾：在整个治疗过程中，按病情变化定期监测血钾和（或）心电图，决定补钾方案。但需注意，治疗前由于失水量大于失盐量，且存在代谢性酸中毒，此时血钾水平不能真实反映体内缺钾程度。

处理诱发病和防治并发症：针对休克、感染、心衰、心律失常、肾衰竭等进行治疗。

2）高渗性非酮症糖尿病昏迷

补液：为抢救的重要措施之一，补液扩容，降低血浆渗透压。补入液量约 6000～8000ml/d；以生理盐水为宜；滴输不宜过快，谨防溶血和脑水肿。胃肠道补液也是很重要的补液途径，尚未昏迷者，鼓励饮水；昏迷者用温白开水从胃管内注入，每次量约 200～300ml，胃管内补液量可占全日总补液量的 1/3～2/5，此法安全、可靠，尤适合心脏功能不良者。

应用胰岛素：小剂量胰岛素疗法，可参照糖尿病酮症酸中毒的治疗，全日用量可以比酮症酸中毒时更少。

补钾：同糖尿病酮症酸中毒。

积极治疗诱发病和防治并发症。

3）低血糖反应及昏迷：采血样检测血糖明确诊断。迅速提高血糖水平，首先应静脉推注50%葡萄糖溶液40～60ml，继以5%～10%葡萄糖溶液维持滴注。如反复出现低血糖昏迷或精神症状，症状不能彻底缓解，则用糖皮质激素（如地塞米松5mg）静脉注射。低血糖昏迷长达6小时以上，需给予脱水治疗，可选用20%甘露醇125～250ml，每6～8小时静脉注射，以减少低血糖脑损害的后遗症。

4）糖尿病肾病：饮食方面减少植物蛋白摄入量；浮肿者宜低盐饮食，各种利尿剂均可选用，但要严密监测电解质水平；控制高血压首选ACEI制剂；抗凝治疗，如阿司匹林、胰激肽释放酶等；降低血尿素氮同非糖尿病肾病的处理；腹膜、血液透析，肾移植术等用于终末期尿毒症患者。

3. 中医辨证论治

（1）无症状期

证候：一般没有突出的临床症状，食欲旺盛，而耐劳程度减退，化验检查一般血糖偏高，但常无尿糖。应激情况下血糖可明显升高，出现尿糖。

治法：滋养肾阴。

代表方剂：麦味地黄汤加减。

常用药物：熟地　山茱萸　山药　丹皮　泽泻　茯苓　麦冬　五味子

（2）症状期

1）阴虚燥热证

①上消（肺热津伤证）

证候：烦渴多饮，口干舌燥，尿频量多，多汗；舌边尖红，苔薄黄，脉洪数。

治法：清热润肺，生津止渴。

代表方剂：消渴方加减。

常用药物：黄连　天花粉　生地汁　藕汁　人乳汁　姜汁　蜂蜜　葛根　麦冬

②中消（胃热炽盛证）

证候：多食易饥，口渴多尿，形体消瘦，大便干燥；苔黄，脉滑实有力。

治法：清胃泻火，养阴增液。

代表方剂：玉女煎加减。

常用药物：石膏　熟地　麦冬　知母　牛膝　玄参　生地

③下消（肾阴亏虚证）

证候：尿频量多，混浊如脂膏，或尿有甜味，腰膝酸软，乏力，头晕耳鸣，口干唇燥，皮肤干燥，瘙痒；舌红少苔，脉细数。

治法：滋阴固肾。

代表方剂：六味地黄丸加减。

常用药物：熟地　山药　茯苓　丹皮　泽泻　山茱萸　党参　黄芪　桑螵蛸　五味子

2）气阴两虚证

证候：口渴引饮，能食与便溏并见，或饮食减少，精神不振，四肢乏力，体瘦；舌质淡红，苔白而干，脉弱。

治法：益气健脾，生津止渴。

代表方剂：七味白术散加减。

常用药物：人参　白茯苓　白术　甘草　藿香叶　木香　葛根　麦冬　五味子　天花粉　生地　山茱萸

3）阴阳两虚证

证候：小便频数，混浊如膏，甚则饮一溲一，面色黧黑，耳轮焦干，腰膝酸软，形寒畏冷，阳痿不举；舌淡苔白，脉沉细无力。

治法：滋阴温阳，补肾固摄。

代表方剂：金匮肾气丸加减。

常用药物：桂枝　附子　熟地　山茱萸　山药　茯苓　丹皮　泽泻　覆盆子　桑螵蛸　金樱子　天冬　麦冬　鳖甲　龟板

4）痰瘀互结证

证候："三多"症状不明显，形体肥胖，胸脘腹胀，肌肉酸胀，四肢沉重或刺痛；舌暗或有瘀斑，苔厚腻，脉滑。

治法：活血化瘀祛痰。

代表方剂：平胃散合桃红四物汤加减。

常用药物：苍术　厚朴　橘皮　甘草　生姜　大枣　桃仁　红花　当归　赤芍　熟地　川芎　地龙　丹参　黄芪　瓜蒌　枳壳

5）脉络瘀阻证

证候：面色晦暗，消瘦乏力，胸中闷痛，肢体麻木或刺痛，夜间加重，唇紫；舌暗或有瘀斑，或舌下青筋紫暗怒张，苔薄白或少苔，脉弦或沉涩。

治法：活血通络。

代表方剂：血府逐瘀汤加减。

常用药物：当归　生地　桃仁　红花　枳壳　赤芍　柴胡　甘草　桔梗　川芎　牛膝　檀香　砂仁　薤白　全蝎　乌梢蛇

（3）并发症

1）疮痈

证候：消渴易并发疮疡痈疽，反复发作或日久难愈，甚则高热神昏；舌红，苔黄，脉数。

治法：清热解毒。

代表方剂：五味消毒饮合黄芪六一散加减。

常用药物：金银花　野菊花　蒲公英　紫花地丁　紫背天葵　黄芪　甘草

2）白内障、雀目、耳聋

证候：初期视物模糊，渐至昏蒙，直至失明；或夜间不能视物，白昼基本正常；也可出现暴盲。或见耳鸣、耳聋，逐渐加重。

治法：滋补肝肾，益精养血。

代表方剂：杞菊地黄丸、羊肝丸、磁朱丸加减。

常用药物：枸杞子　菊花　熟地　山茱萸　山药　泽泻　丹皮　茯苓　黄连　羊肝　梧桐子　煅磁石　朱砂　神曲

【预防与调护】

加强糖尿病知识的宣传教育；参加适当体育活动，增强体质；合理安排饮食，生活起居有规律，戒烟酒，预防各种感染。已病者定期复查血糖，避免不良刺激。

第三十一节　类风湿关节炎

类风湿关节炎（RA）与中医学的"痹证"相似，属于"痛痹"、"痛风"、"历节"、"历节病"、"白虎历节病"等范畴。

【西医病因病理】

1. 病因及发病机制　病因至今尚未完全明确，可能与感染、遗传等多种因素有关。其发病机制有细胞免疫反应和体液免疫反应两方面。

2. 病理

（1）滑膜炎　类风湿关节炎的基本病理改变，从病变的一开始即为滑膜炎。

（2）血管炎　类风湿关节炎的关节外表现，很多与血管炎有关。

【中医病因病机】

1. 先天不足，肾精亏虚　先天禀赋不足，肾气不充，骨失所养，外邪乘虚而入；或房劳过度，肾精不足，水亏于下，火炎于上，阴水消烁，真阴愈耗；或病久阴血暗耗，阴虚血少，成为发病的内在基础。

2. 外感寒湿，痹阻经络　由于居住潮湿，涉水冒雨，冷热交错等原因，风寒湿邪乘虚侵入，痹阻经络，流于关节，发为本病。

3. 风寒湿邪，郁而化热　风寒湿邪，郁闭阳气日久，可郁而化热化火，变生热毒，阻滞血脉，流注关节而发病。

4. 湿热伤阴，阴虚血热　湿热内生，蕴结为毒，攻注骨节，热与血结，或邪热灼伤血脉，或热伤阴津，血脉干涩，均可导致血瘀。

5. 湿热内蕴，痰瘀阻滞　湿热瘀相互蕴结，阻于经脉，气血瘀滞，阻遏气机，终致湿热痰瘀痹阻经络，流注骨节，出现骨节强直，身体屈曲，甚至畸形等表现。

可见，本病多因禀赋不足、感受外邪引起关节、经络的痹阻，不通而痛。病位在关节、经络，与肝肾有关。急性期以标实为主，多为寒湿、湿热、痰浊、瘀血内阻，缓解期以肝肾不足为主，或虚实夹杂。

【类证鉴别】

痹证应着重与痿证相鉴别，因两者的病位都在肢体、关节。痹证以筋骨、肌肉、关节的酸痛、重着、屈伸不利为主要临床特点，有时也兼不仁或肿胀，但无痿瘦的表现；但痿证则以肢体痿弱不用、肌肉瘦削为特点。痿证肢体关节一般不痛，痹证则均有疼痛，这是两者临床鉴别的要点。

【临床表现】

在成人任何年龄都可以发病，80%于35~50岁发病，然而60岁以上的发病率明显高于30岁以下者。女性患者约3倍于男性。

1. 病史　最常以缓慢而隐匿方式起病，在出现明显关节症状前有数周的低热、乏力、全身不适、体重下降等症状，以后逐渐出现典型关节症状。少数起病较急剧，在数天内出现多个关节症状。

2. 主要症状

（1）关节表现　①晨僵：约95%以上患者出现较长时间的晨僵，多在夜间或日间静止不动后出现（至少1小时），晨僵持续时间和关节炎症的程度成正比。②痛与压痛：关节痛往往是最早的关节症状，最常出现在腕、掌指关节、近端指间关节，为对称性、持续性疼痛，时轻时重，其次是足趾、膝、踝、肘、肩等关节。疼痛的关节往往伴有压痛。③关节肿：多因关节腔内积液或关节周围软组织炎症引起。病程较长者可因滑膜慢性炎症后的肥厚而引起肿胀。凡受累的关节均可肿，常见部位为腕关节、掌指关节、近端指间关节、膝等关节，亦多呈对称性。④关节畸形：多见于较晚期患者。因滑膜炎的绒毛破坏了软骨和软骨下的骨质结构，造成关节纤维性或骨性强直，又因关节周围的肌腱、韧带受损使关节不能保持在正常位置，出现手指关节的半脱位如尺侧偏斜、屈曲畸形、天鹅颈样畸形等。⑤关节功能障碍：关节肿痛和结构破坏都引起关节的活动障碍。美国风湿病学会将因本病而影响了生活的程度分为四级：Ⅰ级：能照常进行日常生活和各项工作；Ⅱ级：可进行一般的日常生活和某种职业工作，但参与其他项目活动受限；Ⅲ级：可进行一般的日常生活，但参与某种职业工作或其他项目活动受限；Ⅳ级：日常生活的自理和参与工作的能力均受限。

（2）关节外表现　有20%~30%的患者于关节隆突部位及受压部位出现类风湿结节；类风湿血管炎可出现在患者的任何系统；类风湿肺多为肺间质病变、结节样改变、胸膜炎；通过超声心动图检查约30%出现少量心包积液；神经系统可出现脊髓受压；周围神经因滑膜炎而受压出现腕管综合征；本病的血管炎很少累及肾脏；约30%~40%本病患者出现干燥综合征；本病可出现小细胞低色素性贫血；Felty综合征是指类风湿关节炎者伴有脾大、中性粒细胞减少，有的甚至有贫血和血小板减少。

3. 体征　凡受累的关节均可肿胀，关节肿胀的部位局部触之有灼热感。关节肿胀是RA活动期的主要临床体征。关节畸形、关节功能障碍多见于较晚期患者。

【实验室及其他检查】

1. 血象　常见轻度贫血，活动期患者血小板多增高。

2. 血沉　血沉在疾病活动时增快。

3. C反应蛋白　C反应蛋白增高，一般认为是反映炎症活动性的指标。

4. 抗免疫球蛋白抗体（RF）　70%患者IgM型RF阳性，但RF不只出现在RA患者中，所以不能仅以RF阳性来诊断RA。同时由于RA时RF仍有30%阴性，所以RF阴性者也不能除外RA的诊断，应结合临床综合判断。

5. 抗角蛋白抗体谱　抗核周因子（APF）、抗角蛋白抗体（AKA）、抗聚角蛋白微丝蛋白抗体（AFA）、抗环瓜氨酸肽抗体（抗CCP）等，对早期诊断有一定意义。

6. X线检查　是诊断和观察疗效的重要指标，手和足X线检查更为重要。临床上应每年进行1次常规检查，观察病情变化。根据X线表现可分为四期：Ⅰ期，有关节两端骨质疏松，可见到关节周围软组织肿胀影；Ⅱ期，由于软骨破坏出现关节间隙狭窄；Ⅲ期，出现骨质破坏，可见囊性变和骨侵蚀；Ⅳ期，出现关节半脱位、纤维性或骨性强直。

7. 影像学检查　CT和MRI对早期诊断RA有帮助。CT可以显示在X线片上尚看不出的骨破坏；MRI可显示关节软组织早期病变。

8. 关节滑液　正常人关节腔内的滑液不超过3.5ml。在关节有炎症时滑液增多，滑液中的白细胞数明显升高，可达（2000~75000）×10^6/L，且以中性粒细胞占优势。其黏度差，含糖量低于血糖。

【诊断与鉴别诊断】

1. 诊断 1987年修订的美国风湿病学会（ARA）类风湿关节炎的诊断标准：①晨僵至少1小时（每天），病程至少6周；②3个或3个以上的关节肿胀持续至少6周；③腕、掌指、近指关节肿胀至少6周；④对称性关节肿至少6周；⑤有皮下结节；⑥手X线片改变（至少有骨质疏松和关节间隙的狭窄）；⑦类风湿因子阳性（滴度>1：20）。有上述7项中4项者即可诊断为类风湿关节炎。

2. 鉴别诊断

（1）系统性红斑狼疮（SLE） 某些SLE临床以对称性多关节炎为突出表现，且RF可能阳性，极似RA，而SLE的关节病变较类风湿关节炎的关节炎症轻，且关节外的系统性症状如蝶形红斑、脱发、蛋白尿等较突出。血清抗核抗体、抗双链DNA抗体多为阳性，补体低下则在早期就出现。

（2）风湿性关节炎 关节炎是风湿热的临床表现之一，多见于青少年。其关节炎的特点为四肢大关节游走性肿痛，很少出现关节畸形。关节外症状包括发热、咽痛、心脏炎、皮下结节、环形红斑等。血清抗链球菌溶血素"O"滴度升高，C反应蛋白阳性，血沉增快，RF阴性。

（3）骨关节炎 本病多见于50岁以上者，以进行性关节软骨退行性变性及关节边缘和软骨下增生性骨赘为特征。关节痛不如类风湿关节炎明显，且以运动后疼痛、休息后缓解为特点，以累及负重关节如膝、髋关节为主，手指则以远端指间关节出现骨性增生和结节为特点。血沉增快多不明显。一般炎症较轻，病情有自发缓解倾向。

（4）强直性脊柱炎 好发于青壮年男性，以非对称性的下肢大关节炎为主，极少累及手。骶髂关节炎具典型的X线改变，90%~95%的患者HLA-B$_{27}$阳性而类风湿因子多为阴性。

（5）痛风 是由原发性或继发性高尿酸血症引起的关节滑膜及关节周围炎，多发于中年男性，常有家族病史。关节炎的好发部位为第一跖趾关节。常夜间急性起病，数小时内出现关节红、肿、热、痛，疼痛剧烈不能触摸。急性患者即使不经治疗，也可在数日或数周内自愈，但饮食失调、外伤、手术、过食海鲜，尤其饮酒后，常诱发和复发。慢性患者在受累关节附近或皮下可见痛风石。

【治疗】

1. 治疗思路 治疗本病早期诊断和尽早治疗是极为重要的。急性期以非甾体抗炎药控制关节肿痛，慢作用药控制疾病的进展，联合应用具有清热解毒、消肿止痛作用的中药汤剂；缓解期可用慢作用药与中药联合，以控制病情及防止复发。晚期有畸形与功能障碍者，可考虑手术治疗。

2. 西医治疗

（1）一般性治疗 包括休息、关节制动（急性期）、关节功能锻炼（恢复期）、物理疗法等。卧床休息只适宜于发热、急性期以及内脏受累的患者。

（2）药物治疗 目前应用的治疗RA的药物尚不能有效控制病情的发展。根据作用，WHO将抗类风湿关节炎的药物分为：改善症状的抗风湿药和控制疾病发展的抗风湿药。前一类又分为非甾体抗炎药、慢作用抗风湿药、糖皮质激素；后一类药物目前尚在探索和实验阶段，下面主要对前一类药物进行叙述。

1）非甾体抗炎药（NSAID）：非甾体抗炎药主要是通过抑制环氧酶以减少花生四烯酸代谢为前列腺素而起到消炎止痛作用，达到控制关节肿痛的目的，是治疗本病不可缺少的、非特异性的对症治疗的药物。非甾体抗炎药物小剂量时有退热止痛作用，较大剂量有抗炎作用，目前仅用作对症治疗，不能阻止疾病的进展。

布洛芬：每日剂量为 1.2～3.2g，分 3～4 次服用，20%～30% 患者有胃肠不良反应，严重者可有上消化道出血。

萘普生：每日剂量为 0.5～1.0g，分 2 次服用，胃肠道不良反应与布洛芬相似。

吲哚美辛（消炎痛）：每日剂量为 75～150mg，分 3 次服用，胃肠道反应较多。属同类结构的还有舒林酸、阿西美辛等。

双氯芬酸：每日剂量为 75～150mg，分 3 次服用。

上述各种药物至少需服用两周方能判断其疗效，效果不明显者可改用另一种 NSAID。不宜同时服用两种 NSAID。

2）慢作用抗风湿药：由于本类药物起效时间长于非甾体抗炎药故名。临床诊断明确为 RA 后，应尽早采用本类药物与非甾体抗炎药联合应用的方案。

甲氨蝶呤（MTX）：是目前治疗 RA 的首选药物。它可抑制细胞内二氢叶酸还原酶，同时具抗炎作用。每周剂量为 7.5～20mg，以口服为主（1 日之内服完），亦可静注或肌注。4～6 周起效，2～3 个月达到高峰，疗程至少半年。不良反应有肝损害、胃肠道反应、骨髓抑制等，停药后多能恢复。

青霉胺：是治疗铜代谢障碍的有效驱铜剂，在治疗 RA 中也取得了一定疗效，其具体作用机制尚不清楚。开始剂量为 125mg，每日 2～3 次，无不良反应者则每 2～4 周后加倍剂量，至每日达 500～750mg。待症状改善后减量维持。不良反应较多，包括胃肠道反应、骨髓抑制、皮疹、口异味、肝肾损害等。

柳氮磺胺吡啶：用于治疗 RA 的具体机制不详，有学者认为可影响叶酸的吸收和代谢，有类似 MTX 的作用。剂量为每日 2g，分两次服用，由小剂量开始。不良反应少，但对磺胺过敏者禁用。

雷公藤总苷：有抑制淋巴、单核细胞及抗炎作用。本药有不同制剂，以雷公藤总苷为例，每日剂量为 60mg，分 3 次服用。病情稳定后可酌情减量。其不良反应为对性腺的毒性，出现月经减少、停经、精子活力及数目降低、皮肤色素沉着、指甲变薄软、肝损害、胃肠道反应等。

硫唑嘌呤：抑制细胞的合成和功能。每日口服剂量为 100mg，病情稳定后可改为 50mg维持。服药期间需监测血象及肝肾功能。

环磷酰胺：是烷化剂，毒性较大，能抑制细胞生长，故多用于病情较重的患者。静脉冲击治疗的用法为每平方米体表面积用药 0.75～1.0g，每月 1 次。症状控制后延长其间歇期，或用 200mg，静脉注射，隔日 1 次。口服法为：100mg，每日 1 次。本药多用于难治性、持续活动性、系统症状较重的患者。不良反应包括骨髓抑制、性腺抑制、胃肠道反应、肝损害、出血性膀胱炎等。用药期间大量饮水以防膀胱并发症。

环孢素：是近年来治疗本病的免疫抑制剂。每日剂量为每千克体重 3～5mg，1 次口服。其突出的不良反应为血肌酐和血压上升，服药期间宜严密监测。

来氟米特：是治疗 RA 比较新的药物，其主要作用机制是抑制细胞黏附和酪酸激酶的活性，影响细胞激活过程中信息的传导，可逆性抑制乳酸脱氢酶活性，抑制嘧啶核苷酸从头合成途径。通过以上两条途径显著抑制 T 细胞的激活和增殖，从而有效地抑制细胞免疫反应，控制病情的发展。用法为 50mg，每日 1 次，3 天以后 10～20mg，每日 1 次。

3）糖皮质激素：虽能解除病人痛苦，但长期应用并不能阻止关节结构破坏，不能改善病变的发展，且长期使用，耐受量增大，撤药困难，停药后容易导致病情反复，加速关节的破坏，同时副作用较大。本药适用于有关节外症状者或关节炎明显或急性发作患者。应用时必须注意，有系统症状的患者可以泼尼松每日量为 30～40mg，症状控制后递减，以每日10mg 作为维持量，逐渐以非甾体抗炎药物代替。

（3）外科手术治疗　包括关节置换和滑膜切除手术，前者适用于较晚期有畸形并失去功能的关节。滑膜切除术可以得到一定的缓解，但当滑膜再次增生时病情又趋复发。

3. 中医辨证论治

（1）活动期

1）湿热痹阻证

证候：发热，口苦，饮食无味，纳呆或有恶心，泛泛欲吐，关节肿痛以下肢为重，全身困乏无力，下肢沉重酸胀，浮肿或有关节积液；舌苔黄腻，脉滑数。

治法：清热利湿，祛风通络。

代表方剂：四妙丸加减。

常用药物：苍术　黄柏　牛膝　薏苡仁　羌活　独活　金银花　蒲公英　虎杖

2）阴虚内热证

证候：午后或夜间发热，盗汗或兼自汗，口干咽燥，手足心热，关节肿胀疼痛，小便赤涩，大便秘结；舌质干红，少苔，脉细数。

治法：养阴清热，祛风通络。

代表方剂：丁氏清络饮加减。

常用药物：白薇　石斛　赤芍　忍冬藤　生地　地骨皮　丹皮　青蒿　桑枝　地龙　威灵仙　丝瓜络　羚羊角

3）寒热错杂证

证候：低热，关节灼热疼痛，或有红肿，形寒肢凉，阴雨天疼痛加重，得温则舒；舌质红，苔白，脉弦细或数。

治法：祛风散寒，清热化湿。

代表方剂：桂枝芍药知母汤加减。

常用药物：桂枝　芍药　炙甘草　麻黄　白术　知母　防风　炮附子　生姜　黄芪　金银花　蒲公英　板蓝根

（2）缓解期

1）痰瘀互结，经脉痹阻证

证候：关节肿痛且变形，屈伸受限，或肌肉刺痛，痛处不移，皮肤失去弹性，按之稍硬，肌肤紫暗，面色黧黑，或有皮下结节，肢体顽麻；舌质暗红或有瘀点、瘀斑，苔薄白，脉弦涩。

治法：活血化瘀，祛痰通络。

代表方剂：身痛逐瘀汤合指迷茯苓丸加减。

常用药物：秦艽 川芎 桃仁 红花 甘草 羌活 没药 香附 五灵脂 牛膝 地龙 当归 茯苓 枳壳 半夏 风化硝 生姜 乳香 延胡索 地鳖虫 金银花 元参

2）肝肾亏损，邪痹筋骨证

证候：形体消瘦，关节变形，肌肉萎缩，骨节烦疼、僵硬，活动受限，筋脉拘急，或筋惕肉瞤，腰膝酸软无力，眩晕，心悸气短，指甲淡白；舌淡苔薄，脉细弱。

治法：益肝肾，补气血，祛风湿，通经络。

代表方剂：独活寄生汤加减。

常用药物：独活 桑寄生 秦艽 防风 细辛 当归 芍药 川芎 干地黄 杜仲 牛膝 人参 茯苓 甘草 桂心 忍冬藤 虎杖 乌梢蛇 白花蛇

【预防与调护】

1. 预防

（1）防范寒湿。潮湿是诱发本病的重要因素，忌汗出当风，或睡于风口，或卧于地上（尤其是水泥地及砖石之地），或露宿达旦。

（2）保持精神愉快和情绪乐观，对本病治疗有着积极的作用。

（3）加强体育锻炼，提高抗病能力，使全身气血流畅，调节体内阴阳平衡，是对本病巩固和提高疗效的根本保证。

2. 护理

（1）生活护理 由于疾病的影响，给患者生活带来诸多不便，需要帮助与指导。对肢体功能丧失、卧床不起者，要防止褥疮发生。对严重关节功能障碍者，还须防止跌仆、骨折等意外发生。

（2）姿态护理（体位护理） 由于本病患者姿态异常，往往会影响今后的生活和工作。姿态护理的目的是及时纠正患者的不良姿态、体位。

（3）功能锻炼护理 通过关节功能锻炼，避免出现僵直挛缩，防止肌肉萎缩，恢复关节功能，促进机体血液循环，改善局部营养状态。

第三十二节 脑梗死

本病与中医学"中风病"相类似，归属于"类中风"、"中风"范畴。

一、脑血栓形成

【西医病因病理】

1. 病因及发病机制

（1）动脉管腔狭窄和血栓形成 最常见的是动脉粥样硬化斑导致管腔狭窄和血栓形成。

（2）血管痉挛及其他原因 血管痉挛常见于蛛网膜下腔出血、偏头痛、子痫和头外伤等病人。尚有一些病因不明的脑梗死，部分病例有高水平的抗磷脂抗体、蛋白C，以及抗血栓Ⅲ缺乏伴发的高凝状态。

2. 病理 脑缺血病变发生后闭塞血管内可见血栓形成或栓子、动脉粥样硬化或血管炎等改变。病理分期为：①超早期（1~6小时）：病变区脑组织常无明显改变，可见部分血管内皮细胞、神经细胞和星形胶质细胞肿胀，线粒体肿胀空化，属可逆性。②急性期（6~24

小时）：缺血区脑组织苍白，轻度肿胀，神经细胞、星形胶质细胞和血管内皮细胞呈明显缺血性改变。③坏死期（24～48小时）：可见大量神经细胞消失，胶质细胞坏死，中性粒细胞、单核细胞、巨噬细胞浸润，脑组织明显水肿；如病变范围大，脑组织高度肿胀时，可向对侧移位，甚至形成脑疝。④软化期（3天～3周）：病变区液化变软。⑤恢复期（3～4周后）：液化坏死的脑组织被吞噬、清除，胶质细胞增生，毛细血管增多，小病灶形成胶质瘢痕，大病灶形成中风囊，此期可持续数月至2年。

【中医病因病机】

中风病，多因素体禀赋不足，年老正衰，肝肾不足，阳亢化风，或劳倦内伤致气血内虚，血脉不畅；或因嗜饮酒浆，过食肥甘，损伤脾胃，内生湿浊，进而化热，阻滞经脉，复加情志不遂、气候剧烈变化等诱因，以致脏腑功能失调，气血逆乱，风夹痰瘀，扰于脑窍，窜犯经络发为中风。

1. 肝阳偏亢，风火上扰　平素肝旺易怒，或肝肾阴虚，肝阳偏亢，复因情志相激，肝失条达，气机不畅，气郁化火，更助阳亢化风，风火相煽，冲逆犯脑，发生中风。

2. 风痰瘀血，痹阻脉络　年老体衰或劳倦内伤，致使脏腑功能失调，内生痰浊瘀血，适逢肝风上窜之势，或外风引动内风，皆使风夹痰瘀，窜犯经络，留滞于虚损之脑脉，则成中风。

3. 痰热腑实，浊毒内生　饮食不节，嗜好膏粱厚味及烟酒之类，脾胃受伤，运化失司，痰热互结，腑气壅结，内生浊毒，夹风阳之邪，上扰清窍，神机失灵而见喎僻不遂。

4. 气虚血瘀，脉络不畅　平素体弱，或久病伤正，正气亏虚，无力行血，血行不畅，瘀滞脑络，则成中风。

总之，本病以正虚为发病之本，主要有肝肾阴虚，气血不足；邪实为致病之标，以风火痰浊瘀血为主。病位在脑，脏腑涉及肝、脾、肾。

【临床表现】

1. 一般特点　由动脉粥样硬化所致者以中、老年人多见，尤其有高血压、糖尿病、心脏病病史者；由动脉炎所致者以中青年多见。常在安静或休息状态下发病，约25%病例发病前有肢体无力及麻木、眩晕等短暂性脑缺血发作（TIA）前驱症状。神经系统局灶性症状及体征多在发病后10余小时或1～2天内达到高峰。大多数病人意识清楚或仅有轻度意识障碍。严重病例可有意识障碍，甚至脑疝形成，进而死亡。神经系统定位体征因脑血管闭塞的部位及梗死的范围不同而表现各异。

2. 临床类型

（1）根据症状和体征的演进过程分为

1）完全性卒中：指发病后神经功能缺失症状较重较完全，常于数小时内（<6小时）达到高峰。病情一般较严重，伴癫痫发作，甚至昏迷，或出现病灶侧颞叶钩回疝。多为颈内动脉或大脑中动脉主干等较大动脉闭塞所致，约占30%。

2）进展性卒中：指发病后神经功能缺失症状在48小时内逐渐进展或呈阶梯式加重，可持续6小时或数天，直至病人完全偏瘫或意识障碍。

3）缓慢进展性卒中：起病后1～2周症状仍逐渐加重，常与全身或局部因素所致的脑灌流减少，侧支循环代偿不良，血栓向近心端逐渐扩展等有关。此型应与颅内占位性病变如肿瘤或硬膜下血肿相鉴别。

4）可逆性缺血性神经功能缺失（RIND）：指发病后神经缺失症状较轻，持续24小时以上，但可于3周内恢复，不留后遗症。多数发生于大脑半球卵圆中心。

（2）根据梗死的特点分为

1）大面积脑梗死：通常是颈内动脉主干、大脑中动脉主干或皮层支的完全性卒中，患者表现为病灶对侧完全性偏瘫、偏身感觉障碍及向病灶对侧的凝视麻痹，可有头痛和意识障碍，并呈进行性加重。

2）分水岭脑梗死（CWSI）：是指相邻血管供血区之间分水岭区或边缘带的局部缺血。一般认为，分水岭梗死多由于血流动力学障碍所致；典型者发生于颈内动脉严重狭窄或闭塞伴全身血压降低时，亦可由心源性或动脉源性栓塞引起。临床常呈卒中样发病，多无意识障碍，症状较轻，恢复较快。结合CT可分为皮质前型、皮质后型及皮质下型。

3）出血性脑梗死：是由于脑梗死供血区内动脉坏死后血液漏出继发出血，常发生于大面积脑梗死之后。

4）多发性脑梗死：是指两个或两个以上不同的供血系统脑血管闭塞引起的梗死，多为反复发作脑梗死的后果。

3. 不同动脉闭塞的症状和体征

（1）颈内动脉闭塞　可出现病灶侧单眼一过性黑矇，偶可为永久性视力障碍（因眼动脉缺血），或病灶侧Horner征这一特征性病变；颈动脉搏动减弱，眼或颈部收缩期血管杂音；常见症状有对侧偏瘫、偏身感觉障碍和偏盲等（大脑中动脉或大脑中、前动脉缺血）；主侧半球受累可有失语症，非主侧半球受累可出现体象障碍；亦可出现晕厥发作或痴呆。

（2）大脑中动脉闭塞　是血栓性梗死的主要血管，发病率最高，占脑血栓性梗死的70%～80%。

1）主干闭塞：以三偏症状为特征，病灶对侧中枢性面舌瘫及偏瘫，偏身感觉障碍和同向偏盲或象限盲；上下肢瘫痪程度基本相等；可有不同程度的意识障碍；主侧半球受累可出现失语症，非主侧半球受累可见体象障碍。

2）皮层支闭塞：上分支闭塞时可出现病灶对侧偏瘫和感觉缺失，面部及上肢重于下肢，运动性失语（主侧半球）和体象障碍（非主侧半球）；下分支闭塞时常出现感觉性失语、命名性失语和行为障碍等，而无偏瘫。

3）深穿支闭塞：对侧中枢性上下肢均等性偏瘫，可伴有面舌瘫；对侧偏身感觉障碍，有时可伴有对侧同向性偏盲；主侧半球病变可出现皮质下失语。

（3）大脑前动脉闭塞

1）主干闭塞：发生于前交通动脉之前，因对侧代偿可无任何症状；发生于前交通动脉之后可有对侧中枢性面舌瘫及偏瘫，以面舌瘫及下肢瘫为重，可伴轻度感觉障碍；尿潴留或尿急（旁中央小叶受损）；精神障碍如淡漠、反应迟钝、欣快、始动障碍和缄默等（额极与胼胝体受累），常有强握与吮吸反射（额叶病变）；主侧半球病变可见上肢失用，运动性失语少见。

2）皮层支闭塞：对侧下肢远端为主的中枢性瘫，可伴感觉障碍；对侧肢体短暂性共济失调、强握反射及精神症状。

3）深穿支闭塞：对侧中枢性面舌瘫及上肢近端轻瘫。

（4）大脑后动脉闭塞　临床上比较少见。如闭塞部位在发出交通动脉以前，可不出现症状。若丘脑膝状动脉闭塞时，则见丘脑综合征：对侧感觉障碍，以深感觉为主，有自发性疼痛、感觉过度、轻偏瘫、共济失调和不自主运动，可有舞蹈症、手足徐动症和震颤等锥体外系症状；大脑后动脉阻塞引起枕叶梗死时，可出现对侧同向偏盲，瞳孔对光反射保持，视神经无萎缩；优势半球胼胝体部的损害可引起失读症。

（5）椎-基底动脉闭塞　梗死灶在脑干、小脑、丘脑、枕叶及颞顶枕交界处。基底动脉主干闭塞常引起广泛的脑桥梗死，可突发眩晕、呕吐、共济失调，迅速出现昏迷、面部与四肢瘫痪、去脑强直、眼球固定、瞳孔缩小、高热、肺水肿、消化道出血，甚至呼吸及循环衰竭而死亡。椎-基底动脉的分支闭塞，可导致脑干或小脑不同水平的梗死，表现为各种病名的综合征。体征的共同特点是下列之一：①交叉性瘫痪；②双侧运动和/或感觉功能缺失；③眼的协同运动障碍；④小脑功能的缺失不伴同侧长束征；⑤孤立的偏盲或同侧盲。另可伴失语、失认、构音障碍等。常见的综合征有：

基底动脉尖综合征：基底动脉尖端分出两对动脉即小脑上动脉和大脑后动脉，其分支供应中脑、丘脑、小脑上部、颞叶内侧及枕叶。故可出现以中脑病损为主要表现的一组临床综合征，多因动脉粥样硬化性脑血栓形成、心源性或动脉源性栓塞引起。临床表现：①眼球运动及瞳孔异常：一侧或双侧动眼神经部分或完全麻痹，眼球上视不能（上丘受累）及一个半综合征，瞳孔对光反射迟钝而调节反射存在，类似 Argyll-Robertson 瞳孔（顶盖前区病损）；②意识障碍：一过性或持续数天，或反复发作（中脑及/或丘脑网状激活系统受累）；③对侧偏盲或皮质盲；④严重记忆障碍（颞叶内侧受累）。有卒中危险因素的中老年人，突然发生意识障碍又较快恢复，无明显运动、感觉障碍，但有瞳孔改变、动眼神经麻痹、垂直注视障碍，应想到该综合征；如有皮质盲或偏盲、严重记忆障碍则更支持；CT 及 MRI 见中脑、双侧丘脑、枕叶、颞叶病灶即可确诊。

中脑支闭塞出现 Weber 综合征、Benedit 综合征；脑桥支闭塞出现 Millard-Gubler 综合征（外展、面神经麻痹，对侧肢体瘫痪）、Foville 综合征（同侧凝视麻痹、周围性面瘫，对侧偏瘫）。

小脑后下动脉或椎动脉闭塞综合征：或称延髓背外侧（Wallenberg）综合征，是脑干梗死中最常见的类型。主要表现：①眩晕、呕吐、眼球震颤（前庭神经核）；②交叉性感觉障碍（三叉神经脊束核及对侧交叉的脊髓丘脑束受损）；③同侧 Horner 征（交感神经下行纤维受损）；④吞咽困难和声音嘶哑（舌咽、迷走神经受损）；⑤同侧小脑性共济失调（绳状体或小脑受损）。由于小脑后下动脉的解剖变异较多，使临床症状复杂化，常有不典型的临床表现。双侧脑桥基底部梗死出现闭锁综合征：病人意识清楚，四肢瘫痪，不能讲话和吞咽，仅能以目示意。

（6）小脑梗死　由小脑上动脉、小脑后下动脉、小脑前下动脉等闭塞所致，常有眩晕、恶心、呕吐、眼球震颤、共济失调、站立不稳和肌张力降低等，可有脑干受压及颅内压增高症状。

【实验室及其他检查】

1. 颅脑 CT　多数脑梗死病例于发病后 24 小时内 CT 不显示密度变化，24～48 小时后逐渐显示与闭塞血管供血区一致的低密度梗死灶，如梗死灶体积较大则可有占位效应。如病灶较小，或脑干、小脑梗死 CT 检查可不显示。

2. 颅 MRI　脑梗死数小时内，病灶区即有 MR 信号改变，呈长 T_1、长 T_2 信号。与 CT

相比，MRI 具有显示病灶早的特点，能早期发现大面积脑梗死，清晰显示小病灶及后颅凹的梗死灶，病灶检出率95%。功能性 MRI 如弥散加权 MRI 可于缺血早期发现病变，发病后半小时即可显示长 T_1、长 T_2 梗死灶。钆增强 MRI 平扫更为敏感。

3. 血管造影　DSA 或 MRA 可显示血管狭窄和闭塞的部位，可显示动脉炎、Moyamoya 病、动脉瘤和血管畸形等。

4. 脑脊液（CSF）检查　通常 CSF 压力、常规及生化检查正常，大面积脑梗死压力可增高，出血性脑梗死 CSF 可见红细胞。如通过临床及影像学检查已经确诊为脑梗死，则不必进行 CSF 检查。

5. 其他　彩色多普勒超声检查（TCD）可发现颈动脉及颈内动脉的狭窄，动脉粥样硬化斑或血栓形成。虽然 SPECT 能早期显示脑梗死的部位、程度和局部脑血流改变，PET 能显示脑梗死灶的局部脑血流、氧代谢及葡萄糖代谢，并监测缺血半暗带及对远隔部位代谢的影响，但由于费用昂贵，难以在脑梗死诊断中广泛应用。

【诊断与鉴别诊断】

1. 诊断要点

（1）起病较急，多于安静状态下发病。

（2）多见于有动脉硬化、高血压病、糖尿病及心脏病病史的中老年人。

（3）一般无头痛、呕吐、昏迷等全脑症状。

（4）有颈内动脉系统和/或椎－基底动脉系统体征和症状，这些症状与体征可在发病后数小时至几天内逐渐加重。

（5）头颅 CT、MRI 发现梗死灶，或排除脑出血、瘤卒中和炎症性疾病等。

2. 鉴别诊断

（1）脑出血　临床上脑梗死主要应与脑出血进行鉴别。比较而言，脑出血起病更急，常有头痛、呕吐、打哈欠等颅内压增高症及不同程度的意识障碍，血压增高明显，典型者不难鉴别。但大面积梗死与脑出血、轻型脑出血与一般脑梗死临床症状相似，鉴别困难，往往需要做 CT 等检查才能鉴别。

（2）脑栓塞　起病急骤，一般临床症状常较重，常有心脏病史，特别是有心房纤颤、感染性心内膜炎、心肌梗死或其他易产生栓子的疾病时应考虑脑栓塞。

【治疗】

1. 治疗思路　脑血栓形成具有起病急、病变进展快、神经病损不可逆的特点，急性期及早实施正确的治疗方案，可显著提高临床疗效。目前多采用中西医结合综合治疗，具体的治疗原则应考虑以下几点：

（1）超早期治疗，尽早发现，及时就诊，迅速处理，力争超早期溶栓治疗。

（2）基于脑梗死后的缺血瀑布及再灌注损伤的病理改变进行综合脑保护。

（3）采取个体化的综合治疗方案，即要考虑个体因素。中医的辨证论治在体现个体化治疗方面显示了一定优势，故应采用中西医结合药物治疗与其他疗法并举的多元化治疗措施。有条件者可组建由多学科医师参与的脑卒中病房，将急救、治疗和康复结合为一体，使个体治疗更具特点。

（4）整体化观念，治疗脑血栓形成要考虑脑与心脏及其他器官功能的相互影响，如脑心综合征、多脏器衰竭等，重症病例要积极防治并发症，采取对症支持疗法。

（5）对卒中的危险因素及时给予预防性干预措施。最终达到挽救生命、降低病残率及预防复发的目的。

（6）后遗症期治疗，中医药综合治疗方法如针刺、按摩等康复方法显示了很好优势，有助于神经功能恢复。

2. 西医治疗

（1）一般治疗　包括维持生命功能、处理并发症等基础治疗。

1）卧床休息，监测生命体征，尤其是血压变化，加强皮肤、口腔、呼吸道及排便的护理，起病 24～48 小时仍不能进食者，应予鼻饲饮食。

2）维持呼吸道通畅及控制感染：有意识障碍或呼吸道感染者，应保持呼吸道通畅，吸氧，必要时可行气管切开，人工辅助呼吸；并给予适当的抗生素防治肺炎、尿路感染和褥疮；对卧床病人可给予低分子肝素 4000IU，每日 1～2 次，皮下注射，预防肺栓塞和深静脉血栓形成；控制抽搐发作，及时处理病人的抑郁或焦虑障碍。

3）进行心电监护（＞3 天）以预防致死性心律失常和猝死；发病后 24～48 小时血压高于 200/120mmHg 者宜给予降压药治疗，如卡托普利等；血糖水平宜控制在 6～9mmol/L，过高或过低均会加重缺血性脑损伤，如超过 10mmol/L 宜给予胰岛素治疗；注意维持水电解质的平衡。

4）脑水肿高峰期为发病后 2～5 天，可根据临床表现或颅内压监测，给予 20% 甘露醇 250ml，6～8 小时 1 次，静脉滴注；亦可用速尿 40mg 或 10% 白蛋白 50ml，静脉注射。

（2）超早期溶栓治疗　目的是溶解血栓，迅速恢复梗死区血液灌注，减轻神经元损伤。溶栓应在起病 6 小时内的治疗时间窗内进行才有可能挽救缺血半暗带。

1）临床常用的溶栓药物：尿激酶（UK）、链激酶（SK）、重组的组织型纤溶酶原激活剂（rt‑PA）。

尿激酶：在我国应用最多，常用量 25 万～100 万 U，加入 5% 葡萄糖或 0.9% 生理盐水中静脉滴注，30 分钟～2 小时滴完，剂量应根据病人的具体情况来确定；也可采用 DSA 监视下超选择性介入动脉溶栓。

rt‑PA 是选择性纤维蛋白溶解剂，与血栓中纤维蛋白形成复合体后增强了与纤溶酶原的亲和力，使纤溶作用局限于血栓形成的部位；每次用量为 0.9mg/kg，总量 <90mg；有较高的安全性和有效性，宜在发病后 3 小时内进行。

2）适应证：尚无统一标准，以下可供参考：①年龄 <75 岁；②无意识障碍，但椎‑基底动脉系统血栓形成因预后极差，故即使昏迷较深也可考虑；③发病在 6 小时内，进展性卒中可延长至 12 小时；④治疗前收缩压 <200mmHg 或舒张压 <120mmHg；⑤CT 排除颅内出血，且本次病损的低密度梗死灶尚未出现，证明确为超早期；⑥排除 TIA（其症状和体征绝大多数持续不足 1 小时）；⑦无出血性疾病及出血体质；⑧患者或家属同意。

3）并发症：①脑梗死病灶继发出血：UK 有诱发出血的潜在危险，用药后应监测凝血时间及凝血酶原时间；②致命的再灌注损伤及脑组织水肿也是溶栓治疗的潜在危险；③再闭塞：再闭塞率可达 10%～20%，机制不清。

（3）抗凝治疗　目的在于防止血栓扩展和新血栓形成。常用药物有：①肝素 100mg，溶于 5% 葡萄糖溶液或生理盐水 500ml，静脉滴注，每分钟 20 滴，8～12 小时 1 次，共 3 天；以后口服抵克力得每日 250mg，维持疗效；②低分子肝素 4000IU，脐周或臂深部皮下注射，每日 1 次，不影响凝血机制，较安全，可用于进展性卒中的头 1～2 天，溶栓治疗后短期应用防止再闭塞。抗凝治疗即被动地使机体增加肝素或类肝素含量，以阻止凝血和血栓形成，理论上讲是十分必要的，但由于个体对抗凝药物的敏感性、耐受性差异较大，因此治疗剂量宜个体化，治疗期间应监测凝血时间和凝血酶原时间。备有维生素 K、硫酸鱼精蛋白等拮抗剂，以便处理可能的出血并发症。抗凝治疗应以脑出血、活动性内脏出血以及亚急性心内膜炎为绝对禁忌证，舒张压大于 100mmHg（13.3Kpa）的高血压患者应慎用。

（4）脑保护治疗　是在缺血瀑布启动前超早期针对自由基损伤、细胞内钙离子超载、兴奋性氨基酸毒性作用、代谢性细胞酸中毒、白细胞因子作用和磷脂代谢障碍等进行联合治疗。包括采用钙离子通道阻滞剂、镁离子、抗兴奋性氨基酸递质、自由基清除剂（过氧化物歧化酶、维生素 E 和 C、甘露醇、激素如 21-氨基类固醇、巴比妥盐类、谷胱甘肽等）、酶的抑制剂、抑制内源性毒性产物（金钠多、可拉瑞啶）、神经营养因子、神经节苷脂、腺苷与纳络酮和亚低温治疗等。

（5）降纤治疗　通过降解血中纤维蛋白原，增强纤溶系统活性，抑制血栓形成。可供选择的药物有降纤酶、巴曲酶、安克洛酶和蚓激酶等；发病后 3 小时内给予安克洛酶可改善病人预后。

（6）抗血小板聚集治疗　发病后 48 小时内对无选择的急性脑梗死病人给予阿司匹林每日 100～300mg，可降低死亡率和复发率，但在进行溶栓及抗凝治疗时不要同时应用，以免增加出血的风险。

（7）其他　脑梗死急性期缺血区血管呈麻痹状态及过度灌流，血管扩张剂可导致脑内盗血及加重脑水肿，宜慎用或不用。选择适当的神经细胞营养剂。最新的临床及实验研究证明，脑卒中急性期不宜使用影响能量代谢的药物，这类药物可使本已缺血缺氧的脑细胞耗氧增加，加重脑缺氧及脑水肿，应在脑卒中亚急性期（病后 2～4 周）使用。

（8）手术治疗和介入治疗　如颈动脉内膜切除术、颅内外动脉吻合术、开颅减压术、脑室引流术等对急性脑梗死病人有一定疗效（大面积脑梗死和小脑梗死而有脑疝征象者，宜行开颅减压治疗）。另近年国内开展的颅内外血管经皮腔内血管成形术及血管内支架置入等介入治疗，尚处研究阶段。

（9）高压氧治疗　可增加脑组织供氧；清除自由基水平，提高脑组织氧张力，并具有抗脑水肿、提高红细胞变形能力、控制血小板聚集率、降低血黏度和减弱脑血栓形成等作用。

（10）康复治疗　其原则是在一般和特殊疗法的基础上，对病人进行体能和技能训练，以降低致残率，增进神经功能恢复，提高生活质量，在病人生命体征平稳后即尽早进行。

（11）预防性治疗　对已确定的脑卒中危险因素应尽早给予干预治疗。抗血小板聚集剂阿司匹林、噻氯匹定用于防治脑血管病已受到全球普遍关注，并在临床广泛应用，有肯定的预防作用。国内临床试验证实，阿司匹林的适宜剂量为每日 50～100mg，噻氯匹定为每日 250mg。要注意适应证的选择，不能长期不间断地用药，有胃病及出血倾向者慎用。

3. 中医辨证论治

（1）肝阳暴亢，风火上扰证

证候：平素头晕头痛，耳鸣目眩，突然发生口眼歪斜，舌强语謇，或手足重滞，甚则半身不遂，或伴麻木等症；舌质红，苔黄，脉弦。

治法：平肝潜阳，活血通络。

代表方剂：天麻钩藤饮加减。

常用药物：天麻　钩藤　生石决明　川牛膝　桑寄生　杜仲　山栀　黄芩　益母草　朱茯神　夜交藤　羚羊角　夏枯草　郁金

（2）风痰瘀血，痹阻脉络证

证候：肌肤不仁，手足麻木，突然口眼歪斜，语言不利，口角流涎，舌强语謇，甚则半身不遂，或兼见手足拘挛，关节酸痛，恶寒发热；舌苔薄白，脉浮数。

治法：祛风化痰通络。

代表方剂：真方白丸子加减。

常用药物：半夏　白附子　天南星　天麻　川乌　全蝎　木香　枳壳　石菖蒲　远志　丹参　赤芍　桃仁　红花　地龙

（3）痰热腑实，风痰上扰证

证候：半身不遂，舌强语謇或不语，口眼歪斜，偏身麻木，口黏痰多，腹胀便秘，头晕目眩；舌红，苔黄腻或黄厚燥，脉弦滑。

治法：通腑泄热，化痰理气。

代表方剂：星蒌承气汤加减。

常用药物：胆南星　全瓜蒌　生大黄　芒硝　黄芩　山栀　生地　麦冬　郁金　石菖蒲

（4）气虚血瘀证

证候：肢体不遂，软弱无力，形体肥胖，气短声低，面色萎黄；舌质淡暗或有瘀斑，苔薄，脉细弱或沉弱。

治法：益气养血，化瘀通络。

代表方剂：补阳还五汤加减。

常用药物：当归尾　川芎　黄芪　桃仁　地龙　赤芍　红花　牛膝　川断　桑寄生　杜仲　桂枝　枸杞　首乌藤

（5）阴虚风动证

证候：突然发生口眼歪斜，舌强语謇，半身不遂；平素头晕头痛，耳鸣目眩，膝酸腿软；舌红，苔黄，脉弦细而数或弦滑。

治法：滋阴潜阳，镇肝息风。

代表方剂：镇肝息风汤加减。

常用药物：怀牛膝　生赭石　生龙骨　生牡蛎　生龟板　生杭芍　玄参　天门冬　川楝子　生麦芽　茵陈　珍珠母　夏枯草

（6）脉络空虚，风邪入中证

证候：手足麻木，肌肤不仁或突然口眼歪斜，语言不利，口角流涎，甚则半身不遂；或兼见恶寒发热，肌体拘急，关节酸痛；舌苔薄白，脉浮弦或弦细。

治法：祛风通络，养血和营。

代表方剂：大秦艽汤加减。

常用药物：秦艽　甘草　川芎　当归　白芍　细辛　羌活　防风　黄芩　石膏　白芷　白术　生地　白茯苓　独活　红花

（7）痰热内闭清窍证

证候：突然昏仆，口噤目张，气粗息高，或两手握固，或躁扰不宁，口眼歪斜，半身不遂，昏不知人，颜面潮红，大便干结；舌红，苔黄腻，脉弦滑数。

治法：清热化痰，醒神开窍。

代表方剂：首先灌服（或鼻饲）至宝丹或安宫牛黄丸以辛凉开窍，继以羚羊角汤加减。

常用药物：羚羊角　龟板　生地　丹皮　白芍　柴胡　薄荷　蝉衣　菊花　夏枯草　生石决明　大枣

（8）痰湿壅闭心神证

证候：突然昏仆，不省人事，牙关紧闭，口噤不开，痰涎壅盛，静而不烦，四肢欠温；舌淡，苔白滑而腻，脉沉。

治法：辛温开窍，豁痰熄风。

代表方剂：急用苏合香丸灌服，继用涤痰汤加减。

常用药物：制半夏　制南星　陈皮　枳实　茯苓　人参　石菖蒲　竹茹　甘草　生姜　蛇胆　皂角　天麻　钩藤　僵蚕

（9）元气败脱，心神涣散证

证候：突然昏仆，不省人事，目合口开，鼻鼾息微，手撒肢冷，汗多不止，二便自遗，肢体软瘫；舌痿，脉微欲绝。

治法：益气回阳，救阴固脱。

代表方剂：大剂参附汤合生脉散加减。

常用药物：人参　附子　麦冬　五味子　黄芪　龙骨　牡蛎　山萸肉　生姜　大枣

【预防与调护】

首先是对脑梗死的危险因素积极防治，对已有的动脉硬化、高脂血症、高血压、糖尿病等疾病规范诊治，已有动脉硬化者防止血压急骤降低，对短暂性脑缺血发作者应积极治疗从而减少脑梗死的发生及复发。

对于已中风的患者应给予清淡易消化饮食，保持大便通畅，同时加强心理护理，使病人保持心情愉快，情绪稳定，忌烟戒酒。

二、脑栓塞

【西医病因病理】

1. 病因及发病机制　脑栓塞依据栓子的来源分为三类。

（1）心源性　最常见，占脑栓塞的 60% ~75%。脑栓塞通常是心脏病的重要表现之一，最多见的直接原因是慢性心房纤颤；在青年人中，风湿性心脏病仍是并发脑栓塞的重要原因；感染性心内膜炎时瓣膜上的炎性赘生物脱落，心肌梗死或心肌病的附壁血栓、二尖瓣脱垂、心脏黏液瘤和心脏外科手术的并发症等亦常引起。先天性心脏病房室间隔缺损者，来自静脉系统的栓子亦可引起反常栓塞。

（2）非心源性　主动脉弓及其发出的大血管的动脉粥样硬化斑块和附着物脱落，引起的血栓栓塞现象也是引起短暂性脑缺血发作和脑梗死的较常见的原因。其他较少见的还可有：肺静脉血栓或血凝块、肺部感染、败血症可引起脑栓塞，长骨骨折或手术时脂肪栓和气栓，血管内诊断治疗时的血凝块或血栓脱落，癌性栓子，寄生虫虫卵栓子，异物栓子，肾病综合征高凝状态亦可发生脑栓塞。

（3）来源不明　约30%脑栓塞不能确定原因。

成人脑血流量约占心输出量的20%，脑栓塞发病率可占全身动脉栓塞的50%。推测来自心脏的第一个栓子几乎90%停驻在脑部，故脑栓塞常是全身动脉栓塞性疾病的最初表现，只要栓子的来源不消除，脑栓塞就可能反复发生，约2/3脑栓塞的复发是发生在首次脑栓塞后的1年之内。

2. 病理　脑栓塞的病理改变与脑血栓形成基本相同。栓塞性脑梗死也可有缺血性和出血性，且脑栓塞的出血性梗死较脑血栓形成更常见，其发生率约为30%～50%。如发生大面积脑梗死则易合并出血，这是由于动脉被栓塞后，闭塞远端的血管因缺血而麻痹扩张，阻力下降，使栓子推向远端，或栓子破碎前崩解向远端前移，原被栓塞部的血管壁已发生缺血坏死，血流恢复后可在血压的作用下发生出血。此种出血多为点状、片状渗血，血肿型少见。若大面积脑梗死区发生急性坏死，常出现不同范围及程度的脑水肿，严重时可导致脑疝形成。

【临床表现】

取决于栓子的性质和数量、栓塞的部位、侧支循环的状况、栓子的变化过程、心脏功能与其他并发症等因素。

1. 任何年龄均可发病，但以青壮年多见。多在活动中突然发病，常无前驱表现，症状多在数秒至数分钟内发展到高峰，是发病最急的脑卒中，且多表现为完全性卒中。个别病例因栓塞部位继发血栓向近端延伸、栓塞反复发生或继发出血，于发病后数天内呈进行性加重，或阶梯式加重。也可于安静时发病，约1/3发生于睡眠中。

2. 50%～60%患者起病时有轻度意识障碍，但持续时间短，颈内动脉或大脑中动脉主干的大面积脑栓塞可发生严重脑水肿、颅内压增高、昏迷及抽搐发作；椎－基底动脉系统栓塞也可迅速发生昏迷。

3. 局限性神经缺失症状与栓塞动脉供血区的功能相对应。约4/5脑栓塞累及大脑中动脉主干及其分支，出现失语、偏瘫、单瘫、偏身感觉障碍和局限性癫痫发作等，偏瘫多以面部和上肢为重，下肢较轻；约1/5发生在椎－基底动脉系统，表现为眩晕、复视、共济失调、交叉瘫、四肢瘫、发音及吞咽困难等；较大栓子偶可栓塞在基底动脉主干，造成突然昏迷、四肢瘫或基底动脉尖综合征。

4. 大多数病人有栓子来源的原发疾病，如风湿性心脏病、冠心病和严重心律失常、心内膜炎等；部分病例有心脏手术史、长骨骨折、血管内治疗史等；部分病例有脑外多处栓塞证据，如皮肤、球结膜、肺、肾、脾、肠系膜等栓塞和相应的临床症状和体征。

【实验室及其他检查】

1. 头颅 CT 及 MRI　可显示梗死灶呈多发，见于两侧，或病灶大，并以皮质为底的楔形，绝大多数位于大脑中动脉支配区，且同一大脑中动脉支配区常见多个、同一时期梗死灶，可有缺血性梗死和出血性梗死的改变，出现出血性梗死更支持脑栓塞的诊断。一般于24～28小时后可见低密度梗死区，多数患者继发出血性梗死而临床症状并无明显加重，故应定期复查头颅 CT，特别是发病2～3天时。MRI 可发现颈动脉及主动脉狭窄程度，显示栓塞血管的部位。

2. 脑脊液压力　正常。大面积栓塞性脑梗死可增高；出血性梗死者脑脊液可呈血性或镜下可见红细胞；亚急性细菌性心内膜炎等感染性脑栓塞脑脊液白细胞增高，一般可达 $200 \times 10^6/L$，早期以中性粒细胞为主，晚期淋巴细胞为主；脂肪栓塞者脑脊液可见脂肪球。

3. 其他检查　由于脑栓塞作为心肌梗死的第一个症状者并不少见，且约 20% 心肌梗死为无症状性，故心电图检查应作为常规，可发现心肌梗死、风心病、心律失常、冠状动脉供血不足和心肌炎的证据。超声心动图检查可证实心源性栓子的存在。颈动脉超声检查可评价颈动脉管腔狭窄、血流及颈动脉斑块，对颈动脉源性脑栓塞有提示意义。血管造影时能见到栓塞性动脉闭塞有自发性消失趋势。

【诊断与鉴别诊断】

1. 诊断

（1）无前驱症状，突然发病，病情进展迅速且多在几分钟内达高峰。

（2）局灶性脑缺血症状明显，伴有周围皮肤、黏膜或（和）内脏和肢体栓塞症状。

（3）明显的原发疾病和栓子来源。

（4）脑 CT 和 MRI 能明确脑栓塞的部位、范围、数目及性质（出血性与缺血性）。

2. 鉴别诊断　病情发展稍慢时，需与脑血栓形成鉴别。脑脊液含血时应与脑出血鉴别。昏迷者需排除可引起昏迷的其他全身性或颅内疾病。局限性抽搐亦需与其他原因所致的症状性癫痫鉴别。

【治疗】

1. 治疗思路　脑栓塞是各种栓子导致的脑梗死，其治疗在类同于脑血栓形成脑部病变的治疗的同时，尚要积极处理不同性质的栓子及造成栓子的原发病，达到减轻梗死造成的脑损伤、防止再栓塞、控制原发病的目的。中医强调辨证论治，若病变以脑部病变为主，则多按脑血栓形成治疗；若原发病症状突出则以辨治原发病为主，如心悸严重而偏瘫较轻，则以治疗心悸为主。

2. 西医治疗

（1）大面积脑栓塞，以及小脑梗死可发生严重的脑水肿，或继发脑疝，应积极进行脱水、降颅压治疗，若颅内高压难以控制，或有脑疝形成需进行大颅瓣切除减压。

（2）大脑中动脉主干被栓塞者，若在发病的 3~6 小时时间窗内，可争取溶栓治疗，也可立即施行栓子摘除术。气栓的处理应采取头低位、左侧卧位。如系减压病应立即行高压氧治疗，可使气栓减少，脑含氧量增加，气栓常引起癫痫发作，应严密观察，及时进行抗癫痫治疗。脂肪栓的处理可用扩容剂、血管扩张剂、5% 碳酸氢钠注射液 250ml 静脉滴注，每日 2 次。感染性栓塞需选用有效足量的抗生素抗感染治疗。

（3）防止栓塞复发，房颤病人可采用抗心律失常药物或电复律，如果复律失败，应采取预防性抗凝治疗。抗凝疗法目的是预防形成新的血栓再栓塞，或防止栓塞的部位继发性血栓扩散，促使血栓溶解。可选用华法林或抗血小板聚集药物阿司匹林、力抗栓等。由于个体对抗凝药物敏感性和耐受性有很大差异，治疗中要定期监测凝血功能，并随时调整剂量，注意并发颅内或身体其他部位的出血。在严格掌握适应证并进行严格监测的条件下，适宜的抗凝治疗能显著改善脑栓塞患者的长期预后。

（4）部分心源性脑栓塞患者发病后 2~3 小时内，用较强的血管扩张剂如罂粟碱静滴或吸入亚硝酸异戊酯，可收到意想不到的满意疗效；亦有用烟胺羟丙茶碱（脉栓通、烟酸占替诺）治疗发病 1 周内的轻、中度脑梗死病例收到较满意疗效者。

3. 中医辨证论治 参阅本节"脑血栓形成"。

【预防】

主要是预防各种原发病的发生。如已发生原发病，应尽早积极治疗，以杜绝栓子的产生。

三、腔隙性梗死

【西医病因病理】

1. 病因及发病机制 该病的病因及发病机制尚无定论，常见有：

（1）高血压导致小动脉及微小动脉壁的脂质透明变性 引起管腔闭塞而产生腔隙性病变，尤其舒张压增高是多发性腔隙性梗死的主要易患因素；但也有资料认为，单一病灶的腔隙性病变与高血压无显著相关性。

（2）动脉粥样硬化 动脉粥样硬化使小动脉管腔狭窄，血栓形成或栓子脱落后阻塞了深穿支动脉的起始部，引起其供血区的梗死，尤其是颈动脉系统颈外段、大脑中动脉及基底动脉的粥样硬化。

（3）血流动力学异常与血液成分异常 如各种原因使血压突然下降或血液黏稠度增高，均可使已严重狭窄的动脉远端血流明显减少而发病。

（4）各种类型小栓子随血流直接阻塞小动脉 可发生缺血改变，这些小栓子的可能来源有红细胞、纤维蛋白、胆固醇、空气、心脏病及霉菌性动脉瘤等。

目前，持续性高血压、微动脉粥样硬化和糖尿病微小动脉病变已成公认病因。

2. 病理 腔隙性梗死灶呈不规则的圆形、卵圆形、狭长形，直径多为 $3 \sim 4mm$，小者可为 $0.2mm$，大者可达 $15 \sim 20mm$。病变血管多为直径 $100 \sim 200 \mu m$ 的深穿支，多见于豆纹动脉、丘脑深穿动脉及基底动脉的旁中线支分布区。病灶主要分布于基底节区、放射冠、丘脑和脑干，大脑、小脑皮质及胼胝体亦偶可见到，尤以基底节区发病率最高。大体标本可见腔隙为含液体的腔洞样小软化灶，内有纤细的结缔组织小梁，并见吞噬细胞；也可见微血管瘤，脑、基底节萎缩，胼胝体变薄等。病变血管可见透明变性玻璃样脂肪变、玻璃样小动脉坏死、血管壁坏死和小动脉硬化等。

【临床表现】

1. 本病多发生于 $40 \sim 60$ 岁及以上的中老年人，男性多于女性，常有多年高血压史。

2. 起病常较突然，多为急性发病，部分为渐进性或亚急性起病；20% 以下表现为 TIA 样起病。多数学者认为，TIA 持续时间超过数小时以上应考虑为本病；多在白天活动中发病。发病时多有血压升高。

3. 临床表现多样，其特点是症状较轻、体征单一，多可完全恢复，预后较好，但可反复发作，无头痛、颅内压增高和意识障碍等全脑症状。各例的临床表现主要取决于腔隙的独特位置，由此可归纳为 21 种临床综合征，临床较为典型的有如下 6 种腔隙综合征：

（1）纯运动性轻偏瘫（PMH） 是临床中最典型、最常见的腔隙综合征，约占 60%。出现一侧面部和上下肢无力，无感觉障碍、视野缺损及皮层功能缺失如失语；脑干病变的 PMH 无眩晕、耳鸣、眼震、复视及小脑性共济失调。多在 2 周内开始恢复。病灶位于内囊后肢、脑桥基底或大脑脚。

PMH 有 7 种少见的变异型：①合并运动性失语：如不经 CT 证实，临床易误诊为动脉粥样硬化性脑梗死；②无面瘫的 PMH：病初可有轻度眩晕、舌麻、舌肌无力等指示定位；③合并水平凝视麻痹；④合并动眼神经交叉瘫（Weber 综合征）；⑤合并展神经交叉瘫；⑥伴有急性发作的精神错乱，注意力、记忆力障碍；⑦闭锁综合征：四肢瘫、不能讲话，貌似昏迷，可借眼球垂直运动示意。

（2）纯感觉性卒中（PSS） 较常见。出现对侧偏身或局部感觉障碍，如麻木、烧灼或沉重感、刺痛、僵硬感等；多为主观感觉体验，很少有感觉缺失体征，但亦有感觉缺失者。可分为 TIA 型、持续感觉障碍型、TIA 后转为持续型。病灶位于丘脑腹后核、内囊后肢等。通常为大脑后动脉的丘脑穿通支闭塞所致；感觉障碍严格沿人体中轴分隔，是丘脑性感觉障碍的特点。感觉异常仅位于面口部和手部者称口手综合征。

（3）共济失调性轻偏瘫（AH） 病变对侧 PMH 伴小脑型共济失调，下肢重，足、踝尤为明显，上肢轻，面部最轻；指鼻试验、跟膝胫试验、轮替动作、Romberg 征均为阳性。幕上病变引起者有肢体麻痛；幕下病变引起者有眼球震颤、构音障碍等症。病变可位于 4 个部位：放射冠和半卵圆中心（影响皮质脑桥束和部分锥体束）、内囊后肢及偏上处（颞、枕桥束及锥体束受累）、丘脑伴内囊后肢轻度受损、脑桥基底部上 1/3 与下 2/3 交界处。

（4）构音障碍－手笨拙综合征（DCHS） 起病突然，发病后症状即达高峰，有严重构音障碍、吞咽困难，病变对侧中枢性面舌瘫，同侧手轻度无力及精细动作笨拙，指鼻试验不准，轻度平衡障碍，但无感觉障碍。病变在脑桥基底部上 1/3 与下 2/3 交界处，为基底动脉旁中线支闭塞；亦可见于内囊最上部的膝部病变，可视为 AH 的变异型。

（5）感觉运动性卒中（SMS） 以偏身感觉障碍起病，再出现轻偏瘫，可为 PSS 合并 PMH。病灶在丘脑腹后核及邻近的内囊后肢（丘脑内囊综合征），是丘脑膝状体动脉分支或脉络膜后动脉丘脑支闭塞。

（6）腔隙状态 多发性腔隙累及双侧锥体束，出现严重精神障碍、痴呆、假性球麻痹、双侧锥体束征、类帕金森综合征和尿便失禁等；但并非所有的多发性腔隙性梗死都是腔隙状态。

【实验室及其他检查】

1. 颅脑 CT 可见深穿支供血区单个或多个直径 2～15mm 病灶，呈圆形、卵圆形、长方形或楔形腔隙性阴影，边界清晰，无占位效应，增强时可见轻度斑片状强化；以基底节、皮质下白质和内囊多见，其次为丘脑及脑干，阳性率为 60%～96%；CT 对腔隙性梗死的发现率与病灶的部位、大小及检查的时间有关。CT 可发现直径 2mm 以上、体积 0.1ml 以上的腔隙病灶，但由于伪影的干扰使脑干的腔隙病灶不易检出。CT 检查最好在发病 7 天内进行，以除外小量出血。腔隙性梗死发病 10 天内的检出率通常为 79%，1 月内 92%，7 月内 69%。

2. MRI 显示腔隙病灶呈 T_1 等信号或低信号、T_2 高信号，T_2 加权像阳性率几乎可达 100%，与 CT 相比，可清晰显示脑干病灶；对病灶进行准确定位，并能区分陈旧性腔隙系由于腔隙性梗死或颅内小出血所致，是最有效的检查手段。

3. 其他 脑电图、脑脊液及脑血管造影无肯定的阳性发现。PET 和 SPECT 通常在早期即可发现脑组织缺血变化。颈动脉 Doppler 可发现颈动脉粥样硬化斑块。

【诊断与鉴别诊断】

1. 诊断 目前国内外尚无统一的诊断标准，以下标准可资参考：①中年以后发病，有长期高血压病史；②临床表现符合腔隙综合征之一；③CT 或 MRI 影像学检查可证实存在与神经功能缺失一致的病灶；④EEG、腰椎穿刺或 DSA 等均无肯定的阳性发现；⑤预后良好，多数患者可在短期内恢复。

2. 鉴别诊断　腔隙综合征的病因除梗死之外，还包括小量脑出血、感染、囊虫病、Moyamoya 病、脑脓肿、颅外段颈动脉闭塞、脑桥出血、脱髓鞘病和转移瘤等，故在临床诊断中应注鉴别非梗死性腔隙病变。

【治疗】

目前尚无有效的治疗方法。由于腔隙性梗死大都发生在终末支阻塞，没有侧支循环，故治疗主要是预防疾病的复发，必要时可针对病因及症状作相应处理，急性期应避免溶栓、过度脱水、降血压过猛等不适当治疗，恢复期后要控制好血压，防止复发。中药尤其是活血化瘀类中药，因其作用综合而和缓，对神经功能康复颇有益处，可参考脑血栓形成进行辨治。

1. 有效控制高血压病及各种类型脑动脉硬化是预防本病的关键。腔隙性梗死急性期将血压逐渐降至接近病人年龄的正常水平，不宜使血压大幅度下降，否则会加重病情。

2. 应用阿司匹林、噻氯匹定等，抑制血小板聚集，利于预防血栓形成，减少复发。

3. 急性期可适当应用扩血管药物，如脉栓通等增加脑组织的血液供应，促进神经功能恢复。

4. 尼莫地平、氟桂利嗪等钙离子拮抗剂可减轻血管痉挛，改善脑血液循环，降低腔隙性梗死复发率。

5. 控制其他可干预危险因素如吸烟、糖尿病、高脂血症等。

6. 慎用抗凝剂以免发生脑出血。

第三十三节　脑出血

本病与中医学的"中风病"相类似，归属于"仆击"、"偏枯"、"薄厥"、"大厥"、"风痱"、"类中"等范畴。

【西医病因病理】

1. 病因　超过半数的脑出血是因高血压所致，高血压合并小动脉硬化，是脑出血最常见病因。

2. 病理　脑出血 80% 位于大脑半球，主要发生在基底节区（大脑中动脉的深穿支 - 豆纹动脉破裂），其次是脑叶的白质、脑桥及小脑。

【中医病因病机】

1. 正气不足，脉络空虚　气虚腠理不密，卫外不固，风邪乘虚入中经络，气血痹阻，肌肤筋脉失于濡养；或患者痰浊素盛，外风引动痰湿流窜经络而引起口眼㖞斜、半身不遂等症。

2. 烦劳过度，年老体衰　肾阴虚，肝失所养，肝阳日见亢盛。加以情志过极，或嗜酒劳累、气候影响等诱因作用下，致使阴亏于下，肝阳鸥张，阳化风动，气血上冲，心神昏冒，发为中风。

3. 五志过极，阳亢风动　暴怒伤肝，阳亢风动，引及心火，风火相煽，热壅风引，气血并走于上，心神昏冒而卒倒无知，发为本病。

4. 饮食不节，痰浊蒙窍　嗜酒肥甘，或中气虚弱，脾虚聚湿生痰或木火克土，内生痰浊，以致痰火蒙蔽清窍，突然昏仆，㖞僻不遂。

总之，出血中风的病因病机主要是人体正气不足，在某些外因的影响下，导致脏腑气血阴阳失调，肝肾阴虚，肝阳上亢，肝风内动，夹痰横窜经络，蒙蔽清窍，或瘀血阻滞脑脉所引起的一种极为严重的疾病。若遇本病重症，阴阳互不维系，致神明散乱，元气外脱则成危候。病位于脑，脏腑涉及心、肝、肾；病性本虚标实，上盛下虚。

【临床表现】

1. 基底节区（内囊区）出血　占全部脑出血的70%，其中壳核出血最为常见，约占全部的60%，丘脑出血占全部的10%。

（1）壳核出血　表现为突发病灶对侧偏瘫、偏身感觉障碍和同向偏盲，双眼球向病灶对侧同向凝视不能，主侧半球可有失语、失用。壳核出血系豆纹动脉尤其是其外侧支破裂引起，据血肿发展方向不同，将壳核出血分为壳核外侧型出血和壳核内侧型出血，后者症状典型且病情严重。

（2）丘脑出血　急性起病，95%在数小时内达高峰。突发对侧偏瘫、偏身感觉障碍和同向偏盲（表现为上视障碍，或凝视鼻尖），但其上下肢瘫痪为均等，深浅感觉障碍以深感觉障碍明显；意识障碍多见且较重，出血波及下丘脑或破入第三脑室可出现昏迷加深，瞳孔缩小，去皮质强直等；累及丘脑中间腹侧核可出现运动性震颤、帕金森综合征；累及优势侧丘脑可有丘脑性失语；可伴有情感改变（欣快、淡漠或无欲状），视听幻觉及定向、记忆障碍。

（3）尾状核头出血　较少见，与蛛网膜下腔出血相似，仅有脑膜刺激征而无明显瘫痪，可有对侧中枢性面舌瘫。

2. 脑叶出血　又称皮质下白质出血。临床表现以头痛、呕吐等颅内压增高症状及脑膜刺激征为主，也可出现各脑叶的局灶症，如单瘫、偏盲、失语等。抽搐较其他部位出血常见，昏迷较少见，部分病例缺乏脑叶的定位症状。脑叶出血多数预后良好，约10%死亡。脑叶出血常由脑动静脉畸形、Moyamoya病、血管淀粉样病变、肿瘤等所致。出血以顶叶最常见，其次为颞叶、枕叶、额叶，也可有多发脑叶出血。

3. 脑桥出血　约占脑出血的8%～10%。轻症或早期检查时可发现单侧脑桥损害的体征，如出血侧的面神经和展神经麻痹及对侧肢体弛缓性偏瘫（交叉性瘫痪），头和双眼凝视瘫痪侧，CT测量出血在5ml以下者，预后良好。重症脑桥出血多很快波及对侧，患者迅速出现昏迷、四肢瘫痪，大多呈弛缓性，少数呈去大脑强直，双侧病理征阳性，双侧瞳孔极度缩小呈针尖样，但对光反射存在；持续高热（体温39℃以上，四肢不热而躯干热，甚则肢端发凉，无汗），明显呼吸障碍，眼球浮动，呕吐咖啡样胃内容物等。病情迅速恶化，多数在24～48小时内死亡。

4. 小脑出血　约占脑出血的10%。好发于一侧半球齿状核部位。多数表现为突发眩晕，频繁呕吐，枕部头痛，一侧肢体共济失调而无明显瘫痪，可有眼球震颤，一侧周围性面瘫，但无肢体瘫痪为其常见的临床特点，少数呈急性进行性，类似小脑占位性病变。重症大量出血者呈迅速进行性颅内压增高，发病时或发病后12～24小时内出现昏迷及脑干受压症状，多在48小时内因急性枕骨大孔疝而死亡。

5. 脑室出血　分原发性与继发性。继发性系指脑实质出血破入脑室者，如壳核出血常侵入内囊和破入侧脑室，使血液充满脑室系统和蛛网膜下腔；丘脑出血常破入第三脑室或侧脑室，向外可损伤内囊；脑桥或小脑出血侧可直接破入到蛛网膜下腔或第四脑室。原发性者少见，约占脑出血的 3% ~ 5%，由脑室内脉络丛或室膜管下动脉破裂出血，血流直接流入脑室所致。小量出血表现为头痛、呕吐、脑膜刺激征，一般意识障碍；大量出血者表现为突然昏迷，出现脑膜刺激征、四肢弛缓性瘫痪，可见阵发性强直性痉挛或去大脑强直状态，自主神经功能紊乱较突出，面部充血多汗，预后极差。

【实验室及其他检查】

1. CT 检查 临床上头颅 CT 为脑出血疑诊病例的首选检查，因脑出血发病后立即出现高密度影，可与梗死鉴别。CT 可显示血肿的部位、大小，是否有占位效应，是否破入脑室、蛛网膜下腔，及梗阻性脑积水等。在病初 24 小时内出血灶呈高密度块状影，边界清楚；48 小时后在高密度出血灶周围可出现低密度水肿带，边界较模糊，但出血 1 ~ 2 周后，随着血肿液化、吸收，病灶区密度开始逐渐减低，最后可与周围脑实质密度相等或成为低密度改变。严重贫血患者出血灶可呈等或稍低密度改变。CT 检查对于脑出血的确诊和指导治疗均有肯定意义。

2. MRI 检查 急性期对幕上及小脑出血的价值不如 CT，但对脑干出血优于 CT，病程 4 ~ 5 周后 CT 不能辨认脑出血时，MRI 仍可明确分辨，故可区别陈旧性脑出血和脑梗死。MRA 较 CT 更易发现脑血管畸形、血管瘤及肿瘤等出血原因。

3. 数字减影脑血管造影（DSA） 脑血管造影只在考虑手术清除血肿或需排除其他疾病时方才进行。怀疑脑血管畸形、Moyamoya 病、血管炎等可行 DSA 检查，尤其是血压正常的年轻患者更应考虑行 DSA 检查以查明病因，预防复发。

4. 脑脊液检查 脑脊液压力一般均增高，多呈洗肉水样均匀血性。有明显颅内压增高者，腰穿因有诱发脑疝的危险，仅在不能进行头颅 CT 检查、且临床无明显颅内压增高表现时进行；怀疑小脑出血禁行腰穿。

5. 其他 还应行血、尿、便常规及肝功、肾功、血糖、心电图等检查。重症脑出血患者，急性期可出现一时性的周围白细胞增高，血糖和尿素氮增高，轻度蛋白尿和糖尿。心电图可发现异常，如 S - T 段改变、T 波改变、各种心律失常。凝血活酶时间和部分凝血活酶时间异常提示凝血功能障碍。

【诊断与鉴别诊断】

1. 诊断 典型者诊断不困难，有以下特点：

（1）50 岁以上，多有高血压病史，在体力活动或情绪激动时突然起病，发病迅速。

（2）早期有意识障碍及头痛、呕吐等颅内压增高症状，并有脑膜刺激征及偏瘫、失语等局灶症状。

（3）头颅 CT 示高密度阴影。

2. 鉴别诊断

（1）有明显意识障碍者，应与可引起昏迷的全身性疾病如肝性脑病、尿毒症、糖尿病昏迷、低血糖、药物中毒、一氧化碳中毒等相鉴别。此类疾病多无神经系统局灶定位体征，但有时全身性疾病与脑出血可同时存在。

（2）有神经系统局灶定位征者，应与其他颅内占位性病变、闭合性脑外伤特别是硬膜下血肿、脑膜炎、脑炎相鉴别。

（3）考虑为脑血管疾病后，应与脑梗死及蛛网膜下腔出血鉴别。单从临床表现分析，有时轻症脑出血与脑梗死的鉴别还是很困难的，此时可做 CT 检查以资诊断。

【治疗】

1. 治疗思路　脑出血的急性期以西医治疗为主，应采取积极合理的治疗，以挽救患者生命，降低神经功能残废程度和复发率。应用脱水药物控制脑水肿，降低颅内压，预防和治疗脑疝；应用降血压药物控制血压预防再出血；积极预防控制并发症是抢救病人的关键；符合手术适应证病人立即采取手术治疗。中药静脉注射剂，如醒脑静注射液、清开灵注射液等，有脱水、促醒和促进血肿吸收作用，已广泛应用于临床，在降低存活病人致残率和致残程度方面，显示了一定作用。恢复期中药和针灸、按摩、理疗、药物穴位注射等，有其独特确切的疗效，中西医结合治疗对脑出血病人的康复显示了一定的优越性。

2. 西医治疗　急性期的治疗原则是：保持安静，防止继续出血；积极抗脑水肿，降低颅压；调整血压，改善循环；加强护理，防治并发症。

（1）内科治疗

1）急性期：一般应在当地组织抢救，不宜长途运送或搬动，以免加重出血。应将头位抬高30°，注意保持呼吸道通畅，随时吸取口腔内分泌物或呕吐物；适当给氧，保持动脉血氧饱和度维持在90%以上。密切观察生命体征变化，观察神志、呼吸，直到病情稳定为止。有意识障碍及消化道出血者宜禁食24～48小时。尿潴留时应导尿。定时轻轻变换体位，防止褥疮。发病3日后，如神志不清，不能进食者，应鼻饲以保证营养，保持肢体功能位。于头部和颈部大血管处放置冰帽、冰袋或冰毯以降低脑部温度和新陈代谢，有利于减轻脑水肿和降低颅内压等。

2）水电解质平衡和营养：病后每日液入量可按尿量+500ml计算，如有高热、多汗、呕吐或腹泻者，可适当增加液入量。维持中心静脉压5～12mmHg或肺楔压在10～14mmHg水平。注意防止低钠血症，以免加重脑水肿。每日补钠50～70mmol/L，补钾40～50mmol/L，糖类13.5～18g。

3）控制脑水肿，降低颅内压：因脑出血后的第2天即开始出现脑水肿，3～5天明显，因此降低颅内压和控制脑水肿以防止脑疝形成是急性期处理的一个重要环节。应立即使用脱水剂，可快速静脉滴注20%甘露醇125～250ml，每6～8小时1次，疗程7～10天，用药20～30分钟后颅内压开始下降，可维持4～6小时；若有脑疝形成征象，可快速静脉推注。利尿剂：呋塞米常用，每次40mg，每日2～4次，静脉注射，常与甘露醇合用。亦可使用甘油、10%血清白蛋白、地塞米松等。

4）控制高血压：防止进一步出血的重要措施，但不宜将血压下降过低，应根据患者年龄、病前血压水平、病后血压情况及颅内压高低，确定最适当的血压水平。一般都主张维持在150～160/90～100mmHg为宜。收缩压超过200mmHg时，可适当给予降压药物，常用口服卡托普利、倍他乐克等，必要时可用利血平0.5～1mg，肌肉注射。急性期后颅内压增高不明显而血压持续升高者，应进行系统抗高血压治疗，把血压控制在较理想水平。急性期血压骤然下降提示病情危笃，应及时给予多巴胺、阿拉明等。

5）止血药和凝血药：对脑出血并无效果，但如合并消化道出血或有凝血障碍时，仍可使用。常用的有：6-氨基己酸（EACA），抗血纤溶芳酸（PAMBA）、凝血酶、仙鹤草素等。

6）并发症的防治

感染：发病早期病情较轻的患者如无感染证据，通常可不使用抗生素；合并意识障碍的老年患者易并发肺部感染，或因尿潴留或导尿等易合并尿路感染，可给予预防性抗生素治疗，可根据经验或痰培养、尿培养及药物敏感试验结果选用抗生素。

应激性溃疡：可致消化道出血。预防可用 H_2 受体阻滞剂或质子泵抑制剂，如甲氰咪呱每日 $0.2 \sim 0.4g$，静脉滴注；雷尼替丁 150mg 口服，每日 $1 \sim 2$ 次；洛赛克每日 $20 \sim 40mg$ 口服或静脉注射；并用氢氧化铝凝胶 $40 \sim 60ml$ 口服，每日 4 次；一旦出血应按上消化道出血的常规进行治疗，可应用止血药，如去甲肾上腺素 $4 \sim 8mg$ 加冷盐水 $80 \sim 100ml$ 口服，每日 $4 \sim 6$ 次；云南白药 0.5g 口服，每日 4 次；若内科保守治疗无效可在内镜直视下止血；应防止呕血时引起窒息，同时应补液或输血以维持血容量。

抗利尿激素分泌异常综合征：又称稀释性低钠血症，可发生于约 10% 脑出血病人，血钠降低，可加重脑水肿，应限制水摄入量在每日 $800 \sim 1000ml$，补钠每日 $9 \sim 12g$；低钠血症宜缓慢纠正，否则可导致脑桥中央髓鞘溶解症。

痫性发作：以全面性发作为主，频繁发作者可静脉缓慢推注安定 $10 \sim 20mg$，或苯妥英钠 $15 \sim 20mg/kg$ 控制发作，不需长期治疗。

中枢性高热：宜先行物理降温，效果不佳者可用多巴胺能受体激动剂如溴隐亭每日 3.75mg，逐渐加量至每日 $7.5 \sim 15.0mg$，分次服用；也可用硝苯呋海因 $0.8 \sim 2.5mg/kg$，肌肉或静脉给药，$6 \sim 12$ 小时 1 次，缓解后用每次 100mg，每日 2 次。

下肢深静脉血栓形成：表现为肢体进行性浮肿及发硬，勤翻身、被动活动或抬高瘫痪肢体可预防，一旦发生，应进行肢体静脉血流图检查，并给予普通肝素 100mg 静脉滴注，每日 1 次，或低分子肝素 4000U 皮下注射，每日 2 次。

（2）手术治疗　目的在于清除血肿，解除脑疝，挽救生命和争取神经功能的恢复。凡一般情况尚好，生命体征稳定，心肾功能无明显障碍，年龄不过大，且符合以下情况者，可做手术治疗：①昏迷不深，瞳孔等大，偏瘫，经内科治疗后病情进一步恶化，颅内压继续增高伴脑干受压的体征，如心率徐缓、血压升高、呼吸节律变慢，意识水平下降或出现出血侧瞳孔扩大者；②脑叶出血血肿超过 40ml，有中线移位或明显颅内压增高者；③小脑出血血肿超过 15ml 或直径超过 3cm，蚓部血肿 >6ml，有脑干或第四脑室受压，第三脑室及侧脑室扩大，或出血破入第四脑室者；④脑室出血致梗阻性脑积水，应尽早手术治疗（发病后 $6 \sim 24$ 小时内）。对已出现双侧瞳孔散大，去大脑强直或有明显生命体征改变者或脑桥出血者不宜手术。

恢复期的治疗与"脑血栓形成"相同，原则上应尽早实施恢复期治疗方案。

3. 中医辨证论治　参见"脑血栓形成"的中医治疗。

【预防与调护】

预防应从积极控制高血压入手。近年来各国对高血压的防治已取得明显效果，脑出血的发病率和死亡率均有下降。应建立合理的生活作息制度，劳逸结合，避免长期过度紧张，戒烟、减少饮酒，以及避免重体力劳动及激烈的情绪波动等。患病之后急性期应加强护理，减少并发症发生，恢复期加强康复训练，减少后遗症，保持开朗心情，树立康复信心。

第三十四节　癫痫

癫痫与中医学的"痫证"相类似，可归属于"癫痫"、"羊痫风"等范畴。

【西医病因病理】

1. 病因　癫痫的病因非常复杂，迄今尚未完全明白。

（1）遗传 家系调查结果显示，特发性癫痫近亲中患病率为 2% ~ 6%，明显高于一般人群的 0.5% ~ 1%。

（2）脑部疾病 包括：①颅内感染，如多种脑炎、脑膜炎、脑囊虫病、脑型钩端螺旋体病。②脑的发育畸形、脑积水与各种遗传性疾病伴随的脑发育障碍。③脑血管病，如颅内出血、脑血栓、脑栓塞等。④颅内肿瘤。⑤中毒性脑病。⑥脑外伤，包括产伤、挫伤、出血等。

2. 病理 任何正常人都可因电刺激或化学刺激（惊厥剂）而诱致癫痫发作。癫痫的主要特征性变化为脑内一个局限区域许多神经元猝然同步激活 50 ~ 100ms，而后抑制。

【中医病因病机】

中医认为痫证的发生多因先天因素，或惊恐劳伤过度，或患他病之后、头颅外伤等，使脏腑功能失调，风痰、瘀血蒙蔽清窍，扰乱神明所致。

【临床表现】

1. 部分性发作 为皮质某一区神经元激活起始的发作，临床症状决定于受涉皮质区。

（1）单纯部分性发作 痫性发作的起始症状常提示痫性灶在对侧脑部，发作时程较短，一般不超过 1 分钟，意识保持清醒，不失去对周围环境的知觉。可分为以下 4 种类型：部分性运动性发作、体觉性发作或特殊性感觉发作、自主神经发作、精神性发作。

（2）复杂部分性发作 以往称精神运动性发作或颞叶发作，以意识障碍与精神症状为突出表现。患者在发作时突然与外界失去接触，进行一些无意识的动作，称发作期自动症，如咂嘴、咀嚼、吞咽、舔舌、流涎、抚摸衣扣或身体某个部位，或机械地继续其发作前正在进行的活动，如行走、骑车或进餐等，有的突然外出、无理吵闹、唱歌、脱衣裸体、爬墙跳楼等。每次发作持续达数分钟或更长时间后，神志逐渐清醒。清醒后对发作经过无记忆。部分患者发作开始时可能先出现简单部分性发作的嗅幻觉或精神症状，使患者意识到自己又将发作。脑电图（EEG）示一侧或两侧颞区慢波，杂有棘波或尖波。

（3）单纯或复杂性发作继发为全面性强直-阵挛发作 部分性发作都可转为全身性发作，病人意识丧失，全身强直-阵挛，症状与原发性全身性发作相同。病人常有发作后记忆丧失而忘却先出现的部分性发作症状。若观察到发作时单侧肢体抽搐、双眼向一侧偏斜、失语或发作后的局灶体征（Todd 瘫痪）等，提示病人的发作为局限开始。

2. 全面性发作

（1）强直-阵挛发作 全面性强直-阵挛发作（GTCS）以往称大发作，为最常见的发作类型之一，以意识丧失和全身对称性抽搐为特征。①强直期：病人突然意识丧失，跌倒在地，全身肌肉强直性收缩；喉部痉挛，发出叫声；强直期约持续 10 ~ 20 秒后，在肢端出现细微的震颤。②阵挛期：震颤幅度增大并延及全身成为间歇性痉挛，即进入阵挛期；本期约持续 30 秒钟 ~ 1 分钟；最后 1 次强烈阵挛后，抽搐突然终止，所有肌肉松弛。在以上两期中，可见心率加快，血压增高，汗液、唾液和支气管分泌物增多，瞳孔散大、对光反射消失等自主神经征象；呼吸暂时中断，深、浅反射消失，病理反射征阳性。

（2）强直性发作 突然发生的肢体或躯干强直收缩，其后不出现阵挛期，时间较 GTCS 短。EEG 示低电位 10Hz 多棘波，振幅逐渐增高。

（3）肌阵挛发作 多为遗传性疾病，呈突然短暂的快速的某一肌肉或肌肉群收缩，表现为身体一部分或全身肌肉突然、短暂的单次或重复跳动。

（4）失神发作

1）典型失神发作：通常称小发作，见于 5～14 岁的儿童。表现为意识短暂丧失，失去对周围的知觉，但无惊厥，也不会跌倒。病人突然中止原来的活动或中断谈话，面色变白，双目凝视，手中所持物件可能失握跌落，有时眼睑、口角或上肢出现不易觉察的颤动，无先兆和局部症状；一般持续 3～15 秒，事后对发作全无记忆。发作终止立即清醒。发作 EEG 呈双侧对称 3 周/秒棘-慢波。

2）不典型失神发作：意识障碍发生及休止缓慢，但肌张力改变较明显；EEG 示较慢而不规则的棘-慢波或尖-慢波。

（5）无张力性发作　表现为部分或全身肌肉张力的突然丧失而跌倒地上，但不发生肌肉的强直性收缩，持续 1～3 秒钟，并很快恢复正常，可有短暂意识丧失。EEG 示多棘-慢波或低电位快活动。

3. 癫痫持续状态　或称癫痫状态，是指 1 次癫痫发作持续 30 分钟以上，或连续多次发作、发作期间意识或神经功能未恢复至正常水平，是神经科的常见急症之一。病人始终处于昏迷状态，随反复发作而间歇期越来越短，体温升高，昏迷加深。如不及时采取紧急措施终止发作，病人将因衰竭而死亡。突然停用抗癫痫药物和全身感染是引起持续状态的重要原因，继发性癫痫的持续状态较原发性者为多。

【实验室及其他检查】

1. 脑电图检查　脑电图上出现棘波、尖波、棘-慢复合波等痫性发作波形对癫痫的诊断具有重要参考价值。然而其更重要的意义是区分发作的类型：局限性发作为局限部位的痫性波形；GTCS 强直期呈低电压快活动，10Hz 以上，逐渐转为较慢、较高的尖波；阵挛期为与节律性肌收缩相应的爆发尖波和与停止肌收缩相应的慢波；失神发作可见各导程同步发生短暂 3Hz 的棘-慢波放电，背景电活动正常。由于病人做脑电图检查时一般已无发作，上述典型波形已不显示，仅部分呈现短促、零落的痫性电活动，此时可采用诱发方法，如过度换气、闪光刺激、剥脱睡眠、使用药物等，则痫性电活动发生率可提高 80% 左右。此外，24 小时动态脑电图连续描记能更进一步获得脑电图异常放电的资料。

2. 影像学检查　功能 MRI、磁共振波谱检查能较好地诊断癫痫。脑磁图利用超导量子干涉仪进行测定，能检查颅内三维的正常和病理的电流，且比 EEG 更敏感，可提供癫痫灶中电流的位置、深度和方向等精确的空间信息，且能分辨原发灶和继发灶。

3. 其他检查　SPECT、PFT 通过测定脑组织内放射性核素的聚集或摄取量来显示病灶，有较好的敏感性。

【诊断与鉴别诊断】

1. 诊断

（1）诊断方法

1）癫痫的临床诊断主要根据癫痫患者的发作病史，特别是可靠目击者所提供的详细的发作过程和表现，辅以脑电图痫性放电即可诊断。

2）脑电图是诊断癫痫最常用的一种辅助检查方法，40%～50% 癫痫病人在发作间歇期的首次 EEG 检查可见棘波、尖波或棘-慢、尖-慢波等痫性放电波形。癫痫发作患者出现局限性痫样放电提示局限性癫痫，普遍性痫样放电提示全身性癫痫。但是少数病人可多次检查 EEG 始终正常。

3）神经影像学检查可确定脑结构性异常或损害，脑磁图、SPECT、PET 等可帮助确定癫痫灶的定位。

（2）癫痫的分类　癫痫不是一个独立的疾病，而是一组疾病或综合征。引起癫痫的病因非常多，过去习惯按病因将癫痫分为原发性（特发性）和继发性（症状性）两大类。随着诊断技术的发展，发现越来越多原来诊断为原发性癫痫的患者脑内存在器质性病变，即原发性癫痫的比例将越来越少。原发性癫痫，多由遗传因素所致。继发性癫痫，病因比较复杂，主要由各种原因的脑损伤所致，遗传也可能起一定作用。1981 年国际抗癫痫联盟根据临床和脑电图特点制定了癫痫发作的分类：

1）部分发作

单纯性：无意识障碍，可分运动、感觉、自主神经和精神症状。

复杂性：有意识障碍。

继发泛化：有部分起始扩展为 GTCS。

2）全面性发作：双侧对称性发作，有意识障碍。

3）不能分类的癫痫发作。

2. 鉴别诊断

（1）晕厥　因全脑短暂缺血引起意识丧失和跌倒。起病和恢复都较缓慢，发病前常先有头晕、胸闷、心慌、黑蒙等症状。可有见血、直立、排尿、疼痛刺激等诱因。清醒后常有肢体发冷、乏力等，平卧后可逐渐恢复。偶尔也可伴有阵挛或短暂全身强直－阵挛性发作，多有明显诱因。

（2）偏头痛　可出现视觉异常的先兆表现或伴有运动、感觉功能的短暂缺失，易与局限性癫痫相混淆；偏头痛的先兆症状持续时间较长，头痛发作时常伴恶心呕吐，EEG 正常。

（3）假性癫痫发作　又称癔病性发作，可有运动、感觉、自动症、意识模糊等癫痫发作症状；但多在情绪波动后发作，症状有戏剧性，表现为双眼上翻、手足抽搐和过度换气，一般不会发生自伤或尿失禁。强烈的自我表现，精神刺激后发作，发作中哭叫、出汗和闭眼等为其特点，暗示治疗可终止发作。脑电图系统监测对其鉴别很有意义。

【治疗】

1. 治疗思路　治疗癫痫病人目标为完全控制发作，维持正常的脑神经功能，提高生活质量。一旦诊断成立，即用药以控制发作，主张单药治疗，长期坚持服用，完全控制发作 4~5 年后可逐步减量至停药。中药有一定控制发作的作用，主要在间歇期应用。部分药物控制不理想者，可对癫痫进行精确定位及合理选择手术治疗，可望使约 80% 难治性癫痫患者彻底治愈。

2. 西医治疗

（1）药物治疗　在没有诱因情况下出现二次癫痫发作的病人，必须给予正规抗痫药物治疗。单次发作的病人是否应开始长期药物治疗，要根据病人具体情况如发作类型、年龄、诱因、以往病史、家族史、有否阳性体征、EEG、有否脑结构性改变、突然意识丧失可能招致的危险等资料进行全面考虑后作出决定。

1）药物的选择：主要取决于发作类型。GTCS 首选药物为苯妥英钠、卡马西平；失神发作首选乙琥胺或丙戊酸钠，其次为氯硝西泮（氯硝安定）；单纯部分性发作者选卡马西平，其次为苯妥英钠、扑痫酮、苯巴比妥；儿童肌阵挛发作首选丙戊酸钠，其次为乙琥胺或氯硝西泮。

2）常用药物的用法：苯妥英钠起始 200mg/d，维持 300～500mg/d。苯巴比妥 60～180mg/d。卡马西平起始 200mg/d，维持 600～2000mg/d。乙琥胺起始 500mg/d，维持 500～1500mg/d。丙戊酸钠 600～2000mg/d，儿童 30～40mg/（kg·d）。氯硝西泮 1mg/d，逐渐加量；儿童 0.5mg/d。

3）用药原则：根据发作类型选择有效、安全、易购和价廉的药物。口服药量均自常量低限开始，逐渐调整至能控制发作而又不出现严重毒、副作用为宜。单药治疗是癫痫的重要原则，单个药物治疗数周，血清药浓度已达到该药"治疗范围"血浓度而无效或发生病人不能耐受的副作用，应考虑更换药物或与他药合并治疗。但需注意更换新药时不可骤停原药。癫痫是一个长期治疗的疾病，应树立患者信心。特发性癫痫在控制发作 1～2 年后，非特发性癫痫在控制发作 3～5 年后才减量或停药，部分患者终身服药。停药应根据癫痫类型、发作控制情况综合考虑，通常在 1～2 年逐渐减量，直至停用。

（2）神经外科治疗　手术治疗的适应证包括：①难治性癫痫：患病时间较长，并经正规抗痫药治疗 2 年以上无效或痫性发作严重而频繁。②癫痫灶不在脑的主要功能区，且手术易于到达，术后不会造成严重残废者。③脑器质性病变所致的癫痫，可经手术切除病变者。

（3）癫痫持续状态的处理　强直－阵挛状态为威胁生命的紧急情况，多数是由于癫痫病人突然停用或减少原来长期服用的抗痫药物，少数病人是因颅内感染、颅脑外伤或代谢性脑病等引起。除病因治疗外，应在最短时间内终止发作，并保持连续 24 小时无发作。

1）地西泮（安定）：为首选药物。常用 10mg 缓慢静脉注射，但作用持续时间短，需 5～10 分钟重复应用。或同时给予其他抗癫痫药物。或用地西泮静脉点滴维持，将 50～100mg 地西泮加入 5% 葡萄糖生理盐水 500ml 中静脉滴注，以每小时 50～100ml 速度为宜。因安定对呼吸有抑制作用，甚至引起呼吸停顿，故使用时应密切观察呼吸和血压，并准备抢救呼吸的手段。

2）苯妥英钠：为长作用抗痫药，在应用地西泮控制发作后，通常需要防止其复发，成人剂量 15～18mg/kg。该药不影响对病人意识恢复的观察，不抑制呼吸，但可阻断心脏房室传导，注射速度过快可使血压急剧下降，应监测血压和 ECG。

3）苯巴比妥钠（鲁米那）：肌注对大部分病人有效。一般用量为 8～9mg/kg，1 次肌注。该药一般不静注，因其对呼吸中枢抑制作用较强。该药作用慢、持续时间长，与地西泮并用效果较好。

4）异戊巴比妥钠 0.5g 溶于注射用水 10～20ml 中缓慢静注。该药比苯巴比妥钠对呼吸中枢抑制作用轻，对有明显肝肾功能不全者两药均应慎用。发作难以控制者，必要时在 EEG 监护下行全身麻醉，达到惊厥和痫性电活动都消失的程度。反复 GTCS 会引起脑水肿而使发作不易控制，可快速静滴甘露醇等。高热时给予物理降温，并注意及时纠正血液酸碱失衡和电解质的异常。昏迷病人注意保持呼吸道通畅，必要时行气管插管或切开。癫痫持续状态完全控制后，应定时定量维持用药。一般肌注苯巴比妥钠 0.2g，根据用药情况可 6～8 小时 1 次，连续 3～4 天。病人清醒后改口服抗痫药。

5）对症处理：保持呼吸道畅通，必要时气管切开，密切观察生命体征，预防脑水肿和继发感染，降温，维持水、电解质平衡等。

3. 中医辨证论治

（1）风痰上扰证

证候：发则突然跌仆，目睛上视，口吐白沫，手足抽搐，喉间痰鸣；舌苔白腻，脉弦滑。

治法：涤痰息风，开窍定痫。

代表方剂：定痫丸加减。

常用药物：天麻　川贝　胆南星　姜半夏　陈皮　茯神　丹参　麦冬　石菖蒲　远志　全蝎　僵蚕　琥珀　辰砂　羚羊角粉　瓜蒌

（2）痰热内扰证

证候：发作时猝然仆倒，不省人事，四肢抽搐，口中有声，口吐白沫，烦躁不安，气高息粗，痰鸣辘辘，口臭，便干；舌暗红，苔黄腻，脉弦滑。

治法：清热化痰，息风定痫。

代表方剂：黄连温胆汤加减。

常用药物：半夏　陈皮　茯苓　甘草　枳实　竹茹　黄连　大枣　天麻　全蝎　僵蚕　地龙　青礞石　天竺黄　胆南星

（3）肝郁痰火证

证候：平素性情急躁，心烦失眠，口苦咽干，时吐痰涎，大便秘结，发作则昏仆抽搐，口吐涎沫；舌红，苔黄，脉弦滑数。

治法：清肝泻火，化痰息风。

代表方剂：龙胆泻肝汤合涤痰汤加减。

常用药物：龙胆草　泽泻　木通　车前子　当归　柴胡　生地　黄芩　栀子　制半夏　制南星　陈皮　枳实　茯苓　人参　石菖蒲　竹茹　甘草　生姜　天麻　钩藤　地龙　羚羊角粉

（4）瘀阻清窍证

证候：发则猝然昏仆，抽搐，或单见口角、眼角、肢体抽搐，颜面口唇青紫；舌质紫暗或有瘀斑，脉涩或沉弦。

治法：活血化瘀，通络息风。

代表方剂：通窍活血汤加减。

常用药物：赤芍药　川芎　桃仁　红花　麝香　老葱　鲜姜　大枣　天麻　全蝎　地龙　丹参

（5）脾虚痰湿证

证候：痫病日久，神疲乏力，眩晕时作，面色不华，胸闷痰多，或恶心欲呕，纳少便溏；舌淡胖，苔白腻，脉濡弱。

治法：健脾和胃，化痰息风。

代表方剂：醒脾汤加减。

常用药物：人参　白术　茯苓　天麻　半夏　橘红　全蝎　僵蚕　甘草　仓米　胆南星　竹茹　旋覆花

（6）肝肾阴虚证

证候：痫病大发，头晕目眩，两目干涩，心烦失眠，腰膝酸软；舌质红少苔，脉细数。

治法：补益肝肾，育阴息风。

代表方剂：左归丸加减。

常用药物：熟地 山药 山茱萸 菟丝子 枸杞子 川牛膝 鹿角胶 龟板胶 白芍 鳖甲 牡蛎 生龙齿 杜仲 川断 桑寄生

【预防与调护】

首先应积极寻找引起痫性发作的病因并进行针对性治疗，如由低血糖、低血钙等代谢紊乱而引起的发作，代谢功能恢复后，通常停止不发；脑瘤、囊肿或血管畸形在手术切除后也可能消除发作。预防各种已知的致病因素如产伤、颅脑外伤、颅内感染等，从而减少癫痫的发病率。癫痫患者应尽量避免过度劳累、情绪刺激；避免驾驶、高空、水上、火炉旁作业，以免发作时发生意外。对全面性强直－阵挛发作的病人应扶持病人卧倒，防止跌伤。衣领、腰带要解开，以保持呼吸道通畅，并将头部转向一侧，让分泌物流出，避免吸入气道而窒息。将手帕或毛巾塞入上下臼齿之间，以免咬伤舌部。不要强按病人抽动的肢体，以防造成骨折。对手自动症病人应注意防止其自伤或伤人毁物。

第三十五节 有机磷杀虫药中毒

有机磷杀虫药在生产、使用过程中如有不当，可使人体中毒，即有机磷杀虫药中毒。有机磷农药根据毒性程度可分为以下 4 类：①剧毒类：如甲拌磷（3911）、内吸磷（1059）、对硫磷（1605）、特普（TEPP）等；②高毒类：如甲基对硫磷、甲胺磷、谷硫磷、三硫磷、氧乐果、敌敌畏（DDVP）等；③中毒类：如乐果、乙硫磷、二嗪农、敌百虫等；④低毒类：如马拉硫磷、氯硫磷、杀螟松、稻瘟净等。

【西医病因病理】

有机磷农药在体内迅速与胆碱酯酶结合成磷酸化胆碱酯酶，使胆碱酯酶失去催化乙酰胆碱水解的能力，造成乙酰胆碱大量积聚，引起中枢神经和胆碱能神经兴奋，并由过度兴奋转入抑制。大量乙酰胆碱与胆碱能神经突触后膜的乙酰胆碱毒蕈碱受体结合，产生毒蕈碱样症状。在运动神经肌肉接头中蓄积，与突触后膜的乙酰胆碱烟碱受体结合，产生烟碱样症状。

【中医病因病机】

中医认为"中毒"属不内外因致病。急性中毒是毒物进入人体内，使气血顿生逆乱，阴阳失调，壅遏气机，阻闭脏腑、清窍所致，若治疗不及，则殆及生命。慢性中毒是毒物进入人体内逐渐引起的脏腑气血失和，其性属阴证且系痼疾。

【临床表现】

1. 急性中毒表现 急性中毒发病时间与毒物品种、剂量和侵入途径密切相关。口服中毒约 5～20 分钟后发病；呼吸道吸入约 30 分钟后发病；皮肤吸收中毒，一般在接触 2～6 小时后出现症状。一旦中毒症状出现后，病情即迅速发展。

（1）主要症状和体征

1）毒蕈碱样症状：又称为 M 样症状。主要是副交感神经末梢兴奋所致。这组症状出现最早，表现为平滑肌痉挛和腺体分泌增加。临床表现先有苍白、皮肤湿冷、多汗、恶心、呕吐、腹痛，还有流泪、流涕、流涎、腹泻、尿频、大小便失禁、心跳减慢和瞳孔缩小、支气管痉挛、呼吸道分泌物增多、咳嗽、气急，严重者出现肺水肿。

2）烟碱样症状：又称为 N 样症状。乙酰胆碱在横纹肌神经肌肉接头处过度蓄积和刺激使运动神经终板兴奋。表现为横纹肌肌束颤动至全身肌肉抽搐，肌无力至全身瘫痪，血压升高或陡降，心率缓慢或增快等，最后可因呼吸肌麻痹而死亡。

3）中枢神经系统症状：中枢神经系统受乙酰胆碱刺激后有头晕、头痛、疲乏、共济失调、烦躁不安、谵妄，严重者抽搐、昏迷，可因中枢性呼吸衰竭而死亡。

（2）迟发性多发性神经病　急性中毒一般无后遗症，少数重度中毒患者在症状消失后2～3周可出现迟发性神经病，主要累及肢体末端，且可出现下肢瘫痪、四肢肌肉萎缩等神经系统症状。少数严重患者留有癔病性瘫痪、精神抑郁、一过性狂躁、癫痫样发作等精神症状。

（3）中间型综合征　在急性中毒症状缓解后和迟发性神经病发病前，一般在急性中毒后24～96小时突然发生死亡，称"中间型综合征"。

（4）局部损害　敌敌畏、敌百虫、对硫磷、内吸磷接触皮肤后可引起过敏性皮炎，出现局部瘙痒、烧灼感、红肿，甚则出现水疱和剥脱性皮炎。有机磷杀虫药进入眼部可引起结膜充血和瞳孔缩小等局部损害。

此外，乐果、倍硫磷和马拉硫磷口服中毒后，经急救临床症状好转，可在数日至一周后突然再次昏迷，甚至发生肺水肿或突然死亡。症状复发可能是残留在皮肤、毛发和胃肠道的有机磷杀虫药重新吸收，或解毒药停用过早，或其他尚未阐明的机制所致。

2. 慢性中毒表现　多见于生产工人，由于长期少量接触有机磷农药所致。症状多为神经衰弱综合征，如头痛、头昏、恶心、食欲不振、乏力、容易出汗。部分患者可出现毒蕈碱样或烟碱样症状，如瞳孔缩小、肌肉纤维颤动等。

【实验室及其他检查】

1. 全血胆碱酯酶活力测定　测定全血胆碱酯酶活力是诊断有机磷杀虫药中毒的特异性指标，对中毒程度、疗效判断和预后估计均极为重要。以正常人全血胆碱酯酶活力均值为100%，急性有机磷杀虫药中毒时，胆碱酯酶活力降至50%～70%为轻度中毒，30%～50%为中度中毒，30%以下为重度中毒。慢性有机磷农药中毒时，胆碱酯酶活力在50%以下，但酶活力下降与症状轻重并不完全一致，有时酶活力已有明显抑制但症状却可能很轻微。

2. 呕吐物或胃内容物的有机磷浓度测定　具有诊断意义。

3. 尿中有机磷杀虫药分解产物测定　可作为毒物接触与吸收的指标。如敌百虫中毒时，尿中三氯乙醇含量增高；对硫磷、甲基对硫磷、氯硫磷、苯硫磷、异氯磷毒物吸收后，尿中有对硝基酚排出。

【诊断与鉴别诊断】

1. 诊断

（1）急性中毒　可根据有机磷杀虫药接触史，临床呼出气多有大蒜刺激性气味、瞳孔针尖样缩小、大汗淋漓、腺体分泌增多、肌纤维颤动和意识障碍等中毒表现，结合实验室检查即可作出诊断。病情严重程度可分为三级：①轻度中毒：以M样症状为主，可有轻微的中枢神经系统症状，表现为头晕、头痛、乏力、恶心、呕吐、多汗、胸闷、视力模糊、瞳孔缩小；胆碱酯酶活力50%～70%。②中度中毒：M样症状加重，并出现N样症状，表现有肌纤维颤动、轻度呼吸困难、流涎、腹痛、腹泻、步态蹒跚、意识清楚或模糊；胆碱酯酶活力30%～50%。③重度中毒：除M、N样症状外，合并肺水肿、抽搐、昏迷、呼吸肌麻痹和脑水肿等；胆碱酯酶活力30%以下。

（2）慢性中毒　主要根据长期少量接触有机磷杀虫药史，且全血胆碱酯酶活力下降至

50% 以下，便可确诊。

2. 鉴别诊断

（1）与急性胃肠炎、细菌性食物中毒、中暑和脑炎等鉴别　这几种病也常出现头晕、头痛、无力、恶心、呕吐和腹泻等症状，如同时具有接触有机磷杀虫药史时，则易误诊误治而导致不良后果，甚至有的病人死于阿托品中毒。其与有机磷杀虫药中毒的鉴别要点是这几种病均不出现瞳孔缩小、多汗、流涎、肌颤等症状，胆碱酯酶活力测定可以鉴别。

（2）与其他种类农药中毒相鉴别　目前广泛使用的农业杀虫药主要为有机磷类、氨基甲酸酯类、拟除虫菊酯类和有机氮类。这些农药中毒与有机磷农药中毒的鉴别要点，除接触农药种类不同外，临床表现也不同，有机磷农药中毒者呼出气、体表或呕吐物一般有蒜味；而拟除虫菊酯类中毒无此特征；杀虫脒中毒多以嗜睡、发绀和出血性膀胱炎为主要表现，而无毒蕈碱样表现。全血胆碱酯酶活力测定亦可资鉴别。

【治疗】

1. 治疗思路　急性中毒者应立即离开中毒现场，迅速清除毒物，同时应争取时间及早期给予足量的胆碱酯酶复活药和抗胆碱药，最好给予由这两类药组成的急救复方如解磷定注射液或苯克磷注射液。应重视对症治疗，时刻保持呼吸道通畅。必要时可用换血疗法。恢复期患者可结合中医治疗，根据气血阴阳虚衰的不同情况，辨证施治，以促进康复。

2. 西医治疗

（1）急性中毒

1）迅速清除毒物：应迅速脱离现场，去除污染的衣物，用大量清水或肥皂水清洗皮肤、毛发和指甲。口服中毒者应及时彻底洗胃，洗胃液常用清水、1:5000 高锰酸钾（对硫磷禁用）、2% 碳酸氢钠（敌百虫忌用）。洗胃后再给硫酸镁导泻。眼部污染可用生理盐水或 2% 碳酸氢钠连续冲洗，洗净后涂眼药膏。在迅速清除毒物的同时，尽可能及早应用有机磷特效解毒药缓解中毒症状。

2）抗毒药的使用：使用原则是早期、足量、联合、重复用药。

抗毒蕈碱药：阿托品能拮抗乙酰胆碱对副交感神经和中枢神经系统的作用，消除和减轻毒蕈碱样症状和中枢神经系统症状，并能兴奋呼吸中枢，对抗呼吸中枢的抑制。阿托品对烟碱样症状无作用，也不能使抑制的胆碱酯酶活性复能。由于有机磷农药中毒患者对阿托品的耐受量显著增加，用量可远远超过常规剂量，但是阿托品在体内代谢较快，而有机磷对酶抑制作用又较持久，所以要反复给药，直到"阿托品化"（瞳孔扩大、颜面潮红、口干、皮肤干燥、心率加快、肺部湿啰音消失），再减为维持量，24~48 小时后停药观察。在阿托品应用过程中应密切观察患者全身反应和瞳孔大小，随时调整用药剂量与给药时间。若患者出现瞳孔明显散大、神志模糊、狂躁不安、抽搐、昏迷和尿潴留等，提示阿托品中毒，应停药观察。

胆碱酯酶复活剂：常用氯磷定（PAM-CI）、碘解磷定（PAM-I）及双复磷（DMO$_4$）等吡啶醛肟类化合物。该类化合物的肟基与磷原子有较强的亲和力，因而可夺取磷酸胆碱酯酶中的磷形成化合物，使其与胆碱酯酶的酯解部位分离，从而恢复乙酰胆碱酯酶活性。胆碱酯酶复活剂对各类有机磷中毒的疗效不尽相同，对 1605、1059、3911 中毒疗效好；对敌百虫、敌敌畏中毒疗效差；对乐果、马拉硫磷中毒疗效不显；对二嗪农、谷硫磷无效且有不良反应；对急性中毒迁延过久或慢性中毒者均无疗效。胆碱酯酶复活剂对已老化的磷酸化胆碱酯酶无复活作用，因此应及早给药，一般认为中毒48小时以后给复活剂疗效不佳。氯磷定水溶性大，有效基团含量高，不良反应小，可有短暂眩晕、视觉模糊或复视，使用方便，静注和肌注均可，为当前首选药而取代最早使用于临床的解磷定。提倡阿托品与胆碱酯酶复活剂合用，可取长补短，并可减少阿托品用量。

对症治疗：有机磷杀虫药中毒的主要死因是肺水肿、呼吸肌麻痹或呼吸中枢衰竭。休克、急性脑水肿、心肌损害及心跳骤停等亦是重要死因。因此，对症治疗应以维持正常呼吸功能为重点，例如保持呼吸道通畅、给氧，必要时应用机械呼吸、注射呼吸兴奋剂以防治呼吸衰竭。肺水肿一般在应用足量阿托品后可较快消退。必要时可用地塞米松、呋塞米、西地兰等药物。重度中毒持续昏迷12小时以上者，容易发生脑水肿，故昏迷达4小时以上者即应注射甘露醇及地塞米松等；中毒性心肌损害者，可给予能量合剂、地塞米松及抗心律失常药物。抽搐者，可注射地西泮5～10mg（注意其呼吸抑制的不利影响）和可乐定15～30mg，每日2次，并有助于防止中间综合征和心血管并发症。

（2）慢性中毒　主要为对症治疗，脱离接触有机磷农药，可短程、小剂量使用阿托品，待症状、体征基本消失，胆碱酯酶活性恢复，约需2～4周。

3. 中医辨证论治

适用于中毒的恢复期治疗。各类中毒总属毒邪伤正所致，其起病有急、缓，病位在脏腑、经络，病性有虚、实之分，治疗以扶正解毒为主。应根据不同情况，灵活辨证、立法、选方。

【预防与调护】

1. 普及安全使用农药知识的宣传教育。

2. 加强农药生产过程中的防护工作，搞好农药保管，专车运输，专库贮存，不要将农药和粮食、种子、副食品、饲料等放在一起。

3. 喷洒有机磷杀虫药时，应严格遵守操作规程，做到穿长袖褂、长裤和鞋袜，戴口罩、风镜和帽子，站在上风处喷洒操作。

4. 使用农药时绝不吸烟或进食。

5. 喷洒完农药，须先用肥皂或碱水、后用清水洗涤皮肤，用盐水漱口；换下的衣服也须彻底清洗。但在喷洒敌百虫后，只宜用1:5000高锰酸钾溶液或清水冲洗。

6. 不食用喷洒农药时间不久的蔬菜、瓜果。

7. 对作业工人在就业前进行体检，凡有肝、肾、心、肺器质性疾病患者，严重皮肤病、精神病、癫痫和对有机磷过敏者，妊娠及哺乳期妇女，均不宜进行有机磷作业。

8. 对作业工人定期体检并测定全血胆碱酯酶，发现慢性中毒者，早期脱离接触，积极治疗。

9. 急性中毒经抢救好转后，在恢复期应继续中西医结合康复治疗，密切观察，防止反复。

10. 急性中毒者治愈后3个月内，不得再接触有机磷，以防再度中毒。

第三十六节　不寐

不寐亦称失眠，是以经常不能获得正常睡眠为特征的一种病证。临床主要表现为睡眠时间、深度的不足，其程度轻重有别，轻者入睡困难，或寐而不酣，时寐时醒，或醒后不能再寐，重则彻夜不眠。不寐作为一个独立病证主要表现为睡眠时间、深度及消除疲劳作用不足，是以单纯失眠为特点，呈持续性的、严重的睡眠障碍。常伴有头痛、头昏、心悸、健忘、神疲乏力、心神不宁、多梦等症，经各系统及实验室检查，未发现有妨碍睡眠的其他器质性病变。临证时应与一时性失眠、生理性少寐、他病痛苦引起的失眠相区别，若一时因情志影响或生活环境改变导致暂时性失眠不属病态。老年人少寐早醒亦为生理状态。由于其他疾病也可影响正常睡眠，故不寐也可伴见于其他病证中，此时以辨治原发病为主。

【病因病机】

每因饮食不节，情志失常，劳倦、思虑过度及病后、年迈体虚等因素，导致心神不安，或心神失养，神不守舍，不能由动转静而致不寐病证。

1. 饮食不节　暴饮暴食，宿食停滞，脾胃受损，酿生痰热，壅遏于中，痰热上扰，胃气失和，而不得安寐。此即"胃不和则卧不安"之理。《张氏医通·不得卧》进一步阐明其原因："脉滑数有力不得卧者，中有宿滞痰火，此为胃不和则卧不安也。"此外，浓茶、咖啡、酒等饮料，也是造成不寐的因素。

2. 情志失常　喜怒哀乐等情志过极均可导致脏腑功能的失调，而发生不寐病证；或由情志不遂，暴怒伤肝，肝气郁结，肝郁化火，郁火扰动心神，神志不宁而不寐；或由五志过极，心火内炽，扰动心神而不寐；或由喜笑无度，心神激越，神魂不安而不寐；或由突受惊恐，导致心虚胆怯，神魂不安，夜不能寐。

3. 劳逸失调　劳倦太过则伤脾，过逸少动亦致气滞脾虚，运化不健，气血生化乏源，不能上奉于心，以致心神失养而失眠；或因思虑过度，伤及心脾，心血暗耗，无以养神，神不守舍；脾伤则食少纳呆，生化之源不足，营血亏虚，心神失养，以致心神不安，夜不能寐，即《类证治裁·不寐》曰："思虑伤脾，脾血亏损，经年不寐。"

4. 病后体虚　久病血虚，年迈血少，引起心血不足，神失所养；亦可因年迈体虚，阴阳亏虚而致不寐；若素体阴虚，兼因房劳过度，肾阴耗伤，阴衰于下，不能上奉于心，或五志过极，心火内炽，不能下交于肾，皆可致心肾失交，水火不济，心火独亢，火盛神动，心神不宁。

不寐的病因虽多，就其病机，总属阳盛阴衰，阴阳失交。或为阴虚不能纳阳，或为阳盛不得入于阴。其病位主要在心，与肝、脾、肾密切相关。

【辨证论治】

1. 肝火扰心证

证候：不寐多梦，甚则彻夜不眠，急躁易怒，伴头晕头胀，目赤耳鸣，口干而苦，不思饮食，便秘溲赤；舌红苔黄，脉弦而数。

治法：疏肝泻火，镇心安神。

代表方剂：龙胆泻肝汤加减。

常用药物：龙胆草　泽泻　木通　车前子　当归　柴胡　生地　黄芩　栀子　朱茯神　生龙骨　生牡蛎　灵芝　磁石

2. 痰热扰心证

证候：心烦不寐，胸闷脘痞，泛恶嗳气，伴口苦，头重，目眩；舌偏红，苔黄腻，脉滑数。

治法：清化痰热，和中安神。

代表方剂：黄连温胆汤加减。

常用药物：半夏　陈皮　茯苓　甘草　枳实　竹茹　黄连　大枣　龙齿　珍珠母　磁石

3. 心脾两虚证

证候：不易入睡，多梦易醒，心悸健忘，神疲食少，伴头晕目眩，四肢倦怠，腹胀便溏，面色少华；舌淡苔薄，脉细无力。

治法：补益心脾，养血安神。

代表方剂：归脾汤加减。

常用药物：白术　茯神　黄芪　龙眼肉　酸枣仁　人参　木香　甘草　当归　远志　五味子　夜交藤　合欢皮　柏子仁　生姜　大枣

4. 心肾不交证

证候：心烦不寐，入睡困难，心悸多梦，伴头晕耳鸣，腰膝酸软，潮热盗汗，五心烦热，咽干少津，男子遗精，女子月经不调；舌红少苔，脉细数。

治法：滋阴降火，清心安神。

代表方剂：六味地黄汤合黄连阿胶汤。

常用药物：熟地　山药　茯苓　丹皮　泽泻　山茱萸　黄连　黄芩　阿胶　白芍　鸡子黄　磁石　龙骨

5. 心胆气虚证

证候：虚烦不寐，触事易惊，终日惕惕，胆怯心悸，伴气短自汗，倦怠乏力；舌淡，脉弦细。

治法：益气镇惊，安神定志。

代表方剂：安神定志丸合酸枣仁汤加减。

常用药物：人参　茯苓　茯神　菖蒲　姜远志　龙齿　生龙骨　生牡蛎　朱砂　白芍　当归　酸枣仁　知母　川芎　甘草

6. 心火炽盛证

证候：心烦不寐，躁扰不宁，口干舌燥，小便短赤，口舌生疮；舌尖红，苔薄黄，脉数。

治法：清心泻火，宁心安神。

代表方剂：朱砂安神丸加减。

常用药物：朱砂　黄连　炙甘草　生地　当归　黄芩　山栀　莲子心

【辨病思路】

不寐主要以睡眠障碍为主，常见于西医学的失眠症、更年期综合征、神经衰弱等上述疾病出现以失眠为主要表现时可参照本章辨治。

1. 失眠症　以睡眠障碍为几乎唯一的症状，其他症状均继发于失眠，每周至少发作3次，持续1个月以上，排除其他躯体疾病所致，睡眠脑电图有一定价值。

2. 神经衰弱　大多缓慢起病，可找到导致长期精神紧张、疲劳的应激因素，常伴有精力不足、脑力迟钝、注意力不集中、易激动、自制力差、头痛、头胀等症状。

3. 更年期综合征　多见于中老年女性，伴有月经改变、潮热、出汗及其他自主神经功能紊乱症状，有性激素水平的改变。

4. 其他　如甲状腺功能亢进、脑动脉硬化引起失眠时，应以原发病治疗为主。

第三十七节　便秘

便秘是指粪便在肠内滞留过久，大便秘结不通，排便周期延长，或时欲大便，而艰涩不畅的病证。本病患者日久不排便时，左下腹部可扪及条索状包块，甚则多处可扪及包块，均为粪块所致，此时应注意与肠结鉴别。鉴别点在于肠结多为急病，因大肠通降受阻所致，表现为腹部疼痛拒按，大便完全不通，且无矢气和肠鸣音，严重者可吐出粪便。便秘多为慢性久病，因大肠传导失常所致，表现为腹部胀满，大便干结艰行，可有矢气和肠鸣音，或有恶心欲吐，纳减。

【病因病机】

便秘的形成主要由于饮食不节、情志失调、外邪侵袭、体质虚弱等导致肠道传导失常所致。

1. 饮食不节　过食辛辣厚味，恣饮烈酒，导致肠胃积热，耗伤津液，肠道失濡，大便干结；或热病之后，肠胃燥热，肠道失润，亦可致大便干燥，排出困难。

2. 情志内伤　忧愁思虑过度，或久卧少动，导致气机郁滞，不能宣达，则通降失常，传导失司，糟粕不得下行，大便排出不畅，形成便秘。

3. 感受外邪　外感寒邪，侵及肠胃；或恣食生冷，凝滞胃肠，均可致阴寒内盛，凝滞肠胃，传道失常，糟粕不行，成为便秘。

4. 年老体虚　素体虚弱，阴亏血少；或病后、产后以及年老体弱，气血虚弱，气虚则大肠传导无力，血虚则肠道失润，而成本病。甚则阴阳俱虚，阴亏则肠道干涩，大便燥结，便下困难；阳虚肠失温煦，阴寒凝滞，便下无力，均可致大便艰涩，而成本病。

便秘的病位在大肠，与肺、脾、胃、肝、肾功能失调有关。其病机为邪滞大肠，腑气闭塞不通或肠失温煦濡养，导致大肠传导失常。

【辨证论治】

1. 实秘

（1）热秘

证候：大便干结，腹胀腹痛，面红身热，口干口臭或口舌生疮，小便短赤；舌红，苔黄燥，脉滑数。

治法：泄热润肠。

代表方剂：麻子仁丸加减。

常用药物：麻子仁　芍药　枳实　大黄　厚朴　杏仁　生地　麦冬　玄参

（2）气秘

证候：大便秘结，或大便不甚干结，欲便不得出，或便而不畅，腹中胀痛，胸胁痞满，嗳气频作，纳食减少；舌苔薄腻，脉弦。

治法：顺气导滞。

代表方剂：六磨汤加减。

常用药物：沉香　木香　槟榔　乌药　枳实　大黄　柴胡　香附　白芍

（3）冷秘

证候：大便艰涩，腹中拘急，胀满拒按，胁下偏痛，手足不温，呃逆呕吐；舌苔白，脉弦紧。

治法：温里散寒，导滞通便。

代表方剂：大黄附子汤加减。

常用药物：大黄　附子　细辛　枳实　厚朴　干姜

2. 虚秘

（1）气虚证

证候：大便并不干硬，虽有便意，但临厕努挣乏力，挣则汗出短气，面白神疲，倦怠懒言；舌淡苔白，脉弱。

治法：益气润肠。

代表方剂：黄芪汤加减。

常用药物：黄芪　陈皮　麻仁　白蜜　党参　人参　白术　甘草　当归　升麻

（2）血虚证

证候：大便秘结，面色无华，头晕目眩，心悸气短，唇甲色淡；舌淡苔白，脉细或细弱。

治法：养血润燥。

代表方剂：润肠丸加减。

常用药物：当归　生地　麻仁　桃仁　枳壳　黄芪　党参

（3）阴虚证

证候：大便干结，状如羊屎，头晕耳鸣，形体消瘦，心烦少寐，两颧红赤，或潮热盗汗，腰膝酸软；舌红少苔或无苔，脉细数。

治法：滋阴通便。

代表方剂：增液汤加减。

常用药物：玄参　麦冬　生地　麻仁　柏子仁　瓜蒌仁　熟地　山药　茯苓　丹皮　泽泻　山茱萸

（4）阳虚证

证候：大便干或不干，排出困难，小便清长，面色㿠白，四肢不温，腹中冷痛，喜温喜按，腰膝酸冷；舌淡苔白，脉沉迟。

治法：温阳润肠。

代表方剂：济川煎加减。

常用药物：当归　牛膝　肉苁蓉　泽泻　升麻　枳壳　木香　干姜

【辨病思路】

便秘以大便秘结，排出困难为主要表现，主要见于习惯性便秘、肠易激综合征、泻药性肠病、大肠癌、巨结肠、肠梗阻等引起的便秘。

1. 习惯性便秘　多有偏食、不吃蔬菜或饮食过于精细的习惯，或自幼未养成按时排便的习惯。体格检查、X线造影或肠镜检查未发现器质性病变即可诊断为习惯性便秘。

2. 肠易激综合征　慢性腹痛伴便秘，或腹泻便秘交替出现；在乙状结肠区常有间歇性腹绞痛，排气或排便后缓解；体格检查可在左下腹扪及充满粪便和痉挛的乙状结肠，有轻压痛。X线钡剂造影或肠镜检查无阳性发现，或仅有乙状结肠痉挛；除外其他原因引起的便秘即可确诊。

3. 泻药性肠病　由于便秘，或直肠、肛门病变，导致排便困难患者，长期应用泻药，造成排便对泻药的依赖称为泻药性肠病。除外内分泌、直肠、肛门等器质性便秘，可考虑为泻药性肠病。

4. 大肠癌　大肠癌包括结肠癌和直肠癌。大肠癌的早期有大便习惯的改变，如便秘或腹泻，或两者交替出现。大肠癌多见于 40 岁以上的患者，尚有便血、腹部持续性隐痛、便秘、里急后重，腹部检查和指肛检查可触及肿块。大便潜血持续阳性，钡剂造影及肠镜检查可确诊。

5. 巨结肠　是指患者常有结肠显著扩张伴有严重便秘或顽固性便秘。可发生于任何年龄，分为先天性或后天获得性。中毒性巨结肠是暴发性溃疡性结肠炎的一个严重的并发症。

先天性巨结肠：是一种肠道的先天性发育异常，由于神经节缺如所致，见于幼婴，男性多于女性，有家族史。X 线腹平片可见扩张的结肠，钡灌肠在直肠、乙状结肠区域有段狭窄带，其上段结肠显著扩张积粪；确诊依赖于结肠活检组织化学染色显示无神经节细胞。

慢性特发性巨结肠：常在年长儿童起病，或发生于 60 岁以上的老年人，病因不明。患者常由于习惯性便秘，出现性格改变及大便失禁。指肛检查在直肠壶腹部可触及粪便；X 线腹平片，老年患者整个结肠扩张，右半结肠有气体和粪便相混；儿童患者钡灌肠整个结肠扩张充满粪便，无狭窄段。

中毒性巨结肠：发病急，有高热及严重的中毒症状；有鼓肠及腹部压痛；白细胞计数增高，可有低蛋白血症和电解质紊乱，X 线腹平片显示结肠增宽、胀气。

第三十八节　黄疸

黄疸是指以身黄、目黄、小便发黄为特征的一种病证。黄疸在古代亦称为黄瘅，由于疸与瘅通，故其义相同。

黄疸症见黄色鲜明的称为阳黄，黄色晦暗的称为阴黄。黄疸临床上应与萎黄相鉴别。萎黄多因气血不足致使全身皮肤萎黄，见于大失血或重病之后。其特征为全身皮肤萎黄不华而双目不黄，常伴有气血不足之征，临床不难区别。

【病因病机】

黄疸的发生，因外感湿热、疫毒，内伤酒食，或脾虚湿困，血瘀气滞等所致。多责之于肝胆，与脾胃相关。

1. 外感时邪疫毒　时邪疫毒，蕴结于中焦，脾胃运化失常，湿热交蒸于肝胆，致使肝失疏泄，胆液不循常道，浸淫肌肤，下注膀胱，使面目小便俱黄。正如《河间六书》所说："以湿热相搏而发体黄也。"若疫毒重者，其病势暴急凶险，具有传染性，表现为热毒炽盛，伤及营血，损及肝肾，陷入心包，蒙蔽神明的严重现象称为急黄。

2. 饮食不节　饥饱失常或嗜酒过度，损伤脾胃，湿浊内生，郁而化热，熏蒸肝胆，胆汁外溢乃发黄疸。

3. 脾胃虚弱　素体脾胃虚弱，运化失司，气血亏损，久之肝失所养，疏泄失职，胆汁外溢而发黄疸；或病后脾阳虚损，湿从寒化，寒湿阻滞中焦，肝胆气机不利而发黄。

总之，由于肝胆疏泄不利，胆汁不循常道，或溢于肌肤，或上蒸清窍，或下注膀胱，则发为黄疸。阳黄多因湿热蕴蒸，或疫毒伤血，发黄迅速而色鲜明；阴黄多因寒湿阻遏，脾阳不振，发黄持久而色晦暗。

【辨证论治】

1. 阳黄

（1）湿热兼表证

证候：黄疸初起，轻度目黄或不明显，恶寒发热，皮肤瘙痒、生疮，肢体困重，乏力，咽喉红肿疼痛，脘痞恶心；舌苔薄腻，脉濡数。

治法：清热化湿解表。

代表方剂：甘露消毒丹合麻黄连翘赤小豆汤。

常用药物：滑石　茵陈　黄芩　石菖蒲　川贝母　木通　藿香　射干　连翘　薄荷　白蔻仁　麻黄　杏仁　生梓白皮　赤小豆　甘草　生姜　大枣

（2）湿重于热证

证候：身目俱黄，其色不甚鲜明，无发热或身热不扬，头重身困，胸脘痞满，食欲减退，恶心呕吐，厌食油腻，腹胀，便溏，小便短黄；舌苔厚腻微黄，脉弦滑或濡缓。

治法：利湿化浊。

代表方剂：茵陈四苓散。

常用药物：茵陈蒿　茯苓　白术　泽泻　猪苓　木香　枳实　厚朴　生姜　制半夏　砂仁　黄芩

（3）热重于湿证

证候：身目俱黄，黄色鲜明，发热口渴或见心中懊恼，腹部胀满，口干，口苦，恶心呕吐，胁胀痛而拒按，小便短少黄赤，大便秘结；舌质红，苔黄腻，脉弦数或滑数。

治法：清热利湿。

代表方剂：茵陈蒿汤。

常用药物：茵陈蒿　栀子　大黄　田基黄　大青叶　黄芩　黄柏　枳实　厚朴

（4）胆经郁热证

证候：身目黄染，右胁疼痛，牵引肩背，发热或寒热往来，口苦口渴，呕吐恶心，大便秘结，小便黄赤短少；舌质红，苔黄腻，脉弦数。

治法：清泄胆热。

代表方剂：清胆汤。

常用药物：大黄　栀子　黄连　柴胡　白芍　蒲公英　金钱草　瓜蒌　郁金　元胡　川楝子　黄芩　枳壳　木香　茵陈　田基黄　炒莱菔子　制半夏　芒硝

（5）热毒炽盛证

证候：发病急骤，黄疸迅速加深，其色金黄鲜明，高热烦渴，呕吐频作，胁痛腹满，神昏谵语，或见衄血、便血，或肌肤出现瘀斑，尿少便结；舌质红绛，苔黄而燥，脉弦数或细数。

治法：清热解毒。

代表方剂：茵陈蒿汤合清瘟败毒饮。

常用药物：茵陈蒿　栀子　大黄　生石膏　生地　玄参　水牛角　黄连　桔梗　知母　连翘　甘草　丹皮　鲜竹叶　侧柏叶　白茅根　紫草

2. 阴黄

（1）寒湿困脾证

证候：身目俱黄，黄色晦暗，或如烟熏，头重身困，恶心纳少，脘痞腹胀，大便不实，神疲畏寒；舌质淡苔白腻，脉象濡缓。

治法：温中散寒，健脾渗湿。

代表方剂：茵陈术附汤。

常用药物：茵陈蒿　白术　附子　干姜　炙甘草　肉桂　车前子　茯苓　泽泻　枳实　制半夏　橘皮

（2）瘀滞肝脾证

证候：黄疸日久，胁下肿块胀痛或刺痛，痛处固定不移，肤色暗黄；舌质暗红或有斑点，脉弦细而涩。

治法：化瘀疏肝。

代表方剂：膈下逐瘀汤。

常用药物：五灵脂　当归　川芎　桃仁　丹皮　赤芍　延胡索　甘草　香附　红花　枳壳　郁金　川楝子　柴胡　茵陈　田基黄　金钱草

（3）脾虚营亏证

证候：面色萎黄，身体虚弱，肌肤不荣，面容憔悴，神疲乏力，气短懒言，纳食日少，大便溏薄；舌淡瘦小或灰暗，脉虚。

治法：健脾益气。

代表方剂：归脾汤。

常用药物：白术　茯神　黄芪　龙眼肉　酸枣仁　人参　木香　甘草　当归　远志　生姜　大枣

【辨病思路】

黄疸常见于黄疸型肝炎、溶血性黄疸、肝外梗阻性黄疸、钩端螺旋体病、肝癌、胆石症等。凡上述疾病出现以黄疸为主症时，可参考本节内容进行辨治。

1. 黄疸型肝炎　是由多种肝炎病毒引起的常见传染病，具有传染性强、传播途径复杂、流行面广、发病率较高等特点。临床以乏力、食欲减退、恶心、厌油、茶色尿、肝功能损害为主要表现，病原学免疫检查一般为阳性。

2. 溶血性黄疸　有药物或感染的诱因，常有红细胞本身缺陷，有贫血、血红蛋白尿，网织红细胞增多，血清间接胆红素测定升高，粪、尿中尿胆原增多。

3. 肝外梗阻性黄疸　肝肿大较常见，胆囊肿大常见，肝功能改变较轻，有原发病的症状、体征，如胆绞痛、Murphy 征阳性、腹内肿块和化验检查特征如血清碱性磷酸酶和胆固醇显著上升，X 线及超声检查发现结石症、肝内胆管扩张等。

4. 钩端螺旋体病　有疫水接触史，急起发热，有结膜充血、腓肠肌压痛、淋巴结肿大等症状。白细胞总数增多。血清学及病原体检查可资鉴别。

5. 肝癌　常有肝区剧痛，肝脏呈进行性增大，质硬，甲胎球蛋白增高。B 超及 CT 有诊断价值。

第三十九节　头痛

头痛是临床上常见的一种自觉症状，凡由外感六淫或内伤杂病引起的以头痛为主症的病证，均可称为头痛。头痛可以单独出现，亦可出现于多种急、慢性疾病中。头痛剧烈，经久不愈，反复发作者，又称为"头风"。

《东垣十书》将头痛分为外感头痛和内伤头痛，根据发病及临床表现分为伤寒头痛、湿温头痛、偏头痛、真头痛、气虚头痛、血虚头痛、气血俱虚头痛、厥逆头痛等，并补充了太阴头痛及少阴头痛，并根据头痛异同而分经遣药，开始了头痛的分经用药，对后世影响很大，一直指导着临床。

头痛之因多端，但总不外乎外感和内伤两大类，当分虚、实、寒、热兼变而治之。

【病因病机】

头痛的病因多端，但总不外乎外感和内伤两大类。头为"诸阳之会"、"清阳之府"，五脏精华之血、六腑清阳之气皆上注于头。因其位置高属阳，在内、外因中以风邪和火邪最易引起头痛，所谓颠顶之上唯风可到，火性炎上。

1. 外感引起　因起居不慎、坐卧当风等感受六淫之邪，上犯颠顶，清阳之气受阻，气血凝滞，阻碍脉络而致头痛，外感六淫所致头痛以风邪为主，多夹寒、热、湿邪。

2. 内伤所致　内伤所致头痛主要与肝、脾、肾三脏病变及瘀血有关。"脑为髓之海"，脑主要依赖肝肾精血及脾胃运化水谷精微、输布气血以濡养，故肝、脾、肾病影响于脑而致头痛。

（1）肝阳上亢　郁怒伤肝，肝气郁结，气郁化火，火性炎上，上扰清窍则为头痛；或肝阴不足，或肾阴素亏，水不涵木，肝阳亢盛，风火相煽，火随气窜，上扰清窍则为头痛。

（2）肾精亏虚　禀赋不足或房劳过度，耗伤肾精，肾精亏虚，脑髓化生不足，脑髓空虚则发为头痛；或肾阴久损，阴损及阳，或久病体虚，致肾阳虚弱，清阳不展而为头痛。

（3）脾胃虚弱　饥饱、劳倦或病后、产后体虚，脾胃虚弱，气血化源不足，致使营血亏损，不能上荣于脑髓脉络而致头痛；或饮食不节，嗜酒肥甘，脾失健运，痰湿内生，阻遏清阳，上蒙清窍而为头痛。

（4）瘀血头痛　外伤或久病入络，均可致气滞血瘀。久病气虚，气虚血瘀；头部外伤气血瘀滞，瘀血阻于脑络，则发为头痛。

总之，本病病位在头，涉及脾、肝、肾等脏腑，风、火、痰、瘀、虚为致病的主要因素，脉络阻闭，神机受累，清窍不利为其病机。外感头痛以实证为主，内伤头痛以虚实相兼为多，虚实之间可以相互转化。

【辨证论治】

本病的治疗，一般而言，初病为外感多实，治宜祛邪，以祛风散邪为主，根据不同的病因施以不同治法，如风寒头痛则以疏风散寒为治，风热头痛则以疏风清热为治，风湿头痛则以祛风胜湿为治。久病多为内伤，病证多虚，以滋养阴血补虚为主。如有虚中夹实者，如瘀血、痰浊等，当权衡主次，随证治之。

1. 风寒头痛

证候：头痛起病较急，痛连项背，恶风畏寒，遇风受寒加重，常喜裹头，口不渴，或兼鼻塞流清涕等症；舌苔薄白，脉浮或浮紧。

治法：疏风散寒。

代表方剂：川芎茶调散加减。

常用药物：川芎　荆芥　薄荷　羌活　细辛　白芷　甘草　防风　熟附片　麻黄

2. 风热头痛

证候：头痛而胀，甚则头痛如裂，发热恶风，面红目赤，口渴喜饮，大便不畅或便秘，小便黄；舌红苔黄，脉浮数。

治法：祛风清热。

代表方剂：芎芷石膏汤加减。

常用药物：川芎　白芷　石膏　菊花　藁本　羌活　银花　连翘　黄芩　黄连　山栀　天花粉　石斛　知母

3. 风湿头痛

证候：头痛如裹，肢体困重，胸闷纳呆，大便溏薄，小便不利；苔白腻，脉濡滑。

治法：祛风胜湿。

代表方剂：羌活胜湿汤加减。

常用药物：羌活　独活　川芎　蔓荆子　甘草　防风　藁本　苍术　厚朴　陈皮　薏苡仁　淡竹叶

4. 肝阳头痛

证候：头痛而眩，时作筋掣，两侧为甚，心烦易怒，睡眠不宁，胁痛，面红目赤，口苦；舌红，苔薄黄，脉弦有力或弦细数。

治法：平肝潜阳。

代表方剂：天麻钩藤饮加减。

常用药物：天麻　钩藤　生石决明　川牛膝　桑寄生　杜仲　山栀　黄芩　益母草　朱茯神　夜交藤　白芍　女贞子　石斛　郁金　龙胆草　夏枯草

5. 肾虚头痛

证候：头痛且空，每兼眩晕，腰痛酸软，神疲乏力，遗精带下，耳鸣少寐；舌红少苔，脉细无力。

治法：补肾填精。

代表方剂：大补元煎加减。

常用药物：人参　炒山药　熟地　杜仲　枸杞子　当归　山茱萸　莲须　芡实　金樱子　炙甘草

6. 血虚头痛

证候：头痛而晕，心悸不宁，面色少华，神疲乏力；舌质淡，苔薄，脉细。

治法：养血滋阴。

代表方剂：加味四物汤加减。

常用药物：白芍　当归　生地　川芎　蔓荆子　菊花　黄芩　甘草　黄芪　党参　何首乌　枸杞子

7. 痰浊头痛

证候：头痛昏蒙，胸脘满闷，纳呆呕恶；舌苔白腻，脉滑数或弦滑。

治法：化痰降逆。

代表方剂：半夏白术天麻汤加减。

常用药物：半夏　白术　天麻　橘红　茯苓　厚朴　白蒺藜　蔓荆子　枳壳　甘草　生姜　大枣

8. 瘀血头痛

证候：头痛经久不愈，痛处固定不移，痛如锥刺，或有头部外伤史；舌紫或有瘀斑、瘀点，苔薄白，脉沉细或涩。

治法：化瘀通窍。

代表方剂：通窍活血汤加减。

常用药物：赤芍药　川芎　桃仁　红花　麝香　老葱　鲜姜　大枣　郁金　石菖蒲　细辛　白芷　全蝎　蜈蚣　地龙

以上治疗各证之方药，均可按照头痛的部位选用不同的引经药，对发挥药效有实际意义。如太阳头痛，选用羌活、蔓荆子、川芎；阳明头痛，选用葛根、白芷、知母；少阳头痛选用柴胡、黄芩、川芎；太阴头痛选用苍术；少阴头痛选用细辛；厥阴头痛选用吴茱萸、藁本等。

【辨病思路】

头痛是指额、顶、颞及枕部的疼痛，为最常见的临床症状之一，其机制大都涉及头部（以及相邻的面部和颈部）痛觉纤维受物理和化学刺激而产生的动作电位，和其向脑部的传导。西医学的偏头痛、群集性头痛、紧张性头痛、高血压病、副鼻窦炎、颅内肿瘤等出现以头痛为主症者，均可参考本病辨证论治。

1. 偏头痛　为发作性的血管－神经功能障碍，以反复发生的偏侧或双侧头痛为特征。部分患者有头部不适、烦躁等前驱症状及视觉改变（暗点、亮光、异彩或较复杂的幻觉）的先兆。发作频率不定，每年一至数次或者每月一至数次不等；女性多于男性。

2. 三叉神经痛　原发性三叉神经痛常呈阵发性电击样剧痛，沿三叉神经分布区域放射。

3. 群集性头痛　是一种表现为眶部和头部疼痛的神经－血管功能障碍，以反复的密集性发作为特征。男性多于女性。部分病人有家族史。

4. 紧张性头痛　大多由于忧虑或焦虑所致的持久性头、面、颈部的血管收缩所引起；女性较常见。

5. 高血压病　头痛与血压升高的水平相关，恼怒、失眠、劳累是诱发和/或加重头痛的因素，血压检测有助于诊断。

6. 副鼻窦炎　头痛是由于副鼻窦的炎症引起，脓性鼻涕与头痛并见是本病的临床特点。

7. 颅内肿瘤　持续性、加重性头痛是其临床特征，头颅 CT、MRI 等有占位性影像学改变。

第四十节　郁证

郁证是由于情志不舒，气机郁滞所致，以心情抑郁，情绪不宁，胸部满闷，胁肋胀痛，或易怒喜哭，或咽中如有异物梗塞等症为主要临床表现的一类病证。

具体所指有广义、狭义之分。广义的郁，是指外邪、情志等因素所致之郁；狭义之郁，即专指情志不舒为病因的郁。本节着重讨论情志致郁，尤以气机郁滞为基本病变，是内科病证中最为常见的一种。

郁证以忧郁不畅，情绪不宁，胸胁胀满疼痛为主要表现，如痰气郁结所致的梅核气，应注意和虚火喉痹相鉴别。梅核气多见于青中年女性，因情志抑郁而起病，自觉咽中有异物梗塞，吐之不出，咽之不下，但无咽痛及吞咽困难，咽中梗塞感与情绪波动有关，在心情愉快、工作繁忙时，症状可减轻或消失，而当心情抑郁或注意力集中于咽部时，则梗塞感会加重。虚火喉痹则以青中年男性发病较多，多因感冒、长期吸烟饮酒及嗜食辛辣食物而引发，咽部除有异物感外，尚觉咽干、灼热、咽痒。咽部症状与情绪无关，但过度辛劳或感受外邪则易于加剧。郁证中的脏躁一证，需与癫证相鉴别，脏躁多发于青中年妇女，在精神因素的刺激下呈间歇性发作，发病时善怒易哭，休止时可如常人；而癫证则多发于青壮年，男女发病率无显著差别，病程迁延，心神失常的症状极少自行缓解。

【病因病机】

郁证的病因总属情志所伤，使肝气郁结，心气不舒，从而逐渐引起五脏气机不和所致，但主要是肝、脾、心三脏受累以及气血失调而成。情志失调，尤以郁怒、悲忧、思虑太过最易致病。

1. **郁怒不畅，肝气郁结** 因七情所伤，情志不遂，或郁怒伤肝，使肝失条达，气机郁滞不畅成气郁，这是郁证主要的病机。因气为血帅，气行则血行，气滞则血瘀，气郁日久，影响及血，使血液循行不畅而形成血瘀；若气郁日久化火，则发生肝火上炎的病变，而形成火郁。

2. **忧愁思虑，脾失健运** 因长期情志抑郁，思虑不解，劳倦伤脾或肝郁抑脾，均能使脾失健运，水谷不得运化，蕴湿生痰，导致气滞痰郁食滞；若湿浊停留，或食滞不消，或痰湿化热，则可发展为湿郁、食郁、热郁等证。

3. **情志过极，心失所养** 情志不畅，谋虑不遂，耗伤心气，营血渐亏，心失所养，神失所主，即所谓忧郁伤神；若久郁伤脾，饮食减少，生化乏源，则可致气血不足，心脾两虚；郁火暗耗营血，阴虚火旺，或心肝阴虚，久则心肾同病。

情志失调是郁证的基本病因，但情志所伤是否造成郁病，除与情志刺激的强度及持续时间的长短有关外，还与机体本身的状况有着极为密切的关系。素体肝旺或体质虚弱之人，更易发病。

总之，郁证的发生，因郁怒、思虑、悲哀、忧愁七情之所伤，导致肝失疏泄，脾失运化，心神失养，脏腑阴阳气血失调而成，但总以气机郁滞为病理基础，源于肝气郁结，久致五脏气血失调，其病位在肝，并可涉及心、脾、肾。初起肝气郁结，横逆乘土，见肝脾失和之证。肝郁化火，可致心火偏亢。因气滞而夹湿、痰、食积、火郁者，则多属实证；久病由气及血，由实转虚，如久郁伤神，心脾俱亏，阴虚火旺，心肾阴虚等均属虚证。

【辨证论治】

理气开郁、调畅气机、怡情易性是治疗郁证的基本原则。对于实证，首当理气开郁，并应根据是否兼有血瘀、火郁、痰结、湿滞、食积等而分别采用活血、降火、祛痰、化湿、消食等法。虚证则应根据伤及的脏腑及气血阴精亏虚的不同情况而补之，或养心安神，或补益心脾，或滋养肝肾。对于虚实夹杂者，则又当视虚实的偏重而虚实兼顾。郁证本为精神因素刺激而发病，因此，精神治疗也十分重要。

1. **肝气郁结证**

证候：精神抑郁，情绪不宁，胸部满闷，胁肋胀痛，痛无定处，脘闷嗳气，不思饮食，大便不调；舌质淡红，苔薄腻，脉弦。

治法：疏肝解郁，理气畅中。

代表方剂：柴胡疏肝散加减。

常用药物：陈皮 柴胡 枳壳 芍药 炙甘草 香附 川芎 旋覆花 郁金 青皮 佛手 绿萼梅 法半夏 陈皮

2. **气郁化火证**

证候：性情急躁易怒，胸胁胀满，口苦而干，或头痛，目赤，耳鸣，或嘈杂吞酸，大便秘结；舌质红，苔黄，脉弦数。

治法：疏肝解郁，清肝泻火。

代表方剂：丹栀逍遥散加减。

常用药物：丹皮　栀子　当归　白芍　柴胡　茯苓　白术　甘草　薄荷　生姜　龙胆草　大黄　黄连　吴茱萸　菊花　钩藤　刺蒺藜

3. 痰气郁结证

证候：精神抑郁，胸部闷塞，胁肋胀满，咽中如有物梗塞，吞之不下，咯之不出；苔白腻，脉弦滑。

治法：行气开郁，化痰散结。

代表方剂：半夏厚朴汤加减。

常用药物：半夏　厚朴　茯苓　生姜　紫苏　柴胡　白术　白芍　当归　生甘草　薄荷　煨姜　海蛤壳　紫菀　贝母　陈皮

4. 忧郁伤神证

证候：精神恍惚，心神不宁，多疑易惊，悲忧善哭，喜怒无常，或时时欠伸，或手舞足蹈，骂詈喊叫；舌质淡，苔薄白，脉弦。

治法：甘润缓急，养心安神。

代表方剂：甘麦大枣汤加减。

常用药物：甘草　淮小麦　大枣　酸枣仁　柏子仁　茯神　龙齿　牡蛎　当归　白芍

5. 心脾两虚证

证候：多思善疑，头晕神疲，心悸胆怯，失眠健忘，纳差，面色不华；舌质淡，苔薄白，脉细。

治法：健脾养心，补益气血。

代表方剂：归脾汤加减。

常用药物：白术　茯神　黄芪　龙眼肉　酸枣仁　人参　木香　甘草　当归　远志　生姜　大枣

6. 心肾阴虚证

证候：情绪不宁，心悸，健忘，失眠，多梦，五心烦热，盗汗，口咽干燥；舌红少津，脉细数。

治法：滋养心肾，养心安神。

代表方剂：天王补心丹合六味地黄丸加减。

常用药物：人参　玄参　丹参　茯苓　五味子　远志　桔梗　当归　天冬　麦冬　柏子仁　酸枣仁　生地　朱砂　熟地　山药　丹皮　泽泻　山茱萸　黄连　肉桂

【辨病思路】

根据郁证的临床表现及病因特点，本证主要见于西医学的神经衰弱、癔病、焦虑症等，也可见于更年期综合征及反应性精神病。当这些疾病以郁证为主要表现时，可参考本节论治。

1. 更年期综合征　多发于 45～52 岁女性，伴有潮热、出汗、及头痛、耳鸣、眼花等自主神经紊乱的症状，有性激素水平的改变。

2. 抑郁症　女性多于男性，表现以心情压抑，郁闷沮丧，失望，缺乏信心，心理测试、抑郁量表检查有助于鉴别。

3. 癔病　又称歇斯底里症，表现多样，起病急骤，常在精神因素刺激下发病，心理测试和人格调查有助于鉴别。

4. 反应性精神病　发病前半月内有强烈精神刺激因素，症状内容与精神刺激因素明显相关，以妄想、严重情绪障碍为主要症状，排除病因或改变环境后症状迅速缓解。

第四十一节　血证

凡因人体的阴阳平衡失调，造成血液不循经脉运行，上溢于口、鼻、眼、耳诸窍，下泄于前后二阴或渗出肌肤之外的病证，统称为血证。血证包括：衄血、咯血、呕血、便血、尿血、紫斑等。凡血液不循经脉运行而溢于口、鼻、眼、耳诸窍者称为衄血，如鼻衄、齿衄等；因损伤肺及气道络脉而引起痰血相兼、唾液与血液同出的病证称为咯血；血从胃或食道而来，从口中吐出的病证称为吐血；血从肛门而下，在大便前或大便后下血的病证称为便血；从尿道尿出血液或尿中夹有血丝、血块而无疼痛者称为尿血；血溢于肌肤之间，皮肤出现青紫瘀斑、瘀点的病证称为紫斑或肌衄。

【病因病机】

外感六淫、饮食不节、情志内伤、烦劳过度、大病久病之后均可引起血液不循经脉运行，溢于脉外而致血证的发生。

1. 外感六淫　外感风热燥邪，热伤肺络，迫血上溢而致咯血、鼻衄；湿热之邪，侵及肠道，络伤血溢，从下而泄可致便血；热邪留滞，侵及下焦，损伤尿道，络脉受损，导致尿血。

2. 饮食不节　过食辛辣或饮酒过多，一则损伤脾胃，脾虚失摄，统血无权，血溢脉外而致出血；二则湿热蕴积胃肠，化火扰动血络而外溢，形成衄血、吐血、便血。

3. 情志内伤　情志不舒，郁怒伤肝，肝火偏盛，横逆犯胃，胃络受伤，以致吐血；肝气郁滞，气郁化火，木火刑金，而致衄血、咯血。

4. 烦劳过度　烦劳伤神，耗伤心阴，心火亢盛，热移小肠，迫血下行而致尿血；劳欲过度，肾阴亏损，相火妄动，迫血妄行而成尿血；体劳过度，损伤脾气，脾不统血，气虚失摄，血无所归，血溢脉外而致吐血、衄血、尿血等。

5. 病后诱发　大病久病，正气损伤，气虚失摄，血溢脉外而致出血；久病热病，阴津耗伤，阴虚火旺，火迫血行而致出血；久病入络，血脉瘀阻，流行不畅，致血不归经而发生出血。

出血的病因虽然复杂，但大多与火或气有关。血证的共同病机为火热偏盛，迫血妄行和气虚失摄，血溢脉外这两大方面。在火热之中，又有实火及虚火之分。外感风热燥火、湿热内蕴和肝郁化火等均属实火；而阴虚之火则属虚火。在气虚之中，又分为单纯气虚和气损及阳而致阳气虚衰等两种情况。从证候虚实上来说，由火热亢盛所致者属于实证，而由阴虚火旺及气虚不摄所致者属于虚证。从病机变化上来说，又常发生实证向虚证的转化。

【辨证论治】

血证的治疗，应先辨其病证，然后探寻发病原因及病位所在；其次辨明其虚实轻重而后治之。临证治疗血证多以治火、治气和治血为基本原则。实火当清热泻火，虚火当滋阴降火；实证当清气降气，虚证当补气益气；实火亢盛，扰动血脉者当凉血止血；气虚失摄，出血不止者当补血摄血；瘀血阻滞，血难归经者当活血止血。同时在血证的不同阶段，可采用止血、祛瘀、宁血和补虚四大治法。

1. 鼻衄

（1）风热伤肺证

证候：鼻燥而衄，血色鲜红，恶寒发热，口干咽燥，咳嗽痰黄；舌质红，苔薄黄，脉数。

治法：清肺泄热，凉血止血。

代表方剂：桑菊饮加减。

常用药物：桑叶　菊花　薄荷　杏仁　桔梗　甘草　连翘　芦根　麦冬　沙参　天花粉　贝母　橘红

（2）肝火上炎证

证候：鼻衄目赤，烦躁易怒，头痛眩晕，口苦耳鸣；舌质红，苔黄，脉弦数。

治法：清肝泻火，凉血止血。

代表方剂：栀子清肝汤加减。

常用药物：栀子　丹皮　柴胡　当归　白芍　茯苓　川芎　牛蒡子　甘草　大黄　麦冬　玄参　生地

（3）胃热炽盛证

证候：鼻衄色红，鼻燥口臭，胃脘不适，口渴引饮，烦躁不安，便秘；舌质红，苔黄，脉数。

治法：清胃泻火，凉血止血。

代表方剂：玉女煎加减。

常用药物：石膏　熟地　麦冬　知母　牛膝　大黄　沙参　天花粉　石斛

（4）气血亏虚证

证候：鼻衄或兼肌衄、齿衄，血色淡红，神疲乏力，心悸气短，夜难成寐，面白头晕；舌质淡，苔白，脉细或弱。

治法：益气摄血。

代表方剂：归脾汤加减。

常用药物：白术　茯神　黄芪　龙眼肉　酸枣仁　人参　木香　甘草　当归　远志　生姜　大枣　阿胶　桑椹　侧柏叶　蒲黄炭

2. 齿衄

（1）胃火炽盛证

证候：齿衄血色鲜红，齿龈红肿疼痛，口渴欲饮，头痛口臭，大便秘结；舌质红，苔黄，脉洪数。

治法：清胃泻火，凉血止血。

代表方剂：清胃散合泻心汤加减。

常用药物：当归　生地　牡丹皮　升麻　黄连　大黄　黄芩　芒硝　知母　天花粉　石斛

（2）阴虚火旺证

证候：齿衄血色淡红，齿摇龈浮，头晕目眩；舌质红，苔少，脉细数。

治法：滋阴降火，凉血止血。

代表方剂：知柏地黄丸合茜根散加减。

常用药物：知母　黄柏　熟地　山茱萸　山药　茯苓　丹皮　泽泻　茜草根　黄芩　阿胶　侧柏叶　生地　甘草　胡黄连　地骨皮

3. 咯血

（1）燥热犯肺证

证候：喉痒咳嗽，痰中带血，口干鼻燥，或有发热，咯痰不爽；舌质红，苔薄黄，脉数。

治法：清热润肺，宁络止血。

代表方剂：桑杏汤加减。

常用药物：桑叶　豆豉　杏仁　象贝母　南沙参　梨皮　山栀　金银花　连翘　牛蒡子　麦冬　天冬　石斛

（2）阴虚肺热证

证候：咳嗽少痰，痰中带血或血色鲜红，反复咯血，口干咽燥，两颧红赤，潮热盗汗；舌质红，苔少，脉细数。

治法：滋阴润肺，凉血止血。

代表方剂：百合固金汤加减。

常用药物：生地　熟地　麦冬　贝母　百合　当归　芍药　甘草　玄参　桔梗　阿胶　三七　青蒿　白薇　地骨皮　糯稻根　五味子　浮小麦　牡蛎

（3）肝火犯肺证

证候：咳嗽阵作，痰中带血，或纯血鲜红，胸胁牵痛，烦躁易怒，口苦目赤；舌质红，苔薄黄，脉弦数。

治法：清肝泻肺，凉血止血。

代表方剂：泻白散加黛蛤散加减。

常用药物：桑白皮　地骨皮　甘草　粳米　青黛　海蛤壳　丹皮　山栀　黄芩

4. 吐血

（1）胃中积热证

证候：胃脘灼热作痛，吐血鲜红或紫暗，或夹有食物残渣，便秘而黑，口臭；舌质红，苔黄而干，脉数。

治法：清胃泄热，凉血止血。

代表方剂：泻心汤合十灰散加减。

常用药物：大黄　黄连　黄芩　大蓟　小蓟　侧柏叶　荷叶　茜草根　山栀　茅根　丹皮　棕榈皮

（2）气虚血溢证

证候：吐血缠绵不止，时轻时重，血色淡暗，体倦神疲，面色苍白，心悸气短；舌质淡，苔白，脉细弱。

治法：益气摄血。

代表方剂：归脾汤加减。

常用药物：白术　茯神　黄芪　龙眼肉　酸枣仁　人参　木香　甘草　当归　远志　生姜　大枣

（3）肝火犯胃证

证候：吐血色红或紫暗，脘胁胀痛，目赤口干，烦躁易怒，寐少梦多；舌质红，苔黄，脉弦数。

治法：泻肝清胃，凉血止血。

代表方剂：龙胆泻肝汤加减。

常用药物：龙胆草　泽泻　木通　车前子　当归　柴胡　生地　黄芩　栀子　香附　玄胡

5. 便血

（1）肠道湿热证

证候：便血鲜红，大便不畅，腹痛，口苦，纳谷不香；舌质红，苔黄腻，脉滑数。

治法：清热化湿，凉血止血。

代表方剂：地榆散合槐角丸加减。

常用药物：地榆　茜根　黄芩　黄连　山栀　茯苓　槐角　当归　炒枳壳　防风　莱菔子　郁金　陈皮　砂仁

（2）脾胃虚寒证

证候：便血紫暗或色黑，脘腹隐痛，喜按喜暖，便溏纳差，畏寒肢冷，面色无华，神疲懒言；舌质淡，苔白，脉细。

治法：温阳健脾，养血止血。

代表方剂：黄土汤加减。

常用药物：灶心黄土　甘草　干地黄　白术　炮附子　阿胶　黄芩　花蕊石　三七　炮姜　鹿角霜　艾叶

6. 尿血

（1）下焦热盛证

证候：小便黄赤灼热，尿血鲜红，心烦口渴，面赤口疮，夜寐不安；舌质红，苔薄黄，脉数。

治法：清热泻火，凉血止血。

代表方剂：小蓟饮子加减。

常用药物：生地黄　小蓟　滑石　通草　炒蒲黄　藕节　当归　山栀　甘草　白茅根　石斛　知母　黄芩　黄连　夜交藤　酸枣仁

（2）脾不统血证

证候：久病尿血，面色无华，体倦食少，气短声低，或兼见皮肤紫斑、齿衄；舌质淡，脉细弱。

治法：补脾益气生血。

代表方剂：归脾汤加减。

常用药物：白术　茯神　黄芪　龙眼肉　酸枣仁　人参　木香　甘草　当归　远志　生姜　大枣　升麻　柴胡

（3）肾虚火旺证

证候：小便短赤带血，头晕耳鸣，颧红潮热，神疲，腰膝酸软；舌质红，少苔，脉细数。

治法：滋阴降火，凉血止血。

代表方剂：知柏地黄丸加减。

常用药物：知母　黄柏　熟地　山茱萸　山药　茯苓　丹皮　泽泻　石决明　菊花

（4）肾气不固证

证候：久病尿血，血色淡红，头晕耳鸣，腰脊酸痛，神疲乏力；舌质淡，脉弱。

治法：补益肾气，固摄止血。

代表方剂：无比山药丸加减。

常用药物：山药　肉苁蓉　熟地　山萸肉　茯神　菟丝子　五味子　赤石脂　巴戟天　泽泻　杜仲　牛膝　鹿角片　枸杞　花蕊石　蒲黄炭　三七

7. 紫斑

（1）血热妄行证

证候：皮肤青紫斑点或斑块，或伴有鼻衄、齿衄、便血、尿血、发热口渴，溲赤便秘，烦躁不安；舌质红，苔薄黄，脉弦数。

治法：清热解毒，凉血止血。

代表方剂：犀角地黄汤加减。

常用药物：水牛角　生地　赤芍　丹皮　石膏　龙胆草　紫草　白芍　甘草　地榆　槐花

（2）气不摄血证

证候：久病不愈，紫斑反复出现，神疲乏力，头晕目眩，面色苍白，食欲不振；舌质淡，苔白，脉细弱。

治法：补气摄血。

代表方剂：归脾汤加减。

常用药物：白术　茯神　黄芪　龙眼肉　酸枣仁　人参　木香　甘草　当归　远志　生姜　大枣　山药

（3）阴虚火旺证

证候：皮肤青紫斑点或斑块，时发时止，常伴齿衄、鼻衄、月经过多，两颧红赤，心烦口渴，手足心热，潮热盗汗；舌质红，苔少，脉细数。

治法：滋阴降火，宁络止血。

代表方剂：茜根散加减。

常用药物：茜草根　黄芩　阿胶　侧柏叶　生地　甘草　地骨皮　白薇　五味子　煅龙骨　煅牡蛎

【辨病思路】

西医学中许多急慢性疾病所引起的出血都可归属于中医血证。如呼吸系统疾病中的支气管扩张、肺结核等所引起的咯血；循环系统疾病中的二尖瓣狭窄等所引起的咯血；消化系统疾病中的胃及十二指肠溃疡、肝硬化、溃疡性结肠炎等所引起的呕血、便血；泌尿系统疾病中的急性肾小球肾炎、急性肾盂肾炎、肾结核等所引起的尿血；血液系统疾病中的特发性血小板减少性紫癜、过敏性紫癜及其他出血性疾病所引起的皮肤、黏膜和内脏的出血等均可按血证进行辨证论治。

1. 支气管扩张　多发生在幼年；常继发于麻疹、百日咳后的支气管炎；慢性反复咳嗽、咯大量脓痰；两肺下部可闻及固定性湿啰音；支气管碘油造影可确诊。

2. 肺结核　常有咳嗽，多干咳或少痰，不同程度的咯血；有低热、乏力、盗汗等结核全身中毒症状；湿啰音多位于肺上部；X线检查有肺结核特征；结素纯蛋白衍生物（PPD）阳性；痰结核菌培养阳性是诊断肺结核的主要依据。

3. 二尖瓣狭窄　常有呼吸困难，可有咯血甚或咯粉红色泡沫样痰；心尖区有隆隆样舒张期杂音；第一心音亢进和开瓣音；可有肺动脉高压和右心室增大的心脏体征；X线及心电图显示左心房增大；超声心动图检查可确诊。

4. 胃及十二指肠溃疡 发作有季节性，多发生于秋冬和冬春之交；有慢性周期性节律性上腹痛史；X线钡餐检查出现龛影是诊断的可靠依据；胃镜检查优于X线钡餐检查。

5. 肝硬化 有病毒性肝炎、长期饮酒等有关病史；有肝功能减退和门脉高压的临床表现；肝功能试验常有阳性发现；肝活组织检查见假小叶形成有确诊价值。

6. 溃疡性结肠炎 多呈反复发作慢性病程；表现为腹泻、黏液脓血便、腹痛；X线钡剂灌肠检查和结肠镜检查有特征性改变。

7. 急性肾小球肾炎 于链球菌感染或其他细菌感染之后2～3周发病；可有水肿、高血压及全身表现；有少尿、血尿、蛋白尿等明显的尿改变；尿沉渣检查可见多量红细胞，甚至有红细胞管型。

8. 肾结核 有尿频、尿急、尿痛，一般抗菌药治疗无效；尿培养结核菌阳性，尿沉渣可找到结核抗酸杆菌；血清结核菌抗体测定阳性；静脉肾盂造影可发现结核病灶X线征象；部分患者可有肺、睾丸等肾外结核。

9. 特发性血小板减少性紫癜 广泛出血累及皮肤黏膜及内脏；多次检查血小板计数减少；骨髓巨核细胞增多或正常，有成熟障碍；血小板相关抗体（PAIg）及血小板相关补体（PAC－3）阳性；血小板生存时间缩短。

10. 过敏性紫癜 发病前1～3周有低热、咽痛、全身不适或上呼吸道感染史；典型四肢皮肤紫癜，可伴腹痛、关节肿痛和血尿；血小板计数、血小板功能及凝血检查正常。

第四十二节　内伤发热

内伤发热是指以内伤为病因，脏腑功能失调，气、血、阴、阳失衡为基本病机，以发热为主要临床表现的病证。一般起病较缓，病程较长，热势轻重不一，但以低热为多，或自觉发热而体温并不升高。

内伤发热应与外感发热相鉴别。内伤发热起病缓慢，病程较长，或有反复发作的病史。多为低热，或自觉发热，而体温并不升高，表现为高热的较少。不恶寒，或虽有怯冷，但得衣被则减。常兼见手足心热、头晕、神疲、自汗、盗汗、脉弱等症。而外感发热因感受外邪而起，起病较急，病程较短，发热的热度大多较高，发热的类型随病种的不同而有所差异，一般外邪不除则发热不退。发热初期大多伴有恶寒，其恶寒得衣被而不减，常兼有头身疼痛、鼻塞、流涕、咳嗽、脉浮等表证。外感发热由感受外邪，正邪相争所致，属实证者居多。

【病因病机】

引起内伤发热的病因主要是久病体虚、饮食劳倦、情志失调及外伤出血。其病机主要为气、血、阴、阳亏虚，以及气、血、痰、湿等郁结壅遏而致发热两类。

1. 久病体虚 由于久病或素体虚弱，失于调理，以致机体的气、血、阴、阳亏虚，阴阳失衡而引起发热。若中气不足，阴火内生，可引起气虚发热；久病心肝血虚，或脾虚不能生血，或长期慢性失血，以致血虚阴伤，无以敛阳，导致血虚发热；素体阴虚，或热病日久，耗伤阴液，或治病过程中误用、过用温燥药物，导致阴精亏虚，阴衰则阳盛，水不制火，而导致阴虚发热；寒证日久，或久病气虚，气损及阳，脾肾阳气亏虚，虚阳外浮，导致阳虚发热。

2. 饮食劳倦 由于饮食失调，劳倦过度，使脾胃受损，水谷精气不充，以致中气不足，阴火内生，或脾虚不能化生阴血，而引起发热；若脾胃受损，运化失职，以致痰湿内生，郁而化热，进而引起湿郁发热。

3. 情志失调 情志抑郁，肝气不能条达，气郁化火，或恼怒过度，肝火内盛，导致气郁发热。情志失调亦是导致瘀血发热的原因之一。每在气机郁滞的基础上，日久不愈，则使血行瘀滞而导致血瘀发热。

4. 外伤出血 外伤以及出血等原因导致发热主要有两个方面：一是外伤以及出血使血循不畅，瘀血阻滞经络，气血壅遏不通，因而引起瘀血发热。二是外伤以及血证时出血过多，或长期慢性失血，以致阴血不足，无以敛阳而引起血虚发热。

总之，引起内伤发热的病机，大体可归纳为虚、实两类。由气郁化火、瘀血阻滞及痰湿停聚所致者属实，其基本病机为气、血、痰、湿等郁结，壅遏化热而引起发热。由中气不足、血虚失养、阴精亏虚及阳气虚衰所致者属虚，其基本病机是气、血、阴、阳亏虚，或因阴血不足，阴不配阳，水不济火，阳气亢盛而发热；或因阳气虚衰，阴火内生，阳气外浮而发热。总属脏腑功能失调，阴阳失衡所导致。本病病机比较复杂，可由一种也可由多种病因同时引起发热，如气郁血瘀、气阴两虚、气血两虚等。久病往往由实转虚，由轻转重，其中以瘀血病久，损及气、血、阴、阳，分别兼见气虚、血虚、阴虚或阳虚，而成为虚实兼夹之证的情况较为多见。其他如气郁发热日久伤阴，则转化为气郁阴虚之发热；气虚发热日久，病损及阳，阳气虚衰，则发展为阳虚发热。

【辨证论治】

1. 阴虚发热证

证候：午后潮热，或夜间发热，不欲近衣，手足心热，烦躁，少寐多梦，盗汗，口干咽燥；舌质红，或有裂纹，苔少甚至无苔，脉细数。

治法：滋阴清热。

代表方剂：清骨散加减。

常用药物：柴胡 胡黄连 秦艽 鳖甲 地骨皮 青蒿 知母 甘草 玄参 生地 制首乌 酸枣仁 柏子仁 夜交藤

2. 血虚发热证

证候：发热，热势多为低热，头晕眼花，体倦乏力，心悸不宁，面白少华，唇甲色淡；舌质淡，脉细弱。

治法：益气养血。

代表方剂：归脾汤加减。

常用药物：白术 茯神 黄芪 龙眼肉 酸枣仁 人参 木香 甘草 当归 远志 生姜 大枣 熟地 枸杞 制首乌

3. 气虚发热证

证候：发热，热势或低或高，常在劳累后发作或加剧，倦怠乏力，气短懒言，自汗，易于感冒，食少便溏；舌质淡，苔薄白，脉细弱。

治法：益气健脾，甘温除热。

代表方剂：补中益气汤加减。

常用药物：人参 黄芪 白术 甘草 当归 陈皮 升麻

4. 阳虚发热证

证候：发热而欲近衣，形寒怯冷，四肢不温，少气懒言，头晕嗜卧，腰膝酸软，纳少便溏，面色㿠白；舌质淡胖，或有齿痕，苔白润，脉沉细无力。

治法：温补阳气，引火归原。

代表方剂：金匮肾气丸加减。

常用药物：桂枝　附子　熟地　山茱萸　山药　茯苓　丹皮　泽泻　人参　白术

5. 气郁发热证

证候：发热多为低热或潮热，热势常随情绪波动而起伏，精神抑郁，胁肋胀满，烦躁易怒，口干而苦，纳食减少；舌红，苔黄，脉弦数。

治法：疏肝理气，解郁泄热。

代表方剂：丹栀逍遥散加减。

常用药物：丹皮　栀子　当归　白芍　柴胡　茯苓　白术　甘草　薄荷　生姜　郁金　香附

6. 痰湿郁热证

证候：低热，午后热甚，心内烦热，胸闷脘痞，不思饮食，渴不欲饮，呕恶，大便稀薄或黏滞不爽；舌苔白腻或黄腻，脉濡数。

治法：燥湿化痰，清热和中。

代表方剂：黄连温胆汤合中和汤加减。

常用药物：半夏　陈皮　茯苓　甘草　枳实　竹茹　黄连　大枣　苍术　黄芩　香附　郁金　佩兰

7. 血瘀发热证

证候：午后或夜晚发热，或自觉身体某些部位发热，口燥咽干，但不多饮，肢体或躯干有固定痛处或肿块，面色萎黄或晦暗；舌质青紫或有瘀点、瘀斑，脉弦或涩。

治法：活血化瘀。

代表方剂：血府逐瘀汤加减。

常用药物：当归　生地　桃仁　红花　枳壳　赤芍　柴胡　甘草　桔梗　川芎　牛膝

【辨病思路】

引起发热的原因很多，凡是不因感受外邪所导致的发热，均属内伤发热的范畴。西医学所称的功能性低热、肿瘤、血液病、结缔组织疾病、内分泌疾病等非感染性发热及部分慢性感染性疾病所引起的发热，以及某些原因不明的发热，具有内伤发热的临床表现时，均可参照本节内容辨证论治。

1. 无菌性坏死物质的吸收　①机械性、物理或化学性损害：如大组织损伤、内出血、大血肿、大面积烧伤等；②因血管栓塞或血栓形成而引起的心肌、肺、脾等内脏梗死或肢体坏死；③组织坏死与细胞破坏：如癌、白血病、淋巴瘤、溶血反应等。

2. 抗原－抗体反应　如风湿热、血清病、药物热、结缔组织病等。

3. 内分泌代谢障碍　如甲状腺功能亢进、重度脱水等。

4. 皮肤散热减少　如广泛性皮肤、鱼鳞癣以及慢性心力衰竭而引起的发热，一般为低热。

5. 体温调节中枢功能失常　①化学性：如重度安眠药中毒；②机械性：如脑出血、脑震荡、颅骨骨折等。上述各种原因可直接损害体温调节中枢，致使其功能失常而引起发热，高热无汗是这类发热的特点。

6. 自主神经功能紊乱 由于自主神经功能紊乱，影响正常的体温调节过程，使产热大于散热，体温升高，多为低热，常伴有自主神经功能紊乱的其他表现，属功能性发热范畴。常见的功能性低热有：①原发性低热：由于自主神经功能紊乱所致的体温调节障碍或体质异常，低热可持续数月或数年之久，热型较规则，常波动 0.5℃左右。②感染后低热：由于病毒、细菌、原虫等感染后发热，低热不退，而原发感染已愈。此系体温调节中枢对体温的调节功能仍未恢复正常所致，但必须与机体抵抗力降低导致的病灶或其他感染所致的发热所区别。③夏季热：低热仅发生在夏季，秋后自行减退，多见于幼儿。④生理性低热：如精神紧张、剧烈运动后均可出现低热。月经前及妊娠初期也可有低热现象

第四十三节 急性阑尾炎

急性阑尾炎是外科最常见的疾病之一，居各种急腹症发病的首位。可发生于任何年龄，多见于青壮年，男性发病率高于女性。中医关于阑尾炎的记载归于肠痈范畴。本病的特点是：转移性右下腹疼痛，伴恶心、呕吐、发热、右下腹压痛等。

【西医病因病理】

1. 病因 急性阑尾炎的发病过程往往是复杂的，其发病有三种学说：

（1）阑尾腔梗阻学说 阑尾管腔细长，开口狭小，因种种原因极易造成阑尾腔的梗阻。

（2）细菌感染学说 阑尾炎的病理改变为细菌感染性炎症，致病菌多为各种革兰阴性杆菌和厌氧菌。当机体抵抗能力低下，阑尾腔内的细菌直接侵入损伤黏膜或细菌经血循到达阑尾而产生炎症。

（3）神经反射学说 该学说认为阑尾炎的发病和神经系统的活动有着密切的关系。神经调节失调导致消化道功能障碍，包括运动机能障碍和血液供应障碍，可使管腔梗阻加重，组织抵抗力减弱，给细菌感染创造条件。

上述三种因素在急性阑尾炎的发病过程中可相继出现，且互相影响，互为因果。

2. 病理 急性阑尾炎在不同的发展阶段可出现不同的病理变化，可归纳为四种临床类型：

（1）急性单纯性阑尾炎 炎症局限于阑尾黏膜及黏膜下层，逐渐扩展至肌层、浆膜层。阑尾轻度肿胀，浆膜充血，有少量纤维素性渗出物。阑尾壁各层均有水肿和中性粒细胞浸润，黏膜上有小溃疡形成。

（2）化脓性阑尾炎 炎症发展到阑尾壁全层，阑尾显著肿胀，浆膜充血严重，附着纤维素渗出物，并与周围组织或大网膜粘连，腹腔内有脓性渗出物。此时阑尾壁各层均有大量中性粒细胞浸润，壁内形成脓肿，黏膜坏死脱落或形成溃疡，腔内充满脓液。此型亦称蜂窝组织炎性阑尾炎。

（3）坏疽或穿孔性阑尾炎 病程进一步发展，阑尾壁出现全层坏死，变薄而失去组织弹性，局部呈暗紫色或黑色，可局限在一部分或累及整个阑尾，极易破溃穿孔，阑尾腔内脓液黑褐色而带有明显臭味，阑尾周围有脓性渗出。穿孔后感染扩散可引起弥漫性腹膜炎或门静脉炎、败血症等。

（4）阑尾周围脓肿 化脓或坏疽的阑尾被大网膜或周围肠管粘连包裹，脓液局限于右下腹而形成阑尾周围脓肿或炎性肿块。

【中医病因病机】

1. 饮食不节 由于暴饮暴食，嗜食膏粱厚味，或恣食生冷，致脾胃功能受损，导致肠道功能失调，传导失司，糟粕积滞，生湿生热，遂致气血瘀滞，积于肠道而成痈。

2. 寒温不适 由于外感六淫之邪，外邪侵入肠中，导致经络阻塞，气血凝滞，郁久化热而成。

3. 情志不畅 由于郁闷不舒，致肝气郁结，气机不畅，肠道传化失职，易生食积，痰凝瘀积壅塞而发病。

4. 暴急奔走或跌仆损伤 由于劳累过度，或饱食后暴急奔走、跌仆损伤，致气血违常，败血浊气壅遏肠中而成痈。

中医学认为急性阑尾炎病在肠腑，属里、热、实证。因饮食不节、过食油腻生冷或寒温不适、情志失调等，致肠道传化失司，气机痞塞，瘀血停聚，湿热内阻，血肉腐败而成肠痈。其总的病机为气滞、血瘀、湿阻、热壅，进而热毒炽盛，结于阳明或侵入营血，严重者可致阴竭阳脱之危候。

【临床表现】

1. 症状

（1）转移性右下腹疼痛 约有70%～80%的急性阑尾炎病人具有这种典型的腹痛，腹痛多起始于上腹部或脐周围，呈阵发性疼痛并逐渐加重，数小时甚至1～2天后疼痛转移至右下腹部。这种特点主要是由于早期炎症只侵犯阑尾黏膜及黏膜下层，刺激内脏神经而反射性引起脐上或脐周疼痛。当炎症波及阑尾浆膜时，刺激体神经所支配的壁层腹膜而出现定位痛，引起阑尾所在的右下腹呈持续性疼痛，可阵发性加剧并逐渐加重。腹痛的性质和程度与阑尾炎病理类型有一定的关系。单纯性阑尾炎多呈隐痛或钝痛，程度较轻；梗阻化脓性阑尾炎一般为阵发性剧痛或胀痛；坏疽性阑尾炎开始多为持续性跳痛，程度较重，而当阑尾坏疽后即变为持续性剧痛。

（2）胃肠道症状 发病初期常伴有恶心、呕吐，呕吐物多为食物，并多数伴有便秘、食欲减退。盆腔位阑尾炎刺激直肠可有腹泻和里急后重感。弥漫性腹膜炎时可出现麻痹性腹胀。

（3）全身症状 早期一般并不明显，体温正常或轻度升高，可有头晕、头痛、乏力、汗出、口干、尿黄、脉数等症状。当体温升高至38℃～39℃，应注意到阑尾有化脓、坏疽穿孔的可能性。少数坏疽性阑尾炎或导致门静脉炎时，可有寒战高热，体温高达40℃以上。

2. 主要体征

（1）压痛 右下腹局限性显著压痛是阑尾炎最重要的特征。压痛点通常在麦氏点，但可随阑尾位置和阑尾尖端的部位而改变，即使在早期，疼痛尚在反射痛阶段，阑尾处也可有局限性压痛。炎症逐渐加重，压痛范围也随之扩大。

（2）反跳痛（Blumberg征） 为炎症波及壁层腹膜时的表现，在化脓性阑尾炎时即可出现，随炎症的加剧而加重。将手指放在右下腹阑尾部位或腹部其他象限，并逐渐缓慢地压迫至深部，然后迅速抬手放松，若患者感到该区腹内剧痛为阳性。

（3）腹肌紧张 腹膜壁层受到刺激后可出现防御性腹肌紧张，其程度及范围大小是区别各型阑尾炎的重要依据。急性单纯性阑尾炎多无腹肌紧张，轻型化脓性阑尾炎可有轻度腹肌紧张，严重化脓、坏疽穿孔性阑尾炎腹肌紧张显著。但需注意，衰竭病人、老人、小儿、孕妇、肥胖及盲肠后位阑尾炎时，腹肌紧张可不明显；对触觉敏感的病人往往容易出现假性腹肌紧张，临床上需反复做细致轻柔的检查，方能作出准确的判断。

（4）右下腹包块　若阑尾周围脓肿形成，右下腹可扪及痛性包块，边界不清且固定。

（5）下列检查方法可协助阑尾炎的定性、定位诊断：

① 结肠充气试验（Rovsing 征）：一手按压左下腹降结肠，另一手沿结肠逆行挤压，如出现右下腹疼痛为阳性，可提示阑尾炎的存在。

② 腰大肌试验（Psoas 征）：患者左侧卧位，医生用左手扶住患者右髋部，右手将右下肢向后过伸，引起右下腹疼痛者为阳性，提示炎性阑尾贴近腰大肌，多见于盲肠后位阑尾炎。

③ 闭孔内肌试验（Obturator 征）：患者平卧，将右髋和右膝屈曲90°，并内旋髋关节，以拉紧右侧闭孔内肌，如右下腹疼痛者为阳性，提示炎性阑尾位置较低，贴近闭孔内肌，为盆腔位阑尾炎。

④ 直肠指诊：直肠右侧前上方有触痛，提示炎性阑尾位置较低。如有灼热、压痛、饱满或波动感，提示有盆腔脓肿。

⑤ 经穴触诊：在急性阑尾炎的病人中，约 60% ~80% 会出现足三里与上巨虚穴之间的阑尾穴有压痛，尤以右侧明显而多见。

【实验室及其他检查】

1. 血常规　多数病人白细胞升高，中性粒细胞比例也有不同程度的升高。白细胞计数常在 $10 \times 10^9/L$ ~$15 \times 10^9/L$ 之间，当出现阑尾穿孔合并腹膜炎或门静脉炎时，白细胞计数可高达 $20 \times 10^9/L$ 以上。

2. 尿常规　由于阑尾炎刺激输尿管、膀胱，部分患者可在尿中出现少量红细胞与白细胞，但应与泌尿系疾病相鉴别。

3. 其他辅助检查　如钡灌肠、超声显像、同位素扫描、CT 检查等，对不典型的阑尾炎在诊断有困难时可参考应用。

【诊断与鉴别诊断】

1. 诊断　根据转移性右下腹疼痛的病史和右下腹局限性压痛的典型阑尾炎的特点，一般即可作出诊断。但症状不典型的阑尾炎或异位阑尾炎的诊断则有一定的困难，应根据详细的病史和仔细的体检，辅以化验及特殊检查，全面分析，才能提高阑尾炎的诊断率。

特殊类型急性阑尾炎的诊断：

（1）小儿急性阑尾炎　发病率较成人为低，多发生在上呼吸道感染和肠炎的同时，病情发展快且较为严重。腹肌紧张不明显，压痛范围一般较广而不局限，容易发生阑尾穿孔及其他严重并发症。病人高热、恶心呕吐出现早而频，常可引起脱水和酸中毒。

（2）老年人急性阑尾炎　因老年人对痛觉迟钝，反应性差，故症状和体征常常不典型，转移性右下腹痛常不明显，腹膜刺激征多不显著；有时虽炎症较重，但白细胞计数和中性粒细胞比例仍可在正常范围。阑尾坏疽穿孔和其他并发症的发生率都较高。由于临床表现和病理变化往往不相符合，容易延误诊治，尤应警惕。

（3）妊娠期急性阑尾炎　临床上也较常见。其特点是随着妊娠的月数增加而阑尾压痛点不固定，腹肌紧张和压痛均不明显，穿孔后由于胀大的子宫的影响，腹膜炎症不易局限，炎症刺激子宫可致流产或早产。

（4）异位急性阑尾炎　症状及体征多不典型，有盆腔内、盲肠后、腹膜外、肝下、左下腹等不同部位的阑尾炎。

2. 鉴别诊断　需与急性阑尾炎相鉴别的疾病主要有：

（1）胃十二指肠溃疡穿孔　多有上消化道溃疡病史，突然出现上腹部剧烈疼痛并迅速波及全腹。部分病人穿孔后，胃肠液可沿升结肠旁沟流至右下腹，出现类似急性阑尾炎的转移性右下腹痛，但腹膜刺激征明显，多有肝浊音界消失，肠鸣音消失，可出现休克，X 线检查常可发现膈下游离气体。必要时可行诊断性腹腔穿刺加以鉴别。

（2）急性胃肠炎　多有饮食不洁史，可出现与急性阑尾炎相似的表现，但腹部压痛部位不固定，肠鸣音亢进，一般无腹膜刺激征，大便检查可有脓细胞及未消化食物。

（3）急性肠系膜淋巴结炎　腹痛常与上呼吸道感染并发，或腹痛前有头痛、发热、咽痛或其他部位淋巴结肿痛病史，早期即可有高热、白细胞数增高，但腹痛、压痛相对较轻且较广泛，部位较阑尾点为高且接近内侧，在肠系膜区域内有时可触及肿大淋巴结。

（4）右肺下叶大叶性肺炎或右侧胸膜炎　早期可引起右下腹反射性疼痛，甚至出现右下腹压痛和肌紧张，体温升高，但常有右侧胸痛及呼吸道症状，腹部无固定性显著压痛点。胸部听诊可闻及啰音、摩擦音、呼吸音减弱等阳性体征。胸部 X 线检查有鉴别意义。

（5）急性胆囊炎、胆石病　右上腹持续性疼痛，阵发性加剧，可伴有右肩部放射痛，腹膜刺激征以右上腹为甚，墨菲（Murphy）征阳性，部分病人可出现黄疸。当发生高位阑尾炎时，腹痛位置较高，或胆囊位置较低位，腹痛点比正常降低时，应注意鉴别。必要时可借助超声波和 X 线等检查。

（6）右侧输尿管结石　常突然出现剧烈绞痛，向会阴部及大腿内侧放射，但腹部体征不明显，有肾区叩击痛，可伴有尿频、尿急、尿痛或肉眼血尿等症状，一般无发热。X 线摄片常可发现阳性结石。

（7）妇产科疾病　①宫外孕破裂：常有急性失血症状和下腹疼痛症状，有停经史，妇科检查阴道内有血液，阴道后穹隆穿刺有血等。②急性附件炎：腹部检查时压痛部位以下腹两侧为主，并有白带增多，或阴道有脓性分泌物，分泌物涂片检查可见革兰阴性双球菌。盆腔B 超、阴道检查或肛门指诊有助于诊断。③卵巢滤泡或黄体破裂和出血：卵巢滤泡破裂多在两次月经的中期；黄体破裂多在月经中期以后下次月经前 14 天以内。临床表现与宫外孕相似，必要时行腹腔或阴道后穹隆穿刺。

【治疗】

1. 治疗思路　急性阑尾炎的治疗一般可分为手术疗法和非手术疗法两类。原则上应强调以手术治疗为主，但对于急性单纯性阑尾炎或右下腹出现包块即阑尾周围脓肿者，采用中药治疗效果较好。六腑以通为用，通腑泄热是治疗肠痈的大法，清热解毒、活血化瘀法的及早应用可以缩短疗程。

2. 西医治疗　对诊断明确的急性阑尾炎，一般主张尽早采用手术疗法，尤其是老年人、小儿、妊娠期急性阑尾炎。其主要方法是阑尾切除术。对腹腔渗液严重，或腹腔已有脓液的急性化脓性或坏疽性阑尾炎，应同时行腹腔引流；对阑尾周围脓肿，如有扩散趋势，可行脓肿切开引流。近年来对急性单纯性阑尾炎和慢性阑尾炎开展了经腹腔镜阑尾切除术。对较大和脓液多的阑尾周围脓肿，除药物治疗外，可进行脓肿穿刺抽脓，或在合适的位置放入引流管，以减少脓肿的张力，改善血循环，并能进行冲洗或局部应用抗生素，利于脓肿的吸收消散。应用超声波或 CT 可以准确地选择穿刺点。

3. 中医辨证论治

（1）瘀滞证

证候：转移性右下腹痛，呈持续性、进行性加剧，右下腹局限性压痛或拒按；伴恶心纳差，可有轻度发热；苔白腻，脉弦滑或弦紧。

治法：行气活血，通腑泄热。

代表方剂：大黄牡丹汤合红藤煎剂加减。

常用药物：大黄　牡丹皮　桃仁　冬瓜仁　芒硝　红藤　青皮　枳实　厚朴　丹参　赤芍

（2）湿热证

证候：腹痛加剧，右下腹或全腹压痛、反跳痛，腹皮挛急，右下腹可摸及包块；壮热，恶心纳差，便秘或腹泻；舌红苔黄腻，脉弦数或滑数。

治法：通腑泄热，利湿解毒。

代表方剂：大黄牡丹汤合红藤煎剂加败酱草、白花蛇舌草、蒲公英。

常用药物：大黄　牡丹皮　桃仁　冬瓜仁　芒硝　红藤　败酱草　白花蛇舌草　蒲公英　藿香　佩兰　薏苡仁　黄连　黄芩　生石膏

（3）热毒证

证候：腹痛剧烈，全腹压痛、反跳痛，腹皮挛急；高热不退或恶寒发热，恶心纳差，便秘或腹泻；舌红绛，苔黄厚，脉洪数或细数。

治法：通腑排毒，养阴清热。

代表方剂：大黄牡丹汤合透脓散加减。

常用药物：大黄　牡丹皮　桃仁　冬瓜仁　芒硝　红藤　黄芪　当归　穿山甲　皂角刺　元胡　广木香

【预防与调护】

1. 避免饮食不节和食后剧烈运动，养成良好的排便习惯。

2. 初期可根据食欲及病情给予清淡饮食。

3. 卧床休息或半坐卧位。

4. 保守治疗症状消失后，仍需坚持服药。

第四十四节　急性胆道感染

【西医病因病理】

1. 病因　引起胆道感染的原因很多，主要为各种因素造成的胆道梗阻、功能障碍、胆道寄生虫、其他病原微生物的感染、胆道损伤和血运障碍等。

（1）梗阻因素　胆石病和胆管狭窄是造成胆道梗阻引起胆道感染的重要原因。胆石病、胆管狭窄和胆道感染常同时并存，互为因果，互相影响。

（2）感染因素　包括寄生虫感染、细菌感染和病毒感染等。胆道蛔虫病较多见。正常情况下胆道内可能存在少量细菌而不发病，在胆道梗阻、胆汁淤积时细菌得以停留和繁殖并引起胆道感染。致病菌可经血行播散、经十二指肠乳头逆行感染或经淋巴系统进入胆道。其中逆行感染受到更多的重视。

（3）局部供血障碍　严重创伤、烧伤、大量失血、休克、心衰、贫血、动脉硬化和胆道内压力增高等可造成胆道血液灌注量不足。局部缺血、缺氧则使胆道对致病因素如化学性刺激、细菌感染等更为敏感，因而极易招致胆道感染，甚至出现胆管壁或胆囊的坏疽、穿孔。

（4）其他 胆道畸形、胆道创伤和胆道运动功能障碍也可致急性胆道感染。

总之，上述各种因素往往同时存在，互相影响而致胆道感染。

2. 病理

（1）急性胆囊炎 根据胆囊壁的病变程度和范围常分为以下三种类型：

①急性单纯性胆囊炎：一般为急性胆囊炎的早期表现，多由胆汁淤积，浓缩的胆盐和溶血卵磷脂刺激胆囊黏膜产生化学性炎症反应，此时细菌培养阳性率约为50%，主要为黏膜层的炎症，如黏膜充血、水肿、浆液性渗出、中性粒细胞浸润，胆囊可有轻度扩张。大部分急性胆囊炎属于这种类型。

②急性化脓性胆囊炎：急性单纯性胆囊炎继续发展，梗阻因素未能解除或继发严重的感染，炎症性病理改变侵犯胆囊壁全层，除水肿充血外，黏膜可有坏死或溃疡形成，胆囊腔内和浆膜出现纤维素性或脓性渗出物，胆囊内胆汁呈黏稠灰白色，或胆囊积脓。胆囊明显扩张，长径可达15cm，张力升高。胆囊呈灰白色或蓝绿色，表面敷有脓苔。渗出物增多可形成胆囊周围积液、积脓，如胆囊周围炎。胆囊也可被大网膜、结肠、十二指肠包裹，形成粘连。胆囊淋巴结和胆总管周围淋巴结肿大。胆囊炎症也可侵及肝外胆管和胆囊床附近的肝实质，并形成局部的小脓肿。

③急性坏疽性胆囊炎：为急性胆囊炎的晚期表现。由于胆囊腔内压持续升高，压迫胆囊壁或因严重感染，胆囊壁内血管血栓形成，胆囊壁呈片状或广泛坏疽，常同时伴有胆囊壁内脓肿破溃而出现胆囊穿孔、胆汁性腹膜炎。此时胆囊常呈紫红色，甚至蓝黑色，胆囊周围组织常有胆汁染色，胆囊穿孔部位多位于胆囊颈部和胆囊底部。如果与周围组织粘连紧密，可穿通周围肠管，形成胆肠内瘘，最常穿入的肠管为十二指肠和结肠。胆囊穿孔后还可形成膈下脓肿，产生败血症、中毒性休克等一系列并发症。

（2）急性胆管炎

①急性单纯性胆管炎：胆管壁黏膜充血水肿，胆汁淤积非脓性，略黏稠，胆管压力轻度升高。

②急性化脓性胆管炎：胆管壁黏膜糜烂，出现溃疡，胆管明显扩张，胆汁淤积，胆管内压力增高，管腔内充满脓性胆汁。致病菌多为大肠杆菌和厌氧菌，感染途径可经血行、淋巴管或逆行进入胆道。胆管炎可分别发生在左、右肝管，也可发生在肝外胆管而影响整个胆管系统，后者几乎均有黄疸。

③急性重型胆管炎：原称急性梗阻性化脓性胆管炎，是胆道感染中最严重的一种类型，约占胆道疾病的10%～20%。该病来势迅猛，病情凶险，进展迅速，即使在积极手术引流的情况下，病死率仍可高达20%～50%。一般在入院后1～4天死于败血症、中毒性休克、胆源性肝脓肿、胆道出血、多器官功能衰竭（MOF）等继发病变。胆管梗阻、内压增高是急性重型胆管炎的主要病理基础。

【中医病因病机】

胆液来源于肝，肝与胆相表里，共司疏泄功能，以"中清不浊"和"通降下行"为顺。一般来说，人体肝胆气机紊乱和整体机能失调是本病发病的内因；而饮食不节、蛔虫上扰或情志刺激等因素是发病的外因，外因通过内因而起作用。本病发病以后病机发展变化多端，常是气郁、血瘀、湿热和实结四个病理环节互相兼夹，互相转化，并多反复发作，迁延缠绵，甚至变证百出。

本病的病因常见的有以下 3 种：

1. 饮食不节　脾胃共司水谷精微的运化。若饮食不节，恣食油腻，则能克伤脾胃，致使运化失健，湿浊内生。脾胃之湿浊可阻碍肝胆气机疏泄，肝胆气郁，进而化热。肝胆郁热再与脾胃湿浊蕴蒸，即促成本病。

2. 蛔虫上扰　蛔虫具有喜温恶寒的习性，蛔虫病患者若因各种因素导致脾胃虚寒，蛔虫遇寒则骚动不安，上扰入"膈"，致肝胆气机不畅。肝胆气郁而化热，其热与脾虚所生之湿热蕴蒸，可酿成本病。

3. 情志刺激　肝主疏泄，性喜条达。胆附于肝，肝胆经脉互相络属而为表里，以疏泄通畅为顺。若情志刺激，导致肝胆疏泄不畅，肝胆气郁，一方面克犯脾胃，脾失健运，湿浊内生；一方面气郁化热，肝胆之热与脾胃之湿蕴蒸，则发为本病。

【临床表现】

1. 急性胆囊炎

（1）症状　多数病人发作前曾有胆囊疾病的表现。急性发作的典型过程表现为突发右上腹阵发性绞痛，常在饱餐、进油腻食物后或在夜间发作。疼痛常放射至右肩部、肩胛部和背部。伴恶心呕吐、厌食等。如病变发展，疼痛可转为持续性并阵发性加剧。每个急性发作病人都有疼痛，如无疼痛可基本排除本病。病人常有轻度发热，通常无畏寒，如出现明显寒战高热，表示病情加重或已产生并发症，如胆囊积脓、穿孔等，或有急性胆管炎。10% ~ 25% 的病人可出现轻度黄疸，可能是胆色素通过受损的胆囊黏膜进入循环，或邻近炎症引起 Oddi 括约肌痉挛所致。若黄疸较重且持续，表示有胆总管结石并梗阻的可能。

（2）体征　右上腹可有不同程度、不同范围的压痛、反跳痛及肌紧张，Murphy 征阳性。有的病人可扪及肿大而有触痛的胆囊。如胆囊病变发展较慢，大网膜可粘连包裹胆囊，形成边界不清、固定的压痛性包块；如病变发展快，胆囊发生坏死、穿孔，可出现弥漫性腹膜炎表现。

2. 急性梗阻性化脓性胆管炎（AOSC）

（1）症状　病人以往多有胆道疾病发作史和胆道手术史。本病发病急骤，病情进展快，除具有一般胆道感染的 Charcot 三联征（腹痛、寒战高热、黄疸）外，还可出现休克、中枢神经系统受抑制表现，即 Reynolds 五联征。起病初期即出现畏寒发热，严重时伴寒战，体温持续升高。疼痛依梗阻部位而异，肝外梗阻者明显，肝内梗阻者较轻。绝大多数病人可出现较明显黄疸，但如仅为一侧肝内胆管梗阻可不出现黄疸；行胆肠内引流术后病人的黄疸较轻。神经系统症状主要表现为神情淡漠、嗜睡、神志不清，甚至昏迷；合并休克时也可表现为躁动、谵妄等。

（2）体征　体格检查时病人体温常持续升高达39℃ ~40℃或更高。脉搏快而弱，达120次/分以上，血压降低。呈急性重病容，神志改变，可出现皮下瘀斑或全身青紫、发绀。剑突下及右上腹部有不同范围和不同程度的压痛或腹膜刺激征，可有肝肿大及肝区叩痛，有时可扪及肿大的胆囊。

【实验室及其他检查】

1. 急性胆囊炎

（1）化验室检查　85%的病人有轻度白细胞升高（12×10^9 ~ 15×10^9/L）。血清转氨酶

轻度升高，AKP升高较常见，1/2的病人有血清胆红素升高，1/3的病人血清淀粉酶升高。

（2）影像学检查　B超检查可显示胆囊增大、囊壁增厚甚至有"双边"征，以及胆囊内结石光团，其对急性结石性胆囊炎诊断的准确率为65%～90%。此外如^{99m}TC－EHIDA检查，急性胆囊炎由于胆囊管梗阻胆囊不显影，其敏感性几乎达100%。

2. 急性梗阻性化脓性胆管炎

（1）实验室检查　白细胞计数升高，多高于$20×10^9$/L，中性粒细胞升高，胞浆内可出现中毒颗粒。血小板计数降低，最低可达（10～20）×10^9/L，表示预后严重。凝血酶原时间延长，肝功能有不同程度的受损。肾功能损害、低氧血症、失水、酸中毒、电解质紊乱也较常见，特别是老年人和合并休克者。

（2）影像学检查　以B超最为实用，能及时了解胆道梗阻的部位、病变性质、肝内外胆管扩张等情况，对诊断很有帮助。若病人情况允许，必要时可行CT检查。

【治疗】

1. 治疗思路　对急症病人在采取积极有效的支持疗法的同时做好手术前的各项准备工作；对准备采取非手术疗法的患者也应随时注意病情的变化，及时调整治疗方案；对处于休克的病人，应在抗休克治疗的同时进行手术治疗，避免贻误良机。

2. 西医治疗

（1）一般治疗　包括禁食，输液，纠正水、电解质及酸碱代谢失衡，全身支持疗法；选用针对革兰阴性、阳性细菌及厌氧菌均有作用的广谱抗生素或联合用药。使用维生素K、解痉止痛药等对症处理。对于急性重症胆管炎要重视恢复血容量，改善和保证组织器官的良好灌流和氧供，包括纠正休克、使用肾上腺皮质激素，必要时使用血管活性药物，改善通气功能，纠正低氧血症等，以改善和维持各主要脏器功能。因老年人发病率较高，应注意及时发现和处理心、肺、肾等器官的并存病，维护重要脏器的功能。非手术疗法既可作为治疗，也可作为术前准备。非手术疗法期间应密切观察病人全身和局部变化，以便随时调整治疗方案。大多数病人经非手术疗法治疗后病情能够控制，待以后行择期手术。如病情严重或治疗后病情继续恶化者，应紧急手术治疗。对于休克者，也应在抗休克的同时进行手术治疗。对症治疗包括降温、支持治疗、吸氧等。

（2）手术治疗　急诊手术适用于：①发病在48～72小时以内者；②经非手术治疗无效且病情恶化者；③怀疑有胆囊穿孔、弥漫性腹膜炎、急性化脓性胆管炎、急性坏死性胰腺炎等并发症者。其他病人，特别是年老体弱的高危病人，应争取在病人情况处于最佳状态时行择期性手术。

手术方法包括：①胆囊造口术：适用于高危病人，或局部炎症水肿、粘连严重，解剖关系不清者，特别是在急症情况下，应选用胆囊造口术。此手术只作为一种临时性的抢救措施。②胆囊切除术：如病人的全身情况、胆囊局部及周围组织的病理改变允许，应行胆囊切除手术，以根除病变。可采用传统的开腹胆囊切除术（OC）或电视腹腔镜下胆囊切除术（LC）。③胆总管探查、T型管引流术：适用于胆总管结石引起的急性胆管炎、急性胰腺炎。达到取出结石、引流胆汁的目的。一般同时切除胆囊。

（3）非手术方法置管引流　包括胆囊穿刺置管术、经皮肝穿刺胆道置管引流术（PTCD）和经内镜鼻胆管引流术（ENBD）。

3. 中医辨证论治

（1）蕴热证（肝胆蕴热）

证候：胁腹隐痛，胸闷不适，肩背窜痛，口苦咽干，腹胀纳呆，大便干结，有时低热；舌红苔腻，脉平或弦。

治法：疏肝清热，通下利胆。

代表方剂：金铃子散合大柴胡汤加减。

常用药物：金铃子 延胡索 柴胡 黄芩 半夏 枳实 白芍 生姜 大枣

（2）湿热证（肝胆湿热）

证候：发热恶寒，口苦咽干，胁腹疼痛难忍，皮肤黄染，不思饮食，便秘尿赤；舌红苔黄，脉弦数滑。

治法：清胆利湿，通气通腑。

代表方剂：茵陈蒿汤合大柴胡汤加减。

常用药物：茵陈蒿 栀子 大黄 柴胡 黄芩 半夏 枳实 白芍 生姜 大枣

（3）热毒证（肝胆脓毒）

证候：胁腹剧痛，痛引肩背，腹拘强直，压痛拒按，高热寒战，上腹饱满，口干舌燥，不能进食，大便干燥，小便黄赤，甚者谵语，肤黄有瘀斑，四肢厥冷，鼻衄齿衄；舌绛有瘀斑，苔黄开裂，脉微欲绝。

治法：泻火解毒，通腑救逆。

代表方剂：黄连解毒汤合茵陈蒿汤加减。

常用药物：黄连 黄柏 黄芩 大黄 茵陈蒿 栀子

【预防与调护】

1. 保持乐观情绪，做到饮食有节，不暴饮暴食，不过食油腻和过量饮酒。

2. 严密观察患者体温、血压、脉搏、尿量变化，作好详细记录，高热时采用物理降温。

第四十五节 乳腺囊性增生病

乳腺囊性增生病也称慢性囊性乳腺病，或称纤维囊性乳腺病，是乳腺间质的良性增生。增生可发生于腺管周围并伴有大小不等的囊肿形成；也可发生在腺管内而表现为上皮的乳头样增生，伴乳管囊性扩张；另一类型是小叶实质增生。本病是妇女的常见病之一，多发生于30～50岁妇女。临床特点是乳房胀痛、乳房肿块及乳头溢液。属中医"乳癖"范畴。

【西医病因病理】

本病的症状常与月经周期有密切关系，且患者多有较高的流产率。一般多认为其发病与卵巢功能失调有关。可能是黄体酮的减少及雌激素的相对增多，致使两者比例失去平衡，使月经前的乳腺增生变化加剧，疼痛加重，时间延长，月经后的"复旧"也不完全，日久就形成了乳腺囊性增生病。主要病理改变是导管、腺泡以及间质不同程度的增生。病理类型可分为乳痛症型（生理性的单纯性乳腺上皮增生症）、普通型腺病小叶增生症型、纤维腺病型、纤维化型和囊肿型（即囊肿性乳腺上皮增生症），各型之间的病理改变都有不同程度的移行。

【中医病因病机】

本病多因肝气不舒、冲任失调，致使乳房气滞血瘀，痰瘀凝结而成。

1. 肝气不舒 乳头属肝，乳房属胃。情志内伤，郁怒伤肝，忧思伤脾，以致肝气不舒，脾失健运，又肝气不舒亦可克伐脾土，致水湿失运、痰浊内生，从而致使痰气互结于乳房而发病。

2. 冲任失调 冲为血海，任主胞胎，冲任又隶属于肝肾。生育过多或多次堕胎等伤肾伤血，以致肝肾两亏，冲任失调。冲任失和，下不能通盛胞宫而致月经失调，上不能滋养乳房而致气血凝滞，痰瘀凝结而成本病。

【临床表现】

1. 症状

（1）乳房内肿块 肿块可见于一侧或双侧乳房内，好发于外上象限，也可局限于乳房的任何象限或分散于整个乳房。肿块常为多发性，呈结节状，形态不规则，大小不等，质韧而不硬，与皮肤和深部组织之间无粘连，推之能移，但与周围组织分界并不清楚。肿块在月经来潮后可能有所缩小、变软。腋窝淋巴结不肿大。少数乳内肿块发生恶变时，可迅速增大、变硬。

（2）乳房胀痛 胀痛程度不一，轻者不被病人所介意，重者可影响工作和生活，也有的为乳房刺痛或灼痛。疼痛有时可向同侧腋下或肩背部放射。胀痛的特点是具有周期性，它常发生或加重于月经前期；但部分病人缺乏周期性，亦不能否定本病的存在。

（3）乳头溢液 乳房内大小不等的结节状肿块实际上是一个个大小不同囊状扩张的大小乳管，乳头溢液即来自这些囊肿。若病变与大导管相通，或导管内有多发性乳头状增生及乳头状瘤病，常可出现乳头溢液，多呈黄绿色、棕色或血性，偶为无色浆液。约有 5% ~ 15% 的患者可有乳头溢液，多为单侧性、自溢性。

（4）其他症状 常可伴有胸闷不舒，心烦易怒，失眠多梦，疲乏无力，腰膝酸软，经期紊乱，经量偏少等表现。

2. 体征 乳房内可扪及多个形态不规则的肿块，多呈片块状、条索状或颗粒状结节，也可各种形态混合存在。乳房脂肪较多的患者常扪摸不清片块状肿块，而在小乳房则可扪摸清楚，肿块为厚薄不等的片块状，表面一般平滑，但有的可扪及许多小结节，呈砂粒状隆起，大者可呈黄豆大小，质地中等，或软而有韧性。结节状肿块常为圆形、椭圆形或梭形，表面光滑或稍感毛糙，中等硬度。各种形态的肿块边界都不甚清楚，与皮肤及深部组织无粘连，推之能活动，多有压痛。

【实验室及其他检查】

1. X 线钼靶摄片为边缘模糊不清的阴影或有条索状组织穿越其间。

2. B 超为不均匀的低回声区以及无回声囊肿。

3. 切除（或切取）活检是最确切的诊断方法。

【诊断与鉴别诊断】

1. 诊断

（1）患者多为中青年妇女，常伴有月经不调。

（2）乳房胀痛，有周期性，常发生或加重于月经前期，经后可减轻或消失，也可随情志的变化而加重或减轻。

（3）双侧或单侧乳房内有肿块，常为多发性，呈数目不等、大小不一、形态不规则的结节状，质韧而不硬，推之能移，有压痛。

（4）部分病人可有乳头溢液，呈黄绿色、棕色或血性，少数为无色浆液。

（5）钼靶 X 线乳房摄片、B 型超声波检查、分泌物涂片细胞学检查、活体组织病理切片检查等有助诊断。

2. 鉴别诊断

（1）乳房纤维腺瘤 多为单个发病，少数属多发性；肿块多为圆形或卵圆形，表面光滑，边缘清楚，质地坚韧，活动，常在检查时的手指下滑脱；生长缓慢；多见于 20～30 岁妇女。

（2）乳腺导管扩张症 常发生于 45～52 岁的中老年妇女；常在乳头、乳晕及其附近部位出现细小的结节，乳头常溢出棕黄色或血性分泌物，有时可挤出粉渣样分泌物。

（3）乳腺癌 本病早期应注意与乳腺囊性增生病的结节状肿块鉴别。乳腺癌早期的肿块多为单发性，质地坚硬，活动性差，无乳房胀痛；主要应依据活体组织病理切片检查进行鉴别。

【治疗】

1. 治疗思路 本病是中青年妇女的多发病。西医尚无确切有效的治疗方法。由于其有少数可发生癌变，确诊后应注意密切观察、随访。乳房胀痛严重，肿块较多、较大者，可酌情应用维生素 E 及激素类药物。若疑有癌变可能者应及时手术治疗，中医采用疏肝解郁、化痰散结、行气活血、调理冲任的方法治疗，疗效比较好。临床上本病确诊后若可排除癌变，应及时内服中药治疗。由于本病系慢性病，且与月经周期有关，内服中药贵在坚持，应在密切观察、随访的情况下坚持用药，不能随意时服时停，否则会影响疗效。同时，在治疗过程中还应注意疏导情志。配合应用局部外敷药物、针刺疗法、激光局部照射、磁疗等方法治疗也有一定疗效。

2. 西医治疗

（1）药物治疗

①维生素类药物：可每次口服维生素 B_6 与维生素 E，或口服维生素 A。

②激素类药物：对软化肿块、减轻疼痛有一定疗效。但应用激素治疗有可能进一步扰乱人体激素之间的细微平衡，不宜常规应用，仅在疼痛严重而影响工作或生活时才考虑应用。常可选用黄体酮、达那唑、丙酸睾丸酮等。

（2）手术治疗 对可疑病人应及时进行活体组织切片检查，如发现有癌变，应及时行乳癌根治手术。若病人有乳癌家族史，或切片检查发现上皮细胞增生活跃，宜及时施行单纯乳房切除手术。

3. 中医辨证论治

（1）肝郁气滞证

证候：乳房胀痛或有肿块，一般月经来潮前乳痛加重和肿块稍肿大，行经后好转；常伴有情绪抑郁，心烦易怒，失眠多梦，胸胁胀满等；舌质淡红，苔薄白，脉细涩。

治法：疏肝理气，散结止痛。

代表方剂：逍遥散加减。

常用药物：柴胡 白术 白芍 当归 茯苓 生甘草 薄荷 煨姜 青皮 香附 郁金 丹参

（2）痰瘀凝结证

证候：乳中结块，多为片块状，边界不清，质地较韧，乳房刺痛或胀痛；舌边有瘀斑，苔薄白或薄而微黄，脉弦或细涩。

治法：活血化瘀，软坚祛痰。

代表方剂：失笑散合开郁散加减。

常用药物：蒲黄　五灵脂　柴胡　当归　白芍　白术　茯苓　香附　郁金　天葵草　全蝎　白芥子　炙甘草

（3）气滞血瘀证

证候：乳房疼痛及肿块没有随月经周期变化的规律性，乳房疼痛以刺痛为主，痛处固定，肿块坚韧；伴有经行不畅，经血量少，色暗红，夹有血块，少腹疼痛；舌质淡红，边有瘀点或瘀斑，脉涩。

治法：行气活血，散瘀止痛。

代表方剂：桃红四物汤合失笑散加减。

常用药物：桃仁　红花　当归　赤芍　熟地　川芎　蒲黄　五灵脂　三棱　莪术　郁金

（4）冲任失调证

证候：乳房肿块表现突出，结节感明显，经期前稍有增大变硬，经后可稍有缩小变软，乳房胀痛较轻微，或有乳头溢液；常可伴有月经紊乱，量少色淡，腰酸乏力等症；舌质淡红，苔薄白，脉弦细或沉细。

治法：调理冲任，温阳化痰，活血散结。

代表方剂：二仙汤加减。

常用药物：仙茅　仙灵脾　巴戟天　黄柏　知母　当归　郁金　桃仁　红花　海藻　夏枯草

第四十六节　前列腺增生症

前列腺增生症又称良性前列腺增生症（BPH）、前列腺肥大，是老年男性的常见病，以尿频、排尿困难和尿潴留为主要临床表现，严重者可发生肾衰竭。其发病率随年龄增长逐渐递增，多数于50～70岁发病。根据临床症状，本病应属中医"癃闭"、"精癃"等范畴。

【西医病因病理】

1. 病因　目前仍不十分明确。一般认为本病与体内性激素水平紊乱有关，年龄老化与有功能的睾丸是公认的两个发病基础。前列腺的正常发育有赖于男性激素，随着男性进入老龄，血清总睾酮与游离睾酮减少，引起前列腺组织中的双氢睾酮增加，加上雌激素水平增加，雌、雄激素代谢失衡，上皮和基质的相互作用，各种生长因子的作用，导致前列腺增生。近年来研究发现细胞凋亡在前列腺增生中起到一定作用。前列腺增生的病理标本切片中，细胞的有丝分裂少见，DNA合成亦比正常时少，提示前列腺增生不是细胞增殖增多，而是由细胞凋亡减少造成的。

2. 病理　正常的前列腺分为内、外两层，内层是围绕尿道的尿道黏膜及黏膜下腺，外层是周边带，两层中间有纤维膜分隔。前列腺增生开始于内层，首先在前列腺段尿道黏膜下腺体内出现纤维结节及基质增生，进而发生腺上皮增生。增生组织将前列腺组织向外周挤压，被压迫的组织发生退行性变，形成前列腺包膜。增大的腺体在后尿道及膀胱颈部隆起，或突入膀胱内，使尿道受压、变窄、伸长，膀胱颈部变小或呈唇状突起，导致排尿受阻，进而引起后尿道以上部位的病变。初期膀胱壁肌肉代偿性增厚，膀胱小梁形成，输尿管膀胱壁段延长僵硬，引起输尿管排空障碍。随着病情进展，膀胱颈部梗阻不能解除，逼尿肌不能代偿，张力减退，残余尿量增加。尿潴留可导致膀胱壁变薄，形成无力性膀胱。膀胱结石也是常见的并发症。膀胱内尿液逆流入上尿路，使上尿路压力增高，可造成输尿管、肾盂积水，最终导致肾衰竭、尿毒症。

【中医病因病机】

本病多因年老体虚，阳气不足，气血亏虚所致。气虚则血行缓慢，日久成瘀；阳虚及阴，虚火煎熬津液成痰，痰瘀互结，阻滞尿路，则排尿困难，小便滴沥不尽。本病的发生与肺、脾、肾、膀胱、三焦密切相关。肺失清肃，不能通调水道、输布津液，则水湿内停，上窍不通，下窍亦塞；脾肾气虚，推动乏力，不能运化水湿，终致痰湿凝聚，阻滞尿道；外感湿热之邪，或饮食不节，湿热内生，或水湿内停，郁而化热，皆可下注膀胱，致膀胱气化不利，三焦瘀阻；肾阳亏虚，气化乏力，膀胱传送无力，可出现小便不畅，点滴而下。

【临床表现】

多于50岁后出现症状。症状的轻重并非取决于前列腺本身的增生程度，而是由梗阻的程度、病变发展的速度、是否合并感染和结石决定的。

1. 症状

（1）尿频　患者早期表现为尿频，尤其夜尿次数明显增多（每夜2次以上）。最初由前列腺充血刺激引起；随着梗阻加重，后尿道压迫情况日益严重，膀胱内尿液无法排空而出现残余尿，膀胱经常处于部分充盈状态，有效容量缩小，尿频可逐渐加重。

（2）排尿困难　进行性排尿困难是前列腺增生最重要的症状。增生的腺体压迫尿道，使尿道延长、变窄、弯曲，尿道阻力增加。当后尿道阻力超过逼尿肌的张力时，逼尿肌不能长时间维持收缩，无法排空膀胱，出现残余尿。轻度梗阻表现为排尿等待、中断、尿后滴沥不尽；梗阻加重则出现排尿费力、尿流变细、射程缩短，最终呈滴沥状排尿。

（3）血尿　前列腺增大使腺体黏膜表面小血管和毛细血管充血、张力增大，当膀胱收缩或扩张时，血管张力改变，可发生镜下血尿或肉眼血尿，如黏膜血管扩张破裂，可出现大出血，血块阻塞尿道或充满膀胱；膀胱颈部充血或并发炎症、结石时，也可出现血尿。

（4）尿潴留　常由气候变化、饮酒或劳累等诱因使前列腺和膀胱颈部充血、水肿，导致排尿困难加重，尿液突然完全不能排出，发生急性尿潴留，表现为下腹部疼痛、膀胱区膨胀。如残余尿随梗阻加重而增多，过多的残余尿使膀胱失去收缩能力，逐渐发生尿潴留，为慢性尿潴留。此时可并发充溢性尿失禁，即膀胱过度充盈使少量尿液从尿道口溢出。尿潴留常损害肾功能，严重者可导致肾衰竭。

（5）其他症状　膀胱出口梗阻可导致膀胱结石、膀胱炎。排尿不畅，长期靠增加腹压排尿可引发痔疮、便血、脱肛等，还可形成腹外疝。

2. 体征

（1）直肠指检　可于直肠前壁触及增生的前列腺。正常前列腺表面光滑、柔软、界限清楚，中央可触及纵向浅沟，横径4cm，纵径3cm，前后径2cm，重约20g。临床按前列腺增生情况分为三度：①Ⅰ度：前列腺大小为正常的1.5～2倍，约鸡蛋大，质地中等，中央沟变浅，重量约为20～25g；②Ⅱ度：前列腺大小为正常的2～3倍，约鸭蛋大，质地中等，中央沟极浅，重量约25～50g；③Ⅲ度：前列腺大小为正常的3～4倍，约鹅蛋大，质地硬韧，中央沟消失，重量约为50～70g。

（2）触诊　严重尿潴留时，耻骨上可触及肿大包块。梗阻引起严重肾积水时，上腹部两侧可触及肿大肾脏。

【实验室及其他检查】

1. 尿流率检查　可检查下尿路有无梗阻和梗阻的程度。测定的指标有最大尿流率（MFR）、平均尿流率（AFR）、排尿时间（T）和尿量（V）。排尿量 >150ml 是评估 MFR 的前提，MFR <15ml/s 说明排尿不畅，<10ml/s 则梗阻严重，需要治疗。尿流动力学检查可鉴别逼尿肌、尿道括约肌失调和不稳定膀胱逼尿肌引起的排尿困难，还有助于确定手术适应证及判断手术后的疗效。

2. 血清前列腺特异抗原（PSA）测定　当前列腺体积较大，质地较硬，或有结节时，应测定血清 PSA，以排除前列腺肿瘤。正常 PSA <4ng/ml，如异常增高，应考虑癌肿。

3. B 超检查　经腹 B 超可观察前列腺形态、结构、大小、突入腔内的情况，测定膀胱内残余尿量，有助于了解有无肾积水以及积水程度。经直肠 B 超可显示前列腺的断面像、前列腺病变发展程度及形态变化。

4. 膀胱镜检查　可直接观察后尿道、膀胱颈形态、腔内前列腺增生情况，有助于了解后尿路梗阻程度，发现膀胱内有无占位性病变及结石，对临床出现无痛性血尿的患者尤为必要。

5. 泌尿系 X 线检查

（1）静脉尿路造影　可了解下尿路梗阻以及肾盂、输尿管扩张的程度，造影剂充满膀胱时显示充盈缺损说明前列腺中叶或侧叶明显突出于膀胱内。排尿后摄片可观察残余尿是否存在及程度。

（2）前列腺造影　经会阴或直肠黏膜穿刺，分别将造影剂注入腺体的左右叶，注射后拍摄正侧位片，可清楚观察前列腺包膜轮廓，进而了解前列腺形态、大小、密度及病变性质。

6. CT 及 MRI 检查　二者均以形态、密度来判断前列腺大小、性质以及前列腺周围的关系。有助于了解腺体与周围组织之间的关系，对外科手术治疗的选择有重要意义。

【诊断与鉴别诊断】

1. 诊断　男性 50 岁后出现进行性尿频、排尿困难，应当考虑前列腺增生的可能。有的患者可出现充溢性尿失禁、急性尿潴留、血尿。老年患者虽无明显排尿困难，但有膀胱结石、膀胱炎、肾功能不全时，也应注意有无前列腺增生。结合直肠指检及其他体征、各项实验室检查可得出诊断。

2. 鉴别诊断　前列腺增生应与尿路狭窄、神经源性膀胱、膀胱颈痉挛、膀胱结石、前列腺癌及膀胱癌相鉴别。

【治疗】

1. 治疗思路　目的在于改善排尿症状，缓解并发症，保护肾功能。前列腺增生未引起梗阻的患者不需要治疗，梗阻较轻或难以耐受手术治疗的患者应采取非手术疗法或姑息性手术。梗阻症状严重、符合手术适应证的患者应尽早手术治疗。

2. 西医治疗

（1）一般治疗　注意气候变化，防止受凉，预防感染，戒烟禁酒，不吃辛辣刺激性食物，保持平和心态，适当多饮水，不憋尿。

（2）药物治疗　治疗前列腺增生的药物包括激素类药物、α 受体阻滞剂、降胆固醇药及植物药等。

1）5α 还原酶抑制剂：前列腺内睾酮变为双氢睾酮需要 5α 还原酶。通过抑制 5α 还原酶，阻止睾酮变为双氢睾酮，抑制前列腺增生，并可以缩小前列腺体积，从而缓解或减轻排尿困难的症状。目前较为公认的药物为非那雄胺，常规用量为 5mg，每日 2 次。

2）α 受体阻滞剂：主要分布在前列腺基质平滑肌的 α 受体对排尿影响较大，它兴奋时，前列腺基质平滑肌张力增加，导致排尿阻力增大。阻滞 α 受体可降低平滑肌张力，减小尿道阻力，改善排尿功能。特拉唑嗪、阿夫唑嗪、坦索罗辛是常用的 α 受体阻滞剂。用法：特拉唑嗪 5mg，每日 2 次；坦索罗辛 0.2mg，每日 1~2 次。

3）植物药：来自天然植物，可抑制碱性成纤维细胞生长因子、表皮样生长因子，从而改善排尿症状。常用药物有太得恩，常用剂量 50mg，每日 2 次。另外还有普适泰和中药制剂。

（3）手术治疗 前列腺患者出现严重梗阻时应考虑手术治疗。开放性手术包括经耻骨上前列腺摘除术、耻骨后前列腺摘除术、经会阴前列腺摘除术，特点是疗效好，治疗彻底，但创伤较大。经尿道前列腺电切术（TURP）、等离子双级切除术等是非开放性腔内手术，其特点是创伤小、痛苦少、恢复快，对年老体弱、增生不太大的患者尤为适用。两类手术各自适应证不同，临床应根据患者病情选择最适合的方法。

（4）其他疗法

1）激光治疗：激光导光束经膀胱镜置入，接触式或非接触式直接作用于前列腺，通过切割、气化、消融等手段达到治疗增生的目的。

2）经尿道气囊高压扩张术：经尿道插入带气囊的导管，利用气囊压力撑开前列腺，达到扩张尿道的目的。

3）前列腺尿道支架置入术：利用记忆合金制成的网状支架撑起前列腺尿道部，改善梗阻症状。

4）电磁波疗法：包括微波和射频治疗，原理都是局部热疗。治疗时应注意调节温度，避免灼伤尿道。

5）高强度聚集超声治疗：通过超声传递能量，"热消融"治疗前列腺增生。

3. 中医辨证论治

（1）湿热下注证

证候：小便频数，排尿不畅，甚或点滴而下，尿黄而热，尿道灼热或涩痛；小腹拘急胀痛，口苦而黏，或渴不欲饮；舌红，苔黄腻，脉弦数或滑数。

治法：清热利湿，通闭利尿。

代表方剂：八正散加减。

常用药物：木通 车前子 萹蓄 瞿麦 滑石 甘草梢 大黄 山栀 灯心 竹叶 石韦 泽泻 金钱草 海金沙

（2）气滞血瘀证

证候：小便不畅，尿线变细或尿液点滴而下，或尿道闭塞不通，小腹拘急胀痛；舌质紫暗或有瘀斑，脉弦或涩。

治法：行气活血，通窍利尿。

代表方剂：沉香散加减。

常用药物：沉香 石韦 滑石 当归 橘皮 白芍 冬葵子 王不留行 郁金 甘草

（3）脾肾气虚证

证候：尿频不爽，排尿无力，尿线变细，滴沥不畅，甚者夜间遗尿；倦怠乏力，气短懒言，食欲不振，面色无华，或气坠脱肛；舌淡，苔白，脉细弱无力。

治法：健脾温肾，益气利尿。

代表方剂：补中益气汤加减。

常用药物：人参　黄芪　白术　甘草　当归　陈皮　升麻　牛膝　白茅根　灯心草

（4）肾阳衰微证

证候：小便频数，夜间尤甚，排尿无力，滴沥不爽或闭塞不通；神疲倦怠，畏寒肢冷，面色白；舌淡，苔薄白，脉沉细。

治法：温补肾阳，行气化水。

代表方剂：济生肾气丸加减。

常用药物：附子　五味子　山茱萸　山药　牡丹皮　鹿茸　熟地　肉桂　白茯苓　泽泻　金钱草

（5）肾阴亏虚证

证候：小便频数不爽，滴沥不尽，尿少热赤；神疲乏力，头晕耳鸣，五心烦热，腰膝酸软，咽干口燥；舌红，苔少或薄黄，脉细数。

治法：滋补肾阴，清利小便。

代表方剂：知柏地黄丸加减。

常用药物：知母　黄柏　熟地　山茱萸　山药　茯苓　丹皮　泽泻　生地　木通　车前子

第四十七节　脱疽

脱疽是指发于四肢末端，严重时趾（指）节坏疽脱落的一种慢性周围血管疾病，又称脱骨疽。西医学的血栓闭塞性脉管炎、动脉硬化性闭塞症和糖尿病足可参照本病治疗。

【西医病因病理】

1. 病因　目前本病病因虽尚未明确，但关于病因有以下学说。

（1）烟草致敏学说　吸烟与本病有着密切的关系。综合国内资料，血栓闭塞性脉管炎有吸烟史的占患病人数的88.7%～98.2%，烟草浸出液可使实验动物的动脉发生炎性病变，烟草中尼古丁可引起小血管痉挛，吸烟还可使交感神经兴奋，肾上腺素、去甲肾上腺素和5-羟色胺等血管活性物质增多，引起血管痉挛及损伤内皮细胞。戒烟可使病情缓解，再度吸烟病情常复发。

（2）寒冻学说　本病寒冷地区较南方温暖地区发病率高，而且许多血栓闭塞性脉管炎（TAO）患者有过冻伤史，寒冷刺激下血管呈痉挛状态，致使血管中滋养血管炎性变性。机体对寒冷的适应能力差及其反应敏感者易诱发本病。

（3）免疫学说　近代免疫学研究表明本病是一种自身免疫性疾病。病人血清中有抗核抗体存在，并在罹患动脉中发现免疫球蛋白（1gM、IgA、IgG）及C_3复合物。有学者认为，本病的发生是在以烟草过敏为主的作用下，体液和细胞免疫反应所形成的免疫复合物损害血管的结果。

（4）激素学说　临床上本病几乎为青壮年男性，女性极少见，一方面雌激素对血管有保护作用；另一方面青壮年男性多发生前列腺功能紊乱，此时前列腺素丧失过多，而前列腺素有舒张血管和抑制血小板凝集的作用。因此考虑激素紊乱亦为本病发病的一种可能因素。

（5）其他 外伤、血管神经调节障碍、遗传因素、真菌感染等也有可能诱发本病。

总之，凡是能使周围血管长久地处于痉挛状态的因素都可能是 TAO 发病的原因。

2. 病理

（1）早期多侵犯中小动、静脉，病情进展可波及腘、股、髂动脉和肱动脉，侵犯腹主动脉及内脏血管者罕见。

（2）病变呈节段性分布，两段之间血管比较正常。

（3）可分为急性期和慢性期，在急性期为急性动、静脉炎和其周围炎，并可波及伴随神经。血管全层有广泛的内皮细胞和成纤维细胞增生，并有淋巴细胞浸润，中性粒细胞浸润较少，还可见巨细胞、血管内皮增生和血栓形成。慢性期管腔内血栓机化，内有新生细小血管再通，含有大量成纤维细胞，并与增生的血管内膜融合粘连。动脉内弹力层显著增厚，动脉各层有广泛的成纤维细胞增生。动脉周围显著纤维化，呈炎症性粘连，使动脉、静脉、神经包裹在一起，形成坚硬的索条。呈周期性发作，故具有急、慢性变化。

（4）当血管闭塞时都会有侧支循环建立，如果代偿不足，或侧支血管痉挛，即可引起肢体循环障碍而出现发凉、麻木、疼痛、溃疡和坏疽。

【中医病因病机】

本病多由素体脾气不健、肾阳不足，加之寒邪侵袭而发病。脾气不健、化生不足，则气血亏乏，内不能壮脏腑，外不能濡养四肢。肾阳亏损，不能温煦四末，或脾肾阳虚，寒邪侵袭，四肢经脉气血不足，寒凝血瘀而发病。寒邪侵袭致肢体怕冷；温养不足，故出现肢体麻木、行走无力、跛行。寒客经脉，血凝不畅，经脉不通，不通则痛。四肢气血失于畅通则濡养不足，故出现皮色淡白，皮肤干燥，肌肉萎缩，趾甲增厚，毫毛脱落。若寒邪郁而化热则可出现红肿；热盛则可肉腐为脓；寒邪盛极，血凝脉闭，则可见肢体失荣、枯黑坏疽。久病可致气血双亏而出现全身消瘦、乏力、倦怠、纳呆，甚至全身衰竭。

【诊断要与鉴别诊断】

1. 诊断

（1）血栓闭塞性脉管炎以 20～40 岁男性多见，好发于四肢末端，常先一侧下肢发病，继而累及对侧，少数患者可累及上肢。患者多有受冷、潮湿、嗜烟、外伤等病史。

（2）动脉硬化性闭塞症多发于老年人，常伴有高脂血症、高血压和动脉硬化病史，病变常累及大、中动脉。

（3）糖尿病足多伴有糖尿病病史，尿糖、血糖增高，病变可累及大动脉和微小动脉。

（4）初起患肢末端发凉、怕冷、苍白、麻木，可伴间歇性跛行，继则疼痛剧烈，日久患趾（指）坏死变黑，甚至趾（指）节脱落。

（5）肢体超声多普勒、血流图、甲皱微循环、动脉造影及血脂、血糖等检查，可以明确诊断，并可以了解病情的严重程度。

（6）根据疾病的发展过程，临床一般可分为三期。

一期（局部缺血期）：患肢末端发凉、怕冷、麻木、酸痛，间歇性跛行，每行走 500～1000m 后觉患肢小腿或足底有坠胀疼痛感而出现跛行，休息片刻后症状缓解或消失，再行走同样或较短距离时，患肢坠胀疼痛出现。随着病情的加重，行走的距离越来越短。患足可出现轻度肌肉萎缩，皮肤干燥，皮色变灰，皮温稍低于健侧，足背动脉、胫后动脉搏动减弱，部分患者小腿可出现游走性红硬条索（游走性血栓性浅静脉炎）。

　　二期（营养障碍期）：患肢发凉、怕冷、麻木、坠胀疼痛，间歇性跛行加重，并出现静息痛，夜间痛甚，难以入寐，患者常抱膝而坐。患足肌肉明显萎缩，皮肤干燥，汗毛脱落，趾甲增厚且生长缓慢，皮肤苍白或潮红或紫红，患侧足背动脉、胫后动脉搏动消失。

　　三期（坏死期或坏疽期）：二期表现进一步加重，足趾紫红肿胀、溃烂坏死，或足趾发黑，干瘪，呈干性坏疽。坏疽可先为一趾或数趾，逐渐向上发展，合并感染时，则红肿明显，患足剧烈疼痛，全身发热。经积极治疗，患足红肿可消退，坏疽局限，溃疡可愈合。若坏疽发展至足背以上，则红肿疼痛难以控制。病程日久，患者可出现疲乏无力、不欲饮食、口干、形体消瘦，甚则壮热神昏。

　　（7）根据肢体坏死的范围，将坏疽分为三级：一级坏疽局限于足趾或手指部位；二级坏疽局限于足跖部位；三级坏疽发展至足背、足跟、踝关节及其上方。

　　本病发展缓慢，病程较长，常在寒冷季节加重，治愈后又可复发。

　　2. 鉴别诊断

　　（1）三种脱疽的临床鉴别（见表9－12）。

表9－12　　　　　　　　　　　　三种脱疽的临床鉴别

	血栓闭塞性脉管炎	动脉硬化性闭塞症	糖尿病足
发病年龄	20～40岁	40岁以上	40岁以上
浅静脉炎	游走性	无	无
高血压	极少	大部分有	大部分有
冠心病	无	有	可有可无
血脂	基本正常	升高	多数升高
血糖、尿糖	正常	正常	血糖高，尿糖阳性
受累血管	中、小动脉	大、中动脉	大、微血管

　　（2）雷诺综合征（肢端动脉痉挛症）　多见于青年女性；上肢较下肢多见，好发于双手；每因寒冷和精神刺激后双手出现发凉苍白，继而紫绀、潮红，最后恢复正常的三色变化（雷诺现象），患肢动脉搏动正常，一般不出现肢体坏疽。

　　【治疗】

　　1. 治疗思路　本病轻证可单用中药或西药治疗，重证应中西医结合治疗。中医以辨证论治为主，但活血化瘀法贯穿始终，常配合静脉滴注活血化瘀药物，以建立侧支循环，改善肢体血运。

　　2. 西医治疗

　　（1）手术疗法

　　1）坏死组织清除术：待坏死组织与健康组织分界清楚，近端炎症控制后，可行坏死组织清除术，骨断面宜略短于软组织断面。

　　2）坏死组织切除缝合术：坏死组织与正常组织分界清楚，且近端炎症控制后，血运改善，可取分界近端切口，行趾（指）切除缝合术或半足切除缝合术。

　　3）截肢术：当坏死延及足背及踝部，可行小腿截肢术，坏疽发展至踝以上者，可行股部截肢术。

　　（2）剧烈疼痛的处理　脱疽最主要的自觉症状就是疼痛，严重者彻夜难眠，因此有效的止痛治疗是一项重要的治疗措施，除使用杜冷丁等止痛药物以外，可选用以下治疗方法：①中药麻醉（略）；②持续硬膜外麻醉（略）。

（3）病因治疗 ①动脉硬化性闭塞症：可应用降血脂、降血压药物；②糖尿病足：积极控制血糖，规范治疗，防治感染，促进肢体血液循环的恢复。

3. 中医辨证论治

（1）内治

1）寒湿阻络证

证候：患趾（指）喜暖怕冷，麻木，酸胀疼痛，多走则疼痛加剧，稍歇痛减，皮肤苍白，触之发凉，趺阳脉搏动减弱；舌淡，苔白腻，脉沉细。

治法：温阳散寒，活血通络。

代表方剂：阳和汤加减。

常用药物：麻黄 炮姜 熟地 白芥子 肉桂 鹿角胶 甘草等

2）血脉瘀阻证

证候：患趾（指）酸胀疼痛加重，夜难入寐，步履艰难，患趾（指）皮色暗红或紫暗，下垂更甚，皮肤发凉干燥，肌肉萎缩，趺阳脉搏动消失；舌暗红或有瘀斑，苔薄白，脉弦涩。

治法：活血化瘀，通络止痛。

代表方剂：桃红四物汤加炮山甲、地龙、乳香、没药等。

常用药物：桃仁 红花 当归 熟地 川芎 白芍

3）湿热毒盛证

证候：患肢剧痛，日轻夜重，局部肿胀，皮肤紫暗，浸淫蔓延，溃破腐烂，肉色不鲜，身热口干，便秘溲赤；舌红，苔黄腻，脉弦数。

治法：清热利湿，活血化瘀。

代表方剂：四妙勇安汤。

常用药物：银花 玄参 当归 甘草 连翘 黄柏 丹参 川芎 赤芍 牛膝

4）热毒伤阴证

证候：皮肤干燥，毫毛脱落，趾（指）甲增厚变形，肌肉萎缩，趾（指）呈干性坏疽；口干欲饮，便秘溲赤；舌红，苔黄，脉弦细数。

治法：清热解毒，养阴活血。

代表方剂：顾步汤加减。

常用药物：黄芪 石斛 当归 牛膝 紫花地丁 人参 甘草 银花 蒲公英 菊花

5）气阴两虚证

证候：病程日久，坏死组织脱落后疮面久不愈合，肉芽暗红或淡而不鲜，倦怠乏力，口渴不欲饮，面色无华，形体消瘦，五心烦热；舌淡尖红，少苔，脉细无力。

治法：益气养阴。

代表方剂：黄芪鳖甲汤加减。

常用药物：人参 肉桂 桔梗 生干地黄 半夏 紫菀 知母 赤芍 黄芪 炙甘草 桑白皮 天门冬 鳖甲 秦艽 白茯苓 地骨皮 柴胡

（2）外治

1）未溃期：可选用冲和膏、红灵丹油膏外敷；亦可用当归15g，独活30g，桑枝30g，威灵仙30g，煎水熏洗，每日1次；或附子、干姜、吴茱萸各等份研末，蜜调，敷于患足涌泉穴,每日换药 1 次,如发生药疹即停用;或用红灵酒少许揉擦患肢足背、小腿,每次 20 分钟,每日 2 次。

2)已溃:溃疡面积较小者,可用上述中药熏洗后,外敷生肌玉红膏;溃疡面积较大,坏死组织难以脱落者,可先用冰片锌氧油(冰片 2g,氧化锌油 98g)软化创面硬结痂皮,按疏松程度,依次清除坏死痂皮,先除软组织,后除腐骨,彻底的清创术必须待炎症完全消退后方可施行。

【预防与调护】

1. 禁止吸烟,少食辛辣炙煿及醇酒之品。

2. 冬季户外工作时,注意保暖,鞋袜宜宽大舒适,每天用温水泡洗双足。

3. 避免外伤。

4. 患侧肢体运动锻炼可促进患肢侧支循环形成。方法是:患者仰卧,抬高下肢 45°~60° 20~30 分钟,然后两足下垂床沿 4~5 分钟,同时两足及足趾向下、上、内、外等方向运动 10 次,再将下肢平放 4~5 分钟,每日运动 3 次。坏疽感染时禁用。

第四十八节　盆腔炎

女性内生殖器官(子宫、输卵管和卵巢)及其周围结缔组织、盆腔腹膜发生炎症,称盆腔炎。本病是妇科常见病之一,多见于已婚生育年龄之妇女。按其发病部位,有子宫内膜炎、子宫肌炎、输卵管炎、卵巢炎、盆腔结缔组织炎、盆腔腹膜炎等。炎症可局限于一个部位,也可以几个部位同时发病。临床可分为急性与慢性两种。急性盆腔炎有可能引起弥漫性腹膜炎、败血症、脓毒血症,甚至感染性休克而危及生命。慢性盆腔炎由于顽固难愈,反复发作,影响妇女的健康和工作,故应予重视及积极防治。

中医学根据急性期以发热、腹痛、带下多为临床特征,与"带下病"、"热入血室"、"产后发热"等病证相似;慢性期以腹痛包块、带下多、月经失调、痛经、不孕为临床表现,故又属于"癥瘕"、"带下"、"痛经"、"腹痛"、"月经不调"、"不孕"等病证范畴。

一、急性盆腔炎

【西医病因病理】

1. 病因

(1)产后、流产后感染　妇女在产后或流产后体质虚弱,如分娩致产道损伤,或流产造成裂伤,或流血过多,或有胎盘、胎膜组织残留等,病原体易侵入宫腔而引起感染。

(2)宫腔内手术操作后感染　如放置宫内节育器、刮宫术、输卵管通液术、造影术、宫腔镜检等生殖道手术,由于无菌操作不严或术前适应证选择不当,或生殖道原有慢性炎症,经手术干扰而引起感染并扩散。

(3)经期及产褥期卫生不良　经期及产褥期子宫内膜的剥脱面,其扩张的血窦及凝血块为细菌的良好滋生环境,加之抵抗力减弱,如不注意卫生,或经期性交等均可使病原体侵入宫腔而引起炎症。

(4)周围器官的炎症直接蔓延　如阑尾炎、腹膜炎、膀胱炎等。

(5)急性盆腔炎未能彻底治疗,或患者体质较差病程迁延可转为慢性盆腔炎;慢性盆腔炎可急性发作。

引起盆腔炎的病原体主要为葡萄球菌、链球菌、大肠杆菌等，部分病人可由淋病奈瑟菌、衣原体、支原体引起，厌氧菌如脆弱类杆菌、消化球菌、消化链球菌，也是导致盆腔炎较常见的病原体。

2. 病理 急性盆腔炎的主要病理变化是受累的局部组织充血水肿，有浆液性或脓性渗出物，常使子宫、输卵管、卵巢及大网膜、肠管、盆腔壁发生粘连，形成盆腔包块。病原体侵入宫腔或输卵管、卵巢则可导致子宫内膜炎、子宫肌炎或输卵管炎、输卵管卵巢炎。若伞端粘连闭锁，则形成输卵管脓肿。若脓肿与卵巢贯通则发展为输卵管卵巢脓肿。病原体沿淋巴扩散至子宫旁结缔组织，则发生急性子宫周围炎和盆腔结缔组织炎，并可导致血栓静脉炎，化脓者可形成阔韧带脓肿，炎症蔓延至盆腔腹膜时，可致急性盆腔腹膜炎或盆腔脓肿，脓肿如穿破排出或破入腹腔造成急性弥漫性腹膜炎。病情严重时，可发展为败血症、脓毒血症，甚至导致感染性休克而使患者死亡。

【中医病因病机】

急性盆腔炎多在产后、流产后、宫腔内手术处置后，或经期卫生保健不当之际，邪毒乘虚侵袭，稽留于冲任及胞宫脉络，与气血相搏结，邪正交争，而发热疼痛，邪毒炽盛则腐肉酿脓，甚至泛发为急性腹膜炎、感染性休克。

1. 热毒炽盛 经期、产后、流产后，手术损伤，体弱胞虚，气血不足，房事不节，邪毒内侵，客于胞宫，滞于冲任，化热酿毒，致高热、腹痛不宁。

2. 湿热瘀结 经行产后，余血未净，湿热内侵，与余血相搏，冲任脉络阻滞，瘀结不畅，则瘀血与湿热内结，滞于少腹，则腹痛带下日久，缠绵难愈。

【临床表现】

1. 病史 常有经期不注意卫生，产褥期感染，宫腔、宫颈、盆腔手术创伤史，或盆腔炎症反复发作病史。

2. 症状 由于炎症累及的范围及程度不同，临床表现亦不同。起病时下腹疼痛，伴发热，病情严重者可有高热，寒战，头痛，食欲不振，阴道分泌物增多，常呈脓性，有秽臭；有腹膜炎时，可见恶心呕吐，腹胀腹泻；如有脓肿形成，下腹可有包块或局部刺激症状。包块位于前方，膀胱受到刺激，则有尿频、尿痛或排尿困难。包块位于后方，直肠受压则可见排便困难，腹泻或有里急后重感。

3. 体征 病人呈急性病容，体温达39℃以上，心率增快，下腹部有肌紧张、压痛及反跳痛，肠鸣音减弱或消失。妇科检查：阴道充血，有大量脓性分泌物，穹隆明显触痛；宫颈充血、水肿，举痛明显，宫体稍大，较软，压痛，活动受限；输卵管压痛明显，有时扣及包块。有宫旁结缔组织炎时，下腹一侧或两侧可触及片状增厚，或两侧宫骶韧带高度水肿、增粗。有脓肿形成且位置较低时，穹隆或侧穹隆可扣及肿块且具波动感。

【实验室及其他检查】

血白细胞总数及中性粒细胞增高；血沉加快；宫腔分泌物或血培养可找到致病菌；B超提示盆腔内有炎性渗出或炎性包块。

【诊断与鉴别诊断】

1. 诊断

（1）病史以及临床表现有高热、腹痛、带下增多等。

（2）妇科检查有急性盆腔炎症体征。

（3）急性盆腔炎诊断标准如表 9 – 13。

表 9 – 13　　　　急性盆腔炎诊断标准（2002 年美国 CDC 诊断标准）

基本标准
　　宫体压痛、附件区压痛
　　宫颈触痛
附加标准
　　体温超过 38.3℃（口表）
　　宫颈或阴道异常黏液脓性分泌物
　　阴道分泌物生理盐水涂片见到白细胞
　　实验室证实宫颈淋病奈瑟菌或衣原体阳性
　　红细胞沉降率升高
　　C – 反应蛋白升高
特异标准
　　子宫内膜活检证实子宫内膜炎
　　阴道超声或磁共振检查显示充满液体的增粗的输卵管，伴或不伴有盆腔积液，输卵管卵巢肿块
　　腹腔镜检查发现输卵管炎

2. 鉴别诊断　急性盆腔炎应与急性阑尾炎、输卵管妊娠流产或破裂、卵巢囊肿蒂扭转或破裂等急腹症相鉴别。

（1）急性阑尾炎　一般无妇科感染病史，腹痛多由脐周开始，然后转移局限于右下腹，麦氏点压痛、反跳痛明显，妇科检查盆腔正常。

（2）输卵管妊娠流产或破裂　有停经史，少量不规则阴道流血，体温一般不高，腹痛为突感下腹一侧撕裂样剧痛，内出血多时可致休克，后穹隆穿刺可抽到不凝固的血液，血白细胞及中性粒细胞不高，妊娠试验多为阳性。

（3）卵巢囊肿蒂扭转或破裂　突发一侧下腹剧痛，伴恶心呕吐，在子宫旁扪及张力较大之肿块，同侧子宫外触痛明显，或原有肿块消失或缩小。

【治疗】

1. 西医治疗

（1）一般治疗　卧床休息，并取半卧位以利炎症及脓液局限于盆腔低位。给予充分营养，纠正水及电解质紊乱。体质虚弱者可多次少量输血，高热时采用物理降温。避免不必要的妇科检查以免炎症扩散。

（2）抗生素治疗　根据药敏试验结果选用抗生素，在细菌培养结果不明或无培养条件时，则根据临床表现加以选用。由于急性盆腔炎的病原体多为需氧菌、厌氧菌及衣原体混合感染，故抗生素多采用联合用药。常用药有青霉素、第二代头孢菌素、第三代头孢菌素、庆大霉素、红霉素、磺胺类、甲硝唑、肾上腺皮质激素等。病情严重时需用广谱抗生素，给药途径以静脉滴注收效快。抗生素的应用要求达到足量，且需注意毒性反应。症状消失后继续给药两周以巩固疗效，力求彻底治愈，以免形成慢性盆腔炎。

（3）手术治疗　以下情况可考虑手术治疗。

1）经药物治疗无效：凡有脓肿形成，经药物治疗 48~72 小时，体温持续不降，病人中毒症状加重或肿块增大者。

2）输卵管积脓或输卵管卵巢脓肿：经药物治疗病情好转，可继续控制炎症数日后行手

术切除，手术应及时，以免发生脓肿破裂，或再次发作终难免手术。

3）脓肿破裂：突然腹痛加剧，高热，寒战，恶心呕吐，腹胀拒按，或有中毒性休克表现，均应怀疑有脓肿破裂，需立即剖腹探查，并根据患者年龄、病灶范围决定手术方式。

2. 中医辨证论治

（1）热毒壅盛证

证候：高热恶寒，甚或寒战，头痛，下腹疼痛拒按，口干口苦，精神不振，恶心纳少，大便秘结，小便黄赤，带下量多，色黄如脓，秽臭；舌苔黄糙或黄腻，脉洪数或滑数。

治法：清热解毒，化瘀止痛。

代表方剂：五味消毒饮合大黄牡丹皮汤加味。

常用药物：银花　野菊花　蒲公英　紫花地丁　紫背天葵　薏苡仁　栀子　败酱草　桃仁　延胡索　大黄　丹皮　桃仁　冬瓜仁　芒硝

（2）湿热瘀结证

证候：下腹部疼痛拒按，或胀满，热势起伏，寒热往来，带下量多黄稠臭秽，经量增多，经期延长，淋漓不止，大便溏或燥结，小便短赤；舌红有斑点，苔黄厚，脉弦滑。

治法：清热利湿，活血消痈。

代表方剂：仙方活命饮。

常用药物：金银花　甘草　赤芍　当归尾　乳香　没药　花粉　陈皮　防风　贝母　白芷　穿山甲　皂角刺

二、慢性盆腔炎

慢性盆腔炎多为急性盆腔炎治疗不彻底，或患者体质较差，病程迁延演变所致；或无明显急性发作史，起病缓慢，病情反复所致。当机体抵抗力弱时，可有急性发作。

【西医病因病理】

慢性盆腔炎有下列几种表现形式：

1. 慢性子宫内膜炎　产后、流产后、剖宫产后，或绝经后老年妇女，易受细菌感染，子宫内膜充血、水肿。

2. 慢性输卵管炎与输卵管积水炎症　大都为双侧性。输卵管管腔因黏膜粘连而阻塞，管壁增厚变硬，常与周围组织粘连。如伞及峡部粘连闭塞，则渗出液或脓肿被吸收后浆液性液体积聚于管腔内，从而形成输卵管积水。

3. 输卵管卵巢炎与输卵管囊肿输卵管炎　常可累及卵巢并发生粘连形成炎性肿块，若输卵管积液穿通卵巢，则可形成输卵管卵巢囊肿。

4. 慢性盆腔结缔组织炎　炎症蔓延至子宫骶骨韧带处，使纤维组织增生、变硬，使子宫固定，宫颈旁组织也增厚变硬，向外呈扇形扩散，直达盆壁，形成所谓的冰冻骨盆。

【中医病因病机】

经行产后，胞门未闭，风寒湿热之邪或虫毒乘虚内侵，与冲任气血相搏结，蕴结于胞宫，反复进退，耗伤气血，虚实错杂，缠绵难愈。

1. 湿热瘀结　湿热之邪内侵，余邪未尽，正气未复，气血阻滞，湿热瘀血内结，缠绵日久不愈。

2. 气滞血瘀　七情内伤，肝气郁结，或外感湿热之邪，余毒未清，滞留于冲任胞宫，气机不畅，瘀血内停，脉络不通。

3. 寒湿凝滞　素体阳虚，下焦失于温煦，水湿不化，寒湿内结，或寒湿之邪乘虚侵袭，与胞宫内余血浊液相结，凝结瘀滞。

4. 气虚血瘀　素体虚弱，或正气内伤，外邪侵袭，留注于冲任，血行不畅，瘀血停聚；或久病不愈，瘀血内结，日久耗伤，正气亏乏，致气虚血瘀证。

【临床表现】

1. 病史　有盆腔炎反复发作史，有生产、流产、妇科手术、经期不洁等病史，或邻近器官的炎症病变。

2. 症状

（1）全身症状　多不明显，有时可有低热，易感疲乏。如病程较长，部分患者可有神经衰弱症状，如精神不振、失眠等。当抵抗力差时，易有急性或亚急性发作。

（2）下腹痛及腰痛　由于慢性炎症形成的疤痕粘连以及盆腔充血，可引起下腹部坠胀、疼痛及腰骶部酸痛，有时伴肛门坠感。常在劳累、性交后、排便时及月经前后加剧。

（3）其他　由于盆腔淤血，患者可有月经过多或紊乱，痛经，带下增多。输卵管粘连阻塞时可致不孕。

3. 体征　若为子宫内膜炎，子宫增大、有压痛；如为输卵管炎，则在子宫一侧或双侧触及增粗的输卵管，呈条索状，有轻压痛；如有输卵管积水或输卵管卵巢囊肿，则可在盆腔的一侧或双侧扪及囊性肿块；盆腔有结缔组织炎时，子宫常呈后位，活动受限或粘连固定，子宫一侧或双侧有片状增厚、压痛，子宫骶骨韧带增粗、变硬，有压痛。

【实验室及其他检查】

B超显示盆腔有炎性包块；或子宫输卵管碘油造影示输卵管部分或完全堵塞，或呈油滴状集聚；或腹腔镜检有明显炎症、粘连。

【诊断与鉴别诊断】

1. 诊断

（1）有急性盆腔炎病史。

（2）临床表现有反复下腹及腰骶酸痛，带下增多，或不孕症等。

（3）妇科检查有子宫后位，活动受限，双侧附件增厚、压痛，或有肿块。

2. 鉴别诊断

（1）子宫内膜异位症　子宫内膜异位症体征可与慢性盆腔炎相似，有继发性、进行性加重的痛经，但妇科检查可在宫体后壁、宫骶韧带处扪及触痛性结节，B超及腹腔镜检查可资鉴别。

（2）盆腔淤血综合征　有长期慢性下腹疼痛，与盆腔炎表现相似，但体征及妇科检查无异常表现，有时宫颈色紫，或有举痛，宫旁附件有压痛，但无明显病灶，腹腔镜检可资鉴别。

【治疗】

1. 西医治疗

（1）药物治疗　对局部压痛明显，急性或亚急性发作者，可采用与治疗急性盆腔炎相同的抗生素药物。与此同时，加用 α-糜蛋白酶 5mg 或玻璃酸酶 1500U，肌肉注射，隔日1次，5~10次为1疗程；或用胎盘组织液 2ml，肌肉注射，隔日1次，连用2~3个月。上法对炎症的消散、粘连软化及瘢痕的吸收可起一定作用。

（2）物理疗法 温热的良性刺激可促进盆腔局部血液循环，改善组织的营养状态，提高新陈代谢，以利炎症的吸收和消退。常用的有短波、超短波、离子透入（可加入各种药物如青霉素、链霉素等）、蜡疗等。

（3）手术治疗 经长期非手术治疗无效而症状明显或反复急性发作者，或已形成较大炎性包块者，可采用手术治疗。

2. 中医辨证论治

（1）湿热壅阻证

证候：低热起伏，少腹隐痛，或腹痛拒按，带下增多，色黄黏稠或秽臭，尿赤便秘，口干欲饮；舌暗滞，苔黄腻，脉弦数。

治法：清热利湿，祛瘀散结。

代表方剂：银甲丸加减。

常用药物：银花 鳖甲 连翘 蒲公英 红藤 升麻 茵陈 大青叶 生蒲黄 桔梗 椿根皮 琥珀末 紫花地丁

（2）寒湿凝滞证

证候：少腹冷痛，得温则舒或坠胀疼痛，月经后期，量少色暗有块，白带增多；舌略胖，色滞，苔白腻，脉沉迟。

治法：温经散寒，活血化瘀。

代表方剂：少腹逐瘀汤加减。

常用药物：小茴香 干姜 延胡索 没药 当归 川芎 肉桂 赤芍 蒲黄 五灵脂

（3）气滞血瘀证

证候：少腹胀痛或刺痛，带下增多，经行腹痛，血块排出则痛减，经前乳胀，情志抑郁；舌暗滞，有瘀点或瘀斑，苔薄，脉弦弱。

治法：理气活血，消癥散结。

代表方剂：膈下逐瘀汤加减。

常用药物：当归 川芎 白芍 赤芍 桃仁 枳壳 延胡索 五灵脂 丹皮 乌药 香附 甘草

（4）气虚血瘀

证候：下腹部疼痛结块，缠绵日久，痛连腰骶，经行加重，经血量多有块，带下量多；精神不振，疲乏无力，食少纳呆；舌体暗红，有瘀点、瘀斑，苔白，脉弦涩无力。

治法：益气健脾，化瘀散结。

代表方剂：理冲汤加减。

常用药物：生黄芪 党参 白术 山药 天花粉 知母 三棱 生鸡内金 莪术

【预防与调护】

加强卫生宣教，注意经期、孕期及产褥期卫生。提高妇科生殖道手术操作技术，严格遵守无菌操作规程，术后做好护理，预防感染。增强体质，提高机体抗病能力。积极彻底治愈急性盆腔炎，防止转为慢性。

第四十九节 功能失调性子宫出血

功能失调性子宫出血简称功血，是妇科常见病，属于异常子宫出血范畴。是指由调节生殖的神经内分泌机制失常引起的异常子宫出血。通常分为排卵型和无排卵型两类，其中无排卵型功血约占85%，多发生于青春期及绝经过渡期妇女。

【西医病因病理】

1. 病因　当机体受到内部和外部各种因素如精神紧张、情绪变化、营养不良、代谢紊乱及环境、气候骤变等影响时，可通过大脑皮质和中枢神经系统引起下丘脑－垂体－卵巢轴功能调节或靶细胞效应异常导致月经失调。

2. 病理

（1）无排卵型功血

1）不同时期功血病理变化：不同时期的功血其发病机理亦有异。无排卵型功血一般好发生在青春期和绝经过渡期，但也有发生在育龄期的。青春期下丘脑－垂体－卵巢轴激素间的反馈调节尚未成熟，大脑中枢对雌激素的正反馈调节存在缺陷，此时期垂体分泌卵泡刺激素（FSH）呈持续低水平，无促排卵性黄体生成素（LH）高峰形成，因而卵巢中虽有成批的卵泡发育，但无排卵；绝经过渡期妇女，由于卵巢功能不断衰退，卵巢对垂体促性腺激素的反应性低下，卵泡在发育过程中因退行性而不能排卵；育龄期妇女有时因应激等因素干扰也可发生无排卵。各种原因导致的无排卵均可引起子宫内膜受单一雌激素刺激而无黄体酮对抗发生雌激素突破出血。一为低水平雌激素维持在阈值水平，可见有间断性少量出血，内膜修复慢，出血时间延长；二为高水平雌激素维持在有效浓度，引起长时间的闭经，因缺乏孕激素的参与，子宫内膜厚而不牢固，易发生急性突破性出血，出血量大而汹涌。无排卵型功血也可以由于雌激素撤退出血而致，子宫内膜在单一雌激素的刺激下出现持续增生，这时可因一批卵泡闭锁导致雌激素水平下降，内膜失去激素支持而剥脱出血。

2）子宫内膜出血的自限机制缺陷：无排卵型功血的异常子宫出血还与子宫内膜出血的自限机制缺陷有关，主要有以下几种情况：①组织脆性增加：子宫出血是受雌、孕激素直接控制，当排卵受阻时卵巢不能正常地产生孕激素，子宫内膜受单一雌激素的刺激而呈增生的状态，与此同时，却无致密坚固的间质支持，致使组织变脆，易自发溃破出血；②子宫内膜脱落不完全导致修复困难；③血管结构与功能异常：内膜中的血管不发生节段性收缩和松弛，子宫内膜不能同步脱落，致使一处修复，另一处又破裂出血；不规则的组织破损和多处血管断裂；又因螺旋小动脉的螺形收缩不力，造成流血时间长，流血量多且不易自止；④凝血与纤溶异常：多次组织的破损活化了纤溶酶，引起更多的纤维蛋白裂解，子宫内膜纤溶亢进，凝血功能缺陷；⑤血管舒张因子异常：增生期子宫内膜含血管舒张因子 PGE_2，在无排卵型功血中 PGE_2 含量更高，使血管扩张，出血增加。

（2）排卵型月经失调　较无排卵型功血少见，多发生于生育期妇女。患者有排卵，但黄体功能异常。常见有以下两种类型：

1）黄体功能不足：月经周期中有卵泡发育及排卵，但黄体期孕激素分泌不足或黄体过早衰退，导致子宫内膜分泌反应不良。

2）子宫内膜不规则脱落：在月经周期中，患者有排卵，黄体发育好，但萎缩过程延长，导致子宫内膜不规则脱落。

3. 子宫内膜病理改变

（1）无排卵型功血　根据血内雌激素含量和作用时间的长短以及子宫内膜对雌激素反应的敏感程度的不同，子宫内膜可出现不同程度的增生性变化，少数可呈萎缩性改变。

1）子宫内膜增生症：根据国际妇科病理协会（ISGP，1987）分型如下：

①单纯型增生：因外观如瑞士干酪样，故又称瑞士干酪样增生。镜下特征是：腺体数目增多，腺体腔扩大，大小不一，腺上皮细胞为高柱状，排列呈复层或伪复层，无异型性。间质也有增生，将腺体分开。发展到子宫内膜腺癌的几率仅约1%。

②复杂型增生：子宫内膜腺体增生明显，拥挤，结构复杂，间质少，出现腺体与腺体相邻，形成"背靠背"现象。由于腺上皮细胞呈复层或伪复层排列，无异型性。腺体增生明显，使间质减少，约3%可发展为子宫内膜腺癌。

③不典型增生：子宫内膜腺体高度增生，并具有细胞不典型。在单纯型或复杂型增生的基础上，腺上皮细胞增生，数目增多，呈复层或伪复层排列，细胞极性紊乱，体积增大，核浆比例增加，间质少，形成"背靠背"现象。腺上皮细胞呈复层或伪复层排列，核大深染，呈分裂相，丝状分裂，胞头界限分明，有时腺上皮呈乳头状，向腺腔突出。如果腺上皮发生异型性改变时，称子宫内膜不典型增生，约1/3可发展为子宫内膜腺癌。子宫内膜不典型增生不属于功血范畴。

2）增生期子宫内膜：此时子宫内膜所见与正常月经周期中的增生期内膜无区别，只是在月经周期后半期甚至月经期，仍表现为增生期形态。

3）萎缩型子宫内膜：子宫内膜萎缩菲薄，腺体少而小，上皮细胞呈单层立方体或低柱状，腺腔狭小而直，间质少而致密，胶原纤维相对增多。

（2）有排卵型功血（排卵型月经失调）

1）排卵型月经过多：子宫内膜于经前呈分泌反应，少数有高度分泌反应。

2）黄体功能不全：由于孕激素分泌量少，内膜受孕激素的影响不足，不能产生正常的分泌反应，而且内膜的分泌反应往往不一致，有些在血管周围的内膜孕激素水平较高，分泌反应接近正常，有些离血管较远的区域则分泌反应不良。

3）子宫内膜脱落不全：黄体发育良好但萎缩过程延长。于月经期第5～6天，子宫内膜仍能见呈分泌反应的腺体，腺腔呈星形或梅花形，腺细胞透亮、核固缩，间质细胞大，间质中螺旋血管退化。有些区域内膜尚有出血，而另一些区域已有新的增生性内膜出现，可有残留的呈分泌反应的内膜。

4）排卵期出血：子宫内膜呈早期分泌反应，部分可能有晚期增生期变化。

【中医病因病机】

无排卵型功血可参照中医"崩漏"辨证论治，有排卵型功血归于"月经失调"范畴。

崩漏系指妇女经血非时暴下不止或淋漓不尽，前者称"崩中"或"经崩"，后者称"漏下"或"经漏"。是中医月经病中的疑难重证之一。崩与漏在临床上可以互相转化，久崩不止，可致成漏，漏下不止，必将成崩。崩为漏之甚，漏为崩之渐，故临床统称崩漏。

发病机理主要是冲任损伤，不能制约经血，胞宫蓄溢失常，经血非时而下。常见的病因有血热、肾虚、脾虚、血瘀等。

1. 血热　热伤冲任，迫血妄行。《傅青主女科》中有："冲脉太热而血即沸，血崩之为病，正冲脉之太热也"，指出了血热致崩漏病的缘由。其中又有虚热、实热之分。

（1）虚热　素体阴虚，或久病、失血以致阴伤，阴虚水亏，虚火内炽，扰动血海，故经血非时妄行。血崩则阴愈亏，冲任更伤，以致崩漏病反复难愈。

（2）实热　素体阳盛，肝火易动，或素性抑郁，郁久化火，或感受热邪，或过服辛辣助阳之品，酿成实热。热扰冲任，扰动血海，迫血妄行，致成崩漏病。

2. 肾虚　先天不足，天癸初至，肾气不足；或因绝经前后肾气渐衰；或多产房劳，损伤肾气，以致封藏失职，冲任失摄，经血妄行。若偏于肾阴虚者，为元阴不足，虚火妄动，血不守舍；偏于肾阳虚者，为命门火衰，不能固摄冲任，而为崩漏。

3. 脾虚　素体脾虚，或忧思不解，或饮食劳倦，损伤脾气，气虚下陷，统摄无权，冲任不固，致成崩漏病。

4. 血瘀　经期产后，余血未尽，又感寒、热、湿邪，瘀血内阻，恶血不去，新血不得归经，发为崩漏。

综上所述，崩漏病因虽有血热、肾虚、脾虚、血瘀等，但由于损血耗气，日久均可以转化为气血诸虚或气阴两虚，或阴阳俱虚。无论病起何脏，"四脏相移，必归脾肾"，"五脏之伤，劳必伤肾"，以致肾脏受病。可见崩漏发病机理复杂，常是因果相干，气血同病，多脏受累。

【临床表现】

1. 病史　详细了解异常子宫出血的类型、发病时间、病程经过、流血前有无停经病史，及其以往的治疗情况。注意患者的年龄、月经史、婚姻、生育史、避孕措施、激素类药物的使用情况；既往是否患有肝病、血液病、甲状腺功能亢进或减退等。

2. 症状　本病以子宫出血为主要表现。

（1）无排卵型功血　多发于青春期及绝经过渡期妇女。本病的发病特点是不规则子宫出血。常表现为月经周期紊乱，经期长短不一，出血量不定，甚或大量出血。有时先有数周或数月停经，然后阴道流血，出血量通常较多；也可开始阴道不规则流血，量少淋漓不净；也有一开始表现类似正常月经的周期性出血。出血期间一般无腹痛或其他不适，出血量多或时间长时可继发贫血，大量出血可导致休克。

临床上根据出血的特点，将异常子宫出血分为：①月经过多：周期规则，但经期延长（＞7日）或经量过多（＞80ml）；②经量过多：周期规则，经期正常，但经量过多；③子宫不规则过多出血：周期不规则，经期延长，经量过多；④子宫不规则出血：周期不规则，经期可延长，经量不太多。

妇科检查子宫大小正常，出血时子宫较软。基础体温呈单相型；阴道脱落细胞涂片无排卵的周期性变化；宫颈黏液结晶呈羊齿状或不典型；经前或经期子宫内膜检查可见不同程度的增生期变化，无分泌期改变。

（2）排卵型功血　多发生于生育年龄的妇女。常分为排卵型月经过多、黄体功能不全、子宫内膜脱落不全、排卵期出血4种。

1）排卵型月经过多：月经量多，周期正常。妇科检查无明显异常；基础体温呈双相型，阴道脱落细胞检查提示雌激素偏高；经前子宫内膜检查呈分泌反应或高度分泌反应。

2）黄体功能不足：月经周期缩短，有时月经周期虽在正常范围内，但卵泡期延长、黄体期缩短，患者常伴不孕史或孕早期流产史。妇科检查无异常；基础体温呈双相，排卵后体温上升9～10日，子宫内膜呈分泌不良反应。

3）子宫内膜不规则脱落：月经周期规律，但经期延长，可长达9～10日，经量不多或淋漓不止。妇科检查无异常发现；基础体温呈双相，但体温下降缓慢，往往在月经来潮后数日体温才下降。月经第5～6日，子宫内膜切片检查仍能见到呈分泌反应的内膜，出血坏死组织及新增生的内膜混杂。

（3）排卵期出血 表现为月经中期或在基础体温开始上升时出现少量阴道流血，时间3~5日。可伴有小腹部疼痛。妇科检查正常，子宫内膜检查可见呈早期分泌期或晚期增生期内膜改变。

3. 体征 功血患者通常无明显体征。由于雌激素刺激，妇科检查（出血患者应在严密消毒下进行）可见子宫较软，宫口松，有时子宫稍增大。

【实验室及其他检查】

1. 诊断性刮宫 其作用一是止血，二是明确子宫内膜病理诊断。对年龄超过35岁，药物治疗无效或存在子宫内膜癌高危因素的异常子宫出血患者，应通过诊刮排除子宫内膜病变。施术时必须搔刮整个宫腔，并注意宫腔大小、形态，宫壁是否光滑，刮出物的性质和量。未婚患者，在激素等保守治疗无效或疑有器质性病变情况下也应经患者或家属知情同意后考虑诊刮。为了确定排卵和黄体功能应在经前期或月经来潮6小时内诊刮；若怀疑子宫内膜脱落不全，应在月经来潮第5天诊刮；不规则阴道流血者可在消毒条件下随时进行诊刮。子宫内膜病理检查可见增生期变化或增生过长，呈无分泌期状态。

2. B超检查 经阴道B超检查，了解子宫大小、形态、宫腔内有无赘生物、子宫内膜厚度等，除外多囊卵巢。

3. 宫腔镜检查 通过宫腔镜的直视，选择病变区域进行活检，诊断宫腔病变。

4. 基础体温测定 了解有无排卵及黄体功能。基础体温呈单相型提示无排卵；黄体功能不全时显示双相型，后期升高时间短，约9~11；子宫内膜脱落不全时虽呈双相型但下降缓慢。

5. 激素测定 经前测血孕二醇值，表现增生期水平为无排卵；测血催乳激素水平及甲状腺功能，排除其他内分泌疾病。

6. 妊娠试验 有性生活史者应行妊娠试验，以便排除妊娠及妊娠相关性疾病。

7. 宫颈细胞学检查 用于排除宫颈癌及癌前病变。

8. 宫颈黏液结晶检查 经前出现羊齿状结晶提示无排卵。

9. 阴道脱落细胞涂片检查 表现为雌激素中、高度影响。

10. 血液测定 血红细胞计数、血细胞比容；凝血功能测定：如血常规、血小板计数、出凝血时间和凝血酶原时间、活化部分凝血酶原时间等，以利于了解贫血程度和排除血液系统病变。

【诊断与鉴别诊断】

1. 诊断

（1）患者年龄、子宫出血情况以及妇科检查，排除器质性病变后可初步确定诊断。

（2）子宫内膜的病理组织检查、B超检查、基础体温测定、激素水平测定、宫颈黏液涂片、阴道细胞涂片等了解卵巢的排卵功能。

2. 鉴别诊断 妇女出现子宫出血原因很多，因此在诊断功血时必须排除生殖道局部病变或全身性疾病所导致的生殖道出血，尤其青春期少女的阴道或宫颈部恶性肿瘤，育龄妇女子宫黏膜下肌瘤和滋养细胞肿瘤，以及绝经过渡期、绝经期妇女子宫内膜癌所致出血最易误诊为功血，应特别注意鉴别。

（1）异常妊娠或妊娠并发症 如异位妊娠、流产、滋养细胞疾病、子宫复旧不良、胎盘残留、胎盘息肉等。

（2）生殖道肿瘤　如子宫内膜癌、子宫颈癌、滋养细胞肿瘤、子宫肌瘤、卵巢肿瘤等。

（3）生殖道感染　如急慢性子宫内膜炎、子宫肌炎等。

（4）性激素药物使用不当　如口服避孕药或口服其他激素类药引起的突破性或撤退性出血等。

（5）全身性疾病　如血液病、肝病、甲状腺功能亢进或低下、肾上腺功能失调等。

【治疗】

1. 治疗思路　针对病因以止血为先，最终以调整月经周期节律为目的。

2. 西医治疗　功血的治疗原则是止血、调整周期，无排卵型功血促进排卵，排卵型功血促进黄体功能的恢复。青春期及生育期无排卵型功血以止血、调整周期、促排卵为主；绝经过渡期患者以止血、调整周期、减少经量、防止子宫内膜病变为原则。

一般治疗：贫血者应补充铁剂、维生素 C、蛋白质，严重贫血者需输血。流血时间长者，给予抗生素预防感染。出血期间应加强营养，避免过劳，保证充分休息。

药物治疗：是功血的一线治疗。常采用性激素止血和调整月经周期。出血期可辅用促进凝血和抗纤溶药物，促进止血。

（1）无排卵型功血

1）止血：根据出血量选择合适的制剂和使用方法。对大量出血患者，应在 8 小时内明显见效，24～48 小时内出血基本停止；若在 96 小时以上仍不止血，应考虑更改功血的诊断。

①联合用药：性激素联合用药的止血效果优于单一药物。

②雌激素：应用大剂量雌激素可使子宫内膜迅速生长，短期内修复创面而止血，用于大量急性出血而有明显贫血的青春期功血者。需要注意大剂量雌激素止血禁用于血液高凝或有血栓性疾病史的患者。

③孕激素：在体内有一定雌激素水平的患者，使用孕激素治疗，临床上又称"药物刮宫"。常用药物及剂量按临床出血量的多少而定。若服药仍不能按期止血者则应进一步查明原因。

④雄激素：雄激素有对抗雌激素、抑制子宫内膜生长、增加子宫肌肉及子宫血管张力的作用，从而改善盆腔出血，减少出血。本法适应于绝经过渡期出血不多者。

⑤其他：非甾体类抗炎药物和其他止血药物，如选用卡巴克洛、酚磺乙胺等减少微血管通透性，6－氨基己酸、对羧基苄氨、氨甲环酸等可抑制纤溶酶，有减少出血量的辅助作用，不能控制子宫内膜的剥脱过程，因此不能赖以止血。

2）调整月经周期

①雌、孕激素序贯法：即人工周期，适于青春期功血或生育期功血内源性雌激素水平较低者。

②雌、孕激素联合法：开始即用孕激素以限制雌激素的促内膜生长作用，使撤药性出血逐步减少，其中雌激素可以预防孕激素的突破性出血。适用于生育期功血内源性雌激素水平较高者或绝经过渡期功血。

③后半周疗法：适用于青春期或绝经过渡期功血患者。可在月经周期后半周（撤药性出血的第 16～25 日）服用甲羟孕酮每日 10mg，连用 10 日，连续 3 个周期为 1 个疗程。

④宫内孕激素释放系统：通过在宫内放置含黄体酮或炔诺酮的宫内节育器，使孕激素在局部直接作用于子宫内膜，有减少经量的作用。

3）促进排卵：青春期功血患者经上述调整周期药物治疗几个疗程后，通过雌孕激素对中枢的反馈调节作用，部分患者可以恢复自发排卵。青春期一般不提倡使用促排卵药物，有生育要求的无排卵不孕患者，可根据病因采取促排卵方案。

①氯米芬：适用于有一定内源性雌激素水平的无排卵者，是最常用的促排卵药物。

②促性腺激素：适用于低促性腺激素及氯米芬排卵失败者。常用 HMG/HCG 联合用药促排卵。HMG 或 FSH 一般每日剂量 75～150U，于撤药性出血 3～5 日开始，连续 7～12 日待优势卵泡达成熟标准时，再使用 HCG5000～10000U 促排卵。并发症为多胎和卵巢过度刺激综合征。

③促性腺激素释放激素（GnRH）：本药是天然十肽，利用其天然制品促排卵，是用脉冲皮下注射或静脉给药，适用于下丘脑性无排卵。

4）手术治疗

①刮宫术：适宜于急性大出血或存在子宫内膜癌高危因素的功血患者。

②子宫内膜切除术：利用宫腔镜下电凝或热疗等方法，使子宫内膜组织凝固或坏死。适宜于经量多的绝经过渡期功血和激素治疗无效且无生育要求的生育期功血。缺点是组织受到热效应破坏影响病理诊断。

③子宫切除术：对年龄较大、无生育要求者及久治不愈、反复发作、出血多、伴有严重贫血者，并了解所有治疗功血的可行方法后，可以由患者和家属知情选择接受子宫切除术。

（2）有排卵型功血

1）黄体功能不全

①促进卵泡发育：针对其发生原因，促进卵泡发育和排卵。

增生期使用低剂量雌激素：可于月经第 5 日起每日服妊马雌酮 0.625mg 或 17β 雌二醇 1mg，连续 5～7 日。

氯米芬：可在月经第 5 日开始口服氯米芬 50mg，每日 1 次，共 5 日。

②促进 LH 峰形成：在监测到卵泡成熟时，使用绒促性素（HCG）5000～10000U 一次或分两次肌注。

③黄体功能刺激疗法：在基础体温上升后开始，隔日肌注 HCG 1000～2000U，共 5 次，可以使血浆黄体酮明显上升，延长黄体期。

④黄体功能替代疗法：一般选用天然黄体酮制剂，自排卵后开始每日肌肉注射黄体酮 10mg，共 10～14 日，以补充黄体酮分泌的不足。

⑤黄体功能不足合并高催乳素血症的治疗：使用溴隐亭每日 2.5～5.0mg，可以使催乳素水平下降，并促进垂体分泌促性腺激素及增加卵巢雌、孕激素分泌，从而改善黄体功能。

2）子宫内膜不规则脱落

①孕激素：自排卵后第 1～2 日或下次月经前 10～14 日开始，每日口服甲羟孕酮 10mg，连服 10 日。有生育要求者可注射黄体酮注射液。无生育要求者，可单服口服避孕药，从月经周期第 5 日起，每日 1 片，连服 22 日作为 1 周期。

②绒促性素：用法同黄体功能不足，HCG 有促进黄体功能的作用。

3. 中医辨证论治

（1）无排卵型功血　崩漏治疗当本着"急则治其标，缓则治其本"的原则，灵活掌握"塞流"、"澄源"、"复旧"三法分步进行治疗。

塞流：即止血以固本。暴崩之际，急当止血防脱，常用固气摄血，收敛固涩止血，最根本的原则应视证型的寒、热、虚、实决定。虚者补而止之，实者泻而止之，寒者温而补之，热毒者清而止之，并非专事止涩所能获效。

澄源：是辨证求因、澄清本源之意，乃治疗崩漏的重要阶段。血止或病缓时仍需根据不同情况辨证论治，切忌一味温补，致犯虚虚实实。

复旧：乃为调理善后之治。视其气血之盛衰、脏腑之虚实，多从调理肝脾、益肾固本入手，本固血充则经水自调。

治崩三法，临床并不能截然分开，往往是塞流需澄源，复旧当固本。治崩宜升提固涩，不宜辛温；寒凉凝血之品亦当慎用；治漏宜养血理气，不可偏于固涩。青春期患者，重在补肾气、益冲任；育龄期患者重在疏肝养肝，调冲任；绝经过渡期患者重在滋肾调肝，扶脾固冲任。

1）血热证

①虚热证

证候：经血非时突然而下，量多势急，或滴沥少许，血色鲜红而质稠，烦热、潮热，或小便黄少，或大便干结；苔薄黄，脉细数。

治法：滋阴清热，止血调经。

代表方剂：保阴煎合生脉散加味。

常用药物：生地　熟地　白芍　黄芩　黄柏　川断　山药　甘草　人参　麦冬　五味子　阿胶

②实热证

证候：经血非时大下或忽然暴下，或淋漓日久不断，色深红，质稠；口渴烦热，小便黄，大便干结；舌红，苔黄，脉洪数。

治法：清热凉血，止血调经。

代表方剂：清热固经汤加减。

常用药物：黄芩　焦栀子　生地　地骨皮　地榆　阿胶（烊化）　生藕节　陈棕炭　炙龟板　牡蛎粉　生甘草　沙参　麦冬

2）肾虚

①偏肾阳虚证

证候：经来无期，经量或多或少，色淡质清，畏寒肢冷，面色晦暗，腰腿酸软，小便清长；舌质淡，苔薄白，脉沉细。

治法：温肾固冲，止血调经。

代表方剂：右归丸加味。

常用药物：熟地　山药　山茱萸　枸杞子　杜仲　鹿角胶　制附子　肉桂　菟丝子　当归

②偏肾阴虚证

证候：经乱无期，出血量少，或淋漓不净，色鲜红，质黏稠，伴头晕耳鸣，腰膝酸软或心烦；舌质红，苔少，脉细数。

治法：滋肾养阴，调经止血。

代表方剂：左归丸合二至丸加减。

常用药物：熟地 山药 枸杞 山茱萸 菟丝子 鹿角胶 龟板胶 女贞子 旱莲草

3）脾虚证

证候：经血非时暴下，继而淋漓不止，色淡，质稀，倦怠懒言，面色㿠白，或肢体面目浮肿；舌淡，苔白，脉缓无力。

治法：补气摄血，固冲调经。

代表方剂：固本止崩汤合举元煎加味。

常用药物：人参 黄芪 白术 熟地 炮姜 当归 炙甘草 升麻 乌贼骨 山药 大枣

4）血瘀证

证候：经血骤然而下或淋漓不断，或经闭数日又忽然暴下，色暗质稠，夹有血块，小腹胀痛，块下则减；舌紫暗，苔薄白，脉涩。

治法：活血化瘀，止血调经。

代表方剂：四物汤合失笑散加减。

常用药物：当归 川芎 熟地 白芍 蒲黄炭 五灵脂

（2）排卵型功血（月经失调）

1）子宫内膜修复延长（卵泡期出血）

①气虚证

证候：经期延长，经水淋漓，量多，色淡，质稀；面色㿠白，心悸气短，肢软无力，或小腹空坠；舌质淡，苔薄白，脉细弱。

治法：补气摄血，调经固冲。

代表方剂：举元煎加减。

常用药物：人参 黄芪 白术 升麻 炙甘草

②虚热证

证候：经来持续不断，淋漓10余日止，色鲜红，质稠；伴见两颧潮红，五心烦热，口咽干燥；舌红少苔，脉细数。

治法：滋阴清热，调经止血。

代表方剂：两地汤加减。

常用药物：生地 地骨皮 玄参 麦冬 阿胶（烊化） 白芍

③湿热蕴结证

证候：经期延长，淋漓不净，量少，色暗，夹有黏液，质稠，有气味；伴见低热，小腹胀痛，白带偏多，小便短赤，大便黏滞；舌红苔黄腻，脉滑数。

治法：清热利湿，止血调经。

代表方剂：固经丸加减。

常用药物：炙龟甲 黄芩 黄柏 椿根皮 香附 白芍

④血瘀证

证候：经来不断，淋漓10余天方净，色黑，有块；伴见小腹疼痛，拒按，小便黄，大便干；舌质暗红，或有瘀斑，脉弦或涩。

治法：活血化瘀，调经止血。

代表方剂：桃红四物汤合失笑散加减。

常用药物：桃仁 红花 熟地 当归 川芎 白芍 炒蒲黄 炒五灵脂

2）黄体功能不足

①脾气虚弱证

证候：月经提前，量多，色淡，质稀；面色不华，精神怠倦，气短懒言，小腹空坠，食少纳差；舌淡，脉细弱无力。

治法：健脾益气，固冲调经。

代表方剂：补中益气汤加减。

常用药物：党参 黄芪 白术 当归 陈皮 升麻 柴胡 炙甘草

②肾气不固证

证候：月经先期，经量少，色暗淡，质稀薄；腰背酸痛，腿软，或夜尿频多；舌淡嫩，苔白润，脉细弱。

治法：补肾调冲。

代表方剂：归肾丸加减。

常用药物：熟地 山药 山茱萸 当归 枸杞子 杜仲 菟丝子 茯苓

③阳盛血热证

证候：月经提前，量多，经色鲜红或紫红，质稠，光亮；面红颧赤，心烦，口渴，小便短赤，大便干结；舌红苔黄，脉滑数有力。

治法：清热凉血，止血调经。

代表方剂：清经散加减。

常用药物：熟地 地骨皮 丹皮 青蒿 黄柏 白芍 茯苓

④肝郁血热证

证候：月经提前，量或多或少，经血排出不畅，色紫红有块，质稠；少腹胀痛，胸胁胀闷，口苦咽干；舌红苔黄，脉弦数。

治法：疏肝解郁，清热调经。

代表方剂：丹栀逍遥散加味。

常用药物：丹皮 炒栀子 柴胡 当归 生白芍 白术 茯苓 甘草 薄荷 仙鹤草 茜草

⑤阴虚血热证

证候：月经先期，量多或量少，色红，五心烦热，盗汗，心悸失眠，咽干口燥，入夜尤甚；舌红苔少，脉细数。

治法：滋阴清热，凉血固冲。

代表方剂：两地汤合二至丸加减。

常用药物：生地 地骨皮 玄参 麦冬 阿胶（烊化） 生白芍 女贞子 旱莲草

3）黄体萎缩不全

①脾虚气弱证

证候：月经过期不净，量少，色淡，质清稀；神疲肢软，面色㿠白，头晕眼花，心悸失眠，纳少便溏；舌质淡，苔薄白，脉细弱。

治法：健脾益气，调经止血。

代表方剂：归脾汤加减。

常用药物：白术 茯神 黄芪 龙眼肉 酸枣仁 人参 木香 当归 远志 炙甘草 大枣

②湿热蕴结证

证候：经血淋漓不净，量少，质稠，色暗黑，秽臭，伴腰腹胀痛，倦怠懒言，带下量多，色黄，小便黄，大便干；舌红，苔黄腻，脉濡数。

治法：清热利湿，调经止血。

代表方剂：四妙丸加减。

常用药物：苍术　黄柏　薏苡仁　牛膝

③气滞血瘀证

证候：月经淋漓不净，量少，色暗有块，小腹疼痛拒按，瘀块排出后痛减；舌质紫暗，苔黄，脉弦涩。

治法：活血化瘀，调经止血。

代表方剂：血府逐瘀汤加减。

常用药物：当归　生地　桃仁　红花　枳壳　赤芍　柴胡　甘草　桔梗　川芎　牛膝

4）排卵期出血（经间期出血）

①肾阴虚证

证候：经间期出血，量少，色鲜红，质黏稠；腰骶酸软，头晕耳鸣，手足心热；舌红，少苔，脉细数。

治法：滋胃养阴，清热凉血，止血。

代表方剂：两地汤合二至丸加减。

常用药物：生地　地骨皮　玄参　白芍　麦冬　阿胶（烊化）　女贞子　旱莲草

②肾阳虚证

证候：经间期出血，量少，色淡红无血块；腰膝冷痛，尿频，大便溏；舌淡红，苔薄白，脉细。

治法：补肾助阳，益气止血。

代表方剂：健固汤加味。

常用药物：人参　茯苓　白术　巴戟天　薏苡仁　黄芪　甘草　菟丝子　川断

③湿热证

证候：经间期出现点滴阴道流血，色暗红，质稠，可见白带中夹血，或赤白带下，腰骶酸楚；或下腹胀痛，小便短赤；舌质淡，苔黄腻，脉濡或滑数。

治法：清热利湿，调经止血。

代表方剂：清肝止淋汤加减。

常用药物：白芍　当归　生地　阿胶　丹皮　黄柏　牛膝　制香附　黑豆　红枣　甘草

④肝郁气滞证

证候：经间期阴道出血，量多少不一，色暗红，质稠夹小块；躁烦易怒，胸胁胀满，小腹胀痛，口苦咽干；舌红，苔薄黄，脉弦数。

治法：疏肝清热，化瘀止血。

代表方剂：丹栀逍遥散加减。

常用药物：丹皮　栀子　当归　赤芍　柴胡　白术　茯苓　甘草　煨姜　薄荷

【预防与调护】

1. 注意调节情志，避免过度精神刺激。

2. 重视饮食调养，勿过食辛辣、生冷食品。

3. 注意经期卫生。

4. 搞好计划生育。

5. 早期治疗月经先期、月经量多、经期延长等月经失调疾病。

6. 出血期间避免重体力劳动，必要时卧床休息。禁性生活。

第五十节　围绝经期综合征

妇女在绝经期前后，围绕月经紊乱或绝经出现如烘热汗出、烦躁易怒、潮热面红、眩晕耳鸣、心悸失眠、腰背酸楚、面浮肢肿、皮肤蚁行样感、情志不宁等症状，称为绝经前后诸证，亦称"经断前后诸证"。古代医籍无此病名，其症状于"年老血崩"、"老年经断复来"、"脏躁"、"百合病"等病证中可见散在记载，1964 年《中医妇科学》教材将此命名为"绝经前后诸证"。

西医学围绝经期综合征（又称更年期综合征）与本病相当。围绝经期指围绕绝经的一段时期，包括从接近绝经期出现与绝经有关的内分泌、生物学和临床特征起至最后一次月经后 1 年期间。围绝经期综合征是指妇女在绝经前后由于性激素减少所致的一系列躯体及精神心理症状，如月经紊乱、情志异常、潮热汗出、眩晕耳鸣、心悸失眠、浮肿便溏等。

【西医病因病理】

1. 病因　围绝经期最主要的病因是卵巢功能的衰退，卵巢渐趋停止排卵，雌激素分泌减少，促性腺激素分泌增多；此外，患者机体老化以及精神、神经和所处社会环境因素、心理创伤、家庭矛盾等因素亦可相互影响而导致发病。

2. 病理

（1）卵巢变化　围绝经期的最早变化是卵巢功能衰退，表现为卵泡对 FSH 敏感性下降，对促性腺激素刺激的抵抗性逐渐增加，然后才表现为下丘脑和垂体功能退化。围绝经期后，卵巢体积缩小，卵巢皮质变薄，原始卵泡耗尽，不再排卵。

（2）性激素变化

1）雌激素：围绝经期由于卵巢功能衰退，雌激素分泌减少。绝经后卵巢不再分泌雌激素，妇女体内低水平的雌激素主要是由来自肾上腺皮质以及来自卵巢的雄烯二酮经周围组织中芳香化酶转化的雌酮。

2）孕酮：绝经过渡期卵巢尚有排卵功能，但因增生期延长，黄体功能不全，导致孕酮分泌减少。绝经后无黄体酮分泌。

3）雄激素：绝经后雄激素来源于卵巢间质细胞及肾上腺，总体雄激素水平下降。其中雄烯二酮主要来源于肾上腺，量约为绝经前的一半。卵巢主要产生睾酮，由于升高的 LH 对卵巢间质细胞的刺激增加，使睾酮水平较绝经前增高。

（3）促性腺激素　绝经过渡期 FSH 水平升高，呈波动型，LH 仍可在正常范围，但 FSH/LH 仍 <1。绝经后由于雌激素水平下降，诱导下丘脑分泌促性腺激素释放激素增加，进而刺激垂体释放 FSH 和 LH 增加；同时，由于卵泡产生抑制素减少，使 FSH 和 LH 水平升高，其中 FSH 升高较 LH 更显著，FSH/LH >1，绝经后 2～3 年达最高水平，约持续 10 年，然后下降。卵泡闭锁导致雌激素和抑制素水平降低以及 FSH 水平升高，是绝经的主要信号。

（4）促性腺激素释放激素　绝经后 GnRH 的分泌增加，与 LH 相平衡。

（5）抑制素　绝经后妇女血抑制素浓度下降，较 E_2 下降早且明显，可能成为反映卵巢功能衰退更敏感的指标。

【中医病因病机】

妇女进入围绝经期，肾气渐衰，天癸将竭，冲任二脉虚损，精血不足，气血失调，脏腑功能紊乱，肾阴阳失和。临床常见的为肾阴虚、肾阳虚，或肾阴阳两虚，故肾虚为致病之本，可以涉及他脏而发病。

1. 肾阴虚　素体阴虚或产乳过多，精血耗伤，天癸渐竭，肾阴亏虚。阴虚则阳失潜藏，或水不涵木可致肝阳上亢，水不济火则心肾不交，故肾阴虚临床多兼有肝肾阴虚，心肾不交。

2. 肾阳虚　月经将绝，肾气渐衰，命门火衰，虚寒内盛，脏腑失于温煦，冲任失养，以致经断前后诸症。临床常伴脾肾阳虚。

3. 肾阴阳两虚　肾为水火之宅，内藏元阴元阳。阴阳互根，故肾阳不足，日久阳损及阴；同样肾阴不足，日久也可阴损及阳，从而导致肾阴阳两虚之诸多症状。

【临床表现】

1. 病史　既往月经正常，出现月经紊乱，伴有头晕耳鸣、烦躁易怒、心悸失眠、潮热汗出、情志异常等症状；或因手术或受放射线损害造成人工绝经而出现上述症状者。

2. 症状

（1）月经紊乱　是绝经过渡期的常见症状。妇女在绝经前期无排卵型月经增加，月经周期不规则、持续时间长，月经量增加或减少。

（2）与雌激素下降有关的症状

1）血管舒缩症状：表现为潮热、出汗，常在夜间和应激状态时容易发作，这种血管功能不稳定现象可以持续 1 年或者长达 5 年。

2）精神神经症状：主要指记忆、情绪和认知功能。出现激动易怒、焦虑不安、情绪低落、抑郁寡言、多疑猜忌、不能自我控制等情绪症状。记忆力减退和注意力不集中也常常出现。

3）泌尿生殖道症状：主要表现为泌尿生殖道萎缩症状，出现阴道干燥，性交困难，反复发生的阴道炎、排尿困难、尿急以及反复发生的尿路感染。尿道缩短，黏膜变薄，括约肌松弛，常有张力性尿失禁。

4）心血管疾病：包括冠状动脉及脑血管病变。绝经后妇女血胆固醇水平升高，各种脂蛋白增加，而高密度脂蛋白/低密度脂蛋白比率降低，易发生动脉粥样硬化、心肌缺血、心肌梗死、高血压和脑出血。

5）骨矿含量改变及骨质疏松：绝经后妇女雌激素下降，骨质吸收速度快于骨质生成，促使骨质丢失变疏松。骨质疏松可引起骨骼压缩、身材变矮，严重者可致骨折，常见于桡骨远端、股骨颈、椎体等部位。

3. 体征　月经紊乱渐至停止，白带减少，性欲降低，生殖器官及乳房萎缩。

【实验室及其他检查】

1. FSH 值测定　绝经过渡期血 FSH $>10U/L$，提示卵巢储备功能下降。FSH $>40U/L$ 提示卵巢功能衰竭。

2. 氯米芬兴奋试验　月经第 5 日起服用氯米芬，每日 50mg，共 5 日，停药第 1 日测定血 FSH，若 FSH $>12U/L$，提示卵巢储备功能下降。

3. 其他　阴道细胞学检查显示底层细胞明显增多。宫颈涂片或子宫内膜活检，妇科内、外生殖器官以及乳房的检查，以排除恶性病变。若合并有脂代谢异常，可行血脂检查，胆固醇中β脂蛋白，前β脂蛋白比例增大。合并有骨代谢异常、胸闷等情况时可以进一步做心电图、X线等检查。

【诊断与鉴别诊断】

1. 诊断

（1）辨病要点　根据临床表现、实验室检查和其他检查：①患者发病年龄在45～55岁之期，有月经紊乱史或人工绝经史。②有典型的自主神经功能失调症状，如潮热、汗出、情绪不稳定、失眠、多梦、易疲劳。

（2）辨证要点　本病以肾虚为本，病理变化以肾阴阳平衡失调为主。临床辨证关键在于辨清阴阳属性。肾阴虚者必见腰膝酸软、头晕耳鸣、烘热汗出、潮热颧红等阴虚内热证；肾阳虚者，必见腰膝酸痛、畏寒肢冷、小便清长、大便稀溏等阳虚内寒证；阴阳俱虚者，则寒热错杂，阴阳两证同时并见，但亦可以出现偏于阴分或偏于阳分虚者，临证需详加分析。

2. 鉴别诊断　围绝经期综合征症状几乎涉及全身各系统，主要与以下疾病鉴别：

（1）原发性高血压　家族有高血压史，多年来以高血压为主症，病程缓慢，发作期收缩压和舒张压同时升高，晚期常合并心、脑、肾损害。

（2）心绞痛　每因劳累过度、情绪激动或饱餐等诱发胸骨后疼痛，甚至放射至左上肢，持续约1～5分钟，经休息或舌下含服硝酸甘油片后，症状得以缓解和控制。

（3）围绝经期精神病　进入围绝经期首次出现忧郁症、妄想症（如嫉妒妄想、被害妄想、疑病妄想等）和神经官能症。

（4）子宫肌瘤、子宫内膜癌　子宫肌瘤好发于30～50岁之间的女性，子宫内膜癌多发生于50岁以上者。二者均可见不规则阴道出血，前者通过妇科检查和B超可行鉴别，后者通过诊刮病检可与围绝经期月经失调鉴别。

（5）尿道及膀胱炎　虽有尿频、尿急、尿痛，甚至尿失禁，但尿常规化验可见白细胞，尿培养有致病菌，经抗感染治疗能迅速缓解和消除症状。

（6）增生性关节炎　如脊柱、髋、膝等关节酸痛和发僵，且随年龄增长而加重。X线检查，关节有骨质增生，或有骨刺，或关节间隙变窄等。

【治疗】

1. 西医治疗

（1）一般治疗　围绝经期精神神经症状可因个体素质差异而表现出神经类型不稳定状态，若因某种激惹精神状态加剧症状，应进行心理治疗。影响其工作和生活时可选用适量的镇静药以助睡眠，绝经后还应增加日晒时间，摄入足量蛋白质及含钙丰富食物，坚持体育锻炼。

（2）激素替代治疗（HRT）

1）雌激素：应用雌激素原则上应选用天然制剂。

2）孕激素制剂：最常用的是甲羟孕酮。

3）副作用

①子宫出血：HRT时的异常出血，多为突破性出血所致，但必须高度重视，查明原因，必要时做诊断性刮宫以排除子宫内膜病变。

②应用性激素容易导致的副反应：a. 应用雌激素若剂量过大容易出现乳房胀、白带多、

头痛、水肿、色素沉着等，应酌情减量，或改用雌三醇。b. 应用孕激素可以导致抑郁、易怒、乳房痛和浮肿，患者常不易耐受。c. 应用雄激素可以出现高血脂、动脉粥样硬化、血栓栓塞性疾病危险，大量应用出现体重增加、多毛及痤疮，口服时影响肝功能。

③子宫内膜癌：单一雌激素的长期应用，可使子宫内膜异常增生和子宫内膜癌危险性增加。目前对有子宫者强调雌孕激素联合使用，可降低风险。

④乳癌：有流行病学研究资料表明，采用雌激素替代治疗少于 5 年者，并不增加乳癌危险性；长期用药 10～15 年，是否导致乳癌的危险性尚无定论。

（3）非激素类药物

1）维生素 D：适用于围绝经期妇女缺少户外活动者，每日口服 400～500U，与钙剂合用有利于钙的吸收完全。

2）钙剂：可减缓骨质丢失，如氨基酸螯合钙胶囊，每日口服 1 粒（含 lg）。

3）降钙素：是作用很强的骨吸收抑制剂，用于骨质疏松症。

4）双磷酸盐类：可抑制破骨细胞，有较强的抗骨吸收作用，用于骨质疏松症。

2. 中医辨证论治

（1）肾阴虚证

证候：月经紊乱，经色鲜红，量或多或少；头晕耳鸣，心烦易怒，潮热汗出，五心烦热，腰膝酸软，皮肤瘙痒或如蚁行，阴道干涩，尿少色黄；舌红少苔，脉细数。

治法：滋肾养阴，佐以潜阳。

代表方剂：左归饮加减。

常用药物：熟地　山药　枸杞　山萸肉　茯苓　炙甘草

若症见心悸怔忡、失眠多梦、健忘，甚或情志失常等心肾不交证时，治宜滋肾育阴、宁心安神。方用六味地黄丸合黄连阿胶汤加减：熟地、山药、山萸肉、茯苓、泽泻、丹皮、黄连、阿胶、五味子、莲子心、百合、炙远志。

（2）肾阳虚证

证候：月经紊乱，或崩中漏下，或闭经，白带清冷；精神萎靡，形寒肢冷，面色晦暗；舌淡，苔薄，脉沉细无力。

治法：温肾扶阳。

代表方剂：右归丸加减。

常用药物：熟地　山药　山萸肉　枸杞　鹿角胶（烊化）　菟丝子　杜仲　当归　肉桂　制附子

若月经量多，崩中漏下者，加补骨脂、赤石脂、鹿角霜，以温阳固冲止血。

（3）肾阴阳两虚证

证候：绝经前后，头晕耳鸣，健忘，乍寒乍热，颜面烘热，汗出恶风，腰背冷痛，月经紊乱或闭经；舌质淡，苔薄白，脉沉细。

治法：益阴扶阳。

代表方剂：二仙汤合二至丸加减。

常用药物：仙茅　仙灵脾　白芍　巴戟天　黄柏　知母

【预防与调护】

围绝经期是妇女一生必然度过的一个过程，也是不以人的意志为转移的生理过程。因此围绝经期妇女应建立良好的心态对待这一生理过程，掌握必要的围绝经期保健知识，保持心情舒畅，注意劳逸结合，使阴阳气血平和。尚需注意饮食有节，加强营养，增加蛋白质、维生素、钙等的摄入。维持适度的性生活。定期咨询"妇女围绝经期门诊"和进行必要的妇科检查，以便及时治疗和预防器质性病变。

第五十一节　子宫内膜异位症

子宫内膜异位症的发病率近年明显增高，是目前常见妇科疾病之一。在妇科剖腹手术中约5%～15%患者发现有此病；因不孕而行腹腔镜检查中，约12%～48%有内膜异位症存在。本病多发生于育龄妇女，初潮前无发病者，绝经后或切除卵巢后异位内膜组织可逐渐萎缩吸收，妊娠或使用性激素抑制卵巢功能可暂时阻止此病的发展，故子宫内膜异位症的发病与卵巢的周期性变化有关。

【西医病因病理】

1. 病因　子宫内膜异位症为良性病变，但具有类似恶性肿瘤的远处转移和种植生长能力。其发病机制尚未完全阐明，目前有下列学说：

（1）子宫内膜种植学说　Sampson（1921）最早提出，经期时经血中所含内膜腺上皮和间质细胞可随经血逆流，经输卵管进入腹腔，种植于卵巢和邻近的盆腔腹膜，并生长和蔓延形成子宫内膜异位症。

（2）淋巴及静脉播散学说　不少学者通过光镜检查在盆腔淋巴管和淋巴结、盆腔静脉中发现有子宫内膜组织，故认为远离盆腔部位的器官发生的子宫内膜异位症可能是通过淋巴或静脉播散的结果，因而提出子宫内膜可通过淋巴或静脉播散的学说。

（3）体腔上皮化生学说　卵巢表面上皮、盆腔腹膜都是由胚胎期具有高度化生潜能的体腔上皮分化而来。在反复受到经血、慢性炎症或持续卵巢激素刺激后，均可被激活而衍化为子宫内膜样组织，以致形成子宫内膜异位症。此学说迄今尚无充分的临床或实验依据。

（4）免疫学说　有研究表明，在内膜异位症患者血清中 IgG 及抗子宫内膜自身抗体较对照组显著增加，其子宫内膜中的 IgG 及补体 C_3 沉积率亦高于正常妇女，故认为内膜异位症可能与患者自身免疫力异常有关。另有认为免疫功能正常时，血中的单核细胞可以抑制子宫内膜细胞的异位种植和生长，同时腹腔中活化的巨噬细胞、自然杀伤细胞（NK 细胞）则可将残留的子宫内膜细胞破坏和清除。而在本病患者中，可能由于外周血单核细胞功能改变，反将刺激子宫内膜细胞在异位种植和生长，同时腹腔中的巨噬细胞、NK 细胞及细胞毒性 T 淋巴细胞的细胞毒作用又被抑制，不足以将逆流至腹腔内的内膜细胞杀灭而发生子宫内膜异位症。故认为子宫内膜异位症既有体液免疫的改变，也有细胞免疫的异常。

2. 病理　子宫内膜异位症的主要病理变化为异位内膜随卵巢激素的变化而发生周期性出血，伴有周围纤维组织增生和粘连形成，以致在病变区出现紫褐色斑点或小泡，最后发展为大小不等的紫蓝色实质结节或包块，但病变可因发生部位和程度不同而有差异。

（1）巨检

1）卵巢：卵巢子宫内膜异位症最多见，约占80%。病变早期在卵巢表面及皮层中可见紫褐色斑点或小泡，因异位内膜反复出血而形成卵巢子宫内膜异位囊肿。囊肿直径多在5～6cm 以下，但也可达25cm 左右，内含暗褐色黏糊状陈旧血，状似巧克力液体故又称卵巢巧克力囊肿。经期时囊肿内出血内压增高，囊壁可出现小裂隙，并有少量血液渗漏至卵巢表面，引起的腹膜局部炎性反应和组织纤维化，使卵巢与其邻近的组织器官紧密粘连，并固定在盆腔内不能活动。这是卵巢子宫内膜异位囊肿临床特征之一，可借此与其他出血性卵巢囊肿相鉴别。

2）宫骶韧带、直肠子宫陷凹和子宫后壁下段：这些部位处于盆腔后部较低或最低处，与经血中的内膜碎屑接触机会最多，为内膜异位症的好发部位。早期局部有散在紫褐色出血点或颗粒状散在结节。随病变发展，子宫后壁与直肠前壁粘连，直肠子宫陷凹变浅甚至消失，严重者异位内膜向直肠阴道隔发展并形成包块，可向阴道后穹隆或直肠腔凸出。

3）宫颈：内膜异位累及宫颈者较少。病灶可位于表浅的黏膜面或深部间质内。浅表者宫颈表面可见暗红色或紫蓝色小颗粒。深部病灶在宫颈剖面可见紫蓝色小点或含陈旧血液的小囊腔。

4）输卵管：偶可在其管壁浆膜层见到紫褐色斑点或小结节。输卵管常与其周围病变组织粘连，甚至因扭曲而影响其蠕动，但管腔多通畅。

5）腹膜：腹腔镜检查，在盆腔内见到典型的色素沉着子宫内膜异位病灶及无色素的早期子宫内膜异位腹膜病灶，有白色混浊腹膜灶、火焰状红色灶、腺样息肉灶和卵巢下粘连等。

（2）镜下检查 在病灶中可见到子宫内膜上皮、内膜腺体或腺样结构、内膜间质及出血。但异位内膜反复出血后，上述典型的组织结构可能被破坏而难以发现，以致出现临床和镜下病理所见不一致的现象，即临床表现极典型，但内膜异位的组织病理特征极少。由于内膜异位的出血是来自间质内血管，而不是来自腺上皮或腺体，故在镜检时能找到少量内膜间质细胞即可确诊本病。若临床表现和手术时肉眼所见病理改变十分典型，即使镜检下仅能在卵巢的囊壁中发现红细胞或含铁血黄素的巨噬细胞等出血证据，亦应视为子宫内膜异位症。据报道无色素早期子宫内膜异位病灶镜下病检时，一般可见到典型的异位内膜组织。异位内膜虽可随卵巢周期变化而有增生和分泌改变，但其改变不一定与子宫内膜同步，且往往仅表现为增生期改变，此可能与异位内膜周围组织纤维化以致血供不足有关。内膜异位症一般极少发生恶变。

【中医病因病机】

子宫内膜异位症属中医的血瘀证。多由外邪入侵、情志内伤、素体因素或手术损伤等原因，导致机体脏腑功能失调，冲任损伤，气血失和，血液离经，瘀血形成，留结于下腹而发病。瘀血阻滞，脉络不通，则见痛经；瘀积日久，形成癥瘕；瘀血阻滞胞脉，两精不能结合，以致不孕；瘀血不去，新血不能归经，因而月经量多或经期延长。总之，本病的关键在于瘀，而导致瘀血形成的原因，又有虚实寒热的不同。

1. 气滞血瘀 多因平素抑郁或恚怒伤肝，使肝郁气滞，气机不畅，冲任失和，以致经脉瘀阻。

2. 寒凝血瘀 多于经期产后，血室正开，余血未净，摄生不慎，感受寒邪，血遇寒则凝，导致寒凝血瘀。

3. 湿热瘀结 素体脾虚，水湿内停，蕴久化热；或肝郁脾虚，湿热内生；或经期产后，胞脉空虚，感受湿热之邪。湿热稽留于冲任，蕴结于胞宫胞脉，阻滞气血运行，导致血瘀。

4. 痰瘀互结 素体脾虚痰盛，或饮食不节，劳倦过度，思虑过极，损伤脾气，脾虚生湿，湿聚成痰，痰湿下注冲任胞脉，阻碍血行，导致痰瘀互结。

5. 气虚血瘀　饮食不节，思虑过极，劳倦过度，或大病久病，损伤脾气，气虚运血无力，血行迟滞，冲任瘀阻。

6. 肾虚血瘀　先天不足，或后天损伤，大病久病，房劳多产，损伤肾气。肾阳不足则阴寒内盛，冲任虚寒，血失温煦推动而致血瘀；肾阴不足，虚火内生，内热灼血亦可致瘀；而肾水不足，不能涵木，则肝失调达，疏泄失常，气血不和而致冲任瘀阻。

【临床表现】

1. 症状　症状因人而异，且可因病变部位不同而出现不同症状，约20%患者无明显不适。

（1）痛经和持续下腹痛　痛经是子宫内膜异位症的典型症状，其特点为继发性痛经、进行性加剧。疼痛多位于下腹部及腰骶部，可放射至阴道、会阴、肛门或大腿。常于经前1～2日开始，经期第一天最剧，经净后消失。也有周期性腹痛与月经不同步而出现在月经干净后。疼痛的程度与病灶大小不一定成正比，较大的卵巢子宫内膜异位囊肿可能疼痛较轻，而散在的盆腔腹膜小结节病灶反可导致剧烈痛经。少数晚期患者诉长期下腹痛，经期更剧。

（2）月经失调　15%～30%患者表现为经量增多、经期延长或经前点滴出血。可能与卵巢无排卵、黄体功能不足或同时合并有子宫腺肌病或子宫肌瘤有关。

（3）不孕　约有40%患者不孕。可能为：

1）黄体期功能不足：内膜异位症患者卵泡和黄体细胞上的LH受体数量较正常妇女为少，以致黄体期黄体分泌不足而影响受孕。

2）未破卵泡黄素化综合征：为卵巢无排卵，但卵泡细胞出现黄素化，而无受孕可能。

3）自身免疫反应：患者体内B淋巴细胞所产生的抗子宫内膜抗体，可干扰受精卵的输送和着床，腹腔内巨噬细胞增多亦可吞噬精子和干扰卵细胞的分裂从而致不孕。

4）盆腔内器官和组织广泛粘连和输卵管蠕动减弱，影响卵子的排出、摄取和受精卵的运行所致。

（4）性交痛　病变累及直肠子宫陷凹、宫骶韧带，或子宫后倾固定的患者，性交时由于宫颈受到碰撞及子宫的收缩和向上提升，可引起疼痛，且以经前更为明显。

（5）其他　因异位内膜侵犯部位不同，患者可出现腹痛、腹泻、便秘或尿痛、尿频，甚则有周期性血便、血尿。此外，身体其他任何部位有内膜异位种植和生长时，均可在病变部位出现周期性疼痛、出血或块物增大。

当卵巢子宫内膜异位囊肿破裂时，陈旧的暗黑色黏稠血液流入腹腔可引起突发性剧烈腹痛，伴恶心、呕吐和肛门坠胀。疼痛多发生在经期前后或经期。

2. 体征　巨大的卵巢子宫内膜异位囊肿可在腹部扪及囊块和囊肿破裂时可出现腹膜刺激征。典型的盆腔子宫内膜异位症在盆腔检查时，可发现子宫多后倾固定，直肠子宫陷凹、宫骶韧带或子宫后壁下段等处扪及触痛性结节，于宫旁一侧或双侧附件区扪到与子宫相连的囊性偏实不活动包块，可有轻压痛。若病变累及直肠阴道隔，可在阴道后穹隆部扪及或看到隆起的紫蓝色斑点、小结节或包块。

3. 分期　子宫内膜异位症的分期方案甚多。1985年美国生殖学会（AFS）提出修正的子宫内膜异位症分期法（略），有利于评估疾病严重程度及选择治疗方案，能准确比较和评价各种不同疗法的优劣。此分期法需经腹腔镜检查或剖腹探查确诊，并要求详细观察和记录内膜异位病灶部位、数目、大小、深度和粘连程度，最后以评分法表达。

此分期法将内膜异位症分四期：Ⅰ期（微型）1～5分；Ⅱ期（轻型）6～15分；Ⅲ期（中型）16～40分；Ⅳ期（重型）>40分。

【实验室及其他检查】

1. B超检查　可确定卵巢子宫内膜异位囊肿的位置、大小和形状，偶能发现盆腔检查时未能扪及的包块。B超显示卵巢子宫内膜异位囊肿壁较厚，且粗糙不平，与周围脏器特别是与子宫粘连较紧。囊肿内容物呈囊性、混合性或实性，但以囊性最多见。由于囊肿的回声图像并无特异性，故不能单纯根据B超图像确诊。

2. CA125值测定　子宫内膜异位症患者血清CA125值可升高，但一般不超过200U/ml。CA125测定还可用于监测子宫内膜异位症病变活动情况及疗效。但无法单独利用此测定值将卵巢癌与子宫内膜异位症加以鉴别。

3. 腹腔镜检查　是目前诊断子宫内膜异位症的最佳方法，特别是经盆腔和B超检查均无阳性发现的不育或腹痛患者更是唯一的手段，在腹腔镜下对可疑病变处进行活检可确诊为子宫内膜异位症，并可确定其临床分期。

【诊断与鉴别诊断】

1. 诊断　凡育龄妇女有继发性、进行性痛经和不孕史，盆腔检查时扪及触痛性结节或子宫旁有不活动的囊性包块，即可初步诊断为子宫内膜异位症。但临床确诊尚需腹腔镜检查和活组织病检。

2. 鉴别诊断

（1）卵巢恶性肿瘤　盆腔包块增大迅速，腹痛、腹胀为持续性，患者全身情况差。检查除扪及盆腔包块外，常伴有腹水。B超显示肿瘤包块以实性或混合性居多，形态多不规则。诊断不明确时应行剖腹探查。

（2）盆腔炎性包块　多有急性盆腔感染和反复感染发作史，腹痛不仅限于经期，平时亦有腹部隐痛，且可伴有发热。抗感染治疗有效。

（3）子宫腺肌病　痛经症状与子宫内膜异位症相似，甚至更剧烈。子宫多呈对称性增大，且质地较正常子宫硬。经期检查子宫压痛明显。应注意此病亦可与子宫内膜异位症合并存在。

【治疗】

1. 治疗思路　治疗目的在于祛除病灶、减轻症状、促进妊娠、预防复发。原则上症状轻微者采用期待疗法；有生育要求且轻度患者先行中西药物治疗，病变较重者行保守性手术；无生育要求的重症患者可采取保留卵巢功能手术辅以中西药物治疗；症状和病变均为严重的无生育要求患者可考虑根治性手术。子宫内膜异位症在总的治疗原则下，亦强调治疗的个体化，需考虑到病人的年龄、症状、部位及浸润深度以及生育状况和需求。

2. 西医治疗

（1）期待疗法　适用于病变、症状轻微患者，一般可每数月随访一次。若经期有轻微疼痛时，可试给前列腺素合成酶抑制剂如吲哚美辛、萘普生、布洛芬或双氯芬酸钠等对症治疗。希望生育的患者，应做有关不孕的各项检查，特别是在腹腔镜检查下行输卵管亚甲蓝液通液试验，必要时解除输卵管粘连扭曲，以促使尽早受孕。一旦妊娠，病变组织多坏死、萎缩，分娩后症状可缓解，甚至病变完全消失，且不再复发。期待疗法期间，若患者症状和体征加剧时，应改用其他较积极的治疗方法。

（2）药物治疗　由于妊娠和闭经可避免发生痛经和经血逆流，并能导致异位内膜萎缩退化，故采用性激素治疗导致患者较长时间闭经已成为临床上治疗内膜异位症的常用药物疗法。但对较大的卵巢内膜异位囊肿及卵巢包块性质尚未确定者则不宜用性激素治疗。目前临床上采用的性激素疗法如下：

1）短效避孕药：避孕药为高效孕激素和小量炔雌醇的复合片，连续周期服用，可使子宫内膜和异位内膜萎缩，导致痛经缓解和经量减少。服法与一般短效口服避孕药相同。此疗法适用于有痛经症状，但暂无生育要求的轻度内膜异位症患者。

2）高效孕激素：高效孕激素抑制垂体促性腺激素的释放和直接作用于子宫内膜和异位内膜，导致内膜萎缩和闭经。甲羟孕酮每日 20～50mg，连续 6 个月；或醋酸炔诺酮，每日 5mg，连续 6 个月。副反应有不规则点滴出血、乳房胀、体重增加等。

3）达那唑：能阻断垂体促性腺激素的合成和释放，直接抑制卵巢甾体激素的合成，以及有可能与靶器官性激素受体相结合，使子宫内膜萎缩，导致患者短暂闭经，称假绝经疗法。用法为 200mg，每日 2～3 次，从月经第 1 日开始，持续用药 6 个月。药物副反应有体重增加、乳房缩小、痤疮、皮脂增加、多毛、声音改变、头痛、潮热、性欲减退、肌痛性痉挛等。

4）孕三烯酮：有抗孕激素和抗雌激素作用，用于治疗内膜异位症的疗效和副反应与达那唑相同，但副反应较低。用法为每周 2 次，每次 2.5mg，月经第 1 日开始服药，连续用药 6 个月。

5）促性腺激素释放激素激动剂（GnRH-a）：能耗尽垂体 GnRH 受体，使垂体分泌的促性腺激素减少，从而导致卵巢分泌的激素下降，出现暂时性绝经，此疗法又称为"药物性卵巢切除"。常用药物为亮丙瑞林缓释剂或戈舍瑞林缓释剂。副反应主要为雌激素过低所引起的潮热、阴道干燥、性欲减退及骨质丢失等绝经症状。

（3）手术治疗　手术可经腹腔镜或剖腹直视下进行。

1）保留生育功能手术：适用于年轻有生育要求的患者，特别是采用药物治疗无效者。手术范围为尽量切净或灼除内膜异位灶，但保留子宫和双侧、一侧或至少部分卵巢。

2）保留卵巢功能手术：将盆腔内病灶及子宫予以切除，以杜绝子宫内膜再经输卵管逆流种植和蔓延的可能性，但要保留至少一侧卵巢或部分卵巢以维持患者卵巢功能。少数患者在术后仍有复发。

3）根治性手术：即将子宫、双侧附件及盆腔内所有内膜异位病灶予以切除。当卵巢切除后，即使体内残留部分异位内膜灶，亦将逐渐自行萎缩退化以至消失。

4）药物与手术联合治疗：手术治疗前可先用药物治疗 2～3 个月以使内膜异位灶缩小、软化，从而有可能适当缩小手术范围和有利于手术操作。术后亦可给予药物治疗 2～3 个月以使残留的内膜异位灶萎缩退化，从而降低术后复发率。但迄今并无证据说明手术前后加用药物可提高受孕率。

（4）其他特殊治疗　对仅表现为不孕而无其他不适的极轻度内膜异位症患者，无论药物或手术治疗并不能提高其受孕率，因而有人主张对此类患者可先试给予氯米芬治疗 2～3 个月。无效时氯米芬加宫腔内人工授精，仍无效时给予促性腺激素刺激排卵或同时加宫腔内人工授精；最后再采用体外授精和胚胎移植术。

3. 中医辨证论治 本病的病机是瘀血内停，故治疗原则以活血化瘀为主。因本病发生与月经周期有关，治疗时尚需结合月经周期的不同体质分别论治。一般经前以调气祛瘀为主，经期以活血祛瘀，理气止痛为主，经后以益气补肾、活血化瘀为主。

（1）气滞血瘀证

证候：经前、经行下腹胀痛、拒按，前后阴坠胀欲便，经血紫暗有块，块去痛减，腹中积块，固定不移，伴胸闷乳胀；舌紫暗有瘀点，脉弦涩。

治法：理气活血，化瘀止痛。

代表方剂：膈下逐瘀汤加减。

常用药物：当归 川芎 赤芍 桃仁 红花 枳壳 延胡索 五灵脂 丹皮 乌药 香附 甘草

（2）寒凝血瘀证

证候：下腹结块，经前或经行小腹冷痛，喜温畏寒，疼痛拒按，得热痛减，经量少，色紫暗，或经血淋漓不净，形寒肢冷，面色苍白；舌紫暗，苔薄白，脉沉紧。

治法：温经散寒，活血祛瘀。

代表方剂：少腹逐瘀汤加味。

常用药物：小茴香 干姜 肉桂 当归 川芎 赤芍 没药 蒲黄 五灵脂 延胡索 三棱 莪术

（3）湿热瘀结证

证候：下腹结块，平时小腹隐痛，经期加重，灼痛难忍，拒按，得热痛增，月经量多，色红或深红，质黏，带下量多，色黄质黏味臭，或伴低热绵绵，或经行发热；舌质紫暗，舌边尖有瘀斑、瘀点，苔黄腻，脉濡数或滑数。

治法：清热利湿，活血祛瘀。

代表方剂：清热调血汤加味。

常用药物：丹皮 黄连 当归 川芎 生地 赤芍 红花 桃仁 莪术 香附 延胡索 黄柏 红藤 薏苡仁 三棱

（4）痰瘀互结证

证候：下腹结块，婚久不孕，经前、经期小腹掣痛，疼痛剧烈，拒按，平时形体肥胖，头晕沉重，胸闷纳呆，呕恶痰多，带下量多，色白质黏，无味；舌暗，或舌边尖有瘀斑、瘀点，苔白滑或白腻，脉细。

治法：化痰散结，活血逐瘀。

代表方剂：丹溪痰湿方合桃红四物汤加味。

常用药物：苍术 白术 半夏 茯苓 滑石 香附 川芎 当归 桃仁 红花 熟地 白芍 海藻 昆布 贝母 三棱 莪术 水蛭 荔枝核 夏枯草

（5）气虚血瘀证

证候：经前或经后腹痛，喜按喜温，经色淡质稀，或婚久不孕，面色少华，神疲乏力，大便不实；舌淡暗边有齿痕，苔薄白，脉细无力。

治法：益气化瘀。

代表方剂：理冲汤加减。

常用药物：黄芪 党参 白术 山药 花粉 知母 三棱 莪术 生鸡内金

（6）肾虚血瘀证

证候：经行或经后腹痛，痛引腰骶，月经先后不定期，经行量少，色淡暗质稀，或有血块，不孕或易流产，伴头晕耳鸣，腰膝酸软；舌暗滞或有瘀点，苔薄白，脉沉细而涩。

治法：益肾调经、活血祛瘀。

代表方剂：归肾丸合桃红四物汤加味。

常用药物：熟地　山药　山茱萸　茯苓　当归　枸杞　杜仲　菟丝子　桃仁　红花　川芎　赤芍　延胡索　三七

【预防与调护】

1. 防止经血逆流　及时手术治疗先天性生殖道畸形或炎症引起的经血潴留，以免经血逆流入腹腔。经期一般不做盆腔检查，若有必要，应避免重力挤压子宫。

2. 避免手术操作所引起的子宫内膜种植　凡进入宫腔内的经腹手术，均注意保护好子宫切口周围术野，以防宫腔内容物溢入腹腔和腹壁切口；缝合子宫壁时，应避免缝针穿透子宫内膜层。经前及经期禁做各种输卵管通畅试验，以免将子宫内膜推注入腹腔。宫颈及阴道手术应在月经干净后 3~7 日内进行，以免下次月经来潮时脱落的子宫内膜种植在尚未愈合的手术创面。人工流产负压吸宫术时，吸管应缓慢拔出，否则宫腔内外压差过大，宫腔内血液和内膜有可能随负压而被吸入腹腔内。

3. 药物避孕　长期服用避孕药抑制排卵，可促使子宫内膜萎缩和经量减少，降低经血及内膜碎屑逆流至腹腔的机会。

第五十二节　痛经

经期及行经前后出现明显下腹部痉挛性疼痛、坠胀或腰酸痛等不适，影响生活和工作者，称为痛经。中医学称为"经行腹痛"、"经期腹痛"、"经痛"等。据文献报道全球女性中有 80% 有不同程度痛经，其中约 3/4 影响工作。我国妇女的发病率约 33.1% 左右，其中 13.59% 的女性出现严重影响工作的病态。

痛经仅发生在有排卵的月经周期，分为原发性和继发性两种。原发性痛经无盆腔器质性病变，常见于初潮后 6 个月至 1 年内或排卵周期建立初期，多为功能性痛经；继发性痛经是盆腔器质性疾病的结果，如子宫内膜异位症、盆腔炎或宫颈狭窄、宫内异物等所致的痛经。本节仅讨论原发性痛经。

【西医病因病理】

1. 前列腺素释放增多　原发性痛经的产生与行经时子宫内膜释放前列腺素（PG）水平较高有关。研究表明痛经患者子宫内膜和月经血中 $PGF_{2\alpha}$ 含量较正常妇女明显升高，从而引起子宫痉挛性收缩而导致痛经。

2. 精神、神经因素的影响　内在或外来的精神刺激可使痛阈降低。思想焦虑、恐惧以及生化代谢物质均可通过中枢神经系统刺激盆腔神经纤维而引起疼痛。

【中医病因病机】

病机主要为冲任气血运行不畅，经血流通受阻，以致"不通则痛"；或冲任子宫失于濡养而"不荣而痛"。之所以随月经周期发作，是与经期前后特殊的生理环境变化有关。因为平时子宫藏精气而不泻，血海由空虚到满盈，变化缓慢，致病因素对冲任、子宫影响表现不明显。而经前、经期血海由满盈到溢泻，应以通为顺。若受致病因素影响，冲任子宫阻滞，不通则痛；经血下泻必耗气伤血，冲任子宫失养则不荣而痛。痛经病位在冲任、子宫，变化在气血，表现为痛证。临床分类有虚实之别：虚证多为气血虚弱、肝肾亏损；实证多为气滞血瘀、寒湿凝滞或湿热下注等。

1. 气滞血瘀　素体抑郁，或情志不舒，肝郁气滞，血行不畅，冲任经脉受阻，胞中经血壅滞，不通则痛。

2. 寒湿凝滞　多因经期冒雨涉水感寒，嗜食寒凉，寒湿伤于下焦，客于胞中，经血为寒湿凝滞，溢泻不畅而致疼痛。

3. 湿热瘀阻　素体湿热内蕴，或经期产后摄生不慎感受湿热之邪，与血相搏，留注冲任，蕴结宫中，气血不畅，经前经期气血下注冲任，气机壅滞更甚，不通则痛。

4. 气血虚弱　素体气血不足，或大病久病之后，气血亏虚，经行之后，血海愈空，胞脉失养，而致疼痛。

5. 肝肾亏虚　素体虚弱，肝肾不足，或多产房劳，以致精亏血少，冲任不盛，经行之后，血海空虚，胞脉失养，不荣而痛。

【临床表现】

1. 病史　应注意患者年龄、发育状况、婚否、分娩史、月经史（有无周期性发作、持续时间、疼痛程度及发生时间等）和有无起居不慎、情志刺激、烦劳过度、经期感寒或过食生冷食物等。

2. 症状　下腹部疼痛是痛经的主要症状，多发生在经前或经期 1～2 天，呈阵发性绞痛、刺痛、灼痛、掣痛、隐痛、坠痛等，拒按或喜按，疼痛时间数小时至 2～3 天不等，随后逐渐减轻至消失。严重疼痛可牵涉腰骶、外阴、肛门等部位，或伴有恶心、呕吐、坐卧不宁、面色苍白、冷汗淋漓、四肢厥冷等全身症状。

3. 体征　经前、经时或经后小腹疼痛，患者呈痛苦状，甚至捂腹而卧，或冷汗淋漓，四肢厥冷，或晕厥。腹部检查无肌紧张及反跳痛。

【实验室及其他检查】

1. 经血前列腺素测定　是目前临床一项主要的客观指标，一般 $PGF_{2\alpha}$ 指数异常升高。

2. 盆腔血流图检查　显示盆腔血流不畅。

3. 基础体温测定　呈双相曲线。

4. 妇科检查　盆腔生殖器一般无异常病变，偶见子宫发育不良、宫颈口狭小、宫颈管狭长或子宫过度倾曲。

5. B 超检查　无异常。多数盆腔检查不满意者或未婚女子可采用此法。

【诊断与鉴别诊断】

1. 诊断　伴随月经周期出现下腹部疼痛，严重者影响工作、学习和生活，妇科检查无阳性体征，临床上即可诊断。目前通过测定子宫内膜及经血中 $PGF_{2\alpha}$ 的含量，更有利于对痛经的诊断，并根据痛经程度采取有效的治疗。

2. 鉴别诊断

（1）子宫内膜异位症　痛经虽随月经周期而发，经净症状逐渐消失，但呈进行性加重，多发生在 30～40 岁的妇女。妇科检查子宫多为后位，可于子宫直肠陷凹及子宫骶骨韧带处扪及单个或多个触痛性硬结或包块，月经期其结节稍增大。腹腔镜检查或直接活体组织检查能得以证实。

（2）慢性盆腔炎　平素腰骶部及小腹坠痛，劳累后加重。白带量多，有异味，月经提前，量多，甚至经期延长，妇科检查有慢性盆腔炎的体征。

（3）子宫肌瘤　以月经改变及子宫增大为主要症状，如月经周期缩短，经量增多，经期延长，甚或持续性不规则流血，下腹坠胀，腰背酸痛，白带多，以及因压迫邻近器官可出现尿频、尿急、便秘、里急后重、肾盂积水等，严重时合并不孕、贫血。妇科检查、超声波检查可发现子宫肌瘤体征。

（4）子宫内膜结核　曾有结核病史，有低热、盗汗、乏力、食欲不振等症状，有慢性盆腔炎史且久治不愈，或有不孕、月经稀少和闭经。实验室检查可见淋巴细胞增多，血沉加快。子宫内膜检查有典型结核结节。

（5）其他　生殖器发育异常，子宫过度倾曲，宫颈管狭窄、粘连等，经妇科检查均可确诊。

【治疗】

1. 治疗思路　对于痛经的治疗本着"急则治其标，缓则治其本"的原则，痛经期间给予镇静、止痛、解痉。对青春期痛经患者应加强精神心理治疗，阐明月经是发育到性成熟的一种生理现象，解除恐惧及一切不必要的心理障碍。经前期及经期避免感寒受凉。体弱者注意加强营养和体格锻炼。

2. 西医治疗

（1）一般治疗　注重精神心理治疗，明确月经期轻度不适是生理反应，在难以忍受的疼痛出现时可以行非麻醉性镇痛治疗，适当应用镇痛、镇静、解痉药。

（2）前列腺素合成酶抑制剂　通过抑制前列腺素合成酶，减少 PG 的产生，防止出现过强或痉挛性子宫收缩，以减轻或消除痛经。此类药物治疗 80% 有效。

1）苯基丙酸类如布洛芬 400 mg，每日 3～4 次，或酮洛芬 20～50mg，每日 3～4 次。

2）灭酸类如氟芬那酸 200mg，每日 3 次，或甲芬那酸 250mg，每日 3 次，均于月经来潮即开始服用，连续 2～3 日。

（3）口服避孕药疗法　通过抑制子宫内膜生长，减少月经量，抑制排卵，减少月经血中 PG。主要适用于要求避孕的痛经妇女，疗效可达 90% 以上。避孕药 I 号（复方炔诺酮片）或 II 号（复方甲地孕酮片），于月经周期第 5 日始，每晚口服 1～1.5 片，连服 22 日。治疗后第一个月痛经症状明显减轻，第二个月后效果更突出。

（4）其他　对于用上述方法治疗后效果仍不佳者，可于月经来潮时服用氢可酮（醋氢可待因）或可待因。

3. 中医辨证论治

（1）气滞血瘀证

证候：经前或经期下腹胀痛，拒按，经量少，色紫暗有块，块下痛减，伴胸胁、乳房作胀；舌质暗或边有瘀点，脉弦或弦滑。

治法：理气行滞，逐瘀止痛。

代表方剂：膈下逐瘀汤加减。

常用药物：当归　赤芍　川芎　桃仁　枳壳　延胡索　五灵脂　丹皮　香附　乌药　红花　甘草

（2）寒湿凝滞证

证候：经前或经期小腹冷痛，得热痛减，拒按，经量少，色暗有块，畏寒身痛，恶心呕吐；舌淡暗，苔白腻，脉沉紧。

治法：温经祛寒，活血止痛。

代表方剂：少腹逐瘀汤加减。

常用药物：小茴香 干姜 没药 当归 川芎 官桂 赤芍 延胡索 蒲黄 五灵脂 苍术 茯苓

（3）湿热瘀阻证

证候：经前或经期小腹胀痛或疼痛，灼热感，或痛连腰骶，或平时小腹疼痛，经前加剧，经血量多或经期延长，色暗红，质稠或夹较多黏液；带下量多，色黄质黏有臭味，或伴低热起伏，小便黄赤；舌红，苔黄腻，脉滑数。

治法：清热除湿，化瘀止痛。

代表方剂：清热调血汤加减。

常用药物：丹皮 黄连 生地 白芍 当归 川芎 红花 桃仁 延胡索 莪术 香附

（4）气血虚弱证

证候：经期或经净后小腹隐隐作痛，喜揉喜按，月经量少，色淡，质薄，神疲乏力，面色萎黄，或食欲不振；舌淡，苔薄，脉细弱。

治法：益气补血，活血止痛。

代表方剂：八珍益母汤加减。

常用药物：当归 白芍 川芎 熟地 党参 茯苓 白术 甘草 益母草

（5）肝肾亏虚证

证候：经后小腹隐痛，经来色淡，量少，腰膝酸软，头晕耳鸣；舌质淡红，脉沉细。

治法：滋肾养肝。

代表方剂：调肝汤加减。

常用药物：当归 白芍 山药 阿胶 山茱萸 巴戟天 甘草

【预防与调护】

注意精神、神志调养。青春期女子应消除经前恐惧心理，学习有关女性生理卫生知识。注意饮食、起居有常。经期多增强营养，补充维生素和矿物质。注意经期卫生及产后摄生保健。此外注意计划生育，节制房事。

第五十三节　胎漏、胎动不安

妊娠期间，阴道不时有少量出血，时出时止，或淋漓不断，而无腰酸、腹痛、小腹下坠者，称为"胎漏"，亦称"胞漏"或"漏胎"。

妊娠期间出现腰酸、腹痛、小腹下坠，或伴有少量阴道出血者，称为"胎动不安"。

胎漏、胎动不安是堕胎、小产的先兆，西医称之为"先兆流产"。流产是一个动态变化的过程，若先兆流产安胎成功，可继续正常妊娠。若病情发展可成为"难免流产"、"完全流产"、"不全流产"，或"过期流产"、"感染性流产"、"习惯性流产"。中医基本上有相应的病名，本节仅讨论先兆流产，即胎漏、胎动不安。

胎漏、胎动不安病名虽不同，但临床表现难以截然分开。更由于两者的病因病机、辨证论治、转归预后、预防调摄等基本相同，故一并讨论。

【西医病因病理】

1. 病因

（1）遗传因素　染色体异常的胚胎有 50% ~ 60% 发生早期自然流产。染色体异常可表现为数目异常或结构异常，如三体、X 单体、三倍体，及染色体断裂、缺失、易位等。染色体异常的胚胎即使少数发育成胎儿，出生后也会出现某些功能缺陷或合并畸形。如发生流产，表现为胚胎退化或仅为一空囊，称为孕卵枯萎。

（2）母体因素

1）全身性疾病：孕妇患传染病（如天花、麻疹、猩红热、伤寒、白喉、疟疾等）、全身性感染、细菌毒素和病毒（如单纯疱疹病毒、巨细胞病毒等）感染，可通过胎盘进入胎儿血循环，使胎儿死亡导致流产；孕妇患严重贫血、心力衰竭、高血压、慢性肾炎等疾病，都可因危害胎儿、影响胎盘功能而导致流产。

2）生殖器官疾病：子宫畸形（如双角子宫、纵隔子宫、子宫发育不良等）、盆腔肿瘤（子宫肌瘤、卵巢肿瘤等），均可影响胚胎的着床和生长发育而导致流产。宫颈内口松弛或宫颈重度裂伤可导致胎膜早破而发生晚期流产。

3）内分泌失调：如黄体功能不足、甲状腺功能亢进或低下、糖尿病等，均可导致流产。

4）创伤刺激：严重休克、子宫创伤（手术、外伤、性交过度）、精神创伤（过度紧张、焦虑、忧伤等），均可刺激子宫收缩而引起流产。

5）不良习惯：过量饮酒、吸烟、饮咖啡及吸毒等，均可引起流产。

（3）免疫因素　胚胎及胎儿与母体间存在复杂而特殊的免疫关系，这种关系使胚胎不被排斥。若母体妊娠后，双方免疫不适应，则可引起母体对胚胎排斥而致流产。相关的免疫因素有父方的组织相容性抗原（HLA）、胎儿抗原、血型抗原（ABO及Rh）、孕期母体封闭抗体不足、母体抗父方淋巴细胞的细胞毒抗体不足、抗精子抗体、孕妇抗心磷脂抗体产生过多等。

（4）环境因素　影响生殖功能的外界不良因素很多，可以直接或间接对胚胎或胎儿造成损害。过多接触某些有害的化学物质（如砷、铅、苯、甲醛、氯丁二烯、氧化乙烯等）和物理因素（如放射线、噪音及高温等），均可引起流产。

2. 病理　由于流产发生的时期不同，其病理过程也不一样。流产的病理变化多数是胚胎先死亡，然后底蜕膜出血，造成胚胎绒毛与底蜕膜分离、出血，已分离的胚胎组织犹如异物刺激子宫，使之收缩而被排出。妊娠8周前，胎盘绒毛发育不成熟，与蜕膜附着不牢固，因此，妊娠产物常可全部自行排净，出血不多。妊娠8~12周时，绒毛已深入蜕膜层，妊娠物分离常不完整，部分组织残留宫腔影响宫缩，而出血较多。妊娠12周后，胎盘已形成，流产过程与足月分娩时相同。若胎儿在宫腔内死亡过久，被血块包围，形成血样胎块可引起出血不止。

【中医病因病机】

中医认为，冲任损伤、胎元不固是本病的主要病机。流产的病因包括了胎元和母体两方面。中医"胎元"的含义有三方面：一是指胚胎的别称，二是指母体中培育胎儿生长的精气，三是指胎盘。"胎元不固"包括了胚胎、胎盘的异常及母体中育胎的精气不足。

1. 胎元因素　因"胎病"而使"胎不牢"，多因夫妇先天之精气不足，两精虽能结合，但胎元不固，或胎元有缺陷，不能成实而殒堕。

2. 母体因素　冲为血海，任主胞胎，冲任之气血充足，则胎元能得气载摄，得血滋养，胎儿才能正常生长发育。①先天不足，肾气虚弱，或孕后房事不慎，损伤肾气，冲任不固，胎失所系；②脾气虚弱，化源不足，冲任气血虚弱，不能载胎养胎；③素体阳盛，或阴虚内热，或孕后过食辛热，或感受热邪，导致热伤冲任，扰动胎元；④宿有癥疾占据子宫，或由于跌仆外伤导致气血不调，瘀阻子宫、冲任，使胎元失养而不固。

【临床表现】

妊娠28周前，出现少量阴道流血或/和下腹疼痛，宫口未开，胎膜未破，妊娠物尚未排出，子宫大小与停经周数相符者；早期先兆流产的临床表现常为停经后有早孕反应，以后出现阴道少量流血，或时下时止，或淋漓不断，色红，持续数日或数周，无腹痛或有轻微下腹胀痛、腰痛及下腹坠胀感。先兆流产经休息及治疗，病情好转，可以继续妊娠；经治疗病情无好转，出血量多，腰腹痛加重，可发展成难免流产。中医将妊娠期阴道少量出血，时出时止，或淋漓不断，而无腰酸、腹痛、小腹下坠者称为"胎漏"，又称"胞漏"、"漏胎"；将妊娠期出现腰酸、腹痛、小腹下坠，或伴有少量阴道出血者称为"胎动不安"。

【实验室及其他检查】

1. 绒毛膜促性腺激素（HCG）测定　近年临床多采用早早孕诊断试纸条法，对诊断妊娠有实际价值。对流产的预后评价，可选用放射免疫法定量测定患者血中 β–HCG。

2. 生殖激素测定　主要测定血黄体酮值，可协助判断先兆流产的预后。

3. B超检查　对确定流产类型及鉴别诊断具有重要价值。可根据子宫内有无胚囊，有无胎动、胎心反射等，以确定胚胎或胎儿存活与否、排出与否、有无残留或稽留等。宫颈内口松弛时，B超检查可显示宫颈内口较宽，若宽于19mm，又有晚期流产史，诊断即可明确。

【诊断与鉴别诊断】

1. 诊断　常有孕后不节房事史、人工流产、自然流产史或宿有癥瘕史。妊娠期间阴道少量出血，时出时止，或淋漓不断，而无腰酸、腹痛、小腹下坠者诊断为"胎漏"；妊娠期间出现腰酸、腹痛、小腹下坠，或伴有少量阴道出血者诊断为"胎动不安"。妇科检查：子宫颈口未开，子宫增大与孕月相符。辅助检查：尿妊娠试验阳性；B超提示宫内妊娠、活胎。

2. 鉴别诊断

（1）流产不同类型的鉴别要点　确定流产后，还应确定流产的临床类型。①若阴道流血量少，或伴阵发性腹痛、腰酸下坠，宫颈口未开者，多为胎漏、胎动不安（先兆流产）；②阴道流血量多，色红，腰酸腹痛阵发性加剧或出现阴道流水，宫颈口已扩张者，势属难留者，为胎堕难留（难免流产）；③伴有部分胚胎组织排出者，则为胎堕不全（不全流产）；④若曾有先兆流产，后再次出血，则要注意胎死不下（稽留流产）的可能。

（2）疾病鉴别

1）异位妊娠：有腹痛、停经、不规则阴道流血症状，妇科检查宫颈有举痛，附件可触及包块、压痛，B超检查宫内无胚胎，宫外有包块或孕囊，尿妊娠试验阳性，后穹隆穿刺抽出不凝血。

2）葡萄胎：闭经后阴道出现不规则流血，恶心、呕吐较重，子宫大于孕周，血HCG检查明显升高，B超检查不见胎体及胎盘的反射图像，只见雪花样影像称为"落雪状"改变。

3）功能失调性子宫出血：可引起阴道不规则流血，一般无停经史，无早孕反应，尿妊娠试验阴性，B超检查无宫内外妊娠迹象。

4）子宫肌瘤：子宫增大可不均匀，且子宫硬，一般无停经史，无早孕反应，尿妊娠试验阴性，借助血HCG和B超检查即可鉴别。

【治疗】

1. 治疗思路　一旦发生流产，应根据流产的不同类型，及时进行恰当的处理。应本着"治病与安胎并举"的原则，采用安胎或下胎两种截然不同的治法和处理。凡因母病致动胎者，应先治母病，母安则胎自安；胎气不固致病者，重在安胎，胎安则母自愈。若出现堕胎、小产征象时，则应去胎以益母。先兆流产，胎儿存活而又有保留价值者，以保胎为治；难免流产、不全流产、过期流产，宜尽快去除宫腔内妊娠物；感染性流产和习惯性流产，则需针对病因进行处理。临证时应"治病求本"，分辨病之寒热虚实，用药时应注意温补不宜过于辛热，调气不宜过于香燥，清热不要过于寒凉，视病情需要，中病即止。

2. 西医治疗

（1）卧床休息，避免体力劳动。禁止性生活，避免阴道检查。

（2）黄体功能不全的患者，黄体酮肌注每日或隔日 1 次，每次 10 ~ 20mg；绒毛膜促性腺激素肌肉注射，隔日 1 次，每次 3000U；也可口服维生素 E 保胎治疗。甲状腺功能低下者，可口服小剂量甲状腺片。对精神紧张者，必要时给予少量对胎儿无影响的镇静剂。

（3）经治疗症状不见缓解或反而加重者，有胚胎发育异常的可能，需进行 B 超及 β - HCG 测定，根据胚胎情况，给予相应处理。

3. 中医辨证论治

（1）肾虚证

证候：妊娠期，阴道少量出血，色淡红或暗红；或伴腰酸腹坠痛，头晕耳鸣，小便频数而清长，或曾屡孕屡堕；舌淡苔白，脉沉滑尺弱。

治法：补肾健脾，益气安胎。

代表方剂：寿胎丸加味。

常用药物：菟丝子　桑寄生　续断　阿胶　党参　白术　白芍　甘草　荆芥炭　莲房炭　苎麻根

（2）气血虚弱证

证候：妊娠期，阴道少量出血，色淡红，质稀薄；或伴小腹空坠隐痛、腰酸，神疲肢倦，面色㿠白，心悸气短；舌质淡，苔薄白，脉细滑无力。

治法：益气养血，固肾安胎。

代表方剂：胎元饮加味。

常用药物：人参　当归　杜仲　白芍　熟地　白术　陈皮　炙甘草　阿胶

（3）血热证

证候：妊娠期，阴道少量出血，色红或深红；和/或腰腹坠胀作痛，不喜温按，心烦少寐，渴喜冷饮，手足心热，便秘溲赤；舌红，苔黄，脉滑数。

治法：滋阴清热，养血安胎。

代表方剂：保阴煎加味。

常用药物：生地　熟地　黄芩　黄柏　白芍　山药　续断　甘草　桑寄生　苎麻根

（4）血瘀证

证候：妊娠期，阴道少量流血，色红或暗红，质黏稠；或伴小腹疼痛拒按；舌质暗红，或有瘀点、瘀斑，脉弦滑。

治法：祛瘀消癥，固冲安胎。

代表方剂：桂枝茯苓丸合寿胎丸加减。

常用药物：桂枝 茯苓 桃仁 赤芍 丹皮 菟丝子 续断 桑寄生 阿胶 党参 黄芪 当归 熟地

（5）外伤

证候：妊娠期，跌仆闪挫，或劳累过度，致阴道少量流血，腰酸；或伴小腹坠痛；舌质正常，脉滑无力。

治法：益气养血，固肾安胎。

代表方剂：圣愈汤加减。

常用药物：人参 黄芪 熟地 当归 川芎 白芍

【预防与调护】

绝大多数流产是可以预防的，主要是预防和消除引起流产的原因，以利于胚胎正常地发育。婚前检查可以避免流产的潜在因素。孕前应强健夫妇体质，孕后应慎交合，以免扰动胎元，并适当休息，避免劳累，增加营养。反复流产者，应尽早安胎。

第五十四节 产后发热

产褥期内，出现突然高热寒战，或发热持续不退并伴有其他症状者，称"产后发热"。如产后 1～2 日内，由于阴血骤虚，阳气外浮，而见轻微发热，而无其他症状，此乃营卫暂时失于调和，一般可自行消退，属正常生理现象。

本病感染邪毒型发热，类似于西医学的产褥感染，是产褥期最常见的严重并发症，为危急重症，至今仍为产妇死亡的重要原因之一。

【西医病因病理】

1. 病因

（1）诱因 女性生殖道有一定的防御功能和自净作用，羊水中含有抗菌物质，通常妊娠和分娩不会给产妇增加感染机会。当机体免疫力、细菌毒力和细菌数量三者之间的平衡失调时，会增加病原体侵入生殖道的机会而发生感染。产妇体质虚弱、孕期贫血、营养不良、慢性疾病、妊娠晚期性交、胎膜早破、羊膜腔感染、产科手术操作、产程延长、产前产后出血过多、产道异物、胎盘残留等，均可成为产褥感染的诱因。

（2）病原体种类 孕妇及产褥期妇女生殖道寄生大量细菌，包括需氧菌、厌氧菌、真菌、衣原体及支原体等，以厌氧菌为主。许多非致病菌在特定环境下可以致病。常见的致病菌主要有：需氧性链球菌、厌氧性革兰阳性球菌、大肠杆菌属、葡萄球菌、类杆菌属、厌氧芽孢梭菌、衣原体、支原体以及淋病奈瑟菌等。

（3）感染途径

1）内源性感染：即正常孕妇生殖道或其他部位寄生的病原体，当抵抗力降低等感染诱因出现时可致病。

2）外源性感染：由被污染的衣物、用具、各种手术器械及物品等接触后造成感染。

2. 病理

（1）急性外阴、阴道、宫颈炎 会阴裂伤或会阴切口红肿、发硬、伤口裂开，脓液流出，压痛明显。阴道裂伤及挫伤可见黏膜充血、溃疡、脓性分泌物增多，感染部位较深时可致阴道旁结缔组织炎。宫颈裂伤感染向深部蔓延，可引起盆腔结缔组织炎。

（2）**急性子宫内膜炎、子宫肌炎**　病原体由胎盘剥离面入侵，扩散蔓延至子宫蜕膜层及子宫肌层，甚则形成肌壁间脓肿。

（3）**急性盆腔结缔组织炎、急性附件炎**　病原体沿宫旁淋巴和血行达阔韧带、腹腔后组织，并累及输卵管、卵巢，局部充血、水肿，可发生盆腔脓肿等。

（4）**急性盆腔腹膜炎及弥漫性腹膜炎**　炎症扩散至子宫浆膜，形成盆腔腹膜炎，继而发展为弥漫性腹膜炎。腹膜面分泌大量渗出液，纤维蛋白覆盖引起肠粘连，亦可在直肠子宫陷凹形成局限性脓肿。

（5）**血栓静脉炎**　胎盘附着面的血栓感染及产后盆腔内感染可引起盆腔内血栓静脉炎和下肢血栓静脉炎，多由厌氧性链球菌引起。盆腔内血栓静脉炎常侵及子宫静脉、卵巢静脉、髂内静脉、髂总静脉和阴道静脉，病变单侧居多。下肢血栓静脉炎多继发于盆腔静脉炎，病变多在股静脉、腘静脉及大隐静脉。

（6）**脓毒血症及败血症感染**　血栓脱落进入血液循环可引起脓毒血症，随后可发生感染性休克和迁徙性肺脓肿、左肾脓肿。若细菌大量进入血液循环并繁殖形成败血症。

【中医病因病机】

主要为产后体虚，感染邪毒，正邪交争，或败血停滞，营卫不通。如热毒不解，极易传入营血或内陷心包。

1. 感染邪毒　产时产创、出血，元气耗损，血室正开，如接生不慎，或产褥不洁，或不禁房事，邪毒乘虚侵入，稽留于冲任、胞脉，正邪交争而发热。

2. 热入营血　感染邪毒不解，火热炽盛，加之产后元气大伤，邪毒内陷，热入营血，与血搏结，损伤营阴，或迫血妄行。

3. 热陷心包　营分失治，热毒深陷，内闭心包。

【临床表现】

1. 病史　多有难产、产程过长、手术产、急产、不洁分娩、胎膜早破、产后出血或产褥期性交等病史。

2. 症状

（1）**发热**　一般出现在产后3～7日，外阴、阴道、宫颈部位感染者，发热常不明显。子宫内膜炎或子宫肌炎时，表现为高热、头痛、白细胞增高等；急性盆腔结缔组织炎时，可出现寒战、高热、腹胀、下腹痛，脓肿形成者则高热不退；弥漫性腹膜炎时，体温高达40℃；盆腔内血栓性静脉炎表现为寒战、高热，可持续数周并反复发作；下肢血栓性静脉炎表现为弛张热。

（2）**腹痛**　当感染延及子宫、输卵管、盆腔结缔组织或盆腔腹膜时，均可出现不同程度的腹痛，从下腹部开始，逐渐波及全腹。腹膜炎时，往往疼痛剧烈并伴有恶心呕吐。

（3）**恶露异常**　轻度子宫内膜炎时，恶露常不多，且无臭味。重度子宫内膜炎患者恶露可明显增多，混浊，或呈脓性，有臭味。

（4）**其他**　下肢血栓静脉炎可见下肢持续性疼痛、肿胀，站立时加重，行走困难。如形成脓毒血症、败血症，则可出现持续高热、寒战、谵妄、昏迷、休克，甚至死亡。

3. 体征

（1）体温升高，脉搏增快，下腹部可有压痛，炎症波及腹膜时，可出现腹肌紧张及反跳痛。下肢血栓静脉炎患者局部静脉压痛，或触及硬索状，下肢水肿，皮肤发白，习称"股白肿"。

（2）妇科检查　外阴感染时，会阴切口或裂伤处可见红肿，触痛，或切口化脓，裂开。阴道与宫颈感染时黏膜充血、溃疡，脓性分泌物增多。如为宫体或盆腔感染，双合诊检查子宫有明显触痛，大而软，宫旁组织明显触痛，增厚或触及包块，有脓肿形成时，肿块可有波动感。

【实验室及其他检查】

1. 实验室检查　白细胞总数明显升高，中性粒细胞增高，有核左移现象，并有中毒颗粒。病原体培养、分泌物涂片检查、病原体抗原和特异抗体检测可明确病原体。血清 C - 反应蛋白（速率散射浊度法）>8mg/L 有助于早期诊断感染。

2. 辅助检查　B 超、彩色超声多普勒、CT、磁共振等检查，可监测子宫的大小及复旧情况，了解宫腔内有无残留物，对感染形成的炎性包块、脓肿做出定位及定性诊断。

【诊断与鉴别诊断】

1. 诊断　本病以产褥期内出现发热、下腹疼痛、恶露异常为主要临床表现，检查时可见体温升高，脉搏增快，下腹有压痛，或有反跳痛、肌紧张；妇科检查子宫大而软，子宫及其周围压痛、活动不良，双侧附件区压痛或触及包块，或在生殖道发现明显感染灶。实验室检查白细胞总数及中性粒细胞升高，核左移现象出现，并有中毒颗粒。

2. 鉴别诊断

（1）产褥病率中包括的其他疾病　如乳腺炎、泌尿系感染、呼吸系统感染等，均可引起发热。但一般恶露正常，妇科检查无异常发现，子宫复旧良好。此外，有其原发病的特征。

（2）产褥中暑　发生于炎热夏季，多为产妇在产褥期间处于高温闷热环境出现的一种急性热病。主要表现为恶心、呕吐、心悸、发热，甚至谵妄、抽搐、昏迷。

（3）产后菌痢　可有发热及腹痛，但大便次数增多，脓血便，里急后重，肛门坠胀。大便常规检查，镜下可见红、白细胞或脓细胞。

【治疗】

1. 治疗思路　产褥感染是产科危重症，治疗不当或延误治疗可导致脓毒血症、败血症、休克，甚至危及生命，应以中西医结合方法积极进行治疗。在采用静脉给予恰当、合理的抗生素控制感染的同时，配合中药治疗。如有局部较大脓肿形成时，应考虑后穹隆切开引流或剖腹探查去除原发感染灶。

2. 一般治疗　清除宫腔残留物，脓肿切开引流；会阴伤口或腹部切口感染须行切开引流术；产妇应取半卧位，以利恶露排出和使炎症局限于盆腔内；加强营养，保持水及电解质平衡；病情严重或贫血者，可多次少量输新鲜血或血浆。

3. 西医治疗

（1）抗生素的应用　开始可根据临床表现及临床经验选用广谱抗生素，待细菌培养和药敏试验结果出来再作调整。注意需氧菌、厌氧菌及耐药菌株问题。中毒症状严重者，短期加用肾上腺皮质激素，提高机体应激能力。

（2）引流通畅　会阴部感染应及时拆除伤口缝线，以利引流；会阴伤口及腹部伤口感染，应行切开引流术；对外阴、阴道的脓肿可切开排脓引流；盆腔脓肿者，可经腹及后穹隆切开引流。

（3）血栓静脉炎的治疗　在大量应用抗生素同时，可加用肝素等治疗。肝素1mg/kg·d加入5%葡萄糖溶液500ml中静脉滴注，每6小时1次，体温下降后改为每日2次，连用4～7日；尿激酶40万U加入0.9%氯化钠液或5%葡萄糖液500ml中静脉滴注10日，用药期间检测凝血功能。口服双香豆素、阿司匹林或双嘧达莫等，或用活血化瘀中成药。

4. 中医辨证论治

（1）感染邪毒证

证候：产后高热寒战，小腹疼痛拒按，恶露量多或少，色紫暗如败酱，气臭秽，烦躁，口渴引饮，尿少色黄，大便燥结；舌红，苔黄而干，脉数有力。

治法：清热解毒，凉血化瘀。

代表方剂：五味消毒饮合失笑散加味。

常用药物：金银花　野菊花　蒲公英　紫花地丁　紫背天葵子　蒲黄　五灵脂　丹皮　赤芍　鱼腥草　益母草

（2）热入营血证

证候：高热汗出，烦躁不安，皮肤斑疹隐隐；舌红绛，苔黄燥，脉弦细而数。

治法：清营解毒，散瘀泄热。

代表方剂：清营汤加味。

常用药物：水牛角　生地黄　玄参　竹叶心　麦冬　丹参　黄连　银花　连翘　紫花地丁　蒲公英　栀子　丹皮

（3）热陷心包证

证候：高热不退，神昏谵语，甚至昏迷，面色苍白，四肢厥冷；舌红绛，脉微而数。

治法：清心开窍。

代表方剂：清营汤送服安宫牛黄丸或紫雪丹。

也可静脉滴注清开灵注射液或醒脑静注射液。

若病情进一步发展至热深厥脱，出现冷汗淋漓、四肢厥冷、脉微欲绝等亡阳证候者，急宜回阳救逆。方用独参汤、参附汤或生脉散。

【预防与调护】

注意孕期卫生，保持外阴清洁，妊娠晚期避免盆浴及性交，加强营养，增强体质。避免胎膜早破、滞产、产道损伤与产后出血。产时严格无菌操作，减少不必要的阴道检查和手术操作。产后严密观察，对可能发生产褥感染者，可预防性应用抗生素。

第五十五节　不孕症

夫妇同居两年以上，有正常性生活，未避孕而未受孕者，称不孕症。婚后未避孕从未妊娠者称原发性不孕；曾有过妊娠而后未避孕连续两年未再孕者称为继发性不孕。

【西医病因病理】

西医病因目前认为，阻碍受孕的因素与女方和男方均有关系，女方因素占60%，男方因素占30%，男女双方因素约占10%左右。

1. 女性不孕病因　以排卵障碍和输卵管因素居多。

（1）排卵障碍　这一因素约占女性不孕因素的25%。各种因素引起卵巢功能紊乱导致持续无排卵。主要有：

1）下丘脑－垂体－卵巢轴功能紊乱：包括下丘脑性无排卵、垂体功能障碍引起无排卵。

2）卵巢疾患：先天性卵巢发育不全、多囊卵巢综合征、卵巢早衰、卵巢功能性肿瘤、卵巢对促性腺激素不敏感综合征等。

3）内分泌代谢方面的疾病：甲状腺及肾上腺皮质功能亢进或低下，重症糖尿病等影响卵巢功能，导致不排卵。

4）全身性疾病：慢性消耗性疾患，重度营养不良，过度肥胖或饮食中缺乏维生素特别是维生素 E、A、B，可影响卵巢功能，导致排卵障碍。

（2）输卵管因素　占女性不孕因素的 30% 左右。慢性输卵管炎（淋菌、结核菌、沙眼衣原体等）引起伞端闭锁或输卵管黏膜破坏时输卵管闭塞，导致不孕。另外先天性输卵管发育不全（输卵管内膜纤毛运动及管壁蠕动功能丧失等）、输卵管畸形、盆腔粘连也可导致不孕。

（3）子宫因素　子宫发育不良、子宫畸形、子宫黏膜下肌瘤、子宫内膜炎、内膜结核、内膜息肉、宫腔粘连等均可影响受精卵着床，导致不孕。

（4）宫颈因素　宫颈黏液异常、宫颈炎、宫颈肌瘤、宫颈免疫学功能异常，影响精子通过，均可造成不孕。

（5）阴道、会阴因素　会阴、阴道发育异常、炎症以及瘢痕均可造成不孕。

2. 男性不育病因　主要是生精障碍与输精障碍。

（1）精液异常　性功能正常，先天性或后天性原因所致精液异常，表现为少精、无精、精子发育停滞、畸精率高或精液液化不全。

（2）性功能异常　外生殖器官发育不良或阳痿、早泄、不射精、逆行射精等使精子不能正常排入阴道内，均可造成男性不育。

（3）免疫因素　在男性生殖道免疫屏障被破坏的条件下，精子、精浆在体内产生对抗自身精子的抗体，即抗精子抗体使射出的精液产生自身凝集而不能穿过宫颈黏液。

3. 男女双方因素

（1）缺乏性生活的基本知识。

（2）男女双方盼子心切造成的精神过于紧张。

（3）免疫因素　研究认为两种免疫情况影响受孕。

1）同种免疫：精子、精浆或受精卵是抗原物质，被阴道或子宫内膜吸收后，通过免疫反应产生抗体物质，使精子与卵子不能结合或受精卵不能着床。

2）自身免疫：研究认为不孕妇女血清中存在透明带自身抗体，与透明带起反应后可阻止精子穿透卵子，因而影响受精。

【中医病因病机】

中医学认为，肾气盛，天癸成熟，并使任脉流通，冲脉气盛，作用于子宫、冲任，使之气血调和，男女适时交合，两精相搏，则胎孕乃成。若肾气虚衰，损及天癸，冲任失调，气血失和，均能影响胎孕之形成。"五不女"中先天性的生理缺陷如螺、纹、鼓、角、脉而致的不孕，则非药物所能奏效。

1. 肾虚　肾藏精，精化气，肾中精气的盛衰主宰着人体的生长、发育与生殖，并主宰肾－天癸－冲任－胞宫生殖轴功能协调。若先天肾气不足，或房事不节，久病伤肾，肾气暗耗，则冲任虚衰，胞脉失养，不能摄精成孕；若肾阳不足，命门火衰，冲任失于温煦，不能摄精成孕；若肾阴不足，精血亏损，胞失滋润，甚或阴虚火旺，血海蕴热，冲任失调，均不能摄精成孕，发为不孕症。

2. 肝郁　若肝血不足，肝失所养，肝气郁滞，或七情所伤，情志抑郁，暴怒伤肝，或肝郁化火，郁热内蕴，均可导致疏泄失常，气血不调，冲任失和，胞宫不能摄精成孕。若肝郁克脾，化源不足，冲任血少，亦难以受孕。

3. 瘀血阻滞　情志内伤，气机不畅，血随气结；或经期、产后，余血未净，胞宫空虚，寒、热、湿邪及外伤均可致瘀滞冲任；或房事不节亦可致瘀，胞宫、胞脉阻滞不通导致不孕。

4. 痰湿内阻　寒湿外侵，困扰脾胃；劳倦内伤，脾胃气弱，健运失司，水湿内停；或肾虚气化失司，痰湿内生，流注下焦，滞于冲任，壅阻胞宫，不能摄精成孕。

【临床表现】

1. 病史　注意结婚年龄、不孕时间、健康状况、性生活情况、月经史、既往生育史（如足月分娩、人工流产、中孕引产、异位妊娠等）。注意有无痛经史与性交痛，有无生殖器感染史，是否采取避孕措施，有无结核史、内分泌病变史以及腹部手术史。

2. 症状　不同原因引起的不孕者伴有不同的症状。如排卵功能障碍引起者，常伴有月经紊乱、闭经、多毛、肥胖等。生殖器官病变引起不孕症者，又因病变部位不同而症状不一。如输卵管炎引起者，有些伴有下腹痛、白带增多等；子宫内膜异位症引起者，常伴有痛经、经量过多，或经期延长、性交痛；宫腔粘连引起者常伴有周期性下腹痛，闭经或经量少；免疫性不孕症患者可无症状。

3. 体征　因致病原因不同，体征各异。如输卵管炎症引起者，妇科检查可见有附件增厚、压痛；子宫内膜异位症者，妇科检查后穹隆可触及触痛结节；子宫肌瘤者，可伴有子宫增大；多囊卵巢综合征者常伴有痤疮、多毛、肥胖，或扪及增大的卵巢等；闭经泌乳综合征者可见病人肥胖、溢乳；促性腺激素不足者可见阴毛和腋毛缺如；特纳综合征表现为身材矮小、第二性征发育不良、蹼项、盾胸、后发际低、肘外翻等。

【实验室及其他检查】

通过男女双方全面检查找出原因，是不孕症的诊治关键。

1. 男方检查　询问既往有无慢性病史，如结核、腮腺炎等；了解性生活情况，有无性交困难。检查外生殖器发育情况，有无畸形或病变，重点是精液检查。注意精液量、精子数量、活动度、畸形率、精浆微量元素、酶含量等。正常精液量为 $2 \sim 6ml$，平均为 $3 \sim 4ml$；pH 值为 $7.0 \sim 7.8$；在室温中放置 $5 \sim 30$ 分钟内液化；精子密度为 $(20 \sim 200) \times 10^6/ml$。WHO 的正常精液指标：射精量 $\geqslant 2.0ml$，精子浓度 $\geqslant 20 \times 10^6$ 个/ml，总精子数 $\geqslant 40 \times 10^6$ 个，向前运动精子（a + b 级）$\geqslant 50\%$，正常形态 $\geqslant 30\%$，$\geqslant 75\%$ 活精。低于以上指标为异常。

2. 女方检查

（1）询问病史　初诊时应详细询问与不孕有关的病史。

（2）体格检查　注意检查第二性征及内外生殖器的发育情况，有无畸形、炎症、包块及乳房泌乳等。

（3）特殊检查

1）卵巢功能检查：基础体温（BBT）测定、宫颈黏液结晶（CM）检查、阴道细胞学检查、子宫内膜活组织检查或诊断性刮宫、动态女性激素测定、连续 B 超监测卵泡发育等。

2）输卵管通畅检查：常用输卵管通液术、B 超下输卵管通液术、X 线下子宫输卵管造影或输卵管介入造影。

3）免疫因素检测：如抗精子抗体、抗透明带抗体、抗子宫内膜抗体、抗卵巢抗体、抗绒毛膜抗体、封闭抗体和细胞毒抗体等。

4）性交后精子穿透力试验：检测精子穿过宫颈黏液的能力和精子活动力等。

5）B 超检查：可以诊断盆腔肿瘤、子宫病变，还可监测卵泡发育及排卵情况、子宫内膜反应情况等。

6）宫腔镜检查：了解宫腔内膜情况，能发现宫腔粘连、黏膜下肌瘤等。

7）腹腔镜检查：直视子宫、附件情况，有无粘连、输卵管扭曲和盆腔内子宫内膜异位症的病灶。

8）X 线检查：在疑有垂体瘤时（如高泌乳素血症）可做蝶鞍分层摄片或 CT 检查。

9）夫妇染色体核型分析。

【诊断与鉴别诊断】

1. 诊断 育龄妇女，夫妇同居 2 年，配偶生殖功能正常，未采取避孕措施而未曾妊娠者，可诊断为不孕症。婚后从来未妊娠者为原发性不孕；曾经有过妊娠，但近 2 年来未再受孕者为继发性不孕。

要全面详细采集四诊资料，包括患者年龄、月经、带下、婚产、性生活及避孕情况，将所得资料加以综合分析，重点审脏腑、冲任、胞宫之病位，辨气血、寒热、虚实之变化，还要辨病理因素痰湿与瘀血。一般来说，如初潮推迟，月经一贯后期量少，伴有腰酸腿软者，多属肾虚；如月经前后无定期，经行不畅，伴胸胁、乳房胀痛，情志郁郁不乐者，多属肝郁证；小腹作痛，经量偏少者，多属瘀血阻滞；形体肥胖，多属痰湿内阻。

2. 鉴别诊断 本病的鉴别诊断，与其他疾病不同，由于涉及的病因十分复杂，故凡涉及可能影响整个生殖及性腺－内分泌轴的各种疾患，都与本病有关，明确诊断这些疾患可为诊断本病提供依据。

【治疗】

1. 治疗思路 引起不孕症的原因复杂，应当寻找病因，针对病因治疗。中西医结合治疗可提高本病的治愈率。

2. 一般治疗

（1）受孕知识宣教 掌握性知识，学会预测排卵，选择适当日期（排卵日或排卵前 1～2 日或排卵 24 小时内）性交，可增加受孕机会。性交次数应适度，不能过频或过稀。

（2）矫正不良生活习惯 戒烟，不酗酒。

（3）精神疗法 男女双方因不孕而过度思想紧张可影响精子的产生、排卵和输卵管功能，因此应解除思想顾虑。

（4）增强体质 强壮体质、增进健康有利于不孕症患者恢复生育能力。

3. 西医治疗

（1）生殖器先天异常的处理 无孔处女膜、阴道横隔及阴道瘢痕狭窄应手术治疗；轻度子宫发育不良者可做人工周期治疗。

（2）生殖道局部疾病的治疗 ①严重的宫颈糜烂或宫颈炎致分泌物多而黏稠者，可做局部上药或激光、微波、冷冻等治疗；②宫颈息肉、肌瘤、子宫黏膜下肌瘤、子宫内膜息肉、子宫纵隔可做相应的切除或切开手术。

（3）输卵管阻塞的治疗

1）输卵管内注射药液：当输卵管轻度粘连或闭塞时，可由子宫颈向子宫腔、输卵管内注射药物（方法与输卵管通液术同），使药物和输卵管病灶直接接触，并通过注射时的一定压力分离粘连。注射药物常用庆大霉素4万U，地塞米松磷酸钠注射液5mg，溶于20ml生理盐水中，在150mmHg压力下，以每分钟1ml速度缓慢经输卵管通液导管推注。自月经干净3～5日起，隔日1次或每周2次，直到排卵期前。可用2～3个周期。

2）输卵管成形术：经子宫、输卵管造影明确输卵管阻塞部位，可考虑输卵管成形术。近年来采用显微外科手术，使用无创伤器械，减少了输卵管的损伤，提高了输卵管成形术的成功率。

3）输卵管导管扩通术：在透视下或超声观察下，经阴道、宫颈、子宫，向输卵管内插入同轴导管导丝，借助导丝的作用将阻塞的输卵管扩通；或通过向插入输卵管的导管内注药，借助药液的作用将输卵管扩通。手术时间为月经干净3～5日内。

（4）诱发排卵与健全黄体功能的治疗

1）氯米芬：为临床首选促排卵药，适于体内有一定雌激素水平者。从月经周期第3～5日起，每日口服50mg，连服5日，3个周期为1疗程。若无排卵可增加剂量至100～150mg/日，排卵率高达80％，但受孕率仅为30％～40％。治疗6个周期仍无排卵者应进一步检查不孕原因。

2）尿促性素（HMG）：为高效促排卵剂，每支含LH与FSH各75U。自月经第6日开始，每日1支，肌肉注射，共7日。用药过程需观察宫颈黏液，测血雌激素水平及B超监视卵泡发育，一旦卵泡发育成熟即停用HMG。停药后24～36小时，加用绒促性素5000～10000U肌注，促进排卵及黄体形成。

3）绒促性素（HCG）：具有类似LH作用，常与氯米芬合用。即于氯米芬停药后7日加用2000～5000U肌注。

4）氯米芬与HMG合并使用：于月经周期第5日起，每日口服50～100mg氯米芬，连续5日，从周期第7～9日加用HMG，每日肌注1～2支。当1～2个主导卵泡发育至18mm时肌注绒促性素5000～10000U。这种方法可降低HMG用量，降低花费和减少卵巢过度刺激的发生。

5）黄体生成激素释放激素（LHRH）脉冲疗法：适用于下丘脑性无排卵。采用微泵脉冲式静脉注射，脉冲间隔为90分钟。小剂量，每脉冲1～5μg较佳，排卵率为91.4％，妊娠率为85.8％；大剂量，每脉冲10～20μg，排卵率为93.8％，妊娠率为40.6％。用药17～20日。

6）溴隐亭：能抑制垂体分泌催乳激素，适用于无排卵伴有高催乳激素血症者。从小剂量（每日1.25mg）开始，若无反应，1周后改为2.5mg，口服，每日2次。一般连续用药3～4周时血催乳素降至正常，多可排卵（排卵率为75％～80％，妊娠率为60％）。

7）补充黄体激素：月经期第15日开始，每日肌注绒促性素1000～2000U；或于月经周期20日开始，肌注黄体酮，每次10～20mg，每日1次，连用5日。

（5）改善宫颈黏液 于月经周期第5日起，口服戊酸雌二醇1～2mg，连服10日，使宫颈黏液稀薄，有利于精子穿过。

（6）免疫性不孕的治疗

1）避孕套疗法：如因免疫因素引起不孕者，应用避孕套半年或以上，暂避免精子与女方生殖器接触，以减少女方体内的抗精子抗体浓度。在女方血清内精子抗体效价降低或消失时于排卵期不再用避孕套，使在未形成抗体前达到受孕目的。此法约1/3可获得妊娠。

2）皮质类固醇疗法：皮质类固醇有抗炎及免疫抑制作用，临床亦可用于治疗免疫失调病。男女都可用以对抗抗精子抗体，抑制免疫反应。可在排卵前2周用泼尼松5mg，每日3次，亦有用ACTH者。

3）子宫内人工授精：对宫颈黏液中存在抗精子抗体者，可从男方精子中分离出高活力的精子，进行宫内人工授精。

（7）人工授精（IUI） 人工授精分为配偶间人工授精（AIH）和非配偶间人工授精（AID）。AIH用于丈夫患性功能障碍或女方阴道狭窄等原因致性交困难者；AID用于丈夫患无精症，或精液异常影响生育及患遗传病者。在排卵期前后，将新鲜的或冷冻的精液注入阴道穹隆、宫颈管内及宫颈周围，术后卧床20分钟，每个周期授精1～3次。

（8）体外受精、胚胎移植（IVF-ET） IVF-ET也称"试管婴儿"，是指从女性卵巢内取出成熟的卵子，和精子在体外受精发育，再移植至母体子宫内发育成胎儿的方法。主要指征为：输卵管疾患引起的不孕症如输卵管阻塞或切除，或输卵管周围粘连、子宫内膜异位等而丧失正常功能；免疫因素和病因不明的不孕症；少精症引起的不孕。男性生育所需精子数目至少为$20 \times 10^9/L$，而体外受精为$50 \times 10^6/L$。

（9）配子输卵管内移植（GIFT） GIFT是指将卵子和处理过的精子放入输卵管壶腹部受精的方法。其条件是患者至少有一侧输卵管是通畅的，适应于不明原因的不孕症；各种精液缺陷所致的不孕；IVF-ET失败者；只有一侧输卵管及对侧卵巢。

4. 中医辨证论治

（1）肾虚证

1）肾气虚证

证候：婚久不孕，月经不调，经量或多或少，头晕耳鸣，腰痛腿软，精神疲倦，小便清长；舌淡，苔薄，脉沉细，两尺尤甚。

治法：补肾益气，填精益髓。

代表方剂：毓麟珠加减。

常用药物：人参 白术 茯苓 芍药 川芎 炙甘草 当归 熟地 菟丝子 鹿角霜 杜仲 川椒

2）肾阳虚证

证候：婚久不孕，月经后期，量少色淡，甚则闭经，平时白带量多，腰痛如折，腹冷肢寒，性欲淡漠，小便频数或不禁，面色晦暗；舌淡，苔白滑，脉沉细或迟或沉迟无力。

治法：温肾助阳，化湿固精。

代表方剂：温胞饮加减。

常用药物：巴戟天 补骨脂 菟丝子 肉桂 附子 杜仲 白术 山药 芡实 人参

3）肾阴虚证

证候：婚久不孕，月经延期，量少色淡，头晕耳鸣，腰酸腿软，眼花心悸，皮肤不润，面色萎黄；舌淡，苔少，脉沉细。

治法：滋肾养血，调补冲任。

代表方剂：养精种玉汤加减。

常用药物：熟地　当归　白芍　山萸肉

（2）肝郁证

证候：婚久不孕，月经前后不定，经前乳房胀痛，经血夹块，胸胁不舒，小腹胀痛，精神抑郁，或烦躁易怒；舌红，苔薄，脉弦。

治法：舒肝解郁，养血理脾。

代表方剂：开郁种玉汤加减。

常用药物：当归　白芍　白术　茯苓　丹皮　香附　花粉

（3）瘀血阻滞证

证候：多年不孕，月经后期，经量多少不一，色紫夹块，经行腹痛，少腹作痛不舒，或腰骶疼痛拒按；舌紫暗，或舌边有瘀点，脉弦涩。

治法：活血化瘀，温经通络。

代表方剂：少腹逐瘀汤加减。

常用药物：小茴香　干姜　肉桂　当归　川芎　没药　蒲黄　五灵脂　延胡索　赤芍

（4）痰湿内阻证

证候：婚久不孕，形体肥胖，经行后期，甚或闭经，带下量多，色白黏无臭，头晕心悸，胸闷泛恶，面色白；苔白腻，脉滑。

治法：燥湿化痰，调理冲任。

代表方剂：苍附导痰丸加减。

常用药物：伏苓　法半夏　陈皮　甘草　苍术　香附　胆南星　枳壳　生姜　神曲

【预防与调护】

提倡婚前检查，以预先发现先天性生殖器畸形，对于可纠正者婚前即应进行治疗。婚后如暂无生育愿望或计划，应采取避孕措施，尽量避免人工流产，以防发生生殖系统炎症导致继发不孕。患结核、阑尾炎或急性淋菌性生殖道感染时应积极治疗，以免造成输卵管或子宫内膜感染。

第五十六节　小儿肺炎

肺炎系由不同病原体或其他因素所致的肺部炎症。临床以发热、咳嗽、气促、呼吸困难及肺部固定湿啰音为主要表现。发病季节以冬春二季为多，寒冷地区发病率高。肺炎可发生在任何年龄，但以婴幼儿为多发。肺炎相当于中医的"肺炎喘嗽"。

【西医病因病理】

1. 病因　肺炎的病因主要为感染因素和非感染因素。

（1）感染因素　常见的病原微生物为细菌和病毒。发达国家中小儿肺炎病原以病毒为主，发展中国家则以细菌为主。其中肺炎链球菌、金黄色葡萄球菌、流感嗜血杆菌是重症肺炎的主要病因。儿童肺炎支原体感染、婴儿衣原体感染有增多的趋势。此外，临床上小儿肺炎病毒与细菌混合感染者并不少见。

（2）非感染因素　常见有吸入性肺炎、坠积性肺炎、过敏性肺炎等。

2. 发病机制 病原体常由呼吸道入侵，少数经血行入肺。当炎症蔓延到细支气管和肺泡时，支气管黏膜充血、水肿，管腔变窄，导致通气功能障碍；肺泡壁充血水肿，炎性分泌物增多，导致换气功能障碍。通气不足引起缺氧和 CO_2 潴留，导致 PaO_2 降低和 $PaCO_2$ 增高；换气功能障碍主要引起缺氧，导致 PaO_2 降低，为代偿缺氧状态。患儿呼吸频率加快，呼吸深度加强，呼吸辅助肌参与活动，出现鼻翼煽动和三凹征，同时心率也加快。

3. 病理 支气管肺炎的病理变化，以肺组织充血、水肿、炎性浸润为主。肺泡内充满渗出物，形成点片状炎症灶。若病变融合成片，可累及多个肺小叶或更广泛。当小支气管、毛细支气管发生炎症时，可致管腔部分或完全阻塞，引起肺不张或肺气肿。不同病原所致的肺炎病理变化不同：细菌性肺炎以肺实质受累为主；病毒性肺炎以间质受累为主，亦可累及肺泡。临床上支气管肺炎与间质性肺炎常同时并存。金黄色葡萄球菌引起的支气管肺炎，以广泛的出血性坏死、多发性小脓肿为特点。

【中医病因病机】

小儿肺炎喘嗽发生的原因，主要有外因和内因两大类。外因责之于感受风邪，或由其他疾病传变而来；内因责之于小儿形气未充，肺脏娇嫩，卫外不固。

肺为娇脏，肺主气，司呼吸，外合皮毛，开窍于鼻。外感风邪，由口鼻或皮毛而入，侵犯肺卫，致肺气郁闭；肺失宣降，闭郁不宣，化热灼津炼液成痰，阻于气道，肃降无权，从而出现咳嗽、气喘、痰鸣、鼻煽等肺气闭塞的证候，发为肺炎喘嗽。

1. 风寒闭肺 风寒之邪外侵，寒邪束肺，肺气郁闭，失于宣降，肺气上逆，则致呛咳气急；卫阳为寒邪所遏，阳气不得敷布全身，则见恶寒发热而无汗；肺气郁闭，水液输化无权，凝而为痰，则见痰涎色白而清稀。

2. 风热闭肺 风热之邪外侵，热邪闭肺，肺气郁阻，失于宣肃，则致发热咳嗽；邪闭肺络，水液输化无权，留滞肺络，凝聚为痰，或温热之邪，灼津炼液为痰，痰阻气道，壅盛于肺，则见咳嗽剧烈，喉间痰鸣，气急鼻煽。本证也可由外感风寒之证转化而来。

3. 痰热闭肺 邪热闭阻于肺，导致肺失于宣肃，肺津因之熏灼凝聚，痰热胶结，闭阻于肺，则致发热咳嗽，气急鼻煽，喉间痰鸣；痰堵胸宇，胃失和降，则胸闷胀满，泛吐痰涎；肺热壅盛，则见面赤口渴；肺气郁闭，气滞血瘀，血流不畅，则致口唇紫绀。

4. 毒热闭肺 邪气炽盛，毒热内闭肺气，或痰热炽盛化火，熏灼肺金，则致高热持续，咳嗽剧烈，气急喘憋，烦躁口渴，面赤唇红，小便短黄，大便干结；毒热耗灼阴津，津不上承，清窍不利则见涕泪俱无，鼻孔干燥如煤烟。

5. 阴虚肺热 小儿肺脏娇嫩，邪伤于肺，后期正虚邪恋。久热久咳，耗伤肺阴，则见干咳、无痰，舌红乏津。余邪留恋不去，则致低热盗汗，舌苔黄，脉细数。

6. 肺脾气虚 体质虚弱儿或伴有其他疾病者，感受外邪后易累及于脾，导致病情迁延不愈。若病程中肺气耗伤太过，正虚未复，余邪留恋，则发热起伏不定；肺虚气无所主，则致咳嗽无力；肺气虚弱，营卫失和，卫表失固，则动辄汗出；脾虚运化不健，痰湿内生，则致喉中痰鸣，食欲不振，大便溏；肺脾气虚，气血生化乏源，则见面色无华，神疲乏力，舌淡苔薄，脉细无力。

肺主气而朝百脉。小儿肺脏娇嫩，或素体虚弱，感邪之后，病情进展，由肺而涉及其他脏腑。如肺为邪闭，气机不利，气为血之帅，气滞则血瘀，心血运行不畅，可致心失所养，心气不足，心阳不能运行敷布全身，则致面色苍白，口唇青紫，四肢厥冷；肝为藏血之脏，右胁为肝脏之位，肝血瘀阻，故右胁下出现痞块；脉通于心，心阳虚，运血无力，则脉微弱而数，出现心阳虚衰之变证。小儿感受风温之邪，易化热化火，内陷厥阴，邪热内陷手厥阴心包经，则致壮热，烦躁，神志不清；邪热内陷足厥阴肝经，则热盛动风，致两目窜视，口噤项强。小儿肺失肃降，可引起脾胃升降失司，以致浊气停聚，大肠之气不得下行，出现腹胀、便秘等证候。肺炎喘嗽的病机关键为肺气郁闭，痰热是其主要病理产物，病变部位主要在肺，常累及心肝。

【临床表现】

1. 症状　起病急，发病前多数有上呼吸道感染表现。以发热、咳嗽、气促为主要症状。发热热型不定，多为不规则发热，也可表现为弛张热或稽留热，新生儿及体弱儿可表现为不发热；咳嗽较频，早期为刺激性干咳，以后咳嗽有痰，痰色白或黄，新生儿、早产儿则表现为口吐白沫；气促多发生于发热、咳嗽之后，月龄 < 2 个月，呼吸 ≥ 60 次/分；月龄 2 ~ 12 个月，呼吸 ≥ 50 次/分；1 ~ 5 岁，呼吸 ≥ 40 次/分。气促加重，可出现呼吸困难，表现为鼻翼煽动、点头呼吸、三凹征等。

2. 体征　肺部体征早期可不明显或仅有呼吸音粗糙，以后可闻及固定的中、细湿啰音；若病灶融合，出现肺实变体征，则表现语颤增强、叩诊浊音、听诊呼吸音减弱或管状呼吸音。新生儿肺炎肺部听诊仅可闻及呼吸音粗糙或减低，病程中亦可出现细湿啰音或哮鸣音。

重症肺炎的表现主要有：

（1）循环系统　常见心肌炎和心力衰竭。重症革兰阴性杆菌感染还可发生微循环衰竭。

（2）神经系统　常见烦躁不安、嗜睡，或两者交替出现。继而出现昏迷，惊厥，前囟隆起，呼吸不规则，瞳孔对光反应迟钝或消失及有脑膜刺激征。

（3）消化系统　常见食欲不振、呕吐、腹泻、腹胀等。重症肺炎可见中毒性肠麻痹，肠鸣音消失，腹胀严重时致使膈肌上升，压迫胸部，使呼吸困难加重。

3. 主要并发症　早期正确治疗者并发症很少见。若延误诊断或病原体致病力强者可引起并发症。细菌性肺炎最易出现的并发症为脓胸、脓气胸及肺大泡。

【实验室及其他检查】

1. 外周血检查

（1）血白细胞检查　细菌性肺炎白细胞总数和中性粒细胞多增高，甚至可见核左移，胞浆有中毒颗粒；病毒性肺炎白细胞总数正常或降低，淋巴细胞增高，有时可见异型淋巴细胞。

（2）C 反应蛋白（CRP）　细菌感染时，血清 CRP 浓度上升；非细菌感染时则上升不明显。

2. 病原学检查

（1）细菌培养和涂片　采取痰液、肺泡灌洗液、胸腔穿刺液或血液等进行细菌培养，可明确病原菌，同时应进行药物敏感试验。亦可做涂片染色镜检，进行初筛试验。

（2）病毒分离　应于起病 7 日内取鼻咽或气管分泌物标本做病毒分离，阳性率高，但需时间较长，不能做早期诊断。

（3）病原特异性抗体检测　发病早期血清中主要为 IgM 抗体，但持续时间较短；后期或恢复期抗体产生较多，以 IgG 为主，持续时间较长。因此，急性期特异性 IgM 测定有早期诊断价值；急性期与恢复期双份血清特异性 IgG 检测 4 倍以上增高或降低，对诊断有重要意义。

（4）细菌或病毒核酸检测 应用杂交或 PCR 技术，通过检测病原体特异性核酸（RNA 或 DNA）来发现相关的细菌或病毒，此法灵敏，可进行微量检测。

（5）其他试验 鲎珠溶解物试验有助于革兰阴性杆菌肺炎的诊断。

3. 血气分析 对重症肺炎有呼吸困难的患儿，可作 PaO_2、$PaCO_2$ 及血 pH 值测定，以此了解缺氧、酸碱失衡的类型及程度，有助于诊断、治疗和判断预后。

4. X 线检查 支气管肺炎可表现为点状或小斑片状肺实质浸润阴影，以两肺下野、心膈角区及中内带较多；也可见小斑片病灶部分融合在一起成为大片状浸润影，甚至可类似节段或大叶肺炎的形态。肺不张可见均匀致密的阴影，占据一侧胸部、一叶或肺段，阴影无结构，肺纹理消失；肺气肿可见病侧肋间距较大，透明度增强；并发脓胸可见肋膈角变钝，积液多可见一片致密阴影，肋间隙增大，纵隔、心脏向健侧移位；肺大泡时则见完整的薄壁、多无液平面的大泡影。

【诊断与鉴别诊断】

1. 诊断 根据临床有发热、咳嗽、气促或呼吸困难，肺部有较固定的中、细湿啰音，一般不难诊断。胸片有斑片影，可协助诊断。确诊后，应进一步判断病情的轻重，有无并发症，并作病原学诊断，以指导治疗和评估预后。

2. 鉴别诊断

（1）急性支气管炎 以咳嗽为主，一般无发热或仅有低热，肺部听诊呼吸音粗糙或有不固定的干、湿啰音。

（2）支气管异物 吸入异物可继发感染引起肺部炎症。根据异物吸入史，突然出现呛咳及胸部 X 线检查可予以鉴别，支气管纤维镜检查可确定诊断。

（3）肺结核 婴幼儿活动性肺结核的临床症状及 X 线影像改变与支气管肺炎有相似之处，但肺部啰音常不明显。应根据结核接触史、结核菌素试验、血清结核抗体检测、X 线胸片随访观察加以鉴别。

【治疗】

1. 治疗思路 应采取中西医结合内外合治的综合疗法。轻症肺炎，积极控制感染，同时予以中医辨证治疗，尽量减少并发症的发生；重症肺炎或有并发症者，则以西医急救治疗为主，也可配合中成药静脉滴注；迁延性、慢性肺炎，以中医治疗为主，以扶正祛邪为基本治疗原则。

2. 西医治疗

（1）病因治疗 根据不同病原选择药物。

细菌感染者，宜采用抗生素治疗。抗生素使用原则：①根据病原菌选择敏感药物；②早期治疗；③选用渗入下呼吸道浓度高的药物；④足量、足疗程；⑤重症宜联合用药，经静脉给药。根据不同的病原选择抗生素，若肺炎球菌感染，首选青霉素或羟氨苄青霉素；若金黄色葡萄球菌感染，甲氧西林敏感者首选苯唑西林钠或氯唑西林钠，耐药者选用万古霉素或联用利福平；若流感嗜血杆菌感染，首选阿莫西林加克拉维酸（或加舒巴坦）；若大肠杆菌和肺炎杆菌感染，首选头孢曲松或头孢噻肟；若绿脓杆菌肺炎首选替卡西林加克拉维酸。用药时间应持续至体温正常后 5~7 天，临床症状基本消失后 3 天。葡萄球菌肺炎疗程宜长，一般于体温正常后继续用药 2 周，总疗程 ≥6 周。

肺炎支原体、衣原体感染，选用大环内酯类抗生素，如红霉素、罗红霉素、阿奇霉素等。支原体肺炎至少用药 2～3 周，以免复发。

病毒感染目前尚无理想的抗病毒药物，临床可选用三氮唑核苷（病毒唑）：每日 10mg/kg，肌注或静脉滴注，亦可超声雾化吸入，对合胞病毒、腺病毒有效；干扰素：抑制病毒在细胞内复制，早期使用疗效好。

（2）对症治疗　①氧疗：凡有呼吸困难、喘憋、口唇发绀、面色苍白等低氧血症表现者，应立即给氧。多采取鼻前庭给氧，氧流量为 0.5～1L/min，氧浓度不超过 40%，氧气宜湿化，以免损伤气道纤毛上皮细胞和使痰液变黏稠。缺氧严重者可用面罩给氧，氧流量为 2～4L/min，氧浓度为 50%～60%。若出现呼吸衰竭，则需用人工呼吸器。②保持呼吸道通畅：及时清除鼻咽分泌物和吸痰，使用祛痰剂，雾化吸入；喘憋严重者选用支气管解痉剂；保证液体摄入量，有利于痰液排除。③腹胀的治疗：低钾血症引起者及时补钾。若中毒性肠麻痹，应禁食，胃肠减压，用酚妥拉明每次 0.5mg/kg，加入 10% 葡萄糖 20～30ml 静滴。④肺炎合并心力衰竭的治疗：主要镇静、给氧，增强心肌收缩力，减慢心率，增加心搏出量，减轻心脏负荷。

（3）糖皮质激素的应用　糖皮质激素可减少炎性渗出，解除支气管痉挛，改善血管通透性，降低颅内压，改善微循环。适应证：①中毒症状明显；②严重喘憋；③伴有脑水肿、中毒性脑病；④伴有感染性休克、呼吸衰竭等；⑤胸膜有渗出者。可用琥珀酸氢化可的松每日 5～10mg/kg 或用地塞米松 0.1～0.3mg/kg 静脉点滴，疗程 3～5 天。

（4）并存症和并发症的治疗　对并存佝偻病、营养不良者，应给予相应疾病的治疗。对并发脓胸、脓气胸者，应及时抽脓、抽气。对年龄小、中毒症状重，或脓液黏稠，经反复穿刺抽脓不畅者，或张力性气胸都宜考虑胸腔闭式引流。

3. 中医辨证论治　病初起多有表证，但很快入里化热。病初辨证应分清风热还是风寒，凡恶寒发热，无汗，咳嗽气急，痰多清稀，舌质不红，苔白，为风寒闭肺；若发热恶风，咳嗽气急，痰多黏稠或色黄，咽红，舌质红，苔薄白或黄，为风热闭肺；痰阻肺闭时应辨清热重还是痰重，凡咳嗽喘促，气急鼻煽，喉间痰鸣，泛吐痰涎，为痰热闭肺；若高热炽盛，面红唇赤，气急喘憋，烦躁口渴，为毒热闭肺。凡发病急，病程短多为实证；发病缓，病程长多为虚证或虚实夹杂之证。肺炎喘嗽治疗，以开肺化痰，止咳平喘为基本法则。气滞血瘀者，佐以活血化瘀；肺与大肠相表里，壮热炽盛时宜用通下药以通腑泄热。病久肺脾气虚者，宜健脾补肺为主；若阴虚肺热，治以养阴润肺，兼清解余热。出现变证，心阳虚衰者，宜温补心阳，邪陷厥阴者，宜开窍息风。

（1）常证

1）风寒闭肺证

证候：恶寒发热，无汗，呛咳不爽，呼吸气急，痰白而稀，口不渴，咽不红；舌质不红，舌苔薄白或白腻，脉浮紧，指纹浮红。

治法：辛温宣肺，化痰止咳。

代表方剂：华盖散加减。

常用药物：麻黄　杏仁　荆芥　防风　桔梗　白前　苏子　陈皮

2）风热闭肺证

证候：初起稍轻，发热恶风，咳嗽气急，痰多，痰稠黏或黄，口渴咽红；舌红，苔薄白或黄，脉浮数。重证则见高热烦躁，咳嗽微喘，气急鼻煽，喉中痰鸣，面色红赤，便干尿黄；舌红苔黄，脉滑数，指纹紫滞。

治法：辛凉宣肺，清热化痰。

代表方剂：银翘散合麻杏石甘汤加减。

常用药物：麻黄 杏仁 生石膏 甘草 金银花 连翘 薄荷 桑叶 桔梗 前胡

3）痰热闭肺证

证候：发热烦躁，咳嗽喘促，呼吸困难，气急鼻煽，喉间痰鸣，口唇紫绀，面赤口渴，胸闷胀满，泛吐痰涎；舌质红，舌苔黄，脉弦滑。

治法：清热涤痰，开肺定喘。

代表方剂：五虎汤合葶苈大枣泻肺汤加减。

常用药物：麻黄 杏仁 前胡 生石膏 黄芩 鱼腥草 甘草 桑白皮 葶苈子 苏子 细茶

4）毒热闭肺证

证候：高热持续，咳嗽剧烈，气急鼻煽，甚至喘憋，涕泪俱无，鼻孔干燥如烟煤，面赤唇红，烦躁口渴，溲赤便秘；舌红而干，舌苔黄腻，脉滑数。

治法：清热解毒，泻肺开闭。

代表方剂：黄连解毒汤合三拗汤加减。

常用药物：炙麻黄 杏仁 枳壳 黄连 黄芩 栀子 生石膏 知母 生甘草

5）阴虚肺热证

证候：病程较长，低热盗汗，干咳无痰，面色潮红；舌红少津，舌苔花剥、苔少或无苔，脉细数。

治法：养阴清肺，润肺止咳。

代表方剂：沙参麦冬汤加减。

常用药物：沙参 麦门冬 玉竹 天花粉 桑白皮 炙冬花 扁豆 甘草

6）肺脾气虚证

证候：低热起伏不定，面白少华，动则汗出，咳嗽无力，纳差便溏，神疲乏力；舌质偏淡，舌苔薄白，脉细无力。

治法：补肺健脾，益气化痰。

代表方剂：人参五味子汤加减。

常用药物：人参 茯苓 炒白术 炙甘草 五味子 百部 橘红

（2）变证

1）心阳虚衰证

证候：骤然面色苍白，口唇紫绀，呼吸困难或呼吸浅促，额汗不温，四肢厥冷，虚烦不安或神萎淡漠，右胁下出现痞块并渐增大；舌质略紫，苔薄白，脉细弱而数，指纹青紫，可达命关。

治法：温补心阳，救逆固脱。

代表方剂：参附龙牡救逆汤加减。

常用药物：人参 附子 煅龙骨 煅牡蛎 白芍 甘草

2）邪陷厥阴证

证候：壮热烦躁，神昏谵语，四肢抽搐，口噤项强，双目上视；舌质红绛，指纹青紫，可达命关，或透关射甲。

治法：平肝息风，清心开窍。

代表方剂：羚角钩藤汤合牛黄清心丸加减。

常用药物：羚羊角粉　钩藤　茯神　白芍　生地　甘草　黄连　黄芩　栀子　郁金

【预防与调护】

1. 预防

（1）积极锻炼身体，预防急性呼吸道感染。

（2）加强营养，防止佝偻病及营养不良是预防重症肺炎的关键。

（3）预防并发症及继发感染。已患肺炎的婴幼儿抵抗力低，在病房中应将不同病原体肺炎患儿分室居住。恢复期及新入院的患儿应尽量分开。医务人员接触不同患儿时，要注意消毒隔离操作。

2. 调护

（1）保持室内空气流通，室温以18℃～20℃为宜，相对湿度60％。

（2）呼吸急促时，应保持气道通畅，随时吸痰。

（3）咳嗽剧烈时可抱起小儿轻拍其背部，伴呕吐时应防止呕吐物吸入气管。

（4）重症肺炎患儿要加强巡视，监测血压、心率等，密切观察病情变化。

第五十七节　小儿腹泻

小儿腹泻，或称腹泻病，是一组由多病原、多因素引起的消化道疾病，临床以大便次数增多和大便性状改变为特点。本病一年四季均可发生，夏秋季节尤其易于发病，不同季节发生的腹泻，临床表现有所不同。

小儿腹泻属中医"泄泻"范畴。

【西医病因病理】

1. 病因　小儿易发生腹泻与其特有的解剖、生理特点密切相关。腹泻的病因主要有感染性和非感染性两大类，而以感染性多见，如病毒、细菌、真菌、寄生虫等感染；非感染性因素包括饮食不当、过敏、双糖酶缺乏及其他因素等引起的腹泻。

易感因素：①婴幼儿消化系统发育不成熟，胃酸分泌少，消化酶活性低，但营养需要相对较多，胃肠道负担重；②免疫功能差，血清中 IgM、IgA 和胃肠道分泌型 IgA 均较低；③母乳中含有大量体液因子、巨噬细胞、粒细胞及溶酶体等，有很强的抗肠道感染作用。家畜乳在加热过程中上述成分被破坏，故人工喂养儿易发生肠道感染。

感染因素：肠道内感染可由病毒、细菌、真菌、寄生虫引起，以前两者多见，尤其是病毒。①病毒感染：人类轮状病毒是引起秋季腹泻的最常见病原，其他如诺沃克病毒、埃可病毒、柯萨奇病毒、腺病毒、冠状病毒均可致腹泻；②细菌感染：主要为致腹泻大肠杆菌（包括致病性大肠杆菌、产毒性大肠杆菌、侵袭性大肠杆菌、出血性大肠杆菌、黏附－集聚性大肠杆菌），其他细菌如空肠弯曲菌、耶尔森菌、变形杆菌、绿脓杆菌、枸橼酸杆菌等；③真菌性：如白色念珠菌、毛霉菌、曲菌等；④寄生虫：如梨形鞭毛虫、结肠小袋虫、隐孢子虫等。

非感染因素：①饮食不当导致腹泻：多为人工喂养儿，常因喂养不定时，饮食量不当，突然改变食物品种，过早喂给大量淀粉类食品引起；②过敏性腹泻：如对牛奶或大豆过敏而引起腹泻；③原发性或继发性双糖酶（主要为乳糖酶）缺乏或活性降低，使肠道对糖的消化吸收不良，乳糖积滞引起腹泻；④气候突变、腹部受凉使肠蠕动增加，天气过热消化液分泌减少等，都可能诱发消化功能紊乱而致腹泻。

此外还有症状性腹泻，如患中耳炎、上呼吸道感染、肺炎、肾盂肾炎、皮肤感染或急性传染病时，可由于发热和病原体的毒素作用而并发腹泻。

2. 发病机制 导致腹泻的机制有：因肠腔内存在大量不能吸收的具有渗透活性的物质而致，为"渗透性"腹泻；因肠腔内电解质分泌过多而致，为"分泌性"腹泻；因炎症所致的液体大量渗出，为"渗出性"腹泻；因肠道运动功能异常而致，为"肠道功能异常"腹泻。但在临床上不少腹泻并非由某种单一机制引起，而是在多种机制共同作用下发生的。

（1）感染性腹泻 多为病原微生物随污染的食物或饮水进入消化道，亦可通过污染的日用品、手、玩具或带菌者传播。病原微生物能否引起肠道感染，取决于宿主防御机能的强弱、感染菌量的大小及微生物的毒力。

1）病毒性肠炎：各种病毒侵入肠道后，在小肠绒毛顶端的柱状上皮细胞上复制，使细胞发生空泡变性和坏死，其微绒毛肿胀、不规则和变短，受累的肠黏膜上皮细胞脱落，遗留有不规则的裸露病变，致使小肠黏膜回吸收水分和电解质的能力受损，肠液在肠腔内大量积聚而引起腹泻。同时，发生病变的肠黏膜细胞分泌双糖酶不足，活性降低，使食物中碳水化合物分解吸收发生障碍而积滞在肠腔内，并被细菌分解成小分子的短链有机酸，使肠液的渗透压增高；双糖的分解不全亦造成微绒毛上皮细胞钠转运的功能障碍，两者均造成水和电解质的进一步丧失。

2）细菌性肠炎：由于肠道感染的病原菌不同，发病机制亦不相同。

肠毒素性肠炎：各种产生肠毒素的细菌可引起分泌性腹泻，如霍乱弧菌、产肠毒素性大肠杆菌、空肠弯曲菌、金黄色葡萄球菌、产气荚膜杆菌等。病原体侵入肠道后，一般仅在肠腔内繁殖，黏附在肠上皮细胞刷状缘，不入侵肠黏膜。细菌在肠腔中释放两种肠毒素，一种为不耐热肠毒素，与小肠细胞膜上的受体结合后激活腺苷酸环化酶，使三磷酸腺苷（ATP）转变为环磷酸腺苷（cAMP），cAMP增多后即抑制小肠绒毛上皮细胞吸收 Na^+、Cl^- 和水，并促进肠腺分泌 Cl^-；另一种为耐热肠毒素，通过激活鸟苷酸环化酶，使三磷酸鸟苷（GTP）转变为环磷酸鸟苷（cGMP），cGMP增多后亦使肠上皮细胞减少对 Na^+ 和水的吸收，促进 Cl^- 分泌。两者均使小肠液总量增多，超过结肠的吸收限度而发生腹泻，排出大量无脓血的水样便，导致患儿脱水和电解质紊乱。

侵袭性肠炎：各种侵袭性细菌感染可引起渗出性腹泻，如志贺菌属、沙门菌属、侵袭性大肠杆菌、空肠弯曲菌、耶尔森菌和金黄色葡萄球菌等，均可直接侵袭小肠或结肠肠壁，使黏膜充血、水肿，炎症细胞浸润引起渗出和溃疡等病变。患儿排出大量白细胞和红细胞的菌痢样粪便；结肠由于炎症病变不能充分吸收来自小肠的液体，且某些致病菌还会产生肠毒素，故亦可发生水泻。

（2）非感染性腹泻 主要由饮食不当引起，当饮食过量或食物成分不当时，消化过程发生障碍，食物不能被充分消化和吸收而积滞于小肠上部，使肠腔内酸度降低，有利于肠道下部的细菌上移和繁殖，使食物发酵和腐败（即所谓内源性感染），使消化功能更为紊乱。分解产生的短链有机酸使肠腔内渗透压增高（渗透性腹泻），并协同腐败性毒性产物刺激肠壁使肠蠕动增加导致腹泻、脱水和电解质紊乱。

【中医病因病机】

小儿泄泻发生的原因，以感受外邪、内伤饮食、脾胃虚弱为多见。其病变主要在脾胃。因胃主纳腐熟水谷，脾主运化水湿和水谷精微，若脾胃受病，则饮食入胃后，水谷不化，精微不布，清浊不分，合污而下，致成泄泻。

1. 感受外邪　小儿脏腑柔嫩，肌肤薄弱，冷暖不知自调，易为外邪侵袭而发病。外感风、寒、暑、热诸邪常与湿邪相合而致泻，盖因脾喜燥而恶湿，湿困脾阳，运化失职，湿盛则濡泄，故前人有"无湿不成泻"、"湿多成五泻"之说。由于时令气候不同，长夏多湿，故外感泄泻以夏秋季节多见，其中又以湿热泻最常见，风寒致泻则四季均有。

2. 伤于饮食　小儿脾常不足，饮食不知自节，若调护失宜，哺乳不当，饮食失节或不洁，过食生冷瓜果或难以消化之食物，皆能损伤脾胃，发生泄泻。小儿易为食伤，发生伤食泻，在其他各种泄泻证候中亦常兼见伤食证候。

3. 脾胃虚弱　小儿素体脾虚，或久病迁延不愈，脾胃虚弱，胃弱则腐熟无能，脾虚则运化失职，不能分清别浊，清浊相干并走大肠，而成脾虚泄泻。亦有暴泻实证，失治误治，迁延不愈，风寒、湿热外邪已解而脾胃损伤，转成脾虚泄泻者。

4. 脾肾阳虚　脾虚致泻者，一般先耗脾气，继伤脾阳，日久则脾损及肾，造成脾肾阳虚。阳气不足，温煦失职，阴寒内盛，水谷不化，并走肠间，而致澄澈清冷，洞泄而下的脾肾阳虚泻。

由于小儿稚阳未充、稚阴未长，患泄泻后较成人更易于损阴伤阳发生变证。重症泄泻，因泻下过度，易于伤阴耗气，出现气阴两伤，甚至阴伤及阳，导致阴竭阳脱的危重变证。若久泻不止，脾气虚弱，肝旺而生内风，可成慢惊风；脾虚失运，生化乏源，气血不足无以荣养脏腑肌肤，久则可致疳证。

【临床表现】

1. 腹泻的共同临床表现

（1）胃肠道症状　大便次数增多，每日数次至数十次，多为黄色水样或蛋花样大便，含有少量黏液，少数患儿也可有少量血便。食欲低下，常有呕吐，严重者可吐咖啡色液体。

（2）重型腹泻除较重的胃肠道症状外，常有较明显的脱水、电解质紊乱和全身中毒症状。

1）脱水：由于吐泻丢失体液和摄入量不足，使体液总量尤其是细胞外液量减少，导致不同程度脱水。患儿表现皮肤黏膜干燥，弹性下降，眼窝、囟门凹陷，尿少、泪少，甚则出现四肢发凉等末梢循环改变。由于腹泻患儿丧失的水和电解质的比例不尽相同，可造成等渗、低渗、高渗性脱水，以前两者多见。

2）代谢性酸中毒：发生的原因有吐泻丢失大量碱性物质；进食量少，热卡不足，肠吸收不良，机体得不到正常能量供应导致脂肪分解增加，产生大量酮体；脱水时血容量减少，血液浓缩，血流缓慢，组织缺氧致乳酸堆积；脱水使肾血流量亦不足，其排酸、保钠功能低下使酸性代谢产物滞留体内。患儿可出现精神不振、口唇樱红、呼吸深大等症状，但小婴儿症状很不典型。

3）低钾血症：胃肠液中含钾较多，吐泻导致大量钾盐丢失；进食少，摄入钾不足等均可致体内缺钾。但脱水酸中毒时钾由细胞内转移到细胞外，血清钾大多正常。当脱水酸中毒被纠正，排尿后钾排出增加、大便继续失钾以及输入葡萄糖消耗钾等因素使血钾迅速下降，随即出现不同程度的缺钾症状，表现为精神不振、无力、腹胀、心律不齐等。

4）低钙和低镁血症：腹泻患儿进食少，吸收不良，从大便丢失钙、镁，可使体内钙、镁减少，活动性佝偻病和营养不良患儿更多见，脱水、酸中毒纠正后易出现低钙症状（手足搐搦和惊厥）；极少数久泻和营养不良患儿输液后出现震颤、抽搐，用钙治疗无效时应考虑低镁血症的可能。

2. 几种常见类型肠炎的临床特点

（1）轮状病毒肠炎 轮状病毒是秋、冬季小儿腹泻最常见的病原，故又称秋季腹泻。呈散发或小流行，经粪-口传播，也可以气溶胶形式经呼吸道感染而致病。潜伏期 1~3 天，多发生在 6~24 个月的婴儿。起病急，常伴发热和上呼吸道感染症状，病初即有呕吐，常先于腹泻；大便次数多，量多，水分多，黄色水样便或蛋花样便带少量黏液，无腥臭味，常并发脱水、酸中毒及电解质紊乱。大便镜检有少量白细胞。感染后 1~3 天即有大量病毒自大便中排出，最长可达 6 天。血清抗体一般在感染后 3 周上升。病毒较难分离，有条件可直接用电镜或免疫电镜检测病毒，或用大便乳胶凝集试验检测病毒抗原，或 PCR 及核酸探针技术检测病毒基因。本病为自限性疾病，病程约 3~8 天，少数病程较长。

（2）产毒性细菌引起的肠炎 潜伏期 1~2 天，起病较急。轻症仅大便次数稍增，性状轻微改变；重症腹泻频繁，量多，呈水样或蛋花样，混有黏液，伴呕吐，常发生脱水、电解质和酸碱平衡紊乱。镜检无白细胞，本病为自限性疾病，病程 3~7 天，亦可较长。

（3）侵袭性细菌引起的肠炎 常见的侵袭性细菌有侵袭性大肠杆菌、空肠弯曲菌、耶尔森菌、鼠伤寒杆菌等。潜伏期长短不一。起病急，腹泻频繁，大便呈黏冻状，带脓血。常伴恶心、呕吐、高热、腹痛和里急后重，可出现严重的中毒症状，如高热、意识改变，甚至出现休克。大便镜检有大量白细胞和数量不等的红细胞，大便细菌培养可找到相应的致病菌。

（4）出血性大肠杆菌肠炎 大便次数增多，开始为黄色水样便，后转为血水便，有特殊臭味；大便镜检有大量红细胞，常无白细胞。临床常伴腹痛。个别病例可伴发溶血性尿毒综合征和血小板减少性紫癜。

（5）抗生素诱发的肠炎 长期应用广谱抗生素可使肠道菌群失调，肠道内耐药的金葡菌、绿脓杆菌、变形杆菌、某些梭状芽孢杆菌和白色念珠菌大量繁殖而引起肠炎。多见于营养不良、免疫功能低下，或长期应用肾上腺皮质激素患儿，婴幼儿病情多较重。金黄色葡萄球菌肠炎的典型大便为暗绿色，量多带黏液，少数为血便。大便镜检有大量脓细胞和成簇的革兰阳性球菌，培养有葡萄球菌生长，凝固酶阳性。真菌性肠炎多为白色念珠菌所致，大便次数增多，黄色稀便，泡沫较多，带黏液，有时可见豆腐渣样细块（菌落）。大便镜检有真菌孢子和菌丝。

【诊断与鉴别诊断】

1. 诊断 根据发病季节、病史（包括喂养史和流行病学资料）、临床表现和大便性状易于作出临床诊断。必须判定有无脱水（程度和性质）、电解质紊乱和酸碱失衡；注意寻找病因，肠道内感染的病原学诊断比较困难，从临床诊断和治疗需要考虑，可先根据大便常规有无白细胞将腹泻分为两组：

（1）大便无或偶见少量白细胞者 为侵袭性细菌以外的病因（如病毒、非侵袭性细菌、寄生虫等肠道内、外感染或喂养不当）引起的腹泻，多为水泻，有时伴脱水症状，应与下列疾病鉴别：

1）生理性腹泻：多见于 6 个月以内婴儿，外观虚胖，常有湿疹，生后不久即出现腹泻，除大便次数增多外，无其他症状，食欲好，不影响生长发育。近年来发现此类腹泻可为乳糖不耐受的一种特殊类型，添加辅食后，大便即转为正常。

2）导致小肠消化吸收功能障碍的各种疾病：如乳糖酶缺乏、葡萄糖–半乳糖吸收不良、失氯性腹泻、原发性胆酸吸收不良、过敏性腹泻等，可根据各病特点进行鉴别。

（2）大便有较多白细胞者　常由各种侵袭性细菌感染所致，仅凭临床表现难以区分，必要时应进行大便细菌培养、细菌血清型和毒性检测，以明确诊断。

2. 鉴别诊断

（1）细菌性痢疾　常有流行病学接触史，便次多，量少，脓血便伴里急后重，大便镜检有较多脓细胞、红细胞和吞噬细胞，大便细菌培养有痢疾杆菌生长可确诊。

（2）坏死性肠炎　中毒症状较严重，腹痛，腹胀，频繁呕吐，高热，大便糊状呈暗红色，渐出现典型的赤豆汤样血便，常伴休克，腹部 X 线摄片呈小肠局限性充气扩张，肠间隙增宽，肠壁积气等。

【治疗】

1. 治疗思路　西医治疗以预防和纠正脱水、调整饮食、合理用药及预防并发症为原则。急性腹泻注意维持水、电解质平衡及抗感染；迁延性和慢性腹泻应注意肠道菌群失调及饮食疗法问题。中医治疗以运脾化湿为基本治法，针对不同病因辨证施治，同时配合小儿推拿、针灸等外治法。

2. 西医治疗

（1）饮食疗法　腹泻时应注意进行饮食调整，减轻胃肠道负担，但是由于肠黏膜的修复及蛋白丢失导致机体对蛋白质需求增加，故控制饮食应适当，以保证机体生理的需要量，补充疾病消耗，利于疾病的恢复。母乳喂养的患儿可继续母乳喂养；混合喂养或人工喂养的患儿，用稀释牛奶或奶制品喂养，逐渐恢复正常饮食；儿童则采用半流质易消化饮食，然后恢复正常饮食。有严重呕吐者可暂时禁食 4～6 小时，但不禁水，待病情好转，再由少到多、由稀到稠逐渐恢复正常饮食；病毒性肠炎多有继发性双糖酶缺乏，可采用去乳糖饮食，如用去乳糖配方奶粉或去乳糖豆奶粉。有些患儿在应用无双糖饮食后腹泻仍不改善，需要考虑蛋白过敏引起的过敏性腹泻，改用其他种类饮食。腹泻停止后，继续给予营养丰富的饮食，并每日加餐一次，共两周。

（2）液体疗法　主要是纠正水、电解质紊乱及酸碱失衡。脱水往往是急性腹泻死亡的主要原因，合理的液体疗法是降低病死率的关键。治疗小儿腹泻常用的液体疗法有口服补液和静脉补液法。

1）口服补液：世界卫生组织推荐的口服补液盐（ORS）可用于预防和纠正腹泻轻、中度脱水而无明显周围循环障碍者。轻度脱水 50～80ml/kg，中度脱水 80～100ml/kg，少量频服，8～12 小时将累积损失量补足。脱水纠正后维持补液，将 ORS 液加等量水稀释使用。新生儿和有明显呕吐、腹胀、休克、心肾功能不全或其他严重并发症的患儿，不宜采用口服补液。使用过程中如发现眼睑浮肿可改白开水口服。

2）静脉补液：适用于中度以上脱水，病情重、呕吐腹泻剧烈或腹胀患儿。静脉补液首先要根据脱水的程度和性质制定"三定"，即定量（输液总量）、定性（溶液种类）、定速

（输液速度），然后根据患儿具体病情适当调整方案。

第1天补液：

①定量：包括补充累积损失、生理需要及继续损失的液体总量。根据脱水的程度确定，轻度脱水时约 90～120ml/kg，中度脱水时约 120～150ml/kg，重度脱水时约 150～180ml/kg。对少数营养不良，肺、心、肾功能不全的患儿应根据具体病情再作详细计算。

②定性：溶液中电解质溶液与非电解质溶液的比例应根据脱水的性质而定。等渗性脱水用 1/2 张含钠液，低渗性脱水用 2/3 张含钠液，高渗性脱水用 1/3 张含钠液。如临床判断脱水性质有困难，可先按等渗脱水处理。

③定速：输液的速度主要取决于脱水的程度和继续损失的量和速度。原则上是先快后慢，有重度脱水或有休克表现需尽快补充血容量，可用等渗含钠液 20ml/kg，在 30～60 分钟内快速输入。累积损失量（扣除扩容液量）应在 8～12 小时补完，约每小时 8～10ml/kg；在脱水基本纠正后，补充继续损失量和生理需要量时速度宜减慢，于 12～16 小时内补完，约每小时 5ml/kg；若吐泻缓解，可酌情减少补液量或改为口服补液。

④纠正酸中毒：治疗重点应是纠正引起代谢性酸中毒的原发病及尽早恢复肾循环和肾功能。轻度酸中毒能随脱水的改善而得到纠正，不需另给碱性药物。对重度酸中毒可根据临床症状结合血气测定结果用 1.4% 碳酸氢钠进行纠正。

⑤钾的补充：低钾的纠正一般可按 10% 氯化钾每日 1～3ml/kg 计算，浓度一般不超过 0.3%（新生儿常用 0.15%～0.2%）。每日静脉滴入的总量不应少于 8 小时，切忌将钾盐静脉直接推注。因细胞内钾浓度恢复正常要有一个过程，一般静脉补钾要持续 4～6 天。患儿能口服或缺钾不严重时，可用口服方法，剂量同静脉注射。患儿若能恢复原来饮食的半量时，即可考虑停止钾的补充。一般情况下，补钾的原则是见尿补钾，因为无尿时补钾则钾潴留在体内，有引起高钾可能。

⑥其他电解质的补充：在补液过程中，如出现手足搐搦（尤多见于营养不良、佝偻病患儿），可由静脉缓慢推入 10% 葡萄糖酸钙 5～10ml（用等量葡萄糖溶液稀释）。如用钙剂后搐搦不见缓解反而加重，考虑低镁的可能，或经血镁测定证实时，可给 25% 硫酸镁，每次 0.1mg/kg，每日 2～3 次，深部肌肉注射，症状消失后停用。

第2天及以后的补液量根据继续损失和生理需要量补充。病情明显缓解者，可改为口服补液。若腹泻仍频繁或呕吐者，应继续采用静脉补液。生理需要量则按每日 60～80ml/kg 计算，用 1/3 张含钠液补充，能口服则减量；继续损失的补充原则为丢失多少补多少，一般给 1/3～1/2 张含钠液；同时仍需注意继续补钾和纠正酸中毒。

（3）药物治疗

1）控制感染：病毒性及非侵袭性细菌所致，一般不用抗生素，应合理使用液体疗法，选用微生态制剂和黏膜保护剂。但对重症患儿、新生儿、小婴儿和免疫功能低下的患儿应选用抗生素，根据大便培养和药敏试验结果进行调整。黏液、脓血便患者多为侵袭性细菌感染，针对病原选用第三代头孢菌素类、氨基糖苷类抗生素。婴幼儿选用氨基糖苷类和其他有明显副作用的药物时应慎重。

2）微生态疗法：长期腹泻者大多与肠道功能及肠道菌群失调有关，故切忌滥用抗生素，可用微生态疗法。微生态制剂有助于恢复肠道正常菌群的生态平衡，抑制病原菌的定植和侵袭，有利于控制腹泻。常用的有双歧杆菌、嗜乳酸杆菌、粪链球杆菌、需氧芽孢杆菌等菌制剂。如肠道菌群严重紊乱，应选用两种以上的菌制剂进行治疗。

3）肠黏膜保护剂：与肠道黏液蛋白相互作用可增强其屏障功能，同时能吸附病原体和毒素，阻止病原微生物的攻击，维持肠细胞的吸收和分泌功能，如蒙脱石粉。

（4）迁延性和慢性腹泻病的治疗　主要是积极寻找病程迁延的原因，针对病因治疗；同时做好液体疗法、营养治疗和药物疗法。①液体疗法：预防和治疗脱水，纠正电解质紊乱，调节酸碱平衡。②营养治疗：此类患儿多有营养障碍，因此继续饮食是十分必要的。应继续母乳喂养；人工喂养者应调整饮食，6 个月以下小儿，用牛奶加等量米汤或水稀释，或用酸奶，也可用奶－谷类混合物，每日喂 6 次，以保证足够的热量；6 个月以上的可用已习惯的日常饮食，应由少到多，由稀到稠；少数严重病例不能耐受口服营养物质，可采用静脉营养。③药物疗法：抗生素应慎用，仅用于分离出有特异病原的患儿，并要依据药物敏感试验结果选用。注意补充微量元素与维生素，同时给予微生态疗法和肠黏膜保护剂。

3. 中医辨证论治　本病以八纲辨证为主，常证重在辨寒、热、虚、实；变证重在辨阴、阳。常证按起病缓急、病程长短分为暴泻、久泻，暴泻多属实，久泻多属虚或虚中夹实；变证起于泻下不止，可出现气阴两伤证，甚则导致阴竭阳脱证，属危重症。

腹泻治疗主要以运脾化湿为基本法则。实证以祛邪为主，根据不同的证型分别治以清肠化湿、祛风散寒、消食导滞。虚证以扶正为主，分别治以健脾益气，温补脾肾。泄泻变证，总属正气大伤，分别治以益气养阴、酸甘敛阴，护阴回阳、救逆固脱。

（1）常证

1）湿热泻

证候：大便水样，或如蛋花汤样，泻下急迫，量多次频，气味秽臭，或见少许黏液，腹痛时作，食欲不振，或伴呕恶，神疲乏力，或发热烦闹，口渴，小便短黄；舌质红，苔黄腻，脉滑数，指纹紫。

治法：清肠解热，化湿止泻。

代表方剂：葛根黄芩黄连汤加减。

常用药物：葛根　黄芩　黄连　地锦草　豆卷　甘草

2）风寒泻

证候：大便清稀，夹有泡沫，臭气不甚，肠鸣腹痛，或伴恶寒发热，鼻流清涕，咳嗽；舌质淡，苔薄白，脉浮紧，指纹淡红。

治法：疏风散寒，化湿和中。

代表方剂：藿香正气散加减。

常用药物：藿香　苏叶　白芷　生姜　半夏　陈皮　苍术　茯苓　甘草　大枣

3）伤食泻

证候：大便稀溏，夹有乳凝块或食物残渣，气味酸臭，或如败卵，脘腹胀满，便前腹痛，泻后痛减，腹痛拒按，嗳气酸馊，或有呕吐，不思乳食，夜卧不安；舌苔厚腻，或微黄，脉滑实，指纹滞。

治法：运脾和胃，消食化滞。

代表方剂：保和丸加减。

常用药物：焦山楂　焦神曲　鸡内金　陈皮　半夏　茯苓　连翘

4）脾虚泻

证候：大便稀溏，色淡不臭，多于食后作泻，时轻时重，面色萎黄，形体消瘦，神疲倦怠；舌淡苔白，脉缓弱，指纹淡。

治法：健脾益气，助运止泻。

代表方剂：参苓白术散加减。

常用药物：党参　白术　茯苓　甘草　山药　莲子肉　扁豆　薏苡仁　砂仁　桔梗

5）脾肾阳虚泻

证候：久泻不止，大便清稀，澄澈清冷，完谷不化，或见脱肛，形寒肢冷，面色白，精神萎靡，睡时露睛；舌淡苔白，脉细弱，指纹色淡。

治法：温补脾肾，固涩止泻。

代表方剂：附子理中汤合四神丸加减。

常用药物：党参　白术　甘草　干姜　吴茱萸　附子　补骨脂　肉豆蔻

（2）变证

1）气阴两伤证

证候：泻下过度，质稀如水，精神萎靡或心烦不安，目眶及囟门凹陷，皮肤干燥或枯瘪，啼哭无泪，口渴引饮，小便短少，甚至无尿，唇红而干；舌红少津，苔少或无苔，脉细数。

治法：健脾益气，酸甘敛阴。

代表方剂：人参乌梅汤加减。

常用药物：人参　炙甘草　乌梅　木瓜　莲子　山药

2）阴竭阳脱证

证候：泻下不止，次频量多，精神萎靡，表情淡漠，面色青灰或苍白，哭声微弱，啼哭无泪，尿少或无，四肢厥冷；舌淡无津，脉沉细欲绝。

治法：挽阴回阳，救逆固脱。

代表方剂：生脉散合参附龙牡救逆汤加减。

常用药物：人参　麦冬　五味子　白芍　炙甘草　附子　龙骨　牡蛎

【预防与调护】

1. 预防

（1）注意饮食卫生。食品应新鲜、清洁，不吃变质食品，不暴饮暴食。饭前、便后要洗手，餐具要卫生。

（2）注意科学喂养。提倡母乳喂养，不宜在夏季及小儿有病时断奶，遵守添加辅食的原则。

（3）加强户外活动，注意气候变化，防止感受外邪，避免腹部受凉。

2. 调护

（1）适当控制饮食，减轻胃肠负担。对吐泻严重及伤食泻患儿暂时禁食，以后随着病情好转，逐渐增加饮食量。忌食油腻、生冷及不易消化的食物。

（2）保持皮肤清洁干燥，勤换尿布。每次大便后，要用温水清洗臀部，并扑上爽身粉，预防上行性尿道感染和尿布皮炎。

（3）密切观察病情变化。包括呕吐及大便的次数、大便量和性质以及尿量等。

第五十八节　流行性腮腺炎

流行性腮腺炎是由腮腺炎病毒所引起的急性呼吸道传染病。临床以腮腺肿胀、疼痛为主要特征。腮腺炎病毒除侵犯腮腺外，尚能引起脑膜炎、脑膜脑炎、睾丸炎、卵巢炎和胰腺炎等。

本病中医称痄腮。

【西医病因病机病理】

1. 病因　腮腺炎病毒系 RNA 病毒，属副黏病毒科。该病毒只有一个血清型。该病毒能被福尔马林、1% 来苏液及紫外线迅速杀灭。

2. 发病机制　腮腺炎病毒从呼吸道侵入人体后，在局部黏膜上皮细胞中增殖，然后进入血液循环，播散至腮腺和中枢神经系统，引起腮腺炎和脑膜炎。病毒在此进一步繁殖后，再次侵入血液循环，侵犯第一次病毒血症未受累的器官（如胰腺、生殖腺等），引起其他器官相继发生病变。

3. 病理　腮腺炎属于非化脓性炎症，腮腺导管的壁细胞肿胀，导管周围及腺体壁有淋巴细胞浸润，间质组织水肿等病变可造成腮腺导管的阻塞、扩张和淀粉酶潴留。淀粉酶排出受阻，经淋巴管进入血流，使血和尿中淀粉酶增高。睾丸、卵巢和胰腺等受累时亦可出现淋巴细胞浸润和水肿等病变。腮腺炎病毒所致脑膜脑炎的病理变化主要有神经细胞的变性、坏死、炎性浸润和脱髓鞘改变等。

【中医病因病机】

本病为感受风温时邪，从口鼻而入，侵犯足少阳胆经，邪毒壅阻于足少阳经脉，与气血相搏，凝结于耳下腮部所致。

1. 温毒在表　外感风温时邪，侵于足少阳胆经。胆经之脉起于目外眦，上行至头角，下耳后，绕耳而行，下行于身之两侧，终止于两足第四趾端。邪毒循经上攻腮颊，与气血相搏结，则致耳下腮部漫肿疼痛、咀嚼困难；邪毒在表，则见发热恶寒、咽红等风热表证。

2. 热毒蕴结　温毒壅盛于少阳经脉，导致经脉气血凝滞不通，蕴结于腮颊部，则致腮部肿胀疼痛、坚硬拒按；热毒亢盛，扰及心神，则壮热烦躁；热毒内蕴阳明，则见纳少、呕吐；热邪伤津，则见口渴欲饮。

足少阳胆经与足厥阴肝经互为表里，热毒炽盛，邪陷厥阴，蒙蔽心包，引动肝风，则致高热、神昏、抽搐等症，此为邪陷心肝之变证；足厥阴肝经循少腹络阴器，热毒炽盛，则邪毒由少阳经脉传于厥阴经脉，引睾窜腹，引发睾丸肿痛，或少腹疼痛，此为毒窜睾腹之变证。

【临床表现】

1. 症状　潜伏期为 2~3 周，平均 18 天。部分病例有发热、头痛、乏力、食欲不振等前驱症状。腮腺肿大通常先起于一侧，2~4 天又累及对侧。双侧腮腺肿大者约占 75%。

2. 体征　腮腺肿胀是以耳垂为中心，向前、后、下发展，边缘不清、触之有弹性感及触痛，表面皮肤不红，张口、咀嚼困难，当进食酸性食物促使唾液腺分泌时疼痛加剧。腮肿约 3~5 天达高峰，1 周左右逐渐消退。有时颌下腺或舌下腺可以同时受累，也有部分病例仅有颌下腺肿大而腮腺不大。腮腺管口可有红肿。

3. 主要并发症

（1）脑膜脑炎　一般发生在腮腺炎发病后 4～5 天，个别患儿脑膜脑炎先于腮腺炎。一般预后良好。临床主要表现为发热、头痛、呕吐、嗜睡、颈强直等。重症患儿有高热、谵妄、抽搐、昏迷，甚至可引起死亡。

（2）生殖器并发症　表现为睾丸炎或卵巢炎。睾丸炎常见于较大的患儿，多数在腮腺肿大开始消退时，患儿又出现发热、头痛、睾丸明显肿胀疼痛，可并发附睾炎。卵巢炎的发生率比睾丸炎少，可能与起病不易被临床发现有关。临床可见腰部酸痛、下腹疼痛和压痛。该并发症可导致约 30%～50% 的病例发生睾丸或卵巢不同程度萎缩，可能影响成年后的生育功能。

（3）胰腺炎　常发生于腮腺肿大数日后。表现为中上腹疼痛和压痛，伴有体温骤然上升、恶心和呕吐等症。B 超提示胰腺肿大，脂肪酶升高有助于胰腺炎诊断。

【实验室及其他检查】

1. 血清和尿液中淀粉酶测定　90% 患儿发病早期有血清淀粉酶和尿淀粉酶增高。无腮腺肿大的脑膜炎患儿，血淀粉酶和尿淀粉酶也可升高。故测定淀粉酶可与其他原因引起的腮腺肿大或其他病毒性脑膜炎相鉴别。血脂肪酶增高，有助于胰腺炎的诊断。

2. 血清学检查

（1）抗体检查　ELISA 法检测血清中腮腺炎病毒的 IgM 抗体可作为近期感染的诊断。

（2）病原检查　近年来有应用特异性抗体或单克隆抗体来检测腮腺炎病毒抗原，可作早期诊断。应用 PCR 技术检测腮腺炎病毒 RNA，可大大提高可疑患者的诊断。

3. 病毒分离　应用患儿的唾液、尿或脑脊液，接种于猴肾、Vero 细胞和 Hela 细胞分离腮腺炎病毒，3～6 天内组织培养细胞可出现细胞病变现象。

【诊断与鉴别诊断】

1. 诊断　主要根据有发热和以耳垂为中心的腮腺肿大临床表现，结合流行病学情况和发病前 2～3 周有接触史，诊断一般不困难。没有腮腺肿大的脑膜脑炎、脑膜炎和睾丸炎等，确诊需依靠血清学检查和病毒分离。

2. 鉴别诊断

（1）化脓性腮腺炎　多为一侧腮腺肿大，挤压腮腺时有脓液自腮腺管口流出。白细胞计数和中性粒细胞百分数明显增高。

（2）其他病毒性腮腺炎　流感 A 病毒、副流感病毒、肠道病毒中的柯萨奇 A 组病毒及淋巴细胞脉络丛脑膜炎病毒等均可以引起腮腺炎，需根据血清学检查和病毒分离进行鉴别。

（3）其他原因的腮腺肿大　慢性消耗性疾病、营养不良及结石阻塞唾液管均可引起腮腺导管阻塞致腮腺肿大，一般不伴急性感染症状，局部也无明显疼痛和压痛。

【治疗】

1. 治疗思路　本病是一种自限性疾病，西医无特殊治疗药物，主要为对症治疗。中医以清热解毒、消肿散结为基本治疗原则，同时配合外治法，可促进腮肿消退。

2. 西医治疗　主要是对症治疗。对并发脑膜脑炎、心肌炎的患儿，可短期应用氢化可的松，每日 5mg/kg，静脉滴注；若出现剧烈头痛、呕吐，疑为颅内高压的患者，可应用 20% 甘露醇，每次 1～2g/kg 静脉推注，每 6～8 小时 1 次，直至症状好转；合并睾丸炎时，局部冰敷并用丁字带托住阴囊；合并胰腺炎时应禁食、静脉输液加用抗生素。

3. 中医辨证论治　本病病情有轻有重，温毒在表者属轻证，治以疏风清热，消肿散结；

热毒蕴结者属重证，治以清热解毒，软坚散结。变证邪陷心肝证治以清热解毒、息风开窍；毒窜睾腹证治以清肝泻火，活血止痛。此外，还宜配合外治法，有助于局部消肿。

（1）常证

1）温毒在表证

证候：轻微发热恶寒，一侧或两侧耳下腮部漫肿疼痛，咀嚼不便，或有头痛、咽红、纳少；舌质红，苔薄白或薄黄，脉浮数。

治法：疏风清热，散结消肿。

代表方剂：柴胡葛根汤加减。

常用药物：柴胡　黄芩　牛蒡子　葛根　桔梗　金银花　连翘　板蓝根　夏枯草　赤芍　僵蚕

2）热毒蕴结证

证候：高热不退，多见两侧耳下腮部肿胀疼痛，坚硬拒按，张口咀嚼困难，或有烦躁不安，口渴引饮，头痛，咽红肿痛，颌下肿块胀痛，纳少，大便秘结，尿少而黄；舌质红，舌苔黄，脉滑数。

治法：清热解毒，软坚散结。

代表方剂：普济消毒饮加减。

常用药物：柴胡　黄芩　黄连　连翘　板蓝根　升麻　牛蒡子　马勃　桔梗　玄参　薄荷　陈皮　僵蚕

（2）变证

1）邪陷心肝证

证候：壮热不退，耳下腮部肿痛，坚硬拒按，神昏，嗜睡，头痛项强，反复抽搐，呕吐；舌红，苔黄，脉弦数。

治法：清热解毒，息风开窍。

代表方剂：清瘟败毒饮加减。

常用药物：栀子　黄连　连翘　生甘草　水牛角　生地　生石膏　牡丹皮　赤芍　竹叶　玄参　芦根　钩藤　僵蚕

2）毒窜睾腹证

证候：腮部肿胀渐消，男性多有一侧或双侧睾丸肿胀疼痛，女性多有一侧或两侧少腹疼痛，痛时拒按；舌红，苔黄，脉数。

治法：清肝泻火，活血止痛。

代表方剂：龙胆泻肝汤加减。

常用药物：龙胆草　栀子　黄芩　黄连　柴胡　川楝子　荔枝核　延胡索　桃仁

【预防与调护】

1. 预防

（1）本病流行期间，少去公共场所，避免感染。

（2）预防的重点是应用疫苗进行主动免疫。目前采用麻疹、风疹、腮腺炎三联疫苗，接种后96%以上可产生抗体。

2. 调护

（1）患儿发热期间应卧床休息，禁食肥腻之品，尤其避免酸辣等刺激性食物，并以流食、半流食为宜，注意口腔卫生，多饮开水。

（2）居室应空气流通，避免复感外邪。

（3）进入青春期的男性患儿，若已经并发睾丸炎可应用软纸及丁字带托住阴囊。

（4）患儿应按呼吸道传染病隔离至腮肿完全消退 5 天左右为止，有接触史的易感儿应检疫观察 3 周。

第五十九节　水痘

水痘为小儿常见急性出疹性传染病，临床特征为发热，皮肤黏膜分批出现的瘙痒性斑、丘、疱疹及结痂，且上述各期皮疹可同时存在。

中医对水痘很早就有较清楚的认识。由于疱疹的形态不同，又有"水花"、"水疮"、"水疱"、"零落豆子"等别名。

【西医病因病理】

1. 病因　水痘的病原为水痘 - 带状疱疹病毒（VZV）。VZV 只有一个血清型，在体外抵抗力弱，不耐酸，不耐高热，对乙醚敏感，在痂皮中不能存活，但在疱液中 -65℃ 可长期存活。人是该病毒唯一已知自然宿主。

2. 发病机制　病毒经直接接触或经上呼吸道侵入人体，在局部皮肤、黏膜细胞及淋巴结内复制，然后进入血液和淋巴液，在单核 - 巨噬细胞系统内再次增殖后释放入血，形成短期（3～4 天）病毒血症，病毒散布全身各组织器官，引起病变。临床上水痘皮疹分批出现与病毒间歇性播散有关。发病后 2～5 天特异性抗体出现，病毒血症消失，症状随之好转。

3. 病理　水痘的皮肤病变主要发生在皮肤和黏膜。病初皮肤表皮层毛细血管内皮细胞肿胀，血管扩张充血，表现为斑丘疹和丘疹。随后棘细胞层的上皮细胞发生气球样退行性变，细胞液化后形成单房性水疱，内含大量病毒，疱疹内炎症细胞渗出，浸润的多核巨细胞内有嗜酸性病毒包涵体，疱内组织残片增多，液体变浊，病毒数量减少，最后结痂，下层表皮细胞再生。因病变表浅，多未侵犯真皮层，故愈合后不留疤痕。但如炎症深入亦可累及真皮层。神经组织可见脑内静脉周围有神经脱髓鞘和神经细胞坏死等病变。

【中医病因病机】

本病由于感受水痘时行邪毒，经口鼻侵入人体，蕴郁于肺脾而发病。

1. 邪郁肺卫　肺主宣发肃降。水痘时邪从口鼻而入，侵犯肺卫，则卫表不和，宣肃失司，出现发热、流涕、咳嗽等肺卫表证；肺主皮毛，脾主肌肉，邪正交争，水痘时邪夹湿透于肌表，则水痘布露。因病尚在表，故水痘稀疏，疹色红润，疱浆清亮。

2. 毒炽气营　水痘时行邪毒与湿邪相搏结，郁而化热，毒热炽盛，直趋气营。气分毒热充斥全身，则见壮热、烦躁、口渴等症；毒传营分，透发肌肤，则痘疹稠密，色紫暗，疱浆混浊。若患儿体质虚弱，水痘时行邪毒炽盛，易化热化火，内窜心肝而引起壮热不退、神昏、抽搐等邪陷心肝之变证。若痘疹破溃，污染邪秽，尚可引起痘疹溃烂、成疮等变证。

【临床表现】

1. 症状　典型水痘潜伏期 12～21 天，平均 14 天。临床上可分为前驱期和出疹期。前驱期可无症状或仅有轻微症状，可见低热或中等程度发热、头痛、全身不适、乏力、食欲减退、咽痛、咳嗽等，持续 1～2 天即迅速进入出疹期。

2. 体征　皮疹特点：①初为红斑疹，数小时后变为深红色丘疹，再经数小时发展为疱疹。位置表浅，形似露珠水滴，椭圆形，3~5mm大小，壁薄易破，周围有红晕。疱液初透明，数小时后变为混浊，若继发化脓性感染则成脓疱，常因瘙痒使患者烦躁不安。②皮疹呈向心分布，先出现于躯干和四肢近端，继为头面部、四肢远端，手掌、足底较少。部分患者鼻、咽、口腔、结膜和外阴等处黏膜可发疹，黏膜疹易破，形成溃疡而疼痛。③水痘皮疹先后分批陆续出现，每批历时1~6天，皮疹数目为数个至数百个不等。同一时期常可见斑、丘、疱疹和结痂同时存在。④疱疹持续2~3天后从中心开始干枯结痂，再经数日痂皮脱落，一般不留疤痕，若继发感染则脱痂时间延长，甚至可能留有疤痕。

3. 主要并发症

（1）重症水痘　免疫功能低下者易形成播散性水痘，表现为高热及全身中毒症状重，皮疹呈离心分布，多而密集，易融合成大疱型或呈出血性，继发感染者呈坏疽型。此外，重症水痘还可出现水痘肺炎、水痘脑炎、水痘肝炎、间质性心肌炎及肾炎等并发症。若多脏器受病毒侵犯，病死率极高。

（2）先天性水痘　妊娠早期感染水痘可能引起胎儿先天畸形（如肢体萎缩、头小畸形、白内障等）；若发生水痘后数天分娩亦可发生新生儿水痘，该型水痘易发生弥漫性水痘感染，呈出血性，并累及肺和肝，病死率高。

【实验室及其他检查】

1. 疱疹刮片　刮取新鲜疱疹基底组织涂片，瑞氏染色见多核巨细胞，苏木素－伊红染色可见细胞核内包涵体。直接荧光抗体染色查病毒抗原简捷有效。

2. 病毒分离　将疱疹液直接接种于人胚纤维母细胞，分离出病毒再作鉴定，仅用于非典型病例。

3. 血清学检测　检测双份血清抗体4倍以上升高可明确病原。

4. 病毒核酸检测　采用聚合酶链反应检测患者呼吸道上皮细胞和外周血白细胞中水痘－带状疱疹病毒的核酸，比病毒分离简便。

【诊断与鉴别诊断】

1. 诊断　典型水痘根据流行病学资料、临床表现，尤其皮疹形态、分布特点，不难作出诊断。非典型病例需靠实验室检测进行确诊。

2. 鉴别诊断

（1）丘疹样荨麻疹　本病多见于婴幼儿，系皮肤过敏性疾病。皮疹多见于四肢，可分批出现，为红色丘疹，顶端有小水疱，壁较坚实，痒感显著，周围无红晕，不结痂。

（2）手足口病　本病皮疹多以疱疹为主，疱疹出现的部位以口腔、臀部、手掌、足底为主，疱疹分布以离心性为主。

【治疗】

1. 治疗思路　西医主要以对症治疗为主，必要时可应用抗病毒药物，同时注意防治并发症。中医以清热解毒、淡渗利湿为基本治疗原则。

2. 西医治疗

（1）对症治疗　皮肤瘙痒可应用含0.25%冰片的炉甘石洗剂或5%碳酸氢钠溶液局部涂擦。

（2）抗病毒治疗　对重症或有并发症或免疫功能受损的患者应及早使用抗病毒药。首选阿昔洛韦（无环鸟苷，ACV）每次5~10mg/kg静脉滴注，每8小时一次，疗程7~10天。

一般应在皮疹出现后48小时内开始应用。

继发皮肤细菌感染时加用抗菌药物。糖皮质激素对水痘病程有不利影响，可导致病毒播散，应禁用。

3. 中医辨证论治　由于水痘时行邪毒常夹有湿邪，治疗宜配合应用利湿之法；轻证以肺卫受邪为主，治以疏风清热，解毒利湿。重证因气营受累，治以清气凉营，化湿解毒。对邪毒内陷之变证，当佐以息风开窍之法。慎勿透发，以防疱疹加重。

（1）邪郁肺卫证

证候：发热轻微，或无热，鼻塞流涕，喷嚏，咳嗽，24小时左右出小红疹，数小时到一天后，大多变成椭圆形疱疹，疱浆清亮，根盘红晕，皮疹瘙痒，分布稀疏，此起彼伏，以躯干为多；舌苔薄白，脉浮数。

治法：疏风清热，解毒利湿。

代表方剂：银翘散加减。

常用药物：金银花　连翘　竹叶　薄荷　牛蒡子　桔梗　车前子　六一散

（2）邪炽气营证

证候：壮热烦躁，口渴引饮，面赤唇红，皮疹分布较密，疹色紫暗，疱浆混浊，甚至可见出血性皮疹、紫癜，大便干结，小便短黄；舌红或绛，苔黄糙而干，脉数有力。

治法：清气凉营，化湿解毒。

代表方剂：清营汤加减。

常用药物：水牛角　生地　玄参　竹叶心　银花　连翘　黄连　丹参　麦冬

【预防与调护】

1. 预防

（1）控制传染源，一般水痘患者应在家隔离治疗至疱疹全部结痂。消毒病人呼吸道分泌物和被污染的用品。托幼机构宜用紫外线消毒。带状疱疹患者不必隔离，但应避免与易感儿及孕妇接触。

（2）进行水痘减毒活疫苗的接种有较好预防效果。

（3）用水痘－带状疱疹免疫球蛋白5ml肌肉注射进行被动免疫。主要适用于有细胞免疫缺陷者、免疫抑制剂治疗者、患有严重疾病者（如白血病、淋巴瘤及其他恶性肿瘤等）或易感孕妇及体弱者，亦可用于控制、预防医院内水痘暴发流行。

2. 调护

（1）水痘急性期应卧床休息，注意水分和营养的补充，不宜吃辛辣、肥腻的食物。

（2）应避免因抓伤而继发细菌感染。为了防止患儿搔抓皮疹发生皮肤感染，要剪短小儿指甲，同时还要保持衣被的清洁。

第六十节　桡骨远端骨折

桡骨远端骨折是指桡骨远端3cm范围内的骨折，临床较为常见，多见于老年人及青壮年人。

【病因病理】

直接暴力和间接暴力均可造成桡骨远端骨折，但多为跌倒受伤的间接暴力引起，少数病例由外力直接打击腕部所致。桡骨远端骨折临床分为伸直型和屈曲型两种：

1. 伸直型骨折 又称科雷斯（Colles）骨折，临床多见。跌倒时，患肢腕关节呈背伸位，手掌部着地，躯干向下的重力与地面向上的反作用力交集于桡骨下端而发生骨折。暴力较大时，骨折远端向桡侧和背侧移位，桡骨下端关节面向背侧倾斜。严重移位时，两折端可重叠，腕及手部形成餐叉状畸形，且常合并有下尺桡关节脱位及尺骨茎突骨折。老年人骨质疏松，骨折常呈粉碎并可波及关节面，此类骨折若畸形愈合可使腕关节的功能产生严重障碍。

2. 屈曲型骨折 又称史密斯（Smith）骨折，临床少见。跌倒时，腕关节呈掌屈位，手背着地，传达暴力作用于桡骨远端而造成骨折。骨折平面同伸直型骨折，但移位方向相反。手腕部形成锅铲状畸形。桡骨远端的背侧被外力直接打击，亦可造成此型骨折。

【临床表现】

1. 症状 伤后腕关节局部疼痛肿胀，腕关节活动障碍。

2. 体征

（1）桡骨下端压痛明显，可触及骨擦感。

（2）伸直型骨折可见餐叉样畸形；屈曲型骨折移位明显者可有锅铲样畸形。

3. 主要并发症 桡骨远端骨折如处理不当，可发生多种并发症。较为常见的是：

（1）创伤后骨萎缩（Sudeck骨萎缩、反射性交感性骨萎缩）　其特点是疼痛，腕及手指肿胀僵硬，皮肤红而变薄，骨的普遍脱钙、疏松。本病的发生常常是骨折后固定时间过长及未能积极主动活动所致。

（2）肩手综合征　与上述情况相似，但波及范围甚广，以致肩关节亦僵硬。一旦发生，治疗极为困难。

（3）伸拇长肌腱断裂　通常在伤后4周或更晚发生。其原因可能有二：一为原始损伤较重，造成肌腱血运中断，以致缺血坏死而断裂；亦可为骨折波及Lister结节，以致伸拇长肌腱在粗糙的骨沟上摩擦受损而断裂。

【X线检查】

腕关节正侧位X线片可明确骨折类型和移位方向和程度、骨折线是否涉及关节面、是否合并尺桡关节脱位及尺骨茎突骨折等。

伸直型骨折在X线片上的典型征象是：可见骨折远端向背、桡侧移位；骨折处向掌侧成角，骨折端重叠，骨折处背侧骨质嵌入或粉碎骨折。远端骨折块有时呈现旋后移位，掌倾角及尺偏角减小或呈负角。常见合并有尺骨茎突骨折及不同程度的分离，严重者向桡侧移位。如无尺骨茎突骨折，而桡骨远折端向桡侧移位明显时，说明有三角纤维软骨盘的撕裂。

屈曲型骨折在X线片上的典型征象是：骨折线斜行，自背侧关节面的边缘斜向近侧和掌侧，骨折远端连同腕骨向掌侧及向近侧移位；亦有少数骨折线呈横形，自背侧通达掌侧，未波及关节面。掌侧骨皮质常见碎裂，屈曲型骨折较少发生嵌插，尺骨茎突骨折亦少见。

【诊断与鉴别诊断】

1. 诊断 根据受伤史、临床症状、体征及X线检查可作出诊断。

2. 鉴别诊断

（1）无移位骨折或不完全骨折时，肿胀多不明显，患者仅感局部轻微疼痛，也可有环形压痛和纵向叩击痛，腕和指运动不便，需注意与腕部软组织扭伤相鉴别。

（2）伸直型桡骨远端骨折与背侧巴通骨折、屈曲型桡骨远端骨折与掌侧巴通骨折的临床表现相似，主要依靠 X 线进行鉴别诊断。

【治疗】

1. 治疗思路

（1）无移位骨折或不全骨折，仅用夹板固定即可。

（2）移位骨折需根据骨折类型采用相应的方法整复固定。

（3）陈旧性骨折畸形愈合者，如畸形较轻，腕部功能障碍不甚者，可不予处理。如畸形较重，前臂旋转障碍和腕部的活动痛，应考虑手术治疗。

2. 治疗方法

（1）手法复位　复位时患者取坐位或卧位，肩外展 90°，肘屈曲 90°，前臂中立位。第一步，采用拔伸牵引手法纠正重叠移位：令近端助手握住患肢前臂上端，远端助手双手握住患肢手掌部，先沿畸形方向然后沿前臂纵轴方向进行拔伸牵引。第二步，横挤、尺偏腕关节，纠正侧方移位：术者一手置于骨折远端的桡侧，另一手置于骨折近端的尺侧相对横挤，同时令远端助手将患肢腕关节极度尺偏，以纠正桡侧移位，恢复尺偏角。第三步，端提、屈曲（或伸直）腕关节，纠正骨折的掌背侧移位，恢复掌倾角：对伸直型骨折，术者双手拇指置于骨折远端的背侧，余指置于骨折近端的掌侧，相对用力挤压端提，同时令远端助手将腕关节极度屈曲，以纠正骨折的背侧移位和恢复掌倾角。注意保持腕部在旋前及轻度掌屈尺偏位，直至应用外固定。对屈曲型骨折，术者双手拇指置于骨折远端的掌侧，余指置于骨折近端的背侧，相对用力挤压端提，同时令远端助手将腕关节极度背伸，以纠正骨折的掌侧移位和恢复掌倾角。注意保持腕部在旋后及轻度背伸尺偏位，直至应用外固定。

（2）手术治疗　闭合整复失败者、陈旧性骨折畸形愈合者可切开复位钢板固定，骨缺损及粉碎区域应以自身松质骨植骨填充。

（3）固定方法　维持牵引下用夹板超腕关节固定。伸直型骨折在骨折远端背侧和近端掌侧各放一平垫，其桡侧及背侧夹板应超腕关节，置关节于轻度屈曲位固定。屈曲型骨折压垫置于远端的掌侧和近端的背侧，桡侧夹板和掌侧夹板超腕关节，置关节于轻度背伸位固定。压垫夹板置妥后用 3~4 条布带捆扎固定，将前臂悬吊固定 4~6 周。

第六十一节　颈椎病

颈椎病是指颈椎间盘退行性变、颈椎骨质增生或颈部受伤等引起脊柱内外平衡失调，刺激或压迫脊神经、椎动脉、脊髓及交感神经而产生的以颈臂疼痛、麻木或眩晕为主要症状的病证，严重者甚至可造成瘫痪。本病又称颈椎综合征或颈肩综合征。与颈部的长期劳累有很大的关系，常见于长期伏案工作者，如会计、教师、打字员、文秘人员等。

【西医病因病理】

其病变机制主要有以下几点：

1. 由于急性创伤或慢性劳损，而致颈椎间盘发生退行性变。

2. 当椎间盘变性后，椎间盘软弱，椎间隙狭窄，椎体间不稳会产生错动，牵拉纤维环及四周纵韧带，纤维环和纵韧带牵拉椎体边缘，可引起骨膜下出血、血肿，机化、骨化即产生骨质增生，形成骨刺或骨嵴，压迫周围的神经根、脊髓和椎动脉。其中尤以钩椎关节骨质增生较易发生，而钩突与椎动脉及神经根的关系十分密切。

3. 由于椎间盘脱水变薄，附近的组织如小关节囊、棘上韧带（项韧带）、前后纵韧带、黄韧带均有相应改变。特别是黄韧带肥厚，临床上经常可见。

4. 脊神经根或脊髓由于受到颈椎及椎间盘向后（前）外侧突出物的挤压，可发生炎症、变性以及血运障碍而引起不同程度的病理变化。颈段脊髓侧柱接近前角灰质处的交感神经细胞可与前角细胞混处，若颈椎病理改变刺激脊神经，可以产生与刺激交感神经相同的症状和体征。

5. 椎动脉从颈后动脉的后上方上升，经颈椎横突孔向上进入颅腔，组成基底动脉。常受颈椎病病理改变如骨刺、椎间盘病变、动脉硬化，特别是骨刺的影响而引起同侧椎－基底动脉的供血不足。此外，当颈椎间盘发生变性后，颈椎长度缩短而椎动脉则相对地变长。当椎动脉本身畸形或有动脉硬化时，无论是颈部活动对它的牵拉，还是血流冲击作用，均可使之变长，产生折叠或扭曲而影响血液循环。正常情况下，转头时虽可使一侧椎动脉的血运减少，但另一侧椎动脉可以代偿，故不出现症状。在病理改变的情况下，因转头过猛或颈部挥鞭样损伤，或因拔牙、全身麻醉、插管等均可使椎动脉血液循环受到影响而产生椎动脉型颈椎病症状。

【中医病因病机】

中医认为颈椎病的发病原因，不外乎内因和外因两个方面，但以内因为主。人到中年，肝肾不足，筋骨懈惰，引起颈部韧带肥厚钙化、椎间盘发生退变、骨质增生等病变，导致椎间孔变窄、神经根受压时，即逐渐出现颈椎病的各种症状。除内因外，颈部的冷刺激、外邪的侵袭、毒邪的感染，均可诱发或加重颈椎病的症状。

【临床表现】

临床上将颈椎病分为局部型、神经根型、脊髓型、椎动脉型、交感神经型和混合型。

1. 局部型颈椎病

（1）症状　主要表现为颈部疼痛，可放射到枕部或肩部，颈肌僵硬，头颈活动受限。

（2）体征　头颈往往限制在一定位置，一侧疼痛者头偏向另一侧，患者常用手托住下颌以缓解疼痛。

（3）影像学检查　X 线片检查可出现颈椎生理弧度在病变节段中断，此节段小关节分开，有时称之为半脱位，因肌痉挛头偏歪，侧位 X 线片上出现椎体后缘一部分有重影，小关节也有重影，称双边双突。

2. 神经根型颈椎病

（1）症状　临床上首先表现为颈肩背疼痛，枕部和后枕部酸痛，并按神经根分布向下放射到前臂和手指。轻者为持续性酸痛、胀痛，重者可如刀割样、针刺样，有的皮肤过敏，抚摩即有触电感，有的麻木如隔布感，颈部后伸等活动时，或咳嗽、喷嚏、用力大便时疼痛加剧。部分患者会出现手无力、沉重感或持物不稳等，要考虑有无脊髓受压；若出现耳鸣、头晕、眼花、头痛、视物不清等，可能伴有椎动脉受压症状，应进一步检查。

（2）体征　可查到颈部活动受限，颈项肌肉较紧张，且可在斜方肌、冈上肌、冈下肌、菱形肌或胸大肌上找到压痛点。上肢及手指的感觉减退，可有肌肉萎缩。牵引试验：检查时医生一手扶患者患侧头部，另一手握患侧上肢，将其外展 90°，两手做相反方向牵拉，如患者上肢出现疼痛麻木者为阳性。压头试验：患者端坐，头略后伸，稍偏患侧，医生一手掌托住下颌，另一手按头顶部缓慢向下压，若颈部发生疼痛或放射痛者为阳性。感觉改变测试：可测试痛、温或触觉的改变，受损害时神经根分布区会出现感觉减退。腱反射：肱二头肌及肱三头肌腱反射早期活跃，久之则反射减退或消失，检查时宜两侧对比。肌力减退或肌萎缩：被损害的神经根所支配的肌肉会出现无力或肌萎缩，按分布可发现大鱼际、小鱼际或骨间肌萎缩。

（3）影像学检查　X线片检查可出现颈椎生理弧度平直或呈反弓，第 3~7 颈椎骨质增生，椎间隙变窄，项韧带钙化等；伸屈运动颈椎侧位片上会出现病变节段过度松动，斜位片上可看到骨刺突出椎间孔。CT 片可出现颈椎间盘突出，侧隐窝狭窄，或神经根、硬膜囊受压等。MRI 检查可出现颈椎某节段脊髓有压迹现象。个别患者可出现血压波动及心电图、脑血流图的改变。

3. 脊髓型颈椎病

（1）症状　以慢性进行性四肢瘫痪为特征。早期双侧或单侧下肢发紧、麻木、疼痛、僵硬发抖、无力、打软腿或易绊倒，步态笨拙、不稳或有踩棉花感；手部肌肉无力，发抖；活动不灵活，细小动作失灵，如穿针、写小字不能，持物易坠落。重症者可出现四肢瘫痪，小便潴留或失禁，卧床不起。患者常有头颈部疼痛、半边脸发烧、面部出汗异常等。

（2）体征　可发现颈部活动受限不明显，上肢动作欠灵活。四肢肌张力可增高，腱反射可亢进，重症时常可引出病理反射，如 Hoffman 征、Babinski 征等阳性，甚至踝阵挛和髌阵挛。

（3）影像学检查　X线片示颈椎生理弧度变直或向后成角，颈椎骨质增生，椎间隙狭窄，椎间孔缩小。后纵韧带骨化者，侧位片上可发现椎体后有钙化阴影，呈点状、条状，连续型者可自颈 2 至颈 7 连成一长条。CT 片上此骨片占位在椎体后椎管前壁，使椎管明显狭窄。脊髓压迫症状常较严重。MRI 对脊髓、椎间盘组织显示清晰，对椎间盘脱出、脊髓受压的诊断和治疗均有帮助。

4. 椎动脉型颈椎病

（1）症状　患者常有头痛、头晕，颈后伸或侧弯时眩晕加重，甚至猝倒，猝倒后颈部位置改变而立即清醒，可有耳鸣、眼花、记忆力下降。较少见的症状有声音嘶哑、吞咽困难、视物不清、听力下降、Horner 征，还可有心脏症状，如心动过速或过缓，多汗或少汗，若伴有神经根压迫则症状更复杂。

（2）体征　颈椎棘突部有压痛，压头试验阳性，仰头或转头试验阳性，即在头部后仰或者旋转时，眩晕、恶心的症状发作或加重。

（3）影像学检查：X线检查示钩椎关节有骨质增生，向侧方隆突，以及椎间孔变小。椎动脉造影对诊断有所帮助，但有一定危险性，除个别诊断困难者或拟行手术的病例外，一般不做椎动脉造影检查。

5. 交感神经型颈椎病

（1）症状体征　可与神经根型颈椎病合并发生，有交感神经兴奋和抑制的症状。兴奋症状如头痛或偏头痛，头晕特别在转头时加重，有时伴恶心、呕吐，视物模糊或视力下降，瞳孔扩大，眼窝胀痛，心跳加速，心律不齐，心前区痛，血压升高，四肢冰凉，汗多，耳鸣，听力下降，发音障碍等；抑制症状主要表现为头昏眼花、眼睑下垂、流泪、鼻塞、心动过缓、血压下降及胃肠胀气等。

（2）影像学检查　X线、CT、MRI 等检查结果与神经根型颈椎病相似。

6. 混合型颈椎病　两种以上压迫同时存在时，如脊髓型、神经根型两者同时存在，神经根型和椎动脉型混合，也可称混合型，也有脊髓、神经根和椎动脉三者混合型。

【诊断与鉴别诊断】

1. 诊断

（1）有慢性劳损或外伤史，或有颈椎先天性畸形、颈椎退行性病变。多发于 40 岁以上的中年人、长期低头工作者，往往呈慢性发病。颈、肩背疼痛，头痛头晕，颈部板硬，上肢麻木。

（2）检查颈部活动受限，病变颈椎棘突、患侧肩胛骨内上角常有压痛，可摸到条索状硬块，可有上肢肌力减弱和肌肉萎缩，臂丛牵拉试验阳性，压头试验阳性。

（3）影像学检查　X 线正位摄片显示，钩椎关节增生，张口位可有齿状突偏歪，侧位片显示颈椎曲度变直，椎间隙变窄，有骨质增生或钙化，斜位片可见椎间孔变小。CT 及 MRI 检查对定性定位诊断有意义。

2. 鉴别诊断　颈椎病要与脊髓肿瘤、肩周炎、颈椎骨关节炎、冠状动脉供血不全、胸廓出口综合征等相鉴别。

（1）脊髓肿瘤与颈椎病之脊髓型有类似之处，但肿瘤多逐渐加重，而颈椎病症状多有间歇性。X 线片、脊髓造影、MRI 可鉴别。

（2）肩周炎病变在肩肱关节周围的软组织，主要症状和体征是肩关节的疼痛及功能受限，有自愈倾向。

（3）颈椎骨关节炎可有颈背痛或一侧上肢麻木，但无放射痛及感觉障碍或腱反射异常。

（4）冠状动脉供血不全者有心前区疼痛、胸闷、气短等症，无上肢颈脊神经根刺激的其他体征，心电图可有异常改变，服用硝酸甘油类药物可缓解。

（5）胸廓出口综合征有上肢麻木不适并向手部放射，但检查锁骨上窝有压痛，头后仰试验（Adson 试验）与上肢过度外展试验时，桡动脉的搏动减弱。

【治疗】

1. 治疗思路　手法治疗和颈椎牵引是治疗颈椎病重要而有效的方法，临床上常常配合药物、练功等方法综合治疗。各型颈椎病经严格非手术治疗无效且症状加重者，神经根与脊髓压迫症状逐渐加重或反复发作者可采用手术治疗。

2. 治疗方法

（1）手法治疗　首先用轻柔的㨰、按、拿、一指禅推等手法在颈椎两侧及肩部治疗，使紧张痉挛的肌肉放松，从而加强局部气血运行，促进水肿吸收，为下一步手法治疗创造条件；同时，可减轻因肌张力增加而造成的对颈脊柱的牵拉力。病人坐位，头部前屈至适当的角度。医生一手用拇指按住患椎棘突，一手用肘部托住病人颏部，向前上方牵引，同时向患侧旋转头部，此时往往可听到整复的弹响声。病人仰卧时，肩后用枕垫高。医生立于床头，右手紧托病人枕部，左手托住颏部，将病人头部自枕上拉起，使颈与水平面呈 45°，牵引持续 1~2 分钟。然后轻轻将头向左右旋转和前后摆动，此时往往可听到整复时的弹响声。

手法操作时，要注意动作宜轻柔和缓，力度适中，不宜粗暴猛烈地旋转头部，以免发生寰枢椎骨折、脱位或椎动脉在寰椎上面被枕骨压伤等；更不宜做颈侧方用力的推扳手法，以免引起脊髓损伤、四肢瘫痪，对有动脉硬化的老年患者尤应注意。此外，在麻醉下进行颈椎按摩、推拿是非常危险的，必须禁止。

（2）牵引治疗　用手法或器械进行颈椎牵引，有利于充血、水肿的消退，缓解颈部肌肉的痉挛，使颈椎间隙增宽，以扩大椎间孔，缓解神经根所受的刺激和压迫，松解神经根与周围组织的粘连，并有利于向外突出的纤维环组织回纳。本法适用于神经根型颈椎病，通常采用颌枕带牵引。轻症患者采用坐位间断牵引，牵引姿势以头部略向前倾为宜。牵引悬重从3kg 开始，可增至12kg。每次0.5~1小时，每日1~2次，15天为1疗程。重症者采用卧位牵引，根据患者性别、年龄、体质强弱、颈部肌肉情况和临床症状酌情处理。牵引后症状加重者，不宜再用。脊髓型颈椎病应慎用，因效果不明显，有时症状加重。对椎动脉型或交感型颈椎病宜采用轻重量，从1.5kg 开始，逐渐增至4~5kg，也可采用卧位、轻重量2~3kg，做持续牵引3周。若有不良反应应停止牵引。

（3）中医辨证论治

1）风寒湿阻证：可见颈、肩、上肢串痛麻木，以痛为主，头有沉重感，颈部僵硬，活动不利，恶寒畏风；舌淡红，苔薄白，脉弦紧。治宜祛风除湿、温经通络，方用羌活胜湿汤加减。

2）气滞血瘀证：可见颈肩部、上肢刺痛，痛处固定，伴有肢体麻木；舌质暗，脉弦。治宜行气活血、化瘀通络，方用活血舒筋汤加减。

3）痰湿阻络证：可见头晕目眩、头重如裹、四肢麻木不仁、纳呆；舌暗红，苔厚腻，脉弦滑。治宜除湿化痰，蠲痹通络，方用天麻钩藤饮加减。

4）肝肾不足证：可见眩晕头痛、耳鸣耳聋、失眠多梦、肢体麻木、面红目赤；舌红少津，脉弦。治宜补益肝肾、活血通络，方用六味地黄丸加减。

5）气血亏虚证：可见头晕目眩、面色苍白、心悸气短、四肢麻木、倦怠乏力；舌淡苔少，脉细弱。治宜益气养血、活血通络，方用黄芪桂枝五物汤加减。

（4）针灸疗法　主穴为华佗夹脊、后溪。痹痛证加肩髃、外关、合谷，加温灸；眩晕加印堂、百会、太阳、风池、太冲；气虚加神门、内关、足三里、三阴交；瘫痪加上下肢三阳经穴位及太冲、行间。

（5）西药治疗　可使用非甾体类抗炎药、肌肉松弛剂及镇静剂对症治疗。局部有固定且范围较小的压痛时，可用强的松龙12.5mg 加1%利多卡因2ml 局部封闭。

（6）手术治疗　各型颈椎病经严格非手术治疗无效，症状严重者，神经根与脊髓压迫症状逐渐加重或反复发作者可采用手术治疗。常用的术式如：①前路椎间盘及骨刺切除、椎体间植骨融合术：主要适用于神经根型和脊髓型颈椎病。②侧方减压和椎间融合术：主要适用于椎动脉型和神经根型颈椎病。③颈椎后路减压术或椎管扩大术：适用于经前路手术后效果不佳，多节段椎管狭窄者。

第六十二节　腰椎间盘突出症

腰椎间盘突出症是指由于某些原因造成纤维环破裂，髓核突出，压迫或刺激神经根或硬膜囊产生的以腰痛及下肢放射痛为主要症状的病证。是临床上常见的腰腿痛疾患，多见于20~50 岁的青壮年。

【西医病因病理】

椎间盘退变是本病发生的基本要素，在此基础上受到其他诱因，如外伤、慢性劳损以及感受寒湿等因素的作用，使纤维环在薄弱的部位发生破裂，髓核由破裂处突（脱）出，突（脱）出的髓核和碎裂的纤维环组织进入椎管，压迫脊髓圆锥、脊神经根或马尾神经，引起坐骨神经痛或股神经痛。据统计，约1/3患者有腰部扭伤史，1/3有受凉史，其他与脊柱畸形、长期震动、妊娠、腰穿等因素有关。

腰椎间盘突出后产生症状的机理主要有三种：机械压迫学说、化学性神经根炎学说、自身免疫学说。

【中医病因病机】

中医学将腰椎间盘突出症归属于腰痛或痹证的范畴。病证具有本虚标实的临床特点。引起腰痛的原因有风、寒、湿、热、闪挫、瘀血、气滞、痰饮等，而其根本在于肾虚。痹是气血闭塞不通所致的肢体痛，骨节错落、风寒湿气外袭、气血虚弱、运化乏力是其原因。因此，本病的病因病机在于肝肾不足，筋骨不健，复受扭挫，或感风寒湿邪，经络痹阻，气滞血瘀，不通则痛。病延日久，则气血益虚，瘀滞凝结而缠绵难已。

【临床表现】

1. 症状

（1）多数患者先有腰痛或腰酸，2～3个月后出现坐骨神经痛，随后两者可同时出现或交替出现，少数患者始终只有腰痛或腿痛，一般在腿痛出现后腰痛明显减轻。

（2）坐骨神经放射痛。L_5～S_1椎间盘突出多压迫S_1神经根，放射痛经股前侧、腘窝、小腿外侧至足背及小趾；$L_{4～5}$椎间盘突出多压迫L_5神经根，放射痛经臀部、股后侧、小腿外侧至外踝；$L_{3～4}$椎间盘突出多压迫L_4神经根，放射痛经股前，下行小腿内前方到足背内侧。

（3）腰腿痛可因咳嗽、打喷嚏、伸懒腰、用力排便、行走或站立过久加重，卧床休息或采取屈膝屈髋体位可减轻。

（4）受累神经根所支配区域的皮肤可出现感觉异常，早期多为皮肤过敏，继而出现麻木或感觉减退。

2. 体征

（1）腰椎生理前凸变浅或消失，甚至后凸。当突出物位于神经根的内下方，腰椎偏向患侧；突出物在神经根外上方，则腰椎偏向健侧。

（2）急性期因保护性腰肌痉挛，而致腰椎活动受限，尤以腰部后伸困难较为明显。慢性期和复发时，前屈和向患侧弯腰受限较多，强制弯曲时，将加重放射痛。

（3）直腿抬高试验阳性，屈颈试验阳性。

（4）突出间隙棘上韧带、棘间韧带及棘突旁（椎间隙偏外2～3cm处）常有压痛，并伴有放射性神经痛。

（5）$L_{3～4}$椎间盘突出，引起小腿前内侧皮肤感觉异常；$L_{4～5}$椎间盘突出，引起小腿前外侧、足背前内侧和足底皮肤感觉异常；L_5～S_1椎间盘突出，引起小腿后外侧、足背外侧皮肤感觉异常。中央型突出则表现为马鞍区麻木，并可出现膀胱、肛门括约肌功能障碍，大小便失禁等。

（6）L_4神经根受压，引起股四头肌肌力减退、肌肉萎缩；L_5神经根受压，引起伸长肌肌力减退，趾背伸困难；S_1神经根受压，引起踝跖屈功能减弱。

（7）L_4神经根受压，引起膝腱反射减弱或消失；S_1神经根受压，引起跟腱反射减弱或消失。

【诊断与鉴别诊断】

1. 诊断　大多数患者在一般情况下依据有腰痛加腿痛、压痛放射痛等症状，结合病史、临床表现与体征，可以初步考虑腰椎间盘突出症的可能，再配合 X 线片、CT 或 MRI、肌电图、脊髓造影所见作出诊断，突出的间隙也易于定位。

腰椎间盘突出症临床诊断的主要依据有：

（1）腿痛重于腰痛，并呈典型坐骨神经分布区疼痛，或伴有麻木。

（2）直腿抬高试验阳性及屈踝加强试验阳性，屈颈试验阳性。

（3）具有肌肉萎缩、运动无力、反射减弱、感觉减退四种神经体征中的两种。

（4）X 线片、脊髓造影、CT 或 MRI 等影像学检查，以及肌电图检查对诊断有重要参考价值。

1）腰椎 X 线片：部分患者可显示椎间盘突出的一些间接征象，如生理前凸平浅或消失，甚至后凸，椎间隙变窄，骨质增生等。还可据此排除或与腰椎疾患相关的疾病进行鉴别诊断。

2）造影检查：对腰椎间盘突出症的诊断符合率较高，但有一定的副作用。

3）CT 扫描：可直接显示椎间盘突出物的位置、大小、形状及其与周围结构的关系；可显示硬膜囊和（或）神经根受压变形、移位、消失的压迫征象；还可显示黄韧带肥厚、椎体后缘骨赘、小关节突增生、中央椎管及侧隐窝狭窄等伴发征象。

4）MRI 检查：对软组织的分辨率较 CT 高，能清楚地显示椎间盘退变、突出状态和椎管内硬膜囊神经根受压状态，对腰椎间盘突出症的诊断价值较大。

5）肌电图检查：对腰椎间盘突出症的诊断有效率在 75% ～85%，根据异常肌电图的分布范围可以判定受累神经根的节段及其对所支配肌群影响的程度。

2. 鉴别诊断　凡可出现腰痛、腿痛或腰腿痛并存的疾病都应与之相鉴别。其中较常见者主要有下列一些疾病：

（1）腰椎结核　腰痛可伴有坐骨神经痛，常有全身症状，午后低热，乏力盗汗，腰部强直，血沉增快，下腹部可触及冷脓肿。X 线片显示椎间隙模糊、变窄，椎体相对边缘有骨质破坏。

（2）马尾神经瘤　以神经纤维瘤为多见，初期一般腰痛及局部压痛不明显，也无脊柱侧凸、下腰椎活动受限等症状。发病较为缓慢但持续加重，无间隙性缓解，卧床时感到疼痛加重，夜不能眠。严重者可由肿瘤压迫马尾神经，发生下肢感觉和运动障碍，以及括约肌功能紊乱。脑脊液总蛋白量增高，脊髓造影显示有占位性改变。

（3）椎弓峡部裂和脊柱滑脱　腰痛常伴有坐骨神经痛，多数发生在 $L_{4\sim5}$，椎弓峡部裂在斜位 X 线片上显示椎弓峡部有裂隙和骨缺损。脊柱滑脱时腰椎前凸增加，椎体或棘突有台阶样表现。X 线片显示椎弓峡部有裂隙，腰椎体前移。

（4）强直性脊柱炎　中年男性多见，身体瘦弱，腰背及骶髂关节疼痛，脊柱强直，各方向活动均受限。症状多与气候变化有关，血沉较快，病变呈进行性发展。X 线片早期可见骶髂关节及腰椎小关节模糊，后期脊柱呈竹节样改变。

（5）梨状肌综合征　患者的主要症状是臀部痛或臀腿痛，患髋关节内收内旋活动时疼痛加重，严重者可有跛行。梨状肌肌腹体表投影处可有明显的压痛，并可向下肢放射，部分患者可触及深部的条索状结节或痉挛的肌块。梨状肌紧张试验阳性，即患髋关节内收内旋活动时疼痛加重，直腿抬高试验在小于 60°时疼痛加重，而大于 60°时疼痛反而减轻，梨状肌局部封闭后疼痛会消失。

【治疗】

1. 治疗思路　治疗应以非手术治疗为首选方法，主要适用于初次发作，病程短的患者，或症状、体征较轻者。非手术治疗包括卧床休息、骨盆牵引、推拿手法、针灸疗法、封闭疗法、中西药物以及功能锻炼等，约 10% ~20% 的患者需手术治疗。同时强调积极的功能锻炼，以增强腰背肌和脊柱的稳定性，减少各种后遗症的发生。功能锻炼可选择"三点式"、"五点式"、"拱桥式"和"飞燕点水式"，以及直腿抬高、仰卧蹬腿等练习方法；下地行走时可先在腰围下循序渐进地练习慢步行走，尔后以太极拳、八段锦、易筋经等方式锻炼。

2. 治疗方法

（1）一般治疗　绝对卧床休息，是指 24 小时持续卧床，包括卧床用餐、排便等，主要适用于急性期、症状重的患者，一般以两周为宜。卧床休息可以减缓体重对病变椎间盘的压力，有利于由于髓核突出所引起的非特异性炎症反应的吸收消散，从而减轻或消除对神经根的刺激或压迫。慢性期或症状缓解后可与功能锻炼交替进行。

（2）牵引治疗　骨盆牵引多采用仰卧、略微屈膝屈髋位，每侧牵引悬重在 10 ~15kg 之间。牵引可对抗腰部肌肉痉挛，适当增宽椎间隙及椎间盘内减压，有利于突出物与神经根之间的位置产生松动或位移。牵引方向一般在水平线向上 15°左右，亦可在大腿后侧垫一枕头，使腰部平直，体位舒适，有利于腰腿肌肉放松。牵引时间一般每日 1 ~2 次，每次 30 ~60 分钟。每次牵引时间过半，疼痛减缓后，可嘱患者尽力做直腿抬高动作，使受压或粘连的神经根产生松动。

（3）手法治疗　主要适用于首次发作，病程较短，或病程虽长，但症状较轻，诊断为单侧隐藏型和突出型，同时 X 线片显示椎管无狭窄或骨质疏松者，尤其对大多数青壮年患者更为适用。常用的推拿手法有：

1）循经按揉法：取俯卧位，术者先以揉法沿脊柱两侧自上而下数次放松骶棘肌，力度适中，侧重腰部肌肉的放松；继以大鱼际或掌根循两侧足太阳膀胱经反复按揉 3 次；再以双手叠掌，掌根自胸腰椎督脉向下逐次移动按压，以患者能耐受为度。

2）穴位点压法：以两手拇指指腹对应，在 L_3 横突上及秩边、环跳、殷门、承山等穴按压，至患者感觉酸胀时止，再以掌根轻柔按摩。

3）脊柱斜扳法：取侧卧位，术者面向患者，术者一手按肩后部，一手按髂前上棘，两手同时做相反方向斜扳，通常可闻及一清脆的弹响声。

4）拔伸按腰法：取俯卧位，嘱患者双手上举拉住床头，一助手双手握患者双踝做拔伸牵引，术者叠掌按压突出部位棘突，在助手持续拔伸牵引下骤然向上抖动时用力下压掌根，配合默契，动作协调。

5）屈膝屈髋法：患者仰卧位屈膝屈髋，术者两手扶患者双膝关节做正、反方向环转后用力下按，尽量使膝关节贴近胸壁，然后将患肢由屈膝屈髋位拉向伸直位，反复 3 次。

6）俯卧扳腿法：患者俯卧位，术者一手按压突出部位棘突，一手托住患者对侧膝部，使下肢尽量后伸，双手同时协调用力，左右各一次。

7）直腿抬高法：患者仰卧位，嘱尽量抬高患侧下肢，术者以一手推膝部，另一手握足前部，使踝关节尽量背屈。

8）坐位旋转法：患者取坐位，下肢相对固定，术者一手拇指按压突出部位偏歪棘突旁，一手穿偏歪一侧的腋下按颈后部，双手相对用力，使脊柱做顺时针或逆时针方向旋转。

上述手法可根据病情需要及患者的具体情况有针对性地选用。对中央型突出者，或骨质增生明显、突出物有钙化者，或骨质疏松者，病程长、反复发作以及已经多次推拿治疗效果欠佳者，不宜采用以上手法治疗。

（4）针灸治疗　侧重于循经取穴与局部取穴为主，亦可取患椎旁华佗夹脊穴（棘突下旁开 0.5 寸）。常用穴位有：腰阳关、肾俞、腰夹脊、八髎、环跳、承扶、殷门、风市、阳陵泉、委中、承山、昆仑、悬钟等。一般患侧取穴，每次 3～5 穴，针刺以泻法或平补平泻，或用电针。可留针 15～20 分钟左右，以红外线灯做穴位透热照射，至皮色潮红，患者能耐受为度，其间以强刺激泻法捻针 1 次。每日或隔日 1 次，10 天为 1 疗程。

（5）封闭疗法　常用方法有痛点封闭、硬膜外封闭、骶管封闭。选用确炎舒松 A 2ml 加 2% 普鲁卡因 4ml 行局部痛点封闭或硬膜外封闭。经骶管封闭药物时，可用脉络宁 10ml，2% 普鲁卡因 5ml，生理盐水 10ml 混合注射。

（6）药物治疗　中西药物治疗是临床常用方法之一。中医体现辨证论治精神，可依据疼痛、麻木、酸胀等主症选用活血化瘀、祛风通络、温经利湿的方药，常用身痛逐瘀汤、大活络丹、独活寄生汤等。症状缓解后宜补益肝肾，选用益肾固腰汤。中成药可用腰痛宁、益肾蠲痹丸等。西药主要用于早期对症治疗，急性期用地塞米松与脱水剂静脉滴注。常用口服药有：非甾体类抗炎镇痛药，如芬必得、美洛昔康；中枢性肌肉松弛剂，如苯丙氨酯、乙哌立松；神经营养药，如维生素 B_{12}、维生素 B_1、甲钴胺等。

（7）手术治疗　手术治疗适用于病程超过半年以上，反复发作，经 2～3 个月系统保守治疗无效者；或急性髓核突出，虽初次发作但症状较重，出现马鞍区麻木等神经受压症状并影响生活或工作者。腰椎间盘突出症的手术方式较多，主要有全椎板切除术、半椎板切除术、开窗减压术等，目的在于解除突出的髓核对受压的硬膜囊或神经根的刺激，必要时还需切除部分肥厚的黄韧带、增生的椎板或关节突等，从而解除腰腿痛等临床症状。

附 中西医结合执业（含助理）医师资格实践技能考试样题

第一站 辨证论治

样题

陈某，男，35 岁，已婚，工人。2007 年 4 月 6 日就诊。

患者昨日午餐过食辛辣厚味，并饮白酒半瓶，下午起即感上腹部持续性绞痛，阵发性加剧，并向腰背部呈带状放射。腹痛拒按，发热，口苦而干，脘腹胀满，大便秘结，小便短黄。今晨自服"吗叮啉"无效，遂来就诊。

查体：T：37.7℃，P：100 次/分，R：18 次/分，BP：120/80mmHg。面色红，腹部平软，上腹部压痛，无肌紧张及反跳痛，墨菲征（-），肝脾肋下未及。舌质红，苔黄腻，脉滑数。

辅助检查：血常规：白细胞 $13.5 \times 10^9/L$，中性粒细胞 78%。血淀粉酶 800U/L，尿淀粉酶 1500U/L。血糖 5.0mmol/L。B 超检查示：胰腺肿大。

答题要求

1. 根据上述病例摘要，在答题卡上完成书面辨证论治。

2. 鉴别诊断：请与急性肠梗阻相鉴别。

考试时间：60 分钟。

参考答案

中医辨病辨证依据（含病因病机分析）：

以上腹部疼痛为主症，诊断为腹痛。腹痛拒按，发热，口苦而干，脘腹胀满，大便秘结，小便短黄，舌质红，苔黄腻，脉滑数，辨证为肠胃热结证。饮食不节，湿热内结，气机壅滞，腑气不通。

鉴别诊断：急性肠梗阻：腹痛呈阵发性，伴便秘，不排气，疼痛位于脐周及下腹部，肠鸣音亢进并可闻及气过水声。腹部 X 线可见液气平面。

西医诊断依据

1. 过食辛辣厚味及饮酒后出现上腹部持续绞痛。

2. 查体：T：37.7℃，腹部平软，上腹部压痛。

3. 辅助检查：血常规：白细胞 $13.5 \times 10^9/L$，中性粒细胞 78%。血淀粉酶 800U/L，尿淀粉酶 1500U/L。

4. B 超检查示：胰腺肿大。

诊断

中医疾病诊断：腹痛。中医证候诊断：肠胃热结证。

西医诊断：急性胰腺炎

中医治法： 通腑泄热，行气止痛。

方　　剂： 大承气汤加减。

药物组成、剂量及煎服法：

大黄12g（后下）	芒硝12g（冲）	枳实15g	厚朴15g
柴胡12g	郁金12g	黄芩12g	山栀9g

3剂，水煎服。每日1剂，早晚分服。

西医治疗原则与方法（药物、手术等）

1. 抑制胰腺分泌：奥曲肽100μg，静脉注射。
2. 抑制胰酶活性：抑肽酶20万U，分两次溶于葡萄糖液静脉滴注。
3. 禁食。
4. 维持水电解质平衡及抗休克。
5. 抗感染。

第二站　基本操作

一、中医基本操作

（一）灸法操作

样题

叙述并演示艾条温和灸的操作。

答案与评分要点

1. 将艾条的一端点燃，对准施灸部位，距皮肤2~3cm进行熏烤。

2. 使患者局部有温热感而无灼痛，一般每处灸10~15分钟，至皮肤出现红晕为度。

3. 对于昏厥、局部知觉迟钝的患者，医者可将食、中指二指分张，置于施灸部两侧，以手指感觉测知患者局部的受热程度，随时调节施灸距离，防止烫伤。

（二）针灸取穴操作

样题

请回答合谷的主治，叙述并演示合谷、内关的定位及内关的操作。

答案与评分要点

合谷

定位：在手背，第1、2掌骨间，当第2掌骨桡侧的中点处。或简便取穴法：以一手的拇指指间关节横纹放在另一手拇、食指之间的指蹼缘上，当拇指尖下定穴。

主治：①头痛、齿痛、目赤肿痛、口眼歪斜、鼻衄、耳聋等头面五官疾患；②发热恶寒等外感病证，热病无汗或多汗；③经闭、滞产等妇产科病证。

内关

定位：腕横纹上2寸，掌长肌腱与桡侧腕屈肌腱之间。

操作：直刺0.5~1寸。

（三）针灸异常情况处理

样题

请回答晕针的处理。

答案与评分要点

1. 立即停止针刺，将针全部起出。

2. 使患者平卧，注意保暖，轻者仰卧片刻，给饮温开水或糖水，即可恢复正常。

3. 重者在上述处理基础上，可刺人中、素髎、内关、足三里，灸百会、关元、气海等穴，即可恢复。

4. 若仍不省人事，呼吸细微，脉细弱者，可考虑配合其他治疗或采用急救措施。

（四）常见急症针灸技术应用

样题

请回答针灸治疗高热的治法、主穴，叙述并演示其毫针操作。

答案与评分要点

1. 治法：清泻热邪。以督脉、手太阴、手阳明经穴及井穴为主。

2. 主穴：大椎、十二井、十宣、曲池、合谷。

3. 操作：毫针泻法。大椎穴刺络拔罐放血；十宣、井穴点刺出血。

（五）拔罐技术应用能力

样题

叙述并演示走罐法的操作。

答案与评分要点

拔罐时先在所拔部位的皮肤或罐口上涂一层凡士林等润滑剂，再将罐拔住。然后，医者用右手握住罐子，向上、下或左、右需要拔的部位往返推动，至所拔部位的皮肤红润、充血甚或瘀血时将罐起下。

（六）推拿技术应用能力

样题

叙述并演示肩部拿法的操作。

答案与评分要点

以单手或双手的拇指与其他手指相配合，捏住施术部位的肌肤或肢体，腕关节适度放松，以拇指与其余手指的对合力进行轻重交替、连续不断的捏提并略含揉动。

二、体格检查

样题

叙述并演示心脏瓣膜听诊区位置及听诊顺序。

答案与评分要点

1. 听诊区位置

（1）二尖瓣区：位于左侧锁骨中线内侧第 5 肋间隙。

（2）肺动脉瓣区：位于胸骨左缘第 2 肋间隙。

（3）主动脉瓣区：位于胸骨右缘第 2 肋间隙。

（4）主动脉瓣第二听诊区：位于胸骨左缘第 3、4 肋间隙。

（5）三尖瓣区：位于胸骨体下端近剑突偏右或偏左处。

2. 听诊顺序：通常为二尖瓣区→肺动脉瓣区→主动脉瓣区→主动脉瓣第二听诊区→三尖瓣区。

三、西医基本操作

样题

叙述并演示心肺复苏胸外心脏按压的操作。

答案与评分要点

1. 触摸有无颈动脉搏动，简单判定患者呼吸心跳停止。

2. 患者仰卧于硬的平面上，下肢稍抬高，以促进静脉回流。

3. 操作者宜跪在患者身旁或站在床旁的椅凳上。按压时，应把掌根长轴置于患者胸骨长轴上，掌根位于胸骨体上 2/3 与下 1/3 交界处（剑突上两横指上的胸骨正中部），另一手掌重叠其上，双手指背屈不接触胸壁。按压时关节伸直，用肩背部力量垂直向下按压，使胸骨下陷 3～5cm（成人），然后放松，放松时掌根不应离开胸壁。

第三站　临床答辩

一、中医答辩

样题

试述肾虚腰痛的主症、治法、代表方剂。

答案与评分要点

1. 主症：腰部隐隐作痛，酸软无力，缠绵不愈。偏阳虚者，喜温喜按，少腹拘急，面色㿠白，肢冷畏寒，舌质淡，脉沉细无力。偏阴虚者，心烦少寐，口燥咽干，面色潮红，手足心热，舌红少苔，脉弦细数。

2. 治法：偏阳虚者，宜补肾壮阳，温煦经脉；偏阴虚者，宜滋补肾阴，濡养筋脉。

3. 代表方剂：偏阳虚者，右归丸加减；偏阴虚者，左归丸加减。

二、西医答辩

样题

试述心绞痛的一般处理原则。

答案与评分要点

1. 一般治疗：急性发作时应立即休息，缓解后一般不需卧床休息，可进行适度活动，以不出现心绞痛症状为度。

2. 预防并发症的治疗：主要是治疗动脉粥样硬化，以预防心肌梗死、心律失常、猝死等并发症。应予积极的降血脂治疗，无禁忌时常规使用抗血小板药。

3. 改善症状的治疗：①发作时的治疗：可选用速效的硝酸酯制剂。②缓解期的治疗：使用作用较持久的抗心绞痛药物以防止心绞痛发作，可单独选用、交替使用或联合选用以下三类药物：硝酸酯制剂、β受体阻滞剂、钙通道阻滞剂。

4. 介入治疗或外科手术治疗。

5. 中医治疗。

三、临床判读

（一）心电图

样题

试述交界性过早搏动的典型心电图表现。

答案与评分要点

1. 提早出现的 QRS 波群，形态基本正常。

2. 提早出现的 QRS 波群之前或之后可有逆行 P′波，也可见不到逆行 P′波。

3. 常有完全性代偿间歇。

（二）X 线片

样题

试述支气管扩张的典型 X 线表现。

答案与评分要点

部分轻者平片无阳性表现，少数可见肺纹理增多、增粗、紊乱或网状。扩张而含气的支气管可见管状透明阴影。囊状扩张可表现为多个薄壁空腔，部分空腔内可有液平。

（三）实验室检查

> **样题**
>
> 试述 ALT 为 100U/L 的临床意义。
>
> **答案与评分要点**
>
> 1. 肝脏疾病：①急性病毒性肝炎；②慢性病毒性肝炎；③肝硬化；④肝内、外胆汁淤积。
>
> 2. 心肌梗死。
>
> 3. 其他疾病：如骨骼肌疾病、肺梗死、肾梗死、胰腺炎、休克及传染性单核细胞增多症。